长篇报告文学

苍河颂

——献给70年来创造塞上黄土高原生态奇迹的右玉人民

石新民 著

山西出版传媒集团
山西人民出版社

图书在版编目（CIP）数据

苍河颂：献给70年来创造塞上黄土高原生态奇迹的右玉人民 / 石新民著. -- 太原：山西人民出版社，2021.6
ISBN 978-7-203-11810-7

Ⅰ.①苍… Ⅱ.①石… Ⅲ.①报告文学－中国－当代 Ⅳ.①I25

中国版本图书馆CIP数据核字（2021）第086000号

苍河颂——献给70年来创造塞上黄土高原生态奇迹的右玉人民
CANGHESONG XIANGEI 70NIAN LAI CHUANGZAO SAISHANG HUANGTUGAOYUAN SHENGTAI QIJI DE YOUYU RENMIN

著　　　者：	石新民
责任编辑：	蔡咏卉　冯灵芝　张小芳
复　　审：	傅晓红
终　　审：	武　静
装帧设计：	郝彦红
出　版　者：	山西出版传媒集团·山西人民出版社
地　　址：	太原市建设南路21号
邮　　编：	030012
发行营销：	0351—4922220　4955996　4956039　4922127（传真）
天猫官网：	https://sxrmcbs.tmall.com　电话：0351—4922159
E-mail：	sxskcb@163.com　发行部
	sxskcb@126.com　总编室
网　　址：	www.sxskcb.com
经　销　者：	山西出版传媒集团·山西人民出版社
承　印　厂：	山西出版传媒集团·山西新华印业有限公司
开　　本：	889mm×1194mm　1/16
印　　张：	49　彩插：1.75
字　　数：	1200千字
印　　数：	1—2000册
版　　次：	2021年6月　第1版
印　　次：	2021年6月　第1次印刷
书　　号：	ISBN 978-7-203-11810-7
定　　价：	198.00元

如有印装质量问题请与本社联系调换

为有牺牲多壮志，敢教日月换新天。

——毛泽东

没有一点闯的精神，没有一点"冒"的精神，没有一股子气呀、劲呀，就走不出一条好路，走不出一条新路，就干不出新的事业。

——邓小平

必须抓住一切机遇加快发展。

——江泽民

科学发展观，第一要义是发展，核心是以人为本，基本要求是全面协调可持续，根本方法是统筹兼顾。

——胡锦涛

人民群众对美好生活的向往，就是我们的奋斗目标。

——习近平

右玉精神

执政为民

尊重科学

百折不挠

艰苦奋斗

即将建成的右玉干部学院南3公里山丘上旗帜广场的主题雕塑

右玉县位于晋西北地区，毗邻毛乌素沙漠，历史上生态环境恶劣。新中国成立60年来，右玉县历届县委、县政府团结带领全县党员干部群众，坚持不懈植树造林，坚忍不拔改善生态环境，全县森林覆盖率由不到0.3%提高到52%以上，创造了令人惊叹的奇迹，有力促进了全县经济社会发展，在艰辛的探索实践中铸就了以"执政为民、尊重科学、百折不挠、艰苦奋斗"为核心的"右玉精神"。"右玉精神"是我们党60年来执政为民、践行宗旨的一个缩影，是党的科学发展理念的质朴诠释和成功实践，是太行精神、吕梁精神在新时期的发扬和深化，是我省党的建设特别是作风建设上的一个宝贵典型。为了推动深入学习实践科学发展观活动，进一步加强领导干部作风建设，为推进转型发展、安全发展、和谐发展和新基地新山西建设提供强大精神动力，省委要求全省各级党组织和广大党员干部群众大力学习和弘扬"右玉精神"。

——《中共山西省委关于大力学习弘扬"右玉精神"的决定》（2009年8月27日）

右玉70年来山川地貌今昔对比

中华人民共和国成立初期右玉大地沟壑纵横、满目荒凉。

今日右玉大地碧波荡漾,满目苍翠。

清代为朔平府治的右卫城,中华人民共和国成立初期三丈六尺高的北城墙竟被黄沙掩埋。

如今右卫古城绿树掩映,林茂粮丰。

昔日苍头河,草木不生、洪水泛滥,是一条害河。

今日"苍河圣境"绿廊蜿蜒,游人如织。

中华人民共和国成立前老虎坪沙进人退，是右玉西部的大风口。

今日老虎坪绿野千里，林粮草地错落有致。

中华人民共和国成立初期右玉东北部的最大风口黄沙洼。

今日清风送爽、多彩生态的"绿色洼"。

中华人民共和国成立初期遍地游沙的苍头河东岸的辛堡梁。

70年来，国营梁家油坊林场在辛堡梁上营造出层林叠翠的人工林海。

林业部领导调研指导

1979年8月2日,林业部部长雍文涛(左四)在山西省林业厅厅长刘清泉(左三)的陪同下,在右玉考察调研,确定右玉为大面积杨树用材林基地。雍文涛特别要求:"改变右玉恶劣的风沙环境,再不能搞'空中苗圃',要大力建设培育优质苗圃,走科学营林之路!"右一为中共右玉县委书记常禄,左一为中共右玉县委副书记张日明。

1980年9月25日，国家农委副主任张秀山（右七）和林业部部长罗玉川（右五）、副部长郝玉山等领导率"三北"地区造林治沙现场会全体代表到右玉县检查指导造林绿化工作。罗玉川说："右玉县30年来持续不懈植树造林、锁风固沙建设防护林的经验要好好总结，在'三北'地区推广学习。"罗玉川欣然题词："装点此关山，今朝更好看。"

1992年3月25日，林业部在右玉召开全国28省（市）林业厅（局）长会议。林业部部长高德占（左四）率与会人员参观了右玉柳沟山、大南山、四五道岭等五个万亩造林工程。山西省副省长王文学（右一）、山西省林业厅厅长杜五安（左三）、山西省林业厅副厅长兼省杨树丰产林实验局局长李里（右二）、中共雁北地委书记杨大椿（右五）、中共雁北地委农村工作部部长常禄（左六）等省市领导陪同。高德占说："右玉就是中国植树治沙的典范，右玉能做到的，在风沙肆虐的地区都应该做到！"

中华人民共和国成立后右玉历任县委书记（含县核心小组组长）

县委书记　张荣怀
任职时间
1949—1952

县委书记　王矩坤
任职时间
1952—1955

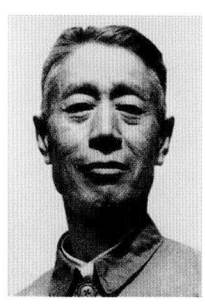
县委书记　张进义
任职时间
1955—1956

县委书记　马禄元
任职时间
1956—1958

县委书记　庞汉杰
任职时间
1957—1964

县委书记　关毅
任职时间
1958—1961

县委代理书记　薛珊
任职时间
1964—1967

县核心小组组长
王云山
任职时间
1967—1969

县核心小组组长
邵培基
任职时间
1969—1971

县委书记　杨爱云
任职时间
1971—1975

县委书记　常禄
任职时间
1975—1983

县委书记　袁浩基
任职时间
1983—1989

县委书记　姚焕斗
任职时间
1989—1992

县委书记　师发
任职时间
1992—1996

县委书记　高厚
任职时间
1999—2004

县委书记　赵向东
任职时间
2004—2008

县委书记　陈小洪
任职时间
2008—2011

县委书记　苏连根
任职时间
2011—2015

县委书记　吴秀玲
任职时间
2016年至今

中华人民共和国成立后右玉历任县长（含县革命委员会主任）

县长　江永济
任职时间
1949—1950

县长　李文仁
任职时间
1952—1954

县长　解润
任职时间
1954—1964

县长　薛珊
任职时间
1964—1967

县革命委员会主任
王云山
任职时间
1967—1969

县革命委员会主任
邵培基
任职时间
1969—1971

县革命委员会主任
杨爱云
任职时间
1971—1972

县革命委员会主任
张光熙
任职时间
1972—1975

县长　车永顺
任职时间
1975—1983

县长　姚焕斗
任职时间
1983—1989

县长　师发
任职时间
1990—1992

县长　杨树昌
任职时间
1992—1996

县长　李发
任职时间
1996—1998

县长　陈晋才
任职时间
1998—2001

县长　赵向东
任职时间
2001—2004

县长　陈小洪
任职时间
2004—2008

县长　苏连根
任职时间
2008—2012

县长　苏斌如
任职时间
2012—2016

县长　王志坚
任职时间
2016年至今

近年来右玉生态旅游部分景区景点

"雾涌南山景如画"——小南山森林公园

贾家窑山松涛园

省级风景名胜区——一代雄关杀虎口

南山美郡生态度假大酒店

省级风景名胜区——杀虎口博物馆

四五道岭塞上草原

2017年4月20日，山西省人民政府召开第148次常务会议，决定设立右玉生态文化旅游开发区。这是山西省唯一一家以生态文化旅游为发展方向的省级开发区。

在中央组织部和山西省委、省人民政府的大力支持下，2017年6月6日，右玉干部学院正式挂牌成立，成为全国、全省干部培训教育的重要基地之一。

2016年7月21日上午，在山西右玉西口风情生态文化旅游招商系列活动启动仪式上，中央美术学院院长范迪安（右）向中华人民共和国成立后第19任县长王志坚（左）颁授"中央美术学院右玉写生基地"牌匾。

三晋第一雪道——小南山滑雪场

杀虎口风景名胜区——水磨沟生态旅游区

杀虎口风景名胜区——海子湾水库旅游度假区（准池铁路由西向东跨越湖面）

县委、县政府生态广场

右玉县招商引资部分成果

1998年12月3日,北京汇源集团右玉有限公司成立并投产。

2008年,同煤集团铁峰煤业落户右玉。

2008年,教场坪能源集团落户右玉。

2009年,山西国电右玉小五台风电厂新建光伏电和33台4.125万千瓦机组成功并网发电。

打造环县城清洁能源产业聚集带——风力发电。

2010年底,同煤集团铁峰煤矿输煤铁路专用线建成运营。

2010年10月,右玉四星级酒店玉龙国际酒店建成并运营。

2010年11月，大同至呼和浩特高速公路右玉段建成通车。2013年12月，大呼高速公路全线通车。

2006年11月2日，山西太原六味斋农副产品有限公司落户右玉。

2011年10月，京玉煤矸石电厂建成并运营。

2011年10月，山西臣丰食业有限公司建成并投产。

2011年10月，山西中大科技生命科学园建成并投产。

2015年建成的铁峰绿色科技工业园区。

2013年在梁威工业园区新建成的中国"葱都"——右玉县图远实业有限责任公司新貌。

2012年底，山西永昌LED科技产业园一期工程建成并投产。

右玉文化活动部分展示

坚持开展科技、文化、卫生"三下乡"活动。

在现代标准化体育场晨练的人们

大型话剧《立春》剧照

县城元宵节夜晚

喜气洋洋的春节县城街头

2016年7月21日，右玉县"右卫艺术粮仓"正式揭牌。右侧从上至下依次为：中共山西省委常委、宣传部部长胡苏平，中共朔州市委书记王安庞，中共右玉县委书记吴秀玲，中共山西省委宣传部副部长刘英魁，政协朔州市主席贾桂梓。左侧从上至下依次为：中央美院院长范迪安，政协山西省副主席李月娥，中共朔州市委副书记郑红，北京画院油画室主任白羽平，中共朔州市委常委、宣传部部长王加关。

"玉龙怀"中国速度赛马俱乐部联赛

右玉70年来荣获部分国家级荣誉

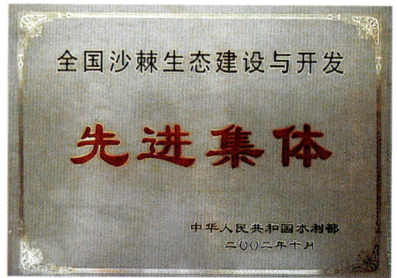

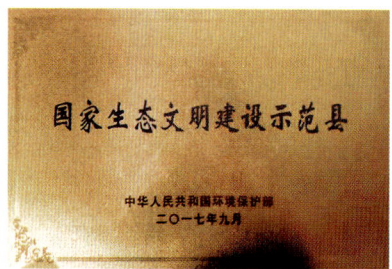
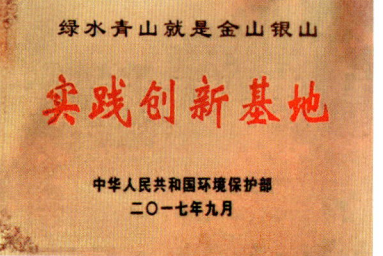

笔者采访征求省领导意见

笔者采访征求中共山西省委第九任书记李立功的意见。（2009年5月8日、2009年6月24日、2009年9月21日）

笔者采访征求中共山西省委原书记、省人大常委会第七届主任王庭栋的意见。（2009年8月28日、2009年9月21日）

笔者采访征求山西省人大常委会第八、九届主任卢功勋的意见。右一为卢功勋夫人王志敏。（2008年9月1日及以后共四次）

笔者采访征求中共雁北地委原书记，中共山西省委原常委、山西省军区原司令员张广有的意见。（2008年10月15日及以后共三次）

笔者采访征求政协山西省第七、八届主席郭裕怀的意见。（2010年4月7日及以后共两次）

笔者采访征求政协山西省第八届主席郑社奎的意见。（2010年5月20日、2010年9月8日）

笔者采访征求政协山西省第九届主席刘泽民的意见。（2008年8月29日、2010年10月28日）

笔者采访征求中共雁北地委原书记薛凤霄长子、政协山西省常务副主席薛荣哲的意见。（2009年9月24日、2009年10月30日）

笔者采访征求中共朔州市委原书记、山西省原副省长、国家广播电视总局副局长高建民的意见。（2009年7月22日、2009年10月21日及以后共四次）

笔者采访征求中共朔州市委原书记、山西省人大常委会原副主任薛军的意见。（2009年7月31日及以后共四次）

笔者采访征求中共雁北地委原书记，山西省人大常委会第八、九届副主任徐生岚的意见。（2009年9月20日、2010年10月16日）

笔者采访征求中共朔州市委原书记、山西省人大常委会第十一届副主任王雅安的意见。（2008年9月3日、2008年12月17日、2009年7月21日及以后共四次）

"引子"部分增补图片

2005年8月23日，中共山西省委书记、省人大常委会主任张宝顺（左三）在中共朔州市委书记闫沁生（右二）、市长张建欣（右三）、市委副书记杨伟民（左二）的陪同下来右玉视察调研生态建设工作。张宝顺指出：总结、学习、推广右玉的经验，对于建设山川秀美、文明和谐的新山西有着重要的指导意义。之后，又指示赵向东和陈小洪编纂一部《右玉县绿化志》、写好一部长篇报告文学《苍河颂》。右一为中共右玉县委书记赵向东，左一为右玉县县长陈小洪。

2008年8月20日，时任山西省省长孟学农（前左四）在中共朔州市委书记田喜荣（前右二）、市长冯改朵（前左二）的陪同下到右玉视察调研。孟学农说："我特别赞赏右玉一张蓝图绘到底、一任接着一任干的精神。生态文明，我们需要像右玉那样抓落实打基础，宁可为他人作嫁衣裳。"右一为中共右玉县委书记陈小洪，右四为中共朔州市委常委、秘书长赵向东，左一为右玉县县长苏连根。

2007年12月28日，右玉县历任县委书记群体代表马禄元（左一）、袁浩基（左二）、赵向东（右二）领取"2007山西记忆十大新闻人物"集体奖。

2008年5月8日，国家林业局副局长李育材（前排左三）在中共朔州市委书记田喜荣（前排右二）、市长冯改朵（前排左一），市委常委、秘书长赵向东（前排右一）及右玉县委书记陈小洪（前排左二）的陪同下来右玉考察调研。李育材说："右玉是中国林业典型的代表，右玉的经验值得在全国推广和学习。"

2009年8月14日，《山西日报》头版头条发文报道，要求在全省大力弘扬"右玉精神"。

2010年8月29日，《山西日报》头版头条报道省委召开兴起学习弘扬右玉精神新高潮大会，并配发评论员文章。

2012年9月28日习近平对右玉精神所作批示的跨路横标矗立在右玉通往朔州的通市路口上。

2010年5月18日,在浙江省杭州市举行的"国际旅游城市论坛"上,右玉县县长苏连根(右)领取"最值得向世界推荐的旅游县"奖牌和证书。

2010年9月25日,在北京人民大会堂举行的"2010中国十大经济新闻人物"颁奖典礼上,中共右玉县委书记陈小洪(右二)捧回了"营造秀美山河特别奖"。

2011年9月10日,山西省作家协会右玉创作基地揭牌仪式在杀虎口康熙大营举行。二排左五为山西省作协党组书记、常务副主席翁小绵,二排右六为中共右玉县委副书记李月明。

2011年9月14日,中共山西省委书记袁纯清(右三)、省政协主席薛延忠(右四)、省长王君带领省重点工程观摩检查组在右玉玉龙生态园检查指导。山西玉龙集团董事长张月胜(右一)陪同介绍。

2012年8月26日,全国"三北"防护林工作会议300多名代表在右玉学习考察。中共右玉县委书记苏连根(左一)在小南山森林公园绿化丰碑前作经验介绍。

2012年9月29日，右玉县召开学习贯彻习近平同志重要批示精神、再掀生态建设新高潮动员大会。

2013年6月19日，山西省省长李小鹏（左三）在大呼高速公路右玉绿化段调研指导，左二为中共朔州市委书记王安庞。中共右玉县委书记苏连根（右一）作绿化工程情况介绍。

2013年7月25日，右玉展览馆开馆仪式暨"践行群众路线 弘扬右玉精神"新闻媒体右玉采风活动启动仪式在右玉县干部教育基地举行。中共山西省委常委、宣传部部长胡苏平主持并讲话。

2013年7月30日，中共山西省委书记袁纯清（前排右二）在朔州市委书记王安庞（后排右二）、市长李正印（后排左二）和右玉县委书记苏连根（前排左一）的陪同下深入右玉梁威工业园区山西永昌LED科技产业园调研指导。山西永昌LED科技有限公司总经理薛脱（前排右一）作一期工程生产情况介绍。

2013年8月12日，山西省人大常委会领导班子成员李政文、牛仁亮、周然、安焕晓、田喜荣及秘书长李仁和深入右玉开展党的群众路线教育实践活动，在右玉展览馆集体学习感悟右玉精神。

2013年11月30日，在北京举行的"美丽中国·首届全国特色生态旅游城市创建与发展论坛"颁奖盛典上，右玉县从全国200多个候选城市中脱颖而出，荣膺"美丽中国示范县"称号。右玉县县长苏斌如（中）应邀出席颁奖典礼，并领取了奖牌和证书。

2013年12月17日，由中组部、中宣部、人社部和国家公务员管理局共同发起的第八届全国"人民满意的公务员"和"人民满意的公务员集体"表彰大会在北京人民大会堂举行。国务院总理李克强、中央政治局常委刘云山、国务院副总理马凯会见代表并合影留念。中共右玉县委书记苏连根在会上作了典型经验介绍。

2014年11月14日，中共山西省委书记、省人大常委会主任王儒林（前左三）冒着严寒来到右玉展览馆学习感悟右玉精神。他要求："一定要把习近平总书记对右玉精神的批示和指示坚定不移地贯彻落实，为山西弊革风清、转型发展作出新贡献。"

准池铁路运煤专线横跨右玉通市公路和莽莽林海。

2016年7月20日，右玉精神与生态文明建设研讨会在右玉永昌国际大酒店举行。前排从左至右为：山西省新闻出版局局长李海渊，中共山西省委宣传部副部长郭健，中共山西省委常委、宣传部部长胡苏平，中共朔州市委书记王安庞，山西省作家协会党组书记、主席杜学文。

2016年10月15日，《山西日报》头版报道中共山西省委在右玉召开学习交流会。省委书记骆惠宁在会上作重要讲话，省长楼阳生主持。

2017年6月5日至9日，在浙江省湖州市南浔区召开的第六届徐迟报告文学奖颁奖典礼暨2017年全国报告文学创作会上，笔者作了《一部长篇报告文学〈苍河颂〉唱红了伟大的右玉精神》的典型发言，博得与会人员满堂喝彩，赢得全场9次热烈掌声。

关于长篇报告文学《苍河颂》修订再版的说明

(2019年12月)

在中共山西省委、省政府和朔州市委、市政府的高度关注与具体指导下，在右玉县委、县政府的大力支持下，作家石新民与赵生荣历时4年零5个月编著的长篇报告文学《苍河颂》（第一版）于2011年7月5日由作家出版社出版发行。7月9日由作家出版社将此作品呈送中共中央政治局常委胡锦涛、吴邦国、温家宝、贾庆林、李长春、习近平、李克强、贺国强等以及中央办公厅、中央纪律检查委员会、中央组织部、中央宣传部、中央党校、全国人大办公厅、全国政协办公厅、文化部、中国作家协会、中国文联、水利部、国家林业局、国家旅游局、教育部、人力资源和社会保障部、全国党建研究会等16个部委正副部长，送曾到右玉调研的水利部、林业部健在的领导钱正英、雍文涛、高德占、钮茂生、杨士杰、董智勇等，并在全国发行。9月9日送联合国环境规划署和教科文组织审查。接着遵照中共山西省委、右玉县委领导的指示，先后送省级四大班子、省军区领导和他们的秘书；送退下来的省级原主要领导李立功、王庭栋、卢功勋、郭裕怀、郑社奎、刘泽民等；送曾在山西工作过的省级领导王茂林、胡富国、王森浩、孙文盛、田成平、刘振华、张宝顺、于幼军、孟学农、宋北杉、任泽民等；送《中国报告文学》杂志社编辑；送国家林业局"三北"防护林建设局局长潘迎珍等；送中国汇源果汁集团有限公司董事长朱新礼；送省四大班子所属部门正处级以上领导和省林业厅、水利厅、农业厅、文化厅及山西日报社、广播电视局、旅游局、外事办、省作家协会、省地税局、省扶贫办、省总工会、省科委、省科协、新华社山西分社、共青团山西省委、省妇联、中国银行山西省分行、中国农业银行山西省分行、省民政厅、省国土厅、省图书馆、省档案局、中共太原市委、太原市图书馆等机关单位正处级以上领导；送中共山西省委党校、省社科院以及太原理工大学、山西大学、山西医科大学、山西财经大学、太原科技大学、中北大学、山西师范大学等高校领导班子成员和各高校图书馆；送中华人民共和国成立后山西省林业厅退下来的历任厅长刘清泉、李里、曹振声等；送中华人民共和国成立后历届雁北地委书记和专员，历

2011年7月作家出版社出版的《苍河颂》（第一版）书影

届朔州市委书记和市长以及分管林业的副专员、副市长；送朔州市四大班子领导和退下来的市级领导；送朔州市四大班子所属部门副处级以上领导；送朔州日报社正副社长及正副总编；送朔州市电视台正副台长；送大同市四大班子领导；送朔州、大同、临汾、太原、北京、四川、甘肃、新疆、内蒙古等地工作的右玉籍副厅级以上领导（含退下来的）；送右玉县四大班子领导和退下来的县四大班子主要领导，右玉县百名绿化功臣，中华人民共和国成立后右玉县历届县委书记、县长及遗孀和子女；送撰写本书时主要资料的提供者；送右玉县四大班子办公室主任，县纪检委正副书记，县委组织部、宣传部正副部长，县总工会正副主席，共青团右玉县委正副书记，县妇联正副主任，乡（镇）党委书记，乡（镇）长和县直农口系统各局局长；送县直四所中学的正副校长；送在国外工作和学习的部分右玉籍人士；送县四大班子办公室工作人员；送右玉电视台编辑；等等。

2012年7月18日，山西省纪检、监察务虚工作会议在右玉召开，与会100多名领导人手一本《苍河颂》，自学深思。

2012年8月26日，在朔州市召开的全国"三北"防护林体系建设四期工程总结表彰暨五期工程启动大会上，《苍河颂》作为主要资料，300多名代表人手一本认真学习。

2017年5月21日，在右玉干部学院正式运行前，笔者遵照中共朔州市委书记兼右玉干部学院院长王安庞的指示，将初版《苍河颂》共235本，从太原送右玉干部学院，作为学习右玉精神的主要教材。

《苍河颂》出版后，其书讯陆续刊登在人民网、时代报告网、中国作家网、作家出版社官网以及2011年第10期《中国报告文学》和2012年《山西作家通讯》上。2011年7月30日，《朔州日报》在头版对本书作了详细的报道，标题为"展示60年播绿画卷，全面诠释右玉精神，长篇报告文学《苍河颂》由作家出版社在全国出版发行"，并在第二版上配《苍河颂》封面，全文刊登了何建明所作的题为"国风右玉"的序。2013年6月13日，山西省作家协会党组书记、常务副主席张明旺在作协第六次代表大会上的工作报告《把握新机遇，凝聚正能量，全面推进山西文学事业大发展大繁荣》中指出："长篇报告文学《苍河颂》，真实生动地记录了右玉60多年来狠抓生态建设的辉煌成绩，有力地宣传了以'执政为民、尊重科学、百折不挠、艰苦奋斗'为核心的'右玉精神'。"

作品发行至今，上至党中央及部委领导，下至全省基层干部群众以及外省市和国外一些读者，仔细翻阅，认真阅读，热情赞许，一致认为《苍河颂》写得好，写得十分成功，有不少章节写得十分精彩。"当今社会需要右玉精神，学习右玉精神需要《苍河颂》。""右玉精神成为实现中华民族伟大复兴的中国梦的一部分。"《苍河颂》赢得一片喝彩声，好评如潮。一些领导和知情者，接连不断地给笔者发来短信、打来电话、写来信件或网上赞美。山西省第八、九届人大常委会主任卢功勋在其撰写的《〈苍河颂〉读后》一文中指出："石新民等同志的这部报告文学，真实地记录了右玉人民半个多世纪以来的创业历程，全面诠释了右玉精神的深刻内涵，对于贯彻落实中共山西省委《决定》（《关于大力学习弘扬"右玉精神"的决定》）和教育启迪后人，提供了一部生动的教材，他们为右玉人民以及全省做了一件十分有益的工作。"

更令人欣喜的是，中国作家协会和山西省作家协会对该作品给予极大的肯定和扶持。2012年5月5日，经山西省作家协会推荐，中国作家协会书记处将《苍河颂》列入重点作品扶持之列。

在上下赞美之余，不少领导和文学内行提出作品应修订再版，供广大读者学习借鉴。具体有六个方面的意见：

一是中央领导习近平、温家宝、贺国强、刘云山、李源潮、回良玉等对中华人民共和国成立70年来右玉在生态建设方面取得的辉煌成就先后多次给予高度评价，对其在塞上高原创造生态奇迹中砺炼的独特的右玉精神给予充分肯定，修订版中应增写这些重要内容。

2011年3月1日，习近平在《关键在于落实》一文中强调指出："60多年来，一张蓝图、一个目标，18任县委书记和县委、县政府一班人，一任接着一任、一届接着一届，率领全县干部群众坚持不懈，用心血和汗水绿化了沙丘和荒山，现在树木成荫、生态良好，年降雨量较之解放初期已显著增加。老百姓记着他们、感激他们，自发地为他们立碑纪念。正可谓'金杯银杯不如老百姓的口碑'。右玉的可贵之处，就在于始终发扬自力更生、艰苦创业、功在长远的实干精神，在于始终坚持为人民谋利益的政绩观。我们抓任何工作的落实，都应该这样去做。"同日，习近平在中央党校春季开学典礼上又讲了这段话。

2012年9月28日，习近平在中共山西省委上报的《关于我省学习弘扬"右玉精神"情况的报告》中对右玉精神批示："右玉精神体现的是全心全意为人民服务，是迎难而上、艰苦奋斗，是久久为功、利在长远。山西持续开展学习弘扬右玉精神，抓得好，成效大。望你们再接再厉，结合迎接党的十八大和贯彻落实十八大精神，继续学习弘扬右玉精神，深入贯彻落实科学发展观，牢固树立正确政绩观，在转型跨越和推进山西经济社会又好又快发展中取得新的更大的成绩。"随即，中共山西省委书记袁纯清也作出批示，要求省委办公厅以通报的形式将习近平的重要批示及《关于我省学习弘扬"右玉精神"情况的报告》印发各地各部门，进一步深入学习、大力弘扬右玉精神，树立科学发展观和正确政绩观，加快全省转型跨越发展步伐。中共朔州市委决定从2013年7月开始至12月，在全市上下深入开展"右玉精神在朔州"活动。2013年7月23日，山西右玉精神研究中心在中共山西省委党校成立。2013年7月30日，中共山西省委书记、省人大常委会主任袁纯清带领21名省级领导赴右玉集体学习右玉精神。接着，山西省首批163个开展党的群众路线教育实践活动的厅级单位领导和干部职工陆续来到右玉学习感悟右玉精神。2014年11月14日，中共山西省委书记、省人大常委会主任王儒林带领省委调研组冒着纷飞的大雪来到右玉展览馆和绿化丰碑前学习右玉精神，晚上住在右玉并召开座谈会，要求"进一步深入学习贯彻习近平总书记对右玉精神作出的重要批示，为我省净化政治生态，重塑山西形象，促进富民强省努力奋斗！"

2015年1月12日上午，习近平在人民大会堂主持召开座谈会，同200余名中央党校第一期县委书记研修班学员畅谈交流"县委书记经"。中央政治局常委、中央党校校长刘云山出席了座谈会。习近平同县委书记们讲起了右玉县委带领人民群众治沙造林的故事：山西省右玉县地处毛乌素沙漠的天然风口地带,中华人民共和国成立前是一片风沙成患、山川贫瘠的不毛之地。60多年来,一张蓝图、一个目标,县委一任接着一任、一届接着一届,率领干部群众坚持不懈地干,把"不毛之地"变成了"塞上绿洲"。习近平要求大家要有"功成不必在我"的境界,像接力赛一样,一棒一棒接着干下去。2015年12月4日,王儒林主持制定了《中共山西省委关于制定国民经济和社会发展第十三个五年规划的建议》。《建议》要求"大力弘扬我省优秀法治文化、廉政文化、红色文化,深入挖掘太行精神、吕梁精神、右玉精神,凝聚向上向善的力量"。2016年10月15日,中共山西省委书记骆惠宁带领省四大班子全体成员及全省正厅级领导干部在右玉召开"学以致用,以用促学,把学习贯彻习近平总书记系列重要讲话精神引向深入"学习交流会。会上,26家地方和单位党委(党组)中心组作了交流发言,与会同志观看了宣传右玉的专题片。这次学习交流会放在右玉召开,就是要重温习近平关于右玉精神的重要指示,进一步弘扬右玉精神,促进山西各项事业不断取得新进步、展示新形象,切实奋发有为地把党和人民的事业做好。

  2017年6月21日至23日,习近平带着党中央对山西人民的亲切关怀,踏上了山西这片曾经为中国革命和建设作出过重大贡献和牺牲的土地,亲临山西考察山西经济和社会发展及贯彻落实党的十八届六中全会精神情况并发表重要讲话。习近平指出:"现在山西省委坚决贯彻落实党中央决策部署,山西各方面建设和发展迈上新征程,山西政治生态已经由'乱'转'治',山西发展已经由'疲'转'兴',希望山西党员干部大有作为,山西人民幸福安康。"习近平在山西视察时说:"我多次讲到右玉精神……我在同中央党校第一期县委书记研修班学员谈话时以右玉为例强调,要有'功成不必在我'的境界。一张好的蓝图,只要是科学的、切合实际的、符合人民愿望的,就要像接力赛一样,一棒一棒接着干下去。右玉精神是宝贵财富,一定要大力学习弘扬。"6月29日,中共山西省委召开全省干部大会,学习贯彻习近平视察山西重要讲话精神,对全省学习宣传、贯彻落实习近平重要讲话精神作出总体部署。中共山西省委书记、省人大常委会主任骆惠宁作重要讲话。骆惠宁指出,习近平总书记视察期间,处处体现了对人民群众的深切关怀,倾注了对山西这块红色土地和厚重文化的真挚感情,充分体现了党的领袖对人民的深厚感情,三晋大地欢欣鼓舞。习近平对山西各项工作给予充分肯定,寄予殷切期望,提出明确要求,极大增强了山西人民奋进的信心,进一步增强了全省党员干部履行好使命的政治自觉、思想自觉和行动自觉。骆惠宁指出,要认真落实习近平总书记关于扎实推进生态文明建设的指示精神,采取超常规举措,使绿色多起来,山川美起来,生活质量高起来。……要大力学习弘扬右玉精神。牢固树立为人民谋利益的发展观、政绩观,以"功成不必在我"的境界一棒一棒接着干下去,使右玉精神在全省发扬光大,成为建设绿色山西和推动各项事业发展的强大精神力量。骆惠宁指出,习总书记亲临山西具有重要里程碑意义。要紧紧抓住机遇,勇于改革创新,果敢应对挑战,善于攻坚克难,团结带领全省干部群众走好新征程、探出新路子、创造新业绩,努力实现党内政治生态持久的风清气正,努力实现经济转型发展持久的强劲态势,进一步把山西的事情办好,确保习总书记重要讲话精神在山西落地生根、开花结果。7月12日,中国共产党山西省第十一届委员会第四次全体会议在太原召开。会议深入学习贯彻习近平视察山西重要讲话,审议通过《中共山西省委关于深入学习贯彻习总书记视察山西重要讲话精神的实施意见》,分7部分36条;《中共山西省委关于深入学习贯彻习总书记在深度贫困地区脱贫攻坚座谈会上重要讲话精神的实施意见》，分4部分21条，对进一步做好下半年重点工作作出部署。省委书记骆惠宁在会上指出，全省各级领导干部要把习总书记"大有作为"的指示铭记在心，以崭新姿态干事创业，狠抓落实。大力弘扬太行精神、吕梁精神、右玉精神，全身心投入工作，汇聚起走好新征程、探出新路子、创造新业绩的强大力量，以优异成绩迎接党的十九大胜利召开。

2017年12月18日，习近平在中央经济工作会议上说："从塞罕坝林场、右玉沙地造林、延安退耕还林、阿克苏沙漠绿化这些案例来看，只要朝着正确方向，一年接着一年干，一代接着一代干，生态系统是可以修复的。"

以上为《苍河颂》再版修订意见的第一个方面。

二是不少领导和文学内行对作品从文字、篇章、内容、图片到封面提出一些值得尊重、值得采纳的重要修改意见。包括加大对林业功臣们和右玉脊梁们的宣传力度；加大对科技营林的描述力度；有的章节要推倒重写，向文学性、文献性靠近；等等。

三是不少读者提出了书中多处需要勘误校正的字词以及一些重要事件背景的准确表述等。

四是自作品出版以来，右玉大地在开拓奋进中又发生了一些值得讴歌、值得记载的重要事件应当补充和反映。

五是对作品的图片处理、排版设计和印刷质量也提出了宝贵的改进意见，建议重新设计，达到思想性、艺术性的有机统一，而且要制作精良。

大家总的要求和期望是：力争将《苍河颂》打造成宣传、学习、弘扬右玉精神的精品力作；力争将《苍河颂》打造成本世纪中国报告文学的精品力作。

综合各方面的意见，笔者从2012年8月开始对全书进行了勘误、修改，努力加以丰富和提炼。其间，笔者深入火热的项目建设工地、整治中的乡镇村庄、正在建设的各类苗圃、部分绿化功臣家里及他们的创业基地、一些健在的离退休老干部家中和群众中作进一步的考察和采访，继续仔细搜集了20世纪90年代以前原始真实的文字资料，增写了不少原未展现的生动真实的创业情景，补充了很多文献资料。特别增写了中央领导习近平、贺国强、刘云山、李源潮、回良玉对右玉精神的批示。其间，县委书记苏连根、县长苏斌如对修改进展情况多次听取了汇报。后第20任县委书记吴秀玲、第19任县长王志坚也听取了汇报。笔者对原作品修改398处，勘误校正317处。对原入书图片进行了小部分更换，增补了近七年来有代表性的建设成就图片和部分中央、省、市领导调研图片。与作家出版社葛笑政、张陵、张水舟等领导和编辑们对作品中266个小标题进行了精准的提炼。

修改增写稿（共6.2万字）和再版修订稿以及最后整部再版修订的排版清样分别送县委原书记苏连根、原县长苏斌如；分别送中共朔州市委原书记王安庞，朔州市原市长李正印，政协朔州市原主席高厚，朔州市委原常委、宣传部原部长、山西省委宣传部副部长、山西电视台台长刘英魁等；分别送中共山西省委原书记、省人大常委会原主任袁纯清，山西省原省长李小鹏，山西省委原常委、省委宣传部原部长胡苏平，山西省人大常委会原副主任王雅安，山西省原副省长、中国作协原副主席、中国文联副主席、山西省作协第五届主席张平等；分别送退下来的省级原主要领导李立功、卢功勋、郭裕怀、郑社奎、刘泽民等以及中共山西省委组织部原常务副部长、中华诗词协会会员、山西省作协会员、山西省党建研究会原会长马友，山西省作协党组原书记兼原常务副主席张明旺，中共山西省委宣传部原副部长、山西省作协第六届主席杜学文，山西省作协第五届副主席、一级作家马骏，山西省作协创联部主任阎珊珊等文学界领导审阅，提出修改意见。

修改增写稿和再版修订稿以及最后整部作品再版修订的排版清样同时送全国政协委员、全国劳动模范、中国作协副主席、中国作协书记处原书记、中国作家出版集团党委原书记兼管委会原主任、中国报告文学学会会长何建明及作家出版社原社长葛笑政、原总编辑张陵、原副总编辑张水舟。送山西出版传媒集团总经理胡彦威、山西人民出版社副总编辑武静。后交由山西新华印业有限公司制版中心郝彦红等重新设计排版，书籍尺寸由185毫米×260毫米扩大到210毫米×285毫米，并特别设计了精美的"右玉精神"书签。

2014年9月1日，党中央对中共山西省委领导班子作出重大调整。2015年3月，修订再版清样和6份新收入的文稿与图片，分别送中共山西省委新任书记、省人大常委会新任主任王儒林，中共山西省委新任副书记、省长楼阳生，中共山西省委原常委、宣传部原部长胡苏平，中共山西省委新任常委、组织部新任部长盛茂林，中共山西省委新任常委、纪委新任书记黄晓薇（以上几位新任和原任省领导曾分别来右玉调研并做出指示），以及山西省作协党组书记、第六届主席杜学文，中共朔州市委原书记王安庞审阅，提出最后的审定意见。

2016年6月30日，党中央决定，骆惠宁任中共山西省委书记。2017年3月26日，笔者将2011年7月由作家出版社出版的《苍河颂》以及《关于长篇报告文学〈苍河颂〉修订再版的说明》《中共山西省委第十八届书记骆惠宁多次强调关于大力学习弘扬右玉精神》等2份新入书文稿与图片分别送中共山西省委书记骆惠宁，省长楼阳生，省委第十八届常委、宣传部部长王清宪，以及省委宣传部原副部长、山西广播电视总台党组书记、台长刘英魁和山西省作协党组书记、第六届主席杜学文审定。

长篇报告文学《苍河颂》，从2006年10月动笔写作到2019年12月修订再版，笔者经过无数次实地采访、无数次修改打磨，先后十八易其稿，历经十余年的异常艰辛，其间共作采访笔记18本，收集整理的各种资料及打印的文稿堆积起来有1米多高。长篇报告文学《苍河颂》2011年7月第一版第一次印刷发行，全书共分23章192节、55万字，配发具有史料价值的图片400多幅。现修订再版，全书仍为23章，节数增至266节，近120万字，配发具有史料价值的图片近700幅。新版《苍河颂》图文并茂、制作精良，是一部极具思想价值和审美价值的学习右玉精神的精品之作。

2017年6月5日至9日，在浙江省湖州市南浔区召开的第六届徐迟报告文学奖颁奖典礼暨2017年全国报告文学创作会上，笔者作了《一部长篇报告文学〈苍河颂〉唱红了伟大的右玉精神》的典型发言，博得与会人员满堂喝彩，赢得全场9次热烈掌声。

在作品修订再版之际，中共右玉县委、县人民政府及笔者再次向高度关注、热情支持、仔细阅读并提出宝贵修改意见的各级领导、文学同仁及广大读者表示诚挚的感谢！

国风右玉
——《苍河颂》初版序

何建明

以前,那个地方谁都不敢去、不愿去。因为那里的风,风起毛乌素沙漠。风到杀虎口,变成了一个遮天盖地的大风口。呵,这里的风大喔,最大的风速每秒竟达21米,如箭飞,如鞭抽……

大风下的雁门关外,"不植桑蚕不种麻","百里竟无一家人"。那形如一片榆树叶的地方,全年封冻期在150天之上,绝对无霜期只有80来天。红家山、廖巴山、东团山、大南山、雷公山、马头山、柳沟山……山山秃顶,丘丘披厚沙。 当地民谣曰:"一年一场风,从春刮到冬。"

2015年10月19日至23日,在山东省济南市召开的2015年全国报告文学创作会上,全国政协委员、全国劳动模范、中国作协副主席、中国作协书记处书记、中国报告文学学会会长何建明与笔者合影留念。

风挟黄沙刮四季的地方,谁人还不走西口?这是这个典型而又特困的高寒干旱区的昔日。

然而大风口的右玉,也曾有彪炳千秋的伟绩:它是中华古国的一处有名的驿站,远古的先民们曾在这里拓荒宽疆。延绵的古长城,记载着秦征胡虏、汉伐匈奴、唐讨突厥、宋驱契丹、明敌元蒙、清平西乱的一代代英雄们捍卫疆域的历史印迹。"杀虎口"不仅是风如虎口之锋利,同时也是古国历朝的重要关隘,从唐宋始,这里便作为中原与北方境外通商的必经之地,尤其是明清之后,勤奋而聪慧的山西商人便从这里起步,伴着艰辛的车辙,辗出了家富的美乐和边镇的繁荣。后人常念的"国家之储,北边为重",也由出此处。

雄浑、悲怆、荒芜、沉厚是右玉历史风貌的外观,朴实、耿直、热忱、激情是右玉人文精神的内涵。于是,"右玉便是杀虎口""杀虎口代表右玉"的话相传了千年。

而今的右玉变了，变成了让人向往的"塞上绿洲"。而今的杀虎口更变了，变成人见人爱的"高原翡翠"。

我知道，右玉的一切变化，依然是风的作用，风在发威。这风让我感动，让我流泪……

从没听说过这样的故事，也从未见过这样的当政者：中华人民共和国成立以来的右玉县历任党政领导班子，在上级党委的热情关怀和有力支持下，他们带领吃苦耐劳、与党同心的右玉人民只做了同一件事——植树、种草。他们前接后承、前赴后继，且从不走样……

也从没听说过像这里的市领导和人民，为中华人民共和国成立后的历任县领导者建功德碑、编赞美歌谣。这在其他地方几乎是不可能的事，因为贤者圣者不是每一届当政者都是的。然而在右玉的60年里，百姓们认为，除"文化大革命"外，他们的每一任当政者都是贤者和圣者，是值得他们感激与感恩的人。

> 伟哉，右玉！
>
> 夫治州立县，生民为先；存政之要，当在官贤。向之右玉，民生维艰。冬长夏短，地瘠天寒。征伐有代，战乱经年。滚滚兮泥流，灈灈兮尘山。风驰沙走雾漫漫，雨落水狂恶浪翻。麦菽无收头撞地，饥寒相逼口呼天。
>
> 嗣共和开国，政张新弦，百废待举，万民摩拳。县委政府高瞻远瞩，丁壮老幼一往无前。集众志，汇群言；改乾坤，壮河山。不信春风引不回，敢教日月换新天。政策归心，人民奋战；党员带头，干部当先。适草适木，或乔或灌；因时因地，亦固亦迁。堵风魔于山口，治沙虐于荒滩。植沙柳以扩河岸，建林网而保农田。迎风扬锄，洒血汗于荒土；傲霜挥锹，献忠勇于芥原。艰苦奋斗，有子规之诚；无私奉献，比精卫之坚。百折不挠，如夸父之追日；顽强拼搏，若愚公之移山。历五十载余，时移岁替，持之以恒无顾返；虽十七任迁，人更事迭，不改初衷又加鞭。
>
> 于是焉，岭树重遮千里目，苍河更绿两岸天，登高远眺，林涛翻卷；俯流濯足，清波涌泉。林网保田以幽幽，牧草护土而芊芊。稼禾欣荣于平畴，牛羊欢爱于旷野。花草簇楼起，山水抱城眠。景回路转，通衢连起城乡村；柳暗花明，旅游推出农家园。蓝天白云，歌声传阡陌；晴空丽日，雁影照塞边。李洪河畔，花黄蝶飞，草鲜春雨后；中陵湖上，鱼跃鸭闲，波涌暖风前。兔走雉唱，辛堡梁岗万类竞烂漫；鸟鸣蜂忙，苍河净水不舍昼夜间。南山春临满眼翠，北地秋来遍地钱。
>
> 美哉，右玉！

这是矗立在今日右玉县小南山森林公园一座巨型雕塑上镌刻的《右玉绿化赋》中的一段。它以功德碑文的形式，记录着中华人民共和国成立以来历任"官贤"们带领右玉人民绿化为政、助民立家的功劳与改天换地的巨变。那"北疆大地上，绿旗一杆，哗啦啦迎风飘响；湛蓝天空下，绿洲一片，浓郁郁溢彩流光"，让人仿佛迎风洗礼、迎风感悟。

啊，那是什么样的风？那是中国共产党人坚韧、务实、为民服务之风！

是的，抚摸杀虎口那一排排不朽的老沙柳，我依然清晰地听得，中华人民共和国成立后右玉县第一任书记张荣怀站在沙风口的那座天主教堂前高声地向干部们喊道："同志们，右玉这黄风天，我们共产党人再也不能让它横行下去了！右玉人要活下去，就要把大风锁住。右玉要想富，就得风沙住。要想风沙住，就得多栽树。要想家家富，每人十棵树。县村干部带好头，人人都来植好树！"要知道，这是一个从枪林弹雨中刚刚走过来的、肩上还挎着盒子枪的年轻县委书记在共和国成立只有23天时所说的话。

"右玉要想富，就得风沙住。要想风沙住，就得多栽树！"右玉植树、植树右玉的传奇就是从这位书记开始的——

那一年风刮得特别的猛烈，县委大礼堂正开着各界人民代表大会，突然狂风大作，天昏地黑，只听"呼嚓——"一声巨响，一棵桶口粗的古树拦腰折断，顿时，礼堂四周的窗口里袭来一股股黄沙，将人民代表们个个呛得喘不过气来……"你们看，右玉的黄风真是要吃人哪！老天爷向我们人民代表宣战了，你们说我们该怎么办？"1952年春里的一日，第二任右玉县委书记王矩坤站在风口处这样高声质问他的人民代表们。

"植树！"

"快植树呗！"

"好——我们就去植树！"王矩坤又问，"这狂风刮得猛啊，你们说它是从哪儿刮来的？"

代表们不约而同地："从杨千河的老虎坪刮来的。"

"好，我们就到老虎坪那儿去植树！"王矩坤书记大手一挥，挺身迎风而进……

右玉县的第一个植树防沙堵风口的战役就是这样打响的。王矩坤在任三年，右玉县有了12.7万亩的大片小杨树，那郁郁葱葱的小杨树林让右玉人的心中从此长起一片希望的绿洲。

1955年，右玉县闹起严重的粮荒，许多人不得不背井离乡。怎么办？还植不植树了？"当然要植嘛！"第三任县委书记张进义和县长解润清清楚楚、明明白白告诉下面的干部：按人头出勤，每植一亩树，发救灾玉米15斤！嘿，这一招真灵，不仅解决了逃荒者的饥饿问题，同时又换得一片片绿洲在黄沙滩上生机盎然。

现在轮到被右玉人民称为"植树王"的马禄元出场了，这一年是1956年。这一年的春天，在革命圣地延安召开了一次由团中央及林业部、水利部黄河水利委员会联合发起的黄河上游流域的"五省区青年造林大会"。时任团中央书记的胡耀邦以其特有的激情向全国青年号召道：人迹所至、舟车所及的地方都要绿化起来，一切青年都要在造林运动中成为先锋队，一定要把祖国大地变成绿色的海洋。马禄元就是在这股强劲的"延安风"感召下，发动了全县青少年12000人，组成180个突击队，参加了苍头河、源子河和40多座荒山造林绿化工程。如今仍然郁郁葱葱并且将整个县城四周连成一片的数十个荒山改造的"共青团林"就是在那年建起的。而马禄元的到任，其实也是右玉真正意义上的植树造林拉开了波澜壮阔的序幕……

"当时我只有29岁，年轻气盛，根本没有想到艰苦是咋回事，领导找我谈话让去右玉当县委书记，我说领导重用，我一定要把它干好，干脆把家属和孩子全家都搬过去吧。谁想这一去就是十年。十年中，我干的主要一件事就是带着全县人民植树造林堵风沙。"数十年后马禄元这样回忆道。

马禄元来到右玉的第一件事也是想着摸清右玉的大风到底是从哪儿来的。凭着"11号"交通工具——两条腿，马禄元与县长解润带领六名县委干部，走了几十天时间，把全县的风口和急需绿化的大片流动沙丘摸了个遍，最后选择了右玉最大风口——黄沙洼，作为造林突破口。

黄沙洼啊，黄沙洼啊，人称"吃了人烟吃山丘"的"狼处蹄洼"。它位于右玉原县城东北、马营河与苍头河的交汇三角带处，这里有一片长20公里、宽8公里的大沙梁，每年以1.5米到2米的速度向东南移动，从古至今一直是吃人吞天的"大狼嘴"。有见证：明代万历年间修建的三丈六尺的县城北城墙，就是被从黄沙洼吹来的黄沙淤积吞没的。

"咱们就不信这个黄沙洼治不了！"马禄元的双腿踩在黄沙里，说，"右玉县植树造林堵风口的第一仗就在这里开始，我们一定要让黄沙在人民面前低头，让树林在这里生长！"

"有没有这个决心？"

"有——！"誓师大会上，战斗的豪言震荡四方。全县工农商学兵齐摆阵，黄沙洼顿时变成了激情的海洋。会战的红旗和豪迈的胸膛，将黄沙挡在一片片绿林之外，正是"烽台不再瞭胡马，箭楼依旧看锁龙"。

右玉人民还清晰地记得，在这支会战大军里有一支非常特别的"青年近卫军"，他们就是由张引弦带领的右玉中学教师学生植树队。右玉中学，是中华人民共和国成立后该县唯一的一所中学，小个子校长张引弦正是一个"引弦人"。他响应县委号召，依靠学校有限的勤工俭学经费，连续17年带领全校师生植树造林，先后绿化了北起马营河、南至高墙框村长达20余公里，和东至羊圈坪、南至梁家店的数座荒山荒坡，造林4万余亩。这是多么了不起的一支"青年近卫军"！如今87岁高龄的张引弦老校长谈起那段历史时，欣然道："右玉由'不毛之地'，变成'塞上绿洲'，我做了我应做的工作，这件好事让我永生荣光。"

右玉人民惦念老校长的功绩，更不忘老书记马禄元的伟业。

植树治沙可以挡风，而刹住流动的沙海，更需要有科学的办法，将沙地变成绿地是唯一的出路。马禄元与科技人员一起，在郝家村乡成功种植草木栖，是右玉开天辟地的大喜事！这草木栖看起来很平常，但它能顶"三料"：牲畜的饲料、种地的肥料、做饭的燃料。于是，百姓们高兴地叫它是沙漠里的"灵芝草"。

"灵芝草"使马禄元进了中南海，受到了毛泽东、刘少奇、朱德、周恩来等党和国家领导人的接见。

"马书记让我们家家户户懂得了种树能发财，种草木栖羊增膘，搞水土保持多打粮，右玉人有今天，是马禄元书记他们打下的家底。"

还有比这话更具有丰碑式意义的评价？

在右玉人民心目中与马禄元齐名的县委书记、县政府领导有一大批，庞汉杰便是其中之一。

庞汉杰比马禄元当县委书记时间更长，因为历史原因，在马禄元当县委领导时，庞汉杰是右玉县的"县委第一书记"，他当政七年中所做的贡献也使其成为历任县委书记中最让百姓敬佩的人物之一。

这是个充满激情的人，更是位体恤民情、擅长指挥千军万马的大将军。到任的第一件事就是两个月的调查研究，他手中的那张地图画满了他第一手获得的各种数据，怀中的那个笔记本上写满了记录实地情景的文字。正是基于这些数据和文字，庞汉杰与县委领导制定出了右玉历史上第一个《右玉流域治理，根治"五害"的五年规划》。

"若要右玉富，必须风沙住。风沙何时住，山川皆有树！"庞汉杰向全县人民吹响了绿化右玉的进军号，同时将一幅美好的绿色生态蓝图献给了那块心爱的土地。

之后的七年里，庞汉杰与关毅、马禄元、解润等领导一起率领全县百姓，围绕根治风沙、干旱、水土流失、霜冻、冰雹这"五害"，展开了一场又一场艰苦卓绝的战斗。从根本上讲，"五害"中主要是缺乏林草植被。所以，在庞汉杰的心里才有了"若要右玉富"，必是"山川皆有树"。

为了实现"山川皆有树"的目标，庞汉杰与其他县委领导一起，带领右玉人在黄沙洼上实施了整整三年的"穿靴""戴帽""扎腰带""贴封条"等科学治沙植树的措施，终于使昔日吞天吃人的"大狼嘴"变成了绿山岗。这一奇迹和成绩极大鼓舞了全县人民改天换地的信心。植树治洼成功之后，庞汉杰从父亲那儿得知一种叫沙棘的植物，它既可防风固沙，又可养土育地，于是在苍头河沿岸和黄沙洼林地上首次成功进行了人工种植沙棘的新战役。右玉人种沙棘，越种越尝到甜头，一种就是半个多世纪，直到叩开了致富的大门。

"见了树，还得有水。"于是右玉有了第一座水库——滴水沿水库。

"有了水，更得有丰产田。"于是右玉有了凤凰台农牧场——塞上高原农林牧全面发展的一面红旗，便从此高高飘扬……

庞汉杰带领右玉人民在风沙危害最严重地区建成了十几条防护林带，使右玉山川可以看到不少生机勃勃的锁风固沙的绿色长龙。

庞汉杰七年当政，让右玉全县局部绿了起来。

在1963年北京召开的全国水土流失严重地区水土保持工作会议上，当右玉代表讲到"从新中国成立以来，右玉每年春秋两季坚持不懈地植树造林锁风固沙。每到植树季节，每一任县委书记、县长都带头扛上铁锹，背上树秧，步行到野外植树劳动。在野地吃的是黑豆炒面，喝的是山泉水，休息在用树枝搭建的简易小山崖沟壑里，每天顶着看不见人影的大黄风，大干数月，人们的脸被晒成'黑铁片'、嘴角泛起血泡、手磨出老茧，但大家都不在乎。我们就是这样年复一年地带领群众苦干实干"时，主持会议的谭震林副总理激动地站起来对所有代表们说："你们都听到了吗？如果全国2000多个县的县委书记和县长都能像右玉这样干，我们国家的面貌还愁变不了吗？"

庞汉杰的业绩永远留在右玉人的心中。那年，65岁的庞汉杰逝世时，右玉人民自发在黄沙洼等山坡上放满了白色花圈，以怀念他们敬爱的领路人。而与庞汉杰、马禄元两任书记搭档、在右玉当了10年县长的解润也因积劳成疾，60岁就去世了，但他同样永远活在右玉人民心中。

还有一位英年早逝的县委书记叫杨爱云,他50岁逝世时正好是右玉人民用了26年艰辛植树后第一次获得"绿化先进县"荣誉的时候。杨爱云任右玉县委书记是在1971年至1975年,他从前任关毅、庞汉杰、薛珊等领导的手中接过植树造林的接力棒,在极端困难的政治环境下,坚持不被"左"的错误路线干扰,迎着风浪,认准绿化右玉、造福人民的方向前进。杨爱云这位武装部政委出身的县委书记,身上有股铁骨铮铮的气概。他不畏困难,敢冒风险,带领右玉人用四年时间把千年泛滥成灾的苍头河,改造成一条右玉人民的幸福河,同时还建成总面积达4000多亩、水容量2176万立方米的常门铺水库,使右玉实现了从绿化沙地到丰田丰产的决定性转变。

"十面埋伏锁苍龙,百里丰田满地绿。"杨爱云在弥留之际,依然轻轻地念着他心中的右玉新貌,令天地为之动容。

1975年底,右玉县又迎来一位创造奇迹的"绿化功勋书记"——常禄。

常禄在右玉任职八年,是右玉历任县委书记中任职时间最长的一位。"我的名字叫常禄,就是要把右玉建设成常绿的塞上绿洲。"这是他常挂在嘴边的一句话。他说,这是自律,也是奋斗的理想。

常禄的路和常绿的右玉,皆是一条艰辛的万里长征路。

"要让全国人民都种一棵发财树"——1978年,邓小平在深圳植树时,庄严地许下这个心愿。1978年,党中央和国务院决定在西北、华北、东北西部风沙危害和水土流失严重的地区实施防护林体系建设工程,故称"三北"防护林体系建设工程。右玉县被中央列入其中的重点县之一。这个消息让时任县委书记常禄兴奋不已,他对县长车永顺说:"老车,这可是个光荣而艰巨的任务啊!你名叫车永顺,这次建设防护林体系,我看你的车顺不顺?"县长则回道:"你是领头人,你领对了,我的这辆老牛车就会拉着优种树苗顺利地建成右玉防护林。"

"哈哈……"两人手握手、肩搭肩地大笑起来,"重任在肩,何言完不成?"

于是,以威远、高家堡、油坊、城关"四大盆地"为主战场的盆底林网化、盆帮梯田林带化、盆沿植树全绿化的第一战场;围绕马营河、欧村河、牛心河、苍头河、李洪河流域进行的外边打坝植树、搞乔灌混交护岸林,里边"开膛剖肚,取石垫土,方格植树"和河岸坡梁植树种草、还林还牧的第二战场;以风口沙丘栽防风固沙林、高山陡坡栽水土保持林、小沟河岸栽乔灌混交林、向阳坡栽经济林、背阴坡栽针叶林、缺煤少炭山区栽薪炭林、水源好的沟壑栽丰产林为具体措施的荒山沟壑治理为第三战场。这"三大战场"全面铺开,不同的战场所用的战术不同,各显神通,成效显著。常禄因此被右玉人称为"摆阵布兵的常胜将军"。仅仅四年时间的防护林体系战斗,取得少有的硕果。到1982年,右玉县的粮食总产达4610万公斤,人均550公斤;油料777万公斤,人均86公斤;大牲畜24300头,羊13万只,人均收入250元。与党的十一届三中全会以前的1978年相比,粮食总产增长65.8%、油料增长2.3倍、大牲畜增长11%、羊增长50%、人均收入增长4.1倍。全县其他经济指标也都超过历史最好水平,实现了"十个突破",名列雁北地区前茅。

常禄在右玉的八年，干部群众谁都知道他出门下乡时，随身经常会带着四件东西：铁锹、剪子、卷尺和望远镜。平时走到哪儿，他就拿上铁锹和大家干到哪儿。进入林中，看到哪棵树枝该剪了，他上去就剪。右玉种了好多优质杨树，为了确切地了解树木生长情况，他经常用卷尺丈量树干的高度与粗度。每当走到高处，他总是习惯性地拿起望远镜，一是观察大面积林木生长情况，看哪儿还有没绿化的荒山荒地；二是看看远处有没有偷砍林木的坏人或啃吃林木的牲畜。常禄因此有"对每一棵林木都有感情的爱树书记"之称。他甚至看到一个司机无意中撞倒了路边的一棵树苗，坚持严罚50元；他因自己的子女少去参加一天植树而罚其一天不准吃饭。正是这位"爱树胜过爱生命"的县委书记和全县人民的不懈努力，右玉在1983年便上了《人民日报》等中央媒体，"塞上绿洲"的称号也从此被叫开了。

1983年，坚持八年植树的常禄在离开右玉前，光荣地领到了山西省人民政府颁发的001号"山西省林业模范"证书，这至高的荣誉让常禄流下了激动的眼泪⋯⋯

常禄这位植树功勋书记，被山西省人民政府授予"绿化旗手"的县委书记，同样因为长年积劳成疾，在离开右玉不久便因病逝世，年仅60岁。

常禄之后袁浩基、姚焕斗先后任右玉县委书记，姚焕斗先是县长、后任书记。袁、姚在右玉都被称为"草书记"，他们的种草主张让右玉的绿色大业由谋生存向谋发展转变，并且获得历史性的突破和巨变。袁浩基在右玉工作近七年，他在回顾自己任职历程时这样说："组织上让我到右玉当县委书记，我当时就想，我不仅要让右玉有林子，还要让林子长出票子。那时候我是横下一条心，接好前任的绿色接力棒。我到右玉时也是举家老小一同去的，牺牲的不仅仅是孩子们的学业、妻子的事业，连老父亲的命都搭上了。那时我们的干部从来没有星期天，没有节假日，只有一个心眼，就是死心塌地为右玉人民致富干些实事。"

姚焕斗在右玉12个春秋，先是四年的常务副县长，主抓防护林体系工作；后六年当县长兼右玉县绿化委员会主任，依然抓绿化；之后的两年当县委书记，仍旧抓绿化。不同的职务，做同一件事，即是在同抓绿化过程中想的问题、做的事情中更多的是思考如何为右玉人民致富闯路的全局。姚焕斗从一个援外农业专家，成为绿化专家、种草权威，12年与风沙苦战，让他与右玉的每一片林子、每一座沙丘结下了感情。1991年10月30日，当姚焕斗调到另一个县任书记、离开右玉临上车时，他折身回到办公室拿出自己的心爱之物——铁锹。他把伴随自己在右玉12个春秋、已磨得闪闪发光的铁锹放在车上，又在县府大院的松树、杨树上各摘了几片树叶放在文件包里，才恋恋不舍地离开了绿洲右玉⋯⋯

右玉已经绿了，绿洲右玉的风，挟着的不再是黄沙了，那是清爽的风，那是飘香的风，那是百姓幸福与欢笑的风⋯⋯

右玉的植树造林也不再是县委书记、县长的事了，是全体右玉人的自觉行动，是与生命、生活同等重要、不可分割的事。

然而，在近20年的时间里，右玉人民依然不能忘却师发、高厚、赵向东，包括现在的陈小洪等数任县委书记，和杨树昌、李发、陈晋才、苏连根等数任县长，不能忘却他们在提高右玉绿化质量、提升右玉绿化地位，尤其是在促进右玉这个"塞上绿洲"全面走向小康社会和更具竞争力方面所做的贡献。

而今的右玉，不仅绿风激荡、林木葱郁，而且一派农林牧渔业全方位生态发展景象，更有兴旺的旅游业、国家级森林公园、花卉苗圃基地以及吸引中外著名企业前来投资的整体环境。难怪有人将今日的右玉称赞为"镶嵌在山西乌金盘边的翡翠"。而我则依然愿意称它是"塞上绿洲"，因为绿洲里可以听到一阵阵永不停息的叩动灵魂的风，那风是中国之风，是中国共产党人之风，是中华民族坚强不息、谋图强盛之风！

《苍河颂》是一部史志性记录区域生态文明建设的作品。作家石新民与赵生荣把握一支具有深重历史感的大笔，书写了中华人民共和国成立后右玉县历任党政领导班子矢志不渝、接力相传、改造右玉变不毛为绿锦的意志、情怀、行为和美景。其题材属中国当代生态农业、林业、环保、防沙化之最具典型者；体裁则选用史志性、传志性大报告文学，同时运用散文之抒情格律、小说塑造人物的方法，使该作品文学含金、史实含真，品格高昂。作家出版社认同《苍河颂》，并将其作为本世纪出版的重要题材的作品加以推广。相信，作家出版社出版发行该书，会将右玉展现在一切爱好绿色与和平的人们面前，会让右玉在国人心中留下美好的印迹。

读《苍河颂》所得，是为序。感谢作家石新民与赵生荣的辛勤劳动和激情创作。

2010年8月15日于北京

目　录

引　子 …………………………………………………………………………………… 001

第一章　认准出路 ………………………………………………………………… 015

"要想人生存，先让树扎根！"中华人民共和国成立后右玉第一任县委书记张荣怀
　　带领机关干部栽下塞上右玉防风固沙第一批白杨树 ……………………………… 017
人民代表打头阵，万人苦堵西部大风口——老虎坪 …………………………………… 023
王矩坤要求："谁来植树一亩，给谁救济救灾玉米17斤！" ………………………… 025
1955年12月，山西省人民政府主席裴丽生来到右玉黑洲湾驻村14天吃便饭、搞勘测，
　　张进义和解润全程陪同搞调研、作规划 ……………………………………………… 026

第二章　延安的春风 ……………………………………………………………… 029

胡耀邦号召："全国青少年一定要把祖国大地变成绿色的海洋！" ………………… 030
不畏艰难搞勘测，绘出右玉第一张流域治理规划图 …………………………………… 032
马禄元带领千人首战右玉最大风口——黄沙洼 ………………………………………… 034
右玉中学师生绿染马营河两岸 …………………………………………………………… 036
省领导郑林和团省委领导李立功到右玉慰问，嘱咐道：
　　"禄元，植树造林锁住风沙你这个县委书记就当好了！" ………………………… 039
马禄元两年蹲点盘石岭封沟育林，乔灌混交示范点受到国务院嘉奖 ………………… 041
1958年草木栖落户右玉，大种草木栖好处多多 ………………………………………… 042

第三章　吹响绿化号角的人 ……………………………………………………… 045

庞汉杰两个月磨破两双鞋步行调研，绘出右玉植树造林防风固沙新蓝图 …………… 047
县委第一书记与书记七年携手奋进锁风沙 ……………………………………………… 049
庞汉杰提出"若要右玉富，必须风沙住；风沙何时住，山川皆有树"，
　　制定了右玉第一个流域治理根治"五害"的五年规划 ……………………………… 052
"青山不老树为林，绿水长流林是源"，四年春秋奋战筑起杀虎口长城防风屏障 …… 053

001

"'穿靴、戴帽、扎腰带、贴封条',定让黄沙洼变成绿色洼!" ……………………… 055
马禄元任总指挥,全面治理马营河流域 ………………………………………………… 057
"不光栽好树,还要大量种沙棘",首次开创右玉人工种植沙棘 …………………… 060
"见了树,还得见了水,山清水秀才是我庞汉杰的神圣职责!" …………………… 061
"不信神不信鬼,杨柳非进右玉城不可!" ……………………………………………… 063
"不能刮地穷,要大造薪炭林!" ………………………………………………………… 064
"建起凤凰台农牧场,让金凤凰安窝落户!" …………………………………………… 064
重返右玉完成宏愿,总结宣传五个造林种草先进典型 ………………………………… 065
庞汉杰常说"植树不爱树,等于白辛苦",
　　1962年右玉县委第一次发给农民林权证 ………………………………………… 066
书记心目中的创业者——张沁文 ………………………………………………………… 067
右玉粮油草三大轮作在全省推广 ………………………………………………………… 068
严重干旱的1963年,打赢了春秋两季群众性突击造林绿化战役 …………………… 069
1963年10月,国务院副总理谭震林高度赞赏右玉植树固沙、水土保持的做法和
　　经验 ……………………………………………………………………………………… 071
"庞老汉"任职县委第一书记七年呕心沥血锁风沙,
　　塞上右玉山川到处看到生机勃勃的绿色防风林带 ……………………………… 073

第四章　树起两面绿色旗帜 ……………………………………………………………… 075

1965年右玉被省委确定为低产变高产实验县和贫困县,
　　县委学习焦裕禄带头培养过硬的治山治水先进典型 …………………………… 076
卢功勋蹲点:农田林网、草田轮作的盆儿洼大队 ……………………………………… 078
薛珊蹲点:白手起家抓林业,坡梁沟壑全绿化的青羊沟大队 ………………………… 082

第五章　非常时期志不移 ………………………………………………………………… 085

关毅坚定地说:"再困难,植树造林的大旗不能丢!
　　植树造林绿地皮,才能使老百姓饱肚皮!" ……………………………………… 086
极度困难的1960年全党全民总动员,796个造林突击队撑着身子植好树 ………… 089
1960年7月山西省委常务书记王谦第一次专程来右玉调研,
　　明确指出:风沙锁不住,右玉没出路。坚定信心植好树种好草 ……………… 089
地委书记王铭三拍板:为民造福,利用苍头河上马修建常门铺水库 ………………… 091
32岁的县委书记马禄元亲自三次登机指挥飞播,
　　右玉历史上首次飞播种草5万亩获得成功 ………………………………………… 092

省委常务书记王谦再次嘱咐：造林种草要大搞，右玉才有希望；
  1960年国营梁家油坊林场成立，全县进入国有造林新阶段⋯⋯⋯⋯⋯⋯⋯⋯⋯⋯ 093
知识青年到农村，成为右玉造林绿化的一支生力军⋯⋯⋯⋯⋯⋯⋯⋯⋯⋯⋯⋯⋯⋯⋯ 095

第六章　十面埋伏锁苍龙⋯⋯⋯⋯⋯⋯⋯⋯⋯⋯⋯⋯⋯⋯⋯⋯⋯⋯⋯⋯⋯⋯⋯⋯ 099

"大水倒进了右玉城！"⋯⋯⋯⋯⋯⋯⋯⋯⋯⋯⋯⋯⋯⋯⋯⋯⋯⋯⋯⋯⋯⋯⋯⋯⋯⋯ 100
杨爱云布局：十大流域摆战场，四大盆地做文章，十面埋伏锁苍龙⋯⋯⋯⋯⋯⋯⋯⋯ 100
"军令的发布不等于战役的胜利，首长的前线督战至关重要！"⋯⋯⋯⋯⋯⋯⋯⋯⋯⋯ 103
"誓让苍河变富河，植树绿化造良田！"⋯⋯⋯⋯⋯⋯⋯⋯⋯⋯⋯⋯⋯⋯⋯⋯⋯⋯⋯ 105
"常门铺水库保证在我的任期内建成蓄水！"⋯⋯⋯⋯⋯⋯⋯⋯⋯⋯⋯⋯⋯⋯⋯⋯⋯ 108
全面推广消息屯"粮油下湾，林草上山"经验⋯⋯⋯⋯⋯⋯⋯⋯⋯⋯⋯⋯⋯⋯⋯⋯⋯ 110
在贾家窑山试种油松、樟子松获得成功⋯⋯⋯⋯⋯⋯⋯⋯⋯⋯⋯⋯⋯⋯⋯⋯⋯⋯⋯ 111
省委原常委、省军区原司令员张广有说："杨爱云在右玉任职
  五年为右玉做下不少打基础的大事，给后人留下了好名声！"⋯⋯⋯⋯⋯⋯⋯⋯ 114

第七章　"八年绿色革命"⋯⋯⋯⋯⋯⋯⋯⋯⋯⋯⋯⋯⋯⋯⋯⋯⋯⋯⋯⋯⋯⋯⋯ 117

常禄由天镇县委副书记直接提拔为右玉县委书记，
  铿锵表态："我要豁出命来干，让右玉的山川变常绿！"⋯⋯⋯⋯⋯⋯⋯⋯⋯⋯⋯ 118
科学规划三大战场，不同地域采取三种战术⋯⋯⋯⋯⋯⋯⋯⋯⋯⋯⋯⋯⋯⋯⋯⋯⋯ 119
"栽活了树，才算栽了树。
  我和老车首先做出样子，带着大家干！"⋯⋯⋯⋯⋯⋯⋯⋯⋯⋯⋯⋯⋯⋯⋯⋯⋯ 123
铁锹、剪子、卷尺、望远镜四件东西伴随常禄八年任职⋯⋯⋯⋯⋯⋯⋯⋯⋯⋯⋯⋯ 127
"县直机关干部要在绿化右玉山河中显身手！"⋯⋯⋯⋯⋯⋯⋯⋯⋯⋯⋯⋯⋯⋯⋯⋯ 128
"用先进榜样照亮咱们的绿化大旗，
  '飞鸽牌'的干部，也要干好'永久牌'的事！"⋯⋯⋯⋯⋯⋯⋯⋯⋯⋯⋯⋯⋯⋯⋯ 133
中共右玉县委、县政府下发关于树立林业典型的决定⋯⋯⋯⋯⋯⋯⋯⋯⋯⋯⋯⋯⋯ 136
"有心多栽树无钱买苗木，我要办起自己的苗圃和林校！"⋯⋯⋯⋯⋯⋯⋯⋯⋯⋯⋯ 137
实行林业"三定"、颁发林业"三证"，林权归己永远不变；
  1981年6月，右玉县被山西省人民政府批准为林区县⋯⋯⋯⋯⋯⋯⋯⋯⋯⋯⋯⋯ 140
"男人不能砍树，女人不能有肚（超生）"⋯⋯⋯⋯⋯⋯⋯⋯⋯⋯⋯⋯⋯⋯⋯⋯⋯⋯ 143
林业部部长雍文涛要求："建设速生用材林基地大有必要！"⋯⋯⋯⋯⋯⋯⋯⋯⋯⋯ 145
1980年3月10日，中共中央书记处书记、国务院副总理
  王任重首次肯定"不毛之地"的右玉变成了"塞上绿洲"；

省委、省政府在右玉召开为期7天的西山防护林建设会议 …… 146
山西电视台摄制《塞上绿洲》专题片在中央电视台多次播出，
　充分展示了右玉人民33年植树固沙改天换地的卓越成就 …… 149
马骏、傅平创作电视剧《借姑娘》，荣获山西省首届社会主义文艺创作奖 …… 151
丰硕的成果，丰收的喜悦 …… 152
曾任中共山西省委八年书记的李立功盛赞常禄：
　"常禄的精神也是右玉精神的集中体现，
　　没有常禄恐怕不会有今天右玉生态旅游之说。" …… 156

第八章　走"反弹琵琶"之路 …… 159

召开右玉历史上第一个农业发展
　战略论证会，制定"十六字"农业发展方针 …… 161
胡耀邦到右玉考察：亲切的指示，巨大的鼓舞 …… 164
袁浩基和姚焕斗《致全县人民的公开信》——强化宣传，鼓动发展 …… 168
"领导办好林业点是跑好林业接力赛的重要保证！" …… 169
"羊要吃草树要栽，平衡林牧矛盾刻不容缓！" …… 172
下决心更新改造小老树 …… 173
"让群众在植树造林中得到更多的实际利益！"
　袁浩基、姚焕斗掀开了右玉绿色工业的新篇章 …… 176
"70万亩小流域全部承包给农户治理去！" …… 178
绿染荒沟志不移的王占峰 …… 179
《森林法》指明依法治林方向，全县普遍完善林木管护制度 …… 183
《绿色长城》联合摄制组深入右玉拍摄半个月，
　《艰难的崛起》专题片在中央电视台持续播出 …… 184
1984年右玉发现34亿吨大煤田，地下黑色宝库带来脱贫致富新生机 …… 185
右玉的绿色大业由谋生存向谋发展转变 …… 187

第九章　种草——历史性进步 …… 189

立草为业，让草进帐升位，右玉美名为"绿都"——
　1984年8月全国飞播牧草现场会在右玉召开 …… 191
"要想草业上，好的政策来保障"，右玉制定了种草的好政策 …… 193
种草的好处说不完 …… 195
"草莽英雄"速写篇 …… 196

雁北地委书记白兴华说："《苍河颂》出得很必要，
　　十几任县委书记绿化接力赛续写右玉发展新蓝图！" ………………… 201

第十章　祭起法宝绿乾坤 ……………………………………………… 203

　　姚焕斗绿票定"音" …………………………………………………… 205
　　绿色考勤表 …………………………………………………………… 206
　　绿色工程生活会 ……………………………………………………… 207
　　绿色典型引路人 ……………………………………………………… 208
　　绿色经验总结宣传员 ………………………………………………… 211
　　省委书记王茂林说："我在右玉看到了
　　　　列宁讲的星期六共产主义义务劳动。" …………………………… 215
　　姚焕斗、师发共同策划主编《右玉林业功臣录》一书 ……………… 216
　　一曲《绿叶赞歌》唱出了几代右玉人民的心声 ……………………… 218

第十一章　苗圃里的欢笑声 …………………………………………… 221

　　造绿廖巴山 …………………………………………………………… 222
　　栽树育人创新业的县粮食局苗圃 …………………………………… 224
　　生龙活虎的残虎堡大队"红姐妹造林专业队" ……………………… 226
　　舍生忘死的毛永宽威远堡村苗圃 …………………………………… 228
　　心血浇灌的王月兰"三八"苗圃 …………………………………… 229
　　生机盎然的右玉国营苗圃 …………………………………………… 231
　　绿苗、爱情双喜临门的李达窑社办苗圃 …………………………… 234

第十二章　1986年右玉被列为国家级贫困县 ………………………… 239

　　李振华的切身感受 …………………………………………………… 240
　　远道而来的北京客人 ………………………………………………… 241
　　一份厚重的《请示报告》 …………………………………………… 242
　　《人民日报》一篇有分量的文章 …………………………………… 248
　　高厚的如实调研 ……………………………………………………… 249
　　丰厚的效应 …………………………………………………………… 250

第十三章　拼死拼活实现基本绿化县 ··· 257

背水一战，师发立下按期实现基本绿化的"军令状" ···························· 258
7个万亩造林绿化工程与50多天的风霜雨雪 ····································· 261
右玉首次引入外资——好戏连台 ·· 266
在山西首创绿色通道工程 ·· 270
林业部在右玉成功召开为期五天的全国沙棘工作会议；
　　《塞上绿洲沙棘红》专题片荣获中央电视台二等奖 ·························· 275
一曲《家常便饭迎贵客》红遍三晋大地 ··· 277
山西省林业厅第三任厅长李里说，中华人民共和国成立后右玉林业发展
　　可分为三个时期：单纯生态林业期、效益林业期、兴林致富期 ········ 280
师发亲自撰写了大南山（贺兰山）绿化纪念碑文 ································ 283

第十四章　不忘治理苍头河的人们 ··· 285

袁浩基徒步考察苍头河，迅速打响治理开发苍头河流域的新战役 ········ 286
苍头河生态农业试点区获得成功 ·· 287
打赢苍头河中段流域综合治理仗 ·· 288
苍河岸边"郝革命" ·· 294
副总指挥、治河顾问——康润玉 ·· 295
治河开发能手——李甲才 ·· 296
绿化治河功臣——伊小秃 ·· 297
高厚《给各乡镇党委书记的一封公开信》 ··· 300

第十五章　绿洲奏响灌木曲 ··· 303

全面建设百里绿色通道绿化工程 ·· 304
实施百名优秀青年干部下基层工程 ·· 307
赵生荣情系家乡 ·· 307
"把小南山森林公园建起来！" ··· 311
文明创建之花开遍绿洲城乡 ··· 313
1997年，县直机关干部义务劳动建起首个娱乐健身公园——右玉公园 ·· 315
拍卖"四荒"泛新绿 ·· 316
水磨沟里夕阳红——韩祥 ·· 317

南雁北飞绿色梦——余晓兰 ………………………………………………… 320
"六管齐下抓护林，绝不饶恕毁林行为！" …………………………………… 323
森林卫士——李弼 …………………………………………………………… 326

第十六章　塞上绿洲沙棘红 ……………………………………………… 331

优越的生长环境 ……………………………………………………………… 332
强大的生态功能 ……………………………………………………………… 333
可贵的经济价值 ……………………………………………………………… 334
把沙棘立为一业，全面开发、研究、利用 ………………………………… 337
瑰宝沙棘，引来无数嘉宾塞上行 …………………………………………… 341
全力打造沙棘产业基地 ……………………………………………………… 343
朱新礼：我爱沙棘 …………………………………………………………… 349
让沙棘成为改造生态、农民脱贫、国民医药保健的功臣 ………………… 350

第十七章　"三大战略"决战贫困 ……………………………………… 353

高厚对右玉县50年来扶贫工作的反思 ……………………………………… 355
确立右玉农村经济发展的基本思路 ………………………………………… 358
移民并村撤乡，走出深山奔富路 …………………………………………… 359
绿起来更要富起来——生态畜牧立县
　　温家宝说："老少边穷地区要把右玉的发展模式作为方向！" ……… 364
打破瓶颈，七大绿色龙头企业领风骚 ……………………………………… 368
"羊媒人"——赵有英 ……………………………………………………… 372
整合各类项目资金，着力构筑生态保护网络 ……………………………… 377
林业、水利、计委等多部门联合实施整体打造
　　百里绿色生态走廊旅游工程和15座生态观摩亭 ……………………… 378
陈明枢嘱咐高厚："你们作为右玉第一总指挥，
　　一定要把这些树管好，致富右玉，造福子孙！" …………………… 382
山西电视台摄制《塞上绿洲谱新篇》专题片
　　中央、省台播出，主题歌《右玉美》好评如潮 ……………………… 385
中共朔州市委原书记来玉龙说，高厚任职右玉县委书记5年
　　干成几件在全省叫得响的大事，实现右玉历史上跨越式发展 ……… 387

第十八章　难忘的百日攻坚战 ………………………………………………… 391

同频共振，下定决心 …………………………………………………………… 392
大道歌飞党旗红，披荆斩棘筑富路 …………………………………………… 396
视质量为生命，铁面无私的质量监督员 ……………………………………… 402
众志成城，真情共筑通天路 …………………………………………………… 405
省市的关怀，巨大的成果 ……………………………………………………… 407

第十九章　建设富美和谐的幸福新右玉 …………………………………… 413

赵向东站在新的起点上，拉开建设富而美新右玉的绚丽序幕 ……………… 414
建设彩色生态，走生态建设、人居环境、
　　经济效益三者科学发展之路 ……………………………………………… 418
平衡林牧矛盾，保障生态安全 ………………………………………………… 420
"绿水青山就是金山银山！"
　　着力开发生态农业、生态工业、生态旅游三大生态产业
　　　从此，塞上绿洲右玉迈上"两山"建设的新征程 …………………… 422
四届生态健身旅游节向世人展现了全新的右玉 ……………………………… 429
2005年8月，右玉县被国家环保总局命名为"国家级生态示范区"
　　省委书记张宝顺要求编纂一部《右玉县绿化志》在全省学习宣传 …… 442
牢牢记住那些为播绿护绿离去的人们 ………………………………………… 446
建设三大基地，发展五大优势产业
　　右玉依托资源发展的春天已经到来 ……………………………………… 450
招商引资大做项目文章，拓展经济实施全方位开放 ………………………… 455
赵向东、陈小洪带领班子成员亲自出去招商引资 …………………………… 458
实施产业集群战略，全力推动工业经济跨越发展
　　梁威、铁峰、红旗口三大工业园区初具规模 …………………………… 459
省长于幼军看到十几个企业落户右玉感慨万千
　　右玉被市委授予"朔州市招商引资工作优秀县" ……………………… 462
栽好"梧桐树"，频引"金凤凰"
　　塞上右玉招商引资喜事连连 ……………………………………………… 464
搞好典型示范，建设社会主义新农村 ………………………………………… 472
着力培育主导产业，农村生产得到发展 ……………………………………… 475
右玉县被省委确定为山西省首批

学习实践科学发展观活动试点县之一
　　　　右玉成为"国家可持续发展实验区" …………………………………………………… 481
　政协山西省第九届主席刘泽民说,《苍河颂》为右玉人民、
　　　　为各级领导矗立起一座永久丰碑,我举双手赞成并坚决支持! …………………… 483
　苏连根提出实施"五大战略",加快建设富美和谐的幸福新右玉 ……………………… 487
　2012年6月北京,山西举办特色农产品展销会
　　　　右玉成为各地客商首选有机绿色产品供应之地 …………………………………… 490
　吴秀玲提出建设生态好、产业优、人民富的美丽右玉
　　　　努力打造全国"两山"理论成功范例和全域旅游样板区 …………………………… 493

第二十章　正在崛起的塞上园林城市 ……………………………………………………… 499

　往事的回想 ……………………………………………………………………………………… 500
　从2007年起右卫老城全面铺开恢复重建工程
　　　　右卫镇被住建部上榜为第二批全国特色小镇 ……………………………………… 501
　高厚、赵向东的坚定信心:
　　　　"举全力打好县城攻坚克难硬仗,唱好城市建设重头戏!" ………………………… 505
　冬季,正是带冻土移植大松树的好季节 ……………………………………………………… 507
　必须高起点规划,二十年不变,出发点和归宿是以人为本 ………………………………… 510
　"有钱娶回媳妇不算本事,没钱娶回媳妇才算本事。" ……………………………………… 513
　把一个"大村落"建成城市,必须有一套严格的管理制度 ………………………………… 515
　"18年的艰辛建设,塞上右玉的县城出落得仪态万千、风情万种" ………………………… 517
　滨河公园的变迁人——王旭东 ………………………………………………………………… 522

第二十一章　二次生态创业写华章 ………………………………………………………… 527

　2006年,塞上绿洲擂响决战"六大造林绿化工程"战鼓 …………………………………… 528
　赵向东力推"干部一线工作法",右玉精神在传承发扬中闪光 …………………………… 530
　县直机关干部秉承优良传统,六大造林再续辉煌;
　　　　乡村干部主动请缨,不畏天寒地冻全部是义务投工 ……………………………… 535
　科学营林之路在传承创新中越走越宽 ………………………………………………………… 536
　生态建设在新的起点上实现新的跨越 ………………………………………………………… 540
　绿篱围栏,以爱护娃娃的感情去护树;苗木建档,以赏罚严明的责任保成活 …………… 545
　全省六大造林绿化工程工作会议在右玉成功召开 …………………………………………… 547
　搬兵决战魏家山,治理京津风沙源 …………………………………………………………… 551

陈小洪在"三北"防护林体系建设30年总结表彰大会上作右玉典型经验介绍 … 552
强化生态发展理念，生态建设要全面提档 … 554
集体林权制度改革续写右玉的绿色传奇 … 556
千人绿染牛心风电景区和大呼高速公路沿线 … 558
2012年，新的"六大造林工程"告捷 … 559
全市领导干部自费购苗亲手植树，精品打造大南山生态景区；
　县四大煤企踊跃投资荒山造林，生态文明建设永不懈怠 … 560
自觉践行习近平"绿水青山就是金山银山"理论，
　安吉、右玉、延安、塞罕坝、阿克苏共同签署《右玉绿色宣言》 … 565

第二十二章　生态旅游在召唤 … 569

赵向东和陈小洪全力打造"塞上绿洲"生态旅游品牌 … 570
首次在北京举办生态健身旅游节新闻发布会，
　为右玉招商引资促进跨越发展搭建优质平台 … 572
右玉，县名何来，文化积淀何在 … 573
千古绝唱《走西口》——右玉境内杀虎口 … 576
右玉境内长城和古堡连环 … 581
省文物局局长施联秀深入右玉调研长城和古堡，
　要求"进一步保护和利用好右玉独特的古代文化资源" … 585
古衡阳的十大景观 … 586
宝宁寺及《宝宁寺明代水陆画》 … 593
马营河明代乐楼 … 594
生态旅游的十二大景区景点 … 594
三晋第一雪道——中国·右玉小南山滑雪场 … 620
绿洲山乡农家游 … 622
国内外宣传、文艺、新闻、旅行社等界嘉宾热吻右玉 … 623
西口文化从右玉、从山西突围 … 630
右玉县被正式命名为国家AAAA级旅游景区 … 632
右玉被列入《山西省旅游产业（2009—2011年）发展规划》 … 633
首届中国·右玉西口风情生态旅游文化节隆重开幕 … 636
第四届中国旅游电视周、首届中国西口DV文化节、
　"玉龙杯"中国速度赛马俱乐部联赛暨第二届中国·右玉
　西口风情生态旅游文化节开幕 … 637
中国文联、中国视协2012年送欢乐下基层

暨第三届中国·右玉西口风情生态旅游文化节开幕 ………………………………… 639
第四届山西·右玉西口风情生态旅游文化节开幕 …………………………………… 640
右玉县上榜"2014中国深呼吸小城100佳" ………………………………………… 641
第五届山西·右玉西口风情生态旅游文化节开幕 …………………………………… 642
第六届山西·右玉西口风情生态旅游文化节开幕 …………………………………… 646
山西省人民政府决定：设立全省首个右玉生态文化旅游开发区 ………………… 652
2018年市委书记陈振亮举右玉龙头，走生态之路，
　　打长城品牌，争创右玉全域旅游AAAAA级景区 ……………………………… 654
太原理工大学与玉龙马业公司签约建立玉龙国际赛马学院 …………………… 656

第二十三章　省、市作出大力学习弘扬右玉精神的决定 ……………………… 661

右玉人民特别地锻造出独特的右玉精神，
　　山西省纪委等部门九赴右玉总结弘扬 ……………………………………… 662
省委第九任书记李立功嘱咐："坚定信心写好书！
　　一定要写出让世人认同和信服、经得起历史检验的好作品。" ……………… 664
中共朔州市委及右玉县委对右玉精神的先行宣传和鼓动 ……………………… 668
原省长孟学农说："我到山西来就老讲右玉，
　　一张蓝图绘到底，让绿色成为发展的资源。" ……………………………… 674
300余人参加的全省纪检监察系统学习宣传右玉精神现场会在右玉召开，
　　与会人员慷慨捐资建立"清风林"植树基地 ………………………………… 675
政协山西省第十届主席金银焕说，《苍河颂》应该写，
　　中华人民共和国成立以来右玉有三个方面值得在全国称颂，
　　右玉精神是对中国的独特贡献 ……………………………………………… 677
省委原书记、省人大常委会第七届主任王庭栋的一封亲笔信，
　　点赞《苍河颂》写得好，并衷心希望右玉的明天更加美好 ………………… 679
全省引深学习右玉精神，大力加强作风建设座谈会在右玉召开 ……………… 684
中宣部部长刘云山亲赴右玉考察调研并撰文弘扬，
　　中央媒体连续强力报道，右玉精神永载共和国史册 ……………………… 687
中共山西省委召开兴起学习弘扬右玉精神新高潮大会 ………………………… 688
省委宣传部部长胡苏平要求大力传承弘扬右玉精神，
　　解放文化生产力，右玉应加快步伐向文化强县迈进 ……………………… 694
出席国务院"三北"防护林工作会议的代表赞佩右玉精神 …………………… 696
中共山西省委第十四任书记袁纯清说：建设美丽山西也要靠右玉精神 ……… 697
市委书记王安庞说："要大力传承弘扬右玉精神，

自觉践行'为人民立功、为人民谋利'的政绩观。"……………………………… 698
省长李小鹏说:"牢记嘱托大力弘扬右玉精神,
　　坚定不移信心百倍地加快推进全省转型跨越。"…………………………… 699
胡苏平带领省直宣传文化系统负责人在右玉调研:
　　学习弘扬右玉精神,深入践行群众路线………………………………………… 701
省委书记袁纯清带领21名省级领导赴右玉集体学习右玉精神……………………… 704
中共山西省委副书记楼阳生说:
　　"右玉精神是人类的一种伟大实践,一定要把右玉精神深入人心,
　　成为我们的一种自觉行动。"………………………………………………… 706
中共山西省委第十五任书记王儒林说:"习近平总书记关于右玉精神的批示,
　　我们要进一步深入学习、贯彻落实。"……………………………………… 710
右玉精神必将奏出时代精神的最强音…………………………………………………… 712
习近平再讲新中国成立后右玉历届县委治沙造林故事,
　　牢记嘱托,加快建设富美和谐幸福新右玉……………………………………… 713
朔州市委中心组赴右玉举行专题教育第三次集中学习,
　　传承弘扬"右玉精神",学习践行"三严三实"……………………………… 716
中共山西省委第十六任书记骆惠宁反复强调:
　　大力弘扬右玉精神,奋发有为地把党和人民的事业做好……………………… 718
党的关怀照万代,右玉精神永不朽……………………………………………………… 722
中共第十三届朔州市委、市政府高举右玉精神旗帜,
　　出台《关于支持和推动右玉高质量发展实施意见》…………………………… 727

尾　声 …………………………………………………………………………………… 731

附　录 …………………………………………………………………………………… 737

后　记 …………………………………………………………………………………… 749

引子

朋友，你听说过"塞上绿洲"右玉县吗？

从山西太原往北，由五台山取道雁门关，在看够了云冈石窟的宏伟雄姿、恒山悬空寺的奇险俊俏、应县木塔的巧夺天工、大同上下华严寺的殿宇嵯峨之后，往西北再走68公里，一幅巨型跨路横标"欢迎进入国家级生态示范区——右玉"（背面："风景这边独好"），会顿时扑入你的眼帘；若从朔州市北行，途经平鲁区50公里，同样是一幅巨型跨路横标："欢迎进入国家级生态示范区——右玉""夏天的绿翡翠，冬天的白玉石"（背面："江山如此多娇""素有'紫塞玉林'之称的右玉国家级生态示范区、中国边塞文化名城、绿色旅游城市"）。更使你目不暇接的，是迎面而来的一望无际的绿色汪洋，恍惚间，"欧陆风光"就在眼前。

——这里便是被党和国家领导人誉为"塞上绿洲"的山西省右玉县。

百闻不如一见。高耸挺拔的白杨和茂盛翠绿的青松，像绿色卫士一样守护在柏油公路两侧，那浓郁苍翠的树冠，形成了绿色拱形长廊。远处，连绵起伏的绿色海洋，碧波荡漾；层峦叠嶂的绿色山野，如诗如画；纵横交错的林网树带，把大地镶嵌得分外秀丽。

  这里的天，格外蓝；
  这里的山，格外绿；
  这里的水，格外清。
  这里的牛羊，格外肥壮；
  这里的羊肉，格外鲜美；
  这里的沙棘，漫山遍野；
  这里的沙棘汁，格外甜绵。
  这里的民风，格外淳朴；

位于右玉县与左云县县界的跨路大标志牌

这里的人民，格外勤劳热情。

这里不是北国的草原，却胜似草原；

这里不是江南的水乡，却胜似水乡。

这里是晋蒙黄金旅游线路上不可多得的天然休闲乐园。

右玉县位于山西省西北部，地处黄土高原晋蒙交界处，毗连毛乌素沙漠边缘，距离毛乌素沙漠不到100公里，位于"三北"地区长城沿线的潜在沙漠高寒地带。境内四周环山，南高北低。南部是洪涛山脉，北部和西部是阴山山脉的延伸部分。主要山峰有红家山、曹家山、廖巴山、雷公山、桦林山、大南山、牛心山、老龙山、马头山等。境内东西宽45.7公里，南北长67.7公里。全县国土总面积1964平方公里。现辖4镇6乡，总人口11.5万，曾是国家扶贫开发重点县之一，也是朔州市唯一的贫困县，2018年8月8日已脱贫。全县平均海拔1400米，海拔最低的杀虎口1230米，海拔最高的红家山1975米。这里是典型的高寒干旱地区。全年最高气温36℃，最低气温-40.4℃，平均气温3.6℃。11月封冻，次年3月解冻，全年封冻期150余天，冻土层1.04—1.69米。绝对无霜期只有84天。年平均降雨量450毫米，年平均风速2.7米/秒，最大风速21米/秒。

北纬39.8度，东经112.4度。这就是中国地图经纬坐标上的山西省右玉县。

右玉北与西北，以古长城为界，与内蒙古的凉城县、和林格尔县毗邻，东与大同市左云县，南与朔州市的山阴县、平鲁区接壤。

从地貌上看，右玉是整体被黄土覆盖的丘陵山地，由东向西北倾斜，形成一道天然的大风口。

从地图上看，右玉像一片榆树叶，依偎在弯弯曲曲的万里长城身边。

至中华人民共和国成立初期，由于特殊的地理位置，加之历史上长期的战乱破坏和乱砍滥伐，致使右玉县的原始林木被毁，自然条件十分恶劣，生态环境极其脆弱。

明代兵部尚书王越曾经这样咏叹：

雁门关外野人家，不植桑蚕不种麻。

百里竟无梨枣树，三春哪得桃杏花。

六月雨过山头雪，狂风遍地起黄沙。

说与江南人不信，早穿皮袄午穿纱。

右玉生态环境的恶劣，尤以明清时代为烈。民间的歌谣更是这样描述：

一年一场风，从春刮到冬。

白天点油灯，黑夜土堵门。

十山九秃头，洪水遍地流。

风起黄沙飞，十年九不收。

穷人无法活，只好走西口。

仅仅这两首诗歌和民谣，便淋漓尽致地描绘出当时右玉自然面貌的荒凉和风沙危害的严重。

据《山西六政三事》记载，民国17年（1928），右玉森林面积133亩。

据《右玉县政十年建设计划案》载，民国22年（1933）全县仅有林木654亩，分为草沟堡、韩庆湾、威远、北花园4个林园。

到中华人民共和国成立初期，全县仅有残林不过8084亩，森林覆盖率只有0.3%，比全国低8.3个百分点。风蚀、干旱形成的土地沙化面积竟达到225万亩，占全县总土地面积的76.4%。

在我们的童年记忆里，这里确实是一片干涸的沙漠。我们无法知道这么多的黄沙来自何方，也没有看到这片漫漫沙漠的尽头在哪里！

始终处于两千多年来民族大融合前沿的右玉，一直为征战和杀戮所充斥、所包围。它给右玉人民唯一的遗产是历史赋予的凄凉和悲壮、磨难和艰辛。

因此，右玉一度成为政治上"犯错误"和家庭出身不好的人流放改造之地。

而生活在这荒凉偏僻、贫穷清苦中的人们，多少年来不敢对外宣扬自己是右玉人。

如今，70多岁还健在的右玉人，黄风、黄沙、大旋风，是他们生命和生活中最深刻的记忆。

思路决定出路。中华人民共和国成立70年来，中国共产党派往右玉县委的历任县委书记、县长，像不知疲倦的领跑者，牢记共产党人的宗旨，不辱使命，与右玉人民同甘苦、共命运、谋发展。县领导一任传一任，人民一代接一代，高举并传承绿色接力棒，把植树种草、造林营绿、改善生态环境作为改变右玉贫穷落后面貌的根本出路，一张蓝图绘到底，一任接着一任干。无论政治风云如何变幻，始终坚持"绿化防风固沙，林草覆盖右玉"的战略方针，并根据在任时期的右玉县情，提出符合右玉实际的绿化口号，实施符合右玉实际的绿化举措，坚持不懈地带领右玉人民与恶劣的自然环境展开了艰苦卓绝的斗争，终于取得了"树进沙退，生态平衡"的骄人业绩，终于用这一片一片的绿叶，编织出了绿色的山，绣出了绿色的海，创造了塞上黄土高原的生态建设奇迹，使右玉大地由昔日"不毛之地"变为闻名全国的"塞上绿洲"和国家级生态示范区、国家级可持续发展实验区、国家4A级生态旅游景区。全县有林面积152万亩，森林覆盖率从中华人民共和国成立初期的0.3%提高到53%，增长了170多倍。2015年，全国森林覆盖率为21.36%，右玉高出全国平均水平32.64个百分点。

俯瞰右玉大地，林区、林带、林网以及粮油草地，层次分明，错落有致，使人联想到植物学家蔡希陶在西双版纳搞的人工群落。

右玉，为世界生态保护做出了独有的示范，成为中国靠人工造林改变环境和生存条件的光辉典范。

右玉，成为中华人民共和国成立70年来持续不断科学发展的样板。

如今，152万亩森林已为右玉未来的可持续发展提供了最大的资源和资本。

与此同时，在改变右玉贫困落后面貌的征程中，右玉决策者们以非凡的勇气，带领勤劳倔强的右玉人民迎难而上、顽强拼搏，在移民并村撤乡、退耕还林还草还牧、村村通水泥（油）路、招商引资、生态旅游等事业中创造了一个又一个奇迹，正在向建设富裕、美丽、幸福和谐的新右玉高歌猛进！

70年来，右玉人民的奋斗业绩得到中央、省、市（地）的高度关注和巨大支持，取得了一连串闪光的崇高荣誉（仅以受到省级以上表彰为例）：

1975年8月29日，中共山西省委、省革命委员会授予右玉县"绿化工作先进县"称号。

1981年6月18日，山西省人民政府批准右玉县为林区县。

1984年1月6日，中共山西省委、省人民政府授予右玉县"西山防护林建设先进县"称号。

1984年2月18日，全国绿化委员会授予右玉县"全国全民义务植树先进县"称号。

1984年8月21日，农牧渔业部授予右玉县"飞播牧草成绩显著"锦旗一面。

1986年7月27日，山西省人民政府在河曲县召开的全省西山防护林第一期工程建设表彰会和第二期工程动员大会上，授予右玉县"全省林业先进县"称号。

1992年9月17日，中共山西省委、省政府授予右玉县"全省首批基本绿化达标县"称号，并被树为全省林业十面红旗县之一，获奖金10万元。

1992年10月5日，全国绿化委员会、林业部、人事部联合授予右玉县"全国治沙先进单位"称号。

1992年10月8日，国务院"三北"防护林领导小组、林业部授予右玉县"'三北'防护林体系建设一期工程先进单位"称号。

1992年10月30日，全国水土保持协调小组授予右玉县"水土保持先进县"称号。

1994年9月20日，在全省召开的小流域治理会议上，山西省人民政府授予右玉县"全省小流域治理先进县"称号，获金牌一枚；右玉县杨千河流域被评为"高效优质小流域"，省政府予以树碑。

1995年10月17日，在右玉县召开的全国沙棘工作会议上，被列为全国11个、全省唯一的沙棘资源建设示范县。

1996年8月29日至31日，在右玉县召开的山西省第六次小流域治理工作会议上，山西省人民政府授予右玉县"山西省水利水保红旗单位"称号。

1998年9月11日，中共山西省委、省政府表彰其为12个"全省生态环境建设红旗县"之一。

1999年1月，中共山西省委、省政府表彰其为21个"全省草地生态建设重点县"之一。

1999年11月2日，国务院授予右玉县"'三北'防护林体系建设二期工程先进县"称号。

2001年7月3日，水利部、财政部联合命名右玉县为"全国水土保持生态建设'十百千'示范县"，是山西省被命名的7个县（市）之一。

2004年8月20日，中共山西省委、省政府表彰右玉县为"雁门关生态畜牧经济区建设先进单位"，荣立集体一等功。

2005年8月24日，右玉县创建全国生态示范区工作顺利通过国家环境保护总局专家组验收，被命名为"国家级生态示范区"。

2006年8月5日，中国民间艺术家协会授予右玉县"中国古堡之乡"称号。

2006年10月，右玉县苍头河被列为山西省6座湿地自然保护区之一。

2007年4月，山西省人民政府授予右玉县"山西省园林县城"称号。

2007年6月，山西省人民政府授予右玉县"水土保持红旗县"称号。

2007年6月，山西省人民政府授予右玉县"山西省可持续发展实验区"称号。

2007年8月，山西省人民政府授予右玉县"全省造林绿化优秀县"称号，获奖金15万元。

2007年12月12日，全国绿化委员会授予右玉县"第三批全国绿化模范县"称号。

2006年2月、2007年1月、2008年2月，右玉县连续三年被中共山西省委、省政府授予2005年度、2006年度、2007年度"扶贫开发工作先进县"称号。

2007年12月，山西省劳动竞赛委员会授予右玉县"扶贫开发集体二等功"。

2008年11月19日，在国务院召开的"三北"防护林体系建设工程30年总结表彰大会上，右玉县被全国绿化委员会、人力资源和社会保障部、国家林业局联合表彰为"'三北'防护林体系建设突出贡献单位"。

2008年12月，山西省人民政府授予右玉县"科普惠农工作省级先进县"称号。

2009年10月14日，科技部、国家发改委等17个部委联合评审，授予右玉县"国家可持续发展实验区"称号。

2009年10月15日，右玉生态旅游区被国家旅游局正式命名为"AAAA国家级旅游景区"。

2009年11月19日，在省委林业工作会议上，右玉县被中共山西省委授予"林业建设特别奖"。

2009年12月8日，右玉县在全国"发现中国·魅力小城"评选活动中，入选中国首批"魅力小城"。

2009年12月25日，山西省农田水利基本建设领导组授予右玉县"2008—2009年度农田水利基本建设红旗县"称号。

2009年12月30日，中华环保基金会、山西环境保护奖组委会授予右玉县首届

"山西环保生态奖",奖金130万元。

2010年5月18日,由国际旅游营销协会主办的浙江省杭州市"国际旅游城市论坛"上,右玉县被授予"最值得向世界推荐的旅游县"称号。

2010年5月24日,在上海由联合国人居环境发展研究会、世界旅游可持续发展研究会等9个协会举办的论坛上,右玉县被"世博中国年·2010中国品牌颁奖盛典"授予"联合国最佳宜居生态县"称号。

2010年6月22日,在晋城市召开的山西省造林绿化现场会上,右玉县被山西省人民政府授予"全省林业生态县"称号。

2010年7月23日至25日,在北京由亚太旅游联合会、国际度假联盟组织、中华生态旅游促进会联合召开的首届中国低碳旅游建设峰会上,右玉县被评为"中国低碳旅游示范区",县长苏连根被授予"低碳旅游突出贡献奖"。

2010年9月25日,在北京人民大会堂举行的"2010中国十大经济新闻人物"颁奖典礼上,右玉县历任县委书记群体荣获"营造秀美山河特别奖"。

2010年10月30日,由《求是》杂志社主办的山西省太原市"第三届中国生态小康论坛"上,右玉县荣获"中国生态文明示范县"称号。

2011年8月31日,在阳泉市召开的山西省造林绿化现场会上,右玉县被山西省人民政府授予"全省造林绿化先进单位"。

2012年3月29日,国务院在北京人民大会堂召开的纪念《关于开展全民义务植树运动的决议》颁布实施30周年总结表彰大会上,右玉县被全国绿化委员会、人力资源和社会保障部、国家林业局联合表彰为"全国绿化先进集体"。中共中央政治局委员、国务院副总理回良玉亲切接见获奖代表——中共右玉县委书记、县长苏连根。

2012年4月18日,右玉县被中央组织部、国家人力资源和社会保障部授予"全国带头创先争优,争做人民满意公务员活动先进县"。县委书记、县长苏连根在会上作了典型事迹发言。

2012年5月1日,在北京人民大会堂召开的五一劳动奖表彰大会上,右玉县绿化委员会被授予"全国五一劳动奖状"。

2012年6月29日,中共右玉县委被中央组织部授予"全国争优创优先进县委"称号。

2012年10月10日,右玉县被水利部命名为山西省首个"国家水土保持生态文明县"。

2013年11月30日,在北京举行的"美丽中国·首届全国特色生态旅游城市创建与发展论坛"颁奖盛典上,右玉县荣膺"美丽中国示范县"称号。

2013年12月15日,右玉县被国家林业局表彰为"'三北'防护林优质工程奖"。右玉县新城镇被山西省绿化委员会、山西省林业厅表彰为"'三北'防护林体系建设四期工程先进集体"。

2013年12月17日,在北京人民大会堂举行的由中组部、中宣部、人社部和国家公务员管理局共同发起的第八届全国"人民满意的公务员"和"人民满意的公务员集体"表彰会上,中共右玉县委员会荣获"人民满意的公务员集体"光荣称号,县委书记苏连根在会上作了典型事迹发言。

2015年2月,中央精神文明建设指导委员会办公室公布了2014年全国文明城市提名城市(县级)名单,右玉县榜上有名。

2017年4月20日,山西省人民政府第148次常务会议同意设立右玉生态文化旅游开发区。

2017年9月7日,右玉县被国家环保部列为第一批山西省唯一的国家生态文明建设示范县。

2017年9月21日,国家环保部在浙江省安吉县召开全国生态文明建设现场推进会,右玉县成功入选全国首批"绿水青山就是金山银山"实践创新基地。

2017年9月,右玉县荣获"2013—2016年度全国平安建设先进县(区)"荣誉称号。

2019年5月14日,右玉县荣获第10届"中华环境优秀奖"。

朋友,当我们敬慕这些崇高荣誉时,应当想到,这些光荣称号的取得并非易事。

它,凝聚了中华人民共和国成立后几代右玉人民、千千万万名劳动者的辛勤汗水;

它,汇合了国家、省、市(区)、县千百名科技工作者的聪明和智慧;

它,倾注了中国共产党多少领导者的心血;

它,奏出了塞上高原右玉70年来迎难而上、科学发展的最强音!

朋友,我们更应该想到,在营造现在覆盖塞上黄土高原右玉大地上的百万亩林草的艰难奋斗中,涌现出许许多多英雄好汉。他们之中,有的把整个火红的青春献给绿化事业;有的为锁风治沙奋斗了终生;有的翻山越岭不惧寒暑,为护林防火、阻止乱砍滥伐致伤致残;还有的为实现右玉青山绿水献出了自己宝贵的生命。……

2001年10月19日,中共中央政治局委员、国务院副总理温家宝亲赴右玉视察。当他看到右玉的巨大变化和发展后指出:"老少边穷地区要把右玉的发展模式作为方向。"

2003年7月15日,中共山西省委第12任书记田成平第三次莅临右玉视察调研,十分感慨地说:"目前,右玉的生态环境建设可以说是山西的一个骄傲,人文环境、生态环境确实走在了前列,已基本具备生态旅游县的模式和格局。"田成平在苍头河沿岸生态观光旅游区视察时又连声赞叹:"右玉有这样的生态旅游资源,真是你们的福分。""生态建设事关全局,抓生态建设就要像右玉这样常抓不懈。"

2005年2月24日,国家旅游局规划司原司长魏小安在右玉调研后,深有感触地说:"右玉的生态旅游资源很有特色,可以称为'夏天的绿翡翠,冬天的白玉石'。""生态旅游开发的路子可行,很有前途。要以生态为主开发复合资源,突出绿、白、野、情四大特色,建设城市的避暑胜地。"

2005年8月23日,中共山西省委第13任书记、省人大常委会第十一届主任张宝顺亲临右玉调研，满怀深情地说："我到山西工作以来，曾于2001年、2005年两次到过右玉，右玉的生态建设给我留下了非常深刻的印象。特别是2005年在右玉调研时，正值塞上8月的美好季节，置身右玉，举目四望，层林叠翠，绿浪翻涌，满眼生机，让人心旷神怡。山西是我国水土流失最严重的省份之一，煤多水少、山多林少是最基本的特点。我觉得在右玉这样一个处于阻遏风尘侵害的风口前沿，能够在这么一个高寒荒冷地区把树种活，而且成了气候、绿了大地，非常不易，这对全省、全国也是贡献很大的。一代一代的右玉干部，靠着觉悟加义务，一任接着一任干的艰苦奋斗精神，建国50多年来，带领人民群众干了一件大事，干了一件很了不起的大事，不仅改变了家乡的面貌，改变了生存条件，而且也为将来的发展奠定了很好的基础。在今天落实科学发展观，努力建设充满活力、富裕、文明、和谐稳定、山川秀美的新山西的新形势下，让天蓝起来、地绿起来、水清起来、人民富起来，实现人与自然和谐发展，是山西经济社会可持续发展的必然要求。我认为总结、学习、推广右玉的经验，对于建设山川秀美、文明和谐的新山西有重要的指导意义。"

2005年10月19日，山西省人民政府代省长于幼军前来右玉调研，同样深情地说："右玉作为国家级贫困县，处于高寒地区，解放50多年来，一代又一代人在恶劣的自然条件下坚持不懈地搞绿化，大力改善生态环境，抵御风沙，这比起其他地方非常的不容易，右玉的经验和艰苦奋斗的精神值得在全省推广。"

2007年11月19日、2008年8月20日，山西省人民政府省长孟学农先后两次来朔州市调研，强调指出："我到山西来，我就老讲右玉，基本哪个会上都讲。生态文明是人类追求的最高境界。过去大家宁可呛死，不要饿死。这显然是不符合科学发展观的思想和理念。右玉已经走在前列了，整体绿化做得不错。我特别赞赏右玉'一张蓝图绘到底，一任接着一任干'的精神。我们的事业是千秋万代的事业，一定要把这种'原地画圈深打井'的理念渗透到方方面面，要继承老传统，开拓新路子，进一步统一大家的思想，把建设山川秀美的新山西作为对人民群众长远利益和根本利益的负责体现，放在突出的位置。这个说说容易，但真正干起来难，我们需要像右玉那样持之以恒抓落实、打基础，宁可为他人作嫁衣裳。作为一个共产党人、一方领导干部，这是历史赋予我们的责任。"

50年前，一位孤身闯入右玉的德国专家，在沙尘肆虐的仲春季节受尽了耳鼻眼口全是土的窝囊之后说："这里不适合人类居住，应该举县迁徙。"

50年后，一位慕名而来的植物学家，在阳光灿烂的伏夏时节饱尝了满目绿意的惬意之后，瞠目不解地说："这里怎么会出现奇迹？"盛赞"换了人间！"

一位从新西兰远道而来的"老外"说："看到眼前的右玉，好像看到了哈密尔顿的景色。"

70年来，经历了由黄到绿的巨变，右玉——真是"黄土高原腹地的香格里拉"。

如今无论走到哪里，一提到自己是右玉人，对方都会伸出大拇指情不自禁地赞美："右玉是个好地方，右玉人伟大啊！"

2007年12月28日晚。

山西电视台演播厅。

根据群众投票及评委会评选结果,"2007山西记忆十大新闻及十大新闻人物"揭晓。

"十、右玉县历任县委书记群体:历任县委书记,58年不变的植树情怀,彻底改变了右玉的山水和环境,改变了右玉人民的生活。"

颁奖词:"历任县委书记的绿色情结,58年的绿化接力,他们在曾经风沙肆虐的'不毛之地'上,书写了'塞上绿洲'的苍翠传奇。实事求是,一以贯之,沧桑多变,初衷不改,将施政理念置于科学发展的统领之下,带领群众走上一条绿色之路、科学之路、和谐之路。右玉县的历任书记,为政一任,造福一方,你们将科学执政理念诠释得这般鲜活、如此生动。"

晚会上,中共山西省委常委、宣传部部长高建民为右玉县历任县委书记群体代表马禄元、袁浩基、赵向东颁发了"2007山西记忆十大新闻人物"集体奖。

时任中共朔州市委常委、右玉县委书记赵向东在颁奖晚会上说:"新中国成立后右玉县委历任县委书记当选'2007山西记忆十大新闻人物',是对右玉50多年艰苦奋斗植树造林的肯定和鼓励。一任接着一任搞绿化是一场没有终点的接力赛。立足新阶段、新起点,右玉县要按照十七大建设生态文明的新要求,继续发扬艰苦奋斗的优良传统,咬定绿化不放松,植树造林不停步,持续推进绿色生态畜牧和特色生态旅游基地建设,加快富而美新右玉的建设步伐。"

2008年5月8日,国家林业局副局长李育材在山西矿区植被恢复座谈会上指出:"右玉59年如一日,换了十几任县委书记,换人不换思路,一任接着一任干,是非常难能可贵的,这就是中国林业典型的代表。我当过县委书记、县长,如果书记、县长不重视,一个县的林业绝对搞不好,如果他们重视林业工作,林业一定有一个大的突破。所以,右玉的经验值得推广和学习。"

2009年7月15日,中共山西省委第13任书记、省人大常委会第十一届主任张宝顺在省委常委、秘书长高建民及朔州市委书记田喜荣,市长冯改朵,市委常委、市委秘书长赵向东的陪同下,第三次莅临右玉调研。他专程来到右玉小南山干部绿化基地,听取右玉县60年艰苦奋斗,历任县委、县政府领导班子坚持不懈地植树造林的情况介绍。张宝顺说:"右玉历届县委、县政府一任接着一任干,持之以恒,艰苦奋斗,不屈不挠,敢于拼搏,通过植树造林,防风治沙,修复生态,硬是把一块不适合人类生存的'不毛之地'建设成为生态良好、宜居宜发展的'塞上绿洲'。"他要求认真总结、积极推广右玉经验,大力宣传、学习和弘扬右玉精神,进一步在全社会强化生态发展理念,扎实推进植树造林和"蓝天碧水"工程,加快建设山川秀美的新山西。

2009年8月14日上午,中共山西省委第13任书记张宝顺主持召开省委常委会议,就深入学习贯彻中央有关会议精神,强调要进一步解放思想,拓宽思路,强化措施,切实加强县委书记队伍建设,加强干部监督工作,加强机关党的建设,大力弘扬右玉精神,为推进"三个发展"(转型发展、安全发展、和谐发展)提供坚强保证。

会议指出,中华人民共和国成立以来,右玉历届县委、县政府团结带领全县人民,坚持执政为民、尊重科学、矢志不渝、艰苦奋斗,克服种种困难,坚持不懈地植树造林、改善生态环境,取得了显著成就,创造了可贵的右玉精神,为全省树立了学习榜样。要认真总结右玉经验,深刻挖掘右玉精神,把大力弘扬右玉精神作为迎接中华人民共和国成立60周年、加强党的建设特别是作风建设的重要抓手，与学习弘扬太行精神、纪兰精神等结合起来，与推进"三个发展"结合起来，与加强干部队伍建设结合起来，激发全省干部群众奋发有为、攻坚克难的拼搏精神，为推进"三个发展"，建设新基地、新山西提供精神动力。

2010年7月6日至7月7日，中共山西省委第14任书记袁纯清在省委常委、省委秘书长高建民的陪同下，深入朔州调研。他强调，面对难得的机遇和繁重的任务，要大力弘扬右玉精神，摸清实情，多出实招，大干实事，形成狠抓落实的良好风气，确保转型发展和跨越发展的目标任务落到实处，努力使朔州成为全省转型发展的示范区、加快发展的领先区、现代化的工业新城。

仲夏的右玉大地，万木葱茏，生发着活力，生长着希望。

2010年7月30日，中央政治局委员、书记处书记、中宣部部长刘云山在山西省委第14任书记、省人大常委会第十二届主任袁纯清，省长王君，省委常委、宣传部部长胡苏平，省委常委、省委秘书长高建民，副省长张平，以及中共朔州市委书记田喜荣，朔州市委常委、常务副市长韩忠荣，朔州市委常委、市委秘书长赵向东，朔州市委常委、宣传部部长郭健的陪同下，深入右玉县杀虎口古文化旅游区、右卫镇综合文化站、小南山森林公园调研。

随同刘云山调研的还有：中宣部副部长、文化部部长蔡武，中宣部副部长王晓晖，光明日报社总编辑胡占凡，经济日报社社长徐如俊，中央电视台台长焦利。

7月30日下午，刘云山一行进入右玉境内。车行林海中，恍若到江南，不愧是"夏天的绿翡翠"。

在小南山森林公园，刘云山望着滚滚碧涛，迎着习习凉风，由衷地赞叹：60多年来，右玉历届县委、县政府带领右玉人民坚持不懈植树造林，把右玉这样一个高寒干旱地区建设成了今天的一块绿洲，确实是人间奇迹。

他伫立于右玉绿化纪念碑前，一字一句地读着《右玉绿化赋》，一个名字一个名字地了解右玉绿化功臣，礼赞右玉绿化精神的伟大。在右玉绿化纪念馆，当他看到一幅造林群众烧土豆当干粮的老照片时，不禁感叹道："人民真伟大！"

右玉既以造林驰誉，也以杀虎口闻名。这个在历史上写下"走西口"辉煌篇章的雄关，今天得益于凉爽气候、绿色氧吧，旅游产业已成气候，呈现一派繁荣景象。

刘云山十分高兴，与游客亲切交谈，听他们谈在右玉的感受、对右玉的看法。他说，文化具有强大的力量，是经济的翅膀，随着服务设施的改善，山西的旅游环境必将越来越好。

右玉县右卫镇综合文化站设施完备、管理科学，仿古文化大院十分开阔，极大地丰富了群众文化体育生活。刘云山走进图书馆、文化活动室，了解文化共享工程建设情况。刘云山一边翻看书架上的书籍，一边与管理员亲切攀谈，详细了解借阅情况。他语重心长地说："我们把书屋建到村上，就是要解决农民看书难的问题，直接服务基层、服务农民，这个图书馆办得很好，要继续努力。"

刘云山认为，右玉的经验值得认真总结。这是一种精神，就是持之以恒、艰苦奋斗、愚公移山、久久为功；这是一条道路，就是建设生态文明、科学发展。还有一个是启示，就是坚持什么样的政绩观，要持之以恒地为民谋利，而不是急功近利地搞什么形象工程。右玉的经验不仅山西值得借鉴，而且全国都值得借鉴。中央新闻媒体要深入右玉，挖掘和宣传报道右玉精神。

山西发展有典型、有亮点，特别是右玉的发展经验值得我们深入思考，认真总结。60多年来，右玉历届县委、县政府带领全县人民坚持不懈地植树造林、改善生态，一任接着一任干，一代接着一代做，一张蓝图绘到底，艰苦奋斗，自强不息，硬是把一个"不毛之地"变成了"塞上绿洲"，创造了发展奇迹，给我们以深刻启示。右玉的发展，体现着愚公移山、持之以恒、久久为功的精神，体现着注重生态文明建设，走绿色发展、可持续发展、科学发展之路的追求，体现着务实肯干、甘于奉献、造福百姓的政绩观。右玉的发展经验，对山西乃至全国都有重要的借鉴意义，值得很好地总结推广。

刘云山在调研中指出，胡锦涛总书记在中央政治局第22次集体学习时的重要讲话，深刻阐述了文化在社会主义现代化建设总体布局中的地位作用，阐述了文化改革发展的指导思想和主要任务，反映了我们党对文化建设的认识达到了新高度。我们要深入贯彻讲话精神，更加自觉、更加主动地承担起推动文化繁荣发展的历史责任。

临上车，刘云山饱含深情地对县委书记陈小洪说："虽然来了只有一天，但终生难忘。你们一任接着一任干，一张蓝图绘到底，干出这番造福人民的伟业，谢谢你们！"

晚秋的右玉大地，山野金黄，硕果飘香。

2012年9月28日，中共中央政治局常委、中央书记处书记、国家副主席习近平对右玉精神作出重要批示后，中共山西省委第14任书记袁纯清及时作出批示："要以习近平同志重要批示精神为动力，大力弘扬右玉精神，推动转型跨越，取得经济社会发展的新成绩。"

中央和省委领导分别对右玉精神作出重要批示后，塞上高原11万右玉人民倍感振奋，备受鼓舞！这是对右玉人民的极大鼓励，更是有力的鞭策！

中共朔州市委随即作出《关于认真学习贯彻习近平同志重要批示精神，进一步引深学习弘扬右玉精神活动，推动转型跨越发展的实施意见》；

中共右玉县委随即作出《关于认真学习贯彻习近平同志重要批示精神，持续大力传承弘扬右玉精神，推动转型跨越发展的实施意见》。

顶着塞上飘飞的雪花和干冷的寒风，右玉11万人民再掀生态建设新高潮！

……

"右玉精神是宝贵财富，一定要大力学习和弘扬。"习近平2017年6月21日至23日在山西视察发出的伟大政治号召，正在神州大地上开花结果。

绿色就是生机，绿色就是希望，绿色就是未来！

生态是右玉的灵魂，绿色已成为右玉的本色。

塞上高原右玉，创造了一个时代的绿色奋斗历史，融入了一个绿色文明的新时代。

新时代启航了，与共和国同龄的这一宏伟绿化工程还将继续。

右玉精神，完整生动地诠释了中国共产党人的初心和使命。

右玉精神，永载共和国史册！

引 子

右玉县行政区位示意图

竖立在县城北环路与山和公路交界处的植树造林标志雕塑

右侧四张图片是竖立在右玉山和公路两侧、由山西省杨树丰产林实验局制作的部分绿化宣传标语牌。

013

竖立在雁门关北部山梁上的广告牌

竖立在山和公路右卫段的跨路横标

从朔州通市油路进入右玉县城开阔壮观的南出口大道

竖立在李洪河流域的宣传标语牌

竖立在右玉通市公路高家堡段的跨路横标

第一章 认准出路

[题记]

有一位哲人说，无论是机械还是动物，都缺乏一种异常重要的能力——精神的力量。但是，人类却具有这种神奇的力量，有时能依靠精神，创造出奇迹。

有位诗人说，有了目标就有了路。

求生存，人类发展的永恒课题。

1949年10月1日，右玉县随着共和国的礼炮彻底解放了。

1949年6月23日，党派33岁的神池县人张荣怀担任中华人民共和国成立后中共右玉县委第一任书记。

1949年10月2日，张荣怀兼任右玉县人民武装部政委。

1949年10月1日，党派33岁的五寨县人江永济担任中华人民共和国成立后右玉县人民政府第一任县长。

1949年10月2日，张荣怀和江永济在右玉城东街的乐楼上主持召开群众大会，为人民共和国的诞生而欢欣鼓舞。

翻了身的右玉人民从黄沙中站了起来，抖落满身的沙土，默默地祈祷着：我们有了自己的土地，就让我们从此安然地在这里生活下去吧！

七品县官，古称"父母官"。张荣怀、江永济这二位共产党派来的右玉"父母官"刚上任，他们的心里既为共和国的成立而感到无比兴奋，又为右玉恶劣的自然环境而感到十分沉重。

1983年6月1日，中华人民共和国成立后右玉县第一任县委书记张荣怀（二排左六）重回右玉，与当年一起植树造林、锁风固沙的老战友们在县委招待所楼前合影留念。

张荣怀和江永济笑盈盈地扛着铁锹，亲自带领县委、县政府全体机关干部到右玉城西门、南门外的苍头河畔，带头完成每人10棵树的造林任务，从此拉开了锁风固沙、绿化右玉大地、为生存而战的序幕!

"要想人生存，先让树扎根！"中华人民共和国成立后右玉第一任县委书记张荣怀带领机关干部栽下塞上右玉防风固沙第一批白杨树

在张荣怀的办公桌上，放着毛主席1949年3月5日《在中国共产党第七届中央委员会第二次全体会议上的报告》单行本。

毛主席说："夺取全国胜利，这只是万里长征走完了第一步。如果这一步也值得骄傲，那是比较渺小的，更值得骄傲的还在后头。""中国革命是伟大的，但革命以后的路程更长，工作更伟大、更艰苦。这一点现在必须向党内讲明白，务必使同志们继续地保持谦虚、谨慎、不骄、不躁的作风，务必使同志们继续地保持艰苦奋斗的作风。""我们能够学会我们原来不懂的东西。我们不但善于破坏一个旧世界，我们还将善于建设一个新世界。"……

毛主席的谆谆教导不时萦绕在张荣怀的脑海里，给了他当好中华人民共和国成立后右玉第一任县委书记的信心和决心。

过去，我们冒着枪林弹雨，出生入死为穷苦人争天下。

今天，这块土地终于回到了人民的手里，人民成了这里的主人。

但眼前右玉的生存状况，又不时地使他心颤：

人在世上，生存是前提。遍地黄沙的右玉，连生存环境都不具备，何谈发展生产？

右玉刚刚获得翻身解放的4万多人口，要生存、要生活、要温饱，该怎么安排？

这个难题从哪里破解？

上级讲，为了尽快治愈战争的创伤，首要的是让人们好好休养生息解决温饱。面对满眼的黄沙、一眼望不到头的黄土地，寸草难生，粮食难收，人们该怎样休养生息呀？张荣怀彻夜难眠，焦急万分。

在县妇联工作的妻子刘占荣也为他发了不少愁。不过，刘占荣这位女性意志坚强，很有主见。她不时地鼓励丈夫张荣怀："毛主席教导咱，调查是十月怀胎，解决问题是一朝分娩。干发愣有啥用，你和永济下去转一转、看一看、访一访，办法可能就有了。"

"这是一个好主意。"张荣怀叫来了县长江永济，"永济，你初来右玉坐在这里也想不出良策，咱俩还是下去转一趟，彻底摸清右玉的家底，再研究怎么办。"

"对，咱俩下去绕全县走一圈，看看右玉的家底到底是个什么样，一边走一边考虑咱们的对策。"江永济完全赞同。

次日早五时天刚蒙蒙亮，他俩各戴了一副防风眼镜，背着狗皮褥子和从部队带回的军用毛毯、军用水壶，带着军用地图，从刚设在县城原天主教堂的县委办公室徒步出发了。

从右卫城走到杀虎口，沿着苍头河南上走到高家堡；返回走到牛心堡，顺着欧村河、马营河走到破虎堡，返回上了北岭梁；从马营河黄沙洼走上三丈六尺高的被黄沙掩埋的右玉北城墙。他俩信步察看：城墙的西北角，被像高粱面糊糊一样的苍河水冲开了一个很大的缺口。北城外的沙丘像一群奔腾的骆驼向南涌过来，脚下滚烫的游沙从鞋帮上溢到了半腿。

黄沙漫漫，飞沙走石，这就是真实的右玉。

20天的艰苦跋涉，他俩满身黄土，满脸乌黑，两眼通红，满嘴生疮。每到一地，首先要脱下衣服抖掉身上的沙土。江永济笑着说："要不是咱俩身强力壮，早就做了黄沙埋人的死鬼了。"

城东的封神台曾是"恒阳（右玉过去亦称恒阳）十景"之一，人称"凤台览胜"。现在能览什么胜呀！台上残碉破堡，台下黄沙浮着横七竖八的死人骨骸。真是"出门无所见，白骨蔽平原"。

不走不知道，一走吓几跳。他俩边走边说："咱这个县委书记、县长不比战争年代当团长，难当啊！"胆怯的心理不时涌上他俩心头。

"党相信咱，咱有办法当下去。"张荣怀强打精神坚定地说。

回到办公室，张荣怀又是惊讶地一叫："哎呀，这哪里是办公室？！"只见所有东西全被厚厚的黄土覆盖，窗户上也被黄沙土蒙得什么也看不见了。

张荣怀心思重重地把实业科长白连旺叫到跟前，语重心长地说："老白，你是实业科长，眼前最大的问题是解决老百姓的吃饭问题。我和永济说了，贸易局换回的两千石粮食可济无米之炊，往后的生活要及早安排。要一手抓吃饭，一手抓生产。可右玉这黄沙肆虐的地方是不是多少年就是这样？给我找点儿过去的资料让我看看。"

老白说："我有本清朝雍正年间编撰的《朔平府志》拿给你看，听老人们说右玉的过去可全不是这样。"

素油灯下,张荣怀几个晚上睡不着觉,一边翻看着《朔平府志》,一边在反复地琢磨着右玉4万人的生存大计。

根据历史记载:

唐宋时期,右玉曾经是山青水绿、古木参天、景色秀丽、气候宜人的地方。500年前右玉城兴建的宝宁寺、清真寺大殿,那粗大的檩柁就产生在本县威远一带("文化大革命"破"四旧"被拆除的清真寺,在大梁上的榫头缝里夹着一张白麻纸,上面的黑字清清楚楚写着产地是右玉威远堡。据推测这是当时一位有心机而不知名的匠人写的)。人们谁也不会相信,在黄沙堆上会长出这粗壮之木,可见当时森林的宏大规模。

右玉地处蒙古草原与中原内地相通的要道关口,是中原农耕文化和草原游牧文化的交融地,是我国古代史上北边战事的必争之地。历史上北边以长城为界的所有重要民族政权与朝廷的战争,都曾在这一带展开。

千百年来,封建王朝几经更替,这块边远的古战场烽烟四起、兵燹连年,大自然赐予的山川灵秀之气,被人为地毁坏。成片的森林不见了,代之而起的是三里一台、五里一堡。生态平衡不断遭到严重破坏,使这一带渐渐变成了贫瘠多灾、风沙肆虐的不毛之地。

世世代代,人们不得不忍受着大自然的无情报复和严厉的惩罚。

没有文字可考的无从追索,仅《朔平府志》中就触目皆是:

> 朔郡(右玉当时为朔平府治所在之地)当边塞之中,向日金戈铁马之所驰骤,青烽白骨之所沉埋。
>
> 右玉向系边卫,土田大半军屯,且地多荒碛浮沙,种迟霜早,天时地利两无……
>
> 元世祖至元之年六月,云口陨霜……
>
> 元仁宗皇庆二年八月大同路雨雹大饥……
>
> 明世宗嘉靖八年正月朔,右卫大风霾,昼晦如夜……二十八年秋八月,大风拔木,坏屋伤牛羊……二十九年三月二十二日辰刻,黑风自西来,昼晦如夜,人物咫尺不辨,房屋多摧,人畜亦伤,三十一年,大荒,百姓死者众。
>
> 穆宗隆庆三年,大旱人多饿死。
>
> 神宗万历三年秋七月大雨四十日,坏城屋庐舍千余……四十七年二月二十二巳午间,风沙忽作,日色渐昏,少顷黄霾从西南方起,遂四塞蔽天,晦暝若暮,停霾结天色转红,微落细雨,着衣皆泥……
>
> 元年,大旱,自春至徂秋,涓滴不雨,禾苗不能播种……人相食……
>
> 清,康熙八年,三月一日,狂风大作,白昼张灯……

明,270多年,有记载的特殊灾年就有50多个。

清，260多年，有记载的特大灾年就有30多个。

是的，旧时代的右玉，常年刮着两股风，一股叫大旋风，一股叫大黄风。

大旋风，每年一到开春，一股股大风平地而起，越旋越高，翻山越岭，跃沟爬梁，遮天蔽日，形成雷鸣般的声音。风沙旋卷得太高，与天上的云层摩擦碰撞，形成了"火云交射""兵戈之声"。如今70多岁的老人们说，旧社会右玉的旋风没根，顶到云层，威力相当惊人！

大黄风，也叫"骆驼风"。一股股的黄风卷着黄沙，接连不断，由西向东，由北向南，像一队队骆驼一样地远行。大黄风季节，野外狼多，大人们不敢叫小孩子们出门，怕被狼吃掉，晚上狼进村叼羊叼猪是常有的事。

旧时代，右玉城乡的房屋和窑洞窗户，要么用门板或草秸子堵着，要么窗格子做得很小，糊上纸匠们手工做成的麻纸，才能挡住风沙。

中华人民共和国成立前的右玉，是一片即将沙漠化的生存空间。

更有最直观的见证：

可怕的沙漠越过长城，以"黄沙压城城欲摧"之势，紧逼右玉城。明洪武二十五年（1392）修筑的右玉城，三丈六尺高的城墙，已深深埋在黄沙之中。风助沙威，沙仗风势。原来是好好的耕地，一场黄风刮过，遍地一片黄沙。

> 风起黄龙舞，人人戴风镜；
> 今日把种下，明日再重种；
> 一年一场风，从春刮到冬。

风啊，何时才能停住？！地啊，何时才能打下粮？！旧社会的人们在东门外的封神台上，筑台盖庙，祈祷哀求。然而老天不睁眼，风沙堵不住，多少人无可奈何地走上了"哥哥走西口，妹妹也难留"的艰难路程……

有一首古诗叫做《塞上曲》，如此形容这片"不毛之地"：

> 一阵风来一阵砂，有人行处没人家，
> 黄河九曲冰先合，紫塞三春不见花。

张荣怀掩书良久，在深深的思索中忽然心里一亮：几百年前，右玉山清水秀，不是因为有树吗？今天，我们共产党人为什么不能再栽起树来？栽树！栽树！栽树！这不就是解决右玉所有问题的突破口吗？过去右玉有树山清水秀，我张荣怀也要让今天的右玉山清水秀！

"人要在这里生存，就得先让树在这里扎根！"

他急匆匆地叫来县长江永济，高兴地说："永济，我可想好解决右玉的根本大计了！"

"什么大计？快跟我说。"

"栽树、栽树，再栽树。要想人生存，先让树扎根！"

江永济高兴地跳了起来：

"想得对，要想人生存，先让树扎根！"

张荣怀说："我看咱们在全县响响亮亮提个口号，叫'右玉要想富，就得风沙住；要想风沙住，就得多栽树'，你看怎么样？"

江永济赶忙两手搂着张荣怀的臂膀，笑着说："咱俩可是不谋而合，想到一块去了。人要求生存，树先来扎根！要想风沙住，就得多栽树！好，就这么干！"

1949年10月23日，中共右玉县委工作会议在原县天主教堂内举行。

张荣怀第一次拉开洪亮的嗓门，用浓重的神池口音高声讲道："同志们，右玉这黄风天，我们共产党人再也不能让它横行下去了。右玉人要活下去，就要把大风锁住。右玉要想富，就得风沙住；要想风沙住，就得多栽树；要想家家富，每人十棵树。县村干部带好头，人人都来植好树！咱们再不能让大黄风小看人哩！"

原先寂静的会场，顿时笑声一片。

台下响起一阵又一阵热烈的掌声。

"'要想风沙住，就得多栽树'，这个理讲得对。"人们一边走出会场，一边不停地议论这句话，不少人好像一下子看到了生存的希望，脸上不由自主地绽开了笑容。

接着，张荣怀和江永济又在全县"三干（县、区、村）会"上大讲了这一翻身计划，并给各区分配了中华人民共和国成立后翻身做主人的第一批植树任务。

刚刚摆脱"三座大山"压迫的右玉干部群众，有着征服自然、摆脱贫困的强烈愿望。

中华人民共和国成立后，在普选条件尚不成熟的情况下，从1949年12月4日首次召开各

1950年3月10日，在右卫城召开右玉县区扩干会议，全体人员席地而坐合影。第四排左起第四人为县委书记张荣怀，最后一排右起第三人为县长江永济。

界人民代表会议,直到1953年11月29日,在三年时间里,右玉县先后召开11次各界人民代表会议,以此作为人民行使管理国家政权的具体步骤。特别是1950年10月16日至18日,在右卫城召开右玉县第三次各界人民代表会议。会议首次以举手表决的方式选举出了右玉县各界人民代表会议常务委员会主席、副主席以及常务委员:主席张荣怀,副主席张仲友,委员孟祥营、张建国、郭泰、王悦、施广华、李常美、纪满。

在各界人民代表会议上,县委书记张荣怀提出的"右玉要想富,就得风沙住;要想风沙住,就得多栽树"的锁风治沙主张,经反复讨论通过,得到了与会代表的一致认同和赞赏,全县上下形成了植树造林、锁风固沙的坚不可摧的意志并付诸行动。

1950年春天,惊蛰刚过,塞上右玉仍是寒风刺骨。

张荣怀早上刚5点就醒来了,他拍了拍落了满被褥的细沙土,自言自语地骂道:"右玉这黄沙欺负得老子一黑夜睡不好觉。我要栽满树,看你再给咱逞凶!"从火炕上下了地,他穿上转业时带回的棉军大衣,推开厚厚的木门,拿了把大扫帚将门前的沙土扫开一大片,又叫醒了隔壁的县长江永济。公务员小王从他家里拿来两张生锈的铁锹,书记和县长蹲在地上用石块反复磨亮了铁锹头。张荣怀说:"今天咱俩一定要带好头,每人一定要保质保量地栽好10棵白杨树,让风沙王看看咱们谁厉害!"

江永济边擦锹头边附和着说:"咱们带头栽活这10棵树,才能带领老百姓栽活更多的树。就像你说的,要想人生存,先让树扎根!"

书记、县长吃完两碗莜面山药蛋和子饭,便肩扛铁锹,带领县委、县政府的全体机关干部步行到右玉城西门、南门外的苍头河畔挥汗挖坑,圆满完成了每人10棵白杨树的造林任务,并在树干上挂上写有栽树人名字的牌子,一包5年,保证成活!

紧接着,从1950年春到1951年秋,全县组织了四次爱国造林竞赛运动。采取挖元宝坑交叉插杨树条的办法(这也是中华人民共和国成立后山西相当一个时期采用的插杆造林技术),共造大片杨树林2.4万多亩,栽零星杨树5万多株。

2017年6月5日,中央组织部干部教育局副巡视员张国发(左四)在中共朔州市委副书记郑红(右三)、朔州市委组织部长崔巍(左五)、右玉县委书记吴秀玲(左二)、右玉县委组织部长王悦(右二)的陪同下,在右玉干部学院教学点旧右玉县委办公室调研。

就这样,中华人民共和国成立后右玉的第一任县委书记和第一任县长,带领翻了身的右玉人民开展了以植树造林为主要方法的治沙治风运动,栽下了改天换地的第一批白杨树,迈出了植树造林、防风固沙的第一步。

60多年过去了,当年与张荣怀一起带领干部群众栽树的仍然健在的老干部们记忆犹新地说:"共产党的干部,打土豪闹翻身凭的是小米加步枪，搞建设求生存凭的是小米加铁锹。就这样，在右玉那荒凉的黄沙滩上植下了绿色的树苗……从此让人们看到了右玉生存发展的希望。"

"要想人生存，先让树扎根。右玉要想富，就得风沙住；要想风沙住，就得多栽树。"

从此拉开了绿化右玉大地，为生存而战的序幕。

历史是最好的见证人。

中华人民共和国成立初期，县委书记张荣怀、县长江永济扛起铁锹带头植树。从1950年春开始，右玉的机关干部扛起铁锹带头植树，竟然变成了右玉一种改天换地的优良传统，一直传承了半个多世纪，直到今天。

右玉的干部群众认准了一个理儿：改变生存环境必须改善生态环境，右玉的出路就在于植树绿化、锁风固沙。

创世之初，伏羲始作八卦，经过代代相传，然后有文王演周易。

《易经》第一句卦辞便是："天行健，君子以自强不息；地势坤，君子以厚德载物。"

自强不息与厚德载物是人的精神命脉。

从此，无数右玉儿女在中国共产党的领导下，将"自强不息"当做毕生的座右铭，与恶劣的生存环境展开了艰苦卓绝的搏斗……

人民代表打头阵，万人苦堵西部大风口——老虎坪

1952年3月15日。原朔平府治衙门的大礼堂。

右玉县召开了第八次各界人民代表会议。

早晨，天清气爽，老天还是好好的。

9时，突然一场大风刮得天昏地暗，会场里点起了两盏大碗素油灯。

"呼嚓"一声巨响，人委会院里一棵碗口粗的大树一下子被大风拦腰刮断。黄沙土从大礼堂的窗户里一股一股地刮在人们的头上、身上，人们不由得捂住鼻子，大声咳嗽起来。

中华人民共和国成立后右玉的第二位县委书记王矩坤的讲话被打断了，他大声说："你们看，右玉的黄风真是要吃人！老天爷向我们人民代表宣战了，你们说该怎么办？"

会场上，人们异口同声地回答："栽树！""快栽树！"

"这大风从哪里刮来的，刮得这么凶？"王矩坤惊奇地问。

代表们不约而同地说："从杨千河的老虎坪，那可是个大风口。"

老虎坪位于苍头河西岸杨千河乡小蒲洲营村到双扣村之间，属黄土丘陵向河滩过渡地带，面积1万多亩，土壤沙化十分严重，是仅次于黄沙洼的右玉第二个大风口。

为什么叫老虎坪？老人们说，这里的黄风黄沙一米，就像老虎下山吃人一样，凶得很，

黑风至西来，风卷黄沙滚；遮天又蔽日，咫尺不见人；毁屋伤人畜，万物难生存。

所以人们就叫它"老虎坪"，多少年就这么延续下来了。

根据史料记载，老虎坪是"沙场秋点兵，弓响如霹雳"的古代著名战场，是"白骨露于野"的荒漠地带。

王矩坤和新到任的县长李文仁带着农林技术人员，深一脚、浅一脚地在老虎坪上用了两天时间，查看了这个吃人的大风口。

方圆万亩的老虎坪，只见星星落落的年蓬草在顽强地生长着，除此之外都是疏松流动的漫漫黄沙。

王矩坤边走边和随行人员说："这个老虎坪不栽树，迟早咱们也被风沙老虎吃掉。你们信不信？"

"信！"大家齐声说。

李文仁说："机关干部带头，来个全民大战老虎坪，不信这个风口堵不住！"

"对！人民代表先在植树防沙上做出表率、打头阵，一定要治好老虎坪！"王矩坤坚定地说。

人代会后，全体人民代表肩扛铁锹杀向老虎坪，拉开首战老虎坪的植树防沙堵风口战役。

1952年，右玉县农业合作化运动开始。

在王矩坤、李文仁的带领下，从1952年春开始，在古战场老虎坪的小蒲洲营村到双扣村之间，摆开了制服"黄龙"的"八阵图"：先营造了第一条以小叶杨为主的防风林带，以后逐年扩大造林面积，先后试种了杏树、沙枣、杂交杨等多个树种。

与此同时，在老虎坪、辛堡梁、杨村梁三个大风口，摆开了三个绿化大战场。根据就近造林的原则，二区、四区集中到老虎坪，一区、六区集中到辛堡梁，三区、五区集中到杨村梁。各区由区委书记、区长带队，背锅带灶，带上米面，背上行李，戴上风镜，扛上铁锹，安营扎寨，住在造林地附近的村庄里。附近村庄房子不够用，人们把柴房和畜圈都腾出来住满了人。每天天不亮，各村农业合作社社长吃喝人们带上莜面和黑豆面干粮，有的骑毛驴，有的赶牛车，有的靠步行，在清明节过后、谷雨节将近的季节里，从四面八方汇集到各个风口工地。他们饿了吃口冷莜面块垒或玉米面窝头，渴了喝口河沟里的水，男的挖坑、女的刹秧、小孩子们抱秧，还得从四五里外人背、驴驮找来本地"空中苗圃"的杨树秧苗（即从已成材的杨树上剪下的枝条）。

一天劳动十几个小时。黄风在呼啸，黄沙在流窜，风沙搅得满天浑黄，打得人们睁不开眼睛，嘴里飞进了沙子，带来的水都被风沙搅成了黄汤。人们啃着干涩的黑豆面窝头，吃着干柴烧熟的山药蛋，嘴唇裂开了一道道血口，嗓子眼干得直冒火。在风口上挖成一个树坑不容易，你前面刚挖好元宝树坑，后面不一会儿被风沙填了一大半，栽树时再把坑里的流沙掏出来，直到见到湿漉漉的黄土，才把嫩绿的枝条放入坑内填满土再踩实。

在风口上栽活一棵树更是不容易。春季栽下，到秋后，迎风的地方树被风刮得露出了根；背风的地方，树被黄沙埋了全身，不见踪影。

头年栽的死了，第二年补植重栽，百折不挠直到栽活成材才罢休！

黄风天栽树，经常是半口干粮、半口黄土，几天下来，满嘴疮疤。尽管条件这样艰苦，大家为了来日好生存，过上好日子，没有一个叫苦叫累的。庄稼人与苦累相伴一生，好像不懂得什么叫苦、什么叫累。

1950年以后，在这三大风口的防风林带的间隔中，又补栽了小杨树和柠条。到1967年，老虎坪全部完成了绿化，有林面积达到了1.2159万亩。从此，10余公里长、3.5公里宽的大风口老虎坪猖獗了多少年的"黄龙"，终于被绿色林带彻底降伏，变成了清风送爽、郁郁葱葱的绿洲坪。

多少年来，在老虎坪这个大风口上，其他树种都没有成活，唯有小叶杨和柠条顽强地生存下来，抵御着风沙。

老虎坪，可以说是右玉绿化的试验地。

1952年1月，王矩坤、李文仁根据全县造林绿化工作需要，成立了右玉县第一个林业工作站——造林站。胡应刚担任第一任站长至1956年12月。1953年改为右玉县林业工作站。其主要职能是编制全县林业规划和设计造林图示，负责全县植树造林的技术指导工作。

1952年3月17日的县人代会后，王矩坤带领县委一班人抓好两件大事：一件是组织全县开展"三反"运动；另一件就是发动全县人民大搞植树造林。

王矩坤和县长李文仁在林业技术人员的协助下，首次对全县的绿化造林进行了规划。

雁北林业站的胡玉青站长用花轱辘车从大同拉来了新品种的杨树苗，支援右玉植树造林。

每年春秋两季，右玉都要组织发动植树造林万人大会战，由县长李文仁任全县植树造林总指挥。特别是每年的春季，县里参加"三反"运动的干部在县委书记王矩坤、县长李文仁的带领下，轮流到杨千河乡的大风口老虎坪植树造林、整地、挖沟、压条，并反复向群众宣传植树造林改变右玉贫困落后面貌的重大意义。

王矩坤在下乡调研中发现，县城东北角外、封神台北面一条小河沟是一片下湿地。"在这里搞一个青年样板林不是很好吗？"他对团县委书记郭常森说。

在5月4日共青团右玉县委组织的小河沟青少年植树造林誓师大会上，县委书记王矩坤带头植下第一棵树。青少年们兴高采烈，只用了两天时间就绿化了32亩的小河沟。没几年小河沟就变成了一条杨树矗立、柳树茂盛的绿荫沟，从此，右玉人民都叫它"柳林沟"。

王矩坤要求："谁来植树一亩，给谁救济救灾玉米17斤！"

中华人民共和国成立后刚刚成立的县政府，财政经费十分短缺，群众生活也十分困难。秋季，上级救济了右玉80万斤"白马牙"玉米和红薯干。

如何分配好这批救灾粮？

王矩坤在县委常委会上征求大家意见，形成了一致看法：不能坐吃山空，要以工代赈，生产自救，谁植树给谁，植树一亩，给玉米或红薯干17斤。

这个决定一宣布，村里人都高兴。大家说："这还不是好事？栽树能挣回玉米和红薯干,有饭吃,咱们都栽树去。"

一村传一村,一乡看一乡,村里的人们都到规划的山山洼洼栽下了树。栽了树,又挣回了玉米,肚子也不再受饿了。

王矩坤、李文仁根据中共雁北地委、行署的指示精神,为已经造林的单位和个人发放了中华人民共和国成立后的第一批林权证。

在王矩坤任职的三年内,全县共营造大片小杨树12.7万亩,栽零星高杆树17万株,为右玉的绿化事业初步奠定了基础。

1955年,右玉县闹起严重的粮荒,农村群众普遍没吃的。

第三任县委书记张进义和县长解润一到任,经过调查研究,迅速向省里提出《右玉县群众生活十分困难,急需发放救灾粮的申请》。同年秋天,省里资助的第二批救灾粮运抵右玉。

张进义和解润带领农业、林业、粮食等部门的负责同志用了半个月时间深入全县各区,一方面了解群众的生活问题,一方面了解风口沙源如何栽树的问题。

回来后,张进义主持召开县委常委会,对全县的大片造林、四旁绿化、果树栽培作出了全面具体部署,对救灾玉米如何分配作了细致的研究安排。

在当年秋天和第二年春天的植树造林中,除了病残孤寡老人给予特殊照顾外,各区按参加植树造林的出勤人数,每植一亩树发给救灾玉米15斤。

真是一箭双雕,既解决了群众吃饭问题,又栽了树。

1955年12月,山西省人民政府主席裴丽生来到右玉黑洲湾驻村14天吃便饭、搞勘测,张进义和解润全程陪同搞调研、作规划

1955年12月13日,塞外右玉冰天雪地,干冷干冷的。

中共山西省委第二书记、山西省人民政府主席兼省财经委员会主任裴丽生及秘书张鸿猶在中共雁北地委第一书记康伯成和雁北行署专员郑浩的陪同下,首次来到右玉考察调研。

裴丽生一行来到右玉后,一直住在城关区黑洲湾村,一住就是14天。雁北行署副专员李毅民及县委书记张进义、县长解润全程陪同调研,分别住在村党支部书记谢明和初级社长张占勇家。他们每天与普通社员一样,吃着玉米面窝头、莜面块垒、莜面山药和子饭、腌酸菜等农家便饭。裴丽生每天顶着刺骨的寒风和扑面的黄沙,深入右玉苍头河沿岸一些乡村搞调研,召开群众座谈会了解情况。特别是与城关区的乡村干部一起搞勘测,帮助苍头河西岸规划制定了《黑洲湾村和北辛窑村第一个十年农林业发展规划》。在调研中,裴丽生多次对张进义、解润说:"右玉这个地方很苦,你们要做不少的工作。要改变右玉的贫困面貌,一要多栽树,挡住风沙;二要打旱井,蓄水抗旱,解决群众的吃饭问题;三要搞好合作化和工商业改造。"

从1955年春到1956年春,全县共栽大片林1.8万亩,公路两旁栽树1.46万株。

在杨千河村和杀虎口区的樊家窑村,开始试种果树。

右玉人民,一步一步地认准了只有植树造林、绿化大地、防风治沙,才是生存的出路。

裴丽生,是偏僻荒凉的右玉县在中华人民共和国成立后迎来的第一位前来考察指导的省级主要领导。

2007年3月21日,笔者与王德功、霍生祥采访年已85岁的张进义书记时,他深情地对我们说:"你们不要看右玉是一个偏远贫困的小县,自1955年起,右玉的生存和发展就逐步引起了省里领导们的关注和重视。上级领导的重视和支持,就是造福一方的重要支柱和莫大荣幸。吃水不忘挖井人,右玉人民要永远铭记共产党的分外关怀。"

春天,总是给万物带来生机,给人们带来希望。

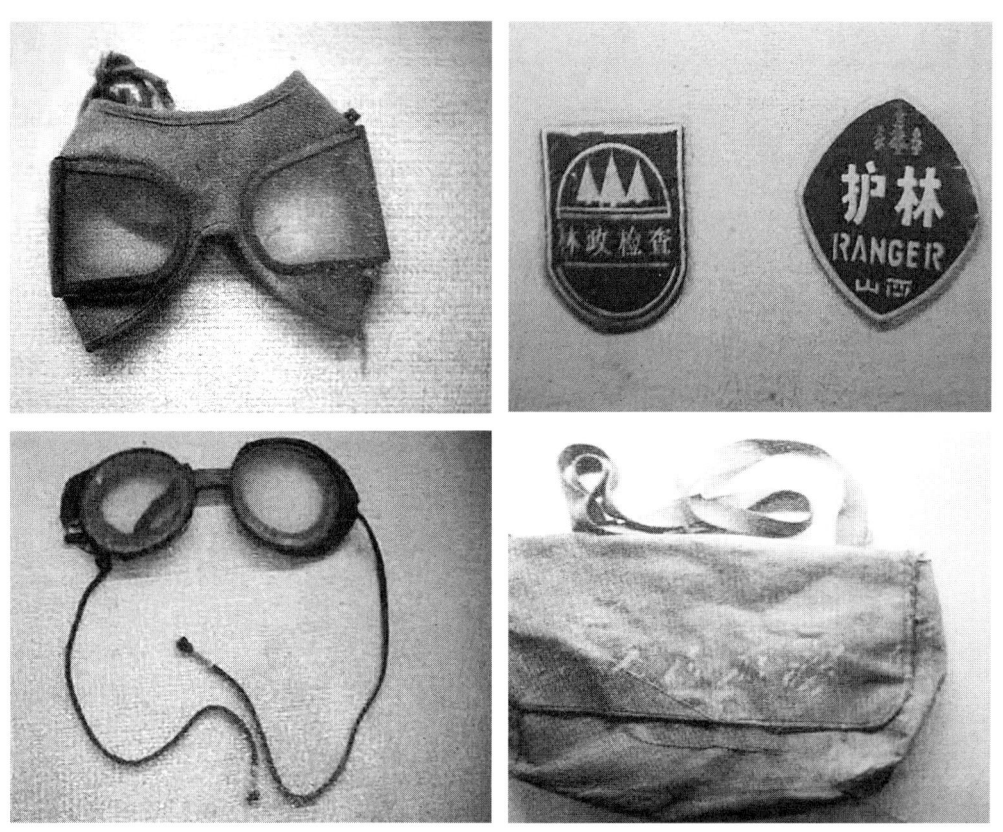

右玉人民永远不能忘记,土制防风眼镜、护林证、黄书包,伴随着他们走过抗击风沙、植树种草的艰苦岁月。

第二章 延安的春风

1935年，中央工农红军在毛主席、朱德总司令的率领下，经过艰苦卓绝的两万五千里长征到达陕北延安，在西北黄土高原上刮起了红色的革命风暴。

从此中国革命出现了一个新的转折，一首激昂奋进的《延安颂》在这里谱曲高歌……

1956年1月，毛主席发出了"绿化祖国"的伟大号召，20年后的延安又刮起一股绿色的风暴。

胡耀邦号召："全国青少年一定要把祖国大地变成绿色的海洋！"

1956年3月，北国大地春意融融，延河宝塔辉映春光。

1956年3月1日至11日，在党中央、毛主席的亲切关怀下，共青团中央、林业部、水利部黄河水利委员会共同组织的黄河上游陕西、甘肃、宁夏、内蒙古、山西"五省（区）青年造林大会"，在革命圣地延安陕甘宁边区政府参议会大礼堂召开。林业部副部长罗玉川、水利部黄河水利委员会主任王化云等领导出席大会。

除了五省（区）青年代表外，参加大会的还有黑龙江、广东、浙江、新疆等19个省（区），北京、天津、上海3个市和铁路工人、解放军代表共1204名男女青年。

《人民日报》《中国青年报》等全国各主要报刊、电台及新华社记者和吃过陕北小米、喝过延河水的贺敬之等著名作家共69人云集延安采访报道，影响之大，全国瞩目。

山西省出席大会的有367人，其中青年积极分子262人，团干部和林业工作者105人。共青团山西省委副书记华青为团长，山西省林业厅副厅长于霖瑞和总工程师蒋新南为副团长，团省委办公室主任李玉明为代表团秘书长。所有参会人员头戴皮帽子，身穿皮大衣，脚穿毛皮鞋，每人自带行李、脸盆等生活用具，分乘32辆大卡车，从太原出发，历时3天，顶风冒寒满身黄土地颠簸，终于到达延安。

山西代表团出发时连夜从出口山货中选出最好的核桃500斤，送大会给各省作种子用。

革命圣地延安旧照。1956年3月1日，共青团中央等三部委在这里发出了"一定要把祖国大地变成绿色的海洋"的伟大号召。

1956年1月，中共中央提出《1956年—1967年全国农业发展纲要（草案）》。根据毛主席"'人迹所至，舟车所及'的地方都要绿化起来"的指示，《纲要》规定："从1956年开始，在一切宅旁、村旁、路旁、水旁以及荒地荒山上，只要有可能，都要有计划地种起树来。"在此之前，国家还公布了根治黄河水害、开发黄河水利和绿化黄土高原、控制水土流失的宏伟规划。

为了配合《纲要》和规划的实

施，共青团中央第一书记胡耀邦主持制定了《中国青年实现纲要的奋斗纲领》，其中规定："每年4月1日和11月1日为全国青年植树造林日，无论城市或农村团的组织，都应该在这两天，组织广大青年进行植树造林的活动。"接着，团中央同有关部门合作，开展了极有声势的植树造林活动。

党中央对这次大会十分重视，特地发来贺电，指出植树造林"不但要快造，而且要造好；不但要多栽，而且要栽活；不但要植树，而且要育苗；不但要造林，而且要护林。"同时还要求这次大会"不只是应该讨论造林问题，还应该全面地讨论水土保持问题，以便实现国家根治黄河水害和开发黄河水利的规划"。胡耀邦向大会宣读了这份贺电。

会上，胡耀邦作了题为《青年们，把绿化祖国的任务担当起来》的报告。报告中提出了全国青少年开展造林活动的四条要求和六个办法。四条要求就是中共中央贺电中提出的"不但要快造，而且要造好"等四项。他"希望青年们一定要以顽强的意志和最切实的组织工作，去实现党的指示"。他提出的六个办法是："制定造林规划，实行计划造林；抓紧造林季节，实行突击造林；广泛建立苗圃，搞好基地建设；学习造林技术，提高造林质量；开展护林活动，保证森林安全；实行奖励制度，促进造林高潮。"

胡耀邦在报告中宣布，党中央已经批准了团中央提出的每年4月1日和11月1日为"全国青少年植树造林日"。

胡耀邦要求："全国各地团组织，都应当带领青少年，下定豪迈的决心，开展规模巨大的活动，在建设祖国、绿化祖国的伟大事业中发挥青年突击队作用，一定要把祖国大地变成绿色的海洋。"

在胡耀邦主持下，延安杨家岭举行了"向荒山进军"大会，与会代表们展开了热火朝天的杨家岭"四八"烈士墓植树绿化活动。

会议结束时，发出了《致全国青少年的信》，倡议在全国青少年中开展植树造林大竞赛。

在"五省（区）青年造林大会"的带动下，大规模的植树绿化活动在全国各地广泛开展起来，并持续下去。

共青团右玉县委书记高选因事未能参加这次大会，共青团右玉县委组织部长王作璧和造林积极分子——右玉县盘石岭大队团支部书记王克敏、邓家村团支部书记高日新三人光荣地出席了这次会议。

1956年4月，马禄元出任右玉县第四任县委书记。

三个青年人从延安回来后，立即向新任县委书记马禄元作了详细汇报。

马禄元随即召开了全县青年造林誓师大会，向全县青少年下发了《共青团右玉县委关于落实延安造林大会精神，绿化右玉大地的号召》的文件。团县委书记高选组织发动全县1.2万名青少年组成180个突击队，参加了苍头河、源子河和40多座荒山造林绿化工程。其中，在右玉城北门外造林50亩，被命名为"共青团林"。

从1956年开始，右玉人民的绿化事业也拉开了波澜壮阔的序幕。

不畏艰难搞勘测，绘出右玉第一张流域治理规划图

古语道：为政之道在于安民，安民之道在于察其疾苦。

马禄元从时任雁北地委办公室主任到去右玉担任县委书记，当时是怎样一种心情？

2007年3月27日，笔者与王德功、霍生祥一行3人去大同采访马老时，马老谈起当年接受组织安排的情景。"地委常委、组织部长郄晋书与我谈话，经地委研究决定，让我去担任右玉县委书记。他说右玉的自然条件很艰苦，老百姓的生活很清苦，你要及早有吃苦的思想准备。能不能干出点儿名堂，就看你的本事了。牢牢记住改变那里的生存条件是首要任务。我当时只有29岁，年轻气盛，根本不把领导和我谈的困难和艰苦当回事，地委这样信任我，我就什么艰难困苦也不怕。""为了与右玉老百姓共患难，我干脆把家眷带到右玉，谁想一去就是10年。"

"我是灵丘县人，对右玉了解不多。人们都说右玉的黄风大，种地不打粮。这黄风从哪里来？我要弄个究竟。胡耀邦书记让我们制定造林规划，右玉的规划怎么搞？所以我一去右玉首先下乡搞调查。那时候下乡就是'11号'，靠两条腿，自己还背上毛毯当行李。当时右玉的老百姓真是穷，土炕没席子，一家几口人扯上一张羊皮或狗皮，有的人家连这都没有，不少老百姓吞糠咽菜。

"29岁，我就当了县委书记，那真是激情满怀。去了右玉就和县长解润带领农林部门的六个同志，每天顶着大黄风，下乡摸清全县的风口和急需绿化的大片流动沙丘。

"勘察工作是在极其艰难的情况下进行的。一无资料。对全县的自然情况，只知道大概的户数、人口、大牲畜等几个简

采访征求在右玉生活了10年的中共右玉县委第四任书记马禄元的长子、中共山西省委组织部原常务副部长马友的意见。（2008年12月19日及以后共三次）

单数字。二无技术。当时除了个别因政治原因被'贬'到塞上的技术人员外，谁懂得水文地理？三是气候条件恶劣。春季飞沙走石，黄尘遮天蔽日；夏季烈日炎炎，干渴难忍；冬季寒风刺骨，滴水成冰。那时县里没有一部汽车，'小车'在那时是想也不敢想的东西。书记、县长下乡全靠两条腿，挎包里装块儿军毯或狗皮褥子顶行李，走累了，拄一根木棍。就这样经过整整一年的苦战，全县第一张流域治理规划图搞出来了，它详尽地记录了全县各流域的地质、地形、地貌、植被情况，并作出了水文分析、设计了水利工程等。同时弄清了一系列科学数据。比如，过去一直不知道右玉的总面积到底有多大，通过这次测算，才知道是302.7万亩。还弄清了粮食生产情况，能种什么作物、能打多少粮食以及老百姓的生活状况。我们还从当时右玉的实际出发，明确提出了'以林促农，栽树种草，防风固沙，控制水土'的主张，制定了'因地制宜，分类治理，长短结合，坡梁兼治，先堵风口'的营林原则。

"我在右玉10年任职，我和我们的班子成员每天就是靠自己的'11号车'——两条腿，步行上山下乡开展各项工作。到了冬季，冻坏双脚、冻坏耳朵那是常有的事。大家都一个心思，就是如何艰苦奋斗让右玉老百姓生存下去。"

马老和我们3人谈起当年的工作劲头来，仍然记忆犹新，如数家珍。

马老特别提到："我去了右玉，根据群众的反映，重点了解了右玉的最大风口——黄沙洼。"

在右玉原县城东北、马营河和苍头河交汇的三角地带的海拔1400米处，有一片东西长10公里、南北宽4公里，不知经过多少年日积月累形成的大沙梁。沙丘每年以1.5米到2米的速度向东南移动，大有吞没良田和村庄之势。每次起风，黄沙滚滚，天昏地暗，流沙成丘，人们就给它起了个名字叫"黄沙洼"，也有人叫它"狼处蹄洼"。明代万历年间修建的三丈六尺高的右玉西北部城墙，被黄沙洼吹来的黄沙淤积成了土坡，连汽车都可以开上去。

城北2.5公里处有一个村庄叫红旗口村。为啥叫红旗口？有两种说法：一种说法是清朝时这里驻过满军的红旗兵，故名"红旗口"；另一种说法是该村是右玉城通往杀虎口的交通要道，在明朝时村北建有鼓楼，在鼓楼设防，对杀虎口方面的来人进行检查，为使检查站醒目，在鼓楼上插有四杆红旗，故称"红旗阁"，后人改红旗阁为红旗口。

红旗口村处在黄沙洼的西北边。过去人们盖房不敢连在一起，怕被流沙埋没。全村没有一棵树，死了人做引魂幡，还得到几公里外的地方砍树枝。烧的是牛羊粪，做饭时一手抓牛羊粪，一手拌莜面块垒，人们风趣地称其为"牛粪块垒"。

有一位农民诗人写过这样一首诗：

黄沙洼啊黄沙洼，
无边无际的大风口，
你是吃人灭畜的鬼沙洼。
庄稼见了你，
连根拔掉飞上天；
牛羊见了你，
吹死掉在沟壕边；
人要见了你，
爹妈离散要永别！

竖立在黄沙洼西南面的水泥标语牌

马禄元和解润勘测完黄沙洼说："咱们就不信这个黄沙洼害人伤畜永无边。咱们让延安绿化会议精神先在这里扎根！全民动员，大战黄沙洼，堵死大风口！"

马禄元带领千人首战右玉最大风口——黄沙洼

1956年,右玉县的农业合作化运动进入了高潮。

4月20日,塞上右玉黄风怒吼,千人首战黄沙洼的绿化战役打响了。县委书记马禄元、县长解润带领县委、县政府全体机关干部在右玉城北门外黄沙洼西南边的封神台前,隆重召开了绿化右玉、大战黄沙洼誓师大会。

各界干部职工、青年学生、县城居民列队荷锹,银光闪烁;工地上红旗招展,锣鼓喧天。

马禄元1.75米的个头,白皙的面容,说话一向平缓,这时他扯开嗓门作了动员讲话:"同志们,团中央等国家三部委根据毛主席'绿化祖国'的伟大号召,今年3月上旬用11天时间在延安召开了一个很重要的会议,团中央书记胡耀邦在大会上作了动员报告,号召青年们把绿化祖国的任务担当起来,要我们以延安精神绿化西北的黄土高原。今天我们全县各界总动员,在黄沙洼召开植树造林誓师大会,就是要以实际行动贯彻落实延安会议精神,让延安的春风吹绿右玉的大地!

"我们先在这寸草不长、吃人灭畜的大风口黄沙洼上,打响植树造林堵住大风口的第一仗。让黄沙在我们面前低头,让树木在这里生长。

"堵住大风口,为了求生存;绿化黄沙洼,过上好光景……

"我们右玉人是英雄还是狗熊,黄沙洼绿化见成色。大家有没有这个信心?"

马禄元用浓重的灵丘口音一字一板地高声问道。

"有!"

参加会议的两千多人,发出同一个雄壮的声音。

还有不少青少年敲响铁锹头,高喊"绿化黄沙洼,过上好光景!""毛主席万岁!""共产党万岁!""誓让右玉大地披绿装!"……

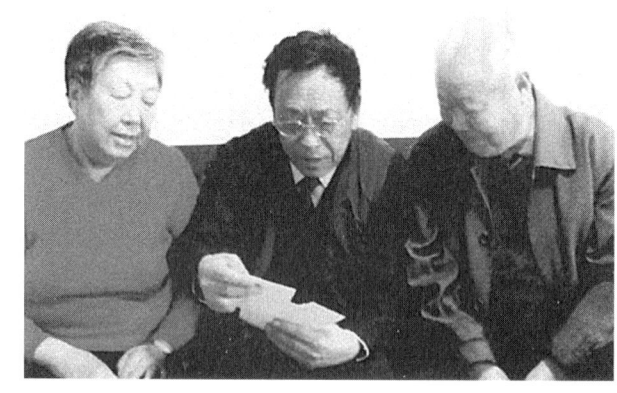

采访征求右玉县第三任县长解润的女儿解玲云(左一)及丈夫冯鹤春(曾任共青团右玉县委书记、右玉县副县长)的意见。(2009年12月3日及以后共三次)

全县工、农、兵、学、商各界代表都作了表态发言。

在"噼噼啪啪"的鞭炮声中,县委书记马禄元、县长解润首先栽下两棵"奠基树"。

一阵鞭炮鼓乐之后,右玉的干部群众摆开了10公里大战黄沙洼的绿化场面。他们采取"空中苗圃"的办法,栽下了右玉本地抗灾力较强的小叶杨树。

在县委书记马禄元、县长解润的带领下,全体县委委员刘茂峥、李林、顾勤、王文、李明、薛占清、陈须生、王俊、曹生福、李美、王选、师作佑、王创业以及县委候补委员马银莲、郭常森、徐日新,人手一锹,一字排开,一人认领一行,挖开了栽植杨树的元宝坑。他

1956年4月20日，中华人民共和国成立后右玉县第四任县委书记马禄元（前右一）和第三任县长解润（左一）带领县委、县政府全体机关干部拉开了千人首战大风口黄沙洼植树造林运动。

们冒着寒风卷黄沙的恶劣天气，争先恐后地干了起来。

虎虎有生气的马禄元和解润一边顶风挖坑，一边风趣地说："毛主席领导我们打天下，胜利了；咱们就不信治不住个黄沙洼！"解润说："关键是咱两个带头干，今天的挖坑首先要超过所有人。"

马禄元说："咱俩树坑挖了多少，代表了县委的决心，要让右玉人民真正从我们身上看到生存的希望。"

说到做到，这一天，29岁的马禄元和30岁的解润挖坑创了纪录：每人超额完成，达到132个，比任务120个多12个。

其他的委员们也都全部完成了120个既定挖坑任务。

县城关完小校长郭文秀组织完小学生用树植成"六一"字样，植下"少年林"；团县委书记马青杰组织青年们用树植成"五四"字样，植下"青年林"；县妇联主任马银莲组织妇女们用树植成"三八"字样，植下"三八林"。

当时的人们盼叫黄沙洼变样，激情可高啦！人们搜集来不少杏树籽，一锹挖一个坑，点一颗籽，想叫几年后的黄沙洼变成花果山。

此情景确实有点"烽台不再瞭胡马，箭楼依旧看锁龙"的感觉。

当时没有造林技术人员，马禄元就从桑干河林场请来青年造林队进行现场指导。

当时造林没有好树苗，马禄元就从桑干河林场调来一批优质小叶杨树苗。

接着，在马禄元和解润的亲自组织指挥下，全县动员了6个乡1000多名以青年为主体的强壮劳力，连续干了40多天，在黄沙洼和马营河两岸共植树9000多亩，营造了宽64米的右玉梁家油坊至左云公路林带，栽植了苍头河、马营河、元子河、杨千河四个流域的大片护岸林。

从1956年开始，在全县每年春秋植树造林战役中，各个农业合作社在劳动间隙，还组织开展了识字认字、扫除文盲活动。

右玉中学师生绿染马营河两岸

林业功臣张引弦

延安的春风吹拂着右玉这片黄土地，也吹进了宁静的校园——右玉中学。

1956年的右玉县，只有一所全日制中学，叫右玉中学。这所学校的前身为1952年2月成立的右玉县初级师范学校。1955年1月，校名正式改为"右玉县初级中学"。它是中华人民共和国成立后右玉县唯一的一所中学。

张引弦，阳高县人。1955年10月由中共雁北地委组织部从阳高县教育局副局长兼县政府政务秘书任上派到右玉中学，接替贾守忠，担任主持工作的副校长。

1.68米的个头、身体消瘦的张引弦思维敏捷、说话风趣、治学有方，把右玉中学治理得井井有条。

当时右玉中学在校教职工17名，3个教学班，学生143名，80%以上是住校生。

黄沙洼植树造林动员大会后，张引弦积极响应县委号召，带领全校师生，每天带着莜面块垒和玉米面窝头作为干粮，排着整齐的队伍，肩扛铁锹，徒步奔赴造林工地。他们一个春季就完成了黄沙洼南面的羊圈坪600亩植树任务和右玉县城南门外至梁家店公路两侧2400亩杨树压条植树任务。

当时右玉中学的办学经费十分拮据，张引弦就把绿化马营河两岸的荒地作为右玉中学勤工俭学的项目，每年除了植树，还负责修枝，所得林业补助费全部用于教学开支。右玉中学总务主任周效文搞后勤是一把好手，他组织学生勤工俭学，解决了学校的烧炭取暖和学生吃饭问题，师生们人人称赞。

为了加强右玉中学的党组织建设，1958年3月，县委第一书记庞汉杰决定派时任县委副书记刘茂臻兼任右玉中学党支部书记，张引弦升任校长。

在以后的17年里，张引弦每年都要带领全校师生植树造林，先后绿化了北起马营河村、南至高墙框村长达10多公里的公路和东至羊圈坪、南至梁家店的数座荒山荒坡，造林4

万多亩。

1972年，张引弦担任县教育局长后，继续组织全县各中小学校开辟校办林场，少则几亩，多则几十亩，甚至上百亩。到1983年全县各中小学校开辟校办林场近300多个，绿化面积近万亩。为此，县委、县政府于1992年授予他"林业功臣"光荣称号。

2006年4月6日，政协右玉县第五届主席王德功和笔者来到现居太原市的老校长张引弦家采访。他已83岁高龄，但红光满面、精神矍铄。老人一说起这段历史，脸上充满了无限的荣光，他说："右玉由'不毛之地'变为'塞上绿洲'，我做了我应做的工作，这件好事我永生难忘。"

1958年3月3日，右玉中学领导班子成员在本校关帝庙前留影。从左至右为：右玉中学校长张引弦、右玉中学红旗班主任郭仁、中共右玉县委副书记兼右玉中学党支部书记刘茂臻、右玉中学红旗班主任王诚德、右玉中学教导主任陈登山。

绿化黄沙洼战役打响后，时任县教育局长薛宽为了让学生加深大战黄沙洼、誓堵大风口、绿化求生存的印象，要求初中一年级以上学生每人写一篇作文；要求初中以上的地理老师开设一节"我爱地球"的专题课。老师们给学生讲道：

采访征求1956年至1975年间先后任右玉中学校长、县教育局局长的张引弦（中）的意见。（2003年10月8日和2010年5月19日）

地球虽然46亿岁了，但在宇宙界众多星体中，她却是个年轻的女郎。地球重达658800亿吨，还拥有5100万亿吨空气、32600万立方英里的水。她养育着5亿种生命，我们人类则是地球妈妈的骄子。

地球陆地面积为1.49亿平方公里，其中约有1/3属于像右玉一样的干旱半干旱地带。现在全世界平均每分钟就有1—50亩土地变成沙漠。每年因土地沙漠化要失去600万公顷的农田和牧场。我们正北面的沙漠已向南推移了100多公里，毛乌素沙漠已越过长城南下。在大西北有20座有文字可考的历史名城，如楼兰、尼雅、居延、米兰、统万等被沙漠吃掉了。

地球妈妈是美丽的，她有秀美的毛发，这就是植被和森林；她有丰腴润泽的皮肤，这就是肥沃富饶的土壤。但是人类并不懂得爱护自己的母亲。过去在战乱中烧林砍林毁林，造成土地沙化，泥沙滚滚，水土流失。中国的黄河流域是中华民族的摇篮，但因流域内森林遭到人为破坏，大量土地变成了不毛之地。据科学测量，黄河每年要冲入东海60亿吨泥沙。黄水一担，泥沙数斗。它流的是黄土高原的财富，是中华民族的血液，是大动脉出血。

地球有1/3的土地（约4500万平方公里）面临沙漠化的危险，每年有600万公顷的土地沙漠化，威胁64个国家，受沙漠化影响的人口有8.5亿，占全球人口16%以上。我国有13个省区的33.4万平方公里的土地受到沙漠化的威胁。其中已经沙化的土地有17.6万平方公里。据估计，如不加速治理，到本世纪末，沙漠化面积将达25.13万平方公里。

我们只有一个地球。人类为自己敲响了环境危机的警钟，冷静明智地选择了环境保护。我们每个人必须爱地球，为打扮自己美丽的地球妈妈献出聪明和才智。

是的，右玉中学的师生——一支独特的绿化专业队，为了保护美丽的地球妈妈，为了扮靓自己的家乡，在17年的岁月里，一张铁锹两只手，一颗红心加义务，锁风沙战黄龙，绿染马营河两岸。

当年在右玉中学读书，以后陆续走出右玉的赵生荣、马友、郝凡、韩国维、张林、邢志强、郑福、刘生义、左义河、许子文等地市级以上领导干部，每每回想起右玉中学植树劳动的情景，都特别动情地说："那时，我们在右玉中学读书，顶着黄风植树，那是每个学生的

2010年5月21日，采访征求右玉籍干部、中共山西省委党校副校长、正厅级巡视员刘生义（中）和庞汉杰长子、中共山西省委党校后勤处处长庞云平（左一）的意见。

采访征求右玉籍干部、大同市人大常委会第十一届副主任张林的意见。（2008年11月21日及以后共两次）

必修课。早饭吃一碗莜面山药和子饭或莜面块垒，中午三个玉米面窝头，就点儿腌咸菜。早上出工，戴上四块玻璃做成的防风眼镜，顶着黄风行走；中午吃饭，满嘴冷水拌玉米面窝头加黄沙；晚上收工，饥肠辘辘满身的黄沙土，回到宿舍，首先倒掉装满鞋袜的黄沙土。不论学生还是老师，每人每天挖元宝树坑不下100多个。当时大家都想着多栽树、栽活树，早让自己的家乡变成绿水青山。不管有多苦多累，在漫天的黄沙中，栽植右玉绿色希望的种子。半个多世纪过去了，我们的家乡终于变成了国家级生态示范区。每每回到家乡看一看、游一游，心中都充满了无限的感慨与自豪，我们的汗水终究没有白流。是延安的春风吹绿了右玉大地，我们会永远铭记在心！"

省领导郑林和团省委领导李立功到右玉慰问，嘱咐道："禄元，植树造林锁住风沙你这个县委书记就当好了！"

右玉县，在战争年代曾是晋绥革命根据地的辖区。尤其是抗日战争时期，右玉县是党中央提出的"依托雁北发展绥远工作"的前哨阵地。全县人民在中国共产党的领导下，先后开辟了左右凉、右山怀和右清等根据地，与日军展开了艰苦卓绝的斗争。抗日战争中，全县2000多人参军，400多人参加了地方工作，550名同志光荣牺牲。解放战争中，右玉人民舍小家保大家，忍饥挨饿支援前线，全县支前民工达8.8万人次，畜力3.2万头，筹粮近4000担。全县参军青壮年2500多人，有1000多

采访征求任职35年的右玉县城关镇北辛窑村党支部原书记伊小秃（右一）的意见。（2009年6月11日及以后共两次）

人英勇牺牲（现登记在册的革命烈士就有661人）。可以说，右玉人民为新中国的解放事业做出了巨大的贡献，谱写了一曲又一曲悲壮的凯歌。

从中华人民共和国成立到1956年，地处塞上黄土高原、古长城脚下的右玉革命老区的人民生活得怎么样？生产有无发展？中共山西省委、省政府一直牵挂在心。

1956年秋天，时任共青团山西省委副书记的李立功，从苏联共青团中央团校学习回来，又回到了团省委。当时，省里正在组织老区慰问团，慰问老革命根据地的人民群众。到达雁北地区的慰问团，由中共山西省委书记处书记郑林带队，李立功参加了这个慰问团，还有省委农村调研室主任郭忠、《山西政报》主编黎森共四人。他们一行下去时正值雁北深秋初冬，一过雁门关就感到天气的寒冷。那时虽然是省委慰问团，全体成员也与其他人一样坐在一辆大卡车上，自带行李打成背包，往卡车上一放，坐在行李卷上，不像现在可以坐长途客车或面包车，更没有小汽车接送。那时从太原到雁北右玉的道路全是土路，起伏不平，转山

下沟、爬坡上梁，大卡车艰难地爬行着、颠簸着。赶到右玉县城时，他们一个个都像从土里钻出来的一样，头上、脸上、身上全是黄沙，简直成了一个土人。

到了右玉，先在县城新华书店后面两间小平房里住了一夜（当时右玉还没有机关招待所）。第二天，在中共雁北地委书记张晓东、行署专员李毅民、地委秘书长康伯成、共青团雁北地委书记卢守清以及右玉县委书记马禄元、县长解润和县委办公室主任徐日新的陪同下，坐花轱辘马车，蹚过苍头河，到右玉县西北部的北辛窑乡，在村党支部书记伊小秃的安排下，他们分别住在村治保主任张来成的土窑洞和土坯平房的乡公所办公室里。

当时北辛窑乡是右玉县农村党员觉悟高、党支部战斗力强的五个乡总支之一。北辛窑乡在解放战争、抗日战争中参军入伍的有许丙孩、许马孩、王根孩、段荣华、伊转达、张来成等多人。其中，伊转达被右玉县人民武装部选派为民兵代表，光荣地参加了1949年10月1日中华人民共和国开国大典，受到毛泽东、刘少奇、朱德等党和国家领导人的亲切接见。

省、地、县三级领导的慰问活动，每天都是靠步行到黑洲湾村、胡四窑村、红旗口村、杀虎口村、李家堡村，上了右玉北岭梁到李达窑村、林家堡村，在古长城脚下的几个村中走村串户进行慰问调研。

2009年5月8日下午3时半，笔者到中共山西省委第9任书记李立功家中采访，并征求其对《苍河颂》第7稿的意见。李书记深有感触地说："我原来听说过右玉的荒凉、右玉的穷困、右玉的寒冷。真是不看不知道，一看吓一跳。真正到了右玉农村才体验到了什么叫荒凉！右玉从早到晚，几乎每天都刮着大黄风，有时刮得铺天盖地、天昏地暗，晚上睡在屋里不时地听到狂风怒吼。房门必须用一个大石板从里面顶着，一怕黄风吹开门，二怕野兽伤害人。田野里几乎什么也看不到，只看到黄风黄沙在滚动。黄风能把人吹得小跑，吹得使人飘起来，大有黄土埋人之势。我们每走一步，要么背风而行，要么掩面而行。真正体验到了什么叫穷困！老百姓几乎都住在土崖下面的窑洞或简易的土坯屋里。因为黄风大，窗户没有玻璃，大部分用草秸子捆成大捆或用木板堵窗户。不少人家人畜共处，屋内一阵异味，一片昏暗。人们没有好穿的，不是补丁破衣，就是烂羊皮袄。男人女人蓬头垢面，看上去脏兮兮的。人们没有好吃的，大部分一日三餐黑豆炒面、野菜、玉米面稀饭，喝的是沟河里的水，烧的是干羊粪片。即使吃一顿羊肉也是切成大块，放上一把食盐，很简单。稼穑艰难的老百姓的生活条件近乎原始。真正体验到了什么叫寒冷！我们去时，右玉仅仅是深秋初冬，由于地处塞上黄土高原加上大黄风无遮无掩，每天几乎是滴水成冰，寒风那真是刺骨冰冷。我第一次去右玉给我留下的难忘印象，就是真穷、真苦、真荒凉、真寒冷。晚上睡觉缩成一团，第二天早上起来，被子边满是哈气结成的霜。右玉老百姓的生存条件极差。右玉的农村叫屯、叫堡的很多。历史上的拉锯战争，给这里的生存环境造成了极大破坏，种下的庄稼几乎没有多少收成。那个时候的干部不讲什么条件，就是在这样恶劣的环境下，我们慰问团在右玉的农村住了20多天，每天都吃的是派饭，必须交够派饭钱，与老百姓吃一样简单得不能再简单的家常便饭。

"经过一个月的慰问调研，我们给省委写了周详的调研报告。我记得在结尾这样写道：

'尽管新中国解放了，但像右玉这样的革命老区，群众生活条件还十分穷苦，生产条件十分困难。但这里的人民群众一如既往，在党的领导下，艰苦奋斗，自力更生，创造着新生活。我们省委应高度重视，在条件允许的情况下，加大对这里的关心、支持、帮助，帮助这里的人民生存下去，生产得到发展，早早过上好日子。'

"郑林书记还安慰马禄元说：'你在右玉工作，条件非常艰苦，要做好艰苦创业的准备。你很年轻，记住老百姓有饭吃、有衣穿，植树造林锁住风沙，你这个县委书记就当好了。要明白，风沙堵不住，百姓没活头。一定要让延安会议精神在右玉开花结果，你有没有这个信心？'马禄元坚定地说：'我已做好吃苦的准备，保证与老百姓同甘共苦，植树种草挡风沙，首先解决人活下去的问题。'

"郑林书记说：'右玉的情况我们回到省里如实反映，要引起省委的高度重视，省委领导会经常来看望你们的，会逐步帮助你们解决一些问题。咱们上下一致，同舟共济，为右玉人民的生存而努力吧。'

"我们从右玉回来后，即向省委作了详细汇报。省委第一书记陶鲁笳和书记处书记王谦都说，右玉人民在革命战争年代付出了很大牺牲，作出了很大贡献，至今受穷受苦还受风沙欺负，省委义不容辞地要给予高度关注和积极支持。我们要经常到这些艰苦的地方去看看，多了解他们的疾苦，帮助他们摆脱苦难，过上新生活。很快，省委派出以省委农工部牵头的赴右玉科学考察队，深入右玉就风沙问题考察调研并提出整治风沙的对策。"

1957年3月1日，中共右玉县委机关报《右玉小报》创刊。中共山西省委书记处书记郑林亲自为该报题写了报头。

在采访中，李书记还对笔者说："我现在是山西省老促会名誉会长。你们右玉也设立了一个老区促进会，一名退下来的县级老同志担任会长，我们每年给他拨点经费开展工作。全省各级老促会都选择了几个有代表性、有影响的贫困老区的村庄作为联系点，了解真实情况，具体进行帮扶，起了示范作用。1993年6月从省老促会中分设出山西省老区建设扶贫基金会，我又担任了扶贫基金会的名誉理事长。扶贫基金会的理事长先后由省老促会副会长白兴华、省军区原司令员于鸿礼和省人大原副主任徐生岚担任。你们右玉不是也有扶贫基金工作小组吗？这一切说明，省里从建国60年来，各级领导心中始终装着右玉，一直在高度关注、热情关心、大力支持右玉人民的脱贫致富。"

马禄元两年蹲点盘石岭封沟育林，乔灌混交示范点受到国务院嘉奖

在右玉县城东欧村河上游25公里处有一个村庄叫盘石岭。这个村村南有海拔1783米的卧羊山，东北有海拔1963米的红家山，东与左云县的陈家窑乡交界。因南、东、北三面环山，多是裸露岩石，故名"盘石岭"。

在盘石岭附近有座小山，叫"啼哭岭"。据传说，昭君出塞时曾路经此地，眼看着就要走出内地越过长城，昭君在此下马，挥泪告别故乡，因在山路的石头上留下了几个马蹄印，

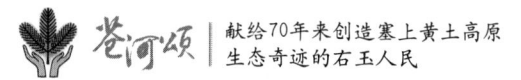

故亦叫啼哭岭。

1955年10月，毛主席要求，全国每个县委书记都要像阳高县委书记那样，总结学习推广阳高县大泉山植树造林保持水土的经验。马禄元也选择了一个与大泉山地理条件相似的村庄盘石岭搞了封沟育林乔灌混交的试点。由时年40岁的右玉县财贸部部长王俊驻村与村民们一起大干。

"这里的群众真听共产党的话，我和村里的干部群众爬沟上山一共干了20多天，共营造了600亩用材林、1800亩灌木林。这个村以后靠种树发了财，有几个青年靠卖酸溜溜籽娶回了媳妇，被人们称为'酸溜溜媳妇'。"

1956年3月，王克敏参加了延安青年造林大会后回到村里，迅速使延安会议精神在盘石岭开花结果。

到1957年秋季，盘石岭一个穷山恶水的村庄变成了绿树成荫、乔灌丛生、四旁皆树、沟壑成林的绿色林区。是延安精神把这个山村打扮成了"进村不见村，烟从林中升；有水不见形，路在林中行；生人入此境，心生格外情"的右卫"东山圣境"。

1957年10月，盘石岭农业社被评为植树造林、解决水土流失的先进典型，受到国务院的嘉奖。

1957年7月21日，马禄元作为雁北地区县委书记的代表出席了党中央在北京召开的全国农业会议。毛泽东、刘少奇、周恩来、朱德、陈云等党和国家领导人接见了与会代表并合影留念。

青山绿水孕育了盘石岭的良好村风。1986年8月23日，盘石岭青年民兵赵文、赵亮因抢救被洪水围困的村民，以身殉职，被山西省军区授予"革命烈士"光荣称号，并追记一等功。

马禄元现在回想起来说："盘石岭靠封山育林才出了名。"

1958年草木栖落户右玉，大种草木栖好处多多

1957年7月30日，全国水土保持流动现场会在甘肃省天水市召开。作为"三北"地区参会代表的县委书记马禄元看到天水地区大面积种植草木栖获得成功，深受启发。

马禄元边参观、边询问、边思考：右玉与天水的气温、无霜期、降雨量等气候条件相似，天水能获得成功，右玉难道不行吗？试试看。于是他就从天水买了20斤草木栖籽，不顾千里旅途劳顿，硬是背回了右玉，分别在李达窑乡的盆儿洼村和郝家村搞试点，然后在全县推广。

1958年5月12日，在马禄元的亲自指导下，郝家村以103个劳力和40套牛犋组成种草专业队，大干七天，种草木栖3000亩，秋后共产饲草365万斤。

草木栖的种植成功，在右玉可是开天辟地的大喜事！

草木栖能顶"三料"：牲畜的饲料、种地的肥料、做饭的燃料。右玉老百姓高兴地叫它"灵芝草"。

草木栖从此在右玉落了户，为右玉的防风固沙，为右玉百姓的致富，立下了功劳。

1961年8月14日《山西日报》第2版刊登了马禄元撰写的《种草木栖好处多》一文。文中指出："大量种植草木栖，不仅是解决水土流失的好办法，而且是改良土壤、增加地力、促进粮食增产的有效措施，还能解决饲草和烧柴的不足，对地广人稀、土质瘠薄的黄土丘陵区大办农业、大办粮食、发展畜牧业具有重大意义。"

这篇文章是马禄元长期深入农村调查研究，总结右玉县四年来种植草木栖的成功经验而写成的，为全省山区种植草木栖起到了示范引路的作用。

马禄元还亲自到右玉西山的丁家窑乡山高坡陡的前窑子农业社搞试点，并派农业社党支部书记李喜专程到大泉山进行参观学习，回来后带领群众学习阳高县大泉山植树造林的经验，在窑头山采取"管营并重，育造结合，蓄水培埂压条，沟壑边沿密植"的办法，大搞水平压条，营造了1700亩水保林，一年后全部成活。在荒地上，大种草木栖解决了养羊的饲草问题，为全县山沟大搞水平压条取得了宝贵经验。第二年县委组织全县社村干部来前窑子参观学习，迅速在全县进行推广。

1961年7月13日，马禄元代表右玉县又一次到北京出席了全国林业工作会议，受到了毛泽东、朱德等中央领导的接见。

前窑子村过去只有自生自长的零星小杨树，如今已有人工栽种的优种林1700亩。20世纪50年代造的林都已成材，价值10多万元。这对一个30多户的小山村来说，确实是一笔可观的财富。

如今，前窑子村人一说起马禄元，都在念他的好，十分怀念地说："是马书记让我们家家户户懂得了种树能发财、种草木栖羊增膘、搞水土保持多打粮。是马书记帮助我们打下了家底。"

2007年8月2日马禄元回到右玉，游览了右玉全境，不仅感慨万分，还赋诗一首：

右玉颂

昔日右玉风沙大，漫天遍野舞黄沙。
农夫历尽千般苦，秕糠褴衣度年华。
旧地重逢倍感亲，中陵山河面貌新。
杨柳松下闻鸟语，万花丛中观蝶蜂。
草原牛羊欢声叫，农家美谈五谷丰。
缘何绿洲风景美，自有奋战勤劳人。

现在50多岁的右玉人谁也不会忘记：
是延安的春风，使右玉人擂响了求生存、大战大风口黄沙洼的绿化战鼓；
是延安的春风，使深沟大山的盘石岭封山育林，在全国出了名；

是延安的春风，使大西北的"灵芝草"（草木栖）为偏僻的右玉农村带来了致富的福音；

是延安的春风，使右玉的县委书记马禄元神气地走进了国家的议事堂，受到党和国家领导人的接见；

是延安的春风，使贫瘠荒凉的右玉人民见到了生存的希望。

马禄元于2010年3月30日逝世，享年84岁。

第三章 吹响绿化号角的人

右玉县委1957年8月至1961年4月组织机构变更回望

1956年3月，庞汉杰由中共山西省委组织部组织指导处处长调任山阴县委书记。

1957年6月20日，中共山西省委任命庞汉杰为右玉县委第一书记，免去其任职一年的中共山阴县委书记职务。

1957年8月16日，根据中共山西省委通知，右玉县委设立书记处，书记处设第一书记、书记。

第一书记：庞汉杰

书记：马禄元、解润、刘茂峥、王文

常委：庞汉杰、马禄元、解润、刘茂峥、王文、顾勤、李林

1958年11月，右玉县并入左云县，中共右玉县委及其领导机构撤销。

1961年4月，右玉县恢复建制。5月由中共晋北地委任命书记、副书记、常委，组成右玉县委员会。8月，因山西行政区调整，撤销中共晋北地委，右玉县委又重新归属雁北地委领导。

书记：庞汉杰

副书记：马禄元、解润、王文

常委：庞汉杰、马禄元、解润、刘茂峥、王文、顾勤、薛珊、李峒

1957年7月2日，时年36岁的庞汉杰由中共山西省委组织部办公室主任调任右玉县委第一书记。

庞汉杰从太原坐火车来到山阴，又从山阴县岱岳镇出发，坐了一辆拉炭的花轱辘马车来右玉上任。虽然是入夏的天气，他所看到的右玉大地依然是荒山秃岭、黄沙扑面，真是"立夏不起尘，起尘活埋人"。

"离开太原时，省委组织部部长朱卫华与庞汉杰谈了右玉的情况，让他到山西最艰苦的地方去磨炼，为那里贫困的老百姓办些好事情。"庞汉杰的妻子说，"县委书记好像是个好差事，但老庞对这个心里却是七上八下的。从省城优越的大机关到山阴县，一年后又分配到山西条件最艰苦、生活最清苦的边远地区当'父母官'，老庞着实怕了一阵。怕什么？怕去到那里给老百姓办不成事情。一向睡安稳觉的庞汉杰却几天失眠了，但又想，既然组织决定了，就大胆地去，'不入虎穴，焉得虎子'，无非是多吃点苦。为了使老庞在右玉安心工作，我也把工作从省保险公司调到了右玉，我们全家，有老庞的父亲、母亲，我和保平、云平两个孩子，都跟着他去了右玉，一待就是9年。"

2006年3月27日，王德功、霍生祥及笔者去太原庞汉杰家中采访他的遗孀孙淑凯。她侃侃而谈，和我们说起了庞汉杰当年到右玉任职的情景。

庞汉杰两个月磨破两双鞋步行调研，绘出右玉植树造林防风固沙新蓝图

庞汉杰任职右玉县委第一书记后，就把清代著名文人画家郑板桥的一首诗写到一张宣纸上，挂在自己办公室的墙上，以此自勉。

郑板桥为"扬州八怪"之一。清乾隆六年（1741）春，郑板桥年近五旬，科举及第考中进士后被派往河南范县任县令。他到任后出行不许鸣锣开道，不许打"回避""肃静"的牌子，经常身着便服、脚穿草鞋到乡下察访。

一年后，郑板桥从河南范县调任山东潍县知县时，面临的潍县现实严酷至极：头一年海水倒灌，加上瘟疫、饥荒，人们到了卖妻弃子的境地。整个潍县饿殍遍地，满目疮痍。百姓所受的苦难让郑板桥心痛不已。于是，他作了一幅画《潍县署中画竹呈年伯包大中丞括》，挂在了他的县衙中。画中题诗云：

> 衙斋卧听萧萧竹，
> 疑是民间疾苦声。
> 些小吾曹州县吏，
> 一枝一叶总关情。

他身为知县，从萧萧的风竹声，联想到老百姓的困苦呻吟，说明他心中装着老百姓。郑板桥在潍县七年任期里，有五年发生水旱灾害和蝗灾。他一面开仓济粮，一面以工代赈，自己也节衣缩食，为饥民捐出官俸。

庞汉杰常对县委班子成员们说："清代的郑板桥是个县官，能做到一枝一叶总关情，我们是共产党的一个县的领导集体，理应比他做得更好。什么时候带领右玉人民植树种草锁住了风沙，使老百姓有饭吃，过上好日子，我们这个'县官'就当好了。大家要努力、努力，再努力。"

来到右玉到底怎么干？

庞汉杰首先征求了马禄元的意见。而后见到早已认识的县委常委、政法委书记顾勤时说："老顾，我对右玉可是心中无数啊，你和我下去亲自看看，弄清个来龙去脉再回来。"

"新书记上任，我们还没见啥样呢。"县委办公室工作人员和找新书记办事的人都这样说。

采访征求中共右玉县委第五任书记庞汉杰遗孀孙淑凯的意见（2008年10月9日及以后共三次）。右一为政协右玉县第五届主席王德功。

林业功臣顾勤

庞汉杰多带了一双布鞋,另外又带了一张右玉军用地图、一个笔记本和一本《朔平府志》,戴上一副防风眼镜,就同顾勤步行下乡去了。

他们一出北城门,就看到建于明代洪武年间三丈六尺高的城墙被黄沙埋得与地齐平。又往北边的游沙滩上吃力地走了五里路,才看见一个个破旧的院落,一问才知道这里名为红旗口,是一个大风口。

他俩沿着苍头河登上杀虎口古长城,俯瞰连绵起伏的山峦,又爬上海拔1975米的曹洪山,眺望七沟八梁的田间,荒凉的原野没有多少绿色。

他俩顶着风沙又来到与右玉毗邻的内蒙古境内和林格尔县和凉城县等地的山川探风口、寻风源。

庞汉杰走到哪里,就吃住在哪里。在老乡的炕头上、在庄稼地边,与老乡同吃同住、锄田拔草,并详细地问着右玉的情况。

他亲眼看到右玉的百姓生活十分清苦,种啥吃啥,大部分百姓一天三顿玉米、黑豆、山药(土豆)、野菜做成的和子饭,喝的是人畜共饮的沟泉水。

他亲眼看到右玉的百姓有的住在窑洞里,有的住在土崖下,但不少都住在土坯垒起的简陋房里。屋里的土炕上见不到什么铺的,烧的大都是干牛粪片、干羊粪和柴草。还有不少人畜共居,炕上睡人,地上卧猪卧狗。窗户无纸无玻璃,用莜麦秸堵窗户,居住环境十分原始。

他亲眼看到右玉的百姓穿的大部分是补丁摞补丁的粗布衣、羊皮袄、破烂鞋,灰头土脸,蓬头垢面。

他亲眼看到右玉的大地黄沙漫漫,前不见村、后不见人,只见到倔强生长的年蓬草,很少看到生长茂盛的庄稼苗。

"老顾啊,多少人说右玉'十山九无头,洪水遍地流。一年一场风,从春刮到冬。遇上刮大风,飞沙到处流。白天要点灯,路上断行人',真是名不虚传,怪不得古称'不毛之地'哩,此话一点都不假啊!"

顾勤拖着疲惫的身子,不紧不慢地说:"你这有切身的体验了吧,你这个县委书记可不好当啊!"

庞汉杰连连点头。

庞汉杰走了两个月磨破了两双布鞋,长长的头发里、满身是土的衣服上到处爬满了虱子。

"老顾,两个月的调研咱们收获可不小啊。"庞汉杰一进右玉城就风趣地对顾勤说。

"是啊,功夫不负有心人。磨破的是两双鞋,背回的是满身的黄土和虱子,得到的是右玉的真实情况,下一步研究咱们的对策吧。"顾勤一边用晒黑的、粗糙的双手不停地抹去脸上厚厚的黄土,一边笑着,胸有成竹地说。

庞汉杰所带的地图上画满了圈圈杠杠,笔记本上也记得密密麻麻。右玉境内的23座大山、红旗口、黄沙洼、老虎坪、杀场洼、威远西五处大风口，数百个土丘，苍头河、马营河、欧村河、李洪河、元子河共5条河流，600多道2公里以上的沟壑，他都标记得详详细细。

右玉到底有多少风口？右玉的风到底有多大？它给农业造成多么大的损害？

庞汉杰、顾勤经过两个月的艰难调研，也摸得明明白白：

右玉这个地方，有大大小小的风口48个，其中较大的风口是杀虎口、黄沙洼、红旗口、老虎坪、杀场洼、威远西。一年当中，春季风速会达到每秒3.5米。六级以上大风的日数，平均每年有57天。有的年份，八级以上大风的日数，在一年中也要出现50多天。而且，这种大风季节往往发生在播种和出苗时期，大风常常刮走表土，伤害幼苗和毁种现象经常发生。到了夏秋时节，大风刮起来常常也是数小时不停，成熟的作物，被大风刮得互相摩擦而落粒，造成粮食严重减产。尤其是风口地带，一个春天平均风蚀农田表土达到1.2厘米，每亩地失去熟土8立方米左右。流域地带的失土也很严重，比如李洪河流域总面积36平方公里，每年流失泥沙达14.9万吨。由于降水量很少，加之地表径流大、土壤沙化、蓄水力差、渗透力强、蒸发旺盛，导致干旱频繁发生。不少年份，春旱会达到七八十天，使全县大部分春播无法进行。此外，还有夏旱和秋旱。这种种现象表明，植被搞不好，水土保持搞不好，粮食生产就无从谈起。

风大沙多，十年九旱，水土流失严重，这些气候特点，是制约右玉农业生产发展的主要矛盾，也是造成右玉人民世代贫穷、不得不含泪走西口的主要原因。

右玉的社情民意、群众的衣食疾苦在他的脑子里装得满满的。

空旷的田野，

漫天的黄风，

干冷的气候，

群众的缺吃少穿，

……

艰难啊，异常的艰难。重重困难像千斤担子压在了庞汉杰的肩上。

庞汉杰和顾勤通过实地勘察，掌握了右玉大量的第一手资料，才知道右玉当时的实有林地面积只有8500多亩，森林覆盖率只有2.9%，造林面积只占宜林面积的7.5%。

这件事，至今仍被右玉人民传为美谈。不少老人说："庞书记磨破两双鞋，步行两个月，绘出了绿化右玉旧貌变新颜的新蓝图。"

这第一手资料来得可不容易，它不仅凝聚了庞汉杰的心血，而且体现了一个共产党员的坚强意志和崇高信念。

这是创业者的壮举，也吹响了绿化右玉的进军号！

县委第一书记与书记七年携手奋进锁风沙

庞汉杰担任右玉县委第一书记，马禄元的职务仍然是县委书记，但他已不再是实际意义上的县委"一把手",实际成了副职。

没有犯错误,工作也没有什么失误,马禄元莫名地被暗降职务,这让马禄元的妻子孙林梅想不通。

马禄元是灵丘县红石塄乡下沿河村人,孙林梅是灵丘县红石塄乡上沿河村人,两个小山村相邻一公里。

孙林梅一向对马禄元的工作很支持。右玉的工作条件虽然异常艰苦,但马禄元年仅30来岁,工作热情很高,没日没夜地一心扑在工作上,孙林梅一人承担了侍奉公公、抚养3个儿子(马友、马成、马力,1962年又生了女儿马玉如)的全部家务。全家仅靠马禄元的工资生活,为了能增加一点收入,妻子几次要求马禄元给自己找一份工作,但马禄元一直没有答应。他觉得自己的工作任务繁重,没有时间管家里的事,妻子管好家务,就可以让他全身心地投入到工作中去。再说,自己是县委书记,不能以任何借口以权谋私,把妻子变成国家工作人员。这是一个共产党员最起码的党性和觉悟。因此不管妻子怎么唠叨,马禄元始终没有答应妻子的要求。孙林梅无奈之下,只好打消了参加工作的念头,一心扑在家务上,成了一名家庭妇女,全身心地支持丈夫。

孙林梅一心一意地辅助丈夫的工作,换来的是丈夫的降职。

孙林梅这回可实在想不明白了。

这天晚上,她把马禄元拉到炕沿上,疑惑地问:"马禄元,你犯了什么错误,把你给降了职?"

马禄元说:"谁说我降职了?"

孙林梅说:"你这县委书记当得好好的,又调来一个第一书记,这不是降职是什么?"

马禄元说:"这是组织上的事,你不要管!"

孙林梅说:"我管不了,可你自己就不能去地委问个明白!"

马禄元说:"问什么问,组织上安排工作,我应该服从。一个共产党员,党叫干啥就干啥,还讲什么条件?现在省委搞县委体制改革,增设第一书记,是为了增强县委的领导,组织上这样安排是很正常的,我都想得通,你有什么想不通?"

孙林梅眼里满含眼泪地说:"我是替你觉得委屈!"

马禄元缓和语气说:"你看千人植树大战黄沙洼,第二年全军覆没,这风沙怎能锁住?右玉的工作现在到了最困难的时期,连我自己都感觉很吃力。省、地委派庞书记来,是对右玉工作的极大重视和有力支持,是从右玉工作的实际出发的,我们个人有什么权力在职务上争高低?为右玉老百姓锁住风沙栽活了树有饭吃才是最重要的。"

孙林梅点了点头说:"行,你的事我再不问了,只要你自己不觉得委屈就行了。"

马禄元说:"这就对了,个人服从组织,是一个共产党员基本的党性原则。你做好家务、管好孩子也不容易,我工作的事你不要操心。还有,庞书记来了,我们今后既是县委领导班子成员,也是一家人。他们家刚来,生活上有什么困难,你要多帮助他们。"

马禄元说完转身就出了门,他要去找庞汉杰。

这天夜里，屋外一股股的黄风刮个不停，打得窗户"吱吱"作响，屋内庞汉杰和马禄元，第一书记和书记，在马禄元简陋的办公室里，促膝长谈了大半夜。

庞汉杰也有他的心思。他到右玉任第一书记，马禄元会是什么态度？会不会有什么想法？毕竟马禄元原先是右玉县委书记，是"一把手"，现在突然来了他这个第一书记，马禄元退居"二把手"的位置。本来工作干得风风火火，既没有犯过什么错误，也没有受过什么处分，无缘无故被降职使用，给到谁头上也会有想法，也会想不通。因为两人马上要搭班子一同工作，庞汉杰觉得应该好好和马禄元谈一谈。庞汉杰明白，只有他们两人同心协力，右玉的事情才会办好。

就在这时，马禄元来了，并把他请到了自己的办公室。

马禄元办公室里，县委打字员兼公务员范德信用黑铁壶早早烧开一壶水，杨木做的简易的桌子上，两个搪瓷缸子冒着热气。雾气氤氲中，显现着两张略显严肃的脸。

庞汉杰说："禄元，你对我来担任第一书记，有什么看法？"

马禄元说："汉杰，你来担任右玉县委第一书记，是省、地委给右玉雪中送炭。右玉这地方气候恶劣，老百姓穷，大风刮得栽活一棵树都挺难，你能来太好了。"

庞汉杰没有想到马禄元会这样回答。

庞汉杰凝视着马禄元说："禄元，你真是这样想的？你对自己实际上被降职使用，对我这个第一书记，难道没有任何想法？"

马禄元语气坚定地说："有什么想法？我是一个共产党员，服从分配是党的组织原则，我这点党性还是有的。汉杰，请你放心，我马禄元会全力配合你这个县委第一书记工作的。"

庞汉杰动情地说："禄元，说实话，本来你是右玉县委书记，工作干得好好的，突然来了我这个第一书记，我自己也感到心里不安。其实，我到右玉工作，也是突然，也没有思想准备，但这是组织上的安排……"

马禄元打断了庞汉杰的话："庞书记，你什么都别说了。你来了，我对搞好右玉的工作更有信心了。我会尽全力协助你这个第一书记工作的。我现在说什么也没用，今后你看我的实际行动吧。……时间很宝贵，我们还是抓紧研究一下右玉的工作吧。"

庞汉杰高兴地站起来，赶忙来了个大拥抱，并紧紧握住马禄元的手："谢谢禄元！谢谢你对我的理解和支持！你对右玉的情况比我熟悉，以后我还要多向你请教。"

"我相信，只要咱俩拧成一股劲，一定能把右玉工作搞好！"

庞汉杰、马禄元两位书记的手紧紧地握在了一起。谁想到，这一握，两个人的密切合作就是7年，直到庞汉杰调离右玉。

此后的7年里，马禄元实践了自己的诺言，作为副手，他兢兢业业地完成县委分配的每一项工作任务，真心实意地全力支持着庞汉杰的工作。

庞汉杰、马禄元，右玉历史上很重要的两任县委书记，一位在右玉任职7年，一位在右玉任职10年，同心协力把右玉植树种草、锁风治沙大业推向一个崭新的阶段。

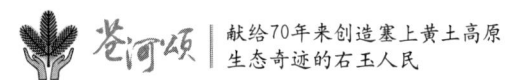

庞汉杰提出"若要右玉富,必须风沙住;风沙何时住,山川皆有树",制定了右玉第一个流域治理根治"五害"的五年规划

心中有数,才能决策。

调查历史,研究现在,为了制定正确方针。

又是多少个不眠之夜,庞汉杰翻阅了《朔平府志》《魏书》《宋史》等资料,探究右玉过去到底是个什么样子。

"右玉目前可真是名不虚传的不宜生存之地啊!这是怎么造成的?"

两个月的艰辛调研和探究使他找到了答案:

右玉自然灾害频繁和农业生产落后的根本原因,在于右玉是古代边关之地,横遭千百年来的战争破坏,将山川河梁糟蹋成不毛之地,形成了人们难以生存的"五害",即风沙、干旱、水土流失、霜冻、冰雹。而且连人们生存取暖的薪炭也极难收集,少数人家不得不到50多公里外的左云小煤窑去拉炭。但大多数人家靠烧牛、马、羊粪或滥砍零星树木取暖做饭,使宝贵的农家肥料大部分遭到损耗,从而极大地影响了农业生产的发展,造成了人民生活极端贫困。

古语说:"要看五谷,需视五木。"

春秋时期,管仲在《管子·立政》中说,"草木不植成,国之贫也","草木植成,国之富也"。"行其山泽,观其桑麻,计其六畜之产,而贫富之国可知也"。

"一年之计,莫如树谷;十年之计,莫如树木。"中华文明是农耕文明,种树造绿是中华民族古老的传统,《礼记》中就有"孟春之月,盛德在木",说的是植树造林是最大的德行。

常言说:"树上有生灵,一棵树就是一个世界。""一花一世界,一叶一菩提!"

右玉的"五害"从根本上说,主要是缺乏林草植被,从而导致生态环境的恶性循环。

面对"五害",庞汉杰提出了"我们共产党人能不能从根本上改变右玉自然面貌"的问题,在县委扩大会议上进行了热烈讨论。

大家一致认为,我们共产党员是马列主义者,是辩证唯物论者和历史唯物论者,要勇于认识世界、改造世界,领导人民群众树雄心、立壮志,与自然界展开顽强的斗争;要充分发挥我们的主观能动性,来改造好右玉风大、寒冷的恶劣面貌。

在讨论中,大家还追溯到几百年前,右玉是一个森林遍山、草木茂盛、肥田沃土、水源丰沛的好地方。既然过去是因频繁的战争使青山绿水变得满目荒凉,那么,今天共产党掌握了天下,就不能用长期建设的方针,使荒凉恢复为山清水秀吗?

经过探古访今,得出结论:完全可能!

"青山不老树为林,绿水长流林是源",四年春秋奋战筑起杀虎口长城防风屏障

1957年8月20日,中共右玉县委二届二次扩大会议在县人委会议室举行。这次会议达成了共识:彻底改变右玉荒凉面貌、根治右玉"五害"的根本途径是:必须持续不断地植树造林,锁风固沙;必须大搞水土保持,增加地面绿色覆盖;必须长期艰苦奋斗,建设美好家园。

庞汉杰提出了一个响亮的口号:"若要右玉富,必须风沙住;风沙何时住,山川皆有树。"

这个口号博得了与会人员的一致认同和赞赏。

庞汉杰终于悟出了一条真理,终于找到了右玉今后改造自然、发展生产的大诀窍:植树造林,山川皆有树。

是啊,森林是人类的摇篮,森林哺育了人类的始祖。人类从森林中走出来后,其居所是美丽的。

为了实现这个目标,县委、县政府制定了农林牧并举的发展总方针,把林业建设放到重要位置。县委每年至少研究六次,每两个月研究一次,形成了制度。制定了第一个《右玉县流域治理根治"五害"的五年规划》。明确要求,根据右玉风沙严重的特点,从发展农林牧业生产的长远利益出发,确定了"因害设防,重点建设,逐步有计划有步骤地在风沙危害的第一线上集中力量打歼灭战,由营造防护林体系逐步建立用材林基地。首先打好三大绿化战役:第一,打好营造长城基干林带战役;第二,打好绿化苍头河护岸林带战役;第三,打好大风口黄沙洼绿化战役。进而在杀场洼、李洪河、九连山大片荒山营造保持水土的用材林。对全县流动的大沙丘,因地制宜,采取'穿靴、戴帽、扎腰带、贴封条'的办法,绿化右玉河山"的总体规划。

所谓"穿靴",就是在苍头河和马营河岸边(由时任县委书记处书记马禄元负责)、苍头河岸边(由县长解润负责),营造雁翅形护岸林,防止河滩干沙移动。

所谓"戴帽",就是在流动的山丘上网状开沟,秧苗结绳压条,密植造林,固定沙丘。

所谓"扎腰带",就是在半坡处环造防风林带,减低风

1957年7月,庞汉杰(左)任职右玉县委第一书记后,为了有效地堵风口、锁风沙,他和县长解润(右)首先在县委院子里办起了优种杨树苗圃。

"要想风沙住,山川皆有树。"优质树苗从哪里来?庞汉杰(前左一)和解润就在县委的小院里清理了破砖烂瓦,换上新土,试栽从外面引来的杨树苗,当年全部成活。从此,杨树成为右玉建林带、锁风沙的主要树种。

速，防止水土流失，保护幼林。

所谓"贴封条"，就是在侵蚀沟沿和风蚀残堆上不讲规格地密植造林，并且种草，实行林草间作，以后再不断地进行补植。

在实施这个办法的过程中，坚持先固风沙，后连林带，逐年控制，多年成片，并注意乔灌混植，林草结合，以草护林。

说干就干，先从营造长城基干林带干起！

以杀虎口为中心的杀虎口塘子山至二十五湾段明长城内侧长10.3公里，由于历史上拉锯式的战乱破坏，这里的墙体遭到严重的破坏，成为寸草不生的荒凉地带。每年从内蒙古毛乌素沙漠刮起的狂风卷着黄沙横行无忌地冲向杀虎口，使之变成了一个风沙遮天盖地的大风口，滚滚黄龙直压右卫古城3丈6尺高的城墙，马营河、红旗口两个村庄都处于狂风扫荡之中。

1957年3月10日，裴生民从雁北地区大仁县调到右玉，任共青团右玉县委书记。

1957年8月23日上午8时，以县长解润、团县委书记裴生民为正、副总指挥的"绿化万里长城内侧"的造林绿化战役正式打响！特别是身高1.78米、时年25岁的常务副总指挥裴生民，在长城内侧85公里长的造林战线上，跋山涉水，东奔西跑，从规划到造林，始终战斗在第一线。

林业功臣裴生民。山西省阳高县人。1956年3月担任共青团大仁县委副书记时，参加了延安五省（区）青年造林大会。1957年3月至1961年2月，任共青团右玉县委书记期间，担任右玉县"绿化万里长城内侧"常务副总指挥，组织全县青少年历时5年完成右玉境内85公里的长城内侧营造防风林带的艰难任务。

庞汉杰、马禄元、解润、刘茂峥、王文、顾勤、李林七位县委常委戴着防风眼镜，肩扛铁锹，身背军用水壶和装着玉米面窝头或莜面块垒的干粮袋，带领县委、县人委全体机关干部徒步来到长城脚下挖坑植树。防风林带要求：遇到耕地栽树不少于5行，遇到荒山荒沟栽树不低于10行。沿长城内侧的5个乡的男女村民及全县青少年齐动员，摆开了万人齐造杀虎口长城内侧基干林带的绿化战役。就这样，连续四年的春秋大会战，在长城内侧的荒坡沟壑上共营造以本地杨树为主的"少年林""青年林""红领巾林""机关干部林"300多处，面积为1.5万亩。株株青杨构筑了浓密的绿色林带，初步锁住了从毛乌素沙漠刮来的狂风！

沿杀虎口明长城一线右玉人民人工栽植的林草间作的防风固沙屏障。

1961年4月，山西省人民委员会指示，右玉县恢复建制。县委书记庞汉杰和第三任县长解润组织带领全县共产党员、干部群众，"一张铁锹两只手，觉悟加义务"，在右玉北部长城沿线展开了声势浩大的锁杀虎口大风口、建防护林带的植树造林绿化战役。

""穿靴、戴帽、扎腰带、贴封条'，定让黄沙洼变成绿色洼！"

"前年禄元同志大战黄沙洼，咱去看看这黄沙洼栽的树长得怎么样？"庞汉杰边说边带领县委常委们去了黄沙洼。

"哎呀，黄沙洼就是凶！"常委们不约而同发出惊呼。

两年上千人在黄沙洼栽的树只活了有数的几棵，还被黄沙埋得只露了点儿树梢。

其余的树迎风处被刮出根，背风处被掩埋了身。栽下的杏树籽更是颗粒无存。

"唉呀，两千多人的辛苦换来的是全军覆没。"

有的人伤心地掉下了眼泪。

黄沙洼啊，你真是个吃人的地方。

人们对征服黄沙洼几乎失去了信心。

"不行！只有治住了黄沙洼，右玉才有生存的希望！咱们的'穿靴、戴帽、扎腰带、贴封条'先从这里做起，我庞汉杰一定让这黄沙洼变成绿色洼！"

多少个白天，庞汉杰带领县委一班人和几个林业技术骨干在黄沙洼的沙丘上艰难地跋涉、勘测、规划。他不时和随行人员说："咱们这是给右玉的社会主义建设规划蓝图、打基础，勘测得细一点，一定要对子孙后代认真负责！"

多少个夜晚，庞汉杰与马禄元、解润、刘茂峥、王文、顾勤、李林等县委班子成员凑在素油灯下描绘蓝图。他们对沙丘一处一处地设计治理方案，"穿靴、戴帽、扎腰带、贴封条"，根据地形地貌都给他用上！

庞汉杰一声令下。

县城机关干部、企业工人、学校学生、街道居民、马营河两岸村庄村民总动员，肩扛铁锹，再次杀上黄沙洼。

为了鼓励全民大战黄沙洼、绿化右玉的积极性，庞汉杰让县委宣传部部长王选专门做了一块醒目的大宣传牌，立在黄沙洼的封神台上。上面写着：

> 多植树，多造林，男女老少齐上阵；
> 不怕雨，不怕风，鼓足勇气"大跃进"；
> 老汉要学老黄忠，老妇要学佘太君；
> 青年要学赵子龙，妇女要学穆桂英；
> 壮年要学猛武松，少年要学小罗成；
> 年年栽树不松劲，防灾防沙又防风。

庞汉杰、解润、马禄元带领右玉人在黄沙洼上再一次经过连续三年的"穿靴、戴帽、扎腰带、贴封条"集中治理，造杨树林1.5万亩，又在林间空地上不断进行了补植、抚育。大面积的小叶杨以顽强的生命力抵御了风沙的危害。黄沙洼终于变成了绿山岗，基本锁住了从右玉东北方向刮来的风沙，保持了水土，黄风变清风，起风不起尘。

从1957年合作化以后，右玉的植树绿化运动和工农业生产一样，进入了"大跃进"。

黄沙洼东西两侧的红旗口村和周果录村，由于风沙被完全控制，农牧各业受益很大。据当时资料记载，地表径流比造林前减少60%～82%、风速减低40%～66%。黄沙洼以东的村庄也都收到一定的效益。

黄沙洼大片造林的成功，为全县大面积造林提供了经验和样板。

这是右玉人民有组织有战法地与大自然的第一次艰难较量。

这一仗的胜利极大地鼓舞了右玉人民绿化山河的斗志。

为此，经庞汉杰提议，县委、县政府决定在右玉东门外封神台下的烈士墓旁、黄沙洼林地前立一块石碑，把大战黄沙洼、将黄沙洼变绿洲的艰苦卓绝历程载入史册，告示后人。

如今绵延起伏的黄沙洼，五米多高的小叶杨密密麻麻、横竖成行、井然有序，仿佛是哪位魔术师从绿色王国里召唤来了百万大军。逆光望去，树冠上的叶子银光闪烁，像披挂着银盔银甲。

自1990年开始，从姚焕斗、师发到现在的历届县委、县政府组织安排县国营林场和右卫镇干部群众，又在黄沙洼的空隙地带，持续不断地栽种了樟子松、油松、柠条、丁香等林、草、花，与小老杨一起针阔混交，构成了右玉旧城东北部茂密的绿色屏障。至2008年底，黄沙洼有林总面积达到1.5435万亩。

黄沙洼绿化治理的成功，使新的更大规模的植树造林运动在全县蓬蓬勃勃地开展起来。每年春秋两季的植树造林，从长城内侧到苍头河两岸，从马营河流域到李洪河流域，人山人海，红旗招展，全县人民像过盛大节日一样踊跃参加。全县干部群众统统都是军事化管理，铁锹就是武器，沙滩就是战场。入党、入团先要看植树中的表现是不是过硬。劳卫制体育达标活动，也在植树场上测试。植树间隙休息，运动会开始。跳高、跳远有的是沙坑，两行树之间就是跑道。人们啃玉米面窝窝头喝山泉水，不知从哪里来的那么大的劲头。

写到这里，笔者十分欣慰地告诉广大读者，60年后，2016年2月24日，从山西省林业厅传来好消息，右玉县黄沙洼通过国家沙漠公园评审。

马禄元任总指挥，全面治理马营河流域

在右玉旧县城北部和东北部4公里处有一条大河，叫马营河。

马营河发源于左云县元墩沟，经右玉县黄家湾流入右玉县境，由东向西流经破虎堡、李达窑、城关、杀虎口四个乡镇，到马营河村西流入苍头河，全长36公里，河床宽100米左右，平时流量0.2立方米/秒，属长流河。明清时代沿河驻有骑兵，简称"马营"，故称"马营河"。

马营河流域水土资源十分丰富，但历史上却是一个风沙干旱、水土流失十分严重的区域。该流域东西长30公里，南北最宽处15公里，在右玉县境内的流域面积244平方公里。其中游以上，是海拔1900米至2300米的土石山区，下游是一片蜿蜒曲折的平原地区，中游则是海拔1600米至1900米的黄土丘陵沟壑区。全流域共有大小支流42条，其中10公里以上的有7条。整个流域36万亩，地形像一个簸箕，有山无头、有沟无沿、有河无边，治理起来难度很大。这一地区在很大程度上是右玉全县各流域的一个缩影。

黄沙洼的治理点燃了自右玉一解放就当上马营河村党支部书记的王三虎心中的希望之火。

1957年深秋的一天早上，一连几个晚上都没有睡好觉的王三虎鼓足了勇气，顶着漫漫的黄风跌跌撞撞地来到县城南街县委大院，敲响了庞汉杰办公室的门。他声音有点颤抖地自我介绍说："庞书记，我叫王三虎，是红旗口北面马营河村的党支部书记。我有一个多年的心思和您反映，不知该说不该说？"庞汉杰看着这位两眼充满期盼、满身黄土的中年人，忙起身说："你快坐在凳子上，慢慢说，不要紧张，咱们都是共产党的当家人，你有话直接向我反映，这很好嘛，快说快说。"

庞汉杰还问道："你吃过早饭了吗？"

"吃了。"

1958年到1965年，县委书记马禄元、县委副书记卢功勋先后组织右玉北部马营河沿岸各社队共产党员、干部群众展开了马营河流域综合治理工程，使马营河流域的生态面貌有了极大的改观，如今成为右玉县高效优质农业示范区。

"吃的什么饭？快喝点儿水，还温着呢。"庞汉杰从放在火炉上的铁壶里倒了一碗温开水，端给他喝。

"我吃的黑豆面糊糊，还有山药块垒，这年头村里人能吃上这，就不赖了。"说着，王三虎"咕咚咕咚"一下子把一碗水喝了下去，抹了抹嘴，接着说："我们村叫马营河，自打有了马营河，没有给我们带来半点儿好处，每逢下雨河水泛滥，人畜伤亡，冲毁农田，庄稼颗粒不收；春秋两季，顺着河槽，刮不完的大风，和黄沙洼串通一气毒害百姓。县委能不能像治理黄沙洼那样，给我们治一治这害人河——马营河？"

"你完全和我想到一块儿了，我在考察黄沙洼时就有了这个念头。明天我就带领县委一班人全面考察一下马营河。你回去向村民们转告一下我庞汉杰的决心，我们一定会把马营河治理成造福河。"

说干就干。次日，天刚刚泛出鱼肚白，庞汉杰就爬了起来，脸也顾得上洗，就叫上县委常委解润、马禄元、刘茂峥、王文、顾勤及县委办公室主任徐日新、县委农村工作部副部长王创业、县水利局副局长解金等12人，从马营河的西出口，一直顺着河沿，走到河的入口处，全面考察了马营河流域的现状。

"马营河必须治理，立即动手全面治理！"

在马营河支书王三虎家的简易土坯房里，县委一班人又作出了一个绿化治理马营河的决定。

1958年1月2日，塞上高原右玉刚刚迎来了新年的曙光。县委、县人委决定成立以县委书记处书记马禄元任总指挥的马营河流域治理指挥部。

生龙活虎的马禄元带领有关人员仅用了27天，就完成了治理规划的编写任务。2月5日，指挥部在马营河中段北岸的薛家堡村正式召开了右玉县全面治理马营河流域动员大会。

马禄元在会上讲道："同志们，县委顺应百姓的要求，为了变水害为水利，让害人的马营河变为造福的马营河，我们全县上下鼓足一股劲，今天擂响全面治理马营河的战鼓，大家有没有这个决心？"

"有！有！有！"

沿河老百姓多少年的心声一下子齐声迸发出来。

紧接着，地处马营河流域的6个乡21个农业社1000多劳力投入了战斗。

按照治理方案，施工中，各乡、社始终坚持"三为主"（即小型为主、蓄水为主、社办为主）方针；做到了"四结合"（即专业队与大兵团作战结合、工程措施与生物措施结合、劳动与学习技术结合、苦干与巧干结合）；推行了"五包责任制"（即社员"五包"是：数量、质量、时间、规格、报酬；技工"五包"是：任务、时间、质量、规格、带徒）；举办了工地红专学校，改革工具、革新技术，加快了工程进度，节省了国家投资44.5万元（占总投资的56.3%）。

30岁的马禄元像一名短跑运动员一样，每天奔走在治河工地上，又是检查，又是测量，又是挖渠，吃饭睡觉成了捎带，村民刘补英家成了他的办公室。200多天的工程任务结束后，他整整瘦了32斤。至今，马老提起"自己一生难忘的事情"，第一件就是不要命地治理黄沙洼和马营河流域。

经过210天的治河战斗，全流域开渠22道（其中千亩干渠8道），完成土方192.24万立方米、石方14599万立方米，田面工程9250亩；砌石坝35道；筑引水、跃水工程53处。

庞汉杰、解润、马禄元还根据沿河西岸的立地条件，组织群众大搞植树绿化，共栽植小老杨、沙棘等大片林2.2万多亩，控制水土流失面积36464亩，扩大水浇地2.9万亩，当年浇地8700亩。建成东窑沟水库一处，电站一个。同时，还培养了一支72人的农民水利队伍。

1957年9月25日，流域治理指挥部在马营河村召开了总结表彰大会。马营河村支书王三虎、康家湾村支书康文玉、李家堡村支书李枝、薛家堡村支书王义、厂湾村支书王建军等劳动模范，光荣地接受庞汉杰、解润、马禄元等县里领导为他们戴上的大红花。劳模们每人奖励一把铁锹和一把洋镐，把柄上印着"奖给劳动模范×××"。

一把铁锹和一把洋镐，这就是中华人民共和国成立初期县委给基层劳动模范最厚重的奖品。翻了身的劳苦大众，凭着勤劳的双手，能得到这样的奖品，他们从内心里感到欣慰。

就是靠一把铁锹和一把洋镐，马营河畔的右玉人民马不停蹄地又开始了第二期治理工程。……

1959年9月20日，中共晋北地委第一书记、雁北地委第一书记王铭三带领秘书安秉文及雁北农工部部长王林堂来右玉查看黄沙洼和马营河治理情况。他站在城东的古封神台上，十分高兴地说："汉杰、老解、禄元，你们可真为右玉老百姓干了两件关系生死存亡的大事。我代表地委向你们表示深深的感谢！锁风沙、治洪水、绿大地、有饭吃，这就是共产党的父母官的最根本职责，一定要持续不断地干下去。下一步不仅要种树，而且要大面积种草，要林草结合，改变右玉荒凉面貌。"他当下指示王林堂和安秉文认真总结右玉大战黄沙洼和全面治理马营河流域的做法和经验，要在全区推广。

1965年，新到任的县委副书记卢功勋，除亲自蹲了综合治理的点——盆儿洼大队，还蹲了流域治理的点——马营河流域治理工程。

卢功勋在马禄元治理的基础上，带领流域治理指挥部全体同志实行了"统一规划，综合治理；粮下滩湾，林草上山；河库井泉，万水归田；当前为重，兼顾长远"的方针，对全流域加强了分类指导。全流域有5个公社48个大队，共分了五类：第一类像北草场这一类大队，搞蓄水引水自流灌溉；第二类像魏家堡之类的大队，搞打井挖泉渠系配套；第三类像盆儿洼大队，采取提水高灌；第四类像破虎堡这样的大队，搞修滩造地；第五类像林家堡等大队，搞水平梯田与沟坝地。

针对流域治理的多样性和采取措施的综合性，卢功勋明确提出要树立社会主义大农业思想，把改变生产条件的任务和林、草、粮、畜多种经营的目标同时列入1966年12月26日制定的《右玉县第三个五年计划期间农田基本建设计划》之中，力求同步发展。

在一年的治理过程中，指挥部在"抓一带二，比学赶帮"活动中，开了七次大会，树立了12个先进大队，带动了36个大队，选拔出劳动模范1000多人。治理特别好的大队有东窑沟大队、马堡大队；治理标兵有魏家堡大队村民陈三、薛家堡大队12个姑娘组成的"铁姑娘专业队"。

经过一年的紧张治理，到1966年底，共完成千支渠道89条，全长5.2万米，渠系建筑物80多处，动土石60万立方米，水地有效面积一跃发展到1.5万多亩。在这条害河上，第一次建成了6500多亩保浇地，相当于历史上水地面积的10倍。淤滩造地3000多亩，修水平梯田和旱平地8000多亩，建成大寨田6800多亩，种草木栖2.3万多亩，第一次出现了一个万亩公社、两个双千亩大队、四个千亩小队。造大片林1.1万亩、植零星树15万株，植树绿化道路19条，流域内基本上实现了人均2亩草、1亩林、1亩水浇地和半亩大寨田。全流域当年粮田面积减少10%，而粮食总产达到71.6万斤，比治理前的1965年增产36.2%，超过了历史上任何一年。还实现了队队增产增收，增产50%以上的有13个大队，增产30%以上的有21个大队。几千年沿袭下来的"不种千亩，不收百石"的广种薄收的现状得到了有效改变。

……

70年来，马营河畔的右玉人民就是这样信念执着、矢志不渝、持续不断地全面治理。如今的马营河两岸，绿树成荫，沙棘飘香，百鸟争鸣，牛羊肥壮，五谷丰登。

外商纷纷投资建厂，成为塞上右玉最宜居、最宜发展的风水宝地。

马营河北岸的马营河、康家湾、李家堡、薛家堡等村庄，成为塞上右玉一颗颗闪烁耀眼、绿荫环绕的省级社会主义新农村。

"不光栽好树，还要大量种沙棘"，首次开创右玉人工种植沙棘

庞汉杰是山西省沁源县人。

沁源县位于太行山东麓，境内群山环抱，起伏连绵，层峦叠嶂，林木茂密。庞汉杰的父亲庞耀秀是沁源县很有名气的林业劳动模范，在家里的房前院后栽满了桑树、松树以及苹果、梨、桃树，在封山育林方面颇有造诣和经验。

庞汉杰从小跟在父亲身边，学到了不少园艺知识。比如：种松树不能颠倒了阴阳，栽杨树要深挖实捣，压柳条要湿润适中，榆树下种后要防晒勤浇，播沙棘在河滩洼地……

"右玉难道只能栽杨树？松树也要大量栽。沁源能搞成，咱也在右玉试一试。"一天早上，他突然萌发一个在右玉种松树的想法，就与妻子孙淑凯商量。

妻子说:"先在咱家里搞育苗。"

于是庞汉杰在自家的花盆里育了很多松树苗。后来,他将这些松树苗拿到杀虎口塘子山一个背坡上搞了一块试验地,获得了成功。

庞汉杰在山西省最西北边的高寒干旱地区当县委书记,工作的开展是何等的艰难,父亲也常常为他捏一把汗。老人放心不下,每年秋后在工作不忙时,总要来右玉看看儿孙们,还多次到右玉的山沟河滩里转一转。

对于右玉的绿化造林、防风固沙,庞汉杰总是耐心地请教父亲,父亲也毫不保留地给他指点迷津。

父亲几次来右玉,对右玉的山河治理也想出了高招。

父亲对他说:"右玉这地方要想锁住风沙,不光得栽好杨柳树,沙棘是个好东西,防风固沙最强硬。你在右玉也来个人工种沙棘试验,也会成功的。"

庞汉杰(右)、解润(左)在城关公社苍头河东岸参加人工种植沙棘预整地劳动。

庞汉杰听了父亲的指点,感到眼前又是一片明亮。

1962年4月25日,庞汉杰和解润带领出席县委扩大会议的全体县委成员和各公社书记,到苍头河沿岸林地和黄沙洼林地首次人工种植了沙棘。

之后,全县掀起大种沙棘的热潮。到年底,全县共人工种植沙棘8426亩。

庞汉杰开创的人工种植沙棘,一种就是半个多世纪,给塞上绿洲增添了异彩,给右玉人民打开了新的致富门路。

"见了树,还得见了水,山清水秀才是我庞汉杰的神圣职责!"

1958年秋,庞汉杰和县长解润、副县长王世英一同考察了李洪河流域。

李洪河发源于左云县小京庄,全长28.8公里,从东向西流入苍头河。全流域包括4个公社、31个大队,控制面积170平方公里。流域内有13面坡,11道梁,7条沙河滩。中华人民共和国成立前,整个流域既无工程措施固定,又无生物措施护岸,河床不定,洪水横行,两岸冲刷最宽的地方达1公里左右。

从1956年起,马禄元带领流域人民按照"堵风口、锁风沙,治河滩、造良田"的治理原则,坚持不懈地开展了以生物措施为主的综合治理。

半个多世纪的不懈奋斗，到如今全流域共造林10.08万亩，覆盖率60%。沿河两岸乔灌混交扩岸林带全长达351公里，河床基本固定，两岸郁闭成林，形成天然的绿色屏障，成为各种动物生息的又一个天然乐园。

1958年12月，庞汉杰（右）冒着严寒带领机关干部参加修建滴水沿水库劳动。

庞汉杰考察后决定"把李洪河拦起来，造福于民"，在李洪河下游、杨村公社滴水沿村石匣沟修一座融灌溉、养殖、发电为一体的综合性的县营中型水库。

1958年6月21日，中共雁北地委书记徐志远来右玉考察调研，在庞汉杰、解润的陪同下，实地考察了右玉第一座水库——滴水沿水库的建库工地。

徐志远热情鼓励说："你们这个想法很好，地委坚决支持你们。一定要把水库建好，为右玉人民谋利造福。"

1958年8月，庞汉杰邀请山西工学院技术人员协助县农业局勘察设计。12月，由副县长王世英担任总指挥、县水利技术员康贵担任技术总监，县政府统一组织灯塔、飞跃、钢铁等公社的3000多名劳力上马。全体建库大军在"地冻三尺不停工，雪下五尺不收兵"口号的鼓舞下，顶风雪、冒严寒，奋战7个月，投工15万个，完成了大坝及副坝工程。主坝长130米，顶宽6米，高145米，控制流域面积324平方公里，库容量2580万立方米。其后又完成了电站及其他附属工程，并放鱼苗19万尾，养鸭224只。

到1959年10月，87千瓦的发电机组安装完毕，开始发电，使滴水沿、梁家油坊等机关及部分村庄首次点上了电灯。

1962年后又相继建成了长220米、宽20米、深2.5米的溢洪道。滴水沿和肖村用溢洪道修建自流灌溉系统，可浇地千余亩。

到1963年水库已可以捕鱼，共捕捞成鱼28.425万公斤。

以后由于种种原因，到1982年水库泥沙淤积量达到1970万立方米，失去了蓄水能力，但庞汉杰拦河建库为民造福的功绩应该载入右玉史册！

1962年4月底，山西省省长卫恒带领省农业厅厅长康培烈、省农村工作部二处处长白兴华，在中共雁北地委第一书记王铭三的陪同下来右玉进行农村核算单位体制下放的试点工作。他组织省、地、县三级主要领导干部20多人整整搞了10天。其中分管农村工作的雁北地委副书记苗佩芳在李家堡村任组长、雁北行署副专员李毅民在杀虎口村任组长、右玉县委第一书记庞汉杰在头水泉村任组长。中华人民共和国成立13年来右玉发动群众大搞植树造林，建林带、锁风沙、兴水库，改变荒凉落后面貌，卫恒省长对此给予充分的肯定，并不断鼓励说：“只要照这样坚持不懈地搞下去，右玉这个地方一定会大有希望。”

"不信神不信鬼，杨柳非进右玉城不可！"

庞汉杰在右玉，不仅看到右玉大地的荒凉，更看到右玉县城里竟然没有一棵树。这是怎么回事？

不少人说："右玉城鬼多，不让树活，杨柳进不了右玉城。"庞汉杰哈哈一笑说："我是共产党人，从不信神信鬼。我就不信右玉城里栽不活树！我先搞个样板工程，叫大家看看，这叫做'王母娘娘下厨房——亲手制作'。"

庞汉杰经过一番调查了解，并翻阅过去一些资料，了解到右玉城是古代西北的边陲重镇，古称恒阳，曾叫善无县，后叫右卫县。历代战争频繁，拉锯式的践踏破坏，使地面瓦砾灰渣堆积得有三四尺厚。庞汉杰带几个勤务员和部分机关干部把街道两旁的瓦砾全部运走，又从城西河湾里运回好土换上，栽上了杨树并经常浇水，一株一株地抚育，直到成活。经过他们的精心护养，县委门前栽植的6棵杨树全部成活，枝繁叶茂。

迷信一经破除，禁区自然打开。

庞汉杰组织机关、学校、居民一齐动手，绿化了县城所有街巷。并规定：每个树坑，一米见方，填进新土，担水浇灌。县直机关按系统、城镇居民按街道，分片包干，造册登记。每棵树都建立了档案，树上挂个小木牌，写上何年何月何日何单位何人栽，栽不活就重栽。每一棵树都用砖垒起一个塔形圆圈保护起来，由专人包栽、包浇水、包管护。把周日设为"浇水日"，机关干部、学校师生、企业职工、街道居民，成群结队挑着水桶，涌上街头，浇灌自己的责任树。

庞汉杰亲自带领县委大院的干部们浇灌门前的责任树。在他鼻窦炎手术后养病期间，人们见他戴着口罩经常走街串巷，仔细查看树木的生长情况。有一次，一个内蒙古来右玉城赶脚的人把一头毛驴拴在十字街口的小树上，啃了树皮。庞汉杰发现后，严肃地批评了那个人，并把县林业站站长王中兴叫到跟前明确指示："以后谁损坏一棵树，必须补栽三棵树，写个木牌立在街头！"

庞汉杰任职七年，右玉县城绿树成荫，百鸟齐鸣。

至今右玉旧城的群众说起庞汉杰，无不称赞说："庞书记是个好人，是个能人。"

2006年4月，笔者到太原庞汉杰家中采访。庞汉杰妻子孙淑凯说道："我们老庞在右玉工作，为'杨柳非进右玉城不可'可没少下辛苦。杨柳进了右玉城，谁也不再相信那迷信了，这是我们老庞一生难忘的事。"

就是在那年春天，笔者和父亲在右玉城大西街西边的自家大门口也栽了一棵柳树，全家人悉心呵护。笔者到新县城梁家油坊上班后，父母仍然关爱着这棵树。如今60多年过去了，家门前的柳树已长成直径一米多粗枝繁叶茂的大柳树。每年炎热的夏天，大西街的老人、小孩、年轻妇女们都到这棵树下乘凉闲聊，成为右玉旧城西街一处避暑景观。人们不时说起：

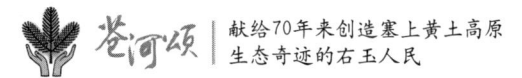

"咱们在这里乘凉全托了庞书记的福。"

是的,这棵大柳树,是庞汉杰书记"杨柳非进右玉城不可"誓言的真实见证。

右玉城植树样板工程的成功,使庞汉杰更理直气壮地吹响了绿化右玉的进军号!

"不能刮地穷,要大造薪炭林!"

1958年初冬的一天,庞汉杰和副县长顾勤沿着苍头河考察。一路上,他们看到的老虎坪、杀场洼到处流动的是漫漫的黄沙,上面只长着稀疏的年蓬草和小老杨。同时也看到成群结队的老百姓拉着一把搂柴耙子满地跑,扬起滚滚尘土,村里人说,这叫"刮地穷,闹烧的"。

庞汉杰停下来,问几个拉耙子的人:"你们为啥要刮地穷?"

几个人说:"我们没烧的,靠这搂柴过冬。"

庞汉杰说:"你们懂吗?这刮地穷付出的代价是一处处失血的荒山和田野。"

几个人说:"我们不懂啊,反正没烧的要冻死人,谁管呢?"

了解情况后,庞汉杰对随行的顾勤说:"老百姓没烧的,这可是个大事情。咱们要尽快研究解决老百姓的烧柴问题,再不能让他们越刮越穷啊,更不能冻死人。"

庞汉杰回到县委,在常委会上说:"我们不能一边堵风口、锁风沙,一边又人为制造新的风口。要大造薪炭林(以胡枝子、虎榛子为主的地方林种),为边远山区群众解决缺柴少炭的困难。"

次年春天,他和县长解润亲自带领干部群众到地处右玉西北、苍头河西岸的铁山堡风口地带——老虎坪,大造薪炭林,大种沙棘和梧柳,并在风口上营造林带,逐年成片。不到五个年头,这里一片林海,基本上锁住了风沙,保护了农田。村里家家户户的院子里堆垛着乔灌木修剪下的树枝,一年四季不缺烧的,当地群众再也用不着"刮地穷"了。

"建起凤凰台农牧场,让金凤凰安窝落户!"

右玉中部李洪河村与东史村东面,有一处土台,不知什么年代人们给它起了个名字,叫凤凰台。听起来十分迷人,其实是一片荒原。

中华人民共和国成立初期,县委书记王矩坤曾指示右玉三区区委书记解金用白马牙救灾玉米雇人在这里栽树。结果是只栽不管,"春天栽,夏天枯,秋后当柴烧"。

1959年秋,庞汉杰和解润来到这里:"咱们一定要让凤凰台名副其实,先栽活树建起林网,再在这里办他个农牧场,让那一只只金凤凰都来这里安窝落户。"

庞汉杰要求左云、右玉合并后的灯塔人民公社第一书记王秀、公社主任冯奎,组织大公社干部群众掀起建凤凰台大林网的热潮。

"办农牧场靠咱右玉的力量不行,请示地委,获得地委支持。"解润、顾勤催促庞汉杰。

庞汉杰、解润、马禄元陪同中共雁北地委第一书记王铭三专程来凤凰台视察后，王铭三当即表示："在凤凰台办农牧场是件大好事，地委大力支持你们办好办成功。"1960年4月12日，国营凤凰台农牧场正式成立，场长尹士声、书记吴怀德。由于地委、行署的积极协调和大力支持，这里成为一个规模较大、采用机械作业的现代化农牧场，另外还在老虎坪、红土堡、上泥河设立了三个分场。农牧场从太原接收知识青年200人，来这里艰苦创业。雁北行署给农牧场调拨了拖拉机12台和其他农机具。庞汉杰还将灯塔人民公社的郝家村、庞家堡、昌里屯、康家村四个管理区划归农牧场领导。

庞汉杰、解润、马禄元还帮助农牧厂制定了全面发展规划，主要指标是：开荒10万亩，栽种林草间作的林网4.3万亩，产粮65万公斤，养猪4400口，养羊2000只，养兔4000只，养鸡5000只，养奶牛20头。

在中国三年经济严重困难时期，右玉的凤凰台农场却是一派生机勃勃的生产创业景象。《山西日报》的记者们闻讯，多次来这里采访报道，一致认为"凤凰台农牧场——塞上高原农林发展的一面红旗"。

1965年1月，山西省林业厅杨树丰产林实验局决定，撤销凤凰台农牧场，将其划归国营梁家油坊林场管辖。之后凤凰台农牧场逐步消失，但庞汉杰、解润在凤凰台建林网、大办凤凰台农牧场的事迹却深深地印在右玉人民的心中。

重返右玉完成宏愿，总结宣传五个造林种草先进典型

庞汉杰从省城太原来到右玉任职三年，塞上高原干冷风大的气候，使他患了严重的鼻窦炎和神经衰弱，身体一天天地消瘦。1960年春节后，地委为了照顾他的身体，调他到浑源县担任县委常务书记，并在浑源汤头温泉疗养。庞汉杰离开右玉刚刚四个月，觉得自己曾向组织保证让右玉局部绿起来的愿望没有实现，三番五次要求重返右玉。当时中共雁北地委第一书记王铭三从他诚恳而真挚的眼神和那剖心析胆的话语里，感受到了这个创业者的博大胸怀。为了满足他的愿望，只好同意他重返右玉工作。直到1964年6月，庞汉杰才因工作需要，不得不向他艰苦奋斗了七个年头的右玉最后告别。

庞汉杰在他的任期内，根据风沙治理规划，选择培育并大力总结宣传了五个造林种草的先进集体典型，即盘石岭的水土保持、黄沙洼的防风固沙、樊家窑的经济园林、盆儿洼的牧草试验、凤凰台的大片林网；大力总结宣传了杀虎口村民李毛毛使十四梁变得绿树葱茏、花香满山的先进个人典型；大力学习宣传了阳高县大泉山、平顺县羊井底的水土保持先进典型。这些措施极大地鼓舞了右玉人民造林固沙的积极性，推动了全县造林绿化运动的健康发展。

庞汉杰常说"植树不爱树,等于白辛苦", 1962年右玉县委第一次发给农民林权证

1962年,为贯彻中共中央《关于农村人民公社条例(草案)》,为医治"钢铁大上,全面砍光"给右玉林业带来的创伤,根据上级指示精神,紧密结合右玉实际,庞汉杰主持召开了县委扩大会议。会议作出了《右玉县加快发展农林业的十三条决定》,明确要求,为群众彻底划分林权,为集体和社员发放林权证。明确规定,允许社员群众在宜林荒山、荒坡、荒沟和房前屋后植树造林,谁造归谁。

同年7月26日至8月22日,县委派出清理林权工作队,分别深入梁家油坊、牛心、杨村、高墙框、城关5个公社及107个生产队进行清理林权工作,给集体和社员共发放林权证1.1万份。这是中华人民共和国成立后,县委第一次发给农民林权证。

社员们拿到了林权证,高兴地说:"有了林权证,植树更卖劲。"全县群众植树造林的积极性得到了进一步的激发。

庞汉杰常说:"植树不爱树,等于白辛苦。"他在任期内大抓了护林工作,使"护林者奖,毁林者罚"的政策家喻户晓。发动社员普遍制订了护林公约,并以青年基干民兵为骨干,成立护林组织。全县建立了162个护林带,分片划界,分工包干,做到了有林就有护林队。

庞汉杰平时下乡,不论走到哪里,都要找牛羊倌们开会,给他们讲爱护树木、有林才能生存及护林光荣、毁林可耻的道理。他经常亲自拿起羊鞭放牧。当时,来右玉采访的《山西日报》的一位记者,为庞汉杰的这种精神所感动,专门为他拍了一张放牧的照片,并刊登在《山西日报》上。在图片说明里,赞扬他深入基层平易近人的作风,至今使右玉山区的老百姓不能忘怀。

在做好护林工作的同时,从1958年开始幼苗抚育,重点进行了林粮间作和林地中耕锄草,广泛发动群众进行修枝。在幼林抚育中规定了合理报酬,凡修下一条枝,谁修就归谁。这样既促进了修枝任务的完成,又满足了造林用秧,还增加了社员收入,解决了社员生活燃料问题。

庞汉杰经常拿起羊鞭放羊。

经过修枝后的树木茁壮成长，成为抵御风沙的坚强绿色屏障。

山沟里，缺少文化的村里人，最信眼前的利益。他们明白了一个理儿：栽树又修枝，才能长成一棵树。

书记心目中的创业者——张沁文

在右玉，说起张沁文，年龄大一点的无人不晓，都会这样介绍他：上海人、大学生、林业专家。

张沁文，1957年从南京林学院毕业时，是个"右"字号人物，被"另眼看待"，分配到右玉这个荒山僻壤。他身处逆境，心情郁闷。

庞汉杰了解了他的才学后，在常委会议上说："这样难得的人才，为什么不能大胆起用？"

庞汉杰不畏闲言碎语，主动请张沁文到他的办公室，耐心地给他做思想工作："你要放下包袱，为改变右玉贫穷落后面貌施展你的才华，我支持你！"

1958年3月，庞汉杰亲自安排张沁文进行了全县流域治理调查。张沁文默默无言，顶风雪、冒酷暑搞调研，从1958年到1962年五年间，张沁文对右玉的地形、地貌、地质土壤、河道水系、水文资料、气象条件、自然植被等做了大量调查研究，在此基础上写成了《右玉县自然地理》一书。这是右玉县自然地理的真实记录和客观反映，是认识右玉进而改造右玉的第一手可贵资料，也是张沁文为绿化右玉勾画好的一幅初步的蓝图。不久，张沁文又写出了论文《揭示改造自然和发展农业生产的客观历程，加速黄土高原的建设》和《右玉流域治理规划》一书。

林业功臣张沁文（上海市人）

庞汉杰看了后，暗暗称奇，认为张沁文确实是一个难得的人才，对他十分器重。在当时的历史条件下，一个县委书记敢于如此重用、亲近一个"右派分子"，其敢担风险的政治勇气无疑是难能可贵的！

张沁文独自一人从江南水乡来到塞上右玉，举目无亲。庞汉杰除积极支持他工作外，还亲自为他说媒提亲，解决了他的婚姻大事。

在此后的20多年里，张沁文走遍了右玉的社社队队，查看了右玉的山山水水，先后写出了《关于农业生产指导方略》《农业发展趋势探讨》《右玉县植树造林效益调查报告》等多篇有价值的文字材料。这些材料上报中央、地方有关部门和领导，引起了不少领导和专家的重视，并推荐给有关报刊发表了他的一些文章。

粉碎"四人帮"后，县委书记常禄主导，1981年1月提拔张沁文为县林业局副局长。时任县委组织部组织科科长的笔者具体为他承办了入党手续，他光荣地加入了中国共产党。那时，张沁文已43岁，但浑身充满了青春活力，又不知经过多少个不眠的夜晚，钻研、赶写他的著作《农事学》。1979年2月，他参加了国家科委召开的科研讨论会，会上印发了他的发

从1958年至1962年,林业技术员张沁文(站立者)对右玉的自然植被、河道水系等做了大量的调查研究,写成了《右玉县自然地理》一书。

言稿。他的有关文章得到了我国著名科学家钱学森的赞赏,连连赞叹:"是个不简单的人才啊,是个不简单的人才啊,难得发现!"

会议结束后不久,他被调到山西省农业委员会专门从事农事学方面的研究工作,并担任了山西省旱作农业研究中心主任、山西省农委副主任、政协山西省常委等领导职务。

现在张沁文已退休回到老家上海。但他们夫妇每每谈论起老县委书记庞汉杰来,总是情深意切地说:"庞书记既是吹响右玉绿化号角的人,又是我们政治上救命的大恩人,我们祖祖辈辈也不会忘记他呀!"

右玉粮油草三大轮作在全省推广

1962年1月11日至2月7日,党中央在北京召开扩大的中央工作会议,即"七千人大会"。参加会议的总计7118人,有中央、省、地、县、国家重要厂矿和解放军的主要负责同志。中央对参加此次会议的人员审查得十分严格,并不是所有的县委书记、县长都能参加。这是我党历史上一次重要的会议。庞汉杰作为县委书记参加了大会。这次大会开得很成功,对纠正"大跃进"和"反右倾"的错误,对统一全党的认识,加强党的团结,继续贯彻执行"调整、巩固、充实、提高"的方针,促进国民经济的恢复和发展起了重大作用。

会议期间,庞汉杰及参会的各级主要负责人一起与毛泽东、刘少奇、周恩来、朱德、陈云、邓小平等党和国家领导人合影留念,并欢度了春节。

最新版本《中国共产党历史》这样评价"七千人大会"："白天出气，晚上看戏，两干一稀，大家满意。""会议对缺点和错误的比较实事求是的态度，会议的民主精神和自我批评精神给全党以鼓舞，使广大党员心情比较舒畅。"

北京"七千人大会"后，庞汉杰心明眼亮、精神大振，更加坚定了绿化右玉山河、改变右玉荒凉面貌的信心和决心。

1963年5月初，《山西日报》记者张长珍来右玉采访。

庞汉杰领着他看了体现右玉防风治沙、植树种草以及老百姓的生活一天天好起来的不少地方，他颇受启发，撰写了《右玉推广粮油草三大轮作提高土壤肥力》一文，在《山西日报》上发表。文中介绍了右玉积极推广三大轮作，即草田轮作、粮食作物与沙棘轮作、秋田与豌豆轮作的做法和经验，并配发了题为"改变黄土丘陵区低产面貌的一条重要措施"的社论。社论对右玉县不断探索、研究、总结、推广三大轮作的成功经验给予高度评价，号召"和右玉相似的地方，能够重视推广这一经验"。

严重干旱的1963年，打赢了春秋两季群众性突击造林绿化战役

1963年，继三年困难时期之后，严重的干旱又降临在右玉大地上。

去冬不见一片雪，入春不见一点雨。

干裂的大地、满天的飞沙，又一次撕裂了贫瘠土地上的人们的心。

植树造林还搞不搞？怎么个搞法？

在县委常委会议上，有的领导成员提出："天大旱，缺水又缺苗，群众的情绪又急躁，造林的事情应该搁一搁再说。"

庞汉杰却坚定地说："若要右玉富，必须风沙住；风沙何时住，山川皆有树。这个决心丝毫不能动摇！天大旱，人大干，正是考验我们共产党人战胜自然灾害能力的关键时刻。领导动手，层层发动，充分准备，集中突击，开展竞赛，在干裂的土地上种好绿色的树苗。有我们在，就要使老百姓看到生存致富的希望！"

来到右玉七年的日夜操劳，使庞汉杰身心日益疲惫。紧张繁忙的工作、高寒冷凉的生活环境，使他患了严重的鼻窦炎和神经衰弱，折磨得他的身体越来越消瘦。医生多次让他到外地就医，都被他一次次地谢绝了。他经常忍着低烧，嘴上捂着大口罩，在风沙和严寒中坚持下乡。为了防止感冒，他头上早早戴上了棉帽。他1.67米的个头，年纪虽然只有四十出头，看上去却很苍老。有的人看他不像一个县委书记，就不称他"庞书记"，叫他"县委的庞老汉"。在去乡下考察的路上，他随手捡来一支树枝当拐棍，走到哪里，就柱到哪里，支撑他那疲惫的身躯。他靠着药片，坚守在工作岗位上。

春秋两季的植树造林，他都要出现在工地上，与干部们一起挖坑；与村里的群众交谈，询问他们的疾苦，鼓励他们为创造新生活栽好每一棵树。每天全县造林的进度，他都实打实地装在脑子里。

已在右玉连续担任10年县长的解润，也因冷凉枯燥的生活环境和紧张繁忙的操劳，患了严重的肺气肿，变成了一个瘦干老头儿。但他干起工作来什么都忘了。他亲自担任全县植树造林总指挥，召开有全县各界人士及社员参加的万人植树造林广播动员大会。他用浓重的平鲁口音提出"全民动员，大干半个月，完成国有林一万亩，每户造集体林一亩，每人栽零星树七株"的口号。团县委书记冯鹤春、县妇联主任赵荣花、县人武部政委文干卿分别向基层组织发出号召，要求共青团员、民兵、妇女在抗旱、植树中充分发挥突击队和半边天的作用。

全县还分了四片召开公社党委书记、公社主任会议，进行具体部署。

县农工部办起了《造林快报》，每日印发1000余份，发到全县各个生产队。

经过充分准备，全县达到领导、思想、林地、秧苗、劳力、任务、技术、定额报酬八落实，为群众性突击造林奠定了良好的基础。

时任县委副书记的马禄元，带领县委在家的20多名干部到头水泉大队开渠道、推水车、翻土地，进行沙枣育苗试验。

主管农业的副县长温和清带领农口四个局长、五个站长深入各公社、生产大队进行督促检查。

威远公社党委书记高选，亲自在苍头河上游带头种下沙棘两亩半；

梁家油坊公社党委书记纪满，亲自在二道河畔带头植树一亩、种沙棘一亩；

……

县、社、大队各级普遍抓了评比竞赛。在公社与公社、大队与大队、小队与小队、社员与社员之间，看谁出勤率高，看谁的树栽得多，看谁的树栽得质量好。

"天大旱，更要保成活。"庞汉杰、解润特别要求造林质量。具体措施：一是春秋两季在造林前培训100多名技术协助员，做到处处有技术指导。二是印发造林技术规程资料500份发到各机关和生产大队。三是普遍选择下湿地、背阴地、河滩、沟壑等树木易成活的地方，并逐地逐块进行规划定点。四是选择二年生的杨树幼嫩枝条，过去每坑栽两株，今年每坑栽四株。五是严格实行"三好、三呈、一不行"的技术要求。即：坑子挖得尺寸好，呈元宝形；放苗质量好，呈交叉形；踏实切头好，呈长方形。三者缺一不行。六是妥善安排劳力，解决好定额报酬，做到造林、春播、秋耕、打场都不误。七是"造林不护，等于没造"。对全县1642人组成的292个护林组织进行了整顿。村村召开牛羊倌会议，村村制订了护林公约，使全县形成了群众性的护林氛围。

"在春秋造林前，服务保障要跟上，各个部门都要为绿化固沙做出新贡献。"庞汉杰要求，在群众性造林突击运动中谁也不能当旁观者。

县商业部门为造林提前准备了铁锹、洋镐等工具7000余件；手工业部门组织烘炉8盘，24名工匠到重点造林工地及时修理工具；县交通运输部门及时调运沙枣苗木和沙棘籽，并组织了运水车26辆；县供销部门各公司组织有关货物到林地供应；县医院抽调医务人员到林地巡回就诊；各级小学教师组织小学生到工地为造林人员送饭、送水……

经过春秋两季全县群众性的造林突击运动，全县营造大片林4.768万亩，占规划任务2.7万亩的177%；栽植零星树56.6万株；试种沙枣树2.9255万株；播种沙棘籽6.2亩；幼林抚育2.96万亩。

干旱的右玉，辛勤的栽植，绿色的秧苗播绿了大地。全县干部群众高兴地说："庞书记真是个有本事的人，真是庄稼人的好书记啊！"

隆冬的右玉，万木凋谢。在众人的劝说下，庞汉杰这才放心地离开右玉，到北京做了鼻炎手术，进行了短暂的疗养。

解润在右玉任10年县长，后因严重的肺气肿病，医治无效，60岁就去世了。

1963年10月，国务院副总理谭震林高度赞赏右玉植树固沙、水土保持的做法和经验

1963年10月23日至11月5日，首都北京。

全国水土流失重点地区水土保持工作会议在北京前门饭店召开。

会议的主要任务是：交流各地水土保持工作经验，研究重点地区水土保持规划和今后水土保持工作任务。

全国29个省、市、自治区的县委书记或县长参加了会议。

山西省参会人员由中共山西省委常委、主管农村工作的副省长刘开基带队，省水利厅副厅长张权，雁北、忻州、晋中、晋南、吕梁、临汾等地区的副专员、农工部长及县委书记或县长参加了会议。

雁北地区参加会议的有：雁北行署副专员李毅民、雁北地委农村工作部部长张荣怀和会议确定的重点县——右玉县委办公室主任兼县委农工部部长徐日新（当时右玉县委书记庞汉杰和县长解润都在病中，经请示省政府同意由徐日新代表右玉县参加会议）等。

会议由中共中央政治局委员、国务院副总理兼国家农办主任谭震林主持。政治局委员、书记处书记彭真以及农业部部长廖鲁言、林业部部长惠中权等中央有关部门主要负责人出席了会议。

会议的第二天进行大会重点发言。徐日新代表右玉县作了《坚持不懈植树造林　矢志不渝锁风固沙》的典型发言。

当徐日新讲道："从新中国成立以来，右玉每年春秋两季坚持不懈地植树造林、锁风固沙。每到植树季节，每一任县委书记、县长都带头扛上铁锹，背上树秧，步行到野外植树劳动。在野地吃的是炒面，喝的是沟泉水，休息在用树枝搭建的简易小山崖沟壑里。每天冒着看不见人影的大黄风，大干半个月，每个人的脸被晒成黑铁片，每个人的嘴角起满了血泡，每个人的手被磨起了老茧，都不在乎。就是这样年复一年地带领群众苦干实干。"

谭副总理第一次打断徐日新的发言，插话说："你们参加会议的都听到了吧？如果全国2000多个县的县委书记和县长都能像右玉这样干，我们国家的面貌不愁变不了。如果你们做

不到，就是一个败家子！"

徐日新接着讲道："右玉县威远公社有一个白塘子村，这个村土质不好，不少是白胶泥地，草木难生。社队干部为了防风固沙改良土壤，改变村子的荒凉面貌，组织群众先后经过38次不断试验，终于栽活了杨树，栽活了沙枣树，在村西村北栽起两条防风林带，挡住了风沙，土地多打了粮食。"

谭副总理第二次打断了徐日新的发言，插话说："好！好！好！你们这种精神就是好呀，你们的经验是多么的可贵呀！你回去后把这个材料重新总结整理一下寄给我。"

徐日新继续讲道："多年来，右玉县委书记从王矩坤、马禄元到庞汉杰带领县委一班人自觉参加每天早晨雷打不动的两小时的学文化、学理论活动，下乡工作中抽空完成文化教员布置的作业，下乡回来每人都主动交了作业。一年下乡三个多月，自背行李，在老乡家里住宿，和群众同吃同住同劳动，必须交足饭钱和粮票。去年秋天，我和县委书记马禄元、县委办公室副主任龚维成、威远公社党委书记高选从威远堡到胶泥沟村下乡搞调研。因为正是极端困难时期，每人吃的山药（土豆）蔓子、沙蓬草苗子、荞麦花子磨成的面加上一点精粮蒸成的块垒，没走多远，肚子饿得直响，几个人走一走、歇一歇，40里路程走了一天，歇下来大家就做文化作业。"

谭副总理第三次打断徐日新的发言，插话说："你们听到没有？右玉领导干部的学习精神、吃苦精神多么值得我们学习。"

中午吃饭时，谭副总理专门让人找到张荣怀和徐日新与他同桌就餐，一边吃饭，一边详细地询问右玉的一些情况，不时点头赞赏。

会议期间，《全国水土保持工作会议简报》第一期加"编者按"全文转发了徐日新的发言。在"编者按"中号召："全国所有县（区）都应像右玉的县委书记、县长那样，不畏艰难，苦干实干，持续不断地植树种草、绿化河山，把全国的水土保持工作推向一个新的阶段。"

会议期间，党和国家领导人刘少奇、周恩来、朱德、邓小平、贺龙、陈毅、徐向前、聂荣臻、彭真、李先念、李富春等接见了与会代表并合影留念（当时毛主席在外视察，不在北京）。

会议结束后，徐日新回到县里，让县农林局局长张存德迅速到白塘村调研，重新整理了白塘村在白胶泥地上栽活了树的典型材料，而后分别报送地委、省委、中央谭副总理。

2008年7月16日，笔者到太原徐日新家里采访。徐老1946年参加工作，1951年3月从大同调到荒凉的右玉工作，一干就是15年。历任中共右玉县委办公室主任、县委农村工作部部长、县人民政府副县长等职。之后，

采访征求中共右玉县委办公室原主任、右玉原副县长、山西省农牧厅集体经济经营管理局原局长徐日新（右）的意见。（2006年7月1日及以后共五次）

调中共雁北地委农工部工作，1979年调山西省农牧厅，任集体经济经营管理局局长（副厅级）。当时已82岁高龄的徐老，身体健康，记忆力惊人，谈吐敏锐，又一次兴奋地谈起这次难忘的全国性会议以及在右玉工作15年间的一些重大事件。

徐老说："从省委、省政府领导到中央领导每一次对右玉工作的重要指示，都是对右玉人民的极大关怀和极大鞭策，每一次都极大地鼓舞了在右玉山区工作的县委书记和县长改变右玉荒凉贫困面貌的信心和决心……"

徐老说："我于2005年夏与山西省老促会的同志们到右玉考察调研，发现这里确确实实'换了人间'，深感在右玉工作的每一位领导同志都干得好，把一个'不毛之地'、不宜人生存的右玉，建成了一个山清水秀令人向往的美丽的右玉，他们的业绩确实值得颂扬和学习啊！"

"庞老汉"任职县委第一书记七年呕心沥血锁风沙，塞上右玉山川到处看到生机勃勃的绿色防风林带

在人生的道路上，七年是一个不简单的数字。

从1957年7月至1964年6月，庞汉杰在右玉担任县委第一书记七年的日日夜夜里，带领右玉人民不畏艰难，艰苦创业，大搞植树绿化锁风沙的群众运动，取得了绿化右玉河山的显著成效：

营造了沿外长城线上至桦林山宽50米、长80公里的第一条防风固沙基干林带；

营造了紧靠长城的马头山、混元峰、桦林山的第二条防风固沙基干林带；

营造了黄沙洼、马营河、老虎坪、杀场洼的第三条防风固沙基干林带；

营造了右玉至大同干线公路两侧以及七条公路支线上宽30米至60米、全长427公里的防护林带；

建成了右玉东西50公里、南北85公里的风沙危害最重的防护林体系。

从此，右玉的山川到处可以看到生机勃勃的绿色林带。

与此同时，完成了大片造林14万亩，造林面积占宜林面积的17.4%，比1957年初增加了10%；森林覆盖率增加到6.88%，比1957年增加一倍多，在大面积的林地上初步控制了水土流失，大大改变了右玉风大沙多的自然面貌。

实现了庞汉杰"在我的任期内要使右玉大地局部绿起来"的宏愿。

多少年来遭受黄风肆虐的右玉人民，第一次笑逐颜开地说："山头绿油油，牛羊爬山沟；树木成林带，粮油能丰收；感谢共产党，感谢毛主席。"

如今健在的右玉老干部们都说："没有当年庞汉杰向封建迷信挑战，向传统的落后观念挑战，遵循科学规律三战黄沙洼、拦河造库李洪河、杨柳栽进右卫城这三大植树造林的大决战，不知右玉的防风固沙会推后多少年。观念大转变，右玉见绿荫。庞汉杰那真是一个吹响右玉绿化号角的领导干部。"

"若要右玉富,必须风沙住;风沙何时住,山川皆有树。"

一个用自己坚实的实践吹响绿化号角的人——庞汉杰,他的英名牢牢地镌刻在右玉人民的心中。

1986年6月10日,时任山西省文物工作委员会书记及省文物局党组书记、局长的庞汉杰不幸因病去世,享年65岁。6月17日,省委、省政府在太原市双塔寺烈士陵园为庞汉杰举行了隆重的追悼大会。省领导王建功、卢功勋、胡晓琴、王大任、郭钦安、张长珍以及省直有关部门和地市领导薛凤霄、张秉发、王继平、王雅安、左祥等出席。

在悼词中,这样写道:

> 庞汉杰同志担任右玉山区县委书记期间,夜以继日、呕心沥血、忘我工作。为了改变山区的落后面貌和群众的贫困生活,他创造性地执行党的路线、方针、政策,在他的倡导和当地县委的领导下,右玉县开始了大规模的植树造林绿化荒山的工作。由于他在领导群众进行植树造林工作中成绩显著,多次受到中共中央书记处的表扬。《人民日报》《山西日报》曾做了专题报道和评论,号召学习他们的经验。

庞汉杰在右玉的绿化业绩得到了如此高的评价和肯定,确是中肯符实,响当当的。

第四章 树起两面绿色旗帜

20世纪60年代,对于中国,是一个丰碑耸起的年代。

雷锋、焦裕禄、王进喜,三座楷模的丰碑相继耸立在中国大地上,为艰难岁月里苦斗的人民注入了巨大的精神热能。

1964年6月2日,经中共山西省委批准,马禄元任中共右玉县委书记,薛珊任中共右玉县委常委、右玉县人民委员会县长。

免去:庞汉杰中共右玉县委书记职务,马禄元中共右玉县委副书记职务,解润中共右玉县委常委、右玉县人民委员会县长职务。

马禄元重新担任中共右玉县委书记后,决心在原来工作的基础上,解决好老百姓的吃饭问题。经过调查研究,县委常委会议研究决定,10月15日至21日,县委、县人委在右玉城召开县、社、大队、生产队共570人参加的四级干部会议。

会议传达了华北林业会议、黄河中游第三次水保会议和全省县长会议精神。

会议以山西大寨为榜样,总结了右玉几年来农田基本建设的成绩和问题,着重开展了以"右玉今后农业生产向什么方向发展,走什么路,靠什么吃饭"为题的大讨论。北辛窑、马营河、盘石岭、黑洲湾、上堡等10个大队党支部书记介绍了破除铲荒皮广种薄收的耕作陋习,林粮间作建设稳产高产基本农田、粮油大增产的经验。

马禄元在大会报告中,以浓重的灵丘口音要求:"同志们,解决每家每户的吃饭问题,关键要建好基本农田和栽好树!全县要动员组织1.2万名劳力掀起农田基本建设新高潮,苦战一冬春,新建基本农田6.3万亩。造林74000亩,育苗4800亩,封山育林3.4万亩,种草3.3万亩,其中种草木樨2万亩!"

会议结束后第二天早上7点半,马禄元、薛珊冒着塞上早来的冬寒,带领县委一班人肩扛铁锨来到苍头河西岸的农建基地,开挖树坑……

这一天,全县实际出动1.8万多名劳力展开了秋冬造林绿化大会战,在广袤的黄土地上,拉开了1964年冬春右玉农田基本建设的序幕!

1964年11月1日,中共雁北地委决定,中共右玉县委书记马禄元率团参加阳高县"四清"运动。薛珊代理中共右玉县委书记,直到1967年1月。

1964年11月4日,马禄元带领右玉县296名县、社干部赴阳高县参加"四清"运动。

1965年右玉被省委确定为低产变高产实验县和贫困县,县委学习焦裕禄带头培养过硬的治山治水先进典型

薛珊,山西省灵丘县人。到右玉任职前,他先后担任过山西省外国专家处处长和雁北地区供销社主任。他为人正派,有强烈的革命事业心和很强的工作能力。

1965年1月24日,右玉县被中共山西省委确定为全省5个低产变高产实验县之一。

1965年3月,右玉县被山西省人民政府确定为黄土高原西北地区28个贫困县之一。

"右玉被确定为贫困县,意味着我们的工作责任是多么的重大。你们说摆脱贫困从哪里

入手？"县委书记薛珊在常委会上提出了这个问题。

"求生存，防风固沙，植树造林种草仍然是第一位要做好的工作。工作方法上应该改进一下，按照地委王铭三书记提出的'培养典型指导面上工作'的要求，选两个有代表性的地方先行试点，再全县推开。"常委们提出了这样的建议。

"那好，我和功勋同志带头先下去各抓一个试点，树两个有代表性的绿化典型。"薛珊提出亲自蹲点抓一个绿化典型。

薛珊任职后，在深入基层调查中发现，前几年绿化造林的面积大，但有的标准不太高。

"怎样才能使右玉的绿化造林稳中求快，在防风治沙中发挥林业的整体效益？"薛珊与1965年1月刚由朔县公社党委书记提拔为右玉县委副书记的卢功勋商量着。

卢功勋当时年仅31岁，在县委领导班子里是最年轻的。县委让他重点分管全县的农业和农村工作。卢功勋认为自己理当勇挑重担，为县委和县人委的主要领导分忧，为右玉的建设和发展贡献自己全部的力量。

卢功勋说："以点带面是个好办法，咱们县委几个主要领导分头下去抓他两个过硬的有代表性的典型，而后示范引路，全面开花。"

薛珊点头称赞："就按你的意见办，我到西山丁家窑公社的青羊沟村去抓荒山造林典型；你上北岭梁的盆儿洼村去抓林田农网林草间作的典型，同时继续抓好马营河流域治理工作。"

1965年，是全国农业学大寨、学毛主席著作群众运动波澜壮阔的年代。

1966年2月7日，中央人民广播电台向全国播发了穆青、冯健、周原采写的长篇通讯《县委书记的好榜样——焦裕禄》。随着电波，这个伟大的名字震响在华夏大地的山山水水间，震撼着亿万中国人的心灵。直到现在，从那个时代过来的人，还能清楚地记起著名播音员齐越那激扬、悲壮而雄浑的声音："你是千千万万在严重自然灾害面前巍然屹立的共产党员和贫下中农革命英雄形象的代表。你没有死，你将永远活在亿万人的心里！"

《人民日报》同一天在头版全文发表了新华社记者穆青、冯健、周原合写的《县委书记的榜样——焦裕禄》。之后，全党各级领导干部开展了扎扎实实的学习焦裕禄活动。

县委代理书记薛珊读完了焦裕禄的事迹报道，不由得泪流满面。他和卢功勋、李峒、顾勤说："你们看，兰考的工作环境远比我们右玉还艰苦，而焦裕禄做得是那么的好。我们右玉县委一班人都必须像焦裕禄那样做人做事，'革命者要在困难面前逞英雄'，为加快改变右玉穷困面貌，为右玉人民的安居乐业鞠躬尽瘁，死而后已。"

卢功勋说："学习焦裕禄，哪里最困难我们就到哪里去，扎到群众中，首先培养出过硬的治山治水典型。"

薛珊安排好县里的工作后，顶着肝炎的病痛，于1965年2月11日与卢功勋自带行李，分别骑了辆自行车，顶着刺骨的寒风，下乡抓典型去了。

卢功勋蹲点：农田林网、草田轮作的盆儿洼大队

林业功臣卢功勋

李达窑公社盆儿洼大队，坐落在右玉古长城脚下海拔1550米的北岭梁上。这个村属于右玉东窑沟流域，流域总面积19.4平方公里。盆儿洼一个村就占了总面积的70%，是流域的主要部分。这个村地处高寒区，风大沙多，土地贫瘠，也是李达窑公社风沙侵害最严重的地方。全村68户、260口人，土地总面积6300多亩，其中耕地3300亩。盆儿洼是右玉县地形地貌和气候特征典型的代表。

卢功勋进村后，村民张银家的三间房子，其中一间就成了他的办公室，一住就是两年。

两年的蹲点，卢功勋吃的全是派饭。一日三餐多是莜面山药和子饭拌炒面等单调的农家饭。每户村民家一派五天，每天给每户留3角钱、1斤4两粮票，一分也不能少。

在这个风大沙多的干山头上怎么搞？当时谁的心里也没数。

卢功勋，山西省朔县人，1.75米的个头。他26岁担任公社党委书记，30岁担任县委副书记，有扎实的基层工作经验。

盆儿洼村西南的山脚下7公里处，马营河由东向西流入苍头河。在破虎堡河下游北岸一片平展展的滩湾地上，坐落着一个村庄叫"应洲湾"。应洲湾村的西北有一所雁北地区有名的科研单位——雁北地区右玉县水土保持试验站，这里集中了不少研究农林水土的技术英才。

为了控制右玉水土流失，给治理黄河流域水土流失工作提供科学的数据，山西省水利厅遵照省委、省人委的指示，于1963年7月在右玉县马营河流域的李达窑乡应洲湾村建立了雁北地区右玉县水土保持试验站，成为黄河流域水土保持研究的地方性站网。其研究内容为：对风蚀严重的梁峁设点，常年观测土壤风蚀程度和研究治理措施，为山西、为全国治理水土流失工作提供资料；通过大面积植树种草，探索防风固沙效益；利用打坝淤地、修筑梯田等工程措施，研究拦泥、蓄水效益；引育适合本地生长的树草新品种，为右玉及整个黄土丘陵区提供防风固沙效益明显的树草新品种。雁北地区右玉县水土保持试验站建站以来，科技工作者们以站为家，与右玉人民同甘共苦，为右玉的生态绿化和水保事业无私地奉献了他们的聪明才智，取得不少的研究成果，先后多次受到国务院水土保持委员会、水利部黄河委员会及山西省水利厅、中共雁北地委和雁北行署、右玉县委和右玉县人民政府的表彰与奖励。

卢功勋想，"近水楼台先得月"，何不让这些英才们在盆儿洼施展一下他们的才干？俗话说："一个篱笆三个桩，一个好汉三个帮。"卢功勋让公社党委书记姚文明请来了雁北行署水保试验站的卫元太、郭中元、王启铎、刘拖信、郭政新、李舜生、郝乃恭等7名科技人员一起干。

2月的北岭梁春寒料峭、冰天雪地。零下36℃的严寒，使这里的人们都穿着羊皮做的皮袄

皮裤，脚穿着羊毡做的毛鞋，头戴着各种皮帽和棉帽。

他们几个人在村党支部书记张林的引领下，戴着皮帽、风镜，紧裹着皮袄，踏着半尺深的积雪，顶着凛冽刺骨的寒风，绕着北岭梁整整转了三天。他们边走边议，设计着治理的方案。

"这个村3300亩耕地，实际上是3300亩风沙地。"众人一致认为。

"在这样的地方，光栽树还不行，老百姓还得吃好饭，解决种粮的问题。"卢功勋反复思考后说。

最后他们几个人合计议定，就在这个高寒冷凉的北岭梁干山头上，搞他个林、草、田、水、路综合治理的典型。

卢功勋与刘拖信等7名科技人员，就这样与村里人同吃、同住、同劳动，开展了盆儿洼村农田林网配套及效益观察、草田轮作过渡试验等项目的全面生产试验。

他们从春干到冬，不管风吹日晒，不畏酷暑严寒，抱着"定叫盆儿洼五谷丰登"的强烈愿望，苦战了三年。首先完成了栽植林网的任务，将全村3300亩耕地，用10条主、副防风林带（南北6条、东西4条）构成10框棋盘式方格林网。并在风口营造大片林1300亩，与林带相接，总长1.2万米，平均宽12—18米，形成田、林、路、草相配套的山地草田轮作结构模式，建成了阻止风沙危害、实行草田轮作的有效屏障。

马禄元从甘肃带回的草木栖籽、卢功勋从宁夏引入的草木栖籽，第一年都在这里种植成功。

此后，逐年扩大种草面积共达600

卢功勋（后左二）与郝延升（前左）、卫元太（前右）等科技人员一起进行盆儿洼农田林网的效益观察。

亩，每年按3∶1的比例实行草田轮作。这样对减少风沙、调节气候、稳定地温、降低水分蒸发起了很大作用。

根据当时测定：在林带背风面有效减风范围，可达树高的30倍左右，林带向风面为树高的10倍左右，平均减速29.7%；减速最佳范围为树高的8倍区域，可使风速减小55%。林网内水分蒸发普遍比旷野减少0.1—0.6毫米，0—30厘米土层内土壤含水量比旷野高出4.8毫米。

盆儿洼村农田林网的建设，有效地控制了风沙，涵养了水源，培肥了土壤，自然条件得到了改善，使盆儿洼村的生产面貌发生了很大变化。村民们高兴地说："有了林网就有了'风水'，有了'风水'就有了产量。"从而使该村走上了一条农、林、牧全面发展的良性循环的发展之路。

盆儿洼村多少年来的耕作方式是撂荒轮作，这种方式导致了"越穷越垦，越垦越穷"的恶性循环。

卢功勋在深入调查研究的基础上，作出了一个果断的决定：

"坚决革掉撂荒轮作的命，草田轮作夺丰收！"

他与科研人员边作小区示范边推广，作物实行单收单打，用看得见的事实教育村民，解除了他们的思想顾虑。在全村大面积种植草木栖、野豌豆、沙打旺等优质牧草。利用豆科牧草根部可固氮的特点，大面积压青（将草翻压入土）后茬利用等轮用方式，大大增加了土壤团粒结构，培肥了土壤，提高了粮食产量。压青第一年增产粮食26.5%至30%。盆儿洼村1965年粮田播种面积2200亩，产量仅有10万斤，亩产不足50斤。1966年粮田播种面积1800亩，比原来减少400亩。由于在粮田播种面积中有800亩采用了草木栖根茬和压青利用方式，产量达到26.3万斤，总产比上年增长了1.6倍。以后该村粮田播种面积减少到1400亩，产量一直稳定在27万斤以上。

由于草木栖的奇异功能，盆儿洼村的村民们都尊称它"灵芝草"。

盆儿洼的"灵芝草"很快走出了北岭梁，远销到全国17个省市，使盆儿洼村成为全省闻名的"聚宝盆"。

盆儿洼的村民靠卖"灵芝草"籽，购置了农业机械，拴起了"金马驹"，养起了"黑财神"。林草业的发展有力地促进了农牧业的大发展。营造林网前的1964年，该村粮食亩产48.6斤，总产13.9万斤；油料总产1.8万斤；年末存栏羊142只、大牲畜78头。全村总收入2.7万多元。到1968年底，该村粮食亩产达到140斤，总产达到26万斤；油料总产达到3.6万斤；年末存栏羊230只，存栏猪157头，大牲畜102头。全村购置小型拖拉机12台。全村总收入达到5.8万元，翻了一番多。

盆儿洼村11条林带的直接效益也很可观。村民们用整修树木剪下的树枝烧火做饭，改变了几千年靠烧牛羊粪做饭的习惯。

1965年8月初，卢功勋带着县委办公室干事戎凡、降宝、王德功，从右玉城步行上了北岭梁的盆儿洼村。他们认真总结了盆儿洼村"栽起梧桐树（当时指小叶杨）、种起灵芝草（指草木栖，除了能防风固沙外，也是非常好的畜牧饲料，还可以压制绿肥）、拴起金马驹（指每户养一头驴或骡子，既可以用作耕力，又可以卖钱）、喂起"黑财神"（指每户养2至3头猪，因为猪多肥多、肥多粮多，这样才能发展粮食生产）、培养聚宝盆（指把盆儿洼这个风沙横行的穷山沟，建设成一个土地肥、产粮多、收入高的富裕农村），农林牧全面发展"的经验和农田林网、草田轮作的生态建设经验，在全县进行了大张旗鼓的宣传和推广。之后，威远、梁家油坊、马官屯、高墙框等社队都先后建成了农田林网和草田轮作区。

1965年8月11日，《山西日报》第二版刊登了该报记者张长珍撰写的《晋西北三件宝》一文。其全面介绍了沙棘、"灵芝草"（草木栖）、柠条在右玉县种植的情况；全面介绍了右玉县盆儿洼、盘石岭等地的种植经验及其可观的经济与社会效益。文中希望"全省山区地区应该学习借鉴推广右玉的做法和经验"。

1965年8月15日，中共雁北地委第一书记王铭三作出批示："地委政研室，希望认真总结卢功勋同志蹲点盆儿洼大队搞的农田林网和草田轮作的经验，先在《雁北政研》上发表一下，而后，地委作出学习决定。"

1966年1月10日，右玉县农业生产先进单位代表会议上，李达窑公社盆儿洼大队被授予特等奖，奖给化肥800斤、奖状一张。

1966年2月，盆儿洼大队被中共雁北地委、雁北行署命名为"雁北地区农业战线十杆红旗"之一。

卢功勋在盆儿洼蹲点，发现这里的村民没有菜吃，也没有水浇地。他还发现村西南的山沟里有一股泉水叫牛鼻泉，清澈的泉水长流不息。他想，能不能把泉水引上山，为民造福？

卢功勋与几个科技人员一商量，大家都说："这是个好主意，立即干！"

卢功勋带领科技人员和村民们在山头上建起了一座高灌站，顺着山坡修了一条引水渠。

1966年国庆节，盆儿洼村热闹极了。全村敲锣打鼓响鞭炮庆祝引水上了山。接着卢功勋又和村民们规划建起200亩水浇地。他细心地教每户村民种下了茴子白、玉蔓菁、胡萝卜等蔬菜，从此干山头上的村民们吃上了新鲜的绿色蔬菜，人们的脸上泛起了光华。

多少年来寂静偏远的北岭梁山头上，一下子红火起来了。

甘肃、陕西、内蒙古等省区，组织县、社、队主要领导陆续前来参观学习，人数达到8000多人。

盆儿洼声名远扬了。

"文化大革命"开始后，一伙造反派捏造卢功勋的反党反社会主义罪行，说他"在盆儿洼村搞的是资本主义的黑典型，为了捞取政治资本往上爬，与中国最大的走资派刘少奇穿一条裤子"，被游街批斗没完没了。一伙造反派还把卢功勋拉到盆儿洼村批斗，村民们都没有到场，只有小学教师领着几个不懂事的小学生，空喊了几句口号作罢。

多少年过去了，卢功勋每到右玉调研，一走进盆儿洼村，村民们都高兴地迎上去："卢书记，你回来了，今天就到我家吃饭吧。"

1984年在全国中学《语文》教科书中，将中共中央组织部副部长杨士杰多次来右玉调研撰写的《盆儿洼林网调查》一文收入，作为"调查报告"的范文，供全国中学生学习。

40多年过去了，卢功勋当年带领科技人员和村民们栽起的一格又一格白杨树都已长成檩材，成为北岭梁上独特的生态风景区。

盆儿洼村民们至今说起卢功勋，都说："卢书记那人真有本事，蹲点真下辛苦，林茂粮丰使我们走上了康庄大道。"

盆儿洼生态建设的先进典型，是一面鲜红的不倒的旗帜！

2008年9月1日上午，笔者到山西省人大常委会原主任卢功勋家中采访，征求他对《苍河颂》第6稿的意见。卢主任细心听了笔者对《苍河颂》各章节内容的全面介绍后，审阅了《农田林网、草田轮作的盆儿洼大队》一文初稿。

卢主任说："写这本书很不错。赵生荣、赵向东、陈小洪、石新民，你们干了件大好事。右玉经过几十年的生态建设，成为中国北方的一块宝地。右玉的做法和经验在全国很有推广的价值。右玉的基础绿化是从解放后开始的，除'文化大革命'极左路线严重干扰外，绿色接力赛一直持续到现在。我曾在右玉工作过7年。我初到右玉时，感觉那里还很荒凉，几乎每天都是黄沙扑面，老百姓的生活也十分艰难。我多少年经常去右玉视察调研，去年我们还与国家人事部部长张柏林、省政协主席刘泽民以及省委组织部原副部长张效洲等人去右玉，感觉右玉的发展变化很大。右玉的干部很不错，干得很出色。右玉的人民听党的话，干得很实在，很吃苦，很有成就。我们共产党人多年喊叫的'改天换地'，在右玉得到了真正的实现。我认为写这本书很必要，应该把右玉推向全国去。右玉精神很值得总结宣传推广。"

卢主任对《农田林网、草田轮作的盆儿洼大队》一文（初稿）比较满意，认为叙述真实，数字准确，情节也好，同时提出了修改补充意见。

卢主任强调："直到现在看来，盆儿洼村的农田林网、草田轮作以及农林牧副全面发展的经验，引导山区农民走出了一条脱贫致富的好路子，是贫困山区脱贫致富的有效途径。这条路子是经得起历史的检验的。"

薛珊蹲点：白手起家抓林业，坡梁沟壑全绿化的青羊沟大队

薛珊蹲点的青羊沟大队，坐落在右玉县的西部边沿山区、丁家窑公社东北4公里的山沟里。相传该村东山有个山洞，洞内住着两只青山羊，故名"青羊沟"。

该村的村前山坡背阴处生长着一种杨树，名曰串杨。串杨呈青白色，靠根系繁衍，自然生长一串一片。

青羊沟大队共20户人家，93口人，26个劳力。总土地面积5500亩，其中耕地1000多亩。中华人民共和国成立前，这里到处是荒山秃岭，全大队只有散生的几棵榆树和几丛串杨。由于植被稀少，水土流失十分严重。

"县官"来到青羊沟，这是祖祖辈辈也没有过的事情。社员们家家户户热情欢迎"右玉

最大的官儿"来青羊沟。

薛珊对迎接他的社员们说："我不去吃你们的好饭，就在五保户刘三旦家长住。我是给你们这里栽树来了，让你们这里从此成为风水宝地。"

社员们高兴地交头接耳："这可是个好官呀。"

小孩子们欢欢喜喜地跳起来，大家簇拥着薛珊进了支部书记家。

薛珊放下行李，和公社党委书记王荣在大队支书武连喜家里吃了饭，下午就带领三个大队干部逐山逐沟看去了。

大队成立了封山造林的规划小组。

首先规划了一坡四沟。一坡，即东阳坡500亩陡坡地全部退耕造林；四沟，即马山沟、小西沟、炭山沟、印子沟密植造林，保土固沙。

开始造林时困难重重，大队连秧苗都解决不了，只好由村民们凑钱向铁山堡大队购买。

初次造林，在荒山头上插条，成活率很低。

薛珊与大队干部总结了失败的教训，派四个年轻人到盘石岭、盆儿洼等大队学习。回来后，一边搞工程建设一边植树。凡是造林的地方，都做了卧牛坑、鱼鳞坑和土谷坊等工程，保证了林木成活。

薛珊发现小西沟土石山坡上散生的串杨生长健壮，木性较好，适应性也强，便与大队干部们说："咱们来个适地适树，培养咱们的本地产品怎么样？"

大队支书说："咱们试试看。"于是，组织村民砍了一些枝条培埂压条，结果第二年成活率很高，生长良好。以后，逐年扩大面积，达到500亩。

与此同时，他们根据当地条件，学习盘石岭经验，采取林草结合，大种草木栖；乔灌草结合，大种沙棘，进一步提高了造林封山的质量。

栽了树还得护好树。薛珊和村干部物色了一名责任心强、办事公正、热爱林业的社员担任了专职护林员。也给牛羊倌封了个"官"，叫"兼职护林员"，实行常年管护。

薛珊在青羊沟扑下身子组织社员年年植树造林，使社员们深深懂得了"山区多植树，致富有门路"的道理。

过去全大队耕种着1000多亩土地，粮食亩产50多斤，总产6万斤左右。现在林木发挥了防护效益，粮食产量逐年提高。到1967年全大队耕种560亩土地，平均亩产167斤，粮食总产9.3万斤，单产比过去提高了两倍多。

林业的发展也有力地促进了农牧业的发展。每年利用修枝剪下的树枝给村民们解决了燃料问题，树叶和草木栖成了牛羊的好饲料。大牲畜由过去的26头发展到47头，羊由过去的123只发展到306只。

薛珊在青羊沟组织和带领山里人大搞植树造林获得了成功，成为右玉西山荒沟绿化的一面旗帜。

青羊沟绿化的旗帜，不仅为丁家窑山区社队的林牧发展，也为右玉的生态建设引领了正确的方向。

1966年5月30日，中共雁北地委办公室整理下发了《王铭三和地委常委关于林业问题的言论纪要》。《纪要》中如实地记录了王铭三要求全区学习推广盆儿洼和青羊沟两个造林绿化先进典型的批示。这份文件上报到省委、省人委，并下发全区13个县委及地直机关党委，认真学习贯彻落实。

多少年过去了，树起这些绿化旗帜的人，有的已过世，有的已离休。然而他们带领右玉老百姓栽起来的树、种起来的草，却深深扎根于右玉的土地上。

根植于右玉大地的茂盛老榆树

第五章 非常时期志不移

中国人谁也不会忘记：

1959年至1961年，是我国自然灾害极度严重、国民经济极度困难时期。

在这个非常时期，左云、右玉合并后的县委第一书记关毅不迷茫、不动摇、不退却，而是以一个共产党员的坚定信念，坚持植树种草，拦河蓄水，绿化左云、右玉大地志不移。

请看历史的真实记载。

关毅坚定地说："再困难，植树造林的大旗不能丢！植树造林绿地皮，才能使老百姓饱肚皮！"

1955年10月3日，在中共山西省委书记陶鲁笳的提议下，时年32岁的共青团山西省委青农部科长关毅调任中共左云县委书记。

为了适应"大跃进"形势的需要，1958年11月9日，山西省人民委员会决定，撤销右玉县建制，其管辖的地区并入左云县。

1961年4月20日，山西省人民委员会又决定，恢复右玉县建制。

从1958年12月至1961年4月，中共山西省委任命关毅为左云、右玉合并后的县委第一书记，庞汉杰为常务书记，马禄元、解润、沈鸿优、孙元、王文为书记处书记；解润为县长，王世英、王世增、赵存贤为副县长。

早在1957年春天，中共山西省委第一书记陶鲁笳在中共雁北地委第一书记康伯成的陪同下到左云县调研。

头天刚到，天就下起了大雪。

陶鲁笳冒着严寒，踏着积雪，到左云的张祥村察看了山西省劳动模范魏高堂搞的水土保持植树造林工程，连连称赞："干得好，干得好，风沙干旱地区就要这样干！"

陶鲁笳从左云到右玉看了一圈后对关毅说："这里到处是和尚的秃头，到处是战争的创伤。你们要与群众同甘共苦，领导老百姓做大自然的主人，不要做大自然的奴隶。过去我们同国民党、日本侵略者决战胜利了，现在我们要同荒凉贫困决战，也要取得胜利。"

陶书记的指示对县委一班人启示很大、激励很大。

"领导老百姓做大自然的主人，不要做大自然的奴隶。陶鲁笳书记这句话，变成了我一辈子记在心里干好工作的座右铭。"

2006年3月21日，王德功、霍生祥和笔者去大同采访关老时，老人家反复说："陶书记这句话讲得好，我一直记在心中，成了我当县委书记搞好基层工作的指南。"

雁北地处黄土高原，群山绵亘，沟壑纵横，一般海拔1000至1500米之间，素有"塞外高原"之称。但是由于历代战争、乱砍滥伐和大量垦荒的破坏，到元末明清时期，大片森林已所剩无几，呈现一片荒凉景象，致使雁北的农业生产长期处于落后状态。

1958年12月，39岁的王铭三被中共山西省委任命，担任中共晋北地委第一书记兼军分区第一政委，1959年至1971年任中共雁北地委第一书记兼军分区第一政委。

他的到任，面临的是中国现代史上严重的困难时期——1958年开始的"大跃进"、人民公社化运动和自然灾害给国家带来了严重的问题。食品紧缺已成为中国农村和城市的普遍问题，人们普遍吃不饱，营养不良，导致浮肿。

中国出现了大面积的人口非正常死亡。

王铭三1.80米的个头，艰苦的雁北高寒地区的工作环境，吃不惯的莜面、山药蛋，使他长年闹胃溃疡，面容十分消瘦。

采访征求中共右玉县委第六任书记、雁北行署原副专员关毅（右）的意见。（2003年10月6日及以后共三次）

面对如此严重的困难局面，王铭三针对雁北地区存在的风沙、干旱、霜冻、盐碱四大灾害，提出了一抓植树造林、二抓发展水利两个建设重点。他认为只有搞好这些基本建设，才能根本改变晋北农业的生态条件，打好农业持续稳定发展的基础。

1959年3月9日，王铭三主持召开地委常委扩大会议，讨论通过了"全党动员，全民动手，攻坚克难，连续作战，大搞植树造林和农田水利基本建设，彻底改变雁北落后面貌"的十年规划。

王铭三在全区县委书记会议上用浓厚的垣曲口音，异常坚定地说："越是艰难困苦的时刻，越是考验我们共产党人的信念和意志的时刻。只有毫不间断地、毫不停留地植树种草，才能从根本上彻底改变雁北的落后面貌。认准的路子，天大的困难也不能改变，必须毫不动摇地走下去！群众的吃饭问题必须与植树造林同步解决！"

为了加强对林业建设的领导，王铭三要求各级都设林业委员会，党政领导都当"林业委员"，并且亲自蹲林业点。他自己就把"林业委员"视为很光荣的称号，立下了"不绿化雁北死不瞑目"的誓言，一再表示要为当好一名名副其实的"林业委员"而努力。因此，在雁北，人们都亲切地称王铭三是"林业书记"。

为了加强对水利工作的领导，王铭三提出了县委书记要当"水利书记"。他在全区推广了阳高县委书记郭巨民"书记上井台"的经验。

针对当时严重的自然灾害，王铭三还提出，雁北各县要大种适应干旱特点、有利于防风固沙、能够有效地保持水土并有较高经济价值的沙棘和柠条，大种木瓜（能榨油）和沙枣（能磨面），一方面增加荒山覆盖，一方面解决人们粮食短缺的度荒问题。

左云、右玉两县合并后，关毅遵照省、地委主要领导的指示精

中共雁北地委第一书记王铭三（山西省垣曲县人）

神,多次召开常委会专门研究植树造林改变荒凉贫困面貌问题。

由于原野黄沙漫漫,没有多少收成,老百姓的口粮相当紧张,吃饭成了大问题。不少农村社员春夏季节用苦菜和杨树叶充饥,秋冬季节用荞麦和土豆秸秆磨碎后掺上极少量的莜面和荞面,便是一日三餐的主食。为了充饥,不少村庄的老榆树竟被人们剥了皮,磨面当口粮吃。从县委书记到不少群众都患了浮肿病。有的村庄社员们甚至是吞糠咽菜,吃进去,便不下来,要了性命。从生产队到机关,大食堂也没法办下去了。逮老鼠、抓麻雀、捋树叶、挖野菜,凡能入嘴填饱肚子的东西都往家里收拾。

在县委会议上,有人主张"先给群众打闹口粮,植树造林放一放"。

关毅说:"不行,肚皮、地皮我们都不能放!我们不能再让地皮荒下去,这样肚皮永远要饿得慌。再困难,植树造林的大旗不能丢!挖野菜,地里有绿才能挖上;捋树叶,栽上林子才能长出树叶。植树造林绿地皮,是共产党人带领老百姓饱肚皮、过富日子的神圣职责!"

县委一班人统一了思想,专门成立了左云县植树造林总指挥部,关毅任总指挥,县长解润、县委常务书记庞汉杰、县委副书记马禄元任副总指挥。关毅主要负责左云,解润、庞汉杰、马禄元主要负责右玉。

1959年5月右玉县委全体领导成员合影。第二排从左至右依次为:县委书记处书记马禄元、县委第一书记关毅、县委常务书记庞汉杰、县长解润、副县长顾勤等。

左云、右玉原来两个县现在合并成一个县,植树造林怎么个搞法?

关毅带领县委、县人委五名领导成员顶风沙、冒春寒,经过20天的徒步考察,确定了先搞样板林、先搞栽树易成活的地方、先堵大风口的"三先",开展"一城、一路、二河、三道梁"的造林绿化重点工程。其中"一城",指右玉北部的长城;"一路",指原右玉县梁家油坊公社至左云县城的骨干公路;"二河",指左云县的十里河和右玉县的苍头河("两河"均属河湾下湿地,栽树易成活);"三道梁",指左云县的云西堡南梁和南六里的西梁、右玉县的黄沙洼梁(这三道梁均在黄风口上)。在梁左公路绿化上,从左云县张家场河湾拉上整株杨树苗到公路两侧,各栽两行行道树。其他地方都采用杨树插条办法栽植小叶杨。同时,动员群众大种沙棘和柠条,大种木瓜和沙枣。

极度困难的1960年全党全民总动员，796个造林突击队撑着身子植好树

1960年3月28日至30日，县委、县人委在左云县张家场东风人民公社召开了全县造林誓师大会。县委书记处书记孙元代表县委、县人委作了《动员全党全民，为一春实现林业三化而英勇进军》的动员报告（"三化"就是造林道路化、山梁化、河滩化），县农建局副局长王建都代表县人委作了《关于1960年春季造林工作安排》的讲话，团县委、兵役局、县妇联分别向团员青年、民兵、妇女发出了号召，国营林场、交通局、张家场公社、梁家油坊公社等17个单位作了表态发言。3月31日，县植树造林指挥部召开电话会议，颁布了《为迅速开展全民性春季造林运动的动员令》，提出了20世纪60年代第一个春季造林任务和五项领导措施。

1960年4月1日至7日，在"全党全民总动员，一春实现三化县"的口号下，全县开展了声势浩大的群众性春季造林运动。全县发动组织6万多劳力开始了春季造林大会战。县委17名委员和各公社第一书记、公社主任在关毅、解润的带领下，亲临一线，一边指挥，一边植树。

当时，右玉境内有5个公社：即营河公社负责九连山、官地洼、串营梁的绿化任务；飞跃公社负责老虎坪、杀场洼、树儿照、威远大西梁的绿化任务；灯塔公社负责杨村梁、霸王店、白头里的绿化任务；钢铁公社负责上下吴梁、宋官屯的绿化任务；长城公社负责梁家店至杀虎口公路、羊圈坪、红土堡的绿化任务。

县委、县人委还组织了796个造林突击队，分成三支大军，向"五荒""四旁"进军。这一年，正是全国遭受自然灾害处于极度困难的时期，不少群众是在吃着代食品（树叶、树皮、年蓬草面）的情况下，硬是撑着身子完成植树任务的。

全县上下一条心，经过七天大战，共造大片林30万亩，零星植树1800万株，采集树种21250公斤；绿化公路127公里，绿化山头6个，绿化沟壑12道，绿化河道1300米。全县超额完成了既定任务，受到中共雁北地委、行署的表彰。

为了保证林木成活，关毅在1959年春季召开的县委"三干"会议上明确要求："凡是已植树的地方，必须做到'三不准'。即：不准开荒种地，不准进林地放牧，不准偷砍滥伐林木。一经发现重处重罚，还要毁多少补栽多少。"为此，成立了由县林业局和县公安局牵头组成的护林小分队，深入林地巡查。

1960年7月山西省委常务书记王谦第一次专程来右玉调研，明确指出：风沙锁不住，右玉没出路。坚定信心植好树种好草

1960年7月20日至24日，中共山西省委常务书记王谦及省委农村工作部部长张晓东率领省委农村工作团，在中共雁北地委第一书记王铭三及中共左云县委第一书记关毅、左云县委常务书记庞汉杰的陪同下，专程来右玉调研。五天来，他们不顾旅途之累，爬坡下沟，走村

1960年7月20日至24日，中共山西省委常务书记王谦（左二）率领省委农村工作团专程来左云、右玉调研。一方面了解旱灾和群众生活情况，一方面了解植树造林固沙情况。

串户了解社员的生活情况和牲畜的饲养情况。还特别到了黄沙洼、老虎坪、杨村梁几个大风口地带了解植树造林种草锁风固沙情况。第五天，在红旗口大队党支部书记王三虎家中听取了左云县委关于当前农村工作的全面汇报后，王谦说："右玉的荒凉和寒冷名不虚传。在这里工作，你们要吃大苦的，要付出千百倍的努力。风沙锁不住，右玉没出路。你们一手组织群众救灾生产，解决吃饭问题，做到一个人也不能饿死；一手抓植树造林种草锁风固沙，解决长久改变恶劣自然面貌问题。我很满意。铭三同志说得好，越是艰难困苦的时候，越是考验我们共产党人的意志和执政能力的时候。困难没有什么可怕的，可怕的是没有坚强的信心和顽强的斗志。当年，毛主席领导我们浴血奋战，推翻了压在中国人民头上的三座大山，打倒了蒋介石，解放了全中国。当前这点儿自然灾害算什么！在左云、右玉这地方，只要坚持不懈地把植树种草绿地皮这件打基础也是功德长远的事情办好了，荒凉贫困的面貌一定会早日改变。你们雁北地委近期和长远的规划做得好，左云县委的做法也很好。下一步要排除万难，抓好落实。有什么困难和问题常和我们打招呼，省委会坚决支持你们的。明年这个时候我还要来看望你们。"

王铭三说："种草是个一举两得的好事，既可以固沙保持水土，又可以养畜解决群众的生活问题。我们已在右玉搞过飞播牧草很成功。王书记您与部队联系一下，再给右玉飞播几万亩草。"

省、地、县三级领导详细地商议了飞播牧草的地点、时间后，王谦直接与空军某部联系，对方领导说："请省委放心，保证完成任务。"

7月26日，解放军"安2"型飞机为右玉凤凰台农场飞播牧草3万亩，获得圆满成功。

1961年4月25日，党中央提出了"开展南泥湾运动"的号召后，关毅、庞汉杰、解润、马禄元带头肩扛铁锹，带领左云、右玉两地县社机关干部和厂矿职工，一边大搞植树造林种草，一边开荒种地，以度过非常困难时期。这一年仅右玉机关干部开荒种植各种农作物就达1023.5亩，其中蔬菜48.8亩。秋天，机关干部们挥镰收割，上场碾打，共收获粮食2.5万多公斤、胡麻6000公斤、蔬菜7.5万公斤。县委、县人委所产的蔬菜除了自给外，还拿出一部分支援市场。同时，各机关食堂还大养肉猪，大部分食堂做到了肉类自给。

"疾风知劲草，路遥知马力"，患难识英雄。

王铭三、关毅，在我国处于极其严重的自然灾害的困难时期，一个共产党的地委书记、一个共产党的县委书记，认定植树造林既能绿地皮又能饱肚皮，这是何等坚定的信念，这又是何等长远的眼光！这就是他们领导老百姓做大自然的主人、不做大自然奴隶的真实写照！

正是有了王铭三、关毅这样心里时刻装着群众的地委、县委领导核心坚持不懈地造林绿化，与荒山、与严重的自然灾害决战，才会带来胜利的希望，才使塞上高原的绿化大旗高高飘扬！

今天，我们回望历史，为极其困难时期的地委书记王铭三、县委书记关毅表里如一的钢铁誓言和"绿地皮才能饱肚皮"的博大情怀，深深地鞠三躬！

地委书记王铭三拍板：为民造福，利用苍头河上马修建常门铺水库

苍头河，古称兔毛河，源自朔州市平鲁区三层洞一带，由右玉县燕家堡入境，由南向北，蜿蜒曲折，至杀虎口雄关出境入内蒙古浑河，属黄河一级支流。其在右玉境内全长75公里，流域面积1867平方公里，汇集较大支流11条，流域面积占全县总土地面积的89%，是右玉6万民众的"母亲河"。

"有这样一条河流，为什么不能让它为民造福呢？咱们再修他个大水库！"

1958年隆冬，关毅冒着刺骨的寒风，带领解润、庞汉杰、王世英及水利技术人员，徒步考察了苍头河全境，决定在常门铺与南八里之间的石虎山下、苍头河的干流处修一座大水库。

他们把这个想法及时向刚到任的晋北地委第一书记王铭三、行署专员李铁生作了汇报。

"这可是件大好事，我和老李亲自去看一下，帮助你们选库址。"王铭三听了汇报，立即给予肯定。

1959年2月9日，右玉一片冰天雪地，王铭三、李铁生带领雁北地区水利局局长刘政和秘书安秉文冒着零下26℃的严寒来到常门铺村视察并选定了库址。

1959年3月，常门铺水库正式开工，副县长王世英任总指挥。全县11个公社、1200多劳力开赴水库工地，每人每天九两粗粮，忍饥挨饿，每人每天平均完成推土1.9立方米。两个月时间，向大坝推土千余万立方米，开石料5000余立方米，挖溢洪道7000余立方米。

1960年春天，农村群众生活又面临严重困难，不少人要到粮站领供应的救济粮，水库劳力停工。

"不能停工，我向地委请示！"关毅坚定地说，并及时向地委作了汇报。

1959年9月20日，中共晋北地委第一书记、中共雁北地委第一书记王铭三（左一）带领秘书安秉文（右一）等人来右玉查看黄沙洼和马营河流域治理情况。

"眼下群众生活确实艰难，我们请求部队支援一下。"王铭三拨通了大同装甲兵学院曹政委的电话。

曹政委回答说："我们抽调一部分官兵和车辆，全力支援你们！"

4月20日，驻大同装甲兵学院调来一个营的官兵和5辆大卡车，为水库拉土筑坝，整整大干了20天。

右玉中学师生也先后到水库参加劳动。

大同汽校还为水库拉煤100吨。

次年秋天，因建库资金不到位，水库工程被迫停工。

32岁的县委书记马禄元亲自三次登机指挥飞播，右玉历史上首次飞播种草5万亩获得成功

"如何扩大绿化面积加快防风固沙速度？光依靠人工种草太慢，能不能想个快一点儿的办法？"

夜深了，关毅、解润、庞汉杰、马禄元仍在思索着、交谈着。

马禄元说："去年，我去甘肃天水参观，人家一片一片的大草地都是用飞机播种的，咱们也来试一试。"

关毅说："咱大同就有飞机场，咱们立即给地委行署打报告，请求飞机给咱个飞播牧草。"

马禄元是个好秀才，不一会儿请示报告就拟就了。

次日他们四个人就去找地委、行署的领导，递上了请示报告。地委第一书记王铭三、行署专员郑浩当下表态："好好好，地委坚决支持你们的行动。"

王铭三拿起电话亲自与驻同空军部队联系，对方的回答是："我们解放军无偿支援你们。"

1959年6月5日，解放军派出一架"安2"型飞机。

谁来登机指挥？

32岁的马禄元没等别人说什么，自告奋勇地报名："让我去，即使有危险，我也不怕。"

王铭三笑着说："既然小马有股子虎气，那就去吧。上了飞机，要注意安全。我和老郑密切关注飞机上的行动。"他又和驾机的飞行员说："草要播好，人要安全，你都能做到吧？"飞行员说："请首长放心！我会保证右玉飞播成功的。"

就这样，马禄元亲自三次登机，从大同机场拉上草木樨、柠条、沙打旺草籽，飞到右玉县梁家油坊公社郝家村一带指挥飞播牧草，总面积达5万多亩。

这一年，王铭三带领秘书安秉文先后三次到右玉飞播草地，察看牧草生长情况。到秋后，飞播的牧草成活达到36000多亩。

右玉，取得了历史上首次飞播种草的成功。

第二年，王铭三指示雁北各县在有条件的地方，都要像右玉那样大搞飞播牧草，同时号召各县大力种草养畜致富。

王铭三以他果敢的决策，马禄元以他大无畏的行动，回答了在风沙冷凉的黄土高原地区，同样可以通过飞播牧草成功种草，为日后右玉大面积的飞播牧草，引领群众防风固沙、种草养畜致富，奠定了坚实的基础。

如今，回忆起当年飞播种草成功的情景，人们都主张右玉应该为王铭三立一块丰碑。

省委常务书记王谦再次嘱咐：造林种草要大搞，右玉才有希望；1960年国营梁家油坊林场成立，全县进入国有造林新阶段

1960年2月26日至3月2日，李达窑营河人民公社在公社党委第一书记贺荣的组织下，出动1500名劳力、500条牛犋，大干6天，完成了3.3万亩草木栖的播种任务。

此后，全县大种草木栖，实行草田轮作战略措施的重点逐步由中部向北部转移。

王铭三在抓好雁北林业建设的同时，还很重视把发展林业和畜牧业紧密结合起来，要求全区各县注意对林地和牧坡全面规划，统筹兼顾，实行林草混交，做到以林促牧、以牧促农，实现农、林、牧共同发展。

根据地委第一书记王铭三的指示要求，为了带动群众大力种草养畜致富，关毅从新疆买回几只细毛公种羊，在左云马道头村和右玉牛家堡村分别建了两个新疆细毛羊养殖站，用人工授精的办法，推广优良品种。右玉沿山吾村羊倌李喜堂带头推广优良羊种，使母羊双羔产得多。李喜堂出席了1960年春山西省劳动模范表彰大会，被评为山西省劳动模范，受到奖励。

1960年，山西省林业厅杨树丰产林实验局决定成立梁家油坊国营林场。主要职能：组织实施右玉境内的国营造林，对全县小老树进行大面积的抚育改造，营造以樟子松为主的针叶林，积极引项引资进行生态造林，形成多树种的林业生态体系，为绿化右玉大地作贡献。

国营梁家油坊林场的成立，使全县造林进入国有造林为主的新阶段。

龙须沟位于油坊公社、杨村公社交界处，东至小南山，西至二道河，总长3000米，面积5500亩。国营梁家油坊林场成立后，先后在场长张作、胡应岗、吕世昌的带领下，连续14年绿化龙须沟，在沟坡两岸共造林4300亩，其中乔灌混交林1200亩，使昔日洪水横流的龙须沟包围在层层叠叠的林海中。

2006年7月15日，"中国·右玉首届短道汽车拉力赛"在这里隆重举行。龙须沟也从此闻名遐迩。

1961年夏天，中共山西省委常务书记王谦在中共雁北地委第一书记王铭三的陪同下，来到右玉视察，并察看了刚建成蓄水的滴水沿水库。他高兴地说："你们给右玉人民办了一件了不起的好事，这里风景很好，好好把水库周围种上树，水库养上鱼，让老百姓吃上鱼。右玉这地方村子不多荒山多、庄稼不多黄沙多，绿化造林种草要大搞，不能小搞。要落实林权政策，发动群众人人都要植树造林。风沙锁不住，右玉没出路。只有锁住了风沙，这个地方才有希望。"

王谦在右玉整整逗留了3天，王铭三和关毅、庞汉杰白天陪着他在野地里搞调研，晚上陪着他在大西街新盖的大礼堂里看右玉道情戏。没想到，王谦对道情戏情有独钟，演员在台上唱，王谦在台下跟着哼。

按照省委王谦书记的指示精神，县委书记庞汉杰责成杨村公社党委组织群众在滴水沿水库周围都栽了树，绿化了整个库区。水库放养了大量鱼苗，使右玉人最先吃上了滴水沿水库长成的鱼。

1962年，林业部先后直接拨给国营梁家油坊林场"东方红"54型链轨拖拉机7台、28型轮式拖拉机2台及"红旗"100型拖拉机1台，加上林场原有的机械和农牧厂合并时带回的机械，大型机械总规模达到18台，并全部进行了配套，组成全省少有的强大的机械化造林车队。右玉梁家油坊林场成为山西省造林机械化水平最高的一个林场。

由于机械化的实施，右玉县造林的步伐进一步加快，造林质量明显提高。

1960年8月12日和1962年7月4日，共青团中央第一书记胡耀邦和林业部部长惠中权分别来雁北视察，肯定了雁北林业建设的成就。惠中权还称赞雁北是"华北的小兴安岭"。

1962年9月3日，《人民日报》第一版刊登了王铭三写的《十年树木》的文章。

1964年5月8日，雁北行署专员李毅民和右玉县委书记庞汉杰代表雁北出席了华北林业工作会议。李毅民在会上介绍了雁北发展林业的经验；庞汉杰在会上介绍了右玉锁风沙、建林带，大战老虎坪和黄沙洼两个大风口的做法和经验。他们的发言受到与会代表的一致赞誉。

1966年3月10日，林业部又把湛江和雁北树为全国两个林业先进地区，誉为"南有湛江，北有雁北"，成为全国学习的典范。

1966年5月16日，中共中央政治局扩大会议在北京举行，通过了《中国共产党中央委员会通知》草案，简称《五一六通知》。中国大地上史无前例的"文化大革命"就是从这一天正式开始的。

"文化大革命"期间，右玉极左路线的追随者们，组织发动了1967年"1.31"非法夺权，以残酷手段迫害县委、县人委领导干部和无辜群众，大搞群众专政，大破"四旧"。县核心小组决定，将《右玉小报》改名为《红色战报》。除制造了大量冤假错案外，主要采取民兵连队集体造林，不允许任何个人造林，使全县的造林绿化工作受到一定的影响。林业保护被当作"关、卡、压"横遭批判，使偷砍滥伐现象十分严重。右玉成为山西"文化大革命"的重灾区。

从1967年到1969年，全县根据当时的政治形势要求，植树造林的特点是：以民兵连队突击为主，集中优势兵力打歼灭战。每到春秋两季植树季节，民兵连队扛上红旗，带上毛主席语录、报纸、介绍英雄人物的书籍、好人好事登记簿，组织军事化、行动战斗化，以林地为营，在野地吃饭，休息下来就学习毛主席著作。到1969年底，全县圆满完成大片造林6.85万亩，完成草木栖机播9473亩。

知识青年到农村，成为右玉造林绿化的一支生力军

从20世纪50年代中期一直延续到70年代末的中国知识青年上山下乡运动，大致经历了27年时间，是中华人民共和国建立以后特殊历史阶段开展的一项重大工作。其中上山下乡的最高峰是20世纪60年代末。

1968年12月21日晚，中央电视台《新闻联播》播出毛主席关于"知识青年到农村去，接受贫下中农再教育，很有必要"的伟大号召。

"我们也有两只手，不在城里吃闲饭。"

毛主席"最高指示"一发出，便将上山下乡运动迅速推向高潮。据统计，在"文化大革命"10年中，共有1600万以上的城镇知识青年上山下乡。这是人类现代历史上罕见的从城市到乡村的人口大转移。从北京、从大同矿务局、从右玉本县，一批批朝气蓬勃的知识青年来到右玉农村，总计有527人，在威远、城关、杀虎口、高墙框、李达窑、西黄家窑、丁家窑、元堡子、杨村、梁家油坊、高家堡共11个公社，北辛窑、黑洲湾、北元、盆儿洼、海子湾、汗泥沟、胶泥沟、马莲滩、邓家村、西窑头等28个生产大队当农民，自觉接受贫下中农再教育。

很多知识青年，上山下乡前都是带着憧憬的。在他们的想象中，要去的地方是特别的，是能够实现他们的青春理想的……

伴随着他们的到来，每个大队都成立了以他们为主体的"毛泽东思想宣传队"。这一批批插队的知识青年，他们有文化、有理想、有激情，但也幼稚单纯。他们每天背着"为人民服务"的挎包，肩扛一张铁锹，似乎无忧无虑地整队出征，既是能征善战的造林队，更是能歌善舞的文艺宣传队。哪个大队有了他们，哪个大队的农建和造林工地最红火，农建和植树任务完成得最快最好。他们饱尝了中国最基层、最底层农民的艰苦生活。他们和土生土长的农民一样，日出而作，日落而息。干的重体力活，吃得却不好，每天三顿莜面土豆和子饭或玉米面窝头腌咸菜。晚上点着小煤油灯或小胡麻油灯照明。只有切身体会了民间疾苦，才知道我们的老百姓多么苦，又是多么的好。他们在劳动中锻炼了筋骨，磨砺了意志，坚定了信念。

那个激情燃烧的岁月，那个特殊年代的人们，从有文化的到没文化的，从城镇到乡村，只要"最高指示"一发出，就会狠斗私字一闪念。人人都会把"最高指示"记在脑子里，融化在血液中，落实在行动上，什么艰难的事情都能干成。

在右玉县学大寨的红旗村城关公社北辛窑大队，从大同矿务局去了18名插队知识青年，从北京来了安效先、常城、刘福滇等插队锻炼的大学生，一下子让寂静的山村红火起来。笔者当时在北辛窑中学任教，我们学校的教室每晚都成了他们排练文艺节目的场所。现在北辛窑的村南、村东、村北茂密的树林就是那批满腔热血的知识青年与本大队铁姑娘战斗队在大队党支部书记伊小秃的带领下一起栽下的。

在苍头河西岸的北园村，从大同矿务局去了闫文照、张永萍、张弘、于丽华等10名插队

"文化大革命"期间,右玉县以民兵连队突击造林为主。这是在出征前进行战地动员。

知识青年,在大队党支部书记郭永福的带领下,与村民们一起用三年时间植树绿化了500亩荒凉的大西梁,栽植了进村南北3公里长的道路高杆杨各两行。如今,这些杨树已长得粗壮参天。夏秋季节树枝树叶交叉搭肩,构成了一条遮天的绿色长廊。

……

1970年10月13日,国务院副总理陈永贵在山西省革命委员会副主任王庭栋、中共雁北地区核心小组组长兼雁北地区革命委员会主任康伯成的陪同下,来右玉视察。陈永贵对当时县革命委员会提出的"坚持每人种好二亩基本农田,栽好一亩树,种好一亩草"的做法给予肯定和高度评价。

陈永贵副总理说:"照这样干下去,右玉的面貌不愁变不了。"

在这里笔者还要说,2008年8月17日,大同矿务局当年313名来右玉插队的知识青年重返阔别了40多年的第二故乡,探故寻旧、攀亲访友,集体参观了小南山森林公园和杀虎口博物馆。沿途所见,满目苍翠,蓝天碧水,空气清新,环境优美。抚今追昔,大家欣喜异常,感慨万千。为了表达全体知识青年对右玉的怀念和感激之情,他们特意镌刻"难忘青春热土,铭记右玉乡情"的牌匾敬献给自己的第二故乡——右玉。县委书记陈小洪、县长苏连根、政协右玉县第七届主席黄凤莲对这次活动非常重视,对活动的接待工作亲自进行安排,还和大家一起合影留念。

据有关资料记载:全国1600多万上山下乡知识青年,后来他们中的不少人成为改革开放和今日中国的中坚力量!在中国共产党第十八次全国代表大会及2013年国家人代会和政协会闭幕后，党和国家新一代领导人正式亮相。党的十八大产生的205名中央委员中，有65人有过上山下乡的经历，占这个群体的31.7%，其中，25名中央政治局委员中，李源潮、刘奇葆、赵乐际等7位是上山下乡知识青年，占比28%。而最高层的7名政治局常委中，习近平、李克强、张德江、王岐山有着上山下乡的经历，占比57.1%。特别是1969年初，不满16岁的习近平主动申请到陕北农村插队，来到了陕西省延川县文安驿公社梁家河大队，一待就是7年。当年响应毛泽东号召上山下乡的知识青年中60多位佼佼者，已经全面到位，掌舵中国巨轮。

1968年至1972年为绿化北元村大西梁和通村公路作出贡献的大同矿务局到北元村插队的部分知识青年合影。前排左一为中共大同市委原常委、宣传部原部长闫文照。

在2012年11月15日中国共产党第十八届一中全会上，59岁的习近平当选为中共中央总书记，成为首位中华人民共和国成立后出生的中共最高领导人。经历了以毛泽东、邓小平、江泽民为核心的三代中央领导集体和以胡锦涛为总书记的党中央领导集体后，走过91年历程的中国共产党迎来新的领航人。

知识青年们与土生土长的农民一样，日出而作，日落而息，锻炼筋骨，磨砺意志。

一队队在右玉插队的知识青年们意气风发地走向植树造林工地,为绿化所驻村庄作出了突出贡献。

在那物质清苦的年代,知识青年们自编自排《植树造林好处说不完》等文艺节目,活跃了农村文化生活。这是高墙框村知识青年在表演歌舞节目。

第六章 十面埋伏锁苍龙

"大水倒进了右玉城!"

1971年仲夏的一天中午时分。

右玉城上空雷鸣电闪,暴雨狂泻。不到一个小时,整个右玉县城平地起水。

一个半小时后,西门外的苍头河洪水咆哮着从西门口、南门口汹涌冲进了右玉城。

"大水进城啦!大水进城啦!"

临街的门店里、低洼的巷子里、人们的院子里、不少人家的屋子里,瞬间涌进了夹杂粪便等杂物的洪水。

老人们惊恐地叫喊着,孩子们"哇哇"地啼哭着。不少年轻人眼看水淹没了东西也束手无策。

"西大河水倒进右玉城,我活了快80岁了还没见过。"一位老汉站在自家大门前的台阶上哆嗦着说。

刚刚到任的县人武部政委兼县委书记、魁梧高大的杨爱云,身穿雨衣,挽起裤腿,在县委办公室几个青年干部的搀扶下奋力爬到了西部城墙上。

"啊呀,好家伙!"人们惊叫着。

城西、城南已是一片黄漫漫的起伏咆哮的汪洋大海。南门外1953年修建的大木桥,像一条滚动的龙在洪水中翻腾了几下,便顺流而下,不见踪影。

很快,西门外中元村传来不幸的消息:中元村两个10岁小孩卢三旦和杜万元捞河淤材被洪水不知冲到什么地方去了。

南元村、中元村、西窑沟村、北元村、黑洲湾村,苍头河西部沿河村庄都浸没在黄漫漫的洪水中。中元村的人们一直找到次日下午3时,才在内蒙古凉城县东圪针沟的一个小窑洞里找到幸存的卢三旦,而杜万元被洪水冲到内蒙古和林格尔县新店子乡操场村的一个污泥坑里,早已窒息。

房倒、路毁、畜亡……成片成片的庄稼也没影了。

"老天爷真有眼,上来给了我杨爱云一个下马威!"

"啊呀,右玉的苍头河害人真不浅,我非要治住这条苍龙不行!"

杨爱云站在城墙上双目圆睁,坚定有力地说。

雨后,杨爱云领着县委秘书安大钧、水利局局长崔彬、林业局局长纪满及几个技术人员来到西门外、南门外,考察了泥龙的踪迹。发现凡是采取生物工程与土石工程结合的地方,工程就被破坏得不严重;凡是纯粹的土石工程都遭到毁灭性的破坏。

杨爱云布局:十大流域摆战场,四大盆地做文章,十面埋伏锁苍龙

1971年7月1日,根据中共山西省委批示精神,中共右玉县委恢复,下辖16个人民公社

党委。

1971年6月28日至7月1日，中国共产党右玉县第五次代表大会胜利召开。大会选举杨爱云为中共右玉县委书记。新到任的县委副书记张光熙、县人民武装部部长杨志为县委副书记。常委为杨爱云、杨志、张光熙、张云宽、陈希茂、顾勤、车永顺，共7人。县委正式委员为王选、王福来、丰章义、边文辉、冯鹤春、刘群虎、戎玉、伊小秃、陈希茂、宋玉臣、杨志、杨举、杨爱云、张士选、张云宽、张光熙、张桂连、相存、顾勤，共19人。县委候补委员刘体胜、李竹梅、姚丕英，共3人。

根据中共雁北地委指示精神，新的一届县委认真总结和吸取中华人民共和国成立以来，特别是"文化大革命"以来的历史经验和教训，在新的任期内，认真贯彻执行中央、省委提出的路线、方针和政策，领导右玉人民把党的工作重点转移到以经济建设为中心的轨道上来。

从此，右玉人民又能舒心地操持自己安稳的日子了。

地委的重托鼓起了杨爱云的志。

苍龙的狂野震撼了杨爱云的心。

"同志们，当年我们共产党人在那样异常艰苦环境下打败了日本鬼子，打垮了国民党反动派，推翻了压在中国人民头上的三座大山，解放了全中国。党派我们来右玉工作，右玉有这样一条大河，竟然变成了害河，变成了洪水猛兽，我们在座的每个共产党的领导干部难道不感到羞愧吗？我觉得这是我们的耻辱。我杨爱云有决心治好这条害河，让它成为右玉人民的幸福河，你们有没有这个决心？！"杨爱云以特有的军人气质、洪亮的噪音，攥紧的拳头狠狠地砸在桌子上，发誓道。

"有！"

所有县委常委一致表达了一个心声。

一次关于如何迅速治理苍头河的常委会议，从下午2时整整开到了次日凌晨4点钟，与会人员畅所欲言，各抒己见，讨论热烈。

2007年仲夏，重回右玉观光旅游的省委组织部原副部长张效洲（时任右玉县委办公室副

"誓让苍河变富河，植树绿化造良田"。1971年7月，杨爱云（右一）担任中共右玉县委书记后，带领县委一班人精心研究"十里埋伏锁苍龙"规划方案。左一为右玉县县长车永顺。

主任）和大同市人大常委会主任安大钧（时任右玉县委秘书）回想起来，对那次14个小时的常委会还记得清清楚楚。他俩都说："没有当年杨政委的坚强决心，恐怕不会有日后的苍河圣境。"

这次常委会果断作出了：

栽树种草与农田基本建设、种草与发展畜牧业结合改变右玉贫困面貌的方针；生物措施与工程措施结合，乔木与灌木结合，大干四年使苍河两岸换新颜。

杨爱云还提出了"十大流域摆战场，四大盆地做文章"的口号，实施大种大养（即种高产农作物、种果树、种药材、养猪、养鸡、养兔）的"十面埋伏锁苍龙"的战略决策。要求全县因地制宜，因害设防，大造防风林、水保林、用材林、薪炭林和经济林，家家户户养鸡、养猪、养兔，使全县人民有饭吃，有钱花。

全县对"十大流域"建设，采取顺水建土坝，坝上乔灌混交，坝面筑铁丝笼石坝，坝后培土植树，按流域、按山系植树造林，林草间作。"四大盆地"，实行"盆沿"搞绿径、"盆边"梯田化、"盆底"园田化。实践证明，这样搞显著地增强了土壤植被，阻止了水土流失，提高了各类地形的造林成林效果。

杨爱云提出并制定的《右玉县新的治县思路和工作方案》，拿到雁北地委会议上进行了讨论。常委们一致同意，认为"切实可行"。

雁北地委书记、雁北军分区司令员张广有语重心长地说："'文化大革命'时，右玉是重灾区，群众怨气很大。爱云同志去了后，要迅速把群众生活问题放在首位，多办一些有利于全县经济建设发展的大事、好事，万万不可再搞什么阶级斗争，你批我斗。就按常委会通过的方案扑下身子大干几年。在你的任期里，一定要给右玉人民一个满意的交代。我会经常到右玉看望你。你有什么重大疑难事情，及时向我们汇报，我们会帮助你解决的。希望你办几件让党和人民满意、能给后人谋福利的大事好事。"

常委们说："爱云同志一定要在右玉人民群众中树立党的新形象，给他们带去光明和致

采访征求曾在右玉工作9年、中共山西省委组织部原副部长张效洲（右）的意见。（2010年3月26日及以后共两次）

富的希望。"

杨爱云激动地表态说:"我多余的话一句也不说,请地委看我的行动吧!我家属也说,为了让我在右玉安心工作,她和孩子一起跟我去右玉!"

1971年11月初,遵照中共山西省委的指示,中共雁北地委书记张广有安排原地委委员、宣传部部长陈步池带队,有郑社奎、汪宝玉(后任雁北地区工商局局长)、安大钧参加的四人调研组,赴右玉专门调查"文化大革命"期间,"共产风"、极左路线给右玉造成的严重灾难。如造反夺权,破"四旧",使不少文物受到严重破坏,甚至彻底毁坏;刑讯逼供致死人命;大搞"一并五不要"(即并村并队、不要自留地、不要自留树、不要自留畜、投肥投草不要工、房子归公不要钱)。13天的时间,他们开了不少干部和群众座谈会,翻阅了"文化大革命"运动的一些原始材料,面见了部分被打成冤假错案的受害者和被活活整死的受害者的家属。调查组全体同志对极左路线给右玉人民、给右玉的

时任中共雁北地委书记、雁北军分区司令员张广有在右玉调研留影。

经济和社会造成的苦难表示极大的愤慨。调查结束后,他们给省委、地委写了1.2万字的专题调研报告。

"杨爱云到右玉任职,恢复老百姓的生计要搞大种大养,粮食要增产优种是关键,把种子会议就开到右玉去。"地委书记张广有指示行署农林水利局局长全文让。

1972年3月11日,时任雁北行署农林水利局副局长郑社奎到右玉主持召开了全区种子工作会议,把调回的山药、玉米、小麦、莜麦、黑豆、黄豆、胡麻等优种,优先在右玉推广种植。

1972年9月5日,大同市原市长薛凤霄刚从"文化大革命"中解放出来,在郑社奎的陪同下到右玉调研。薛凤霄十分赞赏杨爱云实施"十大流域摆战场,四大盆地做文章,十面埋伏锁苍龙"的治县方略。他离开右玉时紧紧握住杨爱云的手说:"爱云,你就这样干下去,这回右玉人民可有活头了。"

"军令的发布不等于战役的胜利,首长的前线督战至关重要!"

杨爱云是位穿军装的县委书记,他的言行是军人的标准。"当团长就得不仅出谋划策,还得要上前线带兵打仗。"这是他常挂在嘴边的话。

杨爱云特别要求县、社两级主要负责同志,深入下去蹲好造林点,带好造林面,做到"三级书记上工地,三级书记上前线"。

造林战幕拉开后,机关办公到工地,领导指挥到工地,后勤服务到工地。

杨爱云提出的"大种大养，优种落户右玉，恢复百姓生计"的决策，当年见到成效。这是杨爱云（左二）在田里与农民一起高兴地查看喜获丰收的优种土豆和优种玉米。

杨爱云还常说："军令的发布不等于战役的胜利，首长的前线督战至关重要。"

为了检验县委的决策是否落到了实处，杨爱云和县革委会主任张光熙每年都要组织农村党支部书记或村主任以上的县、社、大队主要干部进行巡回大检查。

那时的县、社、大队各级干部都一样坐着县运输公司的大卡车，好似一辆辆运兵车颠簸在崎岖不平的山路上。右玉县著名的幽默大王、威坪公社党委书记刘占武的一个个笑话、一段段顺口溜，逗得大家笑得前仰后合，把一路的乏累冲得一干二净。

天有不测风云。浩浩荡荡的大检查也带来了不幸。

1973年8月5日下午，全县县、社、大队三级干部分乘五辆大卡车爬上了海拔1485米的北岭梁，检查李达窑公社大种大养情况。其中一辆卡车行到北岭梁的下坡、马营河水库东的拐弯处，刹车失灵，突然翻了车。车上63名农村党支部书记全部翻下了车，滚到了沟坡下，多数不同程度地负了伤。年仅38岁的元堡公社大磁窑大队党支部书记赵福和年仅39岁的胡村大队党支部书记蔚建堂，被车厢重重地压在了身上，永远离开了他们心爱的事业和温馨的家庭。

当日整个县政府招待所沉浸在一派悲哀之中，传出了持续不断的啼哭声。

赵福和蔚建堂不幸身亡，使不少农村党支部书记的情绪受到很大的冲击。

杨爱云和张光熙面对此情此景，坚定从容，按捺着满腹的痛楚，反复鼓励大家："干事业，就会有付出，包含着牺牲。县委的大种大养的决策是正确的，要坚定不移地干下去！"

县委、县革委会妥善地安顿了赵福和蔚建堂两人的后事，治好了受伤的村干部。

全县社队大种大养的事业又热火朝天地干了起来。

特别是1975年春天，高墙框公社党委书记郝文运，率先在高墙框大队北面办起了规模宏大的万只养兔场。

1975年6月23日，《人民日报》农村版记者李克林亲临采访，撰写了《塞上高墙框公社办起万只养兔场挣来农民心花怒放的钱罐罐》一文，并配发高墙框兔场的新闻照片，刊登在1975年6月30日《人民日报》头版的左上角上。之后引来了全国21个省市、482个县区、612个公社的参观考察团，到高墙框公社参观学习养兔的做法和经验。

1975年8月，杨爱云、张光熙决定在县城北侧的空地上建设以兔肉加工、储藏、销售为一体的外贸企业——右玉县兔肉联合加工厂，简称"右玉县冷库"。之后，右玉县城随之新建了一条具有纪念意义的小巷——冷库巷。

1975年春，时任右玉县高墙框公社党委书记郝文运，率先在高墙框大队北面办起了规模宏大的万只兔养殖场。自1975年7月始，全国21个省市、482个县区、612个公社来右玉高墙框兔场参观学习，使大量的优种兔在全国推广繁殖。

那几年，右玉的兔肉可吃香了，不仅供应国内需求，而且漂洋过海。同时解决了不少人的就业问题。

多少年过去了，杨爱云一手抓绿色银行——治河种树，一手抓白色银行——养兔建库，至今深深地留在右玉人民的记忆中。

2008年10月15日，已离休的中共山西省委原常委、山西省军区原司令员张广有对笔者说："养兔是右玉很好的一个致富项目，也是一个很好的旅游观光项目。右玉林草丰盛，应该再把养兔的产业搞起来。"

"誓让苍河变富河，植树绿化造良田！"

县委召开第一次专门研究治理苍头河会议后，县水利局就苍头河流域情况专门进行了详细的勘测并写出专题报告。

1972年3月5日，县水利局局长崔彬将一份《关于右玉县苍头河情况的专题报告》送到了杨爱云和张光熙的办公桌上。

《专题报告》中这样写道：

> 苍头河古名中陵川水，流至马营河村以北，又称兔毛河。是右玉县最大的河流，属黄河水系，发源于朔州市平鲁县的郭家窑村三层洞一带，由右玉县威坪公社燕家堡村入境，由南向北在右玉境内流经威坪、威远、油坊、高墙框、杨千河、城关、杀虎口7个公社48个村庄。由杀虎口村出境，流入内蒙古凉城、和林格尔，最后注入黄河。境内干流全长75公里，主要支流有马营河、欧村河、三道河、李洪河、牛心河、杨千河、大沙河等7条，还有1公里以上的小支流77条。流域面积247.18平方公里，平均径流量为7544万立方米，占全县总面积的89%。苍头河流域内最高点黄玉山海拔1595米，最低点杀虎口海拔为1230米，一般海拔1400米以上。苍头河发源

地的泉水流量为0.3立方米/秒，是右玉县的极富水区和中富水区。水区在3—7米，单井采水量为1000—1500吨/昼夜。流域内的地质构成主要属花岗片麻变质岩地区。在干流的河谷地带，属侵蚀山沟河谷地形，多由洪积冲击物组成。土壤多为草甸土、草甸淡栗钙土和沙壤土。整个流域属半干旱大陆性气候区。年平均降水量为437.2毫米。年内降水量分布不均匀，多集中在7、8、9三个月，历年平均无霜期104天。在历史上，苍头河两岸山洪暴发，河水泛滥，冲毁良田和房屋，造成严重的水土流失和人畜伤亡，苍头河变成了一条害民河……

杨爱云看了《专题报告》后，陷入了深深的沉思中。他在办公室里一边踱来踱去，一边反复思考着。过了半个小时，他拿起电话叫来了张光熙。

"专门研究治理苍头河的常委会是开了，会议的决议也形成了，又看了水利局的《专题报告》，感觉苍头河在右玉农业发展中有举足轻重的作用，在我们的手里完全可以把它变成为民造福的幸福河，下一步如何组织实施是最重要的。光熙，咱俩还是亲自沿苍头河跑一趟，这样治理起来就更心中有数了。"杨爱云对张光熙说。

"嗯，我也有同感，一定要在咱们的手里把苍头河变为利民河！"张光熙满有信心地说。

"好，叫上崔彬，咱们马上就走，到苍头河全线亲自看一看，进一步完善一下咱们的工作思路。"

杨爱云立即给崔彬挂通了电话。

当天下午，杨爱云和张光熙带领县委办事组组长（当时为县委秘书工作机构）冯鹤春、副组长郑廉以及县水利局局长崔彬、县委秘书安大钧对苍头河进行了一次全面考察。

"不看不知道，一看乐陶陶，苍头河大有文章可做！咱们再响亮地提一个口号，叫'誓让苍河变富河，植树绿化造良田'。"杨爱云走到杀虎口的苍头河出境口高兴地对众人说。

紧接着专门研究治理苍头河的第二次常委会召开了，会议制定了《右玉县革命委员会关于全面治理苍头河工程的实施方案》，提出"七位常委包段负责，以沿河队社为阵地，家家

2007年8月2日，曾在右玉工作9年的中共山西省委组织部副部长张效洲（图中）回到右玉观光旅游，中共朔州市委常委、中共右玉县委书记赵向东（右二），朔州市原副市长邢志强（左二），政协右玉县第五届主席王德功（右一），中共右玉县委常委、组织部部长吴晓斌（左一）陪同其一同到苍头河考察调研。张效洲十分感慨地说："苍河美，是杨爱云、张光熙果断决策和扑下身子大干的伟大功绩！"

从1972年4月1日起，全县拉开治理苍头河的战役，工程技术人员在战前集中介绍治河的工程质量、技术、任务、时间等要求，保证每一段工程都要科学施工，达到质量标准，誓把苍头河建成右玉人民的幸福河。

户户出劳力，打坝造林治苍河"的决策，采取生物工程与土石工程（大量运用纤丝笼）相结合的措施，全面铺开治理苍头河工程。

杨爱云负总责，张光熙亲自坐镇指挥修筑苍头河右玉城段的改河大堤。

1972年4月1日，右玉县全面治理苍头河的战役打响了。

杨爱云、张光熙、杨志、陈希茂、冯鹤春、李竹梅、杨举等7位县委常委自带行李，分别驻扎到各自所分管治理地段的村庄民房里，与群众同吃同住同劳动，交足派饭钱，坐镇指挥，没明没夜地带领农村干部干了起来。

7个公社的党委书记张润宝、刘建英、谷风皋、邱怀珠、王荣、董自新、孙正，7个公社的革委会主任刘占武、郝文运、薛绅、师作佑、冯贵枝、李志涛、张树启和沿河48个大队的党支部书记、村主任，带领沿河上万群众挖渠改道，裁湾顺直，削坡造林，修铅丝笼挂帘坝，打坝种草，平田整地，呈现出前所未有的治河热潮，在整条苍头河分段营造了乔灌混交护岸林。

1972年12月27日至28日，国务院一机部、农林部、水利电力部、地质部、国家计委综合考察组来右玉考察了苍头河流域治理工程。对右玉县治理苍头河植树造林、开发小型水利、实现农业综合开发给予高度肯定。考察组领导和专家们一致赞扬："你们干了一件功德无量的为老百姓造福的工程，干得非常好，我们会给予你们诸多方面的大力支持。"

苍头河，右玉的母亲河。她第一次受到国家部委的关注和重视。

经过四个春秋不畏严寒酷暑的连续人工治理，共动土方123.5万立方米，建石坝18.3公里，建土坝25.1公里；沿河两岸采取植苗、压条、埋根、播种等方法，营造了以沙棘为主的乔灌混交护岸林60多公里，面积12万多亩，既固定了河床又减轻了风沙危害。其中：共种植沙棘14.5万多亩，栽植梧柳1.2万多亩，栽植杨树7.7587万亩，种牧草3.0503万亩，修造稳产基本农田24万多亩。河岸混交林内的乔木年材积生长量比坡梁高5.4倍多。苍头河两岸收到了明显的防护效益和经济效益。苍头河流域杨柳展翠，沙棘含娇；野鸡、狐狸、狼、獾子、野兔、蛇等野生动物大量栖息；清清的小溪乖乖地在柳荫花溪下静静地流淌。

苍头河终于又回到了《朔平府志》中描述的那样，呈现出"山川焕其光，草木发其华"的美丽景象。

杨爱云、张光熙带领右玉人经过四年的艰辛苦战，把多少年泛滥成灾的苍头河，初步建成了造福右玉人民的幸福河。

"常门铺水库保证在我的任期内建成蓄水！"

右玉县常门铺水库1959年3月开工，因缺劳力缺资金，水库建设时断时续。

杨爱云察看后说："为官一任，造福一方。水库的建设要接着干下去，并且保证在我的任期内建成蓄水！"

他以大无畏的军人气魄在常委会上立下又一道誓言。

从1971年8月23日开始，组成以县委常委、县人武部部长杨志为总指挥，县人武部副政委兼县政工组组长宋进臣、县革委会副主任冯鹤春、县水利局局长崔彬为副总指挥的常门铺水库指挥部。调集全县各公社民兵轮流上阵，在常门铺大队摆开了气壮山河的"修大坝早蓄水"、大战常门铺水库工程。

为了加快水库建设进度，1975年6月5日，杨爱云和张光熙带领全体县委常委和县革委会成员到常门铺水库工地，住帐篷，吃大灶，与全体民兵一起挖土推车。杨爱云1.80米的个头，身高体胖，每拉一车土就气喘吁吁，汗流浃背，不得不坐下来休息一会儿，再站起来接着干。他带领常委们大干了五天，并就地解决了工程遇到的问题。

"县领导做榜样，工程进度翻倍上。"常门铺水库工地上一派推土拉车、欢歌笑语的热烈劳动场面。

1975年国庆节，历经四年的奋战，总面

杨爱云（前排右一）带领第五届县委领导成员深入苍头河上游的威坪公社常门铺水库工地，实地具体研究建水库问题。后排从右至左为：县委常委李竹梅、副县长冯鹤春、县委副书记张光熙、县长车永顺、县人武部副政委宋尽臣等。

积4000多亩，水库容量2176万立方米，以灌溉、防洪、养鱼、旅游为一体的常门铺水库终于建成蓄水。

站在防洪大坝边，参加水库建成蓄水庆典的杨爱云满心欢喜地感慨道："'世上无难事，只怕有心人'，这句话曾唤起了多少人的激情。我杨爱云的满腔热血，终于叫这苍头河的水造福岸边的人了！"

这座水库后来被列为山西省12座中型水库之一。

杨爱云、张光熙又为右玉人民办成了一件功在当代、利及子孙的大好事。

与此同时，全县完成多种农田基本建设工程224项。其中打井192眼，开渠6.3万米，建高灌11处，修防渗渠1.28万米，修大寨式梯田1.32万亩，营造大片林4万亩。

1974年、1975年连续两年全县粮食产量突破4000万斤大关，油料总产突破200万斤大关。粮油产量分别比1966年增加61.4%和115%。

1976年4月，又成立了常门铺灌区指挥部，邱会珠任政委。

在常门铺水库工地上，杨爱云（图中站立拿铁锹者）亲自作动员。他响亮地提出："常门铺水库保证在我的任期内建成蓄水！"

杨爱云（右一）带领县委全体常委与民工们住在一起、干在一起，整整干了6天，有效地加快了建库进度。

塞上高原湖泊——常门铺水库（现为中陵湖水上乐园）

苍头河啊，正在日益成为右玉人民的致富河！

1970年7月至1974年6月，省里的干部充实基层，到右玉山区工作的吴慧琴、曲补旺、梁万濡、殷富春、邢和义，回想当年参加杨爱云组织的"十面埋伏锁苍龙"的全县绿化战役仍然记忆犹新。吴慧琴对我说："到右玉工作的县委书记简直把右玉当成了自己的家，觉得干不出点儿名堂就愧对右玉人民。右玉60年生态建设成果，无可辩驳地证明了他们当时的决策是多么切合实际，他们的干劲是多么的令人难忘。没有一任接一任这样踏实苦干，恐

采访征求20世纪70年代初期曾在右玉工作5年的政协山西省第七、八届原副主席吴慧琴（中）和其夫、山西日报社原社长曲补旺的意见。（2007年7月25日及以后共三次）

怕不会有今天令人向往的塞上绿洲生态旅游区、美丽的新右玉。"

全面推广消息屯"粮油下湾，林草上山"经验

林业功臣邢志强

牛心公社消息屯大队位于牛心堡西6.5公里处，南临贾家窑山，北倚魏家山南坡，牛心河经消息屯穿村而过。全大队34户，157口人，耕地1909亩。

邢志强，牛心公社消息屯大队人。1970年至1976年先后担任该大队党支部书记、牛心公社党委副书记、右玉县革命委员会副主任、中共右玉县委副书记。

邢志强1.72米的个头，圆脸，性格开朗，说话急言快语，敢想敢干，善于思考，善于出新点子。在担任消息屯大队党支部书记期间，根据大队的自然条件，粮油下湾，林草上山，组织全体插队知识青年和社员群众栽植零星树2000多株，绿化乡村道路4公里，栽植道路高杆杨树4000多株，种草木栖760亩，营造防风林和护坝护岸林800亩，使这个大队林茂粮丰，农林各业健康发展。

杨爱云、张光熙亲自深入消息屯大队蹲点指导工作。他们安排安大钧、马骏、傅品、石新民，认真总结了邢志强实施的"粮油下湾，林草上山"的做法和经验，在全县大张旗鼓地进行了宣传和推广。

1973年1月14日，中共右玉县委发出了《关于推广消息屯执行"两条腿走路"的方针经验，促进农业学大寨群众运动深入发展的决定》。《决定》要求全县各社队要按照当地情况，推广消息屯大队经验，逐步实现"粮油下湾，林草上山"，实现粮油稳产高产。

1971年8月11日至12日，中共山西省委第一书记、山西省军区司令员谢振华在中共雁北地委书记、雁北军分区司令员张广有及副书记冯福林的陪同下，来右玉检查指导工作，先后察看了滴水沿水库、常门铺水库和消息屯大队。谢书记对消息屯的"粮油下湾，林草上山"做法大加赞赏，当即表示"应很好总结，在全省推广"。

同年10月28日，邢志强在华北地区水土保持工作会议上介绍了经验，得到与会人员一致好评。会议决定在全华北地区推广消息屯大队的经验。

1972年1月，消息屯大队被中共山西省委、山西省革命委员会树为"全省学大寨十面红旗"之一。

消息屯一下子红遍了三晋大地，参观学习的人一拨又一拨。

在贾家窑山试种油松、樟子松获得成功

1974年春节刚过。

杨爱云早早起来在县委家属院挥动双臂锻炼身体，然后在院内一棵白杨树下驻足沉思。

"右玉小叶杨栽了不少，能不能让松树落户右玉，让右玉的山川四季常青？能不能让国营林场先给试验一下，成功了全县推广。"

杨爱云回到家里拨通了国营右玉林场党委书记牛永清和场长孙长林的电话，让他俩马上到他的办公室。

1975年农历正月十七日上午，在右玉县劳动模范表彰大会上，中共右玉县委、县革命委员会领导与在带领群众开展农业学大寨运动、植树造林锁风固沙中作出显著贡献的9位农村女党支部书记合影留念。前排县领导从左至右依次为：县人民武装部部长杨志、山西省农村工作部包县领导×××、县革命委员会副主任顾勤、县革命委员会主任车永顺、县委书记杨爱云、县委副书记张光熙、县革命委员会副主任丰张义、县革命委员会副主任兼消息屯大队党支部书记邢志强、县委常委李竹梅。后排女书从左至右依次为：庄窝坡公社何庄村党支部书记刘斌、高家堡公社甘庄村党支部书记闫秀兰、高家堡公社李官屯村党支部书记王华、西黄家窑公社新庙村党支部书记孙淑梅、欧家村公社宛家疃村党支部书记李爱、高墙框公社程家密村党支部书记孙春莲、城关公社沙梁村党支部书记郭玉兰、高家堡公社大川村党支部书记孟翠花、高家堡公社小屯村党支部书记吴玉花。

杨爱云（右二）在雁北农村工作会议上介绍经验。左二为左云县委书记卢功勋、左三为平鲁县委书记何运循、右一为右玉县材料员王德功。

林业功臣寇永孝（右二），山西省应县人，山西林校毕业，几十年来一直奋战在右玉林业战线上。他先后在后窑村、右玉苗圃组织工人们进行针叶树全光育苗和小油松苗换床移植，培育大苗获得圆满成功，为樟子松落户右玉做出突出贡献。他的科研成果在"三北"防护林技术大会上被广为学习推广。

"让老孙说吧，你为啥叫孙长林？就让老孙来研究右玉种松树的事吧。"牛永清开玩笑地说。

"我也早有让松树落户右玉的想法，我马上和省种子公司联系，买些油松籽到后窑子专业队搞试验。"孙长林满有信心地应承下来。

说干就干。牛永清和孙长林很快从山西省种子公司购回10斤油松籽，交给国营林场后窑子林业专业队队长寇永孝，让他在后窑子苗圃搞试验。

寇永孝，山西省应县人，1.63米的个头，微胖的身材。1957年7月毕业于山西省林业学校，在右玉国营林场从事林业工作已有15个年头。他是一个干事十分认真的人。

寇永孝在右玉西山的杨千河公社后窑子大队的国营林场林业专业队（国营林场专门为绿化右玉西山而设立的林业专业队）所在地搞了20亩油松栽植试验。

1975年秋季的一天，杨爱云带领秘书安大钧和县林业局长纪满专门到后窑子油松试验地了解油松生长情况。他对寇永孝说："看来，油松落户右玉有希望。"

寇永孝笑着说:"请杨书记放心,我认为很有把握。"

寇永孝带领专业队几个技术骨干,经过仔细的种植、观察、管理,到1975年春树苗全部出了圃。寇永孝等人先选择将小油松苗在贾家窑山的后阴坡地上作小范围试种,当年全部成活。这标志着油松正式落户右玉。

从此,右玉人开始逐步用自己培育的油松苗木进行大面积的栽植。

山西省南端的平陆县,素有"平陆不平沟三千"之称,但这里人工种植的松树郁郁葱葱。

1975年8月23日,《山西日报》详细报道了油松、樟子松、落叶松"三松"扎根平陆的做法和经验。

杨爱云看完了报纸,与时任县委副书记的邢志强说:"平陆有大石山,我们右玉也有大石山。平陆能使松树扎根成活,咱右玉何不让贾家窑山变成松涛山,你去平陆学习一下,回来就干。"

1975年9月5日,邢志强和县林业局长孙正到平陆"取经"去了。

贾家窑山位于右玉新县城以北5.3公里处,海拔1492米,方圆58.7公里。其全部由灰褐色的岩石组成,沟壑间有沙土覆盖,因水分缺乏,间或有少量杂草。

县委研究决定邢志强任总指挥,孙正任副总指挥,带领县委机关干部在贾家窑山开始试栽油松和樟子松。

谁想到,这一试栽,从此拉开了松树扎根贾家窑山的序幕!

为了保证从平陆县带回的松树苗木成活,邢志强给每位干部职工印发了一份栽植油松的宣传材料:

> 小油松,脾气怪;
> 怕风吹,怕日晒;
> 篮子放,毛巾盖;
> 铁锹挖,根舒展;
> 脚踩实,现灌水。

县委机关干部们都照着这五句话去栽,结果栽出的油松成活率达到98%以上,一举获得成功,为全县大面积栽植针叶林打下了基础。

杨爱云和张光熙分别在威远、城关两个公社蹲点,组织群众建设社队苗圃,共培育出优种杨树秧苗1500多亩,为全县植树造林提供了大量的优质杨树苗木。右玉多年来单纯靠"空中苗圃"和外调苗木发展林业的状况开始改变。

1975年8月29日,张光熙代表右玉县出席了山西省在柳林县召开的全省绿化工作会议,并在会上介绍了右玉县造林绿化的成绩和经验。

中共山西省委、山西省革命委员会授予右玉县"绿化工作先进县"锦旗一面。

采访征求右玉县革命委员会原主任，中共雁北地委原委员、组织部原部长张光熙（左）的意见。
（2009年10月29日及以后共两次）

这是右玉县解放后赢得的第一个绿化荣誉称号，来之不易呀！

右玉人民26年艰辛种树绿化，终于得到了省委、省革委会的首肯。

右玉，在全省绿化榜上有名了。

杨爱云1983年11月8日因患癌症早逝，终年50岁。张光熙之后任中共天镇县委书记、中共雁北地委组织部部长，2016年3月15日因病去世，享年83岁。

右玉人民永远记着他们，怀念他们。

艰难困苦，玉汝于成。

岁月无法抹杀，天地自有评说。

经过中华人民共和国成立后八任县委书记、七任县长带领右玉人民26年的艰辛植树种草，终于打赢了"两大风口（黄沙洼大风口和老虎坪大风口）一条河（苍头河）"的绿化固沙大决战。这是决定右玉人民生存命运的"三大绿化战役"啊！

真是来之不易！

省委原常委、省军区原司令员张广有说："杨爱云在右玉任职五年为右玉做下不少打基础的大事，给后人留下了好名声！"

2008年10月15日下午4时至6时，笔者如约来中国人民解放军某部医院高干病房，采访正在疗养中的原任1971年至1976年中共雁北地委书记、雁北军分区司令员，后任中共山西省委常委、山西省军区司令员张广有。笔者给张老详细介绍了《苍河颂》各章节内容，张老还亲自翻阅了有关章节。

张老铿锵有力地说："右玉是我当年最能去的地方。杨爱云是1971年5月我把他从天镇武装部政委调到右玉县任县委书记兼右玉县人武部政委。当时'文化大革命'将要结束，周恩来在毛泽东的支持下，主持中央日常工作，使各方面的工作有了转机。杨爱云同志去右玉干什么？干了什么才能对得起右玉的老百姓，给后人留下好名声？我嘱咐他说，中央将有重大决策出台。你是广灵人，不了解右玉。你去了右玉什么话也先别说，要向前看，不要算旧账。第一步先到农村基层听一听老百姓的呼声，听一听基层干部的声音，搞好调查研究。第二步，要从右玉的县情出发，拿出你在右玉拨乱反正、正本清源、抓好右玉经济工作的思路，并向我汇报。第三步，按照大家认可的思路甩开膀子大干，给右玉老百姓多谋些福利。他去了不久，就提出了一个治理苍头河的工作方案，叫什么'十大流域摆战场，四大盆地做文章，十面埋伏锁苍龙'，真有点军事摆兵的味道。还有大种大养，修常门铺水库为右玉人民造福的规划。我让他拿到地委会上汇报，大家说，就按这个规划办。他在右玉整整干了五年，干得很不错，为右玉做了不少打基础的大事。你在书中都写到了。还培养了邢志强消息屯的'粮油下湾，林草上山'的造林种粮典型，在全省、全国打响。杨爱云还按照省委谢振华书记的意见，搬迁了右玉县城。他搞大种大养也很成功。我记得在高墙框公社搞起一个万只养兔场，参观学习的人真不少。好像松树也在县城北面的大石山贾家窑山上试种成功了。还给右玉赢回一个全省'绿化工作先进县'称号。那时，我一年去好多趟右玉，对他干得对的地方就撑腰鼓劲；对他没想到的地方给他出主意想办法。后来你们的常门铺水库也受了益，苍头河治理得有模有样，成了右玉的生态旅游区。我当省军区司令员后也常去右玉看一看，还带着北京军区一些领导同志去右玉看看，去右玉玩玩，打几只野鸡、兔子什么的。谁会想到风沙埋人的右玉会成为'塞上绿洲'，成为北方生态旅游基地。右玉十几位县委书记这个绿色接力棒接得好。我每每听到电台、电视台、报纸上说到右玉的变化，我还心里挺高兴。咱尽管是一名军人，但也曾为右玉出过力、献过策，做过点儿贡献。

"赵生荣、赵向东、陈小洪让你新民写右玉这本书很好。写对了。赵生荣是山西大学政治系的高才生，毕业后到浑源县工作，很会写文章，我发现后调他到雁北地委工作，给我当秘书，以后又提拔他当了地委办公室主任、地委副书记。人活一辈子就应该想着多办点儿好事。他提议写这本书，赵向东、陈小洪亲笔批示让你写这本书，你们给右玉现在以至后人办了一件大事。没有人张罗这件事，世人就不会清清楚楚地了解一个真实的右玉。事情办好了，我就投你们的赞成票。出了书，不要忘记送我几本。

"以后，我身体允许的话，准备带我全家去右玉看一看。看一看右玉人民在那样恶劣的环境，几乎人不能生存的地方，是如何干成了人们向往的好地方。让他们好好学习一下右玉精神，在各自的工作岗位上为党和人民多做些有益的事情。

"请你转告我对现任县委书记陈小洪、县长苏连根同志的问候。希望右玉事业的后任们个个都是好样的。"

笔者今天欣然告慰张广有司令员，2011年大学生村干部郑晓华（女）和李栋梁积极响应县委号召，筹资200多万元，在山和公路西侧的高墙框村南端建起16排红顶蓝墙漂亮的养兔场,挂牌为"大学生村干部创业基地""右卫镇利民兔业养殖场"。2012年11月28日,我看到高墙框村鲜嫩的饲草喂养的3万多只新西兰优种肉兔欢蹦乱跳、体大肥壮。场长李栋梁告诉我:"我们的优种肉兔场2011年获纯利润3万多元,前景十分看好!"

在万只优种兔场正北面隔路300米处是右卫镇投资2500万元新建的进鑫养殖园区,一排排现代化的圈舍即将完工。2013年,这座养殖园区将发展肉牛500头、肉羊1000只、梅花鹿100只、毛驴100头。在进入"苍河圣境"前,先看一看这座圈舍里的牛、羊、鹿、驴、兔,令游客大饱眼福,进而浮想联翩。

再版修订《苍河颂》过程中,笔者又三次到山西省军区张广有司令员家中作进一步的采访,张老每次都十分热情地接待笔者。2010年9月15日,张司令还为《苍河颂》题词:"发展右玉,造福子孙。"

第七章 「八年绿色革命」

1975年11月17日上午，时任天镇县委副书记的常禄兴冲冲地来到中共雁北地委书记王进的办公室。

王进笑眯眯地对他说："经地委研究决定，提拔你到右玉当'一把手'——县委书记。右玉是咱雁北高寒冷凉地区之一，是'三北'地区长城沿线潜在沙漠化地带，气候条件恶劣，水土流失严重，自然灾害频繁。你去右玉，肩上的担子很重。你多少年来，一直爱树，这次让你去右玉，有了英雄用武之地。你到右玉，一定要在原有基础上继续下大力气做好植树播绿、防风固沙这篇大文章，为全区树立榜样，相信你有这个信心和决心。"

常禄由天镇县委副书记直接提拔为右玉县委书记，铿锵表态："我要豁出命来干，让右玉的山川变常绿！"

在常禄（右）的"八年绿色革命"中，他经常带领林业技术员张沁文（左）深入实地进行科学规划，对右玉造林绿化确立了"三大战场"，采取"三种战术"。

由县委副书记直接提拔为县委书记，隔了县长这一层。常禄怔了一下，好像没听清楚王书记这句话，他大胆地问了一句："王书记，让我担任县委书记？""是啊，破格提拔你当县委书记，怎么样？"

常禄霍地站起来，笑着说："哎呀，地委这么器重我，我常禄要豁出命来干！"

常禄一颗激动的心在怦怦地跳动，不假思索地赶忙表态说："请王书记放心，请地委放心！我要以我的实际行动让右玉的荒山变'常绿'！"

"哦，就像你的名字一样把右玉建设好。"王进用右手在办公桌上点了两下，强调道。

在座的中共雁北地委组织部部长杨天才、王进的秘书安玉根四个人不约而同地发出一阵"哈哈"的笑声。

"好吧，说到做到。让右玉的山川变常绿（禄），这可是你向地委表的决心，一定要兑现！去了右玉，尽早把右玉工作的连续性的思路和治县方略拿出来向地委汇报。"王进又一次为常禄鼓了劲。

1975年隆冬。曾在朔县当过团县委书记，参加过夏县林业战地动员大会，到延安参加过植树活动，后任天镇县委副书记，与树有特殊感情的人——常禄，顶着凛冽的西北风到右玉当县委书记来了。

常禄开始未曾想到，他崇拜的"绿化经"，在右玉整整念了八年，也是迄今在右玉任期最长的县委书记。

常禄，1.72米板宽敦实的身材，两道浓浓的剑眉下生就一双威严灵秀的双眸，浓重的浑源口音，讲起话来厚重而坚定，办起事来果敢而较真！特别对毁林砍树者，疾恶如仇手下无情！他在这里用自己全部的心血和智慧，带领勤劳朴实的右玉人民，拧成一股绳，进行了"八年绿色革命"。

八年的艰辛耕耘，终于给"不毛之地"的右玉捧回了"塞上绿洲"的美誉，使世人第一次知道地球上还有一个右玉。

这真是奇迹！

科学规划三大战场，不同地域采取三种战术

俗话说："做甚的爱甚，喜欢做甚。"

常禄在朔县任团县委书记时，就组织团员青年大造青年林，出了名。

"文化大革命"中，有人批判他是"栽树出风头，搞资本主义的急先锋"，受到不公正的批判。

但常禄认定：栽树、修桥、补路是自古以来的三大福事。

来到右玉，常禄可真是英雄有了用武之地。

常禄到任后，一头扎到基层。他的"212"吉普车轮子，蹿山爬梁，穿沟越河，跑遍了全县的山川沟壑，进行全方位的实地调查。对全县海拔1400米至1900米的23座山头、数百个土山丘、612条沟壑进行了实地勘察。十分清楚地了解到右玉解放26年来人工已绿化荒山荒坡40多万亩，未绿化的荒山荒坡还有80多万亩。

一部"212"吉普车加一张铁锹、一个卷尺、一把剪子、一个望远镜，这四样东西成为常禄"八年绿色革命"的得力助手。

"80万亩荒山、80万亩荒山……"

常禄心里不时地念叨着，谋划着。

"80多万亩荒山没有绿化，这就是我的责任。我常禄要让它全部绿树青青。"他对随行的县林业局长孙正说。

　　就森林资源来说，1975年底报载，全世界森林覆盖率最高的是圭亚那，为97%，芬兰为71%，日本为68%，朝鲜为60%，苏联为41%，美国为32%，而中国为12%，仅占全世界平均森林覆盖率的1/2左右。
　　当今世界，森林面积锐减，土地急剧沙化，水土流失愈甚，环境污染严重，生态性灾难已造成威胁人类生命和社会发展的深重危机。"我们只有一个地球"，怎样保护好我们赖以生存的地球，是全人类共同面临的艰巨而紧迫的任务。

1977年8月12日至18日，中国共产党第十一次全国代表大会在北京提前召开。这次大会正式宣布了"文化大革命"的结束。

1978年12月18日，中国共产党第十一届三中全会胜利闭幕。会议决定，从1979年起，全党工作的着重点转移到社会主义现代化建设上来。会议确定了解放思想、实事求是的思想路线。这是中国共产党一次具有伟大转折意义的会议，由此开启了中国改革开放的历史新时期。

党的第十一届三中全会是邓小平作为党的第二代领导集体核心的开始。中国命运由此改变，社会转型和"中国崛起"也由此开始。

邓小平说："没有'文化大革命'以来的错误总结，就没有改革开放的政策。"

1978年，摆脱了十年"文革"的中国开始了一次改革开放的新长征。

中国共产党人决心把多灾多难的中国人引向富裕之路。

"要让全国人民都种一棵发财树"——1978年邓小平在深圳植树时，许下这个心愿。

1978年11月，几乎与改革开放同时，党中央和国务院总结我国生态平衡遭到严重破坏的惨痛教训时，作出一个彪炳史册的重大决策——决定在西北、华北北部、东北西部风沙危害和水土流失严重地区实施防护林体系建设工程。这些地区包括四大沙地、八大沙漠南缘及黄土高原，东西长4480公里、南北宽560至1460公里，建设总面积406.9万平方公里，占中国陆地总面积的42.4%。

　　"三北"（西北、华北北部、东北西部）防护林体系建设工程，是国家针对这些地区自然条件严酷、灾害频繁、农林牧比例失调、生态环境遭受严重破坏和农民生活贫困的条件下进行规划和建设的。它的特定功能目标：一是防风固沙、保持水土、涵养水源、改善生态环境、促进农林牧副业全面发展；二是满足社会对林业及其林产品日益增长的需求；三是提高人民物质文明和精神文明建设的水平。右玉县"三北"防护林工程建设从1978年开始实施，属全省"三北"防护林建设49个县（区）之一，先后共组织实施了第一、二、三期工程，第四期工程正在实施中。

改革开放改变了中国历史，也改变了亿万"三北"人的命运。当代人类最为悲壮雄伟的生态史诗，由此拉开帷幕。

右玉县被中央列入"三北"防护林体系建设工程重点县之一。

常禄得到这个消息，高兴得几天都睡不着觉。

1978年，是右玉林业建设难忘的重大转折年。

"老车，这可是个光荣而艰巨的任务啊！你名叫车永顺，这一次建设防护林体系，我看你的车顺不顺？"常禄对县长说。

县长车永顺说："你是领头人，你领对了头，我的老牛车就会拉着树苗顺利地建成右玉防护林。"

书记、县长二人哈哈大笑，承领了建设防护林体系的重任。

"这重任在肩，如何完成？"

县委常委会开得气氛热烈……

常禄说："严格遵循客观规律，自上而下对右玉林业建设进行全面规划，实行科学营林。总的原则是：因地制宜，因害设防。使全县森林分布符合立地条件，既收到防护效益，又收到经济效益。"

根据党中央建设"三北"防护林体系的要求，县委常委会形成共识，对右玉绿化造林的规划和布局是：

重点规划三大战场：

第一战场是威远、高家堡、油坊、城关"四个盆地"，逐步实现盆底林网化、盆帮梯田林带化、盆沿植树全绿化。

第二战场是马营河、欧村河、牛心河、苍头河、李洪河"五条流域"。外边打坝植树，搞乔灌混交护岸林；里边"开肠剖肚，取石垫土，方格植树"；河岸坡梁植树种草，还林还牧。

第三战场是荒山沟壑治理。风口沙丘栽防风固沙林，高山陡坡栽水土保持林，小沟河岸栽乔灌混交林，向阳坡栽经济林，背阴坡栽针叶林，缺煤少炭山区栽薪炭林，水源好的沟壑栽丰产林，林木难扎根的石山区种柠条。

这样使右玉逐步实现了"村庄道路林荫化，坡梁林带梯田化，滩湾盆地园林化，高山远山森林山，近山阳坡花果山，盆地流域米粮川"。

为了使林业规划落到实处，根据不同地域采取三种战术：

第一种是"游击战"。通过穿靴、戴帽、扎腰带、贴封条，达到哪里有利哪里栽，先让山头绿起来。

第二种是"阵地战"。通过带、片、网结合，乔灌结合，林草结合，生物措施和工程措施结合，摆开战线，层层设防，步步为营，锁风沙治洪水。做到田中有林、林中有田，有效控制水土流失。

第三种是"攻击战"。由单纯的防护转为积极的"进攻"。集中解决小老杨树种低劣、

北京杨、合作杨、群众杨、新疆杨等20多个优质树种苗木，在右玉引进培育栽植成功。

山西省造林局局长李里从德国考察引进的组培育苗新技术在右玉县多座苗圃试育成功，全县推广。（上、下图）

品种单调、生长缓慢的问题。从当地树种中选育出"右玉青杨"，杂交17个组合、25个系号。选出适合当地耐寒、耐旱、成活率较高的群众杨、合作杨、北京3号、灵丘青杨、小黑杨等优良品种在全县推广种植。同时引进落叶松、樟子松、油松、云杉等针叶树种，在贾家窑山北坡和山顶、廖巴山、总瞭山、小南山大面积栽植。使右玉大地再不只是"杨家将"（小叶杨）独领风骚，四季常青的松柏树照样能"安家落户"。

如此这般地排兵布阵，常禄不愧为植树绿化的专家。

木秀于林，风必摧之。正当常禄带领全县人民大搞植树造林取得了一些成绩时，社会上出现了这样的议论："常禄大闹植树造林影响了粮油生产，植树挤了草坡，畜牧业难发展了。"有的牛羊倌甚至甩了鞭子不干了。

"这可是个大问题，老车，咱们分别下去，我到北面、你到南面，深入调查了解一下，看怎么解决好。"

常禄到意见最大、问题最多的地方"查风源、解疙瘩"。

常禄和车永顺集中群众智慧，遵照党中央精神，同县委一班人反复研究，根据农林牧三者关系和发展周期的长短，制定了右玉发展农业的方针，即"远抓林、近抓牧，当年抓住油

（胡麻）糖（甜菜）副；粮食自给不能丢"，以及"高山远山造森林，阳坡沟湾建果园，缓坡种草做牧场，滩湾平川米粮田"的农林牧副规划，逐步调整农林牧生产结构，缓解林牧矛盾。

这个良策一出台，村里人的顾虑打消了。

到1982年，全县粮食总产4610万公斤，人均550公斤；油料777万公斤，人均86公斤；大牲畜24300头，羊13万只，人均收入达到250元。同十一届三中全会以前的1978年相比，粮食增长65.8%，油料增长2.3倍，大牲畜增长11%，羊增长50%，人均收入增长4.1倍。

到1982年，全县粮食、油料、大牲畜、养羊、植树造林、农业总收入、社员人均收入、出售粮油、提供林木产品等十项经济指标超过历史最高水平，实现了"十个突破"，名列雁北地区前茅。

"栽活了树，才算栽了树。我和老车首先做出样子，带着大家干！"

"老车，80万亩荒山没有绿化，咱又是'三北'防护林建设重点县，这个担子不轻啊！"常禄在自信中隐约流露出不安。

"老常，没问题，关键是咱俩拧成一股绳，合力念好'绿化经'。"

人称"铁杆忠心保朝廷"的时年52岁的老县长车永顺坚定地表示。

常禄和车永顺要求，全县要全党动员，领导带头，把造林绿化放在重要议事日程上。每年专门研究几次，讨论造林、抚育和护林问题。县、社、队三级党政"一把手"要坚决做到"三个亲自"，即亲自制定规划，亲自植树造林，亲自检查验收。事先有规划，事中有指

常禄（左二）带领县委班子成员经常实地查看研究引进栽植的油松、樟子松生长发育情况。右三为右玉县县长车永顺，右一为县委副书记陈希茂，左一为右玉县常务副县长姚焕斗，右二为县委宣传部副部长王德功。

导，搞完有检查，奖惩要兑现。层层领导，层层带头，层层把关，层层验收。县委常委分片负责，每年带头植树劳动不少于一个月，结束后向县委交账。

要求别人做到的，常书记首先自己做到。他告诉妻子赵翠莲和在右玉工作、上学的三个孩子："你们干别的能请假，唯有植树不能请假！全县人匹马夫都上山，你们不能叫别人说闲话，咱们一家都要在全县人民面前做榜样。"

在右玉，人人都知道："常书记的妻子和孩子跟着咱们整整栽了八年树。"这是常禄扎实带头绿化右玉河山的第一个使人们不能忘怀的工作闪光点。

在植树的工地上，人们总是看到常禄和车永顺不光现场检查，更看到他们拿着铁锹和大

科学营林组合图片

1.造林前对各类土壤进行分析化验,造林时确定适地适树。

2.按照立地条件预整地,在沟坡上挖鱼鳞坑或打地埂。

3.造林前林业技术人员在林地传授造林技术和要求。

4.拉线定植,整整齐齐栽好每一棵丰产杨。

5.水是苗木生长的命脉。杨树栽好后及时车拉人担,让每一棵苗木喝足水、保成活。

6.优种杨落户右玉,生长发育如何?林业技术员调查林木地下生长发育规律。

7.林工们中午不回家,吃在工地,井灌区丰产林浇水,人停机不停。

8.喷灌苗圃,苗全苗旺。

国营右玉梁家油坊林场充分发挥自身优势,实施了大面积的机械化科学速造丰产林。

家一起挖坑植树。每年春秋植树造林季节,常禄、车永顺的脸与普通干部们一样,风吹日晒,黝黑黝黑的,嘴角起了泡;粗糙的双手和普通干部们一样,磨起了老茧;手里的工具和普通社员一样,一张铁锹磨得锃光明亮;吃饭和普通干部们一样,吃干粮、烧山药蛋、喝冷水。

在平均海拔1400米的塞上黄土高原风沙地的右玉,栽活一棵树是多么的不容易!

"栽活了树,才算栽了树。哄人的事情我常禄坚决不干!"

这是常禄任职右玉县委书记的"口头禅"之一。

常禄对县长说:"咱们怎能让树活?除了'三踩一实'外,必须解决好浇水问题。咱们把每一个树坑都给他围上一个小埂,既便于浇水,又便于雨天蓄水。老车,你说对不对?"

"叫来纪满,咱们三人先搞几个示范样板,再召开现场会推广。"

车永顺满心赞成。

1976年3月20日,塞上右玉依然春寒料峭。

常禄、车永顺、纪满还有几个林业技术员早上8点准时来到贾家窑山上,根据不同地形挖了几个鱼鳞坑,搞了几处拦水的矩形地埂。上午10时,全县各系统、各公社主要负责人都来这里参加了现场会。

很快,便于蓄水的鱼鳞坑遍布全县各个坡梁,一条条整齐的矩形蓄水地埂打造在全县的山川荒野上!

几十年过去了,当年常禄倡导的鱼鳞坑、矩形地埂养育了片片白杨和株株青松。

在八年的造林绿化中,为了保证树木的成活,"现场会"成了常禄解决问题的拿手戏。只要一发现苗头性问题,就及时就地召开,及时研究解决,问题从不过夜。在常禄的八年任职中,为了完成宜林荒山造林绿化,为了圆满完成"三北"防护林体系一期工程任务,他就

2009年8月19日上午，笔者采访征求任职山西省林业厅九年厅长的刘清泉（右）的意见。

地开了多少次现场会，人们无法说清了。

1976年12月5日，常禄作为雁北地区优秀县委书记代表赴京，参加了国务院召开的全国第二次农业学大寨会议。

2009年8月19日上午，我采访了任职山西省林业厅九年厅长的刘清泉。刘老说的第一句话，就是"常禄当县委书记栽了8年树，为让宜林荒山披绿装，经常考虑的是让每一棵树如何能在右玉成活"。在平均海拔1400米的塞上高原栽活一棵树比起平川来相当的不容易，这里就有个尊重科学、科学营林的问题。在右玉栽活一棵树，不仅要讲政治，更要讲技术，常禄就是这么做的。

"你要真实地给他写上几笔……"

刘清泉是怎样一位林业厅长？在这里，我们遵照国家林业局领导的指示，给读者一个简单的介绍。

刘清泉，山西省夏县人。中华人民共和国成立后，从1953年起，先后担任过夏县、乡宁、运城、翼城四县的县委书记。在任一县，植树造林一县，人走树长，林茂粮丰，树木成材，群众从林业发展中得到实惠。故人们赞誉他为"树书记"，是播种"绿色种子"的人，"银行去取钱，想起刘清泉"。刘清泉在夏县工作时，组织全县人民大搞植树造林，成绩十分显著，使夏县成为全国第一个实现四旁绿化的模范县，受到了国务院、林业部的表彰。

以后，刘清泉先后任晋南行署副专员、山西省造林局局长，1979年至1988年任山西省林业厅厅长、山西省绿化委员会副主任。1989年后任中共山西省顾问委员会委员等职。

在平均海拔1400米的塞上高原风沙区栽活一棵树比起平川来相当的不容易。怎么办？尊重科学至关重要。"爱树迷"常禄从1975年12月任中共右玉县委书记、车永顺任右玉县县长后，在山西省林业厅厅长刘清泉（左二）的亲自指导下，右玉从此进入科学营林的新阶段。

1958年，刘清泉参加山西省劳动模范表彰大会和全国社会主义建设先进单位积极分子代表会议。1982年参加了中国共产党第12次全国代表大会。1989年5月，中共山西省委、山西省人民政府授予刘清泉"山西省特级劳动模范"光荣称号。

刘清泉在工作之余笔耕不辍，著书立说。他撰写的《夏县全境绿化的成功经验》《森林树木与生态环境》《山西林业建设探索》《山西古稀树木》等书获北方十省优秀科技图书一等奖、山西省科技进步一等奖。

刘清泉曾任中国林学会第五、六届理事，山西省林学会第五、六届理事长，山西省生态学会第一、二届理事长。现为中国林学会第七届理事、中国杨树委员会副主任、山西省林学会第七届名誉理事长、中国野生动物保护协会第一届会长、中国科普作家协会会员。

树是刘清泉的命根子。刘清泉一生与树结缘，以树为志、以树为友、以树为学、以树为业，把毕生精力全部投入山西省林业建设事业，在我国生态经济发展史上留下了光辉浓重的一笔。

1990年12月，林业部部长雍文涛著文，高度赞扬刘清泉"是一位酷爱林业的事业家。他几十年如一日，呕心沥血，含辛茹苦，把全部精力奉献给绿化祖国的大业。刘清泉奉献给人们的不仅是参天大树、纵横交错的林网、郁郁葱葱的大片林木，更可贵的是清泉精神：无限忠诚党的事业，有强烈的事业心和责任感，有顽强毅力和不断进取的品格"。

刘清泉一生爱树，更爱爱树的县委书记和县长。

铁锹、剪子、卷尺、望远镜四件东西伴随常禄八年任职

右玉人都知道，常禄出门下乡，随身经常带着四件东西：铁锹、剪子、卷尺和望远镜。带这些东西干什么呢？

平时走到哪儿，他就拿上铁锹和大家干到哪儿，干完活，还要找块石头把锹上的土蹭干净，再放到车上。所以，人们看到常书记的铁锹总是锃光瓦亮的。

走在路上、进入林中，看到哪株树枝条该剪，他上去就剪。

右玉试种了好多优质杨树和松树，为了确切地了解树木生长情况，他经常用卷尺丈量树干的高度和粗度。

每当走到高处，他习惯性地拿起望远镜，一是观察大面积林木生长情况，看哪儿还有没绿化的荒山荒地；二是看看远处有没有偷砍林木的坏人和啃吃林木的牲畜。要是被他发现了，最轻的是一顿训斥，最重的除了让你交罚款，还得重栽树，甚至还得关几天"禁闭"。

常禄开大会从不念秘书给他准备的讲稿，自己列个提纲就讲，生动鲜活。他那半普通话半浑源方言的口音很吸引听众。

因为他一年四季在乡下跑个不停，因此对下面的情况十分了解。他还喜欢直来直去，乡、村书记因为栽不好树，被他点名道姓地批评是常有的事，"骂得睡不好觉"。县委书记常禄说话谁敢不听。右玉人都知道，那时为了栽活一棵树，为了护好一棵树，他经常动肝火！

威远堡西南常门铺水库北侧的黑台坪，是一块8000亩的风沙地。常禄查看后，对公社书记刘建英、公社主任王德功严肃地说："你俩立下军令状，三年建成方格林网区。"

"请常书记放心，三年再来看我们的绿台坪。"

刘建英和王德功以及公社党委副书记张均帮带领120人的专业队，吃住在黑台坪附近的村庄，组织全社劳力大会战，起高垫低，平田整地，铺设防渗渠。为了保证工程质量，王德功和林业技术员土志强每天住在一个土席子搭起的简易土窑洞里观察指导，第二天早晨起

在威远黑太坪建成的整齐壮观的水渠方格林网带

来，满身是尘土和露水。他俩抖抖身子，笑着互相鼓励说："这些都无所谓，只盼着早日建成绿台坪。"

为了建成高标准的绿台坪，常禄亲自联系外调秧苗。第一年从天镇县调回了万株高杆杨秧苗。第二年又从右玉苗圃调去了万株高杆杨树秧苗。

经过三年的苦干，黑台坪终于变成了绿台坪。一条条整齐壮观的水渠方格林网带，从此展示在人们面前。

如今，已成为"塞上绿洲"平原地区一道亮丽的旅游观光风景线。

当游人驱车前往中陵湖度假村时，穿越在一排排整齐的高耸入云的白杨树方格林网水泥大道上，无不惊叹："这里的树栽得这样的好，水渠修得这样的直，土地整得这样的平，庄稼长得这样的茂盛，这是哪一任领导干的这么漂亮的好事？右玉人真不简单啊！"

"县直机关干部要在绿化右玉山河中显身手！"

"明天开始，我们全部上贾家窑山植树，最少20天，任务每人一天至少挖120个树坑，李美（组织部新来的曾参加援建巴基斯坦的军转干部）你力气大，带个头；白天发，你不是一顿能吃20个鸡蛋吗？挖树坑，你也做个表率；石新民（笔者，时任组织科长），你负责统计。大家谁都不能请假。还有一条纪律，在植树造林阶段，年轻后生们谁也不能和媳妇同房，栽完了树我就不管了。大家做得到做不到？"

"做得到！"全体干部在一片笑声中一致表了态。

时任组织部副部长的女领导姜凤玲（曾任右玉县妇联主任、县人民法院院长）向来爱讲大实话，说话办事泼辣、不拘小节。

在每年春秋的植树季节里，县委、县政府的青年男女们就出发了。铁锹、防风眼镜、水壶（家庭困难的同志就用输液瓶装水）、干粮袋、球鞋、拉绳、自行车，是每个人都具备的绿化工具。有钱的单位再给发一双白线手套。一辆辆敞篷大卡车拉着他们颠簸在崎岖的山路上，像出征的将士一样；长长的自行车队，好似进行自行车越野比赛。

这个时期的机关干部，多数人每月挣四五十块钱工资，还得养家糊口。当时县财政也很穷，植树劳动，想讲个排场，根本是不可能的事。每个人有的只是一张铁锹、两只手、浑身的力气和无私奉献的精神!

身强力壮的青年干部们,一到了植树工地,在山的阳坡上把上衣、帽子一扔,挽起袖子,主动自领一行挖坑任务。每个杨树坑挖成长100厘米、宽30厘米、深75厘米的元宝坑。每人每天挖120个杨树元宝坑为基本任务,力气大的要挖200来个坑。身体较弱的,负责砍树秧、往树坑里溜树秧,按照"三踩"(埋住秧苗根踩一次,埋到半坑踩一次,全部埋完踩一次)、"一实"(踩得实实的)的要求栽树秧。同时还要围起鱼鳞式的小埂,便于浇水和雨天存水。在山的阴坡上,严格按照栽植"三松"的要求,两人一组栽下一棵又一棵的油松、落叶松、樟子松。一天下来大家疲惫不堪,但到了第二天又是满出勤!我们每天早上经常看到县委书记常禄、老县长车永顺和小车司机林元早早就上了工地,也是这么苦干。

阳春三月,右玉大地乍暖还寒,一个树坑要随着土地的解冻挖三四次才能达到所需的深度。

为了多栽一棵树,县直机关干部们中午不回家,在林地吃烧土豆,当作午餐。午饭后,稍许休息继续干!右二为右玉县粮食局总支书记赵明文。

为了多栽一棵树,公社干部与村民们在林地的沟壕里吃干烙饼、喝山泉水,吃完饭稍许休息继续干!

常言说:"春风吹破琉璃瓦。"每年春秋各一个多月的野外植树劳动,正赶上风沙最大的季节,无论是身强体壮的男子汉,还是细皮嫩肉的妙龄女子,在风吹日晒下,个个都成了"黑包公"。至于腰酸腿疼,手掌打起血泡和结痂,磨起厚厚的老茧,都已经成了家常便饭。最讨厌的是,劳动时出了汗,加上野地里沙尘又大,一天下来,人们的头发、脸上、身上就像糊了层厚厚的泥!晚上回来,个个饥肠辘辘,疲惫不堪,但没人叫苦。

常禄和车永顺考虑到干部们超强的体力劳动身体吃不消,就让县委机关食堂和县糖酒副食公司在工地上设了流动点儿。大家中午可以吃上热馒头,喝上绿豆粥,饮上热开水。好喝酒的买上一瓶酒、半斤猪头肉,躲到避风的沟岔里,一边吃,一边划划拳;爱唱的,给大家

1978年，右玉县被中央列入"三北"防护林体系建设工程重点县之一。常禄要求全员动员，全民上阵，按期完成"三北"造林任务。一队队共青团造林突击队开进造林工地。

来上一段儿；爱讲小故事的，给大家讲几个小故事。这时候，小伙儿们更喜欢和年轻的姑娘们挤在一起，开个玩笑，逗个乐子，真是"男女搭配干活不累"。有的甚至就趁这个机会谈情说爱，费尽心机联络感情，一来二去，日后倒真的结成了相亲相爱的夫妻。

比如县民政局原局长张宗刚，他常说："不是植树，我娶不上天镇县来的姑娘谢淑英。"县粮食局原纪检书记石志强也说："不是常书记的植树造林，我也娶不上能歌善舞的苗福梅。"……还有好多对儿，他们也都是沾了植树的光，既播绿了右玉大地，也组建了幸福的家庭。植树工地上的那些欢乐时光，永远成了他们爱情的美好回忆！

右玉每年的植树季节，欢声笑语与呼啸的黄风汇成一曲特殊的交响乐，荡漾在广袤的造林工地上。

有少数家庭困难的干部，就和大家吃"哄哄饭"，出去植树还能换个肚圆腹满。

有少数干部家里缺柴烧，又没钱买，趁劳动间隙休息时，捡些干柴草、树枝，捆起来放到卡车上带回去，出去植树还能解决家里缺柴少炭的困难。

午饭后，大家蜷缩在山沟里，用衣服将头一蒙呼呼睡上半小时，醒来浑身上下满是泥土。

这里还应特别提到，县党史办干部曹满荣，残疾在身，走起来一瘸一拐，凡是植树劳动，却从不甘落后。在山坡上植树，他站立不稳，就干脆跪在那里挖坑填土。他经常满腿泥土、两手伤疤。他说起话来有点儿大舌头，但却能说会道，爱讲笑话、会朗诵，还会唱古戏，劳动间隙休息时，总会给大家来上一段，逗逗乐子，解解乏。他在哪儿，就会给哪儿带来欢笑声。就是这样一位残疾干部，白天不误植树劳动，晚上回去加班加点写右玉党史。为此，县委专门发文《向优秀共产党员曹满荣学习的决定》，将其树为典型。

右玉人都知道，从1977年开始，是常禄和车永顺带领县直机关干部每年春、秋季及雨季全出动，按系统分单位，按规划分地形，分别采取挖元宝坑和挖鱼鳞坑的形式，栽植了针阔叶混交林，把贾家窑山建成全县最早的一个机关义务植树基地，同时其也是右玉引进栽植针叶树的第一个试验基地，还是县直机关针阔混交林第一林场。

如今，右玉50多岁的干部们回想起当年的造林劳动情景，无不感慨地说，那个年代的机

第七章 "八年绿色革命"

从1976年3月开始,县委书记常禄、县长车永顺按照国家"三北"防护林建设的总体规划,在海拔1492米的贾家窑山上,因地制宜,科学规划,适地适树,科学营林。县委一班人带领县直机关全体共产党员、干部职工,不畏艰难、脱皮掉肉,在贾家窑山的沟坡上凿石取土,高标准地挖建了上万个鱼鳞坑,栽活了上万株青松。建成了右玉首个引进针叶林栽植的试验基地,实现了白杨树到"三松"扎根塞上高原右玉的历史性转折;建成了全县首个针阔混交、乔灌草结合的样板工程,建起了全县最早的一个机关干部万亩义务植树基地。30多年后,这里竟成为世人仰慕的松涛园旅游景区和右玉干部学院现场教学点之一。

关干部,植树劳动是家常便饭,有谁讲过价钱?大伙儿觉得上山植树是一种享受,是在过神仙的日子,红红火火的谁也不愿意逃避。虽然辛苦,大伙没有一个叫苦叫累的,因为县委书记常禄和年近花甲的老县长车永顺以及其他县委、县政府班子领导,也在工地上和大家一个样地干。

用野草枯树枝烧土豆吃,喝沟洼里的山泉水,说大家爱听的笑话,讲大家爱听的故事,唱大家爱唱的戏曲。这是多么朴素、多么美好的战地生活啊!

人们还清清楚楚地记得,每天植树劳动,党政系统的干部职工们看着县委常书记,其他系统的干部职工们看着党政系统,县委常书记不休息,谁也不敢去休息。县委书记常禄是人们心中一根高高的标杆。

那时确实是官兵一致!

一张铁锹两只手,植树造林永不休,干在其中乐在其中。

"执政为民,尊重科学,百折不挠,艰苦奋斗"的右玉精神,就是在这样的环境中培育、锻造出来的。

为了使右玉南部山区的荒山秃岭尽快披上绿装,常禄作出部署:沿109国道西端和南端,在原西碾头公社与威坪公社之间的七连山,铺开数万亩的荒山绿化工程。

常禄将此工程分给了县直机关干部。这也是右玉县直机关开辟的第二个义务植树基地。这是继贾家窑山引进"三松"造林成功后的第二片针叶林基地,从此针叶树在右玉全境安家落户。

1982年9月30日,威远公社召开的秋季植树造林表彰会上,奖给植树标兵的奖品是:一张奖状、一个洗脸盆、一个搪瓷杯。图中第三排从左至右依次为:威远公社党委书记胡义、县林业局局长纪满、威远公社主任王海生等。

记得从1976年到1980年连续五年,每年都有长达50多天的时间,机关干部们驱车到距县城22公里、海拔1232米的七连山植树。他们坐在毫无遮掩的大卡车上,一路颠簸,风餐露宿。

无论是贾家窑山、七连山,还是牛心公社的刘振抚四道岭,在大山上植树挖坑不怕,最怕的就是浇水。沟坡遍野山路难行,用车拉水根本不可能,大家只好从山下的沟坝里拦起小坝蓄上泉水。女干部们一盆一盆、近乎爬行似的往上端;男干部们特别是年轻小伙子绕着坡梁,用铁桶一担一担往上挑。劳动一天下来,浑身像散了架似的酸痛。被树枝沙棘划破了鞋袜,撕破了上衣和裤子,双手和双脚拉开血口子,那是常有的事。

凭着"一张铁锹两只手,觉悟加义务"的无私奉献精神,昔日荒山秃岭的七连山20万亩土地上,如今苍松、白杨、柠条、沙棘及各种花草灌木满山遍野。进入夏秋季，不论你漫步七连山，还是漫步塞上草原四道岭，都仿佛进入了姹紫嫣红的世外桃源。昔日寸草难生的贾家窑山，如今更是松涛阵阵。不少外地游客说："这哪里是在右玉，分明是进入了大兴安岭的松林区。"

那个时候，县、社、队三级少先队、共青团、妇联、民兵连等群众组织都有自己独立的营林基地。一片片茁壮生长的"少年林""青年林""三八巾帼林""民兵林"，一块块醒目耀眼的标语牌随处可见。

常禄兼任右玉县人民武装部第一政委，有其职就应谋其责。

养兵千日，用兵一时。

在全民造林运动中，常禄要求县人民武装部成建制地调动民兵，每人发一把铁锹、一个干粮袋、一双军用胶鞋，让他们到最艰苦、土质最坚硬的地方攻山头、战荒坡，消灭"无林区"，把造林和练兵结合起来。

那个时候的公社武装部长可真神气，整连整连地带领民兵，天天奋战在荒山野岭上，大有一副指挥调度千军万马奋勇杀敌的架势！

每年造林结束后，县委、县政府都要进行评比表彰，赏罚分明，善始善终。植树标兵除了一张奖状外，还奖给一把铁锹、一块毛巾、一个洗脸盆，都是大家很羡慕的了。至于其他报酬，如奖金、补助这些，人们的心里从来就没这个概念。

1982年3月18日，《山西日报》第二版发表了通讯员王兵、降宝、傅品合写的《右玉县县级机关干部义务植树30年》一文。文中说："右玉县县级机关干部、职工，从1952年起坚持义务植树，30年营造大片林9039亩，四旁植树12.9万株。按现有干部职工计算，平均每人营造大片林7.5亩，四旁植树107株。"

"用先进榜样照亮咱们的绿化大旗，'飞鸽牌'的干部，也要干好'永久牌'的事！"

"老车，《县委书记的榜样——焦裕禄》里有一句名言，叫'榜样的力量是无穷的'。咱们右玉已经搞了20多年的植树，我想先进典型也不少了。你我下去一边检查面上的工作，一边注意发现先进典型，咱们好好树他几个，学有目标、赶有榜样，用先进榜样照亮咱们的绿化大旗。"

常禄爱植树是出了名的，常禄爱抽烟也是出了名的。为什么爱抽烟？常禄说："我连抽三根烟，就能想出一个良计妙策。"

这次，他一边抽烟，一边又想出个总结宣传先进典型的好主意。

"你讲得对，典型引路是基本的工作方法。让宣传部部长郝文运在这方面下些辛苦，总结一下，要多总结宣传叫得响的先进典型。"

车永顺十分赞同地说。

1976年3月的一天，常禄到庄窝坡公社下乡。公社党委书记谭喜给他介绍了曹村的曹国权

林业功臣曹国权

老汉坚持植树造林几十年的事迹。常禄立即驱车到曹村拜访了这位老人。

年过花甲的曹国权老汉，从中华人民共和国成立初期就在自己的房前院后栽树，年复一年，坚持不懈，共栽杏树70多株、杨树4500多株、柳树2000多株、榆树230多株、松树300多株、侧柏200多株，总计7300多株。"文化大革命"期间，树归集体，任人砍伐，老曹还是照样栽树不止。亲朋好友劝他："你栽人家砍，还栽那干啥？"他说："他砍我栽，长大还是东西。"发放林权证后，他栽的树全部归己，他的劲头更大了。老伴常对他说："老头子，人常说'前人栽树，后人乘凉'，咱们也没有生儿子，你给谁栽哩？"老曹说："曹村家家有后代，我植树造林就是造福后代。"曹国权成为右玉零星植树最多的农户。

老曹的讲述，使常禄听得入了神，他从内心对老曹由衷地敬佩起来。

"啊呀，我们右玉有这样好的'植树迷'，怎不立即宣传出去？"

常禄兴奋地对谭喜说。

临走时，他对老曹说："您老有啥困难和要求提出来，我们想办法帮助您解决。"老曹说："我粮够吃、钱够花，没啥困难。我倒是想，集体再给我划点地，死以前再多给人们栽点树。"

常禄感动得几乎流出了眼泪，当下就和社队干部一起商议，给老曹划出了部分林地。

此后，常禄走到哪里就把曹国权的事迹讲到哪里。他说："曹国权是一个普通农民，有那么崇高的精神境界。我们共产党的干部，有什么理由不为后代着想呢？我们这些从外地来右玉工作的'飞鸽牌'的干部也要干'永久牌'的事！"

常禄挂在嘴边的"'飞鸽牌'的干部要干好'永久牌'的事"，这一形象而深刻的说法很快为人们所接受。

常禄回到县里，主持召开常委会议，作出了《中共右玉县委关于在全县学习造林模范曹国权同志的决定》，号召"要大力培养宣传推广一大批像曹国权同志那样，坚持不懈地植树造林，改变家乡荒凉面貌，为后代造福的先进典型，为加快建设右玉秀美河山，加快'三北'防护林建设工程做出积极贡献"。

曹国权的绿化业绩，党和政府给予了很高的荣誉：

1983年9月1日，中共右玉县委、右玉县人民政府决定授予曹国权"造林功臣"光荣称号，常禄、车永顺亲自驱车到曹村为他家隆重地挂了匾。

1984年1月6日，山西省1981年至1983年林业系统先进集体和模范个人表彰大会在省城太原隆重召开。会上，山西省人民政府授予曹国权"植树造林老愚公"光荣称号，并颁发了奖状。此后他还当选为山西省第六届人民代表大会代表。

常禄还常说："多难的事业都不怕，有先进的榜样照亮咱们的绿化大旗。"

常禄有个怪脾气，一听到哪里树栽得多，他都要亲自去看一看。他和曹国权、残虎堡大队支书祁三、红旗口大队支书乔栓有、威远大队支书毛永宽、高墙框大队支书李甲才、杨家后山退休干部杨雍、乔村大队护林员陈富、独臂护林员李三富等植树护树的先进典型，都成了亲密无间的好朋友。右玉的林地，他一年不知要跑多少回。他的司机林元至今说起来："我真佩服常书记的爱树，我给常书记开了八年车，跑了八年林地，车轮子换了多少茬，我也记不清了。"

在常禄任职的八年中，不仅组织社队干部外出参观了曲峪县的综合治理、天镇县的育苗、怀仁县的四旁绿化和林网方格建设、朔县的丰产林建设等先进造林典型，而且从不同角度总结推广了右玉本县各类造林典型：绿化先进单位有治理沟壑、以林促农、全面发展的李达窑公社残虎堡大队；有网带结合、锁住风沙的城关公社红旗口大队；有四旁绿化、方格成网的梁家油坊公社马官屯大队；有积极发展苗圃育苗的威远公社威远大队；有大力发展果树和梨树经济林的杨千河公社刘贵窑大队；有风口沙丘大片造林的黄沙洼；有综合治理、防止水土流失的欧村流域；有乔灌混交护岸的李洪河流域；有小盆地治理的威远公社；有积极发展针叶林的欧村公社；有机关造林绿化的县粮食局；等等。绿化先进典型有三十年如一日造林7000株的庄窝坡公社曹村大队社员曹国权；护林抚育、退休不褪色的高家堡公社杨家后山大队退休干部杨雍；身残志不残、义务护林30年的"绿色包公"——李达窑公社乔家村大队单身老汉陈富；等等。

常禄采取各种宣传形式，大力宣传了这些绿化先进典型，有力地推动了全县绿化事业的快速发展。

1979年9月26日，《山西日报》头版发表了记者段玉撰写的《发扬愚公精神　坚持造林不止》一文。文中介绍了右玉人民发扬愚公移山精神，在平均海拔1400米、绝对无霜期84天的干旱寒冷的黄土高原上，植树绿化取得的可喜成果——全县总面积302万亩，造林面积为76.2万亩，覆盖率达25.1%，人均9.8亩。并配发了该报评论员文章《领导心里要有树》。同时，还在第二、三版整版刊登了记者段玉写的《右玉县林业为什么能够大发展》，县委秘书古鸿飞和县政研室副主任马骏合写的通讯《塞上绿洲散记》，记者薛青、郭策、王秉镛、李校荣合写的《林海英雄》和《林业大发展的好处说不完》等文章，并配发了14幅黑白照片，全面介绍了右玉县林业生产发展的概况和英雄模范事迹。

1980年3月24日《人民日报》记者原玉来到右玉采访，常禄和县委宣传部部长郝文运陪他四天走遍了右玉的田野山川，使他感慨不已。4月1日，《人民日报》第一版发表了原玉撰写的《造林带来大变化——右玉由"不毛之地"成为"塞上绿洲"》一文。文中写道："这个县过去是'不毛之地'。1950年前，全县森林覆盖率只有0.3%，山岭光秃，风沙肆虐。到去年，森林面积增加到76万亩，覆盖率达到27%，变成了'塞上绿洲'。往日荒山荒沟，如今林木成材，改造自然收到明显效益：风沙小了，霜冻、冰雹灾害减轻了，水土流失减少了，燃料、木材和饲草增加了，粮油产量大幅增加。"

中央及省级党报记者亲自撰写反映右玉的文章，并在显要位置如此有分量地宣传右玉造林绿化业绩，这在右玉历史上还是罕见的。

看了这些报道，老县长车永顺不安地说："老常，人家越吹咱们，咱们的压力越大，先进模范可不好当啊，嘟出的粗（即说的大话），就是给自己加摞子。"

车永顺一向思想有点谨慎。

常禄笑了笑说："怎么是嘟粗呢？咱让人家吹，就是让中央、省里重视，多给咱们多方面的支持和帮助，坚定全县人民改天换地的信心，让右玉也好出人头地，早日风光起来。80万亩荒山绿化任务，在你我手里必须完成！'飞鸽牌'的干部也要干好'永久牌'的事。"

"这个信心是坚定的。"车永顺紧接着说。

两双布满老茧的决策者的手紧紧握在了一起。

1980年7月，笔者被借调到省委组织部工作，一年后部长朱卫华提出正式调笔者到省委组织部工作，被常禄断然拒绝。1982年1月12日，中共雁北地委组织部调时任右玉县委组织部组织科长的笔者到地委组织部工作。调令来了后，常禄不仅死活不让走，而且狠狠批评说："不行，右玉的干部一个也不能走！'飞鸽牌'的干部来右玉干'永久牌'的事，你是个地道的右玉人，要好好骑你的'永久牌'车子，建设绿色右玉！"尽管先后有几位地委领导跟他说情也无济于事。没办法，调令作废了。从此，笔者一直留在了右玉，参与、见证并宣传了右玉70年的沧桑巨变。

中共右玉县委、县政府下发关于树立林业典型的决定

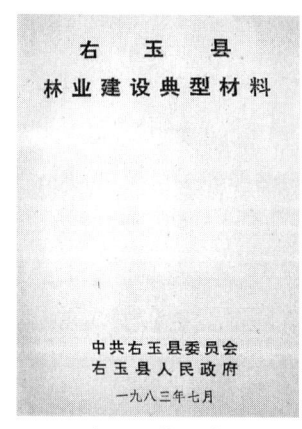

《右玉县林业建设典型材料》影印件

"老车啊，右玉人民跟着咱们整整辛辛苦苦地栽着了八年树，涌现出不少造林绿化的先进典型。咱们选上他几个最有说服力的集体和个人典型，以县委、县政府名义作个学习决定，你看如何？"

1983年7月上旬的一个早上，常禄与车永顺习惯性地早起，在县城大街上查看新栽的新疆杨成活情况，忽然说出了他的又一个想法。

"应该，这件事早就该办了。专门召开常委会集体研究确定一下，以县委、县政府名义作个学习决定，我看把材料整理好，印成一个学习集子或编成一本书发到全县学习，效果会更好。"

车永顺实际上早有这个想法，二人又不谋而合了。

很快，《中共右玉县委、右玉县人民政府关于树立林业典型的决定》下发了，《决定》的全文是：

植树造林是振兴国土、造福后代的百年大计。解放以来，在上级党委的正确领导和有关部门的具体指导下，我县历届县委和人民政府为改变右玉的自然面貌，带领全县人民坚持不懈植树造林，特别是党的三中全会以来，解放思想，放宽政策，大大加快了林业建设的步伐。到今年春季，全县大片林达到135万亩，大片荒山荒

坡基本绿化,有林面积占到全县总面积的45.8%。这对于防风固沙、保持水土、涵养水源、调节气候、美化环境、促进生态平衡发挥了显著作用。三十年来,我们摸索和积累了比较丰富的经验,也涌现出许多林业生产典型和模范人物。为了总结经验,树立榜样,表彰先进,我们经过调查研究,反复考察,总结了高墙框公社、欧家村公社、杨村公社、青羊沟大队、残虎堡大队、盆儿洼大队、威远大队、樊家窑大队、破虎堡公社苗圃、粮食局林场十个先进典型和曹国权、狄厚明、郑明、陈世永、强厚五个模范个人的事迹和经验。他们的经验各有侧重,各具特色,既反映了全县各地植树造林的基本经验,也看到了右玉人民艰苦奋斗、建设山区的可贵精神。县委和县人民政府号召社队和广大干部群众,认真学习、宣传、推广他们的经验,戒骄戒躁,继续努力,开创我县林业建设的新局面。

一九八三年七月二十日

县委、县政府专门编印了一本《右玉县林业典型材料》,发到全县300多个农村党支部和100多个县直机关党支部,组织全县党员干部群众进行反复学习,有力地推动了全县绿化山河事业的持续顺利发展。

这个32开大小的"右玉县林业建设典型材料"的小书,真实地记录了中华人民共和国成立34年来右玉人坚忍不拔地建设"塞上绿洲"的感人业绩。至今翻阅,仍然感慨不已!

朋友,在右玉,一任一任"飞鸽牌"的决策者,就是这样,矢志不渝地干起了植树造林、防风固沙"永久牌"的事。

在右玉,无论历届县委、县政府的决策者们,还是一代一代的右玉人民,人人身上都有一部植树种草史,人人手里都有一把磨得光亮的植树铁锹。

"有心多栽树无钱买苗木,我要办起自己的苗圃和林校!"

室外,皎洁的月光洒满了大地,一片寂静。

室内,一向爱抽烟的常禄,一盒"牡丹"烟抽得没几根了,还在办公室里来回踱步。他丝毫没有睡意,心里反复琢磨着一个问题。"党中央将要把右玉列入'三北'防护林一期工程重点县,这需要多少苗木?80万荒山造林又需要多少苗木?我们这样的贫困县能买得起吗?"

夜深了。常禄还是让县委办公室主任龚维成叫来县长车永顺,县委副书记张日明和邢志强,县林业局局长孙正、副局长刘克礼和李生华,共同商量如何解决植树秧苗短缺的大问题。

"有心栽树无钱买苗,这是右玉多年植树的一个老问题。咱们这一届县委不仅解决全部荒山覆盖问题,还要建设'三北'防护林体系工程,高质量地向中央交账,县穷买不起,靠别人也靠不住,还是靠咱们自己大干那狗的大苗圃,不信干不成!"土生土长的老县委副书记张日明建议说。

"天镇县能办起自家的大苗圃，咱们为啥不能？杨爱云和张光熙不是在威远、城关试办成功了吗？"车永顺说。

"完全靠咱们自己办成大苗圃。'三北'防护林需要大量的'三松'，咱们邀请地区林业部门的'林业通'徐有站长来帮咱们出谋划策，拿出高招。"从省林校毕业来右玉工作多年的县林业局两位副局长刘克礼、李生华也说。

"办苗圃，咱们分三步走：第一步，从县委、县政府各部门门前的空地做起，而后在全县掀开。第二步，请徐有站长出山帮助咱们建立'三松'苗圃。第三步，筹划办咱们自己的林校，培养咱们自己的林业人才。"邢志强和孙正一致建议。

"三个臭皮匠顶个诸葛亮，众人拾柴火焰高。咱们就来个大小苗圃遍地开花。老龚，你赶快以县委、县政府名义起草下发一个文件，标题叫《中共右玉县委、右玉县人民政府关于迅速掀起全民大办苗圃高潮，圆满完成'三北'防护林建设体系任务的通知》。"

常禄先前紧绷着的脸泛起了笑容，高兴地把建苗圃的事一锤定了音。

1977年的第一个春季，清一色平房的县委、县政府两个大院热闹极了：各个部、局、委、办的门前空地上，机关干部们挥锹整地、施肥垫底、剪树插秧、拉水浇园，一派办苗圃的繁忙景象。

当年秋天，各办公室门前的苗圃，齐刷刷绿油油的秧苗长得真是爱死人。共育出优种杨树苗229亩，为县城四旁绿化提供树苗6万多株，支援乡村50多万株，还为机关造大片林提供苗木20万株。

"常书记的育苗革命成功了。"人们高兴地说。

过去，这个贫困县每年要花四五万元从外地购买苗木，现在这笔钱全节省下了。

"县城机关率先办起苗圃。公社、大队、厂矿、学校、医院也得办！一切能利用的空闲地块都建起苗圃。"

常禄看到县委机关办苗圃获得成功，喜悦之情溢于言表。

"机关苗圃是轰轰烈烈地办起来了，赶快请徐有来右玉帮咱们建'三松'苗圃。"车永顺督促常禄。

常禄亲自给徐有拨通了电话。

"常书记的事业，'三北'防护林的建设，我理当全力帮助，右玉建'三松'苗圃，我徐有全包啦。"徐有愉快地接受了邀请。

第三天，徐有就带领着山西省林校毕业的三名男青年和三名女青年高高兴兴地来到了右玉。

徐有，原任雁北地区长城山林场场长，在长城山林场一干就是10年，是雁北地区蛮有名气的"爱树迷""造林专家"。1977年冬任雁北地区林业站站长，时年43岁。

徐有主动要求包蹲威远苗圃，其他六名"林业秀才"各包全县16个公社帮助办苗圃、引"三松"。

徐有亲自编写的"针叶树真讲究，'三不'技术牢记住"的宣传标语贴遍全县大小苗圃。

"三不"技术，就是"起苗不伤根，运苗不干根，栽苗不窝根"。

那时的右玉，上上下下都念的一本经：全民搞绿化，荒山披绿装，建好防护林。

常禄、车永顺走到哪里，首先问的第一句话是："你们记住针叶树的'三不'栽植技术没有？给咱说一说。"

那时的右玉人民，除了熟背记住了毛主席的"老三篇"，再就是记住了栽植"三松"的"三不"技术。

如今右玉的四大松涛园——贾家窑山、小南山、七连山、大南山（贺兰山），座座山上郁郁葱葱的松树，就是右玉的机关干部们严格按照"起苗不伤根、运苗不干根、栽苗不窝根"旱地造林技术要领栽植而成的。

那时的右玉，人们不论是进了学校，还是进了医院；不论是进了县委大院，还是进了县城各机关大院；不论是进了乡村，还是进了企业，扑入眼帘的到处是直溜溜的杨树苗和绿油油的松树苗，使人感到生机盎然，十分惬意。

上联是"右玉人民爱植树"，下联是"苍河儿女喜树秧"，横批是"绣我河山"。

这副对联是由山西省林校毕业、时任右玉县林业局副局长的李生华编写的，在县林业局大门上整整挂了三年。

1982年春，中共雁北地委书记薛凤霄，带领地区绿化委副主任康润玉、区林业局局长李凡及秘书王作柱等人到右玉调研，看到右玉机关大院的空地上都办起了绿油油的苗圃，甚感欣慰。薛凤霄当即指示常禄要认真总结右玉大办苗圃的经验，报到地委，而后在全区学习推广。

1981年10月5日，中共山西省委副书记王克文（左一）在中共雁北地委书记薛凤霄（右二）的陪同下来右玉视察调研。这是他们在高墙框公社苗圃查看新引进的优种杨树幼苗生长情况。

1982年3月20日，中共雁北地委、雁北行署做出了《在全区迅速掀起大办苗圃热潮，加快全区林业建设步伐的决定》。《决定》要求："全区苗圃建设要按照'三年打基础，五年大发展，十年见成效'的方针，像右玉那样，领导带头，发动群众，利用一切可利用的闲、散空地，大办各类苗圃，为全区林业大发展培育优质苗木。"

地委的支持和决定，进一步鼓足了常禄大办苗圃的决心和信心。

到1982年底，全县从各机关、学校、厂矿到各社队都办起了苗圃。其中30亩以上苗圃8个，50亩以上苗圃9个，100亩以上苗圃11个。

这些苗圃成为改良绿化品种和树种的基地。除了引进合作杨、群众杨、新疆杨、北京杨等优良品种外，还搞了油松、落叶松等针叶树育苗。同时还在杨千河、李达窑、破虎堡等公社高寒山区苗圃培育了银杏、苹果、木瓜、杜梨等经济树苗306亩。

林业功臣潘日成。山西省右玉县人，山西省林业学校毕业。先后担任县林业局技术员、林业站站长、林业局副局长、林业局党支部书记等职，从事右玉林业工作13年。先后规划设计、组织参与、检查验收了右玉县贾家窑山、段家山、四五道岭、七连山、大南山等县级干部职工万亩针叶树造林工程。1985年5月被山西省劳动竞赛委员会荣记三等功。

林业功臣王志强。山西省右玉县人。右玉县林业学校毕业。长期负责右玉县森林病虫害防治工作，建起右玉县第一个森林病虫标本室。1988年8月山西省科学技术委员会授予其"山西省科学技术进步二等奖"。

树苗的问题解决了，林业技术员怎么办？

"常请外人也不是个长久之计，就按志强和孙正提议的，咱们也来个自己办！"常禄满怀信心地说。

在常禄的亲自组织和外出联系下，林校的老师也有了：高家堡中学校长刘瑞调任林校任校长，文化课教师有国营林场的李淑彦，林业技术课教师有荫荣林、杨凯、刘拖信、郝廷升、李荫厚、刘克礼、任守善、杨丙文以及雁北林业局的谭喜、李少云等。这些人都是从省、地农林大中专院校毕业分配来到右玉的林业水保部门工作的专业技术人员。

1977年8月2日，在梁家油坊国营林场的麻家滩分场——"右玉县林业专业学校"挂牌成立了。常禄、车永顺带领县委副书记毕怀恕、邢志强和副县长丰章义、施美、董自新前去祝贺。

常禄在讲话中高兴地说："毛主席教导我们'自力更生，丰衣足食'，我们右玉也靠自力更生，建起了遍地的苗圃，又靠自力更生办起了我们的林校。这可是右玉历史上破天荒的好事、美事。祝愿能来林校上学的同志们，不久成为右玉林业建设的贤才良将！"

热烈的掌声与"噼啪"的鞭炮声交织在一起。

右玉林校每期学生150人，学期一年。至1983年，共培养县、社、队林业专业人才1045人。

先后任右玉县威远苗圃主任的李作旺、王志强，县林业局办公室材料员谢福，原县林业站站长潘日成、李月峰，县林产品经销站站长朱茂，县森保站站长李弼、马富财等一大批青年，都是从这个学校毕业，成了绿化右玉大地的贤才良将。

实行林业"三定"、颁发林业"三证"，林权归己永远不变；1981年6月，右玉县被山西省人民政府批准为林区县

1980年3月1日，《国务院关于保护森林发展林业若干问题的规定》下发。

1981年3月8日，中共中央、国务院关于林业工作做出指示，要求集中力量开展山林树木

的稳权发证工作。

"党中央、国务院要求我们解决好林权归属问题,这是一件利国利民的大事情,要抽调一批干部下去很快解决好这个问题。"

常禄指示县委组织部立即组建落实林权工作队。

从县社抽调的256名工作队员深入社队,一户一户地解决林权归属,澄清了国家、集体、个人现有成林的权属问题。同时,解决了有争议的林权案件2622起。退赔树3.63万株,退赔树款2.67万元,为2万户社员发放了林权证、树权证、宜林地使用证共5万余件,还为集体单位造林发放了林权证。

根据国务院的指示精神,常禄主持制定了《右玉县发展农业生产的十条规定》,明确规定"社员的屋前屋后的树木永远归社员所有","社员可以在集体指定的荒山荒坡造林,林权归己,永远不变,允许继承,间作收入全部归己。由公社统一验收,林业部门发给林权证"。

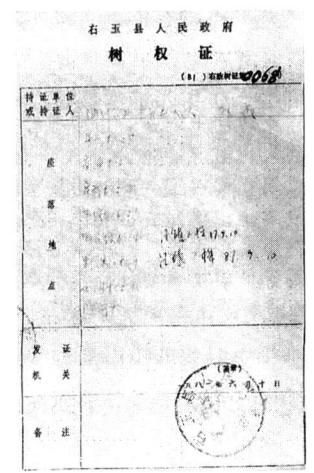

树权证影印件

实行了林业"三定"(稳定山林权、划定自留山、确定林业生产责任制)。

颁发了林业"三证"(林权证、树权证、宜林地使用证)。

"植树造林终于给我们吃了定心丸。"

右玉的山川田野上,社员们兴高采烈地相互告知着。

社员们个人植树造林的积极性空前高涨。

到1982年底,全县农村社员户个人造林达到1.8万多亩。

全县义务植树、四旁植树、大片造林三项计划连续两年超额完成。

直到1990年,右玉的林权再没有发生大的变革。

1981年6月,右玉县被山西省人民政府批准为林区县。这是省委、省政府对右玉人民持续32年不懈造林绿化成果的高度认可和肯定!

谁能想到,32年前的"不毛之地",32年后竟然成为林区县。右玉大地简直是天翻地覆的巨变啊!

1979年2月23日,在第五届全国人大常委会第六次会议上,根据国务院提议,为动员全国各族人民植树造林,加快绿化祖国,决定每年3月12日为全国的植树节。

根据邓小平的倡议,1981年12月五届全国人大四次会议审议通过了《关于开展全民义务植树运动的决议》。我国正式规定植树节是在1915年。1928年4月,又通令全国将孙中山先生逝世纪念日,即3月12日定为植树节。

1982年的植树节,邓小平率先垂范,在北京玉泉山上种下了义务植树运动的第一棵树。

常禄当晚从收音机里听到中央电视台《新闻联播》播出的这个消息后,又是一夜没睡好觉。

次日六点,一起床他就拨通了车永顺家里的电话。

"老车,中央又作出了一个植树造林的重要决定,你提前来我办公室咱们商量一下,看右玉怎么办?"

"太好了,咱们根据右玉县情也应作一个义务植树决定。"

车永顺十分高兴地说。

何为"植树节"?

"植树节"是一些国家以法律形式规定的以宣传森林效益,并动员群众参加造林为活动内容的节日。按时间长短可分为植树日、植树周或植树月,总称植树节。通过这些活动,激发人们爱林、造林的情感,提高人们对森林功用的认识,促进国土绿化,达到爱林护林和扩大森林资源、改善生态环境的目的。

中国植树节的由来:

中华人民共和国成立前,1925年3月12日,孙中山先生逝世于北平(今北京),1929年移灵柩于南京紫金山,1939年国民党政府曾定3月12日为植树节。

1956年,毛泽东发出了"绿化祖国""实现大地园林化"的号召。中国开始了"12年的绿化运动",目标是"在12年内基本上消灭荒地荒山,在一切宅旁、村旁、路旁、水旁,以及荒地荒山上,即在一切可能的地方,均要按规格种起树来,实行绿化"。

1979年,在邓小平提议下,第五届全国人大常委会第六次会议决定,每年3月12日为我国的植树节。

1981年12月13日,五届全国人大四次会议讨论通过了《关于开展全民义务植树运动的决议》。这是中华人民共和国成立以来国家最高权力机关对绿化祖国作出的第一个重大决议。从此,全民义务植树运动作为一项法律开始在全国实施。

同时确定了中国植树节的标志:

1.树形图案,表示全民义务植树3至5棵,人人动手,绿化祖国大地。

中国植树节徽标

2."中国植树节"和"3.12"字样,表示改造自然、造福人类、年年植树、坚忍不拔的决心。

3.五棵树可会意为"森林",由此延伸连接着外圈,显示着绿化祖国、实现以森林为主体的自然生态体系的良性循环。

1982年2月5日,在常禄的主持下,右玉县人民政府作出了《关于开展全民义务植树运动的决定》,共九条。《决定》中要求:"凡年满11周岁的中华人民共和国公民,每人每年都要在植树季节参加义务植树活动。""全民义务植树运动种植的树木、花草,按参加植树单位的性质或绿化委员会规划的宜林、宜草地的权属,分别确定为国家和集体所有,并由县人民政府颁发林权证书,切实保障其合法权益。""县人民政府撤销县造林指挥部,成立绿化委员会,统一领导全县植树造林工作。"常禄任主任,县长车永顺、县委副书记张日明、常务副县长姚焕斗、县人武部部长褚进海、县人大常委会副主任温秉琮、县林业局局长孙正任副主任,有关职能部门的主要负责同志共21人任委员。其后,各公社、县直各单位、各大队也成立了绿化委员会或绿化小组,专门负责本地区本单位的绿化工作。

设立右玉县绿化委员会,作为统一领导全县植树绿化工作的机构,这在右玉历史发展进程上也是第一次。

1982年3月25日,在常禄的提议下,县委、县政府决定:右玉县林业科学研究所、右玉县国营威远苗圃、右玉县森林病虫害防治站、右玉县造林专业队、右玉县林业派出所相继成立。

右玉县森林病虫害防治站采取人工、化学相结合的防治办法,仅1983年一年共防治森林病虫害严重发生面积6.7万亩。同时,还采集

不定期地进行森林药物"741"烟雾剂喷洒,严防森林病虫害。

了杨毒蛾等各类型害虫生活史标本120本,为防治病虫害和培训森林技术人员提供了依据。

此后,右玉森林病虫害防治站为保护右玉森林不受病虫侵害做出了很大贡献。

"男人不能砍树,女人不能有肚(超生)"

常禄爱树、植树,更护树。人们说他真正是"惜树如命,爱树如子"。

上了年纪的右玉人都知道,常禄嘴边常挂着两句话:"儿不抚育不成人,树不抚育不成林。造林不护林,等于糊弄人。"

他是这样说的,更是身体力行这样做的。

1977年2月,常禄首先责成县公安局在国营梁家油坊林场设立了森林派出所,专门负责林业案件的查处和管护。

我们在前面介绍了常禄为了护树,下乡经常带着望远镜。

在县城,常禄习惯性地每天早晨6点就起床,起床后第一件事情就是习惯性地到大街上转一转、看一看。看什么?他主要是看街上栽活的树有没有被损坏(若有被损坏的,追究到底);栽下的树是不是浇足了水,成活了多少、死了多少,树死的原因是什么……这些在他的心里都记得清清楚楚。

一天早上,他在县城东街路南看见一辆卡车撞断一棵云杉树,这个司机不以为然地掉头就走,老常上去就拦,对司机说:"你开车要爱车,更要爱树。我们这里规定毁树要赔款。"司机翻了脸:"不小心撞断一棵小树还赔什么款!"说着便开车要走。他万万没想到这位"护林员"是赫赫有名的县委书记常禄。他被狠狠地挨了一顿批评之后,做出了再不毁树的保证后,乖乖地到城建局交了赔款,方才离去。

县广播站一名线务员在树上钉了个电瓷瓶,被常禄发现,狠批了一顿:"你有生命,树也有生命,这棵树要是死了,你必须赔栽一棵!"

有的机关干部在树上晾晒被褥,被常禄发现了,批评道:"你懂得讲卫生,就不懂树也

讲卫生，你光顾你的干净，就不管树的死活？这棵树要是有了问题，你必须赔偿！"

常禄为了护树，不知私下翻了多少次脸、动了多少次肝火。只要叫他看见毁树砍树的，那是毫不留情，天王老子也不行，半点情面也不讲。

至今50多岁的牛羊倌说起常禄来，还心有余悸："天不怕，地不怕，就怕常书记的望远镜和电话（常禄用望远镜远远看见牲口啃树，就要社队立即派人处理他们），常禄那领导爱树就像爱自己的命，就像爱自己的孩子。"但他们又怀念说，"常书记的心是热的，没有常书记，哪有右玉这么多的树。"

一天晚上，已是深夜两点钟了，公务员小邵推开常禄办公室的门，问道："常书记，时辰不早了，您还没有睡觉？"常禄点着一根烟，慢吞吞地说："我正在起草一个护林布告，等会儿再睡。"

小邵说："快让秘书武环世起草吧。"

常禄说："栽树护树的事我比他们心里更清楚。"

一个针对性十分强的护林爱林公告发布了。

一种人人爱树、护树的社会风尚很快在全县形成。

三分植树，七分管护。护林者奖，毁林者罚！

看着一片片荒山种起了树，护林防火刻不容缓。常禄、车永顺决定，1981年1月10日，县人民政府正式成立护林防火指挥部，并在各公社成立护林防火领导组，设置了专门机构和领导成员，制定了奖惩严明的护林防火细则。全县配备专职护林员51人，兼职护林员300多人。还从全县造林资助款中每亩抽出1元钱，作为护林员的工资补贴。1981年，为防止木材非法外流，常禄、车永顺决定，在县界北出口杀虎口和县界东出口邓家村分别设立了木材检查站。

到1982年底，县、乡、村三级层层配备了护林员，总数达700余人，从而形成了严密的全县林木安全生长的保障体系。

当时右玉流传着这样一句话："男人不要砍树，女人不要有肚（指超计划生育）；谁砍了树，谁烧了树，常禄就不会饶恕！"

林业部部长雍文涛要求:"建设速生用材林基地大有必要!"

从中华人民共和国成立初期到1979年底,右玉历届县委、县政府带领右玉人民针对右玉风蚀严重的自然条件,采用小叶杨为主栽树种,立足于防风固沙,大力开展绿化右玉的群众运动,营造成功了大面积的第一代先锋林。

但是,由于中华人民共和国成立初期苗林基础、营林技术的历史局限,尤其是初植密度过大,加上抚育管理赶不上,使70%的林分形成价值、防护效益低的低产林,被人们称为"小老树"。

这种小老树除了起到防护屏障作用外,对国家提供用材甚少。这种情况如果继续下去,远远不能满足国家建设和人民生活对木材和林副产品日益增长的需要。

1979年,党的十一届三中全会以后,林业部部长雍文涛和山西省林业厅厅长刘清泉来到雁北,按照中央提出的"调整、改革、整顿、提高"的八字方针,

县委书记常禄(左)与林业部部长雍文涛在梁家油坊林地共商建立杨树用材林基地。

进行深入调查后,结合具体情况,提出了"在全国范围内建设杨树基地之前,拟在雁北地区试点,以打歼灭战的精神,突出重点,认真抓好,真正使雁北地区国营林区早日建成大面积的杨树用材林基地"的营林方向。

1980年,山西省人民政府批准成立了专业机构——杨树丰产林实验局,具体承担这一试点任务。

1979年8月2日至3日,塞上右玉万木葱茏。

林业部部长雍文涛在山西省林业厅厅长刘清泉及右玉县委书记常禄、县委副书记张日明的陪同下,到右玉察看调研后,当即决定,右玉县梁家油坊国营林场被列为雁北杨树用材林基地之一。

刘清泉还嘱咐常禄:"在营造大型防护林带时,要达到必要的长度和宽度,几百米宽都可以,像右玉杀虎口那样的大风口,甚至可以搞1000米宽。王谦书记说,在这个问题上,不要怕占地,占点地也是必要的、合算的。"

常禄又十分高兴地接受了这个任务,坚定地表示:"请两位领导放心,我要高标准、高质量地建成这个林业新基地!"

此后,在先后两任县领导(县委书记常禄、县长车永顺,县委书记袁浩基、县长姚焕斗)的高度重视和大力支持下,梁家油坊国营林场历任党委书记张润宝、赵日显、靳洪祥,历任场长胡应岗、赵巨祥,在林场技术员张宏仕的规划设计下,组织国营林场全体干部职

1960年，山西省林业厅杨树丰产林实验局决定成立右玉梁家油坊国营农场。从60年代初期至80年代末期，国营右玉县梁家油坊林场为右玉县营造40多万亩高科技林，高示范林作出了巨大贡献。此图为1978年5月国营梁家油坊林场领导班子成员的合影。前排左三为任职右玉国营林场12年的林场场长胡应岗，前排右三为任职右玉国营林场党总支书记张润宝。

工，按照一米见方的标准挖坑，每个树坑验收合格后，又按照标准线定位拉线栽下一株株经检验合格的小黑杨、群众杨、合作杨。并安排职工们昼夜不停地浇水、管护，对成活率又是年复一年地株株检查验收。

截至1985年春季，共营造杨树丰产林5000亩，圆满完成一期营造任务，并提前做好了二期工程准备工作。5年来，造林成活率平均达到98.4%，保存率达到100%，年度丰产林指标合格率达到95%，林木材积年生长率保持在130%，更新造林、低产林抚育改造面积达到2.8万亩。整个林区面貌发生了深刻的变化，多种经营、科研工作、精神文明建设都取得了显著成绩，职工队伍素质有了明显的提高，充分显示了国营林场在改革中初战初胜的新局面。

塞上高原——右玉，在梁家油坊国营林场周围，在高墙框苍头河畔，在威远大西梁、右卫镇西门外，一片片横竖成行的挺拔白杨茁壮成长。一个新型的具有较先进水平的大面积速生杨树用材林基地，展现在人们面前。

从"小老杨"到丰产林，显示了我国林业建设的灿烂前程！

1980年3月10日，中共中央书记处书记、国务院副总理王任重首次肯定"不毛之地"的右玉变成了"塞上绿洲"；省委、省政府在右玉召开为期7天的西山防护林建设会议

1980年3月10日下午，林业部、解放军总政治部、共青团中央等五部委联合召开植树动员大会。会上，中共中央书记处书记、国务院副总理王任重作了重要报告。他在报告中说：

"山西省右玉县,过去被称为'不毛之地',现在变成了'塞上绿洲'。这个县只有8万人,经过30年坚忍不拔的植树造林,使森林面积从原来的8000亩发展到76万亩,每人平均近10亩,森林覆盖率从0.3%提高到27.6%。右玉前后换了几任县委书记,但县委狠抓林业的这个指导思想不变,终于把'不毛之地'变成了'塞上绿洲'……"

常禄得知这个消息后,高兴地跳了起来。

他赶忙召开常委会:"中央领导王任重副总理表扬咱们了,这可是右玉天大的喜事。咱们可得快马加鞭迈大步。"常禄又一次给大家鼓足了劲。

1980年3月18日,《中共右玉县委、右玉县革命委员会关于再接再厉乘胜前进,为加快我县绿化步伐而努力》的红头文件下发了。文件明确强调:1.各级都要书记挂帅,全党抓林业;2.认真贯彻"谁造谁有""合作共造"的林业政策;3.大力办好社队林场;4.开展群众性的科学造林,改进林业质量;5.强化护林工作。

1980年8月1日至8月7日,中共山西省委、山西省人民政府在右玉县召开了西山防护林建设会议。西山区和外长城沿线32个县(区)的县委书记和林业局局长、全省各地市委书记、省直有关厅局主要领导共100人参加会议。省农委副主任范履端主持会议,省委书记王庭栋出席会议并讲了话,中共雁北地委书记薛凤霄致欢迎辞。中共右玉县委书记常禄向大会介绍了右玉县解放后在历届省、地委领导的关怀和大力支持下,坚持大抓植树造林、防风固沙,森林覆盖率由中华人民共和国成立初期的0.3%增加到现在的25.2%的经验和做法。

省委书记王庭栋在讲话中总结了几年来西山区认真执行省委、省政府提出的大力发展林牧业,促进粮食和多种经营发展,逐步过渡到以林牧为主的基本经验:1.把解放思想,放宽政策,搞活经济,使农民尽快富裕起来,作为西山林业建设的指导思想;2.搞林业要下功夫搞好责任制;3.继续落实政策,放宽政策;4.老老实实地科学造林,不能再搞植树不见树、造林不见林的蠢事;5.认真搞好育苗和抚育工作;6.加强法制,对毁林毁草开荒的,必须严肃处理;7.整顿县社队林场和专业队;8.提倡联合造林;9.积极实行各级领导干部的岗位责任制。

会议实地参观了右玉县植树造林的十大工程,充分肯定和宣传推广了右玉的绿化经验。

会议讨论通过了由山西省造林局局长李里起草的《山西省西山林业建设的有关林业政策的意见》和《山西省鼓动社员个人植树造林的十条办法》。

会议期间,山西省林业厅厅长刘清泉赋诗三首:

赞右玉

凌云壮志逞英豪,右玉人民敢赶超。

植树造林三十载,山垣沟壑绿滔滔。

抬头不再见黄沙,风吹草低遍肥羔。

牧副农林齐发展,山河今日更妖娆。

和《塞上曲》
一群杨柳治风沙，有人寻处好人家。
黄河澄清指日望，塞上绿洲满目花。

苍头河即兴
一片树林一处泉，泉水长流灌农田。
田种粮油大增产，产值翻番庆丰年。

《山西农民报》记者郑俊华也赋诗一首：

和《关外吟》反其意而吟之
雁门关外起新家，白杨青松密如麻。
百里形成林荫道，四处飘香果木花。
暴雨过去河水清，狂风刮来无黄沙。
说与诸君若不信，请到右玉细勘察。

西山防护林建设会议，是右玉解放31年来接待的第一个省级会议。多少年来默默无闻的右玉人民终于扬起高昂的头！会议极大地鼓舞了右玉人民绿化荒山锁风固沙的斗志和信心。

同年9月20日至25日，林业部召开的"三北"地区造林治沙经验交流会（第二阶段）在雁北地区召开。其间，国家农委副主任张秀山，林业部部长罗玉川、副部长郝玉山，山西省副省长兼农委主任赵力之，山西省林业厅厅长刘清泉率全体代表在中共雁北地委书记薛凤霄、雁北行署专员白效玉、雁北地委副书记邢德勇、雁北行署副专员关毅的陪同下，来右玉参观绿化工程，充分肯定了右玉植树造林、防风固沙取得的巨大成绩和宝贵经验。

国家"三北"防护林体系建设工程主要建议者、林业技术权威、北京林业大学教授关君蔚参观后不禁惊喜地高呼："小老树万岁！"

1981年6月16日至18日，在太原召开的山西省林业建设先进单位、劳动模范表彰大会上，常禄光荣地领到了省长罗贵波亲手为他颁发的001号"山西林业模范"证书和奖章以及一台25英寸进口彩电。省委常务书记李立功握着常禄的手，深情地说："谢谢你们，为西山地区树立了一个榜样，走出了一条路子。"

这是多么崇高、多么荣耀的政治荣誉啊！

它奖给了常禄，更奖给了艰辛播绿的右玉人民。

全省林业会议要求："要大张旗鼓广泛深入地宣传右玉县一任接一任地绿化山川的先进事迹，在三晋大地上要涌现出更多常禄式的领导干部，为建设山清水秀的新山西而奋斗。"

山西电视台摄制《塞上绿洲》专题片在中央电视台多次播出，充分展示了右玉人民33年植树固沙改天换地的卓越成就

1981年6月，时任林业部副部长董智勇和山西省林业厅厅长刘清泉积极向省委、省政府建议，将右玉县人工造林经验采取多种宣传形式推广出去，以推动山西林业建设的快速发展。同时建议右玉县委、县政府拍摄一部反映右玉绿化成果的专题片。

1981年10月初，中共中央组织部副部长杨士杰在山西省委常委、组织部部长胡晓琴和雁北地委书记薛凤霄及其秘书王作柱的陪同下来右玉视察调研，看到右玉人工造林改变自然面貌的成就，十分感慨。

1981年11月15日，《人民日报》第一版刊登了杨士杰撰写的《昔日荒山变绿洲——山西省右玉县绿化山区的调查》一文。文中指出：

> 1948年3月，右玉县县城获得解放。从1950年开始，县委根据当地实际情况，开始领导群众植树造林，特别在1956年延安五省（区）青年造林大会后，植树造林加快了步伐。十年"文革"中，禁止个人造林，林业建设受到影响。粉碎"四人帮"后，造林出现大干快上，自1977年以来，共植树造林40万亩，相当于过去25年造林的总面积。目前全县已有森林80万亩，平均每人有林10亩，森林覆盖率达到27.2%。零星树木达到500万株，全县人均55株多。现有万亩以上林区6处，总面积在12万亩以上。有总长500华里、面积7万余亩的13条防风林带和81条中型林带，有效地防护了20万亩农田。每年种植草木樨、苜蓿、野豌豆等牧草约8万亩。林业建设的发展逐渐改变了自然环境的面貌，生态平衡得到恢复。春回大地之后，登高远望，县中部和北部大面积的防风林带郁郁葱葱，田间的绿树林网纵横交错。丛林之中可静听百鸟争鸣，不难见到成群结队的雉鸡、石鸡，并有狐、獾、狼、野兔和其他小兽出没，林边河上野鸭、水鸟密密麻麻，成为狩猎对象。被称为"不毛之地"的右玉，正在变为"塞上绿洲"。
>
> 右玉县绿化山区的经验是：关键是有一个热心林业建设的领导班子。右玉县30年林业建设步伐快，关键是县委重视，持之以恒。历任县委书记，任任亲自抓林业。1975年常禄同志担任右玉县委书记后，更是将林业放在重要位置。他一向热爱林业建设，就因狠抓植树造林，在"文化大革命"中受到批判，但并没有动摇他扩大森林覆盖面积，彻底改变右玉县多灾自然面貌的信心。最近，山西省政府批准右玉县为林区县，授予常禄同志林业模范的称号。
>
> ……

1982年2月28日，《山西日报》头版刊登了师发、要子瑾、白志中、梁凤梧合写的《营造"塞上绿洲"的带头人——记省林业模范、右玉县委书记常禄》一文和照片，并配发了评

县委书记常禄（前左二）与作者马骏（前左一）、王兵、傅品、乔悦等文化工作者研究《塞上绿洲》专题片脚本。

《塞上绿洲》专题片影碟

论员文章《县委书记脑子里要有树》。文中指出："常禄同志带领右玉人民营造'塞上绿洲'的事迹，很感动人。去年，我省10名县委书记、副书记和县长被评为全省林业模范。如果今后几年，我省有1/3的县委书记和县长成为林业模范，我省的造林步伐就会大大加快。"

1982年7月4日，由县委通讯组组长傅品、县委宣传部宣传科科长王兵共同撰写的长篇通讯《心有群众树常绿》，先后在《山西日报》（第一版）、《山西支部建设》、山西省委和省政府组织编撰的《创业者之歌》、中央级刊物《农村工作通讯》上发表，深度宣传报道了常禄同志绿化右玉河山的感人事迹。

1982年8月13日，县委书记常禄和县长车永顺在林业部副部长董智勇和山西省林业厅厅长刘清泉的建议下，专门邀请山西电视台原一级摄像师兼总编张绍林和雁北地委新闻中心记者兼雁北电视台新闻部主任董育中（现任山西广播电视厅副总编辑，山西电视台党委书记、台长、总编辑）来右玉实地拍摄。县委、县政府责成县委通讯组组长傅品、县委宣传部宣传科长王兵、县林业局副局长张沁文撰写了专题片《塞上绿洲》的脚本和解说词。

经过为期10天的紧张拍摄，《塞上绿洲》专题片于1982年9月5日由山西电视台制作完成，片长20分钟。该片共制作了10部16毫米的电影拷贝，送全国绿委办、林业部、水利水电部及山西省和雁北地区有关部门，在全国、省、地有关会议上相继播出，并在日本播出。中央、省、地领导来右玉视察时，首先要观看这部影片。右玉县还在影剧院、各乡村单独或配合其他电影多次放映该片。

专题片《塞上绿洲》的播出，极大地振奋了右玉人民绿化右玉大地、建设美好家园的信心和决心。

1983年5月17日，林业部造林经营司向右玉发来贺信："对右玉县提前两年实现了1985年林业建设规划，为'三北'防护林建设工程树立样板的举动表示热烈的祝贺。并希望右玉再接再厉切实巩固造林成果，提高林分质量，夺取林业建设的更大成绩。"

马骏、傅平创作电视剧《借姑娘》，荣获山西省首届社会主义文艺创作奖

马骏，1946年1月生，山西省朔州市朔城区人，1968年毕业于山西财经学院。毕业后到右玉县工作12年。先在右玉县李达窑公社暖泉大队插队劳动锻炼。之后，先后任李达窑公社党委秘书、右玉县委通讯组干事、右玉县委调研室副主任。1980年调离右玉到雁北地区文联工作。

马骏酷爱文学创作。常禄为了加强对右玉绿化事业的宣传，1976年从天镇县借来三位年轻的女演员，充实右玉文化宣传队。马骏和傅品受此启发，以右玉热火朝天的植树绿化事业为素材，创作了短篇小说《借姑娘》，在1982年第二期《晋阳文艺》上发表，先后获得刊物优秀小说奖、赵树理文学奖。

1982年，山西电视台邀请作者马骏把小说改为电视剧本，马骏和傅品专程去太原定稿。山西话剧院导演贾德因1982年秋去右玉，然后到大同物色演员。

该剧是山西电视台拍摄的第一部农村题材电视剧。右玉县委相当重视，县委书记常禄责成县委宣传部副部长丰魁元专门配合协调工作。在右玉县李达窑公社的李达窑村和魏家堡村取了部分外景。剧组还在右玉县委招待所过了中秋节。整个剧组先后拍摄了40多天。

该剧1983年12月获得首届"飞天奖"提名奖。1984年获得山西省首届社会主义文艺创作奖。

该剧从一个侧面反映了党的十一届三中全会精神给贫困的山庄窝铺带来的欢笑声，有力宣传了右玉植树绿化、锁风固沙的奋斗业绩，获得了良好的政治和社会效应。

1980年12月，林业部编印了一本书，名为《在绿化的道路上前进》。在书的扉页上印有：

> 1980年3月5日，中共中央、国务院《关于大力开展植树造林的指示》：……实践证明，各级领导，特别是县委，只要把林业摆在重要位置，狠下功夫，持之以

《借姑娘》书影

《在绿化的道路上前进》书影

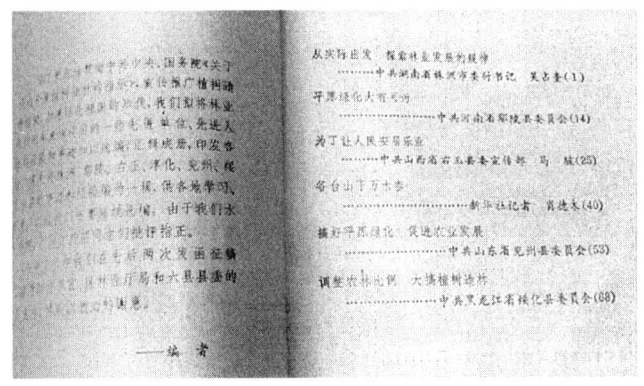

《在绿化的道路上前进》书影

恒，条件较好的地方三五年，差的地方十年左右，就能大见成效。全国有二百多个造林绿化较好的县，像湖南的株洲、河南的鄢陵、山西的右玉、陕西的淳化、山东的兖州、黑龙江的绥化等，都这样办到了，为我们做出了榜样。

现先将株洲、鄢陵、右玉、淳化、兖州、绥化六县的事迹和经验编为一辑，供各地学习、参考。

马骏撰写的《为了让人民安居乐业》，副题为"山西省右玉县9任县委书记坚持抓林业的故事"，共6000多字，被收入书中。文中记载了中华人民共和国成立后从第一任县委书记张荣怀，到王矩坤、张进义、马禄元、庞汉杰、关毅、薛珊、杨爱云、常禄共9任县委书记抓林业的典型故事。

丰硕的成果，丰收的喜悦

常禄任职的八年里，"咬定青山不放松，满腔热血搞绿化"，使右玉这个仅有9万多人口、2万多劳力的塞上小县，平均每年植树十几万亩。

1983年常禄得知自己即将离任，春季一季就造林20多万亩，使造林面积由1974年的42万亩猛增到143万亩，占土地面积的43%，其中防护林占25.8%、水保用材林占54.8%、灌木林占4.03%、经济林占0.3%。全县建成万亩以上林区6处，面积12.1万亩；布设大型林带13条，全长286.5公里，面积12.3万亩。另外还有中型林带81条。在全县范围内初步形成了片、带、网

1983年5月，县委书记常禄（右一）、县长车永顺（左三）、县委副书记张日明（左一）、常务副县长姚焕斗（左二）、新任县委副书记袁浩基（右三）、县林业局局长刘克礼（右四）共同实地规划春季"三松"造林工程。

县委书记常禄（前排左四）、县长车永顺（前排左五）与一起进行"八年绿色革命"的县四大班子领导成员在县委办公室门前合影。从1975年11月至1983年9月，常禄在右玉任职县委书记整整八年。他是中华人民共和国成立后70年来右玉任职时间最长的县委书记。在这张县级领导班子合影的18名成员中，有15位与常禄风雨同舟走过了八年荒山播绿的艰苦征程。

1984年1月20日，在山西省林业系统模范单位和模范个人表彰大会上，常禄（前排左二）等13位县委书记和县长，被山西省人民政府授予"绿化旗手"光荣称号，受到隆重表彰。

相结合的防护林体系，提前完成了"三北"防护林建设第一期工程规划任务，基本完成全县宜林荒山造林。

截至1983年5月底，右玉县建成的6处万亩林区是：老虎坪21500亩，黄沙洼22500亩，红土堡梁25785亩，杀场洼15000亩，威远西梁22000亩，杨村梁15000亩。建成的13条林带是：长城林带46公里，10016亩；苍头河林带50公里，52000亩；串营梁林带10公里，7000亩；李洪河林带35公里，8000亩；九连山林带5.5公里，7000亩；元子河林带18公里，9000亩；康村梁林带5公里，3000亩；布村梁林带7公里，3000亩；叶家村林带5公里，8000亩；公路干线林带30公里，3350亩；道羊村林带8公里，7000亩；杨千河林带7公里，3000亩；县界林带60公里，3000亩。

在营造大片林的同时，建起百亩以上的骨干苗圃20个。全县个人、集体、国家共育苗8972亩，植四旁树594万株，涌现出办百亩以上林场的林业专业户58个。

右玉，成为山西人工造林最多的一个县，创造了塞上黄土高原的生态奇迹，建成了塞上高原罕见的生态绿洲。

1983年8月31日至9月1日，山西省林业观摩会在右玉召开。全省林业部门和各县（区）县委书记或县长实地参观了右玉辛堡梁、贾家窑山、黄沙洼、苍头河、龙须沟、威远六个林业建设工程，听取了常禄关于全县造林绿化情况的汇报。山西省林业厅厅长刘清泉号召："全省党政主要领导都要以常禄为榜样，热爱林业，关心林业，狠抓林业，功垂千秋，造福后代。"

常禄在1983年9月离开右玉时，逢人便兴奋地说："当年共产党领导人民进行了八年抗战，打败了日本鬼子，胜利了；我老常在右玉进行八年绿色革命，赶走了风沙，胜利了。"

在西山防护林建设中涌现出一批热爱林业、带头抓林业干林业的模范县委书记和县长。1984年1月6日，在太原召开的山西省1981至1983年林业系统模范单位和模范个人表彰大会上，常禄等13名县委书记和县长被山西省人民政府授予"绿化旗手"光荣称号，受到隆重表彰。右玉县曹村村民曹国权被山西省人民政府授予"植树造林老愚公"光荣称号，受到隆重表彰。

在这个会上，山西省林业厅厅长刘清泉作了题为"大胆解放思想，放手发动群众，扎扎实实地把全省林业建设推向前进"的工作报告。报告中特别提出："地处塞外高原的右玉县，坚持不懈地造林植树，党的十一届三中全会以来，解放思想，放宽政策，大大加快了绿化步伐。据报近三年每年平均造林24万亩，育苗8000亩以上。1983年春季，全县造林21万亩，人均造林2亩多。现在全县人工林面积已达到135万亩，比1974年的林地面积增长了2.2倍，人均达到15亩。林地占到总面积的45.8%，提前达到了《森林法》规定的标准，圆满完成'三北'防护林体系的第一期工程任务，成为山西第一个完成宜林荒山造林的县，使昔日的'不毛之地'变成了'塞上绿洲'。被国家树为'中国风沙线上以生物措施有效改善环境，初步实现生态良性循环'的林业建设先进典型。"

1994年4月6日，刘清泉专程到大同看望病中的常禄，还给他赋诗一首：

看望病中的常禄同志

惊闻常禄苦病痛，驱车匆匆赴大同。
株株幼树赖伊长，处处丛林倚君成。
绿满右玉英模业，青染苍头河水澄。
嘱托静养待身健，扬鞭再登新征程。

常禄于1994年5月20日因病在北京去世，享年60岁。但他那八年咬定荒山搞绿化的业绩和像爱护子女一样，为右玉百姓铁面无私护树的事迹，却深深地印刻在人们的记忆里。

常禄去世后，右玉干部群众饱含深情地为他送去了挽联："青山不老树常绿，大地有情旗更红。10万右玉人民敬挽。"

常禄在1983年9月调离右玉时，有心人都看到：八年前来右玉任职的常禄满头黑发，风华正茂；八年后将要离开右玉的常禄两鬓斑白，额头秃顶，银发稀疏，满脸皱纹。

常禄在右玉的"八年绿色革命"耗了多少心血、费了多大的气力，常禄心里清楚，右玉人民更清楚。

中华人民共和国成立70年的发展进程中，唯有常禄在右玉的"绿色革命"整整搞了八年。

在八年的任职中，铁锹、剪子、卷尺、望远镜四样工具随身相伴了八年；

在八年的任职中，老婆、孩子一家人跟着右玉机关干部一起整整栽了八年树；

在八年的任职中，"'飞鸽牌'的干部要干好'永久牌'的事"这句话，他也讲了整整八年，身体力行地做了八年。

至此，它真实、生动地诠释了常禄对党的绿化事业的无比忠诚和改变荒山面貌的坚定决心！它真实、生动地兑现了八年前常禄承诺的"让右玉的荒山变常绿"的铮铮誓言！它真实、生动地展示了常禄对贫困山区人民的至诚大爱！

笔者在走访中发现，无论是上了年纪的村民，还是省、市的一些领导，他们无不以敬仰、难忘的语气回忆说："常禄那真是个'树迷'，那真是位科学发展观的忠实实践者。率先垂范，以身作则，是常禄践行我们党执政为民宗旨最动

到1983年8月，右玉成为山西省第一个人工完成宜林荒山造林的县。常禄为右玉捧回了"塞上绿洲"美誉。1983年9月12日，常禄奉命离开奋战"八年绿色革命"的右玉县。这时的常禄变成了一位白发苍苍、皱纹满面、病病在身的老人。这是他即将离开右玉、在贾家窑山上自己亲手栽下的松树旁留影。

人的闪光点。常禄靠他那勇于实践、真抓实干的工作作风换来了右玉山川变绿洲。常禄作为右玉生态建设史上里程碑式的人物，谁也无法否认！"

**曾任中共山西省委八年书记的李立功盛赞常禄：
"常禄的精神也是右玉精神的集中体现，
没有常禄恐怕不会有今天右玉生态旅游之说。"**

2009年5月8日，笔者到中共山西省委第9任书记李立功家中采访。李书记格外动情地说："右玉能搞到今天这个样子，从领导层面讲，有重要的一条，也是各级领导最值得学习的一条，就是到右玉工作的县委书记们，不去否定前任，而是不谋而合一条心，扭住绿化固沙不放松，一任接着一任干，一张蓝图绘到底。而不像有的地方，赵书记来了一张图，王书记来了又一张图，互相否定，结果什么也干不成。

"常禄同志在右玉的八年，很值得大写特写。他就是我们县委书记的好榜样。你书中已写到了，他是浑源县人，他能在右玉一干八年，而且是老婆、孩子全跟着去了右玉，又是老婆、孩子跟着常禄真心为右玉栽了八年树，真心为右玉的子孙后代撒绿荫。还有'飞鸽牌的干部要干好永久牌的事'成了他的口头禅。他为了树的成活，望远镜不离身，大动肝火黑下脸与毁树者作斗争……这是多么的不容易。他满头黑发到右玉，八年后满头银发皱纹满面离开右玉，他把自己宝贵的年华献给了右玉，说明了什么？而且在右玉那个高寒冷凉地区操劳过度患了癌症，60岁就去世了，多么可惜。还有王铭三同志在雁北当了九年地委书记，那是雁北异常艰难的时期，弄了一身病，刚59岁就去世了，多么可惜。

矗立在县城东街通往大同109国道上的跨路横标

第七章 "八年绿色革命"

梁凤梧（右），1948年10月11日出生于右玉县元堡子镇大马营村，中共党员，毕业于山西大学数学系。1980年10月至1985年5月任右玉县委通讯组组长。其间，为右玉县"三北"防护林一期工程建设宣传报道作出突出贡献。其与人合作共同采写的《营造"塞上绿洲"的带头人——记省林业模范、右玉县委书记常禄》一文刊登于1982年2月28日《山西日报》头版。1983年10月，被评为《山西日报》《山西农民报》甲等模范通讯员；1984年5月1月，被山西省社会主义劳动竞赛委员会荣记二等功。这是梁凤梧与妻子郝如娟（左）在辛堡梁观摩厅留影。

"我和常禄在我们担任共青团书记时就认识，就了解。常禄在担任朔县团县委书记时，就是一个植树爱树迷。担任县委书记后，常禄每次到我这里，就是说如何栽好右玉的树，如何栽活右玉的树，如何让右玉的荒山变绿洲。没有听过让我提拔他，没有跑官的想法。他心里想的完全是党的事业、群众的切身利益，他把右玉当成了自己的家。我们有些领导干部每年也搞植树造林，总认为那是给公家栽，栽多栽少、栽死栽活无所谓。而常禄同志在右玉那样艰苦荒凉的地区，死心塌地尊重科学地搞了'八年绿色革命'，使右玉从一个'不毛之地'变为'塞上绿洲'，受到公众一致认可，得到党中央一致肯定。常禄在右玉生态建设上立下的汗马功劳，那是众人一致公认的。他把他的名字变为自己真抓实干的行为，太令人敬佩了。常禄的精神就是我们党全心全意为人民服务精神的最生动的体现。常禄的身上处处闪烁着焦裕禄的精神。常禄的精神也是右玉精神的集中体现。这样的县委书记太值得写了，太值得学习，太值得宣传了。前人植树后人乘凉。没有常禄也恐怕不会有右玉今天生态旅游之说。你们在大书写完后，就常禄同志的绿化业绩可写成单行册子，如同折子戏一样，好好地学习宣传。如今贯彻落实胡总书记提出的科学发展观，太需要像常禄这样的好县委书记了，太需要像王铭三这样的好地委书记了。"

是的，心有群众树常绿。

常禄的绿化业绩，在右玉人民心中立起了难以磨灭的丰碑！

34年的艰辛，34年的回报。

右玉，这个"不毛之地"真真实实地变成了"塞上绿洲"，标志着右玉发展历程中一个崭新的里程碑。

右玉人民终于在绿荫掩映下，有模有样地生存了。

吃大苦耐大劳的右玉人民为此而动容，为此而骄傲，为此而欢呼，为此而激励谋划踏上新的征程。

第八章 走『反弹琵琶』之路

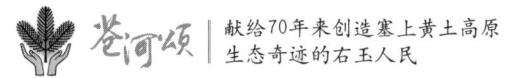
献给70年来创造塞上黄土高原生态奇迹的右玉人民

[题记]

人类的文明发展史,实际上就是一部与贫困搏斗和不断告别贫困的历史,而共同富裕正是人类的共同理想。

1982年9月1日至11日,中国共产党第十二次全国代表大会在北京人民大会堂隆重举行。

邓小平在大会上致开幕词。邓小平掷地有声的话语划破天际,响彻神州。他说:"走自己的路,建设有中国特色的社会主义!"从此,中国的发展道路有了一个响亮的名字:中国特色社会主义。

党的十二大,标志着我们党领导十亿中国人民揭开了全面开创社会主义现代化建设新局面的伟大篇章,是中国共产党历史发展进程中划时代的里程碑。

20世纪80年代,世界面临着新技术革命的挑战,国内掀起了经济改革的浪潮,右玉正处于农业实现第二个翻番起步的关头。

加快绿化步伐,努力建设生态屏障,是我国的既定国策。发达的林草业,是国家和民族文明昌盛的象征。

改革,也使"塞上绿洲"右玉焕发了青春的风采。

1983年9月12日,县级党政机构改革时,山西大学政治系本科毕业的中共右玉县委副书记袁浩基被提拔为右玉县中华人民共和国成立后的第10任县委书记;曾担任援建坦桑尼亚专家团团长的姚焕斗担任了中华人民共和国成立后右玉县第9任县长。

上任之前,中共雁北地委书记白兴华在他的办公室里一再嘱咐袁浩基:"右玉经过新中国成立后历届县委、县政府的艰苦努力,锲而不舍地植树绿化、防风固沙,取得了巨大成效,奠定了良好的生存基础。尤其是常禄同志八年的'绿色革命'为右玉赢得了'塞上绿洲'的美誉,你去右玉后,决不可否认前任。你是个大学生,要继续接好右玉的绿化接力

坚决贯彻"十六字"农业发展方针的第十届县五大班子领导成员合影留念。前排从左至右依次为:县委常委、纪委书记罗珍,县委副书记张日明,县委副书记王守尧,县长姚焕斗,县政协主席崔彬,县委书记袁浩基,县人大常委会主任张殿卿,县纪委副书记靳瑞。

棒，与时代同步，有所创新。特别是要带领右玉人民在发展致富上多动脑筋，熟悉一段时间后，拿出新的创业思路，交地委审定。"

袁浩基十分感激地说："地委这样信任我，我袁浩基决不会辜负地委和右玉人民的期望。我在地委政研室工作时，去过几次右玉，现在又到右玉工作了四个月，对右玉有了些了解，也有了一些想法。我想我这些想法会逐步变为实际行动，在右玉的发展上迈出新的步伐。"

1983年5月24日，袁浩基从中共雁北地委政研室被提拔去右玉任县委副书记。当时县委书记常禄指派县委组织部组织科长石新民（即笔者）与司机温继承去大同迎接他。袁浩基带了两箱子书和几件衣服就来右玉上任了。

新任县委书记袁浩基和新任县长姚焕斗，两人都是1.68米的个头，都是朔州市应县籍干部，身材都是不胖也不瘦。两人漫步在右玉的林荫大道上，探讨着如何使右玉这个"塞上绿洲"更加璀璨夺目。

1983年8月6日的延安。

又一个重要的会议在这里召开。

北方旱地农业工作会议。中共中央总书记胡耀邦在会上作了重要讲话。他指出："要实现中国北方生态系统的良性循环，在我看来，第一位的工作是种草、种树。有草、有林，才能够发展畜牧，发展牛、马、驴、骡、羊、鹿、骆驼等，才能够畜多肥多，多打粮食，也才能够促进各种农林牧副产品的加工工业，各种轻工业的发展。""在北方干旱区，特别是在土地多的地方，狠抓种草种树，把它摆在第一位。"

他指出："多年来我们有个老框框，就是怕没有粮食。越没有粮食，就越要单打一地抓粮食；但越是单打一地抓粮食，结果就越没有粮食。""所以一定要来个思想大解放，狠狠地抓紧种草种树。最后的目的，是经营种草种树，发展牧业，达到粮食大增产。这就叫'反弹琵琶'。"并强调说："总之不能耽误，耽误一年就是犯一年错误。从现在起就要下决心，明年起就抓紧动手，种草种树。"

胡耀邦号召黄土高原地区要走"反弹琵琶"的路子，迅速改变落后面貌。

召开右玉历史上第一个农业发展战略论证会，制定"十六字"农业发展方针

袁浩基和姚焕斗一边学习中央的指示精神，一边琢磨着右玉的发展新思路。

"老姚，我看右玉的林业要巩固、要发展，必须首先提高对右玉林业的深刻认识，提高右玉林业的战略地位，把林业提升和纳入全县农业经济发展的重要位置。"袁浩基思谋着说。

"是的，右玉的林业在基本解决了人们的生存问题后，如何谋求新的发展成为当务之急。"姚焕斗十分赞同地说。

于是，两人根据胡总书记的讲话精神，共同切磋提出了"种草种树，发展畜牧，促进农

来自国家、省、市与会的100多位领导、专家、学者在县政府大门前合影留念。（三排右六为笔者，会议期间任会务组组长）

副，尽快致富"的右玉农业发展战略方针。

为了进一步弄清这一方针是否科学可行，以及如何更好地贯彻执行，决定请专家高手进行全面广泛的论证。

为了开好这个论证会，袁浩基、姚焕斗马不停蹄地深入基层，做了大量的调查研究，分别准备了表达自己见解的论文。同时对会务工作也做了详细的安排和筹备。

1984年7月16日至22日。塞上右玉清风送爽，大地一片翠绿。

由雁北行署科委、中共右玉县委、右玉县人民政府联合召开了"右玉县农业发展战略论证会"。

会议邀请了北京大学地理系教授王乃梁，中国人民大学副教授严瑞珍，中国科学院综合考察委员会考察队副队长、副研究员李凯明，中国社会科学院数量经济与技术经济研究所主任、副研究员刘玉福，中国农科院作物品种资源研究所副研究员陆炜、助理研究员陆明奇，中国沙漠研究所所长秘书极泰运，山西省林业厅厅长刘清泉，山西省农业发展研究中心副主任、高级工程师张沁文等国家、省直科研单位及高等院校的专家、教授；曾经为右玉的建设立下汗马功劳的老书记；省、地、县行政部门的学者、科技工作者和负责同志共102人（内有国家级10人、省级34人、地级30人、县级28人。有技术职称的79人，其中高级职称14人、中级职称52人、初级职称13人），欢聚右玉。

中共雁北地委书记白兴华为开好这次会议做了具体指示，雁北行署副专员管少藩出席会议并致开幕词。林业部副部长董智勇，山西省委常委王庭栋以及国家经委、农业部等单位发来了贺电、贺信。会议由雁北行署科委主任梁建魏、副主任刘士烈、办公室主任霍绍珍分别主持。会议先用了三天时间，对辛堡梁林区、苍头河护岸林、黄沙洼防风林、盆儿洼农田林网、花柳沟种草养畜及一些专业户，共32个不同类型的先进典型进行了实地考察；用四天时间进行讨论，先后有33位专家、学者和曾在右玉工作过的马禄元、庞汉杰、关毅、常禄4位老县委书记畅所欲言，各抒己见，对"十六字"方针从理论到实践、从眼前到长远、从策略到措施、从管理到效益等多方面进行了广泛而深入的论证。

大家一致认为，就一个县的经济发展召开论证会，在右玉历史上是第一次。"十六字"方针是右玉县发展农林牧生产的正确方针，是右玉县治穷致富、实现农业第二个翻番的最佳方案：

（1）右玉县"十六字"方针的提出，是对胡耀邦在1983年8月北方旱地农业工作会议的讲话精神的具体落实。学习胡耀邦的指示，使县委一班人的眼界大为开阔，充分看到了右玉走有机旱作农业道路的必要性，在继续抓好林业建设的同时大力发展牧草。种草种树，是实现生态系统良性循环的基础一环，是农业发展的一个根本问题，是关系全局的战略问题。专家们在论证中指出，右玉县正是胡耀邦讲的黄土高原那一大类干旱地区的一部分。这里风大沙多，每年8级以上的大风日数平均为29天，最多年份为52天，裸露地表一年风蚀深度2到5厘米；这里气候寒冷，年平均气温3.6℃，极端最低气温－40℃，全年几乎没有夏天，是山西省最寒冷的县；这里水土流失严重，平均水蚀深度是0.4—1厘米，侵蚀模数是4000—10000吨／平方公里；这里土地贫瘠，土体干旱，有机质含量仅有0.4%—0.7%，蓄水保墒能力极差。这是典型的北方干旱地区，非走"种草种树，发展畜牧"的"反弹琵琶"的道路不可。

（2）右玉县"十六字"方针的提出，是对本县30多年经验的发展提高。"右玉要想富，必须多栽树"，30多年来右玉大搞植树造林，大面积的人工林，对于减轻风沙、控制水土流失、保护农田起到了很大作用。但是，专家们指出，鉴于右玉不良的自然条件，小老树生长周期长，复被速度慢，直接经济效益差。如果加上种草，把种草种树结合起来，能够更好地增加植被，提高防护效益，促进畜牧业的发展，解决土壤贫瘠问题，促进农副业发展，取得较高的经济效益，走上良性循环的道路。所以，右玉提出"十六字"方针是30多年经验的升华，是广大干部群众智慧的结晶，完全符合右玉农业经济发展的客观实际。

（3）右玉县"十六字"方针的提出，是贯彻中央富民政策的有力措施。1984年中央1号文件指出，今后一个时期农村工作的重点是发展农村的生产力，发展农村的商品经济，使农民尽快地富裕起来。右玉县在1983年已经实现了农业总产值的第一个翻番，实现农业总产值第二个翻番已迫在眉睫。专家们指出，要发展右玉的大农业，使农民尽快富裕起来，单纯抓粮油种植不行，单纯抓植树造林也不行，而大力种草养畜，发展商品畜牧业，正是右玉治穷致富的可靠途径。所以，"十六字"方针是一个富民的决策，是发挥右玉优势、具有右玉特色的发展农业生产的战略方针，代表了右玉农民的意愿，是右玉县委、县政府积极贯彻中央1号文件的富有创造性的行动，是科学的、可行的，具有承前启后、继往开来的深远意义。

专家们的一致肯定和认可，使袁浩基、姚焕斗对右玉的发展增添了无限的信心，插上了飞翔的翅膀。

为了更好地贯彻"十六字"方针，实现右玉经济起飞，会议结束时成立了"右玉县农村经济技术发展中心"，聘请36位专家、学者担任顾问，经常联系，随时请教，使右玉的经济逐步向高度信息化、智能化、集约化方向发展。

政协山西省副主席杨明葆、凌大琦、姚莫中及秘书长王瑞生一行，与右玉县县长车永顺（二排左五）、县委副书记霍风歧（二排右一）、政协右玉县主席崔彬（一排左一）、副主席傅新瑞（一排左三）合影。

贯彻"十六字"方针，充分开发当地的自然资源，智力开发显得尤为重要。袁浩基又响亮地提出"把现有的人才用起来，把外地的智力引进来，把干部的水平提起来，把基础教育抓上来"，以智力开发推动自然资源的开发。

论证会结束后，右玉大地上掀起了贯彻落实"十六字"方针的热潮。到1984年底，全县林业、牧业、农业取得了突破性进展：

全县林草面积有了新的突破。1984年全县营造大片林15.8万亩，人均1.7亩；人工种草20.9万亩，人均2.2亩。畜牧业有了新的发展。1984年以牛为主的大牲畜发展至3.5万头，户均1.7头，比历史最高年增长26.9%；羊发展到10.6万只，户均5只；猪发展到3.5万口，户均1.7口；鸡和兔也有不同程度的增长；全年生产肉奶蛋3.78万斤，人均92斤。林草畜牧业为粮油生产创造了条件。1984年全县粮食总产1.15亿斤，人均1358斤，比历史最高年增长了24.9%；油料总产1358万斤，人均180斤，比历史最高年增长了7.4%。农业总产值5693万元，比翻番的1983年又增长了14.9%。农业总收入4571万元，比历史最高年增长39.4%；人均纯收入383元，比历史最高年增长42%。

胡耀邦到右玉考察：亲切的指示，巨大的鼓舞

右玉由"不毛之地"变为"塞上绿洲"，闻名遐迩，中央、省高层媒体的多方位深度宣传，引起了中央和省里领导、专家的极大关注。右玉从此门庭若市，贵客不断，纷纷来这里考察调研，建言献策。

1984年2月18日，中央绿化委员会在北京召开会议。会上，右玉县等221个县区被评为全国全民义务植树先进县。

同年6月30日，中国社会科学院数量经济与技术经济研究所副研究员刘天福、山西省社会科学院副院长陈家骥、山西省农村发展研究中心副主任张沁文等来右玉考察种草养畜情况。

其间，刘天福、陈家骥、张沁文还为县直机关干部职工作了学术报告。

同年7月5日至7月7日，中共中央候补委员、中国林业科学院院长黄枢来右玉考察林业。其间，参观了右玉的六处林地和林业展览，观看了《塞上绿洲》专题片，为右玉林业的发展提出建设性的指导意见。

同年7月21日，政协山西省副主席杨明葆、凌大琦、姚奠中及常委委员30人，来右玉考察种草种树情况。杨明葆目睹了右玉的巨大变化后，随即和明代王越的《关外吟》诗一首：

> 塞北高原有人家，林深草绿胜桑麻。
> 百里荫浓遍目树，三春遍地开红花。
> 任凭高寒飘飞雪，何惧风狂泼黄沙。
> 改天换地实可信，红旗漫舞卷霓纱。

同年8月19日至21日，全国飞播牧草现场会在右玉召开，与会全体代表参观考察了右玉飞播草场。

同年8月27日至29日，国家农牧林业部专家、学者一行15人来右玉考察种草种树情况，并为今后右玉林业发展提出宝贵意见。

同年8月29日至30日，山西省副省长张天乙来右玉考察指导工作，参观了右玉种草种树工程。

同年9月11日至12日，中共山西省委书记王克文一行来右玉检查指导工作，对林业建设提出指导性意见。

同年10月9日至11日，北京军区政治部主任张宗文一行8人来右玉考察。这位将军曾在雁北各县工作过10个春秋。当他看到右玉的林海时，高兴地说："过去这里到处是荒山秃岭，现在到处是绿树成荫，真是了不起！"

1985年1月3日，中共内蒙古自治区顾问委员会主任王铎一行9人，在中共雁北地委副书记赵生荣的陪同下，来右玉视察学习林业建设成就。

1985年5月下旬，中共山西省委书记李立功在北京参加中央召开的重要会议。其间，中共中央总书记胡耀邦提出到山西看一个变化较大的山区贫困县。李立功说："就到山西最西北的右玉县去看一看，那里已由'不毛之地'变为'塞上绿洲'。"胡耀邦说："我早在六七十年代就听说过这个地方，防风固沙栽了不少树。好，就去右玉看一看。"

夏初的右玉山川，遍地苍翠，满目新绿。

1985年6月14日，中共中央总书记胡耀邦在国家煤炭部部长于洪恩、中共山西省委书记李立功、雁北地委书记白兴华的陪同下，上午9时42分进入右玉县城，未作休息，直接驱车视察了苍头河护岸林，登上了辛堡梁生态观摩亭视察了大片防风林，一边看，一边问，兴致勃勃。袁浩基和姚焕斗分别汇报了"种草种树、发展畜牧、促进农副、尽快致富"的"十六字"方针以及1984年贯彻这一方针使全县15项主要经济指标创历史新高的情况。

胡耀邦一行登高眺望辛堡梁林区的山山水水，看到昔日的不毛之地已变成茫茫林海，河滩变绿，荒梁变青，苍河两岸绿树成荫，很是欣慰。这些第一代人工栽植的杨树的确为右玉的防风固沙立下了汗马功劳。虽然它们生长了二三十年，高不过丈余，粗不过碗口，棵棵都像从河窝里拱出来似的，须爪盘根错节，腰身九曲八弯，但这沙丘上顽强的绿色精灵，不正象征着右玉人民不屈不挠的精神吗？它（他）们是绿色事业的先驱，是创业的功臣——第二代杨树连生丰产林是从这里起步发展的。

胡耀邦指出："每个山区都有自己的优势。希望在山区工作的同志们一定要把本地区的优势摸深摸透，然后定出切实可行的办法，一步一步把这种优势发挥出来。经过若干年的努力奋斗，一定能够赶上甚至超过平原地区。"

胡耀邦还强调："要建设好'两个宝库'——地下黑色宝库和地上的绿色宝库。"

胡耀邦针对右玉乔木多、草灌少，阔叶多、针叶少，纯林多、混交少，林业的经济效益和社会效益不够高的实际情况，对右玉建设"绿色宝库"作出指示："右玉今后要注意乔、灌、草一起上，发挥绿化的多种效益。希望右玉县到1990年人均收入达到800—900元。"

胡耀邦在右玉视察时还畅饮了右玉生产的绿都牌沙棘汁，连连赞叹："好喝，好喝！"

胡耀邦的视察，给右玉以及山西人民以极大鼓舞。

胡耀邦的重要指示，为建设山西、致富右玉指明了正确的方向。

"绿色宝库"是怎样一个概念？

林业专家们这样讲：

"绿色宝库"是由以森林为主体的绿色植物群落组成。它包括乔、灌、草、花、果、药，以及苔藓、菌类、微生物和农作物等。有了绿色植物也就为生物和鸟类创造了栖息繁衍条件。森林是陆地生态系统平衡的主体。

据科学家统计，今日地球上已经发现和命名的生物约190万种，其中包括植物30万种、动物150万种、微生物10万种。从"绿色宝库"中取得各种产品可以发展工农业生产，改善人民生活。以森林为主体的绿色植物宝库，产品种类多、数量大、价值高。它有直接效益，也有间接效益，有近期效益，也有远期效益，还有难以估量的效益。

建设"绿色宝库"在山西省有特殊意义。"绿色宝库"建设的规模愈大，生态环境愈好，工农业生产愈有利，经济效益愈高，人类的文明、健康愈佳。

"胡耀邦总书记的指示指明了右玉林业发展的方向。合理调整树种林种结构，避免形成新的小老树，提高林业'三个效益'，是今后右玉发展林业的根本任务。"

袁浩基学识渊博，对新事物反应十分敏锐。

袁浩基在常委会上又讲了自己的新看法。

常委们一致认为，要"把'三少'变为'三多'，今后在发挥林业的多种效益上多做文章"。

袁浩基、姚焕斗与县委一班人认真总结了小老树生成的教训，从造林的成活率、保存率、成林率、生物量、生态效益、经济效益六个方面出发，提出了今后右玉建设"绿色宝库"的指导思想是：乔、灌、草三个层次一起上，生态、经济、社会三个效益一起抓，走多林种、多树种、多草种、高效益的大林业路子，把全县的林业建设引向一个新的阶段。

据此调整了右玉绿化布局，即阳坡柠条阴坡松，沿河两岸沙棘林，沟壑平坝杨榆柳，林中进草草间林，突出了造林绿化的重点，即兴道路、建林网、补河岸、锁沟壑、封山顶、美村庄、重抚育、搞更新八个方面。

6月29日，袁浩基主持召开县五大班子成员和部局主要负责人会议，学习胡耀邦总书记视察山西时的重要指示，认真讨论研究贯彻落实的措施。

6月30日，县委、县政府研究出台了《关于贯彻胡总书记视察山西时的指示的八条措施》。即：1.努力实现1990年人均收入800—900元的目标；2.乔、灌、草一齐上，开创林业的新局面；3.把草立为一业，多种、快种、种好草，到1990年，全县种草面积达80万亩；4.加快发展粮食生产，每人建好2亩滩湾地、2亩梯田地，1990年全县粮食总产达到0.85亿公斤；5.大力发展商品畜牧业，到1990年畜牧业人均收入200元；6.大力发展农、林、草畜产品加工业，到1990年人均加工业收入100元；7.加快开发南部煤炭资源，建好地下黑色宝库，到1990年产量达到2000万吨；8.少说空话，多办实事，改变领导作风。

7月1日，县委抽调360名县、乡干部，分为16个组，由县五大班子领导成员带队，深入全县各乡村，宣传胡耀邦的指示和县委、县政府的13条具体措施。

"浩基，我在右玉工作十几年，发现长城沿线群众养的边鸡个儿大、蛋大、产量高，咱们引导他们把养鸡作为新的致富之路。"姚焕斗也是一个善于思考的人。

"对，咱们也把它做大。先请专家给咱把把脉。"

有一位名人说过："越有知识的人，办事越谨慎。"其实这样多虑是必要的，稳妥行事，成功在望。

7月25日，山西省标准局、山西省农牧厅联合在右玉召开边鸡标准鉴定会。会议讨论通过了右玉边鸡标准提案。边鸡是右玉山区致富的一大优势。

右玉边鸡，主要分布在沿长城一带的李达窑、杀虎口、破虎堡等乡村，故称"边鸡"。其为山西省蛋肉兼用的地方优良品种，特点为耐寒、耐粗食、食量大、产蛋多、肉质好、营养价值高。

不久，在全县长城沿线的村庄建起了无数个边鸡养殖场，寂静的长城沿线响起了一阵又一阵的雄鸡报鸣声。

以草、虫为饲料的右玉边鸡

你看吧：

每当东方泛出鱼肚白，金黄色、雪白色、紫黑色、浅黄色的膘肥体壮的边鸡便昂首挺胸开始打鸣破晓，此起彼伏，唱响了长城沿线山区的晨曲，唱出了农民养鸡卖蛋的致富歌。

袁浩基和姚焕斗《致全县人民的公开信》——强化宣传，鼓动发展

"我们吃苦受累栽了30多年的树，已经成了名扬全国的'塞上绿洲'，还栽什么树？"

"栽树、栽树、栽树，怎么来一任县委书记就让我们栽树？"

不少人颇有怨言。

"绿化到顶"的厌倦心理在人们的头脑中游荡。

袁浩基、姚焕斗感到这个思想问题不解决，会直接影响到右玉绿化事业的深入发展。

怎么办？还是坚持我们党的政治思想领先的原则。

1984年春季，在影剧院召开的全县植树造林动员大会上，袁浩基响亮地提出："在右玉这块土地上，人不分老幼，职不分高低，工作不分行业，时间不分过去、现在和将来，植树造林人人有责，抓林业责无旁贷，不懂得这一点，就不能做右玉的干部和公民。""右玉人民靠植树，锁住了风沙，求得了生存；右玉人民还要靠植树，大胆探索、创新，求发展驱穷致富。"

"右玉人民就是要以植树造绿为己任，永不动摇！"

会场上，掌声响起……

掌声，雷鸣般经久不息的掌声……

"这个信念确定得好！"会场里，人们交头接耳地议论着。

有了这个信念，就会坚持不懈地开创右玉绿化事业的新局面。

1987年7月，袁浩基主持制定了《关于开展全民义务植树运动实施细则》，共12条。其中规定：除丧失劳动能力的，每年都要完成义务植树任务。11岁至17岁每人每年1至3株。18岁以上每人每年5株。育苗、种花、种草每平方米可顶1株。各单位、各乡村都要建立、确定义务植树基地，与其他林地分开。

"谁说不用再栽了，从11岁的孩子开始就得参加植树。"

一些抱有"绿化到顶"心理的人们再也没话说了。

到1987年底，全县跨入"三北"防护林建设一期工程先进县行列之后，为了动员全县人民克服"绿化到顶"思想，袁浩基和姚焕斗于1988年3月25日联合发出了《致全县人民公开信》。

信中指出："昨天的成绩不能代替今后的工作，摆在我们面前的绿化任务还很艰巨。全县干部群众思想再解放、觉悟再提高，继续做好苦战的思想准备，开创右玉林业建设的新局面。"

这年春季造林刚开始，袁浩基在威远镇办林业点过程中，给县林业局写了一封语重心长的信，并捎回自己的30元钱，为支援购买义务植树树苗尽自己的一点儿微薄之力。

为了进一步加强对全县绿化工作的宣传，有力地激励和鼓动全县人民锲而不舍地绿化河山的斗志，除了继续坚持粉刷标语、出板报、办广播电视等宣传形式外，1987年11月，袁浩基和姚焕斗决定将原县道情剧团二团46名演员（全部是省地艺校毕业的专业艺术人才）整体转称为县业余职工文艺宣传队。将全县火热的绿化事业及其他工作编成多种形式的文艺节目，深入机关、乡村、厂矿、造林工地巡回演出。

深入乡村演出的县业余职工文艺宣传队

右玉县业余职工文艺宣传队——这是晋北地区独有的一支"乌兰牧骑"。

20年来，这支文艺宣传队有了演出任务就从各个单位集中到一起排练节目，演出从未断线。其既有歌舞团的娱乐功能，又有宣传队的政教作用。除在内容上充实丰富外，在形式上也灵活多样，有歌伴舞、舞蹈、独唱、快板书、合唱、右玉道情等，以短、小、快等特点活跃于右玉的山庄窝铺、各个绿化造林工地，把县委、县政府的绿化决策送到最基层。这支文艺宣传队不仅为右玉人民演出，为来右玉指导工作的领导、学者、专家及各种会议演出，而且还多次赴省、市及北京参加文艺调演，博得了各级领导和广大干部群众的一致好评。

宣传队自编自演的反映右玉造林绿化锁风固沙成就的表演唱《家常便饭迎贵客》《右玉大地变绿洲》及舞蹈《柠条花》《酸溜溜红满了山梁梁》等文艺节目，深深地印在了三晋人民的心中。

"领导办好林业点是跑好林业接力赛的重要保证！"

"我们接过前任绿化右玉的接力棒，围绕发展这个硬道理，研究如何开创右玉绿化事业新局面。我认为县、乡两级领导成员都要深入下去，亲自办好林业点。在办点中发现问题，摸索规律，总结经验，以点带面。我和老姚首先做起。"

1983年10月10日，机构改革后新一届县委、县政府班子一组建，袁浩基就响亮地提出了这个问题。

"完全同意，我们每个领导成员都来办好林业点。"

县五大班子全体成员一致投了赞同票。

袁浩基、姚焕斗、霍凤岐、刘秉和、蔡全根、陈昔诚、傅生有7名县委常委与其他四大班子共24名县级领导同志走下去了。他们定点承包了全县24条小流域，进行重点治理。

县人大常委会主任张殿卿在高墙框村北进行丰产林示范栽植。

与此同时，还确定在盆儿洼的樊家沟、消息屯的山岔沟、残虎堡的牛路沟、花柳沟的花柳沟、马营河的水磨沟、盘石岭的南沟、新墩湾的后沟、西窑头的西沟、牛心的石袍沟九处，采用生物与工程措施相结合的方法，建成治理面积在1.5平方公里以上的、能够起到拦泥蓄水作用的小流域治理样板。

袁浩基这个县委书记也是当得够累的。当年，一部电视剧《新星》红遍了神州大地，有人说："袁浩基是右玉的'周里京'。"

袁浩基每年都要带头办一个林业点，以典型引路。坚持做到办新点不丢老点，办实点不办花架子点。既当指挥员，又当战斗员。

1984年春，袁浩基在辛堡梁南坡羊圈坪，亲自组织更新改造小老树的试验点。

1985年春秋两季，袁浩基与县人大常委会主任张殿卿在高墙框村北、苍头河东岸搞了300亩旱作丰产林试验点和人工沙棘栽培点。一是促使机关干部带头义务劳动；二是摸索在黄土丘陵风沙区种植丰产林，提高营林效益的经验，所栽丰产杨树苗都是大苗、大坑、大距定植；三是寻找探求小老树延缓衰老的技术。

朋友，如今30多年过去了，当驱车驶入高墙框村北的苍头河生态旅游区，首先进入眼帘的是一大片整整齐齐生长茂盛的旱作杨树丰产林。它真实地告诉你，这就是袁浩基当年亲自办林业点的真实记录，你会油然而生敬佩之情。

从1984年开始，袁浩基在二道河和威远苗圃分别搞了沙棘品种引进试验、沙棘林平茬更新和梳理营林试验点，筛选出了适宜当地条件的优良品种，提高了沙棘的果产量。1985年，袁浩基根据已确定的"种草种树，发展畜牧，促进农副，尽快致富"的"十六字"方针，在威远镇后所堡村搞了"林、草、牧"试验场，旨在使三者相互结合，促进共同发展。

1986年，袁浩基在牛心乡四道岭搞了林草间作试验点。

1987年，袁浩基在威远镇搞了农田林网造林、林草间作和工程造林试点。

1986年至1989年，袁浩基在高墙框乡大南山（贺兰山）北麓，搞了退耕大面积种植大苗樟子松的试验点，旨在使每个村民种好二亩滩湾地，退出阴坡地大面积成片种植樟子松。袁浩基几次往返于苗圃和造林工地，研究出远距离以袋带土移苗定植法，保证了苗木成活。如今这片樟子松长得郁郁葱葱，置身其中可感受到松涛阵阵。

1983年以来，袁浩基和姚焕斗、副县长彭珍宝及林业局局长刘克礼、刘拖信等几位同志，还分别在四道岭、贾家窑山、欧村乡老墙框村等地，根据乔、灌、草共生互补的特点，采取隔带混交、块状混交的营林格局，进行了乔灌草混交、林草间作、针阔混交的几千亩改造试验点。

"田野绿化搞得有声有色,眼皮底下也要创新绿化。"

袁浩基提出绿化美化县委、县政府两个大院的意见。

"好,让松树和草坪进机关大院,让机关大院也和田野一样郁郁葱葱有点儿看头。"姚焕斗也同意了。很快,从县委、县政府大院做起,铺开了县直机关以松树大苗移植和草坪为主的绿化工作,一改"杨家将"独占机关大院的景象。到1989年,县城绿化面积达到17.5%。

"浩基,我看雨季是右玉植树的又一个好季节,最适宜栽植樟子松、油松和柠条。"

在右玉多年工作中,姚焕斗摸索出右玉又一个植树季节。

"咱们发一个通知,试试看。"袁浩基说。

很快,县人民政府下发了《关于搞好雨季重点工程造林的紧急通知》,把每年七、八月份作为右玉县雨季造林的又一个极好时机。

朋友,你可知道,在雨季造林季节,袁浩基和姚焕斗身系一块塑料布,带领机关干部们又干在了前头。至1989年底,全县在雨季栽植的樟子松、油松、柠条共15825亩。从此,右玉一年两季的造林改为三季造林。

从1983年到1989年的六年多来,在袁浩基的率先带动下,右玉县坚持做到县五大班子领导成员人人有点,县、乡和林业部门层层办点,克服单一模式,创办了样板示范点、政策研究点、技术试验点、科学营林点、开发效益点,使全县绿化事业形成了新格局,出现了新面貌,取得了新成绩。

六年多来,在资金紧缺、连续旱灾的困难条件下,袁浩基带领全县人民艰苦奋斗,觉悟

林业功臣刘克礼。山西省繁峙县人。山西省林业学校毕业。1974年至1986年先后任右玉县林业局副局长、局长13年。参与了全县所有万亩林区和大型防风林带的规划设计和施工技术指导。1984年5月,被山西省劳动竞赛委员会荣记三等功。

1989年秋,右玉县委书记袁浩基(二排左六)带领各乡镇书记及县级有关部门领导,赴壶关县参观裸露岩石山区育苗栽植油松,学习造林模范王五全阴坡育苗阴坡栽、阳坡育苗阳坡栽、就地育苗就地栽的先进经验。

加义务,营造大片林50万亩,植零星树553.5万株。全县有林面积达到127.8万亩,占到总土地面积的41.4%,人均13亩,加上10多万亩人工种草,林草面积共达140万亩,占到总土地面积的45.2%。

"羊要吃草树要栽,平衡林牧矛盾刻不容缓!"

"只顾栽树,我们的牛羊到哪里吃草,袁书记、姚县长,你们也得考虑个解决办法。"

不少村民来县委反映这个紧迫问题。

袁浩基和姚焕斗在基层办林业点的过程中,发现随着山区绿化面积的扩大,林牧矛盾日趋突出,不少乡村林地增多、牧坡缩小,影响了畜牧业的发展。

"村民们反映得完全对,林牧矛盾应该在协调中求得统一。"

这个问题被拿到党政联席会上进行讨论。

大家达成了共识:羊要吃草,树要栽,这是必然要出现的问题,这二者又必须兼顾。

平衡林牧之间的矛盾,采取了四方面的措施:

一是退耕还草。对陡坡上的耕地和边远地,有计划地退耕,种植人工牧草。

二是林草间作。营造大片林时,加大行距,由过去的3米加到10米左右,行间种植牧草。在幼林抚育时,间伐补草。

林粮间种,林茂粮丰。

三是营造放牧林。在那些干旱缺水、立地条件不好的坡梁地上,大量种植柠条,三年后初步成林,可进行放牧,既利用了暂时难以利用的荒山荒坡,又为养畜提供了饲草。

四是围栏放牧。把多年生的人工牧草种植区用铁丝网围起来,促其生长,长成后或收割或放牧,产草量比自然牧坡提高了1—3倍。

这四种办法在各乡镇普遍推广,"栽树"和"羊吃草"的矛盾得到了解决。

到1989年底,全县已退耕土地18万亩,其中人工种植和飞播牧草13万亩,林草混交林12万亩,柠条放牧林16.2万亩。建起围栏9处,共1.3万亩。随着牧草面积的扩大,促进了畜牧业的发展。大牲畜,从1984年到1988年,五年年平均存栏2.95万头,比1983年增长了9.3%;养羊,1988年已发展到14.4万只,户均6.8只,比1983年增长29.7%。畜牧业总产值631万元,比1983年增长6%。

1987年3月，右玉县被山西省绿化委员会评为"山西省绿化工作先进单位"，袁浩基被省绿化委员会评为"山西省义务植树模范"。

1989年9月21日至24日，中共山西省委、省人民政府在壶关县召开山西省新中国成立以来规模最大的一次林业工作会议，袁浩基被省政府授予"1984年—1988年林业模范"光荣称号。

下决心更新改造小老树

"大家发现了没有，30多年的小老树少部分已开始干枯死亡，要引起我们的高度重视，这个问题如何解决？"

袁浩基在深入林地大面积仔细观察后，发现了右玉林业发展中的要害问题——小老树正在死亡。他在县五大班子联席会议上，尖锐地提出了这个问题。

右玉小老树的生存和发展，同样也引起了上级林业部门和不少同志的关注。这个问题解决得好不好，直接关系到今后右玉林业的发展。

如何正确对待小老树的过去、现在和将来，如何进行科学的更新和改造，如何求得全县林业的持续发展，是摆在袁浩基、姚焕斗这一届县领导班子面前的一个重要课题。

要解决这个问题，就要正确认识小老树的功绩与危机。

右玉县地处森林草原向干旱草原过渡的地带，总土地面积294.6万亩，人均32亩。这里绝大部分地区的海拔在1300—1500米之间，同内蒙古的鄂尔多斯高原相近；年平均气温3.6℃，和东北的哈尔滨一样。按气象学规定的标准来衡量，全年没有夏天，绝对无霜期仅有84天。土壤多为栗钙土和风沙土，有机质含量0.4%，仅相当于东北松辽平原的1/10；全县94%的地方是坡梁旱地，地上、地下水很少。历史上，右玉植被稀疏，风沙长年不止，水土流失严重，自然灾害频繁，可能达到了山西之"最"。到中华人民共和国成立初期，全县仅有残林8000亩，覆盖率0.3%。大地被风沙洪水侵蚀得千沟万壑，支离破碎。中华人民共和国成立后，历届县委、县政府为了改变这种恶劣的生态环境，一任接着一任，带领全县人民开展了持久的、声势浩大的以栽植小叶杨为主的植树造林运动。30多年来，建成万亩林区6处、大中型防风林带95条，以及总长100多公里的沿河护岸林。

右玉县30多年规模宏大的造林绿化工程成果，被人们形象地比喻为"绿色万里长城"。

以小老树为主的森林面积的增长，对于防风固沙、保持水土、涵养水源、保护农田、美化环境、调节气候起到了很大作用。据有关资料记载，现在和20世纪50年代相比，地面风速降低21%—51%，沙暴日数减少了50%；地表径流和河水含沙量下降了60%以上，每年向黄河输沙大约减少1400吨；平均冰雹次数从7.2次减少到2.5次，而且多发生于林木稀少的地区。小老树还为群众提供了大量的燃料、肥料、饲料和木料，对于农牧副各业稳定、协调发展，起到了不可估量的促进作用。特别是那无数滚动的沙丘，在这些小叶杨构筑的绿色防线面前几乎变得像绵羊那么乖顺。

毋庸置疑，右玉的小老树曾立下了不朽的功勋。

右玉的林业成就是不可低估的。但是，小老树也不能不引起我们的高度重视。20世纪50年代至60年代营造的大片杨树，生长旺盛期将要过去，表皮老化，开裂变黑，树干扭曲，植株矮小，叶片过早变黄，自然枯损率明显上升。据初步估计，全县有这样的成片林近60万亩，占到森林总面积的一半，其中已枯死的有1万亩、半枯死的有5万亩。如果改变不了这种状况，或是没有后继树木代替，"塞上绿洲"就有逐渐退化的危险。

这确实是一个严峻的现实问题。

前几年，这个问题引起了林学界以至社会各阶层的极大关注。议论声不绝于耳，且常见诸各种会议和报端。

有的认为，小老树用材指不上、烧火不起焰、保持水土后劲不大，长此下去毫无前途，应当统统砍掉，更换其他树种；

有的认为，小老树作用无量，越多越好，一不能触动、二不可丢弃，否定小老树就是否定右玉30多年的造林绿化成就；

还有的面对现实，忧心忡忡，拿不准主意，下不了决心。

袁浩基、姚焕斗经过几年实地考察和反复研究认为，一概否定和一概肯定都不是辩证唯物主义者的态度，看待小老树也要一分为二。小老树体态矮小，有的甚至枝干扭曲。特别到冬天，低头弯腰，树皮开裂发黑，的确让人看不上眼。但一到春天，生机盎然，婆婆可爱。

小老树耐旱耐寒，生命力极强，30多年来为改变右玉生态环境立下了汗马功劳。它是右玉人民艰苦奋斗、无私奉献精神的象征。目前的右玉，绝不能没有小老树。但是，我们也应当看到，小老树经济效益不高，生态效益有限，而且同其他生物一样，也必然要经历生长、成熟、衰老、死亡的过程。

所以，我们既要看到绿色的背后潜伏着黄色的危机，也要充满信心，本着积极的态度，进行更新改造，延长其生长期，增强其生态效益和经济效益。

袁浩基和姚焕斗决定，下一步对待小老树的方针应当是发展、更新、改造、提高。正确对待小老树的生存与改造。

小老树是右玉人民用勤劳的双手创造出来的宝贵的绿色财富，不论是过去还是现在，都对屏障农业、生态农业起着十分重要的防护作用，应当让其生存下去。

1984年2月春节刚过，袁浩基就带领县林业局局长刘拖信到河北省万全县考察小老树的更新改造成就。

中共雁北地委副书记赵生荣（左）回到家乡右玉，与县委书记袁浩基（右）考察改造后的小老树生长情况。

袁浩基借鉴万全县的经验，首先在辛堡梁南坡亲自办了一个小老树更新改造点，取得经验后逐步推广。他还派出林业技术人员专门到河北等地学习。试验期间，他亲自在现场劳动、观察，根据试验数据，总结出改造小老树的四种办法，即疏伐抚育、优种嫁接、速生丰产和乔灌混交。

疏伐抚育。此办法适用于中龄树。中龄树初植密度过大，株行距一般为1米×2.5米或1米×2米，有的甚至稠密到1米×1米，每亩330株至600多株，致使单株营养面积过小，树木竞争有效营养矛盾尖锐，严重影响了林木的生长发育和茁壮成长。进行疏伐抚育，可以有效地解决单株之间争肥、争水、争阳光的矛盾。在高墙框东梁开辟疏伐抚育试验区，株间去劣留优，每亩保留59株，挖根伐间后修枝、中耕。经过三年生长，整块林地保留树木平均高4米，平均胸径5.9厘米，单株材积0.0079立方米，亩蓄积量0.7357立方米。未采取改造措施的对照区，平均树高3.26米，平均胸径3.9厘米，单株材积0.0037立方米，亩蓄积量0.5923立方米。对比的结果是：改造后，平均树高提高了23%，平均胸径提高了51%，单株材积提高了110%，亩蓄积量提高了24%。五年来，全县疏伐抚育12万亩。

优种嫁接。此方法对于树龄在21年以上的成熟林和过熟林最为有效。砧木是小叶杨，接穗是优种，采取劈接或插皮接的办法进行无性杂交。这种办法可以吸收双重杂交优势。接穗选用小黑杨、青杨、群众杨和北京杨的一年生嫩条。嫁接后，进行连续三年的观察，平均树高达4米，最高达6.2米，平均胸径3厘米。5年嫁接苗木已超过了原林分的平均高。五年来，全县优种嫁接640亩。

速生丰产。栽植速生丰产林在一些土地平坦、水肥条件较好的地方可以推广。1984年和1985年两年，袁浩基组织县直机关干部在高墙框村北坪以5米×5米的株行距栽植速生丰产杨树350亩，当年浇水2到3次，成活率达到98%。第二年中耕一次，以后多年进行必要管理。栽植树种是三年生的二根三干的群众杨，平均苗高4米，胸径3.5厘米。经过四年生长，初步成林。据测，平均树高6.06米，平均胸径6.7厘米，亩蓄积量达到0.4754立方米。

乔灌混交、针阔混交、林草混交。乔灌混交主要以本地小叶杨和柠条、小叶杨和沙棘混合种植。针阔混交，就是指油松或樟子松与本地土种杨隔行或隔带栽植。近几年，全县在一些背阴坡上隔行种植针阔混交林4.6万亩，当年成活率80%以上，保存率70%左右，多数林地针叶树生长茂盛。林草混交，就是一带树、一带草隔带种植。先整地、后造林，最后种植沙打旺或草木栖等豆料牧草。五年来，全县共种植乔灌混交林16.2万亩、针阔混交林4.6万亩、林草混交林11万亩。

1985年7月，山西省桑干河杨树丰产林实验局一期工程宣传专辑发表文章《璀璨的前程》，肯定和赞扬了右玉县从杨树小老树到丰产林更新改造的成功经验，提倡应在全省学习推广。

1989年8月10日，袁浩基和姚焕斗决定成立由科技人员组成的右玉县林业技术推广站。主要推广项目有：1.更新改造小老树的技术；2.樟子松的抗旱造林技术；3.更新复壮沙棘林和沙棘的人工优化技术。

"让群众在植树造林中得到更多的实际利益！"
袁浩基、姚焕斗掀开了右玉绿色工业的新篇章

"各位常委，大家听到了群众的一些不好的议论了吧？我们植了这么多年的树，有些群众为什么开始讨厌植树，大家要认真思考一下这个问题。"

袁浩基把群众呼声最强烈的问题再一次提出来，让常委们拿出解决的办法。

姚焕斗说："植树造林生存问题基本解决后，该考虑如何发展的问题，让群众在植树造林中得到更多的实际利益，拿到更多的票子。咱们出外考察一下，看能否办一两个以树木为原料的厂子，使群众既栽了树，又挣了票子，厌倦植树的思想就会少些。"

"对，是个好主意，应该把群众的票子问题摆上主要议程。"常委们一致同意。

1984年11月29日，袁浩基带领副县长杨树昌、经贸委主任樊树荣、酒厂厂长吴二喜等人赴本省方山、离石、中阳等县考察沙棘果和树枝的加工利用情况。通过参观考察，大家顿开茅塞。

袁浩基深有感触地说："利益产生动力，效益拉动发展。林业上三个效益一起要，经济效益拉动是重要一环。多年来，右玉林业直接经济效益一直比较低，林业的收入只占农业总收入的2%左右。收入低的原因除了土壤水肥不足、生长缓慢以外，还有一个主要方面，就是综合开发不够。下一步，右玉也应该在沙棘等林产品的开发上做文章。"

中共中央宣传部副部长张盘石（右），在政协山西省第四届主席李修仁（左）、右玉县人民政府县长姚焕斗（中）的陪同下，深入苍头河沿岸视察调研。张盘石说："要大张旗鼓地在全国广为学习宣传当代愚公——伟大的右玉人民的绿化治荒、锁风固沙的做法和经验。"

袁浩基认准了这件事，风风火火地干了起来。

他和姚焕斗多方争取投资。新建了两个厂子：一个是省地投资850万元建设的以灌木沙棘果实为原料的沙棘饮料厂；一个是以树枝为原料的人造板厂。饮料厂占地130亩，设计能力为年产1000吨沙棘饮料系列产品；人造板厂占地172亩，省地批准投资594.8万元，设计能力为年产8000立方米板材。从1987年4月投产以来，两个厂总产值达到510万元，利税65.4万元。全县农民群众采沙棘果、修剪树枝直接收入每年可达20万元左右。

一些乡镇又开办了以树枝、树根为原料的木炭烧制业。

"栽树也能拿到现金票子啦。"卖了沙棘果和修剪下的树枝的农民高兴地点着手中的钞票。

群众的近期收入增加了，植树造林的积极性再次高涨起来。

1985年7月21日，中共中央宣传部副部长张盘石一行13人，在政协山西省第四届主席李修仁的陪同下来右玉视察调研。他们在县委书记袁浩基、县长姚焕斗的陪同下，漫步在苍头河岸边的丛林中，登上辛堡梁绿化观摩厅眺望，无比感慨地说："这哪里是荒凉贫瘠的塞上右玉，望不到边际的人工林海，是当代愚公——伟大的右玉人民杰出的创造！右玉历届县委书记心中有树、心中有草，咬定荒山坚持不懈地种树种草，带领贫瘠土地上的贫苦大众驱穷致富，太有说服力了。要大张旗鼓地在全国广为学习宣传右玉绿化治荒的做法和经验。"

此后，人民日报、中央电视台等媒体记者多次来右玉采访报道，使右玉的知名度有了新的提升。

1989年1月，徐生岚担任中华人民共和国成立后雁北第13任地委书记。上任第三天，他就来右玉调研，参观了右玉种草种树的一些重点工程，走访了一些农户，听取了袁浩基的工作汇报。徐生岚十分感慨地讲了三句话，他说："第一句话，认准的路子要坚定不移地走下去。从'右玉要想富，就得风沙住；要想风沙住，就得多栽树'，到'种草种树，发展畜牧，促进农副，尽快致富'，这样的思路非常正确，一定要坚定不移地走下去。第二句话，绿色接力棒要坚定不移地传下去。风大沙多的右玉能变成绿野百里的'塞上绿洲'，关键的一条是历届县委、县政府领导的绿色接力棒接得好，一张蓝图绘到底。只要一任接着一任干、一茬接着一茬干、一批接着一批干，右玉一定能够发展得更好。第三句话，要把生态效益、经济效益、社会效益结合起来干。栽树，既为了解决生存，考虑生态效益，更为了发展，人民富裕，考虑经济效益。既要解决群众肚子饿的问题，也要解决群众兜子瘪的问题，不能光栽树，群众没钱花。肚子饱和兜子满才是我们的奋斗目标。下一步

1989年3月27日，中共雁北地委书记徐生岚来右玉指导工作，并与群众一起植树。

继续在树枝、树叶、树根上大做文章；可在荒山土地上做文章要票子，要向苏州等南方地区那样，引导群众大搞多种开发利用。把树枝压成板、树叶做有机肥、树根做成雕塑，使群众真正能看到栽的树能变成票子。同时要抓好煤炭等其他资源的开发，让群众得到更大的实际利益，右玉致富的步子才能迈得更快。"

"70万亩小流域全部承包给农户治理去！"

1983年1月，山西省山区工作会议之后。

河曲县小五村大队农民苗混满率先承包治理该村新尧沟小流域，成为户包治理小流域的第一人，由此拉开了山西户包治理小流域的序幕。很快，偏关、吉县和吕梁地区涌现出一批先进典型。

1983年5月，中共中央总书记胡耀邦来山西视察，向时任中共山西省委书记李立功提出要到贫困山区去看一看。胡耀邦指着山西地图看到偏关县，问李立功："你去过这里没有？"李立功说："去过。"胡耀邦说："那好，就到那偏远的县里去看看。"

于是，李立功陪着胡耀邦到了偏关县。在偏关县，胡耀邦看到户包治理小流域的成绩，心情十分激动，当即挥毫写了"喜看偏关人民绘新图"9个大字，给户包治理小流域的形式以大力支持和热情鼓励。

1986年1月31日，中共中央书记处政策研究室主任杜润生（右一）在山西省副省长郭裕怀（右二）、中共雁北地委原书记白兴华（左一）、中共雁北地委书记李振华（左二）的陪同下，来右玉调研种草种树和开发利用沙棘资源情况。杜润生说："右玉的种树种草锁风固沙经验要很好总结，在全国宣传推广。"

同年8月，山西省人民政府制定了《关于户包治理小流域的几项政策规定》，规定承包经营期可根据不同情况确定15年、20年或30年、50年不变。政府还统一颁发了小流域治理开发使用证。

这一切，使山西户包治理小流域进入了迅猛发展阶段。

人民群众的力量是无限的。

"省委、省政府已作出部署，咱右玉这么多沟沟壑壑也要很快动员社员户承包治理，发挥集体和个人两个积极性。老姚，咱们根据省山区会议精神专门研究几条规定，以红头文件下发，来个千家万户治理小流域，加快绿化荒山荒沟的步伐，在改造荒山荒沟的同时，让农民得到实惠。"

有省会议精神的引航，袁浩基决定在右玉也要大干一场。

姚焕斗说："坚决贯彻落实省、市领导的指示，咱们靠山吃山、靠水吃水，把全县70万亩小流域全部承包给农民户经营去。"

很快，鼓励农民承包并给予一定优惠的以户承包治理小流域的《十条规定》，以县委、县政府的红头文件下发了。

文件对社员承包小流域的范围、方法、投资、效益、分配、继承权等问题都作了明确的规定。

县政府还授权县水利局，先后为社员户发放小流域治理开发使用证3862份，签订承包合同3862份。使用证的发放和合同的签订，使承包户吃了"定心丸"。

千军万马战荒沟的小流域治理工程，在全县热火朝天地干起来了。

至1989年底，全县涌现出小流域治理模范户4000多户，占全县总户数的25%。

特别是涌现出了欧家村公社老墙框村承包治理小流域，把石袍沟治理成花果沟的王占峰等一批先进典型。

绿染荒沟志不移的王占峰

1983年11月，年仅30岁、1.72米的个头、精干的身材、英俊的面容、高中文化的欧家村公社老墙框村村民王占峰积极响应县委号召，放弃了大同口泉旅店经理职位的优厚待遇，毅然回到村里，承包了坡陡沟深、乱石林立、黄沙遍地、连牛羊也很少去的鬼地方——石袍沟。

这个举动可不寻常。家里的父母极力反对，妻子还和他大吵了一顿。王占峰顶住了亲朋好友的劝阻，无视人们的冷嘲热讽，独自一人扎进了荒山沟，又是办苗圃，又是建果园。

他在山坡上劈开一片山崖盖起一间简陋的房子，搬来了锅碗瓢盆，安起了家。当时通不上电，他靠点煤油灯和蜡烛照明，一条黄狗就是他的贴心伙伴。每日早出晚归，整天劳作在山沟，饿了啃口干粮，渴了饮口山泉，饥一顿饱一顿，有时一天也吃不上一顿热饭，手上的老茧退了一茬又一茬，但他仍在乐此不疲地干着他心爱的绿色事业。

听到王占峰承包治理石袍沟，袁浩基就经常来这里给他以思想上的鼓励、资金上的支

林业功臣王占峰

持，热情地鼓励他："这是个好事业，你一定要干好，有什么困难多和我说。"

王占峰治理荒沟有一股子狠劲和灵气，他采取推进式绿化，即一段一段地治理、一段一段地植树。他在石沟里选择一段沟后，就在山崖上搭起一个柴草造的"家"，扎下根治绿一段沟后，再搬"家"向下一段推进。不治好不出沟，不绿化不出沟，最后一次在沟里整整干了10个月。就这样，王占峰在石袍沟搬了六次"家"。他逢人便自豪地说："我每搬一次'家'，就是一次成功的治理荒沟，就是一片绿树成林。"

王占峰想在沟北口建一个小水库，发展灌溉和养鱼，启动资金成了大问题。袁浩基得知后，帮他解决了3万元的建库经费。为建小水库，他没日没夜紧张劳作，牙齿全部掉光，只好镶了满嘴的假牙。

2000年7月1日，年已48岁的王占峰光荣加入中国共产党。此后，王占峰连续担任右玉县第十二、十三届党代表。

2002年，时任山西省水利厅厅长的赵生荣来看望他，听说他建水库欠下了不少债务，欣然给他拨出5万元，使他一下轻松了好多。

30多年来，王占峰为治理荒沟、绿化山川付出了巨大的艰辛。为了使沟里的泉水得到充分利用，他建起了水库，养起了鱼；为了使坡梁上的果树浇上水，他专门去河北省定县水库学习连通灌的安装技术，在山坡上安装了长达2公里的连通灌，使许多坡梁地变成了水浇地；为了使自办苗圃适应高寒地区的气候环境，确保成活率，降低成本，他自费到雁北果树站学会了育苗技术，自己建了苗圃。

采访征求山西省小流域治理标兵、右玉县石袍沟农民王占峰（左三）的意见（2008年8月2日及以后多次）。笔者（左二）与王占峰的妻子（右二）、女儿（右一）及司机乔建国（左一）在农家乐饭店的小院里留影。

王占峰抛妻别子，只身扎根在山沟，倾心绿化治理。绿化面积由最初的150亩扩展到如今的2000多亩，栽下了10万多株树木；平整出了种豆角、西红柿、辣椒、土豆、南瓜等多种蔬菜的大菜园；盖起了能养200多只鸡的养鸡场；建起了养牛场和养羊场。

多年的治荒探索，王占峰在营林造绿中总结出了"三个结合"，即片状造林与点缀绿化相结合、经济树种与观赏树种相结合、绿色营林与生态经营相结合。

他顽强拼搏、艰苦创业的执着精神得到了党和政府的充分肯定，先后荣获"山西省劳动模范""山西省小流域治理标兵""山西省生态建设青年标兵"等光荣称号。

30多年来，王占峰究竟往石袍沟投入了多少资金，连他自己也说不清了。为了治理荒山，他除了花光积蓄，还落下不少债务，但他毫无怨言。他说："我现在虽然生活清贫，但内心很充实，攒下了满山满沟的树，这是我的'绿色银行'。我一点儿也不后悔，而且将继续干下去，凭我现在的身体状况，如果没有意外的话，再干15年也没问题。"

"现在回想起来，我为我自己当时有那么大的毅力和干劲而感到自豪！"

王占峰常和来访的记者这样说。

2005年中秋，山西省人大常委会党组书记、常务副主任纪馨芳来石袍沟视察，为其几十年创业精神所感动，一再鼓励他，"干得好，干得好！你为建设山西、建设右玉，立下很大功劳。下一步要很好地在生态旅游上做文章，在生态资源的开发上求得更大的效益。"

如今王占峰已和石袍沟难舍难分，这里的一切都牵动着他的心。曾有人出巨资购买他的这片林地，他没舍得卖。他的亲戚和朋友还有一些老同学，曾多次以优厚的报酬邀请他出山，都被他婉言谢绝了，他离不开他的石袍沟。

县委书记赵向东时常到石袍沟看望他，逢年过节来慰问他，和他一起商谈石袍沟的发展，积极帮他发展"农家游"。2006年春，赵向东指示牛心乡为石袍沟铺了四公里长的旅游石板路。2007年春，在赵向东的关心下，县、乡又帮助他盖起了6间新客房和餐厅，建起了花坛和喷泉，在村口北坡上竖立了"造林致富　改天换地"的醒目标语牌，配套了可容纳70人就餐的石袍沟生态旅游度假村。

2008年1月22日，塞上隆冬。赵向东踏着积雪来到王占峰家里与他座谈。要求王占峰要科学规划，搞好生态与旅游对接，发展沙棘、梧柳等景观林，搞边鸡、糯玉米、野山果、野山蘑等种养加工，并在旅游产品的包装上下功夫，不断提高生态旅游的效益和知名度，谋求更大的发展。

现在，当你车行至石袍沟沟口时，一块巨石上镌刻着的"滴翠园"三个红色大字映入眼帘，沿着新修的水泥路，你便进入了王占峰的生态旅游度假村。那里泉水潺潺，百鸟欢唱，沿着石板路穿行在高耸入云的杨树密林间，尽享幽雅静谧的山村之美。你在这里可以饱尝绿色无污染的农家饭菜，可以品尝亲自摘下的苹果、红杏、葡萄，会使你一下子彻底抛开城市的喧嚣烦躁，尽情享受难得的清静恬淡和新鲜感。

大自然是有情的，只要你不吝啬汗水，它便慷慨地向你奉献。

如今走进石袍沟，站在王占峰治理的花果山上，清风拂面，俯瞰四周，杨柳松榆高低相间，桃李梅杏相映生辉。伴着山间潺潺的泉水，仿佛置身于仙境之中。

一个普通农民，30余年来用心血和汗水浇灌出一片世外桃源——绿色立体山庄。

有人问他，是什么原因使你一干就是几十年？老王总是笑着说："或许我的名字叫得好，父辈给我起名王占峰，我的命运就是一辈子绿染山峰。"

谁能够想象得出，在这几十年里，他一直以油灯为伴、以黄狗为伍、以铁锹为友，春来植树、冬来守候。

王占峰常年在山沟的风沙中辛苦操劳，患上了风湿性关节炎、腰腿疼和呼吸道感染等疾病，一遇到天阴下雨病情就加重。怎么办？他说："咱哪有闲钱到医院，受苦人大把大把地吃药治了病。"我几次到石袍沟采访，看到在他家的衣柜里、窗台上放着大堆的各种药剂，他就靠这些药解救着他的"小伤小痛"。

人的伟大，不在乎你有多大的本领，在乎你为了一个目标，坚持而不改变。

2012年10月22日上午，笔者再次来到石袍沟采访了解王占峰创业的新进展。

前几天，这里下了小雪。到了石袍沟，笔者先没有进他前两年新盖起的四间平房。王占峰笑眯眯地说："石部长，我领你先到东坡杏树地看一下。"

他领着笔者深一脚、浅一脚地走在东山坡泥泞的山路上，看他当年春季新栽的60亩共2400株精品杏树，有亚美尼亚、金太阳、特黄1号共3个新品种，白雪覆盖下的足有1米高的株株杏树横竖成行，长得十分粗壮。笔者问王占峰："你怎么想起栽这些精品杏树？"

占峰说："去年省林管局来了几位技术员，动员我栽精品杏树，金杏大而甜，市场销路十分看好，两三年就能挂果，赚钱快。他们答应进行全程技术指导，并和我一起选定了东山坡这片荒地。我开始有点儿不放心，去年7月我亲自到内蒙古凉城县和本省太谷县几个杏园考察学习后下了决心，干！"

"杏树苗从哪里调回？"

"是省林管局的同志们帮我从太谷县调回来的。"

"为了建好这片杏园，我把饲养的17头牛和5头牛犊卖了7万多元，全部花在了建杏园的两个水塔上。每座水塔能蓄水70立方米，在坡底'农家乐'饭庄南侧还建起4米×4米大水池一座，并铺设了3000多米的供水管道。县水利局局长王旭东还无偿地给我配了四台推土机大干了一个礼拜推平了东坡的山地。"

王占峰又说："为了这片杏园，2012年开春，整地、栽树、建水塔、锄地、施肥，我整整忙了一年，是我近十年来治理荒山荒沟任务最重、劳动量最大的一年。"

笔者说："你这个决心下得正逢时。"

王占峰笑着谈了他一连串的新打算："近两年省、市、县委要求经济转型跨越发展，我的石袍沟治理荒山任务已经结束，我也要紧跟时代步伐，来个大种经济林，在精品果树上走出致富的新路。在村西沟沿上我继续种好葡萄园，在水库的东西两沟上建好花卉小苗圃。如今，我这3000亩山林，引来狐狸、狍子、獾子、野鸡、野兔，还有野猪、狼等，它们时常在这里出没。你再看南山顶上玉龙风电银白色的风机又在不停地运转。我充分利用这些绿色资源再搞一个摄影外景地，开好我的滴翠园'农家乐'饭庄，每年让大城市的人们来共享一下我这美丽的世外桃源，你说我这规划好不好？"

笔者连连说："好！好！好！省、市、县各级领导已给你指明了方向，希望在山区农村建成小康的目标上，你再做出引领和示范。"

话说这时也真巧，4只色彩斑斓的野鸡从我们头上"咯咯"飞过；在脚下铺满金黄落叶的山林里，枝头上喜鹊、麻雀等飞鸟争鸣；3只黄褐色的野兔不紧不慢地在林草间寻觅食物。

笔者看到，王占峰那久经风霜黝黑沧桑的脸上，露出无限欢欣的笑容。

临走时，王占峰和他的老伴一再拉着笔者的手高兴地说："石部长，明年领上你的全家和亲朋好友来我这里看我的杏树，吃我的大红杏。"

是的，王占峰，他是右玉人民的一个缩影。我们在这绿水青山中享受这样的美景，很难体会到他创造这一切的艰辛以及他为了改变家园所付出的血汗和耗费了的青春岁月。很难想象是一种怎样的精神支撑他几乎走了一辈子。

"每当游人来我这里高兴而来、欢喜而去，我便有了无限的满足感。一个人活着总得有点自己的精神，给后辈子孙留下点东西。"

这就是绿染荒沟志不移的王占峰——一位普通农民的心声。

这就是右玉的人民的代表，一个普普通通的中国共产党党员，一个为了荒沟绿化付出了一生的人。

在2012年4月29日山西召开的"五一"表彰大会上，省劳动竞赛委员会授予王占峰"山西省十佳造林绿化标兵"光荣称号。

2018年12月，王占峰被评为朔州市100位生态文明建设突出贡献人物。

《森林法》指明依法治林方向，全县普遍完善林木管护制度

三十多年的植树绿化，使右玉的森林面积越来越大，分布面广、点多、线长，给管护工作带来不少困难，牲畜危害、滥砍偷伐的事件时有发生。

如何进一步加强林木管护工作，是一个亟待解决的问题。

袁浩基到高墙框乡蔡家屯村专门蹲点解决这个问题，摸索出一套分类管理的办法。这就是对重点造林工程配备专职护林员，变义务管护为有偿管护；对幼林本着"留足牧地，明确禁地"的原则，采取封育和围栏禁牧的办法，划出林地四至界限和禁牧年限以及奖罚规定，编印了《幼林禁牧手册》和《禁牧处罚条例》，发给乡村干部、牛羊倌、护林员，人手一

林业部门组织宣传车深入农村宣传《中华人民共和国森林法》。

册，互相监督共同执行；对成林实行层层管护责任制。由乡党委、乡政府成员包片包村，村干部包地包林，一级包一级。乡镇主要领导要定期向县委、县政府书面报告林木管护情况，把护林工作作为考核使用乡村两级干部的重要依据。之后，全县各乡镇都印发了《幼林禁牧手册》和《禁牧处罚条例》，普遍完善了林木管护制度。

1984年9月，《中华人民共和国森林法》颁布后，右玉县的森林管护从此步入依法治林的轨道。

1987年查获偷砍滥伐案件17起，处理32人，罚缴赔偿林木损失费13801元，罚栽树1.1万株。

1988年各乡镇成立了护林防火领导组，全年收缴毁林罚款3850元。县森林病虫害防治站采用药物防治的办法，在苍头河沿岸治理林木3360亩，检疫木材1000立方米。

1989年县林业局专门成立了林区治安管理股，各乡镇成立了林业工作站。

全县形成了严密防范的护林网络，有效地保护了林木的发展。

《绿色长城》联合摄制组深入右玉拍摄半个月，《艰难的崛起》专题片在中央电视台持续播出

《绿色长城》录像带封面照片

山河巨变，绿荫遍地，"三北"人构筑了一座当代中国的生态长城，实现了由"沙进人退"向"人进沙退"的历史性转折。

1989年，改革开放的总设计师邓小平为"三北"工程题下四个大字"绿色长城"。

这条绿色长城跨越中国的"三北"，与古老的长城共同见证着这片土地的历史和未来，见证着中华民族的苦难、忧患、奋斗与梦想。

到1990年，我国"三北"地区防护林工程实施12年来，取得了明显的生态经济效益，引起了国内外各界人士的关注和赞赏。专家们称这项工程是"世界生态工程之最""中国的绿色长城"。

从1988年4月起，林业部"三北"防护林建设局与"三北"地区的内蒙古、山西、青海等13个省、自治区、直辖市的电视台组成《绿色长城》联合摄制组共100多人，陆续深入现场，爬高山、下深沟、穿林海、越荒漠，实地拍摄了大量生动珍贵的镜头，于1988年11月制作了13集融知识性和趣味性于一体、真实而富于哲理的系列专题片。

《绿色长城》摄制组于1989年7月5日至8月20日来右玉拍摄半个月，专门制作了一集《艰难的崛起》，作为系列片的第4集，真实准确地反映了右玉人民40年来不屈不挠植树种草、防风固沙、建设生态绿洲的做法和取得的巨大成就。袁浩基和姚焕斗专门责成县委宣传部部长王德功及时任县政府办公室副主任的笔者共同撰写了专题片脚本，并全力配合其拍摄和

制作。

《绿色长城》系列专题片连续在中央电视台《新闻联播》和其他频道以及各省、自治区电视台播出，其全面真实地介绍了"三北"防护林体系工程建设已取得的显著成就，热情讴歌了"三北"地区人民甘于寂寞、勇于奉献、追求未来的精神，反映了人类与自然、社会发展与生态环境的辩证关系，鼓舞人民爱我中华，继续投入治理河山的伟大工程中来。

1984年右玉发现34亿吨大煤田，地下黑色宝库带来脱贫致富新生机

"遵照国务院领导视察雁同乡镇煤矿的重要指示，探一探右玉的煤炭储量究竟有多大？咱们去地委请示一下白书记，让地委领导帮帮咱们的忙。"

袁浩基和姚焕斗兴冲冲地到大同找白兴华书记去了。

1984年5月9日至15日，在中共雁北地委书记白兴华的安排下，雁北地区煤炭公司钻探队副队长张子春等人在县委书记袁浩基、县委顾问张日明的陪同下，对右玉的煤炭资源进行了为期7天的踏测，基本认定，右玉南部有丰富的煤炭资源，右玉县是个富煤县。

1983年8月至1985年12月，白兴华（右一）任中共雁北地委书记期间，经常深入右玉调研指导，并与右玉干部群众一起参加植树造林劳动。

1985年6月14日，胡耀邦总书记视察右玉，作出了关于"希望在山区工作的同志们一定要把本地区的优势摸深摸透，然后定出切实可行的办法，一步步把这种优势发挥出来。""要建设好'两个宝库'：地下黑色宝库和地上绿色宝库"的重要指示，为袁浩基、姚焕斗指明了右玉驱穷致富的方向。

已是深夜两点钟了，袁浩基办公室的灯光还亮着。他无法入睡，还在仔细翻阅煤炭方面的有关资料。

"焕斗，咱们对元堡地区煤炭储量作进一步的勘察，把右玉的煤炭储量搞他个一清二楚，加快开发煤炭资源，使右玉尽早地富起来。"

袁浩基兴奋地拨通了姚焕斗办公室兼宿舍的电话（当时右玉的县领导们办公室里都放张单人床，也作为个人的宿舍）。

"对，咱俩亲自上省城找专家们来右玉作煤田勘探。"

姚焕斗的高兴劲就别提了。

次日早6时，他俩急匆匆地上了一辆"212"越野车直奔省城邀请钻探队去了。

据1986年2月26日右玉县人民政府文件记载：

1984年10月经山西省人民政府批准，右玉县与青岛市双方签订《集资办矿以煤补偿经济协作合同》以来，右玉县按照国务院领导视察雁同地区乡镇煤矿时指出的开发煤炭"要有水快流，强化开采"的精神，在省、地的关怀和支持下，对元堡煤田进行了开发工作。为准确开发煤区，对煤田地质和储存情况，在过去普钻的基础上，从1985年3月份开始，又进行了千米左右井距勘探工作，设计打孔54孔，现已完成32孔。为开发元堡煤田，省里批准架设3.5万伏线路一条。对元堡、增子坊、教场坪三个煤矿共投资996.8万元进行扩建。

为右玉煤炭开发做出突出贡献的煤炭专家刘鸿彦

受袁浩基、姚焕斗邀请，刘鸿彦亲自联系的山西省煤炭厅地质公司总经理王增槐带领测量队技术员张春燕和勘测二队30多人，又经过先后三年无偿的钻探勘测，到1986年底，终于探明了右玉县东南部山区元堡子乡、白头里乡、高家堡乡煤炭的地质储量达34亿吨，面积达165平方公里。

右玉煤田位于大同煤田西南部，系石炭二叠纪优质动力煤。地质构造类型为一类一型。煤田地层为石炭系上统太原组和二叠系下统山西组，共含煤层12层，煤层总厚度15.06—39.38米。区内有益矿产主要是铝土岩和菱铁矿。

在袁浩基、姚焕斗的不懈努力及右玉煤炭专家韩天尧（1981年调离右玉）、刘鸿彦的具体组织实施下，右玉煤炭工业得到了快速发展。到1986年底，山西省煤炭资源审查委员会批准右玉县可以建设25座煤矿。到1989年底，右玉县的县乡煤矿由1984年的2座发展为8座。

刘鸿彦，山西省五台县人。中共党员，1.72米的个头，红润的面容。1958年7月毕业于太原采矿学校地质勘测专业。毕业后分配到右玉，先后任元堡煤矿技术员、右玉县煤炭公司工程师、右玉县煤炭公司副经理、右玉县元堡煤矿矿长兼党总支书记、右玉县煤炭公司总工程师、右玉县煤炭局高级工程师。1998年8月退休，后返聘为县煤炭局技术顾问直至2005年。刘鸿彦同志把毕生精力和智慧贡献给了右玉的煤炭开发事业，先后荣获"山西省煤炭系统先进工作者""朔州市科技标兵"等荣誉称号。

右玉县地下黑色宝库的开发，如同地上绿色宝库开发一样，为贫穷落后的右玉的进一步发展，增添了无限的生机和活力。

在右玉70年的发展历程中，白兴华、袁浩基、姚焕斗及刘鸿彦探明、开发右玉煤田的功劳，会永载史册。

右玉的绿色大业由谋生存向谋发展转变

1989年8月22日下午，中共山西省委书记李立功在中共雁北地委书记徐生岚的陪同下，来右玉检查指导工作。其先后深入右玉人工沙棘园、人造板厂、良种繁殖场了解情况，并听取了县委书记袁浩基的工作汇报。李立功充分肯定了右玉在贯彻落实胡耀邦总书记关于建设"两个宝库"的重要指示所取得的新成绩，指出"右玉的路子走得很扎实，为西山地区驱穷致富作出了样子。右玉植树造林、防风治沙的经验，要很好地在全省宣传推广学习"。

采访征求中共右玉县委第十二任书记、山西省水利厅原副厅长袁浩基（右二）的意见。（2008年10月11日及以后三次）

1989年8月28日下午，国务委员陈俊生一行七人在山西省副省长郭裕怀、雁北行署专员王善的陪同下，深入右玉县威远人工沙棘园了解沙棘科研示范情况，视察了部分林业工程，听取了县长姚焕斗关于全县农业总体开发的工作汇报。陈俊生指出："右玉的基础工作做得不错，穷是暂时的。植树种草成绩可嘉，森林面积占有率42%；户均养羊8只，人均2只，这个数字了不起。你们做的工作很认真、很实际，看了以后比预想的好，一定会很快富起来。"

从1978年3月至1989年底，国家"三北"造林局及省、地、县对右玉的造林投资共计489.5万元。其中："三北"局投资129.1万元，省投资239.4万元，雁北行署投资91.9万元，本县投资29.1万元。共造林102.79万亩，亩均投资4.76元。资金使用：1985年以前主要用于造林种苗；1986年以后集中资助工程造林。

2008年10月11日，笔者与王德功、霍生祥到太原袁浩基家中采访。

袁浩基对自己在右玉近7年的县委书记任职经历是十分难忘的。他说："组织上让我去右玉当县委书记，我当时就想，我不仅要让右玉有林子，还要让林子长票子。那个时候我是横下一条心，接好前任的绿色接力棒。我到右玉时举家带着妻儿老小一同赴任。而在右玉的6年多，我牺牲的不仅仅是孩子们的学业、爱人的事业，就连老父亲都搭在了这块土地上。那个时候的干部作风，就是不懂得过礼拜天，没有双休日，也没有节假日，那就是准备长期干，把家安在那儿，死心塌地为右玉老百姓致富干些实事。

"我到了右玉，有不少人说，右玉的树栽完了，绿化到顶了。我不是这样的认识，右玉绿化没有到顶，右玉仍然需要绿化，但不能单一就绿化而绿化，必须把群众的致富和经济的全面发展放在首位。为了统一大家的认识，县里请来100多人的专家组，论证右玉的绿化工作，制定了'种草种树，发展畜牧，促进农副，尽快致富'的十六字农业发展方针，右玉的绿色大业由谋生存向谋发展转变。"

实践证明，心系百姓、立足长远的政绩观推进了右玉的绿色大业。20世纪80年代右玉生态畜牧业开始得到长足发展，直到今天，不仅右玉山清水秀，而且农民一半的收入来自畜牧业。也正是这一思路，掀开了右玉绿色工业的新篇章，右玉的沙棘产业也越做越大。

从中华人民共和国成立到现在，右玉的历届县委书记一任一任地传接着绿化的接力棒。不同的是，他们每一任都在思考着植树造林的新内涵，随着时代的前进，右玉对绿色的追求也在更深入地演变。

第九章
种草——历史性进步

1980年5月,邓小平针对我国西北的一些地方指出:"应该下决心以种牧草为主,发展畜牧业。"

为了保持水土,改善山西山区荒凉面貌,省政府1980年9月28日决定,在全省的右玉、五台、五寨、隰县、沁源设立五个草原管理站,直属省农牧厅牧草站管理。其中把右玉列为全省重点飞播牧草县。

1980年10月1日,省里首次拨给右玉种草专项款30万元。

朔县农校毕业的陈义,从1980年9月26日担任右玉县草原管理站站长,一干就是22年。

从1980年至1990年,在山西省农牧厅副厅长刘义的亲自指导下,省牧草站几任站长赵福宝、孙恩林、杨斌多次来右玉亲自指导飞播牧草。先后在右玉县的花柳沟、老虎坪、榆林、南八里、石人湾、汉泥沟等山梁上播下沙打旺、草木栖等优质牧草,为改变右玉荒凉贫瘠面貌、促进农牧业发展做出了积极贡献。

1983年8月6日,胡耀邦在北方旱地农业工作会议上指出:"要实现中国北方生态系统的良性循环,在我看来,第一位的工作是种草、种树。"

同年10月,袁浩基、姚焕斗新的一届县委、县政府领导班子,遵照中央领导的指示精神,从当地山区优势出发,制定了"种草种树,发展畜牧,促进农副,尽快致富"的十六字农业发展方针。

1984年,在全县植树造林32万亩的同时,种植优良牧草20多万亩。

1985年6月14日,胡耀邦总书记到右玉视察,对右玉历届县委书记接力造林绿化、改变荒凉贫困山区面貌的作风十分赞赏,并鼓励继续走乔、灌、草相结合的路子。

1985年7月15日,林业部部长罗玉川寄书右玉,希望右玉林牧结合,驱穷致富,并馈赠了

"把草立为一业",种草是历史进步。右玉县从1959年6月5日、1960年7月26日、1984年7月先后进行了大面积、有组织的飞播牧草,均获得成功,为塞上右玉大地增添了新的绿色风采,也为农民养畜致富开辟了广阔的门路。

"装点此关山，今朝更好看"的条幅。

至1986年，林草总面积已经占到全县总面积的62%，使右玉县15项经济指标超过了历史最高水平。

立草为业，让草进帐升位，右玉美名为"绿都"——1984年8月全国飞播牧草现场会在右玉召开

"老姚，1959年，马禄元成功地在右玉实施了飞播牧草。今年邓小平又让咱下决心多种牧草，右玉大种草木、飞播牧草的春天到了。咱们抓住机遇，乘势而上，让'塞上绿洲'成为'塞上草原'。"

"浩基说得对。咱们的十六字方针，把草放在首位，可与中央精神合了套。咱们在种草上创他个奇迹！"

袁浩基和姚焕斗把草尊为大农业结构中的一业摆在各业之首，并明确提出：

"'立草为业'，让草进帐升位，与农、林、牧、副、渔齐名。"

1984年春，"塞上绿洲"右玉在县委统一领导下，农、林、牧、水等各有关单位密切配合，人工种草与飞机播种相结合，多年生牧草与当年生牧草相结合，建立永久性草场与草田农作相结合，将右玉过去单抓粮食生产的农业经济，转移到大种草木、以牧促农、促进其他各业的轨道上，开创右玉驱穷致富的新局面。号召农民"要像种粮油那样种草"，"要像管理粮田那样管理草田"。

《右玉县人民政府关于1984年种草工作的安排意见》下发了，这份红头文件中明确提出全县种草任务：全县计划种植各种牧草20.8850万亩，其中人工种植17.8850万亩，飞播3万亩；多年生牧草10万亩以上。草籽繁殖田4830亩，其中县办草籽繁殖场3000亩。全县要集中抓好69个重点工程的23450亩草籽繁殖田、草圃和样板田的建设。

文件还明确规定每年的5月16日至6月15日为全县种草宣传月。

这是对草的认识上的否定之否定，这在右玉生产发展史上，无疑是一次历史性进步。

请看，他们对草动了多么大的感情。

右玉以植树造林闻名于中外，使昔日的"不毛之地"变成了"塞上绿洲"。

如今，这颗绿色的明珠，又平添了一种新的绿色的风采——草。

草，使右玉更加秀丽迷人。难怪右玉人民都自豪地将自己的家园，美其名曰为"绿都"。

登高远眺，初夏的右玉，遍地苍翠，满目新绿，俨然就是一个绿的世界。

茫茫林海已经够让人心醉了，而今又增添了碧波荡漾的片片草田，简直成了绿色的汪洋。

在右玉，"六月雨过山头雪，狂风遍地起黄沙"已看不到了，到处是"霜凝肥草净天尘，风吹草低见牛羊"的繁荣景象。

漫步右玉，草木栖、沙打旺、红豆草、苜蓿等20多种优良牧草，一坡坡、一梁梁，十分茂盛，绵延百亩、千亩以至万亩。走到大南山西麓，120亩的沙打旺，油黑浓绿，已经没膝，亩产鲜草可达

1984年9月6日，县委书记袁浩基（二排左五）、县长姚焕斗（二排右六）、在内蒙古农牧厅女处长（中）的陪同下，带领全县公社党委书记和农口系统主要负责人到内蒙古土默特左旗、武川县、四子王旗等地考察学习种草养畜经验。这是在四子王旗王爷府前留影。

4000斤，一亩可养1.3个羊单位。

1984年7月底，山西省农牧厅组织的西北黄土高原优良牧草选育和牧草飞播试验在右玉进行。袁浩基、姚焕斗忙得不可开交，县草原管理站站长陈义更是忙得连觉也没时间睡。在杨千河乡、元堡乡上下吴流域、白头里乡，7天时间，飞播牧草，共播沙打旺、紫花苜蓿等优良牧草7万亩。

优良牧草选育和牧草飞播又一次获得圆满成功！

1984年8月19日至21日，全国飞播牧草现场会在右玉召开。

国家农牧渔业部授予右玉县"飞播牧草成绩显著"锦旗一面。

右玉飞播牧草的经验也在全国得到了宣传推广。

再看其他新种的草地上：

在李达窑乡魏家堡村东的马营河岸边，有1600余亩盐碱沼泽地，前年野草稀稀，今年的草木栖却是一望平畴齐刷刷，苗全苗旺，已经齐胸。

在右玉旧城南有一处近百亩的乱石岗，瓦砾遍地，寸草不生，相传是昭君出塞的啼哭岭。今年沙打旺和草木栖争高斗绿，随风摇曳。这片草籽繁殖田共可产草籽2500多斤，每亩可收入30多元。

杨千河乡小蒲洲营北沙梁上的草场足足有7000亩，一望无际，由银白色的网丝、紫红色的铁柱组成的围栏，斗折蛇形，蹿沟爬梁，把旺盛的牧草围得严严实实。在威坪乡金家花板飞播区，1.039万亩飞播牧草也苗全苗旺。人入其中，行走艰难，不是缠脚，便是绊腿，草势之茂密绝不逊色于内蒙古大草原。

好家伙，在右玉种植的各种牧草品种有：苏联苜蓿、新疆大叶苜蓿、美国红豆草、西伯利亚冰草、日本雀麦、苏丹草……其中一种名叫"沙打旺"的草尤为引人注目。在四周一片枯黄的色彩中，唯有它还顽强地保持着生命的绿色。据科技人员介绍，现在右玉县播种的牧草品种已有60多种，一些从异国土地引来的草种也都在这里"安家落户"了。

在人类对草的认识中，把草立为一业是一大进步。远古时代，草地为人们提供了大量的根茎食物，并养育了各种动物供人类狩猎。其后，人们能够懂得种植粮食作物，与人们世世代代与草打交道，不断地观察草、认识草是分不开的。古人对草的感情是颇为深厚的。他们总是对草念念不忘，并把自然界的许多事物与草联系在一起。常见的汉字中，加"草"字头的就有500多个。他们还认为草是农业的本源，明确地留下了"菜谷均为草部"的记载。可是随着种植业的发展，人们对草的感情逐渐淡薄了。后来随着科学技术的发展，人们对草的认识又广泛深入了。特别是现代工业带来的环境污染，为人类正确地对待草，树立爱草、誉草、亲草的新观念和种草、护草、养草的新风尚，提供了可能。

在自然生态系统中，草是保持生态平衡的原动力。

在农业内部，草同农、林、牧、副、渔互依互促。

在国民经济中，草是一个潜力无穷的产业。

草是人类的朋友，人类离不开草。

但是，草，时常为人们所轻视，贬草、骂草、斩草、锄草。

然而右玉在"草"上大做文章，大张旗鼓地宣传草、赞誉草，这对改变水土流失、防风治沙、带领农民致富是一个重大举措。

民以食为天，畜以草为本。草是牲畜的必备佳肴。没有充足的饲草，就不会有优质、高产、稳定的畜牧业。右玉大面积的人工种草，大大提高了草地生产力，改变了靠天养畜的落后面貌，逐步走上了集约经营发展畜牧的路子。杨千河乡山大坡陡，原来是全县有名的穷地方。1984年人均种草达6.5亩，家家户户大养牛、大养羊，户均达到2.3头大牲畜、10只羊，仅牧业收入就比上年人均增加了100多元。1984年全乡畜牧业总收入达到62.3万元，占农业总收入的40.7%。高墙框乡南草场村有个农民叫秦元，自筹资金3000元，种草150亩，养牛养羊，两年纯收入6000多元。

"种草就是好啊。"所到之处，右玉的干部和群众异口同声地谈草、赞草。

的确，我们应当为右玉的草业大声叫好。

草啊草，畜之命也。

草啊草，水土保持须臾不可离也。

"要想草业上，好的政策来保障"，右玉制定了种草的好政策

"老姚，立草为业，让草进帐升位。一般地宣传发动我看不行，咱们商量几条好的政策。"袁浩基又琢磨着说。

"好，咱们先拿出个初步意见，上常委会讨论通过。"

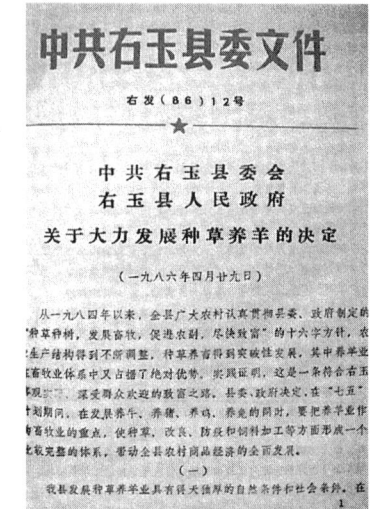

中共右玉县委、县政府《关于大力发展种草养羊的决定》文件

姚焕斗又和他想到了一起。

右玉的种草好政策出台了。

这就是："一固定、二归己、三不交、四优先、五奖励"。

"一固定"：就是承包的草地固定，50年不变，谁种谁有，允许继承。

"二归己"：就是承包草地的一切收益归己，国家和集体为草地的投资，任何人不得挪用，不准克扣，全部归种草户所有。

"三不交"：就是农民承包草地不论是当年生牧草，还是多年生牧草，一律不交征购、不交税、不交提留，产品由农民自行处理。

"四优先"：就是对农民种草优先卖给化肥、柴油、籽种，优先贷款，并提供技术服务。

"五奖励"：就是县、乡、村对本县、本乡、本村种草多的户奖，亩产量高的奖，护草好的奖，发展畜牧多的奖，种草养畜效益高的奖。

袁浩基和姚焕斗说到就做到，让好的政策取信于民。

右玉县把25万亩自然牧坡、7万亩幼林地承包给农民种草，以县政府名义颁布了《护草公告》，并为农户发放了草权证2万多份。

商业部门拿出100辆名牌自行车和100台缝纫机奖售给种草模范。

全县从8个"农转非"指标中拿出7个，县财政拿出2000元现金（当时县财政穷得可怜，年年吃国家补贴），奖给了抓种草种树成绩突出的"草莽英雄"。

重赏之下必有勇夫。

所有这些都极大调动了广大群众的种草积极性，全县草业迅速崛起。漫山遍野的绿草，又一次覆盖了昔日的荒山荒坡，真是"野火烧不尽，春风吹又生"。这"春风"就是政府的

县委、县政府制定了种草的好政策，人工种草在各乡镇铺开。

技术人员经常深入草地测量记载牧草生长的情况，沙打旺长势喜人。

第九章 种草——历史性进步

农民收割丰收的牧草，养羊、养牛的积极性更高了。

种草好政策。高家堡公社杨家后山村村民杨世补积极响应县委号召，办起了家庭林场，全家老少齐动员，年造林2500亩、种草700亩，成为全县第一家造林种草大户，年底受到县委、县政府突出奖励，奖给他一台缝纫机和一辆飞鸽牌自行车。

好家伙，这一重奖，激发了不少村民造林种草的积极性……

仅1984年全县就涌现出种草专业户280户。

右玉县大量种草，收到了极其明显的效益，成了全县农村经济不可缺少的一个组成部分。

种草的好处说不完

大量种草，促进了林业发展。右玉县城东10公里处有一大岭，叫四道岭，面积3400余亩。过去是一坡荒漠，几次种树都难以成活。1981年实行封山种草，然后种树。1983年又林草间作，结果林茂草旺。

全县有20余万亩这样的林间草，都起到了以草促林、以林护草的作用。草是恢复地面植被的"先锋"。

大量种草，为畜牧业提供了充足的饲草。右玉县1984年草地产鲜草2亿公斤，改变了牲畜长期以来的饥饿和半饥饿状态，大牲畜比上年增长27%，户均达到1.72头；羊达到10.6万只，户均5只。牧业收入比1980年增长9%，一跃成为山西省食草畜发展较快县之一。

大量种草，提高了土地肥力。根据右玉县薛家堡村测定，两年生的红豆草，每亩可产根975公斤，着生根瘤16公斤，根瘤中有机质和全氮、全磷的含量很大。栽种红豆草一亩，一年后有机质可比原来土壤增加8%、全氮增加6.8%、全磷增加6.4%，可见牧草是补充和提高土壤肥力的"能手"，人工栽培牧草是提高土壤肥力的最好方法。

大量种草养畜，增加了肉食。1984年右玉县人均产肉57斤，在雁北地区居第一，远远超过全国平均水平。可见，必须把牧草作为改革人们食物构成的"向导"，做到畜吃草、人吃肉。

大量种草，还能为造纸、编织、入药、加工食品提供原料。草多带来了畜多、肥多、粮多、钱多，使农民得到

种草引来无数的蜂群。浙江养蜂人罗国旗连续10年在右玉养蜂，收获优质蜂蜜。

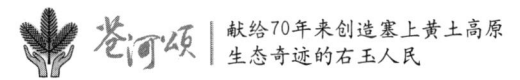

多么显而易见的经济效益啊!

事实雄辩地证明,种草是振兴农业经济的一项潜力无穷的事业。

1985年1月16日,《山西日报》第一版刊登了中共雁北地委书记白兴华撰写的《为右玉的草业叫好》一文。文中指出:"闻名遐迩的'塞上绿洲'又立草为业,拓出了致富新路。""实践已经证明,右玉立草为业、林草并举,走出了又一条宽阔的新路,值得其他地方学习。雁北地处黄土高原东北部,土地广阔是一大优势,加上1000多万亩荒山荒坡盐碱滩,发展草业,可以大有作为。右玉能办到的,有类似条件的地方也应该办得到,而且可以办好。"

1985年2月26日,《人民日报》第二版刊登了该报记者陈健采写的《草木七品官》一文,并配发了评论《赞"草内行"》。文章介绍了中共右玉县委副书记、县长姚焕斗大抓种草的事迹。

1985年3月17日,《山西日报》头版头条发表了该报记者薛青采写的题为"'塞上绿洲'右玉县大念'草木经'奏凯歌"一文。文章报道了1984年全县贯彻"十六字"方针,农业生产诸方面取得的新成绩。

1986年7月15日,由国家农牧渔业部组成的全国飞播改革检查验收团山陕分团来右玉县检查指导工作,先后参观了西山、东山6个飞播点。检查验收分团一致认为,右玉林草结合、种养结合、豆科与禾本科结合的经验,值得推广。

从1984年到1987年,袁浩基和姚焕斗带领右玉人民大念"草木经",走"反弹琵琶"之路,所到之处,广大干部群众异口同声地谈草、赞草,多种草,使他俩禁不住满心欢喜。

"焕斗,咱们再出一个红头文件,给农民发放草地使用证,让他们吃个种草的定心丸。"袁浩基又生出一个好主意。

"太好了,这个定心丸让农民一定吃好!"姚焕斗高兴地赞同。

1988年4月16日,右玉县人民政府发出《关于发放草地使用证的通知》,由县畜牧局和县草原管理站负责发放草地使用证1.5万份,共21万多亩。

2008年8月28日上午,笔者就《苍河颂》征求白兴华意见时,白老似乎不假思索地脱口说出:"浩基同志把草立为一业,那可是真干哩。在国民经济中,草是一个潜力无穷的产业。让草进帐升位,与农、林、牧、副、渔齐名,把草提高到这样的高度来认识,给草那样高的待遇,这在雁北地区还是第一家。你们把种草单写一章我完全赞成。"

"草莽英雄"速写篇

在右玉种草的大军里,有一大批可歌可泣的英雄,他们为右玉的种草事业,为绿化右玉添新绿作出了不可磨灭的贡献。其中有袁浩基、姚焕斗、郝廷升、刘拖信、李富厚、陈建军、季培福。

第九章 种草——历史性进步

人物速写之一：兴草"七品官"袁浩基。县委书记袁浩基——右玉县的"最高司令"。1983年10月，他在县委常委会上正式提出了种草的战略方针。早在1980年袁浩基在雁北地委政研室工作时，就多次来右玉县搞调查研究。那时他认为右玉土地贫瘠，树木生长周期长，在种树的基础上，应该大力提倡种草，以草促畜，以畜养农。但不在其位难谋其政，认识终归是认识而已。直到1983年7月调到右玉县工作后，原来这种认识才成为一个战略决策的萌芽。他跑遍了全县所有村庄，走访了数以千计的群众，查阅了不计其数的历史资料和科学资料，总结了一些种草的典型经验。通过与内蒙古、甘肃等地区作比较性的研究，袁浩基认为像右玉这类干旱地区，单造林不种草，不但不利于林分质量的提高，影响覆被速度和经济效益，而且直接妨碍一个既适应自然生态系统又富有高度生产力的大农业产业结构的建立。一个"种草种树，发展畜牧，促进农副，尽快致富"的战略决策在他心中终于酝酿成熟了。不登大雅之堂的区区小草，与农、林、牧并驾齐驱。

从此，在右玉县对草的认识上，掀开了新的一页。"不毛之地"从此又找到了一条希望之路。

袁浩基成了"草书记"。草是他生活节奏中一个最重要的音符。在他办公室的窗台前、柜顶上，摆满了大瓶小袋，里面装的全是各种各样的牧草籽种；在他办公室前（当时县委都是平房）的空地上，他种上了十几种牧草，不时地观察、研究，就连他的身上也能闻到一股草味。他对人们说："种草不仅是右玉人民的事业，也是我个人的事业。"袁浩基和姚焕斗搞的以林草措施为主的"右玉县丘陵缓坡风沙区综合治理模式探索及推广项目"获山西省科技进步二等奖。他俩共同撰写的《黄土高原干旱地区的一条大有希望之路——右玉县种草种树、发展畜牧初见成效》和《"三个层次"相结合，"三个效益"一起抓》两篇文章在《山西日报》和《农业技术经济》上发表。

人物速写之二：姚焕斗。与其说他是一县之长，还不如说他是一个没有文凭的牧草专家。冬天，他利用暖气在办公室里育苗。为了寻找适合右玉自然条件的那些耐旱耐寒、生长周期短、见效快、产量高的优良草种，姚焕斗特意在威远苗圃划出一片沙丘，试种了十几种牧草，并记下了数万字的牧草观察对比记录。同时，他还编写了《右玉牧草栽培技术》一书，撰写了9篇文章，先后发表在中央和省级报刊上。姚焕斗对草有很深的研究，但他毕竟还是位县长。1983年11月，在姚焕斗的主持下，召开县长办公会，决定拿出40万元资金购买草籽，占当时全县机动财力的80%还多。干部家属宿舍和县城影剧院的建设、机关小车的购置等，一律暂缓，为种草让路。

姚焕斗成了种草行家。他常与来访的记者们说："我们这里最怕风沙、干旱。年降雨量本来就少，如何把天降之水蓄起来，存入土壤中，见效最快的办法是种草。草多了，就可以积存雨水，对改良土壤大有益处。种一亩红豆草，等于施有机肥32斤、氮肥8斤、磷肥6斤、钾肥6斤。种草还能促进生态平衡。草的身份实应提高！当然要种好草，必须坚持高标准，像种粮食那样种草。"姚焕斗甚至连哪个地方的草播种在哪年哪月哪日都记得一清二楚，他常说："记草生日比记人生日还重要。"可不，他自己的生日往往过了才想起来。

草莽英雄郝廷升丈量牧草生长情况。

人物速写之三：郝廷升，山西省原平市人。1.75米的个头，英俊的面容。1961年7月由原平农校毕业后分配到右玉水保试验站，先后任技术员、站长、右玉县畜牧局副局长。1961年成立的右玉县水保试验站是治理黄河、控制泥沙入黄的地方性研究站网。根据右玉土质松散、风大沙多的自然特点，确定以工程和生物两大措施为研究课题展开工作。郝廷升为此进行了28年的林、草试验研究。从1964年冬开始到1985年，他从国内外引进和采集各类牧草品种有216种，其中从山阴县的草垛山和馒头山、五台山、内蒙古的大青山、右玉的曹红山、陕西省延安、甘肃省民勤县等山区，不畏艰险亲自采回有价值的品种50个，并进行了多年的繁殖、分离、纯化、筛选和肥田、改土、压青、后茬、饲喂以及防风固沙等一系列试验。水保实验站坐落在李达窑乡应洲湾村的山沟里，郝廷升在这里默默无闻地干了20多年，对上百种草进行了大量的观察、记录、研究。为了掌握草花授粉的准确时间，他曾披着大衣昼夜不睡地蹲在地里；为了采集草籽，他曾不畏艰险，攀上悬崖峭壁；为了观察野外试验草田，他曾一日之内往返于20多公里外的红家山。20多个春秋，郝廷升写下了50多篇论文，记下了500多万字的种草记录，为右玉县种草提供了大量的科学依据。在右玉全县16个公社的300多个自然村大面积推广种植羊草、野豌豆、山黎豆、沙打旺、紫花苜蓿等系列品种，取得了十分显著的经济效益。

郝廷升为了探讨树木在右玉的适应性，从1966年开始，从西北、东北引回樟子松、油松、钻天杨、红柳、文冠果、宁夏白枸杞、新疆巴旦等20多个树种进行试种并获得成功，在全县大面积推广。郝廷升还在李达窑乡应洲湾试验站建起30亩的果园，进行了多种果树栽培实验，并亲自在李达窑乡东窑沟村、残虎堡村、盆儿洼村、薛家堡村推广，进行无偿技术服务，为右玉县果树栽植起到了引路示范作用。

郝廷升为右玉的牧草引进、采集、实验、推广以及优质果树的引进、试种、推广贡献了自己的青春年华，1989年7月被林业部授予"农业科学技术推广先进工作者"光荣称号。由他撰写的《黄土高原优质牧草品种选育及草地改良》一文，荣获1990年度山西省科技进步二等奖；1991年5月，被雁北行政公署授予农业科技进步三等奖。

人物速写之四：刘拖信，山西省兴县人。1964年由朔县农校毕业后分配到雁北地区右玉水土保持试验站工作，先后任试验站站长和右玉县林业局副局长、局长及畜牧局局长等职。在右玉工作22年，他主要从事林草生物措施的试验和推广。曾参与"三北"防护林一期工程建设，配合县委、县政府实施了"种草种树，发展畜牧，促进农副，尽快致富"的农业发展战略方针；和右玉县草原站站长陈毅组织实施了大面积飞播种草和种草养畜工程，为右玉山河披绿作出了积极贡献。

刘拖信从1965年开始，协助县委副书记卢功勋连续在右玉北岭梁的盆儿洼村进行了山地农田林网草田轮作结构试验，获得圆满成功。

1980年7月20日，刘拖信会同县林业局干部张沁文、许祝三和县文化馆干部曹效成等人策划筹办了右玉县第一个林业展览，展线长34米。展览全面介绍了右玉解放30多年来治沙防风绿化山川的成就。山西省人民政府在右玉县召开的西山防护林建设会议代表和林业部"三北"地区治沙流动现场会代表观看了展览，一致给予好评。

刘拖信在县畜牧局工作期间，积极争取种草养畜项目，项目到手后，协助县委、县政府精心组织了右玉大面积的牧草飞播，使1983年至1986年飞播成苗面积达到8.9万亩。他在实践中不断总结经验，探索提高飞播牧草成活率要点，总结出"三看一管"的飞播牧草成功经验，即看天（掌握天气预报）、看地（地面处理）、看种子（检查种子发芽率），注重管护。

刘拖信亲自组织劳力在沟道、陡坡小穴整地（即用锄头挖成20厘米×20厘米的小坑），缓坡地带全面耕翻，林间隙地畜群踩踏和耙磨覆盖，使播区牧草生长茂盛，每平方米达到24株以上，超过了国家标准。农牧渔业部在全国各地选择现场会地点，右玉以草树结构合理、播种把关严格、牧草生长旺盛而被选中。

"草莽英雄"刘拖信

1984年8月19日全国飞播牧草现场会在右玉召开，各省区代表参观了右玉县元堡乡吐儿水、西碾头乡、杨千河乡等播区，受到与会代表的高度评价。次年刘拖信参加了农牧渔业部在吉林省图们市召开的现场会。会上，他代表右玉县人民政府介绍了右玉飞播牧草"三看一管"大面积苗全苗旺的经验。1986年由国家农牧渔业部组成的飞播牧草验收团山陕分团实地检查了右玉县历年飞播牧草的生长情况，并考察了牧草利用及效益，给予极高评价。

刘拖信带领畜牧局草原站，与站长陈毅一起办起了40亩的草圃，培育了国内外30多个优良草种。一个个小白木牌上写着：新疆沙湾、吉林芒麦、秘鲁苜蓿、法国菠菜等，为右玉改造林地、缓和林牧矛盾提供了优良草种。

人物速写之五：李福厚，山西省右玉县人。1977年7月毕业于山西农学院，为县畜牧局技术员。在右玉县组织飞播牧草期间，他每日翻山越岭、跋山涉水，用自己的双脚丈量了右玉县的每一块飞播草地。在飞播的日子里，他每天凌晨四点就和同志们蹲在山头上等飞机，山上很冷，他们便用棉被围着取暖。在飞播小组里，他定罗盘、插标杆、拉米绳，进行技术测定，制定飞播方案，一切有关技术方面的事，都由他全权负责，因而受到领导和同志们的一致赞扬。

人物速写之六：陈建军和他的妻子。陈建军，1978年7月毕业于雁北农学院，为县畜牧局技术员。妻子刘月英，农村妇女，初中文化。1979年冬天，她随丈夫来到右玉县花柳沟村，在一块荒山坡上垦荒种草搞试验。每天二人带着水壶和干粮结伴上山，早出晚归。春天，男人扶犁耕地播籽种，女人整地平田拣石头。草苗上来，他俩跪在地上锄杂草。夏天，田里有很多鼠洞，他俩从山沟下挑上水灌地鼠。丈夫陈建军患有坐骨神经痛，只好女人担水男人舀。秋天，他俩又一起挥镰收割。丈夫割破了手指，妻子掏出手绢心疼地给他包扎好。打下的草籽经过分类登记，保存起来。冬天到了，丈夫打开一年的观察记录本，趴在箱子上写总结材料，妻子在一边默默地帮助誊写整理。就这样，他俩一口气在花柳沟整整干了四年，完成了50多亩草地试验。

陈建军和他的妻子为右玉县"反弹琵琶"奏出了一支新的乐曲。

人物速写之七：季培福，山西省阳高县人，为右玉县西碾头乡党委书记。从1983年至1986年，他带领全乡人民种草4.5万多亩。初春，在海拔1700多米的麻黄头山上，老季穿着一件小棉袄，腰里扎一根草绳，用手捂着个肚子和村民们一起种草。他患有胃病，天气一凉就发作，生活一不规律就难受，他的衣兜里经常装着胃得宁、胃舒平、去痛片。胃病一发作，他就吃个十来八片。对于种草，并不是每一个农民都能马上接受的。上泥沟村农民杨生就不愿意种草，老季先后11次登门做思想工作。杨生勉强种了50多亩草地，在老季的帮助下养了178只羊，这一年一下子富了起来。以后杨生逢人就说："是季书记让我种草抱了'金娃娃'，挣了现票票。"

杨生种草养羊一举致富，活生生地教育了其他村民，种草养畜很快变成了全乡农民的自觉行动，为全县大面积种草养畜起到了示范推动作用。

西碾头乡党委书记季培福，也被县委、县政府授予"草莽英雄"光荣称号，奖给他一个农转非指标。

……

右玉，正是有了这些一往情深爱草、播草、护草的英雄们的执着追求，才换来了绿浪翻涌、牛羊欢戏、五谷丰登。

继袁浩基、姚焕斗之后，师发、高厚、赵向东、陈小洪、苏连根、吴秀玲这些后任者们，初衷不改，继续高擎草业大旗，退耕还林还草还畜，构筑了生态畜牧强县，叫响了生态旅游品牌，推动了"塞上绿洲"不断发展变化！

种草，真是历史的大进步啊！

采访征求中共雁北地委原第一书记白兴华的意见。（2008年8月28日及以后共两次）

雁北地委书记白兴华说:"《苍河颂》出得很必要, 十几任县委书记绿化接力赛续写右玉发展新蓝图!"

2008年8月28日上午,笔者到曾任中共雁北地委书记的白兴华家中采访。白老用放大镜仔细地审阅了《苍河颂》简介和第6稿的一些章节,兴致很浓地与笔者谈起了20世纪80年代以前右玉的一些事情。

白老说:"《苍河颂》这部书出得很必要,书出得很好。右玉这地方,我从50年代到80年代,不知去了多少回。解放初期的右玉那真是个'不毛之地',右玉城3丈6尺高的北城墙被黄沙埋得能开上汽车,黄风的来势与城墙一般高。苍头河哪像现在这样,洪水横流,不见草木。老百姓穷得没法活,到处能看到黄沙野地里搂柴火弄烧的人们。

"右玉植树造林的大规模群众运动,是在庞汉杰当县委书记干开的。他当了七年县委书记,干得很艰苦,干得很出色。你在书里都写到了,他在右玉立下了很大的功劳。以后的县委书记接着这么干下来,终于干出了大名堂。在干旱风沙的土地上栽了那么多的小杨树,以后'三松'扎根右玉,锁住了风沙,改善了气候,为老百姓生存创造了条件。苍头河也治理得很有模样,发挥了很大作用。

"袁浩基到右玉当县委书记时,听到了一些说法,说树栽了好多,群众的生活还不行。怎么办?我跟他说:'不仅要继续栽好树,还要大量种草;种了草,就能大量养畜;畜多了老百姓手里就有了钱,致富就有希望。'我们必须生态、经济、社会,三个效益一起要。所以他们提出了一个'种草种树,发展畜牧,促进农副,尽快致富'的农业发展方针,把种草排到种树前,来了个转换,解决了右玉从生存到发展的问题,解决了老百姓栽树与生活致富的问题。我还支持袁浩基、姚焕斗邀请煤炭、地质的同志们到右玉,勘测右玉煤田,弄清了煤田储量,为以后右玉的财政增收奠定了坚实的基础。

"右玉县几十年生态建设搞得出了名,我认为有两条经验最值得称颂:一条是庞汉杰同志提出的'若要右玉富,必须风沙住;风沙何时住,山川皆有树',这个思路好,结果是一张蓝图绘到底;二条是十几任县委书记接力赛搞得好,不存在互相否定的问题,而想的是如何发展创新,不甘人后,百折不挠,艰苦奋斗,顽强拼搏。我认为这就是右玉精神的核心所在。

"省里宣传右玉这个典型,我很赞成。几十年的奋斗,右玉发展起了生态旅游,这恐怕是张荣怀、庞汉杰、解润他们不曾想到的,真是令人佩服,不简单啊!右玉精神很有学习、宣传、推广的必要,你们这本书写对了,一定要把它写好,推向全国去。"

第十章 祭起法宝绿乾坤

姚焕斗是个誓与风沙决雌雄的硬汉子。

1979年12月,姚焕斗结束了三年援建坦桑尼亚农业专家团团长的任职,回到了雁北。

1980年6月,他以常务副县长的身份踏上山西雁北防风治沙的前沿阵地——右玉。

三年后,出任右玉县县长兼县绿化委员会主任、县植树造林总指挥。

六年后,1989年12月20日,又出任中共右玉县委第十一任书记。

他在右玉整整与风沙苦斗了十二个春秋。

这期间,恰恰是国家"三北"防护林建设搞得热火朝天的时候。受命于绿色工程关键时刻的姚焕斗,深知右玉人民有改造恶劣环境以求生存的强烈愿望,有30多年植树造林的传统,更清楚右玉处在整个"三北"防护林工程中重要区段上。凭借这个绿色工程的浩荡东风,姚焕斗倾心协助常禄、袁浩基先后两位县委书记,率领右玉人民,继续同风沙、沙土坡苦争硬斗,营造万亩以上大片林6处、大型防风林带13条、中型防风林带18条,共286.5公里、24.3万亩;治理了沙化地212万亩,占沙化面积的94.2%;拥有135.4万亩的人工林,把林草覆被率提高到46%,在全县形成一个网、带、片和乔、灌、草结合的防护林体系。

那么,姚焕斗和他的班子成员们,是靠什么使右玉这个国家级贫困县取得了那么大的令人难以想象的造林绿化成果。

应该说,他们靠的是——

1991年5月,中华人民共和国成立后第11任县委书记姚焕斗(前排左五)与右玉县五大班子在家的领导成员留影。

姚焕斗绿票定"音"

这要从"迟到事件"说起。

有一段时间,作为赫赫有名的全国植树造林先进县的右玉有点落伍了。

刚刚接任县委书记的姚焕斗,又提出了"一张铁锹两只手,自力更生绘新图""觉悟加义务,政策加技术"的方略和"兴道路、补河岸、填沟壑、绿山头、造林网、美村庄"的口号,目标是让右玉全境绿起来。这个口号得到了山西省林业厅厅长刘清泉的赞赏。

姚焕斗亲自组织实施了让右玉全境绿起来的各项绿化造林活动。

"先去外面看一看,学学别人的真经,干好我们的事业。"

采访征求中共右玉县委第11任书记、政协朔州市原副主席姚焕斗(左一)的意见(2008年10月5日、2009年6月16日及以后共三次)。姚焕斗说:"你们做了一件功德无量的好事。"

姚焕斗带领县、乡两级干部分三批近百人到大同县、天镇县参观学习造万亩工程林的经验,要把右玉余下的秃岭荒坡涂上绿色。参观的人个个跃跃欲试,发誓要奋起直追。回来后召开植树造林会议时,偏偏有两位乡长迟到。平时,迟到的事难免也出现,批评一两句算是够重的,这次姚焕斗却不依不饶,给两位乡长全县通报批评的处分。

破虎堡乡乡长赵国玉挨了个通报批评,心里憋了一股子劲儿。开会迟到,该批,谁让自己没把植树治沙的弦儿绷紧,又是在那个全县干部红了眼珠子的关口往枪眼上撞哩。回乡后,他风风火火,把自己挨批当成发动群众的"资本",每天拉出1000多人的队伍,走20公里路,上廖巴山修路、造林,当年修路15公里、造林3000亩。

如果说,赵国玉是"绿票定'音'"受到通报批评而发奋努力的,那么杀虎口乡党委书记张岗便是受到黄牌警告,才背水一战的。

右玉县最北部的杀虎口、李达窑、破虎堡三个乡都在长城脚下,历来是兵家必争之地。可以想见,那里战火连年,加上修筑长城和民众为生计而砍伐无度,森林早已荡然无存。中华人民共和国成立后,这三个乡在县委书记庞汉杰的领导下,在光秃秃的山上栽起树来,建起了长城防风林带。到了90年代初,杀虎口的生存环境仍然是全县最差的。这个乡只有2800口人,乡党委书记张岗因发动群众不充分,造林动手迟、规模小、质量低,在春季造林验收时,全县16个乡,杀虎口排在了末尾。

姚焕斗是个说到做到、对后进决不姑息迁就的领导者,当然不会放过张岗。他召开县委扩大会,宣布给张岗黄牌警告。

小小乌纱,本无多少斤两,但由于承担着对国家的神圣义务,对乡亲父老的重大责任,

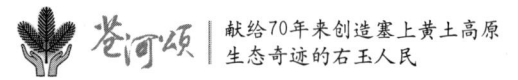

而显现出它的分量和庄严。

姚焕斗这样提醒他的部下，他的部下也能领悟那小小乌纱的全部含义是责任、是奉献！

张岗带着乡亲们为改变杀虎口自然面貌和"杀掉"穷困，以夸父追日般的劲头和猛力，植树造林不止。一年后的春天，杀虎口栽种的2000亩仁用杏，质量高，成活率在90%以上，为全县之首！

姚焕斗为杀虎口乡摘下黄牌。只是乡党委不肯把黄牌从心中摘掉，他们还要像戴着黄牌那样植树、造林……

批评、警告是一个方面，重要的还要定下几条硬政策。姚焕斗和县长师发初议后，县委常委会一致通过，做出全县实行"五个一"的决定：

一是正局级以上领导每人确定一块造林地，确定目标，限期完成；

二是县政府对乡镇、县级各大口，签订一份完成造林任务的责任状；

三是机关干部、职工每人抵押一个月工资，作为保证所栽苗木成活率的抵押金；

四是每块地建立一个碑记，刻字留名，建档立案，荣辱亮相，接受监督；

五是对各承担造林任务的单位实行一票否决权，即所承担的造林任务不达标准，在其评选先进时可一票否决。

这"五个一"硬政策可真管用，从县直机关到乡镇，哪个单位也不愿意落后。右玉干部群众的造林绿化积极性又空前地高涨起来。

绿色考勤表

有些话语看似平庸，用得多了还会嫌其太俗，但是其蕴涵的道理、揭示的真谛，却永远具有启示、推动作用。

"火车跑得快，全凭车头带"，便属于这类语言。

姚焕斗知道自己就是右玉这列车的机车头。至于跑得快慢，那就看车头具有多大的牵引力、多大的时速了。他要求各单位都要有一张贴在显眼处的"参加义务植树造林考勤表"，而他自己的大名就列在县委机关考勤表的第一位上。每天他亲自给自己画出勤符号，供大家监督。

列着姚焕斗名字的考勤表，就是他的一张决心书、一条动员令。

"叫别人干，自己先干！"

姚焕斗如是说。其语调平缓，语气却十分坚定。是无声的命令，也是姚焕斗从当常务副县长到县委书记下命令的一种独特方式。

你可能不相信，一个县委书记还要亲自记出勤符号。但这是真的，右玉县委、县政府的机关干部们都知道。

下这种命令要付出多大辛苦、付出多少汗水，姚焕斗十分清楚。从春季造林，到夏秋预整地，姚焕斗要参加劳动、参加上级的会议，还要考虑造林之外的多项工作。

他经常是工作时间长达16个小时!

姚焕斗和师发还在组织领导上采取了这样一些措施：一是植树造林期间，全县各单位、各部门的工作，都要服从造林这个中心任务。二是从县委、县政府到农村党支部、村委会的"一把手"，都要做到亲自规划、亲自组织、亲自参战、亲自验收。每人亲自参战的时间不少于10天，并以此作为干部的主要考核标准。三是严格要求，赏罚严明。对春季植树造林搞得好的油坊镇、威坪乡、丁家窑乡以现场会、电话会以及文字通报的形式及时进行表扬；对造林质量差，管护工作跟不上的高家堡、西碾头、欧村三个乡的党委书记和乡长进行了公开点名批评。四是造林期间，县五大班子的领导成员和绿委会、林业局的同志每天定时晚八点开一次碰头会，相互通报当天情况，及时解决造林中的各种问题。由于采取了这些措施，促使各级领导干部不得不动真的、干实的，使全县植树造林工作普遍好于往年。

脸是黑的，甚至晒爆了皮；手是粗糙的，老茧厚厚的——看上去，姚焕斗是位地地道道的老农形象。

不仅仅是姚焕斗，县五大班子的领导们、各系统各部门的负责人，还有许许多多的机关干部，用工余时间去处理日常工作，挤出时间"上前线"。编写造林简报和负责打印的同志们，晚上熬夜到11点，第二天照常在出勤表上画上那个庄严的符号。

绿色考勤表上的出工符号，已经被赋予了更深刻的内涵：它是一个美好的愿望，是一颗献给右玉大地的赤子之心!

绿色工程生活会

生活会，对谁都不陌生，谁都曾参加过。但那是别种意义上的生活会。

为了这绿色工程，从县委、县政府开始，直至农村党员，都要在植树造林前参加一次生活会。这种具有特殊意义，又为着某项工程而开的生活会，都不是寻常事。

姚焕斗有他自己的算式。他觉得参观学习、听大会动员报告，都是使参与造林的人们处于被动员、被教育的被动地位，而生活会是相互启发、相互促进，自己教育自己，自己动员自己，自己提出问题，自己解决问题。论效果，后者要好于前者不知多少倍!

这虽然是老招法，因为有了新套数，也法力无边。

姚焕斗担任县委书记后，抓的第一件政治工作大事，就是从县委常委到农村党支部普遍要开好一次以

1990年夏末，中共山西省委原书记王谦（左）在中共雁北地委书记徐生岚的陪同下来右玉调研。这是王谦与县委书记姚焕斗（右）交谈林权制度改革问题。

"你如何对待右玉林业？""右玉林业要不要再登一个台阶？""要登一个台阶你抱什么态度？"为题的专题生活会。

通过这个专题生活会，统一了全县上上下下党员干部的思想，从而使右玉人民一致认识到，右玉的林业只能上、不能下。他们一致表示，生活在右玉这块沙荒上，必须继续搞好植树造林。

右玉人个个成了拼命三郎。或许有人会问，难道他们就不提提条件，就没有一点油水可捞？或明处，或暗处，总会有点什么特殊待遇，有某些好处吧，比如工作服啦、手套啦、伙食补贴啦……

是的，生活会上有人提出：植树劳动最费鞋底，不出一个月就磨掉一双，"公家"给发双鞋总不过分吧？再说，活儿那么累，又在荒山野谷，"公家"供应点饮料、送点好饭菜，总还办得到吧？

自己提的问题，又在各个不同层次的生活会上被一一否掉。人们对此并无怨言，似乎都觉得否定自己提的问题之后，那个自己比先前又高大了许多，心地又宽了许多："'一张铁锹两只手，自力更生绘新图''觉悟加义务，政策加技术'，这就是我们的行动口号。"

"搞义务植树，就是尽义务的。发这发那、要这要那，还叫啥义务！"

姚焕斗在县委常委会的生活会上，首先坚定明确地表明了自己的态度和主张。

没有人说更多的大道理，但这简洁的大实话却包含着深邃的哲理。

如果说右玉机关工作人员手里有一件"公家"统一发的东西，那便是每人不离身的植树整地工具——铁锹！

这人手一把的铁锹，还是从每位干部每年必发的20元福利费中支出的，只不过是"公家"统一给定购的罢了。

这样做，没人觉得县委、县政府太抠门，反而觉得很有点意思。什么意思呢？

福利费买造林铁锹，荫及自己，也荫及子孙，是为全县人民造福的大福利！

这20元福利费实在是用得再恰当不过了。

姚焕斗利用上上下下的生活会，把许多难题化解了，用和风细雨，去滋润人们的心田，激励人们更好地以无私奉献的精神绿化荒山，为改变右玉面貌做出新的更大的贡献。

什么叫无私奉献？什么叫艰苦奋斗？

但凡看了右玉人民的这些举动，你会大大地读懂了吧。

右玉人民靠什么改天换地？靠的就是艰苦奋斗和无私奉献的精神。姚焕斗把这种精神调动得多么得心应手。

绿色典型引路人

"焕斗哥（有人不叫姚焕斗"姚县长"，而直呼他'焕斗哥'）真是个实干家，扑下身子就懂得个受。"

姚焕斗12年与右玉干部群众朝夕相处，大家一致给他这么一个评价。

姚焕斗抓右玉义务植树造林工作，首先自己下去培养典型。他连续三年在威远镇新墩湾村、牛场坪村、孙家湾村搞林、草、田的综合治理，造大片林2800亩、植零星树3200株、种草2500亩、建设滩湾地520亩，初步改变了新墩湾等三个村的面貌。

威远苗圃，过去是片沙丘连绵、寸草不长的荒漠。姚焕斗来右玉后，专门到这里蹲点。他亲自搞规划、育品种、传技术、抓建设，倾注了大量的心血，终于把威远苗圃培养成了林木茂盛的千亩苗圃。

为使义务植树不走过场、不流于形式、不局限于一般号召，姚焕斗亲自作安排、认真抓落实。他经常组织有关人员下乡，察看义务植树地块，确定义务植树的秧苗。要求各乡、镇、村确定义务植树重点，山区划出"义务植树沟""义务植树坡"，平川划出"义务植树苗圃""义务植树林场"。

在义务植树中，姚焕斗特别注重成活率，经常强调适地适树，栽一苗活一苗，反对活树变死树的劳民伤财现象，要求各乡镇、村因地制宜，工作做细，哪个地方栽植什么品种、需要多少苗子，都要落到实处。通过他的努力，右玉县六年来义务植树工作井然有序地顺利进行，承担义务植树的公民都参加了植树活动，超额完成了植树任务，成活率达到了85%以上。

这里还要特别提到的是：

姚焕斗从1984年至1985年，身先士卒地带领县直机关干部，在县直机关党委书记、县直机关造林总指挥刘建英和县政府办公室主任、县直机关造林副总指挥高杰的具体组织下，义务更新绿化了梁家油坊至左云公路两侧的行道树。在绿化中统一按照"一路两旁三行高杆杨，三大一深（大苗大坑大株距，一米见方的树坑）"的挖坑标准进行栽植，每株树踩实浇满浇足水，责任到单位、到个人，一保三年，不成活的继续补栽。

姚焕斗为了这六行高杆杨的成活，在每次往返大同开会时，都要下车亲自看一看、扶一扶、踩一踩，发现有枯死的，或被牲畜啃毁的，他都会立即通知责任人重新补栽。为了这高杆杨的成活，他可是整整当了三年的义务护林员啊！

林业功臣刘建英

30多年过去了，梁左公路两旁的白杨树高大挺拔，成为东进右玉的第一道秀丽的风景线。

右玉人都会告诉你，这是姚焕斗带领大家栽植并费心管护而栽活的风景林啊！

到20世纪80年代末期，右玉县沙棘面积达到20多万亩，占全县面积近10%。由于过去只注重生态效益，忽略了育种和科学管理，导致沙棘普遍果实小、结果率低。为了解决这一问题，1981年春，时任右玉县常务副县长的姚焕斗在威远城南的沙丘上，组织40余台推土机和千余劳力，连续奋战三个春秋，建成了渠、路、水、机、电、田、林七配套的育种苗圃和1000余亩人工沙棘园。北京林业大学派专家、学者在此进行了沙棘育种、栽培试验。

1990年6月8日，中共山西省委书记李立功（左二）在山西省人民政府副秘书长兼省农办主任杜五安（左四）、雁北行署专员王善（左三）的陪同下在右玉调研沙棘种植、利用、开发情况。李立功要求："右玉一定要把沙棘种植、利用、开发这篇文章做强做大。同时要加大科技营林力度，让右玉全境绿起来，让右玉人民富起来。"

这些都引起了中央有关领导的重视。

1990年6月8日，中共山西省委书记李立功在省人民政府副秘书长杜五安、省林业厅厅长李里、雁北行署专员王善的陪同下，来右玉视察调研。李立功在威远城南的千亩人工沙棘园对县委书记姚焕斗说："右玉有着得天独厚的沙棘种植优势，一定要把沙棘的种植、利用、开发这篇文章做强做大，为山西带个好头。'觉悟加义务，政策加技术'这个方略提得好，

从1990年1月起，县委书记姚焕斗和县长师发率领县直机关全体党团员干部，实行一个系统一座山头、一个单位一个林场，先后营造了七连山、四道岭、柳沟山、大南山、东团山等十几个造林基地，总面积达6万多亩。

右玉的县委领导班子一定要把植树造林这个接力棒传承好，同时要加大科技营林的力度，经过几代人不懈的努力，让右玉全境绿起来，进而使右玉富起来，老百姓的生活一年一年好起来。"

1990年初秋，国务委员、负责农业工作的陈俊生在山西省副省长郭裕怀的陪同下，也特地来视察右玉的沙棘种植和林业建设成就。他离开右玉时委托姚焕斗代为转告他对全县人民的问候和感谢："感谢全县人民为绿化右玉付出的辛勤劳动，感谢全县人民为全国治沙绿化创造了经验。"

1990年9月12日，陈俊生又一次来山西，就耕地、粮食安全、开发扶贫进行调研，并亲笔写下"塞上绿洲"四个大字，交给了姚焕斗，并希望右玉在治沙绿化工作中取得新的成就。

此后，姚焕斗要求全县各乡建立一个百亩至千亩的沙棘园。

姚焕斗任县委书记后和县长师发从1990年1月起，率领县直机关干部，继续发扬"一张铁锹两只手，觉悟加义务"的右玉精神，实行一个系统一座山头、一个单位一个林场，八大系统120多个机关企事业单位集中会战，分年治理，先后营建了七连山、石门山、四道岭、大南山、柳沟山、贾家窑山南坡、杀场洼等十几个造林基地，总面积达6万多亩。

1990年7月6日，国务委员陈俊生（右二）在山西省副省长郭裕怀（左一）的陪同下深入右玉调研沙棘种植开发成果。县委书记姚焕斗（右一）作介绍。陈俊生说："感谢右玉人民为全国治沙绿化创造了经验。"1990年9月12日，陈俊生亲笔写下"塞上绿洲"四个大字交给姚焕斗，希望右玉在治沙绿化中不断取得新成就。

1990年3月25日雁北地区在右玉县召开了春季植树造林现场会，推广宣传了右玉县直机关干部集中会战建立造林基地的做法和经验。

1991年县乡干部参加植树造林、农田基本建设劳动人均60天，累计投工12.3万个。一年共营造大片林6.86万亩，造林预整地4.07万亩，幼林抚育2.69万亩，四旁植树100.4万株，育苗464.5亩，绿化县乡公路117公里。

右玉，满山遍野的人工林木，除了生产木材和提供其他林副产品外，已成了农牧业发展的"绿色保姆"、动物栖息的场所以及环境保护的天然屏障。

绿色经验总结宣传员

姚焕斗有一句名言："一个领导干部，应具备两个基本功：下到基层要实打实地亲自干点什么，回到机关要动脑思索亲自写点什么。"

林业功臣、东团山万亩护林员强厚

姚焕斗虽不是大学文化，但他酷爱读书写作。一有空儿，或迟睡会儿觉，他都要把一天难以忘怀的事情写出来。尽管有秘书，但他不愿意让其代劳。

实干与写作是伴随姚焕斗从事领导工作的两件重要法宝。

为了总结右玉县40多年来造林绿化的丰富经验，树立榜样，典型引路，不断开创右玉绿化事业的新局面，姚焕斗经过调查研究，反复考察，亲自总结了因害设防综合治理、更新树种科学造林的高墙框乡，调整林业结构、大力发展针叶树的欧家村乡，生物筑坝堵洪水、乔灌混交护岸林的杨村乡，白手起家抓林业、坡梁沟壑全绿化的丁家窑乡青羊沟大队，营造管护相结合、梨果满园绿成荫的李达窑乡残虎堡大队，农田林网固风沙、针阔混交锁沟壑的盆儿洼大队，因地制宜办苗圃、四旁绿化成绩大的威远大队，杏树之村结硕果、大片造林紧跟上的樊家窑大队，大办苗圃700亩、绿化全乡9座山的破虎堡乡苗圃，粮站办起大苗圃、栽树育人创新业的县粮食局高墙框粮站林场，共10个绿化造林先进典型，以及30年坚持植树的老模范——庄窝坡乡曹村大队社员曹国权，社员户大片造林的带头人——庄窝坡乡花板大队林业员狄厚明，全县第一个育苗重点户——高墙框乡草沟堡大队社员郑明，一季栽松树300亩——破虎堡乡破虎堡大队社员陈世永，管护林地7000亩无私无畏的护林员——欧家村乡李家窑大队社员强厚共五个绿化造林先进个人的模范事迹和绿化经验，而后编印成《右玉县林业建设典型材料》，于1983年7月20日印发全县学习推广。与此同时，通过现场会的形式，对这些先进典型的成绩和经验进行了大张旗鼓的宣传和推广，使全县绿化事业呈现欣欣向荣的可喜局面。

姚焕斗还亲自撰写电视脚本，并组织拍摄了一部25分钟的《希望就在这里》电视专题片，在全县城乡巡回放映，使全县人民明白了义务植树的义务性、公有性、公益性、法定性、全民性，懂得了这是每个公民应尽的义务，是义不容辞的职责，从而使全县人民义务植树造林的积极性越来越高，成绩越来越大，效果越来越好。

右玉县长姚焕斗（左）向中共山西省委原第一书记、国家经委副主任陶鲁笳（右）介绍右玉植树造林锁风固沙成就。陶鲁笳说："当林草全面覆盖右玉之时，将是右玉最美好时期。"

1989年9月2日，中共山西省委原第一书记，后任中共中央工交政治部主任、国家经委副主任的陶鲁笳，第二次来到右玉。

姚焕斗陪着陶鲁笳，司机韩敏熟练地驾驶着"212"吉普车，从李洪河畔到威远平原绿化，从贾家窑山松林区到杨千河飞播牧草区，从苍头河林带到辛堡梁山顶绿化，听着姚焕斗一路的介绍，陶鲁笳兴奋不已。他站在辛堡梁绿化观摩厅里，手持望远镜四下瞭望，不住地说："右玉变了，大变了，变得天翻地覆。右玉的县委书记们是好样的，右玉的县长们是好样的，右玉的人民是伟大的！"

回到右玉还是平房的小招待所里，陶鲁笳对县委书记袁浩基、县长姚焕斗说："这是我第二次来右玉，第一次是在1957年初，当时我的心情是十分沉重的。我对雁北地委书记康伯成和右玉县委书记庞汉杰说，右玉这个地方自然环境很不好，每当春夏之交，刮起风来，天昏地暗，当地老百姓的一句话很形象，就是今日把种下，明日再重种，风大时甚至连种下的土豆都刮得裸露出来，群众生活很苦很穷。我当时说，我们共产党人要当大自然的主人，不能当大自然的奴隶，要大搞植树造林挡住风沙才有出路。40年后我来右玉，心情是异常振奋。在这里工作的县委书记、县长们带领右玉人民植树造林种草一直坚持了40年，从'空中苗圃'到遍地优种苗圃，从小杨树到'三松'落户，风沙小了，自然环境也好了，老百姓的生活也好过了，就应该这样。现在有一种倾向，'一个将军一道令'，张书记来了抓树哩，换了李书记抓水哩，这不好。认准的事要一抓到底，不论什么情况，要咬住不放，才能改变环境，才能改变面貌，才能受到老百姓的欢迎，才能真为人民服务，才能为百姓造福。今后不论谁来右玉，换人不改方针。植树造林，绿化祖国，这是毛主席的号召，一定要坚持下来。只有这样，才能彻底改变这里的自然环境，才能为老百姓办一件功德无量的好事实事，才能受到老百姓的欢迎。切记不要急功近利，做表面工作，那不好，于党于民都不利。"

袁浩基说："右玉从50年代起一直抓植树造林，后来到我们这一任，遵照胡耀邦总书记视察右玉的指示，乔灌草一起上，改变生态面貌，现在情况好了，造林面积已达到全县国土面积的40%。种草种树，发展畜牧，老百姓的日子也一年一年地好起来。"

陶鲁笳说："这很好，要认真总结经验，把你们的做法介绍出去。这次我路经内蒙时，那里的树还很少，可邀请他们来右玉看看。"

1990年3月20日至21日，中共山西省委副书记卢功勋（前排左七）在中共雁北地委书记徐生岚（前排右五）的陪同下来右玉视察指导工作。这是卢功勋夫妇与右玉五大班子成员合影留念。

1990年7月22日至29日，第三届世界沙漠开发大会在北京召开。右玉县代表马惠贞（四排左九）出席会议并作典型发言。会后，全体与会代表到右玉进行了为期两天的考察学习。

姚焕斗说："省委把右玉列为实现基本绿化县之一，这又是一场绿化硬仗。我们正在精心组织，保证保质保量完成这篇啃骨头、动神经的绿化大文章。"

陶鲁笳说："当林草全面覆盖右玉之时，将是右玉最美好时期，要努力、努力，再努力！奋斗、奋斗，再奋斗！"

1990年7月22日至7月29日，由中国科学院与世界沙漠开发委员会联合在北京召开了第三届世界沙漠开发大会。姚焕斗委派右玉县区划办公室工程师马惠真参加会议，并在大会上作了题为"右玉县流沙固定及其利用——兼谈经济、社会、生态三效益"的典型发言，全面介绍了右玉解放40年来历届县委、县政府从右玉县情出发，坚持因地制宜、因害设防、发动群众、艰苦奋斗，持之以恒种树种草的治理方针，使地处长城沿线沙漠化的右玉逐步得到治理，把"不毛之地"改造成为"塞上绿洲"的做法和经验，得到与会人员的一致好评。与会的专家一致认为，日趋严重的沙漠化已成为世界各国人民的公敌，右玉县的治沙成果为世界各地沙漠开发提供了宝贵经验。

新西兰友人路易·艾黎为此题词："沙漠化是全世界重大环境问题之一，治沙是全世界的事业，谁为治沙作出成绩，就是为全人类作出贡献。"

会后，联合国环境规划署以及埃

1990年7月30日，参加第三届世界沙漠开发大会的中外专家在右玉考察，中共右玉县委书记姚焕斗（右一）在沙盘上作介绍。

及、巴基斯坦、德国、以色列、苏联、日本、伊朗等16个国家与地区的沙漠专家和学者共120人来到右玉，实地考察40年来治沙取得的巨大成果。姚焕斗和师发实地给他们介绍了右玉治沙固土的生动业绩。之后，国外一些媒体大量报道了右玉县治沙的主要做法和成功经验。

1990年10月4日，由外交部组织参加香港、澳门回归谈判的港澳各大媒体记者一行28人来到右玉，用两天时间参观绿化工程。姚焕斗介绍了右玉解放40年来的绿化成就，请他们品尝了右玉的特色饭菜，喝了右玉生产的沙棘汁，使他们感动不已。这批港澳记者回去后，分别在各大报刊上图文并茂地宣传了右玉县的绿化成果。

省委书记王茂林说："我在右玉看到了列宁讲的星期六共产主义义务劳动。"

1991年3月26日下午。

中共山西省委书记王茂林在省交通厅厅长智玉莲的陪同下，在视察规划了云岗到右玉的水泥路后，顺道来到右玉了解实现基本绿化县进展情况。

右玉的早春还是干冷干冷的，一阵一阵的寒风扑打到人们的脸上。

次日早饭后，王茂林对县委书记姚焕斗说："听了你的汇报，得知你们的实现基本绿化县战役搞得如火如荼，咱们上午出去看一看。"

姚焕斗说："先到造林立地条件最差的大南山上去看。"

在高高的大南山北麓，高墙框公社2000多名强壮男女劳力齐出动，刨开冻土层，挖开了一个又一个一米见方的樟子松树坑。公社党委书记姚振明、主任张歧山带领全公社干部，与社员们一起挖坑、运苗、栽树、浇水。

司机谨慎驾驶盘绕而上，王茂林一行顺着柳沟山到大南山刚开好的沙石路来到大南山。

姚振明急步迎上去与王茂林及随行人员握了握手。

王茂林问："已到了春天，右玉还是这样的寒冷。你们造林给群众什么报酬？"

姚振明说："什么也没有，就是一张铁锹两只手，觉悟加义务，这是右玉的传统作风。每年春秋两季，家家户户都准备造林工具。玉米面窝头或莜面块垒作干粮，再加一个军用水壶，中午不回家吃在工地。多少年了，这种办法大家都习惯了。我们公社没钱，什么报酬也谈不上，也听不到怨言。造林全面结束后，开个表彰会，对植树好的、贡献大的，我们奖给一张铁锹、一张奖状，仅此而已。"

王茂林动情地说："右玉人民真是无私奉献啊！这真是共产主义式劳动。列宁讲的苏联初期星期六共产主义义务劳动，在右玉真真切切地看到了。"

在车上，王茂林对姚焕斗说："右玉人民不计报酬、无私奉献、改造河山的精神，应在全省全区广为总结宣传。有了这种精神，右玉如期实现基本绿化县的任务一定会圆满完成。"

姚焕斗说："我来右玉工作十多年了，这个地方很穷。右玉人民就是靠一股子吃苦耐劳和无私奉献的精神改造着右玉的贫瘠面貌。"

王茂林说："右玉人民多好啊，应该把40年来战天斗地涌现出来的造林功臣编成一本书，记入史册，教育子孙，加快改变右玉人民的生存环境，早日走向富裕。"

姚焕斗说："我也早有这个想法，我们会立即动手，出好一部《右玉林业功臣录》，到时请省、地领导给这部书题词。"

王茂林又说："右玉这个地方我要多来，省委要加大对右玉的扶持力度，绝不能让右玉人民贫困下去。"

1991年4月24日至28日，县委召开八届三次全委扩大会议，讨论通过了姚焕斗主持制定的《关于力争今年全县实现基本绿化的决定》和《关于努力把我县建成优美绿色城市的决定》。

姚焕斗、师发共同策划主编《右玉林业功臣录》一书

1991年5月1日，虽然是公休日，姚焕斗却没有心思回大同家里去休息。

他早早起来到机关食堂吃了一碗莜面块垒，喝了一碗小米稀粥，自己开了一部"212"吉普车到北岭梁上的李达窑公社实地了解这个公社的造林绿化情况。

当他和公社书记赵润虎走到乔家窑村外的林地时，发现这个村栽的树横竖成行、株株茁壮，看不到一棵死树，更看不到一棵被毁坏的树。姚焕斗十分内行地问赵润虎："这个村的护林员叫个啥？多大年龄？"赵润虎说："这个村的护林员叫陈富，是一个残疾人，又是一个五保户，已经61岁。他于1987年春自愿担任村里和公社的护林员后，不顾自己年老体弱，不讲条件，不计得失，不怕得罪人，五年依靠双杖，为公社、为村里管护树木，被人们誉为'绿色包公'，因病前十来天去世了……"

《右玉林业功臣录》书影

姚焕斗听后十分感动地说："我又发现了一名林业功臣。三分栽七分护，栽树不护树等于没栽树。我们的绿化成果就需要更多强厚、陈富这样的'绿色包公'、这样的好护林员去管护。润虎，你再深入了解一下陈富护林的事迹，写一个专门材料直接送我。要以县委、县政府名义下一个文件，全县都要学习陈富，不仅要多栽树，更要护好树。"

1991年5月24日，右玉县委、右玉县人民政府作出《关于在全县范围内开展学习陈富先进事迹活动的决定》。《决定》指出：陈富一个残疾人，靠双杖走遍乔家窑周边的林地，不讲任何私情护好每一棵树，直至生命的最后一息。在他的身上，体现了社会主义时代新型公民的高尚情操、顽强意志和无私奉献精神。为此，县委、县政府决定，在全县范围内开展向陈富学习活动，人人争当"绿色包公"，植好每一棵树，护好每一片

林，为实现基本绿化县、建设绿洲美好家园作出新贡献。

姚焕斗与县长师发共同策划主编了《右玉林业功臣录》一书。

姚焕斗、师发为了表彰中华人民共和国成立以来把"不毛之地"变为"塞上绿洲"，在锁沙播绿艰苦岁月中作出突出贡献的县、乡、村领导和模范人物，激励后人继续坚持不懈地绿化右玉大地，经过层层筛选评议，最后责成县委常委、县委办公室主任王兵，县委宣传部部长王德功，县委组织部副部长侯元，县政府办公室主任降宝，编辑出版了刊有本人2寸黑白照片、共120页的《右玉林业功臣录》一书。该书共选入右玉解放42年来涌现出来的100位造林模范的绿化先进事迹。100位林业功臣在次序排列上分两种情况：曾担任过县里主要领导职务、现已离开右玉的17位同志，以在右玉任职时间先后排列；其他同志均按姓氏笔画排列。

1991年7月28日，时任山西省委书记王茂林（左一）视察右玉县。王茂林十分高兴地说："右玉人民改天换地的精神要在全省好好地宣传和学习。"

书中还收录了国务委员、全国绿化委员会主任陈俊生，以及山西省常务副省长郭裕怀、山西省林业厅厅长李里、中共雁北地委书记杨大椿、雁北行署专员王福水等领导为右玉绿化事业的题词。1991年7月1日该书印制完成，共1000册，无偿印发全县各单位、各乡村学习宣传，并送中央、省、区有关部门领导审阅。

中共右玉县委书记姚焕斗撰写的"前言"最后一段说："植树造林，绿化祖国，是我国基本国策之一。为了使绿化右玉的事业一代一代传下去，使右玉这块地方真正建设成为标准更高的'塞上绿洲'，让我们现在以至将来在右玉工作的同志，踏着前人的足迹，以功臣们为榜样，为更好地装缀右玉大地再登新的高峰！"

朋友，我在这里十分欣慰地告诉您，历届县委、县政府十分珍爱与敬重中华人民共和国成立后在植树种草锁风固沙、铁面无私护树护草、执着改变右玉人民生存命运中涌现出来的百名绿化杰出人物：除了编纂出版《右玉林业功臣录》一书外，1992年7月时任县委书记师发、县长杨树昌在高耸的大南山（贺兰山）顶上专门建成两座绿化丰碑，其中一座碑上工整地镌刻着百名林业功臣的英名。2007年5月，时任县委书记赵向东、县长陈小洪又将百名林业功臣的英名，按照原定排序，工整地镌刻在小南山森林公园的绿化丰碑上。

鲁迅先生说过："惟有民魂是值得宝贵的，惟有它发扬起来，中国才有真进步。"民魂，就是一个国家和民族的精气神。榜样的力量是无穷的。20多年来，功臣们的名字、功臣们的业绩、功臣们的精神激励并鼓舞着一任又一任的执政者，一代又一代的右玉人民，"一张铁锹两只手,觉悟加义务",不畏艰难,顽强拼博,用心血和汗水打造塞上高原的绿色家园。同时,也激励并鼓舞着一拨又一拨来这里学习参观和旅游的人们,震撼着他们的心灵,激荡着他们的"中国梦"!

1991年7月28日上午,中共山西省委书记王茂林在中共雁北地委书记杨大椿的陪同下,第二次来右玉视察。姚焕斗陪同他们参观了苍头河高墙框治理工程,看到苍河两岸茂密的树林、厚厚的绿色植被,王茂林高兴地说:"多么好的生态植被啊!这竟然是人工干起来的。"他站在辛堡梁上用望眼镜眺望右玉苍翠的山川,十分兴奋地说:"勤劳的右玉人靠他们的心血和汗水,种下树的山、造出树的海,谁会想到这里曾是风沙肆虐的不毛之地,右玉人民的精神要在全省好好地宣传和学习。"

1991年8月13日至15日,出席全国林业宣传工作会议的全体代表,在林业部宣传局局长王玉峰和省林业厅厅长李里的带领下,参观了右玉县梁家油坊镇柳沟山万亩针叶林等四处造林工程,并听取了姚焕斗关于右玉县实现基本绿化进程的工作汇报。全体代表对右玉县广泛发动群众、实现基本绿化的成果和做法给予高度评价,并在全国宣传推广了右玉县的绿化经验。

1991年10月5日,姚焕斗、师发责成县委常委、宣传部部长王德功以及县委办公室副主任梁发、县委通讯组组长傅生金撰写脚本,请山西电视台来右玉摄制了一部反映实现基本绿化的电视专题片《绿洲右玉》,主题歌为《绿叶赞歌》,在中央电视台、山西电视台以及省地召开的有关会议上播出。

一曲《绿叶赞歌》唱出了几代右玉人民的心声

由王德功作词、县文化馆馆长曹效成谱曲、县职工文艺宣传队演员邵淑芳独唱的歌伴舞《绿叶赞歌》,以优美的旋律唱出了几代右玉人绿化河山的心声,至今深深印在右玉人民的心中。

歌词如下:

一片片的那个绿叶,
一颗颗心;
片片绿叶心映心,
叶连着枝来,
根护着根,
心映心。
维护着祖国大地可爱的母亲。
可爱的母亲,
可爱的母亲。

一片片的那个绿叶,

1991年8月15日晚,中共山西省委书记李立功(二排左三)与参加全国林业宣传工作会议的全体代表观看右玉"绿叶之歌"文艺晚会,并与全体演职人员合影。

1991年8月13日，参加全国林业宣传工作会议的全体代表在国家林业部宣传局局长王玉峰（右五）和山西省林业厅厅长李里（右六）的带领下，参观了右玉县柳沟山的万亩针叶林造林工程。右七为中共右玉县委书记姚焕斗、右三为中共右玉县委副书记杨魁。会后，在全国宣传了右玉工程造林的做法和经验以及右玉弘扬百名林业功臣先进事迹的做法和经验。

一颗颗心；
片片绿叶心映心，
织出绿的山，
绣出绿的海，
心映心。
倾吐着阳光雨露哺育的深情。
哺育的深情，
哺育的深情。

一片片的那个绿叶，
一颗颗心；
片片绿叶心映心，
一代接一代，
一春传一春，
心映心。
描绘着神州大地美好的憧憬。
美好的憧憬，
美好的憧憬。

（这首歌曲1990年8月参加雁北地区"创作歌曲大赛"并获得二等奖）

1991年10月30日，姚焕斗调任怀仁县委书记。在临离右玉上车时，他又返回办公室拿出一件心爱的东西——铁锹。他把这张陪他造林十多年、已磨得闪闪发光、短了半寸的铁锹放到了车上，又陪他到怀仁县工作。他还在县政府大院的松树、杨树上各摘了几片树叶放在公文包里，才恋恋不舍地离开了一干就是12年的绿洲右玉县。

这把心爱的铁锹，在姚焕斗1995年1月离开怀仁县到朔州市政协任职时，又交给了新任县委书记李洲。

一把铁锹相伴他整整12个年头。

铁锹磨亮了，磨短了。

它生动地诠释了姚焕斗誓与风沙决雌雄的坚强斗志。

它真实地记录了姚焕斗孜孜不倦追求的绿色梦想。

第十一章 苗圃里的欢笑声

绿苗是勃发生机的象征。

绿苗是大地生命的源泉。

常禄发出的"全民大办苗圃，提供优质苗木，建好'三北'防护林"的号召，像春潮涌动，唤起了塞上大地人们从未有过的绿化热情，给贫穷寂寞的塞上高原的人们带来了道不尽的满心欢喜。时过30年，从平川到山区、从乡村到县城，一座座村办苗圃、社办苗圃、机关苗圃、国营苗圃，又一次生动地书写了右玉人民自力更生、不畏艰辛的创业篇章，又一次真实地载录了右玉人民热爱新生活、建设美好家园的欢歌笑语。

对全县上百个苗圃的创业史，笔者无法一一详述，只能选取几个在中央、省、市蛮有美誉的典型介绍给大家，窥一斑而见全豹吧。

造绿廖巴山

朋友，你知道右玉县东北部马营河上游破虎堡村的廖巴山吗？

30年的艰辛播绿，原来寸草难生的大石山已是松涛波涌，绿满荒山。

1974年秋，时年25岁的共青团右玉县委原书记王建国调任破虎堡公社担任党委书记。即将离任的老书记刘占华紧握着他的手深情地说："这里山大沟深、群众憨厚、经济困难、吃穿紧张，你们青年人要干就干出点名堂。"

说起破虎堡公社的山水村庄，王建国并不陌生，因为他是1968年来该公社上山下乡的插队知识青年，曾担任过庄窝村党支部书记。而他二次返回破虎堡建设这偏僻高寒的东山区，肩上的担子并不轻松。全公社17个大队的3000多口人，一要吃饭、二要建设，改变穷山恶水真不是一件容易的事情。好在公社党委老、中、青三结合的一班人，能够心往一处想、劲往一处使，重打锣鼓重唱戏，跋山涉水搞规划。

本着因地制宜、因势利导、靠山吃山、靠水吃水的原则，坚持实行粮田下湾稳产高效、林草上山多种经营，制定了"集中治理两山（曹红山、廖巴山）两湾（金家园湾、大河湾），建设千亩滩湾地，新造万亩松树林；抓好大种大养，水地小麦加胡麻，发展万只改良羊"的大目标，决心让全县海拔最高的1969.3米的曹红山和海拔1632米的廖巴山绿起来，让农民经营活起来。

"我们这一班人不能光当指挥官，更要脱鞋下水带头干，让全社3000多口人看到希望。"

王建国在党委会上提出要求。

"咱们都是庄户人的儿子，哪个不是伴着黄风长大的，还怕个吃苦受累，你书记指到哪儿，我们就打到哪儿。"

公社主任刘忠厚、副主任郭文及闫荣笑着说。

"咱们用自己的双手先打响治理北沟周家河的战斗，建起自己的社办苗圃。"

公社党委一班人心想到了一块儿。

1976年春，王建国和刘忠厚、闫荣等党委成员亲自带领公社水利专业队在北沟周家河打坝造地210亩，他们吃住在工地，挖根基背石头、拉平车垫湾地，晴天一身土，雨天满身泥，样样干在前，处处做表率。

在雁北林业站技术员郑胜复的指导下，1978年9月在一片677亩的乱石滩上建起了社办苗圃。高床培植油松、樟子松、落叶松、云杉及北京杨等80多亩。

办"三松"苗圃可不是件容易事。浸种、出苗、防日晒、防病害、当年越冬，是针叶树育苗的五道关，尤其是出苗后防止麻雀吃和烈日晒更为关键，轰麻雀和苗床洒水丝毫不能放松。

林业功臣王建国

王建国带领公社党政领导成员轮流深入苗圃，与工人们揉住干，不度假日，不回家，不分上下工时间，天不亮就下地，天黑不见五指才回家。当小苗出土后，他们每天都要顶着灼热的阳光，手提大喷壶，不停歇地往苗床上洒水。每天被晒得头昏眼花，累得精疲力竭，但从来没有一个人叫苦叫累，松劲泄气。

苗圃负责人张广明在育苗的关键时刻更是寸步不离。小苗正在顶壳覆土，妻子生小孩让他回去，他觉得小苗生长比家里更需要自己，便托人捎话让岳母去侍候妻子，自己蹲在苗圃等小松树芽苗全部出了土才回家看了一次。

技术员寇宝虽然只有初中文化，但他爱学习、肯钻研，成为破虎堡苗圃的技术骨干。他除每周给工人们上两次技术课讲授育苗知识外，还要组织工人们对照已学到的知识分析苗圃存在的问题。大家共同找出过去死苗多、小苗生产慢的主要原因是土层薄、盐碱性大、地温低，于是他们因地制宜，制定出新的育苗措施。他们把盐碱大的地块用来育阔叶树苗，盐碱小的地块育针叶树苗。多用冬春蓄水浇苗，少用带盐碱的泉水，以减轻土地碱化。同时还推迟播种期，改变过去的侧方灌水，采取床面喷水的方法，以提高地温。这样做，死苗显著减少，壮苗显著增加。

之后，他们在廖巴山阴坡试种油松，60亩的山地育苗获得成功，为绿化山区提供了大量优质壮苗，苗圃的经济收入逐年增长。

王建国带领公社党委一班人建设社办苗圃，四年共收入8.6万多元。苗圃内新盖了工人宿舍，添置了拖拉机、榨油机，固定财产增加了3万多元。

1978年春，共青团右玉县委副书记王萍把在延安召开的全国青年植树造林大会赠送的两包油松和落叶松籽特意定植在破虎堡社办苗圃里，使延安树种在山区扎根生长，使延安精神在右玉发扬光大。

1980年，破虎堡公社苗圃被共青团山西省委、山西省林业厅授予"青年植树造林先进集体"光荣称号。

1979年公社集中造林完成红家山2000亩"三北"防护林工程任务后，转移到廖巴山小流域治理工程，采取水地与山地育苗同时上，起苗不伤根、运苗不干根、栽苗不窝根的旱地造林技术，大面积栽植营造油松、落叶松、柠条等针阔混交林，到1981年造林达1300亩、保存面积1160亩，占造林面积的90%。

王建国和公社干部每年春季造林季节，先行扛着铁锹、带着干粮，上山亲自规划、亲自栽苗、亲自把关、亲自验收，不合格就返工，不成活就补栽。一级做给一级看，干群带头艰苦干。

破虎堡公社总土地面积12.37万亩，除去粮田3.2万亩、牧地1.65万亩外，宜林面积5万亩，多数是土薄、石坚的大山区。前几年曾多次栽过杨树，成活的很少，经过试验，栽针叶树最为适宜。

公社苗圃建立以来，不管条件多差、困难多大，一直按照着眼全公社、为全公社服务的原则，育出了适合本地生长的上千株优质针叶树苗，绿化了全社9座大山共14460多亩，成活率达到80%以上。

从王建国、李建刚、张恕、卢学礼、刘奎、王刚、冯宝到苏瑞，破虎堡乡八任党委书记相传接力搞绿化，拼死拼活绿化廖巴山。

40多年过去了，如今的破虎堡东山区已是满目葱茏，廖巴山旧貌换绿装，生态环境大大改观。山风吹过，松涛阵阵，鸟语花红，空气清新。那大部分油松树均可作柱材或檩材，木林积蓄量大增，水土保持效益明显。成群结队的雉鸡及野兔、獾子飞窜林间。廖巴山北岸从邢家口村到破虎堡村，一条5公里长的林荫大道显得格外生机勃勃。

范家窑、金家园、邢家口……户户林茂粮丰、牛羊满圈，正欢奔在小康的大道上。

装点廖巴山，今朝更好看。

山常青、水长流，人勤快、事业兴。

栽树育人创新业的县粮食局苗圃

"县委号召各个行业都要大办苗圃，我们粮食部门也不能落后，大家都来议一议，看我们的苗圃怎么办。"

县粮食局局长王好善在全局200多人参加的干部职工大会上，提出了建苗圃的想法。

会场上立即响起了一片议论声。

有少数人不同意，认为粮食部门是经营粮食的，建苗圃、办林场既没有先例又没有条件，是瞎胡闹。

但大多数人认为，粮食部门建苗圃、办林场好处不少：一方面能建立粮食系统木材基地，自力更生解决扩大粮站基础建设用材；另一方面可以为本系统的干部职工参加集体劳动开辟场所，坚持干部参加劳动的制度；同时还能安排老弱职工和解决待业青年就业问题。

经过广泛热烈的讨论，全局干部职工统一了思想，坚定了办苗圃、建林场的信心。

局党支部书记李美又提出"挖潜力，不伸手要钱；攻难关，五年果挂枝；做贡献，一年出秧苗"的口号。全局干部职工积极响应，说干就干，很快在离县城北25公里外、呼同公路西侧的高墙框粮站周围购买了高墙框村的500亩荒滩地，作为基地开始建设。

初建苗圃时，各方面的条件都很差。局党支部书记李美、局长王好善以及副局长张俊、杨美兰带领大家在临时搭建的工棚吃饭，在附近民房住宿，每天劳动十多个小时。附近没有水井，吃水困难，就到1公里以外的地方去挑、拉；不懂育苗技术，就从县林业局和国营林场请来技术员实地指导传授技术。局里还派专人到外地学习果树栽培技术，并结合业务会议进行林业技术培训。

林业功臣王好善

三年期间，全局职工轮班劳动，自己动手盖起5间带走廊的高标准宿舍、5间高标准办公室、3间高标准伙房和餐厅。盖起5间羊圈、打出3眼水井，基本解决了人畜吃水和植树、育苗的用水问题。每批职工来这里劳动，能吃到炖羊肉、焖鸡块、大烩菜、炒鸡蛋、包子、花卷、炸油饼、大米等，食谱一天一个样。有的人一个星期下来，还增加了体重。

为了解决苗木肥料问题，还养了100多只肉羊，每年可积肥1400多担。

苗圃既是粮食系统干部职工参加集体生产劳动的场所，又是粮食系统的干部培训中心。

平时全局干部职工和业务人员的理论学习与技术培训，都在这里集中进行，一边学习，一边劳动。局领导分期到这里蹲点，一方面开展粮食购销工作调查和指导，一方面参加植树育苗劳动。

业务人员每年都要轮流到苗圃参加劳动，半天劳动，半天完成一些报表的核算和上报。一些年老体弱和带孩子的妇女也要根据不同情况，去苗圃做些力所能及的活儿。

为了使干部职工参加集体劳动经常化、制度化，他们还建立了干部劳动考核制度。每期劳动结束时，都要总结评比，年终进行总评比，作为考核干部职工工作业绩的一项重要内容。

办苗圃的几年里，全系统260多名干部职工，除参加县里义务植树外，平均每人在苗圃劳动50多天。劳动休息之余，会唱的给大家唱一段，会拉乐器的给大家拉一段、会编小故事的编个小故事，逗得大家笑声一片。

经过四年的艰苦努力，县粮食局高墙框粮站苗圃粗具规模，共育苗80亩，栽植果树700株、速生丰产林54亩、木瓜25000株。此外，还栽植了优种杨树3万株、油松7000株、落叶松3000株。培埂压条6000米。出圃优种杨树8000多株、木瓜2万株，全部支援了全县造林绿化。全苗圃木材蓄积量达3000立方米。历年出售苗木获利5万多元，生产果类5000多公斤。

经过四年的艰苦努力，县粮食局苗圃后院果树飘香，前院花团锦簇，苗地一片葱绿。院墙四周是成排的高杆杨和松树，筑起一排排绿色的屏障。远远望去，所有的房屋都淹没在一片绿色之中，成为右玉北部地区的一处"世外桃源"。

1981年10月，右玉县粮食局苗圃被中共山西省委、山西省人民政府表彰为"山西省林业建设先进单位"。

幽静、便利的工作环境，引来了上级领导和各方客人来这里观光、会商、休闲。

县委书记常禄、袁浩基、姚焕斗、师发先后多次带领县四大班子领导成员在这里静心研读革命理论，商讨谋划右玉发展大计；

全县局以上干部理论培训学习分批在这里举办；

全省粮食系统一些会议在这里召开；

地区、省里一些部门会议也在这里召开……

局里还邀请本省及陕西、内蒙古一些文艺团体来这里演出，有晋剧、道情、二人台……不仅是县城里的人们来观看，还吸引了附近的村民们也争相来这里看戏、娱乐。当时的人们都说："粮食局苗圃是右玉第二高级宾馆。"

已退休多年的原县粮食局长王好善一说起高墙框粮站办苗圃的事，心中的喜悦油然而生："我们粮食职工自办苗圃那可是件高兴事、快乐事，既育了苗又育了人，那时大家一说到苗圃劳动都争着去……"

生龙活虎的残虎堡大队"红姐妹造林专业队"

林业功臣祁三

李达窑公社残虎堡大队坐落在海拔1695米高的北岭梁上，位于李达窑公社西北4公里的长城内侧。据堡门碑记载："本堡于嘉靖二十三年（1544）建设，隆庆六年（1572）包修，又于万历之十四年（1586）重修，永固边塞，锁钥一方……"

清初为了缓和蒙汉矛盾，改"胡"为"虎"。

残虎堡大队至1984年有104户，415口人。村里居住着祁、赵、王、孙、温、郭等姓人家。总土地面积7200亩，耕地面积2300亩。过去，这里的沟壑山坡植被稀疏，水土流失极为严重。

1969年春，右玉县革命委员会主任王云山决定在具有特殊小气候的村庄试种果树，残虎堡大队被列为试点村之一。

大队党支部书记祁三带领社员在村南的庙圪旦平整出15亩土地，县果树站从雁北果树站调回了优种树苗，又派技术员李银厚实地指导试种了黄元帅、红元帅、国光、黄太平等多类果树，经过三年的精心管理，试种果树获得成功。全大队400多口人，每人分到6斤自产的各类果子，一下子乐坏了村里人。

残虎堡大队试种果树成功，为该大队大面积栽种果树积累了宝贵经验。

从1974年开始，先后在县委书记杨爱云、常禄以及县林业部门的指导下，在历任公社党委书记丰章义、郭振川、裴生民、戎玉的具体指导下，按照山坡水保林，阳坡阔叶树，阴坡针叶林，沟底搞育苗，乔灌草、针阔草相结合的治理规划，大队党支部书记祁三带领全大队社员向穷山恶水展开了坚持不懈的绿化治理。

1978年春，县委书记常禄指派县水利局局长任秉歧带领县果树站的贺荣吉、景致、李银厚、库美珍等专业技术人员，按照雁北行署和县委、县政府的安排，到残虎堡大队蹲点实施乔化密植果园及全面的小流域治理建设。

第十一章 苗圃里的欢笑声

到1983年,残虎堡村9条沟壑初步得到治理,全村造林3000多亩,占到全大队土地总面积的42%；水保控制面积6000多亩,占到水土流失面积的83%。共投资15万元的残虎堡大队牛路沟的150亩果园里,黄元帅、红元帅、国光等多个品种近万株果树独领风骚,数万株杏树、梨树、海棠、白杨、苍松、木瓜茁壮成长。

是年秋天,残虎堡大队果园里产下各类苹果9万余斤,社员们个个绽出了幸福的笑容。昔日风大沙多、荒凉满目的残虎堡村绿树成荫、梨果满园,一派生机勃勃的繁荣景象。

在治理荒山荒沟的战斗中,1973年春,经大队党支部书记祁三提议,成立了由温兰、杨女子、李玉香、杨玉梅、陈菊香、赵凤英等16名年轻姑娘自愿组成的"红姐妹造林专业队",温兰担任队长。她们中年龄最小的15岁,最大的20岁。这支女子造林专业队一成立就响亮提出"治不好牛路沟不甘心,结不出苹果不结婚"的誓言。

残虎堡大队的牛路沟和降眼沟,沟深四五丈,崖头陡立,草木难生,水土流失严重,"红姐妹造林专业队"第一个战役就是治理牛路沟。她们不怕苦,不畏难,风雨无阻拦,严寒不退缩,劈倒土崖头,填平小沟壑,造出层层梯田,栽上杨、柳、果树。为使牛路沟树木成活,姑娘们硬是挖大坑、换客土、施底肥,从1公里外的河沟底挑水浇灌。经过七年的奋战,牛路沟和降眼沟栽下的2万多株树全部成活,棵棵长成了成材树。

1977年春,县委书记常禄到残虎堡大队下乡,看到果树在高寒凉冷的残虎堡栽植成功,倍感欣慰。他和大队支书祁三说:"再办一个'红姐妹苗圃'。"

已发展到20名成员的"红姐妹造林专业队",又在牛路沟底办起了135亩的苗圃。

姑娘们每人一把锹、一把修枝剪、一本育苗技术手册,每天欢快地劳作在苗圃里。县果树站技术员贺荣吉带着大队派往雁北果树园培训归来的专业队副队长赵枝,骑着自行车往返300多公里,从内蒙古凉城县镶黄旗公社老窊营子采回果树节穗嫁接成果树。又从内蒙古凉城县杨林子果园运回梨树苗子,栽植了梨树。她们在雁北林业站技术员张树庭的指导下,还引进种植了油松、落松、樟子松,栽植了北京3号和波兰17号优种杨树苗。

劳动间隙休闲时,姑娘们在学校教师的辅导下编排了文艺节目,有样板戏选段、毛主席语录歌、学大寨歌曲等,一边劳动,一边歌唱,欢歌笑语洒满了寂静的牛路沟。冬季农闲时,她们还到周边社队和内蒙古的邻近队演出。那时的右玉大地,人人皆知残虎堡大队有一支生龙活虎、能干会唱的女子造林专业队。

每当有姑娘出嫁时,专业队的姐妹们送的第一件礼物就是自己产的红苹果；随身带走的重要礼物就是一把修枝剪。红姐妹们嫁到外队后,大部分又成了那里的林业技术员。更可喜的是,"红姐妹苗圃"培育的"123"果树苗在全县社队得到了推广,为全县发展庭院经济作出了很大贡献。

1980年2月10日,大队党支部书记祁三和大队"红姐妹造林专业队"队长温兰赴太原,光荣出席了山西省农业先进单位和劳动模范代表会议,受到山西省人民政府的嘉奖。温兰还受到中共山西省委书记王谦的亲切接见。王书记紧紧握住温兰姑娘的手,高兴地赞扬:"右玉残虎堡'红姐妹造林专业队'干得好,你们为全省青年妇女做出了榜样。"

之后，县委书记常禄安排县委通讯组组长傅品，带领通讯员梁凤梧、路升以及时任组织部材料员的笔者共四人，深入残虎堡大队进行了深度采访，写出了长篇通讯《北岭梁上"红姐妹造林专业队"干得好》，分别在省、地报刊和《中国林业》上发表，将她们绿化的感人业绩传遍了长城内外。

1983年5月4日，残虎堡大队"红姐妹造林专业队"被共青团山西省委授予"新长征突击队"光荣称号。

2007年8月10日，笔者去采访如今已76岁、连续23年任残虎堡村党支部书记的祁三老人。一提起"红姐妹造林专业队"，老人满脸笑容地说："我们残虎堡村的姑娘个个都是好样的，她们为治理荒沟、绿化右玉大地、活跃乡村的文化生活，贡献了自己的青春……"说着，老人还拿出了珍藏27年的山西省人民政府颁发的红色奖状。

舍生忘死的毛永宽威远堡村苗圃

威远堡村位于县城西10公里处，苍头河自南向北由此流过。

> 据《朔平府志》载，威远堡城始筑于明正统三年（1438），嘉靖二十八年（1549）重修。万历三年（1575）砖包，城周长5.8里，连女墙4丈，有城门4座。明正统三年设威远卫。先后有麻禄等36位参将镇守。明清两代，堡内有各种庙宇50处。
>
> 解放战争时期，即1945年11月，雁门区党委决定，右南、右玉两县合并为"右玉"，右玉县政府曾暂驻威远城。1950年，威远为四区政府所在地。1956年3月为乡政府所在地。1958年，大公社时，为飞跃人民公社所在地。1984年改为威远镇，是右玉县的第三大集镇。

至1984年，威远堡大队有421户、1967口人，是右玉县人口最多的一个自然村。耕地面积11700亩，人均7亩。全队土地平坦，水源丰富（是常门铺水库首先受益之地），劳力充足。

威远堡村从1973年开始，在县委书记杨爱云、县革委会主任张光熙的亲自蹲点指导下，历任公社党委书记刘建英、薛绅、胡守义、翟常凤组织全大队社员因害设防，统一规划，大搞四旁绿化。至1983年有主林带、副林带、防风林带7条，共27000米，栽植北京杨8万余株；方格林带网35条，3万米；栽植北京杨6万多株；栽植零星各类杨树3万多株。主副林带横竖交错，组成了一个个绿色方格，防风固沙、保护农田，防护面积达到6000多亩。

按照杨爱云和张光熙的指示，威远村1972年在堡东挤出150亩土地办起了苗圃。这是当时全县唯一的队办苗圃，先后培植了各种优质高杆杨和槐树等树种。

1977年在常禄的倡导和雁北林业站站长徐有的指导下，又引进了"三松"。

年仅21岁、高中毕业的毛永宽1970年至1979年担任大队党总支书记。其间，他带领社员大搞植树造林，共完成大片林1万多亩，渠、路、田边配套栽植高杆杨10万多株。

第十一章 苗圃里的欢笑声

林业功臣胡守义，山西省右玉县人。1976年10月至1980年10月任右玉县欧家村公社主任，1980年10月至1983年10月任右玉县威远公社党委书记，1983年10月至1990年5月任右玉县纪委副书记，1990年5月至1998年5月任右玉县人民政府副县长，1998年5月至2003年5月任右玉县人大常委会第九届主任。他带领社、村干部群众，绿化了欧家村公社3500亩的二窑背山，建起右玉最大的威远县、社、村1000亩三联苗圃。1983年12月被评为"山西省林业模范"。

林业功臣毛永宽

1976年春，县革命委员会副主任冯鹤春带领时任县直机关团委书记、县委组织部秘书的笔者等20人的农村整党工作队进驻威远大队。在连续两年的蹲点中，笔者看到威远大队党总支书记毛永宽，满怀激情，一心一意扑在工作上。这个年轻人似乎不懂得什么是疲倦，浑身有使不完的劲，工作忙了一天只吃一顿饭。每天总在夜间12点后休息，早晨5点就下地检查工作。他特别热心于绿化事业，全年不知疲倦地奋战在苗圃、指挥在林地，最终积劳成疾，医治无效，为威远堡大队的林业建设献出了年轻的生命，年仅31岁。

1979年11月23日，县委、县政府发出《向优秀共产党员毛永宽学习，为绿化右玉大地不懈奋斗》的通知，县委授予他"优秀共产党员"光荣称号。常禄特别指示县委组织部和宣传部，大张旗鼓地宣传毛永宽情系林业、舍生忘死、献身右玉绿化事业的感人事迹。

心血浇灌的王月兰"三八"苗圃

王月兰，女，1969年担任威远堡大队妇联主任。其1.68米的个头，壮实的身体。1971年7月5日县委书记杨爱云到威远堡村蹲点，看到这个大队无事干的青壮年妇女不少。他和公社党委书记刘建英说："这些妇女与其闲聊无事，倒不如组织起来办一个妇女苗圃，名字就叫'三八'苗圃。"刘建英说："这是个好主意，马上就干，让王月兰兼任苗圃主任，先干起来。"

时年20岁的王月兰，飒爽英姿，有股不服输的劲头。公社党委书记刘建英征求她的意见，她二话没说，就当起了"三八"苗圃的主任。第二天，她就带领10名年轻力壮的妇女用半个多月时间，在堡外东坪地上，平整了30亩育苗基地，当年插秧3.5万株。杨爱云和张光熙多次来苗圃检查指导，不断鼓励说："小王，你干得好！要不断扩大育苗面积，力争把苗圃办成全县最大的优质杨树育苗基地。"王月兰笑着说："没问题，请杨书记、张主任明年来看我们苗圃的新成绩。"

三年后，王月兰带领姐妹们把育苗基地发展到150亩，存秧17.5万株；育苗品种由两种增加到13种，年提供优质高杆杨秧苗3.5万株。

1978年8月5日，受八一电影制片厂厂长陆柱国的委派，其政治部两位负责人（左二、左三）前往威远公社"三八"苗圃考察采访。左一为威远公社人民武装部部长王德政，右一为威远公社主任王德功，右三为林业功臣、威远公社"三八"苗圃主任王月兰。

20年来，"三八"苗圃的姐妹们走了一茬又一茬，而王月兰始终如一地扎根在苗圃里。早晨她早早地起来，安顿好家里的事情就出工了，晚上日落西山才收工。苗圃成了她的第二个家，她用自己的心血和汗水浇灌着每一棵青杨。为了使每棵青杨都能成活，她常常浸泡在水里拦畦浇水、扶苗修枝，顾不上吃饭，就让姐妹们把饭送到地里。就是这个王月兰，带领姐妹们培育了一批又一批的北京杨、杂交小青杨、小黑杨等优质杨树苗木，总计为全县植树造林提供各类高杆杨树苗70多万株。县委书记常禄、常务副县长姚焕斗多次深入苗圃指导工作，并同她们一起参加育苗劳动。

有王月兰的精心呵护下，威远"三八"苗圃成为右玉重要的优质高杆杨育苗基地和优种杨实验苗圃。

王月兰还带领全大队妇女栽植丰产林380亩、大片林6300亩，完成农田林网造林2.88万株。

1980年1月，该苗圃被中共山西省委、山西省人民政府授予"省级林业建设先进单位"。

1992年3月7日，该苗圃被林业部授予"'三八'绿色功臣奖"。

王月兰于1993年1月光荣地出席了山西省劳动模范表彰大会，被评为"山西省劳动模范"。

此后，王月兰连续多年被省、地、县表彰为"造林积极分子""三八红旗手""优秀共产党员"，并被选为地、县人大代表。

多年来在苗圃辛勤地操劳，使原本身体壮实的王月兰患了严重的关节炎、肺气肿、妇女病。1991年冬，县委书记姚焕斗到家里看望她，十分动情地说："'三八'苗圃硬是把王月兰给累倒了，党和人民会记住你为右玉绿化做出的无私奉献。"

如今已60多岁的王月兰虽身患疾病，但仍然精神焕发。笔者在采访中问到她把自己的青春甚至一生献给威远"三八"苗圃有没有怨悔时,她笑了笑说:"你看现在咱们的右玉到处绿茵茵的,参观旅游的人又有多少,不知有多少树是用的我们苗圃的。为了右玉的山清水秀,我觉得我这一辈子没白活。"

为了右玉的绿化事业,王月兰疾病缠身却无怨无悔,右玉的人民多好啊!

生机盎然的右玉国营苗圃

"同志们,右玉的防风固沙植树造林任务异常艰巨,光靠空中苗圃不行,要谋划试办我们自己的国营苗圃。"

1963年6月,时任右玉第5任县委书记的庞汉杰,在常委会上提出了办苗圃的建议,立即得到了常委们的一致赞同。

会议决定,在右玉城东门外的头水泉村与下园村中间地带先划出200亩沙薄地创办右玉县第一座国营苗圃。

1963年10月,县委任命林业技术员段孝担任国营右玉苗圃第一任主任。段孝愉快地接受了任务,带领16名干部职工开始了右玉历史上第一次育苗创业。

1981年9月7日,山西省文联主席、著名作家马烽(前排右一),山西省作协副主席、著名作家孙谦(后排右二)在中共右玉县委农村工作部部长郝文运(前排左二)的陪同下在国营右玉苗圃采风。前排左一为国营右玉苗圃主任尹连。

想办苗圃不知先从哪里下手，怎么办？那时庞汉杰的父亲任山西省沁源县林业局局长。沁源县从一解放就办起了不少苗圃。庞汉杰、解润带领段孝和两名干部专程到沁源县学习办苗圃的做法和经验。回来后，开始了以培育群众杨和柳树苗为主的育苗事业。

之后，先后有袁浩业、杜日中、王中兴、张金良、尹连、寇永孝、韩祥、杨凯、赵宝平担任苗圃主任。

1981年，县委书记常禄选派从部队转业、很有事业心的年轻干部尹连担任苗圃主任。尹连到任后，建立完善了生产责任制，实行了科学育苗，右玉苗圃由原来的三类苗圃上升为一类苗圃。开始引种选育针叶树，圃内培育的主要树种有樟子松、油松、落叶松、云杉以及北京杨3号、群众杨、合作杨等，并在全县进行推广繁育。留床针叶树苗39亩，第二年可出苗180万株；新育针叶杨40.7亩，可产苗859万株；新育阔叶树13.7亩，可产苗6.85万株。全圃总收入达到8万多元。

1983年8月，寇永孝担任苗圃主任后，圃内实行了严格的生产合同制。根据土地情况确定苗木生长量和出苗量，与承包人签订合同，超奖减赔。圃内有一名工程师负责技术工作，兼搞品种引进、良种培育、樟子松育苗造林以及小老树改造等研究试验项目，为摸索右玉全林提高提供科学依据。特别是经林业部介绍，以每斤38元的价钱买回樟子松籽，在右玉苗圃做樟子松雪床育种，在雁北地区率先试验成功樟子松全光育苗和小苗换床移植，为樟子松干旱、半干旱地区大面积造林提供了成功的经验。从此，樟子松在右玉大面积推广种植成功。右玉樟子松栽植技术材料，在1983年8月11日全国"三北"防护林技术交流会上进行了交流推广。

1984年10月至1992年12月，韩祥担任苗圃主任的八年，始终坚持两个文明建设一齐抓，不断完善生产经营承包责任制，极大地调动了职工的劳动积极性。1987年右玉县苗圃被雁北地区确定为"樟子松育苗基地"，樟子松成为右玉苗圃发展的优势树种；右玉苗圃成为省林业厅命名的"山西省一类苗圃"。

1989年1月，韩祥光荣地出席了全省劳动模范表彰大会。

1990年11月12日，全国绿化委员会在广西南宁召开全国国营林场、苗圃工作会议，会上，国营右玉苗圃被评为"全国国营苗圃先进单位"。

1990年7月，国营右玉苗圃被山西省精神文明建设指导委员会命名为"省级文明单位"。

1990年10月，国营右玉苗圃被山西省绿化委员会授予"绿化先进单位"光荣称号。

到1992年，国营右玉苗圃为右玉防风治沙和"三北"防护林一期、二期工程建设以及全县绿化达标提供了大量优质樟子松苗木，做出了突出贡献，留下了一连串闪光的足迹。

1992年12月至1997年6月，杨凯担任苗圃主任后，继续为培育高质量的"三松"做了大量的探索和创新。

1995年9月，国营右玉苗圃被山西省人民政府授予"全省1992—1994年林业建设十佳国营苗圃"光荣称号。

1997年1月，国营右玉苗圃被右玉县教育局授予"德育教育基地"。

1997年5月，国营右玉苗圃培育的樟子松，被山西省技术监督局评为"省优质产品"，并颁发了荣誉证书。

1997年7月，有着丰富林业技术经验的赵宝平担任了国营右玉苗圃主任。

赵宝平1982年由右玉林校毕业后，分配到县林业局工作，先后从事全县的林业区划和规划、林权证的发放、造林地规划设计、技术指导、森林资源调查、林业数据统计、森林档案管理、森林生态效益观察等工作。1992年任县林业局办公室主任。赵宝平工作认真负责、兢兢业业，能够圆满完成领导交给的各项任务。

右玉国营苗圃主任赵宝平

赵宝平担任右玉苗圃主任22年来，在自收自养的管理体制下，迎难而上，负重奋进，开拓创业，以"育苗良种化、生产规模化、质量标准化、管理科学化、经营市场化、环境园林化"的办圃方针，以提高效益为中心，积极开展多种经营，苗木培育向品种多样化、良种化发展。以苗木市场为导向，服务城乡不同层次的苗木需求。在积极培育樟子松、油松、落叶松和沙棘苗等工程造林用苗的同时，多方引进，精心培育各种珍奇观赏树种和园林花卉。特别是先后选育成功耐旱、耐寒性强，适宜右玉生长的园林绿化树种20多种，主要树种有女贞、卫矛、红瑞木、珍珠梅、绣线菊、连翘、黄刺梅、红叶小檗、绿叶小檗、四季玫瑰、紫丁香、辽东丁香、暴马丁香、接骨木、杜松、皂角等。每年出圃各类苗木20多万株，除满足本县绿化用苗外，还远销内蒙古的呼和浩特、包头、东胜、乌海等市。

1998年12月，国营右玉苗圃被山西省林业厅授予"全省林业育苗工作先进苗圃"光荣称号。

右玉国营苗圃经过50多年几代苗圃人的不懈努力，如今已成为誉满晋蒙的"右玉北方苗木良种基地"。以欧右路为界，路南：方圆200亩的育苗地方格林网，喷灌设备配套，使用面积30亩。苗木郁郁葱葱，地边的防渗水渠内清水潺潺，地框的各类松树、杨树成椽成檩。路北：苗圃办公场所院内，共有办公用房57间，固定资产20多万元。院内干净整洁，鲜花盛开，群芳吐艳，株株松柏遮天蔽日；院外绿树簇拥，整座苗圃彩蝶飞舞、百鸟欢唱，南北美景交相辉映。

右玉国营苗圃已建成为一个"基础设施完备，交通通讯便利，育苗技术熟练，苗木质优价廉"的苗木示范基地，也成为人们向往的休闲避暑的好去处。

多少年来，右玉苗圃先后接待中央、省、市等多名领导以及全国各地的参观者达3000多人次，一致赞美右玉苗圃为"塞上绿洲一奇葩"。

已在苗圃工作了22年的赵宝平，1.80米的个头，英俊潇洒。他对未来右玉苗圃的发展充满了信心。他说："我学林爱林，以圃为家，为建设富而美的和谐新右玉提供更多的茁壮苗木和美丽花卉，是我一生的追求。"

绿苗、爱情双喜临门的李达窑社办苗圃

为了改变遍地办苗圃、"三松"苗木育成率低的状况,从1979年春季开始,常禄决定在全县搞几个社办百亩骨干苗圃,李达窑公社先行一步。

公社党委书记戎玉接受任务后,在全公社挑选了12名精明强干的年轻后生和8名心灵手巧的年轻姑娘,在李达窑北岭梁山下的魏家堡大队西乱河滩上,开始自力更生,艰苦创业,推土造地,建圃育苗。他们在雁北地区林业站青年技术员雷元良的精心指导下,打框、整床、漫种、下籽、保苗、除虫,育上了油松、落叶松、樟子松、桑树木、侧柏、群众杨、果树、牧草等苗木,还盖起了9间崭新的砖瓦房,作为办公、住宿、库房用。只用了三年时间,就办起了一座120亩的骨干苗圃。

你知道吗?苗圃从树籽种下那天起,年轻小伙子和姑娘们就得起早贪黑,整天滚战在地里。

苗圃的周围树多,各种各样的鸟儿也多,这些机敏的鸟儿趁人不备就飞下去刨吃树籽,最讨厌的是麻雀。

为了不让麻雀吃树籽,每天鸟一出窝,他们就轮流开始下地轰鸟了,傍晚鸟归宿了,他们才能回家。

从下种到出苗的一个月内,每天他们都要提上15斤重的喷壶在苗床上洒水。出苗的日子,也是他们最忙碌的时刻。这时,如果稍一缺水,小苗就有被晒死的危险。从上午10点到下午3点,这段日晒最厉害的时间,他们一刻也不能离开苗圃。往往头遍刚刚浇过,返回来已经干了,赶快再浇。一天下来,一个人要来回往返近20公里,把近3吨水通过他们手里的喷壶,一点一滴地喷洒在地里,从小苗出土,一直到叶绿根红有木质为止。天天如此,劳动强度之大,是可以想见的。但是,他们谁也不懂得什么叫累,每天照样提着喷壶,在苗床上喷洒着,仿佛母亲给孩子吮吸着乳汁。

按一般规律,地表温度上了30℃,树苗就要被晒死,这里的青年们凭着一只喷壶,在34℃的高温下保证了树苗的

手提喷壶浇灌幼苗。付出多么大的辛苦,不言而喻。

成活。

一天，一场冰雹大雨过后，原来一片葱绿的苗圃，罩上了一层厚厚的灰黄色。不到一寸高的松树苗，有的被水冲出了根子，倒在地上；有的被泥土埋住，只露个梢梢。不少苗床塌了，250米长的引水渠被泥水淤平了。

面对眼前的景象，青年们心急如火，冲倒的苗子必须赶快扶起来，培上土；埋住的苗子必须尽快抠出来，苗床需要整好。特别是淤塞的引水渠需要尽快挖通。太阳一出来，苗子就得洒水。不洒水，苗子就会被热气蒸死，而引水渠挖不通，就无水可洒。

怎么办？青年们懂得，要想保住这100多亩用心血和汗水育活的嫩苗，就必须付出更大的心血、流洒更多的汗水。

"打破原来所包的责任田的框框，统筹安排劳力，合理分工，齐心协力，开展抢救树苗的战斗。"

苗圃主任王进勇急中生智。

先有10名年轻后生，用四个钟头挖通了250米长的引水渠。到上午10点钟需要洒水的时候，把水顺利地引到了苗床附近。

8名年轻姑娘把倒伏的树苗一株一株地扶起来，把较干的土一小撮一小撮地撒在露出的根上；把埋住的树苗一株一株地抠出来，然后，开始那漫长的、翻来覆去的洒水工作。

两天之后，这块被罩上灰黄色的幼苗，又变得一片葱绿了。

年仅25岁的苗圃主任王进勇，是右玉高中毕业后回乡的知识青年。1979年苗圃一建立，他就来到这里，是李达窑社办苗圃的"开圃元老"之一。

王进勇一来到苗圃，就把苗圃当成了自己的家。他干活舍得身子，不怕出力；工作大胆热情，踏踏实实；对育苗技术刻苦钻研，勇于实践。开始他担任苗圃会计兼技术员，后来被提拔为苗圃主任。

有人同他开玩笑说："莫非你一辈子就和这些树苗打交道呀？"

王进勇憨厚地笑笑说："我就是要在苗圃里安家落户哩。"

说来也巧，这句话真的应验了。

高中毕业的回乡知识青年刘兰英来到苗圃以后，偷偷地爱上了这个能干事、肯吃苦、说话少的年轻人。一年多时间在育苗中的秋波传递，两人没有经过任何人的帮忙，就对上了象，第二年的五一节红红火火地结了婚。公社党委书记刘凤成、公社主任马富生带领全体党委成员前去祝贺他俩的美满婚姻。

春季育苗最紧张的时候，兰英的母亲病了，捎来话想让小两口回去看看。可是，他俩天不亮就出地轰鸟去了，日头高了要不停地洒水，鸟宿了窝才能回家，怎么能顾上回去看看呢？一直到树苗生长稳定，不需要每天照看以后，他们才买上好吃的，一起回去看母亲。

王进勇和刘兰英的美满结合，为苗圃开了一个良好的先例。

接着，青年王海和姑娘姚文兰也在苗圃喜结良缘了。

在以后的日子里，李达窑苗圃又有两对年轻人建立了幸福的小家庭。

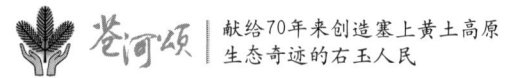

这真是：

> 鸟恋林鱼恋水情哥恋情妹，
> 云配月叶配花佳女配佳男。

三年后，李达窑社办苗圃共出"三松"优质秧苗1300多万株，可造林2万多亩，为苗圃增收5万多元，取得了投资和收益双丰收，为全县大办社队骨干苗圃起到了示范带动作用。

1980年3月2日，常禄、车永顺在李达窑社办苗圃召开现场会，全县推广了李达窑社办苗圃的经验。之后，全县16个公社相继建起了300亩以上的社办骨干苗圃16个、30亩以上的社办骨干苗圃37个，一举解决了全县造林"三松"种苗不足、质量低劣的问题。

1981年，李达窑公社社办苗圃被山西省人民政府授予"省级林业建设先进单位"光荣称号。

朋友，你看这北岭梁上青春绿苗，换来的不是集体、个人的双喜临门吗？绿化，是多么美好的事业啊！

王进勇之后的十几年里，李达窑村村民赵义、陈广栋、赵义（与前重名）先后承包经营了这座苗圃！

先后接任李达窑公社党委书记的马富生、刘义、赵润虎、贺朝善在各自的任期内对苗圃大力扶持，积极关心苗圃的生存和发展。

1998年春，李达窑村村民赵枝，在分管农业的副县长刘义及乡党委书记阎维忠的大力支持下，以11万元买下了苗圃和东团山3200亩荒山的70年使用权。

林业模范赵枝

10年来，赵枝起早贪黑，春、夏两季辛勤劳作在苗圃里和东团山的栽植工地上；秋、冬干起护林员，巡逻在自己的林地里。为了保护这片山林，多年来他不知遭到多少毁林人的谩骂和殴打，仍然无所畏惧，视树如命。

如今，东团山栽植的油松、落叶松、北京杨、小黑杨长得郁郁葱葱，已成为右玉"东山夕阳"的生态旅游景点。李达窑苗圃每年为全县和内蒙古周边县区提供大量优质的"三松"苗木和杨树苗木，仅2007年苗圃收入就达19万元。

赵枝既辛勤育苗，又注重育人。他的4个孩子中，有3个考上了大学。女儿从山西中医学院毕业、大儿子从山西警察专科学校毕业，都已走上了工作岗位；三儿子从天津建筑工程大学毕业，2008年又顺利考上了研究生。

今年已73岁的赵枝经营苗圃、绿化荒山，不仅为右玉绿化事业作出了很大贡献，也给自己的家庭带来说不尽的喜悦。

10年来，历任县委书记高厚、赵向东、陈小洪及省市有关部门领导十分关心苗圃建设，给予了及时的支持和鼓励。

赵向东号召，全县都应向赵枝学习，锲而不舍地培育更多的高质量苗圃，并努力打造苗圃生态旅游景点，为建设富而美的新右玉提供更多的优质苗木，使个人致富得到更多实惠。

……

多少年来，就是这些默默奉献在右玉大地大小苗圃里的右玉人，在那艰难清苦似乎又很浪漫的岁月里，用他们的智慧，用他们的汗水，用他们的美好年华，抚育出一棵棵优质苗壮的油松、樟子松、落叶松、北京杨、小黑杨的幼苗，才使"不毛之地"的右玉锁住了风沙，求得了生存，获得了发展，变为今日世人注目的塞上明珠。

岁月的风雨诠释：这是右玉人民永远的骄傲！

谁想到，70年后的塞上右玉，大力实施育苗工程，涌现出了金源林、毛家岭、三北苗木、晋源苗木、绿缘苗木等上百亩、上千亩，威远镇和高家堡乡上万亩。全县共计300多家总面积达4万多亩的新型各类苗圃。右玉正成为山西省重要的苗木生产基地。

林业功臣李作旺。山西省右玉县人。右玉县林业学校毕业。1982年3月至2002年3月任右玉县威远苗圃主任20年，为右玉县造林绿化事业培育了近千万株优质苗木。1984年5月被山西省劳动竞赛委员会荣记三等功。1997年12月被山西省林业厅授予"优秀苗圃主任"称号。

近几年，笔者多次沿着县乡公路绕了几圈，欣喜地看到在各条县乡公路的两侧，不少离退休的干部职工们不甘清闲，把抚育各类苗木作为退休生活的乐趣，每天笑逐颜开地劳作在各个苗圃里，既为大地育绿苗，又谱老年"夕阳红"，悠哉游哉！

到2018年底，塞上右玉共发展规模苗圃450多家，育苗总面积达到8万亩，年产量1亿多株苗木，育苗总产值达2.378亿元，带动农民人均增收1500多元。基本形成以苍头河沿线、高家堡集中连片区和李洪河、马营河、欧村河流域为主的"一线一片三流域"苗木产业发展格局。右玉苗木不仅占领了周边县市的市场，还远销内蒙古、黑龙江、陕西、宁夏、甘肃、河北、北京、天津等10多个省、市、区。初步形成了产、供、销一条龙的生产格局，带动了全县林木种苗产业的良性、规模化、滚动式发展，成为转移农村富余劳动力、促进农民增收致富、构建社会主义新农村的支柱产业；成为晋北黄土高原干旱半干旱地区抗旱造林最大的樟子松苗木产出基地，为全面推进生态文明建设增写了浓重的笔墨。

第十二章 1986年右玉被列为国家级贫困县

李振华的切身感受

1985年12月15日,这对绝大多数人来说是一个平常日子,而对从晋南高平县成长起来的市级领导干部李振华来说却是不平常的。

这一天,他受省委安排,从临汾行署专员调任中共雁北地委第10任书记。

雁北最高寒冷凉的右玉,总是牵动着每一任地委书记的心。

"咱们先去右玉看一看。"

李振华到任后的第五天,就带领秘书李健夫(现任朔州市人民检察院副检察长)到右玉视察调研。

时值塞上右玉隆冬腊月,冰天雪地,冷风飕飕。李振华习惯性地穿了一件棉衣,戴了一顶单帽子,围巾也顾不得系就匆匆地来到右玉。

在右玉两天的实地调研中,袁浩基和姚焕斗陪着他们上山头、下沟湾、进村庄、入农户,一边走、一边看、一边谈、一边问。李振华在人生中第一次感受到了塞上右玉透心彻骨的冷。眺望丘陵起伏的黄土山川,使他真真切切地看到,中华人民共和国成立36年来,不屈的右玉人民在历届县委、县政府的带领下植树种草锁风固沙取得的不小成就;进农户访农家,更使他真真切切地看到,右玉的老百姓住的、吃的、穿的、用的是那样的清苦,那样的简陋。1985年,右玉农民人均纯收入仅有133元;步入县城一眼看到,县城的基础设施是那样的落后和破破烂烂,鸡狗牛羊满街乱跑。这些都使他感到十分惊讶,更使他心里感到沉甸甸的难受!

没有比较就没有鉴别,只有比较才能看到差异。

晚饭后,在一溜平房的县招待所小会议室里。袁浩基和姚焕斗向他详尽地汇报了右玉的生存和发展情况。李振华感慨地说:"百闻不如一见。右玉的贫困远比临汾地区的贫困严重得多。看来,你们在这里工作肩上的担子实在是不轻。我们共产党人全部工作的宗旨就是带领人民致富。右玉这样恶劣的自然环境和艰苦的工作环境,光靠地方党委和政府的努力是远远不够的,像这样贫困的地方,什么时候才让老百姓过上富裕日子。必须上下齐努力,必须千方百计积极争取国家、省里、地区的坚强有力的支持和帮助。我要为右玉的贫困大声疾呼,特别是争取得到国家的资助。"

李振华回到地委后,立即责成秘书李健夫将这次右玉调研情况整理成文,以《中共

采访征求中共雁北地委原书记、山西省原副省长李振华(右)的意见。(2009年9月18日及以后共三次)

雁北地委、雁北行政公署关于将右玉县列入国家级贫困县，急待国家大力扶持的申请报告》上报省委和国务院。之后，李振华不论到省里开会，还是到中央开会，逢会必讲，逢人必说，一讲右玉人民百折不挠地造林绿化锁风固沙的不屈斗志和成就，二讲右玉人民的生活窘况和县域经济的极度贫困，希望各级各部门都能关注右玉，热忱帮助右玉早日脱贫走向富裕。

对右玉这次调研，李振华是终生难忘的。之所以难忘，一是他真切地了解了右玉的变化和右玉的贫困；二是在隆冬严寒的调研中他冻伤了右耳朵，至今留下了残疾。2008年10月24日上午，笔者到李振华家中采访，看到他的右耳朵不禁惊呼："哎呀，您的右耳朵疤痕不少。""这是我第一次去右玉，就给我留下了终身的右耳残疾。你们那个地方可是名不虚传的高寒冷凉啊！"

有谁想到，李振华的一个右玉实地调研，萌生了对清苦右玉人民的莫大同情，也将给右玉人民带来莫大的福祉。

远道而来的北京客人

1986年初夏，一个风和日丽的上午。

9时，县委办公室主任王兵对县长姚焕斗说："地委办公室来电话找你讲话。"

姚焕斗拿起电话，对方说："接省里电话通知，明天有国务院扶贫办副主任和《人民日报》《经济日报》两位记者到右玉采访，请你准备一下。"

第二天，天气骤然变坏，风沙弥漫，扬沙直扑人们的脸上，行人不得不捂着脑袋走路。

伴随着凉飕飕的黄风，迎来了远道而来的北京客人。他们是在雁北地委农工部

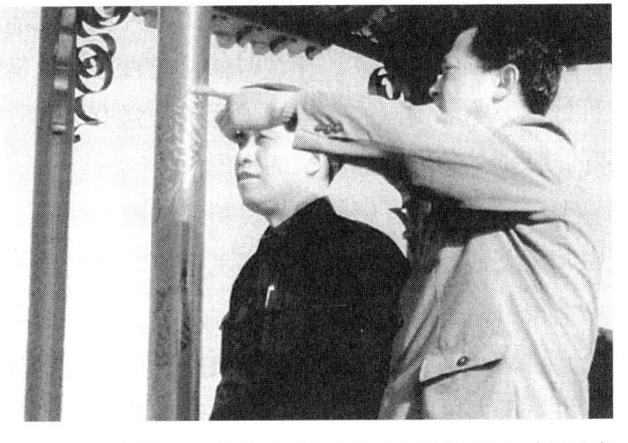

1986年8月5日，中共雁北地委书记李振华（左）在县委书记袁浩基（右）的陪同下在辛堡梁上视察人工林海。李振华说："右玉种树种草锁风固沙取得不少成就，但要摆脱贫困，还需国家大力资助。地委要主动给省委和国务院打报告。"

副部长雷功陪同下来的：国务院扶贫开发办公室副主任高鸿宾（现任农业部副部长）、《人民日报》记者陈健、《经济日报》农村部主任高以诺。县委书记袁浩基、县长姚焕斗十分热情地接待了他们。

在县招待所的会议室里，北京来的三位客人说明来意后，姚焕斗把右玉的情况做了详细的介绍。

当谈到右玉的生产条件时，姚焕斗说："右玉土地辽阔，人均耕地10多亩。1984年风调雨顺，靠土地优势农业获得了全面丰收。这一年全县人均生产粮食500多公斤、油料50多公斤，收入370多元，超过上年一倍多，人均销售给国家的商品粮150多公斤、商品油50多公斤。1985年遇到了特大旱灾，秋收时玉米只长了一尺多高，整个收成只有上年的一半，全县

人均收入下降到160多元，成了倒翻番。恶劣的气候，再加上有沟湾下湿地而无资金开发，严重地制约着右玉农业生产和抗御自然灾害的能力。"

三位同志听了姚焕斗的汇报后，共同的看法是：右玉现在虽然不是"不毛之地"了，可一年一场风、从春刮到冬的自然状况还未从根本上改变，现在是夏天了还像春天。

姚焕斗说："据气象部门讲，右玉是全省唯一没有夏天的一个县。"

他们接着讲："总而言之，这里农业生产条件还很脆弱，基本上还是靠天吃饭，风调雨顺老百姓日子好过一些，一遇到灾害特别是旱灾，农民连吃饭问题也难以为继了。"

袁浩基说："就右玉现在的情况来看，你们这个分析和结论是恰当的。"

高鸿宾说："百闻不如一见，一切结论产生于调查的末了。我们从下午开始，用三天的时间到乡下实地去看看。"

三天中，袁浩基、姚焕斗陪着他们先后深入到高墙框、李达窑、欧村、高家堡、梁家油坊、丁家窑、城关、西黄家窑（现在的杨千河乡）、杀虎口等9个乡镇、30多个村庄、近百户农家，实地考察了农民的吃、穿、住、行、用的情况。

不看不知道，一看吓一跳。两天的考察后他们十分感慨地说："看来，这里确实需要国家给予支持，从多方面进行开发，以尽快改变贫困面貌，实现致富。"

临别时他们说："根据这几天听的、看的，我们回去整理一下资料，先在报上登一下，造成舆论，以引起领导的重视。你们详细地给上面领导写一个要求列入国家贫困县的请示报告。"

袁浩基、姚焕斗当即同意他们这个主张，并特别感谢他们几天来风尘仆仆、不辞劳苦、夜以继日地为贫困地区农民表达"心愿"而辛勤工作。

一份厚重的《请示报告》

1986年8月14日，袁浩基、姚焕斗根据国务院扶贫办副主任高鸿宾和地委书记李振华、行署专员阎赞尧的意见，经认真研究后，责成县委办公室副主任李月明草拟了《右玉县人民政府关于把我县列入贫困县的请示报告》，袁浩基、姚焕斗分别审阅后，由袁浩基签发，分别上报中共雁北地委和雁北行署、中共山西省委和山西省人民政府、国务院扶贫开发办公室。

这份厚重的《请示报告》全文如下：

右玉县人民政府关于把我县列入贫困县的请示报告

我县位于山西省最北部，属黄土丘陵缓坡区，是山西的一个偏远山区小县。在历史上就是一个"雁门关外野人家，不植桑蚕不种麻"的"不毛之地"，以贫穷落后而闻名。解放后，特别是十一届三中全会以来，在党的一系列正确路线、方针、政策的指导下，在各级党组织和政府的关怀与帮助下，经过全县干群艰苦奋斗，各项事业有了很大发展，人民生活有了明显提高。但由于条件所限，基础太差，和其他地区相比，仍然经济薄弱、生活较苦。所以，早在1965年就被定为黄土高原西山地区28个贫困县之一。

1984年，按照上级关于1981年至1983年三年农民人均收入在150元以下的为贫困县的标准，我县因这三年的农民人均收入为160.3元，从而取消了贫困县的一切资助。

根据我县的县级经济、农民生活和生产水平等实际情况，我们认为，右玉县仍然是一个非常贫困的地区，因此要求继续列入贫困县的范围。

具体理由如下：

一、在农村整个经济体系中，工牧副林四业薄弱，主要依靠农业，致富太慢

从1956年至1983年的28年中，农业收入占农村总收入的比重在71%—92%之间，是个大头，林业收入在0.5%—2.1%之间，牧业收入在0.9%—13%之间，副业收入在6%—15%之间。农村收入的多少主要取决于农业收入的多少，林、牧、副、工各业的位置基本上是防护性的林业，依附和服务于农业的畜牧业，门路狭窄的工副业。无工不富，无商不活，这就决定了右玉农民致富的速度是缓慢的。

二、自然条件太差，农业十分脆弱

全县年平均无霜期为104天，最短的只有85天。年平均气温为摄氏3.6度。平均海拔为1400米。这样恶劣的气候条件，只能种低产的小日期作物。

全县年降雨量在400毫米左右，而且集中在7、8两月，两月的降雨量占全年降雨量的65.5%。这样就常常造成春、秋两季干旱的现象，春旱丢种子，秋旱卡脖子，影响作物生长。

土地十分贫瘠，水浇地少。土壤有机质含量只有0.4%—0.7%。82万亩耕地，保浇地只有1.3万亩，占1.5%，人均只有0.15亩。

耕作粗放。全县农业人口人均耕地10亩，劳均29.6亩，广种薄收，粗放经营。

农业投资少。1976年至1985年责任制前后10年，亩施农肥平均10担、化肥16.3斤，低投入带来低产出。责任制前五年，粮食亩产在60斤左右、油料亩产在40斤左右；责任制后五年，粮食亩产在百斤左右、油料亩产在80斤左右。

由于以上原因，形成了人均产粮低，人均耗粮多，对国家贡献少，长期吃返销粮的局面。

1953年至1983年的31年中，全县粮食总产为16.1亿斤，年均5207万斤，年人均752斤。粮食总产年递增率为3%。其中：1953年至1980年的28年中，粮食总产量年平均为4986万斤，人均741斤，递增率为2%。1981年至1983年的三年中，由于责任制的

右玉县人民政府文件影印件

实行和1982年、1983年两个丰收年，粮食总产量年平均为7265万斤，人均867斤，递增率为23.5%。

由于广种薄收，所以需籽种、饲料较多，1953年至1983年31年中，每年需要口粮2408万斤、籽种901万斤、饲料970万斤，年共需4279万斤，占粮食总产的82%。

1953年至1983年的31年来，每年平均出售商品粮828万斤，占年粮食总产的15.9%，人均年出售只有121斤，折款24.2元。

1953年至1983年的31年来，共有25年吃返销粮，共吃10476万斤。年均419万斤。每人每年吃52斤。

三、农民收入基础太低，长期贫困

单一、脆弱的农村经济，带来了农民收入的低下。自1956年实行集体分配到1983年的28年中，每年人均收入为63.6元。其中：责任制前的25年间，人均年收入为52元。责任制后三年，人均年收入也仅为160.2元。这样的收入，使广大农民长期处于自给不足的贫困之中，家无隔年粮，户无结存款，入不敷出。

四、农民负债很多，无法偿还

截至1985年底，全县农民欠集体拖欠款达760.13万元，人均89元。集体欠国家贷款165.77万元。每个农民人均19元。截至1986年上半年，全县农民个人欠国家贷款661.39万元。人均82元。农民欠集体、欠国家款合计，人均达171元。债务累累，收入有限，难以偿还。

五、县级经济十分薄弱，长期吃财政补贴，无法资助农民

县小人少，工业薄弱，商品购买力不强，限制了县级经济的发展。

从1953年建立县级财政预算至1985年的33年中，除1953年、1954两年外，年年收入少支出多，靠吃国家补贴。31年来，共吃补贴7121万元，年均229.7万元。以1985年为例，全年财政总收入为278万元。其中：工商税收232万元，企业收入34万元，农业税5万元，其他收入7万元。造成收入低的原因：一是国营工业户数少，生产能力低。全县国营工业企业只有6户。固定资产总值907万元，每户企业平均151万元。全年创造产值仅有662万元，实现利润45.7万元。10万元以上的只有3户。二是县小人少，购买能力差，限制了商业的发展。全县国营商业共有7户，商品销售额1010万元，实现利润14万元，上缴利润仅仅7万元。三是农业税收减免。全县农业税（实行稳定负担政策）年任务为43.7万元。因灾减免38万元。当年实际征收5.7万元。四是集体企业只能维持生产，给国家提供资金能力更弱。进入1986年，县级财政更加困难。一是收入的口子缩小，影响收入64.6万元。按上级规定：国营企业1985年人均奖金不足150元的，平均每人补30元。全县701人，应退库2.1万元；提高折旧率，影响利润4.5万元，减征所得税1.8万元；职工教育费提高标准，减利1.8万元，影响所得税0.4万元；商业年利润在81万元以下的4户批发公司比例税改为8级累进税，影响所得税2.1万元；调整第二步改革方案，免承包费和调节税11.8万元；企

业调资允许进成本每人7.5元，影响利润8万元，减少所得税2.7万元。再加上农业大旱，估计减产在五成左右。43.7万元农业税全部需免征。二是支出的口子增大。工资改革、肉食补贴、福利费标准的提高，民办教师补贴的提高，差旅费、会议费标准的提高，大中专新分配人员的工资等，共需增支79.8万元。三是没有新的财政收入因素。

特别是自1984年退出贫困县后，国家补助锐减，使本来紧张的县级经济更加拮据，许多急需兴办的事业难以开展。1978年至1983年的六年中，国家按贫困县共拨给我县1049.7万元，年均175万元。1984年以后全部取消。

六、自然灾害频繁，经常吃国家救济

我县属温带大陆性气候，十年九旱。1957年至1980年的24年中，旱年就有19年，平均四年三旱。其中，大旱九年，中旱十年。再加上频繁的风灾、雹灾、虫灾、冻灾，使基本上靠天吃饭的农业经常受到不同程度的灾害袭击造成人民生活的贫困。经常需要国家救济。从1949年至1985年的37年中，共有26年吃救济，救济款总额达496.18万元，年均19万元。其中：1980年以前的32年中有21年吃救济。总额为354.93万元，平均16.9万元；1981年至1985年的五年中，共吃救济粮141.43万元，平均28.24万元。

七、1985年以来自然灾害严重，使刚刚解决了温饱问题的农民，又陷入了困境。

1985年，我县遭受了严重的干旱，1月至7月没有降过一场透雨，总降水138毫米，比1984年减少127.2毫米。比历年平均值少99毫米。特别是农作物需水量较多的6、7两月，分别降水35.3毫米和50.5毫米。比历年平均值分别少26.7毫米和57毫米。再加上从7月30日至8月14日，全县又遭受了五次严重的雹灾和两次严重的洪灾，使全县造成直接的经济损失总值达2558万元，人均321元。其中：粮食比1984年减产6851万斤，损失1370万元；油料减产416万斤，损失187万元；减收人工牧草1.4亿斤，损失420万元。1985年全县农业总收入2401万元，比上年减少65.1%，费用比上年增加29%，占到总收入的45.3%，农民人均收入由1984年的383元下降为133元。严重的干旱，造成1.3万余户、5.6万余人缺粮。缺粮总计1089万斤。

1986年的旱灾比1985年的还要严重。1月至7月，降雨量为184毫米，比历年同期减少55.6毫米。在农作物出苗的5月和抽穗的7月，降雨量分别为16.7毫米和39.1毫米，比大旱的1985年同期的45.5毫米和84.7毫米减少28.8毫米和45.6毫米，是1957年以来同期降雨量最少的一年。据最近各乡镇估产，全县粮食播种面积为52.09万亩，预计产粮3023万斤，比1985年的4689.48万斤减少35%。油料播种面积为13.06万亩，预计总产375.25万斤，比1985年的1119.59万斤减少66%。预计全县共需口粮、籽种、饲料6158.43万斤，除去可产3023万斤，尚缺3135.43万斤。同时，干旱还带来了牲畜饲草的严重不足。现在，全县共有大畜3.3万头、羊10.4万只、兔2.4万只，共需草12154万斤。虽然大面积的人工种草和积树叶、打晒草可解决9252万斤，尚缺2902万斤。

八、用以确定贫困县标准的三年，恰巧有两年右玉风调雨顺，获得丰收

上级确定以1981年、1982年、1983年为确定贫困县的三个年度。而我县正好在1982年、1983年中风调雨顺。1982年粮食总产为9243.28万斤，人均1103斤。油料总产1359.56万斤，人均162斤。1983年粮食总产为8200.3万斤，人均973斤。油料总产1436.5万斤，人均170斤。这两年的气候有以下四个特点：

1. 降雨量多，分布均匀。两年平均降雨量为463.3毫米，比1957年至1980年的24年平均降雨量增加20.3毫米。在4、5两月作物播种出苗的关键时刻，这两年平均降雨量为89.05毫米，比24年平均降雨量增加36.65毫米。在7、8月上中旬作物拔穗成熟期，这两年降雨量平均为166.4毫米，比24年平均降雨量增8.6毫米。

2. 蒸发量小。1982年、1983两年平均蒸发只有1667毫米，比1957年至1980年的24年平均蒸发量减少121毫米。

3. 无霜期长。1982年、1983年两年平均无霜期为108天，比1957年至1980年的24年平均无霜期多4天。

4. 大于零度的积温度。这两年平均积温2826度，比前24年平均积温的2745度高81度。

由此可见，1982年、1983年两年是右玉难得的丰收年，但这却是个别现象。代表不了右玉"十年九旱"灾害频繁的特点。

九、教育、卫生、交通、电力、通信等事业十分落后，亟待发展

解放以来，特别是党的十一届三中全会以来，我县各项事业虽然得到很大发展，但是仍然比较落后。

教育方面：虽然1984年、1985年两年，多渠道集资376.5万元，新建和维修了校舍2.6万多平方米，但仍有2000多平方米危房未得到维修。威远、高家堡两个乡的中学从1958年建校后，直到现在因经费困难，从未能维修；全县17所乡镇中学无一校有图书室、仪器室和实验室等必要的教学设施；县城只有一所小学和一所完全中学，小学班容量平均在60人以上，初中每年只能招收70%的小学毕业生，急需再建一所小学和一所中学。

卫生方面：县医院现在有35间1200平方米病房房顶塌陷，不能接收病人，急需维修；一些必需的医疗器械急需购置；16个乡镇医院现已有8个医院的102间房屋属于危房，急需维修；等等。

邮电方面：现在，全县仍有108个村不通电话。需要架设农话杆线500杆公里，需50万元资金。

交通方面：全县16个乡镇，目前还有两个乡不通公路。全县365个自然村，还有232个村不通公路，全长约2560公里，不通汽车的村103个，全长约1400公里。

电力情况：目前尚未通电的村有124个，需款160万元；急需新建11万伏输变电

工程，需款420万元。

广播事业方面：现在还有107个村不通广播；没有卫星地面接收站；急需再建5个电视小差转台；等等。

人畜饮水方面：由于两年干旱，现有125个村的3.5万人、1.2万头大畜的饮水十分困难，亟待解决。

所有这些，都因县级经济十分薄弱，难以拿出资金予以解决。

十、人才智力缺乏，急需培养开发

全县共有各类干部1390名，其中，大专文化程度的140名，占10.1%；初中及初中以下文化程度的达646名，占46.5%。

全县共有公办教师699人，其中，大专文化程度的有47人，占6.7%；初中及初中以下文化程度的267人，占38.2%。

县商业和供销系统各有干部职工400余人，却各有4名中专毕业生；全县没有一个建筑工程师，只有一个煤炭工程师……人才的奇缺，直接影响着经济的发展。振兴右玉，急需投资加强智力开发。

针对右玉经济文化落后、人民生活贫困的实际情况，1983年我们县委、县政府新班子组建后，在上级领导的支持和帮助下，认真贯彻党中央的路线、方针、政策，带领全县广大干部群众同心同德，致富右玉，开创各项工作的新局面。在端正党风工作中，坚持领导做表率，带头正党风、查案件，实现了全县党风的基本好转，推动了民风和社会风气的好转，受到了省委和省纪委的表扬。在经济工作中，坚持改革，制定了"种草种树，发展畜牧，促进农副，尽快致富"的农业发展战略方针，三年来每年人工种草15万亩以上；大畜、猪、羊、鸡等畜牧业有了很大发展；林业建设又迈出了新的步伐，走出了一条"乔灌草三个层次一齐上，生态效益、经济效益、社会效益三个效益一起抓，多林种、多树种、多草种、多效益"的道路；乡镇企业从少到多、从小到大，出现了新的发展势头。三年来，立足本地资源，狠抓加工业的发展，新建了沙棘饮料厂、胡麻秸秆压板厂、血粉厂，发现了我县储存的15.6亿吨的煤田。现在，煤矿数由1984年的两座发展到八座。人工种草、养畜、水土保持、植树造林、开发沙棘等项工作受到了中央、省、地有关单位的表彰。狠抓了办学条件的改善，三年来，领导带头，全县上下集资400余万元，使98%的农村小学实现了"一无两有"，出现了"东西南北庄，学校最漂亮"的可喜局面，受到了地委的表彰。积极同大专院校、科研单位建立了横向联系。加强了科技引进和推广，受到了省科委的表彰。同时，在城乡建设、环境保护、文化工作、广播"两化"等工作中，都受到了上级的表扬和奖励。

最使我们感动的是中央领导对我们的关怀。1985年6月14日胡耀邦总书记亲临我县视察，对我县制定的"种草种树，发展畜牧，促进农副，尽快致富"农业发展战略方针表示赞赏。胡总书记希望我们"到1990年人均收入达到800元、900元"。胡总书记的视察，极大地鼓舞了全县人民脱贫致富的信心和勇气，更加激发了我们建设右玉的决心。

虽然我们做了一定的工作，但是工作刚刚起步，困难很多，特别是资金困难难以解决。恳请在帮助群众"输血"的同时，恢复"造血"的功能，把我县列为贫困县，使右玉人民尽快驱穷致富。

特此申请。请批复

1986年8月17日

《人民日报》一篇有分量的文章

又过了几天。

《人民日报》记者陈健从太原打来电话，让袁浩基和姚焕斗到太原迎泽宾馆去看他们为《人民日报》写的文章清样。

第二天，袁浩基和姚焕斗以及李月明驱车赶到太原，在迎泽宾馆见到了高鸿宾、陈健、高以诺三位同志。

他们说："我们为《人民日报》就右玉情况写了一个消息，另附一个短评，请你们看看有什么出入和意见？"

袁浩基、姚焕斗一口气读完这两篇文章后说："还是你们大手笔，写得既快，文辞又好，且内容实打实，真实地反映了右玉的情况，完全同意，请你们处理吧。"

1986年9月5日，《人民日报》在二版显著位置上刊登了陈健、高以诺写的文章，标题为"天变收入变，右玉农民收入大减大起转大落，传统农业必须改革"。

文章的主要内容为：

右玉是山西省西北境内的偏远山区小县，素以贫苦落后出名。1978年全县农村人均收入仅34元。近几年，右玉重视林业发展，并实行以家庭联产承包责任制为主的农村改革，促进了该县农村经济的发展，至1983年全县农业总产值即比1980年翻了一番，农村人均收入由1980年的66元增至276元，1984年达到370元，是1980年的5.7倍。1985年遭旱灾，人均收入大幅度减少，经济发展出现了"倒翻番"的现象。

在配发的短评《值得深思的教训》一文中写道：

右玉的事例给我们敲响警钟。我国农村经济近几年虽然取得了巨大成绩，但总的看来基础还比较脆弱，多数地区不能摆脱基本靠天吃饭的状况，面临着进一步调整产业结构和增强农业发展后劲的严重任务，右玉的教训，应引起我们的警惕。

文中分析了右玉经济出现"倒翻番"的原因后,指出,"翻番掉下来也不可怕。'气可鼓,而不可泄'。像右玉这样的县,只要找到问题的根子,坚持不懈地去打基础,在增后劲上下功夫,农业翻番,是一定能够再翻上去的"。

高厚的如实调研

《人民日报》的文章发表后,引起了省、地个别领导的异议。在省委讨论时,一位领导说:"从《人民日报》上看到右玉去年农业是'倒翻番',怎么回事?"

最后决定,责成雁北地委调查清楚,然后再报省委研究。

中共雁北地委书记李振华和雁北行署专员阎赞尧按照省委要求,指派时任雁北行署统计局副局长的高厚带人到右玉调查了解1985年的农业经济情况。

高厚来到右玉后,经过实地考察,并结合对右玉的周边县左云、平鲁及内蒙古的和林格尔、清水河、凉城等五个县的调查比较,了解到的都同右玉的情况基本一样,农业产量、农民收入都因旱灾而受到严重影响,减产减收幅度都在一倍左右,同右玉相比,上下只差3—5个百分点,右玉1985年所报的产量收入完全属实。

高厚将实地考察结果整理出来,如实地给地委、行署写了一个专题报告。

中共雁北地委将此调查结论上报了省委。

1986年10月29日,省委召开会议将雁北地委报告的情况作了通报。并决定,将右玉正式列入国家级扶贫县,报国务院审批。

省委同时决定:原计划让姚焕斗到另一个县当县委书记,因姚焕斗多年在右玉干得好,对右玉的县情十分了解,右玉又是一个贫困难搞的县,就继续干下去。

1986年12月30日,国务院正式下文,右玉县被国务院批准为全国300个贴息贷款扶贫县之一。国家每年下拨100至200万元专项贴息贷款。

1987年5月,国务院扶贫办为右玉下拨贴息贷款273万元。

1988年9月6日,在地委书记李振华的安排下,袁浩基和姚焕斗商定,右玉县人民政府再次向山西省人民政府呈报《关于要求把我县列入山西省贫困县的请示报告》。《报告》再次列举了右玉县贫困的种种理由后,恳请上级把右玉列入贫困县。在给予"输血"的同时,重点帮助恢复"造血"功能,使右玉县人民早日脱贫致富。

1989年2月19日,山西省省长王森浩在中共雁北地委书记徐生岚、行署专员王善的陪同下来右玉视察工作,参观了林业建设重点工程,听取了袁浩基、姚焕斗关于右玉脱贫致富工作的汇报。王森浩说:"右玉的绿化造林防风治沙取得了不小的成就,但右玉仍然是个贫困县,省、地都要给予大力支持。"

根据文件记载:1988年国务院扶贫办给右玉下拨贴息贷款189万元;1989年国务院扶贫办给右玉下拨贴息贷款120万元;1990年国务院扶贫办给右玉下拨贴息贷款125万元。从1987年至1990年,四年共下拨贴息贷款707万元,截至1990年上半年已使用630.01万元。县委、县政府把有限的资金用在刀刃上，始终抓住解决温饱这个根本点不放松：①用于煤炭生产201万元，占总数的28.4%；②用于乡镇企业309万元，占总数的43.7%；③用于种养业134万元，占总数的19%；④用于二轻企业63万元，占总数的8.9%。在国家经济和财政困难、银根紧缩的形势下，这些扶贫资金的合理投放，对开发右玉的资源优势，解决群众温饱问题，收到了良好的效果，特别还使右玉成为全省25个产煤县之一。

与此同时，四年来，国务院扶贫办还以优惠价给右玉分配来122辆扶贫大卡车，这些车辆对右玉的煤炭运输起到了很大作用。四年来，国家、省、区给右玉分配的5240吨扶贫化肥，集中扶持了右玉推广新技术的"温饱工程"，主要用于地膜覆盖玉米、西瓜、蔬菜、脱毒薯、抗病胡麻等作物种植。四年来，省政府还每年下拨右玉财政补贴538万元，解决财政供养人员的工资支出。到1990年，右玉县扶贫工作实现了从单纯生活救济向经济开发的根本转变。

2001年1月21日，高厚、陈晋才根据右玉经济和社会发展水平，又一次分别向朔州市委、市人民政府和山西省委、省人民政府呈报了《关于要求把右玉县再次列为国家级贫困县的请示报告》。

2001年5月29日，国务院再次下文，将右玉列为山西省35个、朔州市唯一的国家级贫困县。

2005年，在赵向东、陈小洪的积极申报下，右玉被中共山西省委、山西省人民政府列为太行山和晋西北革命老区59个开发重点县之一。

丰厚的效应

右玉县从1986年被国务院列入国家级贫困县以来，从政策、资金、人才等多方面得到从党中央到省、市的巨大关怀和巨大支持，给右玉人民带来了越来越多的福祉。

贫穷落后的右玉大地上处处充满了生机和活力。

贫困憨厚的右玉人民家家户户充满了幸福的欢笑声。

10万右玉儿女汇成一个共同的心声：千好万好不如共产党好，坚定不移跟党走，右玉的明天更美好。

扶贫资金和扶贫项目滚滚而来。从1986年至2004年，从中央到省、市共拨给右玉各项扶贫资金近6亿元；从2001年起，国家每年给右玉财政拨付补贴1000万元，有力地促进了右玉各项事业的发展。

在项目方面，也向右玉大力倾斜。其中，仅农林水畜牧建设方面，20世纪90年代国家在右玉投资的工程项目有：农业综合开发项目、沙棘示范县建设工程、以工代赈项目、黄河上中游水土保持项目、中德合作山西北部造林项目、林业国债资金项目、水利国债资金项目、计委国债资金项目、黄土高原水土保持世界银行贷款项目等共九个外资、国资大型生态林建设项目，合计总投资9786.4万元。

跨入21世纪，2000年后国家在右玉投资的工程项目有：国家通道绿化工程、国家天然林保护工程、"三北"防护林四期工程、日援贷款山西植树造林工程、退耕还林工程、生态自

2013年8月10日，中共山西省委原书记、中国扶贫开发协会会长胡富国深入右玉考察指导。中共朔州市委书记王安庞（前左一）、中共右玉县委书记苏连根（前右一）、中共右玉县委副书记丁裕（后左一）陪同。胡富国说："多少年来我的心一直牵挂右玉。右玉人民锁风固沙、植树造林、改造山河的壮举和穷而有志、艰苦奋斗、开拓创新的创业精神值得全国学习和借鉴。"

然修复工程、环京津风沙源治理工程、公益林建设项目、晋北樟子松营林小老树改造项目、首都水资源工程等10个重大项目，合计总投资8377.25万元。

从1986年以来，历届县委、县政府十分珍惜中央、省、市对右玉人民的热情关怀，十分珍惜上级拨给右玉的每一笔资金，带领右玉人民艰苦奋斗、顽强拼搏，紧紧从右玉的实际出发，精心组织了生态建设等重大项目的实施，使塞上高原右玉涌动起一浪又一浪的发展热潮，为"塞上绿洲"增添了无比靓丽的光彩，为清苦的右玉人民带来了莫大的福音。

至2004年底：

18年来，共新修油路、水泥路518公里，实现了村村、镇镇通高等级公路；

18年来，全县252个村庄进行了电网改造，实现村村通电；

18年来，全县所有村庄都通了广播电视，昔日黑灯瞎火的山村农民都能看到多套丰富多彩的电视节目；

18年来，全县农村绝大多数农户安装了电话，不少村庄开通了电脑网络；

18年来，全县退耕还林还草58万亩，林草覆盖率达到47%，成为全省生态建设最好的县之一。

全县率先在全省实施了浩大的"百村万人移民"工程，新建移民新村9个，使上百个山庄窝铺的村民走出大山，走向光明，走向富裕；使偏远山庄小村从此告别了吃水难、行路难、上学难、看病难、婚嫁难、买卖难。

全县财政收入2004年达到5192万元，是1985年278.39万元的18倍。全县综合经济实力明显增强，财政收入在连续三年以1000万的速度递增的基础上，2005年更比2004年猛增3002万元，达到8225万元，圆满完成了"十一五"计划的各项目标。

2006年全县财政总收入首次突破亿元大关，达到1.0588亿元，取得了历史性突破，提前实现了县委十一届三次全会提出的"两年翻一番"，即比2004年翻一番的奋斗目标，是"十五"初期的5.5倍，实现了"十一五"规划的良好开局。全县农民人均纯收入超过1800元，比1985年增加了11倍。

2007年全县地区生产总值完成11亿元，同比增长33%；人均生产总值完成1万元，增长32%；城镇居民人均可支配收入达到7000元，同比增长19%；农民人均纯收入达到2100元，同比增长16%。全县财政总收入完成1.6609亿元，同比增长56%，是2005年的2倍，如期实现了右玉2004年第十二次党代会上提出的"经济两年翻一番"的奋斗目标。

2008年全县地区生产总值完成18亿1276万元，同比增长14.7%，增幅列朔州市第三；一般预算收入完成8508万元，增长31.5%，增幅居朔州市第三；全县财政总收入完成23886万元，同比增长43.8%，增幅居朔州市第一；城镇居民人均可支配收入达到9231元，同比增长18.2%；农民人均纯收入达到2516元，同比增长21.2%。全县万元地区生产总值平均能耗低于市控指标。县城空气质量二级以上天数达到331天，全市排名第二。

2009年全县财税部门紧紧围绕全年工作目标任务，千方百计迎难而上，财政总收入完成27898万元，完成全年任务的100.17%。同比增长16.8%。一般预算收入完成10159万元，为年度预算的100.42%。城镇居民人均可支配收入达到10048元，同比增长10.4%；农民人均纯收入达到2802元，同比增长11.3%。

2010年全县按照"全力推进新跨越，实现三年翻两番"的奋斗目标，深挖增收潜力，强化税源监管，至年底财政总收入完成39390万元，同比增长41.2%；一般预算收入完成14887万元，同比增长41.4%；城镇居民人均可支配收入达到11794.9元，同比增长14%；农民人均纯收入达到3223元，同比增长15%。2010年，右玉县在地区生产总值、工业总产值、工业增加值、城乡固定资产投资等11项经济指标上，增幅位居朔州市第一。

到2010年，一、二、三次产业结构由"十五"末的18.8：32.7：48.5调整为11.2：38.5：50.8。县域经济综合实力显著增强。2010年，全县完成地区生产总值27.21亿元，是"十五"末的4.04倍，平均递增32.2%；完成财政收入3.94亿元，是"十五"末的4.79倍，平均递增36.8%；工业总产值完成19亿元，是"十五"末的8.6倍，年均递增53.8%；工业增加值完成8.49亿元，是"十五"末的9.8倍，平均递增57.8%。特别是最能够反映发展后劲的固定资产投资，"十一五"期间累计完成76亿元，是"十五"时期的16倍，为"十二五"经济社会发展奠定了坚实的基础。

2011年全县全年完成地区生产总值35亿元，同比增长28.7%；工业增加值13.4亿元，同比增长57.8%；财政收入5.92亿元，同比增长50.3%；一般预算收入2.11亿元，同比增长35.3%；固定资产投资46.5亿元，同比增长44%；城镇居民人均可支配收入13680元，同比增长16%；农民人均纯收入3996元，同比增长24%；社会消费品零售总额10亿元，同比增长19%。

"十一五"时期，右玉经济社会发展水平从全省111位跃升到61位，经济社会发展指数由94名跃升到33名。

2012年全县完成地区生产总值43.4亿元，同比增长12.4%；工业增加值完成20.5亿元，同比增长20.1%；固定资产投资58.8亿元，同比增长28.1%；社会消费品零售总额11.6亿元，同比增长16.3%；财政总收入8.1亿元，同比增长37%；剔除"两权"价款后，一般预算收入3.52亿元，同比增长31.9%；城镇居民可支配收入15684元，同比增长14.7%；农民人均纯收入4600元，同比增长20.7%。主要经济指标都完成了年度目标任务。其中规模以上工业增加值、财政总收入、一般预算收入、农民人均纯收入增幅位居全市六县区第一。

2013年全县完成地区生产总值52亿元，同比增长10%；规模以上工业增加值24.07亿元，增长12.8%；固定资产投资73.9亿元，增长25.7%；社会消费品零售总额11.7亿元，增长14.3%；城镇居民人均可支配收入17252元，增长10%；农民人均纯收入5212元，增长13.3%；全县财政收入8.67亿元，增长7.04%；公共财政收入4.2亿元，增长18.7%。全县县域经济保持强劲的发展势头。

2014年7月10日，山西省统计局召开新闻发布会，通报了山西省人民政府2013年度县域经济发展考核评价结果。对全省119个县（市、区）进行严格考核、评价，并首次设立争先进位奖，对县域四个类别中名次进位最快的各个县（市、区）给予表彰奖励。A类县（市）是非国家扶贫开发工作重点县中的煤炭大县（市），B类是非国家扶贫工作重点县中的无煤县（市）或煤炭产量较小的县（市），C类是国家扶贫开发工作重点县及集中连片特殊困难地区范围内的县。其中，36个C类县评价结果依次为：和顺县、河曲县、右玉县、武乡县、中阳县、繁峙县等。右玉县被授予"2013年度山西省县域经济发展先进县"荣誉称号。

2015年坚持把发展作为第一要务，主动适应和引领经济发展新常态，积极应对经济下行，深入开展稳增长、调结构、惠民生、防风险各项工作，全县经济保持平稳健康发展。完成地区生产总值54.3亿元，增长3%；全县规模以上工业企业增加值完成16.3亿元，同比下降3%；固定资产投资完成102亿元，增长19%；公共财政预算收入完成2.9亿元，下降32%；社会消费品零售总额完成14.62亿元，增长5%；城镇常住居民人均可支配收入完成19910元，增长7%；农村常住居民人均可支配收入完成6227元，增长7.2%。

以上逐年直线上升的几种刚性数据，令人信服地让我们听到塞上高原右玉在科学发展的大道上阔步前进的铿锵声！

全县经济建设、政治建设、文化建设、社会建设以及生态文明建设协调发展，各项事业齐头并进，呈现出社会安定和谐、人民安居乐业的良好发展局面。

右玉被列为国家级贫困县，多批省市扶贫工作队进驻右玉贫困村开展全面的扶贫帮困，给贫困山区人民"雪中送炭"，送去了温暖，播下了及时雨。

1991年1月，中共山西省委、山西省人民政府决定，为了尽快使国家级贫困县人民早日走出贫困，实现富裕，除在政策、资金、项目、物资等方面给予大量支持外，从省、市、县机

1993年7月20日，白头里村举行自来水通水仪式，该项目由太原工业大学资助建成。主席台左一为白头里乡党委书记赵成，左三为太原工业大学外事处处长、扶贫工作队队长崔平生，左六为太原工业大学学生处副处长、扶贫工作队副队长刘世保，左五为笔者，左七为白头里乡乡长王建业，左八为副县长刘义，左九为县委副书记蔡全根。白头里村民们永远感恩太原工业大学给他们送来的甘泉水。

关中每年分期分批抽调机关干部组成强有力的扶贫工作队，由部门领导轮流带队沉到基层乡村，直接面对面帮助贫困地区农民解决思想、生产、教育、生活诸方面的实际困难。工作队每批到村扶贫时间最短为一年，分批轮换。为了加强对扶贫工作队的领导，省、市、县三级党委和政府都成立了专门的扶贫开发办公室。右玉先后有张玉、杨国栋、卢学礼、张玉玺、贺仲、张立平担任扶贫开发办公室主任，他们不辞辛劳地为右玉扶贫开发工作争资金、争项目，具体组织项目的实施，尽职尽责地作出了贡献。

右玉县作为国家级贫困县，理所当然地得到了特殊关照。从1991年到1996年共有中国人民银行山西省分行、山西省煤炭厅、太原工业大学、山西银行学校、山西省教委、山西省体委、华北工学院、山西省物资厅、山西省司法厅、山西省机械电子工业厅等10个省直机关单位，先后共派出50支扶贫工作队，深入右玉50个重点贫困村驻村扶贫帮困。

朔州市直机关也组建多批扶贫工作队，分批驻右玉农村帮扶。

右玉县各机关每年抽调大批中青年干部一边扶贫帮困，一边培养锻炼干部。

右玉被列入国家级贫困县，是莫大的关怀，是莫大的鼓励；更是莫大的压力，莫大的鞭策！

30多年来,它催促着,它提醒着:右玉历届县委、县政府的主要决策者们,带领右玉人民解放思想,改革开放;穷则思变,穷则大干;抓住机遇,寻求优势;顽强拼搏,负重奋进;决战贫困,奔向富裕……

2012年3月19日,国务院扶贫开发领导小组办公室发布《国家扶贫开发重点县名单》,右玉县继续被列入山西省全国扶贫开发工作35个重点县之一,再次体现了以胡锦涛同志为总书记的党中央对塞上高原右玉人民的真诚关爱和巨大资助!

2012年11月15日,中国共产党第十八届一中全会在北京举行。历史的接力棒传递到以习近平为核心的党中央手中,中国反贫困斗争进入新阶段。新一届党中央把贫困人口脱贫作为全面建成小康社会的底线任务和标志性指标,在全国范围全面打响脱贫攻坚战。第19任中共右玉县委书记苏连根和第18任右玉县县长苏斌如;第20任中共右玉县委书记吴秀玲和第19任右玉县县长王志坚继续把脱贫攻坚作为右玉重要任务和第一民生工程来抓,坚定不移地贯彻落实党中央、省委、市委的有关批示精神,通过易地搬迁、生态补偿、光伏扶贫、教育扶贫、金融扶贫、医疗救助、社会兜底等帮扶措施,扎扎实实推进精准扶贫各项措施的落实,决不让一个贫困人口掉队,如期实现脱贫摘帽!

1993年8月12日,中国人民银行山西省分行扶贫工作队投入重资为元堡子村打出一眼扶贫深井,解决了村民多年吃水难问题。图为省人行扶贫工作队在元堡子村举行隆重的扶贫井竣工剪彩仪式,左三为中国人民银行山西省分行副行长、扶贫工作队队长王一开。

第十三章 拼死拼活实现基本绿化县

1989年1月，中共山西省委、山西省人民政府作出《关于加快造林步伐，到本世纪末全省百分之八十的县实现基本绿化的决定》。

同年3月11日，在壶关县召开全省林业工作会议，将右玉县列入1992年首批实现基本绿化县之一。

实现基本绿化县是个什么概念？

就是要求右玉从1989年开始，在不到三年的时间内，全县要完成大片造林10.64万亩（其中工程造林2.5万亩），四旁植树180万株（其中完成5条总长200公里的干线公路的20万株高杆杨栽植），义务植树80.1万株，高标准绿化50个村庄、学校、厂矿和机关。

这是一个铁的数量指标。

这个任务好完成吗？

太艰难了。因为在全省1992年首批要求实现基本绿化的9个县（区）中，从立地条件讲，右玉最差，植树任务大部分在无人问津的高山、岩石、荒沟上。

背水一战，师发立下按期实现基本绿化的"军令状"

面对时间紧迫、任务艰巨的状况，为了完成这一达标任务，县委书记姚焕斗和县长师发响亮地提出了"全党动员，全民动手，拼死拼活，背水一战，保证按期实现绿化目标"的口号。

1991年3月10日，在全省春季植树造林动员大会上，姚焕斗和师发向省委、省政府立下了按期实现基本绿化的"军令状"。

"立下了军令状，这可不是闹着玩的。"

中共雁北地委书记杨大椿急匆匆地赶到右玉，对姚焕斗、师发说："按期实现基本绿化最要紧的是搞好地块规划，我和你们一起去实地规划一下，然后来个全党动员，全民动手！"

三月的右玉春寒料峭。杨大椿身穿军大衣，脚穿运动鞋，偕同姚焕斗、师发爬坡上梁，整整搞了两天规划。返回大同时，杨大椿握住他俩的手说："一定要为雁北争光，向省委、省政府交一份满意的答卷！有什么困难和问题及时向我汇报，地委给你们撑腰。"

"请杨书记放心，我们绝对会说了算，定了干！"

1990年10月19日，杨大椿（右三）就任中共雁北地委书记后，在雁北地委农工部部长常禄的陪同下，来右玉指导即将全面铺开的实现基本绿化县战役，与县委书记姚焕斗（右五）、副县长徐建宝（左一）、胡守义（左三）共同实地规划造林工程。

1992年3月4日,在全省潞城林业会议上,已任县委书记兼县长的师发在大会上明确表态:"如果右玉在1992年实现不了基本绿化,主动给地委和省委打报告,请求降职使用,同时工资下浮二级。"

领命迎战,意志坚如磐石!

师发,一米七八精干的个头,高高的鼻梁,帅气的脸庞。山西大学政治系毕业。时年48岁。说话办事叮叮当当,为了党的绿化事业可以在所不辞!

师发以背水一战的决心,肩负起带领全县人民实现基本绿化这一新的历史使命。

深夜三点了,县委常委会会议室内灯

采访征求中共雁北地委原书记杨大椿(右一)的意见(2008年12月11日及以后共二次)时,杨大椿反复嘱咐:"学习施耐庵,刻画好书中的人物。"

火通明,县五大班子的领导们还在热烈讨论《全县实现基本绿化的决定》和讨论制订《右玉县实现基本绿化的实施方案》,谁也没有睡意。

"你们说,咱们如期完成基本绿化县的任务有没有阻力?"

师发在坚定中隐隐有不安的情绪。

有位在基层工作多年的县委领导说:"有。我在基层转了一圈,发现不少干部群众的厌战心理很严重,平川的地方都植了树,剩下鸡狗不去的地方,谁给你去植树?"

"就是,咱们连续多少年的植树,'绿化到顶'的思想不同程度地存在,这个问题不解决,按期实现是个大问题。"

其他领导也不约而同地附和着。

"怎么办?还是老姚的办法,层层召开以'按期实现基本绿化县,你抱什么态度'为主题的绿色工程生活会。"

通过生活会,使全县党员干部群众都确立了"接过接力棒,林业要大上""为官一任,绿化一方""不造林不是右玉的好领导,不栽树不是右玉的好干部""右玉要想富,不能不栽树"的行动准则,从现在做起,从我做起,高标准搞好绿化造林工作。

全县上下的民主生活会,又一次统一了全党思想,凝聚了人心。

"全党动员,全民动手,拼死拼活,背水一战,苦战三年,绿化达标"成了全县干部群众的行动口号。

1992年3月12日上午召开的右玉县按期实现基本绿化誓师大会上,中共雁北地委书记杨大椿亲临大会,师发主持会议,分管林业的副县长徐建宝代表县委、县政府做了动员报告。杨大椿在会上坚定有力地说:"右玉按期实现基本绿化,任务异常光荣而艰巨。全县各级党组织一定要继续发扬一任接着一任绿化右玉的光荣传统,县、乡、村三级党委书记亲自挂帅出征,为全县人民做出表率;一定要强化领导责任制,在火线上考验干部,细化任务标准,强

为"三北"防护林一期工程建设和实现基本绿化县建设宣传鼓劲作出突出贡献的县委宣传部全体同志合影。从左至右依次为：曹杰、贺仲、代玉、刘贵兴、李淑彦、帖治国、王德功、石新民、温闯、曹彪、王建国、卫国华。

化措施，奖惩兑现；一定要全党动员，全民出征，背水一战。同时要关心群众生活，注意植树安全；一定要科学营林，有所创新，依靠科技确保成活，在生态、社会、经济三个效益上全面开花。地委相信，吃苦耐劳的右玉人民定会如期实现基本绿化达标，为全区人民树立学习榜样！"

一份份庄严的绿化责任状，一张张统一的造林考勤登记表，严肃的"一票否决"制。

处罚规定曰：如没有实现基本绿化，县委书记、县长自动降二级工资，同时向上级打报告，请求降职使用。县林业局副局长以上干部一律免职。乡镇党委书记、乡镇长一律降职使用。

奖励承诺曰：在明年（1993）换届时，向地委推荐1名成绩突出的乡镇正职或部门领导正职为副县级领导。副科提拔为正科，干事提拔为副科，指标2—3名。同时，全县拿出5个农转非指标、20个招工指标，奖励绿化造林标兵。

醒目的实现基本绿化倒计时牌……

"九个一"为主题的宣传舆论保证：一是总结宣传县、乡、村三级党组织围绕实现基本绿化县民主生活会的成果；二是制作播放好一部《绿洲右玉》电视专题片；三是办好右玉40年林业成就大型展览；四是出动一部林业宣传车，深入乡村、学校、机关、厂矿造林工地进行巡回宣传；五是在交通要道、林区路口、工程林地都要立一块林业宣传碑；六是编撰出版《右玉林业功臣录》一书；七是强化县职工文艺宣传队，编排新颖节目深入各工地鼓动宣传；八是编好每日广播电视专题节目；九是每乡每村都要办好一块板报，宣传科技造林新技术和好人好事。

层层保证措施，警示和鞭策着全县人民，全县上下拧成了一股儿绳。

7个万亩造林绿化工程与50多天的风霜雨雪

军令状立了，将士们的士气也鼓了，这个仗怎么打？

师发经过实地勘测，认真总结以往的教训和经验，提出了"上规模，调结构，抓改造，重科技，严管护，创效益"的十八字林业战略方针。

上规模，就是要一座山头连一座山头地治理绿化，实施以工程造林为主的规模营林，在全县铺开气势磅礴的7个万亩工程，以形成连跨数乡的片、带林网和规模效益。

调结构，就是要针对树种单一、结构不合理的弊端，从调整树种、林种结构入手，大抓以"三松"（油松、落松、樟子松）为主的用材林和以仁用杏为主的经济林建设，彻底改变"杨家将"（小叶杨）独领风骚几十年的局面，形成针阔并举，乔灌混交，防护林、用材林、经济林结合，多林种、多树种的新格局。

抓改造，就是要继续改造"小老树"（小叶杨），改变树种单一、经济效益低下的局面，四旁绿化和沟壑造林以速生丰产林为主。

重科技，就是要依靠科技保成活，进行科技育林对比实验。工程造林推广使用"生根粉"，推广应用"V"形整地、汇集径流造林、樟子松深栽造林、针叶树换床移植、地膜覆盖等新技术。依靠科技上效益，在洞子沟2000亩既有幼林鱼鳞坑内，进行有无营养袋栽入樟子松、油松的对比试验；在盘石岭根据不同的立地条件、不同播期，进行柠条种植试验；在刘振抚南坡高塄反坡梯田进行林草间作实验，实验成功大面积推广。县、乡所有林业技术人员全部签订承包合同，参与技术承包。

"全民动手，背水一战，苦战三年，绿化达标。"从1992年3月铺开的气势磅礴的7个万亩造林绿化工程。

县委书记师发（右一）、县委农工部部长郝文运（左一）与机关干部们在植树工地吃午饭。

1991年10月，笔者石新民（左一）担任县委驻柳沟山下的西丁村扶贫帮困工作队队长时与分管林业的副县长刘义（左三）、油坊镇党委书记张岐山（左四）与村干部共同规划柳沟山造林绿化工程。工作队五名同志与全体村民经过二年苦战，圆满完成任务。石新民被中共山西省委、山西省人民政府授予"全省扶贫帮困模范工作队队长"称号，并上浮工资一级。

一支支自编自演的乡村文艺宣传队活跃在各个造林工地上，有力地激发了人们的造林绿化斗志。

第十三章 拼死拼活实现基本绿化县

县直机关干部齐上阵,为造林绿化工程做样板。

县直机关干部齐上阵,为造林绿化工程做样板。

全县各乡镇干部群众总动员,上山预整地。

村民们顶风冒寒栽松树。

在塞上高原的右玉,成片的松树林是怎么栽活的?请看:三人一组,每组必备一个水桶,松苗带泥栽植,根系舒展,及时浇水,尊重科学,栽好每一株松树苗。

严管护，就是要村村配齐配强护林员，公安林业部门出重拳打击毁林不法分子。

创效益，就是要在发挥生态、社会效益的基础上，创出更高的经济效益，加大林业经济在全县国民经济收入中的比重，使之成为全县脱贫致富的支柱产业。

规划绘定，再给上一道紧箍咒：

"县五大班子领导必须亲自上工地当好指挥员、战斗员，任何人都不准请假，在造林工地上要看到我们的工作记录！"

师发又一次给自己的同事们下了一道死命令。

全县上下掀起了向绿化达标的最后冲刺。

在右玉这块古老的黄土地上，出现了不分老幼、不分高低、不分工农，8万人民齐向绿色进军的动人景象。

在大南山、柳沟山、总嘹山、廖巴山、石门山、四道岭、七连山全县平均海拔在1295米的7个万亩工程造林工地，红旗猎猎，车辆云集，标语醒目，人头攒动，一个系统一座山，一个单位一片林，千军万马为大地披绿播翠。由县委常委、宣传部部长王德功亲自带领的县"绿色之光"职工业余文艺宣传队穿梭在各个工地，以快板书、表演唱、独唱、歌舞等形式为造林的人们鼓劲加油，及时讴歌绿化造林中涌现出来的先进集体和先进个人。

地委书记杨大椿、行署专员刘增宝及地委办公室主任王守尧，整整三天和右玉干部群众一起大战在海拔1431米的柳沟山上。县委书记师发、县人大主任李生华、县长杨树吕、县政协主席王兵、县纪检委书记李国胜身穿劳动服，带头从车上抱下松树苗，带头挥锹栽树填土，带头提着水桶浇水，与机关同事们谈笑风生地植下一棵又一棵"三松"。他们还时不时一行行地检查树坑挖得深不深，栽下的树苗踩得实不实，树坑四周土围得好不好，水浇得透不透，生怕有一棵树不能成活。县实现基本绿化指挥部的常务副总指挥、县委副书记杨魁，副县长刘义，县林业局局长张恕，更是马不停蹄，不辞辛劳地在各个造林工地上检查指导，严把造林成活关。

看哪，在海拔1704米的丁家窑乡总嘹山上，在崎岖陡峭海拔1632米的破虎堡乡廖巴山上，在丁家窑乡党委书记徐发、乡长韩存亮，在破虎堡乡党委书记卢学礼、乡长赵国玉的分别带领下，老人们骑着毛驴，妇女、儿童坐着小平车，从各个村庄汇聚到十几公里外的造林工地上，顶着料峭的春寒，用那冻红的双手，把一株株油松栽植在贫瘠的山梁上，向大地奉献出火红的爱心。

看哪，在海拔1592.4米的大南山上，姚焕斗、师发还将大南山（亦称贺兰山）列为右玉机关干部义务植树造林基地。大南山岩石坚硬、草木稀疏，近3000名县直机关干部职工冒春寒、顶风沙，爬坡、凿石、挖坑，从坡下担土填坑，

指挥石门山绿化战役的牛心乡党委书记黄凤莲（政协右玉县第七届主席）。

从山下提水浇苗。为栽活一棵松树，不知要付出多少艰辛的劳动。凭着坚忍不拔的毅力，机关干部们用他们细嫩的双手，在岩石上栽下了一棵棵"三松"，播下了一窝窝柠条。

再看哪，在海拔1478米的牛心乡石门山上，时年39岁的牛心乡女党委书记黄凤莲，五十多天不下火线，带领全乡3000多劳力，硬是在寸草难生的沙石坡上栽下了油松、樟子松，播下了柠条和沙棘苗，使石门山披上了绿装，变为绿绒山。（黄凤莲，先后任县委组织部副部长、政协右玉县副主席、县政府副县长、县委常委兼县总工会主席，2007年5月14日任政协右玉县第七届委员会主席）

五十多天的风霜雨雪，上自县委书记师发、县人大常委会主任李生华、县长杨树昌、县政协主席王兵、县纪检委书记李国胜以及县五大班子领导成员，下到机关干部职工，自己掏钱买工具，自带干粮上林地，啃着冷馒头和莜面搅块垒，吃着咸萝卜，喝着山泉水，寒风吹裂了人们的皮肤，烈日晒黑了人们的脸膛，沙石磨破了人们的衣服，大伙儿手上打满了老茧，大家却全不在意。看到昨天还光秃秃的山顶荒坡，几天后栽下一棵棵黑油油的"三松"，大家从内心发出一阵阵爽朗的笑声，祝愿自己的家乡一天天变美。

共青团员、基干民兵、年轻妇女都是绿化的主力军，他们攻山头、打硬仗，终使得条条地埂围山转，片片鱼鳞封山顶，遍地是"青年林""民兵林""三八林"，这是他们血与汗的结晶。

五十多天的鏖战，铺开的7个万亩工程，建立县直机关造林基地11处，共营造大片林16.4万亩，其中针叶工程林6.1万亩，经济林0.9万亩；四旁植树201.3万株，义务植树82.6万株；新建百亩果园4处。发展庭院经济3200户。全县造林面积达到144.8万亩，占总土地面积的43.9%，圆满完成了基本绿化的奋斗目标。

值此，右玉造林绿化建设开始了由生态防护型向生态经济型的战略大转移，把提高林业的经济效益作为林业战略转移的主攻方向，走高产、优质、高效的经济林业之路。

针对河北、甘肃、宁夏、内蒙古、新疆等地沙漠化日趋严重的情况，1992年7月25日，林业部在右玉召开了全国28省（市）林业厅局长现场会议。各省林业厅财务处处长也参加了会议。与会厅局长们实地参观了右玉县柳沟山、大南山、总嘹山、辛堡梁、四道岭、贾家窑山、苍头河等几个重点工程造林绿化区，山西省林业厅厅长李里、中共雁北地委书记杨大椿、中共右玉县委书记师发，分别介绍了山西省、雁北地区、右玉县实现基本绿化的情况。林业部部长高德占在苍头河畔激动地说："大家都看到了吧？贫困的塞上高原右玉县能把'不毛之地'建成'塞上绿洲'，在干石山头上栽成一片又一片苍翠青松，栽成了漫山遍野的青杨，右玉能干成的事情，我们有些地方为什么多少年干不成？是老天不让你们干，还是你们自己不愿意干？是老天对不起你们，还是你们对不起老天？这次现场会后，你们都要以右玉为榜样，动动脑子，真学真干，把你们那里的沙漠和荒山变成像右玉这样的绿洲。"

1992年7月27日至31日，林业部在雁北地区召开全国加快林业改革开放工作座谈会。30日，右玉县"绿叶之歌"业余文艺宣传队为大会进行了演出，受到林业部部长高德占、山西省副省长王文学及与会同志的一致好评。

1992年8月28日，在北京召开的全国林业座谈会上，县委书记师发做了实现基本绿化的典型发言，放映了电视专题片《绿洲右玉》，县"绿叶之歌"业余文艺宣传队演出了《绿洲颂》专场文艺晚会，展出了《右玉县实现基本绿化展览》，印发了《右玉林业功臣录》一书，给与会人员留下美好的印象，受到与会人员一致赞赏。

1992年9月17日，县长杨树昌在平陆县召开的全省林业工作会议上做了《全党动员，全民上阵，决战三年，绿化达标》的典型发言。

就在这次会上，右玉县被中共山西省委、山西省人民政府授予"山西省基本绿化县"光荣称号，并被树为全省林业战线十面红旗之一，奖励现金10万元。

右玉首次引入外资——好戏连台

1993年5月29日，右玉县人民政府向山西省人民政府呈报了《关于右玉县划归朔州市管辖的请示》。

1993年7月10日，右玉县五大班子全体成员赴大同参加雁同地区合并动员大会。省委书记王茂林、省长胡富国、省委副书记梁国英、副省长刘泽民等出席会议。王茂林代表省委、省政府宣布：报经国务院同意，右玉县正式划归朔州市管辖。

右玉人民奋力播绿，省委、党中央给了那么高的荣誉，右玉再次绿色名声大振，吸引了不少中外客商来右玉投资，省市领导也频频光临指导。

1993年8月6日至7日，中共朔州市委书记薛军、朔州市人民政府市长曹振声首次来右玉调研指导工作。他对右玉县不畏艰难，率先实现全省基本绿化县表示惊讶和赞叹。在参观右玉康达公司时，薛军说："右玉康达公司是适应社会主义市场经济建立起来的新型股份制企业，为朔州市推行企业股份制改革走出了一条新路，提供了宝贵的经验。"

在康达公司压板厂，曹振声对县长杨树昌和公司总经理刘生说："你们一要巩固发展右玉造林绿化成果，坚持不懈地把右玉生态建设搞得更好；二要对现有的小老树进行必要的改造，增加营林绿化的科技含量；三要扎实推进中小企业改革，刘生同志带了个好头，要把它搞得更有成效。"

1993年8月13日，朔州市人大常委会主任阎赞

1993年5月21日，山西省林业厅厅长杜五安（左一）专程到右玉检查指导樟子松造林工程。1994年8月，山西省林业厅确定在右玉实施林业世行贷款绿化项目，人工造林1300公顷，总投资509.41万元。

第十三章 拼死拼活实现基本绿化县

1994年4月21日,山西省人大常委会主任卢功勋(右五)一行6人在中共朔州市委书记薛军(右六)的陪同下来右玉视察了大南山、柳沟山、贾家窑山三个万亩造林绿化工程。右四为中共右玉县委书记师发,右三为右玉县县长杨树昌,右一为右玉县人大常委会主任李生华;左二为朔州市人大副主任霍文章,左三为朔州市副市长邢志强,左四为山西省林业厅厅长李里。

1994年4月22日,山西省人大常委会主任卢功勋(中)在中共朔州市委书记薛军(右二)的陪同下在右玉会见了中德合作山西北部KFW援助造林项目的德国专家。左二为山西省林业厅厅长李里。

267

尧来右玉考察指导工作，并为康达公司题词："祝康达公司兴旺发达。"

1994年4月21日，山西省人大常委会主任卢功勋一行6人，在中共朔州市委书记薛军的陪同下，来右玉视察了大南山、柳沟山、贾家窑山三个万亩林工程。卢功勋十分感慨地说："三十年沧桑巨变染绿了右玉大地，右玉人民真伟大啊！"

卢功勋还在县招待所亲切会见了德国来右玉考察的专家们，与他们合影留念。卢功勋说："我代表山西省委、山西省人大常委会、山西省人民政府感谢德国政府无偿援助中国山西右玉造林经费，感谢你们选择塞上绿洲右玉搞KFW援助项目，预祝项目圆满成功。"

1994年5月1日，日本新和通商株式会社考察团一行6人，由会长新保源四郎带队来右玉县康达公司压板厂进行考察，双方签订了合作意向书。随即，师发与康达公司董事长刘生飞赴日本，就成立中日合资公司与日本进行实质性的谈判。6月6日，正式文件签订，合资成立利用全县残枝枯树为原料加工压板的首家合资企业——山西新和建材有限公司。合资公司投资总额为696万元人民币，其中，中方投资522万元人民币，占股份的75%；日方投资174万元人民币，占股份的25%。

1994年6月10日，为了进一步扩大右玉知名度，师发责成石新民以康达有限公司成长为题材，写一篇长篇通讯，并编写脚本，拍一部电视专题片上省台播出。石新民和县委通讯组干事张文举共同写成长篇通讯《巨轮扬帆踏险浪》一文，又送朔州市委宣传部副部长王双及宣传科干事贾晶晋审阅修改后定稿。6月28日，《山西日报》在头版头条位置发表了这篇文章。山西人民广播电台也分三次播发了这篇文章。

之后，山西电视台台长董育中派两名电视摄像师与朔州电视台副台长乔云彬来右玉康达公司压板厂就中日合资开发利用右玉残枝枯树变废为宝增加农业绿色收入为题，拍摄了一部《敢为人先》电视专题片，多次在山西电视台和中央电视台播出。

全国各地慕名前来右玉与康达公司洽谈业务的人络绎不绝。

1994年8月3日，中共山西省委副书记郑社奎在中共朔州市委书记薛军的陪同下来康达公司压板厂考察，赞扬"刘生同志干得好"。

郑社奎嘱咐身边的市、县领导："右玉县几十年来坚持植树造林种草搞得非常好，右玉大面积的小老树应该更新改造。刘生同志办起的压板厂把植树造林枯死的树来个资源再生，企业搞成股份制，大胆引进外资搞中外合资企业，为贫困地区农民致富开辟了一条门路，方向是正确的。"

1994年9月9日，右玉县历史上首家中外合资企业——山西省新和建材有限公司在康达公司压板厂隆重宣布成立。

中日合资的山西新和建材有限公司在利用全县每年更新改造的12万立方米沙棘柴和其他林木的残枝枯叶制造出高档优质的装饰材料的同时，将大笔利润返还农民用于沙棘和小老树的改造以及沙棘的扩大种植上。

据联合国有关资料反映，自20世纪60年代起，从北非经阿拉伯半岛、中亚到中国北方的广大地区进入新一轮的干旱时期，沙漠化问题成为困扰当今世界最重要的环境和社会经济问题。中国是世界上受沙漠化影响严重的国家之一，全中国沙漠、戈壁和沙漠化土地约为165.3万平方公里，其中人类活动导致的沙漠化土地约有37万平方公里。

沙漠化土地主要分布在中国北方干旱、半干旱和部分半湿润地区，从东北经华北到西北，形成一条不连续的弧形分布带，其中以贺兰山以东的半干旱地区分布更为集中，而右玉正好处于贺兰山以东地区。

1992年联合国环境与发展大会上，防治荒漠化被列为国际社会优先采取行动领域。大会成立了《联合国关于在发生严重干旱和荒漠化的国家特别是在非洲防治荒漠化的公约》谈判委员会。1994年6月17日，公约的正式文本完成，包括中国在内的100多个国家在公约上签了字。

1994年12月19日，联合国第49届大会又通过决议，宣布从1995年起，每年6月17日为世界防治荒漠化和干旱日。

1994年12月26日，德国无偿援助的中德合作山西北部KFW造林援助绿化项目共4995亩在右玉正式实施。这是德国专家与省、市、县有关负责同志、科技人员共同研究项目的实施。

1999年9月中旬，德国专家史密斯（右一）等人来右玉县验收德援林业项目。左一为右玉县副县长关有玺。

天易良机。1990年7月，曾参加第三届世界沙漠开发大会并实地参观考察右玉的德国专家们，建议德国无偿援助中国一批造林经费，首先帮助山西省北部的右玉县部分地区改变沙化面貌。

1994年8月10日，山西省林业厅确定在右玉县实施林业世行贷款项目，人工造林1300公顷（合19500亩），总投资509.41万元。

同年12月26日，在师发的积极争取下，中德合作山西北部KFW援助项目在右玉县正式立项。这是德国政府无偿援助中国的造林经费项目，右玉县为该项目实施县份之一。

该项目总投资95万元。其中，德国无偿援助84万元，省、市配套11万元，造林333.3公顷（合4995亩）。项目于1995年在右玉启动实施，到1999年结束，共4个年度。造林树种为针叶树和灌木。设计总量为针叶树85.4419万株，灌木94.5345万株，主要树种是油松、樟子松、沙棘、柠条、仁用杏。基建工程为土谷坊、沟头坝。设计土谷坊30座，动土12180立方米；沟头埂20000米，动土20000立方米。工程实施地点分布在牛心乡的五道岭、北梁，欧家村乡的沈家窑、魏家窑、老墙框，杀虎口乡的马营河，新城镇的柳沟山，元堡镇的胡村梁、东下流域等地。

1999年德方专家对整个项目进行了终期评估。2005年8月，经中、德双方工程技术人员总体验收，全部合格。

在山西首创绿色通道工程

人类只有一个家园。

当今世界，日渐扩大的土地荒漠化已成为对人类生态环境的严重威胁。中国是荒漠化严重的国家之一，而塞上高原右玉县是中国荒漠化严重的地区之一。

霍转业（右四）和王德玉（左四）在右玉实地规划百里绿色通道工程。

1994年通过的《联合国防治荒漠化公约》，凝聚了世界各国的共识，敲响了医治地球癌症、保护地球生态的警钟。

1995年3月初，山西省林业厅副厅长霍转业和山西省造林局局长王德玉在省林业厅厅长曹振声的安排下驻右玉20多天，指导右玉绿化工作。

师发提出"从零开始，抓好林业改造；从严入手，攀登林业高峰。以提高造林质量为中心，把提高林业的经济效益作为林业战略转移的主攻方向，走高产优质高效的经济林业之路，促进全县林业建设尽快绿起来，活起来，富起来"的林业建设新思路。

那么，这个从零开始、从严入手，走高产优质高效的经济林之路，从哪里突破，从哪里做起？

好风凭借力。

1995年春，全国沙棘林建设现场会议决定在右玉召开。

霍转业和王德玉每天清晨都早早起来，漫步在县城至贾家窑山的公路上，思考着，商议着。在右玉搞一个什么林业工程才能在造林绿化上有重大突破和重大影响，同时提高森林工程的稳定性，增强林业工程的效益性？

经过思考，他俩终于眼前一亮：从右玉的主干交通大道山和公路做起，规划建设一条高标准、高质量、高层次的"绿色通道"。这条通道要把多少年来一路两沟四行树的模式改为乔灌草混交、针阔花同步，宽林带，多树种，大坑、大苗、大水的绿化新格局，进而把整个右玉的交通主干道建成绿色通道工程。

"这是一个好主意，就按你们的意见办。我师发的新思路就从这里干起。"师发、杨树昌、王德功、刘义都认为这是个好规划，一致同意拍了板。

山和公路百里绿色通道工程，规划为南起右玉与山阴县交界，北至杀虎口，全程100公里。两侧各宽50米，营造林带各1条，总面积1.2万亩，总投资639.68万元，计划三年完成。这个工程被列为右玉县"九五"林业建设的重点工程之一。

1995年9月2日，山西省副省长王文学带领省林业厅厅长曹振声、省水利厅厅长赵生荣来右玉调研，听取了百里绿色通道工程规划情况后，高兴地说："右玉百里绿化通道工程规划得超前、有远见，一定要按照规划要求高质量地把它建设好，林业厅和水利厅都要拨款给予全力支持。"

1995年10月11日，山西省副省长王文学（前右一）在朔州市市长王振宇（后右一）的陪同下来右玉指导通道绿化工程。左一为中共右玉县委书记师发。

1995年10月8日，绿色通道工程首期工程——梁家油坊至右玉旧城26公里工程战役正式打响。县直机关干部按系统又全部拉上了工地，搞示范、做表率。8个沿公路的乡镇按地段，在油坊镇（后改名为新城镇）党委书记李晓彬、镇长王成发，高墙框乡党委书记陈贵、乡长贺存玺，城关镇（后改名为右卫镇）党委书记黄荣、镇长刘录山，杀虎口乡党委书记张继云、乡长冯宝，白头里乡党委书记赵成、乡长王建业，杨千河乡党委书记赵勤、乡长郝日尚，丁家窑乡党委书记徐发、乡长林茂武，牛心乡党委书记许勇、乡长张晋生的亲自挂帅坐镇指挥下，万余名劳力齐上阵，打响了热火朝天、气壮山河的通道绿化整地战役。

林业功臣刘义。山西省右玉县人。1984年8月至1990年6月任乡镇党委书记，1990年6月至2001年9月任右玉县主管农业的副县长。具体组织全县广大干部和群众绿化了大南山、柳沟山、云石堡梁、总嗛山等重点区域和数十座山头，建成县城至右卫段通道绿化工程。1996年12月被山西省农建指挥部授予"山西省农建标兵"称号。2001年9月至2007年4月任政协右玉县第六届主席。

由于右玉1994年和1995年连续两年遭受涝灾，庄稼歉收，农民口粮紧缺，生活困难，师发和杨树昌决定从县粮库中拨出救济粮，每个出工农民一天补助6两莜麦和玉米，发动农民上工地硬干苦干。

具体负责组织工程实施的县政府分管农业的副县长刘义，80多天坚持与干部群众干在工地上。刘义根据自己多年基层工作经验，并听取各方面意见，设计规划了便于蓄水的小平大不平"回"字漏斗形的

会战一个月高质量完成了"回"字漏斗形通道预整地工程。

整地方案,路、埂、树、花、景多项措施并举。整个工程干线公路两侧各向外拓宽50米,采取"回"字漏斗形打埂整地。设计株行距(5×5)米,每侧10行。埂长、宽、高,要求全线统一。"回"字漏斗形径流整地要整成(5×5)米正方形,全线统一。筑埂标准为:底宽1.2米,埂高1.0米,顶宽0.8米,每延伸一米动土方1立方米。并要求全线随地形趋势顶部处于同一水平线上。县林业局局长张恕抽调强有力的技术骨干参与工程的实施、指导、设计、监督、验收。

经过两个春秋苦战,共投工53.6万个,机车工1987个,动土石98万立方米,整地26公里,打地埂132万米,栽植了樟子松、新疆杨、沙棘、柠条、丁香、玫瑰,形成了生态、经济、社会效益并举,乔、灌、草混交,针、阔、花同步的绿化新格局。

同年10月27日,中共朔州市委书记薛军、市长王振宇带领全市农田基本建设现场会的人员,兴致勃勃地参观了右玉正在建设的山和线百里绿色通道工程,对工程给予了高度评价。薛军说:"百里绿色通道是右玉人民的伟大创造,是右玉县直机关干部无私奉献、敢打敢拼作风的生动体现,是右玉乡镇干部和群众吃苦耐劳、奋勇争先精神的生动体现,是右玉各级领导干部穷而有志、改革创新风貌的生动体现。它不仅是右玉,而且是朔州全市的光荣和骄傲。全市都要学习右玉人民不畏艰难、艰苦创业的精神。全市的通道绿化都要以右玉为榜样,迅速在全市学习推广。"

同年10月31日,山西省省长孙文盛,副省长王文学,省委常委、组织部部长支树平在山西省林业厅厅长曹振声、中共朔州市委书记薛军的陪同下,来右玉参观了绿色通道工程,给予高度评价。孙文盛要求全省都要学习推广右玉绿道建设的经验,把山西的交通大道变成景色宜人的绿色长廊。

由于通道绿化的苗木大量使用生根粉、覆膜、混交,使所栽下的樟子松、柠条、沙棘、丁香等林木成活率达到98%以上。

1996年5月5日,中共朔州市委书记金银焕(右三)来右玉检查指导百里通道绿化工程。右一为右玉县县长杨树昌,左一为右玉县副县长王德功,左二为中共右玉县委常委、县委办公室主任侯元。

1995年12月2日，霍转业撰写的《建设绿色通道改善山西面貌》一文分别刊登在《山西日报》第一版和《中国绿色时报》第一版上。

1996年1月17日至18日，山西省省长孙文盛，省委常委、宣传部部长崔光祖，山西省副省长薛军，带领省直有关部门负责人，在中共朔州市委书记金银焕、朔州市市长王振宇的陪同下，来右玉灾区考察和慰问，并又一次实地参观了右玉县的百里绿色通道工程。孙文盛十分高兴地说："右玉的百里绿色通道工程为山西争了光，省里要在这里召开现场会，向全省学习推广。"省委、省政府带领的文艺演出团还在威远镇和县城影剧院进行了两场文艺演出。

1996年8月10日，山西省绿色通道工程现场会在右玉召开。会后，右玉通道工程建设的做法和经验迅速在全省推开。

之后，曹振声、霍转业又将右玉通道绿化工程的做法推广到大运高速公路绿色通道工程建设中，霍转业亲自设计并组织实施。

1998年7月4日，德国援助项目实施领导组的德国工程技术人员姆松博士，来右玉评估项目工程时笑问："这是中国的金字塔吗？"

1999年8月2日，全国绿化委员会、国家林业部、国家交通部在太原大运高速公路召开了全国通道绿化山西现场会。与会的全国各省绿委主任、省林业厅厅长、省财政厅厅长、省计委主任共计300多人实地参观了右玉通道绿化工程和大运高速公路通道绿化工程。

1996年8月10日，山西省绿色通道工程现场会在右玉召开。右玉建设绿色通道工程的做法和经验迅速在全省推开。如今，从县城驱车北上杀虎口旅游区，柏油大道两旁高大茂密的松树林、丁香林、沙棘林让游人赞不绝口。

1995年10月13日至17日,全国沙棘工作会议在右玉召开。会议确定,右玉县为全国11个沙棘资源建设示范县之一。图中为林业部副部长祝光耀,右四为林业部"三北"局局长兼全国沙棘办主任张建龙,左一为中共右玉县委书记师发。

1995年10月31日,中共山西省委副书记、省长孙文盛(右四)在山西省林业厅厅长曹振声、中共朔州市委书记薛军(右三)的陪同下来右玉调研指导通道绿化工程。中共右玉县委书记师发(左二)、右玉县副县长刘义(左三)实地作了工程汇报。孙文盛说:"右玉的通道绿化建设经验要在全省迅速推广。"

现在不少业内人士说：没有右玉的通道绿化工程，就没有山西大运高速公路的通道绿化工程。是右玉带动了山西，山西影响了全国。从此，我国的通道绿化工程走上了规范化建设道路。

如今，当你从县城北上驱车杀虎口古文化旅游区时，亮黑的柏油大道两旁，23年前栽植的樟子松在柠条、丁香、沙棘、新疆杨的簇拥下，直立冲天，郁郁葱葱，长势分外喜人。

1999年8月3日，一位德国专家来右玉考察，连连称赞："右玉人民真是了不起，绿色通道工程简直是中国的绿色万里长城。"

林业部在右玉成功召开为期五天的全国沙棘工作会议；《塞上绿洲沙棘红》专题片荣获中央电视台二等奖

右玉县是全国沙棘集中分布区，是国家水利部和国家林业部确定的沙棘资源建设和开发利用重点县。

到1995年10月，全县建成的区域化沙棘基地有6个：一是在苍头河、马营河、欧村河、李洪河等主要流域建成了沙棘护岸林基地；二是在威远镇建成了华北第一家沙棘良种繁育基地，这也是林业部和"三北"局确定的全国四个沙棘良种繁育基地之一；三是在欧村乡、破虎堡乡建立了"两高一优"工业化人工沙棘改造试验示范基地；四是在油坊、高墙框、杨千河、牛心、丁家窑、欧村6个乡镇建起了5个千亩人工沙棘园和两个优良采穗园；五是在10个乡镇建起了薪炭、放牧、采果兼用林基地；六是在主要公路干线建起了100多公里的沙棘绿色通道。

1994年9月，在师发、杨树昌的大力扶持下，右玉县又建起了用5000吨沙棘果汁、6000吨沙棘籽提炼油的小型沙棘油厂。沙棘油厂的出现，体现了右玉人民在开发沙棘资源的进程中向更高层次的方向迈进。

1994年10月4日，北京科学教育电影制片厂编辑兼总导演吴慧君与中国农业和科教电影制片厂、中国黄河管理委员会等单位一行6人来到右玉，在县委副书记蔡全根和时任县政府办副主任的石新民（即笔者）的全力协助下，拍摄了反映右玉沙棘种植和开发的电视专题片《沙棘》，在中

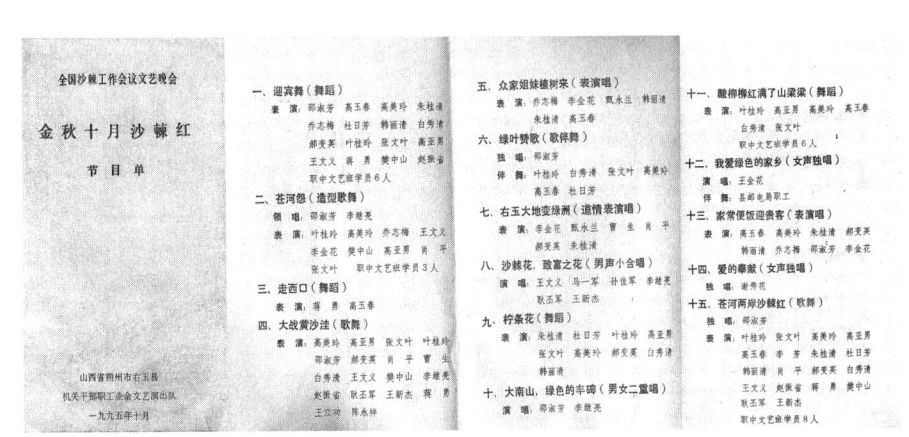

右玉文艺工作者们自编的文艺晚会节目单

央电视台科教频道和一些农业科技会议上放映,全面介绍了右玉县沙棘种植利用开发情况,扩大并提高了右玉的知名度。

电视专题片《沙棘》的开篇解说词说:"没有沙棘林,就没有塞上绿洲;是沙棘让塞上绿洲充满了无穷的魅力。"

右玉,把沙棘利用加工作为林产品加工的突破口,沙棘利用加工成为山西省林产品加工的典型,成为贫困地区农民增加收入、脱贫致富的抓手,值得在全省、全国学习推广,引起了省和国家有关部门的高度重视,国家遂决定在右玉召开全国沙棘开发利用会议。

1995年8月至9月,在国家林业部造林司司长朱俊凤、"三北"地区造林局局长张建龙、山西省人民政府副秘书长王可福、山西省林业厅厅长曹振声、山西省林业厅副厅长霍转业的具体指导下,右玉县委、县政府专门作出《关于成立全国沙棘资源建设工作会议筹备领导组及下设各组职责分工的通知》的文件。师发和杨树昌精心组织、安排全国沙棘工作会议的各项筹备工作,使会议获得圆满成功。

1995年10月13日至17日,全国沙棘工作会议在右玉县召开。全国18个省(自治区)、市的148名代表(其中全国著名沙棘专家73名)出席会议。会议期间,全体代表参观了右玉县威远镇人工沙棘园、右玉绿色通道建设工程、右玉天然林改造工程、沙棘品种园、绿都沙棘饮料厂、压板厂、全国较大的沙棘油生产企业——右玉县长城沙棘油厂。

会上山西省林业厅、右玉县人民政府、内蒙古林业厅、辽宁省林业厅、中国林科院、北京林业大学相继做了交流发言。县委书记师发做了《加快林业建设,沙棘产业致富》的经验介绍。会议讨论通过了《全国沙棘产业发展"九五"实施意见》。中共山西省委常委、常务副省长郭裕怀因到中央开会做了书面讲话。林业部副部长祝光耀等国家有关部委领导出席会议并讲话。林业部"三北"局局长兼全国沙棘办主任张建龙做了会议总结,对右玉县40多年来坚持不懈地加快山区绿化,大力发展、开发、利用沙棘资源的做法和经验给予了充分的肯定。

祝光耀在讲话中说的第一句话就是:"为一个小小的植物沙棘开全国会议,这是第一次。"

会议还放映了由笔者撰写的电视脚本和解说词,由山西黄河电视台摄制的电视专题片《塞上绿洲沙棘红——右玉县开发沙棘资源纪实》;观看了由县委宣传部、县文化局精心编排的"今秋十月沙棘红"文艺晚会和由笔者具体负责制作的《火红的沙棘、火红的人——右玉县沙棘种植开发利用纪实展览》;收听了笔者和县广播局书记王继成编写制作的介绍右玉沙棘开发的声情并茂的一盘录音带,参会人员与车辆各配发一盘。《科技日报》《山西日报》《朔州日报》均在第一版全文刊登了石新民、赵润虎、张文举撰写的长篇通讯《塞上绿洲沙棘红——右玉县开发沙棘资源纪实》一文。

会议确定,右玉县为全国11个沙棘资源建设示范县之一。

全国沙棘工作会议在右玉的召开,又一次卓有成效地对外宣传了右玉的绿化业绩,使全国进一步了解了右玉,有力地推动了右玉绿色经济的健康发展。

为了开好这次全国沙棘工作会议,县委书记师发每天早起晚睡,跑上跑下,体重减了8斤,嘴上长满了火疱。

一曲《家常便饭迎贵客》红遍三晋大地

全国沙棘工作会议在右玉召开，这是中华人民共和国成立以来在右玉召开的第一个全国性会议。

为了卓有成效地宣传报道右玉人民40多年来种植、研究、开发沙棘的伟业，山西省林业厅建议以右玉县业余职工文艺宣传队为主体，排练一场原汁原味的乡土风情文艺晚会。师发将这个任务交给了县委常委、宣传部部长赵润虎和副部长石新民、李建堂来完成。随即我们集中右玉县的优秀文艺编剧人员王德功（时任县政府副县长）、乔悦（县文联主席）、曹效成（县文化馆馆长）、聂文斌（县文化馆副馆长）、梁泰（县图书馆馆长）等进行了精心策划，先后写出《迎宾舞》《绿叶赞歌》《苍河怨》《大战黄沙洼》《大南山，绿色的丰碑》《众家姐妹植树忙》《酸溜溜红满了山梁梁》《牛羊满山歌满坡》《沙棘花，致富之花》《柠条花》《苍河两岸沙棘红》《右玉大地变绿洲》《家常便饭迎贵客》《右玉，我可爱的家乡》等15个节目。在大同矿务局文工团冯奎、张军、党云涛的热情辅导下，李继亮、蒋勇、范中山、王文义、张顶、谢秀花、高玉春、邵淑芳、高美玲等艺校毕业的文艺骨干担任主演，76名演职人员经过两个多月的加班加点排练，一台"金秋十月沙棘红"文艺晚会终于成功出炉。

表演唱《家常便饭迎贵客》剧照

出席会议的全体代表观看晚会时，不时发出一阵又一阵的热烈掌声和连连的赞美声。特别是压轴剧目——表演唱《家常便饭迎贵客》更是好评如潮。

现在笔者把表演唱《家常便饭迎贵客》全本登录如下，以飨读者：

  总导演：梁泰

  作词：王德功

  作曲：曹效成

  字幕书写：马孟雄

  演员：高玉春、高美玲、李金花、邵淑芳、朱桂清、乔志梅、郝变英、韩丽琴

  众：（唱）右玉是个好地方，

     山清水秀好风光；

     村前村后树成荫，

     石碹窑，砖瓦房；

　　　　山药满窖粮满仓，
　　　　葫油就用皮缸装；
　　　　全靠党的政策好，
　　　　千家万户喜洋洋。
　　　　树上喜鹊喳喳叫，
　　　　今天就有贵客到；
　　　　贵客来到咱欢迎，
　　　　欢迎批评多指导；
　　　　走一走来看一看，
　　　　看看咱农村新面貌。
　　　　如今农村大变样，
　　　　社会主义就是好！

甲：我说姐妹们——

众：嗨！

甲：今天县里召开会议，咱们姐妹光顾说哩，客人来了咱给人家吃点儿啥呢？

乙：我看为了给他们吃稀罕的，就吃那蒸莜面，你们说好不好？

众：好！

众：（唱）盐煎羊肉烩片粉，
　　　　山药豆腐砂锅焖；
　　　　切上一苗葱，
　　　　捣上一瓣蒜，
　　　　油炝辣椒红彤彤。
　　　　猫耳朵窝窝捏上一大笼，
　　　　热腾腾，香喷喷，
　　　　叫他们一吃一个汗淋淋，汗淋淋。
　　　　莜面窝窝热腾腾，
　　　　油炝辣椒就大葱；
　　　　盐煎羊肉山药蛋，
　　　　管他们吃个饱哼哼。

丙：客人要是到我家呀，我就给他们吃那荞面圪坨。

众：对！荞面圪坨。

丙：金针、木耳、细粉条，花椒、大料小锅熬，好好地熬上它一锅肉臊子。人常说，荞面得揸哩，老婆得打哩。

众：啥？

丙：哦，现在呀老婆可不敢打了。荞面呀——

众：还得揸了。

丙：我把那荞面揸得筋筋的，荞面圪坨、肉臊子——

众：（唱）荞面圪坨筋又筋，
　　　　猪肉臊子（用猪肉和调味品熬的汤）香死人；
　　　　吃了一碗又一碗，
　　　　叫他们吃得香又香。

丁：客人要是到了我家——

众：（唱）抿豆面，芥子菜，
　　　　吃得香来抿得快；
　　　　提醒客人要小心，
　　　　不要把你的胃吃坏。
　　　　他们吃得香又香。
　　　　我就给他们吃那抿豆面、细粉丝、芥子菜。

戊：客人要是到了我家，我就给他们吃山药拨股。新山药，白生生，细细地磨上它一盆盆。精莜面箩得那细粉粉，和在一起不稠不稀不软不硬挺匀称。我再把那猪肉切成片片，山药切成块块，把那猪肉放在锅里头，拦成红圪如如，拨拉成那圪粥圪粥的，再把山药焖在肉上头，这样吃起来比那什锦火锅还美味可口。

己：呀，饭哇，你们是拣咱们右玉县的土特产吃了。客人来了该给他们喝点儿啥呀？

丙：为了给他们喝稀罕的，就喝咱们右玉县的土特产酸溜溜，大名叫——

众：沙棘汁！对，就喝那沙棘汁哇！

众：（唱）沙棘汁，黄澄澄，
　　　　清凉可口又爽身；
　　　　酸中带甜香喷喷，
　　　　营养价值胜高橙。
　　　　右玉是个好地方，
　　　　地肥山美五谷香。
　　　　欢迎您到右玉来，
　　　　欢迎您到右玉来！

　　就是这曲表演唱，使不少与会者一下子记住了右玉的知名土特产：鲜羊肉、蒸莜面、山药蛋（土豆）、荞面圪坨、山药抿拨股、猪肉焖山药和绿都饮料沙棘汁，是那样的纯绿色、那样的无污染，又是那样的好吃、那样的好喝。以至于在会议的间隙，在会后的闲谈中，人人都能说起右玉这几种土特产，在丰盛的餐桌上人人都争着吃这几种土特产，在离开右玉时都想带上这几种土特产。

朋友，你可知道，这曲表演唱及其他几个富有右玉特色的文艺节目，凡是来右玉召开会议、凡到外地参加文艺演出，都成为右玉人民的一道必不可少的文化大餐。不管在哪里唱，也不管唱到哪里，都能赢得一片喝彩声，人们都会说："这真是一曲充满乡土气息的好节目。"

表演唱《家常便饭迎贵客》，从1995年10月一直唱到今天。二十几年久唱不衰，已成为提高右玉知名度和美誉度的一曲文艺力作。

山西省林业厅第三任厅长李里说，中华人民共和国成立后右玉林业发展可分为三个时期：单纯生态林业期、效益林业期、兴林致富期

2009年8月20日上午，笔者应约采访了中华人民共和国成立后山西省林业厅第三任厅长——李里。李里从1980年3月至1983年6月，任山西省造林局局长；从1983年6月至1992年3月，任山西省林业厅厅长。笔者向李里介绍了《苍河颂》第八稿各章节的内容。李里着重翻阅了一至十五章的内容，而后与笔者谈了他任职期间关心帮助右玉林业建设的情况。

8月28日，李厅长又给笔者写了一封信。信中这样写道：

> 右玉地处塞北高原风沙地区，年降雨量只有400毫米，植树造林面临三大难题：干旱、瘠薄、寒冷。右玉的林业发展大致可分为三个时期，也就是三大步骤：
>
> 第一个时期从解放初期到20世纪50年代末期，为杨树插条造林阶段。在这一阶段，造林不育苗、不整地，全部用本地小叶杨枝条搞"元宝坑"和机械压条，营林技术比较粗放。
>
> 第二时期从20世纪60年代初期到80年代初期，为杨树育苗带根挖深壕造林阶段。在这一阶段，随着林业建设的不断发展，育苗、造林、整地的技术也有了相应的提高。
>
> 第三时期从20世纪80年代至今，为杨树实行组培育苗造林，同时大力引进樟子松造林，这是右玉乃至全省植树造林的一个大的跃进，大约60年，才有今天的样子。进入20世纪八九十年代，育苗、造林技术水平明显提高。采用种子雪藏催芽、喷灌浇水等办法，先后试验成功了油松、落叶松、樟子松全光育苗方法，苗木培养走向了优种化。在造林技术上，坚持了适地适树的原则，实行了按工程管理、按项目投资、按规划设计、按设计施工的工程造林。从树种搭配到林种结构，由原来单一营造防护林，转为防护林、用材林、经济林、特用林等多林种营造，采用乔、灌、草混交结合进行造林。特别是把林业建设重点放在了规模营林上来，放在了针叶林造林上来。
>
> 从林业的效益上讲，从单纯生态林业，初步挡住风沙，保住土壤，逐步走上效益林业，改变了气候，锁住了风沙，减轻了干旱，迈出兴林致富之步。这也是一个

采访征求山西省林业厅第三任厅长李里（左）的意见。（2009年8月20日及以后三次）

采访征求山西省林业厅常务副厅长霍转业（右二）的意见。（2009年8月21日及以后二次）右一为山西杨树局原局长王卓玉。

在自然束缚下，从征服自然到认识自然、战胜灾害的过程。

在接续上届林业厅领导对右玉林业所作出的重大决策与贡献下，我在雁北和右玉林业上有四个贡献，也是历史赋予我的任务：

一、设法改造杨树低产林，也就是"小老树"林。开始实行挖壕造林、宽行造林，并改变杨树品种，积极培育杨树丰产林。

二、从德国引进杨树组培育苗技术（李里曾于1984年5月赴德国考察干旱地区杨树生长情况及栽植技术。1987年2月第二次赴德国考察杨树组培育苗情况，并引进先进设备，在右玉县国营林场和右玉威远"三八"苗圃进行实验推广）。培育出了抗干旱、抗风沙、抗寒冷的杨树优质品种，成块改造和隔宽行距改造"小老树"。

三、经过考察试种，大胆引进适合雁北高寒、风沙瘠薄地区的林种——樟子松。经过几年试种观测，确有"三抗"（抗寒冷、抗风沙、抗贫瘠）的特点。1985年我给雁北提出：五年营造樟子松林100万亩、仁用杏林50万亩的任务。到我卸任时，已营造樟子松林70万亩、仁用杏林30万亩。虽没有按原计划完成任务，但总算作出了应有贡献，尽了应尽的责任。

四、提出兴林致富的口号。充分利用树多的优势，因地制宜地发展林副业生产。如利用"小老树"改造的间伐林、抚育林，建立纤维板厂。利用右玉沙棘多的优势搞沙棘饮料厂。还提出树长大了，可以利用林间的间隙地大量种草养畜。做到兴林富县、兴林富民，走出以林业发展林业的新路子。

右玉人民经过60年的艰苦奋战，得到了回报，使一个"不毛之地"成为绿树成荫、绿草铺地的"塞上绿洲"，誉满遐迩。右玉人民真是百折不挠、艰苦奋斗啊！

采访征求中共右玉县委第十二任书记、大同大学党委原副书记师发（左三）的意见（2003年3月14日及以后二次）。右三为右玉县人民政府原县长杨树昌，右二为中共右玉县委原常委、组织部原部长樊一发，右一为笔者石新民。

师发亲自撰写了大南山（贺兰山）绿化纪念碑文

"右玉的人民太好啦，咱们应该给他们树碑宣传。在高高的大南山顶上建两个纪念碑，记下右玉干部43年的不朽绿化业绩。"

师发的建议在县委常委会上得到一致赞同。

大家说："你当过日报社的记者，而且又了解右玉的情况，你就亲自撰写吧。"

"好，你们让我写，那我就写，写完后大家要指点，王德功给当好参谋。"

了解师发的人都知道，他是个痛快人，虽然是雁北报社的大笔杆子，还当过报社副社长、地委办公室主任，但总是喜欢直来直去，办起事来风风火火，写起文章妙趣横生。

经过两个晚上的文泉思涌，师发就写好了大南山上新建绿化纪念碑的碑文。

纪念碑全文内容如下（按照碑文排列原貌，从右侧自上而下阅读）：

右玉人民兴林碑记

塞北右玉，朔平之府，气候多变，黄风怒吼，水浸风蚀，遍地水丘，不毛之地，疮痍满目，建国以来，县委政府，届届相传，种草种树，率领民众，艰苦奋斗，四十余载，成果卓著，三月阳春，再绘新图，省委发布，达标要求，上级领导，层层关注，右玉大地，擂起战鼓，干部群众，乡乡遍布，大力发展，经济林牧，建设绿洲，万亩工程，塞上明珠，百业兴旺，人民殷富，风雨同舟，拼死拼活，如今右玉，连年丰收，群山叠翠，风清沙固，农林牧副，益泽千秋，功在当代，流芳万古，昭前启后，立碑刻石。

中共右玉县委
右玉县人民政府
一九九二年七月

师发还为大南山上新建的《右玉林业工程名录》写了碑文，全文是："右玉由'不毛之地'变为'塞上绿洲'，是全县干部群众多年艰苦奋斗的结果，现评出百名杰出者，刻碑记之。"落款是"中共右玉县委、右玉县人民政府，时间是一九九二年七月"。

2006年3月21日，笔者和王德功、霍生祥去大同大学师发办公室采访，师发说到右玉今日的巨大变化，十分高兴地写下了这样一段话：

1991年4月，我调到右玉县工作的第一天，便参加了全县义务植树劳动。从此，绿化右玉山河的接力棒，我便接了过来，奔跑，奔跑，再奔跑……

如今我离开右玉已经整整十年了，但我时常挂念着她，那里有我的汗水、我的心血、我的战友、我的梦幻，是我眷恋的故乡。2005年仲夏，我故地重游，站到大南山上举目四望，苍河泛绿，碧树如海，牛羊撒欢，游人如织，一派和谐风光。我佩服后任的几届，他们奔得更快、更欢、更远……

师发
2006年春

2007年6月12日，《山西经济日报》记者郑亦工、孙瑞生到大同采访第十二任县委书记师发，问："为什么右玉能够不懈植树50多年？"

师发笑着说："在右玉，风沙那么大，不种树百姓不能活，你当什么书记？我担任县委书记后，觉得我们的十一任前任干得对，得到了群众拥护，我就接着干下去。前任好好的路线你推翻了，第一，说明你水平差；第二，劳民伤财；第三，这说明你的思想意识有问题。靠标新立异引起领导的注意，你先要问问自己那样做是否符合客观规律，屁股是不是坐在老百姓这边。"

多么朴实的话，多么深刻的道理。人民拥护不拥护、赞成不赞成、高兴不高兴、答应不答应，这是衡量党员领导干部政绩的最终标准，也是衡量我们各级领导干部作风好坏的最终标准，更是衡量一个共产党员党性强弱的根本标尺。

第十四章 不忘治理苍头河的人们

苍头河是右玉县最大的河流，也是雁北地区五大河流之一，纵贯县境南北，自然条件优越，水土资源丰富。

1972年，县委书记杨爱云、县长张光熙正式拉开治理苍头河的序幕。到1983年，11年来杨爱云、常禄带领右玉人民开展以乔木为经、灌木为纬，生物工程与土石工程相结合的大规模的生物护岸治理，使苍头河两岸林带层层叠叠，茁壮成长；弯弯曲曲的苍河水，在绿堤下静静地流淌，林带间不时传来莺歌燕舞的欢笑声。

那么，苍头河的治理是否到了头？苍头河的综合效益是否得到充分开发？这是袁浩基到右玉任职以后一直思考的问题之一。

袁浩基徒步考察苍头河，迅速打响治理开发苍头河流域的新战役

治理苍头河劳动场面

"我在雁北地委政研室工作时就知道右玉有一条母亲河，叫苍头河。我准备亲自去考察一下，看如何加大治理，为民造福。"

1983年9月，新上任的县委书记袁浩基萌发了一个很大胆的想法，拿到常委会上征求意见。

"对，新一届县委应该在苍头河治理上有新的作为。前期的治理已取得明显成效，我们这届县委应该在开发上做好文章。"

1983年机构改革后，新一届县委、县政府一致赞同袁浩基的想法。

1984年春天，袁浩基忍着关节炎的肿痛，带领县委办公室李月明、赵世勤、温健几个年轻干部从苍头河的入口燕家窑到出口杀虎口，整整徒步考察了6天。

他们每经过一个乡镇，都让乡镇书记陪同考察，边走边了解情况边做记录，哪里已经治理见到成效、哪里还未动作、哪里要上新的项目，都记得一清二楚。

他们走到哪里就吃住在哪里，在炕头上与村干部和村民聊情况、议规划。

他们逢山爬坡，逢沟探寻，逢水挽起裤腿过河。大伙儿走得乏了困了，坐下来，袁浩基就给他们讲个小故事，或者唱一首歌，在笑声中大伙儿倦意被冲得无影无踪。

通过6天的徒步考察，袁浩基全面摸清了苍头河流域治理改造现状与存在的问题。

回到办公室，袁浩基和秘书李月明两个晚上挑灯撰写了《关于右玉县苍头河的考察报告》，以《右玉调研》发到全县各级领导手中，共商治理开发苍头河的良计妙策。这篇文章还在1985年《山西水土保持科技》第4期和1985年1月9日《雁北日报》刊发。

"老姚，苍头河流域可是右玉一块宝地，咱们改变右玉广种薄收、靠天吃饭的文章就从

这里做起,在开发上迈出新步伐。"

"是啊,搞好苍头河干流的农业综合开发,对全县农业经济有着举足轻重的作用。"姚焕斗赞许地说。

"咱们要迅速打响治理开发苍头河流域的新战役。"

很快,袁浩基、姚焕斗做出了进一步开发治理苍头河流域的四个决定:

一、成立右玉县苍头河流域治理总指挥部,铺开苍头河沿岸农林水全面治理工程。总指挥部由县委书记袁浩基任组长,县长姚焕斗任常务副组长,雁北地区绿化委员会副主任康润玉、副县长彭珍宝、县委农村工作部部长郝文运为副组长,相关部门的主要负责同志为成员。郝文运兼任总指挥部办公室主任。

二、采取以生物治理为主的办法,完善乔灌混交生物防护体系。

三、开发沿河两岸土地,建设稳产高产田。

四、开发利用护岸林本身的资源,发展商品生产。

至此,苍河两岸树起了开发治理的新的里程碑。

苍头河生态农业试点区获得成功

1986年8月3日至9日,山西省农业生态学会副秘书长张辉带领有关专家、教授16人,来右玉考察了农业生态。其间,他们重点考察了苍头河流域,感觉"苍头河流域农业平衡大有文章可做"。他们不辞辛劳地搞测量、提建议、绘图纸,为苍头河流域的农业平衡做出了一整套规划。

1986年9月11日,国家环境保护局将右玉县列入全国四个生态农业试点之一。山西省农业生态学会将试点选在苍头河中段的高墙框、蔡家屯、草沟堡三个村。

1989年2月21日至22日,中共雁北地委书记徐生岚带领主管农业的副专员安秉文、雁北农村工作部部长常禄、雁北绿化委员会副主任张宗孝等一行5人来右玉调研,重点视察了苍头河中段的高墙框、杨千河两个乡村。徐生岚高兴地说:"右玉竟然有这么好的良田水系,右玉农民的农业增收致富大文章我看就从苍头河中段这两个乡镇做起,然后扩大。这里也要作为咱雁北的黄土丘陵区生态农业模式研究试点,由秉文挂帅,拿出方案,迅速铺开。"

挂帅苍头河治理的雁北行署副专员安秉文

1989年3月6日,中共雁北地委、雁北行署决定,在山西省农业生态学会试点村的基础上扩大到苍头河干流中段的高墙框、杨千河两乡连片的11个村庄(土地面积69476亩,604户,5839口人),并确定为黄土丘陵区生态农业模式研究试点。组成由雁北行署主管农业工作的副专员安秉文挂帅,由雁北地区农工部部长常禄、雁北地区绿化委员会副主任韩宗孝和康润玉、右玉县委书记袁浩基、右玉县县长姚焕斗等领导和科技人员参加的生态农业试点领导组。县委农工部部长郝文运兼任领导组办公室主任。领导组成员先后深入试点区进行实地调查，召开专家论证会，制订设计方案，解决实际问题，具体组织实施，使试点工作顺利进行。三年来，试点区工作遵循生态学原理，努力实施经济生态农业总体方案，基本达到预期目的，初步形成了农、林、牧、副良性循环发展的新局面。

三年来，发展了水浇地4732亩，人均1.69亩；开发滩湾地、沟坝地1951亩，人均0.7亩；建设梯田1930亩，人均0.68亩；治理洪水地1179亩，人均0.42亩，明显地改善了农业生产条件。

苍头河治理指挥部成员在苍河沿岸实地规划造林绿化工程。从左至右依次为：魏立、郝文运、康润玉、刘义、阴荣林、张恕、许忠。

三年来，推广了地膜覆盖、区域化种植、品种优化、配方施肥、微肥施用等新技术。在试区内种植水地小麦200亩，平均亩产680斤，创历史最高水平；种植地膜覆盖玉米2000亩，平均单产达1400斤；种植"171"新品种莜麦，平均单产达420斤。

三年来，营造了大片林5699亩，其中针叶树2700亩；栽植四旁树52700株，新建32亩中心苗圃1处，新建百亩果园1个。林业面积发展到35732亩，比基础年的30033亩增加了18.98%，占到国土面积的51.4%。整个试点区初步优化了环境结构，改善了生态条件。

农、林、牧产品的增多，促进了农村工副业的发展，人们以村以户办起了砖瓦厂、水泥瓦厂、小型作坊和家庭编织业，剩余劳力开始向第三产业转移，长年从事商业活动的小商贩有37人，劳力输出108人。

1991年10月7日至11日，中央、省、地专家对试点区进行了阶段性验收。专家一致认为，苍头河生态农业试点是成功的，不仅改善了生态环境条件，同时优化了农业整体结构，促进了农业经济全面发展。

经专家们建议，袁浩基和姚焕斗决定，在巩固提高原有试点的基础上，从1992年开始到1994年，将试点经验推广到苍头河整个干流的7个乡镇、48个村庄，并作为示范区。再用三年时间，到1997年推广到整个苍头河流域，生态农业建设面积占到全县总面积的83.6%，在实现绿化达标县的基础上，要力争实现生态农业县的目标。

打赢苍头河中段流域综合治理仗

苍头河农业综合开发是一项规模宏大、结构复杂的系统工程，对全县的农业经济起飞、右玉人民脱贫致富并实现小康有着举足轻重的作用，全县上下对这一翻身工程十分关注。

1991年5月10日，姚焕斗、师发决定，成立以县长师发为总指挥，以雁北地区绿化委员会副主任康润玉、县委副书记杨魁、县政府副县长刘义、县政协副主席荫荣林、县委农村工作部部长郝文运为副总指挥的右玉县开发治理苍头河指挥部，郝文运兼任指挥办公室主任。

开发治理苍头河指挥部组织县林业、水利、农业、科技、环保等方面的领导和技术人员及沿河乡、村主要干部，对苍头河干流进行了广泛全面的调查勘测，作出了《右玉县苍头河干流农业综合开发规划》《右玉县苍头河流域农业综合开发报告》。

1991年7月8日至10日，县委、县政府在县招待所会议室召开右玉县苍头河干流农业综合开发规划论证会，山西省林业厅副厅长、高级工程师李慧培，山西省物资局副局长、高级经济师宋良国，山西省农牧厅处长、高级农经师关瑞，山西省杨树局局长、工程师杨宝庆，山西省水利厅水保规划队副队长、工程师许茂杰，山西省林业厅造林局副局长、高级工程师于铁树，山西省林业厅造林局副局长、高级工程师马跃先，山西省林业厅干事、工程师康鹏驹，雁北行署副专员、高级农经师贺锐，雁北农委主任常禄，雁北地区林业局局长、高级农经师李凡，雁北地区绿委副主任、高级农经师康润玉，雁北地区水利局局长、高级工程师傅承本，雁北地区扶贫办主任、农经师张保玉，雁北地区农牧局副局长、高级农艺师李奇仁，雁北地区林业局副局长、农经师侯信等省、地专家及有关领导17人出席会议。县委书记姚焕斗主持会议。

从1986年8月至1991年10月，由雁北行署副专员安秉文（前排图中）挂帅，袁浩基、姚焕斗组织的苍头河生态农业试点获得成功。从1991年5月至1996年4月，姚焕斗、师发带领科技人员、沿河共产党员及干部群众打赢了苍头河中段流域综合治理仗！1991年7月8日，右玉县苍头河干流农业综合开发规划论证会全体领导与专家在右玉县绿洲宾馆合影留念。

领导、专家、学者共同实地商讨治河良策。左一为雁北行署副专员安秉文。

会议期间,全体与会人员对苍头河干流进行了一整天实地考察,听取了县长兼开发治理苍头河总指挥师发《关于苍头河流域农业综合开发治理的情况报告》和县政协副主席、高级工程师荫荣林《关于苍头河干流综合开发治理(草案)的说明》,专家们进行了热烈的论证发言。

专家们一致认为,苍头河是纵贯县境南北的一条大河,流域面积252.29平方公里,占全县总面积的89.9%,是人口较集中、交通较便利、水土资源最好、环境条件优越的农业区。

会议认为,综合开发苍头河是一件利国利民的大事。右玉县委、县政府对苍头河干流农业综合开发的规划、设想是正确的,符合"八五"计划精神和山西省"八五"扶贫目标及任务,是切实可行的。

会后,县委、县政府根据专家们的论证意见,重新修订了《右玉县苍头河干流农业综合开发规划》。该规划分两个阶段实施。

1991年9月17日至19日,中国科学院生态环境研究中心、中国社会科学院发展研究所、省农牧厅、省物资局、省林业厅造林局、雁北行署绿化委员会、中共右玉县委、右玉县人民政府在右玉县联合召开了右玉县苍头河中段黄土丘陵区生态农业会议。中直、省、地、县共46名领导、专家、学者参加会议。会议由雁北行署副专员安秉文主持。中国生态经济学会副理事长、中国社会科学院发展研究所生态经济室主任何西维,中国科学院生态学会常务秘书长赵星武,省林业厅造林局局长、高级工程师马耀先,省物资局副局长、高级经济师宋良图,省农牧厅环保处处长、高级农艺师孙振杰,省林业监测站站长卢建秀,雁北行署绿化委员会副主任韩宗孝、康润玉,雁北行署科委主任梁建魏,雁北行署环保局局长毛友山,雁北行署林业局局长李凡,中共右玉县委书记姚焕斗,右玉县县长师发等领导、学者先后发言,对《右玉县苍头河中段流域治理规划》做了进一步的论证。

会议编印了《右玉县苍头河中段丘陵区生态农业建设模式研究》一书。

会议决定用五年时间重点实施苍头河蔡家屯至右玉城段的综合开发治理,取得经验后再向南北延伸。

会议确定开发治理苍头河的指导思想是:以进一步改善生态环境为前提,在治理开发时要把建设生态环境、培植资源、发展生产紧密结合起来;把对沿河林业进行更新改造、重新布局与经济效益紧密结合起来;把流域内商品畜牧业集约化经营与农、林、畜产品加工紧密结合起来;科学开发、合理利用各类土地和资源,使流域内的农、林、牧、副各业得到协调发展，以取得最佳生态效益、经济效益和社会效益，实现区域内农民稳定脱贫致富。

1992年3月2日，县委、县政府又重新调整成立了右玉县苍头河农业综合开发指挥部。县委书记师发任总指挥，县长杨树昌任副总指挥。下设规划设计、物资供应、林牧副指导、执行实施4个组，配备了8名工作人员专抓此项工作。聘请原雁北地区绿化委员会副主任康润玉为县政府顾问，长年住在指挥部协助工作。同时，区域内各有关乡镇都相继成立了以乡镇党政主要领导为组长的苍头河农业综合开发领导组。

1992年8月5日，根据苍头河农业综合开发的需要，指挥部又决定成立右玉县苍头河农业综合开发实验中心，下设管理室、工程技术室、综合经营室、农机服务室和办公室。农机服务室办起了经济实体，拥有东方红-70推土机一部，进行有偿作业。

苍头河流域中段综合治理工程从1991年10月至1996年4月，五年内中央、省、地有关部门共投资1644.5万元，右玉县自己筹集资金626.5万元，使苍头河中段综合治理取得了显著成效。其中，水利水保工程建设完成24项，改河配套工程完成6处，累计新造林7517亩，更新造林22552亩，营造丰产林50处，使苍头河中段两岸形成20米宽的防护林带，新建护岸林面积1340亩。

在大南山山坡下，沿河流走向的林带与坡梁的片林相接，构成了苍头河大片农田林网，使苍头河干流区中段的森林面积由1991年的9.31万亩发展到10.1万亩，增长12.8%，森林覆盖率达到31.3%，控制水土流失面积达60%。

如今，你到苍头河生态旅游区看到的正是这个治理区段。

由于进行了山、水、田、林、路综合治理，流域内灌溉面积达到3.4万亩。建成双合屯、蔡家屯、曹家堡、双扣子、道羊村等11个井灌区，有水井112眼，井灌面积达到6300亩，人畜饮水问题得到全部解决。种植优质饲草、饲料7.34万亩，畜牧业得到迅速发展。至1996年底，大牲畜饲养达到3.1万头，比1949年增加200%多；羊发展至17万只，比1949年增加550%多；猪发展到2.86万头，比1949年增加600%多。鸡、兔也有很大发展，在高墙框村建起万只兔场1座。种黄花40亩。栽种以杏、梨、苹果、葡萄为主的经济林4900亩，人均达到0.33亩。建设稳产高产基本农田4.5万亩，人均3亩，实现人均3亩草田轮作。

机械不足人工上，治河指挥部成员与村民们一起打井造良田。

到1996年，干流地区粮食总产量达到630.05万公斤。村民人均纯收入达到384元，基本越过了贫困地区的温饱线。干流区的农、林、牧、副业得到协调高速发展，农业内部结构逐渐趋向合理。

笔者于2009年7月24日在苍头河生态观光长廊中段左侧一棵径围2米粗的白杨树前留影。这棵苗壮成长的白杨树和背后乔木般的沙棘林就是右玉人民37年持续不懈治理苍头河的有力见证!

右玉的决策者们,从杨爱云、张光熙到袁浩基、姚焕斗、师发、杨树昌,治理开发苍头河换人不换旗,使苍头河真正成为右玉的母亲河,为此他们殚精竭虑,费尽心机。从1984年至1996年,又是一个13年的连续综合开发治理,苍头河中段成为"苍河碧绿映照秀丽山川,水草肥美哺育遍地牛羊",不是江南胜似江南的绿色宝地。

2003年以来,为了维护苍头河两岸的生态资源,促进旅游开发,县委书记高厚和县长赵向东决定,从高墙框至草沟堡新建机械围栏4公里。2004年铺筑旅游路2公里,建长廊100米,建六角重檐观摩亭1座,架跨河浮桥1座,提高了旅游品位,形成了一条独具特色的生态走廊。

朋友,你到苍头河畔观光时是否注意到,在长廊中段的左侧,有一棵径围2米粗的白杨树。这棵白杨树,是1972年4月1日杨爱云打响治理苍头河战役时亲手栽植的。40多年来,靠着这里肥沃的土壤和充足的水分,白杨树已长成了参天大树。这棵白杨树就是右玉人民拉开治理苍头河序幕的有力见证!

朋友,你到苍头河畔观光时是否注意到,在密不透风的沙棘护岸林中,竟然不少是高达十几米、主干有20厘米粗的沙棘树,这些沙棘树都快长成乔木了。还有攀缠交错、造型各异的梧柳树。良好的生长环境,也使遍布河道的芦苇生长旺盛,人一进去,立刻就没了踪影。这碗口粗的沙棘树、碗口粗的梧柳树、旺盛的芦苇丛,就是右玉人民治理苍头河的有力见证!

2005年,山西省交通厅在苍头河旅游区东入口北侧建起了8幢苗圃别墅,对外称"山西省翠苑培训中心"。

2008年,赵向东和陈小洪、苏连根在苍头河规划了一处万亩多年生优质牧草示范基地,现正成为右玉县优质牧草生产基地。

苍头河湿地保护区

苍头河两岸莺歌燕舞

如今的苍头河两岸,层林叠翠,碧水常流,鸟语花香。纵观苍头河及支流上数百公里长的生物护岸林带,枝繁叶茂,郁郁葱葱,宛如一条蜿蜒起伏雄伟壮观的绿色长城。在茂密的丛林中可听到百鸟欢唱,可见到成群结队华丽的野鸡、石鸟,并有狐狸、獾子、野狼、野兔、黄鼠、青蛇等动物出没;林边河上野鸭、黄鹂、水鸟密密麻麻,成为人们嬉戏追逐的对象。

从飞机上俯视苍头河两岸,几丈高的沙棘网和几丈高的梧柳交织在一起,形成了一道巍峨壮观的绿色长城。

2002年8月26日,长城专家董耀会接受央视记者采访时说右玉苍头河简直是"塞纳尔罕"。

有人建议为苍头河沿岸十几米高的沙棘林申请吉尼斯世界纪录。

更美的是,每当夕阳西下,远望苍头河西岸的铁山堡湾、杨千河湾、高墙框湾、草沟堡湾,片片梧柳,像一把把多姿多态的彩伞,鲜红色的、粉红色的、橙黄色的、浅黄色的、翠绿色的,高低起伏,景色分外迷人秀丽。谁敢想这塞上高原水系竟有这样令人陶醉的美妙景象!

2002年8月26日,中国长城学会秘书长董耀会考察右玉的苍头河,盛赞:"右玉的苍头河简直是'塞纳尔罕'。"

在苍头河中段西岸的铁山堡河湾人工种植的梧柳色彩各异,成为右玉生态观光的又一道靓丽风景线。

苍河岸边"郝革命"

郝文运，男，右玉县高家堡乡高家堡村人。1973年12月至1978年5月任高墙框公社党委书记，1978年6月至1985年1月任县委宣传部部长，1986年2月至1996年任县委农村工作部部长。

郝文运中等个头，身体较为肥胖敦实，嗓门高亢，快言快语，走起路来匆匆忙忙，干事利落，多难的事都不在他的话下。

地处苍头河畔中轴地区的高墙框村到20世纪60年代还是十年九旱，高墙框村人祖祖辈辈在坡梁旱地上"日出而作，日落而息"。当地群众编了这样一段顺口溜："大南山，灰溜溜，不长蒿草不长树；苍头河，似猛兽，天上下雨洪水流；蛤蟆滩，蝇蚊叫，只长芦苇不长粟。"1973年，郝文运从威远公社主任调任高墙框公社党委书记，以坚忍不拔的气概开展了一场改河造地、治旱兴农的攻坚战。他带领公社党委一班人制定了"先沟湾，后上山；先杨柳，后灌木"的综合治理方针。

1974年，郝文运在高墙框村办起了继威远堡村苗圃后全县第二个村办苗圃，育苗11亩，培育苗木4万多株，解决了该公社绿化造林缺苗短木的难题。

郝文运带领全公社干部群众采取"重点工程搞会战，一般工程分村干"的办法，三年绿化了郭傲屯的白家凹山、蔡家屯的北山、高墙框的东山。营造防风林4000亩，绿化道路11条111.5米，营造大片林1.3万亩，零星植树10万株，补植苍头河护岸林13公里，使高墙框公社的森林覆盖率在全县率先提高到40%。

县委书记杨爱云提出"大种大养"的决策后，郝文运积极响应，亲自规划并组织施工，起早贪黑、没日没夜地干了38天，县里只给了5000元钱，他靠一股子拼劲，白手起家，在高墙框村北的沟湾里办起了全县也是全雁北地区最大的万只兔场，引进了黑优种、大白兔、力克斯、青紫兰等优质兔种。宁夏回族自治区参观团参观了该兔场后，引走1500多只种兔。高墙框公社被省、地、县表彰为"学习大寨模范公社"。

1978年春，郝文运被省、地、县表彰为"学习大寨模范公社党委书记"。

林业功臣郝文运

郝文运是个地道的农民儿子。他从事农村工作30多年，具有丰富的农村工作经验。他对右玉的一山一水、一草一木怀有深厚的感情。他常常是晴天一身土，雨天一身泥。为了工作，他常年不顾家，也顾不上孩子，老伴、孩子们时常抱怨，说他"就懂个死受，家人跟上他没沾过个啥光"。

1986年至1996年，郝文运担任县委农村工作部部长、县治理开发苍头河指挥部副总指挥兼办公室主任。他在苍头河河畔东的靠土崖搭建的简易办公室里，一干就是10年。

这10年，他具体协助县委、县政府参与策划制定了全县及苍头河治理的上百个工程规划和工作方案，他具体负责组织实施了苍头河治理的各项具体工作任务。

郝文运性格直爽，办事雷厉风行，对人对己要求严格。为了林业或水利工程保质保量完成，他可以几天不休息，豁出命来干。人们一般叫他郝书记、郝部长，大多称他"郝革命"。

"郝革命"爱好广泛，能写会画，有良好的艺术天赋，吹拉弹唱样样都会，道情、晋剧样样在行。那时治理苍头河指挥部办公室里还没有电视，晚上没有啥可看的，郝文运就拉起二胡唱起来，邻近村里的人没事常走三五里路去看"郝革命"自办的演唱会。二胡、鼓钹成了他治理苍头河期间的忠实伙伴，帮他度过了一个又一个寂寞的夜晚。

如今，郝文运已退休多年，除了组织参加他们自办的夕阳红老年文艺演唱队外，有空还经常到蔡家屯、高墙框、草沟堡等村里转一转，看一看。村里人远远看到他，都说："'郝革命'回村了，快给咱唱一段，拉一曲吧。"也有不少人劝他把治理苍头河十年的业绩写成剧本演成戏，他说："那叫别人编吧，我只会实干死受。"

郝文运每每与人谈起他一生干了点什么，总是笑着说："咱是个右玉人，我把半辈子献给了治理苍头河，值得！"

2011年10月，"郝革命"担任了右玉县老年学会业余文艺演出团团长，右玉县道情剧团原团长、右玉县文化局原局长秦志成担任演出团指导员。他们为活跃右玉乡土文化活动奉献着自己的余热。

副总指挥、治河顾问——康润玉

康润玉，男，山西省阳高县人，雁北地区绿化委员会副主任。1959年8月7日曾任共青团左云、右玉合并后的第六届团县委书记。从1992年起，康润玉兼任右玉县治理开发苍头河总指挥部副总指挥、顾问。他从上任的第一天起，就以满腔热情参与苍头河治理开发的多项重要决策和规划，亲自组织实施了蔡家屯段的五处改河工程。

1982年3月，康润玉向地委申请，来到右玉县高墙框公社蔡家屯村蹲点，连续10多个年头。他和乡党委、乡政府密切配合，制订并组织实施了逐年绿化大南山规划。他积极从地区争取投资6.2万元，组织村民在大南山的西坡、北坡栽植樟子松2500亩，大苗成活率在90%以上，小苗成活率在85%以上。

林业功臣康润玉

康润玉亲自组织指挥蔡家屯村民在田边、路边栽植高杆杨2万多株。

蔡家屯村民的院子大都是一亩以上的大院子，除了柴草、粪堆，就是一片闲荒地。老康看了觉得很可惜，说："我要让你们的院子变成绿色银行。"

他协助村委会共同研究，决定每家每户院子里都栽上果树，种上蔬菜，变成绿色银行。在他的亲自组织指导下，村民们在各自的庭院里栽植果树和杏树共1600多株，实现了户户庭院经济化,成为右玉农村第一个庭院果树村。

康润玉积极参与苍头河干流生态农业开发,从地区争取投资8500元,在蔡家屯村南建起生态农业中心苗圃22亩,定植高杆杨12.5万株,插条8亩,松树育苗2.2亩,每年可提供优质苗木15000余株。他一有空就到苗圃拔草、修枝、浇水、施肥。

康润玉亲自制定了《苍头河沿岸林业管护责任制》,建立了蔡家屯、大堡、程家窑三村护林联防协定,和村干部们轮班到林地执勤,查看有没有毁树、有没有牲口啃树、有没有害虫咬树的情况。

在蔡家屯蹲点的十多年里,他一有空,就到大南山林地转一转,看一看。他自称:"我是大南山上的义务护林员。"大南山上2000多亩樟子松成活情况他比谁都清楚。他的护林行为有效地保护了苍头河东岸林木的安全生长。

康润玉十多年来一直住在蔡家屯村,吃遍了蔡家屯的派饭,当了10多年的义务剪枝员,使户户果园叶茂果盛,每年蔡家屯人光卖苹果、梨、杏的纯收入就达200多元。

那几年,在苍头河畔流传着一句话:"蔡家屯来了个康润玉,户户果园家有余。"

谁家娶媳妇、谁家起房盖屋吃好的,首先要请康润玉。

谁家家里闹不和,都想到老康那里出出气,辩辩理。

谁家的孩子念不起书,老康总想办法叫他入了学。

1996年10月,村民们听说康润玉结束在蔡家屯蹲点,要回大同,都要他吃完油糕(右玉山村款待客人最好的饭)再走,有的给他拿鸡蛋,有的给他带葫油,有的给他送羊肉……

老康临走那天,人们成群结队地送到村外头。

大家恋恋不舍地说:"康主任,你不要忘了蔡家屯,有空还来蔡家屯看一看,秋天来我们家吃苹果。"

目送康润玉的小车消失在山和公路的绿色通道中,大家还不约而同地嘀咕:"这么好的干部,咋就走了?"

如今,康润玉已离开蔡家屯十多年了,人们每每说起他时,都说:"老康那才是共产党的好干部,庄稼人的贴心人。"

治河开发能手——李甲才

高墙框公社所在地的高墙框村地处苍头河开发治理的主战场。

高墙框村位于苍头河中游东岸边、山和公路西侧,地势平缓,多少年来流沙遍地,难以种植。不知在哪个朝代,人们为了生存,防风防盗,把院墙打得高高的,故名"高墙框"。

高墙框村至1996年共有189户、516口人,耕地3854亩。村里居住着李、刘、穆、王等姓人家。

李甲才,男,高墙框公社高墙框大队人,1.76米的个头,高高的鼻梁显示了他顽强刚毅的性格。1967年12月加入中国共产党。先后任大队主任、大队支书。到1998年,整整干了30年大队党支部书记。

就是这个只有初小文化程度的李甲才,一心听共产党的话,把植树造林锁风沙、建设绿色宝库作为自己的天职,硬是把一个无风不起尘、起尘活埋人的高墙框村建成绿树成荫、西湾高产稳产良田的美丽村庄。

从20世纪60年代起,他就根据本大队西临苍头河、东南沟壑多的特点,组织社员开展了绿化造林固河岸、填沟壑。在大队的西湾、南湾种植了沙棘和杨树1300亩,有效地遏制了本大队苍头河地段的洪水泛滥。同时还封沟15条,为以后的林业发展奠定了基础。

20世纪70年代,他在公社党委书记郝文运的安排下,组织社员对辛堡梁、东梁的荒坡进行绿化,共栽杨树600多亩。还在西坪育杨树插条58亩。建起了右玉县第二个农村苗圃,不仅为本大队、还为全县造林提供了大量的优质苗木。

林业功臣李甲才

20世纪80年代,他根据县委书记袁浩基的安排,大抓林木品种更新,对辛堡梁的小老树进行嫁接、疏伐、更新,并先后与县直机关干部一起营造了北坪500亩高速丰产林。从20世纪70年代起,他带领社员在大队西的风沙滩上,改田造地,建成了稳产高产农田1200多亩,并全部配套了井灌。小麦、玉米、高粱、山药连年获得高产。至今,几座村民入股自办的苗圃,各种苗木长得齐刷刷、黑黝黝。

经过三十多年的不懈努力,高墙框村的森林覆盖率达到61.5%,人均占有成材林20多立方米,高墙框村成为全县首屈一指的园林绿化村。

从1974年以来,李甲才多次被评为省、地、县"优秀农村党支部书记""治理开发苍头河能手""林业功臣"。党和政府给了他很高的荣誉。

30年的操劳,使李甲才落下了一身病。1999年冬天,他因患脑瘤医治无效去世,享年68岁。弥留之际,他嘱咐儿子李世英:"我死后你一定要把我葬在辛堡梁上,让我能终日看到苍河美景!"

李甲才,一个地地道道中国共产党的最基层领导干部,他与青山同在,与苍河共存!

绿化治河功臣——伊小秃

右玉县右卫镇西北6公里,苍头河西岸古长城脚下的北辛窑村,坐落在一个南北两面大荒坡、中间隔一条小河的北坡大风口上。

村前的小河每遇山洪暴发,河水泛滥,冲毁农田,冲走牛羊。

这个小山村里住着伊、许、张、王、段等姓人家。中华人民共和国成立初期,这里的村民大部分住在坡沟里的土窑洞里。

1956年10月,中共山西省委书记处书记郑林和共青团山西省委副书记李立功来这里慰问

林业功臣、山西省劳动模范伊小秃

革命老区，看到这里光秃秃的荒坡荒沟、日益肆虐咆哮的风沙，指示时年32岁、刚刚从农业合作社社长担任北辛窑村党总支书记的伊小秃："你要好好地植树造林，治住沟河，堵住风口，让全村的人丰衣足食，你这个共产党的村支书就当合格了。"伊小秃满怀信心地说："我有这个愿望，一定会让北辛窑村变为山清水秀的好地方。"从此，伊小秃以治理荒山荒坡为突破口，带领全村党员群众先后治理了村前村后10座荒山荒坡，造林1520亩。同时，大搞村庄绿化，栽植四旁树4.5万株。

他还组织以插队知识青年和本大队青年男女为主体的绿化造林突击队常年坚持造林，一干就是20多年。

北辛窑村连续多年被评为省、地、县"农业学大寨红旗村""右玉农业战线十面红旗村""雁北地区造林治沙标兵村"，伊小秃也连续多年被评为省、地、县"优秀农村党支部书记""学大寨的模范带头人""山西省农业劳动模范""右玉县绿化治河功臣"。

1976年4月6日零时54分37.8秒，右玉县发生6.3级地震，震中位置在内蒙古和林格尔县新店子公社和右玉县杀虎口、城关公社一带。其中，北辛大队遭重创。4月8日，国务院慰问团在县委书记常禄、县革委主任车永顺的陪同下，来右玉县北辛窑等大队慰问。其后，灾区人民在中国人民解放军51077部队全体指战员以及灵丘、广灵、怀仁、阳高、左云等7县千余民工在各县民政局局长的带领下，先后到北辛窑大队等22个生产大队帮助灾区重建家园。至1977年11月底，崭新的北辛窑大队在原来的东部平滩上新建起来。

伊小秃又带领全大队党员群众开展了绿化新村的战斗。每年秋冬还带领青壮年劳力开展治沟治河拦河筑坝的农田水利建设工程，终于筑起了村前两条东西各长3公里的植被和土石结合的护河大坝。成排的白杨树和茂密的沙棘林护住了千亩基本农田，也成为北辛窑大队一道独特的绿色风景线。

1983年3月，因年龄关系，城关镇党委改任伊小秃为北辛窑村党支部副书记。虽改任副职，但他仍然绿愿如故，又主动承包了村东的一座荒山。他每天领着老伴早出晚归，带着干粮上山造林护树。遇到疾风暴雨，就到沟湾的土窑里躲上一会儿，雨停后又接着干起来。7年时间他共义务植树300亩，建成了苍头河西岸又一座绿色屏障。

到2008年底，北辛窑村绿化面积3200亩，占全村总土地面积的80%以上。

如今，当你步入北辛窑村村界，看到的是满眼坡梁如黛、整片整片的成材绿树，村前清格粼粼的小河顺着茂密的乔灌草大坝注入苍头河。

让人震撼和神往的是远处看不到头的高低起伏、浓郁葱茏的绿色，红瓦白墙、整齐有序的新农村掩映在万绿丛中。

北辛窑村的变化让人咋舌！

伊小秃，这位担任中国共产党农村基层领导职务37年，也是右玉至今任职时间最长的村级党支部书记,他37年初衷不改,无私奉献,将全部心血和精力献给了青山,献给了苍头河。

如今,已96岁高龄的伊小秃,1.76米的个头,身体依然硬朗,虽然手已经变形,但还在不停地劳作。他那饱经风霜黝黑红润的脸上总是泛着笑容。他十分自豪地对笔者说:"你看我这一辈子没有白活吧?每天早上,我看到这漫山遍野的绿格油油的成材树,听到叽叽喳喳的鸟叫声,我的心情就格外舒畅,不知给我生命增添了多少活力。"

2009年6月24日,省委原书记李立功问笔者:"现在伊小秃的身体怎么样?北辛窑的荒凉面貌改变了没有?"笔者说:"今年6月11日上午,我专程到北辛窑村采访伊小秃,当时,他正在村东的胡麻地里锄地。我一眼看到,多年不惧风寒地劳作,伊小秃的两只手已经扭曲变形,不能平平地舒展。但他的身体总体上还是健康的。他还十分清楚地记着您1956年10月到北辛窑村慰问的事,和我讲了不少当时的情况。北辛窑村现在已变成了绿树环绕的社会主义新农村。"李书记高兴地说:"伊小秃真是共产党优秀的基层领导干部!你代我向他问好。"

2012年11月28日上午,笔者约好友乔悦、姚尚平再次来到北辛窑村,给他送去两本《苍河颂》和一袋雪花面粉。当时,伊小秃正在堆满玉米棒子的院子里给4只羊羔喂料。我们看到他年逾九十,脸庞红润,耳不聋,眼不花,记性也好。他笑盈盈地说起今年的好收成:"今年我与老伴种地收了3000斤玉米、2000斤山药、2000斤黍子、600斤胡麻,喂了12只绵羊、12只鸡。我现在浑身无病,每天吃着自己种的纯绿色食品,喝的是山上引下的清泉水。绿树环绕的村庄就是养人。"

他还说:"我每天不误看电视,党的十八大开得好,选出了人民期盼的新的中央领导集体,今后十年还要建设美丽中国……"

听着伊小秃的话,我们几人不住地赞叹。

我们说:"老伊支书,您可真验证了古训:绿水清山人长寿啊!"

伊小秃,这位省级劳动模范、忠贞不渝的中国共产党农村基层干部,一生不图名不图

县委书记苏连根(右一)深入北辛窑村慰问伊小秃(左一),右二为县委组织部部长李权,右三为县委办公室主任卢世雄,左二为右卫镇党委书记王志平。

从1960年至1982年,任职右玉县城关公社沙梁大队党支部书记的郭玉兰(右二)在劳动休息时,组织本村刘胡兰女子造林绿化队学习毛泽东著作。

利，坚守在长城脚下北辛窑这块用自己勤劳的双手绣出绿色的土地上，还换来了96岁高龄健壮的体魄，这又能引起人们什么深深的思考？

2012年腊月二十六，年关将至，县委书记苏连根带领县委组织部部长李权和县委办公室主任卢世雄及右卫镇党委书记王志平，专程到北辛窑村，给伊小秃送去3000元慰问金，送去县委、县政府的关怀和新春的祝福。苏连根紧紧握住伊小秃变了形的双手深情地说："你是中国共产党的骄傲，你是右玉人民的骄傲。党和人民时刻记着你一生锁风固沙植树造林、造福百姓的不朽业绩！老伊啊，希望你多多保重……"

是啊，伊小秃，这位在塞上高原右玉、雁北以至省城太原，都数得上的优秀农村党支部书记，我们祝愿他与青山同在，健康长寿！

2018年12月，伊小秃被评为朔州市100位生态文明建设突出贡献人物。

这里，笔者还要提到在集中治理开发苍头河的13年中，先后担任高墙框公社党委书记的王登德、姚全贵、彭珍宝、姚振明、张宝中、张岐山、程贵、刘录山；杨千河公社（原称西黄家窑公社）党委书记王荣、薛绅、兰勇、戎凡、王生；杨千河公社人大主席张效良以及草沟堡大队党支部书记刘兵、李文善，蔡家屯大队党支部书记马德、马文悦、马立世，南操场大队党支部书记左德华，大堡大队党支部书记白天发、白日忠、刘梅兰，程家窑大队党支部书记孙春莲，小蒲洲营大队党支部书记李长生、李忠义，新庙子大队党支部书记孙淑梅，中园大队党支部书记卢文茂，北园大队党支部书记郭永富，黑洲湾大队党支部书记谢明、张茂，沙梁大队党支部书记郭玉兰等公社、大队主要领导，也为苍头河治理付出了不少心血和汗水。

苍头河的青翠记载着他们的不朽业绩！

高厚《给各乡镇党委书记的一封公开信》

2001年6月22日晚，县委书记高厚就全县林木管护问题，亲自写了《给各乡镇党委书记的一封公开信》，全文是：

> 2001年6月22日，我带领县委、县政府班子的几名成员，就开发苍头河生态旅游区进行了实地考察。从右卫镇南到威远镇北，徒步行程近10公里。一路上大家既高兴又忧伤，还带着几分愤恨。高兴的是，目前我国北方大部分地区干旱，植被落后，沙尘满天，较为荒凉，而我县大部分地方特别是沿苍头河两岸却是绿树成荫，满目苍翠，风景如画，实属一块天然宝地，把这个地方作为一个生态旅游区确实很有开发价值。忧伤和愤恨的是，沿苍头河两岸茂密的森林中乱砍滥伐、毁林开荒现象非常严重，有些地段到处可以看到一片片毁林后留下的残根痕迹，森林空间一片片湿地天然草坪被开垦。作为一方父母官，看后怎能不感到心情沉重啊！这些行为是犯罪，是对后辈子孙犯下的滔天大罪！这就是我给你们写信的目的。

为此，要求各乡镇党委，首先对自己管辖范围内各种林木的毁坏程度，责成专人组织力量进行一次彻底普查。特别是苍头河沿岸各乡镇党委书记，请你们亲自走一走，看一看，把这一造福子孙后代的千秋伟业真正抓在手上。第二，对毁林开荒、破坏天然草坪的地块要逐块进行登记，摸清情况后严肃查处。第三，要采取各种形式在全县农村迅速掀起宣传普及《森林法》的高潮，深入贯彻县委《关于加强生态环境保护的决定》。今后再发生此类事件要追究各有关部门主要领导的直接责任，同时对各乡镇党委书记、乡镇长要进行严肃处理。第四，县直有关部门要根据县委决定，制定有关实施细则，并配合指导各乡镇抓好这项工作。第五，各乡镇和县直各有关部门把工作进展情况写成专题报告，直接送我。祝工作顺利！

2001年6月22日晚

6月24日，《朔州日报》头版刊登了《塞上绿洲乱砍滥伐屡禁不止，县委书记奋笔疾书重敲警钟》一文。

作为县委干部，看到乱砍滥伐、毁林开荒，心情十分沉重，这是高厚领导职责的真实体现。

为了保护森林植被，更准确地说，为了保护苍头河的森林植被不被损毁，要尽可能地动用各种手段加以制止。

高厚可是敢于动真格的。按照《中华人民共和国森林法》，在右玉的体育场上，召开万人宣判大会，将五名毁林卖树的不法分子依法制裁！

而给乡镇党委书记的一封公开信，其教育震动的效果就更大了。

正是由于警钟重敲，加上依法严惩，才使右玉人民50多年来的辛勤绿化成果保存下来，才使塞上绿洲熠熠生辉！

2003年8月11日，全国政协委员、政协山西省第八届主席郑社奎在中共朔州市委书记闫沁生、政协朔州市主席卢维邦及中共右玉县委书记高厚、县长赵向东、政协右玉县主席王德功的陪同下到右玉苍头河视察。郑社奎异常感慨地说："30年前我来右玉看到的苍头河是泛滥成灾，寸草不长，是一条害河；今天看到的苍头河是两岸苍翠，河水碧绿，粮茂畜壮，是一条致富河。苍河美，真是右玉人民的骄傲啊！我看到了苍河圣境，不由得想到了杨爱云同志的治河宏愿。爱云同志，我与右玉人民怀念你呀！"他嘱咐身边的市、县领导："一定要把苍头河这篇文章做强做大，在生态旅游上谱写出新的篇章。"

2003年9月27日，山西省人民政府原省长刘振华到右玉苍头河视察，对苍头河景区建设成就感到十分高兴，当下拍板给右玉拨款100万元，要求"把苍头河湿地保护好"。省政府秘书长李政文说："刘省长这样痛快地拨款，在全省还是第一家。"

2006年7月中国·右玉第一届生态健身旅游节期间，笔者陪同中国银行总行几位客人穿越全县生态旅游大道，游览苍头河生态旅游区。在中陵湖的岸边，他们不约而同地感叹："右玉人民真伟大，不仅栽活了树，还护好了树，这是许多地方办不到的。你们的塞上绿洲是种

"苍河圣境"富百里,改造自然功千秋。美丽的苍头河是右玉人民的骄傲!

出来的,也是护出来的。""谁不理解劳动人民的伟大,请来右玉看一看。"

是啊,苍头河,这条右玉人民的母亲河!

苍头河的一草一木,不仅记载着中央、省、市很多专家的心血和智慧,不仅记载着中央、省、市、县很多领导的关怀和爱护,而且记载着右玉几万儿女的艰辛劳动。

苍头河,从杨爱云、张光熙"十面埋伏锁苍龙"战役开始,经过47年坚持不懈地治理,一条大河在几十条支流的簇拥下,纵贯全县,悠然北去,奔向了黄河,身后撒落的是百里相随的湿地、草地、灌木和藏珍蕴宝的森林以及大片良田。苍头河终于变为右玉人民的致富河,变为游客们的休闲观光河!

这里的一切都是那样的憨实真诚。来了,便不想急着离开,放松的心态告诉你:在这里多歇会儿吧,这里是天然的氧吧、纯净心境的育园,这里是悠闲的圣地。

朋友,感受了这一切,您会情不自禁想到那些治理苍头河的英雄们!

第十五章 绿洲奏响灌木曲

"一次全国沙棘工作会议，叫响了右玉沙棘的品牌，建设沙棘柠条王国势在必行。"

1996年6月24日至25日，中共右玉县委九届四次全委（扩大）会议在县政府小礼堂召开。

新的一届县委、县政府的决策者们，举小平旗，听中央话，走右玉路，办自己事，根据右玉林业发展状况，提出"在全县大种沙棘、大种柠条，加快林草植被建设，全面实施灌木战略，建设沙棘柠条王国"的生态环境建设目标；确立了"抓住项目造林，搞好退耕还林，实施封山育林，更新改造残林，扶持个人营林，加大力度护林"的总体思路。确保每年以5万亩沙棘柠条、10万亩草地的速度发展。

会议还提出，今后三年要重点抓好林业"三基"建设：

一是以柠条、沙棘为主的防护放牧林基地建设。新发展柠条20万亩、沙棘10万亩。在防止水土流失、发挥生态效益的同时，为畜牧业发展创造条件，做到以林促牧，林牧并重，形成良性循环。

二是以沙棘和仁用杏为主的经济林基地建设。全县经济林力争达到38万亩。

三是以右玉苗圃、威远苗圃为骨干，搞好苗木基地建设。大力发展园林、城市绿化苗木和适合当地树种苗木。

全面建设百里绿色通道绿化工程

"全面实施灌木战略，建设沙棘柠条王国的生态环境建设目标，从哪里入手？"

县委常委们展开热烈讨论。

"百里绿色通道工程，是省林业厅霍厅长他们帮助我们规划的，老师和老杨已完成了油坊至右玉段，省、市领导都来参观，给予充分肯定和高度评价。咱们要继续把它干下去，全面完成百里交通大道的绿化工程，创造'塞上绿洲'右玉绿化的新特色。"

常委们信心百倍地议论着。

"百里绿色通道，分二期建设：第一期全面铺开山和公路和通乡公路通道绿化工程；第二期铺开跨乡镇、跨地域的十大绿化骨干工程，乔灌草结合，集中连片综合治理。"

常委们达成了共识。

右玉县又一次以气壮山河的勇气，打响了百里绿色通道建设的绿化战役！

百里绿色通道第一期工程，于1996年7月至1997年3月全面铺开。

又是县直机关干部带头上阵，以系统口分领任务；全县16个乡镇劳力全部出动，铺开了右卫镇至杀虎口、山和线贾家窑山至油坊大桥、油坊大桥至杨树大桥、杨村大桥至元元路、油坊到威远镇、109国道油坊至威远镇牛家堡段、牛心乡至欧家村乡共计7大干线106公里的百里通道绿化工程。

百里干线公路两侧建各50米宽的绿化带，"回"字漏斗形径流整地。其中沙棘带5米，高杆杨树、樟子松、丁香各1行。通乡公路两侧，各建5米宽的绿化带：1行高杆杨树，1行沙棘。

"油坊镇至牛心乡10公里的灌木走廊绿化工程谁来完成?"

"分给县直机关干部,保证高质量完成。"负责机关绿化造林的县委副书记侯元主动包揽了这段任务。

县人武部官兵、县公检法干警、县经贸口及县农委口的干部们,将艰难地段的任务抢先包下来。从县委、县政府领导到各机关单位一把手,人人一把铁锹,每个系统一张图纸,每个单位一条测绳,每个机关系统和每个乡镇均有一名工程检验员。

三月,塞上绿洲的百里交通干线上,标语醒目,红旗飘扬。尽管刺骨的寒风和沙尘扑打在人们的脸上,穿着各色服装的干部们哪管这些,他们挥动铁锹,按照"回"字漏斗形工程的要求,插标杆,拉测绳,整地,挖树坑;各种运"兵"车穿梭往来,排成长龙;李发跑东奔西,亲自检查各段工程质量;人们在欢歌笑语中栽下了一株株杨树、樟子松、丁香,种下了一框框沙棘苗,播下了一片片柠条。

右玉的干部多少年来养成了一种好习惯,一说植树造林,谁也不肯偷懒,谁也不肯请假。人们觉得每年到工地植树,是最快乐、最开心的事。到了这个年代,人们的生活有了好转,吃袋儿方便面、喝瓶儿矿泉水,劳动乏了,在沟坡上躺一会儿。平时待在机关里死巴巴的,在这个时候,姑娘、小伙儿开个玩笑,感到心里乐滋滋的,什么苦呀、什么累呀,谁也不去计较。

1997年10月28日,右玉县百里绿色通道一期工程被朔州市委、市政府授予"绿化优质工程"光荣称号。

百里绿色通道第一期工程于1006年7月至1997年3月全面铺开。县直机关七大系统党员干部职工带头挥汗如雨地冲锋在预整地第一线。经过四年艰苦奋战,到1999年底,百里绿色通道绿化工程全面完成。

在表彰会上，朔州市委书记金银焕深有感触地说："右玉历届县委有志气，右玉人民有骨气，右玉的工作年年有生气。右玉的百里绿色通道，可给咱们朔州开了通道绿化的先河，创出了可供学习的做法和经验。贫困的右玉能做到，富裕的地区要迎头赶上去，全市通道绿化都要以右玉为榜样，把朔州市的条条交通大道都建成优美壮观的绿色长廊。"

不仅要当好县委宣传喉舌，还要当好造林绿化突击队。县委宣传部全体同志在百里绿色通道预整地留影。后排右二为笔者。

百里绿色通道第二期工程，于1997年7月至1999年底全面铺开。

县四大班子全体成员分包十大绿化治理工程，全县集中领导、集中精力、集中时间，春秋各用一个月，大打造林绿化攻坚战。铺开了十大跨乡镇、跨区域的绿化治理工程，即：1.马营河官帽梁3000亩柠条工程；2.大南山万亩世界银行水保造林工程；3.元堡乡东下流域万亩水保治理工程；4.丁家窑乡总嚎山万亩世界银行贷款水保造林工程；5.牛心乡五道岭万亩灌木工程；6.威远镇节水园区绿化工程；7.白头里乡杨村湾千亩人工沙棘园工程；8.李达窑乡东窑沟万亩流域水保造林工程；9.杨千河乡小蒲洲营村万亩乔灌混交造林工程；10.元元公路绿化工程。

为了保证工程造林的成活率，全县不断加大科技兴林力度，一是重点工程推广径流林业整地、ABT生根粉、根宝蘸根技术；二是涉及重点工程的乡镇实行全程技术服务，严格把关，造林从起苗、运苗、栽植、浇水到覆土，不符合技术要求的绝对不栽。针叶树苗木全部采用塑料编织袋包装运输，苗木根系普遍带母土，从而有效地提高了造林成活率和保存率。

经过四年的艰苦奋战，到1999年底，百里绿色通道绿化建设工程全面告捷：

完成通道绿化99.1公里，完成四旁植树30万株。

新建千亩沙棘园3个，万亩以上柠条片4个，千亩仁用杏示范园1个。

新育苗2400亩，新增沙棘林5万亩、柠条10万亩。

完成德国援助樟子松工程造林2000亩。德援项目顺利通过德国专家中期检查评估，名列山西省杨树局项目所涉县区及国有林场榜首，受到了德国专家及杨树局领导的认可和好评。

完成黄土高原水土保持世界银行贷款针叶树工程造林3000亩。

完成流域治理25万亩。

完成大片造林8.62万亩（其中完成"小老树"改造樟子松营林项目1万亩），完成防沙治沙生态林建设项目1.35万亩；完成世界银行贷款造林项目1.2万亩、灌木造林5.07万亩。

种植沙打旺、红豆草等优质牧草15万亩。

新建山和线与109国道交叉处"绿三角"园林绿化精品工程1处。

在农田水利基本建设上，全县总投资1780多万元，铺开了常门铺水库灌区、威远水利明珠工程、人畜饮水等重点工程共145处。

实施百名优秀青年干部下基层工程

"如此繁重的脱贫攻坚任务，咱们把县、乡机关中有培养前途的优秀青年干部选100名，放到贫困村去，让他们在扶贫工作的主战场显露才干，让贫困山村奏响奏红咱们的灌木曲。"

县委一班人共谋了这条良计妙策。

1996年10月9日下午2时，在县委大楼前，经过个人报名、单位推荐、组织选拔而确定的100名优秀青年干部胸戴红花、肩扛行李，意气风发地列队而站，县委、县政府为他们举行了隆重的出征仪式。朔州市委副书记刘增民、市委组织部副部长高厚先后讲话，对百名优秀青年干部提出希望和要求。会后，县直机关单位和各乡镇主要负责同志亲自将他们送到100个贫困村工作1至2年。

右玉县百名优秀青年干部下基层工程经验受到省、市各级领导的极大关注。中共山西省委常委、组织部部长支树平批示："要在全省各地推广右玉的经验和做法。"

1996年11月3日，《山西日报》在头版头条刊登了由笔者（《山西日报》甲等模范通讯员）写的《右玉县百名优秀青年干部下基层吃派饭、办实事，吃苦奉献的做法和经验》一文，并发表评论员文章《一条培养青年干部成长的正确途径》，在全省引起强烈反响。

赵生荣情系家乡

情与右玉山水同秀，心和绿洲草木共绿。

在右玉人民全面实施灌木战略的战役中，我们不能忘记一直倾心关注、大力支持右玉生态建设的厅级领导干部——赵生荣。

赵生荣，男，1940年10月出生在右玉县元堡镇大马营村，1.80米的个头，面容英俊，身材魁梧。1955年至1961年在右玉中学读书。1959年10月加入中国共产党，1966年毕业于山西大学政治系。参加工作后历任中共雁北地委办公室副主任、主任，中共朔县县委副书记兼纪委书记，中共雁北地委副书记，中共临汾地委副书记，山西省科协党组书记，中共忻州地委第一副书记，山西省水利厅党组书记、厅长，政协山西省第八、九届常委，政协山西省农村工作委员会副主任等职。

对右玉昔日的荒凉景象赵生荣有深切的体会。他回忆说："老人们说，古代右玉也曾森林茂密，水草丰盛，一派草原风光。后来战火毁灭了森林，破坏了植被，水土流失越来越严重，飞沙扬尘一天比一天厉害，使右玉逐步走向半沙漠状态。"

赵生荣这个在右玉沙土地上成长起来的厅级领导干部，每每回想起右玉20世纪五六十年代的情景，总是深有感触地说："右玉人民最熬煎的季节是春季。农民顶风冒沙下种，都要戴上防风镜,有时头天播下种子,来日露出种子,甚至种子被风刮得不知去向,不得不重播再种。沙尘暴一来,刮得天昏地暗,人们只好大白天点灯照明。学生们上学必备两件用具:一是粗制的防风眼镜,二是小煤油灯。买不起眼镜的,就撩起衣襟掩面,或用一块头巾蒙起脸,顶风而行。老师经常白天点着汽灯在教室里上课,一节课下来,老师、学生浑身是土,这是在右玉中学常遇到的事情。"

中华人民共和国成立后,历任右玉县委、县政府带领全县人民改天换地的创业过程,赵生荣亲自参加过,有很深的感受。20世纪五六十年代右玉中学的学生和老师是全县植树造林的一支重要力量,每年春、秋两季,学校停课半个月,组织师生参加造林会战。南至高墙框,北至杀虎口,东到黄沙洼,西到苍头河,周围几十里,都是右玉中学植树造林的大战场。早春、深秋的高原天气,早晚寒气习习,白天艳阳高照。同学们迎着朝霞出工,扛着铁锹和干粮袋行进,中午风餐露餐。大家虽然苦一点、累一点,但士气高昂,经常是干起活来汗流浃背,休息下来歌声四起,笑声朗朗。

赵生荣对此记忆犹新,说:"在我读中学的六年间(赵生荣时任右玉高中一班班长),县委年年两季动员,全民植树,而且从不间断,真不容易!中华人民共和国成立近60年来,右玉能够年复一年坚持不懈地念好一本绿化经,多么的难能可贵啊!难道不是愚公子子孙孙挖山不止精神的再现吗?"

赵生荣离开家乡十几年后去雁北地区工作,20多年后担任地委副书记。这期间,他多次来右玉调查研究,检查工作。他看到,昔日在沙滩中漫流的苍头河已被沙棘、河柳锁住;当年黄沙洼的活动沙丘已被杨树林固死;大面积的荒坡荒沟多数脱去黄袍,换上绿装;过去的不毛之地已变成塞上绿洲。

赵生荣深刻地认识到,右玉的变化是在共产党领导下,依靠人民群众的勤劳和智慧创造出来的奇迹,是改造自然、人定胜天的活生生的典型。如此伟业是怎样创造出来的?全县干部群众有口皆碑:"县委领导一任跟着一任走,人民群众一代接着一代干。"

30多年后赵生荣担任山西省水利厅厅长,对右玉的植被建设、水土保持更加关注,并给予具体指导和大力支持。他多次察看苍头河、李洪河等水土保持的生物措施,充分肯定了右玉河道治理与水土流失治理相结合、沙棘与河柳混交的经验,为苍头河赠语"生物筑坝,河道安家",为李洪河纪念碑题词"水保生物堤"。

特别是1998年8月,赵生荣积极提议为白头里乡李洪河树块纪念碑,写上碑文。政协右玉县第五届主席王德功、县水利局局长霍生祥、县水利局副局长贾旺共同写下了《李洪河治理碑记》,全文如下:

1998年8月,山西省水利厅厅长赵生荣专门为右玉李洪河流域亲笔题词:"水保生物堤。"

李洪河治理碑记

　　李洪河源自于左云县小京庄乡孟家堡村，由东向南，逶迤而来，注入苍头河。全长28.8公里，流域面积177.5平方公里。昔日洪河不堪回首，风起黄沙飞，雨落洪成灾，水土流失十分严重，农田、村庄常受危害。解放后，在上级水利部门的大力支持下，右玉县委、县政府以"风口荒坡林网化，河道生物护岸坝"为指导思想，本着"堵风口、锁风沙、治河滩、造良田"的治理原则，带领全县人民艰苦奋斗，以乔木为经、灌木做纬，大力开展河道生物工程建设，坚持不懈地开展了以生物措施为主的综合治理。在流域内造林10.08万亩，沿河两岸乔灌混交护岸林带全长达351公里，82%的支毛沟约8000亩得到治理。营造生物扩岸林16公里，治理度达到69.2%，减沙效益79.9%。四十余载的治理、四十余载的艰辛，右玉儿女为此付出了艰苦努力和卓越奉献，换来了洪河流域层林叠翠、碧水长流的秀美山川。

　　有诗颂曰：山明水净沙棘香，绿荫深处见牛羊。村民乐居桃花源，欢歌荡漾奔小康。

　　右卫镇至新城镇的公路通道绿化工程展开后，赵生荣非常高兴，认为把公路绿化与水土保持统筹考虑，把控制径流的工程措施与松树、沙棘、杨树相间种植，综合实施，为全省创造了好经验，既达到了防治水土流失的目的，又达到了绿化美化道路的目的。赵生荣应邀为之题词："水土保持样板工程。"并连续三年拨款给予全力支持。

　　赵生荣还乐于深入群众，做些面对面的指导。

　　看了余晓兰治理南崔家窑村水土流失的现场，他表扬了她不恋城市生活、甘愿扎根山区艰苦创业的非凡精神，赞扬了他们夫妻二人的治理成果，并关切地指出："要注意把生态效益和经济效益结合好，保持永续治理的后劲。"

　　看了王占峰治理的石炮沟工程，肯定了他苦干加巧干的经验，并鼓励他"念好山水经，建好花果山"，还拨款5万元帮助他建设小水库。

　　"右玉小流域治理搞了40多年，取得了巨大成效。如何把家乡小流域治理经验推广到全省，这是我的责任。"

　　在赵生荣的主动推荐和提议下，1996年8月29日至31日，山西省第六次小流域治理工作会议先后在偏关、右玉召开。中共山西省委副书记郑社奎，山西省人民政府副省长王文学，国家水利部水保司司长段巧甫，中共朔州市委书记金银焕、市长来玉龙以及全省各地、市、县委书记或县长等有关领导，共200多人出席了会议。金银焕代表市委、市政府致欢迎词。会议参观了右玉23处小流域治理工程，听取了县委全面介绍右玉46年如一日、坚持不懈植树种草、治理流域的做法和经验，观看了由县委宣传部、水利局制作的《右玉县小流域治理》和《右玉沙棘》两个展览，观看了由县委宣传部、文化局精心编排的"绿水情深"文艺晚会。

　　郑社奎代表省委、省政府在讲话中说："右玉县40多年，一任接一任地治理小流域，使

1996年8月29日至31日，山西省第六次小流域治理工作会议在右玉召开。会后，国债、世行贷款等六大生态建设项目工程相继在右玉展开，把右玉生态建设推向新的阶段。

右玉县业余职工文艺宣传队为会议自编自演了"绿水情深"文艺晚会。这是省领导郑社奎（二排左七）、王文学（二排右七）与国家水利部、市、县领导等与全体演职人员的合影。

1996年8月30日晚，省委副书记郑社奎（左一）、副省长王文学（右一）亲自接见了余晓兰，对她不畏艰难治理南崔家窑流域的行为给予高度评价和坚定支持。

沟壑纵横的不毛之地变成农民致富的绿色银行，走出了一条植树、造林、种草与水土保持相结合的贫困地区改变荒凉面貌的好路子。偏关与右玉为全省水土保持做出了可供借鉴的样板。特别是勤劳吃苦的右玉人民，在塞上高原坚持不懈地植树种草锁风沙，因地制宜地开展流域治理，右玉的精神、右玉的做法、右玉的经验，都是值得全省认真学习、认真效仿的。省委、省政府要求：一要像右玉那样，领导高度重视，咬定荒山荒沟治理不放松，一任接着一任干；二要用好的政策调动多方面的积极性，形成全民治理流域的新局面；三要因地制宜科学规划，逐年推进，科学治山治水治沟；四要把植树种草与农田基本建设结合起来，治一片，成一片，见效一片；五要明晰产权，承包到户，让农民在治理小流域中见到实惠。"

会上，山西省人民政府授予右玉县"山西省水利水保红旗单位"称号。这次会议又一次提升了右玉的知名度。

随后，在赵生荣积极争取下，在山西省人民政府的大力坚持下，水土保持国债项目240万元、黄河流域重点防治工程40万元、黄河流域沙棘资源建设第一期和第二期工程91万元、黄土高原水土保持世界银行贷款项目2300万元、水保生态修复项目120万元、首都水资源保护项目2526万元等，总计5317多万元的项目工程相继在右玉展开。和以往相比，工程规模更大，投资力度更大，工作力度更大，把右玉生态建设推向新的阶段。

（赵生荣同志，因病医治无效，于2009年12月30日晚9时26分在太原逝世，享年69岁。）

"把小南山森林公园建起来！"

小南山森林公园位于右玉县城南2公里，地处三道河南岸。小南山海拔1519米，周长3公里。小南山森林公园总面积12500亩。因小南山在城之南，又与古语"寿比南山"意同，有"登南山而览胜景，登南山而福寿至"之说，故而得名。

小南山林区，从1956年3月延安五省（区）青年造林大会后，县委书记马禄元集中组织全县青少年和周围的村民突击两年，营造本地杨树3777亩。

世行官员（右一）等人在右玉县检查造林项目。

1960年，山西省林业厅和雁北行署决定在梁家油坊麻家滩成立梁家油坊国营林场，负责组织实施县境内的国营造林。

1961年初，右玉县委书记庞汉杰和县长解润考察了小南山后，说："这样一座小山，咱们不能让它永远灰溜溜，要让它成为松柏常青的小南山。"当时自然灾害严重，农村群众生活十分困难，他俩决定让国营林场负责绿化小南山。

据国营林场原党总支书记兼第一副场长张宏仕和老职工王竞林回忆："小南山是一座纯粹的岩石山，要栽活一棵树难上难。为了保证松树的成活，从1961年冬季开始，国营林场的职工们在场长胡应岗的带领下，头戴羊皮帽，身穿羊皮袄和羊皮裤，脚穿毛毡鞋，顶着凛冽的寒风，用洋镐（铁锹硬度不够，不能使用），在小南山的北坡上一镐一镐地刨树坑，洋镐下去一刨一个白点，一天下来两人负责一个树坑，手上震开了血泡，脸被冻得红肿，口干舌燥，鼻涕直流，也刨不开一个树坑。没办法，就用雷管炸。好不容易'蚂蚁啃骨头'刨开一米见方的大坑，但没有土。胡应岗就动用国家林业部资助的链轨拖拉机从山坡下拉上肥土，从三道河拉上河水，从山底攀爬而上，把从长城山林场刨回的带冻土的1米多高的松树埋好踩实浇好水。三个冬天，50多号人共栽下130棵油松。"

你看，40多年过去了，登上小南山山顶，朝北望去，一眼看到的是国营林场职工们在小南山北坡坡顶栽下的一棵棵松树，已经长得根深叶茂、郁郁葱葱，煞是喜人。游人都愿意在这里拍照，留下观光右玉的美景。

谁能想到，这是右玉国营林场职工用心血和汗水，在小南山栽活的第一批松树！

在这里，你可直接感受右玉人民坚忍不拔的播绿勇气！

1972年，县城搬迁到梁家油坊后，从1977年开始，县委书记常禄组织县直机关干部开始

采访征求国有林场原党总支书记兼第一副场长张宏仕（右）意见。

营造针叶树100亩。同时在小南山至二道河两岸的"龙须沟"连续造林4300亩，其中乔灌混交林1200亩，从此，"龙须沟"被包围于层叠的林海中。

1983年9月，袁浩基、姚焕斗、师发等几位县委领导相继组织梁家油坊大队社员在小南山周围陆续栽上了杨树。

1996年5月的一天，县长李发，县委常委、办公室主任侯元领着县委办公室几名干部爬上小南山，眼前的北山坡上种植的油松长得齐刷刷，迎风摇曳。放目远望，以小南山为轴心，周围的牛心山、贺兰山、双山夹、贾家窑山、柳沟山，尽收眼底。

"多好的景点啊！咱们把它建成一座森林公园，既可看到独特的塞外山城风貌，又可领略塞上江南般自然生态风光。"

几位县领导动情地说。

"咱们把县直机关干部拉上来，作为干部义务劳动的基地，把小南山建成森林公园。"李发坚定地说。

"确实应该建立我们县直机关干部义务劳动的新基地，这里再合适不过了。"侯元也说。

小南山项目形成一个决定，说干就干。

1997年3月20日上午，县四大班子领导带领县直机关1000多名干部职工齐聚小南山山顶，隆重召开右玉县森林公园建设誓师动员大会。

那天，山顶上的风刮得特别大，但干部们的热情却十分高。

1998年9月3日，中共山西省委常委、常务副省长范堆相（右二）在山西省水利厅厅长赵生荣（右一）、朔州市副市长卫占成（左三）的陪同下来右玉检查指导生态建设工作，中共右玉县委副书记焦日龙（右三）、右玉县副县长刘义（右四）做介绍。范堆相说："百里绿色通道工程干得好！全省要组织参观向你们学习，让三晋大地绿起来，美起来！"

县长李发宣读了右玉县建设小南山森林公园的规划蓝图和具体要求。县直机关七大系统主要负责人兰成龙、傅生金、谭德宝、石新民、王文华、徐吉做了表态发言。之后，李发、胡守义、王德功等县四大班子领导成员，在山头的南坡顶栽下了一棵油松。

接着机关干部按系统分任务，拉开了整座小南山森林公园针叶树绿化的序幕。

县经贸委主任谭德宝管辖的经贸系统实力雄厚、兵强马壮，最艰难的山顶和东南坡植树任务分给了他们。煤矿和水泥厂的干部们拉上炸药，炸开了一个又一个树坑，调来汽车拉上一车又一车的肥土……为了小南山栽活一棵松树，要付出很大的代价。

1998年10月13日，山西省林业厅厅长曹振声（右三）深入国有右玉梁家油坊林场检查指导杨树丰产林栽植情况。左二为大同杨树管理局局长王喜。

笔者当时是宣传文化系统的口长，负责小南山东南半坡的植树任务。为了保证每一棵树都成活，把任务分解落实到系统内9个单位的每个干部职工头上，谁栽的谁就在树上挂上小牌子，写上名字、栽植时间及各项具体要求，一包到底。为了浇树可费了不少力气。拉水车开到半坡上，全系统男女职工用水桶、脸盆，一桶一盆地提上去浇足水，不知要往返多少次。那几天，宣传部的年轻后生冀全喜、秦华、高海、马在林、王虎、康美、王建忠和文化局副局长蒋勇、广播局副局长郭春华、电影公司经理聂太和干得最卖力，他们蹲在山上，顶着明月轮班负责浇水，生怕有一棵松树栽不活。

1997年3月30日，县委作出决定："从4月份最后一个星期五起，县直机关干部、职工每逢双休日，到小南山森林公园绿化工程进行义务劳动，形成制度，坚持下去。"

至此，小南山成为右玉县机关干部每年春秋义务造林基地，人人为绿化小南山、建设县城美好家园出力流汗。

如今，当游人从西入口进入小南山森林公园，看到路两边那一片片茂盛的松林时，总会情不自禁地问："美呀！这是谁家栽成的这么好的树啊？"

"没有别人，就是我们的县委机关干部义务劳动栽活的。"

这满眼生机的劳动成果，让介绍情况的每一个机关干部心里都感到莫大的幸福和自豪！

文明创建之花开遍绿洲城乡

1996年10月，党中央在北京召开十四届六中全会，审议通过了《中共中央关于加强社会主义精神文明建设若干重要问题的决议》。

全会要求："必须进一步增强全党同志对加强社会主义精神文明建设重要性和紧迫性的

认识，在牢牢把握经济建设这个中心，把物质文明建设搞得更好的同时，切实把精神文明建设提到更加突出的地位，进一步开创新形势下精神文明建设的新局面。"

"要以提高市民素质和城市文明程度为目标，开展创建文明城市活动；以提高农民素质、奔小康和社会主义新农村为目标，开展创建文明村镇活动；以服务人民、奉献社会为宗旨，开展创建文明行业活动。"

1997年1月22日，中共右玉县委召开九届五次全委（扩大）会议，讨论通过了《中共右玉县委贯彻〈中共中央关于加强社会主义精神文明建设若干重要问题的决议〉的实施意见》。

会议决定，成立右玉县精神文明建设指导委员会。委员会下设办公室，笔者兼任县文明办主任。

从此之后，全县持续不断、扎实有效地开展了以"营造美好家园，爱我绿洲家乡"为主题的文明县城、文明行业、文明单位、文明村镇、文明家庭等一系列群众性的精神文明创建活动，使文明之花开遍右玉的山村田野、厂矿车间、城镇街巷、机关学校。

特别是遵照党的十六大精神，按照省、市精神文明建设指导委员会的部署和要求，右玉县精神文明建设指导委员会在县财政十分困难的情况下，艰苦奋斗，无私奉献，勇于争先，从1995年9月开始，先后精心组织了5次声势浩大的县城"创优美环境、创优良秩序、创优质服务"为主要内容的"创三优"文明县城创建活动。朔州市领导来玉龙、梅金山、李尧、郭双林、丰子富、霍文章、雷建国等先后率领全市文明城市检查验收团来右玉进行实地检查验收，并给予很高的评价和奖励：

1996年3月12日，在朔州市文明城市竞赛活动表彰大会上，右玉县被市委、市政府授予"朔州市'创三优'文明城市竞赛活动先进县"光荣称号，奖给锦旗一面、奖金5万元。

1997年12月30日，右玉县和怀仁县被朔州市文明委命名为"朔州市'创三优'文明城市竞赛活动模范县"，授锦旗一面。

1999年2月28日，右玉县被朔州市文明委命名为"朔州市文明城市创建先进县"，授锦旗一面。

2000年3月12日，右玉县被朔州市文明委命名为"朔州市'创三优'优美城市"，授锦旗一面。

2002年5月15日，在朔州市启动创建全国文明城市动员大会上，右玉县被朔州市文明委命名为"朔州市文明城市创建模范县"，授锦旗一面。

1997年10月20日，经省市文明委联合验收，山西省精神文明建设指导委员会在太原召开全省文明创建表彰大会，右玉县元堡乡被命名为省级文明乡，山西宏益建材有限公司被命名为省级文明企业，杀虎口乡马营河村被命名为省级文明村，欧家村村民李文军被命名为申纪兰式的农民，右玉县粮食局政工干部许玉英（即笔者）之家、右玉县防疫站职工徐桂英（即政协第四届主席王德功）之家和右玉县杨千河乡火石沟村村民李月英之家被命名为省级文明家庭，同时颁发了奖状。

右玉县十几年来坚持不懈地开展精神文明创建活动，使一批又一批"省级文明单位""市级文明单位""县级文明单位""五好文明家庭"等牌匾挂在了机关、企业、农村、学校、家庭的门楼上。

1997年，县直机关干部义务劳动建起首个娱乐健身公园——右玉公园

县长李发有一个好习惯，每天早6点按时起床，到县城大街上转一转，他发现一个县城竟没有一处群众活动的文明场所，这是塞上绿洲的遗憾。应该建一座县城公园。

经县委常委会研究决定，在原县体育场东侧新建一个占地50亩的集森林公园、儿童乐园、老年活动中心为一体的自然生态小区——右玉公园。

这件好事由谁来干？

"还是县直机关干部，由分管城建的副县长赵润虎挂帅，具体负责组织实施。"

1997年3月30日上午8时，刚刚从小南山森林公园完成植树任务的县直机关干部们，还没有得到多少休息，又肩扛铁锹、手拿测绳，开赴体育场东侧的空地，建一处小公园。

经过三个月的紧张义务劳动，公园于同年6月底建成并向游人开放。

公园共栽新疆高杆杨6800株、松树500株、插柏120株、柳树210株，内设假山、花圃、彩石人行道、游泳池、旱冰场等。

中共朔州市委书记金银焕专门题写了"右玉公园"园名。

公园开放那天，人山人海，从七八十岁的老人到五六岁的儿童，都涌到公园看看、转转，看着每一个小景点，都感到十分好奇。

是的，在偏僻的右玉县城，建起文明高雅的公园，是右玉历史上没有过的事儿。

老干部裴生艮说："当年庞汉杰栽活了右玉城的树，人们惊奇得不得了；今天李发他们给建成县城公园，人们又惊奇得不得了。"

是的，封闭地区的人们需要先进的东西去引领。

右玉公园，这是右玉解放以来第一个供人们休闲、观赏、健身、娱乐的城市公园，为右玉文明县城创建增添了一道亮丽的风景线。

从此，右玉市民逐渐养成了早早起床的习惯，到公园跑跑步、甩甩臂、舞舞剑、踢踢腿，打打羽毛球，练练太极拳，锻炼身体，益寿延年。

1997年9月22日，县委安排笔者主笔、县委通讯组干事张文举配合，共同撰写电视专题片脚本《绿洲奏响灌木曲》，中央电视台《金土地》栏目和山西电视台《黄土地》栏目来右玉摄制了上、下两集，在中央、省、市电视台及省、市召开的有关会议上播出，进一步宣传右玉县沙棘柠条建设的新成果和百名优秀干部下基层工程的做法和经验，进一步讴歌右玉人民在党的领导下与大自然顽强抗争和在塞上高原创造生态奇迹的事迹。

拍卖"四荒"泛新绿

右玉县地形地貌属丘陵缓坡风沙区，境内有较大的流域12条、2公里以上的小流域612条、流域内沟壑758条，土石山区占总面积的9.5%，平原面积占10.5%，其余80%为缓坡区。全县土壤以栗钙土为主，约占总面积的81%。这种以沙黄栗钙土分布为主的土壤，颗粒粗糙，结构松散，土体干燥，极易遭受风与水的侵蚀。

中华人民共和国成立后的40多年里，右玉县委、县政府把小流域治理当做绿化工作的重点工程来抓，坚持集中治理、连续治理、科学治理、综合治理，使全县的自然植被稀疏的面貌得到有效改善，风大沙多的局面得到有效控制。

但是，分布在全县的远山瘦沟、荒坡、荒山、荒滩却受到冷落。

1992年，中国改革开放的总设计师邓小平南方谈话后，山西在岚县又敲响了拍卖"四荒"的第一槌！

随着户包治理、拍卖治理的不断发展，民营大户异军突起，他们以其资金雄厚，治理规模大、速度快、效益好，成为治理水土流失的中坚社会力量。

"这些地方再不能让它荒下去了，咱们学习岚县经验，出台一些政策，把这些'四荒'都拍卖出去，让干部群众自己去治理。"

县委常委会上明确提出了拍卖"四荒"问题。

"拍卖'四荒'，让个人去治理是个好办法。"

常委们当然一致同意了。

很快，县委、县政府制定的《关于拍卖"四荒"的八条优惠政策》和《关于拍卖治理"四荒"地的二十条规定》出台了。

1998年1月5日上午，县委小礼堂，右玉县拍卖"四荒"促进会正式召开。

各乡镇党委书记、乡镇长，县直各单位站股以上干部、部分农村党支部书记、小流域治理重点户共250余人，坐满了会议室。

县四大班子领导成员全部出席了会议。

会上，除了宣读县委、县政府关于拍卖"四荒"的两个重要文件外，最惹眼的是县城建局离职干部、原党支部书记韩祥所做的充满激情的表态发言，他在发言中表示，一定要让右玉的小流域绿起来，美起来，富起来。

韩祥与杀虎口乡马营河村正式签订了6万元购买该村水磨沟1000亩，70年的使用治理权，县林业局、土地局分别为韩祥颁发了《林权证》和《土地使用证》。

韩祥用余热染绿荒沟，这在全县引起了不小的反响。

"人家离职干部还敢拿那么多钱买荒沟，咱们生在荒沟还怕什么？"

"县委、县政府给了我们这么好的优惠政策，咱们回去后就把那些荒沟、瘦沟卖出去！"

人们议论纷纷。

不少机关干部摩拳擦掌，也想像韩祥那样干点儿实实在在的事儿。

很快，全县掀起拍卖"四荒"、绿化治理荒山的热潮。

村民们在多少年无人问津的荒沟、荒山、荒坡、荒滩种下了沙棘，播下了柠条，栽下了杨树，植下了"三松"，使荒凉的黄土地呈现出勃勃生机。

到1998年底，全县已拍卖"四荒"3.2万亩、滩地8万亩，同时，拍卖苗圃2个、农场3个、井片4处。

实践证明，这是一条加快水土资源综合治理、促进全县脱贫致富奔小康的好路子。

水磨沟里夕阳红——韩祥

韩祥是将要退休回家的人，却主动承包治理水磨沟，能行吗？

有人说，他这是心血来潮，不放着退休享清闲，偏要自讨苦吃二次创业，哪儿来那么大的胆量和气魄？

但不少人都清楚，韩祥那人真有点与众不同。他是个最怕清闲的人，他对治理荒沟胸有成竹，与树情有独钟。

仅从他参加工作后的几段工作经历便可知晓。

1973年4月至1979年2月，任杀虎口公社副主任的韩祥，带领农建专业队在马营河大桥北办起100亩的右玉县乡镇第一座阔叶树苗圃。

1979年2月至1982年3月，他任李达窑公社副主任兼农村党支部指导员，带领农建专业队在李达窑公社大庙山下办起100亩的针叶树苗圃。

1982年3月至1984年8月，他任欧家村公社主任，在该公社宛家庄大队东河湾，带领农建专业队办起针、阔混交的公社苗圃。

1984年8月至1991年3月，他任县林业局副局长兼右玉苗圃主任，把一个全县三类苗圃发展成为全国的先进苗圃，受到林业部的命名和表彰。1989年9月，山西省人民政府授予韩祥同志"1984—1988林业模范"称号。

韩祥用自己的坚强信念和不灭的余晖，再一次书写了自己夕阳无限好的壮丽篇章。

十年前，右玉县的水磨沟流域支离破碎，萧条冷落，荒凉一片，十年后的今天，水磨沟流域满目苍翠，泉水潺潺，鸟语花香，已成为充满生机的绿沟。

韩祥终于用自己艰辛的汗水，实现了自己十年前的誓言。

1998年1月5日，全县拍卖"四荒"促进会后，韩祥就忙活起来了。

1998年2月28日，韩祥离开在县城油坊的家，带上必用的物品，领着与自己一辈子相濡以沫、已是退休教师的老伴儿奔赴水磨沟，住进了临时搭起的工棚。

荒沟野外独户而居，可想而知当时的环境是多么的荒凉。

韩祥进沟一待就是十年。十年里韩祥倾其所有，在沟里投入了25万元。这些投资除了自

林业功臣韩祥与老伴李淑珍在水磨沟杏树园合影

己和老伴的退休金外,其余是他以"家庭股份制"方式向三个子女筹集的。

水磨沟,坐落在马营河村东北一公里外,沟内有一股长流不息的清泉,沟深坡大,立地条件较好,正适合植树造林。

1998年3月8日,韩祥正式打响了治理水磨沟的战役。他带领一伙人刨树墩、起石头,劈崖整地,除杂草,一直干到当年地冻。以后每年如此,从不间断。

韩祥生来就有那么一股子倔劲,不管碰到什么困难和事情,都能无所畏惧,积极面对。有一次,一场暴雨把新修的平展展的入沟大道冲刷得连人都难以行走,泥沙把沟前一个涵洞堵得严严实实,村民们想浇水,来了一看,扭头就走;修公路的想用水,也不愿意掏涵洞。韩祥当时心里特别着急,先是雇人,但几个人看了都说难掏,不愿干。最后他决定自己干,在长6米、直径只有60厘米的涵洞内,像老鼠打洞一样,一点一点用小锄刨。洞里草根、树根纠缠在一起,十分棘手,韩祥整整干了两天,才把涵洞掏通。涵洞水通了,他却筋疲力尽,身上到处是伤痕。

还有一次,大雨中,眼看水磨沟的洪水即将把刚栽下的松树苗地冲毁,韩祥不顾一切地抱着50多公斤的土袋子拦挡洪水。他全身浸泡在水中,他亲妹子看他这样愣,马上心疼地哭起来。老伴看着,也是干着急没办法,气得骂他不要命了。有的村民还说他得了神经病。当水磨沟里流下的洪水被挡住后,韩祥自吹道:"你们看,洪水也怕我这犟老头。"

十年里,韩祥几乎每天都在沟里忙活规划治理工程,平时总带着两件不离身的工具:树铲和树剪。在成片的树林里,他这儿捅一捅,那儿剪一剪。十年了,先前栽下的树苗在他的精心护理下,长得直溜溜、齐刷刷,谁看了谁喜爱,真没有辜负他的一片心血和汗水。

为了确保树苗成活,韩祥经常从沟底担水到山坡浇树,而且每年如此,从不间断。

十来年的艰苦劳动,使韩祥原来健壮的身体患上了糖尿病;常年在野外劳作,使韩祥原有的骨质增生、坐骨神经痛也一天天加重,病痛经常困扰、折磨着他的身体。尽管如此,韩祥从不叫苦叫累,只要能动弹,即使在风雪天和阴雨天,也要进沟查看沟内情况,因为这种天气状况沟内最容易发生意外。

精诚所至,金石为开。几年来,韩祥先后投入25万元,在流域内建住房两处、9间,治理水浇地60亩,打地框2000米,做鱼鳞坑7000个,挖反坡梯田5000米,种柠条350亩,育苗60亩,培植高杆杨40000株,使原来光秃秃的山坡、荒沟变成了小流域治理的样板工程。如今,水磨沟流域林木覆盖率已达80%以上,而且树木的产值每年以20万元递增。2003年有人曾出价100万元买他的水磨沟,他和家人都不舍得卖。

目前，韩祥的绿化工程已基本告一段落，第一个十年计划提前两年完成。流域内植被繁茂，沙棘、杨柳、柠条葱绿一片，能挂果的杏树、果树达200多株，齐腰高的花草吐芳争艳，水土流失已得到有效控制。

如今的水磨沟，天上有十多种飞鸟，地上有十多种小动物，山坡上有十多种药材，沟内有十多种树木，真是初春山花烂漫，盛夏绿树成荫，金秋果实碰头，深秋层林尽染，寒冬松柏常青，一年一变化，十年见奇观。看到这可喜的变化，韩祥心里感到由衷的欣慰和自豪。

韩祥的艰辛付出受到党和政府的高度关注：

山西省水土保持委员会先后两次授予他"山西省治理小流域标兵"光荣称号，奖金2000元。

2003年12月25日，中共山西省委授予他"优秀退休老干部"光荣称号。

2006年6月6日，中共山西省委组织部授予他"优秀共产党员"光荣称号。省领导张宝顺、于幼军、金银焕、薛延忠与韩祥等全省先进基层党组织优秀共产党员代表合影。

省、市、县也给了他不少荣誉和奖金……

但老韩认为奖金不奖金无所谓，只要党和政府肯定了他所干的这一切，他就十分欣慰了。

韩祥有着自己的一本账：荒沟治理，利国利民利己，生态、社会、经济三个效益都有。他还要在这里奋斗，还要给自己这个坐不住的人再增添点儿精神财富！

县委书记赵向东、县长陈小洪多次来水磨沟看望他，希望他把水磨沟搞成一个自然生态观光旅游区。

韩祥欣慰地说："县里大搞生态旅游，每年来我这里观光旅游的人真不少，到树下想吃我的黄杏、红果子的人也不少。我要按照赵书记、陈县长的指示，搞它个水磨沟山沟游！"

2007年9月，杀虎口旅游区党委书记王健和旅游区主任樊文智带领工程技术人员在水磨沟的溪流中新建了6个人工小瀑布，为山沟游增添了新的景观。

年已83岁的韩祥每天早上一起来，总要沿着弯弯曲曲的山沟小径巡视一圈，倾听鸟儿欢歌，笑观林木吐翠，呼吸着清新可人的空气，一脸的惬意幸福。他说："能在花甲之年建成这个初具规模的生态园，是我这一辈子最有成就感的一件事。"

一个过去荒芜杂乱的野山沟，变成了一个涌碧流丹的生态园，总面积2400亩。有人戏称韩祥是右玉的百万树翁。

韩祥自豪地说："一点儿也不过分，这是我夕阳十几年辛勤治理的结

杀虎口风景名胜区——水磨沟景区

果啊!"

2018年12月,韩祥被评为朔州市100位生态文明建设突出贡献人物。

南雁北飞绿色梦——余晓兰

林业功臣余晓兰

昔日风起黄沙扬的荒山,如今满山翠绿,花果飘香。目睹这郁郁葱葱的近3万亩林木,人们很难相信为荒山披绿的竟是位羸弱的年轻女性。

这位不平凡的妇女就是右玉县南崔家窑村村民余晓兰。

如今已47岁的余晓兰,本是云南省开远市人,1989年12月随着在云南当兵的丈夫复员来到右玉,那时她才23岁。

余晓兰丈夫善功的老家在右玉县南崔家窑村,是全县最偏僻贫穷的地方,这里土地贫瘠,气候寒冷,只能种些低产的小杂粮,辛苦一年,收获甚少。村里的年轻人纷纷外出,留下的多是些老弱病残。生活对这位南国姑娘开始了严峻的考验。

1992年,县委、县政府发出鼓励农民开发治理"四荒"的号召,这个村的村民们反应并不积极。村民们有自己的想法:谁不知道那光秃了千百年的荒山连草都不长,咋的个治理法?

出人意料的是,余晓兰却把几年来跟随丈夫在右卫城卖猪、磨豆腐积攒的几千元血汗钱全部拿出来,承包了南崔家窑村的4000亩荒山荒坡和门前的30亩乱河滩。

这可是个惊人的壮举!

当时不少人为她捏了一把汗,怕钱扔出去无法收回。余晓兰却没有那么多的顾虑,丝毫没有犹豫,扛起一把镢头、一把铁锹,和丈夫开始了艰难的治荒持久战。

治荒是艰难的,比想象的困难要多得多。村前那片乱石滩,杂草丛生,遍地沙石;村南的那座十几里长的大山更是种啥不长啥,人称"鬼见愁"。余晓兰没有被困难吓倒,她和丈夫以愚公移山的精神,锹挖镐刨,每天挖山不止。

要命的是,这里的荒山不但土质差、沙石多,而且干旱少雨,种下的树苗必须浇水才有可能成活。可挑水上山谈何容易?余晓兰夫妻俩拿出蚂蚁啃骨头的劲头,每天往返40多趟,从河滩的小溪里挑水上山。她白嫩的皮肤变黑变粗糙了,柔软的双手长满了老茧,岁月的年轮过早地爬上了额头。更为困难的是,治荒是个慢活儿,一年过去了,只有投入,没有收益。

从此,人们看到余晓兰整天摸爬滚打在山坡上,饿了烧几个山药蛋吃,渴了喝几口小溪水,累了躺在山坡上展展腰。就这样披星戴月,年复一年。

1996年6月15日,县长李发在杨千河乡下乡时,知道了这个治荒典型,回来后就安排笔者和县妇联主任张培桃配合山西人民广播电台记者常亮去南崔家窑村进行了专门采访。到村后,我们被余晓兰5年来艰辛治理荒山的事迹深深地感动,随即以"南国姑娘绿色梦"为题,认真总结了余晓兰不畏艰难、顽强不屈治理荒山的感人事迹。之后，很快在中央、省、市重要媒体上广为宣传，逐步引起了中央、省、市有关领导的高度关注。

1996年8月29日，山西省第六次小流域治理工作会议在右玉召开。省委副书记郑社奎带领与会人员参观了元子河、李洪河、苍头河、马营河、南崔家窑余晓兰的流域治理等全县23个重点工程。在当日晚饭饭桌上，郑社奎一边吃饭一边与同桌的领导们说："余晓兰可不是个一般女性，她从云南开远市随夫回到右玉偏远的荒山荒沟承包流域治理，一干就是五年，已取得了那么大的成果，真有点儿不敢想象。晚饭后我要专门接见她。"

1996年6月18日，笔者（右一）陪同山西人民广播电台记者常亮（左一）等一行7人首次深入南崔家窑村采访余晓兰（左二），并写出《南国姑娘绿色梦》一文广为宣传。

饭后，在右玉还是小平房的县招待所小会议室里，郑社奎握住这位个子1.53米瘦弱女性满是老茧的双手感慨地说："小余，你一个南方的姑娘，竟敢随夫回到偏远右玉荒凉的南崔家窑承包起治理荒山的艰巨工程，每天承受着难以想象的繁重劳动，连续五年已干出了成效。你这种独特的追求，我感到很敬佩！我代表省委、省政府坚决支持你！感谢你不仅为贫困地区的右玉而且为山西妇女姐妹们树起了艰苦创业的榜样，做出了令人信服的示范。希望你继续干下去，有什么困难可以向我们反映，我们帮你解决。县委、县政府一定要给予全力的支持和帮助。在新闻媒体上要大力宣传学习你这种非凡的创业精神。小余，你好好干吧！同时要注意劳逸结合，身体健康。"

余晓兰听了省委领导郑社奎的热情鼓励和支持，激动的眼泪唰唰地流了下来。

在当日右玉县委宣传部、县水利局举办的"绿水情深"文艺晚会上，郑社奎专门让余晓兰在舞台上表达了自己的信心和决心，与会人员给予热烈的掌声。

余晓兰的治荒事业，第一次得到省委领导的坚决认可和坚定支持，她信心倍增。之后，余晓兰常说："省里的一个会议、省里的一位书记给我荒山创业的坚定支持，我永生难忘。"她干得更执着、更有信心了，干劲儿更大了。

1994年7月1日，余晓兰被所在的杨千河乡党委批准，加入中国共产党，成为一名光荣的中国共产党党员。

到了2000年，右玉县实施退耕还林还草还牧战略，余晓兰又把承包的荒山逐渐扩大到近3万亩。

经过十多年的治理，树木悄悄长大了，荒山慢慢变绿了。如今，乱石滩上办起了苗圃，已栽种了5000多株果树；培育适生、高产、高效果木苗10万株。几万亩荒山坡上已栽种果树3万株、杏树2万株、高杆杨1000多株，人工栽种沙棘苗300亩、柠条苗300亩。同时，她还饲养

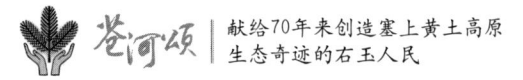

了绵羊、山羊300多只。

在那些艰难的日子里，党和政府给了余晓兰很大的鼓励：

李发、陈晋才、高厚、赵向东、陈小洪、苏连根，这些右玉的领导们都在关心着她，并为她排忧解难，帮她渡过一个又一个的难关。

党的关怀更加坚定了余晓兰治荒的信心，困难再大她也要勇往直前。

2007年3月，余晓兰因病住院治疗，中共朔州市委常委、县委书记赵向东得知后，亲自到医院看望她，并拿出1500元钱帮她买药治病。2008年秋，赵向东又给余晓兰捐款5000元。

余晓兰的治荒绿化事迹得到党和政府的充分肯定。这些年来，她先后荣获"全国十大绿化女状元""全国十大杰出青年农民""全国'三八'绿色奖章""山西省第九届妇女大会代表"等一连串闪光的荣誉。

2002年10月和2007年10月，她先后被推选为党的十六大、十七大代表，两次到人民大会堂光荣地出席了会议。

余晓兰这位坚持把命运和大山紧密连在一起的普通妇女，用她不平凡的奋斗业绩，为大山树立了一座绿色丰碑，书写了一个普通共产党员的光辉一生。

2007年2月，在2006年山西省公民道德建设十大系列先进典型人物推荐评选活动中，山西省精神文明建设指导委员会授予余晓兰"魅力山西·十大时代女性"称号。颁奖词写道：

> 爱使她们更加坚忍，情使她们更加勇敢。她们是女儿，是妻子，是母亲，她们更是人类的一半儿和天使的化身。大地般宽厚的母爱，水一般温柔的情怀。她们在哪里，哪里就是家，哪里就有春之般的暖流。自古巾帼多豪气，谁说女子不如男。

2007年12月6日，县领导陈小洪、兰成国、张祥与县政府办主任曹占贵、县水利局局长徐发、杨千河乡党委书记王志平，冒着严寒深入南崔家窑村，亲切看望了余晓兰，共同研究探讨十七大关于生态文明的有关论述，并与她一道实地规划了生态治理和生态产业发展。

2009年9月10日，余晓兰被中共朔州市委、朔州市人民政府授予"朔州建市20周年杰出人物"光荣称号。

从杨千河乡铁山堡村往西至南崔家窑村共有20里路，全是坑洼不平的山间小溪路，遇到下雨天，山洪暴发，人畜难行。

为了余晓兰的治荒事业顺利发展，2010年县委书记陈小洪、县长苏连根拨专款，终于修通了杨千河乡至南崔家窑村的村通水泥路。

2012年3月12日，右玉天气依旧是春寒料峭。

县委书记、县长苏连根带领副县长句旭山及有关部门负责同志深入南崔家窑村实地了解余晓兰的绿化工作和生活等情况。苏连根要求，全县各级各部门对余晓兰在治理荒山中遇到的困难应给予大力支持和帮助。

苏连根嘱咐余晓兰："你这二十年治理荒山取得了很大成果，党和人民给予你很高的荣誉和评价，希望你今后注重科学规划，突出经济效益，积极争取项目，实现由绿向富的转变，为绿化右玉再创新业绩。"

2012年5月10日，中国共产党山西省党员代表大会上，余晓兰再次被选为出席中国共产党第十八次代表大会代表。

2012年7月20日下午，中共山西省委常委、省委组织部部长汤涛专程来右玉看望慰问了余晓兰。汤涛说，作为山西省5个出席党的十八大的农民代表之一，省委希望你珍惜荣誉，加强党的理论知识和党的各项方针政策的学习，在党的第十八次代表大会上，履行好一个农民党代表的职责。同时，要在已有的成绩面前不停步，脚踏实地为右玉生态建设作出新贡献。

2013年1月8日，余晓兰被评为"2012感动山西十大人物"，接受了山西省直工委书记王铁选给她颁发的奖杯和证书。

2013年4月9日，笔者一行5人冒着塞上急剧降温的扬沙浮尘天气，与余晓兰一道顺着山梁上弯弯曲曲的通村水泥路来到南崔家窑村余晓兰的创业之地实地采访。这也是笔者17年来对余晓兰治荒事业的第3次实地采访。笔者到了方知这个村的村民早在2004年前就全部搬迁到移民新村金牛庄和县城居住，旧的农舍及畜圈全部搬迁消失，南崔家窑村实际上已不复存在。北坡上只剩下余晓兰前后两排八间平房，5只家狗守护在房子四旁。善功的父亲前年去世后，善功疾病缠身的母亲和一个哥哥常年住在这里照看着。笔者还看到，在余晓兰、善功夫妇推平改造搬迁的旧宅基地上，近两年栽植的上百株"123"果树长势良好，迎风摇曳；善功弟兄三人正在果树地里施肥浇水；村前蒋军沟满坡的本地杏树含苞待放；远望南山的杨树、松树、沙棘略有绿意，朦胧交织，一片又一片……

真是功夫不负有心人。

2018年12月，余晓兰被评为朔州市100位生态文明建设突出贡献人物。

"六管齐下抓护林，绝不饶恕毁林行为！"

"我们多少任领导，几代右玉人民，不畏艰难栽了这么多树，才使右玉山清水秀，但有些人就是要捡这个便宜，乱砍滥伐，毁林开荒，这是绝对不允许的。我李发绝不饶恕毁林行为！"

李发在县委常委会上、在全县性会议上，反复讲爱林、护林的决心。

1996年10月30日，李发带领县委办公室主任侯元、县林业局局长张恕到苍头河畔的高墙框乡、杨千河乡段了解林木管护情况，发现这两个乡所辖地段的大片柠条被毁，十分气愤。

李发进了高墙框乡，问乡党委书记程贵和乡长贺存玺，他们说："不知道。"

李发进了杨千河乡，问乡党委书记赵勤、乡长郝日尚，他们也说："不知道。"

"你们这几个乡干部的官僚主义作风竟然严重到这个地步，老百姓还指望你们干什么？

你们每天都在关心什么？！"

李发勃然大怒，毫不留情地批评了他们。

回到县里，立即召开县委常委会议，作出《中共右玉县委、右玉县人民政府关于对高墙框、杨千河两个乡由于管护不力造成柠条林地被损坏问题的通报》，以〔1996〕8号红头文件下发全县，责令两个乡党委书记和乡长分别向县委、县政府做出深刻的检查，对有关责任人分别给予批评教育和经济上的处罚。

两个乡党委、政府闻过则改。程贵、贺存玺、赵勤及郝日尚亲自带领有关人员火速赶到毁林地片查看，组织劳力对损坏的林地进行了整修补栽。对毁林的有关人员在全乡干部大会上进行了通报，给予了严厉的处罚。

全县各乡镇都对所辖林地毁林情况进行了一次地毯式的检查，同时也发现了其他方面的毁林行为。

"沙棘、梧柳毁坏情况也不容忽视！森林病虫害毁林也不能忽视！"李发反复强调。

李发决定"六管齐下抓护林"：

一管抓教育，制定颁布护林的法令法规。

"再发布一个紧急通知，刹住沙棘、梧柳被毁行为！"

县政府立即下文。

1997年12月16日，县人民政府以右政字〔1997〕49号文件下发《右玉县人民政府关于严禁乱砍滥伐沙棘、梧柳的紧急通知》，要求从12月20日起，在全县范围内开展一场集中打击乱砍滥伐灌木林的行动。

1998年8月25日，国务院总理朱镕基做出指示："要下最大的决心，封山植树，退耕还林，恢复植被，保护生态。"

这是国家领导人第一次就全国性的生态问题做出的具体指示，同时也是中央向全国人民发出的改善生态环境、实现可持续发展的动员令，为我国的生态环境建设指明了方向。

李发看到朱总理这个指示，喜出望外。

次日，李发主持召开各乡镇党委书记、乡镇长会议，就生态保护问题做了进一步的部署。

针对牲畜啃毁林木的问题，1998年8月30日，县政府下发《右玉县人民政府关于进一步加强畜牧管理、保护林草植被的若干规定》。规定对林草植被建设、保护、利用及荒山荒坡的承包等问题做出了详细规定，使右玉的林草植被的管理走上了规范化的道路。

为了防止林木过度采伐造成水土流失，切实巩固生态环境建设成果，1998年9月25日，县长陈晋才主持制定了《关于停止全县集体林木采伐的通告》。

通告要求，全县所有集体林木（包括沙棘、柠条、梧柳等天然林），从1998年9月25日起，一律停止采伐和强度修枝及开发性开垦，实行保护措施。

县委、县政府通知、通报在不断发出，毁林事件却一再发生。

林业和公安部门新的毁林简报又送到李发的办公室。

"从去年入夏以后到今年三月，白头里乡滴水沿村多次发生乱砍滥伐林木事件，致使集体林木遭受重大损失，生态环境资源遭到严重破坏……"

"这还了得！县委、县政府组成联合调查组进驻滴水沿村全面调查，严肃处理，纪检、公检法一齐上！"

县长李发斩钉截铁地指示。

二管抓惩处，坚持依法治林。

1999年12月1日，中共右玉县纪律检查委员会决定给白头里乡滴水沿村党支部书记×××留党察看2年处分；给白头里乡滴水沿村主任××留党察看一年的处分。这二人在任职期间，在县林业局仅批准5立方米采伐指标的情况下，顶风作案，前后共滥伐村有林木1393株、积木105.568立方米，在社会上造成极其恶劣的影响。

案发后，右玉县人民法院判处×××有期徒刑2年，缓期3年，罚金3000元；判处××有期徒刑1年零6个月，罚金2000元，并追缴非法所得人民币8540元。

同日，县纪委、县监委还对涉及×××、××滥伐村有林木一案的有关7人，也分别做出党纪、政纪的处理。其中，县林业局林区治安股负责人×××被取消中共预备党员的资格，倒贩木材的林业局职工××给予留党察看一年的处分。

从1996年至1999年，全县坚持依法治林，开展了打击偷砍滥伐林木的专项斗争，打掉了3个毁林团伙，共查处各类林业行政案件67起，公开审理和惩处各类毁林不法分子59名，震慑了犯罪分子；处理毁林违纪党员38名，追回木材200多立方米，挽回直接经济损失6.6万元，在全县刹住了滥伐林木的歪风。

三管抓队伍，搞好整顿，人手一册《护林须知》。

李发从整顿、健全、充实护林员入手，使县、乡、村各级护林队伍层层落实，全县共配备专职护林员16名，配备乡村兼职护林员356名。每人一册《护林须知》，照章爱林、护林。

四管抓防治，加强森林病虫害防治工作。

右玉县的平原和沟壑绿野百里，也使森林病虫害得到大量繁殖的机会，防治森林病虫害刻不容缓。李发责成林业部门，特别是森保站站长李弼采取多种措施，清除森林病虫害。四年来，李弼带领有关技术人员不畏艰辛，共防治各类森林病害、虫害、鼠害3万多亩，防治率达到85%以上，使森林病、虫、鼠害得到有效控制。

五管抓采伐，对全县集体林木实行限额采伐。

李发要求县林业局对全县林木采伐指标严格控制，合理分配，制定了一系列采伐管理制度，并实行跟踪监督采伐，严格禁止乱砍滥伐现象发生。

六管抓防火，认真完善落实森林防火制度。

为了切实增强各级领导对森林防火工作的高度责任感，县护林防火指挥部与各乡镇签订了护林防火责任状，明确任务，明确责任，严格奖惩。从1996年至1999年，全县从未发生一起森林火警或火灾案件。右玉县被中共朔州市委、朔州市人民政府评为护林防火工作先进集体，并嘉奖3万元。

森林卫士——李弼

林业功臣、灭鼠专家李弼

在右玉县,一提到李弼这个人,几乎无人不晓,不是因为他是掌管什么人财物的实权官员,而是因为他的一句话:"谁毁一棵树,我就和他过不去!"

哪怕有人骂他、揍他都不行。

他中等敦实的身材,布满风霜的黑脸。

他40年来穿梭于右玉山川田野的各个林区中。

为了右玉的林木安全,他不徇私情,不讲情面,不知得罪了多少人,也不知有多少森林害鼠死于他的手下。

人们都说他是"右玉森林的守护神""爱树护树的黑包公"。

李弼,男,1948年10月生,右玉县牛心乡宛家庄人,一米六八敦实的个头。中共党员,雁北农校林业专业毕业。1969年参加工作,先后在县气象站、县林业局工作,任观察员、预报员、林业技术员、助理工程师。1983年任右玉县东山林场场长,1988年任右玉县森保站站长,1991年兼任右玉县木材检查站站长。2002年因年龄卸任。

从1988年至2002年15年间,李弼专管全县护林防火病虫鼠害防治、木材运输和检疫工作,这个职务的分量和责任是多么的大啊!

在护林防火中,他每年带领局林业站和各乡镇的林业员走遍全县山山水水、平原沟壑,哪片林地栽的什么树、哪片林地有多少即将干枯的树、哪片林地病虫害容易发生、哪片被牲畜啃坏或人为破坏,他都掌握得清清楚楚。

他的脑子里装着一座右玉森林分布防护的沙盘。

哪里有火情、哪里有偷砍滥伐,他就很快出现在哪里。一辆伴他护林的摩托车修了再修,一辆伴他走村串地的自行车他骑了20多年,修了又修。这两辆车子,仍然是他的代步工具。

在处理毁林案件中,他经常受到不法分子的恐吓和威胁,有几次还挨了揍。

一次,他在处理牲畜蹿入林地啃食树木事件时,反被一个牛倌儿打了几鞭子;他把啃食的牲畜赶回村里时,受到不少村民的辱骂和奚落。

一次,他在处理骡马啃食树木事件时,让户主交毁林罚款,户主全家谩骂不止,扬言日后报复。

这些事情,在十多年的护林工作中他见得太多了,但李弼从来没有计较过,总是按照《森林法》的要求,多做思想教育工作,讲明政策和道理,让村民自觉按《森林法》办事,树立爱树护树的好风气。在处理乱砍滥伐树木,有的村民因家庭困难交不起罚款时,他就让他们多栽树来补偿损毁的林木。

不管怎样,反正李弼有个老主意:"破坏树木就不行,受了多大的委屈我也要管好树。"

右玉县逐年增加的大面积森林和草地,已成为野生动物繁衍的宝地。每年野鸡、石鸡、猫头鹰、大雁等飞禽和狐狸、野狼、黄狼、狗獾、野兔等40多种野生动物在这里生息,引来无数好猎者。特别是每年秋冬季,是乱捕乱猎野生动物的高峰期。有的外地人还常住在右玉打猎。这个时期,李弼怀揣《野生动物保护法》,与公安人员深入林地巡逻、跟踪、盘查。抓到捕猎者,除了截留猎物外,还给他们宣传《野生动物保护

贾家窑山松涛园西边的护林防火标语牌

法》,使打猎者认识到保护野生动物的重要性,爱护右玉的一草一物,从而使野生动物在右玉有良好的生存之地,很少听到打猎的枪声。

防治鼠害,是李弼一年当中最繁忙也是最主要的本职工作。

中华鼢鼠,俗称"瞎佬",一种对林木危害严重的鼠害,十分喜欢啃食樟子松的根须,能把2—3米高的樟子松从根部啃死,能把一行行樟子松的根须全部吃掉致树死亡,使人看了十分心疼。一只"瞎佬"啃食树木可长到3斤多,与兔子一般大。防治"瞎佬"毁树,是森林防治的重中之重。

为防治"瞎佬"啃树,李弼可动了不少脑筋,想了不少办法,主要有药杀、人工捕杀、熏杀、招引天敌等。

为了消灭"瞎佬",首先要摸清"瞎佬"的活动规律。不论是骄阳似火的中午还是连绵的阴雨天,他都蹲在鼠窝前仔细观察。烈日下,他的胳膊被晒得脱了几层皮;雨地里,他被浇成落汤鸡。一旦找到灭鼠的良机,李弼就不失时机地将鼠灭掉。

药杀。从自己家中拿上土豆、大葱、面粉等,与灭鼠剂拌在一起,放入洞中引鼠上钩,让其自食自灭。老李还将每个鼠穴编号记录在案,以便连续灭杀。

人工捕杀。老李还经常请教村里的土专家,自制了捕杀鼢鼠的钎子,把它插到鼠洞边沿。为了了解洞内鼢鼠活动的方向和规律,没有专用照明设备,他就把铁锹磨光,把摩托车倒车镜取下反光,解决了鼢鼠洞照明问题。经过无数次试验和折腾,终于摸索出了比较完整的人工捕杀鼢鼠的办法,他每年用人工钢钎捕杀鼢鼠最多时达到1300多只。

熏杀。根据鼢鼠活动规律,他把灭鼠烟幕弹点燃后放入洞中封口,可将洞内所有的鼢鼠熏死。

一次李弼在翻阅一本林业杂志时,发现有这样一段资料记载:

一只啄木鸟一天可食森林害虫3000多条,一只灰喜鹊可保护一亩松林免受松树虫害,一只大杜鹃一天可吃300多条松毛虫,一只山雀一天捕食昆虫300—450条,一只猫头鹰一年可捕捉1500只老鼠。

"哎呀，森林病虫害也有天敌！"

李弼看了这一段资料，高兴得几乎跳起来。

"我也来研究让黄鼠狼和猫头鹰消灭这害树大王——'瞎佬'。"

李弼的脑子真灵，一旦认准的事情准能干成。

又一个灭鼠的新战法摸索成功了。

招引"天敌"。所谓的"天敌"就是能捕食鼢鼠的黄鼬（俗称黄鼠狼）和猫头鹰。为了摸清"瞎佬"天敌的生活习性和活动规律，李弼有时一天要换几次衣服，在夜间月亮地不断观察引诱，终于使猫头鹰和黄鼬看到自己的"美食"，大大提高了灭鼠的成效，既经济又实惠，形成了大自然的生物链。

在防治病虫害中，为了摸清森林的病虫害红缘天牛、青杨天牛、舞毒蛾的情况，李弼经常到人牲都难以去的地方观测，衣服被剐破、脸上被沙棘划破是常有的事。药杀病虫害，大部分用人背式喷雾机，尽管戴上口罩、穿上塑料雨衣，也免不了溅进药物。有时身上皮肉被药物浸满了红斑，疼痒难忍，他就跳到河里洗了澡又接着干，不放过森林病虫害生存的任何一个角落。

世上无难事，只怕有心人。

李弼多年的辛勤劳作，取得了可喜的成果，每年光捕杀、药杀的鼢鼠（不包括天敌的捕捉），就直接挽回林木经济损失四五十万元。

李弼不辞辛劳20多年，先后采集鼢鼠、黄鼬、鼠兔、病虫等各种标本100余件，全面掌握了右玉县森林病虫鼠害情况。

在林木运输和检疫工作中，李弼严格执行《植物检疫条例》，凡出入县境内的木材、苗木、种子必须经过检疫才能流通。为了防止林木病虫害的蔓延和繁殖，每年早春他带领站内人员进入木材经销点和苗圃，把带有病虫害的树皮、苗木和弱势苗就地销毁掩埋。砍伐面积较大的林木时，把检疫出带有病虫害的林木树梢都要集中烧毁。

在一次检疫中，他和一名同事骑摩托车到林地，在坎坷泥泞的道路上，不慎滑入路旁，摔得头破血流，待清醒过来，他已躺在威远医院的病床上。医生给他服药、清洗、包扎，并让他好好休息，他说："目前正是检疫工作的关键时刻，我必须亲自到工地，这点儿伤痛对我来说不算什么。"他婉言谢绝了医生的劝阻，打着绷带、带着伤痛又急匆匆地投入检疫工作中了。

在林木的运输中，有少数不法分子不时把偷砍滥伐的林木拉出境外，李弼遇到一起阻截一起。他还带领站内人员经常夜间上路查车，截扣不正当的林木。

由于李弼严格执法，理顺了右玉木材正常的运输秩序，也有力地遏制了贩运偷砍乱伐林木的现象。

李弼多年来就是在这样极其平凡的岗位上，用自己的真诚工作，呵护着右玉的每一棵树。

党和政府也给了他不少的荣誉：

1982年，获右玉县人民政府（油松、落叶松）造林奖；

1984年，获右玉县人民政府荒山造林奖；

1987年，获右玉县人民政府"三松"造林奖；

1988年，获雁北地区林业局森林病虫防治检疫奖；

1991年，获山西省林业厅森林病虫害防治奖；

1992年，获雁北地区科技奖；

1993年，获右玉县人民政府樟子松荒山造林奖；

1998年，获山西省林业厅（1995—1997年度）森林防治检疫奖。

李弼离职已6个年头了，但这个不知疲倦的人一天也没有离开他心爱的林业岗位，县林业局几任局长仍然把急难的绿化造林任务交给他，让他当造林绿化的义务技术员和监督员。

李弼已年近60岁，在右玉2007年六大造林绿化工程中，有关部门又请他出马负责滨河公园的绿化扩建和北环路的绿化规划，他浑身仍然有使不完的劲儿，一身迷彩服，满脸灰尘，晒黑的脸膛、布满了老茧的手，带领民工保质保量完成好每一项绿化任务。他还在滨河公园北侧移植了26株大梧柳，为滨河公园增添了新的点缀。他协助县农业局局长王旭东，规划并实施了公园新的美化方案：圆形的、菱形的、环形的、长形的，曲曲弯弯的，高低起伏的，并和职工们种下了各色美丽的花卉，把个滨河公园打扮得十分漂亮。

从2009年到2010年春夏，东方还没有露出鱼肚白，李弼就早早起来，骑着一辆不知修了多少次的破自行车，扛着一把铁锹，带着小笔记本和卷尺，左瞅瞅右瞧瞧，一会儿步量一会儿在地上画图。他又带领一伙人忙活在滨河公园的绿化美化工作中。他仍然铁面无私地管护着公园两侧的人工牧草，使碧绿沁香的草地长得浓浓密密，为滨河大桥两侧增添了无限的美色。

2010年春夏，他又协助改任为县水利局局长的王旭东，在滨河大桥的东、西两侧，建成了右玉县第一座休闲娱乐湿地公园。

在滨河公园晨练的人们问他："老李，你还这么认真地忙活着，图个啥？"

李弼总是笑着说："我这个人一天也不能休息，栽树、种花、护树、爱树，打扮咱们的家乡，是我一辈子的追求。"

是的，黄土高原的右玉，正是有了胡应岗、伊小秃、李甲才、韩祥、寇永孝、王月兰、李弼、李作旺、王占峰、赵生荣、王志强、陈富、王明花、赵守忠、赵宝平、余晓兰、李云生等这样一些"绿"往情深、埋头苦干的人，才使右玉的日月换了新天！

第十六章 塞上绿洲沙棘红

在广袤的右玉沟沟畔畔到处生长着茂密的沙棘林

金秋十月，漫步塞上山野，一串串、一簇簇火红的沙棘果点缀着山林溪边，构成了一幅幅既不失南国水乡妩媚又蕴含道北国草原豪放气息的风景画。

"没有沙棘林，就没有塞上绿洲，是沙棘让塞上绿洲充满了无穷的魅力。"

一位当年为赢得"塞上绿洲"美誉而付出大半生辛劳的农民诗人如是说。笔者把这句话引为电视专题片《沙棘》的开篇解说词。

优越的生长环境

沙棘又名醋柳，右玉人习惯叫酸刺、圪针，属胡颓子科。沙棘枝条灰色有刺，叶柄极短，叶面均为银白色、淡褐色盾状鳞斑；花单性，雌雄异株，通常4—5月开花，小型黄色，风媒传粉；浆果近球形或卵圆形，直径0.6—0.8厘米，常见的有深红、浅红、枣红和浅黄、橘黄5个颜色的品种。一般在10—11月成熟，叶落后果实不落，久挂枝头，受冻后采食，味道分外甜美。浆果每粒一籽，种子形状如卵，种皮坚硬，黑褐色，有光泽。

右玉沙棘始于何代难以追溯。明清时就有"针柳簇生，红果满头"的记载。尽管历代无人重视，乱砍滥伐，但这种野生植物凭它特有的生物功能和生命力，顽强地生存了下来，到中华人民共和国成立初期，全县还有残林约4万亩。

右玉大面积人工种植沙棘是从20世纪60年代初县委书记庞汉杰的带领下开始的，一直延续到今天。

1958年，右玉解放后的第四任县委书记马禄元在盘石岭村搞了试点，在欧村河上游人工种了1000亩沙棘。20年后在下游自然繁殖成8000亩，盘石岭成为当时全国水土保持的先进单位。

1962年4月25日，右玉解放后的第五任县委书记庞汉杰带领出席县委扩大会议的全体成员到右玉城西南的苍头河畔，开始大面积人工种植沙棘。

到20世纪70年代，是右玉全县沙棘发展的主峰时期，苍头河两岸及八大流域河岸大都布满了密密麻麻的沙棘，主要用来防洪护岸，保持水土。

进入20世纪80年代，人们对沙棘的生态功能有了深刻的认识，全县每年人工种植沙棘四五万亩，并强化了管护。全县沙棘长势旺盛，枝叶繁茂，其中有2万亩在沟壑，3万亩在坡梁，5万亩在河滩，10万亩在高亢的山地。

进入20世纪90年代，随着全国沙棘工作会议在右玉的召开和建设沙棘、柠条王国战略的实施，右玉人工种植的沙棘漫山遍野。

到新世纪的2007年，全县境内沙棘林面积达到50万亩，产果面积达到35.6万亩，其中进入盛果期的达到21万亩。

是的，在右玉的沟坡峁梁，随便撒几粒沙棘种子或插一株沙棘幼苗，沙棘就能迅速成活。

沙棘，是贫困山区人民与命运抗争的象征。

右玉之所以能成为沙棘繁殖的天然圣地，主要在于其对地理、土壤、气候、生态环境的适应性。

（1）地理条件。右玉位于西北黄土高原东北部，北部紧邻高寒的内蒙古高原，境内四周环山，中间是黄土丘陵、沟壑及丘陵缓坡区，滩湾较多，山、丘、川皆有。属于黄河水系的苍头河，由南向北纵贯全境，汇集了28道河沟、612条支流的流水，形成了八大流域和威远、油坊、右玉三个冲积小平原。全县平均海拔1400米，最高1975米，总土地面积1964平方公里，每平方公里54人。沙棘适应在海拔1000—4000米的山坡、荒坡、沟壑、河滩生存，而右玉地广人稀，地理环境复杂，正适合它的生长。

（2）土壤条件。右玉土壤分草原土、栗钙土、草甸土、风沙土4个大类、8个亚类、32个土种。由于黄土高原的黄风较大，因此土壤沙性大，黏性小。又因为是水土流失厉害的地区，表土冲刷，土壤贫瘠，有机质含量仅有0.72%，含氮0.047%，速效磷3.9PPM，速效钾89PPM，氮、磷、钾均不足。据1981年土壤肥力调查，缺氮面积为65万亩，缺磷面积为56万亩，缺钾面积为12万亩。大面积的瘠薄土壤，正是沙棘萌根固氮的用武之地。

（3）气候条件。右玉属于中纬度大陆性季风区，寒冷、干旱。极端最高气温36℃，最低零下40℃，年平均气温3.6℃，平均日差15.4℃。全年日照时数为3360小时，年积温2769℃，年平均降水量449毫米，相对湿度60%，无霜期104天，封冻期152天。沙棘喜光耐阴、喜寒耐热、喜水耐旱、喜肥耐瘠、喜平耐陡，根系发达。右玉这种气温低、积温低、降水少、无霜期短、光照时间长等气候特点，对它的生长十分有利。封冻时间长，便于沙棘果的收获和贮存。

（4）生态条件。右玉人民经过30多年的努力，大面积的森林成长起来了，初步实现了生态系统的良性循环，这也为沙棘提供了适宜的生长环境。不少地方沙棘与小叶杨混交，起到了互相保护的作用。特别是广布的森林引来飞鸟栖息，其中以沙棘果和枝叶为食的飞禽就有20余种，这些鸟类不仅是防治沙棘害虫的卫士，而且还是沙棘的义务播种者。

正是由于右玉县具备了以上这些独特的自然条件，沙棘植株才生长发育很快。据盘石岭调查，右玉沙棘当年生株高15—30厘米，第二年50—70厘米，第三、第四年可达2米左右；胸径15—20厘米；丛幅1平方米左右即可郁闭成林。六年生的沙棘株高达336厘米，基径粗4.2厘米，主条20条，侧枝16条，冠幅158厘米，郁闭度达70%。四五年生即可开花结果。不同类型地区沙棘林的生长情况有所不同，年平均生长速度，河滩64厘米，沟壑37厘米，坡梁23厘米。

每到深秋时节，沙棘枝头挂满了一串串黄宝石、红玛瑙般的沙棘果，更增添了"塞上绿洲"的瑰丽风光。

强大的生态功能

沙棘根系发达，侧根较多，主要根群多呈水平状纵横交织地分布于0—1米的土层内，根幅可达10米左右，固结土壤，抗冲击能力很强。据韩庆湾、薛家堡、魏家堡等几个地方的调查，洪水经过沙棘林地一次，平均落淤厚度达50厘米，每亩落淤量达330立方米。淤泥内的沙棘干枝上，一年内又可生出许多新根，在较短时间内即可把新土壤固结起来，而且在干枝上可萌发许多枝条，在萌发枝条上又生出二次枝条，形成拦挡杂物、过滤浊流、阻截泥沙的过滤网。一次洪水过后，在每丛沙棘前后可挂淤起棱锥状的小土堆，每亩挂淤部分可达到60立方米泥沙。据测定，凡是被沙棘覆盖的土地，可减少地表径流80%，减少表土水蚀75%，减少风蚀85%，一亩沙棘林可以吸收上方6亩地表径流，使之变为地下水。这种保持水土的强大功能，是其他乔木无法相比的。

右玉的主要河流两岸和滩湾农田大部分营造了以沙棘为主的乔灌混交林带。这些林带多年来经受住一次又一次的特大洪峰冲击，使河道变窄，河床固定，农田、村庄受到保护。1967年8月5日，马营河流域出现了一次特大暴雨，平均降雨量50.17毫米，降雨历时2小时，平均强度0.43毫米/分钟，其中最大强度1.44毫米/分钟，延时10分钟，实测最大洪峰流量640立方米/秒。在暴雨侵袭下，马营河两岸原有的人工护岸工程大部分遭到不同程度的破坏，冲毁滩湾地37.56亩，但分布在河道中游沿河两岸的沙棘林却岿然不动，而且还淤积起了很厚的泥沙。

韩庆湾村位于马营河南岸，过去因受洪水淘冲，河岸不断南移，河水逼近村庄。自从营造了封闭的沙棘林护岸，河道移至林边并再向南发展，还漫淤了不少湾地。

柴家堡河湾在河流抗冲地段营造了雁翅形沙棘和杨、柳混交林，多年来河床一直固定未变，河道控制在20米以内。但在没有生物护岸林的地段，河道变迁相当频繁，河道宽度达67米多。

纵贯县境全长75公里的苍头河，过去河岸无边无际，注入黄河的泥沙难以计数。自从两岸种上了以沙棘为主的生物护岸林，河道顺直，河岸固定，流沙大减。据粗略测算，每年至少可少往黄河输沙300万—500万吨。沙棘护岸林被群众誉为"冲不烂"的护岸坝、阻截流沙的"固土剂"。与土石坝工程结合起来，沙棘护岸林可以更好地起到防护作用。

沙棘除了具备保持水土的植物学特征外，还能够有效地改善土壤的理化性能。沙棘根系与短秆状固氮细菌共生，固氮能力超过豆科植物。据资料介绍，一亩沙棘林可通过根瘤菌固氮24斤，相当于施用50斤尿素。6年生沙棘林内土壤有机质含量为2.13%，土壤含氮量为0.118%，两项指标均比农田高出一倍左右。7—8年生的沙棘林，枯枝落叶层可达2—3厘米厚，能增加土壤腐殖质，提高氮、磷含量。据此可以推断，右玉20万亩沙棘林的固氮量可合成尿素5000吨，相当于全县近年农田一年施用化肥的一半，再加上沙棘的枯枝落叶肥田，等于一个相当规模的化肥厂。

右玉人惊奇地发现，生长沙棘后的土地用来种植马铃薯，无须施肥，当年亩产量可达6000—8000斤，比一般农田增产一倍以上，而且连种三年地力不衰。在沙棘丛中栽杨树，树干直，树皮嫩，发芽早，落叶晚，生长速度和积材量比一般地上的树木增长一倍。

可贵的经济价值

沙棘果营养丰富，是继山楂、中华猕猴桃、刺梨之后食品工业的新秀。它含有丰富的维生素C、维生素E、维生素P、维生素B_1和维生素B_2，以及多种有机酸和钾、镁、钙、铁、钠等盐类，所含糖分胜过苹果和梨，其可溶性糖均为果糖和葡萄糖，还富含类黄酮、氨基酸、多种不饱和脂肪酸、微量元素、胡萝卜素、生物碱、SOD等众多生命要素。

据北京市食品质量检验站化验分析，右玉沙棘果汁中含有人体自身不能合成的多种维生素、氨基酸及黄酮素等，其中含有0.83%的蛋白质、12.52%的总糖、3.05%的总酸。每百克果汁，含有胡萝卜素0.013毫克、维生素$B_1$0.065毫克、维生素$B_2$1.43毫克、维生素E2.88毫克、维生素C含量可达1500—1700毫克／百克，营养十分丰富。

据《中药大辞典》记载，沙棘果实具有活血散瘀、化痰宽胸、补脾健胃、生津止渴、清热止泻之效及清心健脑、降低血脂、消除疲劳、防癌抗癌等功能，也是解酒醒酒的佳品，还有健肤美容，使肌肤增白亮泽、减少皱纹之功效。浓缩的沙棘果汁，对慢性支气管炎、高脂血症和冠心病有显著疗效。沙棘又是很好的运动食品，按期服用，能够促进人体新陈代谢，改善消化机能，还有提高肺活量、消除疲劳、增强体质的作用。据报载，第23届奥运会上，国家体委把沙棘晶作为我国运动员的营养饮料配品。沙棘果既可入药滋补，又可制作果浆、果冻、果酒、沙棘晶、沙棘糖粉，或用来配制糕点和饮料，在医药、保健等方面的作用是其他果品不能相比的。

沙棘有208种人体健康必需的天然活性成分，其在医药上的神奇功效令人惊叹，160余种成分天然合理地组合在一起，能产生集团增效功能，且长期服用无任何毒副作用，被誉为人类21世纪健康长寿的天然保健食品，享有"世界植物之奇""维生素仓库"之美称，被中国卫计委列为食药同源植物。

阿沃库莫夫，原苏联从事沙棘研究40余年的医学博士，曾感慨地写道："大自然竟能在一种植物中创造出整整一组非常有用的产品，真是奇迹。"

德国生物学博士阿乐部莱西德说："没有任何一种水果可以同沙棘相提并论。"

王博英，中国林科院从事10多年沙棘研究的教授，惊奇地写道："沙棘不愧是人类的绿色瑰宝，一个奇异非凡的医学宝库。其原因在于小小的沙棘富集了如此众多的生命要素，致使当今世界上的高科技和尖端科学望尘莫及！"

闪光的马——公元前12世纪的古希腊人，发现被他们遗弃的病马、瘦马在沙棘灌木丛中游荡一段时间后，竟神奇般地恢复健康，变得膘肥体壮，皮毛发光。因而沙棘的拉丁语意思是："闪闪发光的马。"

为把沙棘资源转化为经济优势，中华人民共和国成立后右玉第10任县委书记袁浩基费尽心思调研探讨，三

右玉沙棘系列产品展销

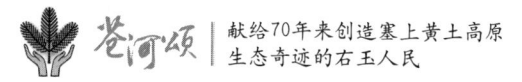

上北京洽谈。

1984年6月，右玉县在北京食品工艺研究所的帮助下，建成全国较早出现的沙棘系列产品企业——山西省绿都沙棘食品饮料联营公司。国家水电部一期工程投资80万元，建成第一条年加工4000吨沙棘饮料的生产线和年产450吨沙棘果酱的生产线，先后研制开发出果汁饮料、果酱、碳酸饮料三大系列、八个品种的沙棘产品。沙棘鲜果、沙棘原汁、沙棘果茶、长寿宝、多维露、沙棘果酱、沙棘果油、沙棘碳酸饮料等具有丰富营养成分的绿色产品，口味纯正，色泽宜人，是老少皆宜的四季饮品，成为人们宴请嘉宾的琼浆玉液，产品供不应求，远销全国各地。

1985年8月2日，香港12家报纸的记者来右玉参观时，喝了右玉的沙棘饮料后，齐声赞扬说："美极了，比我们以前喝过的饮料都好。你们赶快做，我们为你们做广告，一定会赢得所有人的喜欢。"

  沙棘原汁于1986年获国家农业部、国家水电部金质奖，1987年获山西省优秀新产品奖；

  1987年12月21日，在国家水电部、林业部、轻工部联合召开的全国第二次沙棘产品质量评比会上，右玉生产的沙棘原汁被评为部优产品，获奖杯和证书；

  1992年9月20日，在山西省首届农业展览会上，右玉生产的沙棘果茶获山西省首届农业博览会银奖，获奖杯和证书；

  2000年1月27日，在乌兰巴托蒙古国国际博览会上，右玉县人民政府副县长谭德宝和山西省绿都饮料公司总经理卢普应邀参加，右玉县绿都牌沙棘系列饮料荣获乌兰巴托国际博览会金奖，获奖杯和证书；

  2001年8月10日，北京，右玉县"绿都"牌沙棘系列饮料荣获中国国际农业博览会银奖，获奖杯和证书。

就1984年资源计算，亩产沙棘果40斤，年可收获800万斤，每斤以当时1角计价收购，全县可增收80万元，每个农业人口平均10元。如果把它全部制成沙棘汁，总产值可达4500万元，相当于全县实现第一个翻番时的农业总产值。就当时的生产规模，每年可生产浓缩沙棘汁1640吨、配制沙棘汁1600吨、沙棘粉150吨、沙棘汽酒270吨，总产值可达500万元，利税两项可达100万元。

沙棘籽含有7%—12%的油脂，可以制成沙棘油，具有很高的药用价值和食品保健价值。

沙棘叶不仅可以肥田，还是牛羊的上等牧草，一亩沙棘林足可饲养一只羊。

沙棘枝条是很好的生物能源，易燃耐燃，火力旺盛。平茬以后，亩产鲜柴可达2900—5300斤，足以解决山区人家一户一年的燃料问题。

沙棘根，木质纹理分明，具有淡黄色的象牙色彩，可以制成各种别具风格的工艺品。

沙棘，确实是林业的一大瑰宝。

把沙棘立为一业,全面开发、研究、利用

近30年来,原苏联、德国、英国、芬兰、罗马尼亚、波兰、瑞士等国对沙棘开展了广泛深入的开发和研究,并达到了新的水平。

据报道,原苏联自20世纪60年代以来就大力发展人工沙棘园,并在国民经济计划中规定有明确的发展指标。原苏联在1982年共消费沙棘制品1亿斤以上,人均1.5斤。

进入20世纪80年代后,右玉人对沙棘的生态功能和经济价值,有了更加深刻的认识。

袁浩基和姚焕斗全面研究分析了国内外沙棘种植保护开发利用情况后,决定最大限度地提高右玉沙棘的生态和经济效益。

1984年1月15日,袁浩基主持制定了《中共右玉县委、右玉县人民政府关于大力发展沙棘事业的决定》。

县委、县政府把沙棘立为一业,把沙棘资源当做右玉脱贫致富、振兴山区经济的主要门路之一,全面开发利用沙棘被摆到重要议事日程上。

之后,采取了一系列重要举措开发利用沙棘:

成立了由县委书记、县长为正、副组长的沙棘基地建设领导组;

县委、县政府颁发了《关于保护沙棘林木的通告》;

右玉县沙棘所两任所长阴荣林(前排右一)和郭政新(前排左一)与北京林业大学的师生野外考察。

制定了开发沙棘10年远景规划;

把20万亩沙棘成林划分给农民承包;

乡乡建起人工沙棘园。

1984年9月26日,在北京林业大学的积极配合支持下,成立了全国唯一的县级沙棘研究所和北京林业大学沙棘科研基地,承担起国家"七五"沙棘科研攻关项目。引进了国外19个沙棘优良品种。北京林业大学水保系主任、教授高资义和教授火树花夫妇与县沙棘研究所副所长(山西农业大学毕业)刘振兴连续三年在威远沙棘园蹲点,进行沙棘开发利用研究。特别是对沙棘秆茬进行反复研究,为提高沙棘挂果作出了很大贡献。

根据全县天然沙棘郁闭度高、干枯死亡严重的实际,开展了隔行疏伐试验以及沙棘扦插、整株移植、小苗定植等试验。

1985年9月18日,袁浩基出席了山西省沙棘开发利用座谈会,做了典型经验介绍。1986年1月31日至2月1日,中共中央书记处政策研究室主任杜润生一行在省委副书记王克文、省人大副主任霍泛及雁北地委书记白兴华、副书记张正书、副专员安秉文等人的陪同下,来右玉考察调研了右玉县种草种树和开发利用沙棘资源的情况。杜润生说:"右玉县实施'十六字'

1988年秋，山西省科委组织山西省沙棘种植加工项目考察团赴芬兰考察。右一为右玉县副县长、考察团副团长王建国，右二为芬兰土尔库大学校长、生物学家阿尔尼·罗西教授。

方针开发利用沙棘资源前景十分广阔。今后要在提高沙棘产品质量、提高种草种树质量上下功夫。我回到北京后，告诉钱正英同志，让她亲自来右玉看看，帮助你们把沙棘产业做强做大。"

1986年8月3日，雁北行署科委和右玉县委、县政府联合召开建立右玉沙棘中心试验厂论证会。省、地有关部门的专家学者23人出席会议。经论证，大家一致认为：右玉县沙棘面积大、品质好、产量高，有栽培习惯和经验，已建成沙棘饮料厂。北京大学又在右玉开展了定点研究，一致同意在右玉建立沙棘中心试验场。

1986年8月5日，袁浩基出席了全国沙棘开发经济交流会议，做了《把沙棘立为一业全面开发利用》的典型发言。在全省、全国的沙棘会上，还向与会人员散发了《右玉沙棘》一书。

1986年9月4日至5日，全国政协副主席、国家水电部部长、中国工程院院士钱正英，带领农水司处长刘春元等一行6人，在山西省副省长郭裕怀、中共雁北地委书记李振华等领导的陪同下来右玉视察。钱正英视察了右玉十里河沙棘林、威远人工沙棘试验场、右玉县沙棘研究所、右玉县沙棘饮料厂，听取了县委书记袁浩基关于建立右玉沙棘中心实验场的设想以及专家、教授论证意见的汇报；地委书记李振华谈了雁北地区沙棘利用开发的规划和方针。

听取汇报后，钱正英说："在右玉建设沙棘中心试验场，这个想法是可行的。这个地方是有条件的，土地很广，长期抓林业建设，发展沙棘起步较早，发展条件比较好。如果我们把右玉作为沙棘基地之一，搞开发利用还是有它的作用的。右玉的积极性很高，已搞出了中心试验场的试行性报告，回去抓紧研究批复他们。"

同时确定，右玉为钱正英的沙棘开发试验区和水保工作试验区，要求全国推广右玉种植沙棘的经验。

钱正英返京后，就右玉的沙棘固沙和大面积人工种植及开发情况，专门向中共中央和国务院写了专题报告。从此，右玉的沙棘开发利用事业引起了党中央、国务院的高度重视。

从1987年开始，右玉县会同中国林科院、山西省农科院、山西省生物研究所、山西省沙棘办从不同领域开展了沙棘研究工作。

确立研究目标，选择研究课题。10多年来，右玉县从原有的沙棘林的分布及生长结果的实际出发，制定了《沙棘科研右玉综合试验场的规划书》，从野生沙棘林改造技术、沙棘优良类型选择和繁殖技术的研究、沙棘人工种植园营建及管理技术三个方面入手，建起了沙棘研究中心试验区、野生沙棘林改造试验区和沙棘人工种植园试验示范区以及面积500亩的右玉沙棘科研基地综合试验场。

1988年秋，由山西省科委组织的山西省沙棘种植加工项目考察团赴芬兰进行考察。时任

林业功臣阴荣林

林业功臣郭政新

林业功臣曹满

右玉县副县长、考察团副团长的王建国，在芬兰总结交流了右玉沙棘加工的情况及经验。他在返程途中经原苏联莫斯科大学植物园参观时，亲眼看到管理得像国内苹果园似的沙棘种植园等繁育基地。原苏联沙棘树高大刺少，果粒较大鲜黄，十分喜人。他尝了尝果实后，将籽种用卫生纸包好一直通关带回右玉，在右玉沙棘研究所试种后生长良好，种植适应性极强。

阴荣林，男，1938年10月生，山西省芮城县人，太原工学院毕业，高级工程师，1.70米的个头。他在担任右玉县水利局总工程师兼右玉县沙棘研究所所长期间，先后承担了国家"七五"项目——"沙棘资源开发、良种选择及合理经营的综合研究"。其研究成果"沙棘扦插育苗技术的研究""右玉野生沙棘改造技术研究"和"沙棘病虫害防治的研究"达到国际同类技术先进水平。其中，"右玉野生沙棘林改造技术研究"项目，获得国家林业部科技进步三等奖。他通过建立人工沙棘种植试验示范园，开展63个沙棘优良品种研究，为我国"三北"地区建立林业生态体系和使主要分布在这个地区8000万贫困人口的脱贫，提供了重要的理论数据。

郭政新，男，1924年11月生，山西省大同县杨老洼村人。清华大学水利水保专业毕业。1959年6月30日加入中国共产党。大学毕业后，先后在山西省水利厅水保局、阳高县大泉山水保站、右玉县水保试验站工作。高级工程师。

郭政新从1971年起至1990年在右玉县水利局工作，任县水利局副局长兼右玉县沙棘研究所所长。他二十年如一日，痴心沙棘研究。他与阴荣林、曹满等科研人员为右玉县沙棘资源开发、沙棘林改造技术研究、沙棘林病虫害防治研究作出突出贡献。郭政新参加完成的"右玉县野生沙棘林改造技术研究"项目，1996年2月5日荣获国家林业部科技进步三等奖，奖金3000元，并获得中华人民共和国林业部部级科技进步奖证书。2004年10月20日，郭政新亲自撰写出版22万字的《沙棘研究汇报专集》一书，送国家、省、市有关部门学习参考。

一个清华学子，把自己的后半生全部献给右玉的沙棘研究开发事业，执着的追求，多么令人敬佩！

曹满，男，1965年6月生，山西省右玉县高家堡乡杨家后山人，山西省林业学校毕业，一

科研人员定期为沙棘林喷洒农药，促使沙棘苗壮成长。

米六八的个头，1987年7月1日加入中国共产党。他从进入右玉县沙棘研究所工作后，到担任北京汇源饮料食品集团右玉有限公司总经理的20多年间，一直致力于沙棘的研究和开发，为右玉沙棘事业的发展作出了积极贡献。当时，沙棘这种被称为酸溜溜、酸刺、圪针的东西，起初只是被老百姓用来围篱笆、作生火用柴而已。曹满结合所学的知识，提出沙棘用途很广的新见解。对此，县委书记袁浩基和县长姚焕斗给予赞同和肯定，随即成立了当时全国唯一的县级沙棘研究所，曹满有幸进入沙研所。

沙棘研究所成立之初，只有郭政新、曹满两个人。他们开展的第一项工作，就是深入全县的山坡沟崂调查，每次十天半个月。走时背上吃的干粮和各种仪器，带着防身的刀具，深一脚浅一脚地行走在深山老林之间，饿了啃一口干粮，渴了喝一口河水，困了就近缩在山上的破草棚或窑洞里。几年来共行程8000多里，采集了上百个种源，为开展科研实验取得了第一手资料。

1990年，因在"七五"期间沙棘开发利用工作中贡献突出，受到全国沙棘办的表彰和奖励。由他参与完成的"沙棘遗传改良传统研究"项目获国家科学技术进步一等奖、林业部科学技术进步一等奖，并颁发国家科技进步奖证书；参与合作的"沙棘改造技术研究"项目，因创造出带状间伐改造、带状间伐补植改造、疏伐改造等科学方法，使右玉野生沙棘产果提高了6—7倍，为此获得了林业部科技进步三等奖。在沙棘育种方面，采用清水泡穗、草帘覆盖等科学方法，培育出我国第一代大果无刺沙棘，此项科研成果填补了国内空白。国内不少专家前来右玉考察研究，一致认为右玉脱贫致富的希望在沙棘开发上。由他研究编写的《沙棘病虫草害名录》填补了省内空白，获山西省科技进步二等奖。他参与完成的"沙棘病虫害调查及防治技术项目"获山西省科技进步二等奖。

1999年他出任北京汇源右玉分公司经理后，始终以开发沙棘产业带动当地经济发展和帮助农民脱贫为己任，几年间推出了一系列沙棘新产品，并运用汇源品牌优势扩大市场，使公司成为年实现利税上千万元的全省百强龙头企业。他还先后与当地2万多农户建立了稳定的收果购销关系，使农民出售沙棘果人均年增收40多元。曹满把火红的青春献给了右玉的沙棘事业。

曹满1990年12月被全国水资源与水土保持工作领导小组沙棘协调办公室授予"'七五'期间沙棘开发利用工作中贡献突出奖"。2002年7月，分别荣获第四届"山西省青年科技奖"，并获得"山西省青年科研推广革新专家"称号和"山西省五一劳动奖章"。2002年至2004年，连续被朔州市人民政府授予"朔州市优秀企业家"称号；2001年被共青团朔州市委、朔州市青年联合会、朔州日报社、朔州广播电台、朔州电视台授予"第四届朔州市十大杰出青年提名奖"。曹满从1998年以来，连续多年被中共右玉县委授予"优秀共产党员"，被中共右玉县委、右玉县人民政府授予"劳动标兵"称号。

2018年12月,曹满被评为朔州市100位生态文明建设突出贡献人物。

十年寒暑,十年辛苦,十年的科研喜心头。

到1995年,右玉沙棘研究所在沙棘的人工栽培、育种选育(从全国各地引进32个品种进行驯化培育)、野生改造等方面进行了卓有成效的研究。全县野生沙棘林的果实亩产量已从当初的30公斤提高到200公斤。在野生林改造技术研究、沙棘扦插育苗技术的研究、沙棘人工种植园营建和管理研究、沙棘病虫草害调查及防治技术研究、沙棘种源实验研究、沙棘优良类型选择研究等方面都积累了丰富的资料和技术经验,其中有4项技术通过了国家技术鉴定,有4篇沙棘科研论文被收入第一、二届国际沙棘学术论文集,有1篇沙棘科研论文被收入第十九届国际昆虫学术会论文集。

由袁浩基、姚焕斗、王兵、傅品共同编著的《右玉沙棘》一书,由阴荣林、曹满共同编著的《沙棘病虫草害调查及防治研究报告》等一批学术专著在内蒙古、陕西、山西等地出版发行。

县委书记袁浩基、县长姚焕斗等4人所著《沙棘》书影。

瑰宝沙棘,引来无数嘉宾塞上行

绿的向往,绿的奋争。

右玉的沙棘开发利用研究取得了卓越的成效,引来了无数嘉宾塞上行。

10多年来,丰硕的沙棘科研成果吸引了国内及世界各地500多位领导、专家学者前来右玉考察和研讨的有:

1985年6月11日,外交部组成的驻外29个国家和地区的使节43人,由驻塞拉里昂大使罗欢、驻贝宁大使朱里松领队,前来右玉参观林草业和沙棘种植开发成果。

1985年8月8日,中共中央组织部副部长杨士杰一行5人,在中共雁北地委委员、组织部部长张光熙,原地委书记薛凤霄秘书、时任雁北地区体改委主任的王作柱和雁北地委组织部副部长张圣根的陪同下,第二次来右玉视察沙棘种植开发和种草成果。他十分感慨地说:"四年之后来右玉,又是一个大变样,党派右玉的县委书记一个比一个干得好。看!'天苍苍,野茫茫,风吹草低见牛羊'。看!这漫山遍野的沙棘林不仅绿了大地,更富了百姓。右玉的发展前景一定会灿烂辉煌。"

1985年9月12日,中国水利实业开发公司总经理钮茂生、副总经理冯奎武一行10人,来右玉考察沙棘资源。

1985年10月6日,国家林业部副部长刘广运一行6人来右玉考察沙棘种植开发等林业情况，并提出一些建议。

1985年11月25日至26日，日本国东京都日盛董事长川手正一郎、顾问平井崇三郎等一行7人，在中国水利实业开发公司总经理钮茂生、山西省水利厅副厅长郝永和陪同下，来右玉实地考察了沙棘资源，并同县长姚焕斗进行了开发沙棘资源意向性会谈。

1986年7月3日，中顾委委员、第二炮兵司令员张达志中将一行9人，在中共山西省委常委、山西省军区司令员张广有及雁北军分区司令员白星的陪同下，来右玉老区访问，参观了右玉林区景点。老将军欣然题词："重游右玉，面貌改观，植树造林，造福人类。"

1986年10月3日，美国联邦农业部水利水保泥沙考察组工程师加利·方那尼克、博士弗兰克·瑞肯德斯一行4人，在国家水电部水科院工程师周志德、姜乃森的陪同下，来右玉考察水保和沙棘种植情况。参观考察后，弗兰克说："右玉人民在防治风蚀水蚀方面，做出了非常出色的成就。""放宽林距，林中间草的办法，我非常赞成。"1986年11月6日，以日本宝酒造株式会社取蹄役制造部部长矢野忠德为团长的日本代表团一行5人，来右玉洽谈沙棘产品订货事宜。

1987年6月1日，美国专家、联合国粮农组织顾问贝克博士来右玉考察沙棘资源开发利用情况。贝克博士对右玉沙棘资源的栽培等方面的问题做了指导。

1987年7月6日，山西省生态专家马大羽来右玉考察后，高兴地写下了《右玉吟》诗一首：

雁门关外古城南，绿荫冉冉覆高原。
百里已无风沙起，桃李花香雨亦鲜。
六月牛马羊群壮，秋来沙棘满田园。
说与诗人难置信，李贺已不在人间。

1987年11月24日至26日，芬兰植物学家罗西一行2人来右玉考察沙棘资源和加工利用情况。考察后，罗西说："我非常有兴趣介绍我们的工厂来右玉合作。"

1988年5月8日，澳大利亚悉尼大学生物系教授、澳籍华人詹耀曾夫妇来右玉考察生物固氮情况。詹耀曾教授提出两条建议：一是在林地间作豆科作物；二是开展利用风能做动力的试验。

1989年10月9日至10日，国家林业部鉴定委员会对《右玉县野生沙棘改造技术的研究》进行鉴定，一致认为：右玉县野生沙棘改造技术措施简单易行，达到国内同类研究造林水平，建议在类似条件的沙棘改造中加以推广。

右玉沙棘科研基地在完成国家"七五"科研任务的同时，近五年来，还为北京林业大学研究生、本科生进行毕业实习、生产实习和社会实践活动提供了教学、科研和生产结合的场所。

"没有沙棘林,就没有塞上绿洲。"火红的沙棘漫山遍野,果实累累的沙棘枝,使村民脸上乐开了花。

兴沙棘产业,富十万民众。把沙棘卖到沙棘饮料厂,票子立马进腰包!

全力打造沙棘产业基地

沙棘被科学界誉为"第三代水果"和"21世纪最有希望的保健品之一"。

1992年11月,国务院副总理田纪云题词:"开发沙棘,大有作为。"

1995年9月,中共山西省委书记胡富国题词:"开发沙棘,造福山西。"

火红的沙棘,火红的人。

李发、高厚、赵向东、陈小洪接过袁浩基、姚焕斗、师发开发沙棘的如椽大笔,继续书写瑰丽的沙棘篇章。

右玉的沙棘大戏越唱越红火。

"九五"期间,右玉县被国家林业部和国家水利部确定为全国30个沙棘产业县之一,也是黄河中上游管理局确定的沙棘基地建设县。

1996年8月2日,《山西日报》第一版刊登的文章翻拍件。

在黄河中上游管理局和山西省水利厅的大力资助下,全县的沙棘种植工作跃上了新的台阶。

科技是实现沙棘产业化的助推器。右玉县10多年来沙棘系列化试验研究成果的取得及其应用,使沙棘的开发利用逐步走上了科学化的轨道。

根据"九五"期间沙棘产业发展的要求,全县有步骤、分阶段地对沙棘的品种进行更新,引进"森森""草原新兵"、俄罗斯品种沙棘等国内外优良品种,将产量低、趋于老化的品种逐步进行人工改造,使右玉沙棘面积每年以3333平方米的速度递增,真正把右玉建成沙棘产业基地。

1996年以来,李发、陈晋才因地制宜,立足资源优势,把发展沙棘产业、实施灌木战略作为四大农业产业富民战略重点之一,把沙棘资源的开发利用作为"九五"期间县级财源建设的骨干项目，制定了沙棘产业发展"九五"规划。

按照中共朔州市委书记金银焕的指示，县委提出了"举加工龙头，兴沙棘产业，活一方经济，富十万群众"的沙棘产业发展的新思路，把科技兴企和加工增值当做产业链的重要环节来抓，不断壮大老龙头，发展新龙头，培植强龙头，不断提高科技含量和产品附加值，使沙棘产品成为右玉的拳头产品，使沙棘加工业成为名副其实的地方优势产业，走出了以加工促种植、以种植保加工、以科研促生产、以开发促发展的良性循环之路，形成了种植、加工、科研、促销一条龙综合开发、贸工农一体化发展的新格局。

建立健全有效的服务组织，是实现沙棘产业化的重要环节。县政府先后成立了由县长李发、陈晋才任总指挥的沙棘资源建设指挥部，加强领导，统筹规划。指挥部下设资源建设组、产业开发组、资源保护组。

全县16个乡镇成立了沙棘专业协会和服务队，为农民提供一系列服务。

在沙棘产品销售地北京、太原、呼和浩特等地设立了专门的信息窗口和促销服务网点，拓宽了产品的销售渠道。

在已有的山西绿都沙棘饮料厂、中日合资人造板厂的基础上，全县又新上了瑞发祥沙棘饮料厂，年产"久伴"沙棘系列果汁2000余吨。

扶持新办了玉泉、华江、绿林、绿宝、绿海、太阳雨等10家民营沙棘饮料厂。

资金总量达到5000万元，年生产能力达到2万多吨。

山西省绿都沙棘饮料厂成为山西省沙棘原汁生产基地。

从1998年2月开始，县长李发带领有关人员亲自四赴北京汇源果汁集团总公司商谈来右玉建厂事宜，不厌其烦地介绍右玉的沙棘优势，并想方设法多方筹集资金……

在北京汇源果汁总公司与右玉县人民政府签订的《成立北京汇源果汁饮料集团右玉分公司的协议书》中约定，右玉县人民政府提供土地和厂房及建厂所需要的1200万元资金，北京汇源果汁总公司提供设备和技术。

当时右玉县财政一年的总收入只有1300万元，干部、教师等财政供养人员的工资经常难以按时发放。

金银焕也亲自出面与中国银行山西省分行行长王一开联系，并派笔者到王一开办公室面交贷款申请。

精诚所至，金石为开。

北京汇源果汁总公司总裁朱新礼亲自率领有关人员三次来右玉实地考察。

1998年11月30日，这是右玉沙棘开发利用史上令人难忘的日子。

北京汇源果汁饮料集团总公司与右玉县正式签订了成立北京汇源果汁饮料集团右玉分公司的合同，决定合作开发右玉沙棘资源。首期工程年产1万吨沙棘饮料果汁无菌生产线开始动工。该公司注册资金3500万元，北京汇源总公司持55%的股份，右玉持45%的股份。

第十六章 塞上绿洲沙棘红

2002年8月6日，中共山西省委原书记李立功夫妇（左二、左三）在中共右玉县委书记高厚（右一）的陪同下视察汇源右玉分公司。李立功说："把'汇源'引到右玉来，引得好！"

2002年10月17日，山西省人民政府副省长牛仁亮（右四）专程来右玉汇源分公司调研指导工作。他说："沙棘开发利用项目是一个很好的项目，应该下大力气做强做大。"他现场决定：从省政府项目经费中拨给此项目扶助资金100万元。

2003年7月15日至16日，中共山西省委书记田成平（前排右二）在中共朔州市委书记闫沁生（右一）、市长张建欣（右三）的陪同下深入汇源右玉分公司视察时要求："汇源右玉分公司，你们要做好、做大、做强。"

到1999年4月6日，第一期工程建成投产。到7月底，累计生产沙棘饮料2200吨，销售1800吨，实现销售收入760万元，实现利润81万元，上缴税金90.2万元。产品远销西北、华北市场，深受顾客青睐。

汇源右玉分公司的成立，不仅使高品位的沙棘饮料走向全国，而且有力地促进了右玉农民增收和社会就业，沙棘成为右玉财政增收的一大支柱产业。

汇源右玉分公司拥有瑞典利乐TBA／9、TBA／3、沙棘原汁无菌灌装等三条生产线。主要产品有1升果肉沙棘汁、240克瓶装沙棘果等四大系列20多个品种，所有产品直接销往山西、内蒙古、河北、甘肃、陕北、宁夏、青海、新疆八个省区。沙棘原浆远销日本、德国等国家和地区。

"汇源"商标被认定为中国"驰名商标"。汇源产品先后通过ISO9000、HACCP国际质量认证，被认定为"中国名牌产品""安全饮品""中国消费者放心购物质量可信产品""中国农产品市场畅销品牌"。

2001年8月2日，中共山西省委副书记、山西省政协主席刘泽民在中共朔州市委书记来玉龙及中共右玉县委书记高厚的陪同下视察了汇源右玉分公司。刘泽民说："朔州露天煤矿复垦区种了许多沙棘，效果十分好，你们做下游产业，对复垦区的未来有很大支持。煤炭之后是沙棘，是个不错的方向。"

2002年，汇源右玉分公司被列入山西省经济结构调整"1311"工程农业产业化百龙企业，先后被授予"全国沙棘生态建设与开发先进集体""朔州市农业产业化龙头企业""AAA级信用度企业""山西省五一劳动奖状"等荣誉。

2002年8月6日，中共山西省委原书记李立功在县委书记高厚、县长赵向东的陪同下，到汇源右玉公司视察。李立功连连称赞说："把'汇源'引到右玉来，这个项目引得好，引得好！""沙棘让右玉环境发生了很大的改变，还给老百姓带来经济收入，的确是个宝。"

2002年10月17日，山西省人民政府副省长牛仁亮在朔州市市长闫沁生、副市长李栋梁及县委书记高厚、县长赵向东等市、县领导的陪同下，到汇源右玉分公司指导工作。牛仁亮说："汇源右玉公司是对右玉经济发展有带动作用的龙头企业，已经被列入全省调产'1311'重点扶持项目。企业达产达效后，对全县财政税收的贡献将会大大增加，省计委要协调有关部门加快操作，督促扶持资金尽快到位，使企业达产达效。要改革投资管理体制，可以将扶持资金作为股金，确保投资真正见到效益。"

2002年12月14日，全国人大环资委主任曲格平在县委书记高厚的陪同下视察了汇源右玉分公司。曲格平说："看到右玉生态环境这么好，沙棘发挥了重要作用。开发沙棘时，也要继续保护沙棘资源，沙棘是经济资源，更是环境资源，务必注意这一点。"

2003年7月15日，中共山西省委书记田成平在中共朔州市委书记闫沁生、市长张建欣及右玉县委书记高厚、县长赵向东的陪同下视察了汇源右玉分公司。田成平说："我以前在北京工作期间，从水利部了解到沙棘是很好的东西，可以改善生态，还具有医药保健功能。汇源右玉公司你们要做好、做大、做强。"

至2004年，汇源右玉分公司成立6年来，效益连年翻番，累计实现销售收入1.79亿元，实现净利润1388万元，上缴税金1801万元。其中，2004年累计产销各类果汁9616吨，实现销售收入3577万元，上缴税金343万元，实现利润199万元。

2005年7月12日，中共山西省委副书记薛延忠，中共山西省委常委、常务副省长范堆相，山西省政协副主席吕日周在中共朔州市委副书记王耀斌、朔州市副市长杨富及中共右玉县委书记赵向东的陪同下到鸿利玉羹公司和汇源右玉分公司指导工作。薛延忠说："玉羹公司办得好。汇源总公司来右玉建立分公司，这个项目非常好，要一步一步把它做强做大。"

2006年隆冬，农历十二月二十六日，中共朔州市委常委、右玉县委书记赵向东，县长陈小洪，县委副书记李月明，县政府副县长谭德宝带领有关人员赴北京汇源集团总公司就进一步加强合作、促进沙棘资源开发等事宜与集团负责人进行商谈。汇源集团董事长朱新礼，副董事长谢全民、朱新德、程文学参加了会谈。

赵向东在会谈中说："与汇源集团合作的8年，是双方愉快的8年，也是彼此共赢的8年。在右玉最为困难的时候，汇源公司为右玉的经济发展作出了贡献，同时带动了农民的增收，获得了当地百姓的好评和称赞。现在经过几年的发展，右玉县经济和社会各项事业都有了长足的进步，特别是随着铁路、电厂、高速公路等一大批重大基础项目的建成运营，制约右玉发展的瓶颈将会被彻底打破，右玉的创业条件将得到极大改善，区位优势和资源优势将更加凸显，而汇源公司在持续十几年的高速发展的同时，又引进了法国达能集团、香港惠理基金等战略伙伴，企业的整体实力更强，这一切都为双方的下一步合作提供了更为广阔的空间。下一步还是要立足右玉丰富的沙棘资源，大力开发沙棘油、沙棘黄酮等高技术营养品和保健品，以此来快速占领市场，形成新的竞争优势。"

汇源集团董事长朱新礼对右玉县一直以来给予汇源公司的支持和帮助表示感谢，并向右玉通报了集团公司近期发展情况，以及上市和引入战略合作伙伴的情况。他说："沙棘虽然生长在土地贫瘠、条件恶劣的高寒地区，但其独特的生物保健作用已经在世界范围内被广泛认可，而且有利于保护生态，提高农民收入，促进人类健康，是一项利国利民的好事业。右玉有着丰富的沙棘资源，而且与汇源有着良好的合作基础，双方在这方面的合作前景非常广阔。"

2007年3月29日，北京汇源集团董事长朱新礼一行在中共朔州市委常委、右玉县委书记赵向东，朔州市人民政府副市长杨富，右玉县人民政府县长陈小洪、副县长谭德宝等领导的陪同下来右玉实地考察。双方就沙棘资源综合开发和其他领域的合作进行了深入洽谈。

朱新礼对右玉沙棘资源现状做了更详细的了解。他说："要依托右玉县丰富的沙棘资源，进一步扩大沙棘种植规模，兴建汇源沙棘科研园区及沙棘研究所，把汇源在右玉的沙棘深加工项目做强做大，实现合作共赢，使右玉的县域经济和汇源取得又好又快的发展。"

朱新礼对右玉良好的招商引资环境表现出了浓厚的兴趣，对下一步在右玉投资进行沙棘深加工项目与市、县领导达成了初步意向。

2007年4月10日，北京汇源集团公司投资1.5亿元人民币新上沙棘深加工、果汁饮料项目，签订仪式在北京举行。副县长谭德宝代表右玉县政府与北京汇源集团公司副经理谢全明在合作合同上签字。该项目于2007年4月开工建设。

2007年6月2日，山西省人民政府省长于幼军在中共朔州市委书记王雅安、朔州市市长田喜荣及中共右玉县委书记赵向东、县长陈小洪的陪同下，视察了汇源右玉分公司。于幼军说："右玉人民自力更生，换来天蓝地绿的生态环境，沙棘也功不可没。汇源要开发好沙棘，让沙棘进一步为人民造福。"

作为山西省"两区"建设重点项目，北京汇源集团右玉分公司承建的5万吨沙棘系列高新技术产品加工项目目前正呈现出强势推进的态势。项目共分三期完成。一期工程项目占地242亩，总建筑面积3.6万平方米。截至2009年9月底，二期工程已竣工，已投入资金1.6亿元，其中，8884万元用于生产设备的购置。

二期工程中，利乐砖和纯净水生产线已于2008年8月30日全面投产，目前生产平稳。压榨PET和二氧化碳超临界萃取3条生产线建成。沙棘产量将达到2.8万吨，加工处理沙棘果5000吨，生产沙棘原浆2000吨，加工沙棘饮料5000吨，提取沙棘籽油17.5吨、沙棘果油12.5吨，加工沙棘果粉125吨及纯净水和其他饮料等。年销售收入5800万元，实现利税2503万元。

该项目目前已同中国农业大学、中国中医药研究院、山西医科大学、山西医药研究所等多个科研机构进行技术合作，采取国际一流的研究成果和生产工艺技术，综合开发沙棘系列产品。并依托右玉当地丰富的沙棘资源，新建10万亩沙棘原料基地，无偿向农民提供良种沙棘苗木，并与5000家农户签订沙棘果收购合同，形成公司+农户的产业链，预计户均可增收4000多元。

北京汇源集团公司在右玉独资建设上市公司，将实现右玉上市公司零的突破。

如今，北京汇源集团公司右玉分公司已成为增强右玉经济实力的主要工业支柱项目之一。

2008年4月28日至30日，第二届中国（上海）国际营养健康产品博览会在上海广大会展中心举办。来自日本、马来西亚等国的120多个商家参加了博览会。汇源沙棘系列产品首次参展，引起了业内人士的高度关注。

本届博览会举办了沙棘国际论坛和沙棘产品专场展示。红色格调的汇源沙棘展台正处于人流进出通道之间，格外显眼，吸引了大量参观者驻足。

在开幕式上，汇源果汁集团与国家公众营养与发展中心联合创办的"中国果汁营养与健康指导中心"宣告成立。该中心旨在倡导果汁健康消费，平衡膳食营养，促进公众健康。

会上，汇源果汁公司右玉分公司经理曹满接受了中展网采访。汇源参展人员同业界人士进行了广泛的交流洽谈，并达成了部分合作意向。沙棘界人士纷纷表示，希望"汇源"成为沙棘产业龙头，带动沙棘行业发展。

朱新礼：我爱沙棘

北京汇源集团董事长朱新礼多次来右玉考察沙棘的种植、开发、利用，有感而发写了一篇《我爱沙棘》一文，我按县委书记赵向东的嘱咐，将此文全文记入书中。相信读者们会对沙棘食品爱如珍宝。

在汇源集团内部，有一个公开的秘密：大家都知道我喜欢沙棘食品。是的，不论是在国内还是国外、在天上还是地上，我的随身行李中肯定有沙棘制品。天长日久，公司内部以及朋友圈中喜食沙棘的人越来越多……

1998年，应山西省右玉县领导的邀请，抱着参与西部开发、支持贫困地区经济发展的社会责任感，我来到右玉考察。在那个金秋季节，我认识了这个神奇的植物——沙棘。它没有白桦的挺拔，也没有杨柳的婀娜；江南水田没有它的身影，城市园林没有它的踪迹。但它那顽强的生命力、金黄色的果实和民间的传说，让我惊叹不已。这种植物真的有些不可思议和神奇无比。它是沙漠和高寒山区恶劣环境中能够生存的极少数植物之一，是被称作"地球癌症"的砒砂岩地区唯一能够生存的植物。它不用肥料，不施农药，根系在沙漠或砒砂岩中长出了绿油油带刺的灌木丛枝叶。在它小小的果实中，竟富含12大类208种对人体有益的活性物质。其提炼物可增强心脏功能，调节血脂，软化血管，改善肝功，养肤美容，对癌症、冠心病、气管炎、烧伤烫伤等病症都有不凡功效。而最近的一项研究甚至表明，它还可以有效预防手机辐射。在汉、蒙古、藏族及西亚多国药典中都提及沙棘食药两用的功能。从沙棘果中提取的沙棘黄酮是国家创新药品。

世界上的事也许真的是这样：艰苦的条件可以积聚神奇的能量，逆境的磨炼可以孕育出不凡的价值。沙棘生长在贫瘠、恶劣的环境中，却结出了高贵的果实。

沙棘是生长在贫寒中的富贵果，其药用价值已不言而喻，而生态价值也早已引起了国家的重视。其防风固沙、改善生态环境的重要性更是不可替代的。沙棘办是中国政府单独为它而成立的办公室。中国学者为它发行两种学术期刊，世界学者每两年为它举办一次国际学术研讨会议。国家领导人相继为沙棘题词。在全球植物中，难得有此殊荣者，难得有与其媲美者。全球90%的沙棘生长在中国的疆域。在某种意义上可以说，沙棘是中国的国宝之一。

自从与沙棘结缘，我就再也没舍得离开过它。10年前，手背上起了一个个深色的褐斑，而且感到了胸部的不适。医生说，这是衰老和冠心病的征兆。这些年，年龄增加，工作压力没减，褐斑和不适感却消失了，各项体检指标正常。这应该感谢沙棘！

我有一个愿望，那就是要开发、推广与利用这种携带神奇生命能量的珍贵果实。汇源已投入巨资在右玉建立沙棘研发中心和加工基地。随着人们对沙棘的认识和重视，西北沙漠将会成为绿洲。沙棘系列制品将把健康送向人间。沙棘是人类健康的瑰宝。我爱沙棘！

中国汇源果汁集团有限公司董事长　朱新礼
2007年6月18日

让沙棘成为改造生态、农民脱贫、国民医药保健的功臣

2008年7月10日，北京汇源集团董事长朱新礼一行，在右玉县领导陈小洪、苏连根、李月明、孙玉才、谭德宝的陪同下深入汇源右玉分公司考察，对一期工程进展表示满意。

2008年8月20日，山西省人民政府省长孟学农在中共朔州市委书记田喜荣、市长冯改朵及中共右玉县委书记陈小洪、县长苏连根的陪同下视察了汇源右玉分公司。孟学农说："沙棘发展潜力很大，可以在山西全面推广，形成新的产业群，汇源要做好排头兵，我们大力支持。"

北京汇源集团右玉有限责任公司成立后，由小到大，逐年发展，产值和效益逐年翻番。至2008年底，累计实现销售收入2.94亿元，实现纯利润2472万元，上缴各种税金2660万元。企业在发展过程中，为社会作出了重大贡献，累计为社会运输车辆增加收入1084万元；为员工增加工资收入400多万元，为员工交社会养老保险60万元；收购农民沙棘果给农民增加收入

2008年7月10日，中国汇源果汁集团有限公司董事长朱新礼（左三）又一次深入汇源右玉分公司考察。县委书记陈小洪（左一）、县长苏连根（右一）、县委副书记李月明（左二）、县人大副主任孙玉才（右四）、副县长谭德宝（右二）陪同。朱新礼对一期工程进展顺利表示满意。沙棘系列制品已成为人类健康的瑰宝。

1500余万元。各项贡献合计8179万多元，取得了较大的社会效益。

北京汇源集团右玉有限责任公司接过先驱的沙棘旗帜，满怀信心开拓沙棘行业，让沙棘真正成为中国改造生态、农民脱贫、国民医药保健的功臣！

2009年9月10日，北京汇源右玉分公司被中共朔州市委、朔州人民政府授予"朔州建市20周年功勋企业"光荣称号。

从赵向东、陈小洪、苏连根、苏斌如到吴秀玲、王志坚，他们一直在为做大沙棘深加工项目不懈努力。

近三年来，吴秀玲、王志坚大力发展沙棘林，集中连片改造低产低效沙棘林4万亩，建设高标准沙棘园1.28万亩。2016年7月，全力引进沙棘加工企业山西献果园生物科技有限公司，注册资金6500万元。公司位于右玉县梁威工业园区，生产利乐包、原果浆等四大系列40多个品种，产品销往长江以北大半个中国。

右玉4.3亿元打造中国沙棘王国。

相信，塞上绿洲的沙棘果会更红更艳！

第十七章 『三大战略』决战贫困

[题记]

贫困是区域经济非均衡发展的产物。

贫困作为一个社会问题，过去存在，现在存在，今后一个时期仍将存在。

有史以来，无数良吏清官，为消除所负责一方土地的贫困，都曾做出过卓越的努力和艰苦的探索，从而垂范后世。

"茫茫晓日初开，皓皓旭日东升"，当我们从激励人心的跨世纪年代去拥抱下一个世纪的朝阳时，我们决不允许贫困的阴影伴随着我们。

让国家富强、人民生活幸福，是中国共产党人的立党宗旨，更是中国人民千百年来的夙愿。

党的十三届四中全会以来，以江泽民为核心的第三代领导集体，把扶贫攻坚作为一大战略提上了党和国家的发展日程。

1999年12月9日，中共朔州市委组织部常务副部长高厚受命出任右玉这个国家级贫困县的县委书记，挑起了率领全县10万人民驱穷致富的重担，走上了与贫困决战的第一线！

高厚是跨进新世纪门槛的第一任县委书记，也可以算是20世纪末最后一任县委书记，因为他去右玉上任时间是1999年12月8日，23天后，人们就开始了一个全新的纪元。在新旧世纪交替之际，高厚受命到右玉赴任。

"听说高厚来当县委书记，哪儿去了，半个月没见他的影子？"

大同、朔州熟悉高厚的人，来右玉几次找他，办公室门锁着，只好去问县委办公室的工作人员。

"我们也没见面，听说和兰主任下乡搞调研已走了半个月。"

县委办公室一位搞内务的干事说。

"高厚这家伙的性格我知道，从来不服输，敢出奇招，他早就想来右玉踢个飞脚！"

一位大同市政府的中层领导因三次来右玉未见高厚的面，说出了这样的话。

1999年12月25日，县委三楼会议室里，县四大班子联席会在这里举行，会已开到深夜一点还未散。

高厚用深情而沉重的语气对大家说：

"右玉县是国家级贫困县，中华人民共和国成立以来，历届县委、县政府为改变右玉人民的生存条件绿化河山，防风固沙，保持水土，为改善生产和生存条件取得了很大成就。但我们更要看到，我们右玉经济发展缓慢，同发达地区和周边县区之间差距越来越大，这是摆在我们面前的严峻事实。发展才是硬道理。世纪之交，如何决战贫困，抓住新的机遇，以崭新的面貌进入新世纪，是全县各级面临的一个战略性课题。我们在座的四大班子同志们都有这个责任，你们认真考虑过这个严峻问题没有？"

多少年了，从晚上七点开到凌晨二点，连开六个钟头的党政联席会没有见过。

多少年了，"决战贫困"四个字，第一次深深地震撼着每个县领导的心。

"不转换观念，这个领导是当不下去了。"

县领导们晚上第一次失眠了，在反复琢磨着自己的责任。

高厚对右玉县50年来扶贫工作的反思

决战贫困、驱贫致富的突破口和工作的切入点在哪里？

高厚，山西财经大学毕业。曾任雁北地区统计局局长，高级统计师。他做事深思熟虑，精于计算，有胆有识，确实高人一筹。

2000年3月28日，中共右玉县委十届二次全体（扩大）会议在县委小礼堂召开。

会上，高厚作了《解放思想，转变作风，为全县尽快摆脱贫困而努力奋斗》的工作报告。

高厚开门见山地说：

"我们要对右玉县50年来扶贫工作进行认真的反思，通过反思找出问题的症结，提出我们新的对策和加快发展的思路。

"右玉县地处晋西北边陲，位于'三北'地区长城沿线潜在沙漠化地带，气候条件恶劣，水土流失严重，灾害频繁，十年九旱，历史上曾有'出门一身土，在家土一层；春天眼难睁，夏天晒死人，男人走口外，女人挖苦菜'的说法，是一块荒凉贫瘠的土地。

"新中国成立以来，国家对右玉给予高度关注、热情关怀和巨大支持。对右玉的扶持力度逐步加大，可以说付出了巨大的代价。

"责任制前的35年中有28年吃国家粮食补贴；责任制以后，特别是20世纪90年代，国家和省、市各级又实行了一系列扶贫政策，在政策和资金上给予贫困地区更大的倾斜。据测算，如此沉重的代价，回报率却很低，没有从根本上解决贫困问题。主要表现在三个方面：一是在农村生产和生活条件上，许多村庄居住分散，仍然是原始部落式的人口分布居住状况，不仅温饱问题难以解决，有些地方连起码的生存条件都不具备。就是这些只有三五户的小村庄，政府还得投入大量资金为其通水、通电、办学，难以形成应有的投资效应。二是在农业生产条件和耕作方式改善上，尽管上级投巨资用于贫困地区生产条件的改善，但是由于低水平重复建设和缺乏规模化开发，全县水浇地面积仅有1万亩，旱涝保收的基本农田只占总耕地面积的12.5%。脆弱的农业生产条件导致农民广种薄收的耕作方式难以改变，全县农民人均10亩耕地也只能是好年景丰收脱贫，灾年歉收返贫。统计资料表明，1949年至1999年的50年间，全县就有21年因灾歉收，农民收入出现反复。三是在县域经济结构上，第一产业基础不稳，第二产业总量不够，第三产业发展缓慢。第一产业中，一方面因干旱少雨和无霜期短，造成农业抵御自然灾害的能力极差；另一方面从农业内部结构上看，五谷杂粮全种，牛羊猪鸡全养，种的是老祖宗传种的作物，用的是老祖宗发明的工具，生产方式简单落后，各种农产品星星点点，难以形成规模化的商品基地，农产品市场化程度较低，农业的质量和效益很差，农民增收步伐缓慢。作为全省唯一的半农半牧县和全市的养羊基地县，2000年朔州市表彰的畜牧业发展大户右玉反而没有一家。从第二产业来看，整个县域工业经济的总量仅仅相当于发达地区的一个村庄或一个中型企业的总量，全县资产总量上千万元的企业仅有5家，500万元以上的仅有11家，由于在计划经济体制下形成了以生产集中度低、专业分工差、科技含量低、小规模自给性重复生产为主要特征的小而全的工业经济结构，就造成了全县企业数量多，资产存量少；工业门类多，支柱产业少；产品种类多，科技含量少；大众产品多，地方特色少。这种格局在新的历史时期，已经越来越难适应大市场竞争的需求，发展空间也越来越小，形成了'有工不富'的现象，县级财政状况依然贫穷。从第三产业来看，由于全县地处偏僻，交通不便，流动人口较少，小城镇建设滞后，社会服务业、房地产业和信息产业发展缓慢。全县第三产业中，除党政机关和社会团体占相当大比例以外，其他成分占国内生产总值的份额很小，低于全省平均水平，也低于全市平均水平。

"右玉经济发展缓慢，固然有条件恶劣、基础较差等客观原因，但是在发展思路上、工作力度上也有相当多的因素。首先，全县经济发展的指导思想不尽完善，缺乏大思路、大战略和大动作，使几十年的扶贫工作头痛医头、脚痛医脚，小手小脚，步伐不大。二是由于缺乏观念创新，干部群众思想保守，因循守旧，得过且过。在上级扶贫政策下，有许多贫困乡村的干部群众，长期等靠要，可以说养活了一批不思进取的懒汉。三是抓经济发展的力度不够。无论是20世纪80年代的'种草种树，发展畜牧'，还是90年代的'改善生态环境，建设畜牧大县'，指导方针都是符合右玉实际的，也是十分正确的，但是口号喊了、旗子举了、方案做了，却由于缺乏连续工作力度，最终没有迈出大的步伐。四是在投资安排上，不能把争项目、争投资和增效益有机地结合起来。多少年来，项目和投资也争取到不少，却撒了胡椒面，不能把资金捆起来办大事，没有把资金真正集中用在发展的刀刃上，因而几十年来始终没有从根本上解决脱贫、脱补和增量等关键问题。五是一些非经济因素对经济发展产生了很大的制约作用。有些投资和项目都是为了迎合参观检查评比，成为劳民伤财的花架子工程，事倍功半，既消费了人力物力财力，又引发群众的许多怨言。六是人才缺乏。本地人才培养不起来，外面的人才引不来，导致整个县域经济发展经营管理粗放，科技含量不高。

"发展才是硬道理。周边地区特别是中西部地区都在争先恐后，抢抓机遇，加快发展。其他地方都在大发展，右玉县到底怎么办？这是全县各级面临的严峻考验，如果不抓住这一机遇，就意味着右玉在新世纪仍然贫穷落后；如果切实抓住机遇，进一步加大工作力度，右玉发展的第二个春天就会很快到来。

"随着世界经济全球化步伐的加快和国家对宏观经济结构的战略调整，右玉面临的机遇很多。一是国家实施西部大开发战略，进一步加快中西部地区的发展，重点要集中力量扶持基础设施建设、生态保护、调整产业结构等，这给下一步争项目、争资金、培育新的经济增长点提供了极好的机会。二是2000年是国家实施'八七'扶贫攻坚计划最后一年，国家要继续坚持开发式扶贫方针，进一步加大财政转移支付和以工代赈的力度，省市各级也将继续打好扶贫攻坚战，这为我们加快农村脱贫致富步伐提供了良好的发展环境。三是以知识经济为特色的新一轮产业升级换代，为发展新兴产业带来了机会。四是全省已经启动实施经济结构大调整战略，有利于加快发展主导产业和潜力产品的开发。

"面对这些难得的历史机遇，再加上右玉独特的自然条件，以及全省政治稳定、社会安定、干部群众人心思富、人心思上，精神饱满，整个经济发展进入了前所未有的有利时期。是墨守成规、等待观望，还是奋力赶超，迎接挑战？当然应当选择后者。存在机遇并不等于能抓住机遇。在新中国50年的历史上，我们国家有过不少经验教训。20世纪六七十年代，亚洲'四小龙'抓住了国际经济结构调整的机遇，一举成为新兴工业化的国家或地区，而我们国家则由于以阶级斗争为纲而错过了机遇。八九十年代，由于邓小平同志的远见卓识，才终于抓住了机遇，实现了经济的腾飞。建国50年来，我们右玉同样有过许多机遇，而我们却没有抓好，错过许多良机。我们应当清醒地认识到，机遇稍纵即逝，可遇而不可求。正如古人所言：'圣人不能为时，时至而弗失。'就是说，即使君子贤人也不能凭主观意志去创造时势，但一旦有利时机来临，则必须紧紧抓住，妥加利用，不能错失良机。在我们面前，事实上机遇与挑战并存，困难与希望同在。只要我们抓住了机遇，不仅能谋好篇、布好局、起好步，而且右玉经济腾飞的春天很快就会到来。

"面对新千年的到来，全县人民都迫切期盼新千年右玉能有一个新景象，新世纪能给右玉人民带来新希望。

"世纪初的五年，将更是右玉各项事业实现新起步的关键五年。我们就是要将得民心、顺民意、遂民愿、令人鼓舞、令人振奋的宏伟蓝图书写在右玉大地上。要完成这一具有挑战性的战略任务，关键在党，根本在人，成败在干。"

高厚精辟透彻的分析，使参加县委扩大会议的同志们茅塞顿开，精神振奋。

会场上响起了阵阵的掌声。

会议还讨论通过了《中共右玉县委、右玉县人民政府关于全县移民并村撤乡规划方案的决定》《中共右玉县委关于改进领导干部作风的决定》《中共右玉县委关于加强畜牧业发展的决定》。

2000年3月28日县委扩大会议，在右玉发展进程中，是一次重大的转折，是一次重大的发展，是一次重大的跨越。

"反思使人猛醒。"

"发展才是硬道理。"

"大思路、大战略、大动作……"

"抓住机遇加快发展。"

"齐心协力唱好'强县富民'大合唱。"

多少年在塞上高原生存的贫困右玉人，第一次听到了这样一些新说法，值得回味，值得思索。

这些激人奋进的话语，深深地印在右玉干部群众的脑子里。

确立右玉农村经济发展的基本思路

发展才是硬道理。

邓小平在1992年南方谈话时讲的七个字,在右玉县城南出口的跨路横标上、在县文化馆大楼的楼顶上、在右玉电视的屏幕上,醒目鲜明地展示出来。

高厚让右玉10万人民牢牢记住并勇于实践这七个字。

右玉,作为农业县,农村经济的发展直接影响着整个县域经济的发展。要想抓住机遇,加快发展,实现赶超,就必须在农村经济发展上确立大思路,发展大战略,明确大目标,实施大动作。

高厚提出的"大思路、大战略、大目标、大动作",一下子牵动了右玉干部群众的心。

何为"四大"?就是今后几年,全县要继续高举邓小平理论伟大旗帜,紧紧围绕增加农民收入、增加财政收入、增加经济总量和增强经济发展后劲四个目标,全力打好改革开放、结构调整、技术创新三个硬仗,认真抓好农业素质和效益、工业经济运行质量、基础设施建设水平三个提高,推动全县经济持续快速健康发展。总的奋斗目标是力争农村尽快稳定脱贫,财政收入尽快实现自给有余,全县经济总量大幅增加。

为了推进农业和农村经济结构的战略性调整,全面提高农业和农村经济的素质和效益,切实推进农业产业化和现代化进程,要在农村启动实施移民并村撤乡战略、退耕还林还草还牧战略、种植业结构调整战略,加快农民稳定脱贫步伐。

高厚的农村"三大战略"一提出,全县一片哗然。

不少人说:"实施农村'三大战略'多好的工作思路啊,右玉发展的春天真的来到了。"

但也有少数人持怀疑态度:"这'三大战略'能行得通吗?贫困的右玉这么大,高厚是不是在说大话咱还得看一看。"

2000年1月,中共右玉县委认真组织开展了"三讲"教育活动,使全体领导成员坚定了"实践三个代表,实施三大战略,实现稳定脱贫"的信念和决心。这是右玉县第一批"三讲"领导成员与省委巡视组合影留念。前排左九为省委巡视组组长尉满囤,左十为中共朔州市委副书记杨伟民,右八为中共右玉县委书记高厚,左八为右玉县县长陈晋才,二排右一为笔者石新民。

高厚在全县干部大会上以特浓的应县口音坚定地说:"我提出的'三大战略',是我上任伊始,走山串沟,深入调研,大胆决策的结果,而不是心血来潮,感情用事。党把改变右玉县贫穷落后面貌的担子交给我,我必须知难而进!"

"我高厚说了算,定了干!请全县10万人民与我同心干!"

高厚说这话时,表情是严肃的,谁也拦不住他!

高厚还把"实施农村三大战略,决战右玉多年贫困"做成大型标语牌,十分醒目地矗立在县委大楼的楼顶上。

移民并村撤乡,走出深山奔富路

2000年2月,高厚打响了右玉农村经济快速发展的第一炮——实施移民并村撤乡战略。

右玉地广人稀,人口居住分散。这种原始部落式的人口分布状况,不仅难以发展经济,有些地方在恶劣的自然条件下,甚至连起码的生存条件也不具备。

不少村庄分散建在大山陡坡上和深山大沟里,造成群众行路难、吃水难、供电难、上学难、就医难等诸多困难。

有的村仅三五户人家,年年"刨个坡坡,吃个窝窝",广种薄收,越垦越穷,不仅耗费了人财物,而且破坏了生态环境。

有些山村偏僻封闭,群众买货不便,推销土特产无门,长期在贫困线上挣扎。

"为了让大山里的农民从根本上摆脱贫困,全县必须着眼长远,把移民并村撤乡作为扶贫攻坚的一项根本战略措施来抓。目的就是要使农村区域布局与农村经济发展的总体规划相统一,既有利于农村、土地、人力资源的优化配置和综合开发,又能使所有偏远落后的村庄从原始部落式的生存状态中解脱出来,加快专业化生产基地的建设。"

高厚喊哑了嗓子,反复讲移民并村撤乡的重大意义。

从2000年起,高厚带领县四大班子,用三年左右时间实施百村万人规模浩大的扶贫移民工程。报请省政府批准,撤六乡,即撤掉杀虎口、破虎堡、威坪、欧村、高墙框、西碾头六个乡;建五区,即建好杀虎口旅游区、破虎堡牧区、威坪牧区、丁家窑牧区和元白(元堡子北部、白头里东部)牧区;强四镇,即抓好新城、右卫、威远、元堡子四个小城镇建设。搬迁100个村,使1.17万人异地搬迁脱贫。其他乡镇也根据实际情况建成当地的农副产品集散地或产地批发市场,辐射带动整个农村经济布局的优化和产业结构的调整。

2000年3月28日,《中共右玉县委、右玉县人民政府关于移民并村的决定》出台了。

政协右玉县第五届主席王德功任县移民并村撤乡领导组组长,县委常委兼组织部部长于太明、副县长刘义任副组长,县民政局副局长高福生任办公室主任。

县委、县政府对移民新村基础设施建设工程实行统一图纸设计、统一建设标准、统一工程预算、统一招标建设,并切实加强移民后续服务工作,及时组织县直机关开展帮扶移民户活动。

县四大班子领导成员把所包乡镇作为责任点。

县乡干部进村入户，炕头上谈心，教育引导群众，落实优惠政策，帮助群众排忧解难。

新闻舆论部门加大宣传力度，激发广大山区群众搬出大山，改变环境，迈向富裕文明的热情。

面对资金需求压力，一方面全县以自力更生为主，挖掘自身潜力，县投建基础设施，达到"五通一平三配套"（即通路、通水、通电、通电话、通电视网，村平，学校、医疗和商店三配套）。凡移民户每人由县补助建房款1000元，其余部分自负。另一方面坚持早规划早动作，千方百计争取上级项目资金。

2000年7月24日，山西省扶贫开发局局长尚志斌在中共朔州市委副书记王耀斌的陪同下，深入右玉考察移民并村开展情况，听取了高厚、王德功关于移民并村启动进展情况，以及面临的资金困难。尚志斌表示："右玉把移民并村作为扶贫攻坚的突破口，方向是正确的，措施是切实可行的，省里要全力给予支持。"

2000年12月26日，山西省扶贫开发局为右玉县拨付专项移民扶贫资金650万元。这真是雪中送炭！

移民并村是一项复杂艰巨的社会系统工程，最终要让移民"迁得出，移得进，移得住，能致富"。

高厚提出并做到：右玉县坚持新建集中安置与自愿分散外迁、新居建设与产业开发、调配土地与水利工程、当前移民与长远脱贫相结合的原则，因地制宜，因势利导，多渠道帮助移民开辟生产门路，建成高效种植型、规模养殖型、城郊经济型的新农村建设的新格局。

2001年1月10日，山西省人民政府批准了右玉县乡镇行政区划调整方案，新的乡镇行政区划正式生效。全县乡镇由原来的16个撤并为10个，即撤销杀虎口乡、高墙框乡、欧家村乡、威坪堡乡、西碾头乡、破虎堡乡。将原杀虎口乡整体、高墙框乡北部的8个村、欧家村乡西部的5个村并入右玉城镇，组建新的右卫镇；将原威坪堡乡并入威远堡镇，合并为威远镇；将高墙框乡南部的7个村并入梁家油坊镇，组建新的新城镇；将原破虎堡乡整体及欧家村乡北部的5个村庄并入李达窑乡，将欧家村乡南部的11个村并入牛心堡乡，组建新的牛心堡乡；将原西碾头乡整建制划归高家堡乡；将原元堡子乡改为元堡子镇。从而形成全县四镇六乡的区划格局。

2001年8月1日，中共山西省委副书记、政协山西省第九届主席刘泽民在中共朔州市委书记来玉龙等领导的陪同下视察移民并村等项工作。他对右玉县实施农村"三大战略"给予高度评价。刘泽民高兴地说："打好扶贫攻坚战，实现贫困地区经济跨越式发展，没有现成的路可走。右玉县委、县政府本着'吃透上情'，领会中央精神；'摸透下情'，结合本地实际情况，创造性地提出扶贫攻坚的'三大战略'，并且依据实施过程每个阶段的实情，对发展战略不断进行修正、补充和完善，使'三大战略'真正起到了统领各项工作的作用。右玉

县委文件影印件

2001年10月7日，中共山西省委副书记、组织部部长李景田（右一）深入右玉调研。左一为中共朔州市委书记来玉龙，左三为中共右玉县委书记高厚，左四为中共右玉县委常委、组织部部长于太明。李景田要求："通过'三讲'教育活动，进一步鼓足右玉各级党政领导班子脱贫攻坚富民兴县的斗志和信心。"

的同志们创造性地提出并实施农村'三大战略'，思路正确，方向对头，在发展县域经济的实践中走出了一条自己的路子，也为欠发达地区深化改革、扩大开放、抓好发展、保持稳定提供了有益的启示，要坚定不移地干下去。"

到2001年底，全县共投资2750万元，新建了新城镇东街和南街、威远镇威东、右卫镇振兴、李达窑乡应洲湾、杨千河乡金牛庄、杀虎口共7个移民新村，建移民住房1550套，建学校6所，共有1550户、6800口人实现了整体搬迁。这一举措使祖祖辈辈生活在大山深处的农民走出封闭，走出贫困，走向文明，走向富裕。

久居深山窝坡的广大农民高兴地说："我们终于走出了山沟，奔向了富路，小康道上迈开了大步。"

高厚提出并实施的移民并村撤乡战略胜利了。

2002年7月29日，全省扶贫移民并村朔州现场会时，省委常委、常务副省长范堆相以及山

2001年8月2日，中共山西省委副书记刘泽民（右二）在中共朔州市委书记来玉龙、中共朔州市委副书记王耀斌（右三）、中共右玉县委书记高厚的陪同下，深入右玉汇源公司视察调研。刘泽民说："汇源这个项目引得好！一定要把汇源这个惠民公司办好办强。"

2001年8月3日上午，中共山西省委副书记刘泽民（右一）深入右玉县正在建设中的威东移民新村调研。刘泽民说："右玉县实施的农村'三大战略'方向是正确的，要坚定不移地把它干好！"右二为中共朔州市委书记来玉龙，右三为中共右玉县委书记高厚，左一为威远镇党委书记曹占贵，右二为右玉县县长陈晋才。

西省农业厅厅长杨文宪、山西省民政厅厅长毕怀恕、朔州市委副书记王耀斌等省、市、县有关部门的主要负责同志来右玉参观指导。范堆相在新城镇南街移民新村接受随行记者采访时说："右玉县在全省移民并村开发扶贫中率先打响，取得明显成效。要很好地总结右玉的经验，在全省宣传推广出去。"

为了不忘扶贫移民并村的惠民举措，在右玉新城镇东街移民新村的进村北出口，专门新建了一个醒目的纪念碑。碑文由王德功亲自撰写，内容如下：

移民新村建设碑记

脱贫致富为百姓之众望，移民开发乃扶贫之德政。

右玉昔为边地要冲，僻远荒寂，土瘦人疏。新中国成立以来，历届县委、县政府励精图治，百业大兴，然仍有近百村落散居僻壤，万余民众苦事田畴，生计困顿，行路、饮水、就医、照明、求学诸难尚待解，其生存之地因粗放耕作亦日渐趋恶。世纪之交，省委、省政府投移民开发之专资以资助。县委、县政府诚怀为民之爱心，恪守为民之职责，践行"三个代表"，深谋关怀民生之大计，实施"百村万人移民工程"。新城镇移民村应运而生。至二〇〇一年三月兴作，讫次年修建移民住舍近两千间，并配套较为完善公益设施，接纳全县八方移民六百余户两千五百多口人。新村集养殖、加工、服务、劳务于一体，创举龙头、建基地、强集镇之特色。其间温家宝、田成平、刘振华等领导曾莅临新村视察指导，市、县领导及上级主管部门曾多次现场办公，排忧解难。移民新村之建设惠及万民，安泽百世，实乃丰功大业，善政深仁，可嘉可彰，故作铭树碣，谨叙颠末，告诸来者，以冀垂之永久。亦望受惠移民发愤图强，艰苦创业，早日走向文明富庶。

新城镇党委、政府
公元二〇〇二年六月

至2001年底新建成的城郊型东街移民新村。

至2001年底新建成高效种植型威东移民新村。

2013年新建成的餐饮休闲型海子湾水库北面二十五湾别墅式移民新村。

2012年新建成的商贸服务型杀虎口移民新村。

2003年8月10日,政协山西省第八届主席郑社奎(左五)深入右玉调研。他在小南山森林公园的山顶观摩厅上高兴地说:"过去雁门关外野人家,紫塞三村不见花,形容这地方什么也没有。你现在看看,山河满眼绿茵茵,到处是一片生机。右玉终于成为大有希望的好地方。"

2002年8月9日，山西省人大常委会副主任徐生岚在朔州市人大常委会主任丰子富、副主任冀昌斌以及县委书记高厚、县长赵向东的陪同下，视察了右玉生态建设和移民新村建设情况。他说："右玉实施的农村'三大战略'方向是正确的，举措是有力的。右玉脱贫致富的路将会越走越宽广。"

2002年8月13日，山西省人大常委会副主任张秉法，在市委副书记、市委组织部部长李高山，朔州市人大常委会副主任文元以及县委书记高厚、县长赵向东、县人大常委会主任胡守义、县政协主席王德功的陪同下，视察了新城镇东街移民新村、杀虎口古关、鸿利农牧公司、辛堡梁林区和苍头河生态示范区。他说："右玉在这样塞上高原异常恶劣的生存环境下，发生了这样翻天覆地的变化，右玉人民不屈不挠的艰苦创业精神，应该好好在全省学习宣传。"

2003年8月14日，中共山西省常委、省政法委书记杜玉林，在中共朔州市委副书记李高山，朔州市人民政府副市长李栋梁，市委常委、市政法委书记韩忠荣以及县委书记高厚、县长赵向东的陪同下，看望了右玉移民新村村民。杜玉林说："右玉率先在全省打响移民并村战役，这为贫困地区致富奔小康做出了示范，树立了榜样，实施农村'三大战略'也很符合类似右玉这样贫困地区的实际。就应该这样干下去。

这些做法和经验很值得在全省学习推广。"

绿起来更要富起来——生态畜牧立县
温家宝说："老少边穷地区要把右玉的发展模式作为方向！"

进入21世纪，以胡锦涛同志为总书记的党中央全面建设小康社会的召唤，似春雷、似号角，震荡着右玉大地。

众所周知：

右玉穷，但她有着"塞上绿洲"的美誉；

右玉穷，但她有着土地广袤的优势；

右玉穷，但她有着吃苦耐劳的十万人民；

右玉穷，但她有着农民养羊、养牛、养猪、养鸡的悠久传统……

这些都是右玉的宝贵财富。

穷则思变，穷则思干。高厚带领右玉的决策层，提出的"移民并村撤乡、退耕还林还草还牧、种植业结构调整"的农村"三大战略"，一脉相承，似热流在右玉大地激荡，冲击着全县城镇、乡村的角角落落，诠释着农村城镇化、农民牧民化、农村现代化的发展理念。

靠着这种新的理念，右玉第一次在行政规划中有了牧区、旅游区的概念，有了引领大山的农民致富的移民新村，有了退耕还林还草还牧，有了园区养殖，有了一乡一业一村一品等"新事物"。

2000年8月29日至30日，中共山西省委书记田成平在中共朔州市委书记来玉龙，市委常委、常务副市长梅金山的陪同下，来右玉视察指导工作。田成平听取了县委书记高厚、县长陈晋才关于实施农村"三大战略"的工作汇报后，深入威远人工沙棘种植园、威远高效农业综合开发示范园区、汇源饮料右玉分公司、右玉矿药厂、辛堡梁林区、杀虎口原址实地考察。考察中，田成平对右玉实施农村"三大战略"的思路和做法以及生态农业建设给予充分肯定和高度评价。田成平特别说："右玉要根据本地的气候特

2000年7月1日，右玉县宣传文化系统隆重举办纪念中国共产党建党80周年青年歌手大奖赛。图中二排中为笔者。

点，千方百计做好生态畜牧这篇大文章，大力发展畜牧业。要大量引进优质牧草，把畜牧业和种植业有机地结合起来，引领农民牵着牛羊奔小康，早日走出贫困，走向富裕。"

面对省委书记的坚定支持，高厚激动地表态："请田书记多来右玉指导工作，我高厚要让右玉一年一个大变化。"

不久，高厚深思熟虑，果敢地提出了一个发展右玉县域经济的新理念：生态畜牧立县。

这在右玉历史上从来没有过的叫法和做法，又一次揭开了右玉发展的新篇章。

2001年11月，中共山西省委、山西省人民政府颁发了《关于建设雁门关生态畜牧经济区的意见》（以下简称《意见》）。

《意见》明确提出，在确保人均1—2亩基本农田的基础上，放手让农民种草养畜，走以牧为主、农林牧协调发展的道路。

省委、省政府这一决策为塞上高原的右玉人民送来了满含时风惠雨的春讯，激荡着人们的心扉，进一步坚定了右玉人民"生态畜牧立县"的热望。

县委文件影印件

省委、省政府这一决策，似一针"强心剂"，为右玉新的发展注入了更加激越的活力。

"要按照'建基地、上规模、立草业、抓圈养、搞改良、增效益'的思路，大力发展以养羊、养牛为主的畜牧业，努力推动全县畜牧业的发展，尽快实现历史性飞跃。"

"高厚让我们农民养羊、养牛实现历史性飞跃，这是多少年来盼望的喜事啊。"右玉山

舍饲圈养优种羊示范园

舍饲圈养奶牛示范园

乡的广大农民从电视上看到高厚的讲话，喜悦的心情难以言表。

"向东，为了切实推进全县生态畜牧经济的发展，咱们把2003年确定为'生态畜牧经济发展年'，你看怎么样？"高厚又突发奇想。

"当然好了，想得对、提得好，咱们就是要把生态畜牧这场戏唱得红红火火的。"新任县长赵向东欣然笑纳。

很快，在高厚、赵向东的主持下，县委、县政府《关于加快生态畜牧经济建设的决定》，从前进的方向到具体操作的每个环节，更加清晰明确发展思路，使全县生态畜牧建设在短期内步入集生态化、集约化、科技化、安全化、市场化于一体，生态建设、高效种养、加工销售、示范推广互动共振的良性发展轨道。全县人民努力把生态畜牧经济建设成为全县农村致富达小康的重要支柱。

为了实现这个目标，重点在全县4条主干公路两侧的100个村建设"百村万户生态畜牧经济带"。在全县80个县级机关单位，10个乡镇开展了"百村万户养殖业发展"帮扶活动。到2005年，除划定的牧区外，全县境内要全部实行禁牧舍饲，以确保市场交易所需。

县里采取"贷一筹一"的办法先后将330万元扶贫资金和90万元以工代赈资金用于养羊业的

苍河碧绿映照秀丽山川，水草肥美哺育遍地牛羊。

发展，帮助农民从新疆、山东、内蒙古等地引进了绒山羊、小尾寒羊、乌珠穆沁羊等优种羊，在全县建起了3个种羊繁殖场和优种羊引进繁育、土种羊改良、高效羊示范三大养羊基地。

先后把20多万亩牧坡和30多万亩草场拍卖给养殖大户，为养羊百只以上的养羊大户，按每只羊2分地，从退耕还林还草地中划分了草地。

舍饲圈养、围栏轮牧、划区散养三大发展模式被右玉人民运筹成了传统林牧业向现代林牧业跨越的一大战役。

多少年习惯于"养鸡下蛋换油盐，养猪养羊为过年，养牛养马为耕田"的右玉人民，在这场战役中释放出前所未有的创新力量：

养殖大户帮扶、优种繁育、服务体系建设、畜产品安全体系建设和舍饲养殖技术推行等"五大工程"，让右玉人民的"增绿保富"目标一步步走向成功；

52万只羊的饲养量、4.5万头大牲畜的发展数，表明了右玉人民在生态畜牧经济建设上的宏伟理想；

奶牛养殖通过"黄牛改良"等革命性措施，短时间内从无到有，发展到5000头；

新盛、右卫、威东、东升等遍布全县的鲜奶站成了奶牛养殖大户的"工资中转站"；东街村、业家村、梁家店、曹家堡、威东村、六里庄、应洲湾、西洲里、杀虎口、西碾头10大示范养殖园区，380套人畜分离标准化圈舍，是右玉人民提升养殖科技含量的"试验场"；

东街村、威东村、马莲滩、赵官屯等16个圈养示范村和李拥军、杨喜、李文军、卢文茂、王英、张来世等600多个养殖大户，成为右玉人民在生态畜牧经济建设中的"领头羊"。

动物疫病控制中心的建成，新城镇、右卫镇、威远镇、元堡子镇、李达窑乡5个畜牧兽医中心站的成立，22个畜牧兽医服务点的配置，100名兽医人员的配齐，构成了乡乡有站、村村有点的畜牧业发展服务支撑体系……

"退耕还林还草还牧，农民进城、牲畜进圈、林草进田"的"一退三还三进"战略措施，使全县138万亩人工造林面积和42万亩人工种草面积再次续写了"塞上绿洲"的辉煌。

全县农村经济基本实现了"四个一半"的崭新格局：即林地面积占国土总面积的一半，种草面积占总耕地面积的一半，畜牧业收入占农民人均收入的一半，生态畜牧产值占全县国内生产总值的一半。

靠山吃山，靠水吃水。

右玉人民在贫困的土地上，感悟出了生态畜牧经济建设对自身真正走向富裕的重要性，开始了真正意义上的从传统向现代的大跨越。

"吃的是中草药，喝的是矿泉水，住的是小别墅。"右玉人民用幽默而又夸张的语言来描述右玉优越的养羊环境和高质量的鲜美羊肉。

山清水秀景如画，草茂畜壮人富裕。

绿洲大地满眼林坡草地，重现古时"天苍苍，野茫茫，风吹草低见牛羊"的优美画卷。

2001年10月19日。

塞上右玉大地，秋高气爽，一片金黄。

中共中央政治局委员、国务院副总理温家宝，在中共山西省委书记田成平、省长刘振华，朔州市市长闫沁生以及县委书记高厚、代县长赵向东的陪同下，来右玉视察调研，深入右玉县花家寺村、威远镇威东移民新村和新城镇东街移民新村察看灾情，与村民亲切交谈，并在威东的农田地里扶犁耕地。他对身边的省、市、县负责同志深情地说："老少边穷地区要把右玉的发展模式作为方向。"

一个大国的总理，对右玉这样一个偏僻贫困小县的发展成就给予充分肯定和高度评价。

刚毅顽强的右玉人民，薪火相传的右玉精神，半个世纪的不屈奋争，终于彻底胜利了。

2001年11月27日，中共山西省委副书记张宝顺深入右玉县白头里乡赵官屯村了解遭受旱灾情况。听取了县委书记高厚关于2001年全县作风建设、乡镇机构改革和农村"三个代表"学习教育活动的情况汇报后，张宝顺说："右玉县'三个代表'学教活动部署周严、组织精细、结合县情，效果明显。在农村实施的'三大战略'得民心、顺民意。只要县委一班人忠实践行'三个代表'，右玉的稳定脱贫就会早日实现。右玉的县、乡、村三级干部动真的、干大的，扑下身子干事业的作风建设经验，应很好地总结并在全省学习推广。"

打破瓶颈，七大绿色龙头企业领风骚

龙头企业是连接基地、农户和消费者的重要环节，是提高产品效益的关键。

然而，市场建设的滞后，一直是制约全县畜牧业发展和农民增收的瓶颈。加快农产品市场体系建设，成为摆在右玉人民面前的又一项重要而紧迫的任务。

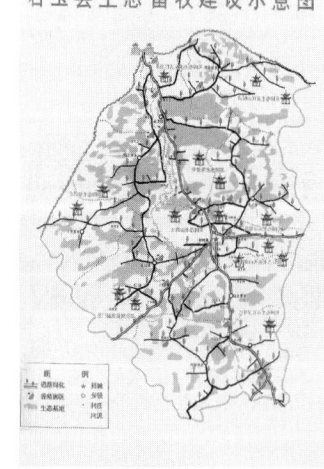

塞上高原右玉十大生态畜牧园区如雨后春笋般建成！2004年8月24日，右玉县被省委、省政府表彰为"雁门关生态畜牧经济建设突出贡献单位"。

龙头带基地、基地连农户，这句在经济发达地区习以为常的产业模式术语在高厚、赵向东的引领下，也被右玉人民操作得有模有样。

活畜交易的大市场、羊肉增值的中转站、奶牛养殖的火车头、绿色蔬菜的保险箱、生产饮品的大哥大、杂粮转化的加速器、牛羊增膘的调味师，右玉人民形象而亲切地这样称呼七大绿色龙头企业。

活畜交易的大市场——玉羊公司。玉羊公司全称为山西玉羊畜产实业有限公司，属股份制企业，是陈晋才于1999年6月为积极开拓畜产品流通渠道、促进全县乃至全市以牛羊为主的畜牧业产业化发展而组建的龙头企业。公司分玉羊市场和畜产品加工两大部分。

1999年8月，玉羊公司被朔州市人民政府确定为全市十大专项工程之一。

1999年10月，玉羊市场被确定为山西省16家农产品定点批发市场，也是全省唯一的畜产品批发市场。

公司位于县城西南5公里处，占地84亩，辖有活畜和畜产品交易区、屠宰加工区、商贸服务区三大块。公司资产总值788万元，各类建筑面积5793平方米，公司年上市交易屠宰活羊30多万只、牛1万多头，交易额近亿元。公司年经销和加工牛羊肉产品产值达1000多万元，上缴利税近百万元，其中公司直接上缴税金30余万元。

玉羊公司的建立，不仅带动了全市农民养羊养牛的积极性，而且增加了农民收入和改变了传统的养殖方式。围绕玉羊市场，从事活畜收购交易的有300余辆机动车辆、500多人，从事皮毛收购、下货加工、肠衣加工、屠宰市场、饮食服务的人员达1000余人。农民圈养育肥养羊的积极性大大增加，上市羔羊占到出栏的80%以上。玉羊公司的建立，不仅为右玉农民养羊找到了好的销路，而且极大地吸引了周边地区晋、陕、内蒙古三省区20多个县的牛羊前来右玉玉羊市场交易。

公司在积极开拓畜产品销售渠道的同时，把品牌战略和质量作为公司生存发展的头等大事来抓。公司的"玉羊"牌产品占领了以北京为主的华北羊肉市场。

为了贯彻落实省委、省政府把雁门关外建设成畜牧生态经济区的战略，从2002年开始，玉羊公司采取公司加基地、基地连农户的方式着力推进肉羊基地建设。公司建起中心种羊场1个，向农民提供优良畜种；建起示范育肥羔羊场10个，每个场年育肥羔羊2000只，带动100个规模养殖户进行肥羔生产；每个规模户年育肥羔羊200只，带动100户农户进行羔羊生产，每户生产羔羊20只以上。种羊场、示范园、规模户，层层带动，确保公司年屠宰加工活羊30万只的需求，为农民脱贫致富、财政增收作出积极贡献。

2008年1月，玉羊公司已搬迁到新建的右玉县梁威路6号区，二道河北岸。

羊肉增殖的中转站——御羴公司。鸿利御羴公司位于右玉县梁威路6号区，是山西省鸿利农牧机构有限责任公司的羊肉加工基地。建于2002年，总投资4500万元，占地面积200多亩。公司依托当地得天独厚的生态优势，引进高科技，发展生态种植业、养殖业和羊肉加工业，生产无公害绿色食品。加工成套设备为中德合资生产线，冷冻设备为大连冰山冷冻厂制造。整体设备国内一流，国际领先。年设计加工能力为加工活羊100万只，产值6亿元，利税可达1.2亿元。在独特的生态环境

吃着中草药，喝着矿泉水，鲜嫩的右玉羊肉香飘海内外。

下，右玉的羊吃的是中草药，喝的是矿泉水，使生产加工出的羊肉肉质鲜嫩，无腥味，口感好，营养价值极高。

公司依照伊斯兰屠宰方式、现代化的质量检测设备、全程质量监控以及GMP生产标准进

2003年在马营河畔新建的千头优种奶牛养殖火车头——朔州市三源集团右玉绿缘奶牛养殖有限责任公司。

行生产。

以"鲜嫩"出名的右玉羊肉，而今成了中东地区餐桌上的美食。2005年7月，该公司首批180吨绿色精品羊肉运往阿联酋，这是我省羊肉首次打入中东市场，也是山西有史以来第一次把羊肉卖到全球羊肉消费最大的地区。阿联酋一次就与右玉县鸿利农牧机构有限责任公司签订合作期12年，每年要加工出口60万只精品白条羊。

右玉县"御羴"羊肉登陆阿联酋之后，约旦、卡塔尔等中东国家也纷纷下单。东南亚的文莱国政府官员一行12人到右玉考察后，将此品牌羊肉列为本国定点产品。

公司生产的"御羴"牌绿色精品羊肉，国内销往北京、天津、重庆、太原、大同、朔州等地。该公司是目前山西省羊肉类加工的一流企业。

奶牛养殖的火车头——三源公司。朔州市三源集团右玉绿缘奶牛养殖有限责任公司位于右玉县右卫镇马营河畔的康家湾村西，紧靠109国道，距内蒙古蒙牛乳业公司50公里。2003年，由山西农科院、山西农业大学规划，经中国农科院论证后，由朔州三源实业有限公司总投资3000万元，占地面积53550平方米，其中建筑面积12290平方米，养殖规模为奶牛1000头。基础设施完成办公用房24间、奶站2个、高标准牛棚12个、大型青贮窖3个，配有卫生、检疫、配种、消毒等服务设施，植树1万株，改造水地80亩。2004年4月引进新西兰纯种荷斯坦优种黑白花奶牛300头，当年先后产下母牛犊105头。项目全部实施后，每年可提供鲜奶3850吨，利润收入250多万元。

"生态畜牧增色当地经济，龙头企业造福周边农民。"省长于幼军2007年6月1日视察绿缘奶牛养殖时高兴地对绿缘奶牛养殖有限责任公司总经理刘宝哲说。

该项目的实施，对加速雁门关生态畜牧区建设进程、提高本区域内奶牛业和种草业，对当地形成林多、草多、牛多、肥多、粮多、钱多的良性生态农牧经济循环圈，带动农民致富，起到极大的推动和示范作用，也是右玉县生态畜牧旅游的亮丽景点。

公司每年向周边农民支付草款、料款、人工费500多万元。每年领取草款上万元的农户达20多户，每年领取草款6000多元以上的农户达1000多户。每年有80多个农民在公司打工。该公司实施的"五个一工程"，即养殖奶牛1000头以上、农户1000户以上、销售收入1000万元以上、日产鲜奶100吨以上、年收入100万元以上的目标已逐步实现。2009年7月11日，公司为庆祝公司存栏奶牛超千头、日产鲜奶超10吨举行了隆重的文艺活动，专门邀请大同晋剧团在这里唱了8场大戏。周边乡村农民无不夸奖说："三源绿缘奶牛公司真正成了我们农民致富路上的火车头、农民敬仰的一朵大红花。"

牛羊增膘的调味师——草业公司。右玉县草业公司成立于2002年，坐落在县城南原县养鸡场院内，占地面积50多亩。公司建设投资200多万元，以建成全市规模最大的饲草、饲料加工基地为目标，一期基建工程投资20多万元，建起大型库房、车间及办公室等场房70多间，建有高标准晾台1000平方米；二期工程配套购置割草机、打捆机、草籽机、草饼机等现代化生产设备。公司进行饲草料加工的同时，可培育大量适应性强、产量大、质地好、宜贮藏的优质草籽。

绿色蔬菜的保鲜箱——图远公司。右玉县图远实业有限责任公司始建于1996年。公司占地面积20万平方米，其中建筑面积8000平方米，位于右玉县城西部新区西北端。公司建有面粉加工厂、脱水蔬菜厂、水泥预制厂、科技培训服务中心，是朔州市农业产业化龙头企业。

公司生产开发的"绿色产品"苦荞麦面粉、甜荞麦面粉和各种脱水蔬菜产品质量可靠，达到了出口标准。公司拥有自营出口权，产品外销日本、韩国、德国、美国等。国内与江苏顶新集团、河北华龙集团以及山东、宁夏外贸公司建立了长期供货关系，深受客户好评。

公司坚持"以产品壮大企业，以企业带动基地，以基地推动产业"的发展战略，努力营造"市场牵龙头，龙头连基地，基地带农户"的生产经营模式，采取多种有效措施，调动农民种植积极性。通过培育原料供应基地，确保企业的原料供给，同时也使当地农民得到了利益。公司每年收购各种蔬菜和小杂粮2.12万吨，涉及全县6个乡镇51个村庄1500多户，仅此一项拉动全县农民人均增收150元。企业还安置当地贫困人口100多人就业。该公司被山西省人民政府评为"山西省管理先进乡镇企业""山西省民营企业质量先进单位""山西省再就业明星"，被银行系统评为"AAA信用企业"。图远公司要逐步建成山西省最大的脱水蔬菜生产基地。

该公司还新建了高级皇家园别墅度假村，可供60人住宿就餐洗浴度假。

2007年8月，图远公司被山西省科技厅授予"山西省高新技术企业"。

至2013年底，图远公司脱水蔬菜生产线入驻梁威工业园区搬迁工程基本完工，2014年实现投产。

生产饮品的大哥大——汇源右玉公司。关于汇源右玉公司，笔者在第十六章《全力打造沙棘产业基地》一节中已做了详述。

杂粮转化的加速器——穗源公司。山西右玉穗源小杂粮开发有限公司组建于2001年，位于县城西南部，总投资410万元，占地面积8413平方米。年可加工莜面、荞面、豆面、精选豆类和饲料产品9500吨，其中莜面系列产品2500吨，荞面系列产品2000吨，豆类系列产品1500吨，饲料系列产品3500吨。可生产四大系列16个品种的优质杂粮食用粉，三大系列40多个品种的优质猪、牛、羊饲料。该公司生产的"豆面茶"和"绿洲荞米"在2002年山西省"1311工程"百龙企业成果展销洽谈会上荣获银奖，公司被评为"山西省百佳科技富民企业"。

生态畜牧经济产业链的建设形成，为右玉人民构建更新型的产业群筑就了起跳的平台。

生态畜牧经济产业链的逐步延伸，使右玉形成了肉羊、鲜奶、沙棘、皮毛、苗木、杂粮、淀粉、旅游八大产业，涌现出玉羊、御羴、汇源、沙棘饮品、图远脱水蔬菜等具有市场竞争力的绿色品牌。

2004年8月24日，在朔州市召开的全省雁门关生态畜牧经济区建设会上，右玉县人民政府被中共山西省委、山西省人民政府授予"雁门关生态畜牧经济区建设中作出突出贡献单位"光荣称号。中共右玉县委副书记周宏、右玉县李达窑乡兽医站站长张保和右玉县鸿利御羴公司总经理王金墨被山西省农村工作组授予"雁门关生态畜牧经济区建设作出突出贡献先进个人"光荣称号。

中共朔州市委书记闫沁生在讲话中说："由于地缘上的优势，我市成为全省雁门关生态畜牧经济建设的腹地，同时也是这项决策的最大受益区。省委、省政府决策提出之后，市委、市政府抢抓机遇，科学决策，高扬'做生态文章，打乳业品牌，建畜牧强市'的发展旗帜，落实责任、创新机制、突出重点、整体推进，各县区生态建设均呈现出前所未有的声势和规模，畜牧经济建设亦呈现出数量和质量同步增长的良好发展势头。右玉县由于良好的基础和务实的决策，一路超越，成了全市的领头雁。""2000年，沐浴世纪春风的右玉县委、县政府又提出了以退耕还林还草畜牧富民为主的农村'三大战略'，全力打造'生态好县、畜牧强县、绿色产品大县'。可以这样说，生态与畜牧二者的兴起、互补乃至融合，凝聚了几代右玉人在脱贫致富的进程中锲而不舍的追求，同时也反映了历届县委、县政府决策不断升华、思路不断明晰的过程。发展生态畜牧经济的决策，就这样让人们看到了右玉美好的明天。"

"羊媒人"——赵有英

自古以来男婚女嫁都少不了一个穿针引线的角色——媒婆，今天更是有"婚姻介绍所"等新鲜事物。新鲜的是，现在竟有人给羊做起媒来了，女婿还是清一色的外国"俊小伙"呢！

这个人就是右玉县宏宇牧业有限责任公司总经理赵有英。

赵有英，男，1957年12月出生在右玉县高家堡乡杨家后山村，高中文化。1976年参军，1978年加入中国共产党。一米七二的个头。

1981年11月，从部队复员回乡后的赵有英，正好赶上县里招考武装干事，赵有英在600多名应考者中脱颖而出。在之后的27年里，他都在右玉乡镇工作，辗转于西碾头、牛心、新城镇、威坪等乡镇，历任乡武装干事、副书记、人大主席、乡镇长等职。现在他的官方身份是右玉县四大牧区之一——威坪牧区的管委会主任。

威坪牧区是县委书记高厚在实施移民并村撤乡战略中新成立的一个机构，主要任务是为牧区牧民提供服务，协助当地农民更好地发展以养羊为主的畜牧业。

2001年，当县委、县政府面向全县机关干部招募第一届牧区管委会主任时，敢于问津者寥寥无几。人们普遍的看法是，撤乡后成立起来的牧区，已经丧失了作为乡镇的绝大部分职能，况且一切都只是县里的一张蓝图，去了弄不好会连饭碗也砸了。

"没人愿意去，我去。我是农民的儿子，对农村工作最熟悉。"赵有英勇敢地向县委书记高厚递交了自己的工作申请。

时年44岁的赵有英看起来持重而不失谦和，双眼闪烁着追求和探索的光芒。

强者偏喜向困难宣战，赵有英在关键时刻挺身而出，站在了前途未卜的风口浪尖上。

"刚来的时候，我面对的摊子就是20间房，当时我只带了一个兵，那就是原威坪乡管委会副主任张夺。"

工作如何开展？在这个很多人都看不到希望的地方，赵有英却看到了不同寻常的发展空间。

笔者在采访赵有英时，他十分乐观地谈了当时的想法：

"咱右玉县是山西省唯一的半农半牧县，牧坡广阔，水草丰盛，发展养羊具有得天独厚的优势。高书记来到右玉任职，要把右玉县建成以养羊为主的生态畜牧强县，优良品种是养殖规模化发展的先决条件，是提升整个养羊行业质量和水平的关键，没有良种就没有优势养羊产业的形成。然而近年来右玉县受品种、疫情、饲料、技术、管理等因素的制约，养羊越来越陷入成本高、收益低、发展慢的困境，特别是肉羊良种短缺严重，已成为制约养羊业发展的瓶颈。我

右玉宏宇牧业有限责任公司总经理赵有英

做过一个全面的调查，从右玉来看，全县仅羊需改良的数量就达到50%以上；从省内看，实施优质肉羊工程每年至少需优种公羊2万只以上，现在仅从国外引进数百只，远远不能满足生产需求，种羊改良这一块大有文章可做。它既有广阔的市场空间，又有巨大的服务空间！几年的实践充分证明，我当时的想法是完全正确的。"

赵有英不断鼓励自己的副手张夺："好好干，咱这块事业大有可为！"

赵有英给羊做"媒"的探索历程就这样开始了。

起初，在没有项目之前，赵有英决心自己先干起来。他把自己的房本抵押了，跟张夺一道，先筹资60万元，在原威坪乡的红家窑村建起了规模育肥羊场，同时购羊200只，购西门达尔肉牛100头，同步配齐了拖拉机、铡草机、播种机、旋耕机等一应设备。当时赵有英想的是，在养殖育肥的过程中先练练兵。

事业有了平台和基点之后，赵有英就把这个摊子交给了副手张夺，自己则开始走出去，一面争取投资，一面寻找项目。

赵有英明白，靠现有的这个摊子，坐在那里不动也可以挣钱，但这不是他的目标。他当初是抱着给羊做"媒"，不断壮大右玉以养羊为主的畜牧产业的目的来到牧区的，可是现在还没有"说"成一对呢！

2002年底，正为做媒的事儿犯愁的赵有英，在县委书记高厚、县长赵向东的帮助下，与山西农业大学接上了头。

当时山西农业大学动科院正承担省里的一个重要课题，那就是为雁门关生态畜牧经济区建设优种肉羊繁育基地。

当赵有英把自己的认识和想法及自己目前所做的一切告诉课题组时，课题组一班人眼睛顿时亮了起来。

凭着右玉良好的绿色环境和自身踏实干事的人品，赵有英硬是把课题组给拉到了右玉。

可凤凰来了只是第一步，如何让凤凰安心落户并发挥其应有的作用才是最重要的。

高厚、赵向东又给他出主意了：

"抓住这个难得的机遇，按照市场机制运作的要求，专门成立一个独立公司，甩开膀子干！"

"专门成立一个独立公司，甩开膀子干"，赵有英听后高兴得几天睡不着觉，没日没夜地忙着公司的各项筹建工作。

山西农业大学党委书记石洋林、校长董长生先后多次来这里进行工作指导。

2003年5月20日上午，在右玉县威远镇后所堡村东一片崭新的厂房前，彩旗招展，锣鼓喧天，鞭炮齐鸣，人流涌动。

山西省农业大学副校长岳文斌、山西农业大学动科院副院长董宽虎以及山西农业大学动科院的一些专家们来到了这里，高厚、赵向东带领县四大班子领导们来到了这里，邻近的村民们兴高采烈地来到这里，共同祝贺一座崭新的牧业公司成立了。

这个公司叫山西省右玉县宏宇牧业有限责任公司。

这个公司是一家集优种肉羊引进繁殖、科技推广应用、饲草种植加工为一体的示范牧场，并被确定为山西农业大学研究生工作站。

该公司占地1500余亩，其中基础设施及养殖区200余亩，草场1300余亩，总投资600余万元。山西农业大学以科技入股，赵有英以基建入股，二者各取所长，呈互补之势。

这一下，赵有英终于心想事成，如愿以偿了。

公司现已建成面积8000余平方米的标准化羊舍8间、草料加工车间28间及面积1000多平方米的胚胎移植室和现代化办公设施，此外，还拥有草山坡10000余亩。

从2003年下半年开始，该基地先后引进世界上生长速度最快、肉质最好的南非国家级肉用绵公羊"杜泊"，引进原产地荷兰、现被欧美和亚洲许多国家引入的肉毛兼用绵公羊"特克赛尔"，引进德国肉皮兼用细毛羊"美利奴"，引进澳大利亚和新西兰肉毛兼用的细毛公羊"道赛特"等肉用纯种绵公羊共216只。这些优种公羊十分适宜舍饲圈养。

赵有英在养羊品种研究上承担了雁门关肉用绵羊杂交改良品种生产性能测定的任务，先后对引进的"杜泊""特克赛尔"等10多个品种的种羊进行了对比性试验，目前已将"杜泊"为父本的肉皮兼用品种系列培育确立为当地杂交改良方向，并开发出了适合晋北地区饲养的具有自主知识产权的"雁北羊"。在养羊技术研究上，开展了羔羊早期断奶、高冰草耐盐碱种植、杂交羊育肥和胚胎移植等研究和试验，其中羔羊早期断奶研究获得成功，得到大面积推广。

这些优种羊采取自繁和胚胎移植扩繁的方法每年可向社会提供纯种肉用绵羊300余只。同时，每年为周边地区改良本地羊30000余只。

与此同时，经县民政部门批准，由右玉县宏宇牧业有限责任公司发起，按照"建协会、兴产业、促发展"的思路和"支部建在协会上，协会建在实体上，实体连在农户上"的要求组建的右玉县养羊协会正式挂牌成立。协会成立之初，制定了《养羊协会章程》，吸纳3家企业和589户农民为协会首批会员。选举产生了理事会、监事会等组织机构，建立健全了一系列规章制度。协会坚持科技兴业方针，充分发挥科技服务职能，不断强化科技服务功能。

目前，右玉养羊协会发展到有管理人员18人，固定资产6500万元，会员流动资金600万元；有会员3500户，辐射带动农户15000户，主要分布在全县10个乡镇180个村庄，其中有股东会员90个，团体会员15个，专业技术人员128人。

经过五年的辛勤培育，该公司现在存栏优种纯种绵羊1200多只，是雁门关地区规模较大、品质较优、设施较全、技术先进的肉羊育种基地之一。

"一粒种子可以改变一个世界。"

"一个良种可以强盛一个民族。"

"中国是一个养羊大国，却不是养羊强国。中国的肉羊生产要想跟上世界先进水平，种品的选择也应当跟上世界的潮流。除了对已引进的肉羊品种加强选育提高外，还应关注国外最新的肉羊品种。"

"以人为本，兴场富民。"

"以科铸魂，开拓创新。"

"培育雁门品种，打造精品牧业。"

如今，当你一进入宏宇牧业公司办公区前首先映入眼帘的就是这样几段话，会立即引起你的注目和深思。

投入运营的宏宇牧业成了科研成果与实践运用之间的一座桥梁和平台。

赵有英给我们算了一笔账：在项目实施期内，宏宇公司每年至少为农民改良羊3万只，经育肥后每只可多产8公斤鲜肉。按养羊户计算，每户饲养20只，通过改良可增收4000多元，人均增收500多元，再加上毛、

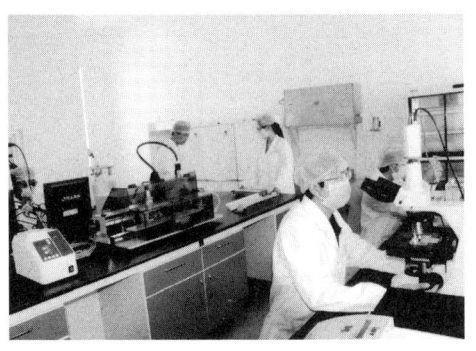

山西农业大学动科院专家们正在进行绵羊冷冻精液细管试验。

皮的收入，那就更多了。而对公司而言，主要赢利项目为培育种羊，每头种羊可纯赢利0.4万—0.6万元，比国内同等同类种羊出售价便宜0.4万—0.5万元，市场前景十分广阔。

"如果冷冻精液生产投入运行以后，3—5年全县绵羊可全部实现良种化。按2007年全县羊饲养量60万只、可繁母羊30万只计算，每只母羊一年下1.5只羊羔，右玉可产45万只优种羔羊。经过改良后的羔羊按现行市场价格，比原来每只增216元，全县每年可带动每个农民增收9000余元。"

公司现有员工60人，其中技术人员和管理人员12人。由山西农业大学动科院教授、博士生导师岳文斌、董宽虎、郑明学，山西农业大学动科院副教授、动物遗传育种与繁殖工程博士张建新，山西农业大学动科院讲师、动物遗传育种繁育工程在读博士任有蛇，山西农业大学动科院讲师、草业专业在读博士赵祥等六名专家、教授组成课题组，常年进行技术指导。

为了迅速把种繁事业做好做大，赵向东、陈小洪给赵有英专门从山西农业大学畜牧兽医专业特招了4名本科大学毕业生，县财政负责全部工资。这样，为公司的发展奠定了强有力的技术基础，使公司成为集科学技术研究和市场开发于一身并能带动农民致富的龙头企业。

近四年来，先后有山西省省长于幼军，中共朔州市委书记高建民、王雅安，市长张建欣，中共朔州市委书记田喜荣，中共朔州市委常委、纪检委书记高建国等省市领导来这里视察指导。

经过6年多的艰辛努力，赵有英的宏宇牧业有限责任公司不仅成为雁门关生态畜牧区优种肉羊繁育基地，而且成为"山西省农业大学研究生工作站""国家'863'项目示范基地""国家农业信息化工程技术研究中心""山西省重大科技发展计划项目03104试验基地""右玉养羊协会"所在地。

在取得发展的同时，赵有英的宏宇牧业有限责任公司也获得了一系列荣誉：

2004年12月，被中共朔州市委、朔州市人民政府授予"人才工作先进单位"；

2005年6月，被山西省生产力促进中心授予"农业科技示范基地"；

2006年3月，被中共朔州市委、朔州市人民政府授予"模范农民专业合作经济组织"；

2006年9月，被山西省生产力促进中心授予"农业科技示范基地建设先进单位"；

2007年12月，被山西省科协授予"百强农业技术协会"称号；

2008年2月，被中共朔州市委、朔州市人民政府授予"畜牧养殖先进单位"；

2008年12月，荣获2008年度中国科协科普惠农兴村计划先进集体。

上上下下的全力支持，使赵有英的种繁事业如虎添翼。

2006年，赵有英经过洽谈引进了太原三元灯现代农业发展有限公司，共同筹建雁门关生态畜牧经济区工程中心。双方拟投资2.5亿元共同合作开发五大项目：1.国内唯一年生产3万支冷冻精液的生产线；2.建成年繁育5000只优种羊的繁殖场，培育世界一流种羊；3.引进和运用美国先进育肥羊养殖技术，建成年产5万只有机羊的生产基地；4.建设5万亩人工草地，配备建设饲草饲料加工厂；5.建设国内最具权威的养羊科研机构。

2007年冬，已投资7000万元从法国引进先进设备建起国内首家绵羊冷冻精液生产线、年产50万支绵羊冷冻精液细管生产线，建设年生产5万只有机羊的生产基地。

"看，这是杜泊，这是道赛特，这是特克赛尔，这是美丽奴！多漂亮的名字！多壮实的个体！有这么好的'羊爸爸'，羊孩子、羊孙子能不出脱吗？"

"靠着这些羊孩子、羊孙子，定让右玉农民的腰包鼓起来，定让周边千千万万的农民牵着肥羊奔小康！"

每每给客人介绍那些外国"羊女婿"时，赵有英的脸上不时洋溢出做成一桩大媒的自得神情。

在养羊发展史上,再看这样一组数字更令人振奋:2002年底,右玉县存栏羊40万只,95%为当地土种羊,农民养羊收益150万元;可到了2008年,通过6年时间的发展,全县存栏羊达到60万只,当地种羊比例下降到45%,农民的养羊收益增加到480万元。这真是:有英大念科普经,助农增收建功勋。

2009年3月30日,山西省科协党组书记韩裕峰、中共朔州市委书记田喜荣,在中共朔州市委常委李锦、右玉县委书记陈小洪、县长苏连根、县委副书记李月明的陪同下,深入右玉宏宇牧业公司就开展特色农业——优种肉羊养殖与扩繁进行调研。韩裕峰对该基地的运作模式、与山西农大等农业科技部门紧密结合的做法、开展标准化生产以及开展胚胎移植、冻精生产服务当地农民等高科技扩繁技术大加赞赏,并表示要为该企业引荐更多的农业科研成果与全国各大科研院所开展更广阔的科技合作,为企业发展现代农业、提高畜牧业生产综合能力出谋献策,促进右玉县畜牧业又好又快地发展,加快右玉农民养羊致富的步伐,带动整个雁门关生态畜牧经济区的可持续发展。

赵有英的种繁事业如日方升。

2013年12月,右玉县宏宇牧业公司科普基地被中国科协表彰为全国"基层科普行动计划"先进单位。

整合各类项目资金,着力构筑生态保护网络

好风凭借力,扬帆正当时。

在第十二章中,笔者已介绍过跨入新世纪,国家在右玉共启动实施了九大生态建设工程项目,即"三北"防护林四期工程、国家通道绿化工程、国家天然林保护工程、日本援助贷款山西植树造林工程、退耕还林工程、生态自然修复工程、环京津风沙源治理工程、公益林建设工程、首都水资源工程,加上1996年至2005年实施的以工代赈工程项目、1997年至2001年实施的黄河中上游水土保持项目、1998年至1999年实施的林业国债资金项目、1998年至2004年实施的水利国债资金项目、1999年至2001年实施的计委国债资金项目、1999年至2004年实施的黄土高原水土保持世行贷款项目,总计15个生态建设工程项目,总投资18163.65万元。

这么多重大生态建设项目、这么多生态建设投资,是右玉生态建设千载难逢的好时机。

但是,项目如何组织?投资如何利用?

高厚着实费了番心思。

高厚先后和陈晋才、赵向东不断总结反思过去,算账对比,提出"要把钱花在刀刃上,多种项目集中统一安排"的做法。紧密结合移民并村撤乡、退耕还林还草还牧和种植结构调整"三大战略",以省委、省政府启动实施雁门关生态畜牧经济区建设为契机,以流域为单元,按照相对集中、规模治理的原则,整合各类项目资金,着力构筑了以"绿化带、生态园、风景线、示范片、种苗圃"为重点的生态保护网络。

2000年8月10日，山西省水利厅厅长赵生荣（左二）在苍头河走廊与右玉县委书记高厚（右二）一起规划苍头河生态走廊旅游开发。右一为赵生荣次子赵雁峰，左一为右玉县水利局局长霍生祥。

"绿化带"，就是以109国道、虎山线、右威线和百里生态走廊为轴线，两侧各退耕还林还草1公里，建设生态治理示范带。

"生态园"，就是治理县城周围7座山，建成环县城面积达3万亩的绿色生态园。

"风景线"，就是重点以高墙框村为轴心，沿苍头河两岸南北建设13公里长的生态观光旅游风景线。

"示范片"，就是整合所有项目资金，将右卫、李达窑、杨千河等乡镇的宜林坡地，全部退耕还林还草，建设生态示范片。

"种苗圃"，就是国家、集体、个人一齐上，大力兴办优质种苗基地。

林业、水利、计委等多部门联合实施整体打造百里绿色生态走廊旅游工程和15座生态观摩亭

"咱们有这么好的绿化基础和这么多的生态投资，搞它一条百里绿色生态走廊工程，开辟我们右玉的绿色特色生态旅游专线，你们有没有意见？"

高厚在多次深入基层调研、实地勘察后，萌生了这样一个想法，在县四大班子联席会议上提出来让班子成员们讨论。

2003年7月16日上午，中共山西省委书记田成平（右二）在苍头河生态旅游区调研时赞叹："右玉基本具备生态旅游县的模式和格局，下一步要做大做强生态旅游这篇文章，为全省带个好头。"右一为中共朔州市委书记闫沁生，左二为朔州市市长张建欣，左一为右玉县县长赵向东，左三为中共右玉县委常委、政法委书记关有玺。

"建设百里绿色生态走廊工程,是个好主意。咱们搞了五十多年的绿化,应该搞这样一条生态旅游专线,让世人看看我们右玉人民的气魄和魅力,说了就干,立即上马。"

县四大班子成员不约而同达成了共识。

百里绿色生态走廊工程,南起县城小南山森林公园,经新城镇双山夹村、余官屯、牛心乡四五道岭、贾家窑山、大南山到丁家窑乡总嗓山,全长115华里。工程设计主要以景点配套,生态绿化,突出右玉生态环境美化为主题。以多林种、多层次、多形式体现右玉的林业生态环境建设。其工程设计质量标准和技术指标,等同于109国道两侧"绿色通道"三期工程建设标准。工程实施主要由县林业局局长孙玉财、县水利局局长霍生祥、县计委主任耿润等带领有关承担林业、水保、生态建设项目的部门组织施工完成。工程建设围绕环县城周围的生态景观和生态园区实施,体现生态环境建设"林中有城,城中有园,林荫夹道,绿树环绕"生态景观。

与此同时,主要依托国家退耕还林工程实施,开工建设109国道右玉县城至平鲁区44公里的"绿色通道"三期工程。预整地任务,由公路沿线附近乡镇、村投工投劳完成,两侧造林面积向虎山线二期工程延伸,是右玉实施退耕还林工程的首批造林集中区。造林树种设计除公路两侧大苗外,全部依照国家退耕还林工程的要求,实施技术标准设计,主要树种为沙棘、柠条、杨树、樟子松,株行距1米×3米,整地方式为水平条田,整个工程于2003年完成。

百里绿色生态走廊工程,南起小南山森林公园,环绕东部四五道岭塞北草原、北部贾家窑山松涛园、西北部大南山(贺兰山)景区,西至丁家窑乡总嗓山景区,全长115里。全程以起伏曲折的水泥路和柏油路铺道,全景式展示了右玉"林中有城,城中有园,林荫夹道,绿树环绕"的绿色生态景观,开辟了独特的塞上高原右玉生态观光旅游风景线,使游人倍感"右玉是绿的海洋、绿的世界、绿的芳香、绿得沁人",无比真实地宣示了右玉人民"为有牺牲多壮志,敢教日月换新天"的英雄壮举!

2004年建成的通市公路绿化工程

2002年8月5日至6日，中共山西省委原书记李立功，在县委书记高厚、县长赵向东的陪同下，视察了右玉生态环境建设、汇源右玉分公司、威东和东街两个移民新村、县城撤迁改造工程，李立功十分欣慰地说："右玉可是大变了，是翻天覆地的大变化啊！20世纪50年代黄土埋人的地方，50年的坚忍不拔地绿化固沙，50年的传承开拓，塞上高原的右玉变成了一块富含生机、大有希望的地方。高厚、赵向东，你们的绿化接力棒传得好啊，党和人民就是希望你们这样干下去。"

2003年7月15日至16日，中共山西省委书记田成平在省委副秘书长高卫东，中共朔州市委书记闫沁生，朔州市市长张建欣，市委常委、秘书长彭世先，县委书记高厚、县长赵向东等领导的陪同下，对右玉的生态畜牧经济发展情况进行视察调研。他先后察看了小南山万亩生态园、苍头河生态景区、新城镇东街移民新村养殖大户杨喜、右卫镇卢文茂养殖园区、威远镇威东街移民新村、汇源饮料右玉分公司、右玉鸿利御羴有限公司。田成平十分感慨地说："生态畜牧是你们为右玉脱贫致富走出的一条光明大道。目前，右玉生态环境建设方面可以说是山西的一个骄傲，人文环境、生态环境确实走在了前列，已基本具备生态旅游县的模式和格局。"田成平在苍头河沿岸生态观光旅游区又连连赞叹说："右玉有这样的生态旅游资源，真是你们的福分。""生态建设事关全局，抓生态建设，就要像右玉这样常抓不懈。"田成平还拍着高厚的肩膀说："全省县委书记都像你这样，我就放心了。"

又是经过半年的运筹谋划，2004年，高厚和赵向东又将"通道绿化"工程放在新开辟的通市公路两侧以及全县的"村村通"公路上。

新开通的通市公路绿化工程，是继山和线109国道、百里绿色生态走廊通道绿化工程之后，右玉规划的又一项大的"通道绿化"工程。工程实施总指挥由县政府副县长兰成国担任，技术总监及工程实施由县林业局局长马晓负责完成。整个工程的设计、质量标准、苗木要求、树种搭配、技术指标均高于右玉"通道绿化"前三期工程。

通市公路绿化工程总体设计全长24公里，造林面积1695亩，整地标准为（4×3）米，"回"字形打埂整地，穴状植苗，规格为80厘米×80厘米。公路两侧各以2米高的油松大苗和1.2米以上的樟子松大苗及胸径4厘米以上的新疆杨大苗隔行混交栽植，并配以丁香、榆叶梅等花灌木。尤为突出的是，在工程植苗期间，县林业局局长马晓多方考察，与朔州市林业局局长张平、县委副书记周宏、县政府副县长兰成国多次论证，引进了右玉县自解放以来从未试验栽植的苗木新品种——香花槐、红瑞木、萎毛球等，为通市公路的"通道绿化"工程增添了特殊景观。

通市公路绿化工程，被中共朔州市委、朔州市人民政府连续二年评为"朔州市通道绿化的样板工程"。

无论是百里绿色生态走廊工程、109国道绿色通道三期工程，还是通市公路绿色工程，右玉的县直机关干部们都一如既往地打头阵、做表率，洒下了他们的心血和汗水。

如今，当你驱车走进在这三条绿色大道上，会深深感到"右玉是绿的海洋、绿的世界，绿得芳香，绿得沁人"。

至2004年底，全县累计退耕30万亩，新增造林面积34万亩；建成各类苗圃54个，育苗面积达到3850亩；新增多年生草地15万亩，全县森林覆盖率增加7个百分点。

2004年建成的小南山森林公园生态观摩亭——知春亭。游人们都愿在这里留下难忘的合影。

"向东，好媳妇还得好嫁妆。咱们有了绿色生态旅游大道，再建一些造型各异的观摩亭，不是锦上添花吗？"

"那咱就来个锦上添花，画龙点睛。先搞设计，而后动手。"

高厚和赵向东为了配套绿色生态旅游大道，决定在一些山头景点上新建生态观摩亭。

高厚、赵向东带领有关人员，连续两天上山选址定点。

至2004年底，在杀虎口唐子山上、贾家窑山上、小南山上山下、刘政抚山上，在双山夹山上、胡村路口等处，新建了15座造型各异、设计精美、古色古香的生态观摩亭。游人来到这些观摩亭，尽可舒心饱览右玉的壮丽河山，尽可亲自体验右玉半个多世纪的生态建设成就，尽可倾心享受大自然赋予的瑰丽美景。

2004年春，高厚和赵向东谋划生态旅游县又一出重头戏——修复杀虎口古关。

陈明枢嘱咐高厚："你们作为右玉第一总指挥，一定要把这些树管好，致富右玉，造福子孙！"

2000年8月27日，以最高人民检察院原常务副检察长陈明枢为组长的中央"三讲"教育活动督察组一行6人来右玉督察"三讲"教育活动，同时视察了右玉县的绿化成果。

陈明枢嘱咐县委书记高厚："右玉人民很了不起，在这样恶劣的自然环境下植起这么多的树，昔日'不毛之地'变成塞上绿洲，你作为右玉的第一总指挥，一定要把这些树管好，致富右玉，造福子孙。"

中央部级老领导陈明枢的话激励鞭策了高厚干事创业的决心。

2001年1月10日，高厚主持召开中共右玉县委十届三次全体（扩大）会议，会议专门作出了《中共右玉县委关于加强生态环境保护的决定》（后简称《决定》）。

《决定》明确要求：一、严禁乱砍滥伐，停止林木采伐审批；二、严禁毁林、毁草、开荒地，破坏生态植被；三、严禁违法猎捕野生动物，破坏生态平衡；四、严格责任追究制度。

《决定》明确规定了"从2001年1月1日起，三年内停止我县境内各种林木采伐活动，有关部门一律不得办理林木采伐手续"等13项具体措施。

《决定》明确指出："要在全社会掀起宣传教育新高潮，深入贯彻落实《中华人民共和国森林法》《水土保持法》《草原管理法》以及《野生动物保护法》等有关生态保护法律、法规，大力倡导保护生态光荣，破坏

县委文件影印件

2000年8月27日，最高人民检察院原常务副检察长陈明枢（右四）在杀虎口古堡调研时对高厚（左四）说："你作为右玉的第一总指挥，一定要把这些树管好！"左一为省"三讲"巡视组组长尉满囤，右一为杀虎口乡党委书记王才，右二为县委常委、组织部部长于太明，右五为县委副书记侯元，右六为副县长刘义。

生态可耻，形成人人保护生态环境的良好风尚。""对在生态环境保护中作出较大贡献的以及检举揭发破坏生态环境行为的，县委要给予大力表彰奖励。""严格落实林木管护责任制，按照行政和业务部门两条线逐级签订林木管护责任状，将林木管护的责任落实到具体单位和个人头上。同时，县政府与林业主管部门依据责任状的规定，定期检查林木管护工作，严格考核兑现。对违反有关规定，破坏森林资源的不法行为，执法部门加大打击力度，按有关法律、法规对当事人给予重处重罚，情节严重的要依法追究刑事责任。同时，还要对案件发生地的乡村主要领导、分管领导、业务主管部门领导及管护人员给予相应的处理。"

山西省林业模范、林业功臣、丁家窑乡万亩护林员王大

这个《决定》，在全县进行了大张旗鼓的宣传。不少人说："高厚可是要动真的了！"

为了制止乱砍滥伐，高厚在一些大会上经常讲：

清朝左宗棠任陕甘总督时，东起潼关，西到新疆，沿途种植树木，后来，曾有诗人给他作诗"新栽杨树三千里，引得春风度玉关"。

国民党将领冯玉祥将军爱树如命，曾于军中立下护树军令："马啃一棵树，杖责二十，补栽十棵。"将军驻兵北京，率领官兵广植树木，被誉为"植树将军"。后驻兵徐州时，亦带兵栽植大量树木，并作一首《护树诗》喻示军民："老冯驻徐州，大树绿油油。谁砍我的树，我砍谁的头。"

同志们，历史上的伟人，都是这样的植树爱树护树。我们共产党人，总比他们的思想境界高，更要自觉地植好树，更要倍加努力地爱好树，护好树！

高厚经常说："你不让树活，大自然就不让你活。三分植树，七分管护，否则，种树就赶不上砍树。"

至今，高厚的话仍对保护那片来之不易的森林起着很大作用。

但是，仍有少数不法分子要顶风作案。

2001年2月至3月，在右玉县境内的辛堡梁树地、威远镇南河湾树地、杨村西山坡树地、威远镇郭家堡村东等树地，林木多次被偷砍滥伐。

高厚得知后，火冒三丈。指示公安部门全力迅速破案，依法严惩。

2001年6月25日上午，数万人争相涌向新建成的县城南侧体育场。

县人民法院在这里召开宣判公处大会。

为有效地保护国家森林资源不受侵犯，维护国家对森林资源的正常管理活动，严厉打击破坏环境资源的犯罪活动，县人民法院依法对违犯森林法规，滥伐国有和集体所有林木数量较大，已触犯《中华人民共和国刑法》第345条规定，构成盗伐林木罪的5人，分别判处3至12年有期徒刑，并处罚金8000元至12000元，没收其全部盗卖林木的赃款。

高厚还指示全县各新闻媒体广泛宣传。

2002年6月25日，山西省"天保"植被恢复工程座谈会在右玉召开。

"高厚真是一位铁面无私、敢动真格的好干部！"

"偷砍树被判刑坐监狱，这一下坏小子们谁还敢？"

宣判会主席台下人们不停地议论着。

高厚连连重拳出击，有效地遏制了全县偷砍滥伐行为！

2001年7月3日，右玉县被国家水利部、国家财政部联合命名为"全国水土保持生态建设'十百千'示范县"，是山西省被命名的七个县（市）之一。

2002年9月2日，高厚、赵向东主持制定了《中共右玉县委、右玉县人民政府关于在全县推行牲畜禁牧舍饲的决定》，以右发〔2002〕30号文件下发各乡镇执行。

2003年7月19日，赵向东主持制定了《右玉县人民政府关于进一步加强森林资源保护工作的意见》；

2003年9月10日，赵向东主持制定了《右玉县人民政府关于严禁和私自采集沙棘果的紧急通知》；

2003年9月24日，赵向东主持制定了《右玉县人民政府关于加强今冬明春护林防火工作的通知》；

2004年6月2日，赵向东主持制定了《右玉县人民政府关于加强林草植被保护，严禁开荒破坏的通知》。

以上文件分别以右政字〔2003〕24号、右政字〔2003〕31号、右政字〔2003〕32号、右政字〔2004〕24号文件下发全县各部门和各乡镇执行。

好样的，他们对右玉森林资源的保护是动了多么大的感情！

高厚、赵向东连续两年下发5个关于加强林草植被保护的红头文件，对红头文件每半年的执行情况组织人员实地检查一次，并将检查情况通报全县，从而加大了林木管护力度，有力地巩固并发展了全县生态和畜牧的建设成果。

右玉县自2002年被列为全省黄河中上游地区天然林保护工程28个重点实施县之一以来，全县共完成"天保"植被恢复造林4.6万亩。

2002年6月25日，山西省"天保"植被恢复工程座谈会在右玉召开。山西省林业厅副厅长马双柱、山西省林管局局长刘俊、中共朔州市委副书记王耀斌、朔州市副市长杨富及各地市林业部门负责人参加了会议。县长赵向东在大会上作了《全县动员实施'天保'工程，创新机制再造塞上绿洲》的典型发言。会议对右玉的"天保"工程实施经验和做法向全省进行了推广。

2002年7月24日至25日，山西省科技厅厅长温泽先在朔州市市长闫沁生的陪同下来右玉调研。他说："一来到右玉，给我为之一震的感觉。今后右玉应在科技兴林、科技兴农上多做些文章。"

山西电视台摄制《塞上绿洲谱新篇》专题片
中央、省台播出，主题歌《右玉美》好评如潮

2003年8月30日，山西省农村小康建设现场会在朔州市召开。8月10日，高厚指示笔者撰写一部电视专题片脚本。8月27日，山西电视台台长董育中特别派技术最强的五名采编人员，在副台长邵若驹的带领下，来到右玉。县委副书记周宏亲自陪同，由政协右玉县第五届主席王德功和笔者配合，进行了为期半个多月的实地拍摄，制作了长达20分钟的电视专题片《塞上绿洲谱新篇》，主题歌《右玉美》在全省农村小康建设朔州现场会上及中央、省、市电视台上多次播出。

同时由笔者石新民、王德功撰写脚本和主题歌，山西电视台在右玉摄制了电视专题片《人说山西好风光·塞上绿洲自然篇》和《人说山西好风光·塞上绿洲人文篇》，在中央、省、市电视台播出。

这三部电视专题片，进一步有力地对外宣传了塞上绿洲右玉县发生的天翻地覆的深刻变化和崭新风貌。

以上三部电视专题片的主题歌用的都是《右玉美》。这首主题歌，展现了右玉浓厚的塞上风情，由原县文化馆馆长曹效成谱曲，由右玉道情剧团演员乔吉霞领唱，唱腔欢快悠扬，亲和引人，播出后好评如潮。

《右玉美》主题歌

右玉美咳咳……美呀……就是美，
你看那，蓝格盈盈的天，清格粼粼的水，
树的山、林的海，草绿花红、牛羊成群，
天然的花园，真是叫人醉；

右玉美咳咳……美呀就是美，
你看那，平展展的公路，蜿蜒的长城，
古堡连环、烽台林立，多呀雄伟，
悠久的历史，真是叫人醉；

右玉美咳咳……美呀……就是美，
你看那鲜嫩的羊肉，香喷喷的粮酒，

右玉道情,是流传在山西北部的一个道情剧种,它是晋北道情的一个流派,距今已有1300多年的历史。

热腾腾的莜面,筋坠坠的荞面,黄格棱棱的豆面
风味小吃,真是让人醉;

右玉美呀咳咳……美呀……就是美,
你看那右玉的姑娘、后生,健壮体魄,
诚实憨厚,红扑扑的脸蛋儿,
甜蜜蜜的笑容,真是叫人醉;

右玉美呀咳咳……美呀……就是美,
你看那右玉的山美、水美、人更美,
右玉让您心旷神怡,万事如意,事业有成,
家庭和美。朋友你常到右玉来。
右玉的明天更壮美——

《塞上绿洲谱新篇》电视专题片光碟

《人说山西好风光·塞上绿洲自然篇》电视专题片光碟

《人说山西好风光·塞上绿洲人文篇》电视专题片光碟

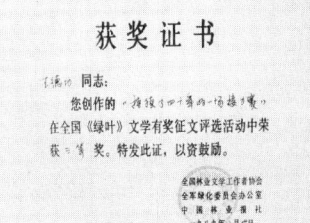
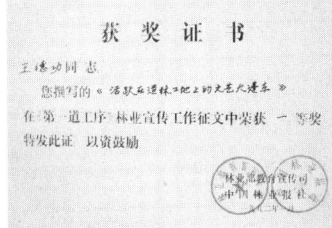

王德功，山西省右玉县人。1983年11月至1992年5月任中共右玉县委宣传部部长，1992年6月至1997年5月任右玉县人民政府副县长，1997年5月至2002年3月任政协右玉县第五届主席。几十年来他孜孜不倦地探究右玉本土文化，笔耕不辍，先后编写了60多个反映右玉生态建设成就等的文艺节目，与石新民、乔悦先后创作了30多万字的电视脚本等文艺作品，为营造右玉绿色文化、打造右玉文化绿洲作出了突出贡献。2017年6月为右玉干部学院特聘教授。2019年12月，被中共中央组织部授予"全国离退休干部先进个人"荣誉称号。

右玉道情，是流传在山西北部的一个道情剧种，它是晋北道情的一个流派，距今已有1300多年的历史。

右玉道情相传有72调，现在收集到的曲调就有100多种。右玉道情的丝弦牌子曲、唢呐牌子曲、锣鼓经绝大部分搬用北路梆子与中路梆子的牌曲。乐队分为文、武场。右玉道情的传统剧目非常丰富，现存的就有100多出。右玉道情的代表性剧目有《打经堂曹庄杀狗》《泪花缘》《杭州卖药》等。

右玉道情剧团从1956年成立以来，通过参加省、地举办的十多次戏剧会演、调演，与兄弟剧种进行了艺术交流，有力地促进了右玉道情的发展和提高，丰富了唱腔曲调，增多了上演剧目，丰富了锣鼓经，也丰富了戏剧行当。现已发展成为"生""旦""净""丑"行当俱全、表现力较强的大剧种了。

2006年6月，右玉道情戏由中华人民共和国国务院公布、中华人民共和国文化部颁发"国家级非物质文化遗产"证书。

2004年3月2日，高厚被山西省人民政府授予"退耕还林还草还牧标兵"光荣称号。

2004年5月20日，在全省林业工作会议上，高厚被中共山西省委、山西省人民政府授予"2001—2003年度山西省林业建设先进个人"光荣称号。右玉县林业局被中共山西省委、山西省人民政府授予"2001—2003年度山西省林业建设先进单位"光荣称号。

中共朔州市委原书记来玉龙说，高厚任职右玉县委书记5年干成几件在全省叫得响的大事，实现右玉历史上跨越式发展

2008年11月14日上午，笔者到原中共朔州市委书记来玉龙家中采访。当说起高厚在右玉实施农村"三大战略"时，他眼睛一亮，肯定地说："高厚是个有胆有识、能抹下黑脸抓工

采访征求中共朔州市委原书记来玉龙的意见。（2009年11月28日）

作，驾驭能力很强的领导干部。他提出的'三大战略'，我说'提得对，提得好，思路非常正确。右玉多少年的核心问题是解决贫困，使老百姓过上富裕日子。动作小了干不成。右玉已经有了前十几任打下的好基础；二有党中央明确要求脱贫攻坚；三有右玉人民强烈的脱贫愿望。万事俱备，只欠东风。高厚，你大胆地干吧！市委会全力支持你！'结果高厚在右玉近5年的县委书记任职中，无论在农村'三大战略'还是在城市拆迁改造等方面，都干成了好几件在全省叫得响甚至是超前的、有里程碑意义的大事，实现了右玉历史上跨越式的发展，也为向东同志建设三大基地奠定了良好的基础。你们在书中做了真实、准确、生动的反映，我完全同意。《苍河颂》应该写，书名和书题也起得好，应该打到全国去。"

高厚一米七八的个头，一身英气，早起晚睡，糖尿病、高血压伴随了他近五年县委书记的生涯。

2004年6月22日，高厚当选为朔州市人民政府副市长。

2009年6月29日，高厚当选为政协朔州市第五届主席。

2000年仲夏，曾在右玉工作过的领导同志杨志（左五）、陈希茂（左三）、耿天录（左四）、曲补旺（右三）、安大钧（右二）、白桂芳（左一）游览他们当年栽植松树的贾家窑山松涛园。右一为政协右县第五届主席王德功，左二为右玉县副县长赵润虎。他们无限感慨地说："右玉人民真伟大，荒原终于变绿洲！"

从高厚、陈晋才、赵向东,赵向东、陈小洪,陈小洪、苏连根,苏连根、苏斌如,到吴秀玲、王志坚五届县委、县政府,持续不断地把脱贫攻坚摆到全年工作的头等位置上,一届接着一届干,终于打赢了右玉脱贫攻坚大战,使右玉甩掉了32年的国家级贫困县帽子!

2018年8月8日,山西省人民政府宣布,经县级申请、市级初审、省级检查、社会公示和国家专家评估检查,认定右玉县、吉县、中阳县达到退出贫困县相关指标,符合贫困县退出标准。塞上高原右玉脱贫啦!这一天,也注定成为载入右玉史册的一天!

勤劳吃苦的右玉人民终于把习近平全力打好脱贫攻坚的庄严承诺率先写在了塞上绿洲右玉的大地上!

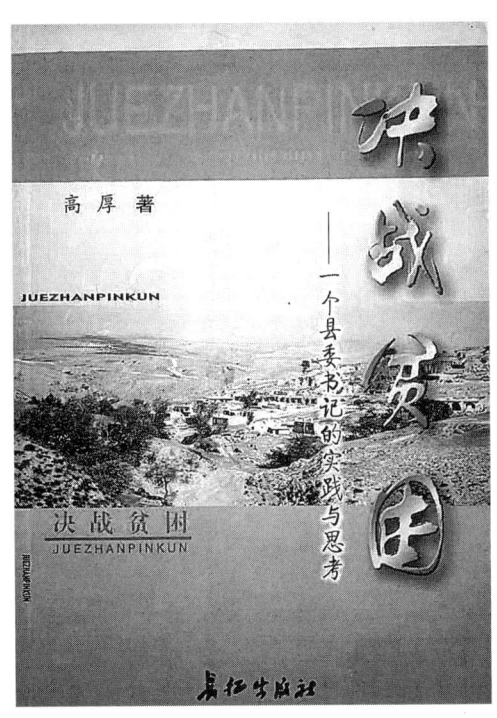

这是县委书记高厚亲自撰写,由中共山西省委副书记、政协山西省第九届主席刘泽民作序的《决战贫困》书影。

第十八章 难忘的百日攻坚战

党的十六大确立了全面建设小康社会的奋斗目标。

2003年春，中共山西省委、山西省人民政府决定，全省要在三年内实现村村通水泥（油）路目标，山西省交通厅把右玉县列为全省村村通水泥（油）路试点县。

2003年6月3日，中共右玉县委召开了第十一次代表大会。新当选的县委书记高厚向全县人民做出庄严承诺："团结奋斗五年，加快整体脱贫，跨入小康行列。"

会后，新一届县委领导班子立即将工作的突破口和切入点锁定在率先改善农村交通条件上，并以非凡的胆略和气魄做出了"全党动员，全民动手，大干一百天，实现村村通水泥（油）路"的战略决策。

一个多少年的国家级贫困县，一个年财政收入仅仅3000万元的穷地方，决策层竟然有勇气、有决心去实现这样一个超常规的发展梦，能行吗？

古人云：人穷不能志短。

邓小平说过，没有一点"闯"的精神，没有一点"冒"的精神，没有一股子气呀、劲呀，就走不出一条好路，走不出一条新路，就干不出新的事业。

右玉人民就是有这股子不甘落后的气、有这股子勇于争先的劲，敢于走出一条国家级贫困县奔小康的新路！

江泽民说过：我们的社会主义现代化建设还处在艰苦创业时期。伟大的创业实践，需要有伟大的创业精神作为支持和鼓舞。

右玉县实施的村村通水泥路工程，在右玉县可以说是史无前例的工作，真正是江泽民提出的创业精神指导下一次大规模的具体创业行动。全县建设者在100天的实践中，用智慧和汗水凝结成的右玉精神，正是江泽民创业精神的具体化和形象化，是创业精神的发挥和体现。

同频共振，下定决心

2010年9月13日，笔者采访征求朔州市委原书记、政协山西省秘书长闫沁生（左）的意见。

马克思主义理论告诉我们，生产力是由劳动者、劳动对象、劳动手段和劳动条件等要素共同形成的有机统一体，其中劳动条件的核心内容就是基础设施。如果公用基础设施不足，建设水平落后，生产力的"骨骼系统"就不完善，再先进的劳动手段、再聪颖的劳动者也难以充分发挥作用。农村交通道路设施作为农村公用设施的重要组成部分、作为农村生产力的重要组成部分，它的状况如何，不仅直接关系着农村社会生产力的综合水平，而且也直接制约着农村生产发展的程度。

纵观历史，交通事业的发展影响社会文明进程的痕迹也十分明显。某个阶段以何种交通基础设施为主，在一定程度上也是经济处于何种水平的重要标志。

从交通角度看，世界经济发展至今大体已经历了三个阶段：一是与农业革命相连的依靠江河运输带来沿江经济繁荣和社会进步的江河经济阶段；二是与工业革命密切相关的依靠大吨位、大规模、远距离的航海运输，带动世界范围内的经济贸易交流，带来海岸线经济繁荣和社会进步的沿海经济阶段；三是与信息革命相连的依靠高等级公路、高速铁路、航空港、跨江跨河大桥形成的开放型交通网络，带来沿路沿桥区域经济繁荣和社会进步的路桥经济阶段。从经济与交通互促互动这一发展历程，我们不难得出这样一个结论：没有交通基础设施的现代化，就不可能有工业的现代化和社会的现代化，社会也就不可能实现经济起飞和经济的持续增长。

正因如此，人们常说："要想富，先修路。"

"快路快发，大路大发，无路不发。"

"路就是生产力，修路就是解放和发展生产力！"

"一条好路就是一条隆起的产业带，一条好路就是一个新的经济增长点。"

右玉县地处内陆地区，是典型的不沿江、不沿海、不沿边的"三不沿"地区，交通地理条件先天不足。全县辖4镇6乡242个行政村，总人口10.5万，国土面积1964平方公里，是国家重点扶持县之一。全境原有公路通车里程870公里，其中，过境国、省道2条，即109国道、虎山线省道，共120公里；县乡公路8条，共209公里（其中沥青路面里程98公里）；乡村公路27条，共541公里（其中沥青及沙石公路210公里，等外公路331公里）。全县每万人有公路87公里，每百平方公里有公路44公里。在这些公路中，上等级公路仅有218公里（含国道和省道），占全县

昔日右玉山村的羊肠小道

通车里程的25%，而且多数公路存在路面等级低、路况质量差的问题，特别是通村公路，问题尤为突出，541公里乡村公路中无路面里程达到76公里之多，全县移民并村后仅有通油路村37个。

交通的严重滞后，给右玉带来了什么呢？

外地来右玉考察投资的企业和客商，右玉给予最大的优惠，可为什么来得多，落户得少？

农牧产品逐年大幅上升，可农民的收入为什么增长缓慢？

面对严酷的现实，右玉人民再次理性地深思。

带着问题，县委书记高厚率领县四大班子成员进企业、走山村、入农户，展开了"百村百企千人"大调研。

轿车颠簸在崎岖狭窄的山路上，乡亲们句句发自肺腑诚恳贴心的话触动了县领导

的心。

"高书记，咱农村的羊越养越多，咱的羊肉鲜美，无污染，纯绿色产品，人家北京肉市场打着咱们右玉羊肉的招牌每斤都能多卖半块钱，可咱的羊就是卖不到城里的大市场，啥原因？咱农村路难走，运到人家大城市太不方便。"

"咱右玉煤储量丰富，煤质好，价格又便宜，可拉煤车宁拉山阴、平鲁的煤，也不问津咱右玉煤，人家嫌路不好走，运费高，谁干费力不赚钱的事？"

"咱丁家窑水草肥美，牧坡广，空气又好，广东的客商说好了要在咱前鹰卧山村办一个养殖场，可不知咋的后来就没音讯了，听村里人说，人家走在村口，正赶上下雨，路黏得进不了村，掉头就走了。"

"咱右玉文物古迹不少，生态环境又好，没污染，空气好，夏天凉爽，可是个避暑的好地方，可为啥观光旅游的人少？交通不方便，人家来一趟不容易。没有好路，也没法领略这大好风光。"

"黄沙连海路无尘，边草长枝不见春。"塞北右玉自古饱受战乱之苦，为荒夷之地，与恶劣的生存环境顽强抗争的右玉人民，走过昭君出塞途经"蹄窟岭"的辛酸之路，走过"男人走口外，女人挖苦菜"的离乡背井、妻离子散之路。

跨过时空，人类步入21世纪，面对闭塞、落后、贫穷，10万右玉人民的出路又在何方？

事实胜于雄辩。调研一结束，县四大班子就形成了一个共识：多少年来，右玉县贫穷的帽子为什么一直摘不掉？一个很重要的原因就是交通闭塞，由此带来思想、观念、文化、信息、技术、经济的落后，制约着右玉经济的发展。

改善县乡交通网络已成为右玉打破发展瓶颈的首要任务。

多少年来右玉山村运输靠肩挑背扛、牛拉驴驮，交通不便严重制约着农村经济的发展。

修路就是解放和发展生产力。

修路就是实现广大人民群众最根本的利益！

机遇总是垂青有头脑、有准备的人。一次抉择摆在右玉人民的面前。

消息不胫而走，外界众说纷纭："一个财政收入仅3000万元的穷县，竟敢干我们富裕县都不肯轻易张罗的事，简直是痴人说梦，异想天开！"

"高厚胆大包天，咱们看一看他怎么演这场好戏！"

右玉人不行吗？

且不说右玉人民半个世纪来与大自然顽强抗争，种树种草，防风固沙，硬是把不毛之地变为塞上绿洲，创造了塞上黄土高原的生态奇迹。

再看近几年右玉人民的气魄和胆量吧：

穷则思变的右玉人民开拓奋进，敢走前人未辟之路，创造了一个又一个奇迹——在全省率先提出并实施了退耕

2003年6月17日，全县实施村村通油路（水泥路）工程动员大会的当天下午，广袤的右玉大地全面打响了村村通油路（水泥路）战役。难忘的百日攻坚战，将永远铭刻在右玉人民的心碑上！

还林还草还牧战略，全县8万农民大走退耕路，大念草木经，大发畜牧财，全县养羊达到52万只，农民人均养羊6.5只，人均畜牧业收入达到425.4元。

在全省率先提出并实施了百村万人大移民工程，进行移民扶贫、异地开发，上万农民走出大山深沟，走向文明富裕。

2003年春暴发的"非典"疫情，是十六届党中央领导集体面临的第一个严峻挑战。疫情的流行和蔓延，给我们国家的经济和社会发展带来了严重的影响。右玉人民上下一条心，打胜了这场阻击战，实现了"非典"疫情在右玉的零蔓延。

三年间投资近2亿元，进行城市建设改造，相当于县城迁址后30年城建投资的总和。一个设施完善、功能齐全、富有现代都市气息的小城在塞上高原崛起。

一个财政收入多年在1000万元左右徘徊不前的国家级贫困县，2000年财政收入一举突破3000万元，三年间整整翻了一番，实现了经济的超常规发展。

右玉超常规的发展速度、翻天覆地的变化背后是领导干部的豪气、党员干部的士气、人民群众的志气。这是一股无坚不克的强大力量。

事实不容置疑，风险显而易见。

中华人民共和国成立以来，右玉县集中华人民共和国50年之财力，才修了218公里上等级公路。这次村村通水泥路工程，在上级没有投资一分钱的情况下，要在3个月时间内，完成214个村、364.6公里的高标准水泥路建设任务，且沿途多为陡坡深沟，工期短，工程量大，施工难度高，耗费大。一个多年吃国家补贴的贫困县经不起折腾，搞不好或完不成，经济上会蒙受重大损失，政治上会有损县委、县政府的形象，失去省、市对右玉的支持和关爱，动摇人民对党和政府的信任，伤害人民刚刚焕发的巨大建设热情。

在右玉搞全省村村通水泥（油）路试点，风险确实太大了！

面对风险，是迎难而上，还是知难而退？

高厚现在回想起来，也说："说实话，起初我也犹豫过，可后来还是下定了决心，干！我认为贫困县要想富只有一条路，那就是干，大干，苦干，快干，脚踏实地地干，脱皮掉肉地干，拼死拼活地干。我们的周边县区，各种条件与右玉县差不多，但为什么人家经济搞上去了？就是因为人家思想解放了，认识提高了。所以说现在时不我待，势在必行，不干不行。对于右玉县来说，小步走不行，慢步跑也不行，必须强行军，要拿出百米冲刺的速度才能快速赶上其他县区，进而带领全县人民早日跨入小康行列。这样才能不愧对一方百姓，才能忠实实践'三个代表'重要思想。""高速公路就是好，可有几个老百姓能在上面乘车走一趟？所以，它的效益对于老百姓是间接的。把水泥路修到老百姓的家门口，为他们提供了便利的交通条件，他们是直接受益者，这不就是执政为民吗？这不就是给群众谋利益吗？这不就是实践'三个代表'的具体行动吗？正是出于这种责任感和使命感，我们才能始终把实践好、发展好、维护好人民群众的根本利益作为全部工作的出发点和落脚点。"

高厚的认识是多么的到位，决心是多么的坚定。

县委、县政府的领导成员们也都斩钉截铁地说："为人民办事就要不怕担风险，为人民办大事就要担大风险，有条件要上，没有条件创造条件也要上！"

2003年6月17日，右玉县隆重召开了全县实施村村通水泥（油）路工程动员大会。

全县364.6公里水泥路，右玉只定了三个月时间。

右玉人民最听党的话。"村村通"动员会的当天下午，广袤的右玉大地上，乡乡设战区，村村摆战场，户户出劳力，人人齐上阵，全面打响了村村通水泥路战役。

右玉人民发起了决战闭塞、落后、贫穷的大冲锋。

大道歌飞党旗红，披荆斩棘筑富路

"全党动员，全民动手，大干100天，实现村村通水泥路"，这是高厚、赵向东向上级党委、政府做出的庄严承诺。

为了确保工程的顺利实施，在全县尽快形成11条交通干线辐射、6个大小循环相连的通畅便捷的通村公路网络，县委、县政府成立了由县委书记高厚任组长，县长赵向东任总指挥，县委副书记李月明、县政府副县长李峰任副总指挥的村村通水泥路工程领导组和指挥部，并成立了技术规划、公路绿化、质量安全监督、后勤保障、宣传报道、综合协调等工作机构。

实行了县四大班子领导包乡镇，县直机关包村庄，乡镇干部包农户，技术人员包路线、包路段、包质量的责任制。

提出了"条件不足精神补、资金不足干劲补,白天不足晚上补,机械不足人力补"的口号。

建立了"一线看实绩,火线用干部"的激励机制。

"水泥路修到家门口,山窝窝赛过城里头!""一张铁锹两只手,同心修好小康路!"……乡乡、村村,刷的满是激动人心的标语口号。

全县迅速拉开了各级基层组织奋战"村村通"、各级党员干部情注"村村通"的序幕。

全县村村通水泥路动员大会后,各乡镇党委不等不靠,不推不拖,识大体、顾大局,主动承担起组织和建设的双重任务。他们深知,村村通水泥路工程建设上面,押着县委、县政府的信誉,押着10万右玉人民奋发图强的信念。在困难和风险面前,是前进还是后退,这是衡量强者与弱者的试金石。兰成国、曹占贵、王发、刘磊、付存新、王占山、王志平、郭书礼、魏斌、杨东10位乡镇党委书记及庞明明、王志平(重名)、郭虎、贺仲、张继业、杨永文、卢太平、杨再盛、刘占彪、李国斌10位乡镇长以高度的主人翁责任感和压倒一切困难的英雄气概,吹响了催人奋进的号角。

一个党委、支部就是一个坚强的战斗堡垒!

一个共产党员就是一面鲜艳的红旗!

一个干部就是一根标杆。

9月20日,是全县"村村通"水泥(油)路全面竣工的最后期限,各乡镇都排出了详细的日程表。

在"村村通"战线上筑起了一个个战斗堡垒,发挥了强大的政治核心作用,谱写了一曲曲立党为公、执政为民的壮丽诗篇。

高厚、赵向东带领县四大班子的领导成员先后八次到施工点现场办公,解决实际困难,用强有力的思想政治工作,激励群众,鼓舞群众。

大干100天的"村村通"日子里,高厚的脸晒黑了,赵向东的脸晒黑了。如果没有人介绍,不认识他们的人根本不以为他们是县领导,还以为是工程上的技术人员哩!

县村村通水泥(油)路总指挥、县长赵向东每天兜里揣着卷尺和施工流程图,每到一个工地,他都要仔细检查混凝土的配合比,认真量取路面的宽度和厚度。3.5米宽、18厘米厚的路面,两侧各1.5米宽的路肩,是一条雷打不动的标准,哪个地方不合格,哪个地方马上停工重来。

常言道,兵熊熊一个,将熊熊一窝。作为这场人民战役指挥中枢的乡、村两级领导

县委书记高厚(右一)、县长赵向东(右二)带领县委常委、组织部部长吴晓斌(左一),县政协副主席贺荣古(左二),县交通局局长李峰(后排右一)及时深入筑路一线检查指导,确保工程按时高质量进行。右四为白头里乡党委书记王占山。

机构和指挥部，其决策、指挥和运转效能，直接关系到战役的进度和成败，责任十分重大。

——新城镇"村村通"工程进度涉及18个村庄，共30公里，要求在9月底工程建设全部完成。县委常委、镇党委书记兰成国、镇长庞明明以个人名义担保赊欠工程款，他们亲自出马，远跑大同，近走本县水泥厂、石料厂，买水泥、订石料，并说服动用了本地的8个工程施工队承揽工程建设，确保全镇工程建设顺利进行。石头河村党支部书记董来千亲自组织起本村在外承包工程的工队，积极参加通村水泥路工程建设。工程队负责人张文亮，自己垫资1.5万元，买回了搅拌机、振动器和振动棒等机械。油坊村党支部书记崔涛登门入户宣传发动群众投劳工，在修路工程建设中总投劳力1800个。城郊周围的上堡、馒头庄、张家店、马官屯等村的党支部书记，不但发动本村村民，而且还发动村里的暂住户参加义务修路。全镇发动村民义务修路节省资金30多万元，顺利完成了各自的工程建设任务。镇长庞明明两次感冒发烧不请假，一边打针，一边坚持工作；分管质量监督的镇人大主席白有权一天到晚忙于现场监督，吃在工地，住在工地。哑叭岭村有两个年过七旬的老汉柴双喜、胡日新，不顾年老体弱，挥锹干在工地，在全镇被传为佳话。在资金筹措最困难的时候，镇长庞明明打起了父亲2万元存款的主意。这可是父亲多年靠工资积攒下的全部积蓄，原本是准备用于养老、看病的。但他对父亲说："把农民群众发动起来是件不容易的事，劲可鼓而不可泄，现在工地上正等钱用，等路修通了我一定还您。"父亲被他的话打动了，毅然拿出2万元的存折。之后庞明明又将妻子的工资本拿到银行作抵押贷了款。由于他两次及时投入资金，确保了工程建设的顺利进行。经过近三个月的艰苦努力，截至8月23日，全镇30.038公里的通村水泥路工程建设任务率先完成，为全县"村村通"任务的顺利完成带了好头。

——李达窑乡是全县"村村通"承担任务最多的乡镇之一。李达窑乡地处海拔1430米的北岭梁上，施工地段不是沟壑交错就是季节洪水来势迅猛的乱石沟。特别是由于全县闻名的娘娘山天然阻隔，运输上的困难和消耗实在惊人。乡党委书记傅存新和乡长杨永文、乡人大主席吴珍、副乡长耿平一道亲自开车上路，对施工线路实地勘察、测算，选择最省、最快、最优的修路方案。工程开始后，傅存新和杨永文两人，一个带白班，一个带夜班，包乡技术员配备专车，日夜巡查。傅存新每天至少深入各施工地一次，一蹲就是几小时，与各方面的负责人互通情况，交换意见，研究工程进度。从6月20日工程上马至9月20日全线竣工，全乡用90天时间，建成水泥路21.8公里、沥青路8.2公里，完成了"1条循环线（李达窑—右卫镇四台沟交界）、15条辐射路、全长30公里的等级路"建设任务，大大突破了县委、县政府原定"1条循环线、8条通村辐射路"的目标。连同县交通局建成的左马线18公里过境干线油路，在这次"村村通"工程中建成的等级路，超过了中华人民共和国成立50多年来东山沟所建等级油路的6倍，直接受益面积达到了20多个村庄、1300户农户、0.46万人。李达窑乡提前超额完成了县定计划，实现了"大干100天，走在全县前"的预定目标，打破了全乡闭塞落后的局面，翻开了全乡人民致富奔小康的新的一页。

——威远镇党委书记曹占贵，1988年7月山西农业大学农学专业毕业，历任县委宣传部干事、县政府办公室副主任、丁家窑乡乡长、右卫镇镇长，对农村工作十分熟悉。从领命迎战之日起，他就对镇全体班子成员说："历史将我们推在了这场战役的最前沿，任务就是命令，我们只能前进，不能后退，只能胜利，不能失败。"他亲自将所涉17个村庄通村道路情况进行了实地勘测，亲手绘制了第一张工程施工规划图，并根据工程量的大小认真制作了各路段用料预算表。从修路开工到整个工程竣工，曹占贵身上时常装着两样东西：一把卷尺和一个笔记本。他走到哪里，就用尺子亲手测量哪里的路面的宽度和厚度，有不达标准的坚决要求工程队重新返工，从而有效地杜绝了偷工减料现象的发生。他每到一处工地，都要把各村运料情况和工程进展情况详细记在笔记本上，然后根据工程进度测算出每一路段的完工时间，安排下一路段的开工时间。威远镇村村通水泥（油）路工程全部完成，据测算，需资金300万元，其中仅水泥一项就需1900多吨，耗资40多万元。在上级补贴款没有到位的情况下，曹占贵除了用自己的房产证抵押贷款外，还托在银行工作的同学、朋友解决了大量资金，直至工程结束，没有因为缺料而出现停工现象。在修筑火烧洼通村路段时，平路基需动土方量太大，靠人工一是时间不允许，二是不现实，为了赶工期，他将自己妹夫的铲车调上来加班干，仅仅付了油钱和司机工钱。曹占贵和镇长王志平组织全镇干部群众苦战100多天，高标准、高质量地完成了全镇17个村、31.245公里的村通水泥（油）路建设任务，从而使全镇32个行政村全部通了公路，为加快威远镇区域经济的发展搭起了新的平台。

——当县委、县政府向全县人民做出"大干100天，实现村村通"的庄严承诺之后，作为白头里乡的领头人王占山心里既高兴又犯愁。高兴的是，全县提出实现"村村通"水泥路正是自己所想干的事；愁的是，按照全县规划的路线，牵涉到占用耕地326亩、砍伐树木数量较大等涉及村民切身利益的实际问题。还有就是4米宽、18厘米厚、14.6公里长的水泥路面，需动用土石方5万立方米，耗水泥4000余吨，大约需资金126.4万元，这对于白头里一个小乡来说，困难可想而知。但这并没有吓倒王占山。工程开始之初，启动资金严重不足，他带头把自己的房产证和妻子的工资本作为抵押，贷款8万多元，解了燃眉之急。妻子不情愿地说："你这个人干事太实心，公家的事公家办，小心把自己给卖了。"他却说："全乡村村通水泥路重任在我肩上，砸锅卖铁我也要把它干好。等到条件成熟了，还要我们这些共产党员干什么。"包乡的县委常委、组织部部长吴晓斌亲自回老家偏关县水泥厂联系水泥，和人家软磨硬泡，最终以优惠的价格保证了全乡工程水泥。吴晓斌还亲自出马，东寻西找，想方设法地解决修路过程中工程机械短缺等困难问题。炎热的夏天，王占山不畏酷暑，顶着烈日现场组织指挥。晚上住在简易潮湿的工棚里，还有蚊虫叮咬，整个胳膊都肿了，他不吭一声，涂上随身带的止痒药水，继续工作。当听到平路基时到他堂弟王占世的豌豆地里被阻拦后，王占山立即驱车赶到现场，亲自开导说服堂弟，指挥工程人员铺开了路基。谁知道，王占山的父母亲病重时，一直是他堂弟端屎端尿伺候在身边啊。凌晨2点多钟路基平完了，王占山拖着疲惫的身子躺在床上翻来覆去睡不着觉，想起一个月内父母双双过世，自己未能尽半点孝心，禁不住满眼辛酸的泪水。全乡路面工程结束后，昼夜奔波在工地的王占山累得瘦了一圈，嘴上满是口疮，两眼通红，但他没有顾上休息，又一头扎进了组织路肩整修、路旁绿化的工程中去了。

——高家堡乡地处县西南端，山大沟多，道路崎岖不平，而且是全县闻名的缺水乡。而修筑水泥路，水是必不可少的。100天内要完成16公里的水泥路，还要修3座过水涵洞，任务艰巨可想而知。乡党委书记王志平领命后在全乡干部会上坚定地表示："通村水泥路是一块难啃的硬骨头，咱们决不能给领导丢脸，决不能拖全县的后腿，只要大家扑下身子苦干实干，天大的困难也能克服。完不成任务，我第一个到县领导那里辞职！"为了确保工程质量，从一开始垫路基，他就率领技术员和几个负责人精心规划，认真勘测，按照路基取直、铲平、放高、夯实的要求，对16公里线路逐一做出详细的规划。他们千方百计解决用水的问题，工程启动以来始终没有因缺水而停过半天工。在杨家后山工段，为取直垫高道路需占用大量的青苗地，部分村民难以接受，强行阻拦铲车施工，分管乡干部说服教育无效。王志平得知后立即赶到现场，面对少数村民的指责、谩骂和围攻，他动之以情，晓之以理，不温不火地说服教育。三个多小时的劝说，他口干舌燥，嗓子也沙哑了。终于，拦车讲条件的村民认识到自己思想上的偏差，最终从大局出发，舍小家为大家，主动提出无偿占用耕地，全力配合修好本村的公路。王志平的父母均在村里，母亲常年患病，家人多次催他回去陪老人检查一下，他为了修路，哪能顾得上，老母亲只好让堂兄陪着到县城找儿媳去医院检查。面对母亲的责备、妻儿的埋怨，他深感内疚，每当谈起此事，他眼里总是浸满滚热的泪水。王志平在96个日日夜夜里，带领全乡34名干部，组织动员35个村3000多精壮劳力，顶风雨、冒酷暑，克服重重困难，圆满完成了13个村总长16公里的通村水泥路的攻坚任务。

——李达窑乡范家窑村地处右玉县东北部，是右玉人常说的"东山沟"的核心地带，东与左云县接畔，南有曹红山，北靠马营河，西接东团山，唯一的一条路是蜿蜒在马营河与东团山之间的一条小河槽。多少年来这里流传着这样的民谣："东山沟，沟套沟，不能来往叫人愁；东山沟，穷山沟，吃糠咽菜没盼头。"乡里要给范家窑村修通村水泥路，喜讯传到村里，整个村子一下子沸腾了，对于这么一件多少年来大家想都不敢想的事，好多村民甚至不相信这是真的！范家窑通村水泥路虽只有3公里的任务，但由于进村的路是河湾泥泞地，铲车开不进来。怎么办？村党支部书记聂二元带头开着自家的小三轮车，领着村民自己动手平路基，铺垫层，打石子，拉水沙。在铺筑路面工程开始后，聂二元把村民分成三拨儿，白天接着黑夜干。别人都能轮换休息，唯有聂二元不能，他又要组织人员施工，又要监督修路质量，还要安排运料，一揽子事使他忙得像一台不停歇的机器。他说："能实现范家村几代人的梦想，我聂二元累死也心甘。"9月20日这一天，范家窑村水泥路全线贯通。当天下午，客车就开进了村，还来了几辆收购农产品、卖副食的三轮车。为修路累得黑干憔悴的聂二元让全村65户家家杀羊，吃油炸糕，痛痛快快地庆贺了一番。聂二元，为了让范家窑村早日走上小康路，把自己的命都豁出去了，这是多么好的共产党的基层干部啊！

——在村村通水泥路工程中，作为镇长的贺仲担任了元堡子镇"村村通"总指挥，自此，千钧重担落在了他的肩上。元堡子镇村通水泥路工程总任务是30公里。除去省市补贴外，资金缺口200多万元。人常说，"乡镇工作难搞，提留、割肚、栽树样样棘手"，然而当整个水泥路工程核算完后，他才意识到，面临的困难，远比这些还难搞。除去工程筹资外，选择施工路线、宣传发动群众、组建施工队伍、培训技术人员、选料备料、安排进度，一道道工序就像一个大战役里的各个战场，哪个战场出了问题，都会直接影响整个战役。从未失眠过的贺仲竟整晚整晚睡不着觉。他成了各路兵马的总接应使，哪路不到接应哪路。在工程进展的紧要关头，镇党委书记刘磊忙于联系水泥、跑资金，具体统筹安排施工的重担就落到贺仲身上。全镇五个路面铺设工地、六个垫层施工工地，每个工地都要考虑周详，组织有序。特别是路面铺设工地，配料、搅料、模板支护、混凝土浇筑、振动、滚压、压光、扫尾等，不能少一道工序，少一道工序都会影响工程质量。因为进度跟不上、质量有问题等原因，很少发脾气的他几乎每天都要骂人。在组织施工期间，对于家里的大事小情，他都无暇过问，就靠妻子一个人默默地承担着。家里的房屋因政府征地需要拆迁，妻子带头去县里签订了拆房协议。搬家那天，原指望着他能回来搭把手，可他只丢下一句："我顾不上了，你找人搬吧。"妻子只好自己流着眼泪搬了家。儿子升五年级要重新分班，妻子三次打电话让他找人打声招呼，分个好班，可他放下电话就上了工地，把家里的事忘了个一干二净。至此，妻子再也忍不住了，气势汹汹地在电话里吼着："你永远不要回这个家，就和水泥路过一辈子吧！"儿子也哭着问他："爸爸，你到底管不管我？"听着这些话，贺仲心里也感到十分愧疚，他无可奈何地解释说："我知道这些日子欠你们娘儿俩的太多了，可是修路的工期不等人，短短30公里的水泥路寄托着全镇几千号人的希望。一想到这些，我心里就急啊！"说完又放下电话。在组织施工的80多天里，他整整瘦了11斤，73岁的老母亲看着他明显干黑消瘦的脸和嘴角红肿的疮疤，心疼地问："你啥时候得了大病，咋不早早去医院检查检查呢，还扛着？"贺仲说："妈，我这是害了公家的心病，元堡子乡的水泥路修好了，我的病也就好了。"工程总量每天在减少，脚下的水泥路在一天天延伸。贺仲的汗水没有白流，他用心血换来的是日益改善的农村生活环境，换来的是元堡镇6000多名百姓的信任和笑脸。

——右卫镇村通水泥路战役打响后，作为镇人大主席的武文明主动请缨到右卫镇村通水泥路战线最长、任务最重、困难最多的苍头河西线担任总指挥。眼看工程就要开工了，但几个村的村民却无动于衷。他巡回13个村第一次召开群众动员会，立刻招来不理解和不支持："武主席，我们全家人都上工地修路，我们的口粮谁负责？我们的庄稼谁照管？"几乎每个村的村民都在问他同一个问题。"是的，夏收和秋锄季节是村里庄户人的关键时刻，但是修路是党和政府为了让农民能过上好日子，我们每户、每个人都应该在搞好农业生产的同时，抽出一半劳力修好我们的致富路。"武文明生怕这种说教不解决问题，便想了一个妙招——组织人员在各村粉刷大量的标语"今朝修好水泥路，儿孙致富不发愁""水泥路修到家门口，金娃娃抱在怀里头""只要修通水泥路，山窝窝赛过城里头"等，句句醒目朴实的话语飞进了人们的心田里。与此同时，他挨村挨户地做工作，召开党员带头会、解思想疙瘩会、算账对比会，反复宣传"修好富民路，产品有出路"的道理。为此，他的嗓子都喊哑了。路基任务完成后，摆在他面前最头痛的是备石料，因为路线长，石料用量大，在短时间内备足6000多立方米石料更是难上加难。为了不因石料延误工期，武文明走遍了全镇石料厂。可全镇的石料厂大都分布在河东，运输起来难度大、路程远、耗资多。无奈之下，他几经周折，在离右玉镇不远的内蒙古和林格尔县的阳塔村解决了石料紧缺问题。为此，他两天两夜没合眼。武文明的真情感动了西线参战的干部群众，众人拾柴火焰高，在短短的一个月时间里，全线6000立方米石子、2770立方米水沙按期备足。然而天有不测风云，就在备完水沙的第二天晚上，大雨降临，山洪暴发，眼看着在河岸边备足的300多立方米水沙要被洪水冲走，武文明冒雨发动马营河、北辛窑、黑洲湾三个村的劳力，在雨中抢修了护沙坝。大雨过后，天晴了，水沙保住了，奋战了一夜的人们总算有了歇息的时间，而武文明却又投入了白天的筑路工程中。武文明每天奔波于4个工段，协调工地用料。遇到下雨天，再加上常门铺水库放水，河水猛涨，运料车不能过河，他就冒着危险，肩扛水泥带头过河。晚上他还要加班加点进村入户，掌握农村税费改革的进展情况，保证各项工作齐头并进，都不延误。武文明这个面部白皙、敦实健壮的中年干部，三个月的通村水泥路使他的身体瘦了13斤，他的小儿子老问他妈妈："我爸爸咋就像电视里非洲黑人爸爸了？"妈妈说："你爸爸为叫村里人过上好光景，命也不顾，修水泥路晒的。"他的嗓子沙哑后，全靠两只手不停地比画着指挥。他眼巴巴地看着停放在远处的自己心爱的摩托车被人偷走，干着急喊不出话来。武文明，为了右卫镇苍头河西岸的百姓走上富裕文明路，几乎把命都豁出去了。这是多么好的共产党的乡镇干部啊！

在全县"村村通"战役中，这样好的基层领导干部何止以上这些。只是由于篇幅原因，我不能一一列举了。

生动的实践一再启示我们：共产党员要时刻听从党的召唤。只要心中时刻装着人民群众利益，再困难的局面，我们也可以从容应对；只要心中时刻系着人民群众的冷暖，再贫穷的土地，也能够结出丰硕的果实。

视质量为生命，铁面无私的质量监督员

百年大计，质量第一。

高厚、赵向东在深入村村通工程检查时，反复强调："质量是工程建设的生命线。不论干部还是施工人员，都要牢固树立质量第一的指导思想，始终要把质量管理作为整个工程管理的核心，放到重中之重的位置去抓，确保工程建一处，成一处，受益一处。""那种质量不好的'豆腐渣'工程，修得越多对人民所犯的罪就越大。贫困县经不起那样的折腾，我们哪怕是修一米，也要保证质量，高标准地交给人民去考验，交给时间去考验。"

路修好，十余年不倒样，百姓为你树碑；路修不好，两三年就会出问题，人民会唾骂你。这是全县上下在村村通战役中始终坚守的一个信条。

科学规划是重点。它直接影响着整个工程建设的经济效益和社会效益。正是基于这一认识，在工程规划设计过程中，高厚和赵向东按照"因地制宜，讲求科学，注重长远，合理规划"的原则，始终坚持建设工程尽量向人口密集、经济发达的重点村庄倾斜，尽可能利用旧

路基，需要新筑路基的，则该取直的取直，该放高的放高，该铲平的铲平，该加宽的加宽，该修涵洞的修涵洞，坚持把省道、国道、县道等主要公路辐射与循环路建设结合起来，把道路建设与通道景观及配套工程建设结合起来，力求主体工程和附属工程同步进行，尽量减少不必要的人力和物力消耗。同时还因地制宜地对道路标准做出了严格规定，即重要路段宽4—6米，一般路段宽3.5米，水泥路面厚18厘米，垫层厚度20厘米，路面两侧预留3米以上的绿化带。规划科学合理，为保证整个工程建设的质量和效益奠定了坚实的基础。

高厚、赵向东从全县各部门、各单位选调精通施工技术、作风过硬的精兵强将组成质量监督组。组长该由谁来当？大伙儿一致推选任丽堂。

——军转干部任丽堂，年近六旬。他因在部队干过十多年的工程技术兵，对路桥工程建设的各个环节了如指掌。更重要的是，他责任心强，性格耿直，敢讲真话，不怕得罪人，在右玉"三讲"活动担任督导组长时受到省、市委表彰。但是，他已退居二线，能否出山？高厚和赵向东亲自与他谈话后，任丽堂欣然接受，他说："自古以来修桥补路是积德之事，你们信任我，我就能干好。"

任丽堂出山挂上了质量监理组的帅印，当上了铁面无私的黑脸"包公"。他提出了"村村通"工程要切实把握四个关键词：高速、优质、安全、低耗。任丽堂说："364.6公里的水泥（油）路，计划用三个月的时间完成，必须以右玉的速度超高速建设。高速必须以确保质量为前提。施工条件越差越要质优，越要显出右玉人的精神。安全施工是为人民的生命财产负责；低耗对右玉来说尤为重要，贫困县缺的就是资金。低耗节约、科学利用是我们遵循的原则。"

任丽堂还提出严把"四关"保质量：第一是工程技术培训关。老任对技术组成员首先进行统一培训，统一施工规则和技术流程。县技术员负责对各乡镇技术员的现场指导和培训。第二是工程备料合格关。各技术组成员要严把乡镇的进料关，配合乡镇收料员严格控制沙石质量、规格和水泥的标号及有效期。第三是机械设备配套关。机械不配套，缺少一根振动梁甚至是一个抹子，都会影响工程质量。第四是工程施工环节关。施工中缺少任何一道小的工序都会直接影响工程的质量和进度。对这"四关"，任丽堂走到哪里就认真检查到哪里；哪里不过关，任丽堂就毫不留情让他返工重干。你看，这位军转干部任丽堂，工作责任心多强！

高厚、赵向东还选调50多名县直机关干部职工作为工程质量监理人员到各个乡镇的工地上。他们对每个工地的每项工程、每道工艺、每个环节都进行旁站监理、试验监理和验收监理，不留任何空当。

——三十刚出头的王宇自参加工作后，一直

军转干部、修路功臣任丽堂（左）和县农委主任许勇（右）把修路质量精确到一毫一厘。

就在县交通局工作。近十年来，他几乎跑遍了右玉的大路小路，不管是炎炎酷暑还是猎猎寒风，都阻挡不住他为右玉的交通事业默默奉献的脚步。他从一名普通的技术干部升职到副局长，从一名普通的群众成长为一名优秀共产党员。村村通战役打响后，组织上让他担任村村通水泥路工程办公室副主任，具体分管村村通的技术指导工作。这个针尖小官，他觉得像千斤重担压在肩上，愁得彻夜难眠。他在想，一场人民战役在全县村村通水泥路的工地上打响后，全县干部群众的热情像浇了油的火堆越烧越旺，而技术要领、施工程序、质检员培训等环节是施工前需要解决的几个重要环节，如果盲目地下发现成的专业技术资料，一线干部群众只能是一知半解，解决不了问题，造成的后果则难以预料。冷静思考后，他及时组织交通局的技术人员搜集材料，组织写作班子，用最通俗的语言以最快的速度编出《技术质量操作手册》和《工程建设技术要点及流程》。夜深了，他办公室的灯依然亮着，连续几天熬夜，他的眼睛已布满了血丝，和他一块儿编资料的同事劝他："王局长，休息一会儿吧，工程开工前，我们一定能把书编出来。"他笑笑说："习惯了，不碍事，编不好书睡不着。"经过几天辛勤耕耘，4万多字的初稿按时完成，他边滴眼药边细心地校对资料，他明白，一个文字的错误、一个数字的失误，将会给工程带来意想不到的损失。当修路资料如期下发到各乡镇的施工人员手中时，人们高兴地说："这一回我们心里有底了。"可谁能知道这些至关重要的资料背后，王宇付出了多少艰辛的劳动……

——走在宽展的水泥路上，望着田野和远山，张效良显得十分的从容和沉静，因为曹家堡—陆家庄这条水泥路，是他带领工队，在过去的32个日日夜夜，一尺尺、一米米修起来的。虽然他已退休了，县里、乡里还是想到他，因为他在杨千河乡干了15年水利水保工程，对水泥一类工程十分娴熟，且工作责任心十分强，是右玉县有名的水利技术员。这次，县、乡让他当一名包乡技术员，负责曹家堡—陆家庄这段水泥路，他觉得这是党组织对他的莫大信任。张效良长期在农村工作，落下腿疼病已多年，他硬是拖着这两条病腿，在村通水泥路上来回跑个不停。在工程质量上，大到混凝土配料，小到路面的每一个水泥蜂窝，他都细心检查，严格把关，常常亲自拿铁锹站在振动梁上，发现蜂窝立即补上。张效良还患有较严重的慢性肠胃炎和十二指肠溃疡，不能断药，可为了工程质量他不愿离开工地，药吃完了委托乡党委书记魏斌回县开会时替他购买，换洗的衣服托乡长李国斌捎取。他是个地道的农民儿子，吃住很不讲究，32个日夜，自带行李和施工队工人们住在一起，吃在一起，交流在一起。为了能够全身心把好工程建设质量关，他将原定于8月3日的儿子婚礼一推再推。他岁数大了，不图别的，只求对得起乡亲们的那份企盼和真情，对得起县领导的信任和重托。

——"为了修好村通水泥路，他宁愿'两头受气'，真是个好干部……"提起右卫镇村村通水泥路县派技术员、农业开发中心副主任魏立，右卫镇七里八村的老乡们有说不完的话。村村通工程打响后，他住在右卫镇三个多月，严查每一条水泥路的质量。女儿想到应县上高中，眼看着别人家的孩子找门子的找门子、托人的托人，妻子心急火燎地给他打了七次电话，他总说工地忙得不能走，一推再推，逼得妻子和女儿下了通牒："如果这事办不成，你这辈子就别回这个家！""爸爸你不能不管我的前途呀！"那几天正是工程施工最忙的时候，他咬了咬牙，还是没有回去。女儿耽误了到应县一中上学的机会。中秋节那天他回去了，妻子和女儿没拿好眼看他一下，没和他说一句话，他再三解释，还是不理他。第二天早上，女儿终于开口了："我没你这样的爸爸。"哇哇大哭起来。魏立一阵心酸，又返回右卫镇村通水泥路工地。右卫镇西门外到海子洼村原来规划的路段，地表土层含水量大，土质松软，他坚持重新改修路线，工程队为省钱死活不干。他站在推土机上就是不让施工，与工程队负责人一次次地据理力争，结果惹火了工程队，一伙年轻人围上来要揍他，魏立坚持说："打死我，你们也不能做糊弄老百姓的事……"他一边和工程队讲道理，一边向县乡领导打请示报告，硬是改了路线。每到有人问起他："这是图啥哩？"魏立说："咱图的是为老百姓实实在在做点儿事情，受别人误解，挨点骂、受点气，那是小意思。"

——"妻子病重顾不上守护，差点让老伴离我而去。"潜心铺筑李达窑乡通村水泥路的原县建设局党支部书记、包乡技术员王有儒，至今说起来，还心有余悸。还有杨殿清、郝芳、郝丕丽、戴斌、王建明等11位技术员，都是名副其实的"质量卫士"，为村村通水泥（油）路工程保质保量完成献出了不少心血和汗水。

众志成城，真情共筑通天路

气同则从，声比则应。

善举必有义助。高厚、赵向东作出全县实现村村通水泥路决策后，激发了县内外无数右玉儿女支援家乡、建设家乡的巨大热情。

元堡子镇吐儿水村是县教育局定点帮扶村，局长潘志忠亲自带领局班子全体成员到吐儿水村调研，规划村通水泥路线。为解决资金缺口，全局干部每人捐资100元。局里把每月的全县教研会改为由各乡联校自行组织，挤出办公经费2万元用于修路，并抽调3名干部深入工地一线，与工程队同吃同住同劳动，仅用30天就保质保量完成了一公里长的村通水泥路任务。

威远镇是县电业局的帮扶对象，局长袁瑞军组织全局干部仅4小时就捐资8000元。并召开局党支部会议决定，从职工野外作业补助中拿出3万元用于解决修路所需的水泥石子。

县国税局在所包丁家窑乡工料紧缺的关头，捐助了3.5万元的水泥。

县财政局为高家堡乡捐助现金2万元。

县国有林场为元堡子镇宣阳寨村捐助2万元。

县土地局为杨千河乡陆家庄捐助现金2万元。

县水利局为元堡子镇增子坊村捐款3万元。

县计委为新城镇小蒋屯村帮扶修路4公里。

县政府办为新城镇下堡村修建水泥路1公里。

……

右玉的广大干部职工在工资待遇较低的情况下，慷慨解囊，拿出半个月工资捐助了通村水泥路工程建设。

广大农民群众更是不顾夏锄秋收农活繁忙，放下自家的营生，积极投身到村通水泥路工程建设中去。

树高千尺忘不了根，家乡连着赤子心。

右玉县的村村通水泥路工程，牵动了无数在外工作的右玉儿女，也牵动了许多曾在右玉工作过的老领导老干部。多少年来，他们无时无刻不在关心着右玉的建设和发展，无时无刻不在牵挂着右玉的文明和进步。在村村通水泥路工程中，他们情系家乡，纷纷致电写信，出谋划策，捐资捐物，支援建设。

听到家乡古城堡修水泥路的消息，身为大同市中级人民法院院长的郑福禁不住热泪盈眶。家乡是他的根，家乡是他的梦，家乡是他的起点和归宿，他要为家乡建设出一分力，尽一分心。村村通水泥路建设的三个月中，每逢周日，他不顾路途奔波，工作繁忙，准时回到老家，与乡村干部群众一起共商修路大计。为少占村民耕地，保证路线顺直，他亲自勘测，一连改动了两次路线规划；为就近解决原料，他顶着烈日与乡干部一起跋山涉水，找沙子，定料场；工程开工后机械紧张，他及时从大同借回水管1000米、柴油发电机1台，解决了工程燃眉之急。整个工程中他个人就捐赠水泥250吨、现金3000元。

朔城区人民法院院长王存金，是右玉县高家堡乡何庄人。得知家乡要通水泥路后，他万分欣喜。7月18日，他拿出自己和女儿的一个月工资购买水泥100吨，亲自带车队送回了何庄村，帮了本村水泥路工程的大忙。

大同市医专党委书记高旭，是右玉县高家堡乡沙家寺人，了解到家乡修水泥路后，他在回乡祭祖扫墓之际，为家乡捐回水泥10吨。

县图远公司总经理刘军，得知家乡李官屯村修水泥路，出资承揽了200米通村水泥路的沙子和石子垫层任务。

县委常委、新城镇党委书记兰成国，县人大副主任孙玉财，副县长黄凤莲等县领导，也为所在家乡村捐了款。

威远镇人大主席武振东把他父亲的汽车开上工地帮助拉运沙石。

元堡子村党支部书记王勇，为保证工地水泥供应，从自家拿出5000元积蓄付了水泥款。

李达窑村村委会主任王靖强，在工地石料紧张的情况下不仅自己全力以赴，为跑料奔忙，还拉上自己的亲戚帮助解决了100立方米石子，并让自己妻弟的三轮车无偿拉运。

县交通局在承担70多公里道路建设任务的情况下，精心组织力量，科学调度机械，积极为全县提供技术服务，充分发挥了职能部门的作用。

县电业局为保证村通水泥路建设的顺利进行，不讲条件，不讲待遇，及时组织职工加班加点为施工现场接线送电。在新城镇大蒋屯工地，他们不仅连夜完成了架线工作，而且还无偿为工程建设提供了变压器。

全县各级各部门和广大干部群众牢固树立"一盘棋"思想，始终以大局为重，有钱的出钱，有物的出物，有人的出人，谱写了一曲精诚合作、众志成城、公而忘私、无私奉献的感人乐章。

省市的关怀，巨大的成果

高厚、赵向东高瞻远瞩，以与时俱进的魄力和善于捕捉机遇的高度政治敏锐性，大胆决策，主动请缨，决定在右玉率先实施村通水泥（油）路工程，从一开始就在全市乃至全省产生了巨大反响，引起了各级领导的高度关注。

右玉人民艰苦拼搏，负重奋进，大干苦干，用不到100天的时间就全面完成了任务，以耗资低、质量高、速度快创造了公路建设的新奇迹，更令外界折服，让人刮目相看。

2003年6月25日，朔州市村村通水泥（油）路现场动员大会在右玉召开。朔州市四大班子领导，六县（区）委书记、县（区）长，分管副书记、副县长，市直各单位一把手，右玉县四大班子成员，各乡镇党委书记、各乡镇长以及各驻村工作队队长、队员、技术员共380多人参加会议。中共朔州市委副书记王耀斌主持会议，市长张建欣做动员报告，并与六县（区）县长签订了责任状。右玉县委书记高厚做了表态发言。省交通厅厅长王晓林、副厅长张润、朔州市委书记闫沁生分别做了重要讲话。闫沁生说："毛泽东主席曾经讲过：人总是要有一点精神的。精神最可贵。右玉一个国家级贫困小县，在上级没有一点投资的情况下，竟敢在全省率先打响村村通水泥（油）路工程战役，反映了县委领班人高厚同志不畏艰难、勇于争先的气魄和胆量，反映了右玉县各级领导班子敢打硬仗、敢打苦仗的勇气和信心，反映了右玉人民刚毅顽强、攻坚克难的拼搏精神。这也是右玉人民几十年战天斗地、改造河山绿化精神的再一次生动体现。路是生产力，修路就是解放和发展生产力。右玉人民能办到的，其他五县（区）也要办到！全市各级党组织和全市120万人民都要以右玉为榜样，迅速打响全市村通水泥（油）路战役，不获全胜决不收兵！"

看，右玉县村村通水泥（油）路工程，又在全省、全市做出了榜样。

7月15日，中共山西省委书记田成平视察右玉时指出："右玉的生态建设搞得很好，路也修得不错，这是老百姓最希望干的，一定要很好地推动，把好事办好。"

9月27日，山西省人民政府省长刘振华视察右玉时高兴地说："右玉县村通水泥路修得很好，标准很高，这项工程抓对了，也抓好了。"

右玉县每修一公里水泥路，省交通厅将补助一万元。待工程全部保质保量如期完工后，再奖励100万元。

9月17日至18日，中共山西省委副书记、省纪委书记金银焕来右玉筑路一线调研指导工作。

8月16日、8月29日，中共朔州市委常委、组织部部长牛社威和中共朔州市委副书记李高山先后来右玉指导"村村通"工作。

　　　　山千重，沟千重，峰峦叠嶂如牢笼，憋杀山里人；
　　　　童流汗，叟流汗，万民同心砸天囚，天堑变通途。

2003年6月25日，朔州市村通油路（水泥路）现场动员会在右玉召开。会议要求，全市其他五县（区）要以右玉为榜样，迅速打响全市村通油路（水泥路）战役，不获全胜绝不收兵！

2003年7月15日至16日，中共山西省委书记田成平（前排左三）在右玉视察时指出："右玉县搞的村村通水泥路工程不错，这是老百姓最希望干的，一定要很好地推动，把好事办好。"前排左一为中共朔州市委书记闫沁生，前排右二为朔州市市长张建欣，前排左二为中共右玉县委书记高厚，左六为右玉县县长赵向东，右三为威远镇党委书记曹占贵。

2003年9月17日至18日，中共山西省委副书记、省纪委书记金银焕（左三）在右玉村村通筑路一线调研指导工作。金银焕说："右玉县党政领导班子心系百姓、艰苦创业、真抓实干的精神要在全省大力学习和宣传。"

果敢练达的右玉决策者们以莫大的勇气和魄力，策划了村村通水泥路工程。

勤劳质朴的右玉人民硬是用他们艰辛的付出，成就了几辈人的梦想！

经过不到100天的日夜奋战，累计通车里程364.6公里的村村通水泥（油）路工程终于全线竣工。据测算，这项工程共投入天然沙石料553736.25立方米，生石灰64169.6立方米，中粗沙93811.58立方米，碎石162706.38立方米，水泥76300余吨，动用人工367800个工日，出动机械62200个台班。全县干部职工捐款100多万元；县直各单位捐款134.4万元，捐献水泥600多吨，沙石料4620立方米；驻右玉条管单位对"村村通"工程给予大力支持，共捐款27.1万元；在外地工作的右玉人和曾在右玉工作生活过的各界人士捐款2万多元，捐助水泥390余吨，帮助解决实际问题100多个。

想通路，盼通路，今朝路通梦成真。

村村通水泥（油）路工程的顺利完成，使全县的水泥路面通车里程达到600多公里，占全县通车里程的69%。全县形成了以县城为中心，以干线公路为主框架，县、乡、村公路四通八达，纵横交错，布局合理，11条主干线辐射、0个大小循环相连的畅通便捷的县乡村公路交通网络。

通村水泥路为右玉的小康建设插上了腾飞的翅膀。

它是开放路，右玉将由此走出大门，走向全国！

新建的虎山线右卫镇红旗口村东候车亭

今日条条村通油路和水泥路，开辟了农民奔小康的致富路。

它是致富路，使山窝窝的"金山"变成灿灿的"金锭"。

它是志气路，使右玉人民从此扬眉吐气，信心倍增，携新世纪之长风，奔向富裕的康庄大道。

2003年10月20日上午，县委报告厅前彩旗飘扬，鞭炮齐鸣，鼓乐震天，"右玉县村通水泥路建设先进集体和模范个人表彰大会"在这里隆重举行。全县在不到100天时间内完成了规划的364.6公里的通村水泥路建设任务，在这当中：

涌现出一批不畏困难，知难而进，高标准、高质量完成建设任务的筑路建设先进单位；

涌现出一批心系工程，顾全大局，对通村水泥路建设全力给予资金、技术、物资帮助的筑路帮扶先进单位；

涌现出一批精心组织协调，坚持一线指挥，勇当通村水泥路建设排头兵的筑路功勋；

涌现出一批铁面无私，不徇私情，忠实履行工程监理职责的质量卫士；

涌现出一批立足岗位，尽职尽责，为村通水泥路建设无私奉献心血和汗水的筑路突出贡献者；

涌现出一批以路为家，不计报酬，脱皮掉肉大干村通水泥路建设工程的筑路模范。

他们是右玉村通水泥路工程建设的中流砥柱，他们为这一工程的建设立下了汗马功劳。

他们的先进事迹和崇高精神，集中体现了当代右玉人民的品格和风貌，具有鲜明的时代特征。

为了进一步弘扬正气，激励全县各级部门和广大干部群众努力在全面推进小康建设进程的伟大实践中奋发进取，建功立业，县委、县政府决定对在全县村通水泥路工程建设中涌现出的新城镇等11个筑路先进集体、右玉公路管理段等11个筑路帮扶先进单位、兰成国等14名筑路功勋、任丽堂等13名质量卫士、贺仲等47名突出贡献者、王勇等30名筑路模范进行隆重表彰和奖励。其中对质量卫士任丽堂奖给现金1.5万元，对质量卫士张效良、王有儒各奖给现金1万元。

右玉人用不到100天的时间修筑起村村相连、城乡相通、纵横交错、布局合理、畅通便捷的村村通公路网络，成绩是巨大的，也是具有里程碑意义的。

但是，成就不止于此，最重要的还是在这一过程中，全县干部群众用心血和汗水铸就了一种难能可贵的右玉精神。这种精神是新的历史时期中华民族伟大创业精神在右玉各项事业建设中的具体体现；是右玉人民"觉悟加义务，一张铁锹两只手"的绿化精神在新形势下的发扬光大；是右玉人民摆脱贫困，奋发进取精神风貌的集中反映。一句话，它是改革开放的时代精神、艰苦奋斗的光荣传统与兴右富民的宏伟实践三者的有机统一，这种精神应当也能够成为我们新形势下全面建设小康社会的巨大力量源泉和宝贵精神财富。

是的，勤劳的右玉人民以惊人的毅力，在上级没有投资一分钱的情况下，经过不到100天的日夜艰苦奋战，在全省率先实现了村村通水泥（油）路目标，胜利完成了全县214个村的364.6公里村通水泥（油）路的各项任务，写下了右玉交通史上最辉煌的一页，创造了贫困县发展史上的奇迹，谱写了一曲令群山肃静、令草木动容、令世人瞩目的壮丽篇章！

难忘的百日攻坚战，将永远铭刻在右玉人民的心碑上！

到2010年底，右玉县所有符合条件的行政村全部实现了村村通水泥路，从根本上解决了农民出行难的问题。全县公路里程达1150公里，每万人达137.5公里，位居山西第一。

2007年3月28日下午，笔者与王德功、霍生祥去朔州市政府采访已任朔州市人民政府副市长的高厚。

高厚无限感慨地说："我在右玉任职四年半，是我这一生最难忘的。党把改变右玉县贫穷落后面貌的担子交给了我，我必须知难而进。作为主要领导，我时时警醒自己，如果不能让老百姓早日过上好日子，那我就是一个昏官、庸官，那就是对老百姓犯罪。初来乍到，我为此食不甘味，寝不安席。打球的爱好没有了，娱乐的兴趣抛弃了，没有节假日，没有星期天，没日没夜，全身心地投入工作中，与贫困决战，有进无退！上任伊始，即走山串沟，深入调研，大胆决策，大规模的移民并村一炮打响，继之以生态环境建设开新局，城市改建上水平，村村通水泥路上力度，外引内联，布置新的工业经济点，广开门路，农林牧副上台阶……四年风雨，四年拼搏，四年决战，我时感身心疲惫，心力交瘁，高兴时想大笑，烦恼时想痛哭，欣慰时想高歌！回首这充实的四年半，呕心沥血换来了可喜的收获，城乡面貌变美了，人民生活改善了，各项工作步入了快车道……

"在决战贫困的这场战役中，县四大班子领导和广大干部群众风雨同舟，精诚团结，力战贫魔，作出了不可磨灭的贡献，我在其中只发挥了应该发挥的主导作用而已……"

高厚在右玉任职期间，有写民情日记的习惯，

2007年3月28日，笔者采访征求朔州市副市长高厚（右）意见时与高厚合影。

《大路当歌》书影

现在他的日记本还保存在书柜里。他对笔者说："经常翻翻日记，右玉老百姓仿佛就在眼前。"

高厚近五年的右玉县委书记经历，成就了辉煌的"右玉高厚时期"。

右玉人民永远不会忘记，如今右玉的每一条街道、每一幢楼房、每一座生态公园、每一条水泥（油）路、每一处移民新村、每一个现代化养殖场，都渗透着高厚和他班子成员的心血和汗水。高厚四年半的县委书记生涯，繁重的工作压力、超常的工作作风，使他患上了糖尿病和高血压。

2004年7月1日，高厚调离右玉任朔州市人民政府副市长。笔者以恋恋不舍的心情去送高厚，看到高厚从县委大楼门前走出县委广场，短短几十米的路程，他走了半个多小时，每走一步都是那样的难舍难分。那天前来为他送行的干部群众有几千人。

"右玉人民长达半个多世纪的植树造林，锁风固沙，生态建设的百折不挠的拼搏奉献，才有了今天的右玉精神。中华人民共和国成立后十八任县委书记，只不过是一任接着一任地传承了接力棒，是短跑，真正跑马拉松的是一代又一代的右玉人民。你写《苍河颂》把副标题叫'献给60多年来创造塞上黄土高原生态奇迹的右玉人民'是非常精当的。"高厚几次对笔者说。

在右玉任过职的县委书记高厚，对右玉这片土地和人民有着多么深厚的感情啊！

第十九章 建设富美和谐的幸福新右玉

2004年8月26日，中共朔州市委报请省委研究决定，43岁的右玉县原县长赵向东担任中共右玉县委书记，41岁的中共朔州市委原副秘书长陈小洪担任右玉县人民政府县长。

调整后的县委、县政府班子接过生态建设的接力棒，以全面、协调、可持续的科学发展观为理念，进一步升华发展思路，带领全县人民上演了一出出谋发展、求富裕，精彩纷呈、高潮迭起的连续剧——建设富而美的和谐新右玉。

2003年10月12日，党的十六届三中全会上，中共中央总书记胡锦涛鲜明地提出了科学发展观这一重大战略思想，这就是：坚持以人为本，树立全面、协调、可持续的发展观，促进经济社会协调发展和人的全面发展。

对一个政党而言，理论的成熟应该为大政方针的实施建立起坚实的基础，有理论上的与时俱进才有行动上的科学进取。

2007年10月15日，党的十七大会议上，中共中央总书记胡锦涛非常精辟而全面地概括了科学发展观的科学内涵，指出：科学发展观，第一要义是发展，核心是以人为本，基本要求是全面协调可持续，根本方法是统筹兼顾。

按照科学发展观的要求，经济、政治、文化、社会、生态文明建设五位一体的中国特色社会主义事业总体布局全面展开。

当科学发展观成为时代前进的主旋律，"塞上绿洲"右玉，站在全新的历史起点上，与时俱进，创造特色，全力开辟着科学发展的新境界。

2008年5月9日，中共朔州市委常委、右玉县委书记赵向东（左七）与县四大班子成员及"两办"主任合影。

赵向东站在新的起点上，拉开建设富而美新右玉的绚丽序幕

曾任中共朔州市委书记刘泽民秘书的赵向东，1.75米的个头，勤学好思，积极进取，从县长升任县委书记，该如何开展工作？

一向关注赵向东成长进步的刘泽民自然会想得更周全。赵向东专程赶往太原刘泽民的办公室向他请教。

刘泽民说:"向东,你和高厚团结协作,在右玉卓有成效地实施了农村'三大战略',进行了大规模的县城拆迁改造,苦战百天完成了村村通水泥路工程,开展了大规模招商引资活动,为右玉的跨越发展迈出了重要步伐,也为下一步右玉的更大发展奠定了很好的基础。你担任县委书记后,像右玉的前几任们那样,不否认前任,要认清形势,与时俱进,抢抓机遇接着干。怎么干?就是要坚决遵照胡锦涛总书记提出的科学发展观,响亮提出建设打造右玉'三大基地',即新型煤电能源基地、绿色生态畜牧基地、特色生态旅游基地,在这上面狠做文章;要响亮提出一个振奋人心、催人奋进的奋斗目标,就是'建设富而美的新右玉'。在与贫困的搏击中,让右玉人民看到希望,看到光明的前景。在工作作风上,要快步跑,强行军,奋力赶!你有没有这个决心和信心?"

赵向东激动地说:"有刘主席的撑腰鼓劲,又给我提出了任期的新思路,指明了十分明确的努力方向,我一定要在右玉干出新名堂,使右玉人民得到更多实惠!"

刘泽民又鼓励他说:"有什么困难和问题及时向市委汇报,也可直接向我汇报。我会坚决支持你的!帮助你出主意、想办法,把右玉的事情办得更好!"

赵向东如虎添翼,思绪万千,浑身充满了使不完的劲儿。

赵向东担任县委书记后,经过四个多月的多方调研、深入思考,把右玉的发展同周边县(区)横向比,同全省发展纵向比,同中央、省、市要求比,感到自己肩上的担子沉甸甸的。

"今后,我们面临的形势更为严峻,发展的任务更加艰巨,这就需要我们仍然要以超常规的理念指导发展。要付出超常的努力和艰辛,拿出超常的信心和勇气,实施超常的举措和动作,跳出来构想,跑起来实践,不惜一切代价,快步跑,急行军,强行军,奋力赶。只有这样,我们的事业才能获得成功,'塞上绿洲'才能铸就新的辉煌。"

赵向东提出"四个超常",震撼了新组建的县委、县政府的领导成员。

2004年12月23日,县委报告厅,中共右玉县委十一届三次全体(扩大)会议召开。

新任县委书记赵向东作了《团结奋斗五年,实现两个翻番,为建设富而美的新右玉努力奋斗》的报告。

会议讨论确定了今后三至五年全县总体工作思路,就是:认真贯彻党的十六届四中全会、省委八届六次全会和市委三届十次全体(扩大)会议精神,牢固树立科学发展观,紧紧围绕"经济两年翻一番,五年翻两番,社会大发展,建设富而美的新右玉"这一目标,实施生态畜牧经济立县和经济结构调整优化"两大战略",以传统产业新型化、优势产业规模化、新兴产业特色化为主攻方向,构建新型煤电能源、绿色生态畜牧、特色生态旅游"三大基地",突出深化改革、招商引资、项目建设、基础设施建设"四个重点",主攻煤电能源开发、农畜产品加工、建材化工、新型材料、生态旅游"五大"优越产业,加强党的建设和精神文明建设,推进全县经济跨越发展和社会全面进步。

《中共右玉县委关于建设新型基地、加快结构调整的意见》在县委十一届三次全体会议上顺利通过，下发实施。

新型煤电能源基地、绿色生态畜牧基地、特色生态旅游基地。这"三大基地"，是右玉发展历程中又一个新的跨越。

无论是年长的右玉人还是年轻的、刚参加工作的右玉人，都为之回味，为之振奋，为之自豪。

建设富而美的新右玉，又是多么新颖、多么令人向往、多么的美好！

建设富而美新右玉的宏伟目标，是科学发展观在右玉的具体体现。

"富"和"美"的内涵十分丰富，讲的就是全面、协调、可持续发展的问题，体现了生产发展、生活富裕、生态良好的要求；体现了"五个统筹"的要求；体现了以人为本、以民为先，体现了右玉经济和社会的全面发展。

建设富而美的新右玉，一个令人十分向往的奋斗目标，也是一项神圣艰巨的使命。

建设富而美的新右玉，是多少代右玉人追梦、孜孜以求的目标。

建设富而美的新右玉，重任在肩，催人奋进。

建设富而美的和谐新右玉，标志着"塞上绿洲"右玉县步入一个全新发展的黄金时代。

2005年1月，党中央决定在全党开展保持共产党员先进性教育活动，右玉县是中共山西省委常委、省公安厅厅长杨安和的联系点。

杨安和及省委保持共产党员先进性教育活动督导组组长陈跃钢一行，分别于2005年3月3日、2005年4月22日、2006年2月15日先后三次深入右玉调研指导先进性教育活动，从而使右玉县组织开展的三批保持共产党员先进性教育活动领导重视，组织严密，规定动作完整到位，自选动作特色鲜明，活动效果十分明显，有力地推动了建设富而美的新右玉各项工作的顺利开展。

2006年6月25日，中国共产党右玉县第十二次代表大会胜利召开。

赵向东作了《把握新形势，实现新跨越，为推动全县经济社会更快更好发展而努力奋斗》的报告。

他提出了快速提升县域经济综合实力，稳定增加农民收入，加快脱贫致富步伐，到"十一五"末再造三个新右玉的总要求。

他提出了走新型工业化道路，把右玉建设成四个"全省最大"，即全省最大的大理石加工基地、全省最大的羊肉系列产品加工和出口基地、全省最大的皮张加工和皮革制品出口基地、全省最大的亚麻油加工基地。力争进入全省小杂粮加工"十强"县行列。同时，建成全国重要的生态健身旅游基地。

一幅振奋人心的发展蓝图，将变为右玉10万人的一致行动。

新的起点，新的征程。

右玉人民思想同心、目标同向、行动同步，拉开了建设富而美新右玉的绚丽序幕。

第十九章 建设富美和谐的幸福新右玉

2005年8月23日，中共山西省委书记、省人大常委会主任张宝顺（左三）在中共朔州市委书记闫沁生（左四）、朔州市市长张建欣（右一）陪同下视察右玉县新城镇先进性教育活动开展情况。他强调，先进性教育活动一定要落脚到干部受教育、群众得实惠上。右三为中共右玉县委书记赵向东，左一为右玉县县长陈小洪，右二为新城镇党委书记庞明明，左二为新城镇镇长韩日华。

2005年1月，全党开展保持共产党员先进性教育活动。右玉是中共山西省委常委、省公安厅厅长杨安和（右一）的联系点。杨安和分别于2005年3月3日、2005年4月22日、2006年2月15日先后三次深入右玉调研指导工作。

2005年10月19日，时任山西省省长于幼军（右三）在中共朔州市委书记王雅安（右二）、朔州市市长田喜荣（右四）及中共右玉县委书记赵向东（左六）、右玉县县长陈小洪（左一）的陪同下深入右玉视察指导工作，对右玉50多年来的生态建设成就给予高度评价。他指出："右玉的经验和艰苦奋斗的精神值得在全省推广。"

417

建设彩色生态，走生态建设、人居环境、经济效益三者科学发展之路

赵向东2001年8月担任右玉县县长以来，身体力行地实施农村"三大战略"，坚持不懈地大搞生态建设。在前面已经指出，到2004年，全县林地面积占到全县国土总面积的一半，草地面积占到耕地面积的一半，畜牧业收入占到农民人均纯收入的一半，生态畜牧业产值占到农业总产值的一半，绿色生态农业、畜牧业呈现出蓬勃的全面发展势头。

赵向东和陈小洪在新的发展起点上，以建设新型煤电能源、绿色生态畜牧、特色生态旅游"三大基地"为主攻方向，按照"人力变山河，山河生畜牧，畜牧促经济，经济营生态，生态美人居"和"营林种草上规模、景区景点抓提升、道路绿化创特色、项目造林出精品、苗圃建设增后劲、小流域治理树典型、围栏封育抓管护"的总体思路，加快生态畜牧经济和生态旅游开发步伐，形成了"畜牧旅游联生态，富美绿洲靓起来"新的生态建设热潮。

走出了一条生态建设、人居环境、经济效益三者科学发展之路。

"我们要打造生态旅游基地，就应该在原有基础上，建设色彩斑斓生态、多姿多彩生态，大家有没有意见？"

赵向东2005年春萌生了建设彩色生态的新理念，并在县委常委会上提出，获得常委们一致认可和赞赏。

赵向东和陈小洪紧紧抓住国家投资向生态倾斜的大好机遇，以实施退耕还林、天然林保护、"三北"防护林建设、首都水资源可持续利用等重大生态建设项目为重点，整合项目资金，坚持乔、灌、草立体种植，针、阔、花科学布局，由单纯注重生态效益向生态、经济两个效益一齐要，坚持项目建设与生态恢复相统一，资源利用与环境保护相协调，经济增长与生态良好相一致，并特别注重做到生态建设与畜牧业发展、旅游业开发、景区景观绿化相结合，继续着力构筑绿化带、生态园、风景线、示范片、种苗圃相结合的生态网络。全县生态建设铺开项目建设、通道绿化、景点景区建设、苗圃建设、农田水利基本建设、畜牧业基础设施建设共6大类25项工程，进一步加大生态建设力度。

到2005年底，全县"天保"工程累计投资405万元，完成植被恢复造林3.96万亩，封山育林0.8万亩，70万亩集体林得到有效保护；日元贷款造林项目累计投资769.84万元，完成人工造林1176公顷，封山育林956公顷；退耕还林工程共完成造林20.4万亩，为农民发放种苗补助款670万元。"三北"防护林工程累计投资260万元，完成造林3万亩。全县森林覆盖率由2001年的39%提高到2005年的47%。

2003年，夺得了全省生态农建最高奖"禹王杯"奖。

2006年，赵向东和陈小洪带领全县人民在建设彩色生态中继续依托生态建设项目的实施，抓好南部生态薄弱区绿化覆盖、东西部山区小流域治理、交通沿线绿化延伸、景区景点美化提升和城镇村庄绿化普及，着力构建多层次、多功能、立体化、网络式的生态结构体

系，进一步增加植被，提高林草覆盖率。

在实施中做到了"点""线""圈""面"四个结合。"点"即景区景点，"线"即通道绿化，"圈"即环城生态圈，"面"即大地绿化，并做到了景点上档、通道焕彩、环城添景、大地增绿。

全县狠抓了10项绿化工程：李洪河流域生态建设工程、通道绿化工程、通村水泥路绿化工程、小南山森林公园生态绿化工程、杀虎口景区绿化工程、城市绿化工程、退耕还林工程、苗圃建设工程、流域治理工程、新农村建设绿化工程。

其中，李洪河流域10万亩生态建设工程，涉及元堡子和白头里两个乡镇9个村，主干道路绿化30公里，两侧各栽植0.8—1.0米樟子松8行16万株，林道绿化54.7公里，两侧各栽植1.0米以上的针叶树6行19万株，工程区域内退耕还林按照"1＋1＋9"的模式栽植1行沙棘、1行柠条、9行紫花苜蓿。

通道绿化工程，重点对虎山线南段通道进行树种更新和扩延，胡村到杨村大桥8公里两侧各栽植9行针叶树（2行1.5米以上大苗，7行1.0米以上大苗）、4行4厘米以上新疆杨，栽植各类大苗木7.8万株。

通村水泥路绿化工程，铺开30个村73.6里的通村道路绿化工程，按照两侧各栽植4行5厘米以上的新疆杨19.6万株。

小南山森林公园生态绿化工程，铺开"一路一场一湖一坛三园"生态绿化工程，景区道路按照"一段一景"的模式，栽植各类大苗木、花灌木6.4万多株；小南山森林公园入口广场绿化工程栽植松树、垂柳、国槐等20个品种1.421万株；人工湖绿化工程栽植各类花灌木1.063万株；玉林湖立体花坛栽植各类花灌木1.5万株；"三园"绿化工程栽植各类大苗木、花灌木30多个品种8.8万株。

杀虎口景区绿化工程，完成流域治理1万亩，种植沙棘、柠条500亩，栽植各类景观树和花灌木5.1万株。

城市绿化工程，栽植各类大苗木、花灌木11.45万株，其中，北环路绿化栽植油松、云杉、卫茅等30多个品种9.5万株；滨河公园栽植各类柳树、丁香等0.5万株；体育广场外围绿化工程栽植各类针叶、阔叶树0.1万株；北环退耕还林栽植各类苗木0.85万株；县城四大街树种更新栽植馒头柳、卫茅等0.5万株。

苗圃建设工程，新增育苗面积1500亩，其中项目单位苗圃新增育苗1000亩，各乡镇苗圃新增育亩500亩。

小流域治理工程，栽植山杏、山桃、丁香、刺梅、卫茅等30多个品种1.5万株。

新农村建设绿化工程，铺开10个试点村、20个清理整治村和20个公路沿线村的村庄绿化，栽植以新疆杨为主的各类苗木31万株。

在造林绿化中，"大苗、大坑、大水、生根粉、保水剂"等造林工程措施大量运用，从而保证了绿化造林成活率。

2006年3月，赵向东和陈小洪主持制订了《山西省右玉县"十一五"林业建设规划》，力争再通过五年的艰苦努力，以进一步优化产业结构，增加农民收入，实现山、水、田、林、牧综合治理，合理配置自然及社会资源，着力发展以林草为主、以经济型灌木林为辅的特色产业种植型和以养奶牛、肉牛、肉羊为主的生态灌草养殖型两大主导产业，实现"优化生态环境，再造秀美山川，促进生态旅游县跨越式发展"的目标。

2006年4月12日，山西省六大造林绿化工程启动会议在晋城市召开。陈小洪在会上做了《山上治本打造塞上绿洲，身边增绿建设靓丽右玉》的发言，全面概括地介绍了右玉县57年来，县委书记一任接着一任，人民群众一代接着一代，一张蓝图绘到底，艰苦奋斗绿化荒山，从"不毛之地"变为"塞上绿洲"和开拓创新再铸绿化辉煌的做法和经验。

2006年6月6日至6月11日，山西省京津风沙源领导组办公室对右玉县2005年度6万亩工程项目（2万亩退耕还林、2万亩荒山造林、2万亩封山育林）进行了严格的抽样复查，并对复查结果进行了通报。右玉县在全省19个建设单位中综合评价排名第一。

三年来，全县大力推行了"粮退草进"计划，实施以工代赈和国债项目种草工程，多年生牧草种植达到20多万亩。通过示范带动、典型引导、政府补贴等多种形式鼓励支持农民广泛种植牧草，每年全县当年生牧草种植达20余万亩，与省农机局合作成立了草业加工基地。全县多年生、当年生种草总面积达到了40余万亩。草业的再次兴起，不仅有效地夯实了全县畜牧业发展的根基，而且也为农民增收拓宽了渠道。截至2006年底，农民靠种草亩均收入达到了500—800元，是种植其他作物的3—4倍。

右玉人民20多年的种草实践，使得人们普遍认识到，发展草业已成为绿化右玉山川的重要举措，也成为农民脱贫致富的一条有效途径。

在生态建设的实践中，赵向东和陈小洪带领县委、县政府一班人积极探索，不断创新机制，确立了"政府补贴投入，群众义务劳动；乡村会战整地，部门实施造林；拓宽筹资渠道，民营大户参与"的基本方针。在大力推行专业队建设、严格实行招投标制、项目监理制和报账制的同时，着力营造良好的政策环境。在持续不断地推进荒山荒坡的治理绿化中大力压缩粮田种植面积，实施了以退耕还林还草还牧、农民进城、牲畜进圈、林草进田为主的"一退三还三进"工程。通过实施退耕还林、天然林保护等生态建设项目，全县新增大片造林43.3万亩，完成通道绿化704公里，治理沙化面积50多万亩。

平衡林牧矛盾，保障生态安全

大凡来右玉参观和旅游的人们，不仅赞美右玉人民树草种得好，而且对树草管护得好发出连连赞叹。

"既要大面积种树种草，又要大规模养羊养牛，林牧矛盾如何解决？"

"林草面积如此之大，树木长势如此茁壮，星星之火，可以燎原，在管护上，有什么高招？"

不少人忍不住好奇地问。

是的，朋友，当你读完了本书前面的章节，不知你感受到没有，一任又一任的县委书记为栽树、更为管护树殚精竭虑，铁面无私，像爱护自己的子女一样爱护着右玉的每一棵树、每一棵草。这种护树的传统又是何等的一以贯之！

"只有三分栽树，没有十分管护，不会有我们的'塞上绿洲'。种和管两个概念的弦在我们右玉各级领导干部和广大干部群众的头脑中一定要绷得紧紧的。"

"右玉种一棵树不容易，树能长大更不容易。右玉不是树多，而是树少。我们绝不允许任何人在右玉偷砍滥伐一棵树。右玉的树是老百姓多少年来辛辛苦苦栽起来的。生态是右玉的当家本钱，谁要毁坏林木，谁就是和右玉老百姓过不去，我们就一定要追究到底，决不能让右玉几十年的绿化成果毁于一旦。"

赵向东在右玉任职的几年里，不论在会议上还是在基层调研中，不知晓之以理地反复讲了多少次。

《右玉县关于加强全县生态环境建设和保护的决定》《右玉县关于全面停止天然林采伐的通知》《右玉县关于在全县推行牲畜舍饲圈养的决定》等切合右玉实际的地方性文件，一件件地讨论制定下发，做到家喻户晓，人人皆知。

与此同时，三管齐下加强林木管护：

一是采取多种形式，加强护林防火宣传。把护林防火工作摆上重要议事日程来抓，在县电视台和广播电台、《今日右玉》小报等新闻媒体开辟专栏；在重点林区、景区人口设置防火警示标志；在

立在右玉山和公路西侧的国家（省级）公益林保护区标语牌。

广大农村组织开展护林防火电影巡回放映，进一步加强护林防火宣传工作。

二是配齐人员装备，加强重点林区防护巡查。严格落实森林防火行政领导责任制和目标管理制，成立了县、乡两级护林防火应急分队，配备了消防车辆、通信设备、风力灭火器等设备，为小南山森林公园、苍头河生态景区、杀虎口古文化旅游区等重点地段、重点林区增配了12名专职护林巡查员，严格执行24小时值班制度和巡查制度，并要求有火险快速反应、及时扑救，确保全县无重大森林火灾发生。

三是健全管护监督组织，严格考核，加大惩处力度。全县专门成立了天然林保护工程管护监督组，监督组乡乡设有管护站，村村成立管护组，并配备专兼职护林员，层层签订《林木管护合同书》，负责全县各管护责任区的护林巡查工作，形成山山有人看、处处有人管的护林局面。同时，落实了各乡镇和有关责任部门单位管护区域任务，成立了县林木管护执法大队，对全县43名专职护林员实行末位淘汰制，进一步加大了涉林案件的处罚和打击力度，使全县林木资源得到有效保护。至2007年底，全县共查处各类林业行政案件80起，行政罚款5.4万元。

政府要绿，农民要富，这是共赢。但如何共赢？

这是赵向东经常苦苦思索的问题。

在生态建设与保护的过程中，畜牧业是一把双刃剑。畜牧业的发展，可以很好地带动当地农民增收。但随着食草畜的增加，特别是无计划的野牧野饲，会使草地利用强度增大，草地生态恶化，林木损坏严重，植被毁坏，直接影响生态建设的进程和效果。反过来，退耕还林又必然会缩小牲畜散养空间，制约畜牧业的发展。

是的，政府要绿、农民要富是右玉生态建设中必须解决好的重要问题。

推动林牧互相促进，共同发展，实现双赢，赵向东和陈小洪采取的高招是：

首先是实行禁牧封育。对退耕还林还草区严格管理，并以乡包片，乡村划界，以户定块，专人管护。

其次是实行轮封轮牧。对草地、成林地和牧坡统筹管理，合理利用，实行轮封轮牧，使林草资源实现了持续开发利用。

第三是坚持立草为业。结合退耕种草，扩大人工牧草的种植面积，提高饲草产量和质量。

第四是实施生态安全。在全县推行禁牧舍饲圈养工程和湿地保护工程，从生态安全的角度把握和保护现有的生态资源。

第五是给予政策扶持。按照"创造条件，培养典型，分类指导，逐步推进"的原则，对舍饲圈养给予政策扶持。农民建设圈舍所占土地以农业用地对待，不收土地占用费；农民所需牧草籽种由政府统一提供；建饲草青贮窖的，县里补助30%—50%的费用。除此之外，信贷支农资金优先用于发展圈养畜牧业。

朋友，你这就不难想象，"塞上绿洲"右玉"天苍苍，地茫茫，风吹草低见牛羊"的美景是如何展现在你的面前的。

"绿水青山就是金山银山！"
着力开发生态农业、生态工业、生态旅游三大生态产业
从此，塞上绿洲右玉迈上"两山"建设的新征程

"如何通过生态建设，促进县域经济快速发展，这是我们每一位领导成员必须思考做好的大文章。大家都要为建设富而美的新右玉献良策、出新招。"

赵向东上任伊始，就给四大班子领导布置了一道思考题，并要求很快拿出答案。

各位领导成员都在个人想、集体议，用心地回答这个题。

2005年8月，时任浙江省委书记的习近平来到湖州市安吉县余村调研。当听说村里为了绿水青山关停了矿山时，习近平竖起大拇指称之为"高明之举"："当鱼和熊掌不可兼得的时候，要学会放弃，要知道选择，发展多种多样，要走可持续发展的道路。绿水青山就是金山银山。"一周以后，习近平在《浙江日报》的《之江新语》栏目中写道："生态环境优势转化为生态农业、生态工业、生态旅游等生态经济的优势，那么绿水青山也就变成了金山银山。"

赵向东看到这个报道，茅塞顿开，高兴得彻夜未眠。

早晨5点，他就拨通了陈小洪的电话："小洪，你赶快看一下《浙江日报》近期一个报道，而后咱们很快商量一下。"

次日早7点30分，赵向东和陈小洪在县委小食堂的餐桌上，兴高采烈地说："咱们向浙江余村学习，绿水青山就是金山银山……"

"'靠山吃山，靠水吃水'，丰富的生态资源就是我们右玉最大的发展依托，坚持生态建设与经济发展相结合，在生态农业、生态工业、生态旅游'三大'生态产业上漂漂亮亮各做一篇好文章。"

"好！就在这三篇文章上写出新意，开拓创新！"

随即，上午8点，县委常委会议达成了共识。

从此，塞上绿洲右玉迈上了绿水青山就是金山银山建设的新征程！

优化农牧业结构，构建生态农业体系
省竞赛委为右玉政府荣记集体一等功

笔者在前面已经指出，高厚、陈晋才于2000年确立了"生态畜牧立县"战略，规划到2010年，力争实现"六个六"目标，即全县森林覆盖率达到60%，种草面积占到良田面积的60%，畜牧业收入占到农村经济总收入的60%，60%的农民变为牧民，60%的人口集中到城镇，畜产品加工转化率达到60%。以建设雁门关生态畜牧经济区为契机，大力推进绿色生态畜牧基地建设进程。通过种养业主副换位和饲养方式的转变，立草为业，以绿养畜，全县农村户户养畜，牛羊四季出栏，农民收入年年增长。2004年1月30日，右玉县生态畜牧经济建设受到全省雁门关生态畜牧经济区建设再动员会与会人员一致好评，山西省劳动竞赛委员会为右玉县人民政府荣记集体一等功。

至2007年底，经过高厚、陈晋才、赵向东、陈小洪几任的不懈努力，全县建起15个规模养殖园区。大力实施"百万羔羊育肥"和奶牛业发展工程，完成优种羊繁育2万只、绵羊改良10万只、黄牛改良2万头，并开展了雁门关肉羊品种选育工作。全县羊的饲养量达到60万只，存栏达到30万只，奶牛饲养量达到8200头；商品肉牛饲养量达到3万头，大畜饲养量达到4.8万头。全县当年畜牧业纯收入达到1260元，占到农民人均纯收入的60%。畜牧业在全县农业和农村经济中的主导地位得到进一步强化。

与此同时，以开发绿色农产品为目标，大力推进种植业结构的调整优化。

在海拔1550米高的北岭梁上，山西无公害农产品、山西省杂粮良种繁育基地建设项目——右玉项目区李达窑乡残虎堡燕麦基地，从山西省农科院引进了优种燕麦，2100亩的基地已经建成。优质的燕麦小杂粮从这里源源不断地走上了城市人的餐桌上，给人们带来了香喷喷纯绿色的燕麦香。

马铃薯繁育基地建设迈出重大步伐。到2007年，不仅建成10座防蚜网棚，栽植脱毒薯苗4万株，生产微型种薯20万粒，先进种植生产技术得到大面积推广应用。全县进一步推广了脱

种植业结构调整,塞上高原右玉生态农业大发展,玉米、西瓜喜获丰收。

右玉县"一县一业"万亩燕麦高产创建示范片——李达窑乡北岭梁上山西省万亩优质燕麦生产基地的燕麦一片金黄,丰收在望。这是李达窑乡党委原书记、现任右玉县人大副主任的贺仲在燕麦地里察看燕麦长势。

第十九章 建设富美和谐的幸福新右玉

2004年9月17日，山西省扶贫基金会第五次年会全体人员在右玉小南山知春厅观摩厅检查指导右玉县生态畜牧经济建设和旅游业开发。前排右四为中共山西省委副书记薛延忠，右五为省委常委、副省长范堆相，右三为政协山西省副主席吕日周，右一为中共朔州市委副书记王耀斌。

中共山西省委副书记薛延忠（左二）对中共右玉县委书记赵向东高兴地说："右玉发展生态畜牧有着得天独厚的优势，在这方面做强做大为全省树立了学习榜样。"右一为中共朔州市委副书记王耀斌。

2005年8月17日，中共山西省委副书记薛延忠（前排中）与山西省人大常委会副主任范堆相（左三）、政协山西省副主席吕日周在中共朔州市委副书记王耀斌的陪同下参加了右玉县鸿利御羴公司正式投产剪彩仪式。

毒马铃薯栽培、莜麦无公害栽培、测土配方施肥、病虫害综合防治等技术。

全县草业领域机械化水平进一步提高。依托有关项目，全县引进了牧草收割机、打捆机、搂草机、铡草揉搓机，实现了牧草机械化，种、收、加工一条龙，进一步提高了牧草利用率。

无公害农产品认证迈出实质性步伐。在右卫镇、杨千河乡、杀虎口等地种马铃薯、大豆、燕麦等无公害农产品20万亩，全部取得了上级有关部门的产地认证。

2004年9月17日，山西省扶贫基金会第五次年会在朔州市召开。与会人员实地观摩了右玉县的生态畜牧经济建设和旅游业开发情况。县委书记赵向东致欢迎词。与会人员对右玉近年来各方面取得的成就给予了充分肯定和高度赞誉。

2005年8月17日，中共山西省委副书记薛延忠与山西省人大常委会副主任范堆相、政协山西省副主席吕日周在中共朔州市委副书记王耀斌及中共右玉县委书记赵向东的陪同下，参加了右玉县鸿利御羴公司正式投产剪彩仪式。薛延忠一行听取了企业负责人关于公司成立及发展方面的情况汇报，深入车间实地察看了羊肉加工一条龙生产线。薛延忠高兴地说："鸿利御羴公司这个项目办得好。一定要把它办成右玉及周边地区脱贫致富奔小康的龙头企业。采取'龙头带基地，基地连农户'的运作模式，带动右玉及周边地区农牧业的尽快发展。"薛延忠还嘱咐赵向东："右玉发展生态畜牧经济有得天独厚的优势，在这方面做出大文章，为全省树立学习样板。"

擎生态畜牧经济大旗，扬万民脱贫风帆。

近年来，认准目标的右玉人民，在高厚、赵向东、陈小洪、苏连根的引领下，在这场伟大的农业变革中，描绘出了壮丽的画卷：种牧草以夯基础，扩规模以成优势，搞科研以上档次，举龙头以带基地，办牧校以增后劲，聚英才以谋大事……集民心、顺民意，全县上下拧成一股绳，使得生态农业屡开新局，生态畜牧富民已呈燎原之势，力争把右玉建成华北地区优质绿色农畜产品供应基地。

一个山川秀美、畜牧发达、农业高效、农民渐富的生态畜牧强县正呈现在世人面前。

发挥农业产业化龙头效应，构建生态工业框架
2005年3月梁威绿色工业园区正式开工新建

右玉县境内生态优美，没有工业污染，昼夜温差大，无霜期短，种植杂粮有着得天独厚的优势，是生产加工农副产品的理想地带。

近几年，赵向东、陈小洪通过集中扶持对增加农民收入具有显著带动作用的农业产业化龙头企业，加强知名农林产品的标准化基地建设，大力培育"生态品牌""特色品牌"和"原产地品牌"。重点培育了御羴、图远、汇源、穗源、六味斋、中大科技等一大批农畜产品加工企业。这些企业分别对羊肉、蔬菜、沙棘、小杂粮、土豆、胡麻等农畜产品进行了深加工，不仅延长了产业链条，带动了农民增收，而且也没有新的污染源产生。

第十九章 建设富美和谐的幸福新右玉

梁威路地处县城正西部，土地平坦，水源丰富，林带纵横，是发展绿色工业的理想之地。

赵向东、陈小洪经过多次调研思考，2005年初决定在新城镇麻家滩村北、梁威路南侧新建一个崭新的工业园区，叫梁威绿色工业园区。园区路、电、水等基础建设从2005年5月10日打响。

2005年8月6日，山西中大科技有限公司投资2500万元，新上年加工6000万斤亚麻籽的油脂加工生产线在梁威绿色工业园区选定厂址，热火朝天地进行厂房建设。

优美的生态环境和良好的人文环境，深深吸引了六味斋。

2005年9月22日上午，右玉县梁威路绿色工业园区内欢声笑语。

山西省著名企业六味斋有限责任公司与右玉县穗源小杂粮公司合作新建的山西六味斋农副产品有限公司举行隆重的奠基仪式。

中华全国手工业合作总社副主任、中国轻工业联合会副秘书长吕坚东，中华全国手工业合作总社副主任、山西省城镇集体工业联合会主任李荣钢，朔州市市长张建欣，朔州市副市长王芳、杨富、高厚以及省市有关单位的负责人和山西省六味斋董事长兼总经理阎继红等出席仪式。

奠基仪式由县委书记赵向东主持。朔州市副市长王芳、县长陈小洪、六味斋董事长阎继红分别讲了话。

这次右玉县与六味斋有限责任公司合作新建的山西六味斋农副产品有限公司总投资3173多万元，总建筑面积6240平方米。公司达产达效后，将年转化23300吨小杂粮，年可实现销售收入14211万元，上缴税金487.5万元。

六味斋公司按照"公司+基地+农户"的发展模式，进一步延伸产业链条，与农户签订合同，按保护价收购农民的农产品，能够充分调动当地农民种植小杂粮的积极性，对推进右玉县绿色农副产品开发和农业产业化进程，有着极其重要的意义。

……

右玉县梁威绿色工业园区重点发展农副产品加工业、食品加工业和无污染的轻工业，大力开发畜产品、沙棘等无公害的绿色产品。

目前，绿洲大地以中大科技公司为依托的油料生产加工链，以六味斋、小杂粮市场为依托的杂粮生产加工产业链，以威远蔬菜园区、批发市场为依托的蔬菜生产、销售产业链，以宏宇牧业、明鑫牧业、玉羊市场、养殖小区和兽医站建设为依托的畜牧产品研发、生产、销售、服务产业链，以杀虎口、常门铺水库、赛车场、滑雪场和小南山公

2006年11月2日，中共朔州市委书记高建民（前排右五）、朔州市市长田喜荣（右六）等领导出席山西六味斋农副产品有限公司试生产庆典仪式。高建民希望右玉"在招商引资上为朔州带好头，作贡献"。

园等景区景点为依托的旅游产业链，以脱毒种薯基地、储藏体系、配套市场和马铃薯生产加工企业建设为依托的马铃薯生产、加工、销售产业链，以右玉苗圃、艺鑫苗圃基地、私营苗圃为依托的综合优质苗木花卉生产、销售产业链正在培育壮大，初步形成"一乡一业、一村一品"的产业发展新格局。

盘活自然人文资源优势，加快生态旅游开发
2005年全力打造"塞上绿洲"生态旅游品牌

右玉县位于山西省北部，与内蒙古大草原和大同云冈石窟比肩相邻，处于我国第一条生态旅游黄金走廊地带。典型的缓坡丘陵地貌，50%的森林覆盖率，近百公里的古老长城，遍布全县的古堡烽火台，千年兵战与晋商通道的杀虎口古关以及苍头河湿地、中陵湖碧波、小南山公园密林、贾家窑山松涛、夏日田园牧歌、冬季冰雪豪情等独特的自然人文资源，共同构成了右玉魅力十足的生态旅游环境。借助得天独厚的资源优势，山地越野、汽车露营、野外拓展、探险狩猎、古堡探秘、民俗体验，将成为这里拓展生态健身旅游的新兴产品。

依托独特的自然地理条件和丰富的旅游资源，赵向东提出"重点规划，突出特色，整合卖点，市场运作，产业推进"的总体思路，以建设特色鲜明的生态旅游基地为目标，整合生态环境、人文古迹、边塞风情三大特色旅游资源，从可持续发展的战略高度出发，科学规划布局，推进生态、民俗、特种体育"三大特色"旅游开发，全力打造"塞上绿洲"这一生态旅游品牌，把右玉县建设成为集观光、科考、仿古、探奇、健身、休闲、度假为一体的旅游胜地和北京、呼和浩特市、朔州、大同等周边城市的生态后花园，使右玉县成为中国生态旅游黄金线上的新亮点、北京周边假日游二环线上的新视点，由旅游资源大县转变为旅游经济强县。

杀虎口古文化生态旅游区、小南山森林公园、苍头河生态走廊、中陵湖休闲度假等景区建设已初具规模。

2004年12月16日，山西省人民政府副省长宋北杉，带领省旅游局副局长韩和平一行，在朔州市市长张建欣、副市长王贵平以及右玉县领导赵向东、陈小洪、周宏、兰成国、王德功的陪同下，冒着隆冬严寒深入右玉杀虎口旅游区考察了杀虎口古堡、杀虎口古关旅游开发区，了解了杀虎口的历史、长城古关保护及旅游开发情况。宋北杉对右玉旅游业开发给予高度肯定和赞赏。他说："要加大保护和开发力度，在生态旅游和古文化旅游上创出右玉的特色，走出朔州，走向山西，走向全国。"

宋北杉的考察和指示，无疑坚定了赵向东、陈小洪开发杀虎口古文化旅游区的信心。

2005年元旦，金鸡鸣唱，又是一年开始，右玉大地开始飘起了棉絮般的雪花。

元月7日，赵向东和陈小洪决定召开中国·右玉生态旅游开发论证会。

出席论证的特邀领导、专家和教授有：中国国际体育旅游公司总经理、中国汽车露营协会常务副主席李元，中国国际体育旅游公司副总经理张树孝，北京达沃斯景观规划设计院院长、全国青联委员卜凡舟，山西大学环境与资源学院教授上官铁梁，中国林业出版社副编审、旅游文化学者聂崇文，北京大学旅游研究规划中心博士后程占红，中体旅双育国际公关公司副总经理郭铁栋，中国国际体育旅游公司大型活动部中心主任武军，山西省旅游局规划财务处副处长王仪，山西风光旅游规划研究中心主任兼首席执行官李江生，北京古道西风企划设计有限公司总经理、副研究员邢晨声，北京天筑伟业集团总经理吴杰，朔州市旅游局局长刘进智等。

右玉县出席论证会的有县领导赵向东、陈小洪、周宏、刘义、贺朝善、贾志武、兰成国以及县旅游、林业、水利、土地等部门负责同志。

会上，右玉县政府顾问邢晨声介绍了《山西省右玉县生态旅游开发可行性研究报告》编制情况。

会上，各位领导和专家争相发言，各抒己见，对右玉县生态旅游开发献计献策。他们的发言，使赵向东、陈小洪对开发生态旅游进一步理清了思路，增强了信心！

会上，右玉县人民政府与中国国际体育旅游公司举行了2005年大型活动签字仪式。右玉县人民政府代县长陈小洪、中国国际体育旅游公司总经理李元分别代表双方签了字。

中国·右玉生态旅游开发论证会的召开，标志着右玉生态旅游开发正式拉开了序幕！

2005年之后，赵向东和陈小洪又先后五次邀请国内知名旅游规划专家来右玉，在实地考察论证的基础上，开始编制全县生态旅游开发总体规划。

中国社会科学院旅游研究中心研究员、国家旅游局原规划司司长魏小安考察了右玉旅游资源后评价说："右玉，冬天是白玉石，夏天是绿翡翠。"

四届生态健身旅游节向世人展现了全新的右玉

中华人民共和国成立后右玉第17任县委书记赵向东和第16任县长陈小洪，从2005年7月到2008年10月，全力打造"塞上绿洲"生态旅游品牌，在中共山西省委、山西省人民政府和国家有关部门的大力支持下，精心策划，精心组织，独具匠心，破天荒地先后举办了右玉历史上四届不同特色的生态健身旅游节。根据不少读者的提议，笔者将这四届生态健身旅游节真实地记入史册，供世人欣赏。

塞上明珠西口古关尽展风姿，生态绿洲青山绿水笑迎宾客。

2005年7月16日上午，备受关注的首届中国·右玉生态健身旅游节在右玉县体育广场隆重开幕。

这一天，右玉大地沸腾了，这颗镶嵌在晋北大地上的璀璨明珠以其绿海如歌的锦绣山川、苍凉雄宏的古关长城，迎来了全国各地旅游观光和参加活动比赛以及来此采访报道的全国及省、市新闻记者共4000多名宾朋。

旅游节组委会常务副主任、县长陈小洪主持开幕式，组委会主任、县委书记赵向东致开幕词。

在县城宽阔的体育场,大型团体操《绿洲放歌》激情表演。

上午9时,中共山西省委副书记金银焕宣布首届中国·右玉生态健身旅游节开幕!

一时间,鲜花在豪迈的歌声中绽放,彩球在深情的祝福中飞舞,锣鼓在喜庆的炮声中齐鸣,鸽子群从宽阔的体育广场上飞向蓝天,抒发自己的梦想!

中共山西省委副书记、省纪委书记金银焕,省委副秘书长李平社,省纪委常委、秘书长王水成,中国奥委会副主席吴寿章,中国国际体育旅游公司董事长赖克游,世界著名登山英雄屈银华,奥运会冠军、中国体操名将莫慧兰,中国国际体育旅游公司副总经理马敬波和张树孝,国际体育总局自行车运动协会秘书长蒋国峰,中国大学生体育协会竞赛部部长张磊及部分省直有关部门领导,朔州市四大班子领导闫沁生、张建欣、杨伟民、李高山、冯改朵、李彪、韩忠荣、陈法印、牛社威、张仲英、张翠梅、落国和、王芳、杨富、高厚、李发、王贵平以及朔州市退下来的市级老领导、在右玉工作过的现任厅级领导、右玉在外地工作的处级以上领导、朔州市六(区)县各部门主要负责同志,和林格尔、凉城、清水河等内蒙古周边的党政主要领导,应邀出席了开幕式。

开幕式上,右玉县2000多名中小学生在宽阔的体育场上表演了气势宏大的歌舞和体操。当身穿绿色、手举红的黄的各色花环的中小学生高喊着冲向表演场并随着优美的鼓点排成整齐的各色方阵表演队伍时,一时间全场沸腾了。他们表演的《绿洲放歌》大型团体操,分为春之声、夏之风、秋之韵、冬之舞四大乐章。他们用优美的舞姿、变幻的色彩表现了右玉这颗塞上明珠独特的人文风情和右玉人民战天斗地、不懈追求的精神。开幕式上,来自太钢的锣鼓艺术团表演了雄浑高昂的《绿洲雄风》锣鼓，并有《绿洲腾飞》航空动力伞拉烟、散花技巧表演和参赛选手们曼妙的独轮车表演。

北京电视台一名记者在现场感慨地说："没想到一个小小的只有10万人的右玉县，能够组织起这样高标准、气势宏大的开幕式，怪不得能把两项国家级赛事揽回来！"

旅游节期间，同时举行"右玉杯"第四届全国大学生越野三项邀请赛即双人骑自行车越野、徒步长跑越野、长城烽火台徒步男女接力赛和第11届全国独轮车锦标赛两项国家级赛事。因而，这不仅是一个备受瞩目的旅游节，而且更是一场盛况空前的全国性体育竞技比赛。独轮车运动在我国是新兴的体育运动项目，是一项在国际上风行的健身益智运动，在我国发展极为迅速。这两项赛事作为旅游节活动的主体项目和活动推广亮点，同时结合右玉县传统文化经济交流活动和杀虎口旅游区的开发，构成一次人文、自然、经济融为一体的综合旅游节庆活动。来自全国各地的大学生运动员、参赛选手、裁判、从中央到市级及香港凤凰卫视的新闻媒体记者等2000多人，到杀虎口下、古长城边、小南山森林公园、苍头河生态走廊等地，实地感受右玉县生态旅游开发建设的成果和这里独特的山水人文景观。

7月17日晚，陈小洪、周宏、解志强等四大领导班子与参加"右玉杯"第四届大学生越野三项邀请赛的运动员、教练员、裁判员在小南山森林公园举行了首届中国·右玉生态健身旅游节篝火晚会，并对获奖人员进行了颁奖。

登长城望风烟高歌奋进，揽绿海看古道山河多娇！

首届中国·右玉生态健身旅游节以其大手笔、高品位刷新了右玉发展的历史，开创了右玉生态旅游的先河。它不仅是右玉走出山西、走向全国的开始，而且是朔州走向全国、走向世界迈出的辉煌一步。

2006年8月5日，右玉县又一次嘉宾云集。为期七天的第二届中国·右玉生态健身旅游节暨2006年联合会杯山西右玉全国汽车短道拉力赛在这里隆重开幕。

古老美丽的塞上绿洲、时尚迷人的右玉大地，再次成为世人注目的焦点。

山西省人民政府副省长胡苏平宣布第二届中国·右玉生态健身旅游节暨2006年"联合会杯"全国汽车短道拉力赛开幕。国家体育总局经济司司长张昊，中国汽车运动联合会副主席刘光春、陈学众，国家体育总局机关服务中心主任田兆荣，中国国际体育旅游公司副总经理张树孝，中国民间艺术家协会副会长常嗣新，山西省人口计划生育委员会主任安唤晓，山西省质监局局长王正喜，山西省科协主席王德贵，山西省消防总队队长李济、政委朱志发，山西体育总局副局长李振生，山西省国税局副局长王学农，省政府副秘书长巨宪华以及部分省直机关有关部门处室负责人出席了开幕式；朔州市四大班子领导高建民、田喜荣、杨伟民、李高山、王耀斌、李彪、韩忠荣、牛社威、雷建国、张翠梅、落国和、王芳、杨富、李发、王贵平、卢维邦、樊田发、张治民、申守文等，同煤集团总经理吴永平，晋神能源集团有限公司董事长尹殿平、总经理寇平，太原六味斋集团有限责任公司董事长阎继红，岱海发电有限公司副总经理岳恒飞以及市级退下来的老领导，在右玉工作过和右玉籍在外工作的厅级领

2006年3月5日,中共朔州市委书记高建民(右一)、市长田喜荣(左一)深入右玉调研指导工作。这是他们在了解养牛专业户邢全的生产生活情况。后排右一为中共右玉县委副书记周宏,右三为中共右玉县委书记赵向东,右四为右玉新城镇党委书记庞明明,后右五为《朔州日报》总编齐凤翔,左二为右玉县县长陈小洪。高建民要求:"县委要注意开拓视野,把右玉放在一个更大的背景之下加快发展。"

2006年8月5日,山西省人民政府副省长胡苏平(前排右二)宣布:"中国·右玉第二届生态健身旅游节暨2006年'联合会杯'全国汽车短道拉力赛开幕!"前排右一为中国汽车运动联合会副主席刘光春,前排左二为中共朔州市委书记高建民。

导赵生荣、郝凡、韩国维、郑福、胡永祥等,市直各部门的主要负责人,周边县区四大班子主要领导,应邀出席开幕式。

中共朔州市委书记高建民代表市委、市政府向右玉第二届生态健身旅游节开幕表示热烈祝贺。他说:"右玉作为中原农业文明和北方游牧文明的融汇地,自古为通向大漠的咽喉,乃兵家必争之地。著名的古关杀虎口见证了晋商崛起、西口文化、长城文明以及历史的兴衰。今天的右玉,经过新中国成立后历届县委、县政府带领一代又一代吃苦耐劳的右玉人民,艰苦奋斗,顽强拼搏,植树种草,锁风固沙,把一个塞上高原的'不毛之地'变为闻名遐迩的'塞上绿洲'。为更好地彰显右玉丰富独特的生态、人文资源魅力,继去年成功举办首届生态健身旅游节后今年又隆重地举办第二届中国·右玉生态健身旅游节。我们欣喜地看到,一年一度的生态健身旅游节,已经成为右玉展示改革成果的窗口、呈现开放形象的平台、扩大交流合作的桥梁和促进经济发展的媒介。第二届生态健身旅游节的举办,使海内外的宾朋客商充分感受到右玉乃至朔州这块热土的激情与活力,更为关注右玉、关注朔州,投资右玉、投资朔州,开发右玉、开发朔州,与勤劳淳朴的朔州人民一道共创大业,同谋发展,描绘右玉乃至朔州的新画卷。"

在盛大的开幕式上,精彩的表演让成千上万的观众领略了右玉的风貌和内涵,喧天的锣鼓、飘扬的彩球、刚劲优美的健身舞、潇洒的独轮车、惊心动魄的摩托车特技表演,无不让人遐想,令人激动,催人奋进。在这块充满活力的土地上,诞生绿色、诞生文明、诞生健美,美的韵律、生命的节拍成为今日右玉的形象。

第二届中国·右玉生态健身旅游节,由国家体育总局汽车与摩托车运动管理中心、中国汽车联合会和右玉县人民政府共同主办的2006"联合会杯"山西右玉全国汽车短道拉力赛,作为节庆活动的主体项

2006年8月5日,在中国·右玉第二届生态健身旅游节开幕式上,中国民间艺术家协会副主席常嗣新(左)授予山西省右玉县"中国古堡之乡"荣誉称号。中共右玉县委书记赵向东(右)高兴地接匾。

目和活动推广亮点,是右玉县第二次将体育赛事与旅游推广相结合规模最大、最具影响力的一次活动,来自全国各地技艺高超的汽车赛手在右玉这片大地上展开精彩的角逐。

在开幕式上,中国民间艺术家协会副主席常嗣新宣读了《关于同意授予山西省右玉县"中国古堡之乡"的决定》,并为右玉县授匾,赵向东高兴地接匾。

右玉县成功举办晋商与西口文化论坛

文化研究是人类社会文明进步的重要标志,发展文化事业是落实科学发展观、构建和谐

2006年8月9日,《山西晚报》与中共右玉县委、右玉县人民政府联合举办"晋商与西口文化论坛"。

社会不可或缺的内容。

2006年8月9日,右玉县与《山西晚报》联合举办了晋商与西口文化论坛。

出席论坛的领导有:《山西日报》常务副总编、《山西晚报》社社长兼总编翁小绵,《山西日报》副总编乔宏阁;中共山西省委宣传部文艺处处长李欣、事业处副处长吕芮宏、文艺处主任科员陈文正;朔州市人大常委会原副主任、朔州市三晋文化研究会会长钟声扬,中共朔州市委宣传部副部长张拓;中共右玉县委书记赵向东,右玉县县长陈小洪,右玉县委副书记、纪检委书记解志强,右玉县人大常委会党组书记贺朝善等。

出席论坛的嘉宾有著名经济学家、中国经济史学会名誉会长、国家清史工程委员会委员、国家社科基金评审委员会委员、全国政协委员经君健,山西省社会科学研究院资深研究员、享受国务院特殊津贴专家李元庆;山西大学经济与工商管理学院院长、博士生导师、中国商业史学会副会长刘健生;中国作家协会全委会委员、内蒙古作家协会常务副主席邓九刚;中国地方志指导小组成员、北京大学历史地理与古地图研究中心主任、北京大学历史系教授、博士生导师李孝聪等来自中国社科院、山西省社科院、内蒙古社科院、北京大学、内蒙古大学、山西大学、山西三晋文化研究会、朔州市三晋文化研究会等单位和学术团体的专家学者共98人,欢聚右玉就晋商与西口文化进行高层研讨。

论坛上,各位专家认真探讨晋商与西口的关系,认真探讨西口文化的历史渊源、内涵、外延与学术价值,对西口文化的准确定位和进一步深化进行了深入探讨。

经君健说:"走西口的路给大众的印象是一条致富路,但晋商的成功只是走西口的一个分支,它更是一部晋民的苦难史。但最值得我们记忆的是那些走西口而不成功的人,他们的目的是为了生存,为了活命,可以说,内蒙古的土地上,晋人白骨累累。"

李元庆说:"西口文化是上千年前中原文明和草原文明、农耕文化和游牧文化交融交汇交流所产生的文化形态。它的涵盖是非常广的,政治、军事、文化、经济都有。晋商文化所产生的前提是明朝汉族与蒙古的军事对抗,在一定程度上,可说是依托西口文化而产生的。"

邓九刚说:"走西口并不全是这样凄凄惨惨

在第二届中国·右玉生态健身旅游节期间,右玉县业余职工文艺演出团在杀虎口旅游区演出歌舞剧《昭君出塞》。

的景象。当时，口内的生活艰难，口外反而有着巨大的机遇、巨大的市场。那时的蒙古王爷阿拉塔汗为了开荒，欢迎并安置来蒙古的各色人等——当然大部分人是打工仔，但其中包括许多匠人、文化人、艺人和官员的幕僚等等。内蒙古今天的发展与当年走西口的人是分不开的。现在，全内蒙古13个盟市，比较重要的企业家很多是走西口者的后人。"

刘健生说："西口文化是明清时期北方独特的历史现象，包含了军事文化、政治文化（朝贡与政府管理）、经济文化（财政制度的独特性）、商业文化（晋商旅蒙俄）、民族融合、文学艺术、宗教诸方面。而其定义则是以山西右玉杀虎口为基点，军事文化为基础，明清时期与南方主流文化相对应的、西北地区特有的一种俗文化现象。也就是说，西口文化是根植于中国传统主流文化，在军事文化的基础上，通过商业交流、移民、民族融合等方式，不断与其他文化现象融合，演化出来的一种新的历史文化现象。"

郝志成（内蒙古师范大学旅游学院院长、教授）说："走西口是特定条件下的一种移民现象，西口文化应该看成一种移民文化。西口，是农耕民族与游牧民族的一个连接口，有着通道和防御的双重作用。所以，西口文化应该是以杀虎口为中心的一种古堡文化、口岸文化。"

专家们一致认为，西口文化是一种具有显著地方历史文化特征的乡土文化，研究、开发西口文化具有重要的现实意义。树立杀虎口这一文化品牌，对于右玉发展以生态绿化为基础、以西口文化为支撑的特色生态旅游县具有很强的针对性，必将对右玉县的旅游业起到巨大的推动作用。

论坛共收到社科部门、学术团体、大专院校等各界专家学者的论文50多篇。晋商与西口文化论坛组委会还编纂出版了《纵论西口——晋商与西口文化论坛论文集》一书。

这次论坛，是中国·右玉第二届生态健身旅游节的一项重要活动，也是右玉县打造杀虎口旅游品牌、挖掘西口文化的一项重要举措，首次确立了西口文化在中国文化发展史上的重要地位，为右玉县以西口文化为核心的特色产业和文化产业的发展提供了精神动力和智力支持。

第二届中国·右玉生态健身旅游节除汽车拉力赛和晋商与西口文化论坛外，还包括大型文艺演出、物资交流贸易大会、民间文艺演出、旅游参观等内容。

第二届中国·右玉生态健身旅游节，是一次人文、自然、经济融于一体的综合旅游节庆活动，体现了人与自然的和谐共存，体现了历史与现在、历史与未来的深层解析，全面推进了生态旅游产业的健康发展，使右玉生态旅游产业尽快走进国际化发展的快车道。

重走西口路，再写晋商魂

2006年春天，随着电视剧《乔家大院》在央视的热播，国内对晋商的关注达到了前所未有的高度。

8月9日，《山西晚报》在右玉县召开晋商与西口文化论坛之后，经过策划筹备，10月16日上午，《山西晚报》和内蒙古《北方新报》与西口所在地的右玉县人民政府联手，推出大型联合采访活动——"重走西口路"大型跨国采访行动。

采访行动启动仪式在祁县乔家大院乔致庸等乔民商界俊杰北上贸易的出发地举行。《山西日报》常务副总编、《山西晚报》社社长兼总编辑翁小绵、内蒙古《北方新报》总编李德斌，中共朔州市委常委、右玉县委书记赵向东，右玉县县长陈小洪出席启动仪式。《山西晚报》常务副总编张秀主持仪式。

采访团吕国俊、郭斌、杜金栋等8位记者与专家以重走西口的采访方式，再现当年晋商北上通商的历史，探寻西口对经过地域的历史影响，关注这条晋民的开放与发展之路。

政协右玉县第五届主席王德功作为专家之一参加了采访行动。

10月16日至11月8日，采访团自晋中乔家大院出发，途经祁县、清徐、太原、右玉，在完成对和林格尔、包头、武川、四子王旗、二连浩特等地的采访后，进入蒙古国境内，最终抵达乌兰巴托。采访行程辗转万里，他们克服沿途种种困难，共发回21篇精彩报道，在晋商文化与草原文化、农耕文明与游牧文明交相辉映的大背景下，将西口之路的人文与地理、民俗与经济融贯一体，全景展现晋商兴衰史，再现当年晋商传奇，将西口文化更加直观、更加具体地向社会进行了传播。

冰上风情酬远客，雪中浪漫展新图。

2007年1月20日，为期两天的首届中国·右玉汽车冰雪挑战赛在右玉县冰雪汽车运动基地——中陵湖隆重开幕。

2007年1月20日，中共朔州市委书记王雅安宣布："2007首届中国·右玉汽车冰雪挑战赛开幕！"上图左一为朔州市市长田喜荣，左三为中共朔州市委常委、政法委书记韩忠荣，右一为中共右玉县委书记赵向东。

银装素裹的右玉大地又一次以其冰上风情、雪中浪漫成为世人注目的焦点。

上午10时，中共朔州市委书记王雅安宣布首届中国·右玉汽车冰雪挑战赛开幕。朔州市四大班子领导田喜荣、王耀斌、李彪、韩忠荣、雷建国、赵向东、张翠梅、樊田发、管翠兰、张治民、温日平及部分市级老同志和省体育局有关负责人出席开幕式。

2007年首届中国·右玉汽车冰雪挑战赛由右玉县人民政府和山西省体育局汽车运动管理中心联合举办，山西省志国星赛赛车发展有限公司具体承办。来自内蒙古、云南、广东、山西、江苏、福建、河南、浙江、北京、河北等省市的56名选手参加比赛，其中右玉籍参赛选手8名。中国汽车竞赛联合会两位同志亲临赛场指导赛事。

右玉县属典型的北温带大陆性气候。这里夏凉冬寒，昼夜温差极大，平均气温3.6℃，极端最低气温零下40.4℃。特别是冬季，数九寒天，极端降雪，雪层厚度达50厘米，冰宽雪厚，水玉山苍，粉妆玉砌，四野空旷，是发展冰雪运动的理想之地。这次，右玉县在严寒的冬季引进特种体育赛事，激情上演"白玉石"上惊险刺激的极限挑战，通过发展冰雪运动来填补当地冬天旅游淡季的空白，进而推动全县生态旅游业的纵深发展。

九月的右玉艳丽多姿，右玉的九月硕果累累。

2007年嘉陵杯全国越野摩托车锦标赛在右玉赛车场隆重举行。

2007年9月9日，浓浓秋意的塞上绿洲又迎来了别样的喜悦。

由国家体育总局汽车运动管理中心、中国汽车运动联合会、中国摩托车运动协会、右玉县人民政府共同举办的第三届中国·右玉生态健身旅游节暨2007年嘉陵杯全国越野摩托车锦标赛和2007年联合会杯全国汽车短道拉力赛，在右玉县龙须沟国际赛车场隆重开幕。

山西省人大常委会党组书记、常务副主任纪馨芳宣布第三届中国·右玉生态健身旅游节暨2007年嘉陵杯全国越野摩托车锦标赛和2007年联合会杯全国汽车短道拉力赛开幕。中共朔州市委书记王雅安、国家体育总局汽车摩托运动管理中心副主任陈学众、中国嘉陵工业股份有限公司（集团）副总经理文晓刚分别讲话。山西省体育局局长苏亚君等及朔州市领导杨伟民、李彪、韩忠荣、陈法印、白俊禄、李玉兰、李发、樊田发、张治民、申守文、谭建国、韩文让，市军分区司令员李利；朔州市退下来的老领导；北京追逐者汽车运动推广有限公司、中国嘉陵集团、省旅游局等单位相关负责人；朔州市六县（区）及和林格尔、凉城、清水河等内蒙古周边的党政主要领导；右玉县四大班子领导出席开幕式。市委常委、右玉县委书记赵向东致辞，右玉县人民政府县长陈小洪主持开幕式。赛车手代表和裁判员代表分别宣誓。

王雅安代表市委、市政府向本届旅游节的开幕表示热烈祝贺，并向各位来宾介绍了朔州市的旅游业发展情况。他说，朔州历史悠久，人文荟萃，旅游资源特别丰富。市委四届二次全会以来，我市依托大运高速公路，精心设计旅游线路，着力构建以广武城、崇福寺、应县木塔、右玉生态等为轴心的黄金旅游带，全力推进资源型城市转型步伐。在这方面，右玉已经先走了一步，为全市带了个好头。如今，右玉县人气升腾，财气聚集，名声大震，完全突破了一个贫困

2007年9月9日，山西省人大常委会党组书记、常务副主任纪馨芳（前排右三）宣布："第三届中国·右玉生态健身旅游节暨2007年嘉陵杯全国越野摩托车锦标赛和2007年联合会杯全国汽车短道拉力赛开幕！"中共朔州市委书记王雅安（前排右二）致欢迎辞，右玉县县长陈小洪主持开幕式。

山区、偏僻小县的先天劣势，正以一种生态优美、经济发展、社会和谐的良好形象，成为我市对外展示生态环境和发展成就的一扇窗口。好风凭借力，发展正逢时。当前朔州市政通人和，百业俱兴，旅游业的异军突起必将使这座年轻的城市更具活力。我们诚挚地邀请四海宾朋到朔州参观指导，投资兴业。

在开幕式上，右玉赛车场被国家体育总局汽车摩托车运动管理中心正式授予"中国汽车摩托车运动基地"。赵向东高兴地接匾。

2007全国越野摩托车锦标赛（山西右玉站）以惊险、勇敢、激情飞扬的新时代气质，将把豪情万丈的右玉带入一个领跑时尚、创造速度的时代。

威风锣鼓和西口古乐齐奏，90组彩色烟火一齐燃放，2007个气球同时升空，21响礼炮同时鸣放。

北京体育学院龙狮表演团进行了精彩的南狮表演和舞龙表演。

中国杂技之乡的沧州北狮表演队进行了精彩的北狮表演。

2007年嘉陵杯全国越野摩托车锦标赛的15名赛车高手进行了精彩刺激激情动感的摩托车表演赛和决赛。

9月12日下午，2007"嘉陵杯"全国越野摩托车锦标赛在右玉县龙须沟汽车摩托车运动基地鸣金。这次比赛共分六站进行，右玉县是第四站，竞赛项目为专业80CC、专业125CC、专业250CC、国产150CC以下车型组个人赛和团体赛。来自济南轻骑新疆队、北京汇通诺队、

2007年8月2日，政协山西省常务副主席薛荣哲（中）在政协朔州市主席王耀斌（右二），中共朔州市委常委、右玉县委书记赵向东（左二），政协右玉县主席黄凤莲（右一）的陪同下深入右玉杀虎口古文化旅游区视察调研。薛荣哲指示："新建杀虎口古文化旅游区，你们做得很好！一定要加大建设力度，打造成令世人向往的风景名胜区。"

2005年7月16日，第八届全国独轮车锦标赛在右玉体育广场举行。

2005年7月17日，"右玉杯"第四届大学生自行车越野邀请赛在右玉举行。

中国嘉陵队、云南红沙卷烟队等13个队的100多名摩托车手在右玉这方绿色的大地上展开了精彩角逐。获第一名的选手，奖给个人奖金6000元。

2007年9月15日，2007联合会杯山西·右玉站全国汽车短道拉力赛在风景如画的龙须沟国际赛车场拉开帷幕，演绎汽车文化的时尚风采。

出席开赛仪式的有：国家体育总局汽车摩托车运动管理中心汽车运动一部副主任赖宝贵，基地培训部主任钟天琦，北京追逐者汽车运动推广有限公司董事长于建国、总经理郭铁栋，山西省农业大学副校长岳文斌，朔州市经委主任寇玉宝，广西壮族自治区荔浦县县委书记黄本和等一行3人以及右玉县四大班子领导。开幕式由第三届中国·右玉生态健身旅游节组委会副主任、中共右玉县委常委、右玉县人民政府常务副县长兰成国主持。组委会常务副主任、右玉县人民政府县长陈小洪致辞。国家体育总局汽车摩托车运动管理中心汽车部主任何建东讲话。赛车手代表和裁判员代表分别宣誓。

在开幕式上，经国家体育总局汽车摩托运动管理中心批准，中国汽车运动联合会决定，授予右玉龙须沟赛车场"全国汽车短道拉力赛专用场地"。陈小洪高兴地接匾。

2007联合会杯全国汽车短道拉力赛的20名赛车高手进行了精彩刺激的拉力表演赛和决赛。获第一名的选手，奖给个人奖金10000元。

首届中国右玉冰雪旅游节

千里冰封，万里雪飘，塞上右玉分外妖娆。

2008年1月10日上午。

右玉县新建启用的小南山滑雪场，中国·右玉首届冰雪旅游节在这里隆重开幕。

中共朔州市委书记王雅安、市长田喜荣，中共山西省委巡视组组长段志全一行，朔州市四大班子领导杨伟民、冯改朵、王耀斌、李彪、韩忠荣、牛社威、雷建国、赵向东、王贵平、樊田发、谭建国、韩文让及部分市级老同志，右玉县四大班子领导出席开幕式。右玉县县长陈小洪主持开幕式，市委常委、右玉县委书记赵向东致开幕词，市委书记王雅安宣布冰雪旅游节开幕。

继2007年1月右玉县成功举办中国·右玉汽车冰雪挑战赛之后，2008年随着右玉南山滑雪场的运营，右玉县独特的冰雪旅游资源得到进一步的开发，特种体育旅游产业得到进一步丰富。

本届冰雪旅游节的主要活动有高山场地滑雪、户外滑冰、冰灯雪雕游园、冰雪风光摄影赛四项内容。这四项活动展示了右玉独特的冰雪旅游资源，进一步填补了右玉冬季旅游空白，开发了右玉冬季旅游市场，活跃了冬季旅游文化，拓展了特种体育旅游产业，推动了全县文化旅游产业的开发，使全县的旅游产业形成了长年不断线的良好格局。

在冰雪旅游节期间，中国平遥国际摄影大展组委会、山西省摄影家协会、山西省新闻摄影学会、右玉县人民政府还共同主办了右玉县冰雪风光摄影大赛。国内上百名摄影家聚焦右玉，通过展示西口右玉独特的自然风光和风土人情，进一步提升西口右玉的文化品位，拓展旅游开发，进而推动摄影事业的发展。

驰骋银装绿洲，纵情生态右玉。

开幕式上，哈尔滨牧野旅游专科学校的姑娘们表演了精彩的"激情飞跃""大鹏展翅""凌空飞翔"等高山场地滑雪节目。

赵向东、陈小洪特地在严寒的冬季举办冰雪旅游节，把冬季的冰雪豪情、夏秋季的田园牧歌完整地展现给游客，在"白玉石"上激情上演了惊险刺激的极限挑战，带给广大旅游者以冰天雪舞的美的享受。

秋风送爽迎盛会，绿洲欢歌迎嘉宾。

2008年10月5日上午，右玉龙须沟汽车运动基地彩球高悬，花团锦簇，鼓乐齐鸣。

在这遍地金黄的金秋时节，右玉人民迎来了第四届中国·右玉生态健身旅游节的文化盛会。

在这硕果盈枝的收获季节，生态绿洲敲响了2008右玉杯全国越野摩托车锦标赛、2008联合会杯全国汽车短道拉力赛的助威战鼓。

出席开幕式的嘉宾有：中共山西省委常委、宣传部部长高建民，国家体育总局汽车摩托车运动管理中心副主任陈学众，国家体育总局汽车摩托车运动管理中心摩托部主任张东航，北京追逐者汽车运动推广有限公司董事长于建国，山西省体育局副局长李振生、群体处处长袁乃平，山西省旅游局副局长王文宝、市场开发处处长吴雪陶，中共朔州市委副书记杨伟民，朔州市人大常委会主任李彪，朔州市政协主席王耀斌，中共朔州市委常委、政法委书记韩忠荣，朔州市人大常委会副主任白俊禄、刘海青，朔州市人民政府副市长王贵平，朔州市政协副主席闫美珍，朔州市人大常委会秘书长张丁成；退下来的市级老领导，市属各部门、驻朔单位主要负责同志、朔州市其他五县（区）及周边友好县（区）四大班子主要领导，部分在右玉工作过或在外工作的右玉籍领导同志。

向本届旅游节组委会送来贺礼、发来贺电贺信的有省市有关部门、朔城区、平鲁区、山阴县、怀仁县、应县、左云县、凉城县、和林格尔县和部分知名企业。

上午9时，中共山西省委常委、宣传部部长高建民宣布："第四届中国·右玉生态健身旅游节开幕！"开幕式由本届旅游节组委会常务副主任、右玉县人民政府县长苏连根主持，本届旅游节组委会主任、中共右玉县委书记陈小洪致开幕词，陈学众致辞，杨伟民讲话。许建豪代表全体赛车手宣誓，王志勇代表全体裁判员宣誓。

杨伟民在讲话中说："右玉自古为中原农业文明和北方游牧文明的融汇地，自古为通向大漠的咽喉，乃兵家必争之地。著名杀虎口见证了晋商崛起、西口文化、长城文明以及历史的兴衰。今天的右玉，经过全县人民近60年来不懈努力和艰苦奋斗，不仅使昔日的不毛之地变成了'塞上绿洲'，同时也凝练造就出了一种难能可贵的'右玉精神'。丰富的生态资源、灿烂的历史文化、

2008年10月5日下午，中共山西省委常委、宣传部部长高建民（右一），山西广播电视总台常务副台长李光明（左二），中共右玉县委书记陈小洪（左一）为电视连续剧《西口长歌》揭镜。

珍贵的文物古迹、淳朴的民俗民风、独特的精神文化，使这里充满了神奇的魅力，正在成为北方地区难得的旅游、避暑胜地。特别是连续三届生态健身旅游节的成功举办，叫响了右玉生态健身旅游这张品牌，对扩大右玉知名度、开放度、外向度产生了积极而深远的影响。本届生态健身旅游节，不仅一如既往张扬生态旅游的魅力，继续承办全国越野摩托车锦标赛和

全国汽车短道拉力赛，同时，还将举行电视连续剧《西口长歌》开机仪式。"

开幕式上，精彩纷呈的文艺表演拉开了序幕，上万名干部群众一同观看了《盛世鼓舞·右玉腾飞》大型文艺表演。

开幕式结束后，省、市、县领导和所有嘉宾一同观看了2008右玉杯全国越野摩托车锦标赛各专业组的精彩比赛。

同日上午，由中央电视台、中共山西省委宣传部、山西广播电视总台、中共右玉县委、右玉县人民政府联合摄制的30集电视连续剧《西口长歌》开机，并揭开镜头。中共山西省委常委、宣传部部长高建民宣布："电视连续剧《西口长歌》开机仪式开始！"中央电视台影视部副主任陈柳松，山西广播电视总台常务副台长李光明，连续剧《西口长歌》剧组导演刘庆梅、主演吴京安分别讲话。县委书记陈小洪致辞，县长苏连根主持开机仪式。该剧是右玉县精心打造的第一张影视文化名片。

该剧于2009年12月6日在山西影视频道首播。

本届旅游节活动内容还有传统物资交流贸易大会、民间文艺演出、旅游参观。共举办10天。

第四届中国·右玉生态健身旅游节和首届中国·右玉汽车冰雪挑战赛、首届中国·右玉冰雪旅游节，先后有中央、省、市30余家新闻媒体，100多名新闻工作者对节会盛况进行了报道。这是右玉县历史上绝无仅有的。特别是《朔州日报》和朔州电视台、电台派出强大阵容，在显著位置、黄金时段连续报道，在朔州连续两年掀起了一个反映生态建设的右玉热。通过网络和媒体的多种宣传，让全国乃至世界更加了解右玉。这对推进右玉特色生态旅游基地的建设、培育和壮大生态旅游产业、扩大对外开放和促进经济社会和谐发展，必将产生深远影响。

赵向东、陈小洪、苏连根，右玉的主要决策者，带领右玉人民在短短的四年中，使全县的生态旅游产业取得了骄人成绩，为中国的生态旅游、体育旅游构建了一个高品位的平台。

旅游节的举办，精彩不断，好戏连台，一个国际化的特种旅游品牌在这里诞生。

右玉还要积极准备建设全国山地汽车拉力训练基地、全国山地摩托车拉力训练基地、全国汽车露营基地、亚洲青少年露营基地和冰雪运动基地。新建高档宾馆和旅游度假村。将右玉县的旅游景区景点与呼和浩特昭君墓、内蒙古大草原、云冈石窟、应县木塔等周边名胜景点旅游黄金线路对接。继续围绕吃、住、行、游、购、娱六要素，全面拓展旅游产业链。

生态旅游业正在成为右玉一大新兴产业和新的经济增长点。

2005年8月，右玉县被国家环保总局命名为"国家级生态示范区" 省委书记张宝顺要求编纂一部《右玉县绿化志》在全省学习宣传

"为有牺牲多壮志，敢教日月换新天。"

伟大领袖毛泽东主席的这句名诗，不仅在湘江大地更在塞上高原的右玉，得到鲜活生动的无可辩驳的践行。

右玉，镶嵌在共和国版图上的这块宝黛翠玉，从顽石到翡翠的艰苦蜕变，是经过一代又一代的共产党人顽强传承和跨世纪的元素整合才得以完成的。

右玉，创造了共产党领导下人与自然和谐相处、建设美好家园的人间奇迹。

全县基本构筑起了"绿化带、生态园、风景线、示范片、种苗圃"相结合的生态网络，有力地改善了生态环境，形成了良好的右玉小气候：

一是锁住了风沙。过去右玉最大风速每秒21米，对农业危害很大。70年来通过持续不断地植树种草，全县营造起了300多公里长的大型防风林带和81条中小型林带，有效地阻止了风口地带的沙丘移动，现在最大风速降低了41%，大风不成灾，风刮沙不动。特别是近年来全县沙尘暴天数比中华人民共和国成立初期减少了80%以上，在林地影响的有效范围内平均风速降低了35%以上，相对湿度提高10%左右。

二是保持了水土。由于林草植被的大面积增加，现在地表径流和河水含沙量比造林前减少60%，过去山洪暴发，冲毁粮田、泥沙横流的现象已不复出现。林多了，大量的枯枝落叶形成厚厚的枯枝落叶层，下暴雨时，雨水不会冲击地表，水一面流，一面向地下渗，最大的稳定渗水速度一天一夜可以达到2800多毫米。这些水慢慢渗入地下，再渗到河里。有人比喻下暴雨对于森林来说像往银行里存款一样，起到整存零取的作用。

三是涵养了水源。据有关部门测定，林网蒸发量为784.8毫米，而对照点蒸发量为832.1毫米，减少47.3毫米。与此同时，降水量明显增多，近五年平均降水量较周边的怀仁县、应县分别高出30.5毫米和44.5毫米。当地群众说："山上有了树，等于修水库；林地有了草，水分跑不了。森林是绿色宝库。"

四是有效地减少了霜冻、冰雹等自然灾害，调节了气候。据测定，林内日平均气温比旷野提高了0.5℃，田间温度比林网外高0.7℃左右。并且在霜冻来临早的年份，林带百米以内的霜冻比百米外的霜冻推迟7天左右。冰雹由过去的年平均7.2次减少到1.5次，而且多发生在林木稀少的地域。森林能吸收大量来自太阳的热量，在森林里形成了凉爽湿润的空气。这些空气和裸露地面上的空气对流，调节了附近农田、村庄的气候；蒸腾到空气中的水蒸气达到饱和程度，一遇冷就会变成雨降下来，所以人们说"森林可以起到抽水机和降雨器的作用"。

五是野生动物在右玉境内安家落户。全县山川茂密的林草为野生动物的生存繁衍提供了优越的基础条件。据不完全统计，右玉境内野生动物和飞禽有褐马鸡（野鸡）、石鸡、麻雀、鸽子、喜鹊、猫头鹰、大雁、布谷鸟、燕子等，走兽有狐狸、狼、狗獾、黄鼠狼、兔子、貂、鹿、田鼠、蛇、蛙、艾虎等50余种，形成大自然良好的生物链。

六是为生态旅游业的开发创造了得天独厚的条件，创建了晋西北最宜居最宜发展的环境。

七是有力促进了全县经济又好又快发展。首先，优化了种植结构，全县生长期长的高产优质作物品种得以大面积地推广种植，牧草产量和品质也得到大幅度提高。全县基本上实现了由传统种植业向优质、高效、安全、生态农业转变。其次，打造了生态畜牧经济强县。牛、羊优种率达到了60%以上，圈养率达到了70%以上，生态畜牧业真正撑起了农民收入的半壁江山。再次，以生态旅游为先导的现代服务业，成为右玉经济发展新的增长点。

喜鹊报喜　　　　　　　　　　　野鸡对歌

松鼠攀枝　　　　　　　　　　　半翅孵卵

2005年8月23日至24日，右玉县创建全国生态示范区工作顺利通过国家环境保护总局专家组验收，生态示范区建设22项指标全部达到了全国生态示范区建设三类地区标准。右玉县被国家环境保护总局命名为"国家级生态示范区"。

2005年8月23日，中共山西省委书记、山西省人大常委会主任张宝顺亲临右玉调研，对右玉的工作给予了充分的肯定和高度的评价，并让右玉的同志们编纂一部《右玉绿化志》，写好一部报告文学，好好总结一下右玉的做法和经验。

张宝顺书记回到省里后，很快指示由省委政研室牵头，组织《山西日报》、山西电视台等新闻媒体深入右玉，总结右玉生态建设及城市建设和城市管理的成功经验，在全省进行宣传推广。

2005年10月14日，《山西日报》在头版至三版以醒目的标题刊登了中共山西省委政策研究室撰写的《从"不毛之地"到"塞上绿洲"——右玉县生态建设的调查》一文，并配发了本报特约评论员文章《五十多年生态建设的启示》。文章说：

右玉县曾经是一个即将被黄沙掩埋的"不毛之地"，经过50多年坚持不懈的努力，变成了一个处处生机盎然的"塞上绿洲"。在生态环境问题日趋严重的情况下，右玉县生态建设的成就让我们增强了信心，同时也带给我们很多启示。

启示一：生态建设作为基础性工程必须常抓不懈。"十年树木"，植树种草、恢复生态需要积十数年甚至数十年之功才能见到成效，来不得半点急功近利之心。在一定时期内，生态建设无法体现为GDP、财政收入等可度量的经济指标，甚至还可能影响这些指标的增长。但是，自解放以来的50多年，右玉县十几任领导班子却没有为体现"创新"否定前任，更没有为求一时的政绩换思路，而是咬定青山不放松，一张蓝图绘到底，锲而不舍地坚持植树造林。这在GDP一度成为干部升降考核核心内容的情况下，如果没有一种默默奉献的牺牲精神，是很难坚持下来的，而这也正是坚持科学发展观和正确政绩观所要求的。

启示二：建设和谐山西必须把生态建设放在突出位置。目前我省生态建设的任务还十分艰巨，全省森林覆盖率仅是全国平均水平的7%左右，而环境污染程度却位居全国前列。据中国科学院可持续发展研究报告评估，山西省可持续发展能力及生存系统和环境支持系统在全国的位次均居于后两位。因此，实现全面建设小康社会目标，实现山西的可持续发展，必须像右玉县那样把生态建设作为一项战略性任务来落实。这是构建社会主义和谐社会的题中应有之义。

启示三：生态建设应该成为区域经济协调发展的自觉选择。生态建设不仅具有巨大的生态效益，而且也能够收到可观的经济效益。右玉县生态产业的总体规模尽管还不是很大，但其发展势头令人鼓舞，而且随着消费者对绿色无公害食品和生态旅游的偏好不断增强，生态产业将呈现出巨大的潜力。我省不少县特别是一些贫困县相对来说具有较好的生态环境基础，发挥生态优势、发展生态产业将大有可为。

启示四：生态建设必须用好的机制和制度来保证。右玉经验的可贵之处是在生态建设的长期实践中，建立了一种机制，形成并坚持了一种制度，强化了责任，注重了实效，从而确保了林草的存活率，做到了栽一片、绿一片。而一些地方实施了不少生态治理工程，钱花了不少，但却年年栽树不见树，主要原因就是未能建立起一种有效的机制，实行一种好的制度，或者是有好的机制和制度也不能做到长期坚持。制度是带有全局性的根本性的，特别是在生态项目资金的使用上必须靠制度来管人、来花钱，真正把不多的资金用在刀刃上，使生态建设取得实实在在的成效。

2005年9月28日至9月29日，赵向东赴太原参加全省天然林保护工程总结表彰会。会上，右玉县人民政府被山西省劳动竞赛委员会荣记集体一等功，赵向东被山西省劳动竞赛委员会荣记个人一等功一次。

2005年11月6日，山西卫视在晚间9时10分的《记者访谈》栏目中专门做了15分钟的《塞上绿洲——右玉县专题访谈》节目。

2005年11月26日，赵向东参加了雁门关生态畜牧经济区发展战略北京高层论坛会议，做了《注重处理并解决好六大关系，加快生态畜牧经济建设步伐》的发言。赵向东在近年的实践中深深感到要加快生态畜牧经济区建设，促进生态和经济的和谐协调发展，必须注意解决好六个方面的关系，即：一是种粮种田与退耕还林还草的关系；二是恢复植被与发展畜牧的关系；三是单一项目实施与整合资源综合开发的关系；四是增加养殖数量和提高产业效益的关系；五是生态畜牧经济发展与服务体系建设的关系；六是基地建设与龙头带动的关系。赵向东阐述的这些观点，受到与会人员一致认可和好评。

2006年9月3日，《山西日报》头版头条彩色套印刊登了该报记者安玉，通讯员张文举、冀全喜撰写的长篇通讯《绿色变奏曲——右玉加快生态畜牧和生态旅游产业纪实》一文，全面介绍了赵向东、陈小洪立足县情，励精图治，在全省率先建设生态畜牧经济强县和生态旅游强县，建设富而美的和谐新右玉的崭新业绩。

2007年4月5日，中共朔州市委书记王雅安对右玉坚持50年生态建设的"右玉精神"赞叹不已，欣然挥毫题词："春风已过雁门关，右玉精神万代传。"

2007年5月，朔州市人民政府市长田喜荣挥笔题词："干群苦战五十载，唤回绿洲满眼春。"

牢牢记住那些为播绿护绿离去的人们

是的，右玉的每一片树林、每一片草地都让人着迷，每一座山头都充满了神奇。

这些生机盎然的绿色森林和草地给了右玉太多的遐想空间和思索。这就是右玉的魅力！

70年来，有多少顽强不屈的右玉人已经长眠在这如幛的绿野之下，没有颂歌，没有丰碑！

70年来，又有多少人在长途播绿中不幸车翻人亡，离开了他们温馨的妻子儿女，离开了他们的生养土地，没有颂歌，没有丰碑！

70年来，还有多少为了护树献出汗水直至生命的平凡的人们，没有他们的精心管护，也同样不会有今天的塞上绿洲。

右玉人民仍然清楚地记得，那个在抗美援朝战争中失去左臂的国有林场林管员李三富，在每年春秋的植树季节里，他每天拿着根米尺，奔走在平川山梁上，测量着每个树坑挖得是不是合格，每一棵树栽得是不是合格。凡被他测出不合格的，他会毫不留情地让你返工重挖或重栽。人们只要远远望见他，都会说："独臂英雄李三富来了，快把树栽好！"冬季他背着一支猎枪，拄着一根木棍风雪无阻地巡视在万亩林地上，生怕任何生灵毁掉一棵树。常年清苦的生活和过度劳累的跋涉，使他终患脑血栓长眠在龙须沟的丛林里。

右玉人民仍然清楚地记得，不论是炎热的夏天还是寒冷的冬天，几十年如一日管护着苍头河西岸的万亩护林员、山西省林业模范贾根九；几十年如一日管护着苍头河东岸红土堡至黄沙洼的万亩护林员、雁北地区林业模范王占山；几十年如一日管护着杨村梁至李洪河沿岸的万亩护林员、雁北地区林业模范唐守功……在他们心中，一生追求的只有三个字："看好树！"他们同样没有颂歌，也没有丰碑！

我们不能忘记，国家林业部1962年1月，确定国营右玉梁家油坊林场为大型机械化林场。1962年5月30日，时任国家林业部副部长惠中权亲自到右玉调研考察后，一下子拨给梁家油坊林场6台东方红54型链轨拖拉机和1个发电机组，从此拉开了右玉大规模机械化造林的序幕。至1980年，先后高质量地营造了辛堡梁、杨村梁、周二堡梁、杨千河梁、铁山堡梁、二道梁、北岭梁、黄沙洼、元堡子公社小岭梁等多个上万亩的小叶杨机械化造林基地，使右玉大地逐步形成了县直机关干部造林、社队集体个人造林、国营林场机械化造林、项目造林的新格局。

2006年9月6日，山西省人大常委会第七届主任王庭栋（左）来右玉观光旅游，专门到辛堡梁生态观摩厅看望万亩护林员王占山（右），鼓励他："右玉建成生态绿洲，你的功劳也不小，党和人民会记住你们这些无所畏惧的爱树护树的功臣们。"

我们不能忘记，中华人民共和国成立后右玉第三任县长解润，在高寒冷凉的右玉从1954年至1964年一干就是10年。这是右玉锁风固沙植树造林最艰难最清苦的时期，也是解润的身体一年不如一年的时期。每逢下乡蹲点指导社队造林绿化，他拖着病弱的身子，让公务员闫培成背上行李与他相伴而行。遇到过河跨水时，解润先把小闫背过河去，返回来再把行李背过去。他经常是领着小闫，拄着棍子指挥在堵风口的第一线。就是这样一位任职右玉10年的县长，因病医治无效，60岁就去世了。闫培成回忆当年给解润当公务员的事，说得最多的是："我给解县长当了6年公务员，给解县长背了6年行李下乡，陪扶着他和右玉人民顶着黄风栽了6年的树，交了6年在农村社员家吃饭的饭款。没有县领导艰苦奋斗做表率，哪有右玉荒山片片林。"

我们不能忘记，右玉国有造林功臣——国营右玉梁家油坊林场场长胡应岗。

胡应岗，灵丘县人，一米六八的个头，说起话来疾言快语，办起事来风风火火。1950年3月来到右玉林业站工作。他从1952年1月至1956年12月担任了右玉县第一任林业工作站站长。是他，组织花轱辘车队从大同拉回上级资助右玉的救灾粮——白马牙玉米，并具体组织参

在塞上右玉平川区到处可以看到国营梁家油坊林场栽植的优质林、高技术林。

山西省林业模范、林业功臣、任职15年国营右玉林场场长胡应岗

与,开展了右玉中华人民共和国成立初期以工代赈的群众性造林绿化运动。是他,1962年3月,代表国营林场亲自与全县9个公社142个大队签订了营造国家速生林7175亩的合同,并圆满完成了所订合同的植树任务。是他,在组织国营林场每年春、秋两季的机械化造林中,身背手摇电话机,冒着埋人的黄沙土,不分昼夜地徒步穿梭在几个大型造林工地,就地指挥,就地检查验收。每当春季造林结束时,他与所有林场职工一样,晒黑的脸上都要脱下一层皮。是他,组织分配到林场的大学生们开展了一系列的林业科研活动,攻克了造林绿化和造林管护中一个又一个的难题。如今,上了年纪的右玉人都会说:"没有胡应岗,就没有右玉38万亩国有林。胡应岗当右玉国有林场场长15年,那真是不要命地真干哩。"虽然胡应岗因脑出血已去世,但他为营造右玉38万亩国有林作出的巨大贡献,永远定格在"塞上绿洲"的大地上。

2009年8月21日上午,笔者在采访山西省林业厅原厅长曹振声时,他十分动情地说:"右玉的国有造林,是右玉县的优质林、高技术林,是右玉林业的核心区和精华区,为右玉造林绿化在技术、功能、管理上起着带动和辐射作用。在右玉森林总面积中三分天下有其一,为右玉的锁风固沙水土保持立下汗马功劳,应给胡应岗同志重重写上一笔。我提议应当为国有造林专门树一座丰碑。"

我们不能忘记,常禄任职右玉"八年绿色革命"期间,将植树质量视为生命。检查树苗栽得好不好,首先要经得起拔苗。号称"造林黑包公"的县林业局局长纪满带领林业技术员,每到一个树坑前,首先要拔苗子,拔起了苗子说明你栽树应付了事,就跟你过不去。一次春季造林,纪满在县工业局林地上检查,一手拔起两棵苗子,马上黑下脸来,对着工业局副局长白志义吼起来,白志义不认这个事,说:"我们还没有踩,你就批评我们?"为此,二位局长当场吵起来……

笔者采访征求朔州市人民政府原市长、任职山西省林业厅9年的原厅长曹振声(右)意见。(2009年8月21日及以后共三次)

纪满看到公交系统有几个女干部穿着高跟鞋踩树坑,就批评起来,"谁让你们摆花架子?栽不活树,我就跟你们算账!"县公交政治部主任梁美走过来解释,纪满气愤地说:"原来是你在包庇!"就和梁美撞起头来,并说:"让我当这个林业局局长,我要为每一棵树的成活负责到底!"

你看,为了栽活公家的树,纪满不惜得罪人,对人发脾气。纪满为了树活不要命的事,至今深深留在右玉人民的心中。

纪满,这个出生在右玉县高家堡乡小屯村

的农民儿子,从1949年1月起至1986年12月离休前,先后担任过右玉县3年的区委书记、12年的公社党委书记、2年的国营梁家油坊林场党总支书记、13年的林业局局长。他一米七九的个头,说话嗓门洪亮,直言快语。他对党的事业满腔热忱,忠贞不渝,干起工作脚踏实地,铁面无私。他对右玉这片贫瘠的土地有着慈母般的热爱。他生前存放荣誉证书的箱子满满的,他几乎连年被评为"优秀共产党员"或"优秀公社党委书记"。1981至1983年,他被雁北行政公署评为"雁北地区林业劳动模范"。1984年5月1日,被山西省社会主义劳动竞赛委员会荣记三等功。至今,不少健在的老干部对笔者说:"你们写《苍河颂》一定要给纪满记上重重的一笔,那可是咱共产党名副其实的好干部啊!他为咱右玉的绿化事业真正做到了殚精竭虑、尽职尽责啊!"

林业功臣、任职13年县林业局局长的纪满

是的,没有任职13年的县林业局局长纪满视树如命,也不会有右玉荒山换新颜。

我们不能忘记,从福建林学院毕业的福建籍大学生张仁生,1968年7月一纸派遣令将他从南方美丽的福建分配到塞上高原的国营右玉县梁家油坊林场,一干就是10年。国营右玉梁家油坊林场从1960年成立,至1968年,进行了9年的大面积荒山造林。但国有林面积到底有多大、准确的范围在哪里,谁也说不清楚。场长胡应岗交给张仁生一个别人完不成的任务——绘制国营右玉梁家油坊林场森林分布图。他欣然接受了这个任务。但任务的艰辛他一开始想得并不多。这个福建大山里成长起来的大学生,有一股子倔劲,他自任队长,吸收林场有文化的两名职工组成测量小组,开始了日复一日的艰难的测量工作。他经常克服饮食不习惯、水土不服、语言不通的困难,每年顶着塞上右玉的风沙、酷暑和寒冷,翻山越岭,走村串乡,背着简陋的测量仪器——森林罗盘仪,带着水和干粮,一步一步地、一处一处地测量出了国营右玉林场精确的有林面积,记载下了一个又一个有价值的数据。他几乎放弃了所有休息时间,每天外出测定的数据,到晚上他会一一核对绘出精确的草图,第二天又开始了新的测量跋涉。终于,他一丝不苟地绘制出了《国营右玉县林场森林分布图》,第一次实地测出右玉县国有林地面积准确数为38万亩,为右玉国有林木的改造和管护作出了突出的贡献。1979年5月,他终于调回福建工作。经他精心测量绘制的这张宝贵的国有森林分布图,今天放大绘制在国营梁家油坊林场大礼堂的墙壁上。他真实地记载了一个南国学子对塞上右玉绿化事业的无私奉献!他用自己辛

悬挂在山和公路国营油坊林场的跨路横标

勤的汗水向外界表明：国营右玉梁家油坊林场是山西省国有林面积最大的林场。

我们不能忘记，从北京林业大学毕业的河南籍大学生刘志福、冯振英夫妇二人，也是1968年7月一纸派遣令将他们从首都北京分配到塞上高原的国营右玉梁家油坊林场，在这里，他们一干就是12年。场长胡应岗交给他们夫妇的是别人完不成的任务——开展林业多项科研工作。他们夫妇二人愉快地接受了任务。12年来，他们夫妇二人把所学的林业知识全部奉献给右玉的绿化事业。当时，以他们夫妇二人为主，加上技术员张宏仕共3人，组成了国营右玉梁家油坊林场科研组，在科研设备十分简陋的情况下，他们夫妇二人以满腔的热情，无所畏惧、默默无闻地开展了右玉绿化史上从未有过的全县林业土壤普查、全县林业病虫害普查、全县林业病虫害重点观察和防治、樟子松栽植引进试点、小老树改造等多项林业科学研究，并取得了一系列丰硕的科研成果。他们三人经常骑自行车结伴而行，跑遍了38万亩国有林地，进行了三年的土壤普查，取土样1000多个，搞了100多个解析木，搞了300多个病虫害标本，建起了林业技术基础资料库。到1980年10月，他们夫妇二人调离右玉时，为右玉林业的科研发展留下了大量的珍贵资料。

"刘志福、冯振英，一对好夫妻，十二年如一日为'塞上绿洲'献英才。"上了年纪的右玉人每每说起这一对大学生，总有一种恋慕之情。

然而，有多少颂歌就有多少树木，但都不能写尽70年来右玉人民及来右玉工作的人们"敢教日月换新天"的英雄壮举！

鲁迅先生说过："我们自古以来，就有埋头苦干的人，有拼命硬干的人，有为民请命的人，有舍身求法的人……这就是中国的脊梁。"

塞上黄土高原的右玉人民，70年来坚忍不拔地播绿固沙，改天换地，建设美好家园，难道不是埋头苦干的人、拼命硬干的人？是的，这就是右玉的脊梁。

捷克斯洛伐克民族英雄、优秀的共产主义战士伏契克说："为了将来的美好而牺牲了的人都是一尊石质的雕像。"

解润、杨雍、纪满、胡应岗、李三富、毛永宽、陈富、杨爱云、常禄、李甲才、张一……这些为塞上高原右玉锁风固沙而献出生命的人们，他们的雕像将永远矗立在右玉人民的心中！

建设三大基地，发展五大优势产业
右玉依托资源发展的春天已经到来

"建设富而美的新右玉，富的问题如何解决好？财政收入如何大幅度提高？跨越式发展如何加快？"

这是赵向东来右玉工作一直思考的大问题、一直寻求解决的大问题，也是省委、市委对他的期望和10万右玉人民的期盼。

执着地追求，深入地调研，不懈地思索，终于找到了一个个答案。

就在2004年12月23日，县委十一届三次全体（扩大）会议上，赵向东响亮地提出"建设新型煤电能源、绿色生态畜牧、特色生态旅游'三大基地'，培育壮大五大支柱产业（煤电能源开发、农畜产品加工、建材化工、新型材料、生态旅游）"的构想。

"从资源禀赋看，我们拥有丰富的煤炭资源，面积达165平方公里，储量达34亿吨。但是，长期以来，由于受资金、技术和交通条件的制约，我县煤炭开发十分有限，全县12座煤矿，开采面积为25.3平方公里，存储量为3.8亿吨，还不到全县储煤量的1／10，累计开采量仅仅1000多万吨。对过去来说，是经济发展缓慢的一个主要因素，现在辩证地看，正是由于过去没有大规模开采，才使这一块煤田比较完整地保留下来。目前，全市其他五县（区）及周边县区已经没有一块整装的、大面积的煤田了，即将面临煤炭资源枯竭。而我县的煤炭生产蓄势待发，正进入一个快速发展的重要时期，办大矿、精洗煤、建电厂，后发优势日益凸显，开发前景十分广阔。过去传统惯性认识上的劣势已经转变为明显的现实优势。再加之，我县还有丰富的白云岩、硅线石、金属镁等矿产资源，其中，有一部分我们已经与外地大企业签订了开发合同。可以说，右玉依托资源发展的春天已经到来。

"我们提出的构建'三大基地'，不是凭空想象，而是切实可行的，通过努力是一定能够实现的。近年来，我县在结构调整上采取了一系列重大举措，而且收到了良好的效果，取得了突破性进展。首先，在农村实施了'三大战略'，进而提出了'一退三还三进'思路。在此基础上，又确立了生态畜牧经济立县、工业经济强县、民营经济活县、科技教育兴县'四大战略'。今年以来，经过深入的调查研究，根据省市产业结构调整规划，又进一步提出了今后三到五年全县要以传统产业新型化、优势产业规模化、新兴产业特色化为主攻方向，加快建设全市新型煤电能源、绿色生态畜牧、特色生态旅游'三大基地'，着力提升五大优势产业。瞄准'三大主攻方向'，建设'三大基地'，培育五大优势产业，是新一届县委、县政府树立和落实科学发展观，立足于右玉县情，着眼于可持续发展，充分考虑资源、环境的承载能力，注意自然资源的合理开发利用和在总结近几年全县经济结构调整经验的基础上作出的重大战略决策，是我县经济结构调整在认识上的重要升华，也是对我县经济发展总体思路的进一步完善和深化。可以说，是在继承中创新，在创新中发展，在发展中完善提高，保持了发展思路的连续性。建设'三大基地'是我县优势产业日趋明朗的客观条件与传统产业新型化、优势产业规模化、新兴产业特色化的实践相结合的基础上的进一步提升，是全县结构调整深化提高的自然延续和必然产物。因此，建设'三大基地'，不是一般意义上的基地，而是具有当地鲜明特色和产业内涵的基地，是以五大优势产业为支撑的'三大基地'。建设'三大基地'，发展五大优势产业，这标志着我县经济结构调整工作已进入了全新的发展阶段。新的奋斗目标向我们提出了更新更高的要求，也为全县经济社会发展拓宽了视野，打开了思路，为加快建设富而美的新右玉指明了路子，提供了抓手，也使全县人民明确了目标，增强了干劲。

"我们讲紧紧扭住'增加财政收入，增加农民收入，增加综合经济实力，实现经济双翻番，社会大发展'这一核心，是针对右玉实际而言的。发展是硬道理。对我县来说，增加财政收入就是硬道理，增加综合经济实力就是硬道理。只要我们的财政收入上去了，农民收入增加了，综合实力提高了，一切问题也就可迎刃而解。我们提出的两年财政收入翻一番、五年翻两番的奋斗目标，不是空喊口号，而是经过认真测算确定的。

"我们提出2005年财政收入要达到7000万元，这是非常有把握的。因为，年产100万吨原煤的同煤集团南阳坡煤矿明年就可达产达效，按现行煤价计算，每吨煤可上缴税金17元，也就是说2005年，仅同煤南阳坡一个煤矿就可上缴税金1700万元，新增税收1500万元。目前，同煤集团又对增子坊煤矿进行改造，新上综采设备，预计明年7月份完成，年生产能力也要达到100万吨。其他煤矿明年生产200万吨问题不大，比今年增加100万吨，可新增税收1500万元以上。光煤炭一项明年新增税收3000多万元。再加上今年新上和技改项目乳化粉状炸药、单晶莫来石、淀粉加工、葫油加工、活性炭加工等，都可成为新的经济增长点。这就是说，剔除农业税等减收因素，在今年完成5192万元的基础上，2005年实现7000万元的目标，一定能够实现，而且完全可以超额完成。

"我们提出2006的财政收入要达到1个亿，这是经过认真分析和科学测算得出的。今年11月份，我们与山西金地矿业集团已正式签订合同，在我县投资6000万元新上年产5万吨、产值5亿元的锰合金加工项目，明年4月份与元堡11万伏变电站同时开工，预计年底完工，2006年正式投入生产。仅锰合金一个项目达产达效后，即可新增税收5000万元。加上同煤增子坊煤矿综采改造明年完成，2006年达产达效，又可新增税收1700万元。可以说，2006年，在其他行业保持现状的情况下，我们提出2006年比2004年翻一番的奋斗目标，可以按期实现。

"我们提出到2009年财政收入要达到2亿元，实现五年翻两番的奋斗目标，前景非常乐观，而且随着全县经济总量的不断膨胀和发展后劲的不断增强，我们对这一目标的实现充满了信心。最近，同煤集团与河北一家公司洽谈，计划在我县新建一座年产300万吨原煤的现代化矿井；修建东周窑至董半川铁路运煤专线；新建年入洗煤800万吨的洗煤厂一座，总投资6亿元，2005年立项，2006年动工，预计春节前正式签约。另外，岱海电厂除投资3000万元将东洼北煤矿于明年7月底前改造成年产90万吨矿井以外，又计划利用两年时间，在我县大油坊头村新建一座年产300万吨的矿井。同时，新上（2×13.5）万千瓦的煤矸石发电厂。可以这么说，到2009年，我县年产原煤可达1000万吨以上。保守地说，仅煤炭一项可上缴税金1.5亿元以上。加上洗煤厂、煤站、金属镁、单晶莫来石以及大理岩等项目相继投产达效，财政收入可远远超过2个亿。所以说，我们提出两年翻一番、五年翻两番的奋斗目标是完全可以实现的。如果项目进展速度加快，完全有望提前实现两个翻番和两个前移，甚至两年翻三番、三至四年翻两番也是有可能的。

"上述分析表明，只要全县上下坚持以科学发展观为指导，聚精会神搞建设，一心一意谋发展，紧紧扭住经济结构调整不放松，不断解决改革发展稳定中的突出矛盾和问题，与时俱进，同心同德，顽强拼搏，我们预定的各项目标任务就一定会如期实现。右玉经济腾飞指日可待！"

台上，赵向东讲得鞭辟入里，脸上充满了坚定。

台下，与会人员听得凝神静气，脸上充满了笑容。

在赵向东讲话过程中，不时响起阵阵热烈的掌声。

"右玉美好的前景真的来啦。"会场上人们不时低声议论着。

"在这个庄严的场合，我向大家郑重承诺，从2005年1月起，为全县干部职工兑现82元补贴；并根据经济发展情况，逐年提高干部职工待遇，五年之内逐步赶上我市其他发达县区工资水平。我们的前景非常美好，要实现美好的前景，就需要全县上下同心干，咬定目标不放松。"

会场里又是一阵热烈的掌声。

庄严的场合，县委书记郑重承诺，穷怕了的右玉人民，听到了最大的福音。这确实是多少年的期盼！

"同志们，抢抓机遇，加快发展，对全县来说，是大势，是必然；对群众来说，是需要，是期盼；对领导干部来说，是责任，是境界。各级各部门必须增强机遇意识，主动抢抓发展机遇，把握大机遇，开阔大视野，筹划大思路，推动大发展。可以说，谁能抓住机遇，一步主动就可能赢得步步主动；谁错过机遇，一步被动就可能导致步步被动。所以，全县各级各部门特别是各级领导干部，必须从当前抓起，敏锐捕捉每一次发展机遇，格外珍惜每一次发展机遇，努力用好每一次发展机遇。……只要我们抓住机遇，拓宽思路，就能把我们的潜在优势变成巨大的经济优势，就能开创右玉美好的未来！"

"机遇意识""抢抓机遇""用好机遇"，赵向东反反复复讲。

这几个字，唤醒了右玉每一个干部的头脑。

这是一个多么振奋人心、感人肺腑的工作报告啊！

县委十一届三次全体（扩大）会议精神，通过电视媒体很快传遍右玉的城乡田野。

有一位哲人说过，历史学家说过程，政治学家说结果。任何事情其结果是最好的证明人。请看：

到2005年底，右玉的财政收入达到8225万元，比预定的7000万多了1000多万元。

到2006年底，右玉的财政收入首次突破亿元大关，达到了10588万元，同比增长29%，增收2355万元，实现了县委十一届三次全会提出的"两年翻一番"，即比2004年翻一番的奋斗目标。

财政收入首次突破亿元大关，成为集中体现右玉综合经济实力显著提升的新亮点。这在右玉历史上是破天荒的。

到2007年底，右玉的财政收入达到1.6609亿元，同比增长56%，提前两个月完成全年任务，是2005年的两倍，如期实现了赵向东在县第十二次党代会上提出的"经济翻一番"的奋斗目标。

到2008年底，右玉的财政收入达到23886万元，同比增长43.8%，实现了赵向东在县十二次党代会提出的"五年翻两番"的奋斗目标。

天下顺治在民富，天下和静在民乐。

构建社会主义和谐社会，民生是根本。

和谐社会是一个综合指标,核心是指每个百姓的满意程度,尤其是最困难群众的满意程度。

你再看,赵向东和陈小洪、苏连根,坚持以人为本,始终致力于让全县人民共享改革成果,努力让全县人民从改革和发展中得到更多实惠,不断提高城乡干部群众的收入水平,使人民生活得到显著改善。

政府的钱袋子与百姓的小日子紧密相连。近年来,右玉县经济得到了快速的发展,从2003年到2008年的6年间,右玉的财政收入以30%的速度递增,2006年跨过亿元大关后,2008年达到2.4亿元。随着财政收入的显著增长,县委、县政府已牢固地筑起一条全县百姓幸福安康的保障线,县财政平均每年拿出1000多万元,用于解决人民群众看病难、上学难、行路难、住房难等事关民生的热点问题。

随着全县财政形势的逐年好转,赵向东、陈小洪、苏连根陆续兑现了干部职工的各项津贴,逐步改善了干部职工的待遇:

到2007年底,右玉财政供养人员的工资已经全额发放到位,原来和其他县区落下的工资已经基本赶上。

到2007年底,右玉财政供养人员工资全额发放,这在一些富裕的地方听起来好笑,但在贫困的右玉如今才得以实现。多么艰难啊!

长期以来,发放全额工资一直是右玉全县干部职工期盼多年的愿望和要求。从20世纪90年代开始,历届县委、县政府都把发放全额工资当成头等大事来抓。经过赵向东、陈小洪近四年的努力,这个愿望终于得以实现。这是一件了不起的大事!它在某种程度上昭示着我们右玉的发展步入了一个全新的阶段!

与此同时,到2007年,右玉城镇居民人均可支配收入达到6500元,同比增长12%;农民人均纯收入由2002年的980元增加到2007年的2100元,同比增长16%。城乡储蓄存款余额达到9.26亿元,比2002年增长近80%;县城近2000户居民住进了楼房,农民住房质量也有了新的提高。轿车、电脑等高档消费品开始大量进入城乡居民家庭。城乡居民生活环境明显改善。进一步完善了全县社会保障体系,进一步扩大了城市低保覆盖面,启动实施了农村低保制度。各类社会保险基金积累达到4000多万元。

到2008年底,陈小洪、苏连根着力构建公共财政体系,民生问题得到进一步高度关注,让广大干部群众得到更多实惠。城镇居民人均可支配收入达到9231元,同比增长18.2%;农民人均纯收入达到2516元,同比增长21.2%。为了办好人民满意的教育,当年县级财政用于教育事业的支出达8145万元,同比增长39%,占到总支出的22%,加上捐资助教,教育投入突破了1个亿。全面启动实施了城镇居民基本医疗保险和农村65岁以上老人生活补贴制度,全年用于就业和社会保障项目的支出2878万元。同时按照公务员工资整改政策,理顺了干部职工的工资,兑现了全县行政单位干部职工津贴、生活补贴和离退休人员的生活补贴,并预发了事业单位干部职工的津贴。财政供养人员人均月工资达到2350元,较上年增长300多元。通过实行干部职工取暖费翻番,财政向供热公司拨付补贴,冬季居民取暖用煤限价供应,为农村学校、医院等部分公益性事业单位负责供煤等政策,在煤价大幅上扬的情况下,居民和单位冬季取暖不仅没有受到影响，而且经济负担明显减轻。此外，年内为广大购房干部职工提供住房公积金贷款1100万元，为全县农村住房解困工程落实资金770万元。关心弱势群体生活，完成残疾人危房改造任务，解决了1000多户农村特困群众住房问题，全省农村住房解困现场会在右玉召开。

右玉人民多少年的期盼，终于变成了现实。

穷怕了的右玉人民，终于见到了一个个金灿灿的实惠，大伙儿为建设富而美的和谐新右玉干得更欢了。

招商引资大做项目文章，拓展经济实施全方位开放

"右玉要崛起，关键在工业。做大做强工业经济，是我们最紧迫最艰巨的任务。重点要大力引进项目，将其作为全县招商引资的主攻方向。"县委书记高厚反复强调。

"我们要把全社会的才智和力量聚集到招商引资上来，真正做到'无事不招商，无处不招商，无时不招商，无人不招商'，真正形成'言必谈招商，行必为引资'的良好局面。""以铁的手腕、铁的纪律打造一流的发展环境。"县长赵向东一再要求。

2004年2月25日，右玉县召开了一次事关全县经济发展大局的重要会议——全县优化发展环境、促进招商引资动员大会。

它不是一次寻常的会议。

其不寻常主要表现在四个方面：

首先是规模不同寻常。全县副科以上干部全部参加会议，而且是人人身上有任务，个个肩上有指标。

其次是主题不同寻常。要动员全县广大干部群众树立新理念，强化新举措，把思想认识统一到县委、县政府"举全县之力，集全民之智，招大商、大招商"的战略决策上来，迅速掀起大开放、大引进、大投入、大发展的热潮，努力抢占先机，争取主动，克难奋进，加快发展。

再次是意义不同寻常。这次会议的召开，标志着右玉"招商引资年"活动的正式启动，标志着县委、县政府对以开放促发展、以开放促改革的基本方略有了全新的认识，它将是右玉发展史上又一座重要的里程碑。

第四是县委和县政府对会议的重视程度不同寻常。

从2003年底，就开始组织筹备这次会议。会议出台了关于招商引资的五个重要文件：

以右发〔2004〕5号文件下发了《中共右玉县委、右玉县人民

县委文件影印件

政府关于进一步优化经济发展软环境的若干规定》；

以右发〔2004〕6号文件下发了《中共右玉县委、右玉县人民政府关于大力开展招商引资决定》；

以右发〔2004〕7号文件下发了《中共右玉县委、右玉县人民政府关于招商引资的优惠政策》；

……

右玉县将2004年确定为"招商引资年"。作出了"大开放、大招商、大发展"的战略部署，坚持以环境换项目，以服务换投资，以真诚换信任，以资源换资本，在全社会营造起亲商、护商、重商、安商、爱商、扶商的良好氛围。

当今抓经济实际上是打一场各类经济要素的争夺战。

会议后，全县闻风而动，从县委书记、县长到县四大班子各位成员，从县直机关到农村乡镇，从务虚的党委部门及工、青、妇等群团组织到政府的实体经济部门，层层分解指标，逐级传递压力，做到"千斤重担大家挑，人人肩上有指标"。

有人说，右玉人植树种草是老把式，会办工业吗？

有人说，右玉人老实憨厚，脑筋不开，会招商引资吗？

朋友，你要知道，也不要小视，勤劳坚强的右玉人民，永远与党一条心，在半个世纪防风固沙植树营绿中创造了黄土高原的生态奇迹；同样，在招商引资、博弈商机方面，也是闻风而动，千方百计，一马当先，干成事业。

这个时候的右玉干部，电话是繁忙的，用车是繁忙的，在机关里很少见到闲人，大家都忙着托关系、找亲戚，为招商引资，群策群力，忙得不可开交！

请看一年来的丰硕战果：

2004年，全县共引进大小项目74个，投资规模1350455万元，到位资金24830万元。已开工建设项目37个，投资规模44173万元，实际到位资金19544万元。其中，到位资金在1000万元以上的项目4个，到位资金500万元以上的项目4个，到位资金500万元以下的项目28个。

耿润、徐发、卢宏等10位中层领导干部，计委、教育局、煤炭局、团县委、新城镇、右卫镇等12个单位，因招商引资成绩突出受到表彰和资金奖励。

招商引资在右玉初战告捷。

实践证明，右玉人在防风固沙、植树营绿中是硬汉子；同样，右玉人在招商引资中也不是弱者。

"同志们，经济要发展，投资是核心；投资要增长，招商是关键。大力招商引资办企业，是全县经济发展的首选战略，是当前以至今后相当长一段时间最重要的工作。全县各级领导干部要自觉把招商引资作为第一位的大事、第一位的工作抓紧不放，'任尔东南西北风，咬定招商不放松'，我们要再掀招商引资新高潮，为加快建设富而美新右玉作出新的更大的贡献。""发展靠招商，招商靠环境。今年我们必须以铁的手腕、铁的纪律，优化整治发展环境，确保右玉的投资环境全市一流。"

2005年3月14日,全县再次召开招商引资工作会议。县委书记赵向东坚定不移地提出要求。

会议做出明确要求:力争2005年引进资金在5亿元以上,引进500万元以上项目在10个以上,引进紧缺专业人才在30名以上。

马克思说过,用真诚才能交换真诚。

优惠的政策、优质的资源、优美的环境,助推着右玉生态产业的"绿磁场":

> 同煤集团来了,
> 内蒙古岱海电厂来了,
> 山西金地矿业来了,
> 温州源泰公司来了,
> 山西中大科技来了,
> 太原六味斋来了,
> ……

资金随着合同、协议像连绵的春雨一样降临。

"塞上绿洲"右玉又成了投资的洼地、创业者的磁场。

是的,如今的右玉,绿色被赋予了双重的含义:优良的生态环境和优良的投资环境。右玉人不仅仅坚忍不拔地打造满目绿色的生态家园,同时还不遗余力地构建绿色高效的投资环境,造就蓬勃兴起的旅游业。

2006年3月5日,中共朔州市委书记高建民、代市长田喜荣来右玉调研。高建民说:"右玉在今后发展中要注意开阔视野,把右玉放在一个更大的背景下发展;要注意创优环境,要给企业、客商创造一个更好的投资发展环境。要抓好生态建设,要在全市把右玉的最大优势、最大品牌推广开来,右玉要在全市带一个好头。"田喜荣要求:"针对右玉经济的发展,有必要设立一个担保机构,以解决县辖内企业在发展壮大过程中的燃眉之急。招商引资,要牢牢抓紧,要注意成功率、命中率,不图数量,唯图质量。"

2006年3月15日,赵向东、陈小洪主持制定下发了《中共右玉县委右玉县人民政府关于进一步做好对外开放和招商引资工作的决定》和《右玉县人民政府关于改善投资环境扩大招商引资的实施办法》两个红头文件。

一项项招商引资的优惠政策,犹如一棵棵梧桐树,引来了一只只美丽的凤凰来塞上绿洲安家落户。

2006年11月2日,山西省六味斋农副产品有限公司试生产庆典仪式在新建成的六味斋厂区前隆重举行。中共朔州市委书记高建民,朔州市市长田喜荣,中共朔州市委常委、朔州市常务副市长李栋梁,省直有关部门的负责同志和右玉县四大班子领导出席仪式,

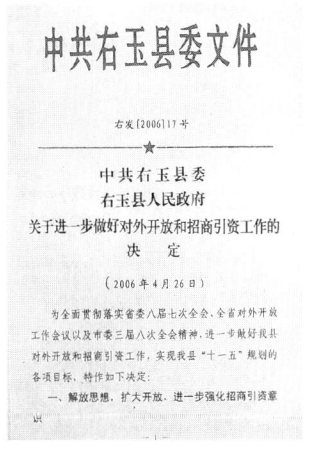

县委文件影印件

六味斋董事长阎继红喜笑颜开地说:"六味斋成功地选择了右玉,右玉成为我们理想的发展之地。我们一定要全力以赴打造放心食品,全心全意为消费者服务。"市委书记高建民说:"六味斋仅用1年多时间就落户右玉,不仅是右玉招商引资的成功,也是朔州的骄傲。希望右玉加快招商引资步伐,把良好的自然资源和优越的生态环境做强做好,在招商引资上为朔州带好头,作贡献。"

随着招商引资的带动发展,铁峰黑色煤矿、梁威绿色农产品加工、红旗口大理石加工三大工业园区,也在绿洲大地上轰轰烈烈地建起来。

赵向东、陈小洪带领班子成员亲自出去招商引资

列宁说:"一个行动比一打纲领更重要。"

"小洪,让全县干部都来招商引资,咱们应该先走一步。"

赵向东在重大决策出台后,首先表态说。

"县委、县政府理应率先垂范,招大资、引大项,立即行动!"

陈小洪积极响应县委的号召。

以下摘录他们带头招商引资的几个片段:

● 2004年11月3日,赵向东、陈小洪带领县委副书记李月明、周宏,县委常委、县委办公室主任贾志武,副县长兰成国、谭德宝一行赴内蒙古岱海发电有限公司参观考察,并就加快岱海发电有限公司开发右玉煤电、上电厂等项目的合作步伐进行具体商谈。

双方在愉快的气氛中达成了三项协议:一是尽快探明右玉大油坊头煤田的储量,加快开发步伐;二是新上(2×30)万千瓦矸石电厂;三是上煤炭深加工项目,对煤转油项目进行论证。

2002年5月26日,右玉县人民政府与大同煤矿集团公司煤炭合作项目签字仪式在右玉县城隆重举行。右玉县县长赵向东与大同煤矿集团公司董事长、党委书记朱晓喜代表合作双方签字。朔州市市长闫沁生以及市四大班子部分领导、市委有关部门负责人应邀出席了签字仪式。

● 2004年11月11日,右玉县人民政府与内蒙古岱海发电有限公司在朔州金海洋大酒店举行开发大油坊煤田,建设(2×30)万千瓦煤矸石发电厂合作项目签字仪式。朔州市市长张建欣、市委副书记杨伟民应邀出席仪式并讲话。赵向东主持签字仪式。陈小洪与岱海发电有限公司总经理郭明星代表双方签字。出席签字仪式的还有李月明、贾志武、谭德宝以及市、县经贸、煤炭、土地等有关部门的负责人和凉城县委书记云淮、岱海发

电有限公司党委副书记陈瑞军、总经理助理昝荣师、盛海电力公司副经理杜宝忠等。

● 2005年1月29日上午，大同煤矿集团公司与唐山隆丰矿业公司合作开发右玉铁丰煤矿、东丰铁路项目签字仪式在同煤大友宾馆举行。同煤集团董事长彭建勋、总经理刘随生，副总经理孙忠义、吴汉庭、张跃、刘佩清，唐山隆丰矿业公司董事长毛俊民、总经理毛猛、董事马德英，县长陈小洪、县委副书记李月明、副县长谭德宝以及左云县有关领导出席签字仪式。

合作协议的主要内容有：建设年产500万吨的右玉铁丰煤矿；建设年产800万吨的洗煤厂；建设42公里的东丰铁路（东周窑至董半川），建设周期为二年，估算投资达6.4亿元。

新上大型煤矿、洗煤场和新建铁路项目，不仅是同煤集团战略扩张的有益尝试，更是右玉建设新型煤电能源基地的重要组成部分。这标志着右玉从此将结束没有铁路的历史，新型煤电能源基地建设迈出了实质性步伐。

● 2006年，右玉在全面创优软、硬两个环境的同时，不断创新招商方式，赵向东、陈小洪积极组织有关人员赴西安、上海、香港、厦门、长沙等地参加经贸洽谈会，取得显著成效。全年共签约各类项目16个，签约资金33亿元。其中，合同项目10个，合同资金28亿元；意向项目6个，意向资金5.4亿元。

● 2007年，赵向东、陈小洪又带队南下参加了珠洽会、中博会、煤博会，引进各类项目22个，计划投资117.7亿元。

● 中共山西省委、山西省人民政府作出"两区"开发重大战略决策后，赵向东、陈小洪立足右玉实际，在深入调查、科学论证的基础上，按照拉长延伸草食畜牧和农产品加工、高技术营养品、新型材料、特色生态旅游、新型能源"五条产业链"的产业发展思路，及时筛选上报了一批辐射带动力较强的产业开发项目，其中有10个被列入两区开发重点扶持项目，总投资额达67.8亿元。

实施产业集群战略，全力推动工业经济跨越发展
梁威、铁峰、红旗口三大工业园区初具规模

先向读者朋友们介绍一下雁门关生态恢复与扶贫结合项目首定右玉情况。

雁门关生态恢复与扶贫结合项目是山西省科技厅和日本国际协力机构共同合作的一个重大国际科技合作项目。2006年12月5日至6日，日本国际协力机构中国事务所所长贺重成、山

西省科技厅巡视员周民、山西省农科院院长牛西午、山西省科技厅国际科技合作处处长牛青山、山西省农科院教授周波、朔州市人民政府副市长王贵平、朔州市科技局局长苏栋在右玉县人民政府副县长赵丽萍的陪同下，来右玉就高家堡乡下柳沟村水土流失等情况进行调研考察。

12月6日，日本国际协力机构与山西省科技厅正式签订了该项目。该项目首期选定右玉县高家堡乡下柳沟村、杨家后山村、新城镇小蒋屯村等作为项目示范点。

2006年12月11日上午，朔州市人民政府就中日合作雁门关地区生态恢复与扶贫结合项目与日本客人进行了座谈，双方就项目在右玉县具体实施取得一致意见。

该项目在右玉县实施后，将为当地生态恢复和治穷致富开辟一条高新技术与现代相互渗透的新途径，也必将对朔州乃至全省雁门关生态畜牧基地建设产生积极的示范和带动作用。

2007年1月3日，在中共右玉县委十二届三次全体（扩大）会议上，赵向东在《中共右玉县委常委会2006年工作报告》中，向全委会深情地报告了右玉县以项目带动为重点，在招商引资上的新突破。

"按照发展循环经济、建设资源节约型和环境友好型社会的要求，以'三大基地'建设为依托，以梁威、铁峰、红旗口'三个工业园区'为载体，不断优化发展环境，加大招商引资力度。进一步加强与技术先进、实力雄厚的大企业、大集团的合作，按照'企业向园区集中，产业向规模和集群集中'的思路，大做项目文章，以延伸产业链、培育企业群为主线，全县经济的外向度、开放度纵深推进，带动了县域经济的快速发展。'工业小县''财政穷县'的面貌发生了显著变化。工业经济呈现出'布局园区化、企业科技化、产品特色化'的发展势头。"

在2007年5月14日右玉县第十四届人民代表大会第一次会议上，县长陈小洪在报告中要求："项目是发展的载体，是县域经济发展的龙头和支柱。年内各级各部门要进一步统一思想，高度重视，切实把项目建设作为经济工作的重中之重，抓出几个顶天立地的大项目和一大批铺天盖地的小项目，努力为全县经济社会更快更好发展提供更加有力的支撑。""坚定不移地实施产业集群战略，加快工业化初级阶段向新型工业转变的步伐，构建产业聚集度高、可持续能力强的发展新格局。紧紧抓住我省实施'两区'开发战略的重大机遇，举全县之力，聚全县之智，支持工业，服务工业，全力推动工业经济跨越发展。特别要抓好17个强县项目、6大富民项目、6大基础项目。力争全年引进亿元以上项目2个，5000万以上项目3个，实际利用县外资金13亿元以上，其中利用境外资金1200万美元以上。"

2007年6月1日至2日，中共山西省委副书记、省长于幼军莅临右玉蹲村联企调研指导工作。他十分关心"两区"开发项目和招商引资项目的落实情况。他在中大科技亚麻酸项目、六味斋杂粮生产线、图远公司冻干食品项目、泉鑫公司单晶莫来石项目、汇源沙棘饮料项目和杀虎口旅游开发项目调研时一边看一边了解情况、发展规划和推进思路，并向企业负责人询问项目建设中面临的障碍和困难。当他了解到右玉县列入"两区"开发的10个项目中，有6

个已完成一期工程投产运营，1个项目已建成并于本月投产，1个项目将在年内开工建设，去年沪、港招商和中博会签约的9个项目中7个已开工建设或建成投产时，非常高兴。

他强调，要坚定不移地把项目建设作为重中之重，心无旁骛、聚精会神抓落实，以此为龙头带动县域经济快速健康发展，不断提高农民收入水平。主动做好服务和支持工作，继续抓好"两区"开发和招商引资已签约项目的落实工作，确保项目尽快建成、达产达效。同时，继续开发项目，请进来，走出去，积极开展招商引资，抓好前期对接，精心组织项目参加"珠洽会"等大型招商洽谈活动，确保更多更好的项目签约，为县域经济发展增添动力。要突出自身特点，发挥比较优势，更多地开发一批符合国家和省政策规划、弥补地区发展之短的项目，重点放在农畜产品加工、材料工业、生态旅游等方面。

他要求，项目建设中切实把握好经济与生态环保的关系、当代人发展和后代人利益的关系，十分珍惜和保护多年生态建设的成果，新上工业项目必须注意科学选址和严格环保设施"三同时"，确保环保排放达标，不能以牺牲环境为代价发展经济。

于幼军此行来右玉调研是落实省委、省政府"作风建设年、狠抓落实年、项目攻坚年"的实际行动和具体体现。

作为一省之长，于幼军能够如此频繁地光临一个小区小县，这在右玉历史上绝无仅有。

到2007年底，全县共引进各类重大项目22个，计划投资117.7亿元。其中：

煤炭项目4个，投资8亿元；

电力项目4个，投资95亿元；

农副产品加工项目6个，投资6.5亿元；

化工项目3个，投资2.3亿元；

建材项目5个，投资5.9亿元。

目前，已有7个项目建成投产，整个投入相当于"十五"期间固定资产投资的26.7倍。

特别是引进了同煤、京能、山西省乡镇煤运、山西国电、太原六味斋等一批大集团、大企业。

全县经济发展显现出历史上引进项目多、投资规模大、发展速度快的黄金时期。

朋友，这真是四年的拼搏、四年的艰辛、四年的跨越啊！

赵向东在右玉从县长到县委书记，任职七年，有一个好的生活工作习惯：他每天早晨六点钟起床，带上秘书张祥、郝旭日走街串巷，不仅散步锻炼身体，更要看看街上哪棵树死了需要补栽，街上哪段路面坑洼不平需要补修，街上哪里出现违建需要拆除，街上哪里垃圾成堆需要清运……他都记在心里，并责成有关部门快速解决。他经常出现在晨练的人群中与他们拉家常。这些至今被右玉人民传为美谈。当人们说起赵向东，老干部们不约而同地说："向东，那真是个亲民的好书记！"真是金杯银杯，不如老百姓的口碑。

省长于幼军看到十几个企业落户右玉感慨万千
右玉被市委授予"朔州市招商引资工作优秀县"

2008年5月5日上午，中共朔州市委书记田喜荣在右玉县干部大会上说："右玉人民创造了右玉精神，右玉人民靠右玉精神创造了塞上黄土高原的生态奇迹。右玉人民不仅仅是种树。右玉有什么条件上工业企业？这几年招商引资有十几个企业在右玉落户，于幼军省长是从沿海地区来的，看了我们的招商引资后也是感慨万千，没有想到在右玉这么个偏僻的地区还有这么多工业企业。右玉经济社会还会有一个更大的进步。"

2007年12月7日，在朔州市招商引资总结表彰大会上，右玉县委副书记、县长陈小洪做典型经验介绍；

右玉县人民政府被中共朔州市委、朔州市人民政府授予2006—2007年度"朔州市招商引资工作优秀县"；

右玉县商务局被授予"朔州市招商引资优秀单位"；

北京汇源公司右玉县沙棘深加工项目投资人宋作文、深圳深业医药公司右玉县山西中大科技右玉公司年产5000吨麻酸均衡营养油项目投资人刘晓勇，被授予"优秀外来投资者金钥匙奖""朔州市荣誉市民"称号；

太原六味斋有限公司右玉县年产6000吨小杂粮食品项目投资人阎继红、国际电力集团公司右玉县4口125万千瓦风力发电项目投资人史晓文，被授予"优秀外来投资者银钥匙奖""朔州市荣誉市民"称号；

浙江磊鑫实业公司右玉县年产20万平方米板材项目投资人杜丞轩、福建内外石材有限公司右玉县年产50万平方米规格板材项目投资人潘德春，被授予"优秀外来投资者铜钥匙奖""朔州市荣誉市民"称号；

右玉县商务局局长卢世雄、右玉县国土局局长赵勤被授予"朔州市招商引资工作先进个人"，并各奖给"招商引资功臣"奖章一枚。

2008年被确定为项目建设年。

右玉的软肋在项目，右玉的弱项在项目，右玉要想甩掉贫困帽子，加快发展步伐，最根本的是要有一批产业开发项目作为支撑，全面拓展开放领域，不断提升引进水平，扎实推进招商引资。

项目是投入的载体、发展的支撑，只有紧紧抓住项目建设这个牛鼻子，才能使右玉经济实现跨越式发展。

在2008年1月17日，中共右玉县委十二届四次全委扩大会议上，赵向东、陈小洪、苏连根决定，把2008年确定为项目建设年。把项目建设和招商引资提在唯此为大、唯此为先、唯此为重的战略位置。心无旁骛上项目，聚精会神抓落地。对落户建设项目实行全程"保姆式"服务，全力推进重大项目建设。坚定不移地打基础、增后劲，努力实现项目建设的新突破。

2008年4月26日至4月28日，武汉。

主管工业的副县长谭德宝和县经济局局长卢世雄在第三届中博会上，签约了6个项目，总投资约12亿元人民币，涉及农业产业化、化工、餐饮服务、基础设施、风力发电五个方面。具体有：内蒙古民营企业家王华的苦荞深加工项目、山西国怀精煤有限公司煤矸石加工项目、福建内外投资公司新建四星级玉龙国际商务酒店项目、河北教场坪煤业有限公司8公里铁路专线及煤炭集运站项目、内蒙古清化多经有限公司的40万平方米热源集中供热站项目、北京天润新能投资有限公司的49.5兆瓦风电项目。

在2009年第四届中博会、农博会和十一届高交会上签约8个项目，总投资18多亿元。

在2012年第七届中博会上签约项目2个，签约资金51.5亿元；在首届世界晋商大会上签约项目8个，签约资金123.8亿元；在第四届能源博览会上签约项目10个，签约资金229亿元；在广州推介会上签约项目2个，签约资金103.5亿元。这22个项目中，落地开工12个。年内还开工建设2012年以前签约未开工项目6个，续建项目4个。全年项目建设共到位资金97.34亿元，圆满完成了市定任务。

2008年4月24日，朔州四大煤炭集团捐赠右玉县干部教育基地、绿化纪念基地800万元。

所有的储备项目进一步为右玉经济的大腾飞蓄积了能量。

2008年4月24日上午9时，右玉县玉林苑三楼会议室，朔州市四大煤炭集团公司为右玉县干部教育基地、绿化纪念基地捐赠仪式在这里举行。

捐赠仪式由朔州市人民政府副市长高厚主持。

参加会议的有市政府副秘书长辛文及右玉县四大班子成员、各乡镇党委书记、县直各单位主要负责人。

平朔煤炭工业公司副总经理冯学武、山西省煤炭进出口集团朔州公司副总经理李晋云、山西省煤炭运销集团有限公司朔州分公司总经理杨立军、同煤集团煤炭运销公司朔州有限公司总经理李兴中为右玉干部教育基地、绿化纪念基地共捐资800万元。县长陈小洪接受了捐赠。

赵向东代表右玉县委、县政府向四大煤炭集团慷慨解囊、长期关心支持右玉发展表示感谢。

高厚说，建设干部教育基地和绿化教育基地，是全市人民企盼的一件好事，也是弘扬和发展右玉精神、惠及子孙后代的一件大事。四大煤炭集团的捐赠行动既体现了对右玉县50多年坚持不懈植树造林的肯定和支持，说明各位企业家胸怀宽广、富有远见。希望右玉县委、县政府把这些捐赠资金运用好。同时希望我市更多的国有企业、民营企业会后继续关注右玉，支持右玉的发展，为打造我市成为塞外最宜居、最宜发展的城市作出更大的贡献。

栽好"梧桐树",频引"金凤凰"
塞上右玉招商引资喜事连连

● 京能山西右玉电厂(2×66)千瓦机组新建工程在右玉进行初步可行性调研

2008年7月8日,京能集团山西右玉电厂(2×66)千瓦机组新建工程初步可行性调研启动会在右玉召开。

京能集团电力能源建设部副经理张宝泉致辞。

华北电力设计院设计总工程师蔡云做了情况介绍。

初步可行性调研启动,标志着京能集团山西右玉(2×66)千瓦电厂项目前期工作进入实质性运作阶段,成为京能集团的又一个靓点项目,成为快速提升右玉经济实力的翻身工程和10万右玉人民的希望工程。该电厂将于2011年9月建成运行。

● 右玉北岭梁小五台风电场首批机组并网发电

"右玉人民给我一片热土,我给右玉人民一片光明。"

2008年8月14日上午,从右玉县李达窑乡北岭梁小五台风电工程工地传来喜讯:

5台高68米、风轮直径64米的机组一次性成功并网发电,这标志着山西省实现了风力发电零的突破。全部机组预计11月实现发电,这是山西省风电领域的又一个第一。

作为右玉县招商引资的重点项目——北岭梁小五台风电项目,由山西国际电力集团股份有限公司投资近4亿元筹建。工程于2006年5月开工建设,经过工程人员两年零三个月的艰苦努力,到2008年8月,10台风力发电机组安装成功。全部风力发电机组将达到33台,总装机容量4.125万千瓦。即将安装的91.5米高的风机将成为亚洲最高的风机。

小五台风电场位于右玉县李达窑乡的北岭梁上。场区海拔1600多米,是西伯利亚冷空气由西北向东南移动的必经地带,由于地势低洼开阔,是全国少有的风口谷地。全年主导风向为正西风,风能资源良好。项目投产后每年可向电网提供6950万千瓦的绿色电能,相当于节约2.47万吨标准煤,可减少向大气排放粉尘0.24万吨,减少二氧化碳1.24万吨,减少二氧化硫0.042万吨,减少氮氧化合物0.024万吨,对于改善大气环境、实现右玉经济社会可持续发展具有十分重要的意义。

● 右玉县牛心乡卧羊山风电项目山西省发改委正式行文核准

2008年8月8日,右玉风电招商引资又传来一个喜讯:

山西省发改委正式行文核准了右玉县牛心乡卧羊山风电场20万千瓦风力发电的一期4.95万千瓦风电项目。

山西玉龙投资集团有限责任公司拟投资5亿元筹建该项目,共安装单机容量1500千瓦的风电机组33台。

至2010年底,该项目首期基建已完工,部分机组已并网发电。

● 太原诚达电力公司右玉新誉牛家堡4.95万千瓦风电项目在紧张有序推进

● 右玉县首条同煤铁峰原煤铁路专线项目按计划加速推进

右玉县首条原煤铁路专线为一条电气化运煤专线，总投资6.4亿元，专线正线全长51.3公里。2008年9月28日，该铁路专线项目建设所需资金已全部到位，正在全天24小时不间断加速施工当中。2012年国庆节前正式通车运营。

同煤铁峰铁路专用线于2012年6月27日全线通过验收，9月29日开始发运。至10月31日，万吨列车已发运16万吨煤运往各地。

● 右玉220千伏榆变电工程开工

2008年12月16日上午，右玉县白头里乡业家村村北，由山西省电力公司供电工程承装公司、朔州供电公司和右玉供电支公司共同建设的右玉220千伏输变电工程正式开工。此工程总投资1.8亿元，占地13.7亩，变电站建设规模为15万千伏安的2台主变电器一次性建设成功。

县长苏连根说："220千伏业家村变电站工程是右玉县目前兴建的电压等级最高的变电站，是关系全县经济社会发展的重点项目之一，是右玉县经济社会发展中的一件大事、喜事。"

该工程至2010年10月底前建成运营。

● 大同至杀虎口高速公路奠基开工

2009年元月5日上午，右玉人民热切盼望的山西省"十一五"重点公路建设项目——大同到呼和浩特高速公路（大同至右玉段）正式开工。开工奠基仪式在右玉县施工现场隆重举行。出席奠基仪式的有：中共山西省委副书记、代省长王君，山西省人大常委会副主任靳善忠，山西省人民政府副省长牛仁亮，山西省人大常委会原副主任杜五安以及山西省发改委主任李宝卿，山西省审计厅厅长郝志远等省直机关和金融部门的有关领导，大同市市长耿彦波、中共朔州市委书记田喜荣、市人大常委会主任李彪、市长冯改朵、市政协主席王耀斌、副市长李发，右玉县委书记陈小洪、县长苏连根、副县长李峰等。开工奠基仪式由山西省人民政府秘书长王清宪主持。

大同到呼和浩特高速公路起于大同市新荣区，与已建设的得大高速公路相接，途经大同市新荣区、左云县和右玉县的10个乡镇63个自然村，终于右玉县右卫镇杀虎口村，与内蒙古和林格尔县至杀虎口新规划的高速公路相接，全长103公里，双向四车道，设计行车速度为80—100公里/小时。概算投资37.41亿元。建设工期2年。这条高速路的建设对于完善山西省高速公路网结构，优化产业布局，提升旅游品位，改善投资环境，扩大对外开放，促进大同、朔州两市乃至山西的资源开发具有十分重要的意义。至2011年国庆节，大呼高速公路至右玉杀虎口段正式通车。至2016年12月20日，大呼高速公路杀虎口段至呼和浩特段正式通车，从右玉至呼和浩特市行车只需45分钟。

● 右玉县海子湾水库奠基开工

2009年3月21日上午10时,右玉县隆重举行海子湾水库开工奠基仪式。山西省人民政府副省长刘维佳宣布:"朔州市右玉县海子湾水库奠基开工。"出席奠基仪式的有:山西省水利厅副厅长裴群,中共朔州市委书记田喜荣,市长冯改朵,市政协主席王耀斌,市委常委、常务副市长李栋梁,市委常委、市委秘书长赵向东,市长助理、市政府秘书长蔚文彩以及省水利厅有关处室负责人,中共右玉县委书记陈小洪、县长苏连根等县四大班子领导。

海子湾水库是山西省兴水战略中确定的35项应急水源工程之一。水库建成后会有效缓解右玉县水资源供需矛盾,对改善生态环境、促进县域经济社会可持续发展具有十分重要的意义。

市委书记田喜荣说:"海子湾水库是山西省人民政府今、明两年在我市建设的23项重点工程之一。水库以供水为主,兼顾养殖、旅游等综合利用功能,建成后每年可新增供水能力600万立方米,将对我市加快农业基础设施建设、增加水源有效供给、缓解右玉缺水状况、保障苍头河流域的防洪安全、减少黄河下游河道淤积、促进右玉县生态建设和旅游业的发展起到巨大作用。市委、市政府对这一事关民生的德政工程高度重视,格外关注,将竭尽全力为水库建设提供一切便利。努力把水库建设成为能够经得起历史检验和使人民满意的一流工程、样板工程、景点工程、廉政工程和安全工程,为推动全市经济社会又好又快发展作出新的更大的贡献。"

县委书记陈小洪致辞并介绍了工程情况。

海子湾水库位于右玉县西北部海子湾村下游2公里的红河支流苍头河上,距县城35公里。水库设计总库容为980万立方米,坝高10米,坝宽65米,长830米。工程总投资18253.29万元。工期3年。2013年国庆节正式建成。已成为杀虎口旅游名胜区海子湾水库度假区。

● 乌威高速公路连接线省里已经立项,国家发改委和交通部正在审批,预计年内开工建设,2011年6月1日正式建成运营

大同至杀虎口高速公路和乌威高速公路的建设,从根本上扭转了右玉县长期以来的交通瓶颈制约。

● 京能山西右玉(2×30)万千瓦煤矸石电厂开工奠基

2009年4月15日上午,右玉县在白头里乡叶家村村东隆重举行(2×30)万千瓦循环流化床空冷发电机组工程开工奠基仪式。朔州市市长冯改朵主持仪式。朔州市委书记田喜荣和北京能源投资有限公司总经理郭明星分别讲话。右玉县委书记陈小洪致辞。省重点办副主任贾树彬,商务厅副巡视员王平平,朔州市人大常委会副主任李玉兰,副市长高厚,市政协副主席樊田发,市长助理、市政府秘书长蔚文彩以及省商务厅、省投资促进局的有关处室负责人,朔州市有关部门负责人,县长苏连根及县四大班子领导参加开工奠基仪式。

京能右玉煤矸石电厂由北京京能国际能源股份有限公司独家投资，山西京玉发电有限责任公司具体负责建设与运营，是山西"两区"开发重点项目之一。工程动态投资28.8亿元。电厂以煤矸石和洗中煤为燃料，以处理后的煤矿硫干水为主要水源。建成后，年发电量约为33亿千瓦时，以220千伏电压等级接入山西电网送电，是典型的循环经济项目。

铁路专运线、两条高速公路、（2×30）万千瓦煤矸石电厂、海子湾水库是关系右玉长远发展的重要项目，实现了历史性突破。

● 增强右玉经济实力的工业支柱项目建设进展顺利

1.元堡能源公司矿井扩建项目加速推进。

2.教场坪、喜鹊沟两个洗煤厂建成并投入运营。

3.玉龙集团风电项目一期工程和国电华北电力公司5万千瓦风电项目省发改委已经核准，正在做前期准备工作。

4.全盛化工公司1.2万吨粉状乳化炸药扩能项目车间主体工程完工。

5.神固水泥公司年产75万吨水泥熟料项目完成60%的工程量。

6.泉鑫公司1.5万吨单晶莫来石、6000吨干熄焦用耐火材料项目具备开工建设条件。

7.北岳玉龙、源泰、万兴、内外石材四家大理石加工企业正在加紧建设。

8.汇源右玉公司沙棘高新技术产品加工项目、利乐砖包装和纯净水2条生产线投产，压榨PET和CO_2超临界萃取3条生产线建成。

9.太原六味斋农副产品公司杂粮面粉生产线项目建成投产。

10.中大科技公司5000吨亚麻酸均衡营养油项目建成投产。

11.图远公司480吨真空冻干生产线二期项目建成投产。

● 园区建设迈出新的步伐

铁峰煤田煤化工生态工业园区、梁威路绿色农副产品加工园区、红旗口石材加工园区完成详规编制，道路、给排水、供热等基础条件得到进一步完善，集聚吸纳功能明显增加。山西巨丰沙棘饮料加工有限公司和圆圆工贸苦荞深加工项目，已入驻梁威工业园区。

在项目建设的强力支撑和拉动下，右玉的工业发展开始进入总量增长和规模扩张并举的新阶段，工业经济多元产业格局正在逐步形成，经济主体地位更加稳固。

● 大风吹来万千金

沿着蜿蜒曲折的杀虎口古长城远眺，峦峰峥嵘，绿波荡漾，映入眼帘的是白帆片片、高耸入云的"大风车"，从东北到正东、从正西到西南，塞上绿洲正被连绵不绝的风车围起来，形成了塞上高原一道别具一格的风景线。

十山九无头，狂风遍地吼。历史上的右玉饱受风灾之苦。而今天，在转型跨越

右玉的树是种出来的，更是护出来的。茫茫林海，防火任务十分繁重。国营右玉林场文艺宣传队经常深入乡村进行森林防火宣传，增强人们的护林防火意识。

发展新思路的引导下，赵向东、陈小洪、苏连根、吴秀玲先后四任县委书记妙笔生花，把目光盯上了风能。右玉地处平均海拔1400米的塞上高原，为全国少有的风口谷地，全年主导风向为正西风，主导风向和次导风向稳定，风能资源良好。

2006年5月，山西国际电力集团有限公司先行右玉试水，总投资近4亿元的右玉北岭梁上的小五台风电项目开工建设。一时间，褐色的山峦上，水泥和柏油公路如条条彩带抵达顶峰，大型机械设备来往穿梭，灯光夜夜像繁星落地。

紧接着，由于国家新能源政策的扶持，中国国电集团华北电力有限公司、国电山西新能源有限公司、中国大唐集团公司、中国广东核电集团有限公司、太原诚达集团、山西玉龙投资集团都看好右玉这块风水宝地，大手笔建设了覆盖面更广的风电机组及配套输电线路。

2011年，继右玉老千山两期、牛心堡和高家堡首期风电项目并网发电后，玉龙、国电、山西洁能等三家6期风电项目并网发电。在北岭梁南坡新建的山西国电太阳能光伏发电一期项目也在全省首家并网发电。

截至2011年底，右玉4家风电场投产运营，全县风力发电和光电总装机量增至33.925万千瓦，每年可向电网提供57750万千瓦时的环保电能。右玉成为全省最大的风力发电基地。

大风吹来万千金。西北风成了右玉人的香饽饽。

趋利避害，染绿塞上高原的右玉人正擎起风能的魔杖，做足做大风电文章，让股股清洁能源成为右玉转型跨越发展的强劲动力。

2012年伊始，风电的建设更是如火如荼，计划完成投资22.5亿元，新建7个风电项目：国电高家堡银台山四期、玉龙牛心堡卧羊山二期、中广核铁山堡一期、大唐丁家窑总喀山一期、国电老千山二期、诚达牛家堡共6个5万千瓦的风电项目和福光小五台0.9万千瓦风电扩容项目。

到2012年底，总装机容量将达到70万千瓦。

"十二五"末，总装机容量将达到140万千瓦，将实现节能减排和经济效益的双丰收。

风电产业的发展，还带动了右玉县旅游业的进一步发展，成排耸立的洁白风车、成片闪亮的深蓝色太阳能光板，成为塞上绿洲一道靓丽的景观。"风车游"正成为右玉新的旅游项目，成为当地知名的旅游景点。每年到右玉县观光旅游顺道观赏风车的游客一拨又一拨。

看着风筒立起来，看着风叶转起来，看着大风变成电，右玉人从风里嗅出了钱，从风中吹出了第一桶金。

右玉人正朝着全省新能源产业示范基地、山西省最大的风电基地阔步前行。

● 右玉16个标杆项目扬绿色转型龙头

作为省级综改试验区试点的右玉县，把绿色项目作为先行先试的新亮点，以时不我待的使命感、不进则退的危机感、奋起直追的紧迫感，围绕煤电循环产业、新能源开发利用、农产品精深加工、生态文化旅游和高新技术产业，想大项目、上大项目、干大项目，谋求新突破，实现新发展，展现新作为。

2011年，右玉县加大高新技术和新兴产业项目的引进力度，在第六届中博会、第十三届高交会和承接东部产业转移江苏恳谈会上签约项目28个，引资238.5亿元。

朋友，2012年，当你漫步在右玉大地，不管是酷暑高温还是阴雨连绵，都难掩右玉人民转型发展的步伐。

在右玉南部的高家堡乡，投资9个多亿的国电山西新能源有限公司高家堡银台山风电三、四期工程的现场，66台风力发电机组的巨大基坑已经挖成，上百名工人和数十台搅拌车日夜不停地浇注着基座。

在右玉东南部的元堡子煤电循环经济产业园区，总投资9.79亿元的朔州右玉惠洁粉煤灰综合利用有限公司的粉煤灰固体废渣综合利用项目，已完成立项、土地、环评等前期手续，正在进行厂房建设。

2012年，右玉县按照省、市"5335"四大类标杆项目，重点完成四大类16个标杆项目：产业转型类项目5个，生态环境类项目3个，城乡统筹类项目3个，社会民生类项目5个。

在风电项目中，国电山西、中广核电、玉龙三家风电总装机容量就达249.5兆瓦。其中，中广核电杨千河铁山堡风电场，还被列入山西省"十二五"风电规划。

在煤电循环产业项目中，惠洁粉煤灰综合利用项目，将年产20万立方米的粉煤灰加气混凝土砌块和2亿块粉煤灰蒸压砖，每年可消化利用粉煤灰约43.4万吨，炉渣7.5万吨，脱硫石膏1.2万吨，约合636700立方米，综合折算，每年可有效减少堆存占地约95.5亩。

在16个标杆项目中，尤为引人注目的是山西教场坪能源产业集团有限公司晋玉LED光电绿色科技产业园项目。LED光电产业作为一个全新的支柱产业，将把右玉首次引入高新技术产业领域。该项目计划投资总额达80多亿元。建成投产后，将年产LED灯管150只，灯泡和射灯175万只，筒灯50只，路灯25万盏。月产LED表面贴袋发光二级管器件15亿只，LED芯片8万片，IC芯片6万片。建成后将成为新兴行业半导体绿色光源的综合供应商，引领低碳环保产业的发展，也能为右玉创造就业岗位数千个。

县委书记苏连根十分欢喜地说："咱们右玉县四大类16个标杆项目合计投资近80亿元，年内计划完成投资30亿元。一个项目就是一个新的增长极。这些项目的建成投运，必将为右玉县实现转型跨越发展提供强大的动力。"

● 右玉县"两园一带"的新型主导产业已基本成型

在经济转型跨越的新征程中，从陈小洪到苏连根、苏斌如，他们解放思想，开拓创新，确立"大园区吸引大项目，大项目推动大发展"的新理念，全力打造积聚转型跨越发展项目的两大产业园区和一条示范带，即：以农副产品精深加工为主业的梁威绿色工业园区、以发展煤电循环经济和新型建材为主业的元堡子煤电循环经济产业园区、以开发清洁能源为主攻方向的环县域清洁能源带。

梁威绿色工业园区：园区2011年已跻身朔州市八大工业园区之列。园区位于右玉县城西南方3公里处一片平坦富饶的土地上，南临109国道，北靠县城新区。园区规划总面积3万亩，总投资161.04亿元。梁威柏油路从东向西穿园而过。园区立足全国小杂粮基地县的县域优势，突出绿色无公害食品园的发展定位，引进扶持农副产品加工和节能环保型高科技企业入园。壮大农畜产品开发，带动农民快速增收。近五年来，苏连根、苏斌如高度重视园区建设，本着低碳、绿色、环保的工业园区发展目标，不断加大投资力度，园区基础设施和承载能力得到了极大提升。而今，漫步在风景如画的梁威工业园区，映入你眼帘的是：工业发展核心区、公共服务区、基础设施区、生活居住区四大功能已初具规模。现入园企业22家，项目达产后产值16.5亿元，利税2.95亿元，从业人员6500多人。逐步形成以臣丰、图远、晋西口、中大科技、北京安德益园甘草精加工等为主的农副产品加工企业；以汇源、塞上绿洲、绿都、蓝天等为主的沙棘饮料加工企业，年产值1亿多元，利税1500多万元；以永昌LED科技、铁峰煤业科技园、朔煤电3G无线矿用安监设备等为主的高新技术企业，项目达产后年产值1.7亿元，利税2000多万元；以西口洋洋、玉羊公司等主为的畜产品加工企业，项目达产后年实现产值3亿元，利税3000多万元；以京玉发电、全盛化工、泉鑫高岭土为主的建材化工企业，项目达产后年实现产值7.2亿元，利税2亿元。园区管委会办公大楼投入运营，农副产品展销中心完成布展。梁威工业园形成了清洁能源带、农副产品深加工园和高新技术产业园"一带两园"的发展格局，全力打造塞上绿洲"产业桥头堡、经济新引擎、生态示范园"。梁威工业园区升级省级经济技术开发区，通过专家评审、山西省人民政府审批。

元堡子煤电循环经济产业园区：园区位于右玉县南部元堡子镇南北两侧方圆二十公里处。至2012年，入驻企业12家。该园区大力拓展与煤炭相关的循环经济、新型建材产业，涉及煤矸石发电、水泥熟料加工、粉煤灰综合利用等延伸项目，努力促进煤炭企业的转型跨越发展。2012年，3座地方煤矿通过了省级联合竣工验收，成为省一级标准化矿井。投资5.5亿元的玉龙、元堡等3个洗煤厂基本完工。投资20多亿元的准池铁路右玉连接线和1000万吨洗煤厂及2000万吨煤炭集运站项目全面开工，加上已投运的同煤铁峰500万吨集运站和正在建设的教场坪东洼北500万吨集运站，全县煤炭生产、洗选、发运能力分别可达到1400万吨、2400万吨和3000万吨。投资31.3亿元的京玉（2×30）万千瓦煤矸石电厂竣工运营，标志着右玉煤电一体化发展迈出实质性步伐。投资9000多万元的惠洁粉煤灰综合利用项目已开工建设，竣工后将形成"煤矸石—电—粉煤灰—新型建材"全循环的煤电循环经济发展模式。2012年上半年，该园区累计完成工业总产值24.15亿元，实现增加值6.4亿元，上缴利税2.4亿元。以煤为基、多元发展的循环经济产业体系初步建立。2013年10月8日，中国煤炭工业协会向全社会发布2012年原煤产量前10名产煤省（区）、前100名产煤地（市）、前100名产煤县（市）煤炭产量。其中，前10名产煤省（区）中山西省以91393.36万吨的产量位居全国第二位，朔州市以21080.08万吨产量位居全国前100名产煤地（市）的第3位，右玉县以1353.48万吨产量位居全国前100名产煤县（市）的第65位。

环县域清洁能源产业聚集带：在塞上高原右玉利用县境北部、西部山区丰富的风光资源，已经形成北岭梁小五台国电、牛心卧羊山玉龙、杨千河铁山堡中广核、丁家窑总嗓山大唐、高家堡银台山国电华北等数个风电基地。其中，北岭梁小五台10兆瓦光伏电站一期已并网发电，成为山西省首批大型风光互补新型能源发电示范

2009年3月21日上午，右玉县海子湾水库开工奠基仪式在杀虎口海子湾村隆重举行。山西省副省长刘维佳宣布："朔州市右玉县海子湾水库奠基开工。"2013年国庆节正式建成。如今已成为杀虎口旅游名胜区海子湾水库度假区。

项目。目前，小五台二期10兆瓦光伏电站和高家堡设施农业融合100兆瓦光伏发电项目也在推进中。在已建成的近40万千瓦风电项目的基础上，2012年投资22亿元开工新建了中广核杨千河等3个风电项目，同时还有6个风电项目已拿到"路条"，全县风电装机容量"二十五"末将达到140万千瓦，成为山西省最大的风电基地。随着高原山脉延伸的大自然禀赋右玉的条条清洁能源带正在塞上绿洲大地上形成。

如今，"两园一带"已经成为驱动右玉县经济增长和转型跨越的强力引擎。

2012年，右玉县共安排重点工程87项，总投资226.9亿元，年计划投资74.46亿元。到9月底，共完成投资64.53亿元，占年度任务的86.7%。

同时狠抓项目的签约、储备和落地。2012年全年，共签约项目22个，签约资金507.8亿元，引资额度是2011年的两倍多，超额完成市定190亿元的任务。其中超50亿元的项目4个，超10亿元项目6个；煤电项目占23%，非煤项目占77%。落地项目12个开工建设，占引资项目的55%。这些数据表明，在右玉招商引资中非煤项目占多数，右玉县工业经济倚重煤炭的格局在逐步转变，"一煤独大"的经济结构开始向多元方向发展。只要栽下梧桐树，就会引来金凤凰。

2012年11月1日，山西省投资促进局发布《山西省招商引资签约项目进展情况通报》显示：今年前9个月，从全省各县（市、区）和省级以上开发区招商引资到位资金情况排序上，右玉县到位金额进入全省前20名，位居第14名。

2013年共签约项目17个，引资352亿元，签约率全市排名第二。

县委书记苏连根带领县四大班子成员及有关部门的负责同志在招商引资中付出了多大辛苦，看到这个排序人们自然不言而喻！

2013年苏连根、苏斌如带领右玉人民把绿色项目作为综改试点县先行先试的新亮点，全面铺开产业转型、生态环境、城乡统筹、社会民生四大类25个重点推进项目，储备项目总投资额完成530亿元，项目签约206亿元，项目落地210亿元，项目开工46亿元，年度重点工程完成投资55亿元，项目投产59亿元。这些重点项目建设的投产，为转型跨越发展积蓄了巨大能量，形成了一支全新的县域经济领航舰队，新的一轮项目大会战热浪滚滚……

朋友，塞上绿洲右玉以生态旅游建设为轴心，辐射循环经济跨越式发展的大格局正在形成，右玉大发展大飞跃的时代已经来临。

搞好典型示范，建设社会主义新农村

2006年1月，党的十六届五中全会作出了《关于推进社会主义新农村建设的决定》，并提出"生产发展、生活富裕、乡风文明、村容整洁、管理民主"的社会主义新农村建设"二十字方针"。五句话，二十个字，概括了建设社会主义新农村的内涵和要求，勾勒了一幅令人向往的现代化乡村社会的美好图景。

一项重大战略部署：建设社会主义新农村，关系社会主义现代化建设全局，是新阶段党中央指导"三农"工作新理念、新举措的集成和发展。

按照中央、省、市委的统一部署，我们右玉新农村如何建设？

2006年3月29日，在赵向东的主持下，右玉县的党政联席会在热烈地讨论着。

会议出台了《中共右玉县委、右玉县人民政府关于推进社会主义新农村建设的实施意见》，明确了近期目标和远期任务。

按照"一年试点，二年起步，三年铺开，五年见效"的步骤，坚持规划先行、典型带动、分步实施、整体推进的原则，着力构建"工矿依托型、畜牧养殖型、移民并村型、旧村改造型、园区带动型、旅游服务型"六种发展模式，力争"十一五"期末全县40%的村庄达到新农村建设标准。经过10到15年的努力，把全县所有农村建成社会主义新农村。

2006年重点抓好10个示范村建设，即：新城镇东街村、南街村、梁家店村，右卫镇高墙框村、右卫村，威远镇威东村，元堡子镇红寺洼村，杨千河乡金牛庄村，杀虎口旅游区杀虎口村、马营河村。

2007年新农村建设省级试点村8个，即：新城镇东街村、南街村、梁家店村，右卫镇右卫村，元堡子镇红寺洼村、威远镇威东村、杨千河乡金牛庄村，杀虎口旅游区杀虎口村。

2007年新农村建设市级试点村4个，即：右卫镇草沟堡村、杀虎口旅游区马营河村、杨千河乡曹家堡村、威远镇六里庄村。

2007年新农村建设省级清理整治村31个。

从县直机关单位中选派30名年轻干部到首批新农村建设试点村担任了第一党支部书记。

2007年春，又选派熟悉农村工作的49名县乡干部担任驻村指导员，常年驻村指导新农村建设工作。

2007年10月和2008年4月，先后公开招考120名大学生担任了村干部。

县委文件影印件　　县委文件影印件　　县委文件影印件

2008年继续抓好10个试点村、20个重点推进村，铺开40个清理整治村，实现产业致富生活好、村庄绿化生态好、设施改善环境好、管理民主制度好、邻里和睦村风好的"五好"目标。

至2008年底，全县圆满完成了第八届村委会换届选举，全县103名大学生村干部全部进入"两委"班子，其中14名当选村主任（全省共有24名大学生村干部当选村主任），46名当选村委会副主任，43名当选村委会委员，村级组织活力明显增强。

右玉县邓家村大学生村干部刘靖代表山西省参加了中组部组织召开的全国大学生村干部代表座谈会，受到习近平副主席、李源潮部长接见，被评为2008年"山西记忆"十大新闻人物，在全国、全省展示了朔州市大学生村干部的风采。

2008年12月，右玉县被山西省人民政府授予"科普惠农工作省级先进县"。

2009年8月，右玉县又公开招考55名大学生担任村干部，并进入村"两委"班子。全县154名大学生村干部兼任所在村团支部书记。

2009年，右玉先后选派110名干部赴发达地区培训学习。

2015年，苏连根、苏斌如带领右玉人民以转型综改试验区建设为统领，继续扩大对外开放。坚持主动对接，组织参加第九届中部投资贸易博览会、上海跨国公司入晋入沪合作项目上海推介会、杭州项目洽谈暨招商引资推进会、山西省雁门关生态畜牧经济区特色农产品展销暨技术交流招商引资洽谈会、第四届中国（山西）特色农产品交易博览会等招商引资活动，举办2015年山西朔州右玉·内蒙古产业对接恳谈会、山西朔州右玉·浙江温州产业对接恳谈会，在小杂粮加工、畜牧养殖、生态旅游等产业上达成合作意向。全年共签订招商引资项目33个，总投资210.5亿元，占年度市定任务的130%。

如今的右玉，不仅实现了向风要能，而且还实现了向太阳光要能，就连废弃的煤矸石也被煤矸石电厂和泉鑫高岭土公司"吃干榨尽"。目前，京玉（2×30）万千瓦煤矸石电厂投产运营，晋能清洁能源风力发电有限公司、国电山西洁能有限公司、国电山西新能源开发公司、山西玉龙投资集团右玉牛心堡风力发电有限公司、同煤英利煤电公司、中广核风电有限

2011年11月14日，北京大学（山西右玉）科级干部高级研修班在北大图书馆前合影留念。前排左六为中共右玉县委副书记丁裕，左七为北京大学继续学院院长助理陈肖庚。

公司6家企业共16期风光电项目实现并网发电，装机容量达到74.47万千瓦。11个风光电、生物质发电项目正在建设和开展前期工作。到2016年底，右玉县清洁能源总装机达到300万千瓦。塞上高原右玉经济"追风逐日"的步伐越走越快！

2011年，右玉县在全市率先完成了农村"两委"换届，圆满实现了"七个百分之百"的目标，61名大学生村干部当选农村"两委"主干，占到全市大学生村干部当选总数的35.2%，省、市推广了右玉的经验。至2013年底，55名大学生村干部担任了农村党支部书记，占全县农村党支部书记总数的30%。

2011年11月14日至12月3日，右玉县99名县乡科级领导干部分两期到北京大学进行了系统培训学习。

从2006年开始，赵向东、陈小洪、苏连根、苏斌如、吴秀玲、王志坚及县四大班子成员带领右玉人民在绿洲田野展开了如火如荼的社会主义新农村建设热潮。截至目前，全县社会主义新农村建设工作取得了阶段性成果，农业产业化扎实推进，农村的文明度明显改观。

着力培育主导产业，农村生产得到发展

以农民增收为目标，坚持"一乡一业""一村一品"的原则，重点培育了四大产业：

全力做强畜牧业。按照"普遍养羊，重点养牛，兼顾其他"的思路，深入实施了"双增、双提、四调整"工程。以山西农大右玉宏宇种羊繁殖基地为依托，在全县大力实施了"百万羔羊育肥"工程；利用世界银行贷款项目和推广黄牛改良技术，全县大力发展奶牛养殖业；启动了"十村百户万只羊"绵羊改良示范工程，改良本地绵羊10万只，完成黄改冷配牛2万多头，繁育优种羊2万只，其中杜泊纯种羊增加到200多只；继续按照"畜牧发展饲草饲料先行"的思路，积极推广饲草种植，全县共种植多年生牧草5万亩、当年生草玉米15万亩，青贮窖达到了1200个，青贮草玉米达2万多吨，为畜牧业发展提供了可靠的饲草饲料保障；扎实开展检疫免疫工作，建起了杀虎口动检站，各种畜禽免疫密度均达到了100%；在完善利用好已建成的9个奶站的基础上，又在应洲湾、右卫、威东等9个新农村试点和整治村开工新建了标准化奶站；继续巩固完善了已建成的5个乡镇兽医中心站，开工建设了牛心、丁家窑、杨千河3个乡畜牧兽医站。到2008年底，全县羊的发展数达到70万只，肉牛2万头，奶牛6700头，畜牧业收入占到农民人均纯收入的60%。2010年，"右玉羊肉"成为山西省第一个荣获国家地理标志的畜产品。

调优特色种植业。全县立足各村实际，不断培育壮大已经形成的杂粮种植、商品土豆、高产胡麻等主导产业。右卫镇优质土豆、李达窑乡燕麦、牛心乡杂粮、威远镇蔬菜、杨千河乡高产玉米五大特色种植园区落到实处。石头河、威东村、甘泉庄3个现代化农业综合园区基础设施建设工程全面完成。全县共落实种植高产玉米6万亩，高产莜麦3万亩，优种土豆18万亩，"两高一优"农作物种植面积达到全县总播面积的50%，优种作物覆盖率达到了60%以上。2012年全县粮食总产达到6664.29万斤，油料总产648万斤。认真落实粮食直补政

策,加大农业综合执法力度,各项支农惠农政策落到实处。到2008年累计发放粮食直补、农机补贴、退耕还林补贴和水库移民补贴资金3391万元,且实现了人、地、账、卡、钱"五统一"。2009年全县大力实施"双新"工程,"两高一优"农作物种植面积大幅度增加。积极开展农业结构调整"622"模式试点工作,建立了马铃薯种薯繁育基地。

全面开发旅游业。进一步整合旅游资源,开发了一批生态旅游观光农家园、生态园,以石袍沟、水磨沟、草沟堡为代表的农家观光旅游起步升温,前景看好。深入挖掘了剪纸、布塑等具有浓郁地方特色的民间手工艺,带动了乡村餐饮业、服务业的发展,促进了农民增收。

重点发展加工业。依托六味斋小杂粮、图远冻干蔬菜、祥凤薯业等龙头企业和农业产业化项目,不断发展农产品精深加工,提高了农产品的质量,增加了农产品的附加值。切实加强农民就业技能培训,加大农村富余劳动力转移力度。全县共为农村富余劳动力联系转产就业岗位400余个,有序转移农村劳动力300多人。

清理整治有力,人居环境焕然一新

从赵向东、陈小洪到苏连根、苏斌如,带领县四大班子领导成员坚持从农民见效最快的事情抓起,从农民最关心、要求最急迫、收益最直接的事情做起,从农民最积极、干部最主

全省解决农村困难群众住房工作现场会在右玉召开。图中为中共山西省委常委、副省长李小鹏。

动、条件最成熟的村子抓起，把加强农村基础设施建设作为突破口，重点在"四清四改四化"上下真功夫。全县共清理破房弃院约1152间，约3.35万平方米，整修残垣断壁3万平方米，清理各类占道建筑、路障450处，清理柴草粪堆1500余座，维修排水渠2500米，建排水涵洞10处，道路硬化50余公里，加快以沼气建设带动农村用水、厕所、畜圈、厨灶"四改"步伐，并取得初步成效。以生态建设为重点，突出抓了"营林种草、景区景点、道路绿化、项目造林、流域治理、镇村绿化、苗圃建设、围栏封育"八大生态建设环保工程，对10个试点村、20个清理整治村进行了全方位绿化，修建了花园式街心广场，栽植了各类针叶树、阔叶树及各类花灌木30多个品种35万多株。新增各类苗圃、坛园地面积6500亩，修建花园式街心广场19处，形成了"村前村后、房前屋后遍植绿树，村在林中，院在树中，人在绿中"的绿树掩映局面，极大地改善了农民的生活环境。

2008年，山西省人民政府工作报告中，孟学农向全省人民承诺"启动解决农村困难群众住房问题"，并列入省政府为人民群众办的10件实事之一。右玉县被确定为山西省北部地区首批住房解困工程试点县。一年来，陈小洪、苏连根千方百计投资2425万元，为1000户农村住房困难户改造建设住房2636间，目前已有516户喜迁新居。

2008年11月6日，全省解决农村困难群众住房工作现场会在右玉召开。全省11个地级市及部分县（市、区）政府领导，省建设厅厅长王国正等省直有关部门负责同志，中共朔州市委副书记杨伟民，中共朔州市委常委、常务副市长李栋梁等领导参加了会议。中共山西省委常委、山西省人民政府副省长李小鹏出席会议并做了重要讲话。

李小鹏说："今天看到的右玉住房解困工作的现场成果，我想就是在右玉精神的鼓舞、推动下所取得的。右玉人民要长期坚持右玉精神，右玉一定会发展得更好，山西人民要推广发扬右玉精神，山西也一定会建设得更好。同时要认真学习借鉴右玉县在解困试点工作中的四条宝贵经验，即坚持以人为本的服务宗旨，坚持实事求是的指导思想，坚持艰苦奋斗的优良作风，坚持质量为重的工作方法。要在经济快速发展的同时，解决好农民的住房等民生问题，建设好农民的家园，让农民的基本生活得到保障并逐步过上宽裕的生活。"

2009年，陈小洪、苏连根全面铺开了11个重点推进村和30个整治村的环境整治，新增2个省级环境优美乡镇和8个省级生态文明村。"五个全覆盖"工程扎实推进，完成通村水泥路183公里、校舍安全改造6所、村级卫生室211个、广播电视"村村通"42个、农村饮水工程17个村。大力实施整村推进项目，新建100套移民住房。与此同时，认真落实家电下乡、农机补贴、良种补贴、粮食直补和农资综合直补等各项支农惠农政策，继续加大县财政对农业农村的资金投入，城乡统筹发展机制进一步形成。

发展农村社会事业，乡村文明有了新改观

针对当前广大农民普遍存在"守旧""守土"观念深、综合素质低、科技意识弱、懒散

新城镇东街移民新村村级组织活动场所

陋习多等问题，加强了农民的农业实用技术培训，共培训农村劳动力5期3.5万人次，依托县职中办培训班13期，培训人次达到1000多人，为提高农民素质起到了积极的推进作用。大力开展了以"八荣八耻"为主要内容的公民道德建设和"学在农家，美在农家，乐在农家，富在农家"等一系列精神文明创建活动，组织实施了"十星级"文明家庭、文明村镇等竞赛活动。

全面落实了义务教育"两免一补"政策，完成了10所乡镇寄宿制小学改造续建工程，完善了试点村、重点推进村15所标准化小学。2007年11月9日至10日，朔州市农村寄宿制学校建设工作会议在右玉召开。市长田喜荣做了《坚持以人为本，切实关注民生，为办好人民满意的教育而努力奋斗》的讲话，省教育厅副厅长张卓玉出席了会议。2008年，高标准承办了全省农村寄宿制学校建设现场会。

全面启动实施了"文化大院"建设工程，全县共建成集卫生计生所、标准化小学、便民连锁店、文化科技活动室和农民健身场所"五位一体"的文化大院15处，建成文化墙3000平方米。进一步调整优化了农村中小学布局，撤并了单人单校。广泛开展群众性文化体育活动，不断满足群众日益增加的精神文化需求。

农村新型医疗合作试点工作取得新进展，完成了10个乡镇卫生院改造和续建任务，完成了25个村级民办医疗室，有效地解决了农村因大病返贫现象的出现。

农村养老保险制度进一步完善，其中试点村和清理整治村五保对象全部进入养老院集中供养。部分因残疾丧失劳动能力户、农村特困户享受了低保待遇。为65岁以上农村老人发放了生活补贴。

立足于巩固先进性教育活动成果，以创建农村"五好"党支部为主题，不断加强农村基层组织建设，着力提高农村干部帮助农民群众增收致富的能力和本领。认真开展基层组织基础建设年活动，建成78个村级组织活动场所，新建和改建12个村级组织活动场所，严格按照中央、省、市要求达到了"五通七有"目标，使村级组织活动场所真正成了党员活动中心、群众文化中心和便民服务中心。2007年4月10日至11日，山西省村级组织场所建设工作推进会在右玉召开。省委组织部副部长王树林及省委组织部组织指导处处长安雅文、中共朔州市委书记王雅安，市委常委、组织部部长牛社威及全省各市、县组织部门的有关领导参加会议。

各乡镇坚持"民办、民管、民受益"的原则，组建了10个农民专业合作经济组织，新增农民经纪人达到50名。在此基础上，大力推广政务、村务公开和民主理财、民主理政，引导农民自觉参与村民自治和基层民主政治建设，依法有效行使自己的各项政治权利，进一步增加了对各种社会矛盾的调解能力，降低了各种违法犯罪活动发生概率。

整合建设资金，多渠道投入机制初步形成

2007年，县财政专门拿出100万元专项资金用于新农村建设。实行"以煤补农"帮扶政策，全县10座煤矿与10个试点村结成对子进行帮扶，累计筹集扶持资金350多万元。有关部门整合扶贫开发资金380万元，集中投放新城镇东街、杨千河乡金牛庄、威远镇威东3个试点村，为试点村购买了优种牛羊和切草机。同时，协调金融单位为新城镇、威远镇等部分乡村农户发放贷款购买奶牛300多头。

2017年建成的梁威路上的移民新村康平村

循环经济领跑农业新时尚，以威远镇威东新村新建的集大棚、畜圈、沼气、管理房为一体的1000多座"四位一体"的日光温室蔬菜大棚为代表，"奶牛—沼气—蔬菜""猪—沼气—蔬菜"等农村循环经济新模式出现，在右玉这片古老的土地上彰显农业文明、生态文明的新活力，描绘了右玉"和谐农业"的新蓝图，全面带动了农民的增产增收。

右卫镇高墙框村新貌

朋友，当你步入"塞上绿洲"右玉县旅游观光时，社会主义新农村建设的热潮扑面而来，所到之处日新月异，满眼生机。健身广场、休闲公园、环岛花园，文化大院、整洁的院落、明亮的路灯、五彩花池、水泥路面、掩映绿树，这些城市拥有的东西，在右玉新农村不断涌现。

特别是威远镇威东移民新村现代农业示范区、新城镇东街移民新村石头河现代农业示范区、牛心乡甘泉庄香港嘉里集团郭鹤年基金会右玉扶贫项目区、新城镇梁家店现代农业示范区、右卫镇高墙框村农业示范区、新城镇邓家村农业示范区、李达窑乡薛家堡村现代农业示范区，已具规模。威远镇南八里村、新城镇七里铺村、白头里乡野场村、右卫镇南元村、新城镇大堡村等现代农业示范区，是塞上绿洲社会主义新农村建设的耀眼成果。

> 逛上了大花园，喝上了自来水，看上了大彩电，点上了旺沼气，跑上了篮球场，玩上了新电脑，村村通了水泥路，开上了大花轿，农村面貌日日新，党和政府最贴心……

在"塞上绿洲"广为传唱的民谣，道不尽当地群众对社会主义新农村建设的满心欢喜。2006年12月18日，在县委举办的科级干部培训班上，赵向东提出把右玉精神概括为"艰

山窝窝飞来金凤凰

苦奋斗,无私奉献;百折不挠,顽强拼搏;负重奋进,勇于争先"。

到2007年底,在朔州市新农村建设11项考核指标中,右玉有8项排在全市第一。全市新农村现场促进会在右玉召开,其他五县区分别组织县、乡、村三级干部来右玉县进行观摩。

2007年山西省人民政府对全省119个县(市、区)经济社会发展考评结果表明,右玉县经济社会发展水平由过去的全省县级排名111位跃升到第58位,经济社会发展指数排名由原来的94名一举进入全省前30名,位次明显前移,可持续发展增长速度位居全省第一。

2008年,右玉县经济发展指数进入全省第28名。

2009年,陈小洪、苏连根提出要把农村环境综合整治作为建设社会主义新农村的重要举措,与新农村建设的其他各项工作同步规划、同步实施。明确提出乡村环境综合整治的主要目标是:完善提高29个重点村,新铺开11个推进村,清理整治30个卫生整治村,实现"五个100%":破房弃院、道路两侧建筑清理率100%,街巷硬化"户户通"100%,村内主街道亮化100%,垃圾处理率100%,村内主街道、村庄外围绿化覆盖率100%。

春风润万物,鼙鼓催征程。建设社会主义新农村的热潮,给右玉乡村送来了又一个黄金发展时期。

近十多年来,党中央、国务院连续发出13个"一号文件"锁定"三农",提出了一系列强农惠农富农的重要政策措施。从高厚、赵向东、陈小洪到苏连根再到吴秀玲,都满腔热忱地把这些精美的"蛋糕"奉献给农民,使塞上高原的右玉农村面貌华丽转身,欣欣向荣。

县四大班子领导在杀虎口旅游风景区二十五湾别墅移民新村检查指导。

从2012年开始,苏连根、苏斌如带领右玉人民在农业现代化方面,全力打造全省小杂粮基地县和重要的生态畜牧基地,全县扶持特色农业的补贴资金达1400多万元。粮食总产量达6060万斤,创历史新高。投资1.2亿元的臣丰10万吨苦荞饮料和投资2.2亿元的晋西口6万吨小杂粮深加工项目年底完工;投资5000多万元开工建设的山远商品猪养殖项目和滴水沿设施农业综合项目已全部完工。全县共建成标准化养殖园区110个,高效种植园区80个。建设"一村一品"专业村15个,新建设施农业大棚290座400亩,农业总产值达到3.6亿元。完成京津风沙源小流域治理11.25万亩。解决了21个村1.5万人的饮水困难。补贴农机具购置国补资金212万元。发放粮食直补资金2850万元，惠及农户24560户。投入3400多万元实施了农村环境整治工程。建成65个农村便民连锁店和12个农资放心店，农村日用品经销网络得到延伸。新建农村街巷道路395公里，实现了全覆盖。

至2012年底，塞上右玉大地良种马铃薯育种、苗木花卉培育、特色小杂粮种植、肉羊肉牛育肥"四大农业主导产业"，"一村一品"规模化土豆、玉米、甜菜、燕麦种植基地正在形成。石头河、下元村、威东村等高效农业示范园区，李家堡村良种土豆繁育基地等农业生产的规模化、基地化、科技化、集约化水平逐年提高，全县农业产业结构逐年优化，质量效益型新路逐年延伸，特色农业方兴未艾！

至2013年底，农业产业化进程不断加快。新注册农民专业合作社47家，其中4家被授予"2013年度省级示范社"。

2013年12月30日，由山西省旅游局、山西省农业厅组织的全省休闲农业与乡村旅游示范县评选活动揭晓，作为朔州市唯一一家、全省四家之一，右玉县凭借优越条件成功荣获"山西省休闲农业和乡村旅游示范县"荣誉称号；右玉县威远镇威东村同时被列为"省级休闲农业和乡村旅游示范点"。

2015年，在苏连根、苏斌如带领下右玉"三农"工作持续稳步提升。突出以燕麦为主的小杂粮和马铃薯、油料的规模种植，建成2个1万亩、5个5000亩、10个1000亩规模化种植园区。全县粮、油、饲总播面积66.5万亩，粮食总产量达0.34亿公斤。认真实施草原补奖等项目。截至2015年底，全县建起标准化规模养殖园区和小区126个，羊的饲养量达83万只。全县呈现出"乡乡建园区，村村搞养殖"的新局面。以绿色为核心价值的县域公共品牌——右玉羊肉，已经成为右玉农民增收的利器。以养羊为主的畜牧业收入占到全县农民人均纯收入的60%以上，人均增收达3300多元。积极推进牧区节水灌溉工程，建设灌溉设施24处，完成节水灌溉面积1.8万亩，新修水平梯田8300亩。完成100名技术指导员的遴选和700个科技种养示范户的筛选培育。继续推进"一县一业，一村一品"项目建设，"一村一品"专业村达到89个。如今，俯瞰塞上右玉大地，生态农业五谷丰登，大放异彩！

这真是一个了不起的飞跃！

右玉县被省委确定为山西省首批学习实践科学发展观活动试点县之一 右玉成为"国家可持续发展实验区"

2007年10月，党中央作出在全党开展深入学习实践科学发展观活动的决定。

右玉，被中共山西省委确定为全省首批学习实践科学发展观的试点县之一（南部的泽州，北部的右玉）和全省县级党代表大会常任制试点县，并被列为省委组织部部长任泽民的联系点。2008年10月8日，陈小洪、苏连根赴省城太原参加了省委举办的学习实践科学发展观活动培训班。

2008年10月18日上午,右玉县召开深入学习实践科学发展观活动动员大会。县委书记陈小洪作了《立足新起点,实现新跨越,走出晋西北欠发达地区科学发展的新路子》的动员报告。

随即,一个深入学习实践科学发展观的活动在塞上右玉全面展开。

2008年11月5日至6日,中共山西省委常委、组织部部长,省深入学习实践科学发展观活动领导小组副组长兼办公室主任任泽民深入右玉县,全面了解自己的联系点开展深入学习实践科学发展观活动试点工作情况,并围绕组织工作服务转型发展、安全发展、和谐发展,探索建立领导干部体现科学发展观要求的考核评价机制在朔州市进行专题调研。

朔州市领导田喜荣、李彪、王耀斌、韩忠荣、李栋梁、陈法印、牛社威、赵向东、李锦及右玉县领导陈小洪、苏连根、吴晓斌等陪同调研,参加相关活动。

任泽民在听取陈小洪关于县委工作情况的汇报后,对右玉县的试点工作给予充分肯定。

任泽民说,引深学习实践活动,一要强调解放思想,二要强调解决突出问题,三要强调创新体制机制,四要强调领导带头。当前要注重考核各级领导班子和党员领导干部在学习实践活动中的政治态度和现实表现,注意在学习实践活动中考察干部、识别干部。

调研期间,任泽民还深入右玉县威远镇威东村等地进行了实地走访,与农村基层党员干部亲切座谈,到县组织部门看望了全体组工干部。

2009年3月4日右玉县第一批、2009年9月21日右玉县第二批深入学习实践科学发展观活动坚持规定动作不走样,自选动作创特色,努力做好先行者,争创示范点,已经圆满结束。第三批活动单位从2009年9月23日开始,按照中央、省委部署健康进行。

2008年10月18日上午,右玉县召开深入学习实践科学发展观活动动员大会。

2009年6月1日,中共山西省委常委、宣传部部长胡苏平在朔州市委书记田喜荣、市长冯改朵以及右玉县领导陈小洪、苏连根的陪同下,深入右玉小南山森林公园、新城镇东街村、县城文化体育中心、威远镇威东村、汇源右玉分公司、六味斋农副产品有限公司调研。胡苏平对右玉的生态建设、文化事业等各项事业的发展给予充分肯定。她希望右玉进一步坚定信心,迎难而上,挖掘潜力,促进发展,真抓实干,全力做好保增长、保民生、保稳定的各项工作,以优异成绩迎接中华人民共和国成立60周年。

2009年6月10日至11日,由中国科学院地理信息产业发展中心研究员陆亚洲带队的国家可持续发展实验区考察组莅临右玉,就右玉县申报国家可持续发展实验区的工作进行了深入细致的考核。陆亚洲宣布:"右玉县申报国家可持续发展实验区工作顺利通过考察组考核,同意推荐右玉县作为国家可持续发展实验区,让国家17部委进行评审。"

2009年7月2日，中共山西省委常委、组织部部长汤涛在朔州市委书记田喜荣，市长冯改朵，市委常委、组织部部长牛社威及右玉县领导陈小洪、苏连根、董达的陪同下，先后深入右玉县小南山森林公园绿化纪念馆、绿化丰碑、贾家窑山松涛园、威远镇威东村、中大科技有限公司等地调研。参观了绿化丰碑后，汤涛说："右玉变了，变得很美，右玉10万人民都是绿化功臣。"他激动地对身边的市、县领导说："树立丰碑很好，工作中一定要牢记'丰碑不如口碑，口碑不如老百姓的心碑'，我们做工作一定要让人民群众得到实惠。"在离开右玉临上车时，汤涛又说："植树造林是右玉一大特色，一定要坚持下去，要把植树造林、绿化家园这一工作做得更完美。"

至2009年9月30日，中华人民共和国成立60周年之际，右玉县2009年初确定的煤电、铁路、化工等"三个十工程"（即抓好十大基础工程、抓好十大工业项目、抓好十件惠民实事），正呈现出快马加鞭的大好局面。

朋友，谁会想到，70年前黄沙埋人无法生存的右玉，70年后塞上右玉绿浪翻涌，竟使招商引资重大项目在这里大放异彩！右玉的工业产业体系基本形成。真是沧桑巨变啊！

我们走进右玉县一些重大项目建设工地，感受到的不是国际金融危机的寒意，而是弯道赶超的激情。重大项目建设成绩显著：大呼高速公路右玉段工程全线开工，目前已完成投资5.4亿元，占到全年计划投资10亿元的一半多，2009年底将全部完成路基任务；全县煤矿企业兼并重组工作在全省首家完成，产能将提升到1500万吨，按照要求，三家主体企业的人员和管理等已全部到位；小五台风电厂33台机组全部并网发电，并进入商业运行。年初确定的13个重点建设项目全部开工，总投资达130亿元，这在右玉历史上是绝无仅有的。这些项目年内计划投资29.3亿元，目前完成投资21.9亿元。新建的558个沼气池，利用农作物秸秆、禽畜粪等发酵产生沼气供农家照明做饭，年可省电6万千瓦时，节煤558吨。

……

一批批新兴能源项目如雨后春笋在右玉落地，生根，开花，结果，标志着低碳经济成为右玉增长新引擎。

政协山西省第九届主席刘泽民说，《苍河颂》为右玉人民、为各级领导矗立起一座永久丰碑，我举双手赞成并坚决支持！

2008年8月29日下午，笔者应约到政协山西省第九届委员会主席、政协全国人口与环境委员会副主任刘泽民家中采访。刘主席仔细翻阅了《苍河颂》写作简介和整体第六次修改稿，听了笔者对全书章节的介绍后，十分高兴地说："这部书应该写，应该出！右玉的事情太值得写了，太值得宣传了。现在的问题还是宣传不够，好多人也了解不够，山西了解不够，

2008年11月5日至11月6日，山西省深入学习实践科学发展观领导组副组长、中共山西省委常委、组织部部长任泽民（前排右三）深入联系点右玉调研指导学习实践科学发展观活动。这是刘泽民在右玉威东新村蔬菜大棚里与有关领导和菜农座谈。前排右四为中共朔州市委书记田喜荣，左一为中共右玉县委书记陈小洪，后排右六为右玉县县长苏连根。

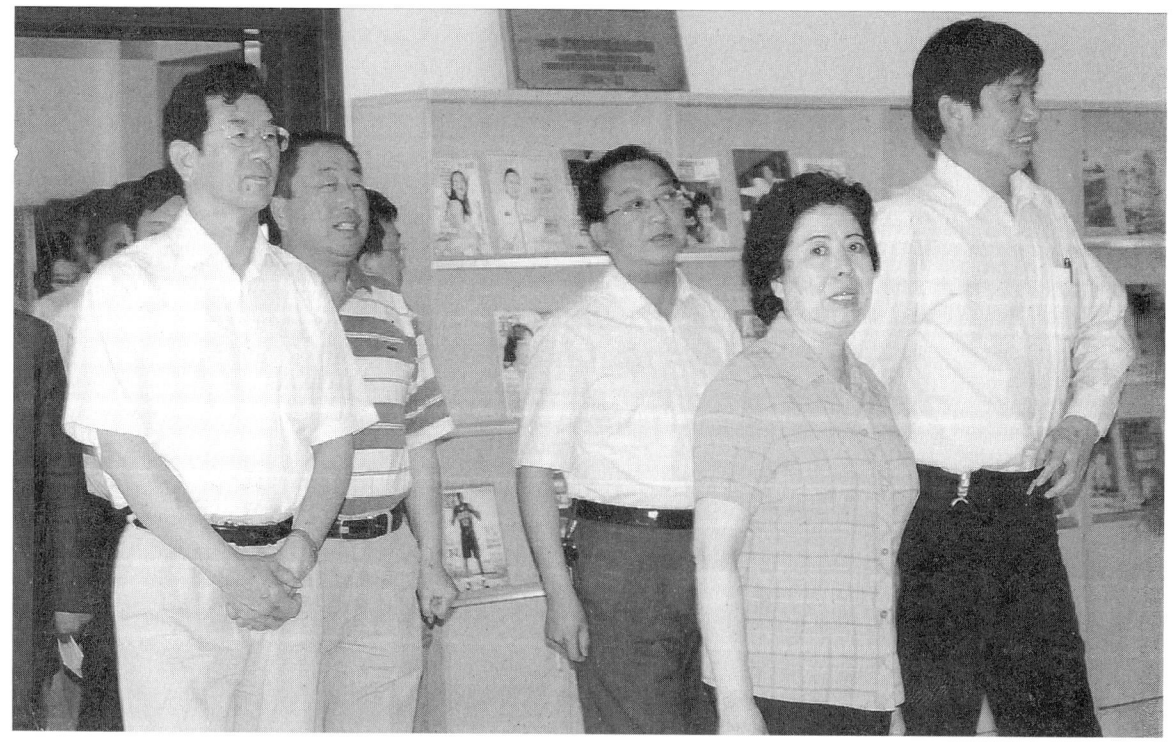

2009年6月1日，中共山西省委常委、宣传部部长胡苏平（右二）在中共朔州市委书记田喜荣（左一）、朔州市市长冯改朵及中共右玉县委书记陈小洪（右一）、右玉县县长苏连根（右三）的陪同下深入右玉新建成的文化体育活动中心调研。左二为右玉县文体局局长庞日亮。胡苏平要求："右玉文化事业年年都要有新作为，全力做好各项工作，以优异的成绩迎接中华人民共和国成立60周年。"

第十九章 建设富美和谐的幸福新右玉

2009年7月2日,中共山西省委常委、组织部部长汤涛(图中)在中共朔州市委书记田喜荣(左三)、朔州市市长冯改朵(右三)的陪同下在右玉丰碑广场调研指导。右二为省委组织部常务副部长朱先奇,左四为中共朔州市委常委、组织部部长牛社威,左一为中共右玉县委书记陈小洪,右五为右玉县县长苏连根。汤涛说:"树立丰碑很好。植树造林是右玉一大特色,一定要坚持下去,把这一工作做得更完善。"

右玉小南山森林公园丰碑广场新貌,如今已成为右玉干部学院重要的现场教学点。

全国更了解不够，应该加大对右玉的宣传力度。用报告文学这种文体写右玉近60年的发展变化，选对了。报告文学写出来，人们都很爱看。就是要真实、准确、生动地反映右玉中华人民共和国成立后半个多世纪的奋斗史、拼搏史。我和赵生荣是山西大学政治系的同学，我们之间的关系非常好，这件事情他做得很好。他的建议、他的思路，都是非常好的。红色革命有了《延安颂》，右玉搞了半个多世纪的绿色革命，就应该写《苍河颂》。《苍河颂》这个书名也起得很有特色，很符合右玉实际。这再次显示了赵生荣同志的政治素质和文学素养。省史志院张铁锁他们的建议也很好。向东和小洪的批示批得也很好，批在了点子上。

"右玉过去不仅是风沙区，也是革命老区。中华人民共和国成立后，从中央到省、市各级领导，心中始终装着右玉。几十年来，给了右玉特殊的关照和巨大的物质支持，有巨额的扶贫资金，有重大的生态建设项目资金等等，帮助右玉人民摆脱贫困，走向富裕。右玉近60年的路子走得很对（'文化大革命'除外），实现了人与自然的和谐发展，十分符合科学发展观的要求，为山西带了好头。中华人民共和国成立以后，右玉栽植的小老树，一片一片的，耀武扬威，对防风固沙可是功不可没。到以后，'三松'扎根右玉，绿草覆盖右玉，把右玉这个荒凉的'不毛之地'变成了'塞上绿洲'，生态环境十分好，成了天然的大氧吧，右玉人民很伟大啊！你们把作品的副题定为'献给半个多世纪来创造塞上黄土高原生态奇迹的右玉人民'，这个定位非常好。《苍河颂》的'三颂'，首先要颂好忠于共产党、紧跟共产党走，感天动地地做着无私奉献的右玉人民。

"还有一条就是，中华人民共和国成立后，右玉的十几任县委书记绿色接力棒接得好。他们的可贵之处，就在于不否定前任，而是与时俱进接着干。'文化大革命'特殊时期除外，极左路线给右玉人民造成很大灾难，这是全省共知的。向东同志到右玉工作，我给他讲，不要否定前任，不要否定过去，要从当地实际出发，认真进行研究总结，根据中央、省委要求，继续探索，与时俱进，走出一条跨越之路。向东同志在右玉7年，不仅传承了前任的好传统，而且又有了新的很大的发展，这些在你的书中得到了很好反映，我表示赞同。右玉近60年的发展历程，从一个黄沙满天、生存恶劣的地方，发展到现在非常适宜人们生存的生态旅游县，真真切切历练并形成了一种精神力量，也就是独特的右玉精神。向东和小洪从整体上宣传右玉下了很大功夫，使右玉的知名度和美誉度得到了极大提升，使右玉精神得到很大弘扬。

"我从任方山县委书记到朔州市委书记，到副省长，到省委副书记，到省政协主席，先后去了十多次右玉，对右玉的发展讲过不少支持和鼓励的意见，给他们大胆撑腰做主。2005年那一次，我把家里的子女们都带去受教育，他们看了右玉后，都很感动，都很震撼，给他们留下了十分深刻的印象。我相信右玉在科学发展观的指引下，会发展得越来越好！

"《苍河颂》这部书，为吃苦奉献的右玉人民、为情系百姓的各级领导矗立起一座永久的丰碑，这是右玉的一部现代党史，也是右玉的一部现代史记。生荣、向东、小洪、新民，你们干得实在是好啊，所以我给予坚决支持和举双手赞成！"

苏连根提出实施"五大战略",加快建设富美和谐的幸福新右玉

2011年8月24日,经中共山西省委研究决定,陈小洪升任山西省临汾市副市长。

2011年9月11日,经中共山西省委研究决定,苏连根荣任中华人民共和国成立后中共右玉县委第十九任书记。

苏连根的上任,面临的是怎样一种新形势?

国务院确定的山西省综改实验区建设步伐明显加快,国家确立朔州市为全国工业固废综合利用示范基地、国家农村改革试验试点,加之综改试验和朔州市"四位一体"(中心城市、县城、小城镇、新农村)推进战略的实施,为右玉发展提供了大政策、大机遇、大平台。

随着右玉精神的广泛宣传弘扬,中央在关注"右玉现象",全国在探究"右玉经验",全省在弘扬"右玉精神"。今天的右玉,已经不是一般意义上的右玉,已经成为省内外学习研究超越的示范。

苏连根,男,汉族,胖墩墩的身材,1.70米的个头,山西省平鲁区人。山西财经大学经济学士毕业,在职教育研究生。参加工作后,历任朔州市委办公厅副科级督察员、朔州市政府办正科级秘书、朔州市政府办法制室主任、共青团朔州市委副书记(其间,1999年2月至2000年1月挂职团中央统战部科技部副处长)、共青团朔州市委书记、朔州市委组织部常务副部长,2008年6月至2011年9月任中共右玉县委副书记、右玉县人民政府县长。

组织上让他担任县委书记,他当时是个啥心情?

他对笔者说:"我作为中华人民共和国成立后右玉第十九任县委书记,是省委、市委的高度信任的结果,作为右玉精神的实践者和传承者,前有奠基引路人,后有继承开拓者,我深感肩上责任的重大。上任以来,我思绪万千,难以入眠,唯恐有负期望和重托……"

2012年,右玉被列为山西省省级综改试验区试点县。苏连根在大学是学经济学的,对经济规律的思考是他的长处。经过三个月的反复思考和探究,苏连根的治县思路逐步清晰:"用世界眼光、战略思维谋发展,以敢闯勇气、务实精神促跨越!""一任接着一任干,植树造林不间断。"他把这两条工作思路清晰地展示在通市公路交叉路口的路牌上。

2012年1月6日,县委报告厅,中国共产党右玉县第十三届代表大会第二次会议在这里隆重举行。

县委书记苏连根以洪亮的声音作了《弘扬右玉精神,实施五大战略,为加快建设富美和谐的幸福新右玉努力奋斗》的工作报告。他在报告中指出:

当前,右玉的发展正从蓄积能量的冲刺阶段跨入奋力崛起的跃升阶段,处在转型发展的机遇期、加快发展的黄金期、跨越发展的关键期。

良好的生态环境、独特的自然风光、丰富的土地矿产资源和厚重的历史文化积淀,为右玉转型跨越提供了无可比拟的优势条件。

近年来,一大批重大项目相继建成,形成了日趋完善的产业体系,有力增强了县域经济

的发展实力，为右玉转型跨越奠定了坚实的基础。

竖立在右玉胡村西侧的通市柏油大道上的跨路横标

随着西纵高速、大呼高速和荣乌高速右玉连接线、铁丰铁路、准池铁路等大交通体系的形成，右玉将成为晋蒙交通合作的重要通道，开放发展能力将日益增强，为右玉转型跨越延伸了发展半径，拓展了发展空间。

大开放战略：全面树立世界眼光，强化竞争意识，以更加开阔的视野、更加开放的理念，在全县形成全方位、宽领域、多层次的开放格局。

大项目战略：项目是产业发展的载体，是转型跨越的支撑。一个项目，就是一个增长点；一批项目，就是一个新的增长极。右玉今天的"欠发达"，就是昨天的项目不足造成的。我们必须围绕转型跨越的发展目标，坚定不移地实施大项目战略。特别要突出煤电循环产业、农产品精深加工、生态文化旅游业和高新技术产业四类重点项目，加强与大唐、神华、国电等大企业大集团的战略合作，努力培育特色鲜明、竞争优势突出的产业集群。要实施新的四大翻身项目：一是引黄工程，建设引黄北线右玉支线项目；二是准池铁路右玉连接线以及2000万吨煤炭集运站，形成完备的煤炭铁路运输体系；三是（2×60）万千瓦电厂，进一步延伸煤电产业链，建立形成煤电循环发展的产业体系；四是西纵高速右玉—平鲁段，加上已有的大呼高速和在建的荣乌高速右玉连接线，建成四向通达的高速交通体系。

县委确定2012年为右玉县又一个招商引资和项目建设年，重点推进53项省、市、县重点工程，计划完成投资77.91亿元。

大县城战略：要把大县城建设作为加快市域城镇化的重要承载和平台，以大县城为核心、小集镇为支撑、中心村和社区为基点，全新构建县域发展的功能布局，全力打造一个布局合理、层次分明、功能完善、发展有序，凸显自然风情、突出文化特色、体现现代品位、彰显人文魅力的塞北生态宜居大县城。

大生态战略：按照"山上治本立体化，身边增绿园林化，生态畜牧产业化，环境保护社会化"的思路，以提档升级、扩带增量、打造精品、拓展基地为目标，大力实施造林绿化工程和蓝天碧水工程，积极争取"三北"防护林百万亩樟子松基地建设的部分项目，着力打造多层次立体化的晋西北防风固沙生态屏障。要大力发展生态产业，大力发展特色生态旅游业，努力把生态建设名县打造成为生态文明强县。

大惠民战略：在全面建设小康社会的新征程中，我们必须把保障改善民生作为一切工作的出发点和落脚点。把解决民生问题，作为最大的政治、最大的政绩，努力改善民生，促进民和，确保民安，让人民群众共享发展成果，得到更多实惠。

实施五大战略，建设富美和谐的幸福新右玉，是对建设"富而美的新右玉"的进一步深化和拓展，是对右玉"十二五"发展思路的科学完善和全新定位。就是要让右玉发展得更好更快，让人民生活得更幸福、更有尊严。

围绕全省再造一个新山西的新要求，紧跟全市打造"新基地、新优势、新朔州，建设自然生态现代宜居幸福新城"新目标，实施五大战略，推进"工业新型化、农业现代化、市域城镇化、城乡生态化"，加快转型跨越，着力打造煤电循环和低碳清洁能源基地、特色农产品和生态畜牧产业基地，着力打造晋蒙开放合作的重要通道和物流基地，着力打造全国特色生态旅游名县和全省文化强县，全面加强党的建设，加快建设富美和谐幸福新右玉。

各位代表、同志们，只要我们解放思想，开拓进取，务实作为，扎实工作，建设富美和谐的幸福新右玉这一宏伟目标，一定能够早日实现！

我们要大力传承"右玉精神"，继续保持敢与强的比，敢同高的攀，敢同勇的争，敢跟快的赛！

面对党中央、省委、市委对右玉的高度关注和寄予的厚望，我们必须保持高度的政治责任感，义无反顾，勇于担当，真正把兴一方经济、富一方百姓、促一方平安作为每位领导应尽的职责，每位干部应尽的本分，每位公仆应尽的情怀，永不懈怠，扎实苦干，尽心尽责，以良好的工作业绩回报上级领导的真切关心和群众的殷切期望。

……

台上，苏连根讲得激情奋发，信心百倍，胸有成竹，台下，与会代表听得心花怒放，眉开眼笑，不时给予阵阵的热烈掌声！

"又是一个催人奋进的工作态势，又是一个鼓舞人心的好报告！"

来右玉工作的县委书记们，谁都不敢也不能懈怠，他们一任传承一任，一张蓝图续绘得亮点频闪！

2012年1月6日，中国共产党右玉县第十三届二次全体会议，将塞上绿洲右玉推向一个辉煌的跨越发展新征程！

2012年2月23日，右玉县开展保持党的纯洁性学习教育活动，按照省、市委统一部署，从2月开始，到6月底结束。围绕开展好"十个一"活动，坚持与党史党风廉政建设相结合、与传承弘扬"右玉精神"相结合、与深入开展创先争优活动相结合，确保保持党的纯洁性教育活动取得实效。

德莫高于爱民，行莫高于利民。

到2011年，右玉县圆满完成了村通水泥（油）路、中小学校舍安全改造、村级卫生所、村通广播电视、农村饮水安全"五个全覆盖"。全县筹措4亿多元大办人民满意教育，投资额度是前二十年的总和。投资1.7亿元的右玉一中新校区完成工程量的75%。实现从幼儿园到高中15年免费教育。实现了城乡有线电视免费收视。完成保障性住房2230套。全部实现五项社会保险。启动城乡新型社会养老保险，3.87万城乡居民实现了老有所养。各项社会保险金按时

2012年6月18日,右玉展团在北京举办绿色生态名特优杂粮与畜产品推介会。前排从左至右依次为:中共右玉县委书记苏连根、山西省林业厅副厅长左义河、朔州市市长李正印、全国人大信访局局长白平胜、朔州市副市长王志刚、右玉县县长苏斌如。

足额发放。启动低保标准与物价上涨联动机制,为困难群体发放各类补贴、救助金4500多万元。县人民医院顺利晋升二级甲等医院。到2012年底投资9200万元的县医院新门诊大楼投入使用。乡镇卫生院和村级卫生室全部完成升级改造。新型农村合作医疗保障水平参合率达到100%。全县35837户低收入农户冬季取暖煤全部发放到户。各类社会应参保对象实现了全覆盖。

2012年农村新的"五个全覆盖",即农村街巷硬化、农村便民连锁店、农村文化体育场所、农民体育健身设施、村级文化活动场所超八成任务已完成。2012年投资3000万元,开工建设了城市天然气项目。全县住有所居、学有所教、老有所养、病有所医等民生保障体系逐步健全。
……

2012年6月北京,山西举办特色农产品展销会
右玉成为各地客商首选有机绿色产品供应之地

北京,右玉举行小杂粮畜产品推介会成果颇丰:
2012年6月18日,首都北京亮马河会议中心人头攒动,熙熙攘攘。

第十九章 建设富美和谐的幸福新右玉

第二届山西特色农产品北京展销会暨扩大市场招商引资系列活动右玉展团举行绿色生态名特优杂粮与畜产品推介会。

中共朔州市委副书记、市长李正印，全国人大信访局局长白平胜，山西省农业厅副厅长左义河，朔州市副市长王志刚与右玉县委书记苏连根、县长苏斌如，共同出席右玉主题为"科技与绿色、生态与特色、交流与合作"的右玉县小杂粮与畜产品推介会。

推介会上右玉县推出臣丰食业、中大科技、蓝天沙棘、玉羊畜产品等7家企业生产的臣丰苦荞、d-亚麻酸、沙棘饮料、右玉羊肉等特色农产品共四大类八个系列68种供人们选用。这些名特优杂粮和畜产品受到不少外地客商和广大北京市民的青睐，他们都说："右玉的豆面、荞面、小杂粮，右玉的沙棘系列饮料，右玉的牛肉、羊肉纯绿色、无污染，好吃！好喝！"

三天的推介会上，右玉与多家客商共成功签约项目6个，引资10.7亿多元。塞上绿洲右玉成为各地客商首选的有机绿色农副产品供应之地，有力地促进了右玉农民种粮养畜、牵着牛羊奔小康的积极性！

"问渠哪得清如许，为有源头活水来。"

正是这汩汩"活水"，让人民群众切实感受到了共享改革成果的阳光，呼应了人民群众的新期待，传递着浓浓的民生情怀，更彰显出发展和执政理念的深刻变化，右玉正朝着自然、生态、现代、宜居的幸福新城阔步前进！

从2013年2月开始，苏连根、苏斌如等县级领导开展了"访民生、知民情、解民事"集中走访活动。……

60多年来，右玉的县委书记、县长们就是这样，把"以人为本"写在了大地上，写在了老百姓的心坎儿上！

2012年，苏连根、苏斌如在文化强县建设上取得了新成果：在中共右玉县委、右玉县人民政府的积极配合下，由山西省话剧院创作并演出，讴

旅游节西口风情风味小吃展销

2014年3月7日上午，右玉县召开党的群众路线教育实践活动动员大会。县委书记苏连根要求严格按照中央、省、市要求，高度凝聚"四风"问题，把传承弘扬焦裕禄精神和右玉精神贯穿始终。做到规定动作扎实到位，自选动作特色鲜明。

歌右玉人民面对肆虐的风沙，凭信念、凭精神，坚持植树造林60年伟大创举的大型话剧《立春》，作为文化部"2012年全国优秀剧目展演"作品之一，于2012年10月17日赴京演出。中共中央政治局原常委、中纪委原书记贺国强在山西省领导袁纯清、王君、胡苏平，朔州市领导李正印、刘国庆、刘英魁，右玉县领导苏连根、苏斌如、傅存新的陪同下，在北京解放军歌剧院观看演出，并接见了《立春》剧组主创人员，对剧目给予高度评价。话剧《立春》是山西省话剧院继《立秋》之后，精心打造的具有时代精神和山西特色的现代精品剧目，是话剧《立秋》的姊妹篇。话剧《立春》在山西各地巡回演出。2013年5月10日、11日晚，话剧《立春》在深圳大剧院内连演两场，由此掀开了历时24天的第九届中国（深圳）文博会艺术节的大幕。

2013年7月29日《山西新闻联播》播出，2012年山西省119个县（区）县域经济发展考核评价结果揭晓，在全省35个国定贫困县中，右玉县名列第4位。

这是一个了不起的跨越！

2014年3月25日，中共朔州市委、朔州市人民政府召开2013年度目标责任考核总结表彰大会，右玉县被评为优秀县，受到隆重表彰。

如今，当你走进右玉县委生态广场，有两处新颖景观会让你有别样的感受：一是县委办公楼前一座东西20米长的绿色彩座上，正面镶嵌着"建设富美和谐幸福新右玉"12个鲜红大

2015年5月15日，由朔州市人民政府主办，大同市人民政府、忻州市人民政府协办的山西省雁门关生态畜牧经济区特色农产品展销暨技术交流招商引资洽谈会在北京隆重召开，右玉县五大类11个系列66种特色农产品亮相雁门关生态畜牧经济区特色农产品展销周。

字；背面在绿满右玉大地景色上印有红字体的习近平总书记对右玉精神作出的重要批示："右玉精神体现的是全心全意为人民服务，是迎难而上、艰苦奋斗，是久久为功、利在长远。"的彩色长屏。二是正对彩座前的广场喷泉南边，是一座"大力传承弘扬右玉精神"与中国共产党党徽的塑制彩色花坛。这两处绿色塑标，已成为激励右玉人民不懈奋进的进军号！

2016年1月，吴秀玲任中共右玉县委第20任书记后，将县委办公大楼前的绿色彩座正面内容改为红底黄色，上书："右玉精神是宝贵财富，一定要大力学习和弘扬。——习近平。"激励右玉人民永远铭记领袖的教诲，世世代代大力学习和弘扬右玉精神，坚持不懈地建设自己的美丽家园！

吴秀玲提出建设生态好、产业优、人民富的美丽右玉
努力打造全国"两山"理论成功范例和全域旅游样板区

2016年1月10日，经中共山西省委研究决定：吴秀玲任中共右玉县委书记。

吴秀玲，女，汉族。1971年1月生，山西省文水人。1.55米的个头。1993年参加工作，1996年1月加入中国共产党。在职研究生学历，工学博士学位。曾任中北大学图书馆馆长、档案馆党支部书记。2011年5月，任中共怀仁县委副书记、县长。2016年1月，任中共右玉县委书记。中国共产党十九大代表。她温文尔雅，行事缜密，柔中有刚。2017年12月至2018年4月，吴秀玲兼右玉县生态文化旅游开发区党工委书记。2018年4月至2018年12月，吴秀玲兼右玉干部学院党委书记。2018年12月至2019年12月，吴秀玲任中共朔州市委常委、中共右玉县委书记，右玉县生态文化旅游开发区党工委书记、右玉干部学院党委书记。

吴秀玲到任后，轻车简从跑完了全县10个乡镇和厂矿企业学校等，提出：深入学习贯彻习近平系列重要讲话精神，全面落实省委"一个指引，两手硬"的重大思路和要求，大力传承弘扬右玉精神，紧紧围绕提升绿水青山品质、共享金山银山成果的主题主线，紧扣建设生态好产业优人民富的美丽右玉的奋斗目标，大力实施脱贫攻坚、旅游兴县两大战略，以经济稳定向好为目标，以项目建设为支撑，以转型升级为方向，以民生改善为根本，以从严治党为保证，全力推动全县经济社会发展和党的建设各项事业开创新局面。

吴秀玲到任不久，笔者问他："你这一届县委怎么干？"

吴秀玲高兴地对笔者说："我这一届县委如何干，还是一任接着一任干，书写右玉发展新篇章。习近平总书记嘱咐我们：一个时代有一个时代的主题，一代人有一代人的使命。新长征路上，每一个中国人都是主角，都有一分责任。右玉新一轮发展就是新的长征，需要全县人民更加学习、弘扬、传承右玉精神，以更加坚定的信心、更加昂扬的斗志，奋力书写右玉改革发展的新篇章！"

2016年6月23日，右玉县第十六届人民代表大会第一次会议选举王志坚为右玉县人民政府县长。苏斌如调任怀仁县县长。

王志坚，男，汉族，1964年4月生，山西省山阴县人。大学学历。1.60米的个头，敦实的

身材。1983年参加工作，先后任中共朔州市委办公厅行政科科长，中共朔州市委副秘书长，中共应县县委副书记（正县级），中共右玉县委副书记、右玉县人民政府县长。2017年12月兼任右玉县生态文化旅游开发区管委会主任。王志坚性格直率，做事务实，善于现场办公。

王志坚当选县长后坚决地说："我要在县委的坚强领导下，与政府一班人大力传承弘扬右玉精神，决胜脱贫摘帽攻坚战，打好乡村振兴主动仗，加快右玉生态文化旅游开发区建设，着力办好8件民生实事，坚定不移增进民生福祉，为如期建成小康社会、建设生态好产业优人民富的美丽右玉做出最大努力和贡献。"

2017年元月23日，中共山西省委第十六任书记骆惠宁做出批示："依托中共右玉县委党校建立右玉干部学院甚好，省市要大力支持，形成干部教育品牌。"

中共山西省委决定，在右玉县委党校的基础上，建设干部学院，这是右玉发展史上破天荒的大喜事！

为了尽快落实省委书记的批示，2017年3月由辽宁省委常委、省委秘书长调任中共山西省委常委、组织部部长吴汉圣来到山西后调研的第一站就到右玉，与时任中共朔州市委书记王安庞共商建立右玉干部学院大事。紧接着，时任朔州市人民政府市长陈振亮主持的第一次政府常务会议，就是专门研究右玉干部学院的建设问题。

随即，右玉干部学院筹备组成立。县委书记吴秀玲担任筹备组组长，中共右玉县委副书记丁裕担任筹备组常务副组长。组织部、宣传部、党校的主要负责人担任筹备组副组长。

右玉人都知道，中共右玉县委党校在原县人民武装部单片办公楼二层旧址，只有10间房子。依托县委党校建立右玉干部学院，实际上是白手起家，重头新建。

如何完成这么一项光荣任务？吴秀玲的担子不轻。

世人都清楚，塞上高原右玉的春季，仍然春寒料峭。更重要的是"巧妇难为无米之炊"，建校的资金从哪里来？县财政拮据。吴秀玲为此吃不好饭，睡不好觉。吴秀玲想：世上无难事，只要肯登攀，我的先辈们有什么条件？敢于植树造林与风沙苦斗，战天斗地，建设生态文明。有宝贵的右玉精神鼓舞着我，有省、市领导的撑腰做主，我又怕什么？右玉干部学院我非要把它干成干好！

筹备组成立后，吴秀玲带领筹备组全体成员首先进行了院址选择，最后达成共识，决定右玉干部学院的地址就选在小南山森林公园南侧原名叫右玉干部教育基地的地方，进行高标准地改扩建。

建院的资金怎么办？吴秀玲向省委、市委打了专题报告。省委书记骆惠宁、省长楼阳生二话没说，拨付1000万元。接着中共朔州市委书记王安庞、市长陈振亮也痛快地先拨300万元，后来又增拨1500万元，合计建院资金2800万元。与此同时，朔州市平鲁区、山阴县、怀仁市、应县、朔城区、朔州开发区也鼎力相助，纷纷出钱出力。"众人捧柴火焰高"，这一下，吴秀玲底气足的了不得！

吴秀玲每天从县委大楼办公室，到右玉干部教育基地，足足6华里的路程，不知要跑多少趟。

在吴秀玲的指挥下,所有参与建设的建筑工队和工作人员顶着凛冽的寒风,昼夜加班干。经过3个多月苦干,到6月底,右玉干部学院顺利竣工运行。

2017年6月6日,右玉干部学院彩旗飘扬,鲜花怒放,鞭炮齐鸣,右玉干部学院开学典礼暨全省干部教育培训工作推进会在这里举行。吴汉圣部长与王安庞书记到会主持揭牌开学典礼。这一天注定要载入右玉发展的史册!

右玉干部学院占地面积260亩,建筑面积1.9万平方米,包括教学楼、报告厅、右玉精神展览馆、右玉干部学院展览馆、学员公寓、教授公寓、学员餐厅等。内设办公室、教务部、培训部、教学科研部、党校工作部、后勤保障部、事业发展部"一办六部"。外设15个现场教学点和占地1000多亩的体验教学基地,各种教学、教研、生活设施配套完善。目前,可同时满足400多人的学习培训需求,年培训能力10000多人次。2019年4月右玉干部学院被中组部列入省(部)级党委(党组)批准的干部党性教育基地备案目录。其中,2019年9月16日右玉精神展览馆被中宣部授予全国爱国主义教育示范基地。右玉干部学院2019年12月荣获山西省基层理论宣讲联系示范点。右玉干部学院已是一座绿树环绕、鸟语花香、风清幽静的学习培训圣地。

在此期间,吴秀玲组织筹备组人员分别到延安干部学院、焦裕禄干部学院、井冈山干部学院、红旗渠干部学院等十几所干部学院学习取经。

干部学院成立了,教材怎么解决?中共朔州市委书记兼右玉干部学院院长王安庞直接给笔者打电话:"《苍河颂》还有没有?"我说:"我还保留着400本。""那你务必尽快给

2018年11月8日,右玉干部学院全体教职员工在教学大楼前合影。

干部学院送去300本作为基本教材。"次日，我租了一辆商务车，将47包235本长篇报告文学《苍河颂》，从太原启程，深夜10点钟送到右玉干部学院参与建院的县水利局局长王旭东办公室门前，他让三位工作人员搬到了学院的图书馆里。院办工作人员张政还给我打了收书的收据。之后，干部学院还聘任中共山西省委党校教授、教务部原主任郭彩同志，参考笔者所著长篇报告文学《苍河颂》主编的由山西人民出版社责任编辑武静编审的《右玉精神党员干部读本》在山西人民出版社出版发行；责成郭彩、张红华、王悦等9人编写的，由责任编辑周慧、张琳、侯文敏编审的《干部党性修养案例读本——右玉精神的时代价值》在中共中央党校出版社出版发行以及《右玉治沙造林大事记》等一系列教材。

2018年5月5日，中共朔州市委书记陈振亮兼右玉干部学院院长，中共朔州市委常委、组织部部长崔巍兼任第一副院长，中共朔州市委常委、中共右玉县委书记吴秀玲兼任院党委书记，中共右玉县委常委、组织部部长王悦担任常务副院长。专职副院长姜永贞和李勇分别主管教学教研和后勤管理工作。

右玉干部学院从2017年6月6日挂牌成立以来，迎来一批又一批向往右玉，崇敬右玉人民，学习右玉精神的团队和学员。先后举办全国各类培训班1620期，培训全国各级各类党员领导干部81430人。学院的教学培训工作得到中央组织部、省委组织部的充分肯定，赢得社会广泛赞誉和学员的一致好评。学院先后被中共中央党校、新华社、《求是》杂志、山西省人大常委会、山西省军区、山西省医科大学等40多家部门和单位确立为党员干部党员教育实践

2017年9月27日，中共山西省委党校第一期省管干部读书班在右玉干部学院举办。
前排左一为特聘教授郭彩，左二为省委组织部干部二处副处长荆沛，左三为右玉干部学院党委书记、右玉县委书记吴秀玲，左四为运城人大常委会主任安雅文。
前排右一为右玉干部学院常务副院长王悦，右二为朔州市人大常委会主任王云龙，右三为山西省委党校培训班正处级班主任武磊。

基地。是中共山西省委组织部建设的大寨、太行三所干部学院之一。

从2019年开始，吴秀玲又马不停蹄地开始了学院的二期建设。分东西两个校区；在干部学院南3公里的山丘上开工新建了旗帜广场；将鑫宇宾馆改建为干部学院的西校区；千亩校园、万亩基地、百村教学点建设行动；10所全国知名院校，50个国家单位、百个省市兄弟院校深度合作行动；10名领军人才，50名兼职教授，百名本土教师队伍建设行动；共建共享"五大"合作计划（即：共建绿色产业发展成果展示平台；共建特色发展展示窗口、共建现场教学场所；共建植树体验基地；共建教学团队）陆续展开。

右玉干部学院，正在努力打造在全国有重要影响的体现时代精神和党性教育特色的干部培训学院，致力建成全国性的学习研究宣传习近平新时代中国特色社会主义思想和治国理政新理念新思想新战略的干部教育培训"主阵地"，成为山西省在全国一张新的靓丽名片。

吴秀玲，这位坚强的女性，全身心地建成右玉干部学院与她担任中共右玉县委第20任书记一样，她把自己最精彩的人生华章写在了塞上高原右玉大地上！

朋友，如今当您驱车从右玉县城南出口迎宾大道玉马街行到古色古香的玉龙生态园大门景点前，扑入您的眼帘的是一块蓝底上印有"右玉干部学院"的大型广告牌，您就驾车向东，拐入彩色生态长廊一公里处，就是依山而建的宏大美丽的右玉干部学院！

右玉干部学院热烈欢迎您！

竖立在右玉迎宾大道玉马街玉龙马园门前的右玉干部学院指路牌

请看三年来：

让我们倍感自豪的是，习近平第四次对右玉精神做出重要指示，强调："右玉精神是宝贵财富，一定要大力学习和弘扬。"这是党的领袖向全党全国各族人民发出的政治号召，为新时期学习弘扬右玉精神标记了新的高度。

右玉全面打响脱贫攻坚战，实施脱贫攻坚8大工程20项行动，实现了126个贫困村退出、151918名贫困人口减贫，贫困发生率下降到0.46%，各项指标达到贫困县退出标准。于2018年8月8日率先摘掉国家贫困县帽子。之后，还要坚持：摘帽不摘责任，摘帽不摘帮扶。

中共山西省委、山西省人民政府把右玉工作提升到省级层面来抓，批准设立了全省首个省级生态文化旅游开发区，制定出台了支持右玉绿色发展的32条重大举措，全力推动右玉打造全国"两山"理论成功范例和绿色发展示范区。右玉县与浙江安吉、陕西延安、河北塞罕坝林场、新疆阿克苏共同成立生态文化旅游发展联盟。开工建设了杀虎口景区开发、玉龙观光牧场两个五亿元文化龙头项目。建成西口文化博物馆、右卫艺术粮仓文创产业基地。全年旅游人数达290万人次，同比增长32.4%。实现旅游收入26.96亿元，增长28.2%。

右玉干部学院于2017年6月6日挂牌成立，打响了全省党性作风教育和干部培训的新品牌。

让我们倍加振奋的是，全县经济发展提质增效，社会大局和谐稳定，各项工作推进有力，特别是财政总收入达到11.3亿元，同比增长15.5%，创历史最好水平。

牢牢把握广大人民群众对美好生活的向往，实施了农村饮水安全巩固提升、农村危房改造、城市棚户区改造、109改线等一大批民生工程。开通了城乡公交。用上了管道天然气。高考成绩创历史新高。右平高速公路全线贯通，通车在即。全县人民期待已久的愿望逐步得以实现。

让我们备受鼓舞的是，右玉获得了全国第一批国家生态文明建设示范县和第一批"绿水青山就是金山银山"实践创新基地、全国平安建设先进县、全国群众体育先进单位和省级平安县、首批山西省食品安全示范县等多项省级以上荣誉。

以上每项工作成绩的取得都来源于辛勤的付出，每一处振奋人心的变化都见证着奋斗的幸福。

读者朋友们，12万英雄的右玉人民把新时代的使命接力传扬，浓墨重彩谱写美丽右玉的新华章！12万英雄的右玉人民把绿对水青山的向往，化作金山银山的时代交响！

日月复开元，右玉大地万象新！

2017年7月1日，中国银行大同市分行和中国移动大同分公司中层以上干部共同来到右玉小南山森林公园丰碑广场学习右玉精神并举行入党宣誓仪式。

第二十章 正在崛起的塞上园林城市

往事的回想

1971年2月28日，右玉县革命委员会根据中共山西省委第一书记、山西省军区司令员谢振华的指示精神，向山西省革命委员会呈报《关于右玉县址迁移的请示报告》。

1971年4月21日，山西省革命委员会正式行文批准，同意将右玉县址从右玉城迁至县内较中心的地带——梁家油坊，并拨给党政机关搬迁费70万元。

1971年6月12日，右玉县革命委员会又向山西省革命委员会呈报了《关于右玉县址迁移基本建设的计划》。

为了适应迁县工作需要，1971年6月22日，成立了右玉县迁县总指挥部。总指挥由县核心小组组长、县人武部政委杨爱云担任，副总指挥由县核心小组副组长、县人武部部长杨志、县革命委员会副主任张光熙担任，成员有冯鹤春、董自新、邓宦卿、梁美。总指挥部下设迁县办公室，负责办理迁县具体事务。迁县办公室主任董自新，副主任邓宦卿、梁美。后因工作需要，董自新、邓宦卿二人调离，办公室主任由梁美担任。

右玉县新县城的地址规划，经多次勘察研究，最后定位于梁家油坊村以东、上堡村以西，呼同公路为县城东西大街，县城十字中心为梁家油坊村通往馒头庄村的大路处。新县城北依贾家窑山，海拔1492米；南临头道河，隔河小南山，海拔1519米，土地广阔平坦，四周环境较好，是建设新型城市的理想地方。

右玉新县城布局从长远考虑，统筹安排，分期施工。主街道为十字大街，分七大区。具体为：东大街路北至北大街路东为党政单位区；东大街路南为机关招待所、文化图书博物单位、县汽车站；西大街为商业区；北街路西为邮电、物资单位区；南街路东为新华书店、机关幼儿园区；南街路西为医院卫生区；县城西为工业中心区。每区附近都配套有职工宿舍和城市居民生活区。

右玉新县城占地面积为550多亩，整个建筑面积为3384平方米。县城东西为1141米，南北为1151米。东西南北四大街宽22米，巷道宽8米。

右玉新县城整个建设计划分两期完成。总投资为292万元。总建筑面积为43384平方米。1971年前期工程投资为78万元。1972年二期工程投资为214万元。投资计划与建筑面积都是按照各单位人员编制与工作需要而确定。

1971年4月中旬，迁县第一期工程破土动工，年底基本结束。投资70万元完成了县革委会、县人武部、县招待所、县大礼堂（即影剧院）的建设工程，全部是平房，建筑面积13127平方米。

当时为了节约木材，降低造价，除机关办公室和县革委会机关饭厅、县大礼堂是砖木结构外，其他机关宿舍等建筑均采用砖碹窑洞和水泥预制板盖顶。其中县大礼堂总建筑面积为1122平方米，投资20万元。这是当时迁县建筑规模较大、投资用料最多的一项工程。所用暖气片从天津暖气片厂购进。凳子由北京市丰台机器厂供货。右玉县大礼堂是当时雁北地区13

县最好的礼堂之一。

1972年8月11日至12日，谢振华在中共雁北地委书记兼雁北军分区司令员张广有、副书记冯福林的陪同下，来右玉检查工作，查看了正在建设中的右玉新县址建设工地，并对县城搬迁等工作做了指示，要求"加快新县城的建设，基础建设完工后，县城绿化要同步跟上"。

1972年10月15日，右玉县革命委员会向山西省革命委员会呈报了《关于正式迁移县址的请示报告》。10月下旬，县级机关开始往梁家油坊新县址搬迁。首批搬迁的单位是：县委、县革委会及下属的办事组、政工组、生产组，各局、委、办，县招待所，县人武部，县邮电局。

我当时在政工组文教办公室工作，与安有、王德功一同住在一排砖砌的9号平房里，面积仅有9平方米。当时新建的平房均在四周的荒野上，无遮无掩。晚上睡觉不仅上锁，还要用木墩把门顶住，一怕大黄风刮开，二怕野狼侵扰。

每天三顿饭，从县委书记到一般干部，大家自带碗筷，都到县革委会饭厅排队买饭。早去的有个骨牌凳子坐，晚去的就蹲在砖地上吃饭。到了星期六下午五点后，没有特殊情况的话，我们就结伴骑自行车回右玉老城家里过个星期天，下星期一早上八点准时返回油坊上班。不少干部就这种简单而清苦的生活，一直过了十来年。到1982年，县委盖了一些两间的家属平房，一些家属才逐步搬到新县城居住。在前面提到，省里下放来右玉工作的吴慧琴、曲补旺夫妇等人和我们一样，在这里度过了四年最清苦的岁月。

同年10月20日，县革委会成立驻右玉城办事处，任命牛永清为主任，办公室设在原县革委会办事组院内，其任务是帮助县革委会管理未搬迁的县直机关、学校、工厂等企事业单位。

迁县办公室的工作从1971年6月份开始，到1974年9月份结束。所余迁县扫尾工作，移交县革命委员会办事组完成。

从1972年10月搬迁后的右玉县址，变为一个右卫镇的所在地。

清雍正三年（1725）置朔平府于右玉林卫，后改右玉林卫为右玉县。中华人民共和国成立后到1972年，这里一直是右玉县县治。历经247年的老右玉县城，留给人们的只是一片瓦砾和声声叹息。

从2007年起右卫老城全面铺开恢复重建工程
右卫镇被住建部上榜为第二批全国特色小镇

右卫古城建城历史悠久，文化底蕴深厚，是山西省保存较完整的古城之一。但由于年代久远，加之人为破坏，右卫南北城门已经成为危门。

2007年，赵向东、陈小洪经过多次考察后，决定把右卫老城城门修复工程作为全县发展文化旅游产业的重点工程文脉工程来抓。县发展和改革局局长黄庆和、县文化体育局局长庞日亮、右卫镇党委书记杨永文，先后任镇长的门进孝、杨成具体组织实施，进行修复建设，对右玉城及周边古堡的抢救、保护、建设、开发进行了全面详尽的规划。

截至2008年底，一是已完成北城门和两条马道的修复，完成南城门主城门的保护修复。

竖立在右卫古城南门外的县级重点文物保护碑座

二是北城门外的瓮城周边全部进行了清理，并修复完毕。三是初步完成对城门附近房屋的拆迁。清理多年积存的建筑和生活垃圾100多立方米。四是清理北城门的垃圾1180多立方米，平整土地1700多平方米。打通了北城门至马营河、北城门至虎山线两条故道。对故道两侧全部进行绿化、美化。五是对宝宁寺大殿进行了抢救性保护修复。六是完成了对右卫镇境内文物的普查，基本查清了文物古迹的数量，扩大了文物保护的范围、数量，明确了文物保护的等级和责任，对部分失落民间的文物进行了回收和妥善保管。

2008年11月，右卫镇被山西省人民政府命名为全省第一批旅游名镇。

2009年9月14日，山西省公布第三批山西省历史文化名镇名单，朔州市右玉县右卫镇被列为全省5个省级历史文化名镇之一。

2009年在右玉县发改委主任黄庆和的坐镇指挥下，完成了右卫镇10公里环城旅游观光道路建设。

2010年10月底，黄庆和组织有关人员在北城墙外完成了"防风治沙教育基地"和"善无古城遗址"旅游观光建设工程。

2011年，右卫镇党委书记杨永文、镇长杨成紧紧围绕建设省级历史文化名镇，继续加快右卫古城濒危古建筑抢救性保护和修复工作，不断丰富右卫古城的人文内涵，按照"原址复原，修旧如旧"的原则，继续推进北门瓮城的抢修复原工作。完成了"义合得""晋北实业银行右玉分行"两座古建原址抢修复原后续工程。建成了右玉古城民俗文化大院。完成了右卫城"耶稣堂"的抢修保护工程，为再现清代晚期右玉宗教建筑风格，研究基督教在右玉的产生和发展，提供了珍贵的实物遗存。完成了右卫城清真寺现存明代正德石碑两座护碑亭建设，使这两块真实反映右玉伊斯兰教和清真寺院发展脉络的"活化石"得到了切实的保护。同时，进一步

2019年9月，中共山西省委党校第66期中青年领导干部培训班在右卫古城北城风沙掩埋遗址留影。图中为山西最美村干部、右卫镇头水泉村党支部书记王明花。前排左六为省委党校培训班正处级班主任武磊，前排左八为省委党校培训班正处级班主任鲍岚。

加快了古城周边的环境综合整治和基础建设,整修东门外路边防护墙和文化墙1500米,大门13处,花池57座,粉刷外墙4500多平方米,补植樟子松和各类景观苗木6000多株,使古城周边环境面貌进一步改善,文化特色日益显现。至2011年底,右卫城北门二期修复工程竣工。

2012年,在省、市、县的大力扶持下,投资800多万元的右卫城古道与街道改造兼环卫整治工程至10月底圆满竣工。东南西北大街规格不低于县城水准的古城下水管网改造工程按照50至100年一遇的防洪标准进行建设,长2.7公里,惠及4000多户常住居民。高标准地改造铺设街道路面和两侧人行道,使右卫镇多年来的脏乱差面貌得到彻底改观。

玉林书画院以崭新的风姿复生。右卫古城玉林书画院的前身是玉林书院。玉林书院的前身是清乾隆年间创建的江林书院,后圮。玉林书院是清代朔平府的府学,与并州的晋阳书院、令德书院及太原府的重修书院齐名。清道光十七年(1837),时任朔平知府张集馨捐出俸银300两,并号召当地商人、乡绅、富豪募捐创立"玉林书院",培养当地的读书人。民国三年(1914),右玉城绅士王作辅邀集同仁在玉林书院兴办一所图书馆,馆内藏古今书籍千余卷,时为晋省一所著名图书馆。民国八年(1919),又在玉林书院成立了山西省立第七中学,为山西省在晋北的著名学院。后随着清末战乱频繁,官学衰败,玉林书院逐渐消匿。到了民国二十六年(1937),日军侵占右玉,玉林书院房屋财产被日军焚毁,变为一片废墟。但玉林书院曾为右玉文化事业发展作出的贡献,至今仍被人所称颂。

从2008年以来,右玉县对右卫古城东西南北城门和北门瓮城以及四大街两侧明清店铺进行了复古式的修缮,新开张了惠源酒家、善无稍麦、西口人家等十几家宾馆饭店,方便了游人住宿参观。2009年,右卫镇入选山西省第三批历史文化名镇名村名录。

2011年,为展示右玉大美风光,并为诗画作家和游人提供服务便利,秉承玉林书院遗风,由中国油画院、右卫镇、山西西口边塞文化发展有限公司共同投资,在右卫镇大西街路北原县政府大礼堂旧址重建仿古式、园林式,画、展、住、吃为一体的玉林书画院。在古色古香的大门上,中国油画院院长杨飞云题写的"玉林书画院"牌匾熠熠生辉。右玉籍、北京画院油画室主任白羽平题写的"泽温品润玉难出其右,意沉章端文咸来尊左"的对联,黑底金字,耐人寻味。右玉县文联主席郭虎兼任书画院院长。整座书画院为砖木仿古两座四合院相套,东院为二层木结构住宿、画画小楼,还有厨房和餐厅。西院亭台雅

玉林书画院揭牌仪式,县长苏斌如致辞。

管护完整的右卫镇东门

致，青砖和卵石墁地。青松苍翠，鲜花吐蕊。山西作家唐晋撰写的《重修玉林书画院记》石碑引人注目。西院的正面、东面、西面仿古式的展室内悬挂的300多幅名家字画，流淌着浓浓的墨韵书香。

2012年10月21日，塞上右玉即将进入霜降季节，天气干冷，但右卫古城西街上却是一番热闹喜庆的景象。

这天上午，右玉县人民政府与中国油画院在新建成的玉林书画院隆重举行揭牌仪式。来自中国美院、中央美院、北京画院、中国人民大学、首都师范大学、太原理工大学、山西大学等9所大学的学油画学生，来自北京、陕西、四川、甘肃、新疆、黑龙江、广东等12个省的画家、艺术家共300多人，加上前来观展的干部群众，有2000多人参加了揭牌仪式。至此，倒闭近百年的玉林书院以崭新的风姿复生。中国油画院院长杨飞云、北京画院油画室主任白羽平分别讲话。右玉县人民政府县长苏斌如在致辞中说："玉林书画院的百年后重建揭牌是右玉书画界的一件盛事，是右玉文化产业发展的一件喜事，希望广大书画爱好者多驻右玉创作出更多的艺术精品，为右玉的文化产业开发和文化旅游开发作出积极贡献……"

在仪式的前后，我看到参加揭牌仪式的300多名油画学子和各省画家们在右卫古城的城墙上、在古城的多条街巷上，不畏寒冷专心致志地创作。

玉林书画院成立以来，每年有数10家国内高校的艺术院系师生和众多专业画家上万人次常驻右玉，开展油画写生创作。他们所创作的作品流转全国各地，甚至漂洋过海。

2012年11月20日，右卫镇被正式列入山西省首批"百镇建设"名单，拟用五年时间打造，将在资金和项目方面得到省政府的优先安排。

恢复重建的右卫镇北门和瓮城

自2012年底始，右卫镇的医疗卫生、邮政电信、宾馆饭店、购物超市、农家客栈、体育健身等公共服务设施正在完善。全镇古朴典雅，宁静祥和。

2016年7月21日上午，中共山西省委常委、宣传部部长胡苏平与中央美术学院院长范迪安共同为坐落在右卫镇北街的右卫艺术粮仓揭牌开仓。出席开仓仪式的领导还有政协山西省副主席李月娥，山西省广播电视台台长郭健，山西省作协党组书记、主席杜学文，中共山西省委宣传部副部长刘英魁，中共朔州市委书记王安庞，朔州市人大常委会主任冯云龙，政协朔州市主席贾桂梓，中共朔州市委常委、宣传部部长王加关，中共右玉县委书记吴秀玲、右玉县人民政府县长王志坚以及中央美术学院造型学院副院长张路江、北京画院油画创作室主任白羽平等。

至2017年底，右卫镇北门和南门的瓮城和两座古色古香的剪楼全部恢复重建。

过不了多久，右卫镇与苍头河生态走廊、杀虎口古文化旅游区会连成一片，成为山西北方生态旅游观光、古今文化体验、科学考察、休闲度假为一体的塞上高原旅游好去处。

逐步修复右卫古城工程，得到了老城群众和社会各界的高度关注和广泛赞誉。右卫古城将和杀虎口古文化旅游区连为一体，成为人们向往的塞上高原古文化旅游区。

2017年8月28日，住建部公布了第二批全国特色小镇名单，右卫镇为山西省上榜的九镇之一。

高厚、赵向东的坚定信心："举全力打好县城攻坚克难硬仗，唱好城市建设重头戏！"

县城是全县政治、经济、文化的中心，也是全县对外开放的窗口。每个城市，都应有自己的文化。

然而，搬迁后的右玉县城由于县域经济发展缓慢，资金缺乏，长期以来县城基础设施建设一直比较滞后，直到20世纪末期，城内还没有一栋像样的楼房，东西南北大街的主要街道两侧大部分是20世纪70年代修建的砖瓦小平房，不少已经破旧不堪，市政公用设施更是少得可怜。东西南北大街的接合部分别与四个农村接壤，脏乱差随处可见。每逢下雨天，大街上满是泥泞路，机关干部上班不得不穿雨鞋进办公室。仅长1000米的南大街被一座戏台阻隔，仅长650米的北大街是一条断头路。晚上昏暗的路灯依稀可见。不少外地来客戏称右玉县城是一个标准的"大村落"。

1999年12月9日，高厚来到右玉担任第十四任县委书记。

每天天不亮，高厚就领着县委办公室同志走大街、串小巷，越走越感到气愤和不安。除了猪、狗、羊、牛、鸡满街满巷乱窜外，在与县城接壤的庄稼地里，到处是随便大小便的男人和女人，有些女人旁若无人地光着屁股大小便，现代文明似乎与她们毫不相干。县城的街巷不时会看到乱搭乱建、脏水乱泼乱倒、柴炭乱堆乱放的情形。"这哪是个县城，分明是个落后愚昧的大村落。我们的县城与原野的苍翠是何等的不匹配！"

"看来加快县城建设也要打一场硬仗！"高厚边走边自语道。

转了几圈大村落似的县城，高厚几个晚上都没睡好觉，他在不停地思考如何打好拆迁改造县城的攻坚战！

二十天后，一次专门研究县城建设的党政联席会整整开了9个小时。

基础设施是一个地方经济和社会发展的基本条件和重要标志。

城镇化建设是一个地方经济社会发展的基石。

以人为尺度的生活方式，是可持续发展的全球战略在城市发展上的延伸。

热烈而紧张的会议形成了决议：要迅速把加强城市建设作为落实邓小平"发展是硬道理"的重要指示，促进县域经济发展和改善人民群众生活条件的重头戏，摆上县委、县政府的重要议事日程，坚忍不拔，迎难而上，全力打好县城攻坚克难的硬仗。

"右玉县城市建设要以科学超前的规划为依据，以建设具有北方特色的园林式城市为目标，以县城四大街临街建筑拆迁改造为突破口，加快'塞外绿色明珠'的建设步伐，力争到2005年初步建成园林化县城。"

高厚攥紧的拳头敲在桌子上，坚定地表示。

会议决定，城建第一期工程，重点要完成"五个一"和"五条路"工程建设。

"五个一"，即要按照"城中园，园中城"的总体思路，高起点规划，高标准建设，抓好"一园""一场""一坛""一城""一街"的工程建设。"一园"，即完善林、路、草相配套的南河湾生态公园；"一场"，即利用县委、县政府楼前空地，新建一个占地面积为5480平方米的园林式广场；"一坛"，即在位于北环路与大北街交叉处，建设占地面积1000平方米的花草坛；"一城"，即在大北街建设善无文化城；"一街"，即把西起二完小、东至冷库巷的后东街，改造建设成一条商业街。

"五条路"，即要以完善县城交通网络为目标，打通南出口，建起滨河大桥和"紫塞玉林"彩牌楼；开通南环路与东南大街相接；迁移烈士纪念碑，打通北出口；在1997年，在不畏艰难打通西大街的基础上，延伸西大街与山和公路相接；拓宽山和公路县城南北段。

会议决定，要坚定不移地抓好县城四大街的拆迁改造，要按照"一楼一景"的思路，新建一批造型别致、风格各异的办公、商住、综合大楼。各有关单位和部门要对城建任务进行逐层分解，落实到人，冲破一切阻力，迎难而上，真正形成项项工作有人管、有人抓，各负其责、各司其职的工作机制，充分调动起上上下下、方方面面抓城建工作的积极性和创造性。

就这样，塞上绿洲一场破天荒的城市拆迁改造建设战役势如破竹地打响了！

人们看到：

十几辆推土机和挖掘机开到了小南山西坡山脚下，挡在大南街正中的大戏台被推倒，打通县城南出口工程战役打响了！

一支建桥工程队开到了县城南二道河边，新建滨河大桥工程和新建跨路"紫塞玉林"彩牌楼工程战役打响了！

县委、县政府楼前的围墙和大门及周边其他机关建筑物被拆迁推倒，楼前广场拆迁改造战役打响了！

县城十字街口西北角破旧低危的百货门市被推倒重建，西南角陈旧落后的二轻门市小楼被推倒重建，东南角破旧不堪的交电门市二层楼房被推倒重建，改造县城十字街三大角的战役打响了！

县城北大街正中的烈士纪念碑，被搬迁到苍松浓郁的贾家窑山上，拓宽北大街、打通北出口战役打响了！

县城东大街两侧、县城北大街两侧、县城南大街两侧破旧的小平房一片一片地被推倒，新建别具风格的、具有现代气息的办公商住大楼战役打响了！

娇小的右玉公园扩建改造，新建具有国际化品位的新型大型体育场战役打响了！

坐落在县委大院东侧的两排低矮平房——县广播电视局所在地被搬迁拆除，新建具有多功能的现代品位的报告厅战役打响了！

第二十章 正在崛起的塞上园林城市

好家伙！

塞上右玉城市拆迁改造搞得如火如荼，气势之大在右玉发展史上史无前例！

这个时期的高厚，面色冷峻而刚毅！他天天晚睡早起，每个工程工地上都闪着他检查督导工作的身影。为了确保工程的质量，他不知抹了多少黑脸，动了多少肝火！

县四大班子成员在高厚的带领下，每年上、下半年两次的城建实地检查成了雷打不动的制度，从而保证了县城改造拆迁建设工程保质保量地顺利进行。

冬季，正是带冻土移植大松树的好季节

"县城四条大街改造拆迁紧张有序地进行，街道配套绿化也要跟上去，机关干部再动员，立即打响冬季造林、美化街道的战役！"

高厚又想到了县城街道配合绿化——让大苗松树进驻县城街道。

2000年11月，初冬的塞上右玉寒风刺骨，正好是带冻土移植大松树的好季节。县直机关按系统、按街道分任务，拉开了右玉从未有过的冬季挖大树坑、栽大树苗的绿化战役。

县委、县政府的决心一下，高厚身裹着黄军大衣，带领县委副书记焦日龙、副县长李丰贵、县林业局局长孙玉财上了山，亲自到野外挑选造型好、高度基本一致的大松树苗，并组织人员破冻土，起带冻土的大松树苗。

搞县城冬季绿化，县财政十分拮据，拿不出经费，怎么办？

孙玉财说："我想办法，到银行贷款。"

在孙玉财的带动下，县林业局21名干部职工主动拿出自己的房本作抵押，向银行贷了9万元，使冬季绿化县城工程顺利进行。

县城四条主干街道两旁，每隔4米燃一个柴火堆，使地面的冰冻层慢慢地解冻消融，然后在这个位置，再挖一个1.5米见方的大树坑。他们从内蒙古和林格尔县调回6台长臂起吊机，将一棵棵重5吨的带冻土的大松树移入坑内；十几辆拉水车将树坑浇足了水；干部们填实了每个大坑，并围起一圈防止浇水时外流的小土埂。工程就是这样一点点艰难地进行着……县直机关的男女干部们，天天顶着严寒忙碌在街道两旁的植树工地上，特别是县林业局局长孙玉财、县建设局局长景占文，整天马不停蹄地带领林业局和建设局的技术人员在大街上监督指导。

半个多月过去了，机关干部们共挖大树坑7138个，移土13104立方米，栽植大苗针叶树7138棵。其中，樟子松6887棵，云杉121株，油松130株。右玉县城街道一下子变成了浓密的松树长廊。

至今，在县城南出口的原右玉一中、体育广场两侧的80株葱郁的大油松、体育广场南侧的20株大樟子松、县城东街和北街整齐划一的大松树，就是当年高厚带领机关干部们冬季植树、

林业功臣孙玉财，山西省右玉县人。从1997年6月至2003年7月，任职右玉县林业局局长。他亲自具体负责组织实施了七大国资和外资在右玉县的林业建设项目。2002年5月，荣获山西省"五一劳动奖章"。2003年5月荣记山西省社会主义劳动竞赛二等功。

冬季是松树大苗移植的好季节。为了建设塞上宜居家园，县直机关干部们不惧飞雪冻地，起栽带冻土的大松树，绿化县城主干道！

绿化县城的真实见证。走到这里人们都会说："没有高厚，哪有这么壮观的松树大道。"

山西电视台副台长邵若驹来右玉采访，见到高厚，禁不住感叹地说："高书记呀高书记，我才明白了你这县委书记的官真难当啊！你高厚真是比以前苍老了不少，我几乎没认出你这个县委书记。"

高厚咬紧牙关，狠抓连续二年的县城拆迁改造建设，终于赢得了阶段性胜利，使县城东西南北街街面上低矮破败的建筑进行了脱胎换骨的改造，一个塞上高原崭新的新城展现在世人面前，初步实现了右玉的县城与右玉的田野一样妩媚动人。

为了拆迁建设美丽的园林县城，高厚也不知受了多少委屈，遭到多少不理解人的谩骂和指责。

明知征途有艰险，越是艰险越向前。

高厚有他的主意：要为右玉人民造福，以实打实的县城新貌和宜居环境，让人们从心里折服！

2001年8月10日上午，右玉县城市建设改造一期工程竣工庆典仪式在新建成的南出口"紫塞玉林"彩牌楼和新建成的滨河大桥上隆重举行，省、市一些领导前来祝贺。从此拉开了建设美丽县城的序幕！

2003年8月16日，山西省人大常委会原主任卢功勋（右一）在朔州市人大常委会主任丰子富、中共朔州市委副书记李高山（左二）、朔州市副市长邢志强、大同市人大常委会主任安大钧陪同下来右玉视察。卢功勋说："高厚，你干得好！要通过城市拆迁改造，使右玉的县城与右玉的田野一样美丽诱人。"左一为中共右玉县委书记高厚，右二为右玉县人民政府副县长赵润虎。

2001年8月10日上午，在胜利建成的打通南出口滨河大桥前、新落成的"紫塞玉林"彩牌楼下，右玉县城市建设改造一期工程竣工庆典仪式在这里隆重举行。

山西省人大常委会原副主任张邦应，山西省水利厅原厅长赵生荣，中共朔州市委副书记杨伟民、王耀斌，朔州市人大常委会主任李满田，朔州市政协主席卢维邦，中共朔州市委常委、市纪检委书记冯改朵，中共朔州市委常委、市政法委书记韩忠荣，中共朔州市委常委李彪以及朔州市直各部门主要负责同志，曾在右玉工作过的县级领导马禄元、张光熙、陈希茂、陈昔诚、王守尧、武铭山等，与县城万余名干部群众共同庆祝右玉历史上破天荒的城建一期工程胜利竣工！人们欢歌笑语，激动地说："这下，我们右玉人终于在城市里面生活了！"

2003年8月16日，山西省人大常委会原主任卢功勋在大同市人大常委会主任安大钧、朔州市人大常委会主任丰子富，中共朔州市委副书记王耀斌、李高山，朔州市原副市长邢志强以及县委书记高厚、县长赵向东的陪同下，在右玉新延长打通的县城北大街上，对县城改造工作进行了现场指导。卢主任高兴地说："高厚，你们干得好！城市拆迁改造，使右玉县城有了现代新型城市的感觉。下一步要在园林景观和城市管理上下功夫，使右玉县城与右玉田野一样美丽诱人。"

2004年8月6日至7日，山西省人大常委会副主任薛军在朔州市人民政府副市长高厚及县人大常委会主任赵润虎、县长赵向东的陪同下，视察了右玉生态畜牧经济建设、县城拆迁改造建设以及旅游业开发情况。

薛军说:"右玉县近几年无论是生态畜牧建设还是城市拆迁改造建设,都取得了很大成绩,发生了很大变化。你看右玉的生态建设绿浪翻涌,碧水蓝天,比内蒙古的呼伦贝尔草原都漂亮,成为中国北方少有的一块宝地。右玉一定要做好生态旅游这篇大文章。再就是右玉的县城建设可以说是三年巨变。在时间短、花钱少的情况下,把一个落后的旧县城改造建设得那么好,高厚同志干得很辛苦,干得很不错。右玉的生态建设和城市建设都值得在全省学习推广。我看了右玉后,感到很满意、很高兴,给我留下非常好的印象。右玉的经验有典型意义,有推广价值。如果全省各县尤其是贫困县都能像右玉一样顽强拼搏,山西的山河秀美、山西的兴晋富民、山西的现代化,指日可待。"

薛军回到省里后,责成省人大财经委员会副主任赵建平和省政府经济研究中心主任张保专门到右玉总结县城改造建设的做法和经验,在全省学习推广。

岁月总是检验人们作为的试金石。几年来,不论是右玉人还是来过右玉的人,都会说:"是高厚的胆略和气魄,奠定了塞上右玉崭新的县城风貌。"

必须高起点规划,二十年不变,出发点和归宿是以人为本

城市是各类建筑的集合体,各类建筑是人的思想意识的物化。从一定意义上讲,城市建设反映着决策者的城建理念。一座城市的历史,最忠实的见证者就是这座城市的建筑。高厚、赵向东、陈小洪、苏连根、苏斌如先后邀请国内、省内专家对城市规划进行认真评审和论证,广泛征求群众意见,并组织有关职能部门进行会审,制定了一个高标准的城市建设规划,编制了县城街景规划和各项专业规划,使县城的规划和建设突出体现了"四种理念":

(一)人本思想。就是始终把创造良好的人居环境、提高人民群众生活质量、改善人民群众生产经营条件、最大限度地维护和发展人民群众的利益作为城建工作的出发点和落脚点。在规划设计上,各种管道和公共设施坚持超前规划,保证二十年不再重复开挖,力求避免无序开挖而造成的资源浪费和扰民问题;在城市改造建设过程中,坚持谋利于民的政策,力求通过城市建设增加人流、物流、资金流,创造稳定、舒适、回报率较高的生产经营环境,为群众增加收入创造条件。

特别是在拆迁改造过程中,始终把群众利益放在第一位,走拆迁安置和就业安置相结合的开发性安置路子,把安置房规划布局在大市场周围,允许拆迁户以旧房换新房、以小房换楼房,给他们开辟新的生活出路,让群众分享城市建设的成果。在新上项目时,优先考虑惠及群众的项目,每年都把关乎人民群众切身利益的城建工程列为县政府向全县人民承诺的实事给予重点投资、重点保证。近年来,在建设资金相当紧张的情况下,想方设法挤出资金实现了县城主要街道全部水泥路面,并基本硬化了

2010年10月拓宽改造后的县城南出口大道

县城小街小巷，打通了街巷中的堵塞路，为居民区和新建区安装了路灯，延伸改造了城市供排水管网，有效地解决了百姓生活中的困难。县城北街后河沟以前杂草丛生，污水横流，臭味熏天。2005年以来，采取一次规划、逐年实施的办法启动了对该沟的治理工程，使其变成了群众锻炼身体、漫步休闲的好去处，后河沟变成了银河路。

2008年，赵向东、陈小洪、苏连根又铺开了办公和商住楼建设、绿化延伸、改水排水、硬化亮化等30多项重点工程。重点开工新建、续建了新华书店办公楼、长虹小区、交通苑小区、玉龙苑小区等30幢大楼。完成了宝宁东街、玉林西街等街巷水泥路硬化等工程。

2009年4月20日，陈小洪、苏连根打响了拓宽延伸迎宾南路彩牌楼到生态观摩亭四公里、双向六车道的南出口大道的工程战役。同步实施地下管线和绿化、美化、亮化工程。它成为进入右玉县城的一道亮丽壮观的风景线。

2013年在县城新区路南、山西永昌国际酒店东侧建成并布展的右玉剪纸艺术馆正式向游人开放。

2014年建成运营的五星级酒店——山西永昌国际大酒店

（二）精品意识。在城市建筑设计上，既要求"一楼一景，风格各异"，也要求"和谐统一，相得益彰"；既注重单体建筑的美观，也注重城市景观的整体效果，从而使建筑造型、色彩、风格的一致性和多样化得到了较好体现，使新建的每个片区、每条街道、每幢建筑都做到了与环境的和谐统一。在城市建设过程中，大力推广新标准、新工艺，注重提高城市建设的科技含量，力求形成富有现代化气息的城市景观。此外，组织本县文化名人，并聘请有关专家对城市的街道和标志性景点进行讨论征集，文化命名、合理布局和艺术设计。迎宾路、滨河路、文源路、柳影路、广贸路、银河路，玉林街、宝宁街、长虹街、正和街、玉羊街等一批新路街的重新命名，赋予了城市鲜明的民族文化个性和艺术魅力，使居民在获得美感享受的同时接受文化的熏陶。

赵向东、陈小洪、苏连根、苏斌如按照"改造旧城，建设新区，扩容提质"的总体思路，不断扩大规模，提升档次，新铺开的县城西部新区轮廓初现。聘请了中国人民大学规划设计专家对县城特别是新区，进行了整体规划，并坚持高起点、严规划、创精品、细施工的原则，建设了新区主干道路，拉开了城市扩容的主体框架。新区餐饮、教育文化、住宅、旅游休闲等功能区已见雏形。

2009年开工建设玉林客福隆购物中心，到2012年国庆节投入运营。

在县城新区2008年开工建设的玉龙苑工程，是一处由国际商务酒店、公寓住宅楼、物业管理及附属设施组成的规模宏大的建筑。玉龙国际酒店按照四星级宾馆标准建设，是一幢地面建筑为十三层的大厦，这是塞上右玉第一座"摩天大楼"，2010年国庆节正式开业运营，成为塞上绿洲一道亮丽的风景线。

在县城新区，2014年教场坪煤业集团又建成了二幢气势恢宏的二十二层五星级山西永昌国际大酒店。这是塞上右玉第二座摩天大楼，为中外宾客提供了优质的休闲下榻之处。

2009年至2012年，对新区主干大道全部栽植了大苗松树，并进行了花草美化、绿化、亮化、净化。

2012年新区主干道西南侧，由教场坪煤业集团公司投资13亿元的紫玉苑项目全面推进，小区和五星级酒店主体工程完工，文化艺术中心全面竣工。完成了县城新区南北纵向市政路、滨河路建设及绿化工程。新区主干道东北侧玉龙购物超市商场工程建设主体完工。

（三）特色原则。特色是城市彰显个性、展示魅力的基本要素。右玉的特色就是被人们誉为"塞上绿洲"的生态建设。在县城开发建设中，始终注重突出和强化这一特色，坚持"城中有林，林中有城"的原则，着力打造北方生态园林城市，把右玉建成晋北地区最宜居、最宜发展的魅力县城，打造成最佳旅游目的地。近年来，先后对县城周围的小南山、贾家窑山、双山夹等五座山头进行了彩色绿化，使每座山都变成城郊公园，形成了森林环城、城林相融的壮美景观。同时大力实施城市增绿工程，按照"蓝天碧水，白墙红瓦"的城市形象设计原则，县委、县政府带头拆除了机关临街商业楼和封闭式围墙，率先建起了高标准的草坪绿地。积极引导县城单位和群众开展机关院落和居民庭院绿化活动。通过拆房建绿、拆墙透绿、见缝插绿，有效地扩大了城市绿地面积。从2006年开始，在东西南北四条主干大街上，西环、北环等交通大道上，各新建了两行绿化隔离带，完成了滨河公园续建工程。在河道改造过程中，将河道改造、城市防洪与公园建设有机结合起来，将滨河公园建成全县第一个开放式公园，成为生态园林城市的核心景区。城市主干道街景设计也十分注重绿化造型和树种搭配，栽植各类树木62万株，力求四季常绿，季季花香。通过努力，右玉县城建成区绿地面积由2001年的10万平方米增加到28万平方米，人均8平方米，控制区绿地面积达到42万平方公里，绿化率达到70%。2007年，被山西省人民政府授予"右玉——山西省园林县城"。到2012年，县城绿化覆盖率达到42.5%。

（四）整体观念。按照"东调西扩，南收北控"的县城建设总体发展规划，始终把县城建设作为一个系统工程来对待，做到新区开发与旧区改造统筹考虑，单位建筑与整体格局讲求协调，路、电、水、气、热、广播电视等公共设施配套规划，建筑物、道路、绿地等同步施工。坚持做到"规划一张图，审批一支笔，管理一个法，建设一盘棋"，严格执行"一书两证"审批制度，严格把好道路、建筑、绿化"三条红线关"。同时注意长远与近期相结合，城市规划完成后坚持二十年不变，严格按规划分步实施，对不符合规划的建筑项目一概不批，对违反城乡规划建设的行为给予从严从重处罚，坚决防止各自为政、乱搭乱建现象。

如今，塞上右玉县城强化县城龙头带动作用，进一步发展了以城带乡、以乡促城、城乡互动、功能互补的城乡一体化格局。

"有钱娶回媳妇不算本事,没钱娶回媳妇才算本事。"

18年来,从高厚到赵向东,到陈小洪,到苏连根,到吴秀玲,持续不断地展开了以"拓城、通路、增绿、添景"为主的城市建设攻坚步伐,先后投资8.8亿元完成了总规划面积40多万平方米的四期、四大类、228项城建工程,完成了18万平方米的拆迁改造,改造面积相当于中华人民共和国成立50年右玉县城建拆迁面积的总和。

由于右玉县气候寒冷,无霜期较短,因此所有建设项目都是在每年夏季的三四个月时间内完成的。

小南山公园40亩大的玉林湖,从开挖到最后绿化仅用了108天。

2005年为了迎接中国·右玉第一届生态旅游节,30多项城建工程全部在7月5日前完成。

如此快的建设速度,既离不开高厚、赵向东、陈小洪主要决策者们雷厉风行、说了就干的工作作风,同时也与右玉县创新思路筹措资金的精心谋划有很大关系。

在吃饭都紧张的财政基础上,右玉县仅2000年至2004年,4年多来在城市建设方面累计投入资金2.1亿元,是其2004年财政总收入的4倍。

面对捉襟见肘的经济状况,县委书记高厚常说:"什么叫本事?有钱娶回媳妇不算本事,没钱娶回媳妇才算本事。"

正是靠着这样一股创业干劲,右玉县的决策者们突破了"有多少钱办多少事"的束缚,提出了"办多少事筹多少钱"的思路,既运用市场机制的办法盘活资金、吸引资金,又发挥勤俭节约、艰苦奋斗的精神节省资金、用好资金,有效地破解了城市建设投入不足的难题,做到了少花钱多办事。

(一)土地置换资金。首先,对使用权属于机关单位的临街地段采取单位出地皮、个人出资金的办法联合进行改造建设,一层实行社会集资开门店,其他楼层在留足单位办公用房后建成住宅向职工销售。采用这种办法,共对30多家临街单位的旧建筑和旧院落进行了开发改造。既改善了职工住房条件,又解决了旧楼改造资金短缺问题,还增加了临街门店,促进了经济发展。这种以开发养开发的尝试,短短的几年间先后建起了供销社、二轻公司、外贸局、城建局、水利局、交通局、新华书店、信用联社综合楼等40多幢办公住宅大楼,走出了一条贫困县"自我发展,借地生财,借财改造,逐步完善"的城市改造建设新路子。与此同时,对各类建设用地,由县政府坚持非饱和供地和公开拍卖的原则,实行统一、有序投放;对闲置土地,依法清收并统一整理、储备、出让;对新建区域,先进行路、电、水等基础设施配套,再在统一规划的基础上进行商业化开发。通过一系列措施,为城市建设筹措了必要的启动资金。

(二)挖掘民间资金。在城市建设中,凡居民愿意投资的城建项目,全部由居民直接投资改造建设,居民不能直接参与的,采取居民出资、政府统一建设的办法。如县城西大街两侧居民房的改造和北环街的开发,都是在政府统一规划的基础上居民自己投资、自己施工完成的。另外,通过开发建设居民住宅楼,也间接地吸引了不少城市建设资金。近年来,右玉县共新建住宅楼50余幢约10万平方米,仅此一项就吸纳民间资金3000多万元。

(三)吸引外部资金。通过制定优惠政策,采取土地拍卖、使用权出租、产权入股等形式,将拟开发土地以及闲置或低效利用的办公楼、宾馆等非经营性资产转变为城市资本,积极吸引外部资金参与城市基础设施建设。县城北大街物资局以北两侧原来杂草荒芜、垃圾遍地,经过招商引资,吸引开发商投资7000万元,新建了住宅小区。近两年来,又先后引进资金8000多万元,开工建设了滨河苑小区、福玉苑小区、财苑小区、交通小区、玉馨小区。县绿洲宾馆原来破败不堪,难以维系,通过公开有偿转让,引入外来资金700万元,对其进行了装修改建,宾馆面貌和接待能力都得到了较大提升。县二轻大楼建成后,二层以上基本处于闲置状态,通过吸引投资商进行开发改造,建成了右玉县高标准洗浴中心。在供暖设施、有线电视网络改造等工程中,右玉县采用"BOT"模式,引进县外企业垫资建设,通过特许经营解决了资金难题。通过招商引资不仅盘活城市沉淀资产,而且筹集一大批城市改造建设资金,有效地推进了右玉县城改造建设进程。

(四)整合部门资金。在人行道铺装、街道绿化、排水管道开挖等工程中,动员临街受益单位投资投劳,弥补资金缺口。同时,积极鼓励有关单位向上级争取道路建设、供水设施、垃圾和污水处理等各类城市建设资金,通过上级部门的项目支持解决资金困难。

(五)严格节省资金。一个国家级贫困县,大规模搞城市建设,一分钱都来之不易。高厚、赵向东、陈小洪、苏连根这些右玉的当家人对每一笔钱的使用都要反复合计,精打细算,力求用最少的钱办最多的事。一方面,对所有工程进行整体筹划,综合考虑,避免了先建后拆、先建后挖等浪费资金现象;另一方面,在进行公开招标、政府公开采购的基础上,对所有工程预算都经过工程技术人员、职能部门、县领导反复审查,使其保持在一个正常偏低的水平。右玉县一个2000平方米的报告厅,包括一个大厅、四个会议室,共有400多张软椅,从建设到装修仅用了290万元,而这项工程按一般预算至少需要500万元以上。在采购的过程中,右玉县有关领导和职能部门不厌其烦,坚持货比多家,寻找同等质量价格最低的产品。县城广场铺设的地砖,市场上每块卖42元,采购中心通过多方寻找,最后到邯郸市和生产厂家谈判,每块只花了18元。与此同时,能用自己力量解决的问题绝不枉花一分钱。杀虎口景区的长城墙砖,购买一块需要2.8元,通过聘请工匠就地烧制,每块仅用了1.6元,节省资金50多万元。在实施城市美化工程中,县农业局建起10座花卉大棚,无偿提供城市美化用花,通过向社会销售其余鲜花收回经营成本,节约资金25万元。据初步估算,通过精打细算节省的资金至少在30%以上。再次,加强保护,确保各类工程设施的使用寿命。从一定意义上讲,管好城市工程设施,保证其达到设计的使用寿命是城建投资最大的节约,反之则是最大的浪费。小南山森林公园、街心广场都是开放式的,游人可以随便进入,为了保证其设施不被人为毁坏,一方面加强对市民的城市意识教育,另一方面组建管护队伍,明确责任主体,同时对个别破坏公共设施者给予重罚重处,从而较好地杜绝了先建后毁、边建边毁现象发生,也减少了重复投资,提高了城建投资的效益。

(六)廉洁使用资金。建设工程是腐败现象最易滋生的领域。在城市建设的过程中,右玉县坚持城市建设与廉政建设"两手抓，两手硬"，响亮地提出了"工程要建好，干部不能倒"的口号，并采取了具体的预防腐败措施，从制度上着力构建防范体系。所有由政府投资且达到一定规模的城建项目，通过公开招投标的形式择优选择施工单位，施工结束后进行严格的工程决算和审计，未经决算和审计的一律不予拨付建设资金。各种材料和成型设施需对外采购的，全部由政府采购中心在多方询价的基础上进行集中公开采购。由于透明操作，公开办事，所有参与工程的干部都处处从右玉的大局着想。一些与右玉合作的开发商和供应商说："右玉的城建工程价格实在太低，但是我们也不会做赔本买卖，压掉的价格实际上大部分是回扣。"

把一个"大村落"建成城市，必须有一套严格的管理制度

三分建设，七分管理。从某种程度上说，右玉的县城是一座新生的、年轻的城市。这不仅表现在右玉大规模的城市建设在2001年才刚刚起步，而且表现在东街、南街、北街移民新村的建立，大量的农村迁入人口构成了城市居民的主体。城市设施上去了，但面对的是城市文明意识淡薄、还保留着大量农村落后生活习惯的"准城市居民"。

如何把城市管好是摆在管理者面前的一道新课题。高厚、赵向东、陈小洪、苏连根、苏斌如、吴秀玲、王志坚知难而进，虚心学习先进地区城市管理经验，探索右玉城市管理方略，使右玉县的城市管理体现出四个特点：

（一）从领导做起。18年的城市拆迁改造建设倾注了县领导大量的心血和汗水。因此，对待城市，他们就像对待自己的庭院一样。在严格城市管理责任制的基础上，高厚、赵向东、陈小洪、苏连根、苏斌如、吴秀玲、王志坚、焦日龙、李丰贵、李峰、马占文、曹占贵、郝云，这些城建决策者们以及任职已10年的县城建局局长景占文、副局长常棣等人，每天早晚都要习惯性地到大街小巷去转一转、看一看，发现问题马上通知有关职能部门进行处理。县委书记赵向东在市里工作时没有早起的习惯。到右玉工作后，每天早上不到六点就起床，到街上走走看看，不仅对城市建设的思路更加了然于胸，而且带动了一大批职能部门领导和具体管理人员早出晚归，熟悉掌握城建方方面面的情况，有效地促进了城市管理中具体问题的迅速解决。根据县城建设总体规划，制订了《右玉县2008—2010年住房建设规划》，编制了《县城街景规划》和多项专业规划，编制了《县城新区建设规划》和《县城绿地规划》，编写了《县城规划展览馆初设方案》和《生态县建设规划》。完成了廉租住房和经济适用型住房建设用地规划、选址和土地划拨，2009年开工建设。2012年已全部完工并分配到户。

（二）从队伍抓起。高厚、赵向东、陈小洪、苏连根、苏斌如整合公安、交通、卫生、工商等部门在城市管理中的职能，成立了城市管理综合执法大队。执法大队从成立之日起，就实行严格的公开招考、绩效考核和末位淘汰制度，通过管理队伍的高素质来保证城市管理的高效能和高质量。执法大队14名成员除2名正式干警之外，其余全部经公开考试择优录用。录用后每年进行一次考核，成绩最后一名坚决淘汰，连续二年考核第一名者录用为正式职

工。同时，为了克服执法大队起初靠罚款发工资导致的纵容违法，使执法行为与管理目标相背离的弊端，执法大队的工资和经费全部改由县财政统一拨付，考核指标也以管理秩序为标准而不是以罚款多少为度量。在考核的基础上，严肃了责任追究制度。原任执法大队长因工作不力，进行诫勉谈话和限期整改后，仍然成效不大，被按规定进行了组织调整。2004年由于环境卫生工作抓得不好，县城建局分管负责人也被进行了诫勉谈话，促使其加强了管理，改进了工作。

（三）从娃娃教起。右玉县城4.1万固定人口中，有2.5万是新迁入的农民。提高居民文明素质是提升城市管理水平的重点。近年来，大力倡导"文明城乡人人建，我为家乡作贡献"的精神，右玉县坚持"多教育，少处罚"的原则，积极引导广大居民广泛深入地开展了"争做文明右玉人""除陋习，树新风""建设学习型社会""精神文明连片创建""和谐文明社区"等活动，特别是加强了对县城中小学生的社会公德、文明行为教育，有力地推动了城市文明风尚的逐步形成。县城中小学校在每学期开学和放假前专门用两天时间开展"爱护城市""讲究卫生""同住一个城，共建一个家"等主题教育活动。县教育局和城建局共同对在校学生爱护城市公共设施、维护城市公共卫生等方面的情况进行考核，并根据考核情况督促落后的学校重点加强教育，从而使广大青少年从小就养成良好的行为习惯，为提高城市管理水平创造了人文基础。

（四）全方位管起。坚持以优化人居环境为主，以规范化管理为重，以开展卫生文明城市创建活动为主线，积极构建"政府主导，企业参与，市场运作，社会管理"的城市管理格局，推行网络化城市管理模式，持之以恒地抓好县城管理。不断加强城管监察队伍建设，推动城市管理综合执法、文明执法。以落实"六狠抓""五清理""四打击"，实现"五归位"为重点，不断强化城市日常管理工作。所谓"六狠抓"，就是狠抓街道卫生，狠抓厕所卫生，狠抓机关、单位、学校卫生，狠抓门店、旅店、饭店卫生，狠抓食品卫生，狠抓居民室内外卫生。"五清理"，就是清理垃圾、清理违章车辆、清理涂写张贴物、清理乱设摊点、清理违章建筑物。"四打击"，就是打击乱倒垃圾、乱倒污水行为，打击车辆乱停乱放行为，打击违章建筑行为，打击破坏市政设施行为。"五归位"，就是停车归点、人车归道、商品归店、农货归市、广告归位。根据有关法律法规，县政府先后出台了《关于进一步加强县城管理实施意见》等有关文件，对保持环境卫生、园林绿化、公共客运、排水防洪、道路照明、供水、节水、供热、燃气等事项做出具体规定。实行了临街单位负责制、"门前五包"责任制、街头摊点保洁制、社区领导环境卫生负责制，基本形成了全天候保洁的长效机制。以此为依据，定期不定期地开展规划、土地、环保、工程质量、园林绿化、市容环境、道路运输等各类执法检查活动，严肃查处各种违法违规行为，以严格的管理和不间断地整治来巩固城建的成果。至2012年底，县城10个社区居委会高效有序地运作。

特别是2007年，配合全省六大造林绿化工程会议在右玉召开，拆除违章建筑16处，粉刷沿街建筑物10万平方米；开展城市治污行动，取缔燃煤炉灶182台，更换22台，安装除尘设施11套，取消县委大院供热点，新增县城东区供热点，使全县集中供热面积增加到45万平方米，县城空气质量得到了明显改善。在此基础上，强化市容环境卫生长效管理以及窗口地段精细化管理。

2012年在县城配置了高标准垃圾清扫车和洒水车，实现了县城卫生机械化定时清扫，人工化实时保洁。清扫保洁率达到100%，垃圾封闭清运率达到100%，生活垃圾处理率达到100%。

至2018年，全面提升城市净化、绿化、亮化、美化、秩序化"五化"建设管理水平，实行责任、范围、要求、管理、监督、奖惩"六个全覆盖"，推进宜居城市建设步伐。

"18年的艰辛建设，塞上右玉的县城出落得仪态万千、风情万种"

高厚、赵向东、陈小洪、苏连根、吴秀玲，右玉先后五任主要决策者们与县四大班子的成员们，经过18年的艰辛建设，同步推进旧城改造和县城新区建设，累计投资约16.8亿元，先后实施六期六大类230余项建设工程。使塞上右玉县城发生了翻天覆地的变化。2011年荣获"省级园林县城"称号。

城市规模迅速扩大。18年来，结合移民并村战略的实施，按照"内改外延扩容提质"的总体思路和高起点规划、高速度建设、高效能管理、高品位经营的原则，续建和维修改造大楼139幢，总建筑面积达420余万平方米。县城建成区面积由2001年的2.3平方公里增加到3.5平方公里，增加了52%；规划控制区面积由2001年的42平方公里增加到52.8平方公里，增加了25.7%；县城人口由2001年的0.9万增加到4.1万；县城人均住宅面积达到27.9平方米。

制定了《右玉县2008—2012年住房建设规划》，编制完成了县城街景等一批专业规划。2012年修编了《右玉县城总体规划》。建设了全长2150米的县城新区主干道路，拉开了城市扩容主轴。开工建设新区南北纵向道路，并于2011年竣工通车。建成了县煤炭交易中心、宣传文化活动中心、县人民检察院、新的县一中、新的县四中、县五完小、县邮政大楼等勾勒出新区商贸服务、教育文化、居民住宅等功能区框架。

到2012年底，县城建设布局规模总体扩大了一倍，初步实现了"再造一个新右玉"的目标，以虎山线为中轴，以新区和旧城为体，南北两个生态区为翼的"一轴两区、一体两翼"和"五纵两横、内外双环"的大县城建设格局。

2013年，苏连根、苏斌如按照建设山清水秀、环境优美的宜居宜业宜游福地的总体思路，围绕"小、精、绿"的定位，多方筹措资金5亿多元，进入5月份铺开了右玉13年后又一个旧城拆迁改造系列工程，再掀城市建设新高潮：虎山线县城段道路升级改造、玉羊街道路升级改造、后河沟河道治理、南河湾水系改造等。在旧城七处拆迁改造工程中，一批风格新颖的居民保障性住房和休闲健身广场新建，县城热电联供工程新建，县城天然气管道工程新建……一系列城市路网、住宅小区、健身广场、水系、绿化等工程，标志着全县2013年城市建设重点工程进入全面的大忙季节！

城市功能日趋完善。通过建设财苑小区、税苑小区、家和小区、文源小区、交通小区、

2010年坐落在县城迎宾大街西侧的右玉县人民医院。

国税小区、广贸小区、长虹小区、绿缘小区、玉馨小区、五福园小区、南山美郡度假酒店、玉龙苑小区、益民苑小区、紫玉苑小区、阳光右岸小区、宏峰小区、玉墅林枫小区、滨河华府小区等32处住宅小区，县城居民住宅条件大为改观，使不少居民住上了新颖宽敞的楼房。

通过对主干街道两侧进行拆迁改造和加快新区开发步伐，县城第三产业和个体私营经济快速发展，各类商铺由2001年的350家迅速增加到1300家，使县城商品流通服务功能明显增强。

通过扩建自来水场和改造延伸供水管网20多公里，新建完善县城供排水和集中供热系统，县城供水能力大幅提高，由五年前的1200立方米增加到3000立方米。新建一座供热站，使县城集中供热面积达到150万平方米，较好地满足了企业和居民的生产生活用水和供热需求。

通过投资5000多万元对"二线"进行彻底改造，县城电力、通讯、广播电视传输能力提高了近3倍。2011年数字电视整体平移二期工程基本完工，广播电视采编播实现了数字一体化。城乡居民实现了有线电视免费收看。

通过新建县疾病控制中心、县医院门诊楼、县医院住院楼、搬迁改造县中医院，使县城医疗卫生体系逐步健全。

通过维修县职工活动中心，陆续建成滨河大桥、滨河体育广场、滨河公园、县城中心生态广场、南街健身广场、北街迎宾广场、西街玉馨广场、北街环岛等休闲娱乐场所，新建县宣传文化活动中心和文化体育广场，使市民的休闲娱乐就近便捷，极大地满足了市民休闲娱乐的需要。2012年，苏连根、苏斌如投资800多万元，由江苏省苏林园林有限公司承建，改造已陈旧的旧城迎宾路的县人民公园。改造后的人民公园，起伏高低丘陵状的绿丘上，各种景观树争奇斗妍，假山喷泉交相辉映。通过植被造景与自然形态融为一体，营造出绿荫夹道、曲径通幽的意境。每当夜幕降临，新安装的88根造型各异的霓虹灯柱和地灯，放射出色彩斑斓的夜光美景。老年门球场、儿童游乐场、羽毛球场、篮球场、健身器材场等适合各个年龄层次的健身娱乐的小广场纵横交错。葱郁的松柏丛中游廊曲折，休闲小亭、各式座椅、现代化的公厕为游客提供了方便。特别惹眼的是，在公园正门入口北侧立着一排古铜色文化浮雕，上面从左至右依次诗图并茂镌刻着从赵武灵王至康熙西征以来，在杀虎口边关征战的李牧、李广、库狄干、刘蠡升、郭子仪、毕士安、缑谦、麻贵、何廷魁、曹文诏10位驰名战将的征战风采雕塑和秦钺、梁济、关露3位文化名人的风采雕像。浮雕上"钟灵忠勇地，毓秀尚德仁。淳朴唯勤俭，玉汝成精神"诗词耐人寻味。集体闲、健身、娱乐为一体的现代化公园与2012年翻修的体育广场相连，成为右玉旧城发展中的一颗璀璨明珠。

通过两年投资8500多万元改造拓宽硬化县城四大街八小巷，打通县城南北出口，新建"紫塞玉林"彩牌楼、北环路大型长途汽车站、县城十字街交通信号灯和交通岗亭，完善各类交通标识及路面减速带设置，新建县城电子监控系统，有效地规范了县城交通秩序。启动实施了总投资3800万元的新城区马官屯路硬化工程，极大地方便了市民的出行，增强了市民的出行安全。

通过举全县之力，办人民满意的教育，新建县四完小、中巴希望学校、五完小、县职中、县四中和县一中、二中、三中的学生公寓楼和学生餐厅、校园网、印刷中心，教育基础设施条件明显改善，较好地满足了城市居民子女的上学需求。在县城新区投资2.5亿元新建的右玉一中新校园于2013年11月6日正式投入使用。

加大投入，办让人民满意的教育。2013年12月新建投入使用的县城新区右玉一中新校园一角。

通过改造绿洲宾馆，新建玉林苑宾馆、玉龙洗浴中心、皇家园度假村、新世纪宾馆、鑫宇度假村、瑞珂商务会馆、四季兴美食城、玉林苑会议中心等大型宾馆，县城接待能力明显提高。通过新建四星级的山西玉龙国际大酒店、五星级永昌国际大酒店、南山美郡休闲大酒店，填补了朔州市在大型国际商贸酒店方面的空白，极大地提升了右玉的城市形象品位，为市民和游人创造了一个舒心愉悦的休闲娱乐环境。

坐落在县委对面别墅式的玉林苑宾馆

通过更换县城大街树种1200株，人行道铺设彩砖约5万平方米，在主干街道维修15座公厕，新建7座旱厕，新建6座水电暖配套的水冲公厕；组织县直机关干部义务清理了县城防洪渠。使右玉县城载体功能显著增强，服务功能更加完善。

城市品位不断提升。18年来在推进城市改造建设的同时，还大力实施了县城绿化、硬化、亮化、美化工程：完成了县城四大街隔离带绿化工程，实现县城西环园林绿化带、北环景观绿化带和北环退耕还林绿化工程。2011年首次引入有资质的专业绿化公司对县城街道和环城路进行了全方位绿化，对县城南、东、北三个出口进行了景观提升。在县城南出口两侧的护坡上构筑了反映右玉人民植树造林的水泥景观浮雕。2012年对新区南北纵向市政路、滨河路、玉羊街进行了高标准绿化，栽植樟子松、国槐等各类树种及花卉57万余棵（株）。专门聘请专业技术人员对县城四大街和宝宁东、西街，长虹东、西街等街道主干道路的亮化，进行规划设计，使城市品位得到较大提升。先后更换、新增高档路灯850盏，广告牌900余块；35个临街单位安装了轮廓灯、投射灯、泛光灯及各种光源组合变换，对县城范围内的所有小区、学校和庭院实施亮化。2012年对县城四大街商铺台阶进行了更新改造，铺设大理石4300多平方米，面包砖1.5万多平方米，更新街道广场砖3750平方米。更换安装8叉17火宫灯104套，LED地埋灯26套，照树灯15套，改装中华灯8套。到2013年底，右玉县城从旧城到新区，所有交通大道的照明灯灯柱上新安装的造型各异的数千盏LED花灯，每到夜晚灯火辉煌，流光溢彩，形成风格各异、层次分明、动静结合、错落有致的城市夜间景观。同时，按照"统一规划，合理布局，突出特色，提高标准，讲求美观"的原则，设置信息发布栏、户外广告和节能耐用的新型照明灯饰设施，提高城市街景品位，给塞上高原的右玉县城增添了无限美景。

通过建设环县城万亩森林公园、广场草坪和花坛，北街环岛花坛、滨河公园花坛、大型宾馆前后花坛、临街单位门前花盆以及临街单位拆墙透绿，新建县城四条主大街绿化带达28万平方米，使县城绿化面积达到225.5万平方米，绿化覆盖率达到40.5%，形成林、草、花立体布局的园林绿化景观。积极开展环境保护专项行动，使右玉环境气候更加怡人，人居环境更加优越。

所有这些城市基础设施的建设，为推进全县经济和社会发展创造了良好的条件。

2005年8月23日，中共山西省委书记张宝顺到右玉调研时对右玉县城市建设和管理工作给予了充分肯定，要求认真总结和宣传右玉县的先进经验，推动全省城市建设和管理水平的不断提高。

同年11月2日，《山西日报》在第一版刊登了中共山西省委政策研究室撰写的《贫困地区城市建设和管理的成功范例》一文。文中写道：

> 现在的右玉县城，白墙红瓦的楼宇在蓝天白云的映衬下疏朗有致，宽阔的街道干净整洁，看不见垃圾、纸屑、塑料袋。碧绿的草地、盛开的花坛、国际标准的体育场以及小桥流水与苍松翠柏相辉映的环城公园共同构成了一幅和谐图画。一个"大村落"式的旧县城在短短四五年的时间里被改造成了一个功能齐备、环境优美、景色宜人、管理一流的新城市。

在配发的本报特约评论员文章《学习右玉经验》一文中指出：

> 学习右玉经验，首先要学习右玉人民人穷志不短的艰苦奋斗精神；学习右玉经验，要学习右玉县高起点规划建设城市的先进理念；学习右玉经验，要学习右玉县高效能管理城市的成功做法。

是的，右玉县城尽管不大，但在规划和建设中却不因小而造次，不因小而轻慢，使城市"小而精神""小而雅致"，体现了人与自然的高度和谐，实现了传统文化与现代审美情趣的对接与融合。小城不大，却是城中有林、林中有城，城里与田野一样美丽，白天与夜晚一样漂亮，大街与小巷一样整洁。

有一位名人说过："健身是一种品质。"健身代表一种蓬勃向上的文化。一个国家有没有朝气，看看有多少人健身就知道了。

如今，在县委中心广场、滨河体育广场、滨河森林公园、小南山森林公园，在南街、北街、西街、北环岛的健身广场，在绿树成荫和花团锦簇的大街上，每当清晨东方泛出鱼肚白之际，傍晚倦鸟回巢之时，你可以看到一个个、一群群健身者的身影，听到悦耳动听的优美乐曲。人们有的在练太极拳，有的在舞剑，有的在放声歌唱，有的在跳健身操，还有上百人在跳广场舞，有的在打篮球，有的在长跑，有人把晨练选在登小南山……人们各有爱好，强身健体，掀起全民健身热潮。人们的脸上洋溢着幸福的笑容，迎接美好的一天。在夜晚华灯绽放的县委、县政府中心生态广场，您可以看到不少男女老幼或嬉耍悠闲地散步，或欣赏清澈的音乐喷泉，或席地而坐凝神静气地欣赏县计生服务中心大楼西侧宽大的电视屏幕播放的精彩节目。人们在这里安居乐业，和谐相处，尽情地享受着灿烂的阳光和洁净的空气，享受着文明创建带来的温馨与舒适。

特别是每年夏秋季节，可以毫不夸张地说，右玉的县城就是一座天然的大氧吧，养眼养性真养人。

> 绿叶枝头红花绽，此等美景人人爱。

现在右玉的广场、公园、道路、各机关各商店门前都摆放着美丽的鲜花。矮牵牛、一串红、鸡冠花、品种菊等10多种节日花卉，在县城的树丛中、在摆放的花坛上争奇斗艳，不仅秀出了靓丽的右玉，而且营造了浓浓的节日气氛。

一尊尊花坛，像一位位婀娜多姿的少女，亭亭玉立，向八方游客诉说着右玉之美。

一位南方来的游客说："这哪里是塞上小城，分明酷似江南美景。"

一个地方发展的速度如何，城市建设是一个缩影；一个地方发展的状态如何，城市建设仍是一个缩影。山水之胜，园林之美，广场之多；绿地之温存，鲜花之靓丽，街灯之妩媚，空气之清新……驻足这座塞上边城，感受一种别样的精气神。

城市代表着先进的生活方式，代表着现代文明的先进成果，它不仅是带动区域经济发展的"火车头"，更是人们工作和生活的家园。

一个全新的右玉正在兴起，挟着太阳初升般的蓬勃！

滨河公园的变迁人——王旭东

滨河公园的变迁人——王旭东

在右玉的城市园林化建设中，有一处变化巨大的园林景点——滨河公园。

滨河公园北与体育广场、右玉公园隔河相对，南与小南山森林公园相接。山和公路从县城南出口穿园而过，笔直的公路东西两侧点缀着乳白华丽的灯柱。

滨河公园成为县城南出口大风景区中一道十分靓丽的风景线。

知道滨河公园建设过程的人，莫不对公园建设的改造者——县农业局局长王旭东，伸出大拇指夸奖："有魄力、有能力、有辛苦，是干事业的好干部。"

王旭东，男，1.70米的个头，胖实的身体，白皙的面庞。右玉县李达窑乡暖泉村人，大专文化。

2005年3月，王旭东从县地矿局局长调任县农业局局长。此时的王旭东并不知道一项在常人看来不大可能完成的任务在等着他，县委书记赵向东、县长陈小洪决定让农业局负责滨河公园的改造和维护建设。

赵向东对他说："滨河公园是咱县一项得民心的景观公园，县委决定让你去重新恢复生机，工作量是不少，县里拿不出钱，你去想办法，你有没有这个信心？""领导信任我，这就是最大的信心。请赵书记、陈县长看我的实际行动吧！"王旭东愉快地接受了任务。

早春的滨河（俗称三道河）乍暖还寒，200亩大的地面上，放眼望去，河水上潮形成的盐碱地裸露着，泛着白花花的刺眼的光亮，夹杂着成堆的垃圾，肆意流淌的污水弥漫着浑浊的气味。密密丛丛的枯草中，间或有几只野兔跑窜其间，很少有人踏进此地。

2001年县里在这里规划并初建了森林公园。由于缺乏明确的管理，整座公园几乎是荒草一片，栽植的树木陆续枯死。

重修的难度可想而知。

让人担心的远不止这些，更要紧的是，县农业局资金短缺，巧妇难为无米之炊。加上领导班子刚调整，局里的干部职工都在观望。人心不顺，士气不振，开展工作似乎困难重重。

上任伊始的王旭东，既没有消极等待，也没有盲目乐观，他用半个多月的时间，开展调查研究，明晰了工作思路，决定以滨河公园的建设为突破口，带动全局工作开展，全面提升农业局的整体工作水平。

王旭东寻找查阅了大量的技术资料，做了3万余字的笔记，赴大同、到朔州走访了经验丰富的园林专家，先后到内蒙古呼和浩特市和包头市，对北方园林建设进行了参观学习。邀请园林专家来右玉实地会诊，确定了因地制宜，适地适树，树、灌、草、花相结合的建设原则和四季常青，三季有花，绿树成荫，芳草遍地，鲜花飘香的目标。五易其稿，制定了滨河公园的规划设计图。

他连续召开局务会议和全局干部职工会议，对全局的工作做了分析和安排部署，决定抵押自己的住房，贷款20万元作为滨河公园建设的启动资金，全局干部齐上阵打好整治滨河公园第一仗，向全县人民交一份满意的答卷。

以自己的住房作抵押贷款修公园，妻子当下就不同意，连连问他："你这是为了个啥？从没听说过为了公家修公园，让个人去贷款，而且是20万！哎呀，我的妈呀，你这是想踢踏咱们家的光景，不行！"王旭东风趣地说："为啥不为啥，你到时候就知道了。为全县人民建公园，我承担点风险，值得！"无论妻子如何阻拦，都动摇不了王旭东的决心。没办法，妻子只好抹着眼泪默许了他的决定。

在对全局工作做了统筹安排后，王旭东把滨河公园的建设作为全局的重中之重，亲自抓，负总责，一头扎在公园的维修重建上。

在滨河公园的建设中，他并没有局限在一般性的指导上，而是扑下身子，深入工地，与施工人员、技术人员一起研究，一道实施。他选用了临汾农业专科学校毕业的被同事们公认为农业局的"老受头"（实干家）边廷华作为自己的助手，把好公园建设的每一环节。树木和花卉的品种选择、搭配、调运、栽植、后期管理等他都要仔细过问，生怕有哪个环节出了疏漏。每天早上，当施工人员到工地的时候，他和边廷华早已在工地转了个遍，对当日施工有了周详的安排；晚上摸黑收工的时候，他还要组织施工人员和技术人员对当天的施工情况及时进行总结。

整个工程结束时，农业局的干部职工，不论男女，脸是漆黑的，手上磨起了茧，嘴上打起了火疱，他们哪像个国家干部，倒像一批深山老林的村夫农妇。

2005年5月1日，王旭东的舅舅家娶媳妇，让他当喜宴的总管。他在工地忙了一整天，全给忘了。舅舅实在不理解，心里憋了一肚子气，在电话上冲着他吼叫："咋了，旭东，你当局长了，就不认穷亲戚了？"他只得连连道歉，赔不是。

2006年夏天的一天夜里，突然电闪雷鸣，下起了倾盆大雨。

王旭东担心新修的防洪堤坝被洪水冲毁，披了件雨衣，一个箭步冒雨冲出家门，在工地东走西看观察了3个多小时，等雨停、水退了才放心地回家。第二天天不亮，他又早早起来巡视在防洪堤上。

从2005年到2007年，滨河公园经过连续三年的整修建设，王旭东和边廷华光胶鞋各自就磨烂了四双。边廷华更是身穿迷彩服，不管春夏秋冬，每天灰头冷脸，极其负责地呵护公园的每一棵树，栽培公园的每一株花，爱护公园的每一棵草。

正是由于王旭东的实干作风，才使得滨河公园的建设成果引人瞩目，农业局的各项工作也全面提升。

三年来，王旭东除了带领农业局全体职工义务劳动之外，还千方百计筹措资金，为滨河公园投资70万元，共清理垃圾1500余立方米，挖出杂草根200多车，客土改良1800余立方米，打埂1400米。栽植樟河柳9660株、松树4320株、各类花灌木12300株，移植成形梧柳50株，种紫花苜蓿209亩，栽种各类花卉30万株。设计巧种各类造型花坛22处。修防洪堤坝300米。建起文化墙120米。重新油画了东、西两座观摩亭。

在工程实施中，为了节省资金，王旭东还组织职工们建起10座花卉大棚，培育花苗。除无偿提供城市美化用花外，还进入市场销售。剩余的鲜花，收回全部经营成本，节约资金25万元。

一分耕耘，一分收获。王旭东、边廷华的辛勤劳作，终于使滨河公园成为曲径通幽、柳树成荫、绿草如茵、鲜花盛开的观赏健身休闲娱乐的城郊生态大公园。

2005年7月4日，全县重点工程巡回大检查中，大家来到维修重建的滨河公园东、西两旁，不禁一片赞美声。

赵向东十分高兴地对观摩检查人员说："县委让王旭东修建这个公园，王旭东同志给我们交了一份满意的答卷！"

滨河公园，已成为游人南进右玉县城第一道五彩斑斓、赏心悦目的生态大景区。

与此同时，王旭东还带领农业局干部职工完成了县城北环路2790米绿化带建设工程，共栽植卫茅球483株、杜松481株，栽植石竹草坪7120平方米，达到了预期的绿化美化效果。

2005年8月，县农业局获县委、县政府首届中国·右玉生态健身旅游节优秀组织奖。

绿树环绕的美丽右玉县城

2005年9月，滨河公园被县委、县政府评为优质工程。

2006年，县农业局被朔州市总工会授予先进集体二等功。

2007年5月，县农业局被朔州市劳动竞赛委员会荣记二等功。

2007年3月至2009年2月，县农业局连续三年被县委、县政府授予"先进集体"称号。

2009年8月，王旭东又在资金紧缺的情况下，毅然接受了县委书记陈小洪交给他的完成迎宾大道拓宽工程两侧汉白玉护栏修复和新建工程任务。

2010年，王旭东聘任李弼精心组织实施了滨河公园二道河的绿化美化、改造工程，使昔日杂草丛生、污水横流的二道河变为景观秀丽的市民健身休闲乐园——右玉县城第一个湿地公园。

人们看到，王旭东一有空就到工地检查、验收工程质量，每天都是这样。

2011年5月，王旭东调任县水利局局长后，县委仍把这座公园交给他管理。

2017年，王旭东圆满完成了右玉干部学院绿化、美化、香化任务后，2018年1月10日，县委又安排他担任县园林处主任。他又早起晚睡地行走在县城大街小巷。他在体育广场草坪周围新安放了不少争奇斗艳的花坛；他给体育广场四周灯杆上新安装了音箱，使人们在悠扬的歌声中跑步、跳舞；他把县城大街的树木和绿化带修剪得美观整齐；他将县城四大街损毁的绿篱补齐了新苗，栽上了鲜花……不少市民赞美王旭东："园林处换了一个人，带来面貌一片新。"不少老干部伸出大拇指赞扬王旭东："旭东，你是一位真爱咱右玉的好官！"王旭东笑着说："建设自己家乡、美丽右玉，是我一生的追求，我必须尽职尽责。"

2009年12月8日，右玉县在新加坡新传媒集团亚洲新闻台、上海文广新闻传媒集团外语频道和同济大学城市规划设计研究院等单位联合主办的"发现中国·魅力小城"全国评选活动中，成为全国18个各具特色的魅力小城之一，获得"中国首批魅力小城"荣誉称号，成为山西唯一上榜小城。

颁奖词这样写道：

> 右玉县是山西省首批旅游名镇和第三批省级历史文化名城，全国绿化模范县，国家可持续发展实验区。该县60年坚持不懈植树造林的可贵精神与灿烂辉煌的历史人文，无疑给人文城市提供了一个良好的典范。

2015年2月，从北京传来喜讯，右玉县被中央精神文明建设指导委员会批准为全国文明城市创建提名城市，这意味着右玉县向全国文明城市奋斗的目标迈进了一大步。与此同时，义务教育均衡县创建已通过国家验收。国家公共文化服务体系示范区创建工作有序推进。绿树环绕，碧水蓝天，鲜花竞放，干净整洁，60多年前的塞上高原"不毛之地"正以日新月异的变化，向全国文明城市华丽转身；包容豁达、热情友善、谦和有礼、敬业奉献，塞上绿洲正以现代文明的风貌迎接八方来客。三年来，一场领导带头、人人参与的创城攻坚战，一场永不停歇的幸福接力赛，在紫塞玉林如火如荼地展开。

枝叶总关情，公交惠民生。

2017年8月10日，作为右玉县2017年"八件民生实事"之一的县城公交，在县委书记吴秀玲、县长王志坚的多次研究和协调下，由右玉县公共汽车交通有限责任公司开通运营。全县开通123条公交线路，设公交站46个，崭新的纯电动公交车20辆，每10分钟发一班。运营时间早上6点50分到中午12点30分；下午13点50分到17点20分。票价一元。从此，右玉县城正式进入公交时代。一辆辆装扮一新、满载欢乐和希望的城乡公交车运行在县城大街小巷、乡村田野、各个旅游景点上。

朋友，请你相信：

右玉人，以百折不挠、艰苦奋斗的右玉精神，把"不毛之地"建成了名闻华夏的塞上绿洲；

右玉人，以百折不挠、艰苦奋斗的右玉精神，也会把右玉县城建成全省最宜居、最宜发展的塞上明珠城市和最佳旅游目的地。

朋友，如今无论你在小南山森林公园的观摩厅上还是在贾家窑山松涛园的观摩厅上眺望右玉县城，都会感觉右玉县城好似一艘在茫茫绿海中行进的航船，朝气蓬勃地展示着行进中的右玉！

至2019年，塞上右玉县城形成了旧城区改造、新建区扩面、文化旅游开发区建设的"三区联动"的新格局。

一个生态宜居、环境优美、人与自然和谐共生的塞上美丽县城正在展现在世人面前。

第二十一章 二次生态创业写华章

2006年，塞上绿洲擂响决战"六大造林绿化工程"战鼓

2006年初，中共山西省委、山西省人民政府根据全省经济社会科学发展的需要，站在落实科学发展观、提高人民群众生活质量、构建充满活力、富裕文明、山川秀美、和谐稳定新山西的高度，作出用10年时间在全省组织实施通道绿化、交通沿线荒山绿化、村镇绿化、厂矿绿化、环城绿化、城市绿化"六大造林绿化工程"的重大战略决策。

2006年4月12日，省委、省政府在晋城召开了全省六大造林绿化工程启动大会。时任省长于幼军在启动动员大会上明确提出，全省在林业建设上要南学夏县、北学右玉。

山西省人民政府及山西省林业厅决定2007年全省六大造林绿化工程第一个现场促进会选在右玉召开，这既体现了山西省委、山西省人民政府对右玉绿化工作的关怀和肯定，同时也是对右玉的鞭策和鼓励。

是机遇，是动力，更是沉甸甸的责任和压力。

在紧张热烈的党政联席会上，赵向东、陈小洪与同事们共同讨论精心策划着工程的每一个方案，直到每一个细节，制定一个个精细的可操作性文件。

一系列战役筹备工作在紧锣密鼓中展开了：

成立了"右玉县六大造林绿化工程建设指挥部"，总指挥由县长陈小洪担任，副总指挥由县委常委、常务副县长兰成国担任。指挥部下设由县委常委和多位副县长任组长的规划设计组、技术指导组、宣传报道组、督察验收组四个办事机构，并明确了各组的职责和任务。

制订了《右玉县今冬明春六大造林绿化工程建设实施方案》。

确定了全县六大造林绿化工程建设的总体思路是：以科学发展观为指导，紧紧围绕社会主义新农村建设这个中心，在继续抓好国家重点造林工程、推进山上治本的基础上，突出以人为本，紧密结合塞上绿洲的实际，以通道绿化、交通沿线荒山退耕地绿化、村庄整治绿化、厂矿区绿化、环城绿化、城市绿化为重点，多栽树、栽大树，加快身边增绿，让森林拥抱城市，让绿色进驻村镇，努力为建设富而美的新右玉奠定坚实的基础。

明确了全县六大造林绿化工程的主要任务是：通道绿化151.6公里，大片造林8万亩（其中交通沿线荒山、退耕地造林绿化3.5万亩，首都水资源水保造林和种草4.5万亩）、村庄整治绿化43个村庄，环城绿化11.6万株，城市绿化15.5万株。主要围绕"一条主线、六个循环、十个观摩点"，总计铺开10大类、39项工程。

六大工程点多、面广、量大、线长，覆盖全县10个乡镇。总投资需6045.14万元。

从工程全面实施到现场会议召开，时间仅有10个月。

任务是何等的艰巨！

时间是何等的紧迫！

难度是何等的坚硬！

资金又是何等的紧张。

实施六大造林绿化工程，迎接全省现场促进会在右玉召开，这是右玉继村村通水泥（油）路之后，又一次举全县之力，要打胜打赢的一场硬仗、大仗、攻坚之仗。能否打好打胜打赢这场硬仗，对县四大班子决策者们是一次考验，对全县各级领导干部是一次考验，对全县10万人民是一次考验。

危难中方显出英雄本色。

2006年9月8日上午，迎接全省六大造林绿化工程现场动员大会在县委报告厅隆重举行。

赵向东在会上铿锵有力地号召："困难不可怕，怕的就是没有必胜的信心和决心。回想当年在生态环境相当恶劣、条件相当艰苦的情况下，我们凭的就是一张铁锹两只手，觉悟加义务，苦干加实干的精神，硬是把一个'不毛之地'建成'塞上绿洲'。村村通水泥路难不难，当初县委、县政府决策后，许多人想都不敢想，认为难于上青天，但我们还是靠着一种精神、一种觉悟、一种干劲，硬是在百日之内完成了村村通，许许多多感人的事迹如今还历历在目。现在启动实施的六大造林绿化工程攻坚战，我们有过去的经验做指导，有经过多次大战、实践锻炼和考验过的干部队伍做基础，有勤劳朴实的广大人民群众做后盾，有决心、有信心、有能力，也有把握坚决打胜六大工程的攻坚战！"

"全党动员、全民动手、抓住大好时机，立即行动起来，以高昂的斗志、饱满的热情和冲天的干劲，迅速掀起六大造林绿化工程的高潮！"

中共朔州市委常委、中共右玉县委书记赵向东（前排左四）和右玉县县长陈小洪（前排左五）在右玉四五道岭造林绿化工地与县四大班子部分领导成员合影。

县六大造林绿化工程建设指挥部总指挥陈小洪在动员大会上坚定地表示:"实施六大造林绿化工程,功在当代,利在千秋,机遇难得,责任重大。全县上下要迅速行动起来,大打秋冬季生态建设攻坚战,努力推动我县生态建设再创新的业绩,再上新的水平,再上新的台阶!"

县林业局局长马晓、高家堡乡党委书记王志平、新城镇党委书记庞明明、右卫镇党委书记王发、县建设局局长景占文也在大会上坚决表示,不管困难有多大,右玉精神做支柱,脱皮掉肉也心甘,保证完成所分给的任务,向县委、县政府和全县人民交一份满意的答卷,为改善我县生态环境,为推进富而美新右玉建设进程作出新的更大贡献!

秋风飒飒略有寒意,塞上右玉战旗猎猎。

2006年9月9日,塞上绿洲又一次擂响了决战六大造林绿化工程的战鼓!

在全县1960平方公里的右玉大地上,10万右玉人民紧急行动起来,以对党、对人民、对历史高度负责的责任感、紧迫感、使命感,义无反顾地投入到六大造林绿化战役中,书写右玉生态建设的二次创业新篇章!

赵向东力推"干部一线工作法",右玉精神在传承发扬中闪光

顽强刚毅忠勇吃苦的右玉人民,从50年代大战西部大风口老虎坪的第一仗到万人绿化长城沿线右玉段;从二战、三战黄沙洼,全面治理马营河,到坚持不懈治理开发苍头河;从营造沿外长城第一条防风固沙基干林带,到凿岩石换新土青松扎根小南山;从引"三松"上贾家窑山到"三松"绿染柳沟山和大南山;从南征七连山、上下吴、小岭梁、银台山到北战四五道岭、石门山;从绿造海拔1632米的廖巴山到苦战海拔1704.6米的总嚓山;从百里绿色通道建设到构筑生态保护网络,直到今天的六大造林绿化工程,半个世纪的"一张铁锹两只手,觉悟加义务"的改天换地的艰难实践,打造出了令世人惊叹的右玉精神。

全省六大造林绿化工程现场会能在右玉召开,这是右玉千载难逢的历史机遇,右玉人民倍加珍惜这次来之不易的机遇。

右玉人民都明白,生态就是我们的立县之本、强县之基。

2006年12月19日至20日,塞上右玉的天气干冷干冷的。

中共朔州市委书记王雅安在市委常委、右玉县委书记赵向东,县长陈小洪以及市委办公厅有关人员的陪同下,冒着严寒先后深入右玉县六大造林绿化预整地工程、李洪河流域10万亩生态建设工程、小南山森林公园、新城镇东街移民新村、杀虎口古文化旅游区以及泉鑫、全盛、图远、六味斋、中大

2006年12月19日至20日,中共朔州市委书记王雅安(右二)在市委常委、右玉县委书记赵向东(左一),县长陈小洪(左二)的陪同下,就六大造林绿化工程和生态旅游开发在右玉调研指导。王雅安嘱咐赵向东:应该在小南山森林公园建一座绿化丰碑,启迪教育后人。

科技等企业进行调研指导。

在调研中，王雅安对右玉的生态建设成就给予充分肯定。他说："右玉县近几年的变化确实非常大，特别是50多年来坚持不懈地搞生态建设，这一方面体现了县委、县政府的接力棒一任接一任、决策思路一脉相承的良好传统和务实作风；另一方面也体现了右玉人民勤劳、淳朴、诚实的良好精神风貌。按照科学发展观和又快又好的发展标准来衡量，右玉已经先行了一步。"

王雅安说："朔州市第四次党代会提出要建设'两大基地'，推进资源型城市转型，这个题该如何来破？如何发挥煤、电、畜牧、土地这四个传统优势？新型能源基地该怎么搞？接续产业又该如何培育？这些都是市县两级需要深入思考的重大课题。"

王雅安说："对于一个地方的发展而言，定位非常重要。定位准了，发展的路子就顺了，发展的步子也就快了。全市下一步要积极发展农畜产品深加工，大力发展第三产业，使民营经济更多地转向服务业。对于右玉来说，第一位的还要把生态这篇大文章做好，同时，要持之以恒地把旅游业搞好。要抓住全省六大造林绿化工程现场会在右玉召开的契机，推动生态建设不断上档升级。要通过影视、节会、论坛等多种形式，抓好生态旅游的宣传造势。在做好杀虎口等古堡古遗址保护性开发的基础上，深入挖掘其内在的文化价值和文化意义。要把右玉的旅游整合到朔州的旅游线路之中，探索'看广武—游崇福寺—观应县木塔—体验生态、吃住右玉'的精品线路，吸引北京、太原、张家口等周边大中城市的游客前来度假休闲。要围绕游客吃、住、行的不同需求，建设一些典雅别致的小别墅，抓好旅游产业的配套工作。同时，抓好右玉绿化精神的提炼，并围绕这种精神做一些文章，比如可以为历届县委书记树一个碑，简要记述他们带领全县干部群众一任接一任坚持不懈造林绿化的业绩，以增强学习感召的效果等等。"

王雅安要求："要不断加强和改进党的建设，为实现更好更快发展提供坚强的组织保证。要着眼于党的执政基础，切实加强党的基层组织建设和党员队伍建设。要加强干部队伍的培训工作，全面提高干部队伍素质。特别是要结合新农村建设，抓好农村党支部书记的培训工作，以不断增强他们致富带富的本领。"

"小洪，市委书记给咱右玉发展的脉把得多准呀。"赵向东听完王雅安的讲话，立即在陈小洪的耳边悄悄地说了一句。

"市委提出的两大基地，市县两级都要深入思考"；

"一个地方的发展定位非常重要"；

"右玉第一位的，是把生态这篇大文章做好"；

"深入挖掘古堡古遗址的文化价值"；

"把右玉旅游整合到朔州旅游线路中"；

"抓好右玉绿化精神的提炼"；

"为历届县委书记树一个碑"；

"加强干部队伍的培训工作"。

……

时钟已经指向了零点。赵向东还是不能入睡,脑海里反复思考如何做好王书记嘱咐的几件大事。

次日上午八点,县党政联席会议在县委五楼会议室召开了。

"按照王书记的意见,有关部门要很快拿出落实的方案。全县上下迅速抓紧落实,真抓实干,尽快见到成效。"

赵向东在右玉的工作作风就是急行军、奋力赶。

2007年3月9日,在右玉县六大造林绿化工程建设誓师大会上,赵向东深情地讲道:

"去年12月份中央经济工作会议上,胡锦涛总书记明确提出了促进国民经济又好又快发展的目标,这是落实科学发展观的本质要求,是构建和谐社会的具体体现。对于右玉来说,实现又好又快发展,我们充满了信心。为什么这样说呢?这是因为,又好又快发展的一个核心内容就是人与自然的和谐发展。从全市来讲,我们右玉在这方面最有条件也最有优势。中华人民共和国成立以来,我们历届县委、县政府50年追求绿色不懈怠,硬是凭着镢头加窝头,觉悟加义务,苦干加实干的艰苦奋斗精神,把一个不毛之地变成塞上绿洲,创造了在共产党人领导下,人与自然和谐相处,建设美好家园的人间奇迹。所以,右玉的绿不是大自然赋予的,而是凭着艰苦奋斗、无私奉献、百折不挠、顽强拼搏、负重奋进、勇于争先的右玉精神干出来的。当年,毛主席在党的七大闭幕会上讲到中国古代有个寓言,叫做'愚公移山'。愚公靠挖山不止,感动了上帝,搬走了大山。右玉的绿就像毛主席所讲的,靠的是一种愚公移山的精神,几代人植树不止,才形成了今天绿树成荫、鸟语花香、空气清新的塞上绿洲,成为国家级生态示范区。这是我们的巨大精神和物质财富,是我们右玉科学发展的当家本钱。现在还要发扬前人栽树这种创业精神,发扬右玉人民百折不挠、顽强拼搏的愚公精神,勤劳加科学,苦干加巧干,觉悟加义务,一棵一棵地把树栽下去,一年一年地把树栽下去,一代一代地把树栽下去,让我们右玉的发展在青山绿水中持续,让我们的生命价值在青山绿水中体现和升华,让我们的子孙后代在青山绿水中生活得更加幸福、更加美满。"

"我们要培养和造就像王占峰、余晓兰、韩祥、赵枝等一大批造林英雄、绿林好汉……"

"赵书记的话,讲得多好,讲得人心暖洋洋,讲得斗志浑身涌动。"人们在台下悄悄交头接耳地说。

"向东书记到哪里去了?"到县委找赵向东的人问办公室的同志。

"下乡到六大造林工程工地上去了。"

"小洪县长到哪里了?"外地到政府找陈小洪的人问办公室的同志。

"到野地规划六大造林工程去了。"

已在县委传达室工作7年的清洁工李志岗说:"你们不要等赵书记,赵书记这些时可忙得了不得,整天就在乡下跑。"

政府收发室的季培安说:"我给陈县长送报纸文件都见不到他,他这几天简直忙得不可开交。"

全县六大造林绿化工程全面铺开后,赵向东、陈小洪都很难在大楼办公室里找到了。每天清晨早早下去,晚上何时回来谁也说不上。

书记、县长作为全县党政一把手,每天的事情千头万绪。除了外出开会,每晚,他们的办公室窗口总是亮着灯光。他们的家均不在右玉,食堂的餐桌倒成了他们经常研究问题的场所。

一天,刚吃过晚饭,陈小洪看着表说:"现在天还没黑,赵书记,走吧,我开车,咱们上贾家窑山,看看这几天六大造林绿化工程整地挖坑的情况。"

"好,咱现在就走。"

赵向东坐在陈小洪开的车上,迎着落日的余晖,上了贾家窑山,绕了一大圈,检查了六大造林绿化工程贾家窑山南坡近千亩预整地工程。对发现的问题,他俩就地给有关部门的负责人打电话,让他们及早知道,不过夜解决。当天黑了,返回的时候,第二天要做的事情也都有了着落。这时,两人的双腿已挂满了杂草,落满了黄土。但这给少数工作不到位的部门负责人敲响了警钟:"书记、县长检查工程不分时辰,咱再不能有半点疏忽和应付啊。"

中共朔州市委常委、中华人民共和国成立后右玉县第十七任县委书记赵向东参加六大造林绿化工程秋季预整地劳动。

全县六大造林绿化工程启动以来,赵向东、陈小洪带领县四大班子全体成员力推"干部一线工作法",实现了"领导在一线指挥,干部在一线工作,问题在一线解决,经验在一线总结,业绩在一线创造,精神在一线闪光"。

县六大造林绿化工程建设指挥部对全县所有造林绿化工程建设进行统一规划、统一指挥、统一调度,同时实行了指挥部领导成员包乡镇、包重点工程,各成员单位包工程制度;指挥部与各乡镇和项目单位签订军令状,各乡镇与包村干部、蹲点干部签订责任状。并将工程建设任务全部细化分解到各乡镇和项目承担单位,将该项工作纳入领导班子和领导干部年度绩效考核体系,予以严格的考核奖惩。

各个部门根据工程建设要求,以7月30日为限倒排日程,倒排工期,确定每个环节、每个细节、每项任务的完成时限。

这个阶段,县委书记赵向东、县长陈小洪、县人大常委会主任贺朝善、县政协主席黄凤莲带领县四大班子、21名领导成员包片、包工程,几乎每天都奔赴在施工现场,各把一口,各管一线,及时掌握工作进度,及时解决工程实施中遇到的困难和问题。赵向东、陈小洪白天在植树现场指挥协调各大工程施工中出现的问题,晚上碰头讨论研究第二天的工作内容。

县六大造林绿化工程建设指挥部每隔10天组织一次现场观摩会,每隔7天组织召开一次汇报会,每隔3天组织召开一次领导组成员碰头会,研究如何上质量、赶进度。

为确保每项工程的每个环节都落到实处，从县委办、政府办、县项目监控中心和县绩效考核办抽调专人，组成造林督察组，严格按照指挥部统一制定的工程质量标准和任务进度要求进行督促检查，并在全县予以通报，保证六大造林绿化工程的快速推进。

深入宣传，广泛发动。县宣传舆论部门充分利用电台、电视台、《今日右玉》小报等新闻媒体，及时报道各乡镇、各有关单位以及各项工程的进展情况，及时报道工程中涌现出来的先进典型和成功经验。县造林建设指挥办公室编写《快报》，县委收发室收发员李春云每天上午八点半把递送《六大造林绿化快报》作为头等大事，及时分发到县直各单位和各乡镇。各乡镇、各有关部门刷写标语、出动宣传车、散发宣传资料，大力宣传实施山上治本、身边增绿相结合的六大造林绿化工程的现实意义，大力宣传省、市、县各级对六大造林绿化工程建设的决策部署，大力宣传全县各乡镇、各部门的典型经验和做法，在全社会营造强大的舆论氛围，最大限度地激发广大干部群众投身六大造林绿化工程实践的积极性。县委宣传部重点抓好"四个一"宣传工程，即摄制一部《绿染荒原》电视专题片，编制一本《玉蕴西口》宣传画册，组织一个《绿色右玉》大型图片展，编排一场《绿色召唤》主题文艺晚会，以形成强大的宣传声势。在对外宣传上，与省、市电视台、广播电台和相关报社沟通联系，采取多渠道、全方位、多层面宣传推介右玉的生态资源优势和经济社会发展成就。工、青、妇等群团组织，充分发挥职能作用，把更多的群众发动起来，营造"青年林""巾帼林""工友林""智慧林""民兵林""休闲林""记者林""情侣林"等，激发全民参与造林绿化六大工程的高涨热情，形成了社会造林的强大合力。

科学规划，合理设计。为了确保六大造林绿化工程的科学性、合理性和可操作性，2006年赵向东、陈小洪就邀请省林业部门专家和技术人员，通过实地调研和深入论证，指导右玉制定了《六大造林绿化工程建设总体规划》。在此基础上，全县各乡镇、各有关部门还按照总体规划要求，结合各自实际，对所承担的建设工程进行了具体规划，使各项工程都做到了有规划、有设计、有图纸、有预算、有合同。针对本县苗木紧缺的实际，提前做准备，多次组织有关部门和乡镇到大同、忻州、内蒙古、河北等地选购苗木。

广开渠道，多方融资。右玉是国家级贫困县，植树造林可用财力十分有限，经常是有心栽树，无钱买苗。为了克服这一困难，全县上下加大融资力度，多渠道筹集资金，有效缓解了资金投入上的压力。首先，县财政在财力十分紧张的状况下，千方百计挤出1500万元资金预付了苗木费，缓解了调用苗木资金需求压力。其次，全县各级各有关部门抢抓机遇，主动出击，积极向上争取了造林专项资金。第三，进一步整合林业、水利、畜牧、农业综合开发、扶贫等部门的项目，将更多的财力捆绑用于六大造林绿化工程建设上。第四，在组织厂矿企业搞好内部和周边绿化的同时，采取以企业、个人名字命名工程，"谁投资，林权归谁"等形式，积极动员引导效益好的企业特别是各煤矿投资各项重点造林绿化工程。第五，向干部职工发出"每人捐献半个月工资资助全县造林绿化工程建设"的倡议，广泛动员全县上下开展了捐助活动。

县直机关干部秉承优良传统，六大造林再续辉煌；
乡村干部主动请缨，不畏天寒地冻全部是义务投工

50多年来的植树造林造就了右玉人民的绿化情结。

特别是右玉的机关干部成为一支永不褪色的造林专业队。了解右玉的人都会说，右玉的机关干部比其他地区的干部职工多了一项任务——义务植树，手里多了一样工具——铁锹。

的确，右玉机关干部多少年来，作为右玉庞大植绿军团的指挥员、示范员、战斗员，既是组织者、实施者，又是科学营林的探索者。

全县六大造林绿化工程启动以来，右玉机关干部秉承优良传统，义无反顾地冲锋在前，让先锋队的作用再续辉煌。从右卫镇到杀虎口13公里的通道绿化阵地上，从白头里到胡村梁8公里长的通道绿化阵地上，县直机关干部全体出动，并主动放弃国庆长假，奋战在工地一线，为全县六大造林绿化工程建设开了好头，带了好路。

2007年3月23日下午3点，在朔州市参加完会议的赵向东和陈小洪准时赶到植树现场，融入植树人群的挖坑培土中。来右玉采访的朔州日报社副社长杨培春、见习记者丰开罡踏着没踝深的荒草，找到正在躬身挖树坑的赵向东，他直起腰抹了一把额头上的汗水说："右玉今年将实施六大造林绿化工程，栽植苗木300万株，造林面积4万亩，约占去年全省造林面积40万亩的1/10！今天全县拉开植树造林序幕，10个乡镇都动起来挂凌植树，今天铺开的植树场面很多，你们也可以去其他工地看一看，虎山线南段这一块，机关义务植树工地，这场面真叫人高兴啊，我们牵住春风染山川，一任接着一任干，引得新绿锁沙尘，扮靓右玉胜江南！"

陈小洪手持铁锹，在一个刚挖好的树坑边，指导身边的人给刚栽下的树苗浇水，远远听见他大声说："栽下去要把土踩实了，踩不实，刮大风树苗一摇，就保不住成活率……浇这点水不行呀，再浇再浇，一定要浇足……"

凭着优良传统，在短短的有效植树时间内，全县机关干部硬是完成了10万多株的苗木栽植任务。

具有半个世纪艰苦奋斗精神的右玉人民群众，营绿一贯，不计报酬，不讲代价，自发主动地加入绿化大军。年已76岁的右卫村的褚福祥老汉在村庄绿化的工地上动情地说："去年开春植树，我病在家里没出门，今年县里大搞六大绿化工程，这可是件好事啊。我虽然上了年纪，但今年身体硬朗。我从电视上看到县委书记、县长扛着锹头子受哩，我能在家坐住？也来挖些坑栽些树，为后代造点福。"

全县许多小学生也纷纷走出学校，来到工地送点儿水，扶个秧苗，踩踩树坑，尽自己力所能及的绵薄之力。

在元堡子镇上下吴流域绿化工地上，一个由12人组成的造林专业小分队，专门以栽植大苗木见长。他们在一个多月的时间里，栽植大苗木1000多株。队员阎小民激情高昂地说："别看我们人数少，可我们的队伍很精干，全是栽树的好把式。前几天，于省长来看我们，不但表扬

了我们，还给我们抽香烟哩，这六大造林绿化工程搞不好，你说我们能对得起省长吗？"

全县10个乡镇的党委书记庞明明、王发、魏斌、刘磊、王志平、王占山、王志平（重名）、卢太平、杨永文、郭书礼和杀虎口旅游区党委书记王建；10个乡镇长韩日华、门进孝、韩志强、贺仲、刘占彪、武振东、蔚瀚、李国斌、王宇、蔡灵和和杀虎口旅游区管委会主任刘耀，他们个个身着迷彩服，一副黑脸膛，直接战斗在一线，不是有人介绍，你还以为是一些退伍军人呢。

"不吃子孙饭，要造子孙福。"在今春六大造林绿化工程中，李达窑乡党委书记杨永文、牛心乡党委书记郭书礼、丁家窑乡党委书记卢太平在没有分到大片造林工程任务的情况下，自加压力，主动请缨，选择全县造林绿化工程重点区域李洪河流域，克服天寒地冻、资金短缺的困难，组织三乡精兵强将，长途奔袭，一鼓作气投入到六大造林绿化战役中。三个乡累计出动劳力1896人，车辆725台，共挖树坑13.8万个，栽植针、阔、灌各种树苗11.8万株。

舍易求难，主动请战，舍小家为大家的大局意识，又是右玉人民淳朴宽广胸怀的体现。李达窑、牛心、丁家窑三个乡的主动请战在右玉绿化篇章上留下了不朽的一笔。在整整100天的大会战中，最远的村庄距离植树工地有60多公里，最近的也有3公里。每天机关干部自带干粮和饮水，各乡镇给村民们每人每天发三包方便面当午餐。县、乡、村三级书记带头上工地，干在工地，吃在工地。所有干部一律不准请假，不准缺勤，不准搞特殊。一个春天，全县各乡镇发给参加植树的村民的方便面就花费了25万元。在国家早已取消"义务工"的今天，右玉的老百姓没有要求政府给一分钱的补偿，全部是义务劳动！

六大造林绿化工程建设不仅让右玉的生态建设上了一层楼，更让干部作风在工程建设中得到进一步转变。半个多世纪积淀下的誓让荒漠变绿洲的营绿精神蓬勃迸发，也让群众与党和政府之间的感情在工程建设中得到密切和融洽。

科学营林之路在传承创新中越走越宽

在50多年的植树造林防风固沙中，右玉人民探索出了一条科学营林之路，无论在平整土地、挖坑打埂，还是在选树配苗、起苗运苗、苗木定植、浇水灌溉、防毁管护等各个方面，都有一套适合当地植树造林的方法。在2007年的造林绿化建设中，这些宝贵的经验和做法，得到更进一步的完善升华，更加科学合理，更加富有创新。

质量是六大造林绿化工程的生命。

六大造林绿化工程启动实施以来，赵向东、陈小洪始终强调"质量为先"的原则，积极构建质量保证机制，狠抓造林质量不松手：

首先是严格规范施工程序。为了确保造林质量，专门制定了《六大造林绿化工程建设操作规程》，对工程实施过程中各个环节、各个方面的标准要求作出了明确具体的规定。在具体操作上，严把规范设计、苗木来源、苗木质量、苗木起运、栽植质量、后期管护、合同管理"七大关口"和树种、规格、病虫害、起苗、栽植、浇水、踩踏、覆土、管护、后续配套等23个重点环节，千方百计提高造林合格率、成活率和保存率。大力推行专业队栽植。按照公开、公平、公正的原则，通过招投标的办法，把今年春季造林绿化重点工程苗木定植任务承包给了50多个造林信誉好、技术措施硬、质量有保障的营林公司和专业队伍。与此同时，还通过技术培训，把农村剩余劳力组织起来，建立造林专业队，参与生态工程建设。如杨千河乡在村庄整治绿化上，采取以村对接的方式，农户出工出力，乡干部和技术人员把关，组建造林专业队，进行村庄整治绿化，不仅保证了造林质量，而且也节约了资金投入。

第二是及早搞好苗木调用。六大造林绿化工程需要的苗木种类多、数量大，各乡镇和各有关部门去年冬季就及早动手，根据需要多方联系落实了所需苗木。为了避免因责任划分不清，而使不合格苗、劣质苗进入工程项目的问题，还采取了工程队自行定苗，按照存活苗木数量进行工程决算的办法。

第三是全面推行工程建设监理制。选拔抽调了一批有技术、懂管理、责任强的县乡干部和30多名林业技术人员，组成工程监理队伍，对工程质量进行全过程监控，从而有效地保证了工程建设的质量。

第四是创新工程挖坑新思路。右玉是高寒地区，气候寒冷，极端最低气温达到零下40℃，冻土层达到169厘米，正常年景也得到5月中旬土地才能全部解冻，今春又受到倒春寒气候的影响，土地解冻更加缓慢，绿化造林工程挖坑环节在速度和质量上受到极大的制约。怎么办？

承担25公里的通市公路造林绿化任务最重的高家堡乡党委书记王志平和乡长刘占彪没有被寒冷的气候吓倒，积极创新工程挖坑新思路。他们深入工程实地调查研究，组织村民采取"消一层，挖一层"的办法，就是每天上午挖一半，等到日照消开后再挖一半的方法，他们把这叫做"0.5+0.5≥1"的挖坑工作新思路。赵向东、陈小洪觉得这个工作思路很管用，要求全县学习推广。及时破解了冻土层制约工程进度的问题，使造林挖坑顺利推进。

高家堡乡还针对任务大、时间紧、水源紧缺等困难，乡党政一班人变压力为动力，由乡副职干部牵头，各把一段（或一村），组建9个专业队和群众相结合的造林工队；专门抽调4名乡干部，从打垛、挖坑、选苗、修苗、栽苗、浇水等各个环节进行督察和指导。从3月20日动工，日均出动劳力200多个，累计出动劳力8600多个，出动机械120台次，拉水车900多辆，连续奋战40个昼夜，共栽植新疆杨128330株，樟子松4180株，开挖浇水通道（防火隔离带）14公里，率先完成了造林任务。

第五是采取"一对一"劳力分配法。2007年春，要用两个月的时间挖坑植树300万株，共4万亩，这是六大造林绿化工程的攻坚阶段，也正值农村春耕备耕的关键时刻，劳力不足成为一个不争的事实。这又是一个难题，怎么破解？李达窑乡党委书记杨永文、乡长蔡灵和深入农户与村民座谈，商讨提出了"一对一"的劳动分配办法，即每两个家庭组成互助组，每个家庭各出一名壮劳力，一个参加六大造林绿化工程建设，一个负责两个家庭的春耕备耕工作，做到了春耕备耕与植树造林两不误。这个"一对一"劳力分配办法，赵向东、陈小洪觉得又是个创新，是个解决劳力不足的好办法，指示全县学习推广，使全县植树造林与春耕备耕两不误。

2007年3月13日，省林业厅副厅长霍转业、总工程师任建忠，省造林局局长张云龙一行

2007年3月13日，山西省林业厅副厅长霍转业（左四）、山西省林业厅总工程师任建忠（左二）、山西省造林局局长张云龙（左五）一行再次深入右玉调研指导右玉六大造林绿化工程。左三为中共右玉县委书记赵向东，左一为右玉县县长陈小洪，右一为中共右玉县委常委、常务副县长兰成国。

再次深入右玉调研六大造林绿化工程。霍转业指出，六大造林绿化工程右玉现场会是全省启动"六大工程"的第一个现场会，是一次在全省推动"六大工程"建设的重要会议，体现了我省林业建设的重大战略转移。右玉作为国家级贫困县，今年承担"六大工程"建设的难度大，力度也大。一定要树立全局观念和整体观念，组织协调好各项筹备工作，要在规模和效应上超过晋城启动会，让与会代表看了震撼，有看头、有学头。在树种配置、工程模式上充分体现右玉特色。工程实施中要尽可能体现科技营林，把沙棘、柠条、红柳、沙柳等树种结合栽植，坚持针、阔、花、草一起上，林草覆盖、乔灌结合，把体现右玉特色的营林种草模式呈现给大家，特别是右玉的围栏养牧在全省是具有借鉴和导向作用的。在工程实施中要将"六大工程"建设与农民增收致富相结合，与可持续发展相结合，全面体现造林的核心价值，建设和谐县城、和谐乡村，实现和谐发展。在村庄整治绿化上，沿路村庄的土墙要全部拆掉，所有柴堆、粪堆、灰堆进行彻底清理，墙壁面用防水涂料粉刷；并同步进行净化、美化、绿化，充分体现右玉红瓦、白墙、绿树的风俗特点，全面展现生机勃勃的新农村新气象。同时，在环境整治上还要充分调动机关、企事业单位和各类门店，借助于"六大工程"搞好环境整治，做到干净整洁。要最大限度地扩大社会参与面，形成社会造林的强大合力。

2007年4月4日，赵向东和陈小洪带领县四大班子领导和县六大造林绿化工程现场会筹备领导组全体成员，与省造林局副局长陈全龙一行先后深入县六大造林绿化工程11处工地进行现场观摩，听取了有关乡镇和工程项目单位负责人的情况汇报。赵向东在总结中强调指出，县六大造林绿化工程要明确一个目标，即通过现阶段努力初步达到"一路硬化一路树，一路围栏一路花，一路新村一路景，一路欢笑一路歌"的整体效果，真正达到现场有看头、介绍有听头、交流有学头的会议目的。要创新"两大机制"：即一是领导靠前指挥，专业技术队伍施工机制；二是督促检查机制。落实"三大任务"：一是抓时间争取主动，确保在4月20日前完成全部栽植任务；二是精细作业严把质量关，千方百计提高苗木成活率，确保工程的高标准、高质量；三是完善配套工程，做到道路建设、道路围栏、村庄绿化围栏、苗木刷白同步进行。树立"四大意识"：一是树立整体意识，严格按照规划设计实施；二是树立精品意识，真正把每一项工程打造成精品工程；三是注重细节意识，"细节决定命运，细节决定成效"，紧紧把握每一个细小的环节，保证苗木成活；四是强化进度意识，在保证质量的前提下加快进度，同时要全面铺开厂矿、城镇、环城绿化工程。解决"五大问题"：一是解决鼠害问题，采取有效措施预防消除鼠害；二是解决护林防火问题，严防死守；三是解决统筹兼顾问题，乡镇换届工作与六大造林绿化工程建设同步推进；四是禁牧圈养问题，推行舍饲圈养；五是解决乱采乱挖问题，县水利部门要研究制定具体办法，保证河床河堤不被破坏。

右玉的西南端，由于受地理环境的影响，水源匮乏，历来就有"水比油贵"的说法。县六大造林绿化工程战役打响后，所属地各乡镇考虑到浇树需要大量用水的实际，未雨绸缪，集思广益，提出"改一眼井、拦一处坝、造一片林、富一方民"的指导方针，千方百计增水扩源，对现有的水井进行改造，新建了大型蓄水池，用小白龙和大抽水泵全天24小时轮流抽水蓄水，在河湾沟洼拦坝蓄水，河水解冻进行蓄水。

通道绿化工程点多线长，苗木浇水很困难。赵向东、陈小洪、兰成国带领指挥部的同志们到实地查看论证后决定，通道沿线的缺水乡镇在通道绿化两侧各开辟了6米至10米宽的浇水专用通道，不仅解决了浇水难的问题，而且也形成了很好的防火隔离带。为了实现工程建设规划的景观目标，右玉人民在栽植北京杨、新疆杨等高杆苗木过程中，创造性地把秧苗的主枝头截去一段，在顶端涂上油漆，有效地防止了初栽苗木的水分蒸发，这样既保证了成活率，又使其长大后确保生成景观效应。

竖立在山和公路小南山森林公园西侧的京津风沙源人工造林工程标牌

植树造林苗木成活是关键。大量苗木需要从外地调入。为了确保苗木的成活率，在苗木运输过程中，尽量减少中途停留时间，运输本地苗要当天往返，从外地调运苗木一般都是两个司机轮流开车，基本上是人换车不停，昼夜兼程。在运输过程中，不断给秧苗浇水。为防止运输中

2007年7月10日，山西省林业厅厅长杜创业（左一）到右玉检查指导全省六大造林绿化工程。左三为中共右玉县委书记赵向东，右二为右玉县县长陈小洪，左二为中共右玉县委副书记周宏，右一为右玉县林业局局长马晓。

苗木水分蒸发，运输苗木的车辆都遮盖篷布。各乡镇各施工单位还认真学习杨千河乡以养鱼的办法养苗，在苗木调运回来后，在河水中浸泡一两日后栽植。"活水养苗"有效地避免了蓄水护苗根须易腐烂的弊端，大大提高了苗木的成活率。

六大造林绿化工程耗资大，如何安排支付资金，花好来之不易的每一分钱。赵向东、陈

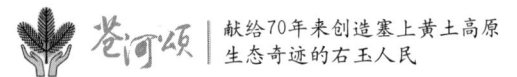

小洪也动了不少脑筋。

为了确保工程质量，综合考虑右玉气候条件、用苗需求量、苗木成活率等因素，经过严格的招投标，在资金支付上采取"三三四"的付款方式，即：当年提前预付工程专业队苗木费，占工程造价总额的30%；今年秋季验收合格后，付给工程专业队工程造价总额的30%；明年秋季验收全部工程合格后，再付工程造价总额的40%。通过合情、合理、合法的付款方式，使各乡镇、各项目单位及造林工程专业队认识到工程质量和标准的重要性，严格按设计施工，形成了一级抓一级，严把质量关的好风气，确保了六大造林绿化工程在时间紧、任务重的情况下，高质量、高标准完成各项造林任务。

朋友，你不相信？

50多年造林营绿的战斗中，右玉人民养成了"穷则思变，穷而有志，永不服输"的倔强性格，任何艰难困苦都吓不倒他们，难不倒他们，反倒处处闪烁着他们的智慧光芒。

在实践中探索，在实践中创新。在六大造林绿化工程中摸索出的因地制宜、因势制宜的科学造林方法，绿化的不仅是右玉的山川大地，更是为高寒地区植树造林趟出了一条通往绿色圣地的先河。

2007年4月21日，山西省林业厅、山西省林业科学院、山西省农技推广站、朔州市林业局的专业技术人员共38人来右玉指导科技造林。

生态建设在新的起点上实现新的跨越

半个多世纪的生态建设，使右玉成为誉满全国的"塞上绿洲"。在新的形势新的阶段，赵向东、陈小洪等右玉的决策者们把右玉半个多世纪形成的右玉绿化精神进一步发扬光大，把六大造林绿化工程作为全县生态建设的第二次创业高潮，在决策思路中创新，在建设实践中丰富，全县牢固树立了抓绿色就是建设生态文明，抓绿色就是抓经济，抓生态就是抓效益的发展理念，进一步促进绿化精神成果化，把绿化精神化作落实科学发展观的内在动力。

赵向东在各个场合总是深情地说：

"生态是右玉的立县之本，强县之基。右玉的最大财富和当家本钱就是生态。"

"六大造林绿化工程就是右玉的二次生态创业。"

"六大造林绿化工程现场会是今年全县头等大事，一号工程，也是省里、市里的重点工作，要充分认识会议的重大意义，背水一战，争取主动，把各项工程建设任务完成好，把现场会筹备工作落实好。"

是的，六大造林绿化工程，启动了右玉实现可持续发展的新引擎，它标志着右玉发展理念得到升华，发展之基藉此增强，走上了又好又快的科学发展轨道，诠释了"绿水青山就是金山银山"的深刻内涵。

2006年秋季，全县累计投资600万元（其中群众性投资80万元），投入各类机械880台（次）、人工27万个，动土、石、砂300万方。完成大片造林预整地5.8万亩，通道绿化整地

101.8公里，高标准开挖大苗树坑285万个、条沟整地4.5万米，完成道路建设86.8公里，新增育苗面积800多亩。

2007年入春以来，赵向东、陈小洪坚持早动员、早部署，从3月10日起就铺开各项工程，进行顶凌植树，不断掀起春季植树造林高潮，到6月20日，全面并超额完成六大造林绿化工程。全县共完成大片造林10.5万亩，栽植各类大苗针、阔叶树410多万株，围栏450公里。其中：

完成交通沿线荒山、退耕地造林3.5万亩、水保造林2.2万亩、退耕还林项目荒山造林2万亩、"三北"工程2万亩、封山育林0.3万亩、农业综合开发生态项目0.5万亩；

完成通道绿化200公里，栽植各类大苗木338万株；

完成村庄绿化44个村，栽植各类大苗35万株；

完成城市、环城绿化栽植各类大苗27.1万多株；

完成11个厂矿绿化，栽植各类大苗10.1万株。

全县六大造林绿化工程完成了4条主通道、6条循环路，以点连线、以线成片、扩片成面，视野范围内林木全覆盖，在右玉县生态建设史上写下了新的浓重的一笔。

所有这些精品工程、样板工程，使全县：

荒山绿化实现了立体种植乔灌草，大片造林全覆盖；

环城绿化基本实现了合理布局针阔花，彩色生态添景观；

城市绿化基本实现了一街一景创特色，打造塞上园林城；

村庄绿化基本实现了大街小巷树成行，房前屋后绿成荫；

主要交通干道绿化基本实现了补空延伸建精品，一路绿色一路景；

乡村通道绿化基本实现了绿随路走连成网，城乡绿化不断档；

厂矿绿化基本实现了一企一策增绿色，全面推进园林化的崭新格局。

全县森林覆盖率提高了5个百分点。特别是以营造景观林带和园林式人居环境为目标，采取乔、灌、草相结合方式进行城市、村镇绿化和美化，给参加全省六大造林绿化工程工作会议的全体代表和前来右玉考察学习的来宾带来强烈的震撼。右玉的知名度和影响力也因此得到迅速的提升。

全县以六大造林绿化工程建设为载体，进一步打造生态旅游发展平台，提升景区档次，打造旅游品牌。在景区景点建设上打造精品工程，重点建设了12个景区景点：（1）通市路通道绿化胡村梁景点建设工程；（2）李洪河10万亩生态综合治理观摩点及周边区域绿化工程；（3）小南山公园知春亭周边及主峰裸露区绿化工程；（4）东街村至石头河村园林绿化工程；（5）北环、西环绿化带和东西大街出口以及三角区绿化工程；（6）苍头河生态景区提升工程；（7）高墙框加油站绿化工程；（8）右卫镇东门外整治和绿化工程；（9）马营河加油站绿化工程；（10）杀虎口东山观摩亭周边绿化美化工程；（11）杀虎口西山景区绿化工程；（12）杀虎口旅游区绿化工程。

在右玉县委常委、组织部部长吴晓斌和政协副主席贺荣吉的组织设计下，对小南山公园在2006年景区绿化的基础上，2007年新建了青春园、同心园、同根园、星星花园、爱心家

景区景点精品工程——杀虎口出省口绿化工程

景区景点精品工程——虎山线通道绿化工程

园、绿缘等9个新景点，配置了调频广播；铺设了林间水泥便道6000米，双行隔板大理石便道5300米；新建长廊4个；新建花坛10个。为小南山公园增添了魅力无限的色彩。

在新建的爱心家园碑前不少游人驻足观看、留影。碑文写道：

今生、今年、今天，你种了一棵幼苗。在这个公园，公园在右玉，右玉在中国，中国在地球上，地球在生生不息的宇宙里。

富，是创造的标尺；美，是和谐的旋律；生态，是生存的土壤；精神，是前进的源泉。

五十多年，一片片绿林一辈辈人，半个世纪从不毛之地到塞上绿洲，忠勇坚毅的右玉人，坚持着一种精神——艰苦奋斗、无私奉献，百折不挠、顽强拼搏、负重奋进、勇于争先。

在世界的东方，在东方的中国，在中国的万里长城，在长城的西口古道的虎关怀抱里，右玉人，五十年将一块不毛之地变成了塞上绿洲。

2007年5月，在小南山森林公园北侧，由县财政拨款新建的雕塑广场上的标志性雕塑——右玉绿化丰碑，如今已成为人们学习右玉精神的敬仰之地。

2007年5月，在中共朔州市委书记王雅安的提议和审定下，赵向东、陈小洪为了学习和传承右玉精神，在六大造林绿化工程中，在小南山森林公园北侧由县财政投资新建了雕塑广场。

广场中间竖立一座象征右玉50多年植树造林的标志性雕塑——右玉绿化丰碑。

右玉绿化丰碑雕塑由北京无限艺术设计公司设计制作。整个雕塑高20米，由主雕塑和基座两部分组成。其中基座高5米，象征右玉干部群众半个世纪以来的艰苦创业。主雕塑四片绿、蓝、红、黄不同颜色的巨型树叶象征春夏秋冬四季，四片树叶抱在一起直冲蓝天；同时每一棵树根部都是一个"人"字，象征右玉干部群众万众一心、奋发向上同大自然进行顽强抗争的拼搏精神。

雕塑基座的南面雕刻着县委宣传部高海拟稿，右玉籍、内蒙古师范大学教授李淑章五易其稿，共同创作的《右玉绿化赋》：

时在三春，云呈五彩。古府朔平，历朝要塞。同胞眠于虎口，烽火起自狼台。也曾运佳以气顺，毕竟少欢而多哀。俱往矣，赖千里东风，扫万里阴霾。天晴也，看红艳艳一轮朝日，染绿油油一片林海。

敢问苍天：何以如此偏我，绿色溢群山，生态谱经典？大地对曰：知否天道酬勤，自强以不息，天行而自健！唯其万千民众拓荒于不毛，方树起三北绿化造林之旗帜；只因数任公仆挑战于风沙，才赢得国内生态建设之模范。

伟哉，右玉！

夫治州立县，生民为先；存政之要，当在官贤。向之右玉，民生维艰。冬长夏短，地瘠天寒。征伐有代，战乱经年。滚滚兮泥流，灌灌兮尘山。风驰沙走雾漫漫，雨溶水狂恶浪翻。麦菽无收头撞地，饥寒相逼口呼天。

嗣共和开国，政张新弦，百废待举，万民摩拳。县委政府高瞻远瞩，丁壮老幼一往无前。集众志，汇群言；改乾坤，壮河山。不信春风引不回，敢教日月换新天。政策归心，人民奋战；党员带头，干部当先。适草适木，或乔或灌；因时因地，亦固亦迁。堵风魔于山口，治沙虐于荒滩。植沙柳以扩河岸，建林网而保农田。迎风扬锄，洒血汗于荒土；傲霜挥锹，献忠勇于莽原。艰苦奋斗，有子规之诚；无私奉献，比精卫之坚。百折不挠，如夸父之追日；顽强拼搏，若愚公之移山。历六十载余，时移岁替，持之以恒无顾返；虽十九任迁，人更事迭，不改初衷又加鞭。

于是焉，岭树重遮千里目，苍河更绿两岸天。登高远眺，林涛翻卷；俯流灌足，清波涌泉。林网保田以幽幽，牧草护土而芊芊。稼禾欣荣于平畴，牛羊欢爱于旷野。花草簇楼起，山水抱城眠。景回路转，通衢连起城乡村；柳暗花明，旅游推出农家园。蓝天白云，歌声传阡陌；晴空丽日，雁影照塞边。李洪河畔，花黄蝶飞，草鲜春雨后；中陵湖上，鱼跃鸭闲，波涌暖风前。兔走雉唱，辛堡梁岗万类竟烂漫；鸟鸣蜂忙，苍河净水不舍昼夜间。南山春临满眼翠，北地秋来遍地钱。

美哉，右玉！

看今朝：北疆大地上，红旗一杆，哗啦啦迎风飘响；湛蓝天空下，绿洲一片，浓郁郁溢彩流光。招四海好友光临游赏，邀八方嘉宾墨赐诗章。小憩齐乐，大计共商。凭谁道前人栽树，后人方乘凉？分明是立竿见影，今世便辉煌！

任重道远，前程在望；继往开来，后人更强。应知后浪胜前浪，绝非谬奖；当悟先生畏后生，毫不夸张。浩浩乎，青山不老，切盼春来碧海更卷千重绿；冉冉兮，大地有情，坚信风展红旗长飘万代香！

壮哉，右玉！

雕塑基座东面雕刻着中共中央总书记习近平关于右玉精神的批示。

雕塑基座北面雕刻着"新中国成立以来右玉历届县委书记、县长的绿化业绩"。

雕塑基座西面雕刻着"新中国成立以来右玉百名绿化功臣"（以1991年7月《右玉林业功臣录》为基础），他们是：

右玉绿化功臣

张荣怀	王炬坤	庞汉杰	马禄元	解 润	顾 勤	薛 珊
卢功勋	杨爱云	张光熙	车永顺	常 禄	张沁文	邢志强
袁浩基	王建国	康润玉	丁过兵	王 大	王 玉	王 向
王 官	王 俊	王 荣	王 悦	王月兰	王生财	王永禄
王兆兴	王好善	王克敏	王志强	王宝旦	王忠兴	牛永卿
毛永宽	尹 连	边廷功	左德华	祁 三	伊小秃	邢占山
孙 正	刘 兵	刘世华	刘建瑛	刘克礼	刘德富	安责成
乔栓有	纪 满	许德生	李 枝	李 春	李 森	李 喜
李甲才	李生玉	李作旺	李青山	李前仁	李树林	张 秀
张引弦	张过兵	吴连喜	陈 富	杨 雍	苑二顺	范三仁
武占先	庞永清	赵 义	赵 福	赵广旺	赵国仕	段 义
段 玉	郝文运	姚 永	姚振明	胡应岗	胡尚云	郭 爱
郭 善	郭政新	郭永富	徐进龙	寇永孝	康占武	曹国权
曹国珍	曹栓女	黄 海	强 厚	韩 祥	谢 福	窦明礼
裴生艮	蔚 江	赵生荣	刘 义	胡守义	阴荣林	刘拖信
潘日成	王占峰	兰成国	关有玺	马 晓	贾 旺	曹 满
余晓兰	张继业	张 一	耿 润	徐 发	景志强	

小南山森林公园雕塑广场新的景观，让游人在领略右玉优美的生态环境中，充分感受思索品味右玉人民60年来的绿化情结。情不自禁地发出同一个声音：震撼和敬慕！

凡来这里游览观光的人，都会在这里拍下他们难忘的留影。

2010年7月26日，《中国作家》杂志社全体人员在主编艾克拜尔·米吉提（哈萨克族）

2010年7月26日，《中国作家》杂志社全体员工在主编艾克拜尔·米吉提（二排左五）的带领下来到右玉采风学习，并种下一片文学林。这是全体员工在绿化丰碑前留影。

的带领下来到右玉采风学习。回京后他写了一篇近3000字的散文叫《右玉丰碑》，刊在2010年第11期《中国作家》上。他在文中这样写道："登上县城南边的小南山森林公园时，极目望去，郁郁葱葱的森林一片连着一片，望不到尽头。绵延起伏的山脉和丘陵青翠欲滴。我在江南多次领略过这般翠绿的世界——那是一种不可思议的绿。习习凉风穿越山顶凉亭，比起京城的酷暑，简直是一种置身天然氧吧的享受……"

"在离这座绿化丰碑不远的绿化纪念馆旁，我们《中国作家》全体员工庄重地种下了一片小树，浇上了水。当这些小树长大时，就会在这里立起一片文学林，续写绿化右玉的西口新歌。"

九年过去了，我看到《中国作家》杂志社的同人们种下的这一片文学林已长得根深叶茂。

绿篱围栏，以爱护娃娃的感情去护树；苗木建档，以赏罚严明的责任保成活

"造林就是造福，种树犹如种福；毁林就是毁福，毁树就是'毁德'"。

县委书记赵向东常常讲的这句话，在右玉上上下下达成了共识。全县加大了对林木的管护，以护娃娃的感情去护树，新栽的树木全部进行了绿篱围栏，防止牲畜啃咬。每个绿化场地、绿化景区都有专人看管。

2007年4月17日，省长于幼军在中共朔州市委书记王雅安、市长田喜荣等领导陪同下，视察右玉六大造林绿化工程，听到一些新的经验，不只是标准高的问题，而且有新的创造。看到右玉的绿化工程规

2007年4月17日，时任山西省省长于幼军（右）、中共朔州市委书记王雅安（左）一同来到右玉县小南山森林公园植树劳动。

划好、绿化建设标准高、围栏管护十分到位时，高兴地说："按照这样的标准，这样的管护，相信全省生态环境在3到5年内一定有很大进步。"

于幼军就通道绿化方面怎么保证苗木成活率和做好后期的管护工作，要求各级党委、林业部门要通过对苗木浇定根水、覆土、扶苗等措施，保证苗木成活；要采取专业队管护的办法，做好后期的管护工作；对技术不到位或不懂技术的养护人员，各级林业部门要加强指导、检查、督促、帮助，及时指导；通道绿化养护的标准、浇水的标准要向高标准看齐，要养壮、养好。

针对今秋明春植树造林的规划，于幼军强调，各级林业部门要及时拿出方案，要一级一级地做规划，明确规划出沿途荒山荒坡的栽植面积、具体绿化的范围，要研究每座荒山荒坡适合种什么树，宜乔则乔，宜灌则灌，灌长起来再种乔，采取先易后难的办法，先考虑土山，再考虑石头山，石头山也要啃下来，把石头山绿起来。省、市、县各级都要研究制订厂矿、企业、村庄、环城林带的绿化标准。一些大的企业、厂矿，在厂区内外，包括附近的山区周边都要建30—50米的绿化带。村庄绿化要建立环村、村道绿化带。老百姓的庭院也要进行绿化。所有的规划标准都要尽快搞好，以便于提前研究部署，争取主动。

2007年8月9日至10日，山西省人民政府在右玉县召开全省六大造林绿化工程工作会议。主席台前排：时任山西省省长于幼军（右五），省人大常委会副主任杨安和（右六），政协山西省副主席吕日周（右三）及中共朔州市委书记王雅安（右二）等领导出席会议。中共右玉县委书记赵向东（左一）在会上作典型经验介绍。会议将右玉建设"塞上绿洲"，开创二次生态创业的做法和经验推向全省。

于幼军最后信心百倍地说："只要我们每年保持这样的精神状态，这样的投入，这样的工作力度，扎扎实实干上三五年，山西的整个生态面貌一定会发生翻天覆地的变化。还是那句话：'咬定栽树不放松，不信春风唤不回！'"

为了贯彻落实省长于幼军视察右玉六大造林绿化工程作出的"提高营林技术含量，巩固造林绿化成果"的指示，4月21日，右玉县林业局特邀山西省林业厅、山西省农技推广站、朔州市林业局专业技术人员，在实地察看右玉六大造林绿化工程，并现场论证，针对造林中技术处理不到位的环节，对全县施工单位和造林专业队，以培训会的方式进行了技术指导。专家们要求，要抓好苗木登记建档，记好苗木"成长日记"，使苗木档案真正成为以后科学营林的"活字典"和技术手册，成为造林责任追究的直接依据。

2007年6月1日至2日，于幼军第四次莅临右玉蹲村联企调研。他强调，要在科学发展观和社会主义和谐社会战略思想的指导下，大力弘扬右玉人民几十年不懈植树体现出的良好精神风貌，激发促进经济社会又好又快发展的强大动力。按照省委、省政府"作风建设年、狠抓落实年、项目攻坚年"的要求，加强作风建设，狠抓工作落实，以项目建设为龙头带动县域经济发展，以发展现代农业和促进农民增收为重点推进"三农"工作，以巩固深化造林绿化成果为重点促进生态环境建设，加快脱贫致富步伐，建设富美和谐新右玉，走出一条贫困地区经济发展、社会进步、生态良好的科学发展、和谐发展道路。

针对右玉50年来坚持不懈植树造林，今年又进一步加大了造林绿化力度，已种植各类苗木400万株，走在了全省前列。省长于幼军要求，右玉认真总结多年来行之有效的绿化经验，进一步巩固和深化造林绿化成果，加强和完善县城绿化、村庄绿化和厂矿绿化等薄弱环节，加强树木管护工作，提高树木成活率和保有率，以生态建设的良好成效争创全国植树造林的标兵。

全省六大造林绿化工程工作会议在右玉成功召开

"让绿荫遍布三晋大地所有道路，让树林环抱每一城市厂矿村庄。"

2007年8月9日至10日，山西省人民政府在右玉召开全省六大造林绿化工程工作会议。

省委副书记、省长于幼军，省人大常委会副主任杨安和、省政协副主席吕日周出席会议。全省各市市长、分管林业工作的副市长，林业局局长，建设局局长，煤炭局局长，各县（市、区）政府县长、区长和部分县（市、区）党委书记，省直有关部门的主要负责同志，全省造林绿化先进企业代表，共200多人，参加了会议。

《中国绿色时报》、中央电视台《绿色时空》栏目、《国土绿化杂志》、新华社山西分社、《人民日报》驻山西记者站、《经济日报》驻山西记者站、山西电视台、山西人民广播电台、《山西日报》、《山西经济日报》、《朔州日报》、朔州电视台等新闻单位的记者也应邀参加了会议。

8月9日，与会代表全大参观了右玉县六大造林绿化工程实施情况。

2007年2月,中共右玉县委、右玉县人民政府责成专人编制了一本《玉蕴西口》画册,供全省参会人员学习领悟塞上高原右玉半个世纪来锁风固沙、植树营绿、振兴山河的沧桑巨变。

8月10日上午在县委报告厅召开大会。

中共朔州市委书记王雅安致辞。

中共朔州市委常委、右玉县委书记赵向东作了《不懈奋斗造就秀美山川,快马加鞭再为绿洲添彩》的典型发言。

省政府秘书长张建民宣读了《山西省人民政府关于表彰全省造林绿化先进县和先进企业的决定》。授予右玉县等10个县(市)"全省造林绿化优秀县"荣誉称号,每县奖励15万元。

于幼军在会上作了《咬定绿化不放松,不信春风唤不回》的重要讲话。

会议总结了实施造林绿化六大工程一年多来的工作,对今秋和明年全省造林绿化工作进行了安排部署。

于幼军在会议上强调:"全省各级党政企干部要认真贯彻落实科学发展观,学习弘扬右玉县艰苦卓绝、锲而不舍的绿化精神,保持这两年植树造林的劲头和态势,坚定不移,全面深入推进造林绿化六大工程,进一步加强领导、加大投入、创新机制、夯实基础,在完善通道绿化工程的同时,把交通沿线荒山绿化作为今后三年造林绿化的主战场,统筹推进村庄绿化、城市绿化、环城绿化、厂矿区绿化,坚决打赢造林绿化的攻坚战,让绿荫遍布三晋大地所有道路,让树林环抱每一座城市、厂矿、村庄,让山川秀美的新山西在我们手中变为壮丽的现实。"

为了学习宣传推广右玉的造林绿化锁风固沙经验,山西电视台《新闻联播》节目从8月6日至8月9日以"绿色大业,作风旗帜"为专题,分四集:生存的选择、发展的谋划、作风的传承、向右玉学什么,全面报道了右玉县50多年绿化造林经验。

《山西日报》在2007年8月6日第一版头条位置刊登了本报记者范林鹏、安玉撰写的《不懈植树为什么会50多年不变——看右玉历届县委书记如何靠作风建设创造生态奇迹》一文,同时配发本报评论员文章《抓作风就是抓发展》,文章指出:

右玉历届县委书记一任接着一任干，50多年咬定荒山秃岭绿化不止，将昔日生态脆弱、沙逼人退的"黄土右玉"，装点成今天林海浩瀚、碧水蓝天的"绿色右玉"。右玉人靠什么创造出黄土高原上这一少有的生态奇迹？

除了坚持科学发展观外，主要是凭借干部作风力量的支持，同时也揭示出抓作风就是抓发展这一朴素的道理。在当前全省引深"加强作风建设，狠抓工作落实"活动中，右玉的做法具有很强的现实指导意义。

文章指出：

实事求是是党的思想路线，也是右玉发展的思想之基，是领导干部50多年中视为生命的思想作风。正是坚持实事求是，因地制宜，因势利导，右玉走出了一条植树种草防风沙—发展畜牧富万家—生态经济增活力的科学发展之路。

没有艰苦奋斗就不会有今天的右玉。艰苦奋斗是中华民族的优良传统，也是右玉发展的精神之源，是领导干部带领群众坚守半个多世纪的优良作风。艰苦奋斗优良作风像右玉人50多年痴心播绿那样，在代代传承，已浸透在他们的血液中，成为推动发展的重要力量。

50多年咬定荒山，50多年真抓实干。求真务实是右玉发展的助推之手，是实事求是的具体化，是半个世纪里干部一以贯之的工作作风。

勤政为民是右玉发展的理念之核。心系群众，服务人民，政绩体现在老百姓身上，这样的执政理念引领着干部作风。

右玉的领导干部每提起昔日的艰难岁月，无论是皓首年迈的老书记，还是意气风发的现任领导，说得最多的是：今天的绿色是几万老百姓一代一代用满腔热血蘸着汗水写出来的。群众都说：右玉的绿化精神不只是换来了秀美山川，更重要的是带出一大批作风朴实的干部。

科学发展，需要良好作风的支撑，右玉的青山绿水彰显着优良作风生发的力量，右玉的广大群众享受着优良作风带来的成果，右玉的各级干部继续高扬着优良作风的大旗，开拓着未竟的事业。

2007年8月9日晚在右玉影剧院举办的"绿色召唤"主题大型文艺晚会上，由县文联原副主席乔悦和笔者作词，乔悦作曲，由县道情剧团副团长乔吉霞演唱的《右玉是个好地方》，博得与会领导和代表们的阵阵掌声和喝彩声。晚会后好多代表复印了这首歌词。《右玉是个好地方》歌词全文如下：

右玉是个好地方

乔 悦　石新民

（一）

右玉是个好地方，
山山水水好风光。
森林如海无边际，
绿树成荫绕村庄。
常门铺水库明如镜，
山川遍地是牛羊。
座座高楼平地起，
油路如网通山乡。
锦绣河山美如画，
塞上绿洲美名扬。

（二）

右玉是个好地方，
精细农业米粮仓。
豌豆荞面小杂粮，
莜麦山药喷喷香。
绿色食品无污染，
鲜嫩羊肉福寿长。
晋酒醇香飘千里，
沙棘饮料销路长。
移民并村摘穷帽，
家家户户奔小康。

（三）

右玉是个好地方，
名胜古迹天下扬。
一代雄关杀虎口，
金戈铁马史话长。
汉代墓群规模大，
鎏金酒樽故宫藏。
明代建筑宝宁寺，
水陆神帧百世芳。
青史俊杰如星斗，
一门忠勇麻家将。

（四）

右玉是个好地方，
山山岭岭尽宝藏。
云母、石英、铁、锰、金，
乌金滚滚放光芒。
宽松环境迎宾客，
文明开放有市场。
五大支柱齐发展，
人民生活年年强。
地灵人杰政策好，
塞上明珠更辉煌。

与此同时，中央人民广播电台、山西黄河电视台、《山西经济日报》等新闻媒体都对半个多世纪来绿化固沙中形成的右玉精神进行了广泛生动的报道。

是的，右玉人民将按照《右玉县林业建设"十一五"规划》的总体部署和建设富而美新右玉的总体思路，创新营林机制，发展绿色经济，真正把右玉建成山川秀美、文明开放、民富县强的塞上明珠。

传承绿化50载，绿染山川800里。

让发展在青山绿水中延续。

难忘啊，2007年是右玉县生态建设具有里程碑意义的一年！

搬兵决战魏家山，治理京津风沙源

魏家山，位于右玉山和公路东侧，南临贾家窑山，北依右卫镇嘴流屯村，东与牛心乡刘政抚村和黄土坡村相连。海拔1250米，总面积3万多亩，整座山大部分为红胶泥结构土质，是右玉县一块多年植树成活率不高的半荒山地。2008年，魏家山被列入京津风沙源治理的重点工程之一。

2008年初秋的一天，陈小洪、苏连根、庞明明带领县林业局局长马晓、县农工办负责人张继业、县水利局局长徐发爬上了这座半荒山。

中华人民共和国成立以来，右玉的县直机关干部靠右玉精神先后开辟了黄沙洼、老虎坪、贾家窑山、七连山、总嘞山、大南山、上下吴、小南山、四道岭义务植树造林基地，使昔日的荒山松柏常青，使昔日的风口绿树成荫。只剩下一座魏家山难道让它荒凉下去？"我们搬兵决战魏家山，让魏家山成为又一处机关义务植树造林基地，你们有什么意见？"陈小洪笑着问随行人员。

林业功臣马晓，山西省右玉县人。从2003年7月至2015年3月任右玉县林业局局长。2007年8月被评为"全国退耕还林先进个人"；2010年12月被全国绿化委员会、人力资源和社会保障部评为"全国绿化先进工作者"；2011年7月被山西省劳动竞赛委员会荣记个人一等功。

"完全同意陈书记意见，让机关干部杀上魏家山，让魏家山成为绿绒山！"

就这样，一块县直机关干部新的义务植树造林基地在魏家山的山顶上就这样拍板定案了。

2008年9月28日上午，秋高气爽的右玉，遍地金黄，姹紫嫣红。

上千名县直机关干部和职工在县委书记陈小洪、县长苏连根及县四大班子全体成员带领下，带着铁锹、测绳、树坑模具等劳动工具全部开上了魏家山。按照"一个系统一道梁，一个单位一片林"的总体规划，开始了绿化魏家山的秋季造林整地劳动。"这里还要建设'清风林'基地，作为每年全县机关干部义务植树基地和县四大班子领导、县直单位负责人植树绿化基地。"

陈小洪、苏连根还在小南山森林公园新规划了一片林地，建设全县"爱心林"基地，主要作为社会人士、上级领导、在外右玉籍人士和机关企业等为右玉绿化献爱心活动的基地。

"三个基地"，要按照"整地、购苗、栽植"一包到底、挂牌标示、确保成活的原则，真正体现坚持不懈义务植树的绿化传统，传承右玉精神，教育广大干部和群众。

与此同时，全县以科学发展观为指导，紧紧围绕打造最宜居最宜发展的富而美新右玉的总目标，按照"通道扩带增绿、景区提档升级、荒山覆盖增量、村镇园林穿插、城市打造特色、农业综合生产能力提升和促进可持续发展"的基本思路，全党动员，全民动手，高标准规划，高质量建设，高效益实现，大打生态畜牧和农田水利基本建设攻坚战，全县规划建设5

中华人民共和国成立后右玉第十八任县委书记陈小洪（右）和中华人民共和国成立后第十七任县长苏连根（左）带领机关干部参加魏家山的秋季造林预整地劳动。

大类32项生态、农田水利基本建设重点工程。总体任务是：通道绿化58公里，通道补植45公里；大片造林8万亩（其中：交通沿线荒山、退耕地造林绿化5000亩，京津风沙源项目7万亩，农业开发5000亩）；村庄整治绿化40个村；环城绿化1.5万亩，城市绿化18万株；全县新增育苗500亩；小流域治理1000亩；围栏封禁120公里；节水工程3处、5800亩；解决人畜饮水16个村；养殖小区建设20个，青贮窖建设250座；农田改造1.7万亩，测土配方施肥20万亩，土地整理项目9533亩；日光温室建设170座；生态道路建设35公里。

在红旗招展、钢锹飞舞、千名干部职工欢声笑语整地劳动的魏家山机关义务植树基地上，陈小洪高兴地对前来采访的记者们说："生态环境已经成为我县经济社会发展的基石。这几年，右玉发展如此之快、变化如此之大，凭什么？靠什么？凭的就是近60年坚持不懈搞绿化换来的良好生态环境，靠的就是我们的蓝天、碧水和满眼的苍翠。生态是我们的立县之本，强县之基。生态在右玉已经成为一种生产力，成为安身立命之本。我们无论任何时候，都要矢志不渝地走改善生态环境之路。把这项功在当代、利在千秋的二次生态创业不折不扣地干下去，让这一基石更加稳固。"

陈小洪在"三北"防护林体系建设30年总结表彰大会上作右玉典型经验介绍

2008年11月19日上午，北京，人民大会堂。

国务院在这里隆重召开了"三北"防护林体系建设30年总结表彰大会。

右玉县被全国绿化委员会、人力资源和社会保障部、国家林业局联合表彰为"三北"防护林工程建设100个突出贡献单位之一。县委书记陈小洪在大会上就右玉县坚持不懈、顽强拼搏建设"三北"防护林作了典型经验介绍。

在当晚7点中央电视台《新闻联播》中，右玉人民看到了表彰大会盛况，按捺不住心中的喜悦：30年前，党中央、国务院把右玉列入"三北"防护林体系建设重点县之一，县委书记常禄为了引领这一伟大光荣任务，殚精竭虑，鞠躬尽瘁；30年后，勤劳顽强的右玉人民向党中央、国务院交了一份满意的答卷，把风沙肆虐的塞上高原右玉建设成为誉满全国的"塞上绿洲"，建设成为中国北方少有的一块绿翡翠、国家级生态示范区、山西省可持续发展实验区。30年的拼搏是那样的难忘，30年的拼搏又是那样的骄傲！

国务院副总理、全国绿化委员会主任回良玉在大会上说："建设'三北'防护林工程，开创了我国大规模生态建设的先河,是惠及当代、荫及子孙、造福人类的历史丰碑,也是世界生态建设史上的伟大创举。"

"'三北'工程建设形成的'艰苦奋斗、顽强拼搏、团结协作、锲而不舍、求真务实、开拓创新、以人为本、造福人类'的'三北'精神,成为推动我国生态建设的强大精神动力。'三北'工程赢得了国际社会的高度评价,为全球生态安全做出了重大贡献。"

"工程使'三北'地区的生态状况显著改观,沙漠化蔓延趋势开始得到遏制,水土流失面积和侵蚀强度大幅度下降,基本农田得到有效庇护。'三北'工程创造和总结的一系列经验、办法,不仅被广泛用于国内生态建设实践,而且已成为广大发展中国家治理生态的典范。"

有党中央、国务院的高度肯定和巨大关怀,右玉人民继续高举生态建设大旗,持续走出一条经济、社会、自然相和谐的科学发展之路,为建设富而美的新右玉不懈努力奋斗!

2008年,赵向东、陈小洪、苏连根带领全县人民围绕建设"特色生态旅游基地"目标,按照规模不减、力度不减、投入不减的要求,春季共铺开8大类26项重点工程,秋季又铺开5大类32项重点工程,生态建设再掀高潮。年内完成大片造林绿化5万多亩、道路绿化180多公里,栽植各类苗木426万株;完成围栏封育150公里,新开林间道路38公里。秋季还完成大片造林整地8万亩、通道绿化整地58公里,开挖树坑682.5万个。并完成通道及生态综合治理防火隔离带建设和退耕地重点区域除草工作,使全县生态建设的档次和品位有了极大的提高。

2008年11月19日上午,国务院在北京人民大会堂隆重召开"三北"防护林体系建设30年总结表彰大会,中共右玉县委书记陈小洪(主席台左一)在会上作典型经验介绍。

2008年4月17日,右玉县被山西省财政厅确定为全省2009年6个享受生态转移支付补助县之一。

2009年春季,陈小洪、苏连根带领县四大班子领导成员,围绕重栽植、强管护,全面提升生态建设新水平,把全县生态建设的重点确定为通道绿化、荒山造林绿化、村庄绿化、城市绿化、机关厂矿校区绿化、景区绿化、流域绿化治理、国家级林业建设、绿化教育基地建设、林木保护等"十大工程"。组织全县干部群众完成通道绿化58公里,通道空当补植45公里,大片造林12.5万亩,环城绿化2500亩,城市绿化18万株,教育基地绿化2200亩,村庄整治绿化40个村,全面完成退耕还林工程、"三北"防护林工程、封山育林为主要内容的国家级林业建设项目和1.5万亩流域绿化治理工程。

强化生态发展理念,生态建设要全面提档

2009年8月27日,中共山西省委作出《关于大力学习弘扬右玉精神的决定》。

近两年,不少市县组团纷纷前来右玉参观、学习、考察,对右玉的生态建设成就表现出了由衷的赞叹。

竖立在高家堡乡银台山造林工程碑座

"右玉,之所以能够在塞上大地独树一帜,占有一席之地,凭的就是60年来坚持不懈搞绿化换来的良好生态环境,靠的就是我们的蓝天、碧水和满园苍绿。可以说,生态就是我们的立县之本、强县之基。因此,在对待生态建设上,我们不能有丝毫的松懈和麻痹。我们绝不能陶醉于现有的成绩、沾沾自喜、止步不前或稍有懈怠。而要把生态建设提高到二次创业的高度上来认识,把生态农建工作延伸到出精品、上档次上,让多年来的建设成果凸显产业优势,产生巨大的经济效

2009年7月28日,国家七部委防沙治沙目标责任考察组在右玉考察。右四为朔州市市长冯改朵,左三为中共右玉县委书记陈小洪,右二为右玉县县长苏连根。

益、生态效益和社会效益，成为加快右玉经济和社会发展的助推器。"

陈小洪在多个场合提醒全县干部群众：思想认识要再提高，生态建设要全面提档。

"生态是右玉的当家之本，所有的人气和名誉都来源于生态。特别是省委最近下发了在全省学习弘扬右玉精神，发端于生态建设的右玉精神，这更要求我们进一步强化生态发展理念，把生态建设与经济建设放在同等重要的位置来抓。我们必须始终坚持生态建设不动摇，把生态效益作为最长远的经济效益来追求，推动生态建设不断取得新突破。"

县长苏连根也是这样的一再强调。

2009年9月22日上午，右玉县今秋明春生态畜牧和农田水利基本建设动员大会在县委报告厅隆重召开。

会议确定，在今秋明春生态建设中，全县各部门、各乡镇要紧紧围绕创建国家级园林县城的目标，按照"通道扩带增绿、荒山覆盖增量、景区提档升级、村镇园林穿插"的思路，突出抓好通道、荒山、村庄、县城、景区和机关厂矿校园六大造林"阵地"，不断增加林木总量，提升生态建设档次。

2009年右玉县今秋明春生态畜牧和农田水利基本建设的总体任务是：建设五大类28项重点工程，完成通道补植157公里、大片造林8.5万亩、村庄绿化补植60个、城市绿化18万株；小流域治理1万亩；围栏封禁60公里，围栏修复300公里；解决人畜饮水45个村；建设养殖小区5个、青贮窖150座；完成农田改造0.5万亩、发展水浇地1万亩、测土配方施肥20万亩、土地整理7500亩；建设日光温室1000座；生态道路35公里。

九月的右玉，大地一片金黄，更是那样的姹紫嫣红。

在新铺开的右玉北部马营河畔的康家湾北坡2万亩的荒山造林工地上；

在新铺开的右玉中部牛心乡老墙框背坡和新城镇双山夹津京风沙源造林工地上；

在县城南出口新拓宽的迎宾大道绿化工地上；

陈小洪、苏连根又带领县四大班子领导成员及全县人民奋战在预整地的工程上，形成了干部带头干，一个系统承包一道梁，一个单位栽植一片林，从整地到栽植一包三年的二次生态创业的新局面。

县委书记陈小洪赋诗一首：《七律·右玉》

写在祖国六十华诞

曾经商贾车马喧，怎奈繁华随世迁。

风蚀沙侵人烟少，土瘠天寒燕雁嫌。

壮志承接十八任，人民奋战六十年。

今日山川多锦绣，遍地英雄尽开颜。

集体林权制度改革续写右玉的绿色传奇

"二次生态创业就是要使生态提档，林业增效，农民鼓足钱袋子，具体来讲就是通过林改把右玉这块绿色蛋糕做大做强，右玉的希望在树木，出路在林业，关键在理顺林业生产关系。林改是右玉二次生态创业的抉择。"

2010年春，县委书记陈小洪谈到二次生态创业时，深情满怀。

林业生产关系不理顺，林业生产力就不可能得到彻底解放，林农脱贫致富的步子就不可能迈得顺快，右玉山乡在期待一场生产关系的大变革。

山定权、树定根、人定心、群众的山林群众做主。

明晰产权，勘界发证，放活经营权，落实处置权，保障收益权，一时间，林改成了右玉全县上下最大的事情。县里迅速成立了由县委书记陈小洪任组长，县长苏连根任常务副组长的林改工作领导小组；实行了县委书记、乡（镇）党委书记、村支部书记"三级书记"抓林改，县四大班子领导包乡（镇）的领导机制，并从县直单位抽调50多名干部组成11个工作组驻村组织指导，全县上下形成了"三级书记重点抓，四套班子共同抓，部门驻村配合抓，业务部门具体抓，乡镇干部包片抓"的林改工作格局。

把集体林地经营权和林木所有权落实到农户，确立农民的经营主体地位，2010年，一场旨在激活山林的集体林权制度改革在"塞上绿洲"——右玉，全面展开。

种者有其山，林者有其权，致富有其道。右玉的林权改革成就了农民主宰山林的梦想，林农的心田在林改的滴滴甘霖浸润下焕发出前所未有的活力，莽莽山林续写着新的绿色传奇。

林改后，右玉县白头里乡林农张万平发展的林下经济可谓火爆。他在白头里乡南3公里、山和公路西侧2公里的一片林地，投资200万元建起了特种养殖场，其中边鸡发展到1000多只，边鸡蛋每斤卖到10元。

"林改一开始，我还真有点不相信，哪有这么好的事？山林分给农民，一分就是70年。"看着手里已拿到的货真价实的"林权证"，老张仿佛吃下了定心丸，发展林下经济的劲头更足了。过了半年，张万平又追加投资300万元新上观赏性鸡、火鸡、野鸡等8个品种，使养殖规模达到500多只。

如今，右玉山乡家家户户搞产业谋发展。像张万平那样，仅林下养殖一项年收入在两三万元的绝不在少数。更喜人的是，林权改革赋予广大林农发家致富的金钥匙，随着右玉生态旅游的不断壮大，因绿而荣，因绿而富，农民的收入会蹦着林地翻番增长。

8月18日至19日，山西省集体林权制度改革推进会在右玉县隆重召开。全省分管林业的副市长、副县长，全省市、县林业局长及省直有关部门的负责同志共350多人参加了会议。省政府副秘书长王纯主持会议。

会上，朔州市、右玉县、晋城市、大同市作了林权制度改革的典型发言。

山西省人民政府副省长刘维佳在讲话中说，这次全省集体林权制度改革推进会，是继今年造林绿化晋中现场会之后,省政府召开的又一次重要会议。现在,全国、全省都在宣传、学习右玉精神,右玉是我省的一面旗帜,特别是我省林业部门的一面旗帜。这次会议在右玉召开,就是要让大家感受右玉持之以恒造林所发生的巨大变化,认真弘扬右玉精神。右玉精神,就是种树种出来的。刘云山部长说,种树也就是在种精神;袁纯清书记说,种树也是在种人文;王君省长说,种树就是在种希望。树和林是右玉精神的物质载体,绿染山川是右玉精神的鲜明底色。没有树,没有绿,就没有右玉精神。右玉县坚持种树60多年,学习和发扬右玉精神,就要把树种好,把林改改好,把林业产业发展好,把农村林业权巩固好、维护好、发展好。

右玉通过林改成功实现了四大转型,使全县成为"大景区、大苗圃、大园区、大基地",林改搞得生机勃勃,充满活力。各市县搞林改一定要从实际出发,借鉴右玉这些有益做法,创造性地开展工作。

2010年8月18日至19日,"全省集体林权制度改革推进会"在右玉县召开。与会人员实地参观学习右玉集体林权制度改革做法和经验。左四为山西省副省长刘维佳、左八为山西省林业厅厅长耿怀英、左二为中共朔州市委书记田喜荣、左十一为朔州市市长冯改朵、左一为中共右玉县委书记陈小洪、左十四为右玉县县长苏连根。

2010年10月14日,国家林业局副局长张建龙(右二)一行在山西省林业厅厅长耿怀英(左一)、右玉县委书记陈小洪(左二)、右玉县县长苏连根(右一)等领导的陪同下深入右玉调研"三北"防护林建设和造林绿化工作。他希望:"右玉县进一步做强特色化生态产业,在增绿、增色、增景、增收上取得更大成效。"

刘维佳强调，这次林改是继农村家庭联产承包责任制之后进行的又一次农村生产关系调整，是林业生产及至农村生产关系的一次重大变革，是农村、农民长远利益的一次再分配。这需要主要领导亲自抓，分管领导具体抓，业务部门，特别是林业部门必须把林改当成头等大事抓紧、抓实、抓好，各相关部门要加强配合，形成合力。

省林业厅厅长耿怀英说，去年11月召开的省委林业工作会议，标志着全省集体林权制度改革开始全面铺开。集体林权制度改革是一项非抓不可而且比较复杂的系统工程，要开阔思路，增强集体林权制度改革的推进力，加强组织、强化服务，坚持群众观点、走群众路线，走兴林富民的路子。

田喜荣在讲话中首先代表市委、市政府对这次会议的召开表示热烈祝贺。他说，朔州市从2009年开始，首先在平鲁区实施了集体林权制度改革试点工作，今年在全市范围内推开。林权制度改革是一项情况复杂、政策性非常强的工作，朔州市在准确把握政策方面，做到了坚持在原则性问题上不动摇，在敏感性问题上不随意，在纠纷处理上不偏执，坚持做到"组间纠纷不出村，村间纠纷不出乡，乡间纠纷不出县"，确保了农村社会和谐稳定。我们将乘这次会议的东风，在年底前基本完成明晰产权、承包到户的改革任务，推动全市林业又好又快发展。

会议期间，与会人员还实地参观了右玉县林改办、白头里村、崔家堡村、余官屯村、甘泉庄村等林改现场及朔州市平鲁区万亩苗圃、朔城区西山治沙工程、山阴县西山治沙工程等京津风沙源治理工程现场，并给予了高度评价。

至2010年底，在集体林权制度改革的推动下，右玉县苗木花卉、林下养殖、林草加工等林产业快速成长，生态产业发展势头强劲。

千人绿染牛心风电景区和大呼高速公路沿线

2011年8月底，大同到呼和浩特高速公路右玉段全长38公里工程全面竣工。

2011年8月底，由山西玉龙投资集团新建的右玉东部牛心乡卧羊山风电一期工程全面竣工。

2012年建成的国家农业综合开发杀虎口生态项目区

2012年建成的牛心乡风电旅游路绿色长廊绿化工程。大呼高速路横贯东西。

时任右玉县县长苏连根与分管农村工作的副县长句旭山带领农口系统的几位主要负责同志驱车全面考察后，决定动员县直机关干部和部分乡镇村民开展"千人绿染牛心风电区和大呼高速公路沿线绿化大会战"。

9月2日，深秋时节，晨曦微露，塞上右玉一阵又一阵的寒意。

在海拔1432米的牛心乡卧羊山玉龙风电景区的植树造林现场，已是红旗招展、人头攒动，一片忙碌景象。苏连根带领县四大班子全体成员与县直机关的全体干部职工们，忙着给挖开的树坑修边，为打包的树苗拆封、给入坑的树苗填土，3台8吨重的水灌车来回运转，不停地给树苗浇水。

风电景区和高速公路两侧全部栽植2米高的松树大苗，一次栽植，一次成林，每栽一棵树都要经过挖坑、填土、浇水、拦缘、上支架等10道工序。为了确保树苗的成活率，专业造林工程队实行层层把关、进行严格检验。

经过20多天的奋战，在牛心乡卧羊山玉龙风电景区、大呼高速公路沿线、109国道两侧、通市路周边等造林绿化工地已完成樟子松、油松、杜松、云杉、金叶榆等多型树种栽植26万多株。

一条条壮观的绿色通道和一个新的风电旅游景区展现在人们的面前！

2012年，新的"六大造林工程"告捷

2012年，县委书记苏连根，县长苏斌如带领县四大班子全体成员和全县共产党员、干部群众大力传承弘扬右玉精神，强力推进大生态战略，投资2.3亿元，高标准地实施了总造林面积达10万亩的新的"六大造林绿化工程"：

实施荒山绿化规模扩展工程。重点对109国道、大呼高速路和大呼高速右玉连接线两侧视野范围内的荒山、低产田、林木稀疏的"小老杨"等全部进行绿化、更新；

实施生态绿色走廊绿化工程。对大呼高速路、大呼高速右玉连接线、通市路、虎山线北段、牛心风电旅游路和109国道共6条通道进行了绿化提升。新绿化通道2条共计24.8公里，通道绿化提升4条130公里；

实施景区景点绿化提档工程。在小南山森林公园、杀虎口古文化旅游区、苍头河湿地公园、牛心山风电、玉龙赛马场等景区景点主通道两侧栽植多种观赏性树木和花灌木，中心景区内栽植国槐、柳树、卫茅等多种大规格的观赏树木，增强景观效果；

实施厂矿区园林绿化工程。对全县境内交通沿线的厂矿特别是京玉电厂、叶家村变电站、煤矿、汇源右玉公司等厂矿、企业进行高标准的绿化，建设生态型煤矿、园林式企业、公园式生活区；

实施村庄绿化提升工程。对全县境内主要道路沿线两侧村庄、新农村重点推进村共40个村进行高标准绿化，合理设计规划，园林化穿插，补空补档，全面提升村庄绿化水平；

实施围栏封育管护工程。对所有新实施的造林项目全部进行围栏封育，并对近年来绿化

工程区内损毁、破旧的围栏进行了全面修复，加强对近年来实施的通道、荒山、环城、景点景区造林绿化工程的重点监控管护。各乡镇、各有关部门对各自责任区内苗木进行科学的管护抚育，确保苗木墒情，提高苗木成活率。

2013年右玉人民坚持大生态战略不动摇，投资3亿元，全面铺开以"三山六线三十一村"为重点的造林绿化工程。继续加强环境综合治理，打造多层次、立体化的生态防护体系，多色彩、精品化的生态景观体系和多类别、特色化的生态产业体系，促进人与自然、森林与环境、生态与社会经济的协调发展，真正把右玉打造成生态文明建设的典范。

全市领导干部自费购苗亲手植树，精品打造大南山生态景区；县四大煤企踊跃投资荒山造林，生态文明建设永不懈怠

"山不在高，有仙则名；水不在深，有龙则灵。"

地处右玉县城西北4公里的贺兰山，俗称大南山，奇峰兀立，方圆数十里。

据史料记载：大南山，清代改称为贺兰插汉。

贺兰插汉是什么意思？在北魏时期，因北魏东胡鲜卑贺兰部落驻扎在这一地区，神元帝赐"北方贺兰"，后改为贺氏。插汉，即蒙语黄金家族王子的意思。贺兰插汉就是贺兰部王子的意思。贺兰部是北魏道武帝拓跋珪十年生聚、十年卧薪尝胆之地。

贺兰山，1600多年前在它的周围演出过一幕幕异族战争与部落兼并的悲剧。

贺兰山，曾以它神奇的自然和古迹人文景观和频繁的佛事活动吸引众多香客和游人，给

2013年9月28日上午，朔州市领导干部秋季义务植树活动启动仪式在右玉县大南山东麓举行，拉开了全市秋季义务植树的序幕。

2013年和2014年在大南山东麓建立的干部植树基地和国防林基地

这一方土地山河带来热闹和繁荣。

如今，在斯山焉，山顶北魏陵嘉、二座绿化纪念碑、电视发射高塔、右卫古城、贾家窑山烈士陵园、玉龙风电、牛心孕璞、小南山绿化丰碑、县城新貌、威远古镇、苍河圣境、铁山古堡等景致尽收眼底。

如今，登斯山焉，极目北望，苍河蜿蜒，西口古道直通内蒙古茫茫草原；回首西北，明长城起伏绵延，烽台斥堠威镇雄疆；环顾四周，林涛碧波，彩色生态美景一览无余。

我在文中已介绍了袁浩基任县委书记期间，在大南山北麓大搞樟子松大苗栽植圆满成功。师发任县委书记期间，在实现基本绿化县战役中完成了大南山西麓和正南方柳沟山的"三松"覆盖。如今已是成檩成柱的浓郁松林。

2012年深秋的一天上午，县委书记苏连根，县长苏斌如带领农工办、林业、水利、新城镇等部门的主要负责同志来到大南山东南山腰的显明寺旧址考察调研。他们向东南方向眺望，大蒋屯、小蒋屯、寇家窑3个小村坐落在纵横交错的山坡上，周围退耕下来的庄稼地仅有稀稀拉拉的树木。

苏连根等人先是沉思良久，尔后是指指点点地商议……

苏连根语气坚定地说："贺兰山是古衡阳的十景之一，一定要在我们手里把它修复；上万亩快要荒凉的沟坡地，一定要在我们手里绿起来！大南山东南坡要作为县直机关干部又一个义务植树基地。句旭山（分管农业的副县长）牵头，农工办、林业局要尽快提出一个规划方案，上党政联席会商定，秋季我们就要大干起来！"

2013年金秋时节，塞上绿洲遍地流金，风光旖旎。

右玉人民绿化大南山东南坡战役全面铺开。在1.5万亩退耕荒山坡上，彩旗猎猎，上千名机关干部开上工地，欢声笑语，钢锹飞舞；数十部挖坑机挥臂挖坑，整齐划一。植树造林的第一道工序：预整地，人工与机械大面积同时展开。

在大南山东麓的绿化战场：2013年9月28日上午9时，朔州市领导干部秋季义务植树活动启动仪式在这里举行，拉开了全市秋季义务植树的序幕。

朔州市人大常委会主任李彪，中共朔州市委副书记、市长李海渊，政协朔州市委员会主席高厚等市四大班子领导，朔州市六县（区）党政主要领导，全市新任县处级以上领导，以及右玉县四大班子领导和乡镇主要负责同志共190多人一道参加秋季义务植树活动。

中共朔州市委书记王安庞出席启动仪式并讲话。中共朔州市委副书记郑红主持启动仪式，朔州市副市长王志刚介绍了朔州市秋季义务植树活动情况。

在义务植树活动中，市委书记王安庞强调，全市各级各部门一定要牢固树立"生态就是生命，环境就是资本"的理念。高扬右玉精神旗帜，咬定青山不放松，造林绿化不懈怠，坚持经济效益、社会效益、生态效益的有机统一，努力让人民群众共享生态文明建设成果，为建设美丽的朔州和"塞上明珠"做出新的贡献。

这次义务植树活动，按照市委提出的"自费购苗，亲手栽树，长期坚持，形成制度"要求，厅级干部1000元购10棵树，处级干部800元购8棵树、科级干部500元购5棵树。

市、县、乡三级领导谁也不甘落后，你追我赶地认真栽好自己的每棵义务树。林地上，车厢两侧印有"治理京津风沙源植树浇水车"大红字的两部大型专用浇水汽车给每株松苗喝足了山泉水。

经过一个上午挖坑、植苗、填土、踩实、围栏、挂牌的挥汗劳动，1500多株1.5米高的大樟子松在大南山东麓栽植起来。之后，一块镌刻"干部植树基地"大红字的巨石矗立在林地的东南边。

在大南山东南万亩绿化主战场：对大呼高速连接线至大南山沿线西侧1.5万亩荒坡荒沟进行精品造林绿化。建设标准是沿线西侧视野范围内荒山栽植1米高的樟子松，整地密度为2米×2米，规格60厘米×60厘米×60厘米。林地中开建的防火隔离带、浇水车道、8公里长的观摩循环路两侧栽植金叶榆锁边。工程实行包项目责任制：一是县直机关干部捐款100多万元，由县林业、水利、发改委、农业开发办、扶贫办、残联、工会、组织部等13个部门负责实施。二是由右玉四大煤炭企业负责实施。其中同煤铁峰煤业有限公司党委书记王悦、董事长胡守平负责1500亩，挖坑并栽植大苗樟子松24.9万株；阳煤元堡煤业有限公司党委书记关文华、董事长穆计科负责1000亩，挖坑并栽植大苗樟子松16.6万株；教杨坪煤业有限公司党委书记兼董事长张来栓负责1500亩，挖坑并栽植大苗樟子松24.9万株；玉龙煤业有限公司党委书记兼董事长张月胜负责1000亩，挖坑并栽植大苗樟子松16.6万株。县四大煤企出资，自雇有资质的造林专业队进行栽植浇水保成活。由右玉煤企出资具体实施完成荒山造林，绿化右玉河山，这在右玉历史上还是第一次。值得敬佩！值得讴歌！值得载入史册！

每到星期天，右玉一中几百名自愿植树的学生也来到林地，扶苗、填土、浇水，献出一份对绿化家乡的青春爱心！

在大南山景区和景区道路绿化战场：由新城镇党委书记韩志强和镇长赵一虎带领周边村的数千名村民完成大南山景区显明寺周围100亩绿化，栽植1+2樟子松营养袋5500株。完成大南山景区新铺水泥观光大道两侧植大苗樟子松1200株。风景区范围至109国道绿化美化栽植卫矛球、金叶榆各3000株；栽种观赏花卉5万株。

在国防林绿化战场：在通往大南山景区3公里南侧，由朔州军分区和右玉县人民武装部负责，中共朔州市委常委、军分区政委王建科，军分区司令员刘义清带领军分区机关干部；中共右玉县委常委、县人武部政委侯照阳，县人武部部长郭志军带领县人武部全体官兵共同建起100亩"国防林"，共栽植1.5米高的樟子松4万株。之后，一块印有"国防林"大红字的水泥宣传碑矗立在景区观光大道南边。

大南山生态建设总指挥、分管农业工作的副县长句旭山与大南山生态建设副总指挥、县农工办主任李永平，每天上山跑好多趟，仔细检查造林质量，及时掌握造林进度……

2014年9月27日，李永平欣喜地告诉笔者："截至9月底，大南山生态建设一期工程栽植的大苗樟子松共计250万株全部高质量完成！从2014年10月开始，县发改委、县林业局、县农业开发办、县水利局四个项目单位对大南山西南空荒地段进行大苗樟子松补栽，实现大南山东南坡大苗樟子松栽植全覆盖，让大南山景区旧貌换新颜！"

片片绿叶汇成万顷绿洲，星星之火可毁滔滔林海。种树不护树，等于白辛苦。位于山和公路西侧的白头里乡防火标语提醒人们："建设秀美山川 护林防火当先"。

次日，笔者驾车沿着大南山东南坡林地新开设的8公里观摩循环路绕了一圈，身临其境地感到，二年后的大南山东南坡大变了：满山坡株株樟子松长势良好。松林间，由同煤铁峰煤业公司、阳煤元堡煤业公司、县委组织部打造的三处生态景观造型各异。行进间2只金黄色的狐狸突然从车前飞跃而过，钻入密林深沟没了影儿；4只土黄色的野兔在林间东张西望地觅食；2只褐花色的松鼠翘着大尾巴在松枝上窜来窜去。草丛葳蕤，野鸡纷飞，空气中散出淡淡清香。

笔者从观摩循环路拐上新铺就的7公里长水泥观光大道，由东向西直奔贺兰山旅游景区。啊！贺兰山古迹修复同样是一派新气象！

介绍贺兰山古迹修复不能不先介绍一下新城镇党委书记韩志强。

韩志强，男，右玉县马营河村人。大学本科文化。1.74米个头。白净的面容上长着一对机灵的眼睛。对事业的不懈追求，使他的额头上早早布满了稀疏的银发。使人不敢相信，他才42岁。

2011年韩志强担任牛心乡党委书记期间，千方百计筹措资金完成了牛心孕璞恢复重建一期工程。

2012年9月，县委调他担任新城镇党委书记后，恢复重建贺兰山显明寺景区似乎又成了他的一大爱好和追求，县委书记苏连根和县长苏斌如满心欢喜地给予有力的鼓励和积极的支持。

从2012年冬季开始，韩志强与2012年2月从丁家窑乡乡长调任新城镇镇长的赵一虎，两个年轻人一拍即合地干起恢复重建贺兰山景区的艰难事业。他俩人东奔西走积极争取各方面资金，到2014年底，已完成景区恢复重建一期九大工程：一是基本完成显明寺大殿、东西配

2014年9月25日，中共朔州市委书记王安庞（中）带领全市观摩检查团成员冒雨来到大南山造林基地检查机关干部义务植树成活情况等。县委书记苏连根（前左一）现场作汇报，县长苏斌如（前右一）陪同。

殿、东西廊坊、过殿、山门、钟楼、鼓楼的恢复工程。新建奶奶庙、水母殿各一座。显明寺内彩绘和泥塑正在完善中。二是在寺院的西南山上建起7.2米高，底座刻有"还我河山"字样的岳飞雕像供奉陵园一处；建起连接雕像陵园106米长的软桥一座。三是全面修复了藏圣洞（亦称子陵洞）。四是重新修复了贺兰泉（亦称神泉水）。五是新铺了从显明寺到贺兰泉300米长的石板路。六是在西南山建起3座观光休闲亭。七是新建并硬化了停车场400平方米。八是在显明寺周边栽植枣树、果树、杏树各5000株。九是在景区的东南角正在新建贺兰山景区管委会四合院共16间房屋一处。期间，山西省古建研究所对景区进行了规划设计。山西省文物局修复中心绘制了泥塑设计效果图。来自忻州地区五台县、代县、原平市的泥塑匠人们一丝不苟地进行泥塑制作。

2016年完成景区二期六大工程：一是完成景区入口处15米长的木制排楼；二是在显明寺南坡沟底新建休闲水库一座，同时新建泉水截流工程两处；三是在显明寺东北山沟上修建浮桥一座；四是在显明寺东南寇家村村东新建采摘园一处；五是在显明寺西北方向恢复修建祭祀坛一座；六是景区管委会及大型停车场建成并投入运营。

笔者还应提到，县文物保护管理所副所长王志辉，这位年过半百，身高1.72米，体型微胖，脸色黯黑粗糙的"古迹研究迷"，从牛心孕璞的重建到贺兰山景区恢复的全部工程，都奉献了他的心血和才华。笔者经常看到他开着一辆越野车不管酷暑严寒，不分刮风下雨，总是不知疲倦地对每一项工程、每道泥塑细节，进行严细的监理和验收。

笔者每每在山上见到王志辉，他总是板着个脸说："恢复古建古迹很不容易，这是百年大计工程，我要从良心上全权负责，容不得半点儿马虎！"

2014年，由山西省广播电视局拨款资助，右玉电视台具体实施，修通了从显明寺到大南山顶广播电视发射台小广场的水泥观光大道。

新城镇党委书记韩志强任职五年多来，不畏艰难、勇于担当、奋发进取的工作精神，得到各级党组织和广大干部群众的一致好评。2015年9月2日，韩志强被中共山西省委组织部授予"全省优秀乡镇党委书记"光荣称号。也是右玉县唯一获此殊荣的乡镇党委书记。

朋友，您已知晓，在大南山万亩松林的掩映下，有灿烂的历史文化点缀，贺兰插汉将会更加光彩耀人！

大南山宏大的生态景区和重建一新的贺兰古迹景观，恭候四方嘉宾前来生态观光、避暑度假、休闲旅游！

朋友，感怀塞上右玉那一片片让人震撼的绿色，感念弥足珍贵的右玉精神，你可真正体验到了右玉的每一片绿色是多么来之不易啊；那无边无际的绿色图画，是多么充满着振奋人心的精神力量啊！

自觉践行习近平"绿水青山就是金山银山"理论，安吉、右玉、延安、塞罕坝、阿克苏共同签署《右玉绿色宣言》

2017年12月18日，北京。

习近平在中央经济工作会议上指出："从塞罕坝、右玉沙地造林，延安退耕还林，阿克苏荒漠绿化这些案例来看，只要朝着正确的方向，一年接着一年干，一代接着一代干，生态系统是可以修复的。"

学习习近平这段指示，引发了吴秀玲和王志坚的新愿景。

2018年5月，将进入立夏季节。

塞上右玉春芽吐芳，绿海荡漾；四野清香，风景如画。

5月18日，在右玉玉林西街气势恢宏的山西永昌国际大酒店。

作为2018年首届塞上朔州长城国际旅游节系列活动之一的"两山理论与右玉绿色发展"峰会暨右玉生态文化旅游开发区建设恳谈招商会，由右玉县人民政府承办，在这里成功举办。

在这里，笔者想先给读者朋友们简要介绍一下浙江省安吉县的情况。

安吉，是习近平"绿水青山就是金山银山"理念的诞生地。时任中共浙江省委书记的习近平先后两次深入安吉调研。2003年4月9日，习近平第一次到安吉调研，肯定了安吉"生态之县"发展战略；2005年8月15日，习近平第二次到安吉调研，首次发表了"绿水青山就是金山银山"的重要讲话，为安吉指明了绿色发展道路。安吉人民在习近平"两山"理念的磅礴伟力指引下，坚定不移、不知疲倦地奔跑在生态文明、绿色发展的康庄大道上；创新不断、奋斗不止，护美绿色青山，做大青山银山，从一个名不见经传的山区穷县跃升为全国名县，向世人展示了一个"不一样的安吉"，成为生态文明先行地、中国美丽乡村发源地，成为全国首个生态县、联合国人居环境唯一获得县。2017年12月28日，习近平在中央农村工作会议上点赞"像浙江安吉等地，美丽经济成为靓丽的名片，同欧洲的乡村相比，也毫不逊色"，安吉人民倍感亲切、倍感自豪。

在峰会上，浙江省湖州市安吉县委副书记、政法委书记赵德清，南开大学旅游与服务学院教授、国家文化和旅游改革和发展咨询委员会委员、中国旅游智库秘书长石培华，中国生态文明研究与促进会监事长、《中国生态文明》总编辑杨明森，中青旅副总裁袁浩，中国青年报社社长、总编辑张坤，《中国农民日报》总编辑何兰生，北京绿化基金会副理事长、第五届首都道德模范、环保公益人士廖理纯，中华全国学联执行主席、北京大学学生王泰蒙等各界人士，围绕践行习近平"两山"理论、推动绿色发展、建设生态文明先后作了交流发言。特别值得记载的是：浙江省安吉县、陕西省延安市、河北省塞罕坝林场、新疆维吾尔自治区阿克苏市、山西省右玉县达成广泛共识，共同发表并签署了"坚持绿色发展，建设生态文明"的《右玉绿色宣言》。

会议号召，右玉县要充分发挥绿色生态这个最大优势，坚持"绿水青山就是金山银山"发展战略不动摇，全面落实新发展理念，特别是绿色发展理念，努力打造"绿水青山就是金山银山"的富民产业，走出一条"生态+旅游业"的符合右玉实际的创新驱动发展之路。

恳谈招商会上，中国医药卫生事业发展基金会、中国少年儿童发展服务中心、北京绿维文旅控股集团有限公司、中合盛资本管理有限公司、山西晋电大成售电有限公司与右玉县签署了战略合作协议，将在右玉县举办第十届世界养生大会，投资建设全国少年儿童夏令营实践基地等一批合作项目。

笔者应不少知情者要求，现将2018年5月18日右玉县与其他四个全国生态文明建设典型共同签署的《右玉绿色宣言》全文刊入书中，供大家学习践行。

坚持绿色发展　建设生态文明
——右玉绿色宣言
（2018年5月18日）

党的十九大报告指出，"生态文明建设功在当代、利在千秋"，第一次将"坚持人与自然和谐共生"纳入新时代坚持和发展中国特色社会主义的基本方略，集中体现了党中央全面提升生态文明、建设美丽中国的坚定决心和坚强意志，为中国特色社会主义新时代树起了生态文明建设的里程碑。2017年12月18日，习近平总书记在中央经济工作会议上指出:"从塞罕坝林场、右玉沙地造林,延安退耕还林,阿克苏荒漠绿化这些案例来看,只要朝着正确方向,一年接着一年干,一代接着一代干,生态系统是可以修复的。"今天,在右玉县举行"两山理论与右玉绿色发展"峰会,浙江安吉、河北塞罕坝林场、陕西延安、新疆阿克苏和山西右玉,围绕"坚持绿色发展,建设生态文明"主题,进行深入研讨,达成广泛共识,共同发表绿色宣言。

2018年5月19日,《朔州日报》第一版刊登的《右玉绿色宣言》报道。

一、践行"两山"理论不动摇,全面贯彻习近平新时代生态文明建设思想。习近平总书记指出:"我们既要绿水青山,也要金山银山。宁要绿水青山,不要金山银山,而且绿水青山就是金山银山。"这一重要论述深刻揭示了人与自然、社会与自然的辩证关系,是习近平新时代生态文明建设思想的核心价值观,为新时代生态文明建设提供了理论指导和实践范式。我们要坚持以习近平新时代中国特色社会主义思想为指引,增强"四个意识",坚定"四个自信",坚决维护习近平总书记在党中央和全党的核心地位,坚决维护以习近平同志为核心的党中央权威和集中统一领导,始终在思想政治上行动上与以习近平同志为核心的党中央保持高度一致。要深入学习贯彻习近平新时代生态文明建设思想,树立和践行"绿水青山就是金山银山"的理念,坚持以人民为中心的发展思想,始终把人民放在心中最高位置,大力学习和弘扬右玉精神,艰苦奋斗,久久为功,一年接着一年干,一代接着一代干,坚定不移走生产发展、生活富裕、生态良好的文明发展道路,让"两山"理论在中华大地化为生动实践、结出丰硕成果。

二、厚植绿水青山不懈怠,不断提升生态文明建设水平。绿色与繁荣昌盛相连,荒芜与衰落贫穷搭伴。习近平总书记指出:"植树造林是实现天蓝、地绿、水净的重要途径,是最普惠的民生工程。"我们要携手倡导、自觉践行尊重自然、顺应自然、保护自然的生态文明理念,坚持政府主导、社会参与、全民动手,统筹山水林田湖草系统治理,大力实施重要生态系统保护工程,开展国土绿化行动,推进荒漠化、石漠化、水土流失综合治理,全面加强世界自然遗产地、自然保护区、沙化土地封禁保护区、重要水源地和重要湿地的保护和建设,持续构建生态安全屏障体系,着力形成生态廊道和生物多样性保护网络,进一步巩固和扩大生态文明建设成果，让我们的天更蓝、山更绿、水更清、环境更美好。

三、坚持绿色发展不松劲，形成绿色循环低碳发展格局。坚持绿色发展是发展观的一场深刻革命。习近平总书记指出："正确处理经济发展和生态环境保护的关系，像保护眼睛一样保护生态环境，像对待生命一样对待生态环境，坚决摒弃损坏甚至破坏生态环境的发展模式，坚决摒弃以牺牲生态环境换取一时一地经济增长的做法。"我们要坚持"生态优先、绿色发展"，坚持传统产业与新兴产业互促共进、深度融合，严守生态功能保障基线、环境质量安全底线、自然资源利用上线"三大红线"，推进能源生产和消费革命，着力打造绿色产业、绿色制造、循环经济、清洁能源、低碳经济，积极鼓励和支持绿色技术创新，全方位推动产业转型升级，做到经济效益、社会效益、生态效益同步提升，实现大地山川绿起来，生活环境美起来，人民群众富起来。

四、推进共治共享不停步，营造绿色和谐良好社会风尚。同在蓝天下，共爱一个家。生态文明建设同每个人息息相关，人人都是践行者、推动者。习近平总书记指出："环境就是民生，青山就是美丽，蓝天也是幸福。"我们要加强生态文明宣传教育，倡导简约适度、绿色低碳的生活方式，反对奢侈浪费和不合理消费，开展创建节约型机关、绿色家庭、绿色学校、绿色社区和绿色出行等行动，形成全社会共同参与的绿色行动体系。我们要携起手来，群体从自身做起，从小事做起，多节约一滴水、一度电、一张纸，少开一天车、少用一个塑料袋，让绿色低碳、环保文明的生活方式成为一种风尚、一种习惯，共建生态文明，同绘美丽中国，让人民群众在绿水青山中共享自然之美、生命之美、生活之美。

浙江省湖州市安吉县：赵德清

陕西省延安市：邓嗣陶

新疆维吾尔自治区阿克苏市：吾拉木江·热依木

河北省塞罕坝林场：刘海莹

山西省朔州市右玉县：王志坚

吴秀玲、王志坚任职以来，积极争取京津风沙源治理、"三北"防护林、京津冀生态屏障区建设工程等国家和省级项目，全面提升绿化水平，形成常年皆绿、四季多彩的绿化格局，实现右玉大地增景、增色、增收、增效。

到2020年，塞上右玉遵照省委提出的"绿化、彩化、财化"要求完成全域绿化！

这里，1964平方公里的土地上，将永远承载着蓝天当纸，大地为墨，英雄的右玉人民写就的绿色传奇！英雄的右玉人民将继续描绘出一幅绿化荒山、彩化城乡、财化民生的生动画卷！

第二十二章 生态旅游在召唤

生态旅游的概念自20世纪80年代提出以来，很快便成为人类由现代工业文明向生态文明跨越的一个重要标志。

生态旅游所体现的自然性、参与性、动态性、开放性、效益性和持续性特征，不仅紧紧拉动了旅游地的经济杠杆，而且正从根本上改变着人们对环境的认识观念，改变着一个地区的形象和品质，改变着对资源的传统评价观点，从而大大促进了生态旅游业的综合进程。

生态旅游是当今世界旅游业发展的热点，也是21世纪一个极为重要的旅游经济增长点，具有"永远的朝阳产业"的美称。

作为旅游业可持续发展的良好形式，生态旅游在世界旅游业中的地位不断提高，在许多国家和地区，其发展势头十分迅猛。

新加坡原总理李光耀在立国之初，就提出大力发展旅游业。当时遭到许多人的反对，认为在弹丸之地发展旅游业无疑是痴人说梦。李光耀当时反驳说："上天已经给了我们全世界最好的阳光，让我们一年四季温暖如春，难道这些还不够吗？只要有阳光和清新的空气，新加坡的旅游业一定可以做强做大。"他指示，依靠新加坡得天独厚、全年充足阳光和温暖如春的气候，在全境内大量种植各种奇花异草，同时大力修路造桥，新建娱乐场和购物商城。很快，新加坡便一举成为全世界知名的花城、娱乐城以及一流的商业中心和购物天堂，世界各地的旅游者开始纷至沓来，使新加坡一度连续多年旅游收入居全亚洲第一，成功引领新加坡经济跻身"亚洲四小龙"。还有世界上不少国家，像埃及、泰国等都是依靠旅游业，为国家赚取了大量外汇，从而促进国家建设发展和国力的提高。

就右玉而言，面积相当于7个新加坡。这里的阳光、空气、生态一点也不比新加坡逊色，她所欠缺的，仅仅是认识、规划和开发。如今，东风至，万事备。右玉发展旅游业，做大做强可谓水到渠成。

漫步于右玉的田野、城乡，你会直接感受到：

天是那样的蓝，蓝得纯，蓝得净，蓝得像是用泉水濯洗过一般；

云是那样的白，白得纯，白得净，白得如银似雪，胜过那纯洁的白莲花。

空气是那样的清新，你只要轻轻嗅嗅，就会感到透着一种如乳似的清香，不知道比在城市里的氧吧强多少倍呢！鲜得让你的五脏六腑浑身毛孔都里外透着舒畅。

蓝天白云里还有几只苍鹰自在逍遥地翱翔，让你的思绪也随之翩翩飞腾，不知是在天上还是在人间……

右玉，1000多平方公里的绿地环绕在她的四周，一个旅游休闲的塞上名城在新时代的经济大潮中应运而生。

赵向东和陈小洪全力打造"塞上绿洲"生态旅游品牌

2000年8月29日，中共山西省委书记田成平到右玉考察调研，在杀虎口旧堡前，他对陪同的朔州市委书记来玉龙、右玉县委书记高厚说："杀虎口是很有名气的古关古塞，右玉已基本具备生态旅游县的格局,下一步应该在开发杀虎口古关上动脑筋做出文章。市委先牵个头,搞一些调查研究。"来玉龙说:"我一定要采纳田书记的意见,组织有关人员作先期研究。"

来玉龙回到市里,叫来了市委宣传部部长雷建国,向他说明了田成平书记的意见,安排他说:"下一步你要把朔州市边关文化作为一项重要工作和重要课题来研究。边关文化在我们朔州有好几处,先以右玉杀虎口为主,通过研究挖掘右玉边塞边关文化,弘扬边塞边关文化,进而提升右玉的生态旅游内涵、档次和文化品位。"

雷建国,男,山西省平鲁区人。本科就读于山西大学经济系,后中央党校研究生毕业。具有较深的理论功底和文化学术造诣。市委书记让他研究朔州边塞文化,对于他来说是轻车熟路。

雷建国愉快地接受了这项任务。

雷建国几上右玉,到杀虎口实地考察访问,翻阅大量古今资料。终于认定杀虎口古关文章大有可做,大有可为,并向市委、市政府写出专题报告。

此后,来玉龙指示高厚、赵向东积极做好开发杀虎口古关文化旅游的论证和开发的各项工作。

"做生态旅游文章,打塞上绿洲品牌。"

"依托生态环境、人文古迹、边塞风情三大特色旅游资源,全力推进右玉旅游业的发展。"

赵向东从县长到县委书记任上一直冥思苦想,琢磨良久,痛下这个决心!

自古以来,右玉就是中原农业文明和北方草原游牧文明的融汇点。右玉已拥有丰富的生物生态资源,开发生态旅游潜力巨大。

右玉,典型的缓坡丘陵地貌,毕现苍山如海的雄宏,尽展自然优美的曲线,感受大地呼吸起伏的动感,享受舒畅跃动的兴奋,这种环境全国罕见,是"中国体育旅游动感地带"。

发展生态旅游产业,是右玉县立足资源潜力,发挥最大优势和实现可持续发展的最佳选择。

赵向东、陈小洪把发展的最强音定在旅游这根弦上,这对右玉而言具有里程碑式的意义,它是右玉经济发展的又一次飞跃,是生态右玉向富裕右玉迈进的重要载体。

为此,赵向东、陈小洪把发展生态旅游定位于创建杀虎口长城关隘文化旅游区、晋商文化的主通道、中国生态旅游走廊、丘陵地森林生态旅游景区、中国北方最大狩猎基地、北方高原田园风光生态旅游示范区、中国特种旅游基地、古堡文化旅游区。

右玉县的生态旅游开发始于2003年省委书记田成平的一个实地调研指示,发端于杀虎口旅游资源的开发。高厚、赵向东先后分两期投资960多万元,修复了杀虎口城楼,建起箭楼两座;修复古长城500米;完成了杀虎口长城博物馆的主体工程和广场建设工程;沿长城两侧全部进行了退耕绿化,完成绿化面积10万亩;顺着唐子山,蜿蜒曲折新修了一条8公里长的生态观光水泥路。搬迁居民68户,建设仿古移民房80套,建成了仿古文化一条街。

从此,右玉的旅游开发便成燎原之势,一发而不可收。

2004年12月23日,中共右玉县委举行的十一届三次全体(扩大)会议上,赵向东旗帜鲜明地提出了建设特色生态旅游基地的战略。

这个战略就是：

以北京天筑伟业公司（计划在右玉投资数亿元兴建大型狩猎场）为龙头，以杀虎口古文化旅游区、小南山森林公园、苍头河生态风景区、常门铺水库（后改称中陵湖度假村）为载体，全力打造"塞上绿洲"生态旅游品牌，逐步做大生态旅游文章，全力打造中国旅游黄金线上的新亮点，北京周边假日游二环线上的新视点，建成特色鲜明的生态旅游基地。

"一打子纲领不如一两个实践活动"，这是马克思的名言。

赵向东大打生态旅游牌的构想，已变成连续三年举办了三届生态健身旅游节和一届冰上汽车拉力赛、一届冰雪旅游节的成功实践。

能够让国家顶级体育赛事落户右玉，把潜在的资源优势转为现实的经济优势，连连唱响了右玉品牌，这充分说明，贫则变，变则通，通则活，右玉旅游业这手妙招必将下活全县经济社会发展的一盘棋。

鲁迅先生说过："其实世上本没有路，走的人多了，也便成了路。"

路是人闯出来的。

右玉虽穷，却不乏与时俱进的赶超气魄，不乏后发先至的拼搏精神，更不乏开放搞活的文韬武略。

与之呼应，赵向东和陈小洪把旅游资源的开发和规划也提上一个战略高度，按照"高点规划、突出特色、市场运作、产业推进"的原则，编制了《山西省右玉县生态旅游开发可行性研究报告》。并分别于2004年12月9日、2005年1月8日、2005年2月15日，先后邀集国家顶级专家和学者召开右玉生态旅游开发论证会，以集思广益，汇集智慧火花。

2005年4月，右玉县委、县政府还在北京举办了旅游规划招标会，北京同和旅游设计院以其雄厚的实力独占鳌头，一举夺标。

首次在北京举办生态健身旅游节新闻发布会，为右玉招商引资促进跨越发展搭建优质平台

首届中国·右玉生态健身旅游节新闻发布会在北京国际饭店国际厅举行。

2005年6月27日，首都北京。

"首届中国·右玉生态健身旅游节新闻发布会"，在北京国际饭店国际厅举行。

右玉县的决策者们：陈小洪、周宏、贺朝善、兰成国等一行意气风发地来到这里。这是右玉有史以来第一次在中国的首都就自己的资源优势举行新闻发布会。

这也是右玉的一个奇迹！

这是右玉在建设特色生态旅游基地的进程中迈出的极为重要的一步。

中国奥委会副主席吴寿章，中国国际体育旅游公司总经理李元、副总经理张树孝，国家体育总局自行车击剑运动管理中心市场推广部部长陈健，中国大学生体育协会副秘书长王钢，朔州市人民政府副市长王贵平等领导以及国内体育、旅游界有关人士应邀出席。新华社、《人民日报》、中央电视台、凤凰卫视、山西电视台、《朔州日报》、朔州电视台及搜狐、中国旅游网等国内40多家新闻媒体的记者应邀参加。

陈小洪主持发布会并致欢迎词；

王贵平作了讲话；

新闻发言人、县政府顾问邢晨声发布了旅游节活动新闻，介绍了右玉旅游资源和开发现状，推介了招商项目；

张树孝发布了"右玉杯"全国第四届大学生越野邀请赛、第十一届全国独轮车锦标赛赛事新闻。

陈小洪、邢晨声、张树孝分别就旅游节、体育赛事和招商引资等有关情况回答了记者的提问。

中央电视台体育频道记者专访了这位1.85米的个头、潇洒帅气，太原工业大学电机专业毕业，曾任工大校团委书记的陈小洪。

当晚，中央电视台体育频道对右玉承办的两项体育赛事进行了相关报道。

新闻发布会的举办，让世人知道，曾经是"不毛之地"的右玉，如今却能举办生态健身旅游节、举办国家级体育赛事了。

现在登录互联网，只要输入"右玉生态健身旅游节"，页面上立即就会出现大量相关报道。

右玉，终于可以昂首挺胸，风光牛气了！

笔者已在前面第十九章全面介绍了举办四届生态旅游节的盛况。

四届中国·右玉生态健身旅游节的成功举办，赵向东十分欣喜地说："我们就是要借助生态健身旅游节和三个体育赛事的举办，展示自强不息、负重前进的右玉人民50多年来孜孜于生态建设所取得的巨大成就，进一步提升右玉的知名度，塑造右玉的新形象，为扩大招商引资，促进右玉跨越式发展搭建一个优质的平台。"

陈小洪十分兴奋地说："发展右玉的生态旅游业，既是实践科学发展观的要求，又是创立优秀旅游品牌，开辟新的经济增长点，实现富民增收的要求。右玉的生态旅游业，将是右玉经济可持续发展的新引擎，必将在右玉开拓出一个富而美的新境界。"

右玉，县名何来，文化积淀何在

右玉县名何来：

据出土文物考证，远在旧石器时期右玉就有人类繁衍生息。据《山西概况》载，右玉县的历史十分悠久，右玉自古为我国北方要塞。夏、商、周、春秋时期为北方少数民族所占据，先后属幽州、冀州、娄烦；战国时期归入赵国代地。战国赵武灵王"胡服骑射"就设立了雁门郡。秦统一六国后，在今右玉县城西南置善无县，隶属雁门郡，其时郡、县同治一城。到西汉，右玉曾是北方第一强郡——雁门郡郡治所在地，仍称善无县。汉代雁门郡领14县，其中善无、沃阳、中陵3县就在今天右玉县境内。汉代雁门郡管辖着北到凉城，东及大同，南到应县、神池，西到偏关一带的广袤地区。它曾是蒙汉和亲的重要通道和汉王朝抵抗匈奴南侵的第一防线。到东汉，雁门郡南迁，善无县划归定襄郡，这里仍然是定襄郡郡治所在地。三国时，由于连年混战，匈奴侵边，人口流失，右玉一带成了荒无人烟之地，县治不复存在。

西晋建朝后，怀帝司马炽将雁门关以北（包括今右玉县）划给鲜卑拓跋卢。北魏立国后复置善无县。因拓跋珪建都盛乐（今内蒙古和林格尔北），又因临近国都平城（今大同），右玉属畿内之地。北魏的王公贵族曾频繁活动在这一带，史称"盛乐金陵"。

隋唐时期，这里又是中原汉族帝国与突厥少数民族政权联谊、争锋之地。唐代为靖边军驻守。宋辽时期为契丹占领，失去边防地位。

明洪武二十五年（1392），在今右玉县置定边卫，开始修建右卫城，是保卫京都的重镇。右卫古城设四门：北为镇朔门，南为永宁门，西为武定门，东为和阳门。明嘉靖、清雍正年间重修。右卫城东、南、西、北4座城楼上曾分别悬挂书有"紫塞金汤""严疆锁钥""拱护燕云""屏藩河朔"的匾额。

据资料记载，右卫城仅在清雍正年间，这里各种府、署、衙及各种殿堂庙宇有300余所（座），大小商号50余家，最多时曾驻军6000余名。城内唯一现存的寺庙宝宁寺，是右玉古城历史文化的标志和骄傲。

明永乐七年（1409）复设大同右卫；正统十四年（1449）又将边外玉林卫并入右卫，改称右玉林卫，属大同府治。

清初更名右玉卫，雍正三年（1725）旋升为县，撤销右玉林卫和威远卫，定名右玉县，右玉县名由此而来。

此时，又在右玉设朔平府，管辖朔州、左云、平鲁、马邑、右玉四县一州，同时还兼管宁远亭（今内蒙古凉城县），内蒙古的包头、呼和浩特市一带，为西雁北的政治、经济、文化中心。

民国元年（1912）5月废朔平府留县，右玉县归雁门道。十六年（1927）后，直隶山西省，为二等县。

日伪统治时期先属蒙疆晋北政厅，后属大同省。

抗日战争和解放战争时期，右玉县大部分地区为革命根据地，我人民政府在分割的范围内先后设立"和右清""右山怀""左右凉""右南""右平""右玉"等县，属晋绥边区晋西区管辖，与伪政权统治区域同时并存。右玉县是我国北方地区具有革命传统的县区之一。

1945年11月，右玉、右南两县合并，恢复右玉县。

中华人民共和国成立初，右玉属察哈尔省雁北区。1952年划归山西省，仍属雁北区。1958年11月与左云县合县称左云县。1961年4月分县后又恢复右玉县。1972年10月将县址由右玉旧城搬迁于梁家油坊（现在的新城镇）。1993年7月，雁北地区和大同市合并后，右玉划归朔州市管辖。

右玉历史悠久，人文昌盛，蕴藏了丰厚的历史文化沉淀。

在这片古老文明的土地上，出现过不少名人志士。如北齐的高市贵，为骠骑大将军，战功显赫，官至晋州刺史。明代的孙祥、何廷魁以及麻贵、麻承训、麻承宣、麻承宗父子，均是见诸史书的将领，官职皆在总兵以上。尤其是被尊为"五代一品"的麻家将更为出类拔萃，官到右都督，与李成梁并为名将，时人有"东李西麻"之称。到清末，玉林书院、衡阳书院以及省立七中（当时全省只有9所中学）又培育出一大批文人雅士，其中亦有文武进士5人，出任知县、知府。

中华人民共和国成立后被誉为中国"装甲兵之父"的耿耀张，大同市中院院长、山西省高院副院长刘新康，中国人民解放军某军区政治部主任刘雁飞，爱国将领王国相，著名医学家刘治汉，著名学者、民盟山西副主委、山西大学教授刘子威，著名学者、清华大学教授耿跃西，国家地球物理研究所副研究员耿乃光，山西省水利厅厅长赵生荣，山西省统计局局长郝凡，山西省物价局副局长韩国维，内蒙古二连浩特市市长张德，四川省煤管局局长杨明正，中国人民解放军兰州军区三部副主任高尚，山西省供销社副主任赵芝山，中共山西省委党校副校长、巡视员刘生义，山西省农业厅副厅长左义河，山西省气象局副局长胡永祥，政协呼和浩特市副主席、呼和浩特市统战部部长麻希民，大同市人大常委会副主任张林，政协大同市副主席范德信，朔州市人民政府副市长邢志强，大同市中级人民法院院长郑福，太原理工大学矿业工程学院地下工程系主任、教授、博士生导师李义，武警交通第二总队五级高级工程师（大校军衔）许子文，朔州市人大常委会副主任侯元，大同大学副校长赵富喜，武警山西总队副参谋长（大校军衔）郭满以及台北市九联企业公司总经理耿克光等都是右玉县的佼佼者。

穿越历史时空，我们不难看出右玉历史文化的厚重：

山西省社科院资深研究员李元庆先生，曾把三晋划分为若干文化圈，雁门文化圈为其中之一。右玉在秦汉之际是雁门郡、定襄郡郡治所在地。从公元前221年到公元220年的440多年里，右玉一直是我国北方地区的政治、经济、军事中心。因此，从某种意义上讲，右玉就是雁门文化的发祥地。

魏晋南北朝到明清这一时期，右玉一直是中原腹地与北方大草原的交通要道，特别是北魏王朝定都盛乐和大同时期的畿内之地。因此可以说，这里还是民族文化融合的大熔炉。以《走西口》为代表的二人台，就是明清时期中原说唱秧歌与少数民族歌舞有机嫁接而绽放出的一朵绚丽多姿的花朵，因此也可以说，这里是二人台戏曲《走西口》的原生地。

在清代，右玉是朔平府府治所在地，其所辖地域在今内蒙古包头、呼和浩特市、和林格尔、凉城及山西朔州、左云一带，是晋商走出中原、走向朔漠的前沿阵地与商贸集散中心，因此我们也可以说，这里还是晋商创业起家的发祥之地。

在历史上，这块土地曾承载过汉魏直至明清时期100多座古城堡，并见证过数百场战争的场面，直到今天右玉大地上仍然烽台林立、长城巍峨，因此也可以说这里是中国古代军事文化的博物馆。

山西省现有12件国宝级文物，其中有1件就出自右玉。省博物馆目前珍藏的珍贵文物有数十件出土于右玉。右玉县博物馆珍藏的历代文物，曾居原雁北地区10多个县区之首。因此也可以说，右玉的文博典籍冠三晋。

综上所述，我们可以理直气壮地说，右玉历史文化积淀深厚，右玉文化内涵丰富，源远流长，对于我们历史文化研究者来讲，它是一块难得的"富矿"宝藏，我们只要有披沙拣金的求实精神，就一定能够取得丰硕的研究成果。

千古绝唱《走西口》——右玉境内杀虎口

哥哥你走西口，小妹妹我实在难留，手拉着那哥哥的手，送哥送到大门口……

杀虎口风景名胜区

提起千古绝唱《走西口》，无人不知，无人不晓，大多数山西人都能哼上两声。但"西口"究竟在哪里？许多人却说不明白。

事实上，这个让多少人断肠流泪的"西口"，其真实地址正是位于右玉县境内的杀虎口。

据历史记载，走西口现象大约从明代中期开始，其高潮出现于明末清初，直到清末民初，走西口的人口数量最大，前后经历了大约300年的历史。走西口的主流是山西人，后来，陕西、河北也有流民加入走西口的大潮。走西口、闯关东铸就了中国近代史上最重要的几条移民路。

一部电视连续剧《乔家大院》再现了晋商的辉煌。乔家的兴盛缘于乔家商业的创始人乔贵发，他迫于生计简单地走西口、求生存的欲望，最终衍生出一个纵横全国的商业网络。乔贵发当年正是从杀虎口出关到内蒙古萨拉齐，加入了"大盛魁"的驼班，后来创办"广盛公"成为富商。而"大盛魁"商号也是从杀虎口走出去的三个随军小贩创办的，和乔贵发一起创办"广盛公"的秦钺，正是杀虎口人。

"走西口"成就乔家辉煌，乔家的辉煌与杀虎口密不可分。杀虎口成为晋商孕育地之一。

从1690年开始，通往杀虎口的路上热闹起来，随着康熙皇帝亲率8万大军西征，深入草原腹地，军粮供应成为决定战事胜败的关键。杀虎口因其特殊的地理位置，成为西征大军运送粮草的大本营。为了加强大本营的经济建设，清政府还在距杀虎口10公里的右卫城建立了管辖四县一州一厅的朔平府。不少山西商人看准机会，随军贩送粮草。由此，成千上万的正愁

2009年7月15日，中共山西省委书记、山西省人大常委会主任张宝顺（图中）在省委常委、秘书长高建民（左三），中共朔州市委书记田喜荣（右三），中共朔州市委常委、秘书长赵向东（右二），中共右玉县委书记陈小洪（右一），右玉县县长苏连根（左二）的陪同下第三次莅临右玉调研。张宝顺要求："大力宣传学习弘扬右玉精神，扎实推进植树造林和蓝天碧水工程，加快建设山川秀美的新山西。"

没饭吃的山西农民离开土地，拉开了大规模"走西口"的序幕。

历史上最大规模的"西口潮"，则是在清朝咸丰年间。即"咸丰整五年，山西遭年限，有钱的粮满仓，受苦人一个一个真可怜"，没办法只好走口外了。

走西口的路充满了艰辛、迷茫、苦难和心酸！

走西口走出一部苦难史，也走出了一批历经磨炼而精明强干的晋商。

清政府也便在此设杀虎口税关，从顺治七年（1650）起，到民国28年（1939）与塞北关合并止，历时280多年。税关负责东起天镇新坪堡，西到陕西神木，北到包头、呼和浩特市，南至朔县、马邑，南来北往的商贸税收。当时是全国38个税关之一，也是山西唯一的常关。作为中原与草原互贸的必经之路，清极盛时期，关税日进"斗金斗银"。

此期间，内地销往俄罗斯、蒙古、新疆一带的丝绸茶叶等日用品，蒙古、新疆一带销往中原的马匹牛羊等畜产品，都在杀虎口上税。杀虎口在正常年税收白银达35万多两。

清末，年解关税还有13万两之多，所谓"大栅子"便是关卡之一。晨启昏闭，专人守护，收取关税。杀虎口已成为清代外长城上与张家口、古北口齐名的重要税关之一。

由于杀虎口是当时山西唯一的税收常关，竟聚集了户部、将军署衙、都司、道台、巡检、协镇、驿传部署、守备等八大衙门。极盛时期常住居民3600多户，人口达4万多。那时杀虎口的每一天都是忙碌而嘈杂的，商贾云集，人声鼎沸，车水马龙；日进斗金，坐拥荣华，北方最大的贸易集散地就此形成。杀虎口政治经济达到鼎盛时期。

清《圣武记》载，杀虎口"字号店铺，鳞次栉比，市衢宽敞，繁华富庶""贸易鳞集星萃，街市纷纷。摩肩雨汗，货如雾拥"。

杀虎口成为当年金光灿灿的豪商巨富之路。杀虎口商道也就是继丝绸之路衰落后，从黄河流域文明出发的通往欧洲的又一条国际商道。沿着历史的惯性，杀虎口的繁华一直持续到民国。

杀虎口，成为今日研究西口文化的"核心"地。

杀虎口位于晋蒙两省，山西省朔州市右玉县城西北35公里，右玉、和林格尔、凉城三县交界处，北倚古长城，西临苍头河。作为一代雄关，闻名遐迩，已有两千多年历史。

西侧大堡山，东侧塘子山，北有雷皮山，长城沿东西山岭走向，两山间开成一条3000米的狭长走廊，自成天然关口。自古便是南北重要通道。至今，大同、朔州至呼和浩特的公路仍经此地，是山西的北大门。

清《朔平府志》载："长城以外，蒙古诸藩，部落数百，种分为49旗……而杀虎口乃县直北之要冲也，其地在云中之西，扼三关而控五原，自古称为险塞。"又载"杀虎口直雁门之北，乱嶂重叠，崎路险恶，其地内控神京，外控大漠，实三晋之要冲，北门之扃钥也"，自古便是军事要塞兵家必争之地。

远在春秋战国时期，就曾有人居住，叫"参合陉"，也称"参合口"。直到秦汉时沿用此名。后随历史变迁而几经更名，隋唐时叫"白狼关"。宋朝时又称"牙狼关"。到了明朝北方游牧民族屡屡南侵，明王朝发兵抵御和征伐，多从此进出，故正统十四年（1449）便将该口改为"杀胡口"。清代前期，清王朝为缓和蒙汉矛盾，于康熙三十五年（1696），又将"胡"改为"虎"，改称"杀虎口"沿用至今。

杀虎口城堡位于杀虎口关东南1公里，由杀虎堡（亦称旧堡）、中关、平集堡（亦称新堡）组成。杀虎堡筑于明嘉靖二十三年（1544），万历二年（1574）砖包，万历四十三年（1615）又于旧堡南筑新堡一座，名"平集堡"，新旧两堡间又东西筑墙设门为中关，实为二堡一关连环为一，成唇齿相依、犄角互援之势。三座堡门基本完好，雄伟壮观。城堡屡遭破坏，只遗留下黄土城墙，但仍可看出其不凡气势。整个城堡平面呈"目"字形，主要是屯兵把守，对杀虎口起防御作用的一个城池。堡东0.5公里处塘子山，奇岩怪石，山泉淙淙，杏树成林，独成宜人一景。堡外东南有井泉庙，庙院内碑岭幽幽，珠联璧玉，庙前有青石砌筑的八角"玉泉井"二眼，井水清醇甘绵。出中关两门，经1公里青石铺筑的敞路坡，过长城内侧的通顺桥，便到栅子大关。

现在当地民俗，每年春节伊始，全村老幼咸集，牵牛赶羊，在一片爆竹声、鼓乐声中互恭新禧，齐过通顺桥，以祈一年人畜两旺，五谷丰登，事业通达。

登上杀虎口古长城，环顾四野峡谷，不难想象历代兵家出征鏖战之豪壮场面：史载，周伐猃狁，汉伐匈奴，隋唐伐突厥，宋伐契丹，明伐蒙古，清康熙玄烨帝亲自率兵出征蒙古噶尔丹，均经此地。

> 政协右玉县文史委员会主任乔悦《杀虎口怀古》曰："长城一线隘口众，杀虎雄踞黄河东。南屏三晋拱帝京，北控朔漠扩雁门。李牧出口击匈奴，李广飞将敌胆惊。唐讨安史平反叛，宋伐契丹展出征……"

历代王朝在这里驻设副将、部司、守备、巡检、税部、驿道、衙署等官员，并由皇帝直接任命。屯兵驻扎，严密扼守。

民国15年(1926)蒋阎混战，曾在这里驻阵对峙。1925年，冯玉祥率领的国民军进驻杀虎口。是年，冯玉祥任命其十三太保之一的韩多峰为杀虎口镇守使。

抗战期间是我晋绥边区打通大青山游击区的重要通道。战略地位十分重要，直到20世纪60年代后期，还在杀虎口修筑了大量地道、战壕等工事。

杀虎口一个时期经济文化十分发达。庙宇星罗，古迹棋布，商贾云集，店铺林立。据记载，先后涌现出不少出类拔萃的人才，明清年间曾出翰林学士7名，将军2名，举人5名，民国年间考入全国各大学的学生就有26名，可谓人杰地灵。又有"东有张家口，西有杀虎口；北有杀虎口，南有绍兴府；先有杀虎口，后有绥远府"之称。史载科举时期，从杀虎口出去的人才不计其数。杀虎口的人才竟然可以和千古人杰地灵的浙江绍兴相比，让人无法想象它当时的兴旺之势。

一个时期，杀虎口的经济文化繁荣，使杀虎口又成为宗教活动中心。明清两代共建筑玉皇阁、三清阁、城隍庙、奶奶庙等各种庙宇50余座，集儒家、道家、佛家于一体，这些精巧的庙宇构成了杀虎口宏伟的建筑群。每一座寺庙都吸引着数以百计的人群前来烧香祈祷，门外车马不绝。说明了杀虎口经济、文化之发达昌盛。曾一度作为北方商贸大口的杀虎口，有人说它像曾经繁荣无比的楼兰国，像文明程度极高的巴比伦。后因军阀内战，京包线修通，关隘几经失修，加之人为毁坏，多数古迹无存，关税东流，人口锐减，渐显萧条。

明代宣大总督翁万达采用"窦"的建筑方法，在苍头河上筑长城水门"九龙洞"，扼守杀虎口。今"九龙洞"虽已被水刮走"五龙洞"，但还有"四龙洞"遗址残存，依然感到建筑古朴，实为长城建筑史上的罕见工程技术。

明清时代，杀虎口不仅是一个军行马驰、传檄运粮、往来征战的军事战略要地，而且也是一处马市互贸、民族往来、商业繁荣的交通要冲之地。

岁月流逝，历史变迁，杀虎口几历拂逆，几经战争劫难，盛极了280多年的杀虎口而今面目全非，让人平添了许多惆怅！

但历史在这里留下了深深的印记，至今还凝聚在杀虎口的黄土地上：雄伟壮观的古长城，保存完整的杀虎堡，栉比鳞次的烽火台，苍凉古朴的古战场，全省罕见的古道敞路坡，全国少有的古桥广义桥，万里长城横跨苍头河九孔全桥（这是长城唯一的跨河桥），工艺精湛的古建筑马营河乐楼等，似一颗颗绚丽光彩的明珠，镶嵌在杀虎口的大地上，昭示着杀虎口历史的悠久和古老文明的富足。

如今，关内古建筑遗址数不胜数，古桥古道清晰可辨，这里的一丘一堑、一砖一瓦都具有无穷的魅力。处处景点皆有动人的故事：昭君出塞的蹄窟岭；李广卫青征战过的沙场；郭子仪平叛的通道；康熙帝御驾亲征噶尔丹的点兵场和饮马井；八大衙门的废墟；五十余座古庙的残垣，奎星楼的颓壁……

"雁塞秋风鸦影淡，虎关春雪马蹄寒"。

杀虎口雄浑风貌的旅游胜境，略加修复，即可开放。

隋炀帝杨广、唐代诗人刘河、康熙皇帝以及诗人唐龙、霍鹏、李梦阳、王世贞、郭性之、洪亮、唐严武、周朴、明河栋、于谦、王越、刘士铭、王阳等，也曾临边抒怀，写下了有关千古传咏的诗篇。

站在杀虎口关隘上，在一望无垠起起伏伏的绿波中，古长城蜿蜒逶迤，烽火台沿山相望，古堡巍然屹立，古关口连绵不绝。这些"奢侈"的边塞历史、人文胜迹构成边塞风光的独特景观。

中原农耕、北方少数民族游牧、军事战争、民族融合、晋商出关、西口文化的核心就是在这样的历史细节中逐渐积淀形成。

杀虎口，作为西口古道，记忆着王朝更替的历史兴衰，也记忆着人间古往今来的悲欢离合。

杀虎口涵盖的文化多样性和丰富性，成为今日大西口文化旅游的中心，更让"塞上绿洲"右玉显得卓尔不群。

回首杀虎口，雄风浩荡，云帆高悬。

古代战争的硝烟气息，商贸大集的无比鼎盛，西口路上的成败人生，演绎着杀虎口的千年风流，千年豪情。

杀虎口，一个千年的回首，回首千年的风流。

2007年开始，赵向东、陈小洪、苏连根规划修复"九龙洞"水上长城和右卫镇四大古城门。使杀虎口逐步与马营河乐楼、右卫镇宝宁寺、右卫镇古城墙等旅游景点相匹配，形成一个北起杀虎口，南至右卫镇（原朔平府治所）的旅游整体。

2005年10月1日至5日，山西省人大常委会党组书记、常务副主任纪馨芳（左一）又一次深入右玉视察调研。他在杀虎口古长城观光时说："右玉人民真是了不起！生态旅游这条路子走得非常对，一定要加大开发力度，让右玉走向全国，走向世界。"陪同调研的有中共右玉县委书记陈小洪（右一）、右玉县人大常委会主任赵润虎（右二）。

2009年,陈小洪、苏连根投资1000万元,责成县旅游局局长苏志宏负责开工建设西口古道景区和杀虎口平集堡内恢复重建清朝、民国时期的沿街建筑。工程竣工后,可再现当年杀虎口的繁荣景象。

"关山度月"之美景不久将呈现在世人面前。

2014年9月12日,中国长城学会常务副会长董耀会一行莅临我县就古长城的保护与传承进行考察,并为古关杀虎口题词赠匾。

随着51集电视连续剧《走西口》和21集电视连续剧《杀虎口》的热播,让"杀虎口"这个边关古隘得到了神州大地许多游客的关注,尤其是来自广东、浙江、山东等地的旅行团队,日益增多。而且,随着电视剧的热播效应,人们对真实的杀虎口充满期待与好奇,使这一边塞之地拥有了发展文化旅游的巨大潜力,每年来杀虎口旅游的人数正在持续增加。

因此,不管过去还是现在,凡来右玉的学者名流,回乡的香港、台湾同胞及其亲朋都要来杀虎口凭吊一番,观赏一番,回味当年险关要塞的风采。

2014年,右玉县杀虎口村荣获由山西省旅游局和山西省农业厅联合评选的"山西最美旅游村"称号。

"走西口古道,交一世鸿运。"右玉人民欢迎您!

右玉境内长城和古堡连环

[历史的回放]

长城的出现,缘起于春秋战国时期划界分疆而守的诸侯国,互相间的觊觎所引起的防守各自治下国土安全的需要,其始作俑者是楚国。

秦始皇统一六国之后,为了维护帝国的安全,抵御来自北方匈奴部落骑兵的侵扰,在公元前220年,征召包括囚犯、农民和士兵在内的30多人的队伍,由大将蒙恬负责指挥,把此前燕、赵、秦等国的长城连接起来,并进行了大规模的扩建增修,经过10余年的努力,建起了东起辽东、西至临洮,绵延的"万里长城"。

其实,现今留存的面目较为清晰的是明代修缮的长城。修筑规模最大、配套设施最完善、工程最坚固、历时也最长的明代长城东起辽东鸭绿江畔,西至甘肃嘉峪关,全长6700多公里。

从春秋至明朝,长城的修筑跨越了长达2700多年的历史,在不同的历史时期,长城在一定程度上确实起到了御敌之功用。

倾人力之工修建而成的长城,见证着一部卷帙浩繁的历史,见证着无数百姓、士卒的血泪，见证着他们的无穷智慧。

长城，是一道主要用于军事防御的人工屏障，曾经在这屏障之中、之上防御着入侵之敌的是已经隐没于历史记忆背后的士卒，我们无法复现历次战争的酷烈、残忍，但那烽烟四起、白刃相交的场景已经拓印在这里的一砖一石上。

万里长城是我国古代一项伟大的防御工程。它体现、凝聚着我国古代人民的坚强毅力和高度智慧，展示了我国古代工程技术的非凡成就，也显示了中华民族的悠久历史。

右玉长城全景图

右玉县境内的长城始建于秦汉时期，是明代万里长城防御体系中的一个组成部分。境内遗存有北魏长城和明长城。

北魏长城东起马头山经大坡村，西到十五沟村东二把山，长约12里，俗称马缰绳。为黄土夯筑。现土垄明显，墙体残缺不全。十五沟村东二把山烽火台，圆形，至今保存完好。台基直径26米，周长84.8米，台高10米。当地群众对此台非常崇拜，每年除夕晚上都要到此祭祀、鸣炮。

明长城始筑于明成化年间，弘治、嘉靖年间两次重修。

明代把长城（亦称"边墙"）沿线分作九段区管辖，每一段"边"设一"镇"，故称九边重镇。九边重镇是：辽东镇、蓟州镇、宣府镇、大同镇、山西镇（亦称太原镇）、延绥镇、宁夏镇、固原镇、甘肃镇。经右玉县境内的一段长城属大同镇。大同镇所辖长城东起大同东北的镇口台，西至偏头关东北的雅角山，全长335公里。

右玉县境内的长城，东从与左云县界毗邻的破虎堡乡起，西经李达窑、杀虎口、杨千河、丁家窑4个乡，西南进入平鲁县界，全长84公里。明清时，这段长城曾设重兵分段防守。

据《朔平府志》记载：右玉县境内的长城，破虎堡（是古时"灭胡九堡"之一）营分管东自左云县宁鲁堡边界起，西至杀虎口边界止，长约60里；杀虎堡营分管东自破虎堡边界起，西至朔平府城守营边界止，长27里；朔平府城守营分管北自杀虎口边界起，南至铁山堡边界止，长41里；铁山堡营分管北自朔平府城守营边界起，南至云石堡营边界止，长约10里；云石堡营分管北自铁山堡边界起，南至威远城守营边界止，长约14里；威远城守营分管北自云石堡边界起，南至平鲁县威虎堡营边界止，长约15里。从左云界起，至平鲁县界止，沿边共长约168里。明清时这段长城曾五次大规模修葺。

经过五次大规模修筑后，右玉的长城已相当坚固，险要处宽1.5丈，高3.6丈；平缓处宽1.5丈，高1.3丈。包砖段有2处：破虎堡段，由东向西，1.7公里长；杀虎口段，塘子山西至九龙洞桥，2.5公里长。沿边设城堡9座，各堡之间共筑墩台（烽火台）183座，设边墩211座。右玉的长城已成为有战台、墩台、城堡等设置的一条坚固国防线，也正如都督御史詹荣所云：

长城必有台，利于旁击；台必置屋戍卒；近城必筑堡以休伏兵；城下留数暗门，以便出哨。

这条国防线，为保障中原地区经济发展和人民生命财产安全，发挥了重大作用。

如今，右玉的长城虽然历经沧桑，但雄姿依然。墙体绝大部分比较完整，尤其是破虎堡至四台沟段，大约有15公里长。破坏最严重的是杀虎口塘子山至二十五湾段，墙体局部倒塌，里外剥离，个别地方被洪水冲成深沟约有5公里长。两段包砖长城，砖面已不复存在，但仍可采集到残砖、石条等。残砖长44厘米，宽22厘米，厚10厘米，青灰色，质坚硬。残石长1.4米，宽40厘米，厚18厘米。

2004年春，高厚、赵向东决定重新修复杀虎口塘子山至二十五湾段，已完成修复杀虎口东西两侧长城500米，在杀虎口堡跨路的长城上修建箭楼2座。

如今，当你登上杀虎口长城，站在历史与现代的临界，就进入一个真正庄严肃穆的时刻。在上的，是流转阳光的天空；在下的，是腾跃在崇山峻岭峰谷丘壑间的长城。

每一次凝视，都是一次精神的滋养；

每一次仰望，都是一种思想的迎纳；

每一次领悟，都来自对那些历史秘密的诘问。

它把人们心中洇透泪水的深沉情思，带到无限遥远的地方。

长城这一前后修建了两千多年的古代工程，虽然早已失去了它原有的功用，但它作为我国悠久历史的见证和古代世界的伟大工程之一，仍然巍然屹立在祖国的大地上，使我们祖国的壮丽山河更加壮美。

长城是中国的象征，也是中华民族个性的写照，它蜿蜒万里，稳如泰山。

古堡连环。明王朝建立后，被推翻的元朝统治者的残余势力和东北崛起的女真政权，对其构成了极大威胁。明太祖朱元璋把修长城作为当务之急，派大将徐达以秦长城为基础，修筑了东起山海关、西至嘉峪关的长城，并沿长城线修建了许多城堡和墩台，设置了9个边防重镇，派将领统兵把守，建立了牢固的军事防线。大同属九边重镇之一，右玉是大同镇的右卫，右玉的古城堡是当时大同镇防御体系的重要组成部分。当时右玉屯军城堡有右玉城、杀虎堡、威远堡、破虎堡、残虎堡、马营河堡等22个。乡间民堡有黄土堡、红土堡、牛心堡、云阳堡、蔡家堡、十里铺堡、新屯堡等77堡。

整个右玉大地古堡交错，烽台林立，构成了严密的军事防护网。

这些城堡的建成为固守边防、保障中原经济发展和人民生命财产安全发挥了积极作用。

现在右玉有明代兴建的长城遗址90公里，北魏长城遗址8公里，古堡100多座，烽燧140多个。我国关隘文化和军事防御工程的各类形式在这里体现得最为集中和完整。从群雄争霸的战国时期，这个史称"善无"的边关重地，就频繁出现于朝廷的奏报和史书典籍里。沃阳古城的沉积，中陵残垣的不屈在大地上刻录了千古的文明。这里是一个军事家展示文韬武略的舞台，这是一个个封建王朝拓展疆土的标志。慷慨悲歌、血洒疆场的英雄将士，在这片热土上成就了一世英名，捍卫了民族的尊严。

金色古堡

随着历史变迁，这些城堡已经失去原有的防御作用，有些甚至妨碍交通运输，大部分已倒塌。

遍布右玉全境的古代城堡苍劲雄奇，是古代先民保家卫国的历史见证。这些遗存无疑是一笔巨大的资源和财富。

这些古堡是镶嵌在右玉绿洲大地的文化明珠，使这里的生态旅游有了更加迷人的文化风采，是当地独有的个性化资源。

可开发的古代城堡景点有：右卫城、杀虎堡、马营河堡、残虎堡、破虎堡、铁山堡、威远堡、红土堡、牛心堡、云阳堡、上堡、大堡、威坪堡、余官屯等。

还有汉代中陵古城、善无古城、沃阳古城以及具有典型鲜卑文化特征的汉代古墓群依稀在目。在断壁残垣间，随时可以发现明清时期的瓦片或者石碑。

2006年8月5日，中国·右玉第二届生态健身旅游节上，中国民间艺术家协会授予"右玉县·中国古堡之乡"荣誉称号。

朋友，当你走进右玉境内，仿佛步入一处春秋岁月的化石世界。苍茫的大地、跌宕起伏的山野沟壑，蕴藏了近半个世纪历史的边塞军事历史文化，浓缩了明清以来发生在这里的众多故事。自明朝以来，边关长城成了阻隔和联系中原与大漠的一条纽带和天险。饱尝过烽火战事的历练，演绎了春秋更迭的变化，流淌着民族恩怨的岁月，昭示出文化对抗与相融的历程，也就留下了不可磨灭的历史印记。

难以想象的是，在这个有着365个自然村落的小县里，居然有着100多个历史遗存的古堡。数目之惊人，内容之丰富，无不令人惊叹！它是一座集军事、文化、民俗、商业、风情、自然于一体的天然综合博物馆。

朋友，当你远离喧嚣的闹市，走进右玉幽静的古堡群落，顿时一种跨越时空的感觉油然而生。

屹立在塞上右玉大地中的古堡，变成了一尊尊威严的雕塑，成了大地上的艺术品。

古堡之乡，现代生活的古典版，它是一处远离浮躁、污染的清净之地，更是中国古代边塞军事文化的知识库。这里已不再是荒芜、凄凉的代名词，而是塞上绿洲的一个浩瀚林海的世界，一个享有美誉的北国明珠。

古堡之乡，沉睡的古堡群落，随着右玉日新月异的发展与变化，会渐渐地浮出岁月的黄土层，闪现于世人面前，昭示出它那绝世的风采和沧桑的魅力。越来越多的游客，被这片极富特色的土地所吸引……

省文物局局长施联秀深入右玉调研长城和古堡，要求"进一步保护和利用好右玉独特的古代文化资源"

2007年12月28日，山西省代省长孟学农到朔州市调研，听取了右玉县县长陈小洪关于右玉发展生态旅游和古文化旅游的详细汇报。孟学农颇有感触，随即指示省文物局局长施联秀亲自到右玉调研长城和古堡。

2008年1月10日，塞上右玉数九严寒。

山西省文物局局长施联秀在朔州市市长田喜荣，中共朔州市委常委、右玉县委书记赵向东，朔州市副市长王贵平，右玉县县长陈小洪等领导的陪同下，先后深入右玉县杀虎口旅游区、博物馆、马营河、右卫老城、铁山堡、云石堡调查了解了右玉长城和古城堡的保护和利用情况。

在调研期间，施联秀说，近年来，国家和省里都十分重视文物保护工作，先后出台比较健全的法律法规，所以我们一定要依法加强长城古堡的保护工作。这次来右玉调研，感到市县两级对文物保护认识十分到位，领导相当重视，对文物保护倾注了感情，特别是贫困县投入资金建设标准较高的博物馆令人感动。基层文物管理工作人员长年累月默默无闻地勤奋工作，值得表扬。

施联秀要求，右玉下一步要加强机构和力量建设，真正做到每处重点文物都有人去管。要进一步明确每一处文物和城堡古迹的身份，尽快公布一批县级重点文物保护单位，申报一批省级文物保护单位，增加社会各界的文物保护意识和对文物的敬畏感。右玉生态和气候资源独特，人文资源也很丰富，发展旅游产业要增加一些人文景观。

施联秀表示，要尽快帮助右玉邀请文物保护和旅游开发方面的专家制定具有可操作性的综合规划，在保护文物的同时，有重点地修复和利用一批古城堡。近期省文物局要拨专款帮助右玉建立县级重点文物保护单位标志，同时尽快制定杀虎口城门修复规划，列专项资金启动修复工作。

市长田喜荣说，对省文物部门近年来对全市特别是右玉县文物保护工作给予的帮助和支持表示感谢。右玉作为贫困边远地区，这几年做了大量卓有成效的工作，对现有文物资源进行了认真保护，对历史古迹进行了有效的普查鉴别，先后举办了几次西口文化论坛，在理论上、舆论上得到了社会各界的认可和支持，对挖掘西口文化，开发旅游资源起到了积极的推动作用。

田喜荣要求，作为古代中原农耕文化和北方游牧文化交错地带，右玉境内古长城及其附属设施很多，应该是古代长城文化的集大成者，在国内、省内少有，要进一步保护和利用好这些独特的古代文化资源。按照省文物局的要求，下一步要建立机构加强重点文物保护，抓紧对全县范围内古遗迹的调查规划和建档工作，分类鉴别身份，进行重点保护。要坚持保护和开发利用相结合，在保护性开发的前提下，确定一批重点古迹和重点文物与旅游业发展对接起来，把生态资源、历史资源、文化资源尽快转化为经济资源。对右玉的古城堡保护开发，市政府要继续关注支持，近期要拨专项资金帮助右玉加快杀虎口古堡、右玉古城的修复和利用，力争形成新的旅游景点。

"省文物局局长施联秀和田市长来右玉的调研，无疑对咱右玉的古文化保护和利用是'雪中送炭'，太及时了！"夜深了，赵向东和陈小洪还在谈论着右玉古文化保护和利用，脸上泛起一阵又一阵的笑容。

很快，他俩作出决定：

1. 制定出台《右玉县长城古堡保护管理办法》，县、乡、村三级都成立长城古堡文物保护领导组。

2. 成立右玉县文物保护管理所，由县文化局一名副局长兼任所长，配备专职副所长2名，工作人员5名；组建3个重点文物保护站。

3. 县财政每年预算经费15万元。

4. 配备文物考察专用车1辆。

5. 责成右卫镇、杀虎口旅游区、县旅游局、县文化局迅速对右玉古城和杀虎口古堡进行修复规划设计，并请专家审查把关，全面铺开修复工程。

6. 对右玉县境内古长城和沿边古堡的考察工作全面展开。

7. 配合省、市文物部门做好第三次全国文物普查、田野调查和文物信息资料的采集、汇总、上报等工作。

……

朋友，不用多久，右玉县古文化旅游——一个个引人回味深思的旅游景点，将会显现在您的面前。

古衡阳的十大景观

右玉县古称衡阳。

据清雍正年间的《朔平府志》记载，衡阳有十大景观，即风台览胜、绿圃柔茵、混元流碧、兔渚回纹、牛心孕璞、雷峰占雨、圣泽蒸云、贺兰插汉、曲涧鸣泉、锦石呈纹。

衡阳十景因其山水奇异、风景独特而闻名遐迩，曾经吸引了无数踏青观光者流连忘返，题诗吟咏。

（1）绿圃柔茵

在右卫城北门外3公里处的马营河畔，占地10余亩，地处山水向阳之滨，春天阳气回升较早。每当初春时，大地还未解冻，草木还未萌发，这里便碧绿交翠，绿茵如毯。有诗云：

边城同黍谷，绿圃占先春；
叠翠罗青幕，群芳铺绣茵；
向阳花易发，近水草偏匀；
大造恩光溥，中天雨露新。

（2）兔渚回纹

在右卫城北8.5公里兔毛河与苍头河汇流出口之处。兔毛河与苍头河流到骆驼山下，水中遇一沙岸蔓延的小洲，将二水流速减慢，合为一体。由于二水冲力的摩擦碰撞，汇流之处平波潆洄水面，恍似皱縠纹生；山光蘸影，犹如彩笔临池，溯洄从之，殊有雅致。有诗云：

天池临彩笔，兔水映波纹；
泼墨浮烟岛，挥毫溶浦云；
平风摹柳骨，静浪篆颜筋；
河海逢清晏，荣光织锦文。

（3）圣泽蒸云

泽地位于右玉县威远城西约15公里处的尖山龙王庙前。其水从山麓涌出，清冽可鉴。左有天桥，右有龙湾，青山绿树掩映萦回，云蒸霞蔚，十分壮观。据传，遇旱祈雨得水辄应，因此得名"圣泽"。有诗云：

朔方称圣水，处处略相同；
庙古云龙见，泉深雾气蒙；
屯盈流品物，解作妙神功；
霖雨崇朝偏，名山大泽通。

（4）曲涧鸣泉

涧水在右玉县威远城西。涧溪回环，泉水叮咚，流经数十里。沿岸苔绿蓼红，鸟飞凫浴，草肥水美，风景秀丽。常有踏青游春者，乘天朗气清，景媚花明之日，载酒流觞，居然兰亭之胜。有诗云：

流觞传曲水，盘谷傲兰亭；
引流通微渚，疏渠绕浅汀；
溯洄杯自至，泛滥酒无停；
谁道边城客，无能设地灵。

(5) 锦石呈纹

锦石在右玉县威远镇南约25.5公里处的泥沟山上。此山多纹石，石有山水、花鸟、虫鱼、动物、人物等形状，其色泽滑润，质理细腻，琢磨成器，华美可珍。有诗云：

节彼南山里，云根彩石呈；
离奇疑积玉，磊落若堆琼；
秀色殊堪玩，媚姿尽有情；
美哉瑚琏器，雕琢自天成。

(6) 贺兰插汉

贺兰山，古东胡、鲜卑贺兰部落聚居而得名，俗称大南山，位于右玉县城西北4公里处，威远城东北7.5公里处。山势巍峨，气势雄伟，高约500丈，盘踞六余里。山坳间有一座显明寺，寺内竖孝文碑一座。寺西有神泉水，山腰有子陵洞，加上山顶上的北魏陵墓，构成了贺兰山迷人的景观。若遇阴霾蔽空，贺兰山便像一把利剑直插霄汉。此时游人登临远眺，恍若置身天际，似有飘飘欲仙之感。因此古人称其为"贺兰插汉"，列为衡阳十大景观之一。

显明寺位于贺兰山东南山腰，坐北朝南，分正殿、东殿、西殿、前殿四个部分。正殿与前殿为硬山顶，东殿与西殿为悬山顶，均为砖结构，布局严谨，气势宏伟，雕梁画栋，琉璃飞檐，是典型的明代建筑。整个寺院占地面积约600平方米。

历代文人墨客对"贺兰插汉"多有吟咏。清雍正年间进士、朔平府平鲁县学博士、为《右玉县志》作序的河东翼城人王阳有诗云：

北地推山薮，称名独贺兰；
孝文曾驻跸，高隐亦盘桓；
洞遂仙风杳，峰高露气寒；
碑残浑不辨，吊古发长叹。

清雍正年间举人、朔平知府刘士铭有诗云：

列壑群峦气郁葱，狼烟消尽翠横空；
指云秋霁宵拂云，回乐春深晓度鸿；
绿字苔封文帝碣，朱甍灯照法王宫；
谁凌绝顶窥星汉，一扫棍枪早挂弓。

在众多的诗作中，虽然各有千秋，但清雍正年间举人郭树楷的律诗，在意境和切题上似乎更胜一筹。其诗云：

> 边城胜迹壮游观，千载崔巍此贺兰；
> 石洞来时堪论古，温泉浴罢好弹冠；
> 风生谷底诗怀爽，雨过村前洒力单；
> 恍似飞身霄汉里，山川俱向雾中看。

贺兰山，曾以它神奇的景观和频繁的佛事活动吸引了众多游人和香客。它曾给这一方土地山河带来繁荣，在它周围也曾演出过一幕幕异族争战与部落兼并的悲剧。随着时光的流逝和时代的变迁，它逐渐由繁荣走向衰落，由喧闹走向沉静。现在，贺兰山留给人们的是历史的痕迹和考古学家无休止的探索和思考。从2012年开始，贺兰山景区已恢复重建。

（7）牛心孕璞

牛心山位于右玉县城东北6.5公里、牛心堡村南0.5公里处。该山孤峰兀起，顶平底圆，高约500丈，盘踞5.5公里。北山坳间，左右各有一天然黑石峡谷，峡谷内有一空洞，远远望去宛若牛睛，又像牛心，孔窍冬不积雪，夏不生草。山下清泉澄澈，潺潺可爱，烟霞环绕，云霭拱翠。有诗云：

> 造物钟灵秀，牛心耸翠峦；
> 崔嵬形壁立，突兀势盘桓；
> 两孔开中窍，孤峰列顶冠。
> 超然尘世外，卓矣此奇观。

因此，古人称为"牛心孕璞"，被列为衡阳十大景观之一。

明嘉靖年间，朝廷内兼理驿马都监的大太监杨林茂（字昌芝），于陕甘宁办完公事，返京途中路过牛心山，登山远眺，塞上美景尽收眼底，于是无限感慨地说："此山不与群山为伍，孤峰峻起也！山后有黑石二峡，形圆如月，夏不生草，冬不积雪，人皆为牛睛也。此山灵异，何不建寺以助奇观哉！"高兴之余，这位杨公公便慷而慨之地拿出自己的俸金积蓄，责成当地官府，在山上建起一座寺庙。整个庙宇坐北向南，分西院、中院、东院、后院四个部分。其中西院、东院、后院为跨院，依山势所建，地势比中院略低。寺庙建筑均为砖木结构，除中院正殿为歇山九脊顶外，其他各院正房殿宇均为硬山顶，其结构严整，布局合理，外观雄伟，是典型的明代建筑。

从山脚下的西北方起，顺着蜿蜒曲折的山间小路向顶端攀登，登九级黑石台阶，进第一道山门，便是寺庙的西院。西院占地面积约五丈见方。

西院正殿为文昌殿，面宽一间，进深一间，供奉着

从2012年开始恢复重建的牛心孕璞衡阳旅游景区

主管人间功名利禄的文昌帝君。东西偏殿分别是灵宫殿和瘟神庙。

中院正殿为玉皇殿，面宽三间，进深三间，飞檐下悬一巨匾，上书"灵霄宝殿"四个大字。

东院正殿一间，供奉着掌管人间生死的东岳天齐大帝，也称东岳大帝，是道教所供奉的泰山神。

后院占地仅有二丈见方。院内有一间房大小的坐南朝北的文殊庙。文殊菩萨端坐正中。

与寺庙主体建筑配套的还有两处附属建筑，就是南山脚下与北山脚下的两座乐楼。过去，每年农历四月初八日为奶奶庙会，在北乐楼上唱戏。五月初五日为牛心山庙会，则是南乐楼唱戏的日子。

牛心山寺庙的佛道活动，曾经盛极一时，特别是两个庙会期间，钟磬齐鸣，香烟缭绕，善男信女，登山赴会，踏青游春，熙熙攘攘，热闹非凡。然而，牛心盛景并不会永世长存。

1948年，当地民兵队伍中的个别人怕敌人抢占牛心山寺庙，便在寺庙里放了一把火，一切建筑顷刻化为灰烬。守寺庙的青城、法显两位僧人迁徙到五台山。现在，留给人们的只是美好的回忆和无限的惋惜。

2006年8月16日，山西省文联原副主席、著名诗人董耀章游览了牛心山后，欣然作诗一首《牛心山感怀》：

牛心犹见睡美人，粉态娇姿欲动情。
玉露含羞半遮面，轻纱微罩意朦胧。

令人欣慰的是：从2012年伊始，县委书记苏连根、县长苏斌如采取集资和企业捐资等办法，分三年总计投资2760万元，由山西省古建研究所专家规划设计，责成牛心乡和县文管所开始了牛心山古迹原貌修复工程，山顶楼阁已重建，入山的水泥路、上山的盘山台阶已铺就，停车场等其他配套工程正在施工中。2013年6月12日，右玉县举办了首届牛心孕璞文化节，游人重览牛心孕璞风姿的愿望得以实现。

2014年，在牛心孕璞北麓修建了大型牛心山滑雪场，成为右玉继小南山滑雪场后的第二个大型冰雪旅游之地。牛心孕璞2017年又被列为右玉火山颈群国家地质公园。

2017年，在牛心孕璞北麓新建了美丽壮观的木质登山台阶，极大地方便了游人登山到顶游览寺庙。

（8）风台览胜

风神台位于右卫城东北0.5公里处的山岗上，原是护城楼，贮藏军械。清康熙年间始建文昌阁、关圣殿和风神祠，是一座颇具规模的寺院。寺院由下院、中院、后院三部分组成，下院前有寺院的附属建筑乐楼一座。整个寺庙面南坐北，依岗布设。

登上风神台，俯瞰右玉城，全城景色尽收眼底。城平面呈扇形（西南缺一城角），风神台好像扇轴。城内建筑雄伟，寺庙林立，商店民宅鳞次栉比。城上空青烟袅袅，蔚蓝色的气体笼罩着全城，宛如汪洋泽国。有诗云：

> 衡阳东郭外，胜迹首风台；
> 武库先年备，文明一旦开；
> 名公挥彩笔，壮士把琼杯；
> 历览崇阶上，云霞四望来。

因此古人将这种奇特的景观列为衡阳十大景观之一，谓之为"风台览胜"。每年农历六月二十四日，城内骡马社主办封神台庙会，远近民众及城内居民都要登台赴会，男女老少，熙熙攘攘，热闹非常。可惜这样一处游览胜地，1947年9月解放右玉城时被炮弹炸毁，竟毁于战火之中，留下来的只是一片残石乱瓦。

在右卫城外东北处，北与风神台相接，建有一座革命烈士墓，墓内安葬着1947年9月8日和1948年3月23日两次解放右卫城时牺牲的晋绥野战军独立第三旅革命烈士。

（9）混元流碧

混元峰位于右玉旧城北约10公里、杀虎口东2.5公里处的樊家窑村北，峰峦重叠，山势雄伟。半山坳间有两处奇特的山洞，当地村民称之为真假神仙洞。真洞在混元峰靠西半山腰的悬崖下，据传此洞远通杀虎口旧堡。假洞在混元峰东侧，有并列的两个洞口，均深10余米，宽约4米。两洞深处相通，洞壁绘有神仙壁画。东洞口筑有石桥一座，越过石桥便可进入洞内。现在洞内石桥与壁画早已不复存在，但仍可看到一些遗迹。

混元峰的东山湾处有一山泉，泉水从石缝中汹涌外泻，清澈透明，汩汩流淌，穿流于山石林荫之间，山清水秀，风光幽雅。特别是春夏之际，秀水潺潺，奇峰叠叠，岭上百花争艳，崖下千草斗荣。有诗云：

> 紫塞峰高起，混元莫与齐；
> 阁虚通帝座，登险陟天梯；
> 野鸟鸣芳树，清泉绕绿畦；
> 山明兼水秀，不减武陵溪。

古人因谓之为"混元流碧"，列为衡阳十大景观之一。

因混元峰自然风景优美，古人便在山上建起了寺庙。混元寺坐落在混元峰山脚下，坐北向南，依山傍岩。整个寺庙由上院、下院和庙前建筑三部分组成。游人入混元寺游览，首先看到的是庙前的一座木牌楼，飞檐斗拱，蔚为壮观。牌楼支柱前有一大水池，长5米，宽3米，呈椭圆形，旁边建一凉亭。牌楼东西山脚各有一眼天然小泉，泉水冬夏不停地注入水池内。水池北竖有一块长方形石碑，上刻"得趣台"三个大字。

越地牌楼，是依山势所筑的倒凸字形平台，寺庙的下院就坐落在这个台上。从台下登72级青石台阶，便是头道山门。山门面阔二间，进深一间，两边塑青龙、白虎像。进入下院，左侧是钟楼，右侧为鼓楼，正面是九间大殿。中间正殿面宽三间，进深一间，为真武殿。东三间是斗母宫，西三间是龙王庙。东西各有厢房三间，是守庙人的居所。石垒的围墙圈护着整个寺院。真武殿内真武造像，左手捏印，右手执剑，威风凛凛，一派降魔镇邪的气势。斗母宫也叫猪娃子庙，供奉着一座六臂的斗母娘娘，脚下卧有泥塑母猪一口，12只猪娃子趴在母猪身边。

据说这种庙全国罕见。龙王庙内供着红、白、蓝、黄、黑五种脸色的五位龙王，墙上为《出宫行雨图》壁画。

出下院再登上72级台阶，便到了花栏墙护围的上院，正面是玉皇阁。玉皇阁内供奉玉皇大帝。楼阁建筑极其精巧，飞檐斗拱，脊兽翘角，角檐上的风铃铮铮作响。玉皇阁上方悬崖峭壁处竖有一块长方形石碑，上书"混元峰"三个大字。此碑至今犹存。在庙外的山坡上还有寺庙的附属建筑乐楼，面宽三间，进深三间。过去每当六月夏收季节，混元寺都要举办庙会唱戏，赶会观景的人络绎不绝。

据碑文记载，混元峰玉皇阁及寺院建于明嘉靖年间，明清时曾多次修葺。抗日战争期间，被住在杀虎口警所的伪军拆毁。现在混元峰寺庙留下的只是一些遗迹和一个经过重新修葺的民用饮水泉。

（10）雷峰占雨

雷公山位于右卫城西5公里处，峰峦奇峭，涧道萦回，气势雄伟，南北绵延数十里。主峰雷公峰，海拔1491米，对面山坡上树木丛生，杂草茂盛，山峰北坡上白石裸露，寸草不生。据《朔平府志》记载：

　　山巅白石凿凿，

　　久旱则其石燥若焚，

　　将雨则础汗生润，

　　土人凭之以占阴晴。

这即是常说的"月晕而风，础润而雨"。每当阴雨将至，从右玉城内眺望该峰，向阳的山坡水光闪闪，犹如数道瀑布倒挂山上，当地群众称之为"雷公山泻了"，即日必有阴雨，有时说话之间就下起雨来。有诗云：

　　名山传胜境，蹑屐试来寻；

　　白石光而润，寒泉洌且深；

　　神功参造化，圣泽沛甘露；

　　殿阁森然列，雷公祀古今。

因此，古人称之为"雷峰占雨"，列为衡阳十大景观之一。

因"雷峰占雨"景致奇特，古人便在山上建起了寺庙。明代首先在主峰东侧建造了寺庙，清康熙年间扩建，后又多次增修扩建，才建成了一座颇具规模的寺院，起名慈云寺。慈云寺坐北向南，依山而建，殿堂楼阁30多间，嵯峨磅礴，雄伟壮观。踏着山门外二十级白马牙石阶拾级而上，便进入天王大殿。殿内东西分坐着东方持国天王、南方增长天王、西方广目天王、北方多闻天王。四大天王俗称四大金刚，分别司风、司调、司雨、司顺，合起来即为"风调雨顺"。

慈云寺西侧建有一座龙王庙，专供村民求神祈雨。龙王庙对面是一座砖木结构的乐楼，每年农历六月庙会期间在这里唱戏，以求风调雨顺、五谷丰登。庙会期间，右玉城内的士、农、工、商皆登山赴会，人山人海，热闹非凡。慈云寺内祈神求佛、焚香敬庙者络绎不绝。

雷公山峰对面是一高大的黄土山岗，游人登上岗顶，可以远眺雷公山全景。只见那白云袅袅，山色漾漾，峰峦层叠，殿阁嵯峨，曲涧潺潺，百鸟啾啾，真乃是一幅天然的美丽画图。

笔者儿童时，曾相随父母或约几个顽童经常来这里游玩，那时确实热闹非凡。

随着历史的变迁和自然变化，慈云寺现在已不复存在，给人们留下的只是一片遗迹和美好的回忆。

宝宁寺及《宝宁寺明代水陆画》

宝宁寺，俗称大寺庙，坐落在右卫城内东大街右玉中学院落内，始建于明天顺四年（1460）。原由大雄宝殿、天王殿、前殿、配殿、钟鼓楼和牌楼等建筑组成。由于战争破坏，现仅存大雄宝殿和天王殿。二殿坐北朝南，雄伟壮观。宝宁寺是明、清两代官员上任和举行庆典朝拜的圣所，也是明朝右玉林卫和清朝朔平府的一大禅林。因其珍藏明朝嘉靖皇帝御赐唐朝画家吴道子所画的"水陆神帧"而闻名于世。宝宁寺于1996年被公布为"省级重点文物保护单位"。

《宝宁寺明代水陆画》为存放于右玉县宝宁寺做水陆道场的佛教绘画，现有139幅，相传为唐代吴道子所画。但从绘画内容、人物服饰和技艺上来看，实为明代宫廷画师和民间艺人的作品。

此画绢本设色，黄绫装裱，为全国仅有的一套完整的水陆画。画面内容极其丰富，有描绘佛门诸众、凡间人物、帝王嫔妃、官吏将士、贤儒名流、孝子烈女、百家九流的，也有反映世间艰难生活的，比如饥荒饿殍、弃妻散子、刑场无辜、火烧水淹等人间灾难。这些绘画作品人物众多，场面宏大，深受佛门弟子和群众的喜爱。

右玉人民曾把这套水陆画视为"神物""国宝"，虽屡经战乱，却保存完好无损。抗日战争爆发后，为了免遭日军抢掠，右玉城各商行的一些爱国人士冒着生命危险，把画分散到各自家中

《宝宁寺明代水陆画》封面

保护，达八年之久。解放战争开始后，为了不使水陆画落入国民党反动派手里，又由本城开明绅士侯保山转移到绥远（今内蒙古呼和浩特市）保存。中华人民共和国成立后，右玉县政府派员去绥远把画接回，使这一艺术珍品又回到人民手中。这套水陆画现珍藏于山西省博物馆，已由文物出版社出版《宝宁寺明代水陆画》画册。

2006年春，右玉县委、县政府又将水陆画仿制品悬挂在杀虎口博物馆"宝宁寺水陆画陈列室"里，供游人鉴赏。

右玉道情剧团在马营河乐楼舞台上做演出准备

西口古道第一村——马营河村

马营河明代乐楼

马营河明代乐楼坐落于右玉县杀虎口旅游区马营河村村南五圣庙对面，是朔州市现存最完整的一座古代戏台。乐楼是五圣庙建筑群的一个重要组成部分。清代五圣庙属住在当地的正蓝旗管辖，一度壮雅恢宏，香火旺盛，成为右玉境内一大景观。

马营河乐楼构架独特精巧，工艺精湛洗练，特别是木雕、砖雕、石雕玲珑剔透，素雅大方，达到了巧夺天工的境地，具有浓厚的生活气息，观后令人赞叹不已。它是朔、同地区仅存的一例，也是研究我国明代建筑的绝好素材。无论建筑艺术和雕刻艺术，都达到了较高水平，是研究晋北古代建筑艺术和雕刻艺术不可多得的实物资料。

2013年春，杀虎口旅游区牵头多方争取投资，对乐楼对面的五圣庙进行建成近200年后的第一次重新维修。2014年5月正式对游人开放。

五圣庙创建于清康熙二十六年（1687），为清初康熙年间正蓝旗香火地。五圣即风、火、水、禾、龙五诸神。

生态旅游的十二大景区景点

从赵向东到陈小洪、苏连根带领四大班子成员及右玉人民，经过九年的艰苦努力，生态旅游开发方兴未艾，成为右玉县域经济的新亮点。初步建成小南山森林公园，四五道岭塞北草原，贾家窑山松涛园，杀虎口古文化生态旅游区及博物馆，苍头河生态走廊，中陵湖度假区，海子湾水库生态景区等一批景区景点，使右玉由旅游资源大县快速向旅游经济强县迈进。

小南山森林公园

小南山森林公园面积12500亩，公园以山地游赏自然风景园林为主，是一处融旅游、观光、休闲于一体的县城周边森林公园。

以小南山为标志，以周围的牛心山、贾家窑山、贺兰山、双山夹、段家山等五座山为延伸，通过针阔混交、花灌结合、疏密穿插等有效的绿化方式，绿化面积达到95%以上，实现了绿色屏障环抱县城的独特景观。

小南山林区，1956年3月延安五省（区）青年造林大会后，县委书记马禄元集中组织全县青少年和周围的村民突击二年，营造本地杨树3777亩。

从1977年开始，县委书记常禄组织县直机关干部开始营造针叶树100亩。同时在小南山至二道河两岸的龙须沟连续造林4300亩，其中乔灌混交林1200亩，从此，龙须沟被包围于层叠的林海中。

1996年5月，作为右玉县机关干部义务植树基地和青年林基地，县直机关干部职工个人捐资购买苗木，带头参加义务劳动，进行生态绿化，坚持不懈地进行建设。

特别是2003年以来，小南山绿化又被列入朔州市生态建设重点工程，成为朔州市规划建设的森林公园之一。

从2003年开始，高厚、赵向东开通了景区道路，实现了乔、灌、草立体种植，针、阔、花科学布局，建成了亭、台、坛、楼、阁齐全，花、灌、路、园、湖为一体的立体配套的彩色生态公园。

为了给群众创造一个良好的休闲游乐场所，先后新建了公仆亭、紫塞亭、知春亭、翠竹亭等一些各具特色的景观亭。

2006年，赵向东、陈小洪决定把牛心山龙泉沟泉水自流引水上山，修建了玉林湖、玉林东湖、假山池沼、瀑布桥梁、休闲会所等一系列景观。

立足于提高旅游品位、提升景区档次，又铺开了"一路、一场、一坛、六湖、三园"五大建设工程：

一路：拓宽生态旅游路并铺油路5公里，新开通生态旅游路22公里，两侧栽植6—8行行道树20余万株。

一场：新建公园广场一处，完成4—5米樟子松、油松行道树3000余株，点缀垂榆、垂柳、国槐、龙爪槐、金丝柳等阔叶树2000余株，点缀丁香、卫矛、水蜡、云杉、红瑞、玫瑰等花灌木10000余株，同时，完成道路和停车场硬化22000平方米。景观湖湖底渗和驳岸工程形成蓄水量8000余方、水深50—80厘米、水面面积10000平方米的景观人工湖，建造仿古树景观大门和重檐八角凉亭各1座。

一坛：新建1200平方米花坛1座，种植芍药等花卉2000余株。

六湖：小南山北部的3个人工湖、山南侧的2个水库和1个人工湖。其中玉林一湖水域面积69亩，二湖"鹤栖湖"水域面积50亩，三湖"鹿鸣湖"水域面积70亩。含义为"鹿鹤同春"，与"寿比南山"暗合。二湖和三湖扩建工程，完成4—5米大树点缀移栽800余株，乌柳、卫茅等4000余株；同时配套建设8米跨度砖拱桥1座、3跨80米吊桥2座。湖内放养鹅鸭等观赏动物，增添水上游船等多种娱乐设施。2009年又在鹤栖湖上新建了美丽壮观的水上曲桥。

三园：新建花卉园、花灌园和一处千头梅花鹿养殖园。

2006年，赵向东、陈小洪新组建了小南山公园管理委员会，新建了人口广场；新建了民风、民俗、民间艺术展示区等不同的功能区。沿景区道路两侧新建了青春园、公德园、同心园、双馨园、星星花园、同根园、先锋林、战友林、爱心家园等9处义务植树教育基地。新建了雕塑广场右玉丰碑。在小南山公园南侧新建了可供63人住宿，200人就餐的鑫宇度假村。2018年底，鑫宇度假村整体卖给右玉干部学院作为学员公寓楼。

小南山森林公园，2005年6月1日被中共右玉县委、县人民政府命名为"右玉县爱国主义教育基地"。

经国家体育总局批准，右玉县小南山公园为"2006年全国青少年户外体育活动营地"。

2006年至2007年，共青团右玉县委组织全县共青团员个人捐资在小南山森林公园东部建成的"青春园"彩色生态观光园区。

2008年8月4日,中共山西省委党校、山西行政学院"生态文明建设教学基地"挂牌仪式在右玉小南山森林公园绿化纪念馆举行。左为中共山西省委党校副校长高健生,右为中共右玉县委书记陈小洪。

"营地"建设是新时期探索整合社会体育资源,为青少年提供形式多样校外活动场所的有益尝试,是山西省青少年校外活动的重要场所,具有示范性和探索性特点。已投资146万元,由县文体局局长庞日亮具体负责建成的"营地"活动项目有:争先恐后、波浪荡桥、飞行滑车、超级翻越、未来勇士、攻城墙、训练爬网赛道、攀登等。

2007年5月,赵向东、陈小洪为了学习和传承右玉精神,在小南山森林公园北侧新建了令人敬仰的右玉绿化丰碑广场。2008年,小南山森林公园设立导游图,开发电瓶车,增加双人骑车、攀岩、漂流、自驾车旅游等项目,开设青少年素质拓展夏令营,使娱乐性和参观性有机地融入观光旅游中。

小南山森林公园西侧的仿古龙古松建造的大型门楼"南山览胜"和高高矗立在南山顶峰西北侧的由县改革发展局局长耿润负责从全国石雕之乡——河北省曲阳县制作安装的高8.88米的银白色"三面观音"雕塑广场,以及由县安监局局长闫维忠负责施工,投资140万元建设的286个造型精美的大理石护栏台阶,为公园增添了奇灵的氛围。

2008年8月4日,中共山西省委党校、山西行政学院"生态文明建设教学基地"挂牌仪式在小南山森林公园举行。中共山西省委党校副校长高健生一行70多位专家、教授与右玉县领导陈小洪、苏连根、李月明、解志强、吴晓斌、张祥、庞明明等参加了挂牌仪式。

2009年,省纪检委在此开工建设全省干部培训基地。与此同时,省直机关工委、省民政厅、省交通厅、省国税局、中

2006年县直机关全体共产党员个人捐资在小南山森林公园中部建成的义务植树教育基地——先锋林。

2006年建成的小南山森林公园西入口仿古树景观大门

2009年新建成的小南山二湖（鹤栖湖）上美丽壮观的水上曲桥

北大学等部门和院校也在这里建立了干部教育和教学基地。

2009年，陈小洪、苏连根投资260万元，责成县水利局局长徐发负责建设小南山二湖曲桥工程。其中，完成湖面东西曲桥430米，东西平台560平方米，大理石围栏880米，八角平台1座，六角平台1座，水榭茶楼3间，人行道水泥路260平方米。为二湖旅游休闲提供了新的景观。2010年，陈小洪、苏连根责成小南山公园管委会主任刘耀完成玉林湖露营宾馆建设和小南山生态文化广场建设。同时开通建成了从南出口路东与玉林湖连接的新的生态旅游观光大道，入口的门牌上"右玉小南山旅游景区"几个黄底黑字分外耀眼。

2009年12月8日，山西省人民政府批准小南山森林公园为"省级城郊森林公园"。2012年10月，在小南山森林公园风景区东南角的半坡上，在南出口大道通往鑫宇宾馆南侧，一条新修的柏油路向东2公里处，一座崭新而恢宏的建筑群展现在人们的眼前，这就是新落成的干部教育右玉基地。2016年改建为右玉干部学院。

该基地占地面积150亩。项目建设投资9000万元，绿化投资1340万元。教育基地由综合教学楼、绿化纪念馆、会议报告厅、餐饮服务楼、普通公寓楼、高级公寓楼、大草坪广场7部分组成。总建筑面积19234平方米。可同时容纳300人餐饮住宿。项目于2009年8月开工，2011年8月由山西省煤炭运销集团朔州有限公司接管建设。2012年10月投入运营。2017年更名为右玉干部学院。

游人在小南山森林公园三面观音前留影

右玉人把爱心洒满大地，

绿把浓荫撑满心田。

科学研究认为，人的视野中绿色达到25%时，绿荫对人的神经系统有镇静作用，让人感到心情愉悦。森林又是一种天然氧吧，1公顷阔叶林每天可吸收1吨二氧化碳，放出730千克氧气，净化1800立方米空气。森林放出的氧气中相当部分是离子态氧，人称负离子氧。这种被誉为"空气维生素"的负离子氧，对人的呼吸、循环系统十分有益，能使人心情舒畅，食欲增加，睡眠良好，精力充沛。

绿色，已成为当今时代人们寻求健康生存的希冀与心理支撑。

为方便市民和游人晨练健身和旅游观光，2015年县委、县政府责成县住建局设计、县交通局具体实施，开通了从滨河东路滨河华府住宅小区与县城体育广场之间至小南山森林公园北出口上山的3公里长、5米宽的人行旅游大道，与小南山旅游区西门向东的柏油路拐弯处衔接。在该大道的二道河上新建了造型精美的跨河木质浮桥，在上山的山崖处新建了大理石铺筑的42个台阶和刻有花草图案的白色大理石护栏。整条大道由砖石与柏油铺就。大道两侧，由县水利局局长王旭东组织，曾任职10年县园林处主任李胜督查，"森林卫士"、园艺师李弼规划设计，右玉县占龙水利建筑工程有限公司具体实施，栽植了云杉、樟子松、乌柳高低三个层次的绿色景观，每株云杉由彩色牵牛花相伴，与滨河湿地公园相映衬，成为小南山森林公园北入口的一处十分靓丽的景观。每日凌晨，成百上千男女市民从此处入山锻炼身体，吸吮森林公园中格外清新的"森活素"（即植物杀菌素）和负离子氧，享受着"森林浴"，提高免疫力，开始了幸福生活的每一天。

朋友，当你登上小南山森林公园最高点的观摩厅，环顾四周，扑入你视野的是：松涛阵阵，林海茫茫；清风送爽，碧水蓝天；湖光山色，鸟语花香；山路弯弯，亭台遍布；城中有园，园中有城的一派塞上江南美景。美其名曰"南山览胜"。

小南山森林公园已真正成为集旅游、娱乐、健身、休闲为一体的令人向往的好地方，是国内外游客学习感悟右玉精神的首选之地，是右玉干部学院现场教学点之一。

杀虎口古文化生态旅游区

杀虎口古文化生态旅游区从2002年3月开工建设，到2005年8月完成一期工程。之后，按照"因地制宜、统一规划、集中连片、规模开发、分步实施"的原则，运用林业、水利、农业、科技等综合措施实行古建筑修复与山、水、田、林、路综合建设。规划总投资1.3亿元，分8年建设，共14大开发景区：古长城景区、长城军事博物馆、古商贸街区、杀虎口民俗文化区、地方特色食品街、畜牧养殖区、农副产品加工区、自然风景区、晋北风情文化林、游牧民族度假村、生态景园、杀虎口旅游新村、万壑层林及配套工程。

2004年，杀虎口旅游区完成投资1500万元，建成了博物馆和明清仿古一条街，修复古城楼两座、长城700米，修复魁星楼并建凉亭一座，新建广场8000平方米，新建祭稷坛、探月亭、揽月亭各一座，硬化主街道300米，新建唐子山观光水泥路8公里。生态景区规划面积2.4

万亩。2004年以来已栽植高杆杨13300株，栽植高1.5米大苗樟子松3680株、高0.8米以上大苗樟子松17300株、高0.4米以上樟子松61500株，大苗云杉5600株；栽植野玫瑰22000株，杜仲3000株；栽植仁用杏30000株；栽植柠条和沙棘苗3600亩。总计栽植各种乔灌木5万多株。新修林道13.5公里，机修梯田180亩，修筑沟道谷坊工程55座，建龙门架一座，栽立开发标语牌42块，建观摩景点2处。

最引人注目的是经过3年多建设，建成了初具规模的博物馆。博物馆背依青山长城，坐东朝西，仿佛是一座珍藏宝库。

杀虎口博物馆

右玉县杀虎口博物馆成立于1976年，有藏品2000余件。2006年，博物馆从右玉县城整体搬移至杀虎口。博物馆重新布展，进行了主题为"历史的驿站"的规划布局，展示了右玉独特的边塞文化、军事文化、晋商文化、西口文化及生态文化。与重新修建后的杀虎口古关构成一体，成为一道可观、可游的引人入胜的旅游景点。

2016年重新装饰布展的右玉县（杀虎口）博物馆，游人如潮。

坐落在杀虎口古长城东南侧、塘子山脚下的杀虎口博物馆，2004年由太原理工大学设计院设计开建，到2005年冬建成布展。整个建筑气势庄重典雅。当你从造型奇特的棋盘广场踏上24个台阶便步入博物馆内。馆内北侧是右玉县通史陈列馆，馆内南侧是杀虎口文化陈列馆。馆外北侧有水陆画布展厅。

步入大厅，首先进入眼帘的是设计新颖的一本竖立的书型，书的正背面印贴着"历史的驿站"四个字；书的右侧封面印贴着"回望西口"四个字；书的左侧面印贴着"右玉史话"四个字。

书的正面首页上写着：

　　序言
　　历史的驿站
　　历史的驿站——山西右玉
　　在数千年的历史节目中，远古先民的拓荒
　　万里长城的绵延，兵戈铁马的征战，
　　异域民族的相融，匆匆商旅的车辙，
　　都曾在这里驻足，留下了深深的印记。

在馆内大厅正面是一张偌大的右玉地形电动彩色沙盘。正墙上是大幅右玉山川油画。在博物馆南部展厅的入口版面上写着"回望西口"。

> 杀虎口是万里长城的一处重要关隘,古称"参合口"。明清以来,综称"西口"。
> 我们掀开尘封的历史,秦征胡虏、汉伐匈奴、唐战突厥、宋驱契丹、明御元蒙、清平西乱,两千年来战火绵延不断。铁骑弯弓,英雄冲冠,一幕幕战争的活剧,在这里演绎得淋漓尽致。
> "国家之储,北边为重"。杀虎口是历史上的重要税卡,作为中原与北方境外通商的必经之地,山西商人的脚步,从这里出发,伴着艰辛的车辙,辗出了生路和边镇的繁荣,也催生了"西口文化"。
> 与岁月相伴,长城脚下的人家,百姓那浓浓黄土风情的日子,一缕青烟,几声鸡唱;汗浸沃土,满炕杂粮,老屋新人,笑在心上。续写着历史,积淀起特有的民俗文化,令人向往。
> 右玉西口,留住了历史,也书写了今日的畅想。

南厅展览分为三个单元。第一单元:不到长城非好汉;第二单元:西口古道天下晋商;第三单元:淳朴民风撩人醉。

在博物馆北部展厅的入口版面上写着:"右玉史话"。

> 右玉,一个充满人文的地方,一个驻足历史的驿站。
> 史前文明,拾捧先祖的智慧;长城脊梁,解读战争的真谛。从群雄争霸的战国时期起,这个叫"善无"的地方,诸侯旌旗射猎,就活跃在了历史的舞台。
> 古城关隘,一砖一瓦的沉思;酒樽彝器,金光依旧的国宝;仿佛又让我们听到了千载不绝的战马嘶鸣,看到了封建王朝拓疆扩土的驰骋,异域民族的交融。
> 西口故道,商旅粮盐的车辙;万里商途,艰辛和企盼的缘起;在这里,明清时期的山西商人,纳粮输盐固边,又开拓了中原与草原的通商之路,终成巨擘。
> 走近右玉,让我们解读这片拥有神奇魅力的土地。

北厅展览分为五个单元。第一单元:远古先人的踪迹;第二单元:胡服骑射,始称"善无";第三单元:汉魏重镇,国宝叙融情;第四单元:屏卫盛唐;第五单元:明清依旧马蹄急。

博物馆后部为"西口博艺堂"。堂内左侧:为大同人祝德寿先生(祖籍北京,供职于大同供电公司)奇石、根雕展。14年收集、雕刻,共93件奇石、20件根艺,全部捐献给右玉。

堂内右侧:为宝宁寺水陆画136幅。此画绢本设色,黄绫装裱,为全国仅有的一套完整的水陆画。

竖立在杀虎口风景名胜区南侧的跨路横标

堂内中部：放着一座"灯山"。这是一座保存比较完整的古建筑，建于明代末年。灯山为纯木塔式结构建筑，单檐六面尖顶，通高7米，周长13.5米。整个灯山由210多个零部件组成，装卸自如，搬运方便，设计精巧，独具匠心，是右玉县明清时代集建筑艺术、雕刻艺术和绘画艺术于一体的艺术珍品。每逢元宵节，燃置通衢，供人观瞻。

朋友，当你看完杀虎口博物馆的全部展览，您定会为杀虎口辉煌的历史而感叹，而沉思，而心生敬佩。

这应该是一次浓缩了的西口之行。穿越几千年的时光隧道，战争的残酷已经凝集成了令人激奋的民族精神，远征的驼铃已成为当代经济贸易的影像图腾，强悍的草原文化和博大的中原农耕文化熔铸的一方水土，造就了一方真诚、朴实、耿直、热情的人民，这就是杀虎口。

在博物馆前的广场上，有康熙皇帝西征时路经此地的大型铜座雕像。雕像的基座上雕刻着"康熙西征铜像碑记"，全文如下：

> 康熙三十五年公元一六九四年，清廷再举三路大军西征平叛，以安邦定国。圣祖玄烨御驾亲征，率雄兵铁骑，三临绝塞，平西戡乱，一统江山。杀虎口为西征大军之后勤大营，唯我晋商先驱请缨受命，毁家纾难，共赴沙场，兵马粮草，克期必至，省国费亿万计。康熙西征凯旋，驻跸杀虎口，犒赏西征将士，御笔赐匾，改"杀胡口"为"杀虎口"。承朝廷恩准，蒙汉通化贸易，特许晋商而贯通。藉此，杀虎口息战事以兴商贸、散硝烟而响驼铃。千年军事要塞集天下客商、汇八方财源，晋商巨富藉此起步，黄金商路由此发端。然漫漫西口路，承载商贾劳苦，更著血泪悲情，一曲《走西口》令天下人动容心叹，亦使西口古道，名扬中外，再谱"丝绸之路"新篇。
>
> 感世纪开运，人和而运通。为勃兴晋商宏业之雄风，光大西口文化之精神，共创华夏之伟业，合力我民族之伟大复兴，立此以志。
>
> 右玉县人民政府立
公元二〇〇五年八月

在博物馆前的广场上，有依势而建的大型中国象棋式的棋盘棋格，而那些别具韵味的巨型"帅""车""马"等鼓石棋子吸引了不少游人争相合影留念。

2005年，杀虎口博物馆被山西省精神文明建设指导委员会命名为"山西省未成年人小型特色示范基地"。

山西大学教育系毕业，已在右玉博物馆任馆长12年的吴承山说："杀虎口博物馆演绎着多元文化的历史，演绎着化干戈为玉帛的历史，也演绎着晋商诚实守信、艰苦创业的传奇历史。游一游杀虎口能使你感受到古老而现代的西口文化，丈量着中华民族的精神圣地，寻找着荡气回肠的西口文化精髓……"

已经形成集商贸观光采风于一体的明代仿古民居同样夺目引人。这里百姓开设的西口古道古塞香、恒丰裕、涌顺和、福居齐、怀和畅等酒家客店、工艺品商店等商铺也吸引了不少游客。

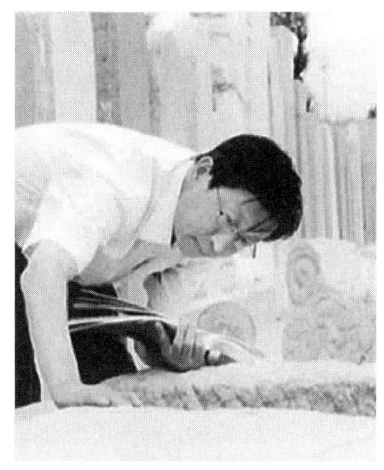

杀虎口博物馆馆长吴承山

当你走到那条一眼望不到头的西口古道景点时，道口上竖着的一块上边书有"西口古道"四个红润大字的巨石格外引人注目，其清晰遒劲的字迹解读着厚重的历史陈迹，为古道平添几分幽深。

当你走到杀虎口旅游区明代一条街东南端，一座新建的蒙古风情园——康熙大营旅游度假中心又会吸引着你快步前往。

康熙大营旅游度假中心

杀虎口——康熙、雍正年间一度成为清军的大本营。

2006年春内蒙古赛马场蒙古风情园在杀虎口投资新建的山西省康熙大营旅游度假中心，占地面积近百亩。新建的蒙古包宾馆31座，气势恢宏，木桩围栏，绿地鲜花，景色优美，一派浓郁的蒙古族装饰风格。蒙古包宾馆设施齐全。地道的蒙古族特色饭菜：成吉思汗功勋烤全羊、原汁原味的手扒羊肉、炒米、奶茶，"蒙古王"成吉思汗系列酒水。蒙古族献歌、蒙古族歌舞。每个蒙古包有独立的卫生间，配有专业卡拉OK演艺

西口古道

厅、KTV包房、棋牌室等。具备承接重要商务宴请、大型旅游团体、朋友聚会、团体就餐等高规格餐饮、娱乐、住宿接待水准。

民族、民肴、民族情；这里是歌的海洋，舞的故乡，朋友欢聚的好地方！

从2007年开始，这里又成为中央美术学院、北京画院、沈阳美术学院、北京师范大学美术学院、山西大学美术学院等全国11所大专院校的写生基地。

2010年9月10日，山西作协党组书记、常务副主席翁小绵，山西作协党组成员、书记处书记秦溱带领40多名作家和文学工作者，在这里举行隆重的"山西作家创作基地"揭碑仪式。这是山西作协在省内建立的第九个创作基地。中国作协副主席、山西省人民政府副省长、省作协主席张平写信表示祝贺。

在杀虎口旅游景区内，古长城与古堡烽火台被浓郁的绿树林海衬托着，十分伟美壮丽，

2006年建成，位于杀虎口古关南2公里气势恢宏的康熙大营旅游度假中心。新建蒙古包宾馆31座，这里也成为全国11所美术学院的写生基地和山西作家创作基地之一。

仿佛是一座美丽的绿色海洋中的宝岛。

到2009年杀虎口景区完成了景区控制性建设规划，在博物馆东侧的空地上，新建了从唐代到民国时期50通的碑廊。在景区的西部建起了大型停车场、长廊休闲亭、工艺品门店、右玉土特产小吃门店、售票室、水冲厕所等配套服务设施。对进入景区道路进行了全面修整硬化绿化香化。

与杀虎口相呼应的临近景区也在完善建设中。杀虎堡广义桥、万全河桥、寡妇桥、敞路坡、烽火台、马市等遗址修复，樊家窑混元流碧景区、民俗村建设、杏林沟景观工程等景点彼此亲密接触。

2008年开设了长城文化展览和大漠奇石展，设置了火炮、兵器，开展弓弩、射箭、骑马、骑骆驼、骑毛驴和坐轿，坐勒勒车等参与性项目。

2009年，在杀虎口遗址公园开工新建"西口影视城"。

如今，以杀虎口古关、古道、古长城、仿古民居为主体的辐射旅游效应凸显出来，渐入佳境，令人流连忘返。过去戍边将士、巨商大贾独领风骚的旧地今又绽出了新的异彩。美其名曰"关山度月"。

杀虎口古文化旅游区，2005年6月1日，被中共右玉县委、县人民政府命名为"右玉县爱国主义教育基地"。

从2006年至2013年到杀虎口旅游观光的人达到了170多万，其中接待旅游团体568个，自驾游车辆13900多辆。旅游带动当地消费收入达247万多元，形成了明清以来杀虎口又一个人气最旺盛的时期。

杀虎口旅游区文化展厅重新布展的11种食品、72种布塑、民间刺绣、剪纸、面塑等旅游产品开发已完成设计，正逐步走向市场。

古观新貌迎宾朋。

杀虎口古文化生态旅游区的建设，将是塞上绿洲右玉的一道特色风景，是带动全县乃至晋蒙旅游业发展的一条彩色纽带。

2009年12月8日，山西省人民政府批准杀虎口建成"省级森林公园"。

2013年8月15日，中共山西省委宣传部全体同志在杀虎堡广义桥上留影。前排右四为中共山西省委宣传部常务副部长李高山。

杀虎口古堡南门前的西口古道通顺桥

2011年开始恢复重建中的杀虎口平集堡的古建工程

2009年12月30日，杀虎口旅游区被山西省精神文明建设指导委员会授予"2008—2009年度省级文明和谐景区"称号。

从2011年开始在杀虎口平集堡内开工建设右玉县西口古道工程项目。项目内容有：西口会馆、大盛魁票号、昌顺当铺、沿街商业门店以及西口古道修复。项目总投资829.58万元。至2012年10月，工程基本完工，重现了杀虎口古堡风貌。

2013年9月，同煤集团朔州煤电公司携手右玉县人民政府，以传承历史文化，弘扬右玉精神，推进转型

竖立在杀虎口古文化旅游区南3公里路东的广告牌：中国·大西口。

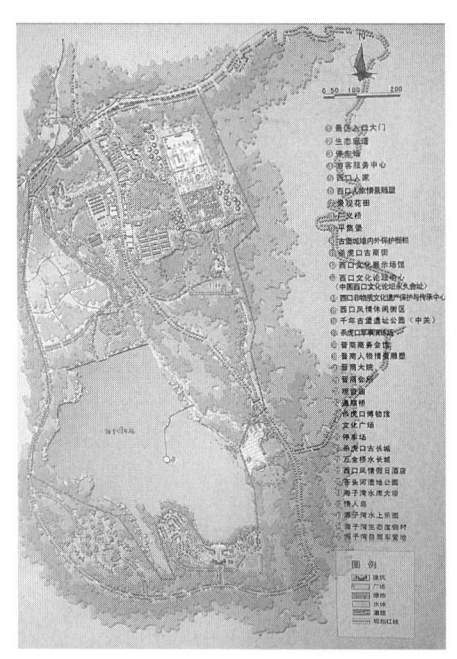

2018年后的杀虎口景区效果图

跨越为目标，签署合作协议，致力开发杀虎口文化旅游产业。

杀虎口旅游区以国家ＡＡＡＡＡ景区标准规划开发。项目分为两期建设，总投资3亿元，至2020年完工。数年之后，杀虎口千年古关雄姿全景35项工程再现，将不再以一种文化遗产淹没在历史的烟云中。一座集寻根探秘、休闲疗养、生态度假、文化览胜为一体的国家ＡＡＡＡＡ级历史文化风貌名胜区必将展现在塞北大地。

从2014年以来重点推进同煤集团杀虎口旅游景区开发项目，打造以杀虎口为鲜明地标的西口文化旅游品牌。

辛堡梁林海观光生态园

辛堡梁林海观光生态园位于右玉县城北部，海拔1400米。东至红土堡分区，西临铁山分区，南靠高墙框分区，北至羊圈坪分区，总面积为14971亩，土质为淡栗钙土，土层较厚，属于黄土斜缓坡。

中华人民共和国成立初期也是右玉有名的"风沙区"之一。

中华人民共和国成立后，马禄元、庞汉杰组织右玉人民开始大搞植树造林。特别从1970年秋开始，杨爱云、张光熙组织县国营林场和高墙框公社开始对辛堡梁进行大规模的防风固沙人工种植小叶杨的造林绿化。绿化了两座山、四道梁、四条沟、三条河，建成了高墙框和蔡家屯两个千亩林网方，营造了三条防风林带，形成了一个网、带、片结合，乔灌草混交，沟梁山川分布比较均匀的森林布局，从而锁住了风沙，保持了水土，促进了该地区农牧业的发展。

1980年6月，常禄、车永顺在省林业厅厅长刘清泉的拨款支助下，在辛堡梁顶建起首座生态观摩亭。登上这个观摩亭可以看到右玉中部大部分林地，在视线范围内的林地总面积达10万多亩，被称为"右玉人工林海"。之后，这里成为中央、省、市各级领导和专家学者视察调研的首选之地。

从1985年开始，袁浩基、姚焕斗在这里进行了稀疏密度、大面积"小老杨"的更新改造。

1986年胡耀邦等党和国家领导人来这里视察，登高远望连连称赞。胡耀邦高兴地说："黄土高原一类干旱地区建起不见一点儿黄土的绿色银行，真是了不起。"2001年国营梁家油坊林场被列入国家天然林保护区，辛堡梁林区也进入管护之列，其中有2000亩属天然植被恢复项目。

2003年，辛堡梁林区被高厚、赵向东列入右玉县生态旅游工程总体规划之内，并对林区内道路进行了硬化、香化、美化，使其达到三季有绿、三季有花，成为高品位的天然风景旅游区。

竖立在山和公路东的辛堡梁生态景区标牌　　竖立在辛堡梁观摩厅西侧的绿化碑座

2007年6月，赵向东、陈小洪对景区建有的一座六角生态观摩亭增高重建。新建的观摩亭既可满足旅游观光休憩的需要，也可起到森林防护的双重作用，新铺设了生态观摩亭北进南出的水泥观光大道和停车场。

登上辛堡梁新建的生态观摩厅，极目远望，扑入眼帘的是满目青山、绿浪翻滚、碧波万顷的看不到头的人工林海。右玉人民60年的绿化成果尽收眼底。

当您身临其境，如痴如醉，美其名曰"辛堡林海"。

2007年7月在辛堡梁生态观摩亭东侧新建了一座绿化纪念碑。碑文是：

简　介

梁家油坊林场始建于1960年2月，1980年6月划归省杨树局管辖，现经营面积51万亩。20世纪50至70年代营造小叶杨纯林36万亩；八九十年代通过稀疏密度、加强抚育、更新针叶树进行"小老树"改造。1995—2000年承担中德财政合作项目营造混交林3万余亩。从2000年开始实施国家天保工程，保护面积46.02万亩；完成"三北"、日元项目造林7万亩、通道造林0.5万亩，促进了生态环境的改善，造福于当地人民。

40多年的不懈造林管护、科学营林，为塞上绿色明珠建设增光添彩。

一代代务林人以鬼斧神工之笔雕凿的美丽画卷展现在世人面前。

二〇〇七年八月

2017年，辛堡梁林海观光生态园被列为右玉干部学院现场教学点之一。

苍头河生态走廊

苍头河，是右玉10万民众的母亲河。

昔日苍头河，不堪回首，"风起黄沙飞，雨落洪成灾"，植被稀疏，河床游荡无常，水土流失严重，沿河两岸农田、村庄常常遭受洪水侵吞。

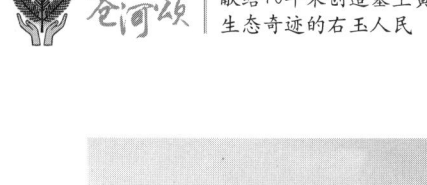

绿洲神韵

中华人民共和国成立后，特别是从70年代初期开始，杨爱云、张光熙拉开治理苍头河序幕，在中央、省、地有关部门的大力支持和帮助下，右玉县委、县政府历届领导换人不换蓝图，换届不换目标，带领全县干部群众以乔木为经、灌木作纬，展开了大规模的生物护岸和土石工程治理。30余年的治理，30余年的艰辛，右玉儿女为此付出了艰苦努力和无私奉献。苍头河沿河两岸形成了乔灌草结合、针阔花并举的生物景观。截至2007年，苍头河沿河两岸共营造生物护岸林带560公里，营造水保防护林10万亩，营造紫花苜蓿15万亩。

如今的苍头河两岸，绿茵如毯，层层叠翠。灌木的、乔木的、攀爬的、独生的，木本的、草本的，有名的、无名的，人种的、野生的，和谐共生、相互渗合，演绎着一曲森匝匝、密不透风的人间植物交响乐章。林漫漫，曲径通幽；水淡淡，清澈见底；护岸林，自成一景。盛夏，纵观苍头河及其支流上的数百公里长的生物护岸林带，叶繁枝茂，郁郁葱葱，宛如一条绵延起伏、雄伟壮观的绿色长城。独特的"苍河水向北流"令人称奇。不时从林草间窜出探头探脑的小动物更增添了十足的野趣。

2003年，山西省交通厅在这里建起了别墅式的苍头河度假村（亦称苍头河翠苑培训中心）和大型苗圃。苍头河流域田园景区是右玉县生态旅游开发项目的核心景区。天然的水系、河岸的草地、灌木乔木林带和缓坡状态的农田形成了自然生态的原生基础，也是北方黄土高原罕见的田园景观。

2007年6月，赵向东、陈小洪建起了苍头河景区漫水桥和苍头河循环观光水泥路。

右玉县要把迂回曲折、碧绿叠翠的苍头河流域建成集漂流、观光、探奇为一体的自然风景旅游区。

苍头河——一条奔腾不息年径流量近亿立方米的苍河圣水，如同一张节律弛张的动脉大

2003年建成的别墅式的苍头河翠苑培训中心

2008年建成的苍头河生态景区中的休闲观光长廊

网，使这块高原的土地充满了灵动，充满了生机和绿色，使这里形成了一条独特的林海旅游大道。是人们旅游休闲理想的天然绿色大氧吧，是人们消除紧张减轻压力的好去处。柔和的草甸，清新的空气，潺潺的流水，游荡的跨桥，休闲的长廊和亭台，与百鸟啾鸣一道构成了一幅充满诗情画意的水墨画卷。美好景致总是让你久久不愿离去。

故美其名曰"苍河圣境"。

苍头河生态走廊，2005年6月1日被中共右玉县委、县人民政府命名为"右玉县'保护母亲河'生态教育示范基地"。

2018年苍头河生态走廊被列为右玉干部学院现场教学点之一

2006年中国·右玉第二届生态旅游节期间，有一位诗人写了这样一首赞美苍头河的诗，全文是：

> 苍头清水向北流，曾名兔毛岁月悠。
> 过往豪杰云烟散，紫塞青山长相留。
> 铁骑久踏不毛地，而今棘丛叠嶂稠。
> 防风固沙好范围，红果鲜汁变珍馐。
> 绿廊蜿蜒富百里，改造自然功千秋。

2008年苍头河生态走廊新建了管理区、入口保卫室和停车场，设立了生态科普画廊，开通了2000米探幽路和6座探幽桥，制作景区导游图和规划效果图。

2009年至2010年，陈小洪、苏连根责成县水利局和县旅游局新建了"四路"，即从景区停车场西入口处至观摩亭小广场连接处，以河卵石铺设了2公里路面，脚踩其上，犹如行进在按摩器上，两侧是浓郁的沙棘林和竞相生长的花草；其余三路从观摩亭的西北部、北部、西南部新开通了共5400米的沙石路面的三条探幽通道。在这里穿越你可尽享塞上高原胜似香格里拉的各种植物缠绕的形态各异的美景；"三桥"即横跨苍头河东西的由南向北分段建成的梅花桥、平板桥和拱桥。

写到这里，笔者欣喜地告诉广大读者，2016年1月16日，从国家林业局传来喜讯，《右玉县苍头河国家湿

矗立在山和公路东侧高墙框段的苍头河国家湿地公园标志

地公园总体规划》通过国家级评审。它成为塞上高原右玉县生态保护的一块"国字品牌"。

湿地公园是近几年兴起的一个新事物。湿地是水深不超过6米，天然或人工、长久或暂时、静止或流动的淡水、半咸水或咸水的沼泽地、泥炭地或水域地带，是全球三大生态系统之一，被誉为"地球之肾"。它具有涵养水源、净化水质、调蓄洪水、调节气候、维系生物多样性等重要生态功能。

苍头河国家湿地公园规划范围为：南至右玉中陵湖（即常门铺水库大坝），北至山西杨树管理局所辖的海子湾省级湿地公园边界，东至马营河上游山西杨树管理局施业区，西至右玉威远镇、丁家窑乡、杨千河乡、右卫镇与内蒙古接壤边界。规划总面积774.72公顷，湿地面积459.72公顷。湿地公园及周边区域共有野生植物280多种；栖息的野生动物有58种，其中包括国家一级保护动物黑鹳，国家二级保护动物鸳鸯、苍鹰、雀鹰等9种。

从苍头河生态走廊到苍头河国家湿地公园，右玉人民在中央、省、市各级党委和政府的特别关怀和有力支持下，46年异常艰辛地植绿打造，终于成为那么美妙、那么探奇、那么向往的塞上高原自然风景旅游区！

2017年，苍头河实地体验带被列建为右玉干部学院现场教学点之一。

中陵湖度假旅游区

2004年建成的中陵湖（常门铺水库）度假旅游区

中陵湖（原称常门铺水库）旅游区位于右玉县城西15公里，是苍头河上游的一座中型水库。该水库原名叫常门铺水库，因汉代库区外的黑台坪设过中陵县治所，苍头河古时称中陵川水，故2006年更名为中陵湖。

该旅游景区以中陵湖为依托，通过湖区周边生态绿化建设，水面养鱼、游乐开发，建成山、水、树一体的度假休闲胜地。

中陵湖于1975年国庆节竣工投入运营，上游控制面积310平方公里，设计库容2176万立方米，水面面积3000亩，连同周岸总面积4000多亩。相继投放了草鱼、鲢鱼、鲤鱼、武昌鱼等鱼苗50万尾，是一座以灌溉、防洪、养鱼为主的山西省中型人工湖。

1994年，在山西省水利厅厅长赵生荣的积极申报和大力支持下，中陵湖下游灌区建设纳入国家计划，投资500万元，完成浆砌石防渗主干渠7公里，支渠防渗12公里，半渠防渗8.3公里。灌区成为右玉县主要的瓜果、蔬菜生产基地和右玉县造林绿化主要的种苗生产基地以及国家沙棘种植研究开发示范基地之一。

1999年，国家再次投资320万元，对中陵湖溢洪道工程进行除险加固，湖区防洪和灌溉的功能进一步完善。同时，带动了湖区的生态旅游建设。

2003年，高厚、赵向东指示威远镇，对中陵湖旅游区绿化工程全面展开，沿路栽植高50—80厘米的油松1100株，栽植高3米的大樟子松100株。

2003年，高厚、赵向东指示县交通部门铺通了县城到中陵湖的旅游水泥路，修建了中陵湖停车场。

2004年，威远镇党委书记曹占贵、镇长王志平在中陵湖的东西山顶上，新建观摩亭两座，新建苗圃一座，育苗26亩。在中陵湖周围栽植樟子松2900株，栽植垂柳210株，栽植仁用杏1500株。

2004年，由私人投资120多万元新建了中陵湖度假村，可同时供230多人就餐洗浴休闲，新增了汽艇、钓鱼等娱乐设施。

中陵湖湖光山色融为一体，既可静心垂钓，又可乘快艇追波逐浪，也可饱尝现钓的鲜鱼，还可观赏天鹅点水、野鸭欢游、百鸟欢唱。游人可充分感受高原湖泊的独特魅力，实为休闲娱乐的好去处。

故美其名曰"中陵渔歌"。

中陵湖旅游区作为右玉县生态旅游开发的一个重点区域，继续规划建设的项目有：亲水性游廊水榭、垂钓园、草庐凉亭、临水别墅、堤岸景园、餐饮娱乐设施。水上游乐项目有：游艇、滑翔、浅水竹排、摩托艇等。

2016年春天，在静如明镜、蓝如宝石的中陵湖湖面上，成群的天鹅、鸿雁、野鸭、鸳鸯、白鹭千里迢迢飞到这里休憩，给塞上高原右玉的春光增添无尽的活力。白天鹅对栖息地的生态环境要求极高，500多只白天鹅和鸿雁选择右玉为北迁的驿站。奇特的生态景观，足显右玉60多年来生态环境的改善。美哉，我可爱的家乡——塞上绿洲右玉县！

2017年,中陵湖度假旅游区被列建为：右玉干部学院现场教学点之一。

贾家窑山松涛园

2019年7月1日，笔者在松涛园右玉干部学院教学点的松林小道上为中国银行阳泉市分行的领导干部们讲述右玉精神。

贾家窑山松涛园位于县城北部贾家窑山上。景区东起余官屯北梁，西至贾家窑村东，面积达1万多亩。

从20世纪70年代末开始，第九任县委书记常禄带领县直机关干部职工义务植树，在贾家窑山上大面积栽植油松、樟子松、落叶松。经过20多年的建设，景区已形成松林葱郁、绿浪翻涌，好似东北大小兴安岭林区的松涛景观。

2002年开始，高厚、赵向东组织县直机关干部进行二期工程建设，总投资250万元，按照株行距3×3米的规格共栽植油松、樟子松、高杆杨、柠条等各类树种30多万株。

2004年，高厚、赵向东责成县教育局在烈士纪念碑附近新建生态观摩亭两座。

贾家窑山松涛园与小南山森林公园南北呼应，县城人居环境进一步得到优化，实现了右玉县城"园中城、城中园"的塞上园林城市目标。

"右玉县革命烈士纪念碑"矗立在贾家窑山北侧的松林中。

1986年袁浩基、姚焕斗决定专门为纪念抗日战争以来牺牲在右玉大地上的革命烈士而兴建。

纪念碑坐北朝南，碑高13.9米，占地174平方米。碑体底座分三级，四周有汉白玉栏杆。

碑体采用白沙砖砌筑，四周镶贴雪花白、艾叶青、云花和墨玉四种大理石共540块。碑阳正中雕刻着"革命烈士永垂不朽"八个仿毛体烫金大字。碑阴楷书烫金字，雕刻的碑文是：

> 抗日战争中为民族解放事业在右玉壮烈捐躯的陈一华宇洪任一川等五百余名烈士流芳百世永垂不朽。解放战争中为人民解放事业在右玉英勇献身的王树楷罗天泽等五百五十余名烈士彪炳千秋永垂不朽。
>
> 右玉县人民政府
> 一九八六年十一月一日

每年清明时节全县青少年都要来这里凭吊英烈，为烈士扫墓，学习英烈们英勇无畏的为国献身精神，激励青少年好好学习天天向上。

2005年6月1日，右玉县革命烈士陵园被中共右玉县委、县人民政府命名为"右玉县爱国主义教育基地"。

2006年山西省民政厅投资148万元，在革命烈士纪念碑后的山顶上建革命英烈纪念馆。

纪念馆分"觉醒的先驱""民族勇士""血染的风采"三大主题布展，向世人展示右玉在辛亥革命、抗日战争、解放战争三个时期的革命史实和牺牲在右玉的革命先烈的英雄事迹。

革命烈士陵园是贾家窑山松涛园的一大景观。纪念馆和烈士陵园与松涛园苍翠浓密的松林，"红"与"绿"相映生辉，使游人在走进"绿海"，亲近自然的同时，追寻革命历史，缅怀革命先烈，享受生态环境和人文历史的"双重"旅游体验。

贾家窑山烈士陵园将成为全县依托生态旅游开发红色旅游，以红色旅游提升生态旅游的典范。

贾家窑山松涛园、革命烈士陵园、革命英烈纪念馆与杀虎口博物馆、右卫古城、小南山森林公园和小南山公园民俗馆相呼应，通过展示历史主题的衔接顺承，完整地舒展右玉从春秋战国时期—康熙大帝西征噶尔丹—辛亥革命—抗日战争—解放战争—解放后全县60年来造林绿化、防沙固沙的恢宏历史画卷，完整地展现右玉各个时期的军事战争史和经济社会发展史，传承革命先烈捐躯报国的爱国主义精神和右玉人民60年来坚持不懈绿化河山的艰苦拼搏的右玉精神。

2007年，县民政局局长郝旭日组织新建了烈士陵园停车场。在纪念馆和陵园主通道及四周栽植大苗樟子松、油松和云杉800株。

2007年，县民政局在陵园东西两侧建起刻有100位烈士名字的小型墓座。在墓座的东南边竖立着一块石碑，碑的正面镌刻着："革命烈士永垂不朽"8个红字。碑的背面镌刻着碑文：

> 解放战争时期，我军有部分伤号移至本县刘虎狮村村民家中疗养。期间，虽经村民悉心照料，有些同志终因伤势过重医治无效，不幸牺牲，并就地埋葬。为继承先烈遗志，弘扬爱国主义精神，特立碑以志纪念。
>
> 右玉县人民政府
> 二〇〇二年十月二十六日

2009年10月，省人民政府在烈士陵园西南角新建一座大理石雕座。雕碑上镌刻着"省级爱国主义教育基地。中共山西省委、山西省人民政府，2009年12月"。

如今，游人从松涛园西入口，顺着新修的柏油观光路进入苍松翠柏蔽日遮天的贾家窑山林海，瞻仰革命烈士纪念碑、拜谒革命英烈纪念馆，祭奠先烈们，不仅可以寄托对革命先辈的无限哀思，更能激发出游人热爱祖国、关心环境、振兴中华的斗志和信心。

若登上贾家窑山几座观摩厅登高俯视，县城美景尽收眼底。极目远眺，群山叠峦，蓝天与山峰

1986年贾家窑山松涛园中部新建的烈士陵园，如今已成为山西"省级爱国主义教育基地"和右玉红色旅游景区。

每年的清明节，右玉县人武部党委组织全体官兵在贾家窑山烈士纪念碑前举行祭扫活动，重温入党誓词。教育官兵永远继承先烈们的遗志，大力传承弘扬右玉精神，在富国与强军以及支援右玉转型发展事业中做出积极贡献。

相接，朵朵白云在松林中缠绕，给人以亲近自然的惬意享受。

故美其名曰"松涛怀英"。

贾家窑松涛园，是右玉又一独具特色的集生态旅游、爱国主义教育、红色旅游为一体的休闲旅游胜地。

2017年，贾家窑松涛园被列建为：右玉干部学院现场教学点之一。新铺设了从教学点授课亭北绕到烈士陵园的水泥板—沙石路—木质跨栏的3公里长的穿林观光大道。

四五道岭塞上草原

四五道岭塞上草原，位于右玉县城东6公里处，北依牛心山，东至牛心堡乡杨家窑村，南到109国道，西临新城镇石头河村，总面积1.06万亩。林区内包括三条沟、两道岭、一面坡，其中100米以上支沟23条，100米以下的小壑46条。

1982年春季，时任右玉县常务副县长姚焕斗给牛心乡党委书记仝启儒下达了在四道岭种植1万亩柠条的任务，当年获得成功。

从1983年到1990年，常禄、袁浩基、姚焕斗先后组织县直机关八大口各单位每年出动2000多名机关干部、职工，以系统包山头，以单位划任务，做到"一个系统一座山，一个单位一片林"，共营造樟子松、油松、柠条混交林3000亩。

从1984年开始，袁浩基、姚焕斗、师发，先后指示牛心乡党委书记黄凤莲、许勇组织干部、群众在这里封山育草。种植了当年生的箭舌豌豆，二年生的沙打旺、红豆草、草木栖等20多种优良牧草。"一坡一梁"的人工牧草，不仅有效地保护了林木，而且为当地农民养畜提供了优质牧草。

1996年，牛心乡党委书记田宝山、乡长赵有英在实施县委提出的"实施灌木战略，建设沙棘柠条王国"的林业建设方针指导下，结合德国援助造林项目，在五道岭进行了万亩乔灌混交林种植工程，树种有樟子松、沙棘、柠条等。与四道岭县直机关义务植树基地形成集中连片、乔灌混交的大片林区，总面积达到2万亩。为此，1997年2月，牛心乡被县委、县政府表彰为全县16个乡镇中唯一的"红旗乡"。

右玉干部学院现场教学点之一——四五道岭观摩厅

1997年3月被中共朔州市委、朔州市人民政府表彰为"全市植树造林模范乡镇"。

2000年到2005年，高厚、赵向东、陈小洪先后指示牛心乡党委书记刘巨文、郭书礼组织全乡干部群众将原来四五道岭扩展到余官屯村北坡，与小南山林区衔接构成环县城森林生态环境景区建设工程。余官屯北坡以国家退耕还林工程为基础，扩展面积3.06万亩。栽植树种为樟子松、柠条、沙棘和杨树，使整个四五道岭重点造林工程形成更大规模的集中连片的生态景观和工程治理的万亩林区。

2003年9月，新城镇党委书记兰成国、镇长庞明明和牛心乡党委书记郭书礼、乡长张继业带领两个乡镇的干部群众奋战100天，修通了从七里铺—四道岭—刘政抚—贾家窑山的四道岭生态观光水泥旅游路，并栽植道路两旁各四行的高杆新疆白杨树。

2007年至2008年，赵向东、陈小洪又把四五道岭列为全县六大造林绿化工程之一，全县机关干部义务植树基地。新开林间道路8.3公里。2007年秋预整地，2008年春季，县直机关干部共栽植1米以上针叶树12.3万株，"3+2"樟子松16万株，柠条16万株。

四五道岭繁茂的草木，为各种动物生存提供了优越的条件。置身四五道岭，可以看到野兔、野鸡、半翅、扫雪、獾、狐、狼等动物出没，更可以听到百鸟鸣叫、欢唱。在岭底的河畔上，偶尔还可以看到白天鹅在悠闲地戏水。

每到夏秋季节，四五道岭变成了鸟、兽、花、草的世界。登高远眺，茫茫林草令人回味无穷，成为人们旅游观光的胜地。

不少游客上了四五道岭，都感叹地说："右玉的四五道岭犹如塞上草原，不亚于内蒙古草原风光，比呼伦贝尔草原还要秀丽迷人。"

故美其名曰"塞上草原"。

2017年百里绿色通道北部的四五道岭塞北草原被列建为右玉干部学院现场教学点之一和右玉干部学院绿化体验基地。

右玉干部学院绿化体验基地——四五道岭塞上草原

贺兰山生态景区

贺兰山（即大南山）生态景区位于县城北部4公里处，高墙框乡境内。孤峰高耸，最高峰海拔1592.4米。西起南操场村，东至陈家窑村，周长3公里。东西走向，南坡多石，北坡土厚。右玉的山以大南山最为形胜。

1980年，在常禄、车永顺的积极争取下，贺兰山被山西省人民政府列入西山建设水土保持重点治理区，涉及蔡家屯、程家窑、大堡三个村。国家补助投资3917万元，完成滩湾地改造2600亩，修水平梯田350亩，水保造林5500亩，种草1600亩。

1986年至1989年，袁浩基在贺兰山北麓，连续四年大搞退耕地栽植大苗樟子松试验区，一举获得全面成功。

1990年1月，姚焕斗、师发将贺兰山列为右玉机关干部职工义务植树造林基地。近3000名县直机关干部职工冒春寒、顶风沙，爬坡挖坑，凿石填土，提水浇苗，凭着坚忍不拔的毅力在岩石上栽下一棵棵"三松"，播下一窝窝柠条。贺兰山生态景区初具雏形。

1992年7月，师发、杨树昌指示县林业局局长张恕在大南山建起实现基本绿化县纪念碑和百名绿化功臣纪念碑各一座。

1998年，在山西省水利厅厅长赵生荣的大力支持下，黄土高原水土保持世界银行贷款二期项目在右玉县实施，把贺兰山景区周边开发作为项目的重点工程。陈晋才根据全县生态畜牧和农田基本建设总体规划，以改善生态环境、农业增效、农民增收、推动农村经济可持续发展为目标，安排县水利局局长霍生祥具体组织实施，高墙框乡党委书记刘录山、乡长范世平密切配合，组织景区周边的蔡家屯、小蒋屯、程家窑、大堡四个村的干部群众齐出动，经过二年苦战，新修水平梯田2100亩，改造滩湾地2100亩，造林6500亩，封山育林4200亩，使贺兰山景区林草覆盖率达到49%。霍生祥组织县水利局工程技术人员在贺兰山顶新建观摩台一座，重新整修上山的林间砂石道路5公里。

如今贺兰山麓樟子松、油松、落叶松、沙棘、柠条、小叶杨、梧柳遍布全山，形成乔、灌、草混交，花、果、木合理布局的格局。盛夏时节，山花烂漫，层林尽染。

登斯山顶，右玉电视转播塔耸立山顶。山西省劳动模范、优秀共产党员、大南山电视转播员庞生明20多年深居山顶，既值机又护林。

2003年，高厚、赵向东指示新城镇党委书记兰成国、镇长庞明明组织精干劳力，不畏艰

从2013年开始，苏连根、苏斌如分两期，对贺兰山南部的显明寺、子陵洞、神泉水等古建筑进行了恢复重建，再现"贺兰插汉"的原貌。

难修通直达贺兰山的水泥观光大道。

2012年，新城镇党委书记韩志强、镇长赵一虎责成右玉文管所副所长王志辉，经过十年苦战，全面恢复重建了贺兰山南麓的古建显明寺、岳飞广场等12处景观，每日游人如织。

如今，当您周游在贺兰山顶极目四看，群山低眉，苍河若练，阡陌纵横，气象万千，为古"贺兰插汉"增添了新的秀色。

2013年秋，民族英雄岳飞塑像矗立在大南山南麓的山顶上。塑像周围的景观正在建设中。到2014年秋，迷人的贺兰山生态景区展现在世人眼前。

林业功臣郝文运与右玉籍干部、中国银行山西省分行办公室原主任曹占仕（左）在大南山（贺兰山）顶上观光旅游。郝文运感慨自己任职15年，组织高墙框乡共产党员、干部群众用心血和汗水换来的青山绿水。

上、下吴万亩生态景区

上、下吴万亩生态景区位于元堡子镇上吴和下吴村，属丘陵缓坡区。2002年，高厚、赵向东本着"因地制宜、统一规划、分步实施、集中连片、规模开发"的原则，规划治理总面积1.45万亩。以建设农业生态工程为主，运用水利、林业、农业、科技等综合措施，进行山、水、田、林、路等综合治理，彻底改善项目区农业生态环境。

工程于2002年初立项实施，县委副书记侯元带领县直机关干部职工，乡党委书记郝日尚、镇长刘磊带领元堡人民，经过五年的建设，累计完成生态综合治理面积1.26万亩，完成造林1.06万亩，其中栽植柠条7870亩，松树500亩，杨树1000亩，栽植高杆杨4.6万株。栽植仁用杏320亩，野玫瑰500亩；人工种草2100亩；新修林道22公里，建蓄水工程两座，修建沟道谷坊工程63座，改良土壤1500亩。新建苗圃100亩（其中定植三年樟子松40亩、二年生油松40亩、高杆杨

20亩）。建龙门架1座，建观摩亭2座，栽大苗松树150株。建风景壁1座。栽立开发标语牌50块。共计完成土石方28.9万方，投入人工4.68万个，投机工450台班，完成投资443万元。

生态治理工程的实施，使项目区生态环境得到明显改善，生态、经济和社会效益显著提高。

如今步入上、下吴万亩生态景区，碧波荡漾，紫花飘香，飞禽翱翔，走兽狎戏，呈现出一派迷人的风光，成为右玉南部山区的生态旅游景区。

故美其名曰"双吴逐鹿"。

东团山生态景区

东团山生态景区位于李达窑乡中部东团山山区。东团山，东西走向，周长4公里，海拔1735米，总占地面积3.2万亩，山上有黄芪等药材生长。是右玉东北部地区重点生态建设区。

从1985年11月至1993年6月，赵润虎任李达窑乡党委书记期间，把东团山林区作为全乡重点造林绿化工程，在前任乡党委书记刘义采取人工杨树压条造林和柠条直播造林的基础上，先后动员全乡17个村1400多名劳力，每天出动小平车300多辆，拉开了大面积绿化东团山战役，共栽植油松、落叶松、沙棘1000多亩。1993年6月至1997年4月贺朝善任乡党委书记和1997年4月至1999年4月闫卫忠任乡党委书记期间，先后组织李达窑苗圃主任赵枝及全乡人民大面积栽植油松、落叶松、樟子松、北京杨以及沙棘、柠条，使东团山绿化面积达到3200多亩，形成了以乔灌草结合、针阔花并举，多层次、立体化的完整生态体系。

2001年春，高厚、陈晋才决定把东团山生态景区建设列入全县总体规划。

自2001年开始，李达窑乡党委书记傅存新、乡长杨永文带领全乡干部群众共完成退耕还林、荒山造林1.14万亩，"三北"四期项目工程造林2400亩；"日元"项目工程造林3.3万亩；"天保"项目工程造林3000亩；国家生态环境建设项目种草1300亩，景区新增树地面积1.97万亩，草地面积1300亩。景区绿化面积在原有基础上又扩大了2倍多，其中，樟子松、油松、落叶松绿化面积达8000亩；柠条、沙棘等灌木林覆盖面积达1.2万亩；杨树面积达7000亩；紫花苜蓿、沙打旺、草木栖等多年生牧草面积达1300亩。景区新建观摩亭两处，从山顶到山腰、山麓，周边数里范围内林草葱茂，形成了层次分明、风光秀丽迷人的生态景观。

在造林绿化的同时，县、乡两级政府又组建专门队伍，加强景区管理，严格实行封闭禁牧、封山禁火和封山禁猎。还创造条件提供优惠政策推进移民并村和退耕还林还草还牧，使景区原住人口全部迁出，耕地全部还林还草，不仅加快了封山绿化，也促进了景区野生动植物的繁衍生长，成为山鸡、野兔、狍子、松鼠、獾、狼等野生动物群类栖息的乐园。景区内藤蔓植物在林间缠绕，山花多彩多姿竞相怒放，蘑菇、地皮菜等菌类植物和黄芪药材俯拾即是。

夏秋季节，夕阳西下之时，爬上高高的东团山，翘首而望，远山含黛，近水耀金，团团彩云飞，阵阵清风吹，令人心旷神怡。

故美其名曰"东山夕照"。

圆台梁生态景区

圆台梁地处右玉县西部丁家窑乡总嚓山，海拔1680米，位于大沙河、流沙河两河之间。从1990年开始，姚焕斗、师发决定铺开圆台梁绿化工程。10多年来，在县直机关干部职工和丁家窑乡干部群众共同艰苦努力下，圆台梁绿化工程治理面积共达到1.05万亩，其中，栽植高杆杨5000多株，樟子松1.763万株，油松2.8万株，柠条、沙棘混植8100多亩。

2000年，高厚、陈晋才决定黄土高原水土保持世界银行贷款项目在这里启动实施，在分管农业的副县长刘义的具体组织下，在大沙河流域完成机修梯田1725亩，乔木造林1800亩，灌木造林2100亩，封山育林7830亩。圆台梁生态景区开通道路10.5公里。

如今，圆台梁独特的生态旅游景区，每到春暖花开时节，白杨飒爽，青松弄涛，天山一色，加之座座风电绕山转，与三十二古长城旅游区相邻，成为右玉西南边缘一道靓丽的风景线。

故美其名曰"圆台春晓"。

海子湾水库生态景区

朋友，当你从右玉县城山和公路驱车北上35公里，途经右卫古城东门，临近杀虎口古关，向西远望，一片清澈的望不到边的湖面展现在你的眼前，西东走向的准池铁路凌湖而过，噢，这就是2009年3月开工建设，历时3年建成的海子湾水库生态景区。

海子湾水库设计总库容为980万立方米，流域面积2022平方公里，水域面积4050亩。水库坝高10米，坝宽65米，坝长830米。最大泄量844立方米／秒。

海子湾水库旅游度假区导游牌

到2012年底，水库已新建日岛30亩，月岛15亩。从水库东岸下设80个大理石台阶，下方台阶与日岛新建的158米银白色铁索浮桥相连，日岛与月岛之间以260米的大理石护栏曲桥相连。日岛和月岛上各新建6座汉白玉楼阁，楼阁内都设置了石桌石凳。日岛、月岛总投资980万元。两岛新植各种景观树26000多株。2013年开始已配套完善游船、垂钓等水上游乐项目。

在水库主坝北部由县水利局局长王旭东负责新建下游湿地公园1050亩，新建亭台楼阁8座，各式座椅12个。新植各种景观树28000多株，总投资1060万元。

准池铁路由西向东由12个大型桥墩相连穿越水库湖面，形成一道水上虹桥的别致景观。

2012年至2013年，县发改委、县扶贫办和杀虎口旅游区管委会总投资664万元在海子湾水库西北3公里处，为二十五湾村民新建了20幢别墅式的移民新村，在村东同时配套新建了8排红顶蓝墙的牛、羊高标准畜圈。游人站在杀虎口唐子山生态观摩厅向西眺望，这一片片现代化的民居及畜圈与碧波荡漾的海子湾水库、五彩缤纷的湿地公园遥相辉映，构成了长城脚下西口边关一幅又一幅的塞上高原美景。

2013年6月，海子湾水库管委会向山西省水利厅、山西省旅游局申报了《关于海子湾水库为省级水利风景旅游区的规划》。

新建的五层乳白色的海子湾水库管理委员会大楼坐落在水库主坝的西北角上。

2013年又在湿地公园以北修建了长1.9公里、宽100米的水库下游水面长渠。

2013年在水库大坝的东北角修建了大型停车场和水库游乐售票厅。

2014年在水库大坝西南100米处和库区日岛的西边分别开工修建两个码头，供游人乘坐各种游乐艇和游船时用。同时在水库大坝的西北角新建了一处生态休闲小广场，供游人餐饮休息用。

朋友，当你登完古长城，看完杀虎口博物馆，吃完康熙大营的手抓羊肉，向南来到海子湾水库游玩，面对水的清澈，面对水的宽广，"智者乐水，仁者乐山"。那一山一水，一水一山的闲情，总能让您于忙忙碌碌之中，产生一种飘逸洒脱、清凉惬意的好心情。

　　山川形胜，因绿染而显厚重。
　　山川清灵，因绿润而觉韵长。

右玉县海子湾水库工程有限公司总经理杨晋峰、负责移民征地协调的县水利局副局长贾旺告诉我："经过建设者们四年以右玉精神为动力的艰苦奋战，海子湾水库生态景区将于2014年国庆节正式开放，成为塞上高原右玉北部、晋蒙交界之处的一片水上旅游胜地，将是右玉县最大的水上娱乐景区。我们将以热情周到的服务欢迎四海嘉宾到此一游。"

2017年秋，已建成海子湾水库旅游度假区。

朋友，

夏秋日，当你步入十二大生态旅游景区，或登高远眺，饱览塞上右玉表里山河苍山如海的恢宏，感受绿色右玉大地呼吸起伏的动感；或探古寻幽，领略雄关独踞的庄严，回味秦砖汉瓦的古意；或乐山乐水，体会湖光山色的空蒙，探寻追波逐浪的缥缈……

三晋第一雪道——中国·右玉小南山滑雪场

2007年6月6日，在右玉县海拔1516米的双山峡上。由天津市盈峰实业有限公司投资1300万元修建的中国·右玉小南山滑雪场一期工程于2007年10月底竣工。

2007年12月16日，正式投入运营。

右玉冬季高寒特征明显，降雪充足，平均积雪深度达0.5米，霜冻期长达6个月，发展冰雪经济具有极佳优势。

雪场一期建设总面积约4万平方米，可同时接纳2000人滑雪、就餐及住宿。雪场建有初、中级雪道各一条，初级雪道长280米，中级雪道长600米，平均坡度10度，堪称"三晋第一雪道"。除初、中级雪道外，专门还建有一条长120米、宽40米——供初学者使用的练习雪道和各长120米的专供儿童游玩的雪圈滑道。雪圈滑道也是山西省最大的。同时配备有两条移动式拖牵。滑雪场备有进口滑雪板2200副，雪圈200套，充分满足大人和孩子们的滑雪娱乐需求。配套的400平方米餐厅，全面提供标准营养套餐和右玉地方美味特色菜肴。

小南山滑雪场，其地理位置优越，交通十分便利。南距朔州80公里，东距大同68公里，北邻109国道2公里。

如今，美丽的右玉通过不懈努力，正逐步成为晋北乃至华北地区的生态旅游胜地。小南山滑雪场更致力于让您远离都市的喧嚣与混浊，充分感受阳光与白雪的浪漫，尽情享受生态区纯氧运动，体验健康休闲、挑战欢乐极限，健康由你做主！

中国·右玉小南山滑雪场竭诚为您服务！

滑雪旅游是一项依托冰雪资源，集参与性、娱乐性、挑战性于一体的新兴山地旅游项目。具有参与性强、回归自然、旅游者滞留时间长、客源市场稳定等特点。滑雪运动作为一项新鲜时尚的度假产品正受到越来越多人的青睐。

中国·右玉小南山滑雪场的建成将与右玉汽车冰雪挑战赛相呼应，填补右玉冬季旅游淡季的空白，进而将"白玉石"作为拓展资源，推动全县生态旅游产业向纵深发展。

右玉县小南山滑雪场成功入围"2014年山西百佳休闲旅游产品十佳文化体育娱乐产品"。

2014年春节，右玉县第二个滑雪场——牛心山滑雪场建成并投入使用。

中国·右玉南山游乐场吸引了无数游客。左一为右玉籍干部，工商银行山西省分行组织部原部长郝福，右一为右玉县扶贫办原主任张玉。

右玉将以生态走廊的"绿脉"、杀虎口关隘文化的"文脉"、赛车运动的"动脉"、冬季滑雪运动的"雪脉"，吸引更多的游客来这里观光休闲度假。

绿洲山乡农家游

右玉县特色农业独领风骚。

右玉的绿色既是生态的绿色,更是人文精神的绿色。

名闻晋蒙的右玉特色小吃——莜面窝窝

作为全国小杂粮生产基地县之一,这里的农产品无公害、无污染、纯天然绿色产品,特别是燕麦、荞麦、糜黍、豆类、土豆等特色小杂粮,深受消费者的青睐。

右玉有勤劳朴实的民风环境。长期的战事锤炼,民族交流,加上佛教文化的浸润和自然环境的影响,造就了这里人们极具亲和力的人性品格。右玉人不小气,不狡诈,素以淳朴憨厚热情好客著称。

您来山村旅游,村民们会像亲人一样招待您。进农家、看养殖、干农活、坐炕头、拉家常。

右玉有名闻晋蒙的特色小吃:莜面窝窝、压饸饹、扁豆稀粥、油炸糕、油炒山药块垒、抿豆面、荞面圪团、右玉月饼、右玉糖饼、右玉方饼、右玉大馒头;盐煎羊肉、羊杂合、鸡肉泡素糕、炖狗肉、熏兔肉、烧卖;煮豆角、煮玉米、烧山药、烧茄子、山药丝拌粉条;碎腌菜、糖醋菜、腌酱菜、辣丝菜等家常便饭。特别有清凉酸甜的沙棘汁、绵甜可口的绿都白酒;还有崩大豆、炒黄豆、五香葵花子吃不够。这些都会使您胃口大开,百食不厌,留下难以忘怀的记忆。

右玉农村仍然保留着传承不衰的民间手工作坊,有:推碾、围石磨、打铁、装箩、赶羊毛毡、皮艺、压榨葫麻油、做老式豆腐等。

您可尽情地体验劳动人民维持生计的原始创造和聪明才智。

右玉农村的能工巧匠还会给您推荐民间刺绣、面塑、手工鞋垫等富有民俗特色的旅游产品。

"吃农家饭、住农家屋、学农家活、随农家俗"别有一番情趣,您可真切享受到返璞归真的田园乐趣。您可真切体会到什么是纯净的收获,什么是纯净的生活,什么是大自然的创造者和主人。

野生动物是右玉的一大独特资源。茂密的植被,使野兔、野鸡、石鸡、半翅、麻雀等种群数量十分丰富。右玉山区农民喜好打猎,控制性地对野生动物实施捕猎,并通过煮、炒、烹调,使您饱尝美味可口的右玉独有的野味系列食品。

在右玉的林地里,野蘑菇、黑木耳等野生食用菌类也大量生长,您可把采摘蘑菇、木耳当作一种休闲活动,也可作为一种副业收入。晾干的野生蘑菇一斤能卖好几百块哩。

春风荡碧波,夏沐凉爽风,秋月挂长城,冬赏塞北雪。

如今,丰富的生态资源、灿烂的历史文化、珍贵的文物古迹、淳朴的民俗民风、独特的

流光溢彩的右玉秋韵

精神文化，使这里充满了神奇和魅力，正在成为我国北方地区难得的旅游、避暑、休闲胜地。与前几年相比，现在，无论是春夏还是秋冬，来右玉观光旅游的人们呈几何级的数量增长。光县城周边十大酒店和度假村，天天游客爆满，不预订房间您是无法入住啊。

朋友，这就是我可爱的家乡——塞上绿洲右玉县。

国内外宣传、文艺、新闻、旅行社等界嘉宾热吻右玉

赵向东、陈小洪巧打生态旅游牌，使右玉的知名度和美誉度极大提升。塞上右玉人气腾升，西口古道嘉宾纷至。

除市以上各级领导频频来右玉考察调研指导外，一些中央级媒体采访活动也在右玉举办，一批批国内外作家、诗人、新闻工作者来右玉采风，一些国内外摄影家聚焦右玉。请看以下摘要记载：

2005年8月23日至25日，作家柯云路和妻子雪柯在政协山西省副主席吕日周、国家机关老红军肖明、政协朔州市副主席樊田发以及县领导陈小洪、解志强、刘义、贺朝善、霍生祥的陪同下来右玉体验生活。柯云路以作家的独特视角感受右玉，说："右玉的生态环境、人文地理、生活习性、风土人情，对我触动很大，使我十分感动。来这里有一种抛开现代喧闹，静谧直达心灵的感觉。"

2005年12月8日至9日,《山西晚报》与右玉县联合召开"走马长城"暨长城保护开发研讨会。中国长城学会《万里长城》副主编、编辑部主任郑严,《山西日报》常务副总编、山西晚报社社长翁小绵,山西省博物院院长石金鸣,山西省社科院历史研究所所长孙丽萍,山西大学历史文化学院考古系主任郎保利,《山西文物地图集·山西卷》总编师悦菊,山西旅游局市场处处长吴雪陶,山西大学历史文化考古系副主任赵杰;右玉县、平鲁区、河曲县、天镇县的文管所所长;右玉县县级领导赵向东、陈小洪、解志强、刘义、贺朝善、关有玺、兰成国、傅生金,政协右玉县第五届主席王德功等参加了研讨会。

中国长城学会和山西省文物局都发来贺信。山西晚报社向右玉县委、县政府赠送了题为"保护长城,你我同行"的铜匾。

中国长城学会《万里长城》编辑部主任郑严说:"右玉境内有许多军堡和民堡的遗迹,文化底蕴十分丰富,合理的保护和开发,将具有向全国展示的条件。要以右玉为典范,向全社会宣传保护长城的重要意义。"

2006年5月14日,中国长城协会副会长兼秘书长董耀会与《人民日报》《光明日报》《解放军报》有关记者组成的"中国长城万里行"采风团到右玉杀虎口旅游区、苍头河、小南山森林公园等景区采风。

2006年5月26日至27日,日本国际协力机构雁门关生态恢复和扶贫合作项目农村开发部技术审议役土居邦弘、日本国际协力机构中国事务所副所长渡边雅人、项目专家田和正裕一行

著名作家柯云路(右四)在政协山西省副主席吕日周(右五)、中共右玉县委书记陈小洪(右三)等领导的陪同下在小南山森林公园采风。

第二十二章 生态旅游在召唤

2006年7月20日，中共山西省委组织部常务副部长马友回到第二故乡右玉调研。从左至右为：左一为马友父亲马禄元，左三为中共右玉县委书记赵向东，左四为马友，左五为中共右玉县委常委、组织部部长吴晓斌，左六为政协右玉县第五届主席王德功，左七为大同市人民法院院长郑福，右一为中共朔州市委常委、组织部长牛社威。

3人，在朔州市副市长王贵平，山西省科技厅国际合作处处长牛青山，朔州市科技局局长苏栋，右玉县县级领导赵向东、解志强、赵丽萍的陪同下，来到右玉田间地头，就援助项目进行实地考察，并参观了杀虎口旅游区古堡和博物馆。他们对右玉独特优美的生态环境和具有深厚底蕴的古文化资源叹为观止，赞不绝口。

2006年6月21日，省委宣传部副部长、省文明办主任张明亮一行在中共朔州市委书记高健民，市委常委、市委秘书长李彪，市委常委、市委宣传部部长雷建国的陪同下到右玉调研。

2006年6月18日，山西现代旅行社、北京环球假日旅行社、北京青年旅行社等50多家旅行社到右玉召开右玉县生态旅游线路考察座谈会。县领导陈小洪、兰成国参加了座谈会。大家一致认为，要尽早把右玉生态旅游线纳入山西、北京旅游线内。

2006年7月15日至16日，《山西经济日报》总编尚晋生、副总编赵冰峰、副社长李士杰一行20多人，深入右玉参观考察。

2006年7月，曾随父亲马禄元在右玉生活，并在中学时代连续六年参加造林绿化、防风固沙，1964年考入大学的中共山西省委组织部原常务副部长马友，40多年没有回过右玉。重回右玉后，看到右玉的变化非常激动，抚今思昔，感慨万千，作诗一首《回右玉》，诗中写道：

一

　　每忆狂风卷黄沙，今喜蓝天绿天涯。
　　凝眸蓊林郁郁枝，漫步芳野灼灼花。
　　苍河熏风漾碧波，南山细雨笼翠纱。
　　欣览胜景心潮涌，夜阑犹自吟月华。

二

　　故园梦萦四十春，喜回惊睹风光新。
　　朔漠黄沙无踪迹，碧树芳草入丹青。
　　遥忆岁岁播绿色，感佩人人寄赤心。
　　纵情山水慰白发，当年幼枝已成林。

诗句表达作者看到第二故乡右玉巨变后喜悦欣慰的游子之情。

2006年7月15日，《山西日报》总编章勇思一行27人深入右玉参观考察。

2006年7月21日至23日，由中国体育新闻工作者协会、中国奥委会新闻委员会、中国国际体育旅游公司主办的"庆祝国际体育记者日右玉行"系列活动在右玉举行。新华社、《人民日报》、《光明日报》、《解放军报》、《中国旅游报》、《中国青年报》、《中国体育报》、中央电视台、北京电视台、人民网、新浪网等20多家新闻单位的新闻工作者通过全民健身采访，参观县城体育广场、右玉百里绿色生态走廊，在小南山森林公园种植"体育记者日纪念林"，三十二长城徒步越野赛等活动，宣传和促进右玉全民健身运动和旅游休闲的发展，为右玉招商引资，促进地方经济和旅游业发展创造条件。新闻记者们还为新城镇邓家村小学捐赠了图书和学习用品。

2006年7月18日至22日，由山西文学院主办，右玉县委、县政府承办，"塞上生态文化之旅"大型文学活动在右玉举行。山西作协副主席、山西文学院院长张锐峰主持开幕式。诗人、山西文学院副院长潞潞，文学院专业作家张石山等部分省作协成员，省委宣传部调研室主任、文学评论家杜学文，山西财经大学教授、诗人金汝平等部分省内作家，文学院部分签约作家及植物生态学家、北师大教授、博导张金屯，东方出版社副社长李丹梦等省外专家以及新华社、《人民日报》《科技日报》《山西日报》《山西晚报》《三晋都市报》《太原日报》、山西电视台的记者共30多人参加了开幕式。

活动期间，《十月》杂志副主编周晓风作了中国可持续发展报告，北京师范大学教授张金屯作了生态科学报告，《中国作家》杂志副主编杨志广作了当代中国文学创作报告。山西文学院签约作家在县图书馆举行了向右玉赠书仪式。与会者参观了小南山森林公园、塞上湿地、古长城、晋商古道、杀虎堡、中陵湖及古堡群。

省内外文学、艺术界的精英汇聚右玉，就文学、文化、生态自然进行对话交流和创作体验，对于深入挖掘、大力开发右玉得天独厚的生态文化资源，打造右玉标志性文化品牌具有十分积极的推动作用。

2006年8月14日至17日，右玉县和山西诗书画印艺术家联合会共同举办了"右玉生态园诗书画印名家笔会"。

参加笔会的著名书画家有：山西省诗书画印艺术家联合会主席、中国名人书画院副院长、山西省文联原副主席、诗人、书法家董耀章，山西省高级人民法院院长、山西省诗书画印艺术家联合会名誉主席、作家李玉臻，山西画院原院长、山西诗书画印艺术家联合会常务副主席、书画家王朝瑞，山西省诗书画印艺术家联合会常务副主席、山西省中国人物画协会副会长、画家钱骥俊，山西省文联副主席、山西省美术家协会主席、山西省诗书画印艺术家联合会副主席、画家崔俊恒，山西省画院院长、山西省美协副主席、山西省诗书画印艺术家联合会副主席、画家王学辉，山西省画院副院长、山西省诗书画印艺术家联合会副主席、画家孙海青，以及山西金石书道研究会高级画师孟争，全国美术界著名人士霍俊其，山西国际文化交流会书画院院长李夜冰，山西省画院专业画家李庆富，山西省书协副主席赵长秋，山西省史志院副院长、书法家协会副主席张铁锁，《山西日报》美术副刊主任乔亚丁，山西大学美术学院院长王玉玺，山西省书法家协会秘书长韩清波等。

全省知名的书画家们游览了右玉的景区景点后，对右玉的生态建设产生了浓厚的兴趣。他们共创作了120幅展示右玉生态美的高质量精品书画。其中多人合作的《芳菲祥瑞图》《香远益清》堪称画中的精品。

2006年8月17日，山西省诗人董耀章欣然作诗8首。其中，有一首诗中写道：

> 初始右玉绿打眼，心怡神爽意陶然。
> 三日小住氧储足，再度青春二十年。

山西大学美术学院院长、画家王玉玺说："我的家乡这几年变化真不小，连我这个老右玉都不敢认了，我一定要用我手中的画笔把家乡翻天覆地的变化记下来，宣传出去，让我的家乡人人都想来。"

2007年8月5日，太原市代表团来右玉参观，赋诗一首：

和《塞上曲》
> 一路青松不见沙，森林深处有人家。
> 长城逶迤绿先合，右玉山川遍地花。

【注：读古诗《塞上曲》反其意而作】

2007年8月30日，由山西省对外文化交流协会、山西省人民政府新闻办公室、中国新闻社山西分社共同主办的第二届海外华文媒体高层访问三晋文化之旅,以"寻访华夏文明、感受山西魅力,体验晋商品牌文化,向世界展示开放现代的山西形象"为主题,慕名来到右玉。

此次活动有来自日本、菲律宾、美国、澳大利亚,以及中国台湾等12个国家和地区的20家华文媒体的总裁、社长、总编等高层人士30多人参加。

日本中国新报新闻社社长刘成说:"右玉50多年前是一个荒漠,变成了今天的绿洲,成了今日的生态大县。右玉人民勤劳、勤奋地建设自己家园的这种干劲,对海外华人也是一个榜样,在我们心里留下了很深的印象。将来我们在海外会利用我们媒体不断地介绍右玉,宣传右玉,希望大家都到右玉,看看右玉的发展,右玉的绿洲,右玉人民的热情,我们以后还会来这里采访。"

澳大利亚澳华月报社社长兼总编黄成威说:"我很高兴来到右玉,过去我从来没有听说过这个地方。这次我看到后感觉首先是惊讶,在塞上这个地方,竟然有一个像江南的绿洲,我是一直没有想到的。在我的印象里,山西一直是非常干旱的,像沙漠一样的地方,但右玉给了我一个非常大的震撼。希望右玉在发展旅游方面能迈出更大的步子。"

意大利欧洲商报社社长杨光说:"我们这次海外华文媒体高层访问团第一次来右玉,右玉的绿化可以说,是我所走过的西北地区最好的,在中国可能也是最好的。"

澳大利亚华夏传媒集团总裁项翔说:"看了右玉的一些景点后,心中确实产生了一些震撼。50多年前的大漠、不毛之地,变成今天的50%的植被,郁郁葱葱的锦绣景色摆在我们面前。可以看出中国政府带领着中国勤劳的人民,经过50多年的奋战,让这里变成了一个绿地。我在某些地方甚至感受到类似于澳大利亚那样优美的环境,我从内心里对右玉人民50多年的辛勤劳动发出由衷的赞叹。"

印度尼西亚《千岛日报》记者沈慧争说:"这次我们海外华文媒体高层访问团来到这样

第二届海外华文媒体高层访问团在杀虎口古关前留影

一个美丽的塞上，感觉非常兴奋。这里青山绿水，右玉城市建设、农业畜牧建设都使人感动和震撼。"

访问团的成员被右玉50多年的植树造林精神和绿化成果深深感动，纷纷解囊，捐资3000元人民币，希望在小南山森林公园建立"海外华侨寻根园"，为右玉的生态建设献出绵薄之力。

2007年春，赵向东、陈小洪在邀请国内旅游界知名专家学者对右玉生态旅游开发进行了广泛调研论证的基础上，委托北京同和设计院编制了《山西省右玉县生态旅游开发可行性研究报告》和《山西省右玉县生态旅游发展总体规划》。

向北京、太原、大同、忻州、内蒙古等地旅游专家和旅行社推荐的右玉一日游、二日游旅游线路正在开通。

组建成立了平安旅行社。……

2006年到2009年12月，右玉共接待省直部门及全市性会议150多个，接待来自全国各地和全省各地考察学习的团队176个，来右玉观光旅游采风人数达到180余万人，其中自家车旅游达到3.7万辆（次）以上。杀虎口旅游区门票收入70多万元。

2008年1月11日至13日，由山西省摄影家协会、山西省新闻摄影学会与右玉县人民政府共同举办的"右玉冰雪风光摄影大赛"正式开赛。来自国内的上百名摄影家聚焦右玉，领略西口右玉独特的自然风光和风土人情。摄影家们都被右玉的自然风光所感动。有的还多次到右玉创作，

2008年1月11日至13日，由山西省摄影家协会、山西省新闻摄影学会与右玉县人民政府共同举办的"右玉冰雪风光摄影大赛"正式开赛。来自国内的上百名摄影家聚焦右玉。

有的专门租用飞机进行航拍，有的还将多年在右玉"积攒"下来的好片子拿出来参赛。

2008年3月23日，中共朔州市委书记田喜荣，市委常委、秘书长李彪，市委常委、右玉县委书记赵向东，市委宣传部副部长刘向东，与中国摄影家协会副主席朱宪民，中国摄影家协会副主席、山西省摄影家协会主席王悦，中国摄影家协会副主席王玉文、张桐胜等10位摄影家，对参赛的3000多幅摄影作品进行了认真评选。分别评出魏向东、王琦、祝明华、李殷4位摄影家的和谐右玉、生态右玉、人文右玉、冰雪右玉一等奖各1名，贺子毅等5位摄影家获得了二等奖，贺朝善、辛泰等6位摄影家获得了三等奖。刘万雷等15位摄影家获得了优秀奖。

评委会主任王悦在评奖后感慨地说："没想到参赛的人这么多，参赛的作品这么好。这次大赛对右玉来说是平台、桥梁。通过这次大赛，一定会有更多的人来了解右玉，关注右玉，提升右玉对外知名度，必定会促进右玉经济社会和谐发展。"

……

西口文化从右玉、从山西突围

右玉再邀知名学者纵论西口文化开发。

作为第三届中国·右玉生态健身旅游节的一项重要内容——第二届中国·西口文化论坛于2007年9月12日上午在塞上绿洲右玉隆重举行。

本届论坛由中共山西省委宣传部主办，中共山西省委宣传部文化事业管理处、中共朔州市委宣传部、中共右玉县委、右玉县人民政府承办。论坛旨在探索西口文化开发的新途径。右玉仍把西口文化论坛树成地方文化建设的一杆"中军旗"。

国家旅游局《丝绸之路总体规划》课题组副组长、中国国际文化交流中心艺术总监、北京大学文化旅游高级研修班教授乔然，中南大学文学院教授、博导、中南大学中国文化产业品牌研究中心常务副主任、首席专家柏定国，国家发改委国际合作中心文化产业研究所研究员刘国超，中国著名形象策划、设计专家李红兵，中共山西省委宣传部原部务委员、山西省建设文化强省规划研究中心常务副主任卢渝，晋商文化研究专家、晋商文化研究会常务理事赵荣达，山西大学经济与工商管理学院院长刘健生，包头市西口文化研究会会长郑少如，内蒙古师范大学旅游学院院长郝志成，内蒙古通史馆研究员邢野，内蒙古社科院研究员卢明辉，呼和浩特市玉泉区旅游局局长王君等专家作了精彩的发言。

"连续举办了三届生态健身旅游节后，了解右玉良好生态环境的人越来越多，去年与《山西晚报》共同举办了西口和晋商文化论坛，随后又联合举办了跨国采访'重走西口路'，知道杀虎口、了解右玉文化的人同样越来越多。"

对于这两张"文化"旅游牌为右玉带来的美好前景，赵向东和陈小洪充满向往。

2007年的生态健身旅游节和西口文化论坛期间，右玉的大小宾馆、招待所全部爆满，大部分是省外游客，这在偏僻的塞外小城是罕见的。为老百姓带来的收益显而易见。

"文化最终是为群众服务的，让群众受益的最佳途径就是文化产业化。文化产业化为美国带来巨大的经济效益，好莱坞和迪斯尼就是众所周知的样本，即使是中国题材'花木兰从军'，也能被他们拿去做成动画片卖上7亿至8亿美金的天价。我们的近邻日本的动漫产业，已经成为国民经济的重要支撑之一。而在强劲的'韩流'下，国人对于韩国的流行乐和肥皂剧的消费也毫不吝啬……正是基于文化产业化的重要性，各级政府对文化产业和文化事业的发展高度重视。"

乔然的精彩学术报告吸引了所有的与会者。

在这一背景下，西口文化产业化的概念，在右玉这样一个国家级贫困县怦然落地。从本次论坛邀请的专家来看，大都是文化产业及品牌塑造领域的一线人物。透过这些名字，可以看出右玉人民让生态及西口文化早生"金蛋"的急迫心情。在论坛上，这些专家也确实支出不少高招，甚至出现以西口军事文化为题材，设计大型网络游戏的"前卫"创意，听来颇为醒脑。

"请允许我向右玉精神致敬！"

9月12日上午，在进行主题学术报告之前，乔然首先向在场的领导、专家以及右玉干部群众深深鞠了一躬。

"右玉干部人手一锹"，口口相传的"右玉一怪"成了右玉精神的一种诠释。

山西省建设文化强省规划研究中心常务副主任卢渝直接建议，右玉精神打造的绿色精品"小南山公园"，可改为"西口公园"，以赋予西口文化新的内涵。

右玉人民50多年不辍打造绿洲的执着精神，完全可以为西口文化增加新鲜的人文色彩。

实际上，把右玉精神融入西口文化的"大西口文化"概念，在论坛上得到了其他专家的认同。

"杀虎口是西口文化的源头，也是晋商之源。右玉要紧紧依托这里独特的历史文化底蕴，把西口文化和旅游结合起来，做大文化产业，打造右玉的'西口文化客厅'，让全国人民来这个'大客厅'坐一坐看一看。"

"为此，首先要围绕旅游的六大要素'吃、住、行、游、购、娱'做文章。右玉虽然有古军事战场，有古堡长城，有西口古道，有浓厚的'西口文化'气息，但是还要大力做好旅游项目的落地和完善，加大娱乐设施建设，充分展示出当地的民俗民情和西口文化独特文化艺术魅力。右玉离北京只有5个小时的车程，是最理想的自驾游去处。我相信只要努力，把这里打造成'北京的后花园'是不成问题的。"

乔然提出了这样的建议。

"我认为右玉发展旅游业就是打造一体两翼。一体就是人文精神，两翼就是西口文化和生态环境。历任县委书记一任接着一任搞绿化，使一片不毛之地变成森林覆盖率达50%的塞上绿洲，这是惊天地、泣鬼神的壮举，所以右玉发展旅游业，人文精神是一个亮点。"

刘健生提出了这样的建议。

"'西口文化'是农耕文化和游牧文化相结合的产物，它既有中原农耕文化的特点，又有草原游牧文化的特色。这里积淀了千百年来的山西人不甘贫穷落后、背井离乡的辛酸，也记录了边关城堡风烟战火的历史，具有与众不同的文化历史背景，形成了独特的'西口文化'。所以右玉县要把这里独特的历史文化作为旅游的品牌和核心，做大做强。为此，需要统一品牌名称，把'西口文化'这个品牌叫响。在一些旅游项目上，都冠以'西口'字样。比如平集堡可以叫'西口堡'等，处处显现'西口文化'的历史烙印，打造出一个集文化、旅游、度假为一体的全国知名的新右玉。"

朔州市三晋文化研究会会长钟声扬这样建议。

……

论坛上来自全国各地的专家为右玉的发展满腔热忱地献计献策。

"确实是真知灼见，思路一下就开阔了。各位专家的意见和建议将会成为我们制定发展策略的重要参考依据。"

赵向东和陈小洪听了专家们的发言后兴奋地说。

2007年，是赵向东任中共右玉县委书记的第四个年头。四年中与右玉经济一样迅速升温的，是以杀虎口为中心的西口文化。

"晋商精神传承大江南北，西口文化唱响长城内外"。

以体验户外运动为主的生态文化游和以探寻晋商足迹为主的西口文化游，是右玉目前主打的两张牌。随着两届西口文化论坛的举办，"西口文化"的影响已不仅仅局限于右玉、朔州乃至山西，已经成功突围，走向全国。

西口文化的发掘，赋予右玉生态旅游以鲜明的地域文化特色，使各地游客了解了军事的西口、晋商的西口、人文的西口，感受到了西口古关厚重的文化积淀和所蕴藏的坚毅忠勇的人文精神以及晋商自强不息、诚信为人、团结互助的精神品格，在旅游探索中得到了启发教育，也使全县干部群众认识到了历史文化资源潜在的开发价值，增强了对长城古堡等文物古迹的保护意识。

右玉县被正式命名为国家AAAA级旅游景区

山西省旅游局2008年把右玉纳入了全省旅游规划线路，准备在推荐宣传右玉旅游方面大做文章。

杀虎口作为古代的军事要塞和边贸重镇，有着较高的知名度和丰富的历史文化遗存，是山西明清历史的缩影，是中国近代金融贸易兴衰的见证，这些对发展旅游业有着得天独厚的优越条件。

2008年8月20日上午，山西省人民政府省长孟学农来这里调研。在博物馆，孟学农详细询问了右玉的历史沿革、现存古堡数量和保存情况，参观了西口古道，并对藏兵洞的陈设进行了指导。

孟学农说："建筑就是城市，城市代表一种文化。我们在开发这些宝贵的旅游资源时，一定要先保护再利用，这些承载着厚重历史的实物，一旦遭到破坏，就不可再生。因此在发展壮大旅游业上，一定要以保护为基础，然后再开发利用。"

2008年8月21日，中共山西省委常委、副省长李小鹏带领省林业厅厅长耿怀英、省旅游局局长籍正芳等有关部门负责人在朔州市市长冯改朵、副市长王贵平以及市政府秘书长蔚文彩，副秘书长、市旅游局局长刘进智，右玉县委书记陈小洪，右玉县县长苏连根等市、县领导的陪同下来右玉调研。

李小鹏一行先后深入右玉小南山森林公园、贾家窑山松涛园、杀虎口旅游区博物馆、杀虎口古堡、西口古道等地进行实地调研，并听取了右玉生态旅游发展现状及长远规划。

李小鹏说："今后要进一步发展旅游业，全省的旅游业发展势头良好，右玉的旅游产业也得到了迅速的发展。要继续立足当前，放眼长远，做好旅游业总体的发展工作。要加强宣传，确保安全，提高旅游业的服务质量。右玉生态基础好，极具规模，已为生态旅游业的发展奠定了坚实的基础。要抓住目前全省大力鼓励扶持服务业发展的大好时机，加大投入，促

2008年8月21日，中共山西省委常委、常务副省长李小鹏（左二）带领省林业厅厅长耿怀英（二排右一）、省旅游局局长籍正芳来右玉绿化丰碑广场视察调研。右一为朔州市市长冯改朵，左一为中共右玉县委书记陈小洪，左三为右玉县县长苏连根。

进全县旅游业的快速发展。特别是右玉气候宜人，是休闲避暑的好地方，要全力发挥好这一自然优势，充分挖掘独具特色的休闲避暑产业潜力，发展会议经济，并组织休闲、避暑、度假等相关活动，力争把右玉建设成为休闲避暑会议基地。"

右玉的旅游业已经引起省委、省政府和省直有关部门的高度重视。

2009年12月2日，右玉生态旅游区被全国旅游景区质量等级评定委员会正式命名为"国家AAAA级旅游景区"。这是目前山西省唯一以整个县命名的国家AAAA级旅游景区。

右玉被列入《山西省旅游产业（2009—2011年）发展规划》

2009年7月30日，山西省人民政府通过评审的《山西省旅游产业（2009—2011年）发展规划》（以下简称《三年旅游发展规划》），令塞上绿洲10万父老乡亲兴奋不已——右玉被列入《山西省旅游产业（2009—2011年）发展规划》。

《三年旅游发展规划》明确指出，未来三年中"要加强右玉、芦芽山、藏山、洪洞大槐树等景区的建设，使它们成为山西省重要的旅游目的地"。《三年旅游发展规划》也明确提出："在提升完善山西省以文物观光游为主的传统旅游产品的基础上，加快自然生态旅游产品开发，重点开发右玉、历山、芦芽山、太行山、吕梁山等生态旅游产品，在右玉县试点建设不收门票的生态旅游景区。"

2009年，陈小洪、苏连根表示，坚定不移地实施好旅游产业潜力工程，全面提升旅游产业整体水平，在推动服务业发展上实现新跨越。

在小南山公园实施了二期提升工程。

2009年8月28日，山西省第三届农民篮球比赛在右玉新建成的文化体育中心篮球馆举行。右玉县领导陈小洪、苏连根、李月明、解志强、贺朝善、黄凤莲、董建军、董达、赵丽萍等出席观看。

在苍头河、水磨沟、石袍沟景区开辟了露营基地。

2009年8月28日上午，右玉县在体育公园举办了第五届中国·右玉生态健身旅游节。政协山西省常务副主席郭良孝宣布"中国·右玉第五届生态健身旅游节"开幕！

出席开幕仪式的有：中华文化促进会副主席金坚范，中华文化促进会剪纸艺术委员会主任张树贤，中国武术九段、甘肃省武术协会主席郝心莲，香港时代飞扬国际武术传播机构总裁、深圳市子日文化传播有限公司总经理杨鹏飞，市委副书记杨伟民，市委常委、军分区政委陈法印，市委常委、组织部部长牛社威，市委常委、纪检委书记高建国，市人大常委会党组副书记落国和，政府副市长王贵平、侯新生以及朔州市退下来的市级老领导和右玉县四大班子全体成员，朔州市五县（区）及周边友好县（区）领导，部分在外工作的右玉籍领导。

开幕式上，市委副书记杨伟民代表市委、市政府讲话，第五届"中国·右玉生态健身旅游节"组委会主任、县委书记陈小洪致开幕词，本届旅游节组委会副主任、县委副书记、县长苏连根主持开幕仪式。

同时举办了首届西口民间艺术节；举办了"以天下西口情，重温杀虎口"为主题的第二届右玉风光摄影大赛；举办了中国·右玉杀虎口英雄会；举办了山西省第三届农民篮球赛；举办了右玉·中国剪纸艺术大赛；举办了《唱支山歌给党听》全国部分省市民歌及原生态展演和物资交流暨民间传统文艺活动。

精心设计制作了一批食品、工艺品包装，推出颇具地方特色的杂粮、山野菜、字画等旅游商品。

完成了杀虎口西口古道修复工程和杀虎口遗址工程。

完成了杀虎口至小五台风电厂7.5公里旅游观光道路建设。

在杀虎口、小南山等景区建设宾馆、饭店、农家乐等住宿餐饮设施。

未来的右玉，必将成为登山探险、狩猎越野、西口歌会、滑雪漂流等休闲娱乐的绝佳去处。

塞外右玉将以自己独特的旅游品牌和良好的市场运作模式，

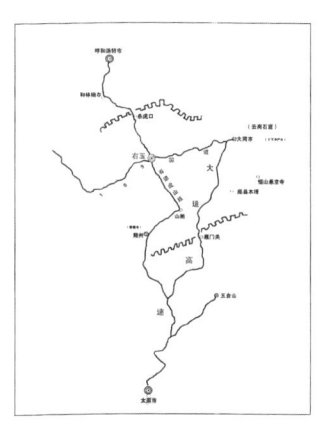

右玉生态古文化旅游境外连接示意图

走出山西、走向全国，成为人们避暑、健身、休闲、度假的旅游胜地。

2008年7月20日，《山西省旅游目的地建设实施方案》拟定：到2010年，山西省将把平遥古城、五台山建设成两个世界级旅游目的地；把大同，北岳恒山，顿村温泉度假村，管涔山，右玉生态旅游区，历山，洪洞，壶口，运城关帝庙、死海，永济，皇城相府，陵川，长治，太原九龙国际文化生态园区建设成14个国家级旅游目的地。

2009年，是国家旅游局确定的"生态旅游主题年"。

右玉县生态旅游的全面启动，到2009年正好是第五个年头，四年来的大力推进、造势、建设，已经从硬件环境和软实力的打造上取得了历史性的突破，是右玉生态旅游真正的翻身发展时期。

自古自然之美方为大美。

据悉，目前我国第一个生态旅游走廊已初步形成，这条生态旅游走廊北起内蒙古大草原，经北岳恒山、道教圣地武当山、长江三峡、神农架、武陵源、桂林等风景区，一直至广西北海和中越边境。而右玉，正好处于我国生态旅游走廊的北端，有着极好的区位条件，此外52%的森林覆盖率是我国北方罕见的自然资源。

为此，赵向东、陈小洪、苏连根、苏斌如、吴秀玲、王志坚力争把右玉建成：

"中国生态旅游黄金线路上的新亮点"；"中国体育旅游动感地带"；"京津二环线生态旅游基地"；"自然风、自然光、自然绿的体验地带"；"北方夏季休闲避暑胜地"；

2009年7月15日，政协山西省常务副主席、党组书记郭良孝（中）带领政协山西调研组深入右玉调研。朔州市市长冯改朵（右一），中共右玉县委书记陈小洪（左二），右玉县县长苏连根（左一）陪同调研。

"时代精神感悟体验目的地";"西口文化观光旅游目的地"。

着力构建以生态资源为基础、历史文化为内涵、时代精神为主导的多元化旅游产业体系,全力打造中国特色旅游基地。

这不失为一种大手笔!

"打好绿色生态牌,打好边塞文化牌,打好特种体育旅游牌,继续做强做大这一特色优势产业,尽快建设右玉生态旅游强县。"

赵向东在2007年1月中共右玉县委第十二届二次全体(扩大)会议上指出的生态旅游目标正在扎实推进。

2009年7月15日,政协山西省调研组在政协山西省常务副主席、党组副书记郭良孝的带领下深入右玉调研。郭良孝说:"要大力加强旅游基地设施建设,让游客想来,愿留,住得舒心,吃得顺心,玩得开心。应加大对右玉的宣传力度,不仅要使全省人民家喻户晓,更应让全国人民知道,要让右玉这个天然氧吧,养更多人的肺。希望右玉在生态建设上,继续发扬艰苦奋斗、奋力赶超的右玉精神,在新的时代下,谱出更华丽的篇章。"

2009年,《右玉县生态旅游发展总体规划》通过省专家组评审。编制了《杀虎口古堡沿街及西口古道景区规划》。从2011年开始了古堡沿街景区的重建工程。

2008年5月5日,陈小洪任中华人民共和国成立后右玉县委第十八任县委书记。遵照中共山西省委的指示,决定把每年一届的"右玉生态健身旅游节"提升更名为"西口风情生态旅游文化节",从活动规模的时间上,活动参与的档次上,活动内容的创新上,突显了西口文化和生态文明相结合的旅游特色,精心打造了"塞上绿洲""西口文化""右玉精神"三大品牌。

笔者应不少读者的要求,也将这六届右玉西口风情生态旅游文化节真实记录下来,供世人鉴赏。

首届中国·右玉西口风情生态旅游文化节隆重开幕

八月的塞外大地,金风送爽,瓜果飘香。

八月的右玉山川,天蓝树绿,景色宜人。

2010年8月26日晚,由中共山西省委宣传部、中共朔州市委、朔州市人民政府主办,山西广播电视台、中共朔州市委宣传部、中共右玉县委、右玉县人民政府承办的"首届中国·右玉西口风情生态旅游文化节"在右玉县文化体育广场隆重开幕。山西省人大常委会副主任安焕晓出席并宣布首届中国·右玉西口风情生态旅游文化节开幕;政协山西省副主席李潭生,中共山西省委宣传部副部长李海渊、杜学文出席开幕式;中共朔州市委书记田喜荣出席并致辞,市委副书记、市长冯改朵主持开幕式;中共右玉县委书记陈小洪致欢迎词,县长苏连根接受现场采访;市委副书记杨伟民、政协朔州市主席高厚及市四大班子部分领导,原市级老领导,市直各部门、驻朔单位主要负责人及右玉周边五县(区)部分领导,右玉县四大班子领导与广大群众一起观看了开幕式演出。

为期6天的节会,以"西口古道、塞上绿洲"为主题,规模盛大,内容丰富,特色鲜明,主要活动有14项。其中有:西口文化旅游产品及农副产品展、农家生活乡村体验活动、西口风情油画摄影展、中国婚俗剪纸大赛颁奖活动、西口物资交流贸易大会、自驾拉力赛体验、西口地方戏曲展演、西口风情篝火晚会、右玉户外运动装备大展、西口风情周边城市自驾游等活动。同时在西口文化论坛期间,邀请著名导演张继钢以《一把酸枣》《解放》等艺术作品为背景,就西口文化与艺术创作为话题作讲座。在开幕式晚会上,以西口风情为主题,分为序幕、古道、绿洲、神往、尾声五个章节,着重唱响西口文化,讴歌了右玉人民60年来在历届党政领导班子的带领下,把一片"不毛之地"变成"塞上绿洲"的可歌可泣的右玉精神。山西电视台对这场晚会进行了现场直播。

第四届中国旅游电视周、首届中国西口DV文化节、"玉龙杯"中国速度赛马俱乐部联赛暨第二届中国·右玉西口风情生态旅游文化节开幕

2011年8月27日晚,由中国文联,中共山西省委宣传部,中国电视艺术家协会,中共朔州市委、市政府,中国马术协会,山西省旅游局,山西省体育局主办的第四届中国旅游电视

2010年8月26日晚,右玉县隆重举办首届中国·右玉西口风情生态旅游文化节开幕仪式。

2011年8月28日,县委书记苏连根在"中国年俗剪纸大赛颁奖仪式"上致辞。

2011年8月28日,"西口风情首届穿越右玉自行车车迷节"在右玉隆重举行。

周、首届中国西口DV文化节、"玉龙杯"中国速度赛马俱乐部联赛暨第二届中国·右玉西口风情生态旅游文化节隆重开幕。

第二届中国·右玉西口风情生态旅游文化节开幕,全国政协常委、中国文联副主席、中国视协主席赵化勇,政协山西省副主席周然以及省直相关单位领导,中国视协有关领导,中共朔州市委副书记马彦平等市四大班子领导出席。中国视协党组书记、驻会副主席张显,中共右玉县委副书记、县长苏连根分别致辞。中共朔州市委常委、宣传部部长郭健主持开幕仪式。

随后,主题为"西口古道·塞上绿洲"大型文艺晚会开始。

第二届中国·右玉西口风情生态旅游文化节主要活动有:第四届中国旅游电视周颁奖与学术研讨、首届中国西口DV文化节短片大赛颁奖活动、首届中国右玉"玉龙杯"速度赛马俱乐部联赛、西口风情首届穿越右玉自行车车迷节、中国年俗剪纸大赛颁奖活动以及传统的西口物资交流贸易大会。

2011年12月,"西口风情生态旅游文化节"被国家旅游局授予"中国最佳绿色生态人文旅游节庆"。

2012年,苏连根、苏斌如着眼建设"全景右玉"5A级旅游景区,树立旅游、生态、文化、产业、创意五位一体的新理念,推进旅游与文化的深度融合,提升旅游业发展水平。成立旅游文化产业发展领导组,整合资源要素,统筹项目资金,围绕"一山(小南山森林公园)一水(苍头河)一基地(干部教育右玉基地),一城(右卫老城)一堡(杀虎口平集堡)一园区(西口文化产业园区)"的规划思路,全面提升县域旅游景区建设档次。

以小南山森林公园、牛心卧羊山堡风电和贾家窑山松涛园景区为重点,完善基础设施,改造维修丰碑广场、绿化纪念馆、览胜厅和人工湖,建设青少年露营基地,实施小南山森林公园亮化工程,发展生态观光游。

以杀虎口平集堡、古堡、右卫老城和苍头河景区为重点,启动右卫老城修缮工程,开工建设西口文化产业园,推进"西口风情聚落"项目落地开工,实施西口古道二期项目,开发建设海子湾湖心岛景区及水上游乐项目,力争平集堡古堡投入运营,发展西口文化游。

以石袍沟滴翠园、水磨沟杏园、中陵湖等景区为重点,开发农家乐、采摘园、垂钓等一批特色旅游项目,发展度假休闲游。

中国文联、中国视协2012年送欢乐下基层
暨第三届中国·右玉西口风情生态旅游文化节开幕

2012年8月10日晚,中国文联、中国视协2012年送欢乐下基层暨第三届中国·右玉西口风情生态旅游文化节隆重开幕。

中共山西省委常委、宣传部部长胡苏平宣布:"第三届中国·右玉西口风情生态旅游文化节开幕!"全国政协常委、中国文联副主席、中国视协主席赵化勇,中国文联、中国视协、中华文化促进会、中共山西省委宣传部的有关领导出席开幕式。中国电视艺术家协会党组成员、副秘书长张彦民致辞。中共朔州市委副书记、市长李正印主持开幕仪式。

随后,主题为"绿洲放歌"的大型文艺晚会开始。

晚会由著名节目主持人赵保乐、冀星、王晋宁、任菲主持。晚会在青年歌唱演员、国家二级演员毕婕等人的合唱歌曲《相约西口》中精彩落幕。

2013年1月25日,中共山西省委宣传部副部长郭健(右二)和中共朔州市委常委、宣传部部长刘英魁(左一)在右玉视察宣传文化工作。

本届旅游节主要活动有:中国四花(窗花、墙花、灯花、绣花)剪纸大赛颁奖活动、"玉龙杯"中国速度赛马俱乐部职业联赛、西口文化旅游产品和农副产品展、右玉精神——西口文化产业发展论坛、西口风情和塞上绿洲摄影大赛、西口地方戏曲展演。

为了深入挖掘右玉独特的生态资源和地域文化,右玉县从中华人民共和国成立后第17任县委书记赵向东策划组织开始,到陈小洪、到苏连根连续八年坚持把特色生态文化旅游作为新型支柱产业来培育,打造体验型、观赏型、居住型旅游目的地为目标,逐步形成了西口文化和生态文明相融合的旅游特色,精心打造"塞上绿洲""西口文化""右玉精神"三大品牌,大力发展生态体验游、边塞文化游、户外运动游、会议度假游,有力地拉动了特色生态文化旅游业的快速发展,为推动右玉乃至朔州经济社会转型跨越起到了积极作用。

2012年,共接待游客98.69万人次,同比增长27.3%;旅游经济收入达到9.86亿元,同比增长30.77%。2012年右玉启动了山西省重点旅游县申报工作。右玉县的生态文化旅游已经成为山西省文化旅游开发的一个新亮点,成为右玉县转型跨越发展和全县经济新的增长极。

第四届山西·右玉西口风情生态旅游文化节开幕

2013年7月25日晚,由中共山西省委宣传部、中共朔州市委、朔州市人民政府、山西省旅游局、山西省体育局、山西广播电视台主办,由中国马术协会、中共朔州市委宣传部、中共右玉县委、右玉县人民政府、朔州市文化广电新闻出版局、朔州市旅游局承办的第四届山西·右玉西口风情生态旅游文化节隆重开幕!

中共山西省委常委、宣传部部长胡苏平宣布:"第四届山西·右玉西口风情生态旅游文化节开幕!"中共朔州市委书记王安庞致辞、朔州市市长李正印主持开幕式。

中共山西省委宣传部副部长郭健、王蕾、杜学文、尹天五,共青团山西省委书记赵雁峰,山西省作协党组书记兼常务副主席张明旺,山西省科协党组书记、常务副主席杨伟民,山西日报报业集团社长郭玉福,总编辑兰炎平,山西省广播电视台台长李海渊,山西省文联党组书记、主席张根虎等省直相关部门领导,中共朔州市委副书记郑红等四大班子领导,右玉籍和曾在右玉工作过的有关领导、右玉县四大班子领导与右玉干部群众共同观赏了开幕式上精美的大型原创音乐歌舞史诗剧《西口长歌》文艺表演。第四届山西·右玉西口风情生态旅游文化节从7月25日开幕至30日结束。活动主题为"西口风情、塞上绿洲、右玉精神",重走西口古道,体验避暑胜地,感受右玉精神。

期间,除举办开幕式外,还举办:"玉龙杯"2013年第十二届全运会马术三项赛资格赛、"玉龙杯"中国速度赛马俱乐部职业联赛(右玉)、中国民间信俗剪纸大赛颁奖活动、2013年山西省青少年击剑比赛暨第十四届青运会资格赛、西口地方戏曲展演、千辆自驾游右玉考察活动、华北百家旅企大联盟右玉踩线活动、"西口晋商路——右玉清凉地"十大商帮150多人走西口活动。

2013年8月13日,山西省副省长王一新(前排右二)在朔州市副市长雷建坤(左二)陪同下,就旅游产业发展深入右玉调研。前右一为中共右玉县委书记苏连根,前左一为右玉县县长苏斌如。王一新要求:"右玉旅游文化有着得天独厚的优势,右玉要以市场为导向,进一步整合各类资源,争取把旅游文化产业做强做大。"

2013年北京亚欧自驾车俱乐部在右玉设立了营地,右玉自驾游进入快速发展时期。

2013年9月,右玉西口风情生态旅游文化节,与平遥国际摄影大展、太原晋商文化艺术节、五台山国际文化旅游月、云冈文化旅游节等列为山西九大文化节之一,每年都要举办一次,让山西的特色文化走向全国,走向世界。

2013年右玉县生态旅游接待游客117万多人次,实现旅游业收入11.13亿元,分别比上年增长11.26%、11.65%。

右玉县上榜"2014中国深呼吸小城100佳"

2014年7月2日,"中国深呼吸小城100佳"在广东省深圳市发布,右玉县以"公民崇绿、满城爽适"的美誉荣登名榜,是山西省5个入围百佳小城之一。

什么样的生态环境才能称得上"深呼吸小城"?

笔者了解到,"深呼吸小城"是指空气新鲜,适于"避霾旅游"的县城、县级市。评价指标包括"五高一低"。

"五高"指森林与植被覆盖率高、历史年度空气质量优良天数比率高、旅居活动区域空气负氧离子含量高、主要景观区绿色度舒适美感度高、生态文明建设与低碳发展推动力度高。

"一低"指全境范围灰霾灾害天气影响低。

目前,联合评价机构正在赶制《2014年中国深呼吸小城100佳导游图》,以其丰富"避霾旅游""清新旅游"活动,引导中外旅游者特别是饱受灰霾灾害困扰的人们去享受大自然、"深呼吸"的乐趣。

2013年7月25日举行第四届山西·右玉西口风情生态旅游文化节文艺晚会。

2013年7月25日第四届"教场坪能源杯"中国信俗剪纸大赛获奖作品展颁奖仪式在右玉新区新建成的剪纸馆前隆重举行。共青团山西省委书记赵雁峰(前排右四)、中共朔州市委副书记郑红(前排中)、中共朔州市委常委、宣传部部长刘英魁(前排左四)、朔州市人大常委会副主任李玉兰(前排右三)、中共右玉县委书记苏连根(前排右二)、右玉县县长苏斌如(前排左一)等领导出席。

2014年7月23日上午，中共山西省委常委、宣传部部长胡苏平在中共山西省委宣传部副部长、山西省作协主席杜学文（前右二），中共朔州市委常委、宣传部部长刘英魁（左一），中共右玉县委书记苏连根（前左三）的陪同下，再次来到右玉展览馆调研。胡苏平要求："右玉展览馆要把右玉精神的实质和内涵更好地展现出来，成为学习弘扬右玉精神和党的群众路线教育实践活动的生动教材。"

绿满塞上高原的右玉，理所当然是中外旅游者们"深呼吸"的最好去处。

第五届山西·右玉西口风情生态旅游文化节开幕

又是一年塞上绿洲绿意盎然、避暑休闲的好季节。

2014年7月23日晚，由中共山西省宣传部、中共朔州市委、朔州市人民政府、山西省旅游局、山西省体育局、山西广播电视合主办，由中国马术协会、中共朔州市委宣传部、中共右玉县委、右玉县人民政府、朔州市文化广电新闻出版局、朔州市旅游局承办的第五届山西右玉西口风情生态旅游文化节开幕。

中共山西省委常委、宣传部部长胡苏平宣布："第五届山西右玉西口风情生态旅游文化节开幕！"中共朔州市委书记王安庞致辞，朔州市市长李海渊主持开幕式。

中共山西省委宣传部副部长、山西省作协主席杜学文等省直相关部门领导，中共朔州市委副书记郑红，中共朔州市委常委、市委秘书长李根田，朔州市副市长韩文让等市四大班子领导以及右玉籍和曾在右玉工作过的领导与右玉县干部群众共同观赏了以"中国梦·右玉情"为主题的大型歌舞晚会。

由于市、县、乡正在开展党的群众路线教育实践活动，第五届山西·右玉西口风情生态旅游文化节，在充分继承往届优秀文化旅游项目的基础上，本着节约办节的原则，从6月13日陆续开始，至7月27日结束。

本届旅游文化节仍突出"西口风情、塞上绿洲、右玉精神"的主题，内容丰富，特色鲜明。期间，除举办开幕式大型歌舞晚会外，从6月开始先后举办："玉龙杯"2014年全国马术三项锦标赛暨仁川亚运会选拔赛、中国戏曲剪纸大赛颁奖活动、山西省健身健美体育模特精英赛、"玉龙杯"2014年全国速度赛马巡回赛、国家主流媒体和全国网络媒体西口采风活动、骑游露营大会、右玉精神油画摄影展、西口地方戏曲展演、旅游推荐洽谈会、数字电影《塞上魂》研讨会等11项活动。

接二连三的生态旅游文化活动，又一次给千千万万来塞上高原右玉观光旅游休闲度假的四方游客带来美不胜收的体验和感悟！

7月23日，胡苏平还前往右玉剪纸艺术馆、玉林书画院、苍头河西岸的铁山堡古迹遗址和右玉展览馆调研。她指出，政府要大力引导支持文化产业发展，搞好服务，使文化产业更好地与市场接轨，努力打造精品。

2014年7月23日下午，右玉县首届油画写生展揭牌仪式在右卫镇右玉玉林书画院举行。中共山西省委常委、宣传部部长胡苏平（右五），中共山西省委宣传部副部长、山西省第六届作协主席杜学文（左二），中共朔州市委常委、宣传部部长刘英魁（右四），中共右玉县委书记苏连根（左一），北京画院油画室主任白玉屏（左三），朔州市文联主席王平（右二），右玉县文联主席郭虎（右一）参加油画展揭牌仪式。这届油画展共展出全国各地油画家在右玉创作的油画106幅。胡苏平要求："省、市、县相关部门要加大财力物力的支持。把右卫城打造成中国北方最大的油画城，实现山西南有平遥国际摄影节，北有右玉中国油画写生展的文化产业大格局。"

2014年7月23日下午，胡苏平（中）与杜学文（右一）、刘英魁（左一）、苏连根（右四）前往苍头河西岸的铁山堡古迹遗址考察。政协右玉县第五届主席王德功（左三）作介绍。胡苏平要求："右玉要加强对文物古迹的研究保护，把当地独特的生态旅游文化资源全方位地宣传出去。"

2017年8月4日，中共山西省委常委、宣传部部长王清宪（右三）在中共朔州市委副书记郑红（右二）、中共朔州市委常委、宣传部部长王加关（右四）、中共右玉县委书记吴秀玲（右五）等的陪同下，深入右卫艺术粮仓调研。王清宪说："右卫艺术粮仓很有特色，一定要持续办好办强，成为右玉生态文化旅游区一块靓丽名片。"左一为右玉县文联主席、右卫艺术粮仓创办人郭虎。

2017年8月8日，山西省人民政府副省长张复明（右一）在朔州市人民政府代市长陈振亮（右二）、副市长韩文让（右三）等的陪同下深入右卫艺术粮仓调研。张复明说："下功夫建好右卫艺术小镇，全面叫响右玉油画写生季的文化旅游品牌。"左一为右卫镇党委书记樊文智。

2017年7月24日上午，由中共右玉县委、右玉县人民政府主办，右玉玉林书画院、右卫艺术粮仓承办，在"水彩中国行"联合组委会的大力协助下，山西右玉首届中国水彩艺术节在右卫艺术粮仓院隆重开幕。政协右玉县第九届主席谭德宝（三排右十）代表县委、县政府致欢迎词。天津市水彩画家陶香莲主持。本届中国水彩艺术节是以右玉的山川草木、风土民情为题材推出的一项意义重大的水彩写生和展览活动。应邀而来的全国各地30多位知名水彩画家和与会人员合影留念。

矗立在右卫镇苍头河西岸上的三十二古长城景区指示牌

矗立在县城南出口的五大旅游景区指示牌

矗立在通市公路高家堡乡段的跨路横标

胡苏平听取了右玉展览馆陈列布置情况介绍，要求将"右玉精神"的实质和内涵更好地展现出来，使之成为学习弘扬右玉精神和党的群众路线教育实践活动的生动教材。

2014年，县内旅行社与周边5省41家旅行社签订旅游协议。全县接待游客150万人次，旅游总收入14.8亿元，分别同比增长19.2%、34.2%。

第六届山西·右玉西口风情生态旅游文化节开幕

右玉，一颗镶嵌在塞上高原的翡翠。

森林、草甸、长城，是右玉的天路。

仲夏的塞上右玉，绿波荡漾，草绿花红；清风拂面，凉爽宜人，尽显生态旅游之美。

2015年7月22日晚8时，由中共山西省委宣传部、中共右玉县委、右玉县人民政府承办，山西省旅游局、山西省体育局、山西省广播电视台协办的第六届山西·右玉西口风情生态旅游文化节在右玉文化体育中心广场隆重举行。

中共山西省委宣传部、山西省作家协会、山西省旅游局、山西省体育局、山西省广播电视台等省直相关部门领导，朔州市四大班子部分领导，右玉籍和曾在右玉工作过的有关领导与右玉县干部群众上千人共同观赏了《绿映西口沙棘红》大型文艺晚会。

中共朔州市委书记王安庞在致辞中说，朔州历史悠久，文化厚重，人文荟萃，生态宜居，是一座伴随着改革开放应运而生的新兴工业城市，也是一颗镶嵌在晋北大地的"塞上明珠"。近年来，朔州市充分依托丰富的历史文化资源和生态建设优势，把发展文化旅游产业作为全市转型发展的着力点，以品牌塑造、项目带动为突破口，逐步走出了一条文化与旅游融汇互动、生态与产业一体发展、强市与富民同步推进的科学发展新路，让古老的塞上大地一次次焕发出勃勃生机。

……

中共右玉县委书记苏连根在致辞中说，边塞要冲、西口故里、晋商通道，展示着右玉独特的地域文化特征，特别是中华人民共和国成立60多年来，右玉历届党政领导班子带领全县人民迎难而上，艰苦奋斗，久久为功，在改善自然生态，建设美丽家园的历程中孕育形成了宝贵的右玉精神。习近平总书记多次对右玉精神做出批示和指示，这是推动经济社会发展和作风建设的强大动力。

苏连根说，我们举办这一节庆活动，既是持续推进我县生态文化旅游业发展、提升右玉影响力的有力举措，也是加强文化建设，推动文化惠民的具体体现。我们相信，有各级领导和社会各界的关心支持，节会一定会办成一次领略西口风情、感知生态文明、推动文化发展的盛会；一定会办成一次汇聚四海宾朋、广聚人脉资源、加强右玉发展的盛会。我们诚挚邀请各方朋友前来右玉观光旅游、休闲度假、投资兴业，尽情领略右玉的勃勃生机和无穷魅力。

……

第六届山西·右玉西口风情生态旅游文化节活动主题为："西口风情、塞上绿洲、油画写生"。内容丰富，别具一格。主要活动有：右玉油画写生展、右玉油画写生基地研讨会、水陆画展、"西口风情"中国油画写生季、国家主流媒体和油画专业媒体采风活动、全县首届乡镇农民篮球赛和乒乓球赛、《中国梦·黄土情》晋冀蒙陕甘宁六省区地方戏曲及民乐民歌"三展"联动演出，共七项活动。

玉林书画院声誉鹊起

7月22日，位于右卫古城大西街路北的玉林书画院和大东街两个展览区彩旗飘扬，装饰一新。在东西大街正对展区路南新制作的3米高、4米长的两块鲜红展会宣传版面分外显眼。前来观展的人们川流不息，现场热闹非凡，不亚于正月十五闹元宵的喜庆场面。

"雄关漫步驼铃阵阵，古道悠长声色醉人"。右玉地处晋蒙交界，自古是中原农耕文明和草原游牧文明的融汇地。晋商的驼队开拓了商路，也开拓了富庶与繁华；西口的情歌，世代相传，荡气回肠。

塞上高原的右玉有着绵延起伏的丘陵地貌，粗犷独特的自然景观，古老神秘的文化遗迹，风格迥异的民俗风情，色彩斑斓的生态美景，西口韵味的人文精神。特别是境内的长城、烽火台、古堡、古庙、古戏台，村落、民居、街道，森林、草地、沟壑、大河、溪流、泉水，野鸡、野兔、狐狸等，是画家眼中丰富的创作元素，为绘画写生提供了独特的色彩视觉冲击，是艺术家们写生创作的绝佳之地。近几年不少国内知名画家和油画爱好者蜂拥来到右玉进行写生创作。

笔者在展前专门采访了几位知名油画家：

其中，中国艺术研究院中国油画院院长杨飞云以十分感慨而兴奋的心情，与笔者谈了他的感受："你们右玉，这个古老的边塞要冲有着陕北高原的开阔和浑厚气势，饱含浓郁的文化底蕴，处处积存着中国古文化的气息。几千年来，一直是草原文化和中原文化交汇之地，北方民族和汉民族交流融合的重要通道，是一条历史文化走廊，绵延久远，使右玉文化有了不可替代的独特意义。我初次踏入这片土地，便被眼前的景象所折服。塬上的山野、村落、街道在几千年农耕文化历史积淀下，有了自己独有的名字，'富家沟的窑洞''樊家窑的杏林''杀虎口的牧归'，还有铁山堡、广义桥……它们以原生的趣味、鲜活的姿态、苍茫的气象，彰显着各自独一无二的大美之气，原始而纯粹，直逼人的灵魂。它们或磅礴恣肆，或温婉静谧，或沉着冷峻。走在右玉，时刻可以感受到西口文化深深的烙印，不时会随着一件物品、一个景象的呈现，重温内心那些心酸苦辣的记忆，记录了国家、民族走向富强、民主、文明、和谐的脚步；记录了中国人心中曾经的激情与感动、彷徨与迷茫、快乐与幸福、成长与成熟，勾起你重回历史找寻青春颜色、灵魂洗礼、浪漫豪情的冲动，内心不由地产生一种满足和期待。身处其中，让人觉得时间是凝固的，分不清古今。不知为何初入此地，就倍感亲切，也许是因血脉的缘故。我祖上是山西人，祖辈走西口出关内蒙古，骨子里深埋着古老的记忆与情怀。2010年恰好课题组在年底要预备展览，要求学员深入生活写生，把握生活中新鲜强烈的感受。而右玉所显示出的内在底蕴和自然风貌特征正合此意，于是我们便将地点确定在右玉。后来我们多次来往此地，对右玉的了解和认识也多了起来，越加感受到你们塞上高原的右玉确实是写生创作的宝地。

油画艺术最本质元素是造型、色彩、情感和表现力等。右玉60多年来惊心动魄的植树造林种草史，赋予了其独有的色彩。从今天的文化背景看右玉，它几乎可以视作西口文化与植树文化从未分割过。我们去过很多地方，大江南北，国内国外，看到过多种文化和自然景观，却不曾见过右玉这般奇妙的地方，好看的山坡，西口里的人文韵味，质感清晰的色彩，入画的素材丰富多彩。这里蕴藏着诗意，一景一感受，生动感人，画了又想画。总之，你们右玉这个有着浓厚历史人文底蕴之地，提供了富有表现力的综合人文风貌和自然景观，构筑了一片中国当代艺术本土化的创作生态。……"

中国美术学院教授陈宜明与笔者说："你们右玉的地貌，有的像内蒙古，有的像陕北，还有的像河南，很丰富，可画得很多。这里有一种很硬、很有分量的风格，有一种精神。气场在里头，非常适合画油画。山沟里，许多树都歪歪扭扭，有些甚至长得变了形，但依然奋力向上，似乎是人体的肢体语言，像是在奋力挣扎，又像是在呐喊。……"

首都师范大学美术学院段正渠与笔者说："你们右玉这个地方，对画画来说，再好不过了。不论是风景，还是人文的东西都很好。从2005年我就正式带学生来画。从那以后，几乎每隔一年就要来。从一代雄关杀虎口，到北岭梁上的李达窑、残虎堡、破虎堡，再到右卫古城、辛堡梁、富家沟、牛心堡、云石堡，再到林草簇拥、鸟语花香的苍头河等等，我们都去了。我个人喜欢画开阔的大景，而右玉这地方正好适合我。森林、草地，群山起伏，有长城、古堡、古庙、古戏台，感觉非常好。"

……

右玉籍油画家白羽平与笔者同在右卫古城大西街长大。笔者很了解白羽平的一家。他瘦高的个子，喜欢留个长发，从小就喜欢画画。经过几十年的刻苦钻研勤奋学习，成为今天中国著名的油画家。笔者这次特别表扬他说："羽平，你不仅了解右玉，画了不少右玉的景色，更可贵的是你不遗余力地推荐宣传了咱大美右玉。右玉油画写生展的成功，赢得省委、市委的高度关注，赢得县委、县政府极大支持和鼓励，你与郭虎一样，是功不可没啊！"

油画家们一致认为：夏天的右玉像法国柯罗式的乡村景色；秋天的右玉像俄国列维坦式的茂密森林；冬天的右玉有着西欧勃鲁盖尔般的乡野气息。春夏秋冬，迎来送往，每一个季节都显现其特有的地域风貌。这里有无处不在的美景和可歌可泣的右玉精神。他们齐声赞扬：这里就是北方版的法国巴比松，是画家写生的绝妙之地！

清华大学、北京大学、首都师范大学、北京科技大学、太原理工大学、山西大学、山西师范大学，中国油画院、中国美院、北京画院等数10所国内高校的艺术院系师生和众多专业画家常驻右玉，开展油画写生创作。他们创作出的右玉风光油画作品在国内油画界获得了极高评价。不少作品在油画拍卖市场上拍出了千万元价格，刮起了油画界的"右玉风"。从而，引起众多油画爱好者和研究机构的关注，被誉为中国油画界的"右玉现象"。来来去去好几年,将右玉的人文和自然"风景"带走,广传于全国各地。

7月22日上午,中共山西省委常委、宣传部部长胡苏平从太原驱车出雁门,行朔州,至右玉北行350多公里,在中共朔州市委书记、市人大常委会主任王安庞,山西省作协党组书记、主席杜学文,中共朔州市委副书记郑红,中共朔州市委常委、宣传部部长刘英魁,中共朔州市委常委、秘书长李根田及中共右玉县委书记苏连根、县长苏斌如的陪同下,深入右卫镇就文化产业发展、文物保护工作进行调研。

7月22日下午,"西口风情"中国右玉油画写生作品展在玉林书画院开展。共展出了中国油画院院长杨飞云,首都师范大学美术学院段正渠、段建伟,中国美院李小琳,国家画院宛少君,北京画院白羽平等100多位来自全国各地知名画家、美院学生以及油画爱好者的200多幅油画作品。这些画作都代表了国内油画界的一流水平。举办这次作品展旨在将右玉打造成国内重要的油画写生基地,发展油画创作交易产业,并促使"西口风情"中国右玉油画写生季成为与平遥国际摄影大展齐名的文化旅游品牌。

在玉林书画院,胡苏平与王安庞、苏连根等为中国右玉油画写生基地揭牌。

胡苏平一行仔细观看了知名画家、美院学生以及油画爱好者在右玉采风后创作的精品作品,并与多位油画家现场交流。胡苏平说,右玉自然风光壮美瑰丽,用油画这一艺术形式来表现非常好。这次画家们的采风写生,把右玉的美表现得淋漓尽致,这既是对右玉最好的宣传,同时也是对山西油画事业发展的积极推动。希望各位画家们经常组织采风活动,深入到基层,走到大自然中,用不同的视觉,多样的手法,创作出自己独特的作品,走出一条自己的路子,形成一种学术流派。

在恢复修建一新的右卫镇宝宁寺,由同煤杀虎口文化旅游投资有限公司牵头,北京国艺央美文化公司组织20多名高级画师,耗时一年多,共临摹仿制了64幅明代水陆画在这里展出。胡苏平一行来到宝宁寺,听取了山西同煤杀虎口文化旅游投资有限公司聘请的大同灵岩寺主持道然法师对水陆画的情况介绍。胡苏平要求,政府要大力引导支持文化产业发展,搞好服务,使文化产业更好地与市场接轨,努力打造精品,做成品牌。同时要加强对文物古迹的研究保护,力求把当地独特的生态旅游文化资源宣传出去。

胡苏平一行还就打造"北方油画小镇",深入右卫油画基地规划施工现场进行调研指导。

"山西右玉西口风情油画写生作品展",凸显了国家级油画家笔下的"西口风情、塞上绿洲和右玉精神"风貌。并在2015年9月9日至15日中国(太原)煤炭交易中心举办的第二届山西文化产业博览交易会上展出。

伴随着"山西右玉西口风情油画写生展",右卫古城玉林书画院名声鹊起!也让右卫古镇成为中国的巴比伦!

云石堡古遗址有待开发

具有代表性的右玉云石堡古遗址,位于右玉县城西南45公里处,明嘉靖三十八年

（1559）筑堡。北至杨千河乡铁山堡边界起，南至威远镇威远城边界止，沿长城14.3华里，原设边墩22座。据史料记载，隆庆四年(1570)十月初九，蒙古俺答汗的孙子把汉那吉入关求降。明王朝以此为契机，封把汉那吉为三品指挥官。经双方在云石堡多次商谈实现"隆庆议和"。因此，云石堡成为万里长城化干戈为玉帛的融冰之处。现在，云石堡遗址和马市遗址基本保存完好，是万里长城"通贡互市"的历史见证，具有十分珍贵的文化、文物价值。

7月23日上午，胡苏平一行穿越梁威公路林海大道兴致勃勃来到云石堡遗址调研，实地察看了堡墙、堡门、堡城楼等，并与在这里写生的油画家交谈。在云石古堡前，政协右玉县第五届主席王德功用半个多小时介绍了云石堡的历史文化。胡苏平说："珍贵的历史文物和遗址都是不可再生、不可复制的。一定要千方百计保护好，让人们看得见历史、留得住记忆。右玉古城堡建筑群无论是在承载地方历史记忆，还是反映民族文化方面，都具有十分重要的意义。"

胡苏平叮嘱随行的县委书记苏连根：右玉县及各有关部门要加紧做好遗迹、遗址等基础性研究工作。在古村古堡的开发过程中，一定要注重古建筑群的还原度，修旧如旧，尽量以其原有风貌示人；要将文化和旅游有机融合，合理布局旅游要素，充分利用古村古堡进一步发展好民俗旅游，为右玉县旅游注入新活力。要学习借鉴发展较好地区的先进经验，在旅游开发中兼顾经济效益和社会效益，努力实现经济发展和社会和谐双赢。

胡苏平还嘱咐随行的杜学文："你告诉省文物局局长王建武也来云石堡考察一下。"

油画写生基地研讨会专家与领导纵论

在右卫镇建立油画写生基地的意义何在？发展前景怎样？

7月23日上午，第二届中国·右玉油画写生展暨右玉油画写生基地研讨会在右玉玉林苑宾馆举行。会议由中共朔州市委副书记郑红主持。中共右玉县委副书记、县长苏斌如致辞。

研讨会邀请中国油画院院长杨飞云、中国国家画院油画院一级美术师、《油画艺术》杂志副主编宛少君，清华大学美术学院绘画学教授包林，著名画家吴静涵、彭斯，北京画院油画室主任、右玉籍画家白羽平等25位知名画家，就此次展出作品及艺术风格和发展道路进行发言，特别就打造中国北方油画写生基地，致力形成"南有平遥国际摄影展，北有右玉油画写生季"的格局展开热烈讨论。

多位知名画家的发言，大多与笔者采访中的表述相近，这里笔者就不再重复。着重将几位领导的评价摘录如下：

山西省作协党组书记、主席杜学文对本次展出的油画写生作品风景中突显右玉现象的探索给予了高度评价和肯定。杜学文说，本届油画展通过作品反映了同一地域文化和自然背景下的世事沧桑，反映了对右玉地域性的自然景观、人文历史、生活习俗的深刻理解，阐释了右玉人民坚持不懈植树造林、坚忍不拔改善生态的可歌可泣的右玉精神。此次油画写生作品展，不但让观众更好地了解了油画艺术的概貌，同时对推进全省乃至全国油画艺术发展和交流具有重要的学术意义。希望各位艺术家以中国右玉油画写生基地为创作地，充分激发创作活力和创作精神,创作出更多富有时代感的油画写生作品,促进中国油画事业的大发展、大繁荣。

郑红说,本次展出的作品不拘泥于形式,注重表达感情与自然景色的内心精神感受,很好地将右玉精神吸收并消化。希望各位艺术家多提宝贵意见,通过艺术手段阐述右玉精神,进一步增进油画产业及艺术家之间的交流合作,努力加快右玉油画写生基地建设,打造右玉文化旅游和油画繁荣发展的新格局。

刘英魁说,各位艺术家经常深入右玉体验生活、写生创作,创作出更加富有艺术高度、深度的艺术作品,对全省乃至全国油画艺术的创作进行一个深层次的挖掘,使西口风情中国右玉油画大展成为与平遥国际摄影大展齐名的文化旅游品牌,也为右玉文化旅游事业的发展增强浓重的一笔。

……

3个小时的研讨会达成了共识:"山西南有平遥国际摄影展,北有右玉油画写生季"的格局是完全可行的。右玉油画写生基地与右玉文化旅游一样,定会做强做大!

文博会上对西口风情油画展赞不绝口

笔者在这里一并告诉广大读者:9月9日,以"文化三晋 美丽山西"为主题的第二届山西文化产业博览交易会在中国(太原)煤炭交易中心隆重开幕。

中共山西省委书记、山西省人大常委会主任王儒林,山西省省长李小鹏,中共中央宣传部常务副部长黄坤明,文化部副部长项兆伦,国家新闻出版广电总局副局长田进,国家文物局副局长宋新潮,中国文联副主席刘兰芳等,在文博会吉祥物"晋宝"的引导下,共同叩响"文博之门"。出席开幕式的省领导还有:薛延忠、楼阳生、胡苏平、吴政隆、王伟中、李政文、周然、张复明、李悦娥等。

开幕式后,出席开幕式的以上领导,在朔州市市长李海渊,市委副书记郑红,市委常委、秘书长李根田,副市长韩文让及中共右玉县委书记苏连根、县长苏斌如等领导的陪同下,参观巡视了第二届山西文博会朔州展厅。在右玉西口风情油画展区和水陆画展区前,胡苏平亲自向观展的领导们介绍了画家笔下的右玉风情。领导们对国家级油画家笔下的"西口风情、塞上绿洲、右玉精神"风貌赞不绝口:"右玉的风光美,画家们画得美!"

9月11日上午,在太原美术馆9号展厅,山西右玉西口风情油画作品展在这里整体开展。胡苏平与省委宣传部常务副部长李高山,省委宣传部副部长、省文明办主任王蕾,省委宣传部副部长刘英魁,朔州市领导郑红、韩文让及苏连根、苏斌如等市、县领导又一次兴致勃勃地一同参观。

在开展仪式上,右玉县县长苏斌如主持,韩文让讲话。苏连根在致辞中说:"我们来到省城太原美术馆,举办山西右玉西口风情油画写生作品展,目的是向海内外各界朋友介绍古老的西口、美丽的右玉,吸引更多的油画大师、美术爱好者前来右玉写生创作,进一步提升右玉油画写生基地的知名度和影响力,使之成为右玉乃至全省文化发展繁荣的一张名片,致力形成'南有平遥国际摄影展、北有右玉油画写生季'的格局。……"

胡苏平希望各位油画大师与太原美术馆等单位加强联系，扩大油画作品的社会影响力，提高油画作品的经济效益，让更多精美的作品走出展馆，走向市场，走进老百姓家中，不断推动右玉油画产业、旅游产业、文化产业发展壮大。

9月15日，中共右玉县委宣传部被大会组委会授予"第二届山西文化产业博览会优秀组织奖"。

由于第六届山西·右玉西口风情生态旅游文化节与右玉油画写生作品展意义非同寻常，笔者花了不少笔墨作了翔实的报告，希望广大读者及文学爱好者都来关注乃至参与右玉油画写生季等项文化旅游活动。

笔者写到这里，我们十分感谢胡苏平从副省长转任省委宣传部部长以来九赴右玉，为塞上高原右玉小县的文化产业开发和生态旅游文化发展付出的不少心血，发表的不少可操作性的重要指示而荣幸，而鼓舞，而振奋！右玉人民会铭记的！

2015年，苏连根、苏斌如带领右玉人民树立"全县大景区"和"大旅游、大产业"的新理念，积极开展国家全域旅游示范区创建工作。全年接待游客创纪录的158.3万人次，同比增长1.66%，旅游业总收入15.32亿元。

2016年2月21日，国家旅游局官网公布：首批国家全域旅游示范区名单出炉，全国262家单位入围。山西省晋中市、右玉县、壶关县、平顺县、阳城县五市县成为首批国家全域旅游示范区。

全域旅游是将特定区域作为完整旅游目的地进行整体规划布局、综合统筹管理、一体化营销推广，促进旅游业全区域、全要素、全产业链发展，实现旅游业全域共建、全域共融、全域共享的发展模式。本次评选由国家旅游局组织开展，旨在推动旅游业创新、协调、绿色、开放、共享发展，推动旅游业由"景区旅游"向"全域旅游"发展模式转变，促进升级、提质、增效。

据了解，首批国家全域旅游示范区创建时间原则上为2—3年。达标后正式列入国家全域旅游示范区名录。入选单位将享受"四个优先"待遇：即优先纳入中央和地方预算内投资支持对象，优先支持旅游基础设施建设，优先安排宣传推广重点活动，优先安排人才培训。

右玉被选入首批国家全域旅游示范区，把右玉打造成为集生态休闲度假、西口风情体验、消夏避暑养生为一体的全国知名旅游目的地。再次向世人昭示了中华人民共和国成立70年来右玉人民艰苦奋斗、尊重科学、久久为功、锲而不舍地开展生态文明建设取得的巨大成果！

山西省人民政府决定：设立全省首个右玉生态文化旅游开发区

又是一个充满希望的春天。

又是一个塞上高原右玉的特大喜讯！

2017年4月20日，山西省人民政府省长楼阳生主持召开第148次常务会议：同意设立右玉生态文化旅游开发区和襄垣经济技术开发区。

同意设立右玉生态文化旅游开发区,标志着山西省唯一一家以生态文化旅游为发展方向的省级开发区正式获批。

会议强调,设立右玉生态文化旅游开发区,是践行新发展理念、促进脱贫攻坚的创新性举措,是推动开发区改革创新发展的探索性实践。要牢固树立"绿水青山就是金山银山"的强烈意识,依托主体功能区定位,科学规划产业布局、空间布局,建设好文化创意、湿地体验、生态产业三大功能区。要大力发展全域旅游,深度挖掘右玉特有的生态文化旅游资源,做好长城风光、边塞风情、西口故事等文章,发展生态观光、湿地体验、绿色氧吧、赛事会展等项目,强化康养健身避暑度假、药食养生等功能,打造绿色品牌,建设一流景区,切实提升美誉度和影响力。要把产业开发与脱贫攻坚结合起来,依托龙头企业带动农民群众大力发展乡村旅游、功能农业、功能食品等产业,以产业促进脱贫。要创设管委会体制机制,优化资源配置,改进政务服务,提升效率效能,切实增强示范区发展活力。要大力弘扬右玉精神,步步为营、久久为功,努力把右玉生态文化旅游开发区打造成践行"两山"理论的样板,走出一条依托生态文化旅游资源脱贫致富的新路子。

右玉县从2004年8月赵向东同志担任中共右玉县委书记以来,至陈小洪、苏连根,至吴秀玲、王志坚,带领右玉人民依托全县良好的人文生态、宝贵的右玉精神、厚重的西口文化、丰富的矿产资源、便捷的区位交通、完备的产业体系,推动构建以生态文化为主体、西口文化为品牌、红色文化为支撑、边塞文化为补充的"四大文化系列",并以此为引领,加快布局特色化、多元化的旅游项目和产品,持续保持另辟蹊径、错位发展的良好势头。

右玉生态文化旅游开发区,涉及新城镇、右卫镇、威远镇、杨千河乡、牛心堡乡、杀虎口旅游区,共78个村。拟定面积417.38平方公里,占全县总国土面积的21.2%;常住人口63000人,占全县总人口的55.26%。具体由:以西口风情、边塞文化体验为主题,突出长城风光、边塞风情、西口故事和文化创意等功能的杀虎口—右卫文化创意园;以休闲度假、自然康养为主题,突出湿地体验、氧吧绿肺、自然康养、精致度假等功能的苍头河湿地体验带;以山地运动近郊休闲为主题,突出生态观光、避暑度假、药食养生、特产购物和赛事会展等功能的环县域生态产业园。

杀虎口—右卫文化创意园、环县域生态产业园、苍头河湿地体验带的"两园一带"三大功能构成,将向世人展示塞上高原右玉魔幻般脱胎换骨的时代魅力!

为了确保开发区设立工作的专业性、科学性,右玉县专门聘请了山西省投资咨询和发展规划院,对生态文化旅游开发区和板块布局、功能定位、拟建范围、人口比例、道路交通、景区景点等方面进行全方面规划设计,形成了整体框架思路。与此同时,为加快推动旅游产业的市场运营,推动形成全县文化旅游产业投资主体多元化、融资方式多样化、运作方式市场化的新机制,右玉县积极推进文化旅游产业投资(集团)有限公司的组建工作。右玉县制定了《右玉县2017年旅游重点工作安排》,细化了6个方面30项具体任务。重点包括:在开发区范围内规划打造一条环形旅游线路,带动全县旅游业实现新突破。启动实施西口古道生态文化旅游风景道整合保护建设工程，充分利用古长城、古城、古关、古烽火台、古堡、古刹、古道"七古"历史文化资源，与蓝天白云、五彩生态、多彩风情、清凉气候、爽爽风光、美丽乡村等优势组合，打造最美自驾风景道，构建地域性、引爆性旅游项目；加快建设右卫文创艺术，以玉林书画院、右卫艺术粮仓为载体，大力发展油画制作和名画制作，形成以右卫古城为中心的油画写生、摄影创作、版画制作基地；探索开展乡村旅游精准扶贫示范项目，以连接全县主要景区和核心景点的大环形旅游线路为纽带，科学布局西口人家、长城人家、古堡人家文化风情示范村，加快创建牛心堡休闲农业与乡村旅游新生态；重点推进环县城百里生态走廊创新示范项目，建设时光森林乐园、森林童话世界、再现熊出没等森林主题公园，带动家庭自驾游。

2017年9月26日，经中共山西省委、山西省人民政府审定同意，省委办公厅、省政府办公厅正式印发《关于支持右玉县绿色发展暨生态文化开发区建设的若干措施》，专门制定了32条支持性政策，从生态建设、绿色产业、基础设施和特色城镇化、财政金融、土地、生态文化旅游开发区建设、相关领域改革试点示范布局等7个方面32条具体措施给予支持。这些措施旨在凝聚各方共识，支持右玉县大力推动绿色发展，着力建设县域生态文化旅游开发省级示范区，积极探索北方生态脆弱地区践行"绿水青山就是金山银山"生态文明建设新模式，努力走出一条贫困地区通过绿色发展实现精准脱贫、通过生态文化旅游促进县域经济振兴发展的新路径。

2017年10月14日，右玉县生态文化旅游开发区管委会正式挂牌运行。山西省商务厅厅长孙跃进，中共朔州市委常委、统战部部长、市弘扬右玉精神领导组组长李根田共同为管委会成立揭牌，市委常委、宣传部部长、市弘扬右玉精神领导组副组长王加关，市委常委、副市长、市弘扬右玉精神领导组副组长陈耳东及中共右玉县委书记吴秀玲，右玉县委副书记、县长王志坚等领导同志出席仪式。管委会的挂牌成立标志着全省唯一一家以生态文化旅游为发展方向的省级开发区工作正在扎实向前推进，努力把右玉建设成为践行习近平总书记"绿水青山就是金山银山"的样板区和推动绿色发展的先行区、示范区、必将为全国其他生态文化旅游开发区的设立起到示范引领作用。

每年来右玉观光旅游的游客成几何级数增长！

2018年市委书记陈振亮举右玉龙头，走生态之路，打长城品牌，争创右玉全域旅游AAAAA级景区

历史，常常凝练成一次次选择；

选择，又常常开启一段段崭新历史。

2018年以来，中共朔州市委书记陈振亮、市长高健按照全省打造黄河、长城、太行"三大旅游块"的战略部署，实施了"举右玉龙头，走生态之路，打长城品牌"发展战略，着力帮助构建绿色创新体系。全力支持右玉创建国家级旅游业改革创新先行区和国家全域旅游示

范区，争创全域旅游AAAAA级景区，重点打造杀虎口旅游风景名胜区、右卫古城文化创意园、苍头河国家湿地公园、玉龙文体产业园4个龙头景区。支持全县发展康养、马术、骑行、温泉、冰雪等旅游新业态。以玉龙集团马业公司为载体，兴建集育马、赛马、卖马和驯马于一体的马产业基地。全力助推右玉全域旅游网络体系建设。

2016年1月，县委书记吴秀玲和县长王志坚任职以来，加快建设右玉生态文化旅游开发区，绿色发展进入新的阶段。

每年举办一次西口风情生态文化旅游招商系列活动；

已成功举办首届塞上朔州长城国际旅游节；

"两山"理论与右玉绿色文化发展峰会暨开发区建设恳谈招商会；

右玉首届生态国际马拉松赛；

首届生态右玉房车露营大会；

"风情西口·生态右玉"北京摄影艺术展；

全省企业家右玉考察洽谈；

首届小南山森林音乐会；

第十届世界养生大会康养峰会；

在人民大会堂举办了践行"两山"理论、发展生态文化旅游主题推介会；

山西右玉首届中国水彩艺术节；

与浙江安吉、陕西延安、河北塞罕坝林场、新疆阿克苏共同成立生态文化旅游发展合作联盟等活动。

2018年9月6日，由中共山西省委宣传部主办的"绿色的旋律2018右玉森林音乐会"在右玉县小南山森林公园精彩落幕。

2016年7月22日，山西·右玉西口风情文化旅游招商系列活动启动仪式。

右玉旅游品牌效应不断提升,旅游发展势头十分强劲。风情西口·生态右玉品牌逐渐深入人心。

如今的右玉,已建成从小南山森林公园(丰碑广场)—中陵湖水上乐园度假村—汉墓群—铁山堡古城遗址—苍头河湿地公园—右卫古城文化创意园(右玉书画院、右卫艺术粮仓等)—杀虎口风景名胜区—海子湾水库度假村—二十一古长城遗址—三十二古长城风景区—贺兰山景区—贾家窑山松涛园—四五道岭塞上草原—牛心孕璞和滑雪场—小南山滑雪场—右玉干部学院—旗帜广场—玉龙文化产业园—南山美郡度假村—三道河水上乐园—城市会客厅等20多个景区景点,共118公里的"景景通"旅游观光循环大道。

2018年接待游客290.14万人次,实现旅游总收入26.977亿元,分别同比增长32.4%、28.2%。

如今的右玉,宛若一座规模宏大的生态公园。

朋友,
右玉坚持把生态旅游业作为战略性支柱产业来培育,科学规划,完善基础,加快发展。
右玉旅游业已是春色满园!
特色生态旅游正在召唤您的惊喜到来!

太原理工大学与玉龙马业公司签约建立玉龙国际赛马学院

太原理工大学党委书记吴玉程(左)在签约仪式上为张月胜(右)颁发太原理工大学校长黄庆学签发的"客座教授"证书。

夏日的塞上右玉,景色秀丽,清凉宜人。
八月的塞上右玉,喜事频传,亮点纷呈。
2018年8月4日,上午9时。
右玉,玉林西大街北侧的十五层玉龙国际大酒店二楼宴会厅,别样的喜气洋洋。
太原理工大学与山西马业发展有限公司在这里隆重举行签署合作办学协议。太原理工大学又一个崭新学院——玉龙国际赛马学院在塞上绿洲右玉诞生了!
这是中华人民共和国成立后,右玉发展历程中值得载入史册的大事、喜事!

出席签约仪式的有太原理工大学党委书记吴玉程、山西体育局副局长袁乃平、中共朔州市委副书记操学诚、太原理工大学副校长李晋平、中共右玉县委书记吴秀玲、山西玉龙投资集团有限公司董事长张月胜、太原理工大学党委办公室主任任喜莹、右玉县人民政府副县长魏斌、右玉县生态文化旅游开发区副主任张奇、山西玉龙马业发展有限公司总经理马静等。

签约仪式由李晋平主持。

太原理工大学按照"校企融合、协同育人"的新型专业人才培养模式，以高层次国际化为目标，共同建设国内一流、国际知名的太原理工大学玉龙国际赛马学院，努力培养基础宽厚、技能突出的高质量研究生及应用型本科优秀马业人才。

这里，我先向读者朋友们简要介绍一下山西玉龙投资集团及玉龙马业公司发展情况。

山西玉龙投资集团有限公司，是中华人民共和国成立后右玉第十七任县委书记赵向东和第十八任县委书记陈小洪引进的大型民营企业。该公司总部位于右玉县玉林西大街北侧。以能源产业、文化产业、马产业和现代服务业四大产业集群，构筑新常态下多元发展格局，是当代能源企业升级创新的领军企业。集团旗下拥有山西右玉玉龙煤业有限公司、右玉牛心堡风力发电有限公司、玉龙马业发展有限公司、玉龙国际酒店、玉龙汇业房地产开发有限公司、玉龙化工有限公司等十余家企业，涉及煤炭、风电、化工、马产业、酒店餐饮、房地产开发、特种养殖多个企业。

集团先后荣获了"山西省功勋企业""山西省信用A级标准""煤炭企业转型发展先进单位""朔州市强势企业"等多项荣誉。集团董事长张月胜先后被授予"山西省劳动模范""山西省功勋企业家""招商引资先进个人""山西省青年创业明星"等多项荣誉称号。

山西玉龙马业2008年开始兴建玉龙马园，作为玉龙马业的国内产业基地。

玉龙育马场处于北纬40°18'，与被誉为"世界马都"的美国肯塔基州、日本北海道牧区纬度位置相差无几，属于马匹的最佳育种区。

玉龙赛马场坐落在县城南出口大道西侧，东邻小南山森林公园，北与南山美郡大酒店相邻。这里绿树环绕，小河流淌，鲜花漫地，百鸟争鸣。新修的条条水泥（油）路蜿蜒曲折，一座座欧式马舍错落有致，好似一处世外桃源。

走进玉龙育马场，进入眼帘的是：

玉龙育马场占地6000亩，拥有宽阔的南山育马场和北山育马牧场。

玉龙赛马已建成一流的设备设施：国际标准1600米速度赛赛道（沙道）、国际二星级标准越野三项赛赛道、国际标准马术障碍赛场、室内马术训练场、室外马匹调教场等。

2011年，代表山西组建了山西省马术队，为马匹调教、繁育、比赛、拍卖等积累了强大的人才实力。

山西玉龙马业拥有纯血马、温血马、汗血马、弗里斯兰马、阿拉伯马以及迷你马等各类优选马匹205匹，其中纯血马占比65%。全力打造国内一流的赛马基地、马匹繁育基地、马匹拍卖基地。

山西玉龙马业不仅拥有一流的竞赛场地，而且在赛事组织实施上，锻炼出一支精干的办赛队伍，得到了国家体育总局及各级主管部门的一致认可，得到了马业人士的一致好评。从2011年至2018年连续8年承办组织了14场国家级赛事。玉龙马业正在积极筹备举办常态化赛事，力争打造中国马赛第一品牌。

山西玉龙马业走出国门，迈向世界，近几年频频出战澳洲、欧洲、亚洲各国赛事，玉龙赛驹战绩辉煌、名声远扬。

如今，山西玉龙马业发展有限公司是中国规模最大的马产业基地，已与澳大利亚、爱尔

签字排左为太原理工大学副校长李晋平，右为玉龙集团董事长张月胜。二排图中为太原理工大学党委书记吴玉程。左六为中共朔州市委副书记操学诚，左五为中共右玉县委书记吴秀玲，左四为玉龙马业公司总经理马静，左二为太原理工大学党委办公室主任任莹。右七为山西体育局副局长袁乃平，右五为右玉县副县长魏斌，右四为右玉生态文化旅游开发区副主任张奇等。

兰赛马学院、新加坡赛马会、爱尔兰纯血马委员会、澳大利亚殷利殊马拍卖行、澳大利亚雅士牧场、威登育马场和伍德赛德育马场展开了跨国战略合作。

我再向读者朋友们介绍一下太原理工大学发展简要情况。

太原理工大学位于山西省太原市汾河西岸，迎泽大街西，分北、南两校区。太原理工大学是："双一流"世界一流学科建设高校、国家"211工程"重点建设高校、教育部首批"卓越工程师教育培养计划"实施高校、中国政府奖学金来华留学生接收院校、全国首批深化创新创业教育改革示范高校。先后被评为普通高等学校本科教学工作优秀单位、全国文明单位、全国文明校园。截至2019年4月，学校有明向、迎西、虎峪、柏林四个校区。学校前身为创立于1902年的山西大学堂西学专斋，是中国最早成立的三所国立大学堂之一。历经山西大学校工科、山西大学工学院、太原工学院、太原工业大学。1997年，太原工业大学与始建于1958年直属煤炭部的山西矿业学院合并，组建为太原理工大学。太原理工大学拥有完善的学术体系，拥有雄厚的科研能力和师资力量，拥有庞大的人才资源，拥有不断创新勇攀高峰的魄力和精神，是玉龙马业绝佳的合作伙伴。

在玉龙国际赛马学院的签约仪式上，玉龙国际赛马学院落户右玉，县委书记吴秀玲高兴劲别提了。她在致欢迎辞中说："玉龙文体产业园作为我县重点打造的另一龙头文旅项目，经过几年的建设，取得了长足发展，建成了国际标准的赛马场，成功举办了全国速度赛马、马术盛装舞步、马术三项赛等赛事，并实现了赛马常态化，今年还举办了全国首场正规马匹拍卖会，已经形成集育马、赛马、拍卖马为一体的现代马产业发展格局。这次与太原理工大学签订建设玉龙国际赛马学院协议，发展赛马专业学科，这在全国都少有，标志着玉龙马产业将步入更为高层次的发展阶段。我们坚信，有各位领导和嘉宾的关怀和支持，玉龙国际赛马学院一定会顺利建设发展，右玉的旅游产业一定会迎来全新的发展时代。"

玉龙集团董事长张月胜几天来沉浸在喜悦幸福中。他在致辞中说："在省体育局、朔州市、右玉县各级领导的大力推动下，太原理工大学与山西玉龙马业，本着优势互补、强强联合的原则,共同创立'太原理工大学国际赛马学院',为中国马业和教育领域双双填补了国内空白,是中国马业发展史上重大而关键的一步,对中国马业从业人员整体素质的提升和人才的培养而言意义重大。"

"玉龙马业在中国生逢其时,中国马产业经过20余年摸索前行,特别是近几年的蓬勃发展,已进入快速发展时期。我们本着立足国内、布局全球的战略思维,已完成以繁育、赛事、拍卖和集训为四大支柱的马产业全产业链布局,已成为全球赛马界的中国代表,成为中国马业与全球马业沟通交流的桥梁纽带,成为中国马业发展的领军企业。"

"太原理工大学与山西玉龙马业希望通过共同创立'玉龙国际赛马学院',为中国马产业的发展注入源源不断的人才和科研支撑,助力中国马产业的长远发展。"

太原理工大学党委书记吴玉程喜上眉梢地说:"此次签约是我校以习近平新时代中国特色社会主义思想为指导,坚决贯彻党的十九大和习近平总书记重要讲话精神,将办学供给侧改革与经济转型发展紧密结合的重要举措;是以实际行动回应省委省政府'1331'工程的具体表现;也是认真落实学校'十三五'发展规划,促使高等教育'有特色、国际化、内涵式'发展,加快推进学校'双一流'建设的有效途径。"

吴玉程强调:"学校始终秉承'以人为本、文体为舟、承载德智、全面发展'的办学理念,以创建'高水平、国际化、创新型'学校为办学目标,以'立德树人'为根本宗旨,高度重视竞技体育在育人工作中的典型示范引领作用。运动健儿在不同的赛场上顽强拼搏,勇于亮剑,用坚忍不拔的意志,为学校争得了一份份奖牌和荣誉。这种精神也时刻激励着广大师生在学校'双一流'建设中奋勇争先。同时,学校在办学中始终注重发挥优势特色,将准星紧紧瞄准经济社会发展需求,不断优化我校学科建设的体系。此次,学校通过校地校企合作的方式成立国际赛马学院,就是主动对接经济社会发展的具体举措。"

"在未来的办学过程中,太原理工大学将加强师资培养和引进专业课程和培育体系建设;制定针对性的培养方案、赛马方向,学生的通识教育基础课、部分学科基础课的教学工

2018年9月1日,太原理工大学玉龙国际赛马学院正式揭牌。右一为山西省体育局局长赵晓春、右二为太原理工大学党委副书记刘润祥。左二为中共朔州市委副书记操学诚、左一为玉龙集团董事长张月胜。二排左二为右玉县人民政府县长王志坚。

作。并利用研究生教育平台，在赛马产业科学研究、国内外学校交流方面加强合作，推动全国赛马产业科学化发展。"

2018年9月1日，上午10时。玉龙赛马场北侧。

蓝天白云，秋阳高照。6只喜鹊飞来飞去喳喳叫。

右玉县在这里举办中国航协航空飞行基地和太原理工大学玉龙国际赛马学院揭牌仪式。

国家体育总局航空无线电模型运动管理中心书记任洪国，山西省体育局局长赵晓春，中共朔州市委副书记操学诚，太原理工大学党委副书记刘润祥，山西省航空产业集团总工程师、山西省航空运动协会主席郭福林，右玉县人民政府县长王志坚，县委副书记、统战部部长孟福荣，澳大利亚纯血马繁育马驻协会主席执行官汤姆·瑞利，新西兰纯血马市场部安德鲁，新加坡赛马会首席运营官宋思明，日本赛马协会国际赛马总监松尾，ITM爱尔兰纯血马事务部首席执行官查尔斯·奥尼尔，澳大利亚赛马学院院长阿什利，新加坡亿冠赛马顾问有限公司许利汉，右玉县人民政府副县长魏斌，右玉县生态文化旅游开发区管委会副主任张奇等出席仪式。

玉龙国际赛马学院正式揭牌了！

据悉，2019年秋季开始，玉龙国际赛马学院将正式招生。

爱马、喜赛马、研究马文化的莘莘学子，玉龙国际赛马学院已伸开大臂欢迎你们的到来！

2017年7月10日，参加首届塞上朔州长城国际旅游节的外国友好人士在杀虎口长城上留影。

第二十三章 省、市作出大力学习弘扬右玉精神的决定

[题记]

　　无论是在硝烟弥漫的革命战争年代，还是在社会主义和平建设时期，右玉人民都能始终听党的话，跟党走，艰苦奋斗，勇于牺牲，乐于奉献，形成了光荣的革命传统，同时这也正是形成右玉精神的基础。

事实是最有说服力的。

笔者在本书的开头已提到，中共山西省委第十三任书记、山西省人大常委会第十一届主任张宝顺于2005年8月23日在右玉视察后，很快指示省委政研室，并组织省属新闻媒体深入右玉，总结右玉的经验，在全省学习宣传推广。

右玉的名字之所以被一次次地叫响，源于一个"绿"字，归结于一种精神。

右玉人民特别地锻造出独特的右玉精神，山西省纪委等部门九赴右玉总结弘扬

右玉精神——这个新颖而令人振奋的称呼，在三晋大地上逐步引起了人们的注意和向往。

右玉精神的深入挖掘和推广叫响，离不开山西省纪委、宣传、组织等部门领导们的思考

吃水不忘挖井人，翻身不忘共产党。在右玉70年锁风固沙植树治河的无数个战役中，右玉县、乡、村各级党组织充分发挥核心引领作用和战斗堡垒作用，带领一代又一代勤劳朴实的右玉人民吃大苦、耐大劳、舍小家、顾大家，翻山越岭南征北战种树种草，为实现塞上高原美丽家园梦做出了巨大奉献，锻造出了独特的右玉精神。

和努力。

右玉精神科学内涵的准确而简练表述，离不开李立功、卢功勋、王庭栋、郭裕怀、刘泽民、薛军、王雅安等几位省级领导的思考和对省委的建议，以及对长篇报告文学《苍河颂》的精心策划指点和亲自修改把关，有的让秘书修改校正。

从2006年9月27日至2012年12月12日山西省纪委同志们共9次深入右玉检查指导工作。

山西省纪委认为：右玉精神能够在朔州这块土地上成长起来，也是朔州市干部群众精神面貌的一个缩影。这种艰苦奋斗的精神，是当年太行精神、吕梁精神在新的历史条件下的发扬光大，这也体现了我们山西3000多万人民群众精神面貌的本质。右玉这个典型，很有说服力，它是一个勤政的典型，是一个爱民的典型，是我们共产党践行执政为民宗旨的集中体现，也是继承和发扬光荣传统的集中体现。右玉精神不是吹出来的，是右玉人民通过近60年的艰苦奋斗，用汗水和心血换来的。右玉县人民表现出来的这种艰苦奋斗、改天换地、科学发展的精神，应该很好地在全社会大力宣传、大力推广。首先，要认真学习右玉精神。要认真总结好、宣传好右玉精神，用右玉精神来激励全省人民。通过向右玉学习，促进各方面的工作，这是各级领导干部的重要责任。右玉精神，既体现了传统的革命精神，也体现了与时俱进的时代精神，山西现在太需要右玉这个典型，太需要把右玉精神用最恰当的方式迅速宣传出去。其次，要大力弘扬右玉精神。我们的事业需要右玉精神来激励、来引领大家前进。特别是各级领导班子的建设需要向右玉这面旗帜学习。要总结、宣传、组织好深入开展学习右玉精神的活动，促进工作，推动发展，来实现党的十七大交给我们的任务和省党代会提出的目标。

冯改朵，这位已在朔州任职11年的市级女领导，不知多少次来到右玉调研，对右玉、对右玉的领导干部、对右玉的人民、对右玉精神，有着极为深切的感受和了解。她指导制作了反映右玉精神的电视专题片《脊梁》。她说，树立和推广右玉这个典型是个政治任务，必须做好。要注意三个方面：一要突出它的时代性。右玉历任县委书记一任接着一任干，58年坚持不懈搞绿化，不断探索实现科学发展，具有很强的时代性。二要深入挖掘右玉典型形成的原因。右玉之所以能做到这一点，除了有干部群众严谨的作风、严明的纪律以及科学公正的绩效考核机制等方面的原因之外，还有县委一班人坚持正确的政绩观，实事求是，开拓创新，带领干部群众艰苦奋斗的原因。三要明确它的示范性。全国2000多个县中，右玉这个典型很有示范性，别的县可能也做出了突出贡献，也传承了，但像右玉十几任不间断，58年不停止的特点更为突出，也更为可贵。

赵向东，这位在右玉任县长三年、县委书记四年，与右玉难舍难分的市级领导。他说，右玉能够58年坚持不懈地搞绿化，能够十几任县委书记一任接着一任干，首先，靠的是一种信念，一种共产党人坚持不懈的信念。在半个多世纪的绿化过程中，右玉之所以能够在恶劣的生产生活条件下没有放弃绿化，在计划经济、市场经济的大潮中没有改变绿化，靠的就是共产党人的坚定信念，没有这种信念，干事创业就坚持不下去。其次，靠的是正确的政绩观。在右玉没有正确的政绩观就没有今天的变化。当官为什么？如果是为了急功近利，为了追求短期效益，那就不会去搞绿化，因为绿化是一项长期性的工作。第三，靠的是艰苦奋斗、干事创业的良好作风。右玉不是就绿化而绿化，而是通过绿化带动干部作风的改变，营造艰苦奋斗、干事创业的浓厚氛围，影响和造就一批无私奉献、敢闯敢干的干部。右玉精神最终体现的是党的执政能力建设。十几任县委书记传承接力、58年不懈追求的过程，正是党执政能力的不断提高，为人民服务的水平不断提升，为人民谋取根本利益的能力不断提升的过程。

省委第九任书记李立功嘱咐："坚定信心写好书！一定要写出让世人认同和信服、经得起历史检验的好作品。"

为了彻底理清中华人民共和国成立后右玉生态建设的艰难历程，2005年9月1日，县委书记赵向东、县长陈小洪责成笔者与政协右玉县第五届主席王德功、县委统战部部长霍生祥历时三个多月，到大同、上朔州、赴太原登门采访中华人民共和国成立后的右玉县委书记、县长及其相关人员，采访了不少绿化功臣，并反复核实有关资料，最后由笔者主笔撰写，由每一任县委书记审定并题词签字的共12.6万字的《新中国成立后右玉17任县委书记绿化业绩篇》，第一次梳理了中华人民共和国成立后右玉县先后经历15任县委书记和"文化大革命"中2任县核心小组组长，13任县长（其中解润在右玉任县长整10年）和2任县革命委员会主任及其他们的绿化业绩。笔者煞费苦心地编写了每一任县委书记的任期、治县方略、绿色丰碑及各个阶段植树造林种草的目标、举措和行动口号，向世人展示了右玉半个多世纪紧跟时代步伐、反映时代要求、体现时代特征的锁风固沙植树种草的艰难而辉煌的简要历程。《新中国成立后右玉17任县委书记绿化业绩篇》撰写完成后，笔者按照县委书记赵向东的安排，亲送省、市、县有关领导，并在《中国林业报》《山西日报》《朔州日报》等报刊上发表，从此为各级新闻媒体报道右玉半个多世纪来生态建设的辉煌业绩统一了口径，遏制了混乱，提供了第一笔十分珍贵的基础资料。

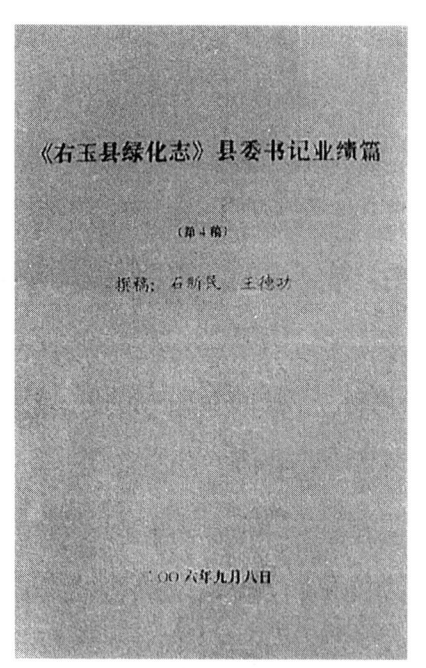

《〈右玉县绿化志〉县委书记业绩篇》书影

此前，笔者从1989年开始，在各个不同工作岗位上，根据县委、县政府领导的安排，笔耕不辍，先后写出了《艰难的崛起》等8部反映右玉人民艰难创业历程的电视专题片脚本以及部分电视专题片解说词初稿，积极协助中央、省、市（区）电视台拍成专题片在中央、省、市（区）电视台和一些重大会议上播出。其中，配合全国沙棘工作会议在右玉召开，由笔者撰写脚本和解说词，中央台和省台联合拍摄的《塞上绿洲沙棘红》，1995年12月荣获中央电视台农村题材电视专题片二等奖。所有这些，都为日后笔者撰写长篇报告文学《苍河颂》积累了丰厚翔实的资料，奠定了扎实的文字基础。

2008年4月8日，笔者将放大印刷的42万字的《〈苍河颂〉征求意见初稿》先后送省委书记张宝顺及每一位省委常委，省人大常委会副主任王雅安，副省长张平和退下来的主要省级领导李立功、王庭栋、卢功勋、郭裕怀、郑社奎、刘泽民等审阅并征求意见。

从2008年5月6日起，遵照省委领导们的指示，笔者开始了历时一年半的对中华人民共和国成立后中共雁北地委历任书记（地委书记去世的，征求时任秘书或子女们的意见），到中共朔州市委历任书记，到先后任省林业厅厅长刘清泉、李里、曹振声，省林业厅副厅长霍转业以及多位省造林局局长们的千辛万苦的征求意见、修改补充的不寻常的创作旅程，并累计使用了12本采访笔记本。

从这个时候，笔者身心感到十分疲惫，患了糖尿病，身体一天天地消瘦。直至《苍河颂》印刷出版发行，体重减了21斤。但是笔者十分欣喜地看到，各位地、市以上领导对作品《〈苍河颂〉征求意见稿》格外厚爱，认真阅读，字酌句斟，有的提出修改意见，有的亲自动笔或责成秘书动笔修改，从中华人民共和国成立的时代背景、作品的总体把握、事实的真实准确、各种人物的描写刻画、领导关系的稳妥处理、作品篇章的结构铺排、作品图片的选择确定等方面提出意见，给以严格的把关，并对笔者在精神上给予有力的支持和热情的鼓励，在采访和写作上，积极提供珍藏的历史资料；在生活住宿和经费方面提供方便，使作品先后15易其稿，历时4年零5个月50多万字的作品终于圆满成功，首版首次发行。正如一位省领导说："右玉人不仅创造了生态奇迹，而且也创造了写书奇迹。"

在征求意见的过程中，不少省、市领导嘱咐笔者："右玉的历史不能随意编造，不能随意篡改。一定要给世人介绍一个真实的右玉、准确的右玉、生动的右玉。"特别强调，"真实是报告文学的生命，不能虚构，不同于写小说，要用真真切切的实事感动人，而不是用华丽的语言来蒙弄人，更不能胡说八道欺骗人。"多位省、市领导告诫笔者："赵生荣讲的《苍河颂》要写好'三颂'是完全符合右玉半个多世纪发展历程的实际。一个好汉三个帮，一个篱笆三个桩。右玉的全部历史是以1949年10月为界，新旧两重天。是毛泽东同志领导的血与火的革命缔造了新中国。吃水不忘挖井人。试想，没有中央、省、区（市）党委、政府对右玉的特别关注和巨大有力的支持，一个黄沙漫漫的塞上高原小县发展道路能走得那么准吗？发展得那么又好又快吗？特别是1986年以来，党中央、国务院一直把右玉作为国家贫困县来扶持，33年来从导向、政策、项目、人力，特别是各类资金给了右玉巨大的资助，给右玉吃了不少偏饭，使右玉人民早日脱贫致富。中华人民共和国成立后右玉历任县委书记及其班子成员既是上级党委指示的忠实执行者，又是勇于创新的开拓者，他们不辱使命、殚精竭虑地带领一代又一代勤劳朴实的右玉人民植树造林乔灌草一起上，锁风固沙战荒原；生态、经济、社会三个效益一齐要，迎难而上干事创业。作品全文一定要坚持和把握党的实事求是原则，写出让世人认同和信服、经得起历史检验的好作品。"

特别使笔者感动难忘的是2009年5月18日，采访征求中共山西省委第九任书记李立功意见的情景。

当时，李立功书记已是84岁高龄。那天下午3时笔者应约准时到他家里的大会客厅，看到他老人家精神矍铄，心情特好。李立功书记，1925年2月出生在交城县一个小山村，1940年2月，年仅15岁，在交城县东葫芦川一个山神庙里秘密加入中国共产党。曾历任交城县委组织部部长、共青团山西省第一副书记。1955年8月至1956年8月在苏联共青团中央团校学习。先后任中共隰县县委书记，中共晋东南地委书记处书记，共青团山西省委书记，共青团北京市委第一书记、中共北京市委宣传部部长、组织部部长，中共北京市委书记。1983年3月至1991年3月任中共山西省委书记。1991年3月至1992年10月任山西省顾问委员会主任。1993年3月至1998年3月，当选为第八届全国人民代表大会代表，全国人大常委会委员。李立功书记是山西省唯一从党的十二大到党的十八大的全国党代会代表。李立功书记现任山西省党建研究会、山西省老区建设促进会、山西省对外友好协会等多个研究会的名誉会长。

李立功书记和夫人谢彬十分热情地接待了笔者。从下午3时至7时，连续4个小时静听笔者汇报《苍河颂》文稿的整个写作过程。老人家拿着一个大本子不时记载，不时插话提出意见，有的还与笔者共同商量，先后共提出23条补充修改意见，其中15条公开在作品《附录二》。他的秘书常建军拿着笔记本也在作记录。笔者在整个汇报过程中惊讶地知晓，李书记对右玉发展的历程了如指掌，有不少事情记忆犹新，使笔者获得了许多原来不知道的事情和宝贵资料。他要求警卫员隔一会儿就给笔者倒热茶水，安咐笔者"多喝点水，慢慢说"。临近晚上6时55分，夫人谢彬从外面回来，说："立功，右玉的事情今天就谈到止，关心国家大事咱们看《新闻联播》吧。新民同志对不起，右玉的事情明天再谈，好吧？"笔者异常兴奋地说："衷心感谢李书记对右玉事业一以贯之的高度关注和有力支持，望您多保重，健康长寿。我的文稿遵照您的意见修改后，再交您审阅。"

临走时，李书记特别嘱咐笔者："右玉这本书写得很有意义，很有价值，很有必要。在写作过程中，你要牢牢把握一条主旨，就是半个多世纪来党建在塞上高原的成功实践；牢牢贯穿一种精神、一种理想信念，信念是事业的风帆；牢牢坚持一条原则，就是我们党一再强调的实事求是的思想原则。报告文学的生命在真实，必须保证内容的绝对真实，不能有丝毫的虚构或杜撰，右玉的事情你只要写真写实就足以教育感动人，切不可不顾真实在文字上卖弄花哨。我记得60年代初期，省委王谦同志到右玉考察后回来反复说过一句话：'风沙锁不住，右玉没出路，只有持续不断地植树种草锁住风沙，这个地方才有希望。'为了植树造林锁风沙，右玉的共产党人和人民群众不知吃了多少难以想象的苦头！塞上高原的右玉半个多世纪来在一块不毛之地上的创业历程异常艰苦卓绝，异常感人肺腑！一定要在真实准确生动上下功夫。"

李书记最后握住笔者的手鼓励："坚定信心写好书，三年写出来也是不容易的，我们也要表扬你，这是对历史的负责，对人民的负责，对党的负责。作品一定要经得起绝大多数人的认可和赞誉。你写好了书，印好了书，我给你把书送到胡锦涛书记那里去，让右玉的经验，右玉的业绩，右玉的精神在三晋大地上叫响，在华夏大地上叫响！还有什么难事尽管说，我给你撑腰做主！"李书记还赠送我一本由他编著的《往事回顾》一书。

从李书记家里出来，笔者也没有心思乘车，一股股热流在全身涌动，我一直步行走过3公里长的迎泽大桥，静静流淌的汾河水，清清的凉风伴我回味思索李书记给我提出的条条修改意见，不知不觉地回到了太原理工大学我女儿的家里。

期间，50万字的第10稿《〈苍河颂〉征求意见稿》为省委出台《关于大力学习弘扬右玉精神的决定》提供了第一手翔实准确的珍贵资料。

与此同时，遵循省领导们的意见，笔者将作品第8稿分别送中国作协副主席、中国报告文学学会副会长、中国著名报告文学作家何建明，送山西省作协副主席、一级作家马骏和《中国报告文学》编辑部，请权威报告文学作家和编辑们审阅并提出修改意见。他们阅后惊讶地感到："读过她，将在精神上经受一次真正意义上的纯化和洗礼。""右玉人民不屈不挠，矢志不渝的战天斗地的豪迈气概荡人魂魄。""这是一部感天动地的奋斗史，是一部艰难困苦、撼世卓绝的人与自然的斗争史，是人类历史上的一个奇迹，是共和国历史上骄傲的一笔。""这部巨著是成功的，在立意和思想价值上体现了大作品风范，是一部有社会价值和精神价值、潜在的优秀报告文学作品。"

全国政协委员、中国作协副主席、书记处书记、中国报告文学学会副会长（现已为会

2011年6月29日，中国作协研究员、中国报告文学学会常务副会长、中国著名文学评论家、《中国报告文学》主编李炳银（右）阅后为《苍河颂》赋诗一首。图为李炳银和笔者留影。

长）、国家一级作家、中国作家出版集团党委书记、时任作家出版社社长何建明读后，对笔者说："新民同志，你把右玉的生态建设创举写得真生动、真感人，让我感动，让我流泪。"随即他作了题为"国风右玉"的序，初稿经笔者和县委书记陈小洪审校后，何建明亲自送中共中央政治局委员、中央书记处书记、中宣部部长刘云山审签，首先在2010年8月29日《人民日报》上发表，为作品的正式发行奠定了舆论基础，铺平了道路，更使作品熠熠生辉。

中国作协研究员、中国报告文学常务副会长、中国著名文学评论家、《中国报告文学》主编李炳银阅后为《苍河颂》赋诗一首：

> 塞上右玉传奇多，人称风光超欧罗。
> 曾是黄沙弥漫处，如今轻飘清纯歌。
>
> 环境为何古变异？只缘县委稳把舵。
> 唤起民众齐奋战，豪情万丈绘苍河。

中共朔州市委及右玉县委对右玉精神的先行宣传和鼓动

山西省纪委认为，右玉60年的奋斗史是一部长篇巨著。这部巨著不仅有丰富的精神食粮，更有许多彰显太行、吕梁精神的可歌可泣的故事。

从2008年4月以后，中共朔州市委、中共右玉县委等部门开展了一系列关于右玉精神的挖掘、学习、宣传、弘扬的重大活动。

中共朔州市委作出学习右玉精神的决定

在中共山西省纪委的指引和倡导下，中共朔州市委书记田喜荣决定，右玉精神产生于朔州大地，右玉精神首先在朔州叫响，在朔州学习和传承。

2008年4月22日，中共朔州市委、朔州市人民政府以朔发〔2008〕12号文件，下发了《关于在全市组织开展学习右玉精神的决定》。

《决定》指出："右玉县是我市唯一的国家级贫困县。从中华人民共和国成立初期，右玉县委、县政府面对自然条件恶劣、生态环境脆弱、群众生产生活极为困难的现实，展开了一场没有终点的艰苦奋斗、改造自然、建设美好家园、科学发展的接力赛。58年来，十几任县委书记把改造自然、改善群众生存和生活条件当做首要任务，艰苦奋斗，坚持不懈，凭着坚定的信念，执着的追求，一张铁锹两只手，党员干在头，觉悟加义务，一任接着一任干，一张蓝图绘到底，因地制宜，实事求是，在塞上沙漠化地带，矢志不移搞绿化，坚定不移谋发展，走出了一条生态与经济协调发展，人与自然和谐发展，价值与政绩等量发展之路，展示了正确的政绩观，诠释了科学发展观，实践了'三个代表'重要思想。"

《决定》指出："右玉县在半个多世纪的艰苦探索、顽强拼搏、不懈追求中，逐步形成了朴实无华而又特色鲜明的右玉精神。'右玉精神'的内涵十分丰富，其核心是追求文明、执着干事、艰苦奋斗、科学发展。体现了知难而上、扎实苦干、负重奋进的艰苦奋斗传统；体现了立党为公、执政为民、廉洁从政、勇于牺牲的无私奉献的本色；体现了大局为重、群众为重、一心一意谋发展的团结协作品格；体现了锐意进取、开拓创新、与时俱进的要求；体现了前赴后继、不求近利、坚强信念的追求。正是这种精神的鼓舞、感召、凝聚，才使右玉形成了党心聚集民智、干群同心拼搏的良好局面。市委、市政府认为，右玉县是新时期、新形势下我市县级班子涌现出来的优秀代表，右玉精神具有鲜明的时代特色。在推进全市社会经济科学发展中需要这种精神，在实践'三个代表'重要思想，建设社会主义核心价值体系中需要这种精神，在解放思想、奋力赶超、建设塞外最宜居最宜发展的城市中更需要这种精神。因此，全市各级党委、政府和广大干部群众要充分认识学习弘扬右玉精神的现实意义，积极行动起来，广泛开展学习宣传，使右玉精神发扬光大。"

2008年4月28日，中共朔州市委作出在全市学习右玉精神的决定的文件翻拍件。

《决定》指出：

——学习右玉精神，核心是要坚持科学发展、和谐发展的理念。

——学习右玉精神，重点是要学习艰苦奋斗、负重奋进的精神。

——学习右玉精神，关键是要保持执着干事、自强不息的意志。

——学习右玉精神，本质是要落实求真务实、勤政为民的要求。

《决定》指出："市委、市政府号召，全市各级党委、政府和广大干部要把学习右玉精神同弘扬朔州精神紧密结合，融为一体，全面落实党的十七大精神，自觉实践'三个代表'的重要思想，认真贯彻落实科学发展观，树立正确的世界观、人生观、价值观、权力观、地位观、政绩观，以与时俱进的思想作风和奋发有为的精神状态，全力推进我市改革开放和经济社会又好又快发展，实现市委四届三次全会提出的发展目标，为建设最宜居最宜发展的新朔州而努力奋斗。"

2008年5月5日上午。

中共朔州市委书记田喜荣，中共朔州市委常委、组织部部长牛社威，中共朔州市委常委、市委秘书长赵向东来右玉调研。

市领导一行首先出席了右玉县干部大会，牛社威宣读了省委关于陈小洪同志任中共右玉县委书记的决定后，田喜荣发表了热情洋溢的讲话。

田喜荣高兴地说，当前全省全市作出了学习右玉精神的决定，我们一定要认真挖掘、总结、宣传、学习好右玉精神。

右玉精神是右玉人民创造的，也是全市的精神财富。右玉人民创造了右玉精神，也是这种精神才创造了感天动地的右玉奇迹，书写了激昂澎湃的壮丽篇章。

我们要继续保持和发扬这种精神、这种传统、这种作风，并使之深深地植根于每一位后来者的灵魂中，在方方面面开花结果。站在新的历史起点，既要实事求是，大力弘扬右玉精神，又要与时俱进，继续解放思想。希望右玉县运用好解放思想这一法宝和右玉精神这笔财富，相信右玉的明天更美好。

赵向东无限感慨地说："斗转星移，时间飞逝。时间在不知不觉中过得飞快。从2001年8月，组织上决定我到右玉工作，到今天已将近七年的时间。回顾这七年走过的历程，心情难以平静。前三年，我担任县长，在高厚书记的带领下，全面铺开了农村'三大战略'和工业强县战略，为右玉的发展打下了良好的基础；后四年，在书记任上，又同小洪同志一道，团结和依靠全县广大党员干部群众，拉开了建设三大基地的序幕，为快速提升县域经济综合实力、稳定增加农民收入、建设富而美的新右玉，忠实地履行了党和人民赋予的神圣职责。

……

"七年时光，虽然在人生的长河中微不足道，但对我来说却极其珍贵。在右玉工作的这七年，是我人生中最难忘的一段岁月，是我事业中最宝贵的一段经历，是我工作中最愉快的一段光阴。七年来，为了共同的事业和目标，我们共沐风雨，同舟共济，一起担负责任、承受压力，一起殚精竭虑、用力使劲，一起分享喜悦、庆祝成功。这一幅幅画卷、一幕幕场景，时时刻刻萦绕在我的心头。我非常珍惜这段宝贵的岁月，我非常留恋与同志们朝夕相处建立起来的深情厚谊。我深深地感到，右玉的人民好，顾全大局，勤劳善良，忠诚质朴，像小老杨一样扎根大地，无私奉献；右玉的党组织好，团结干事、勤政廉政、作风优良，具有很强的创造力、凝聚力和战斗力；右玉的干部队伍好，特别能战斗、特别能吃苦、特别能奉献，是一支关键时刻拉得出、危急时刻冲得上、艰难困苦拿得下的队伍。右玉已经成为我的第二故乡，七年的相处，与同志们结下了深深的友谊。今天，和同志们、同事们道别，我更加感受到了自己对这片热土的深情与眷恋。我为自己有机会同大家一起共事而感到荣幸，对右玉的热爱之情、对右玉人民的崇敬之情、对同志们的感激之情，我将铭记在心，永志不忘。……

"当前，右玉正站在新的历史起点上，既面临难得的机遇，也面临严峻的挑战。省委和市委对右玉的发展高度重视，寄予厚望。这次对右玉县委主要负责同志的调整，充分体现了省委、市委对右玉发展的高度重视，对右玉领导班子建设的关心和支持。陈小洪同志政治立场坚定，领导经验丰富，创新意识强，工作能力高，对同志热情诚恳，善于团结各方面的力量。我真诚地希望，大家能够像支持我一样，支持陈小洪同志的工作。我坚定地相信，在以陈小洪同志为班长的县委领导下，右玉的各项事业一定会蓬勃发展、蒸蒸日上。我衷心地祝愿右玉明天更加辉煌灿烂，右玉人民永远幸福安康！"

陈小洪坚定地表示："近60年来，右玉十几任县委书记、几代右玉人民在古老而神奇的右玉大地上创造了感天动地的人间奇迹，由此凝练出的右玉精神可歌可泣，打造出的沧桑巨变令世人惊叹。站在新的历史起点上，重新审视右玉的历史、现在和未来，我倍感使命光荣，责任重大，既有深受鼓舞的豪情和壮志，又有肩负重担的责任和压力。

……

"组织决定我担任右玉县委书记，这给了我更好地为右玉人民服务、加快右玉发展的机会，我自己一定要倍加珍惜、倍加努力！我坚信，有市委、市政府的坚强领导和对右玉的关心支持，有历届县委班子带领全县人民凝练形成的右玉精神，有赵书记任职期间打下的坚实基础，有全县人民加快发展、赶超跨越的强烈愿望，右玉的工作一定能够在已有基础上取得新的进展，我们一定会向上级党组织、向全县人民交上一份满意的答卷，让我们右玉的明天更加辉煌灿烂！"

2008年6月后，赵向东先后任中共朔州市委常委、秘书长，中共大同市委常委、秘书长，中共大同市委常委、组织部部长。2017年3月19日，大同市第十五届人民代表大会第一次会议上，当选为大同市人大常委会主任。

2008年6月29日，右玉县第十四届人民代表大会第二次会议上，苏连根从中共朔州市委组织部常务副部长调任右玉，当选为中华人民共和国成立后右玉县第17任县长。

苏连根当选县长后说："我将始终保持一颗平常心，眼睛向下，脚踏实地，看重百姓，看淡自己。把政府更多的责任放到抓发展，促稳定上，更多地关注民生，修好群众脚下路，点亮百姓门前灯，将成为我工作的一个最重要的追求。"

右玉精神报告会在朔州举行

2008年6月6日，右玉精神报告会在平朔职工俱乐部隆重召开。
报告会由市委书记田喜荣主持。
朔州市四大班子领导，各县（区）委副书记、纪委书记、组织部部长、宣传部部长，市直机关副处以上干部，市委机关、市政府综合部门科级以上干部共800余人参加会议。
中共朔州市委书记田喜荣在报告会上说："右玉县是我市唯一的国家级贫困县。中华人民共和国成立以来近60年时间，历届县委、县政府团结带领全县干部群众，把改善生态环境作为促进地方经济发展的基础工程，凭着'一张铁锹两只手、一任接着一任干、一张蓝图绘到底、咬定目标不放松'的大无畏气概，坚忍不拔、持之以恒、营林种草、治山治水，把昔日'不毛之地'建成闻名全国的'塞上绿洲'。全县森林覆盖率达到50%，比全国平均水平高30个百分点，被列入国家级生态示范区。创造出塞上黄土高原生态建设奇迹，谱写出一部气吞山河、改天换地、敢教日月换新天、人与自然和谐发展的壮丽篇章，凝结出一股具有浓厚历史传承和强烈时代气息的'右玉精神'，为全市、全省乃至全国树立了科学发展、和

2008年6月6日，朔州市举办右玉精神事迹报告会。

谐发展、艰苦创业、爱国奉献的样板。"

田喜荣说，怎样学习右玉精神？1.学习右玉精神，要触及灵魂，在思想深处查找不足。……2.学习右玉精神，要推动工作，在科学发展上有建树，在改善民生上有作为，在维护稳定上见成效。……3.学习右玉精神，要转变作风，始终保持自强不息、奋发有为、昂扬向上的精神风貌。……4.学习右玉精神，要加强宣传，在全社会形成比学赶超新风尚。要在学习右玉精神的过程中，注意发现和培养以右玉精神为榜样的新的典型，不断把学习宣传引向深入。……

县委常委召开"外界学右玉精神，我们怎么办？"专题民主生活会

从2008年4月以来，全省各大主流媒体和网站不断推出系统总结右玉精神的报道；
朔州市委、市政府作出了关于在全市学习右玉精神的决定；
全市各级各部门都开展了学习右玉精神活动；
右玉精神宣讲团在全市各地进行宣讲报告；
不少地市县和部门组织学习参观团来右玉学习考察；
"外界学右玉精神，我们怎么办？"
一个现实而紧迫的问题摆在陈小洪面前。

面对赞扬和荣誉，陈小洪没有就此陶醉，而是在冷静地思考。他深深感到，这些既是对右玉的鼓励和肯定，更是对右玉的鞭策和要求。是动力，更是压力。越是形势好，机遇好，越要如履薄冰，如临深渊，时刻自警。越在这个时刻，越应该统一县委一班人的思想，越应该看到我们的差距。

"外界学右玉精神，我们怎么办？"为主题的县委常委专题民主生活会，于2008年6月23日，在陈小洪的主持下召开了。这个民主生活会，议题既集中又严肃。陈小洪要给常委们注入清醒剂，吹响奋进曲。

8位县委常委，踊跃发言，谈打算，找差距，各自作了批评与自我批评。为全县广大党员干部在新的起点上，学习传承弘扬右玉精神带头率先破题。

大家一致认为，外界学右玉，主要学的是右玉60年来一贯坚持的艰苦奋斗、干事创业的优良传统和作风，并不代表我们的发展已经很快了，各项工作已经很好了。要跳出右玉看右玉，清醒地看到右玉在全市乃至全省发展的位次，与周边地区的差距。要以超越自我的视度和高度来审视右玉的发展，从而克服骄傲自满情绪和松劲懈怠倾向，增强加快发展的危机感和紧迫感，抓住新机遇，立足新起点，实现新突破。努力做到"三个始终，三个提升"，就是始终保持奋发有为的精神面貌，思想认识要明显提升；始终保持敢为人先的创新胆略，创新能力要明显提升；始终保持一抓到底的工作作风，工作成效要明显提升。

"要以人民群众的幸福指数、满意度和安全感，来诠释右玉精神，佐证右玉精神，才会使右玉精神勇立时代潮头，在建设富而美的和谐新右玉途程上创造出更大业绩。"

常委们说："这个民主生活会开得及时，开得好啊！使我们明确了方向，找到了不足，铆足了干劲，只能往前奔，丝毫不懈劲。"

政治上的清醒方能有行动上的正确。

历史将会证明，在右玉发展的关键时期，召开的"外界学右玉精神，我们怎么办"县委常委专题民主生活会是多么的必要。

随即，在全县深入开展以"全市学右玉精神，我们怎么办"为主题的大讨论活动，使全县各级各部门和广大干部群众进一步认清形势，明确新目标，寻找新突破，让右玉精神结出更加丰硕的果实，进而推动右玉经济社会又好又快地发展，共同吹响右玉新一轮奋进的号角，为建设富而美的和谐新右玉而努力奋斗！

右玉精神哲学研讨会在右玉召开

2008年8月18日至19日，由山西省哲学学会和中共右玉县委、县政府共同主办的"右玉精神哲学研讨会"在右玉召开。研讨会由山西省哲学学会会长樊汉祯主持。

参加哲学研讨会的专家有：山西大学原副校长、教授梁鸿飞，山西大学马克思主义研究所所长、教授、省哲学学会会长樊汉祯，山西大学党委副书记、教授、博士生导师张汉静，山西大学哲学社会学院院长、教授、博士生导师魏屹东，山西大学哲学系原书记、教授刘翠兰，山西省社科院副院长、研究员贾桂梓，山西省社科院哲学研究所所长、研究员李茂盛，太原大学校长、教授姜根龙，山西农业大学政法学院院长、教授武星亮；山西财经大学原社科部主任、教授宁惟匡，山西财经大学马克思主义学院院长、教授李红岩等。

中共朔州市委常委、副市长雷建国说："右玉精神不仅属于右玉人，而且属于中国人；右玉精神也不仅仅是右玉人民的财富，也是全国人民的精神财富。哲学是智慧之学，无论何种

2008年8月18日至19日，山西省哲学学会和中共右玉县委、县政府共同主办的"右玉精神哲学研讨会"在右玉召开。 中共朔州市委常委、副市长雷建国（右三）出席会议并讲话。山西省社科院副院长贾桂梓（左五）等领导、专家、学者参加了研讨会。

哲学一个共同的东西就是对生命意义的终极关怀，对人和社会的关注，对一个时代、一个地域、一个民族精神的反思和概括。可以说，哲学和精神密不可分。任何一种精神的塑造、发展和创新，都能在深层上寻找到一种哲学依据。因此，我们这次右玉精神哲学研讨会对进一步提升右玉精神的理论层次和丰富右玉精神有十分重要的意义。"

研讨中，与会专家分别从人的主观能动性与客观世界相互作用、人与物的根本关系上，哲学与美学等哲学角度分析了右玉精神，并对右玉今后的发展提出不少建设性的意见。

原省长孟学农说："我到山西来就老讲右玉，一张蓝图绘到底，让绿色成为发展的资源。"

中共山西省委原副书记、山西省原省长孟学农在自己写的《感知山西》中提道：

"右玉县在建国时森林覆盖率仅有0.3%，现在达到50%。50多年来，右玉的十几任县委书记锲而不舍抓植树造林，把一块'不毛之地'变成了'塞上绿洲'。我们做任何工作，看准了，选对了，就要像右玉县植树那样抓住不放，一张蓝图绘到底，一任接着一任干。"

右玉一直是孟学农牵挂在心的地方。

蓝天、白云、绿树、清风，初秋的右玉如在画中。

2008年8月20日，孟学农在省林业厅厅长耿怀英，省发改委副主任李永平，省财政厅副厅长张秋明，省农业厅副厅长雷郭堂，朔州市委书记田喜荣，市长冯改朵，市委常委、市委秘书长赵向东以及右玉县委书记陈小洪、县长苏连根的陪同下来右玉调研。

"绿"是这次调研的一个主题。

在胡村梁荒山绿化工程，在小南山森林公园，登高远眺，无边的绿色尽收眼底。

站在中华人民共和国成立后历任县委绿化纪念碑前，孟学农默念着1949年右玉县第一任书记张荣怀的一句话："右玉要想富，就得风沙住；要想风沙住，就得多栽树。"他意味深长地说："非常有远见！这就是右玉精神。一张蓝图绘到底，一任接着一任干。把这个历史写上去。尊重历史就是尊重未来。希望你们这儿的县委书记还要接着干下去。你们将来要求干部都要有这种精神。现在我们改革开放30年，很重要的一个方面就是要继承老传统，开拓新路子。我们的传统不能丢掉。右玉1949年提出，要想富就得风沙住，风沙住就得多栽树，农民要想富，就得人均10棵树，按照这个思路一代接着一代干。咱们现在还就需要这种精神。现在我就怕张书记挖个坑，然后李书记又填上来。特别是我们这个地方，植树造林就要锲而不舍，这是个长期任务。只要我们锲而不舍，我们就能够把植树造林这项伟大的工程做好。这起码坚定了我们全省的信心呀！我到山西来，我就老讲右玉，我基本哪个会上都要提。一个是自然状况搞得不错，还有就是右玉精神，特别是干部这种精神。"接着他回头对省林业厅厅长说："怀英，咱们将来植树造林就得靠这种精神。"他又转头对右玉县领导说："将来你们后任的县委书记也得在这上面留下点业绩，不能留下空白。要'原地划圈深打井'，锲而不舍地抓下去。一任接着一任干，右玉精神就是一种一以贯之、锲而不舍的精神，一定要传承老传统，开拓新路子，进一步探索创新和完善经济社会发展的思路，把右玉精神发扬光大，推进朔州经济社会又好又快发展。可以先让省有关部门到这儿总结经验。关键是县委书记、县长好好研究一下，我们的基本经验是什么？右玉的百姓觉得不种树你这县委县政府没干什么事似的。他有这种群众压力，压力就是动力。朔州市要在全市推广，发扬光大以后，能够成为我们整个朔州的精神，我们再推而广之，成为全省的一种精神。这种精神，大家都认可。"

在苍头河畔，孟学农穿行在林中，清新的空气沁人心脾。他说："无论是贯彻落实以人为本的科学发展观，改善人民群众的生活水平和质量，还是发展旅游文化产业，招商引资、引进人才都要求我们优化生态环境。让绿色成为发展的资源，深刻认识到保护生态就是保护生产力，改善生态就是发展生产力，无论什么时候都不能走破坏生态环境的道路，不能以牺牲环境为代价求得一时的经济发展。要牢固树立'良好的生态效益才能带来长远的经济效益'的观念，努力找准经济社会发展和保护生态环境的平衡点，加快实现科学和谐发展。"

2008年8月21日至22日，中共山西省委常委、山西省人民政府副省长李小鹏到右玉调研时说："右玉县十八届县委、县政府带领全县人民前赴后继、艰苦奋斗、锲而不舍创造了美丽的山川，生态环境得到了极大的改善，同时也给右玉带来了新的发展机遇。右玉精神体现了对科学发展观的贯彻和落实；体现了历届县委、县政府正确的政绩观；体现了为人民群众谋求长期利益的观念。希望全省各级领导干部、各个地方都要学习右玉精神，学习右玉的经验，在科学发展观的指导下，不断扎实工作，推动全省经济社会实现又好又快发展。"

2008年8月21日，政协山西省第十届主席金银焕在省政协秘书长闫沁生的陪同下，来朔州调研。就右玉精神，她强调："目前，全省都在学习右玉精神，作为右玉精神的发源地，朔州市的广大党员干部，掀起了学习右玉精神的高潮。我们要持之以恒地学习下去，把右玉精神与'豪爽大气，海纳百川；百折不挠，奋力赶超'的新朔州精神结合起来，在全省树立学习典范，推动全省掀起学习右玉精神的高潮，以此促进全省各项事业的又好又快发展。"

300余人参加的全省纪检监察系统学习宣传右玉精神现场会在右玉召开，与会人员慷慨捐资建立"清风林"植树基地

2008年9月1日至2日，塞上右玉秋高气爽。

山西省纪检监察系统学习宣传右玉精神现场会在右玉县召开。

右玉县委书记陈小洪说："这是右玉继全省六大造林绿化工程工作会议之后，召开的又一个省级会议，是将右玉精神推向全省乃至全国的一次关键性会议，更是一次提高认识、鼓舞士气、再接再厉推进我县各项工作再创佳绩的动员会。"

中纪委宣传室副主任杨小平，朔州市委书记田喜荣，省纪委常务副书记刘巩，中纪委办公厅副局级检查员张永伦，中纪委六室副局级检查员周福生，省纪委副书记李正印、张晓亚，朔州市市长冯改朵，省纪委常委弓跃，省纪委常委、秘书长贾毓杰，省委宣传部副部长李海渊，省委组织部部务委员张明星，中共朔州市委常委、组织部部长牛社威，中共朔州市

委常委、纪委书记高建国出席会议。右玉县委书记陈小洪、县长苏连根等县领导及全省各市、县纪委书记，省直厅局纪检组长，省纪委机关各厅室主任、宣教室主任等300余人参加会议。

会议作出了《中共山西省纪委关于"学习右玉精神，加强领导干部作风建设"的决定》。《决定》要求：一、学习右玉精神，必须牢固树立勤政为民、以人为本的宗旨意识；二、学习右玉精神，必须着力增强因地制宜、科学发展的执政理念；三、学习右玉精神，必须大力弘扬艰苦奋斗、矢志不渝的优良作风；四、学习右玉精神，必须强力彰显负重奋进、开拓创新的时代精神。

会上，右玉县委书记陈小洪，右卫镇党委书记杨永文，党的十六大、十七大代表余晓兰分别作了经验介绍。

会议期间，与会领导与右玉绿化劳模进行了座谈。

会议强调：右玉60年的奋斗史是一部长篇巨著，在这篇巨著中不仅有丰富的精神食粮，更有许许多多彰显太行精神、吕梁精神的可歌可泣的故事。右玉就是一座党领导人民前仆后继、战天斗地的新的历史丰碑，是太行精神、吕梁精神在新时期传承的体现和发扬光大。

"通过深入扎实地开展学习右玉精神活动，全省各级纪检监察机关和广大纪检监察干部，一定会以更加昂扬的精神状态，更加认真严肃的态度，更加扎实有效的工作，让右玉精神开出绚丽之花、结出反腐倡廉建设的丰硕之果，全省实现科学发展、和谐发展将会由我们纪检监察干部新的成绩来表现出新的贡献！"

会议期间，与会人员参观了右玉县小南山森林公园绿化丰碑、绿化纪念馆，苍头河生态走廊，右卫镇北城墙风沙掩埋遗址，杀虎口生态综合治理工程，杀虎口博物馆，辛堡梁生态景区等景点景区，并举行了"清风林"捐款活动。

2008年9月1日，出席全省纪检监察系统学习宣传右玉精神现场会的300余名与会人员慷慨捐资，在右玉小南山森林公园"鹤栖湖"东边建立了"清风林"植树基地。这是同年10月15日，竖立的"清风林"碑座。

在高高竖立的"清风林"碑背面镌刻着中共朔州市委常委、纪委书记高建国编写的这样一段话："2008年9月1日，山西省纪检监察系统学习宣传右玉精神现场会在右玉县召开。300余名与会人员慷慨捐款，建设'清风林'植树基地。愿青山励志树常绿，清风吹拂新绿洲。铭以记之。2008年10月15日。"

9月1日晚8时零5分，山西电视台还播出了《右玉精神》电视专题片。

9月3日，《山西日报》在第一版发表本报评论员文章《作风建设一面旗帜》。文章指出："让我们以右玉精神为动力，以作风建设为抓手，有力推动全省科学发展、和谐发展，让右玉精神开出绚丽之花，结出丰硕之果！"

政协山西省第十届主席金银焕说，《苍河颂》应该写，中华人民共和国成立以来右玉有三个方面值得在全国称颂，右玉精神是对中国的独特贡献

2008年10月8日下午，笔者应允采访了原任中共朔州市委书记、政协山西省第十届主席金银焕。金主席在翻阅原稿的基础上，又一次听了笔者对《苍河颂》第6稿各章节内容的介绍后，十分欢喜地说：

"这本书应该写，应该写。书的基本思路和章节安排得很好。我对右玉很了解、很关心、很支持。右玉60年来生态建设的做法和经验值得总结，值得宣传，值得推广。我觉得右玉有几方面值得在全国称颂：一是中华人民共和国成立后到右玉工作的十几任县委书记没有辜负省委、市委对他们的期望，在那样一个荒凉的地方，咬住绿化不放松，一张蓝图绘到底，而且每一任都有自己一套符合右玉实际的工作思路和举措，在荒山野岭中走出一条科学发展之路。右玉所走的路子值得称颂。二是右玉人民听党的话，永远与共产党一条心，朴朴实实，党叫干啥就能吃苦耐劳地干好啥，默默无闻，无私奉献。右玉的民风值得称颂。三是新中国成立后十几任县委、县政府领导班子能够忠实地并富有创造性地执行中央、省委、市委一系列指示和决策，他们能够扑倒身子真抓实干，不甘人后，勇于争先。右玉各级领导干部的领导作风和工作作风值得称颂。

"我从1995年12月担任中共朔州市委书记到2001年1月，共五年多的时间里，想了一下光到右玉检查调研不下二十来次。回到省里工作后，几乎每隔一二年都要去一次，好像右玉对我有一种吸引力。我去朔州，必去右玉。赵生荣同志是右玉人，那是你们右玉的拔尖人才，他对自己的家乡十分关爱。我记得，他给右玉争取回好多个水利水保项目，还把右玉小流域治理经验推向全省。赵生荣对当时县委的工作给予很大的帮助和支持。现在他又策划了《苍河颂》，你写的书稿，我大体都看了，总的印象不错，真实生动地记录了右玉近60年的奋斗创业史。

"从新中国成立初期到90年代，右玉人与风沙决战，为了生存温饱流血流汗，栽了那么多的树，种了那么多的草，播了那么多的沙棘苗，誓叫右玉日月换新天。到后来高厚同志提出实施农村三大战略，赵向东同志提出建设三大基地，解决了右玉跨越发展的问题。现在人们向往右玉，一拨一拨地想去右玉。我让我们省政协的领导同志们都去右玉看一看，亲身感受一下右玉的发展变化，增强我们参政议政的能力。右玉真是不简单啊，又成了山西北部，也可以说是中国北方的生态旅游基地。右玉所走的路子完全符合科学发展观的要求。所以你们写这部书很有价值。文学作品是不朽的财富。你们为右玉人民办了一件很有意义的好事，办了件大事，我完全同意。

"再就是右玉人民在几十年与恶劣的自然环境作斗争中，坚持不懈地植树种草，发展生态畜牧，壮大生态旅游，千方百计地招商引资，铸造出一种右玉精神。这个精神是右玉发生天翻

2009年9月11日,曾在右玉工作五年,任政协山西省第八届、九届副主席吴慧琴(左三)和丈夫、山西日报社原社长曲补旺(左二)在政协右玉县主席黄凤莲(右二),中共右玉县委常委、常务副县长马占文(右一)的陪同下到右卫镇视察调研。右卫镇镇长杨成(左三)介绍右卫老城的旅游开发情况。

地覆变化最可宝贵的精神财富。右玉人民创造的塞上绿洲业绩,右玉人民独创的右玉精神,在三晋大地上,在中华大地上越来越引起人们的认可、赞美、学习、敬仰。这就是在右玉工作的县委书记、县长以及四大班子全体领导成员们,这就是勤劳朴实的右玉人民对中国、对世界的独特的贡献。这里也饱含着中央、省、市各级领导对右玉的特别贡献。

"你们在书中以右玉精神为主线,贯穿全篇,这个谋篇好。现在右玉发展前景非常好。这次又是全省开展学习实践科学发展观活动第一批试点县,我想富而美的新右玉一定会早日实现。

"新民同志,你为撰写这部巨著,付出了不少心血,你是一位真爱自己家乡的好干部,我很敬佩。但也要好好注意身体,书印出来后,送政协几十本(实际送去60本,办公室主任李永红接收)。"

省纪委在右玉召开全省八县县委书记座谈会

2009年5月13日,山西省纪委在右玉召开有朔州市右玉县、平鲁区、应县、怀仁县,大同市南郊区和天镇县,忻州市定襄县和偏关县的县委书记以及右玉县右卫镇和新城镇党委书记参加的座谈会;并到由全省纪检监察系统广大干部捐建的"清风林"植树基地参加了义务植树活动。

2009年7月25日,中共山西省委统战部常务副部长王大高带领省委统战部全体机关干部参观学习右玉精神,王大高感受颇多,随即赋诗三首:

参观右玉有感

王大高

其一

昔日边塞多荒丘，今朝胜地遍绿洲。
眼前青黛烟苶苶，耳畔百灵鸣啾啾。

其二

风沙肆虐几时收，代代植树何曾休。
众手绘就新右玉，碧水蓝天万古流。

其三

苍天厚土养浩气，民间疾苦记心头。
苍茫荒漠铺画纸，咬定绿洲写春秋。

2009年9月11日，政协山西省原副主席吴慧琴再次回到曾在这里工作过的右玉观光调研，她十分深情地题词说："往昔风沙地，今日绿满洲，明珠耀三晋，奇迹凯歌奏。"

省委原书记、省人大常委会第七届主任王庭栋的一封亲笔信，点赞《苍河颂》写得好，并衷心希望右玉的明天更加美好

笔者于2009年8月28日、9月21日两次应允到中共山西省委原书记、山西省人大常委会原主任王庭栋家中采访，征求对《苍河颂》第8稿的意见。王书记除与笔者座谈外，事先专门给笔者和县委书记陈小洪写了一封信，信中这样写道：

石新民部长并报陈小洪书记：

感谢你送来《苍河颂》（第8稿）让我阅读。

你和赵生荣同志写出这一巨著，反映了你们满怀对右玉人民60年生态建设巨大成就的深厚感情，反映了你们对贫苦边远山区人民高度负责和彻底的可持续发展精神。写得好！我衷心感谢你们，向你们学习。

我是1969年底奉命调回山西工作。

1969年11月我（时任山西省革命委员会副主任）在昔阳主持召开的学大寨会议上，就把右玉作为大破广种

中共山西省委原书记王庭栋写给笔者和县委书记陈小洪的一封亲笔信的翻拍件。

薄收的耕作制度革命的先进典型进行了表扬。

1970年1月我到右玉考察，知道右玉纠正了1968年"四不要"（不要自留地、自留羊、投肥工、拔草工），人均产粮已上900斤。特别是看到林业已成生态主体，我十分高兴。我还考察了胡村每人种11亩地时，缺粮要吃返销粮3.3万斤。每人种4亩地时，不仅够吃，还征购1.5万斤。

多年来，全省林业工作会议都很重视右玉这一典型。1980年8月在右玉召开了西山防护林会议。1983年1月全省召开山区工作会议，我在会议的报告中着重讲了：右玉多年坚持造林种草，使森林保存面积由过去的8000亩增加到现在的115万亩。森林覆盖率达到39%，既解决了群众生产和生活上需要的燃料、肥料、饲料、木料问题，又起到了防风固沙、保存土壤等重要作用。以实际行动响应胡耀邦总书记提出的建设地上绿色宝库的伟大号召。

1987年8月，在省人大常委会制定我省实施《森林法》办法的会议上，我（时任山西省人大常委会主任）专门指出：右玉多年来领导连续抓，领导认识一致，规划一致，抓法一致，所以他们绿化比较扎实，速度比较快。我说，有些人片面批评小老树。小老树是由它的历史条件和技术条件形成的，而且在生态上起了很大作用。现在一方面有小老树，一方面正造丰产林。不是说一句话小老树就能变成丰产林，还得有投资条件和技术条件。

2006年9月6日，我已83岁，十分想念右玉。我在朔州市人大常委会副主任落国和、王希，右玉县长陈小洪、县人大主任赵润虎、县政协党组书记黄凤莲的陪同下，专程看了小南山公园、环城林带草场（即四道岭塞上草原）、辛堡梁万亩林区、杀虎口景区、右玉老城等处。进入右玉就享受到蓝天、白云、秋高气爽宜人宜居的良好环境。县城已有了初步现代化建设，有了美丽的夜景，有了新兴的旅游业。右玉人民在这贫困的"不毛之地"，先是插绿，活一株是一株；后是养林，成一片是一片。到后来补栽针叶林，提高林种质量，现已有50%的森林覆盖率。县财政收入上亿元，多项新兴产业的幼苗正在成长。

我担任省级主要领导多年，我是十分热爱右玉的。

关于右玉精神内涵的表述，省委已作出学习决定，就按省委的《决定》贯彻执行。

我衷心希望右玉的明天更加美好。

王庭栋

二〇〇九年八月三十一日

2009年7月22日，笔者将长篇报告文学《苍河颂》第8稿和省领导李立功、王庭栋、卢功勋、刘泽民、张广有、薛军、王雅安审阅后的有关《建议》送中共山西省委常委、秘书长高建民。一个多月后，2009年8月27日，中共山西省委作出《关于大力学习弘扬右玉精神的决定》。现将中共山西省委作出的《关于大力学习弘扬"右玉精神"的决定》这一重要文献全

第二十三章 省、市作出大力学习弘扬右玉精神的决定

文记载如下，供世人学习感悟。

中共山西省委关于大力学习弘扬"右玉精神"的决定
(2009年8月27日)

右玉县位于晋西北地区，毗邻毛乌素沙漠，历史上生态环境恶劣。新中国成立六十年来，右玉县历届县委、县政府团结带领全县党员干部群众，坚持不懈植树造林，坚忍不拔改善生态环境，全县森林覆盖率由不到0.3%提高到52%以上，创造了令人惊叹的奇迹，有力促进了全县经济社会发展，在艰辛的探索实践中铸就了以"执政为民、尊重科学、百折不挠、艰苦奋斗"为核心的右玉精神。右玉精神是我们党六十年来执政为民、践行宗旨的一个缩影，是党的科学发展理念的质朴诠释和成功实践，是太行精神、吕梁精神在新时期的发扬和深化，是我省党的建设特别是作风建设上的一个宝贵典型。为了推动深入学习实践科学发展观活动，进一步加强领导干部作风建设，为推进转型发展、安全发展、和谐发展和新基地、新山西建设提供强大精神动力，省委要求全省各级党组织和广大党员干部群众大力学习和弘扬右玉精神。

一、学习和弘扬右玉精神，就是要切实增强执政为民的宗旨意识。右玉县解放初期土地沙化面积达76.4%，恶劣的生态环境严重制约着经济社会发展和人民生活水平提高。右玉历届县委、县政府坚持人民利益至上，顺应群众的愿望和要求，把植树造林作为全县人民的生命工程和发展工程，带领全县干部群众播撒绿色、阻遏风沙、发展经济、建设家园，全县生态建设和经济社会发展实现了翻天覆地的巨变，人民生活水平不断提高。学习和弘扬右玉精神，要更加自觉地坚持全心全意为人民服务的根本宗旨，把群众呼声作为第一信号，把群众需要作为第一选择，把群众满意作为第一标准，真诚倾听群众呼声，真情关心群众疾苦，真心解决群众困难，切实做到权为民所用、情为民所系、利为民所谋；坚持问政于民、问计于民、问需于民，多办顺民意、解民忧、增民

2009年8月27日，《中共山西省委关于大力学习弘扬"右玉精神"的决定》文件翻拍件。

利的实事好事，把实现好、维护好、发展好人民群众的根本利益作为一切工作的出发点和落脚点。特别是各级领导干部要始终保持同人民群众的血肉联系，始终保持爱民为民的公仆情怀，任何情况下都要与人民群众同甘苦、共命运、心连心，尽心竭力为

群众谋福利，从群众中汲取前进力量，把我们党的执政根基深植于人民心中。

二、学习和弘扬右玉精神，就是要牢固树立尊重科学的发展理念。60年来，右玉县广大党员干部群众立足实际、因地制宜，尊重客观规律，科学制定决策，准确把握塞北高寒风沙地区植树造林的特点和规律，正确处理建设生态与发展经济的关系，积极探索人与自然和谐发展之路，逐步形成"绿树转生态、生态变资源、资源促发展"的绿色经济发展模式，在推动科学发展、促进社会和谐上取得突出成绩。学习和弘扬右玉精神，要更加自觉地坚持发展是第一要务，认真贯彻落实科学发展观，统筹处理当前利益与长远利益、经济发展与生态建设的关系，把生态文明建设摆在更加突出的位置，推动发展由资源依赖性向创新驱动型转变，富有成效地推进全面协调可持续发展；坚持实事求是，一切从实际出发，把握规律，尊重科学，走生产发展、生活富裕、生态良好的发展道路，加快建设资源节约型和环境友好型社会；坚决反对以牺牲资源、生态环境甚至人民生命财产安全为代价换取经济的一时发展，多做打基础、利长远、强根本、惠民生的事，努力创造经得起实践、人民和历史检验的业绩。

三、学习和弘扬右玉精神，就是要大力培养百折不挠的优秀品格。植树对右玉县来说不仅难度很大而且短时期内难以见效。面对树种少、劳力少、资金少和调苗难、栽种难、成活难等突出困难，右玉县党员干部群众不气馁、不退缩，"咬定青山不放松"，以大无畏的气概和敢于胜利的精神顽强拼搏，在战胜重重困难中绿化了家园、磨炼了意志、增进了团结。特别是历届县委、县政府"一任接着一任干，一张蓝图绘到底"，换届不换方向、换人不换精神，"绿色接力棒"代代相传。学习和弘扬右玉精神，要更加自觉地树立强烈的事业心和责任感，始终牢记党和人民的重托，激发迎难而上、攻坚克难的顽强斗志，保持矢志不渝、锲而不舍的工作韧劲，发扬百折不挠、愈挫愈奋的进取精神，积极应对改革发展稳定中面临的困难和挑战，不断开创全省各项事业发展的新局面。

四、学习和弘扬右玉精神，就是要继续发扬艰苦奋斗的优良作风。60年来，右玉县党员干部群众克服种种困难，"觉悟加义务、镢头加窝头、苦干加实干"，凭着一股流血流汗、无私奉献、勇于献身的精神，不仅使昔日的不毛之地变成了绿色海洋，而且推动了全县经济社会又好又快发展。右玉的实践充分证明，党以艰苦奋斗而兴，国以艰苦奋斗而强，业以艰苦奋斗而成，艰苦奋斗作为我们党战胜一切困难的传家宝，永远也不能丢。学习和弘扬右玉精神，要始终牢记"两个务必"，增强党的意识和群众观念，自觉在艰苦奋斗中加强党性修养和养成良好作风；坚持求真务实、真抓实干，讲实话、办实事、出实招、重实效，坚决反对官僚主义、形式主义和劳民伤财的"形象工程""政绩工程"；带头讲党性、重品行、做表率，经得起诱惑、守得住清贫、耐得住寂寞，勤政为民，廉洁奉公，防止为政失德、工作失职、行为失范，永葆共产党人的先进性和政治本色。学习和弘扬右玉精神要与贯彻落实科学发展观、推动"三个发展"紧密结合起来，增强发展信心，凝聚发展力量，认真贯彻落实中央和省委、省政府保增长、保民生、保稳定的各项政策措施，扎实推进经济结构调整，有效促进发展方式转变，坚定不移走科学发展之路，推动能源基地和老工业基地全面创新；要与学习弘扬太行精神、吕梁精神和纪兰精神等紧密结合起来，发扬革命老区讲政治、顾大局、能奉献、不等不靠、艰苦创业的优良传统作风，发扬山西人民勤劳智慧、淳朴善良、诚实守信的优秀品格，通过苦干实干建设美好家园、创造幸福生活；要与加强干部队伍建设特别是县级领导班子建设紧密结合起来，努力建设科学谋事、团结共事、务实成事、干净干事的坚强领导集体，激发广大党员干部始终保持昂扬向上、奋发有为的精神状态；要与加强作风建设紧密结合起来，加强领导干部党性修养，大力树立和弘扬良好作风，实实在在地为群众解难事、办实事、做好事，始终做到为民、务实、清廉。各级党组织要把学习和弘扬右玉精神作为一项重要政治任务来抓，切实加强组织领导，主要负责同志要亲自安排部署，引导广大党员干部群众深刻理解右玉精神的丰富内涵和精神实质，牢固树立科学的世界观、人生观、价值观，坚持正确的事业观、工作观、政绩观。宣传部门和新闻单位要大力宣传右玉经验，深刻阐释右玉精神，及时报道各地开展学习活动的情况。通过学习和弘扬右玉精神，激励和鼓舞全省党员干部群众积极投身转型发展、安全发展、和谐发展，加快建设新型能源和工业基地，为构建充满活力、富裕文明、和谐稳定、山川秀美的新山西而努力奋斗。

省委《关于大力学习弘扬"右玉精神"的决定》下发后，2009年9月29日下午，中共山西省委召开"弘扬右玉精神，加强作风建设电视电话会议"。省委书记张宝顺作了重要讲话，要求全省上下深入贯彻党的十七届四中全会精神，大力学习弘扬右玉精神，以更加务实的作风、更加昂扬的状态，锐意进取、勤奋工作，不断取得"三个发展"的新成就，开创各项事业新局面。

省领导王君、申联彬、杜玉林、李小鹏、胡苏平、高建民、汤涛等出席会议，省委副书记、省政协主席薛延忠主持会议，会议宣读了省委《关于大力学习弘扬"右玉精神"的决定》。

张宝顺指出右玉精神源于实践、贴近时代、内涵深刻，既有对老区精神和传统文化的传承弘扬，又有社会进步和时代特征的鲜明印记。"执政为民"，体现了坚持从人民根本利益出发，坚持以人为本，认真践行正确权力观、政绩观、事业观的宗旨意识，是执政党建设特别是新时期领导干部作风建设的生动写照；"尊重科学"，体现了发挥主观能动性与尊重客观规律的有机统一，反映了对生产发展、生活富裕、生态良好的文明发展道路的探索精神，是对科学发展观的质朴诠释；"百折不挠"，体现了不畏艰难、自强不息、坚持不懈、愈挫愈奋的英雄气概，是三晋儿女甘于奉献、勇于胜利崇高品格的集中展示；"艰苦奋斗"，体现了对太行精神、吕梁精神和纪兰精神、双良精神等优良传统的继承和发展，是靠信念、靠精神、靠意志干事创业的可贵本色。张宝顺指出，学习弘扬"右玉精神"，符合党的十七届四中全会提出的大兴"四种风气"的要求和我省工作实际。重点抓好五个方面：一是要通过大力学习弘扬右玉精神，在发扬光荣传统、弘扬时代精神上增添新内涵……二是要通过大力学习弘扬右玉精神，为战胜困难挑战，推动"三个发展"注入新动力……三是要通过大力学习弘扬右玉精神，在增强宗旨意识、服务人民群众上开拓新境界……四是要通过大力学习弘扬右玉精神，在建设善于推动"三个发展"的高素质干部队伍上要有新作为……五是要通过大力学习弘扬右玉精神，在激励埋头苦干、营造创业氛围上焕发新气象……

薛延忠在主持会议时指出，各级各部门和广大党员干部要按照张宝顺同志提出的要求，深入理解右玉精神的深刻内涵，充分认识学习弘扬右玉精神的重要性和必要性，把学习弘扬右玉精神与学习贯彻党的十七届四中全会精神结合起来，与深入学习实践科学发展观活动结合起来，与加强作风建设结合起来，继承优良传统、发扬时代精神，切实改进作风、解决突出问题，把右玉精神转化为干事创业的强大动力和自觉行动，团结带领人民群众为落实"三保"措施，推进"三个发展"，加快新基地新山西建设作出新的更大贡献。

中共右玉县委文件翻拍件

全省电视电话会议后，中共朔州市委立即召开会议对学习和弘扬右玉精神进行安排部署。市委书记田喜荣讲话，市委副书记杨伟民主持会议。中共朔州市委要求争当学习和弘扬右玉精神的先行者。

2010年5月2日，作为山西省党建先进县，陈小洪出席在浙江杭州市召开的"全国县级机关党的建设研讨会"，并作了典型经验发言。

9月29日，全省弘扬右玉精神加强作风建设电视电话会议后，右玉县委立即召开常委会议，进行专题学习讨论，并就贯彻落实会议精神进行研究部署。

陈小洪说："下一步，全县上下在思想认识上要始终牢记'两个务必'，大力传承、弘扬和发展好右玉精神。具体讲，一要开展大学习、大宣传……二要进行大讨论、大反思……三要力求大转变、大提升……四要推进大跨越、大发展……"

全省引深学习右玉精神，大力加强作风建设座谈会在右玉召开

2009年10月16日至17日，全省引深学习右玉精神，大力加强作风建设座谈会在右玉召开。

省委常委、省委秘书长高建民出席会议并讲话。

会议强调，学习弘扬右玉精神是贯彻落实党的十七届四中全会精神，加强和改进新形势下党的建设的重要举措，是积极推进山西经济社会平稳较快发展的迫切需要，是各级领导干部加强党性修养、养成良好作风的现实需要，是各级领导干部应继承的光荣传统。

中共朔州市委书记田喜荣在会上作了题为"让右玉精神率先在朔州大地发扬光大"的发言。

2009年10月16日至17日,在"全省引深学习右玉精神,大力加强作风建设座谈会"期间,中共山西省委常委、省委秘书长高建民(图中)在右玉调研。右一为中共朔州市委书记田喜荣,前左一为中共右玉县委书记陈小洪。

中共右玉县委书记陈小洪在会上就"全省学右玉,右玉怎么办"作了典型发言。

座谈会上,山西省林业厅、太钢集团、山西大学等单位的领导以及平顺县、吕梁市的有关领导同志进行了交流发言。

高建民指出,全省各级各部门要把学习弘扬右玉精神与学习贯彻党的十七届四中全会精神结合起来,认真学习省委书记张宝顺同志的重要讲话和省委《决定》,与抓好各项工作结合起来,认真落实"三保"措施,继续抓好重点工程,解决好群众特别是困难群众的生产生活问题,推进生态文明建设,维护社会和谐稳定,要与建设高素质干部队伍结合起来,为促进"三个发展",促进社会和谐,提供强大的精神动力。要把心思用到干事业上,把精力用到抓落实上,认真负责做好各项工作。

会议期间,与会领导顶着塞上右玉清爽的寒风,到右玉小南山森林公园、杀虎口古关等造林实地进行了参观学习。

从2009年11月19日开始,《山西新闻》推出《学习右玉精神,弘扬良好作风,全面冲刺年终目标》专栏。每晚播出全省一个市或省直单位学习弘扬右玉精神,完成全年经济和社会发展目标情况。

一个学习弘扬右玉精神的热潮在三晋大地兴起!

2009年12月30日,中华环保基金会、山西省环境保护奖组织委员会授予右玉县"首届山西环保生态奖",奖金130万元。《颁奖词》写道:"荒山绿了,乡村美了,城市靓了,数年、十几年甚至几十年,他们用执着与坚守,用汗水与心血为大地美容,为人间添彩,而他们头发白了,皮肤黑了,失去的是青春年华,换来的是人间美景。我们应该感谢他们!"

自省委部署学习右玉精神以来,至2009年12月省内已有98个县市先后赴右玉参观学习。

2010年5月29日,"朔州市弘扬右玉精神,加强作风建设理论研讨会"在右玉召开。山西省纪委副书记李正印(图中)、中共朔州市委书记田喜荣(右八)、朔州市市长冯改朵(左八)、中共右玉县委书记陈小洪(右一)、右玉县县长苏连根(左一)等领导和省内专家学者出席会议并合影留念。

朔州市弘扬右玉精神,加强作风建设理论研讨会在右玉县召开

2010年5月29日至30日,朔州市弘扬右玉精神,加强作风建设理论研讨会在右玉县召开。省纪委副书记李正印,中共朔州市委书记田喜荣,市长冯改朵,省纪委宣教室主任李江龙,市委常委、市纪委书记刘国庆,中共右玉县委书记陈小洪,县长苏连根,县委副书记、纪委书记解志强,省内外专家学者,《中国纪检监察报》、新华社山西分社、北京广播电台、《人民日报》山西分社、山西广播电视总台、《山西日报》朔州分社、朔州电视台、朔州电台、《朔州日报》等新闻媒体记者以及市、县有关单位负责同志参加了研讨会。刘国庆主持研讨会并作了总结讲话。

会议举办了右玉精神事迹报告会。与会人员实地参观了小南山森林公园、右卫镇古城墙修复工程、杀虎口古堡、苍头河湿地公园、贾家窑山松涛园等景区景点。

李正印说,各级各部门要深刻理解学习弘扬右玉精神在当前新形势下的重要意义。学习弘扬右玉精神是全面贯彻落实科学发展观的需要;是加强党的执政能力建设,始终保持共产党员先进性的需要;是加快推进全省生态文明建设和"三个发展"步伐的需要;是加强和改进领导干部作风建设,切实增加责任意识、勤政廉政意识的需要;是树立我省良好的对外形象,优化发展环境,激发党员干部奋发有为、勤廉干事的需要。当前,山西需要右玉精神,我们的事业离不开右玉精神。

田喜荣说,各级领导班子要从抓班子带队伍做起,做到在不争论中实干,在不折腾中发展。各级领导班子,是实现全市率先科学发展的组织者、运筹者、指挥者和协调者。要通过弘扬右玉精神,在全市各级领导班子中营造求真务实、真抓实干的思想氛围,始终牢记宗旨,正确认识市情,尊重科学规律。从抓落实求实效做起,做到踏石留印、抓铁有痕。紧紧围绕解决人民群众反映最强烈的突出问题,在群众最不满、最关切、最盼望的地方推进。

陈小洪表示,我们要更加自觉、更加坚定地把传承弘扬右玉精神,作为加强各级干部作风建设的主线和核心,坚持旗帜不倒,传统不丢,本色不变,在推动工作、促进发展中发挥更加强大的作用。

中宣部部长刘云山亲赴右玉考察调研并撰文弘扬，中央媒体连续强力报道，右玉精神永载共和国史册

2010年7月20日，中国作协副主席、书记处书记何建明带着笔者寄给他的《苍河颂》第9稿征求意见稿和他写的序《国风右玉》的初稿，到时任中宣部部长刘云山的办公室，向刘云山作了翔实的汇报。刘云山当即表示："我要很快到右玉看一看。"

我在《引子》部分已经写道：

2010年7月30日，星期五。塞上右玉天蓝地绿，清风习习。

中共中央政治局委员、中央书记处书记、中宣部部长刘云山带领文化部、中央电视台、《人民日报》、《光明日报》、《经济日报》等部门的主要负责同志，在山西省领导袁纯清、王君、胡苏平、高建民、张平的陪同下深入右玉考察调研。

……

刘云山强调：右玉的经验值得认真总结。……右玉的经验不仅山西值得借鉴，而且全国都值得借鉴。中央新闻媒体要深入右玉，挖掘和宣传报道右玉精神。

当年，见过右玉植树种草锁风固沙的人，没有不被感动的！

如今，到过右玉学习参观旅游观光的人，没有不受震撼的！

走进原始森林，你可以感觉到大自然的神奇。

走进右玉森林，你可以感觉到人民群众的伟大！

刘云山返京后，亲自写了一首诗《右玉感怀》和以"云杉"笔名写的《右玉县书记们的政绩观》一文，在2010年8月10日《人民日报》头版上发表。

从2010年8月1日起，《人民日报》、《光明日报》、《经济日报》、中央电视台分别派出多名记者，在中共山西省委宣传部的积极配合下，来到右玉采访、调研、挖掘、整理，写出多篇各具特色的长篇报道和短篇评论。

请看：

中央电视台《新闻联播》，从2010年8月6日至8月9日，在头条新闻分别以："60年的绿色接力发展之路""一张蓝图绘到底""60年的变与不变""持之以恒、久久为功"为题进行了配有画面的连续报道。

《光明日报》，2010年8月7日，在头版配有彩图，刊登长篇通讯《每一片绿色都是一块丰碑》，副题：山西右玉60年植树造林系列报道之一。并配发本报评论员文章《让人感佩的政绩观》。

《经济日报》，2010年8月8日，在头版配有彩图，刊登长篇通讯《可贵的60年"绿色接力"》，并配发采访札记《右玉精神何以代代相传》、副题：山西省右玉县坚持植树造林、

2010年8月10日，《人民日报》刊登刘云山文章书影。　　2010年8月8日，《经济日报》刊登右玉生态建设通讯书影。　　2010年8月7日，《光明日报》刊登右玉生态建设通讯书影。　　2010年8月9日，《人民日报》刊登右玉生态建设通讯书影。

加强生态建设纪实之一。

《人民日报》，2010年8月9日在头版配有彩图，刊登长篇通讯《从"不毛之地"到"塞上绿洲"》，副题：山西省右玉县60年植树造林纪实。

山西省的主要新闻媒体同时进行了深度的宣传报道。

整个八月，火辣辣的季节。

中央、省级主要新闻媒体，铺天盖地地向中国、向世界连续报道了右玉县60多年生态建设的巨大成就和令人叹服的右玉精神。右玉精神永载共和国史册！

右玉，右玉人民，右玉的县委书记们，右玉精神，他们的名字与他们的卓尔不群的业绩，震撼了神州大地，感动了每个中国人！

2010年5月19日，袁纯清从陕西省省长荣任中共山西省委第十四任书记。张宝顺调任中共安徽省委书记。

袁纯清到任后，以超强的政治清醒感和高度的政治责任感，一如既往地关注和推动右玉精神的学习和弘扬。

中共山西省委召开兴起学习弘扬右玉精神新高潮大会

2010年8月28日上午，中共山西省委召开"全省兴起学习弘扬右玉精神新高潮大会"。省委书记、省人大常委会主任袁纯清作重要讲话。省委副书记、省长王君主持会议。省委副书记、省政协主席薛延忠，省委常委杜玉林、李小鹏、胡苏平、高建民、李政文、汤涛等出席会议。

袁纯清说，中华人民共和国成立以来，右玉县历任党政领导班子团结带领全县党员干部群众真干大干实干苦干，把一个风沙肆虐的"不毛之地"变成生态良好的"塞上绿洲"，创造了令人惊叹的发展奇迹，孕育了弥足珍贵的右玉精神。右玉精神的核心理念是以人为本，为民利民，忠实践行党的宗旨；本质内涵是艰苦奋斗，不怕困难，凭信念、凭精神、凭勤奋干事创业；基本要素是坚持不懈，百折不挠，不达目的誓不罢休；珍贵本色是真抓实干，奋力拼搏，在干事创业中锤炼自己、改变山河面貌。右玉精神是落实科学发展观和践行正确政绩观的思想实践成果，是民族精神和党的政治优势、优良传统的生动体现，是太行精神、吕梁精神在新形势下的发扬光大，是建设社会主义核心价值体系的生动教材，是党的建设特别是作风建设的一面旗帜，是山西人民的宝贵精神财富和政治资源。实现全省领导干部大会提出的以转型发展、跨越发展为主题，建设中部地区经济强省和文化强省，再造一个新山西的宏伟目标，是一个艰苦拼搏的过程，也是一个长期奋进的过程，要通过大力学习弘扬右玉精神，为战胜各种困难和挑战，实现转型发展、跨越发展提供强大动力。

袁纯清强调：

——要坚定信念，牢固树立强省富民的政绩观……

——要激浊扬清，旗帜鲜明地反对不良风气……

——要求真务实，努力形成真抓实干的良好氛围……

——要赏罚分明，建立严格的考核评价机制……

——各级领导干部要带头学习弘扬右玉精神，把学习弘扬右玉精神作为干部教育培训的重要内容，作为学习型党组织建设和创先争优活动的实际行动，及时总结、大力宣传学习弘扬右玉精神，抓转型、谋跨越的先进典型，让右玉精神在三晋大地生根开花结果，让创先争优、创新务实成为每个党员干部的实际行动，以新作风、新作为取得转型发展、跨越发展的新成就。

王君在主持会议时强调，各级各部门特别是各级领导干部要充分认识深入开展学习弘扬右玉精神活动的重要性，在全省上下再掀学习弘扬右玉精神的新高潮。圆满完成年初确定的工作任务和"十一五"规划的目标任务，为"十二五"经济社会发展规划，紧紧围绕工业新型化、农业现代化、市域城镇化、城乡生态化，谋划工作、推动工作、落实工作，推动各项工作再上一个新的台阶，开创转型发展、跨越发展的新局面。

会议进行了交流发言，右玉县委书记陈小洪，政协右玉县第六届主席刘义，省交通厅厅长段建国，太钢集团党委书记杨海贵，武乡县委书记周涛，阳高县大白登镇党委书记高飞等先后发言，介绍了学习弘扬右玉精神的情况和成效。

胡苏平，女，2008年12月从山西省副省长岗位转任中共山西省委常委、宣传部部长后，先后8次深入右玉调研指导工作。

2010年9月7日，胡苏平在《山西日报》上发表题为"把右玉精神转化为推进山西转型跨越发展的强大力量"的文章。文中说："右玉，这个名不见经传的塞上小县，如今在中华大地广为传颂。这个历史上一穷二白的不毛之地，如今已成为满目葱茏的'塞上绿洲'。凡是到过右玉的人，都深深地被右玉人战天斗地的英雄事迹和辉煌业绩所惊叹、震撼、折服。右玉为什么会有如此神奇的变化和强大的魅力？根本在于蕴含于各种事迹和现象背后的巨大精神力量。60年的奋斗、60年的探索、60年的聚集，铸就右玉精神博大精深、内涵丰富……

加快山西科学发展，实现再造一个新山西的宏伟目标不能没有强大的精神力量。当前，全省上下要认真贯彻落实袁纯清同志在全省领导干部大会和弘扬右玉精神大会上的重要讲话

2011年5月10日，中共山西省委常委、省纪委书记李兆前（前排左二）在中共朔州市委副书记、市长冯改朵（前排右二）及中共右玉县委书记陈小洪（前排左一）、右玉县县长苏连根（前排右一）、中共右玉县委副书记、县纪委书记解志强（后排左一）的陪同下在右玉调研。他指出，当前学习弘扬右玉精神，要扎实推进党风廉政建设，努力在转型跨越发展的主战场建功立业。

精神，紧紧围绕省委的新决策新部署，学习右玉精神，弘扬右玉精神，践行右玉精神，让右玉精神在三晋大地开花结果，放射出新的耀眼光辉，成为推进山西转型跨越发展的强大力量。"

文章说："一、大力弘扬以人为本，心系民生的公仆精神，用真挚的为民情怀推进山西转型跨越发展。……

二、大力弘扬百折不挠、坚持不懈的执着精神，用顽强的毅力推进山西转型跨越发展。……

三、大力弘扬与时俱进、开拓创新的时代精神，用崭新的理念推进山西转型跨越发展。……

四、大力弘扬艰苦奋斗、公而忘私的奉献精神，用崇高的追求推进山西转型跨越发展。……"

期间，胡苏平多次组织中央和山西主要新闻媒体记者深入右玉采访，全方位全视角地报道宣传了右玉人民的艰难创业历程和弥足珍贵的右玉精神。

省委大会后，全省11个市全部下发了学习弘扬右玉精神的意见，11个市、119个县（市、区）、127个省直单位的主要领导同志，13300余名干部以及内蒙古、河北、陕西等周边市、县组团到右玉亲身感悟右玉精神，接受思想洗礼。

深秋的塞上绿洲大地上，参观学习右玉精神的团队和个人络绎不绝……

2011年8月24日，陈小洪任山西省临汾市人民政府副市长。2013年4月任中共临汾市委常委、政法委书记。2016年10月14日,临汾市政协四届一次会议上当选主席。2018年4月2日,临汾市第四届人大四次会议上当选市人大常委会主任。

2011年9月14日,塞上右玉金秋一片。

中共山西省委书记袁纯清、省长王君带领全省重点工程观摩检查组来到右玉,观摩检查了右玉的玉龙生态园、京玉发电厂、牛心卧羊山玉龙风电场,穿越了右玉县莽莽林海旅游大道,晚上食宿在右玉,进行了工作点评。

几项重点工程,展现了右玉转型跨越发展的强劲态势和取得的阶段性成果,展示了右玉广大干部群众大力传承弘扬右玉精神,奋发有为,干事创业的精神风貌,博得了袁纯清、王君及观摩检查组全体领导的高度评价。

2011年10月27日,山西太原。

中国共产党山西省第十次代表大会在太原文化宫隆重召开。

中共山西省委书记袁纯清作《率先走出资源型地区转型跨越发展新路,为加快实现全面建设小康社会目标努力奋斗》的工作报告。

袁纯清在报告中说:"建设社会主义核心价值体系,打牢全省人民团结奋斗的共同思想基

2011年7月1日,中共右玉县委带领县直机关千名共产党员在小南山森林公园绿化丰碑前举行"传承弘扬右玉精神,重温入党誓词"主题党日活动。二排从左至右县领导为:李康正、庞明明、丁裕、李月明、陈小洪、马占文、李峰、张乐祥、傅存新、田献军。前排讲话者为右玉县县长苏连根。大家一致表示:高擎右玉精神大旗不动摇,继往开来努力建设富美和谐幸福的新右玉。

础。……大力弘扬太行精神、吕梁精神、右玉精神等山西人民创造的宝贵精神财富。……"

"加强作风建设，始终保持与人民群众的血肉联系。……把学习弘扬右玉精神不断引向深入，教育领导干部树立正确政绩观。……"

2011年11月1日，在中共山西省委十届一次全会上，袁纯清在《坚定信念抓落实，奋力共建新山西》讲话中说："信念、信心讲的是一种精神状态。人是要有信念、信心的。这就是我们常说的精气神。愚公移山、挖山不止展现的是一种信念；星星之火可以燎原是信念的引领；水滴石穿、众志成城是信念的力量所至；革命人永远年轻，是因为有信念的支撑，以不怕牺牲、艰苦奋斗、敢于胜利为主要内涵的太行精神和吕梁精神是用信念铸造而成；持之以恒、久久为功，把不毛之地变为绿洲的右玉精神更是坚守信念的生动写照。"

2012年1月11日，山西省十一届人大六次会议在太原召开。

中共山西省委书记、山西省人大常委会主任袁纯清参加朔州代表团审议省政府工作报告时说："我对朔州的工作和经济社会发展是非常关注、非常关心的。总的感觉，朔州是个出生产力、出战斗力的地方。所谓'出生产力'，朔州地方不大，人口不多，县区比较少，但是为全省经济社会发展做出了特别的贡献。……所谓'出战斗力'，朔州有右玉精神，正是在右玉精神的引领下，朔州干部的精神状态是非常好的，谋发展、干发展、奔发展、干事创业的积极性空前高涨。……"

2012年6月3日，右玉县第十五届人大第一次会议上，苏斌如当选为中华人民共和国成立后右玉县第18任县长。

苏斌如，男，汉族，1964年9月出生，中共党员，山西省朔州市朔城区人。1.75米个头，给人干练儒雅的印象。山西农业大学本科学历，助理农经师。1987年7月参加工作，历任朔州市委办公厅内务科副科长，市委办公厅办公室副主任，正科级督查员，市委办公厅内务科科长，市委办公厅办公室主任，市委副秘书长，市委对台办主任，中共山阴县委常委、常务副县长（正处级），中共山阴县委副书记（正处级），中共右玉县委副书记、右玉县人民政府党组书记、代理县长、县长。苏斌如当选县长后说："面对新的岗位和新的任务，我深感使命光荣，责任重大。我要在县委的坚强领导下，在县人大和县政协的监督支持下，与政府班子全体成员一起，始终把加快发展作为第一要务，始终把保障和改善民生作为一切工作的出发点和落脚点，把团结奋进作为第一追求，做到党政同声，上下同步，坚定不移实施'五大'战略，强力推进'四化'建设，奋力加快转型跨越，为建设富美和谐的幸福新右玉努力奋斗！"

2016年1月20日，苏斌如调任朔州市怀仁县人民政府县长。应县县委副书记王志坚任中华人民共和国成立后右玉县第19任县长。

第二十三章 省、市作出大力学习弘扬右玉精神的决定

山西省纪检监察工作务虚会在右玉县召开

2012年7月18日至19日,山西省纪检监察工作务虚会在右玉县召开。分析当前形势,研究显示问题,提出改进工作的对策。中共山西省委常委、省纪委书记李兆前出席会议并讲话。山西省纪委、监察厅班子成员及全省11个市纪委、监察厅主要负责人共100人参加会议。与会人员人手一本第一版第一次发行的长篇报告文学《苍河颂》。

2012年7月18日至19日,100余人参加的山西省纪检监察工作务虚会在右玉召开。

李兆前强调,要加强对党的纯洁性学习教育活动的监督检查,严明党的纪律,为党的十八大胜利召开创造良好环境。要加强对中央和省委重大决策部署的监督检查,深入推进吃拿卡要问题专项整治,认真解决发生在群众身边的腐败问题……要大力学习弘扬右玉精神,不断加强纪检监察干部队伍建设,夯实反腐倡廉工作基础。

2012年7月24日,106人参加的"山西省深入推进学习弘扬右玉精神,保持党的纯洁性工作座谈会"在右玉召开。

2011年2月6日,中共朔州市委决定:

开展一次全市党员干部教育培训活动,教育引导各级干部牢固树立正确的政绩观、权力观和事业观;

把学习弘扬右玉精神作为干部教育培训的重要内容,组织党员干部在右玉进行以保持党的纯洁性为着力点,以领导干部下乡住村、植树造林为切入点的弘扬右玉精神主题实践活动。

2011年市、县党委换届后,市委组织190多名新任县处级领导干部在右玉举办为期一周的培训班,市委、市政府领导亲自授课、专题辅导。

2012年以来,市委还组织机关干部分期、分批赴右玉县干部教育基地进行轮训学习。

……

2012年清明节刚过。

朔州市四大班子领导李彪、李正印、高厚等先后带领市四大班子全体成员和市直机关干部分期、分批赴右玉教育基地进行轮训学习,全市800多名县处级干部主动捐款80多万元,在右玉大呼高速两侧种植大苗松树1万多株。

70年来，右玉的机关干部成为一支永不褪色的造林专业队。他们既是科学营林的指挥员，更是真抓实干的战斗员。2012年大同至呼和浩特高速公路右玉段建成后，右玉县直机关的共产党员、干部职工义无反顾地冲锋在前，营造绿染高速的生态长廊。

省委宣传部部长胡苏平要求大力传承弘扬右玉精神，解放文化生产力，右玉应加快步伐向文化强县迈进

2012年8月10日，中共山西省委常委、宣传部部长胡苏平带领山西省宣传文化系统观摩考察团一行来到右玉玉龙文化生态园，实地观摩考察了玉龙赛马场建设等情况。

右玉玉龙文化生态园是山西玉龙投资集团旗下的一家全资子公司，位于右玉县城南出口3公里路西，毗邻小南山森林公园，始建于2008年，占地3000余亩，是一家集特种养殖、种植、休闲旅游、马术比赛于一体的综合性生态园区。

生态文化园由玉龙国际马会、玉龙獒园、玉龙生态牧场、玉龙种植园、玉龙湖、玉龙大型赛马场组成。生态园内绿树成荫，绕湖漫步于亭台楼阁、乡间小道、观光喷泉，欣赏汗血宝马、藏獒名犬；登山看野花，观牦牛、骆驼、梅花鹿、各种名鸡。踏入园区，犹如进入世外桃源。这里的花鸟惹人醉，名贵马、名贵犬等多种动物与大自然融为一体，构成了一幅幅优美和谐的动人画卷，让游人流连忘返。

2011年玉龙集团又投资3000多万元，建成了中国北方最大的现代化赛马场。8月10日，第二届"玉龙杯"中国速度赛马俱乐部联合赛在这里隆重举行。

全省宣传文化系统观摩考察团全体同志对玉龙文化生态园的独特文化魅力和奇异的高原景色啧啧称赞。

胡苏平在玉龙生态文化园，听取了县委书记苏连根关于右玉文化体制改革成果汇报和玉龙集团转型发展情况的汇报。

胡苏平十分高兴地说，近年来右玉结合自己充分深厚的历史文化底蕴优势，坚定不移、持续推进文化体制改革，加快文化产业发展步伐，激活了文化产业发展活力，凸显了文化产业发展魅力，催生了文化产业发展动力，为全县转型跨越发展打造了新的发展引擎。

2010年8月27日，以汗血马、纯血马繁育为主的生态观光玉龙生态园在右玉小南山森林公园西侧建成并隆重开业。2014年对外开放玉马园景区。

胡苏平希望右玉在总结经验的基础上，充分发挥文化资源在推动转型发展中的重要作用，大力传承弘扬右玉精神，进一步持续推动旅游文化产业健康蓬勃发展，不断解放文化生产力，激发文化活力，增强文化软实力，加快步伐向文化强县迈进，在全省文化大繁荣大发展中起到带动和示范作用。

从2018年4月开始，总投资5.12亿元，总占地1万亩，右玉玉龙万亩生态观光牧场项目开工建设。

2012年8月10日，中共山西省委常委、宣传部部长胡苏平（图中）带领山西省宣传文化系统观摩考察团一行在右玉玉龙生态园考察。前排从左至右为：右玉县县长苏斌如，朔州市委副书记马彦平，中共朔州市委常委、市委秘书长李根田，朔州市市长李正印，中共右玉县委书记苏连根，中共朔州市委常委、宣传部部长郭健。胡苏平要求：右玉县要不断解放文化生产力，增强文化软实力，加快步伐向文化强县迈进。

出席国务院"三北"防护林工作会议的代表赞佩右玉精神

八月的右玉，漫山翠绿，天空湛蓝，碧水清澈，花果飘香。

2012年8月26日下午，出席全国"三北"防护林体系建设四期工程总结表彰暨五期工程启动大会的有全国政协人口资源环境委员会副主任刘泽民，共青团中央书记处书记汪鸿雁，中咨公司副总经理鞠英莲，中资公司农村经济与地区发展部主任何平，国家林业局副局长张永利，山西省人民政府副省长郭迎光，国家"三北"防护林建设局局长潘迎珍，山西省林业厅厅长李永林，山西省林业厅副厅长霍转业，山西省林业厅总规划师张云龙以及"三北"地区13个省（区、市）人民政府和新疆生产建设兵团负责同志，"三北"工程重点市、县负责同志共300多名与会代表，他们乘坐25辆中巴考察观摩了右玉县"三北"防护林工程建设中部地区现场。

当观摩车队进入右玉县小南山环城荒山造林工程柏油大道，代表们被映入眼帘的这座以县直机关干部职工人工造林的风景园林区深深打动！深深折报！由感慨万千而唏嘘感动。

县委书记苏连根在绿化丰碑前向与会代表们作了简要的"三北"防护林工程建设的经验介绍。

森林草地覆盖，亭台楼阁点缀，路、园、景、花立体配套，登山远眺，山清水秀，园中有城，城中有园，真可谓一派塞上江南美景。

代表们对右玉县造林绿化的主体和景观给予由衷的赞誉：哎哟，走进右玉，就走进了绿

2012年8月26日，出席国务院"三北"防护林工作会议的300多名代表在右玉县小南山森林公园考察观摩，赞佩右玉精神。

色的海洋；走进右玉，就走进了清新的境地；走进右玉，就走进了神奇的世界。

绿色美景，景连景；厚重人文，文脉长。

一路走来，大家对"执政为民、尊重科学、百折不挠，艰苦奋斗"的右玉精神有了真切的理解和感受。

国家"三北"防护林建设局局长潘迎珍说："朔州是'三北'工程中的一个难得的样板，尤其是造就了感天动地的右玉精神，这是'三北'精神的灵魂，朔州可称'三北'防护林建设工程中的一面旗帜。'三北'防护林工程会议开在朔州，必将促进'三北'工程更好更快发展。"

在全国"三北"防护林建设朔州现场会上，中共中央政治局委员、中央书记处书记、国务院副总理回良玉对山西和朔州的工作给予了"可圈可点，可喜可贺、可歌可泣、可看可学、深受感动"等五个方面的高度评价。

中共山西省委第十四任书记袁纯清说：建设美丽山西也要靠右玉精神

2012年《求是》杂志第3期刊发中共山西省委第十四任书记袁纯清撰写的文章《建设美丽山西靠什么》。文中说："山西经济长期以来过度依赖煤炭产能扩张，常常陷入'因煤而兴、因煤而困'的困境。在这种情况下，建设发展方式优化、生态环境优美、人民生活幸福的美丽山西，靠什么？"文中说："靠发展循环经济……""靠打造'四个山西'（绿化山西、气化山西、净化山西、健康山西）……""靠发扬右玉精神"；"山西人民素来就有艰苦奋斗的优良传统，右玉县干部群众60多年来坚持不懈植树造林，硬是把一个风沙肆虐的'不毛之地'变成生态良好、生产发展的'塞上绿洲'，铸就了弥足珍贵的右玉精神。2011年3月1日，习近平同志在中央党校春季学期开学典礼上的讲话，充分肯定右玉精神，强调右玉的可贵之处就在于始终发扬自力更生、艰苦创业、功在长远的实干精神，就在于始终坚持为人民谋利益的政绩观。最近，习近平同志又作出重要批示，强调：右玉精神体现的是全心全意为人民服务，是迎难而上、艰苦奋斗，是久久为功、利在长远。"

"建设美丽山西不是一句空话，要靠大力发扬右玉精神，靠每个人踏踏实实去创造、去实践。必须把生态文明建设作为长期任务和攻坚工程，认准目标不动摇，勇往直前不懈怠，一棵接一棵，一座连一座，一年接一年，一代又一代，顽强奋斗、艰苦奋斗、不懈奋斗；把良好生态环境作为发展的基本要素和先进的、可持久的生产力；把良好生态环境作为最公平的公共产品、最普惠的民生福祉，坚持节约优先、保护优先；把生态文明建设融入经济社会发展的各方面和全过程，实现经济效益、社会效益、生态效益有机统一，创造集约高效的生产空间、宜居适度的生活空间、山清水秀的生态空间，让广大人民群众共享生态文明建设成果。"

2013年2月1日，山西省党风廉政建设干部大会及省纪委十届三次全会在太原召开。中共山西省委书记袁纯清在大会上特别要求，要把右玉精神纳入党校和行政学院教育课程。要成立右玉精神研究会，扩大右玉精神的影响力，抓好党风廉政基地建设。新提拔干部要组织起来到右玉学习右玉精神，培养正确的政绩观。

市委书记王安庞说："要大力传承弘扬右玉精神，自觉践行'为人民立功、为人民谋利'的政绩观。"

2013年2月21日上午，中共朔州市委召开全市领导干部大会。朔州市委书记又易新人。

中共山西省委组织部副部长张高宏宣布中共山西省委决定：运城市市长王安庞任中共朔州市委委员、常委、书记。

中共山西省委常委、纪委书记李兆前出席会议并作重要讲话。

2月23日（阴历正月十四），上任伊始的市委书记王安庞带着全新的使命和全新的课题首先深入右玉精神的发源地——右玉县，开始首站调研。

市委副书记、市长李正印和市纪委书记刘国庆、市委组织部部长董一兵、市委宣传部部长刘英魁、秘书长李根田一同调研。

王安庞、李正印一行顶着塞上春寒先后深入京玉煤矸石发电厂、新落成的干部教育右玉基地、玉龙马业发展有限公司、小南山森林公园、永昌高科技LED产业园、山西臣丰苦荞麦食业有限公司等地调研，了解右玉精神发展情况，看望基层干部群众，共商右玉跨越发展大计。

2010年9月25日，时任运城市市长的王安庞带领运城市学习右玉精神考察团100多名市县领导干部在朔州市市长冯改朵和政协朔州市主席高厚的陪同下，专程来右玉学习感悟右玉精神。右玉人民60多年来在塞上高原创造出的生态奇迹和历练出来的伟大右玉精神给王安庞一行留下"非常的震撼和十分的佩服""右玉人民了不得，了不起"的印象。之后，运城市委专门邀请右玉精神报告团5位成员到运城市作了多场右玉精神报告。

2013年2月23日，中共朔州市委书记王安庞（左三）深入右玉京玉煤矸石发电厂等地调研。王安庞强调：大力学习弘扬右玉精神，就是要自觉践行为人民立功，为人民谋利的政绩观。左二为朔州市市长李正印，右二为中共朔州市委常委、宣传部部长刘英魁，左一为中共右玉县委书记苏连根，右一为右玉县县长苏斌如，右三为京玉煤矸石发电厂总经理郑亚刚。

这次来到右玉，王安庞的心情格外别样。他一路调研一路强调：右玉精神是朔州市的宝贵资源和财富，也是朔州的最大品牌。右玉精神来源于奉献，来源于几代人的奉献，我们一定要加大对右玉精神的宣传力度，让全省及至全国人民共同学习右玉精神。右玉精神的最大特点是困难中方显英雄本色，为人民立功，为人民谋利。我们一定要深入挖掘内涵，丰富时代内容，使右玉精神始终保持强大的生命力。

王安庞一再嘱咐县委书记苏连根和县长苏斌如，要身体力行，认真思考，真正把右玉精神体现在全体干部特别是领导干部的作风、政绩观、精神风貌和社会发展变化上。在继续加大生态建设、改善生态环境的同时，大力发展新兴产业，培育壮大传统产业，用产业作支撑，用项目促发展，绝不以牺牲环境为代价，尽最大努力保障改善民生，让人民群众生活得更加幸福。

2013年3月7日，在第十二届全国人民代表大会第一次会议山西代表团会议上，全国人大代表、中共朔州市委书记王安庞在发言中说道："朔州肩负着'把风沙挡在朔州，把清风送往北京'的光荣使命，朔州作为右玉精神的发源地，我们要坚持以习近平总书记重要批示精神为指导，大力传承弘扬右玉精神，自觉践行'为人民立功，为人民谋利'的政绩观，牢固树立'生态就是生命，环境就是资本'的理念，在依托煤电产业推动发展的同时，大力推进生态建设，每年新增营造林30多万亩，力争到2015年，全市营造林面积达到590万亩，森林覆盖率达到24%，努力打造美丽幸福的塞外绿洲、塞上明珠。"

2013年5月17日，王安庞在朔州市领导干部大会上说，必须坚持以习近平总书记对右玉精神的重要批示精神为倡导，更加注重艰苦奋斗、久久为功。要大力倡导为人民立功、为人民谋利的政绩观，大力开展"右玉精神在朔州"活动，做到全市上下人人传承右玉精神，个个弘扬右玉精神，处处体现右玉精神，使右玉精神成为朔州精神的"代名词"，使朔州精神成为右玉精神的"升级版"，使艰苦创业、久久为功、利在长远成为工作主基调，切实增强推进朔州市经济结构优化，发展质量提升两大任务的精神动力。要深度挖掘、传承弘扬和宣传展示右玉精神，创作生产一批反映右玉精神的影视作品、歌舞剧目和精品图书，让右玉精神成为全市干部群众攻坚克难的强大精神力量。

省长李小鹏说："牢记嘱托大力弘扬右玉精神，坚定不移信心百倍地加快推进全省转型跨越。"

2013年1月30日，山西省第十二届人民代表大会第一次会议上，李小鹏当选为山西省人民政府省长。

山西省近9年来，先后调任了5任省长：从张宝顺、于幼军、孟学农、王君到李小鹏，在他们的任上，心中都始终装着塞上小县右玉，多次从省城太原驱车350多公里北上深入右玉调研指导，对右玉的发展，对学习弘扬右玉精神都提出了不少重要的意见，并热忱帮助右玉排忧解难加快发展，对右玉的党政领导班子，对右玉人民寄予深深的厚望。

六月的塞北大地鲜花盛开，景色宜人。

仲夏的西口边塞层林尽染，沁人心脾。

2013年6月19日，中共山西省委副书记、山西省人民政府省长李小鹏带领省政府秘书长廉毅敏、省国土厅厅长李建功、省农业厅厅长李平社、省林业厅厅长李永林、省经信委副主任冀明德，省国土厅总规划师杨志强等深入朔州市山阴县、右玉县，就产业转型、循环经济、项目建设、造林绿化、安全生产和现代农业等方面情况进行实地调研。中共朔州市委书记王安庞，朔州市市长李正印，中共朔州市委常委、秘书长李根田，副市长王志刚及中共右玉县委书记苏连根、县长苏斌如等陪同调研。

李小鹏一行从县城南部的胡村进入，北上穿越25公里起伏不平的林海水泥大道，至县城中部的小南山森林公园，又驱车北上23公里至大呼高速公路沿线绿化工程，沿途领略塞上右玉绿浪如茵的苍松青杨，不禁心潮澎湃，感慨万千，脸上泛起了阵阵笑容。他们一路看，一路听，一路问，一路议，与市、县及企业负责人共商转型跨越之策，共谋增收致富之计。

在大呼高速公路沿线绿化工程观摩台，县委书记苏连根简要汇报了右玉2013年上半年生态文明建设新成果。

李小鹏又一次深情地说，右玉过去遍地黄沙，森林覆盖率不足0.3%。新中国成立以来，右玉县历届党政领导班子团结带领全县党员干部群众真干、大干、实干、苦干，把一个风沙肆虐的"不毛之地"变成生态良好的"塞上绿洲"，这既造福了广大人民群众，又创造了令人惊叹的发展奇迹，孕育了弥足珍贵的右玉精神。习近平总书记对右玉精神高度重视，多次作出重要批示，这既是对右玉精神的充分肯定，也是对我们的鼓励和鞭策，我们一定要继续努力，继续奋斗，在原有发展的基础上，把工作做得更好，不辜负党和人民的众望。要深入贯彻习近平总书记关于弘扬右玉精神的重要批示，传承光荣传统，始终把生态文明建设作为改善民生的一项重要内容，坚持把造林绿化作为长期的任务，统筹推进青山、碧水、蓝天工程，为建设美丽中国贡献自己的一分力量。

在热火朝天建设中的中国·右玉梁威工业园区，李小鹏一行来到建成不久的山西永昌LED项目的无尘车间里，技术工人们正在认真地进行切片操作，李小鹏一边透过玻璃窗户认真察看，一边详细了解项目建设情况。

李小鹏对市、县领导说："LED这是一个很好的转型项目，投资这个项目说明很有战略眼光，要继续加大力度，加快技术创新，提高产品质量，延伸产业链条，打造自主品牌，培育企业核心竞争力，不断增强示范辐射带动作用，努力实现转型产业的跨越发展。"

李小鹏还特别嘱咐，各级各部门领导要认真学习贯彻习近平总书记6月18日在党的群众路线教育实践活动工作会议上的重要讲话精神，坚持用讲话精神统一思想，牢固树立正确政绩观，多干打基础、利长远、促发展、保安全、惠民生的实事，坚决反对形式主义、官僚主义、享乐主义和奢靡之风，大力弘扬右玉精神，以更加饱满的精神状态，务实的工作作风，扎实的工作业绩，加快推进转型跨越，共建美丽幸福家园。

李小鹏一行，晚上住宿在环境清静、空气清新的右玉。

朔州市深入开展"右玉精神在朔州"活动

右玉精神植根于右玉，繁盛于朔州，花开于山西，飘香于全国。
"全国学右玉，右玉在朔州，朔州怎么办？"
2013年7月5日上午，朔州市召开深入开展"右玉精神在朔州"活动动员大会。

中共朔州市委书记王安庞在动员讲话中坚定有力地说："市委决定从2013年7月开始至12月，在全市上下深入开展'右玉精神在朔州'活动，教育、激励广大党员干部大力倡导艰苦奋斗、迎难而上、久久为功、利在长远的良好风尚，不断增强推进经济结构优化和发展质量提升'两大任务'的精神动力，全力以赴加快全面建成小康社会进程！"

市委常委、纪委书记康吉仁宣读了《关于深入开展"右玉精神在朔州"活动的意见》；

市委常委、宣传部部长刘英魁宣读了《关于深入开展"右玉精神在朔州"活动的实施方案》；

市委常委、组织部部长冯云龙宣读了《关于深入开展"右玉精神在朔州"活动领导组的通知》。

中共右玉县委书记苏连根在会上作了传承弘扬右玉精神的经验介绍，中共朔城区委书记郭连厚、中共怀仁县委书记王智杰、市直机关工委书记赵继尧、市发改委主任赵养力分别做了表态发言。

牢记嘱托，力开新局。朔州市210万人民自觉把思想和行动统一到党的十八大精神和习近平总书记的重要批示精神上来，上下同心，努力建设自然、生态、精致、宜居的现代化城市，不断开创全市转型跨越发展新局面！

2013年7月5日，中共朔州市委召开全市深入开展"右玉精神在朔州"活动动员大会。活动持续至12月，共进行半年。

胡苏平带领省直宣传文化系统负责人在右玉调研：学习弘扬右玉精神，深入践行群众路线

2013年7月24日至25日，中共山西省委常委、宣传部部长胡苏平满心欢喜地带领副部长郭健、王蕾、杜学文、尹天五和省直宣传文化系统主要负责人就文化建设和群众路线等工作深入右玉调研。

此行的议程紧凑而丰富。

当晚，晋北道情现代戏《立春》在右玉县文化活动中心首演，该剧改编自白话剧《立

2013年7月25日，中共山西省委常委、宣传部部长胡苏平（中排右三）在右玉召开省直宣传文化系统学习弘扬右玉精神座谈会。中共朔州市委书记王安庞（中排右二）、朔州市市长李正印（中排右四）陪同。胡苏平要求，学习践行右玉精神，要在文化强省征途上不断谱写出新的篇章。

春》，由右玉县晋北道情传习所演出。胡苏平一行对该剧给予肯定与赞赏，并希望在演员服装、化妆、布景等方面不断打磨，力争越演越好，把它打造成为晋北道情的一部艺术精品。中共朔州市领导：王安庞、李正印、郑红、康吉仁、刘英魁、雷健坤和中共右玉县委书记苏连根、县长苏斌如等领导一同观看演出。

25日上午，"右玉展览馆开馆仪式暨'践行群众路线，弘扬右玉精神'新闻媒体右玉采风活动启动仪式"在"干部教育右玉基地"新建成的右玉展览馆举行。这是山西省学习贯彻落实党的十八大精神，深入开展群众路线教育实践活动的重要主题实践活动。胡苏平讲话并宣布开馆暨采风活动启动，中共朔州市委书记王安庞致辞，市长李正印主持。省直宣传文化系统各单位主要负责人，中共朔州市委副书记郑红，中共朔州市委常委、宣传部部长刘英魁及中共右玉县委书记苏连根、右玉县人民政府县长苏斌如等领导出席。

新建成开馆的右玉展览馆整个展厅分为两大部分：一是外圆部分，用图文、声、光、视频、实物、展柜、实影等多媒体多画面、多视角的形式表现，顺时针方向参观，共分六个部分；二是圆内展厅为4D、60座的立体影院，四周墙壁用右玉美丽的画面进行装饰，同时配以实物场景。

2012年10月，右玉展览馆被中共山西省委、山西省人民政府命名为"全省爱国主义教育基地"。

胡苏平一行参观了小南山森林公园绿化丰碑、右玉县剪纸艺术博物馆、杀虎口博物馆。

在小南山森林公园绿化纪念丰碑前，胡苏平说："要进一步深入贯彻落实习近平总书记关于

2013年8月15日至16日，山西作家看朔州的采风人员深入右玉采风。图中前排左八为山西省作协党组书记、常务副主席张明旺；后排副主席依次为：左七张锐锋、左六哲夫、左九吕新、左八赵瑜；前排右四潞潞；前排右二李杜；后排右二李骏虎。前排左四中共朔州市委副书记郑红。二排左二山西省作协创联部主任阎珊珊。这是在右玉干部教育基地留影。

2013年7月25日，山西省文联组织部分文艺工作者深入右玉开展采风活动并留影。

2013年7月25日，全国网络媒体记者团来到右玉采风报道。

弘扬右玉精神的重要批示精神，学习践行右玉精神，推动宣传思想文化工作取得更大进步。"

在剪纸艺术博物馆，胡苏平说："剪纸艺术要与旅游业紧密结合，把剪纸艺术创新与培育知名品牌结合起来，发展自己的特色，在产业和市场的结合中实现积极有效的传承和保护，为展示右玉风采、弘扬右玉精神做出贡献。"

在杀虎口博物馆，胡苏平说："以杀虎口为首的古关、古堡、古城等构成了右玉独具特色的旅游文化优势资源，要做好这些文物的传承升级保护。右玉县要紧紧抓住文化资源厚重、地域特色鲜明的优势特点，进一步探索文化产业发展的新思路。要善于将历史文化与现代文化相结合，充分挖掘发展商业文化，加快文化与旅游、文化与市场的融合，逐步增强文化产业发展整体实力，切实加快文化产业发展步伐。"尔后，省直宣传文化系统学习弘扬右玉精神座谈会在右玉召开。

会上，中共右玉县委第十七任书记，现任中共大同市委常委、组织部部长赵向东，中共右玉县委书记苏连根围绕右玉精神谈了切身感受。中共朔州市委书记王安庞，省文化厅厅长张瑞鹏，省新闻出版局局长林玉平，省文物局局长王建武，山西日报报业集团社长郭玉福，山西广播电视台台长李海渊，山西作协党组书记、常务副主席张明亮，省文联党组书记、主席张根虎，省社科院院长李中元，省委宣传部副部长尹天五，人民日报山西分社社长刘亮明，经济日报记者部主任王晓雄，山西出版传媒集团董事长王宇鸿，同煤集团董事长张有喜等就学习弘扬和提炼挖掘右玉精神、践行党的群众路线畅谈体会。

就如何将学习践行右玉精神与开展群众路线教育实践活动有效结合起来，胡苏平强调了四点意见：

一、学习践行右玉精神，要着力解决好理想信念问题。

二、学习践行右玉精神，要突出解决形式主义、官僚主义、享乐主义和奢靡之风。

三、学习践行右玉精神，要大力度地推动和落实好宣传文化战线提出的"八大工程"。

四、学习践行右玉精神，要更好地营造一个团结、向上、奋进的良好氛围，要和"信义、坚韧、创新、图强"的山西精神结合起来，进一步深化右玉精神，使右玉精神真正成为当前推动转型跨越发展、推动经济社会科学和谐发展、推动中国梦和美丽山西建设宏伟目标实现的强大动力。

省直宣传文化系统一行又一次来到如诗如画的右玉，再受触动，必将在文化强省的征途上谱写出新的篇章。

省委书记袁纯清带领21名省级领导赴右玉集体学习右玉精神

2013年7月30日，这是右玉建县历史上值得永久记载的日子。

在山西省党的群众路线教育实践活动深入开展之际，中共山西省委书记袁纯清欣然带领21名省级领导专程赴右玉精神的发轫地——右玉县集体参观学习。重温习近平总书记重要批示和讲话精神，围绕弘扬右玉精神，改进工作作风，深入座谈交流，接受了一次生动而深刻的群众路线教育。

翻身不忘共产党，幸福不忘毛主席。

当年，当亿万中国人民怀着喜悦的心情，由衷地从内心喊出"毛主席万岁！"时，毛主席却高声回复："人民万岁！"

我们人民共和国的缔造者毛主席说："人民，只有人民，才是历史的创造者和推动者"，"一切为了群众，一切依靠群众"，"我们既要勇于砸烂一个旧世界，更要敢于建设一个新世界"——在毛主席巨大的精神感召下，翻身后的中国人民扬眉吐气地投身到祖国各项建设事业中去。在平均海拔1400米的塞上高原的右玉人民，展开了艰苦卓绝的植树造林种草，锁风固沙治河，图谋富裕建设美好家园的一场又一场的绿化战役，在科学发展的大道上创造着一个又一个人间奇迹！

农历癸巳年7月30日这一天，也是中伏第8天。雨过天晴的右玉大地，蓝格滢滢的天，清格粼粼的水，漫山草木青翠飘香，凉风拂面心旷神怡。

早已慕名来这学习的山西省领导有：中共山西省委书记、省人大常委会主任袁纯清，中共山西省委副书记、省人民政府省长李小鹏，中共山西省委常委、宣传部部长胡苏平，中共山西省委常委、省人民政府常务副省长高建民，中共山西省委常委、组织部部长汤涛，中共山西省委常委、纪委书记李兆前，中共山西省委常委、省军区政委张少华，中共山西省委常委、政法委书记王建明，省人民政府副省长郭迎光，政协山西省第十二届副主席李雁红、王宁、朱先奇、李悦娥、张友君，山西省高级人民法院院长左世忠，山西省人民检察院检察长杨司等。中共朔州市委书记王安庞，朔州市市长李正印，中共右玉县委书记苏连根，右玉县人民政府县长苏斌如陪同学习考察。

省级领导们集体来右玉参观学习，是山西省级领导班子开展群众路线教育实践活动的重要环节和"自选动作"。

省级领导们来到右玉展览馆，了解右玉人民锁风固沙植树造林种草的奋斗史：在右玉人民战天斗地的历史图片前，在摆放各种文件、图表资料、《苍河颂》等书籍的书柜前，在写满艰辛的简陋农具前，在干部群众挥锹扬锄的模拟场景前，省领导们不时驻足、仔细端详，一边走一边深入思考，感悟"一张铁锹两只手，觉悟加义务"的拼搏精神，体会"右玉要想富，就得风沙住；要想风沙住，就得多栽树"的生动实践，经受了一次深刻的思想洗礼。

位于小南山森林公园的绿化丰碑已成为省内外干部群众学习右玉精神的重要基地。省级领导们站在绿化丰碑前，重温习近平总书记的重要批示和讲话摘录，拜读《右玉绿化赋》的真情生动描述，聆听百名绿化功臣的感人事迹，了解新中国成立后历届县委、县政府领导班子的造林绿化工作业绩，感受"迎难而上、艰苦奋斗、久久为功、利在长远"的内涵真谛。

省级领导们乘坐面包车在柏油大道和村通水泥路上穿行，从小南山森林公园到四五道岭塞北草原再到贾家窑山松涛园，展现在眼前的是：一片片由人工栽植扎根在山滩岩石上、树龄30多年的棵棵挺拔茂密的松树和白杨树。林草相间，鸟语花香，山风拂过，松涛阵阵，展示着右玉人民60多年来绿化山川、改造山河的无比辉煌成果。参观结束后，袁纯清在右玉玉龙国际大酒店的会议室里主持召开座谈会,各位省级领导争相发言,结合参观学习情况和思想工作实际,谈认识、谈体会、谈收获。每一位省领导的发言短小精悍,妙趣横生,鞭辟入里。

大家一致认为,平均海拔1400米的塞上高原的右玉山河巨变的实践,无可辩驳地验证了:人民的力量是伟大的!中国共产党领导是事业胜利的根本保证!进一步深化了对习近平总书记重要讲话和批示精神的认识,提高了改进工作作风、密切联系群众的自觉性和坚定性。

袁纯清在总结讲话中十分感慨地说:"这次来右玉是来学习的,是来接受现实的启示、感悟和教育的。要把这次集体活动与学习贯彻习近平总书记的重要讲话、批示精神结合起来,使学习领会更有现实性、更加深刻,确保境界进一步提升,思想进一步纯洁,作风进一步改进,群众观点进一步增强。"

"右玉精神是伟大的,伟大在从一开始就贯穿了执政为民的宗旨,为民服务的精神,不论把风沙挡在塞外,还是让群众富起来,最终目的都是为了人民群众。"

"右玉精神是时代的,新中国成立后历届县委书记一任接着一任干,从治沙栽树到种草种树,到生态文明,是发展的、前进的,是与时俱进的,是与人民群众同呼吸共命运,具有坚强生命力的。"

"右玉精神是现实的,发生在我们身边,写在右玉大地,是太行精神的现实体现,是全省人民的自豪和光荣,一定要珍惜、爱护、学习、弘扬好右玉精神。"

袁纯清坚定地说:"要把右玉精神作为群众路线教育实践活动的重要抓手,作为一面镜子,认真对照检查,开展批评与自我评,推动活动深入开展,形成战胜困难挑战,实现转型跨越的强大动力。"

山西省21名省级领导在省委书记袁纯清的带领下赴右玉集体学习右玉精神的举动,在三晋大地上引起强烈的反响和齐声的赞誉,势必在全国引起一连串的学习效应。

中共山西省委副书记楼阳生说:
"右玉精神是人类的一种伟大实践,一定要把右玉精神深入人心,成为我们的一种自觉行动。"

2014年6月19日,中共中央批准,楼阳生任中共山西省委委员,免去其中共湖北省委常委、委员职务。

2014年6月20日,中共湖北省委免去其省委组织部部长职务。

楼阳生在浙江、海南、湖北工作期间,不断看到塞上高原右玉县"一张铁锹两只手,一任接着一任干,迎难而上,尊重科学,创造塞上黄土高原生态奇迹"的感人业绩的新闻报道和书籍记载。他6月中旬赴山西任职以来,全省学习弘扬右玉精神的良好氛围熏陶着他的心灵。

2014年8月19日至20日,楼阳生带领省农业、林业等省直有关部门负责同志深入右玉调研,中共山西省委副秘书长张克强等陪同。中共朔州市委书记、市人大常委会主任王安庞,朔州市市长李海渊,中共朔州市委副书记郑红,中共朔州市委常委、秘书长李根田等分别陪

第二十三章 省、市作出大力学习弘扬右玉精神的决定

2014年8月20日中共山西省委副书记楼阳生（图中）在中共朔州市委书记王安庞（左一）、中共山西省委副秘书长张克强（右二）、中共右玉县委书记苏连根（右一）的陪同下在小南山森林公园绿化丰碑前考察调研。

2014年8月19日上午，中共山西省委副书记楼阳生（前左二）在中共朔州市委书记王安庞（左一）、中共山西省委副秘书长张克强（后左二）、中共右玉县委书记苏连根（前右二）的陪同下深入右玉县白头里乡山远生态畜禽开发有限公司调研。公司董事长孙强（右一）向楼阳生汇报万头生猪养殖、销售情况。楼阳生嘱咐孙强："这是一个国家扶持的行业，一定要把这个利民富民的万只养猪公司做强做大。"

2014年11月5日，中共山西省委新任常委、新任组织部部长盛茂林（图中）在中共朔州市委书记王安庞（前排右一）、朔州市市长李海渊（前排左二）、中共朔州市委副书记郑红（后排右一）、右玉县县长苏斌如（前排左一）等领导的陪同下在右玉展览馆参观学习。盛茂林嘱咐陪同的领导们："让弥足珍贵的右玉精神代代相传！"

同调研。

楼阳生深入安家岭露天煤矿、平鲁区双万亩苗圃调研后，在中共右玉县委书记苏连根、右玉县县长苏斌如的陪同下，先后深入右玉县白头里乡白头里村、右玉县山运生态畜禽开发有限公司、右玉展览馆、小南山森林公园、四五道岭塞上草原、贾家窑山松涛园、杀虎口旅游区管委会、杀虎口旅游区二十五湾移民新村考察调研。

车随路行，路随树走。楼阳生从右玉南入口到右玉北出口杀虎口，沿着条条绿色大道，穿越了右玉南北全境，目睹了新中国成立后右玉60多年生态建设的卓越成就。塞上右玉不似江南胜似江南的美景给他留下了深深的印象。

楼阳生在小南山森林公园绿化丰碑前，在绿染雄关的杀虎口古长城下，感慨万千地对陪同的市、县领导同志们讲：

"我这次来朔州就是来学习右玉精神的。沿途的考察、沿途的学习，这是最深的学习。习近平总书记对右玉精神的重要批示非常完整、非常精辟，无论是山西、朔州还是右玉，一定要把对右玉精神的深刻理解、深化把握统一到习近平总书记对右玉精神的重要批示上来。

"右玉精神源于植树造林。植树造林不仅仅是服务于右玉人民、朔州人民、山西人民，这是服务大局的一件事。而为人民服务是我们党的根本宗旨，是我们的基本立场观点。是我们思考问题、研究工作、推动发展的出发点和落脚点，这是右玉精神的灵魂所在。

"右玉精神就是人类的一种伟大实践，这种实践非常难能可贵，就是面对困难迎难而上，体现了一种精神，体现了一种担当，体现了一种作风。

"当前我们经济社会发展面临各种困难，大力学习弘扬右玉精神，在朔州既有现实意义，又有针对性，尤其是面对一煤独大、因煤而兴、因煤而困的产量结构更需要种迎难而上的精神。如何做到以煤为基、多元发展，还要有一种科学精神，还必须遵循规律。

"右玉精神是宝贵财富，是右玉的财富、朔州的财富、山西的财富，既是精神财富，也是物质财富。不能把右玉精神当作一个口号，当成一个标签，一定要把右玉精神深入人心，深入到广大领导干部群众的思想、血液当中，成为我们的一种自觉行动。"

2014年伊始，中共中央、国务院印发了《关于全面深化农村改革 加快推进现代化的若干意见》。这是自2004年以来，中央一号文件连续11年聚焦"三农"主题。粮安天下，农业是共和国的命脉。中央提出的以农村土地承包经营权确权登记领证，山西的试点工作开展得如何？这是楼阳生朔州之行关注的第二件大事。在杀虎口旅游区，楼阳生翻阅了旅游区全乡试点工作资料记载情况，并深入二十五湾村民家中座谈了解。之后，就在杀虎口旅游区二十五湾村委会召开座谈会，集中听取了市、县、乡、村四级关于农村土地承包经营权确权登记试点工作的推进情况汇报。

中共右玉县委书记苏连根特别汇报了近年来右玉经济社会发展情况，从2007年以来右玉精神的总结挖掘和传承弘扬情况，以及农村土地承包经营权确权登记领证试点工作情况。

楼阳生听了大家的汇报十分高兴。他说："各级党委、政府，各级领导干部要把思想和行动统一到党的十八届三中全会精神和习近平总书记的系列重要讲话精神上来，在新的一轮发展中，按照省委、省政府的部署要求，结合本地实际，选择若干重点，理清思路。组织力量，全力以赴，抢抓机遇抓紧改革，突出重点全力改革，针对难点咬牙改革。"

"朔州市委、市政府，右玉县委、县政府对试点工作高度重视，尤其是试点乡镇不仅重视而且很认真，在实际工作中找到解决问题的办法。希望全市各级党委、政府要进一步高度重视，加强领导，加强力量，加强指导，加强保障，坚决确保试点工作的质量，经得起历史和时间的检验，使朔州在全面深化改革过程中走在全省前列，在全省起到示范带动作用。"

……

"忽如一夜春风来，千树万树梨花开"。

是的，随着农村土地承包经营权确权登记颁证的扎实开展，将给亿万农民带来福音！

右玉县农村土地确权传来喜讯：

2015年，右玉县周密部署，精心组织，采取强化组织领导、开展宣传培训、依法依规操作、完善化解纠纷、加强监督检查五项措施，全力推动农村土地承包经营权确权登记颁证工作，至12月底，全县共清查了252个村，40.66万亩土地，完成全年目标任务的98.8%，完成全县任务村数的78.5%，使这项工作取得阶段性成果。到2018年底全县告捷！

2018年1月30日，山西省十三届人大一次会议举行第四次全体会议，骆惠宁当选山西省十三届人大常委会主任，楼阳生当选山西省人民政府省长。

中共山西省委第十五任书记王儒林说："习近平总书记关于右玉精神的批示，我们要进一步深入学习、贯彻落实。"

2014年，是山西历史上极不寻常的一年。

2014年9月1日下午，太原晋祠宾馆大会议厅，山西省领导干部大会在这里庄重召开。

中共中央政治局常委、中央书记处书记刘云山出席会议并作重要讲话。中共中央政治局委员、中央书记处书记、中央组织部部长赵乐际在会上宣布中央决定：王儒林同志任山西省委委员、常委、书记；袁纯清同志不再担任山西省委书记、常委、委员职务，另有任用（袁纯清调中央农村工作领导组任常务副组长）。袁纯清主持会议并讲话，省委书记王儒林讲话，省委副书记、省长李小鹏作表态发言，省委副书记楼阳生，省政协主席薛延忠等省领导，中央组织部副部长王秦丰、部务委员兼干部二局局长周祖翼出席会议。

刘云山在讲话中强调，这次山西省委主要负责同志职务的调整，是中央从大局出发，根据工作需要和干部交流精神，以及山西省领导班子建设实际，通盘考虑、慎重研究决定的。

刘云山指出，近年来，山西省委、省政府团结带领全省广大干部群众，以山西国家资源型经济转型综合配套改革试验区建设为契机，坚持以煤为基、多元发展，推动产业结构调整和转型升级，推进煤炭资源整合和煤矿兼并重组，加强生态环境保护和基础设施建设，做好保障和改善民生工作，全省经济社会发展取得新的成绩。同时要看到，山西省的政治生态存在不少问题，党风廉政建设和反腐败斗争形势严峻。中央高度重视山西存在的问题，高度重视山西领导班子和干部队伍建设，决定对山西省委领导班子作重大调整。

刘云山要求，山西全省广大干部要用中央精神统一思想，确保省委主要领导的顺利交接和平稳过渡。要扎实推进各项工作，确保山西经济持续健康发展和社会和谐稳定，让全省人民共享改革发展成果。要下大气力抓好领导班子和干部队伍建设、牢牢把握正确的选人用人导向，坚持用党和人民需要的好干部的标准选人用人，严肃整治选人用人不正之风。要敬终如始、一鼓作气抓好第二批党的群众路线教育实践活动，切实做好整改落实、建章立制工作，推动作风建设常态化长效化。要认真总结腐败案件高发多发的教训，由表及里、举一反三，贯彻党要管党、从严治党的要求，真正把党建工作责任制落到实处。各级党委要切实负起党风廉政建设主体责任，坚决支持纪委落实好监督责任，深入推进党风廉政建设和反腐败斗争，优化山西的政治生态，从根本上保障山西的发展、改革和稳定。

王儒林说，在全省大力推进"廉洁发展、转型发展、创新发展、绿色发展、安全发展、统筹发展"。他要求全省各级党组织和全体共产党员努力为净化政治生态、实现弊革风清、重塑山西形象、促进富民强省做出新的贡献。

腐败和煤炭经济衰退，是王儒林入晋面临的两大难题。

煤炭，是山西的重要标志，王儒林来山西工作后一直十分关注。

2014年11月12日至19日，王儒林轻车简从，风尘仆仆深入大同、朔州、忻州3个市、11个县（市、区），看了49个调研点。就贯彻落实党的十八届四中全会精神，以及习近平为总书记的党中央对山西工作的重要指示要求和省委决策部署的情况，煤炭产业发展、群众生产生活等情况进行调研。

平均海拔1400米的塞上高原右玉县，中华人民共和国成立60多年来坚持不懈、百折不挠地锁风固沙、植树造林、种草，创造了"不毛之地"变"塞上绿洲"的生态奇迹，孕育了著名的右玉精神。

2014年11月13日下午5时多，王儒林一行从左云县来到右玉调研，晚上住在了风清气爽的右玉。

11月14日，虽是立冬第八天，塞上右玉却是风和日丽、蓝天白云，到处展现着初冬暖阳的美韵。

王儒林在省委常委、秘书长王伟中，省委常委、副省长付建华，中共朔州市委书记王安庞，中共朔州市委副书记、市长李海渊，市委常委、秘书长李根田，中共右玉县委书记苏连根，右玉县县长苏斌如等领导的陪同下，先后来到右玉展览馆和小南山森林公园绿化丰碑前，了解右玉人民在新中国成立后，历届党政领导班子心系人民，艰苦奋斗，顽强拼搏，开拓创新，创造塞上黄土高原生态奇迹的无比艰难的奋斗历程，实地考察生态建设项目。

在右玉展览馆前，苏连根向王儒林简要汇报了右玉人民大力传承弘扬右玉精神取得的新成果。

在绿化丰碑四周，王儒林一行眺望看不到边的苍松翠柏掩映在五彩缤纷的山峦沟壑中。

在绿化丰碑北侧，苏连根十分高兴地向王儒林由西向东介绍："王书记，近14年，右玉在建设'塞上绿洲'的征程中，打造了不少生态旅游景点、景区：贺兰山景区—松涛园景区—四五道岭塞上草原—百里绿色生态走廊—牛心孕璞景区—省级小南山森林公园—牛心山滑雪场—小南山滑雪场—上下吴生态景区……"

王儒林笑容满面，频频点头赞许。

在右玉展览馆和绿化丰碑前，王儒林不止一次地对陪同调研的领导同志说："要认真贯彻落实习近平总书记关于'右玉的可贵之处，就在于始终发扬自力更生、艰苦创业、功在长远的实干精神，在于始终坚持为人民谋利益的政绩观，我们抓任何工作的落实，都应该这样去做'的重要指示精神。在搞好造林绿化的基础上，团结带领人民群众进一步为人民谋利益，特别是提高收入水平，改变贫困面貌。右玉不仅要绿起来，更要群众富起来，还要强起来。"

距离县城10公里的威远镇是右玉县四大集镇之一。这里地势平坦，水源充足，土地肥沃，交通便利，是一个典型的纯农业乡镇。从2001年开始，县委、县政府实施"移民搬迁"战略，在威远镇东坪上建起了威东移民新村。来自高家堡乡、威远镇、丁家窑乡、威坪乡4个乡镇15个山庄窝铺的村民搬迁到这里居住。目前，全村户籍人口143户，683口人。威东村属种植养殖型移民新村。

王儒林一行来到威东移民新村村委会，威远镇党委书记田心世向领导们介绍："近几年威东村党支部坚持'支部开路，党员引路，农户上路'的理念，立足资源优势，走出了'支部+协会联农户'和'公司（合作社）+基地联农户'的'++双联'的农村党建工作运作新模式，催生了特色农业产业化的勃勃生机。……"

王儒林听后，连声称赞"这个做法挺好"。

之后，王儒林在村党支部书记马宝的指领下，来到移民户家，与大棚蔬菜种植示范户马明交谈，了解搬迁补贴、大棚收入、销售渠道等情况。

马明说："我们种植大棚蔬菜收入很好，就是右玉高寒难以过冬。"

王儒林对身边的市、县、乡领导说："乡镇等部门对移民搬迁要做到有规划、有安置，使群众搬得出能致富。"

地处晋蒙边境的杀虎口煤检站，是晋煤外运的重要检查关口。王儒林一行驱车40多公里来到这个煤检站，与这里的员工们了解煤炭运量、涉煤收费、煤炭运销管理体制改革等情况。

车随路走。从威远镇到杀虎口古关公路两侧人工栽植的连绵不断茁壮成长的樟子松、白杨树、沙棘林进入了省调研组一行的眼帘。噢，这也是一次塞上高原绿色的穿行。

2014年11月19日上午，在忻州召开的"在大同朔州忻州三市调研考察座谈会"上，王儒林讲了五点意见："一是深入学习贯彻习近平总书记重要讲话和十八届四中全会精神，切实加快山西法治建设。二是努力破解资源型经济困局，突出做好煤炭这篇大文章。三是深入推进党风廉政建设和反腐败斗争，全面落实从严治党各项要求。四是时刻把群众安危冷暖放在心上，突出解决好民生问题。五是大力弘扬优秀历史文化和光荣革命传统，进一步坚定改革发展的决心和信心。要用优良革命传统凝聚发展力量。特别是右玉县历任党政领导班子团结带领全县党员干部群众坚持不懈植树造林，改善生态，克服了世人难以想象的困难，把一个风沙肆虐的'不毛之地'变成生态良好的'塞上绿洲'。习近平总书记作出重要批示：'右玉精神体现的是全心全意为人民服务；是迎难而上，艰苦奋斗；是久久为功，利在长远。'我们要进一步深入学习，贯彻落实。"

右玉精神必将奏出时代精神的最强音

从绿色接力到精神传承。

如今的右玉，漫山遍野的绿色植被，如浪似波的阵阵松涛，清澈见底的大河溪流，莺歌燕舞的飞禽走兽，引得数也数不清的游人前来旅游观景。

如今的右玉，留给子孙后代的除了青山绿水，更有宝贵的精神财富。"功成不必在我任期"，已经成为右玉历届党政领导班子的政绩观。

从2009年到2014年，6年来，山西省11个市、163个厅级部门和单位都制定了学习右玉精神的具体意见，累计选派近3万名干部到右玉实地参观学习，举办专家讲座115次，座谈会172次，专题党课203次。特别是党的群众路线教育实践活动开展以来，右玉精神成为一本鲜活生动的教材。在三晋大地，右玉精神遍地开花，硕果累累。

我异常欣喜地看到：从古城大同到河东大地，从吕梁太行到汾水两岸，右玉人民书写的"执政为民、尊重科学、百折不挠、艰苦奋斗"的精神，激励着三晋人民在转型跨越、建设新山西的道路上砥砺前行。

朋友，我还想告诉您：

10年来，山西省一连串省级重要会议开到右玉，使与会人员目睹右玉70年来的沧桑巨变，有力地激励了各级领导干部学习弘扬右玉精神的自觉性，在实现"中国梦"的征程上，书写出彩的新篇章。

弘扬右玉精神，建设绿色朔州，建设绿色山西，已成为山西3500多万人民的坚定信念。

习近平再讲新中国成立后右玉历届县委治沙造林故事，牢记嘱托，加快建设富美和谐幸福新右玉

古人云：郡县治、天下安。

今天，在中国共产党的组织结构和国家政权的结构中，县一级处在承上启下的关键环节，是发展经济、保障民生、维护稳定、促进国家长治久安的重要基础。

习近平说："县委是我们党执政兴国的'一线指挥部'，县委书记就是'一线总指挥'。"

2015年1月12日晚7时，中央电视台《新闻联播》节目。

第一条新闻：1月12日上午，中共中央总书记、国家主席、中央军委主席习近平在人民大会堂主持召开座谈会，同来自全国7个省（区）的206名中央党校第一期县委书记研修班学员畅谈交流"县委书记经"。中共中央政治局常委、中央党校校长刘云山出席座谈会。中央党校正在进行一项史上规模最大、时间最长的县委书记大轮训。

中央党校素有"政治家摇篮"之称。将县委书记纳入中央党校的培训体系，"意味着中央决心要从政治家的高度培养县委书记"。

座谈中，习近平总书记深情回忆起30多年前自己在县委书记岗位上的经历、感悟、收获，结合今天的时代特点和党的历史使命，对在场和全国的县委书记提出了"心中有党、心中有民、心中有责、心中有戒"的要求。

座谈会上，习近平总书记再次讲到了右玉县历届县委带领人民群众治沙造林的故事。习近平指出：山西右玉县地处毛乌素沙漠的天然风口地带，是一片风沙成患、山川贫瘠的不毛之地。60多年来一张蓝图、一个目标，县委一任接着一任、一届接着一届率领干部群众坚持不懈地干，把"不毛之地"变成了"塞上绿洲"。总书记要求大家要有"功成不必在我"的境界，像接力赛一样一棒一棒接着干下去。

习近平与中央党校县委书记研修班学员座谈的消息报道，随着强大的电波信号传到塞上高原右玉县千家万户的电视节目收看人们的眼前。

每晚都关注中央电视台《新闻联播》的中共右玉县委书记苏连根凝神地看着电视，听着讲话，心潮起伏、彻夜难眠。

1月13日，《人民日报》在头版头条刊登了新华社记者霍小光、华春雨撰写的长篇报道：《真诚的交流、郑重的嘱托——习近平总书记与中央党校县委书记研修班学员座谈速写》。

习近平与县委书记研修班学员关于右玉治沙造林故事的讲话，如春风，似甘露，迅速在塞上高原右玉各级领导和干部群众中引起强烈的反响！

1月14日上午，苏连根主持召开县委中心组（扩大）学习会议，及时认真学习习近平总书记同中央党校第一期县委书记研修班学员座谈讲话精神和消息报道。中心组成员个个意气风发地结合自己分管工作实际作了学习体会交流。大家对习近平总书记继2011年3月1日、2012年9月28日后，第三次讲到新中国成立后右玉历届县委坚持不懈植树造林锁风固沙的事迹，倍受鼓舞，倍受激励。既感到荣耀和骄傲，更感到责任和使命重大。

"习近平总书记连续两次在全国性会议和一次重要批示中表彰咱们右玉，右玉如何开拓创新奋勇前行？这是我们这一届县委认真思考的重大问题。"苏连根一再要求县委9位常委认真负责地作出回答。

牢记嘱托，奋勇担当。

随即，《中共右玉县委关于认真学习贯彻习近平总书记在中央党校县委书记研修班座谈会重要讲话精神，大力传承弘扬右玉精神，加快推动改革发展的实施意见》下发全县各乡镇、各部门落实执行。坚定不移地把中共中央总书记习近平讲话精神与省委书记王儒林在右玉调研指示要求，落实到加快建设富美和谐的幸福新右玉奋斗历程中。

经过半个月的精心筹备——

2015年1月29日上午，县委报告厅。

中国共产党右玉县第十三届代表大会第五次会议在这里隆重举行。

苏连根代表中共右玉县第十三届委员会向大会作了《适应从严治党新常态，营造弊革风清新局面，为建设富美和谐的幸福新右玉而努力奋斗》的工作报告。来自全县各条战线的277名代表静气聆听并热烈讨论了这个报告。

这次会议的主要任务是：全面贯彻落实党的十八大、十八届三中、四中全会精神和习近平系列重要讲话精神，持续深入学习贯彻习近平关于右玉精神的重要批示和讲话精神，按照中共山西省委十届六次全会和中共朔州市委五届七次全会的总体要求，认真总结右玉2014年工作，全面安排部署2015年任务，进一步组织和动员全县各级党组织和广大党员干部群众，主动适应从严治党新常态，全力营造弊革风清新局面，加快改革发展步伐，奋力向着建设富美和谐幸福新右玉，全面建成小康社会的宏伟目标迈进！

……

这段时间，无论在县管主要领导干部学习讨论落实活动专题研讨班上，还是在县委第十三届五次党代会上，苏连根总是满怀信心地向全县人民展示大力传承弘扬右玉精神，建设富美和谐幸福新右玉蓝图的新愿景：

要围绕大地"绿起来",继续推进生态立县。要按照"山上治本、身边增绿、生态致富、提档升级、综合保护"的思路,进一步完善《右玉县林业可持续发展建设方案》,依托京津风沙源治理、农业综合开发造林等项目,加快退化树种更新改造步伐,大幅增加森林面积和林木蓄积量,全面提升林业建设可持续发展能力。要继续按照"自费购苗、亲手栽植、长期坚持、形成制度"的要求,坚持好传统,打造生态建设实践基地,使绿色绩效成为干部政绩的一项重要内容。要健全完善环境污染、资源损害赔偿办法和生态补偿机制,有效保护森林资源和造林成果。要按照《今秋明春农业五项建设实施方案》,力争在大片造林、通道绿化、村庄绿化、工矿绿化、庭院绿化等方面都有一个量和质的提升,精心打造塞上宜居宜业新右玉。

要围绕百姓"富起来",扎实推进产业扶贫。要以扶持发展农村优势和潜力产业为重点,按照建设无公害、绿色、有机农产品生产基地的思路和目标,着力提高农业生产效益,突破农民增收"瓶颈",全面发展农村经济,加快农业现代化建设。大力发展特色种植业:抓好以燕麦为主的小杂粮、马铃薯、油料等优势作物种植,提高规模化种植比例,重点建设十大骨干种植园区、粮油总播面积保持在66万亩左右。加快壮大规模养殖业:依托雁门关生态畜牧经济区、京津风沙源治理等项目,建设十大骨干养殖园区,推动全县畜牧业快速发展。力争2015年全县肉羊饲养量达到100万只,人均养羊10只;到2020年达到200万只,人均养羊20只,牵着牛羊奔小康。着力扶持苗木产业:进一步制定完善《右玉县关于加强林木种苗产业发展的意见》,推动中小型苗圃集中连片发展。2015年全县育苗面积达到8万亩,到"十三五"末增加到10万亩,实现人均拥有1亩苗圃。要重点组织好"首届造林绿化优质苗木交易会"。要继续扶持设施农业发展,积极聘请专家进行专题研究,着力破解蔬菜大棚过冬问题。要进一步放大生态旅游的辐射力和带动力,加快发展农家乐、林家乐、自驾游等旅游项目,促进和带动物流、商贸等第三产业发展,拓展群众增收致富渠道。与此同时,按照"下山、出沟、沿路、进城"的思路,加快扶贫移民进程,统筹生态移民、地质灾害移民、扶贫移民、采煤沉陷区移民等项目资金,全力打造工矿带动型、城郊结合型、种养混合型等多种发展模式的移民村,完善提升已建成的移民村,努力实现移得动、守得住、能致富。以精准扶贫为方向,加快推进产业扶贫、整村推进、教育扶贫、旅游扶贫、农村剩余劳动力培训等工作,千方百计增加农业收入。全力以赴消除贫困、提升农村人居环境,建设美丽乡村。

要围绕实力"强起来",全力推进转型发展。重点要按照循环、低碳、绿色的发展方向,适应经济新常态要求,打造工业新优势,加快形成以新型煤电、清洁能源、新型建材、农产品加工等为重点的工业经济体系。要按照煤炭"六型"转变要求,拓展"革命兴煤"之路,大力提升煤炭产业质量和效益,推动全县煤炭资源由单一开采向综合开发利用转变,煤炭企业向清洁、低碳、高效型转变。要以建设环县城清洁能源带为抓手,大力发展风电、光电产业等清洁能源产业,片片白帆绕山转,到2015年底全县清洁能源装机总量达到100万千瓦。要以梁威工业园区为依托,重点提升羊肉、小杂粮、苦荞、沙棘、亚麻等加工企业的规模和效益、集群化发展农副产品加工业。要树立"全县大景区"和"大旅游、大产业"的理念，围绕"塞上绿洲、西口风情、右玉精神"特色生态文化旅游的发展定位，强化旅游要素建设、稳步发展生态旅游业。

习总书记指航向，绿洲大地春潮涌。

朋友，您将欣喜地看到，塞上高原右玉人民在习近平系列重要讲话精神的指引下，持续书写出大力传承弘扬右玉精神，建设塞上美丽右玉的新篇章！

朔州市委中心组赴右玉举行专题教育第三次集中学习，传承弘扬"右玉精神"，学习践行"三严三实"

中共中央总书记习近平2014年3月9日参加十二届全国人大二次会议安徽代表团审议时指出："各级领导干部都要树立和发扬好的作风，既严以修身、严以用权、严以律己，又谋事要实、创业要实、做人要实。"这是他第一次提出"三严三实"这个政治要求。

第二次提出是2014年3月15日，习近平在第二批党的群众路线教育实践活动联系点河南省兰考县实地指导时，强调党员干部"要实实在在做人做事，做到严以修身、严以用权、严以律己，谋事要实、创业要实、做人要实"。

第三次提出是2014年10月8日，在中央党的群众路线教育实践活动总结大会上，习近平强调"三严三实"是共产党人最基本的政治品格和做人准则，"领导干部要严以修身、严以用权、严以律己，谋事要实、创业要实、做人要实"。

第四次提出是2015年1月21日，习近平在云南视察驻昆明部队时指出，要扎实抓好"学习践行强军目标，做新一代革命军人"主题教育活动和团以上党委机关"三严三实"专题教育整顿，持之以恒改作风正风气，确保部队坚决听党指挥，确保部队高度集中统一和纯洁巩固。

第五次提出是2015年2月16日，习近平在陕西视察驻西安部队时强调，践行"三严三实"要求，关键在抓好落实，抓住领导干部这个"关键少数"。

"三严三实"只有24个字，言简意赅，却内涵丰富、精辟深刻，在全党、全社会引起高度共鸣，形成了广泛共识。

"三严三实"是习近平在新的时代条件下，对全党改进作风发出的动员令，为全面从严治党向纵深推进提供了重要依据。

2015年初，中共中央决定从2015年4月底开始在全国县处以上领导干部中开展"三严三实"专题教育。2015年4月，中共中央办公厅印发了《关于在县处级以上领导干部中开展"三严三实"专题教育方案》，对在县处级以上领导干部中开展"三严三实"专题教育作出安排。这不仅是落实全面从严治党战略举措的重要部署，也是落实整个"四个全面"战略布局的重要部署，是解决"乱作为"和"不作为"两方面问题的重要举措。此后，省、市、县三级党委先后分别制定了《关于开展"三严三实"专题教育的实施方案》，并作出了安排部署。中共山西省委书记王儒林，中共朔州市委书记王安庞，中共右玉县委副书记、县长苏斌如（县委书记苏连根时在中共党校研修班学习）分别在省、市、县党员领导干部大会上讲了专题党课，为各级领导干部作出了示范和表率。

2015年8月5日，星期三，塞上右玉大地天蓝地绿，处处生机盎然。

中共朔州市委书记王安庞带领市委中心组全体成员乘坐面包车，来到右玉干部教育基地，举行"三严三实"专题教育第三次集中学习。围绕"弘扬右玉精神，践行'三严三实'，树立正确的政绩观，牢记全心全意为人民服务的宗旨"这一主题，集中开展专题研讨，交流发言，进一步学习习近平总书记有关右玉精神的重要讲话和批示精神，深入践行"三严三实"，切实做好两者"结合转化"文章，使深化、拓展、创新、丰富学习弘扬右玉精神这个实践载体，不断深化拓展右玉精神的过程成为践行"三严三实"生动实践，努力为推进朔州市"两大任务"，加快山西"六大发展"，全面建成小康社会提供强大的精神支撑。

这次专题学习，由王安庞主持。利用一天时间，采取观看纪录片《右玉精神》、重点发言、交流发言、专题研讨的方式进行。

市委副书记、市长李海渊，市委副书记郑红，市政协主席高厚，市领导雷健坤、康吉仁、李锦、冯云龙、李根田、张立新、刘义清、白明、左中伟等分别发言。中共右玉县委书记苏连根、县长苏斌如列席专题学习。

各位领导紧紧围绕会议主题，联系思想工作实际，从不同角度和侧面作了很好的交流发言。对于如何把右玉精神融入"三严三实"专题教育中，提出了有价值的意见和建议，达到了统一思想、深化认识、明确方向、推动工作的目的。

王安庞结合学习专题和交流研讨情况，在总结时着重强调了四点意见。他说：

一是弘扬右玉精神，践行"三严三实"，必须充分体现久久为功、利在长远的政绩观念。以实为要，以实为基，以实为守，以传承接力的精神行其所当行，止其所当止，多补前人缺，多铺后人路，不断在打基础、利长远中把共同的事业推向前进。

二是弘扬右玉精神，践行"三严三实"，必须充分体现群众至上、一心为民的宗旨意识。自觉摆正与人民群众的关系，不断增进与人民群众的真挚感情，时刻把人民群众的安危冷暖挂在心上，把为党、为人民事业而奋斗作为人生的最高目标，把实现最广大人民的根本利益作为工作的最终目的。

三是弘扬右玉精神，践行"三严三实"，必须充分体现艰苦奋斗、迎难而上的拼搏精神。自觉把担当尽责内化于心，外化于行。深入开展"右玉精神在朔州"的活动，持续开展领导干部"看作为、比建树、争一流"活动，不断创造经得起实践、人民、历史检验的实绩。

四是弘扬右玉精神，践行"三严三实"，必须充分体现踏实做事、真抓实干的珍贵本色。牢固树立尊重科学的发展理念，讲实话、办实事、出实招、重实效，确保作出的每一项决策部署都能落到实处。

市委中心组成员还集中学习了《中国共产党组织工作条例（试行）》。

2015年，中央和国家机关部分部门领导干部、山西省多批县以上领导干部在开展"三严三实"专题教育中，深入右玉持续学习感悟右玉精神。

中共山西省委第十六任书记骆惠宁反复强调：
大力弘扬右玉精神，奋发有为地把党和人民的事业做好

2016年6月30日，星期四下午。山西太原省委大会议室。

山西省召开全省领导干部会议。

中共中央组织部副部长姜信治出席并宣布中央决定：骆惠宁不再担任中共青海省委书记，调任中共山西省委委员、常委、书记。王儒林不再担任中共山西省委书记、常委、委员职务（调任全国人大常委会农村与农业工作委员会副主任委员）。王儒林主持会议并讲话，省委书记骆惠宁，省委副书记、省长李小鹏讲话。省委副书记楼阳生、省政协主席薛延忠出席会议。

骆惠宁在安徽、青海任职期间，就知晓中华人民共和国成立几十年来塞上高原右玉坚忍不拔地锁风固沙，造林营绿，建设美好家园的英雄壮举！

骆惠宁任职山西省委书记后，无论在基层调研，还是在一些省级工作会议上，一再强调：要大力弘扬太行精神、吕梁精神、右玉精神等革命精神，为不断塑造山西美好形象，逐步实现山西振兴崛起提供强有力的精神支撑，永远唱响"人说山西好风光"。

2016年7月以来，中共山西省委确立了"一个指引，两手硬"的重大思路和要求，即以习近平总书记系列重要讲话为指引，构建良好政治生态，推动经济向好，两手都要抓，两手都要硬。成为山西上下的高度共识和自觉行动。

2016年10月15日，星期六，塞上右玉进入寒露季节。

冬日的右玉，天高云淡。漫山遍野的青松、白杨迎霜傲立；沟沟岔岔的沙棘红果、黄果挂满枝头，火红一片；远近村落丰收的田野上，星罗棋布的农家场面上，忙乎着碾打燕麦、黄豆、谷子、黍子的村民们笑逐颜开；山坡河湾上悠闲吃草的成群洁白的绵羊、金黄的莱牛和赤红的骡马膘肥体壮。

这是一个周末。这一天，省委书记骆惠宁带领省四大班子领导成员，省法院院长、检察院检察长，全省11个市委书记，省委各部、委、办领导，省政府各厅、局领导，省直各大学党委书记，部分国有企业党委书记、部分县的县委书记等分乘三辆大面包车从太原北上300多公里来到右玉，在这里举办"学以致用，以用促学，把学习贯彻习近平总书记系列重要讲话引向深入学习交流会"。

会议的首项议程是，骆惠宁带领全体与会人员从小南山森林公园西口进入，穿越茂密松林与沙棘交织的柏油旅游大道，曲折迂回下坡上梁地来到已负神州盛名的绿化丰碑广场。全体人员拾级而上，重温了丰碑南侧黑色大理石基座上镌刻着的习近平关于右玉精神的重要批示。然后绕丰碑基座由西向北向东，依次认真聆听解说员关于在基座西侧大理石上镌刻的百名"绿化功臣"的英名介绍；关于在基座北侧大理石上镌刻的"绿化赋"；关于中华人民共和国成立

以来历届县委书记、县长带领县委、县政府一班人一任接着一任干，一张蓝图绘到底的非凡绿化业绩的介绍。

全体与会人员心旷神怡地眺望了丰碑四周望不到边的姹紫嫣红的彩色植被，心驰神往地眺望了苍松翠柏环绕下的美丽县城和县城西部正在崛起的梁威绿色工业园区；东北部已恢复重建的牛心孕璞景区和白帆片片的玉龙风电景观；东部双山峡已运行九年的小南山滑雪场；东南部胜似江南的玉林一湖、二湖秀丽风光；南部在浓郁松林烘托的小南山顶古朴典雅的观摩厅和高高矗立的乳白色三面观音的观赏台；西南部已具规模的玉龙产业文化园区。亲身感受了塞上高原右玉从"不毛之地"到"塞上绿洲"到"中国生态文明示范县"到"美丽中国示范县"的沧桑世变。

"哟！哟！塞上高原的右玉竟是如此的大美如画，真是不敢想象！"大家不约而同地齐声称赞！

在绿化丰碑前，骆惠宁叮咛新任右玉县委书记吴秀玲："希望你们这一届县委继续大力传承和弘扬右玉精神，坚持绿色发展，抓好脱贫攻坚，团结带领人民群众如期全面建成小康社会。"

吴秀玲笑着回答："请省委放心，我们坚决做到！"

在县城新区永昌国际酒店的大会议厅里，省委副书记、代省长楼阳生主持学习交流会。省纪委、省政府办公厅、省委组织部、省委宣传部、省委统战部、省政法委、中共太原市委、中共大同市委、中共朔州市委、太原理工大学、山西农科院、中共右玉县委、中共太谷县委等共26个省、市、县党委（党组）中心组主要负责同志作了书面交流发言。中共朔州市委和中共右玉县委全体党委常委也参加了会议。与会同志还观看了右玉情况专题片。

在交流会上，骆惠宁从战略和全局高度要求在10个方面进一步聚焦发力。具体包括：把中国特色社会主义在山西坚持和拓展好；确保我省与全国同步全面建成小康社会；走出一条创新驱动、转型发展的新路；形成生动活泼、安定团结的政治局面；增强文化自信、加快文化强省建设；进一步保障和改善民生，守住全社会系统安全稳定底线；加大生态文明建设力度，实现生态美与百姓富的有机统一；落实全面深化改革的部署，敢于先行先试、彻底转变观念；坚持依法治国，把法治作为治晋理政基本方式；深入贯彻从严管党治党，全面构建风清气正的政治生态。

骆惠宁在总结讲话中，强调了五个大问题：一是深刻认识系列重要讲话的重大意义，进一步提高学习贯彻的自觉性坚定性。二是全面领会系列重要讲话的科学内涵与核心要义，切实把思想和行动统一到讲话精神上来。三是着力解决突出问题，把学习成效转化为推动工作的实际成效。四是注重提高学习质量，充分发挥党委（党组）中心组的示范带头作用。五是大力弘扬右玉精神，切实奋发有为地把党和人民的事业做好。

我把第五部分讲话全文转录如下，供广大读者学习和深思。

五、大力弘扬右玉精神，切实奋发有力地把党和人民的事业做好。

习近平总书记关于右玉精神的重要指示，充分肯定了右玉事迹的可贵之处，揭示了右玉精神的本质内涵。我们要深刻领会，切实把右玉精神运用到实践中，更好地促进各项工作，把山西的事情办好。

一要始终坚持为人民谋利、为人民服务的政绩观。60多年来，右玉县历届领导班子牢记宗旨、问计于民、造福于民，干部群众打成一片植树造林，看不出谁是干部、谁是百姓，从求生存到谋发展，努力走出一条改变人民命运、让广大群众过上好日子的可持续发展之路。用行动诠释了正确的事业观、政绩观。现今，如期全面建成小康社会是全省人民共同的迫切愿望，是百姓的根本福祉所在。我们弘扬右玉精神，就是要牢牢把握中央关于全面建成小康社会的基本要求，坚定地贯彻党的基本路线，紧紧依靠和发动人民群众，为实现"两个百年"的第一步奋斗目标而努力。为此，一定要注意克服干部队伍中存在的宗旨意识淡薄、脱离群众、政绩观偏颇的问题。全体党员干部都要更加自觉地把人民根本利益作为一切工作的出发点和落脚点，满怀对人民的赤诚之心，倾听呼声，排忧解难，全心全意为人民服务，以坚强的党性彰显正确的政绩观。

二要始终保持迎难而上、艰苦奋斗的英雄本色。60多年来，右玉人民在"种活一棵比养活一个孩子还难"的恶劣环境下，靠着"锄头加窝头、觉悟加义务"的苦干精神，凭着"一把铁锹两只手、干罢春夏与冬秋"的劲头，在高寒干旱的沙丘和荒山，在一个国家级贫困县，克服了难以想象的艰难，硬是把风沙肆虐的"不毛之地"变成生态良好的"塞上绿洲"，书写了一部感天动地的奋斗史。当前，我省改革发展稳定和党建的任务都十分繁重，特别是经济发展处于改革开放以来最困难时期。我们弘扬右玉精神，就是要知难而进、迎难而上，勇于担当、善于作为、甘于吃苦奉献。为此，一定要摒弃我省干部队伍中存在的遇到矛盾绕着走、畏首畏尾、消极懈怠、贪图享乐等不良现象。全体党员干部都要拿出百折不挠、顽强拼搏的决心和勇气，不怕难、不怕苦，积极应对各种挑战，克服一切艰难险阻，奋发进取，砥砺前行。

三要始终保持久久为功、利在长远的实干精神。60多年来，右玉县各级干部薪火接力、矢志不渝，换届不换方向，换人不换精神，以"功成不必在我"的境界，一张蓝图绘到底，一任接着一任干，持之以恒、久久为功。目前，我们正在全力推动经济转型发展，全面构建良好政治生态。要看到，上述两件大事，都不可能一蹴而就，而需要持续努力。我们弘扬右玉精神，就是要既立足当前又着眼长远，咬定目标不放松，切实把规划和部署变成实际行动，不达目的不罢休。为此，一定要注意防止干部队伍中存在的浮躁盲目、急于求成的心态和做表面文章、搞短期行为的现象。全体党员干部都要以科学的态度抓工作，以"永远在路上"的精神干实事，扑下身子，心无旁骛，锲而不舍，脚踏实地，聚精会神地创新创业，把中央决策部署和省委重大安排贯彻落实好，努力创造经得起历史检验的业绩。我们要以实际行动使右玉精神在全省发扬光大。

2016年10月31日上午9时，中国共产党山西省第十一次代表大会在山西大剧院隆重召开。

骆惠宁在所作大会报告《以习近平总书记系列重要讲话精神为指引，忠诚担当，攻坚克难，为全面建成小康社会而奋斗》中，讲的第二个大问题是："深刻领会系列重要讲话关于治国理政的奋斗目标，在实现中国梦和全面建成小康社会中加快山西步伐；深刻领会系列重要讲话关于新发展理念的重大思想，在推动转型升级中走出山西路径；深刻领会系列重要讲话关于全面深化改革的战略部署，在新的一轮改革开放中彰显山西气魄；深刻领会系列重要讲话关于全面从严治党的新要求，在全面构建良好政治生态中交上山西答卷；深刻领会系列重要讲话所贯穿的强烈历史使命感，在坚持和发展中国特色社会主义中体现山西担当。"

……

"通过全省共同努力，要塑造和展示山西文化璀璨、人才辈出的人文形象，创新驱动、结构优化的转型形象，充满活力、合作包容的开放形象，表里山河、生态美好的壮丽形象，以廉为荣、艰苦创业的精明形象，人民幸福、社会和谐的安康形象。"

骆惠宁在大会报告的第五个问题："坚定文化自信，建设文化强省"中说："山西五千年文明发展所孕育的优秀传统文化，在党和人民伟大斗争中孕育的革命文化和社会主义先进文化，是我省得天独厚的文化资源和精神标识。要坚持中国特色社会主义文化发展道路，下大力气把文化资源优势转化为发展优势和竞争优势，为经济社会进步提供丰润文化滋养，加快文化强省建设步伐。……""抓好红色资源保护利用，挖掘红色文化精神内涵，传承红色基因，大力弘扬太行精神、吕梁精神、右玉精神等宝贵精神财富，用革命精神滋养思想、激励行为。与时俱进发展社会主义先进文化，激发人民群众的创建活力。积极借鉴一切优秀文明成果，丰富发展三晋文化。……"

骆惠宁在大会报告的第八个问题："全面推进党的建设新的伟大工程，为开创党在山西事业新局面提供根本保证"中，指出："……锲而不舍加强作风建设……要大力弘扬右玉精神，始终坚持为人民谋利、为人民服务的政绩观，始终保持迎难而上、艰苦奋斗的英雄本色，始终保持久久为功、利在长远的实干精神，努力创造经得起历史检验的业绩。"

2016年11月4日，大会应到代表700名，特邀代表3名。在总监票人和监票人共同监督下，以无记名投票方式，选举出由81名委员、16名候补委员组成的十一届山西省委员会；选举出十一届山西省纪律检查委员会委员49名。

11月5日，中国共产党山西省第十一届委员会第一次全体会议上，选举产生了十一届省委常委和书记、副书记；通过了省纪委十一届一次全会选举结果。骆惠宁当选为省委书记，楼阳生、黄晓薇当选为省委副书记，高建民（原省委常委、常务副省长）、孙绍骋（原省委常委、省委统战部部长）、王伟中（原省委常委、省委秘书长）、盛茂林（原省委常委、省委组织部部长）、任建华（原省委常委、省纪委书记）、罗清宇（副省长）、张吉福（中共大同市委书记）、王清宪（中共吕梁市委书记）、廉毅敏（省政府秘书长）当选为省委常委。

在中共山西省十一届纪委一次全会上，任建华当选为省纪委书记。

新当选的省委书记骆惠宁在省委十一届一次全会上的讲话，又一次强调："第三切实加强作风建设。……带头弘扬右玉精神，确立为人民谋利、为人民服务的政绩观，彰显迎难而上、艰苦奋斗的英雄本色，弘扬久久为功、利在长远的实干精神。……我们要以信念、人格、实干之身，创造经得起人民群众评价、经得起历史检验的业绩。……"

历史会记录下这一刻。

2016年11月4日上午，中国共产党山西省第十一次代表大会圆满完成各项议程在省城太原胜利闭幕。全省3600万人民关切的目光都向这里集聚。

以省委换届为标志，山西的历史翻开了新的一页，进入全面转型发展的重要历史拐点！全省开启了转型综改、创新驱动、全面小康、振兴崛起的新征程！

塑造山西美好形象，实现山西振兴崛起。山西正在掀开阔步发展的新篇章！

2016年，"两学一做"在山西12.6万个基层党组织，241.6万名共产党员中同步开展。山西大力弘扬吕梁精神、太行精神和右玉精神，依托红色教育基地、运用先进典型深化学习教育，让每一名共产党员思想上有触动、行动上有榜样。

2016年11月6日，《中共山西省委关于繁荣发展社会主义文艺的实施意见》（以下简称《实施意见》）出台。

《实施意见》在实施文艺繁荣发展"十大工程"的"实施核心价值引领工程"中要求："深入挖掘我省丰富的红色文化资源，传承红色基因，大力推动弘扬太行精神、吕梁精神、刘胡兰精神、西沟精神、大寨精神、石圪节精神、右玉精神等革命精神的文艺创作，鼓舞激励全省干部群众攻坚克难，奋发前行。"

2016年，作为一个新的起点，终将被铭刻在山西社会经济发展历史上。

党的关怀照万代，右玉精神永不朽

时间是伟大的书写者，忠实记录下奋斗者的足迹。

"雁渡寒潭，乃领先者之功。"

读者朋友们，修订再版《苍河颂》第二十三章给世人全方位展示了这样一幅幅感人肺腑的亲民画卷：

中共山西省委第九任书记李立功，于2009年5月8日下午、6月24日下午特约笔者去他家里的大客厅座谈。李书记时年已84岁，精神矍铄，这两天先后专门拿出5个半小时，认真听取笔者对《苍河颂》第7次征求意见稿的全面汇报。在两次汇报中，李书记一边作记录，一边不时插话提问，先后提出不少补充修改意见。特别提出，"务必以省委名义确定'右玉精神'内涵。对右玉精神内涵上的表述混乱现象再不能持续下去了"的建议。《苍河颂》附录二：全文刊登了《关于中共山西省委第九任书记李立功对〈苍河颂〉第7稿的15点补充修改意见》，为第一版第一次发行的《苍河颂》作了政治把关。

张宝顺任中共山西省委第十三任书记。他亲自指示要求："右玉县委、县政府要全力支持《右玉绿化志》和长篇报告文学《苍河颂》的写作。"他亲自审阅长篇报告文学《苍河颂》第8次征求意见稿。他接见并特别嘱咐笔者："不管有多大的困难，一定要把《苍河颂》写好印好。有什么问题常与建民秘书长联系。"特别于2009年8月27日作出了《中共山西省委关于大力学习弘扬右玉精神的决定》。首次以省委名义确定了右玉精神的十六字内涵：执政为民、尊重科学、百折不挠、艰苦奋斗。有力地刹住了一个时期对右玉精神表述的混乱。2009年9月29日下午，中共山西省委召开了"大力弘扬右玉精神，加强作风建设"电视电话会议。会议宣读了《中共山西省委关于大力学习弘扬右玉精神的决定》。张宝顺作了动员讲话。从此，右玉精神这个称谓，在神州大地上叫响唱红。全省到右玉参观学习右玉精神的团体和个人蜂拥而来。

我在这里特别要表明：中共山西省委第十三任书记、省人大常委会第十一届主任张宝顺，中共山西省委原副书记、山西省人民政府原省长王君，中共山西省委原副书记、政协山西省第十一届主席薛延忠，中央民盟副主席、山西省原副省长、中国作协原副主席、山西省作协原主席、国家一级作家张平都审阅了《苍河颂》第8次征求意见稿，为第一版第一次印刷发行的《苍河颂》作了最后的把关。

2010年5月袁纯清任中共山西省委第十四任书记。三个月后，于2010年8月28日，中共山西省委召开"全省兴起学习右玉精神新高潮大会"。省委大会后，山西省11个市全部出台了《关于学习弘扬右玉精神的意见》，全省11个市的市委书记和市长，全省119个县（市、区）的书记和县长，全省127个省直单位的厅（局）长亲自带队，带领总计13300余名党员干部来到右玉参观学习，亲身感悟右玉精神，接受思想洗礼。在省委、省政府的高度关注和具体指导下，2011年7月《苍河颂》由作家出版社出版发行。随即，送中央政治局9位常委和联合国环境署，送中央15个部委正副部长，并在全国发行。中共山西省委要求"把《苍河颂》作为学习右玉精神的必读教材，全省广大党员干部要认真学习思考，并提出修改补充意见"。2012年8月后，我开始了对《苍河颂》的修订再版工作。

特别欣喜的是，习近平于2011年3月1日、2012年9月28日、2015年1月12日、2017年6月23日、2017年12月18日对右玉精神先后作出5次重要批示和指示。其中，2017年6月21日至6月23日，习近平在山西视察时说："我多次讲到右玉精神……我在同中央党校第一期县委书记研修班学员谈话时，以右玉为例强调，要有功成不必在我的境界，一张好的蓝图，只要是科学的，切合实际的，符合人民愿望的，就要像接力赛一样，一棒接一棒接着干下去。右玉精神是宝贵财富，一定要大力学习和弘扬。"其间，党和国家领导人贺国强、刘云山、李源潮、回良玉也先后对右玉精神作出批示，使右玉精神闻名遐迩。学习、取经、探求、研究、考察，游山玩水，旅游度假，络绎不绝的参观团队和个人，让塞上高原的右玉几乎天天人流如织。

2013年2月1日，在山西省党风廉政建设干部大会上，袁纯清特别要求，要把右玉精神纳入党校和行政学院教育课程。要成立右玉精神研究会。新提拔的干部都要到右玉学习右玉精神，培养正确的政绩观。

2013年7月30日，袁纯清带领省委、省人大、省政府、省政协全体领导班子成员深入右玉学习右玉精神。晚上在右玉召开了省级领导班子成员学习交流会。

2014年9月10日，王儒林任中共山西省委第十五任书记。两个月后，于11月14日带领省委调研组冒着大雪纷飞的严冬来到右玉展览馆和绿化丰碑前学习右玉精神。晚上在右玉召开座谈会，要求"全省进一步深入学习，贯彻落实习近平总书记对右玉精神作出的重要批示，为开创我省净化政治生态，重塑山西形象，促进富民强省努力奋斗！"2015年12月4日，王儒林主持制定了《中共山西省委关于制定国民经济和社会发展第十三个五年规划的建议》（以下简称《建议》）。《建议》指出："深入开展社会主义核心价值观教育实践活动、思想道德建设和群众性精神文明创建系列活动，大力弘扬我省优秀法治文化、廉政文化、红色文化，深入挖掘太行精神、吕梁精神、右玉精神，凝聚向上向善的力量。……"

2016年6月30日，骆惠宁任中共山西省委第十六任书记。三个月后，2016年10月15日，骆惠宁带领省委、省人大、省政府、省政协全体领导成员及全省厅、局长，全省11位市委书记，全省大型企业主要负责同志及部分县（区）委书记深入右玉召开"学以致用，以用促学，把学习贯彻习近平总书记系列重要讲话引向深入"学习交流会。骆惠宁要求，用右玉精神推动山西振兴崛起。

2016年11月5日中共山西省委第十届一次全会上，骆惠宁要求新一届省委委员要带头大力弘扬右玉精神，确立为人民谋利、为人民服务的政绩观，彰显迎难而上、艰苦奋斗的英雄本色，弘扬久久为功、利在长远的实干精神。

2017年元月23日，骆惠宁和中共山西省委常委、组织部部长盛茂林分别作出批示，要求"成立右玉干部学院，深入学习贯彻习近平对右玉精神重要指示和批示精神，大力弘扬右玉精神，真正用好右玉精神这一宝贵政治和精神财富，培养造就大批高素质干部队伍。要充分借鉴焦裕禄干部学院、红旗渠干部学院的好经验、好模式，精心组织，迅速行动，与省委组织部、省委党校等有关部门沟通对接，力争右玉干部学院（在原右玉干部教育基地上扩建）顺利推进、早日落成"。

笔者已在作品第十九章中详尽描述了右玉干部学院于2017年6月6日正式运行的情景。右玉干部学院作为学习弘扬右玉精神的"主阵地"已在神州大地上叫响，叫响！

笔者在这里可以无比自豪地说："党的光辉照万代，右玉精神永不朽！"

2013年9月28日和2014年4月11日，中共朔州市委书记王安庞（左一）与中共右玉县委书记苏连根（右一）先后参加右玉大南山东麓全市处级干部义务植树活动。

2014年4月11日，朔州市市长李海渊（左）与右玉县县长苏斌如（右）参加右玉大南山东麓全市处级干部春季义务植树活动。

2014年4月9日，中共朔州市委常委、军分区政委王建科（左）和司令员刘义清（右）与右玉县人武部全体官兵参加大南山东麓新建100亩国防林义务植树活动。

2017年腊月初四，中共朔州市委新任书记陈振亮（前），市委副书记、新任市长高健（右一）带领市委常委赴右玉学习感悟右玉精神。陈振亮要求："大力学习弘扬右玉精神，坚定不移推动转型发展，同心协力共建塞上绿洲美丽朔州。"

2018年8月27日陈振亮在右玉调研指导。图中为市委书记陈振亮，右二为中共朔州市委常委、组织部部长崔巍；左二为中共右玉县委书记吴秀玲。

2018年9月6日，中共山西省委常委、宣传部部长廉毅敏（前排中）在中共朔州市委书记陈振亮（左二），中共朔州市委常委、宣传部部长王加关（右二）的陪同下深入右卫镇南元村调研。他要求："要认真学习全国宣传思想工作会议精神，以习近平新时代中国特色社会主义思想为指导，大力学习弘扬右玉精神，为山西转型发展，为建设美丽的右玉展现新作为，做出新贡献。"

中共第十三届朔州市委、市政府高举右玉精神旗帜，出台《关于支持和推动右玉高质量发展实施意见》

2018年1月5日上午。

朔州市领导干部大会召开。

中共山西省委组织部常务副部长孙大军受省委委托，宣布省委关于朔州市委、市政府主要领导同志职务调整的决定：陈振亮同志任中共第十三任朔州市委书记（之前先后任运城市、朔州市市长），高健同志任中共朔州市委委员、常委、副书记（之前任中共大同市委副书记），提名为朔州市市长候选人。王安庞同志不再担任中共朔州市委书记、常委、委员职务，另有任用。

陈振亮、高健到任后牢记习近平嘱托，认真落实省委要求，在推进朔州各项工作中始终把右玉精神高高举起，多谋服务之策，多行支持之举，把支持和推动右玉高质量发展作为重要政治任务抓紧抓好，抓出成效。为此，市委、市政府在专门制定《关于大力弘扬右玉精神的实施意见》基础上，在落实好省委、省政府支持右玉绿色发展32条措施的基础上，制定了《关于支持右玉绿色发展暨生态文化旅游开发区建设的若干意见》。2018年11月15日，全市支持和推动右玉县高质量发展工作会议在右玉召开。会上，市委、市政府帮助制定了《右玉县高质量发展新的计划（2018—2020）》，出台了《关于支持和推动右玉县高质量发展的实施意见》，明确出台30条具体举措，全力推动105项工程尽快落地见效。2018年开工项目12个。至2019年共实施项目79个，其中续建项目8个，新开工项目71个。推动右玉县在全市高质量发展中更好地发挥示范引领作用。

此外，汇集全市之智，全力助力右玉县打造创新基地，积极发展会展经济和数字经济、创意经济、二次元经济等新经济，让绿色能源体系为右玉县的高质量发展提供新动力。

朋友们，如今当你走进塞上右玉，展现在你们眼前的是：倾力推进国电投高家堡10万千瓦项目，燕麦产业集群发展1万亩，中草药种植面积8万亩，杀虎口文化旅游5亿元项目，玉龙马文化生态观光牧场5亿元项目……一个个生态工程如火如荼，一批批建设成果捷报频传。这是朔州市倾力支持和推动右玉高质量发展的幅幅动人画卷。右玉蓬勃的发展势头正如仲春美丽的右玉风光，尽是一派生机勃勃的景象。

与此同时，高标准建设右玉干部学院，全面启动二期建设；开工建设旗帜广场；与中央党校党建部建立战略合作关系。2018年11月22日开始分12期组织全市2599名正科实职以上干部到右玉干部学院开展"学习弘扬右玉精神，加快建设塞上绿洲美丽朔州"专题培训，不断增强思想认同和情感认同，更好地推动习近平对右玉精神的重要指示精神在朔州大地落地生根、开花结果，不断为推动右玉县高质量发展绘起同心圆，凝起同心力。

朋友们，当你读完《苍河颂》全篇，会深深感觉到：中华人民共和国成立后，历届中共

"问君怎得山川秀,锲而不舍爱林人。"塞上绿洲座座森林管护责任碑,聘用专职护林员266名,形成了山山有人看,处处有人管的护林局面,进一步完善了森林资源管护体系。大力学习和弘扬右玉精神,让我们同样敬佩和学习那些为爱林护林默默奉献的护林人吧!

山西省委书记就是这样一往情深地对中华人民共和国成立以来战胜难以想象的艰难困苦百折不挠地创造塞上黄土高原生态奇迹的右玉人民无比的大爱!对中华人民共和国成立以来坚忍不拔锁风固沙植树营绿开展生态文明建设中淬炼出的伟大右玉精神无比的尊崇!中华人民共和国成立70年来,从党和国家领导人到山西的省委书记们、山西的省长们以及省级四大班子成员们,到雁北、朔州的市委书记们,雁北、朔州的专员、市长们以及行署、市级四大班子成员们,就是这样心牵穷苦勤劳的右玉人民,轻车简从多次深入右玉考察调研,关爱推动、巨大支持,为右玉人民的生存和发展,为右玉人民的福祉和安康指路引航,率先一以贯之地大力学习传承弘扬伟大的右玉精神!

这里,笔者特别向广大读者报喜:塞上高原的右玉,始终是习近平总书记牵挂着的一片热土,他先后对大力学习和弘扬右玉精神作出五次重要批示和指示,激励全党在新时代要有新作为,齐心共创新伟业!

"唱支山歌给党听,我把党来比母亲。……"
右玉精神,完整生动地诠释了中国共产党人的初心和使命。
执政为民,艰苦奋斗,百折不挠,坚持绿色发展,这是中国共产党人矢志不渝的政治情怀。
尊重科学,与时俱进,久久为功,功成不必在我,这是中国共产党人薪火相传的使命担当。
习近平总书记对右玉精神的五次批示和讲话,右玉人民永远不会忘记,全党上下永远不会忘记!

伟大的精神是一个民族崛起的基石。作为一种可以传承的"精神基因",右玉精神持续奏出时代精神的最强音。

右玉精神就是实现中华民族伟大复兴中国梦的一部分。

右玉人民铸就了伟大的右玉精神,右玉精神造福了右玉人民,右玉人民将世代学习传承弘扬右玉精神。

学习右玉精神,领悟历史沧桑;

重温右玉精神,坚定信念理想。

不忘初心,方能行稳致远;

牢记使命,才能开辟未来。

神州大地上,右玉铸就一座丰碑导向:不忘初心,牢记使命;寻梦右玉,放歌信仰,放歌人生航向。

一个县的精神,一个省的动力,在三晋大地上,在辽阔的神州大地上传颂,传颂!弘扬,弘扬!

2019年8月31日,中国银行阳泉市分行中层以上干部来到右玉小南山森林公园丰碑广场学习右玉精神,开展"不忘初心,牢记使命"主题党日活动。

尾声

[题记]

追求新颖、感受奇妙、渴求舒适是人类通有的情愫。

而塞上高原的右玉人似乎不大晓得这些。70年来，他们也痴心不改地在追求、在感受、在渴求。而在追求什么呢？追求的是生存、追求的是吃苦、追求的是奉献、追求的是拼搏、追求的是从艰难奋斗中得到的长远回报。

正是因为追求了这些，才换来了绿野山风、碧水蓝天、田园牧歌，非常奢侈地拥有这样多城里人如梦的追求。

正是因为追求了这些，才锻造出了如同当年山西太行精神、吕梁精神、大寨精神的右玉精神。

绿色是人类文明与进步的标志。

有人说，西方发达国家就是中国上海的繁华和山西右玉的生态。

如今的右玉是一个树的世界，草的王国，是一个浩瀚的林海。

如今的右玉是一片令人瞠目而神奇的地方！

读完全文，你已知晓：

这里的每一棵树木，每一棵绿草，都是人力营造的。

这里的每一朵小花都浸润着70年的汗水。

这里的每一粒果实都饱含着70年的辛劳。

70年来，右玉人在塞上高原的漫漫黄沙上营造了"塞上绿洲"，在呼呼风沙中磨炼了右玉的干部和群众，在贫苦的岁月中历练出可贵的右玉精神。

70年来，右玉坚持不懈种树种草的精神，是当代愚公移山精神的最完美直接的阐述；70年来，右玉坚持不懈种树种草的成就，是当代愚公移山成果的最生动典型的代表。

70年的栽植和70年的呵护，为这里的植被营造出了融融的家。

70年的梳理和70年的嬗变，已使这里的灌木变成了乔木般参天，令人叹为观止。

70年的培育和关爱，让这里的植物种类霜天竞放，各展娆姿，形成了一道独特的右玉风光。

70年的艰苦历程，换来的是右玉半壁江山的林草覆盖！

全县到处浓浓的密绿，就是右玉人民70年来"人定胜天"博大情怀的见证，就是右玉人靠右玉精神创造的人间奇迹。

右玉，这片黄土地上，弥足珍贵的绿，是一段70年薪火接力的感人传奇，它舞动着的是一面70年艰苦奋斗的战斗旗帜！

右玉的发展模式，就是从荒山野岭中，蹚出一条前人没有走过的开启之路，绿化之路，创业之路，跨越之路！

右玉的发展之路，就是贫困地区不以牺牲环境为代价，坚持科学发展、可持续发展、和谐发展之路。

绿色，不仅改变了这里的地，改变了这里的天，也改变了这里劳动人民千百年来的命运。

是的，绿色生态是今日右玉的风貌，留给明天的是永不枯竭的资源。

我们感动，

为右玉的绿色而感动；

我们感动，

为创造绿色精神而感动；

我们感动，

为这是一片浸透人文精神的绿色土地而感动。

"造林就是造水，造林就是造钱，造林就是造福。"

"生态是右玉的立县之本，强县之基。右玉最大的财富和当家的本钱就是生态。"

赵向东、陈小洪、苏连根、吴秀玲总是这样深情地讲。

《荀子·劝学》曰："骐骥一跃，不能十步；驽马十驾，功在不舍。"

我国县一级建制，起源于春秋，确立于秦代。作为国家结构的基本单元，历经两千多年逐步稳定为现在划分的县域。在古代，七品知县被戏称为"七品芝麻官"。其官位虽低，但一个县的政治、经济、文化管理就全靠县令一人。如果政绩卓著，百姓感恩戴德；如果昏庸无德，百姓揭竿而起。故有司马迁在《史记》中记载"县集而郡，郡集而天下，郡县治，天下无不治"。

中国共产党开创的造福人民的事业，是不断延续、不断发展的事业，要靠一代又一代人的薪火相传，不懈奋斗来完成。

清代《居官致用》一书写道："天下真实紧要之官，只有两员，在内则宰相，在外则县令。"

1990年，习近平担任福建省宁德地委书记时发表了一篇《从政杂谈》，对县一级职能、运转做了生动的比喻："如果把国家喻为一张网，全国三千多个县就像这张网上的扭结。扭结松动，国家政局就会发生动荡；扭结牢靠，国家政局就稳定。国家的政令、法令无不通过县得到具体贯彻落实。因此，从整体与局部的关系看，县一级工作好坏，关系国家的兴衰安危。"

当好县委书记，非常辛苦，非常的不容易。

习近平说："既要金山银山，又要绿水青山，宁可要绿水青山，不要金山银山，因为绿水青山就是金山银山。"

在塞上高原：

70年来，右玉的历任县委书记、县长带领几代右玉人民，坚韧刚毅，穷而不卑，紧跟共产党走，听党中央话，把植树种草、锁风固沙、营林营绿作为第一天职。既要金山银山，又要绿水青山。而几代右玉人民拼搏奋斗的生态绿化建设已成为右玉脱贫致富的"金山银山"。

右玉，这块镶嵌在山西乌金盘边的翡翠石已经成为山西的骄傲。

右玉的意义是不平凡的，在全国乃至全世界，它都值得骄傲，引以自豪！

画家在右卫镇西城墙上油画写生

朋友，

如果您是摄影家，请按动快门，春草绿、夏花红、秋天黄、冬雪白，在右玉天人合一，四季有景，四季醉人，各有风韵。景景不同的变幻，定让您的镜头丰富多彩，变幻无穷。摄出一幅幅精美绝伦的自然风光照。

如果您是画坛高手，右玉独有的塞上美景，定会触发您敏捷的灵感，让您手中的画笔挥洒自如，欲罢不能，画出不似江南胜似江南的美丽图画。

如果您是历史学者，您定会登长城、访古堡、谒碑文、探遗址。每一处遗址，都是一段凝固了的历史。中国北方历史文明、中原农业文化、军旅文化、边塞文化、西口文化会使您惊喜连连，研究不止。

如果您是生意人，您定会以犀利的眼光看准右玉这块热土，这里的土地黑白黄绿样样有，您会毫不犹豫地选取项目，投资建设，捞几桶生态金，做第二个乔贵发。

如果您是休闲旅行者，饮口清纯的泉水，穿一穿滔滔林海，坐一坐飞驰快艇，或者干脆走进农家，品尝别具风味的纯绿色地方小吃，与朴实厚道的右玉父老执锄相叙，尽享田园乐趣，顿感人与自然的和谐灵气扑面而来，定让您忘掉所有的心中烦恼，让快乐与喜悦一路同行……

朋友，

您还不要忘记，我们右玉是一个小县，是一个2018年8月8日摘帽的国家级贫困县。但它的绿色昭示的是：一种精神，一种文化，一种素质，一种生存眼光，一种超前意识。

人类从刀耕火种开始了毁林开荒；到了产业革命时期，人类学会使用机器以后，对环境的破坏越来越大。近年来，在许多经济发达地区，严重的环境污染和生态破坏，已使人类赖以生存的自然环境处于危机当中。

右玉虽然穷，但她走的是可持续发展的道路。它不是没有煤炭资源，但不像有些地方挖得百孔千疮，炼焦炉熏黑了天空，大气污染了生灵，水资源空前短缺。

右玉没有因为短期的经济效应，牺牲了长远的发展规划。在人欲横流的商品大潮当中，右玉人民痴心不改地选择了绿色，选择了大自然给予人类的恩惠。

朋友，读完全文，你会领悟：

信仰铸就公仆本色。70年来，右玉一代又一代共产党人，在信仰的旗帜上，在艰辛创业的征程上，不动摇，不懈怠，不折腾，书写了一个又一个传奇。

右玉70年的奋斗创业史，是我们党执政为民、清廉富民的一个实践缩影，是对科学发展观的一个有力的印证和最有说服力的诠释。

70年前，右玉人民不懂得什么是生态建设，植树造林种草只是出于生存的需要。

70年后，右玉人民在科学发展的道路上，正全力诠释着"生态文明"。把造林绿化、改善环境与以人为本、改善民生相联系，创造着人与自然相和谐的新的生态文明和可持续发展。

"执政为民，尊重科学，百折不挠，艰苦奋斗。"

70年来，右玉人民前赴后继、无私奉献、顽强拼搏，历练成了可贵的右玉精神。这种精神植根于右玉人民自强不息、勤俭质朴的地域性格土壤中；生成于植树种草、改善生存环境的艰苦历程中；升华于今天以人为本、科学发展的生动实践中。

70年来，右玉人民靠右玉精神，创造了塞上黄土高原的生态奇迹和生态文明。

70年来，右玉人民靠右玉精神，改变了一个荒凉时代，改变了上天安排给右玉这个远古荒漠的命运。

70年来，右玉人民靠右玉精神，创造了自己的绿色文化。

70年来，右玉人民靠右玉精神，引来中外商家在这里投资建设，赚钱捞金。

70年来，右玉人民靠右玉精神，在脱贫攻坚、建设富而美的和谐新右玉征程上，打胜了一场又一场战役，完成了一个又一个壮举，创造出一次又一次辉煌！

朋友，

右玉精神虽孕育于右玉人民播绿不止、改天换地的奋斗历程，但经过70年的传承、弘扬、发展，已延伸拓展到了各个层面、各个领域，已融入右玉人民的血液之中。转变成一种优良作风，固化成一种优美形象，作用于各项建设事业和活动中，并形成了催人奋进的良好社会风气。

这就是右玉精神的力量所在，这就是右玉美好明天的力量所系！

2012年建成的右玉梁威工业园区南北交通大道，北与大呼高速公路相连，南与109国道相接，西与右平高速相通。

朋友，

感知右玉，让我们品味了昔日"古道西口"的辛酸历史，领略到如今"北国江南"的山川秀美。

解读右玉，让我们重温了右玉人民70年的艰难奋斗历程，真切感受到右玉精神的伟大震撼。

放眼右玉，更让我们看到了塞上高原右玉的希望与未来！

我们可以自豪无愧地说，右玉精神不朽！

我们可以信心满怀地说，右玉人民靠右玉精神，在习近平新时代中国特色社会主义思想的引领下，继续扬帆远航，不断谱写新的华章！

朋友，

如今的右玉，已处在京津冀一体化战略的边缘，是环渤海经济圈、首都经济圈、呼包鄂经济圈的结合点。要充分依托三大经济圈，架起一座东连京津冀、西接新"丝绸之路经济带"和"万里茶道之路"的开放的右玉金桥。

如今的右玉，煤电循环和低碳清洁能源基地、特色农产品和生态畜牧产业基地、晋蒙开放合作的重要通道和物流基地的"六大基地"建设初具规模，"五大产业"（新型煤电、清洁能源、建材化工、农副产品加工、生态旅游）格局基本形成。

朋友，

右玉大地，从未像今天这样充满蓬勃的朝气和创造的活力！

"日出东方，其道大光；水出伏流，一泻汪洋。"

右玉已经摘掉国家级贫困县帽子，进入一个全新发展的黄金时代。

一个充满活力、孕育希望的右玉，正以崭新的姿态吸引着社会各界的目光，正以超凡的速度崛起于塞上大地，正以磅礴的气势朝着"富美和谐幸福新右玉"的目标阔步前进！

2012年11月8日，举世瞩目的中国共产党第十八次全国代表大会在北京人民大会堂隆重开幕。

中国共产党第十八次全国代表大会吹响了全面建成小康社会的集结号！

党的十八大以来，以习近平同志为核心的党中央提出并形成了全面建设小康社会、全面深化改革、全面依法治国、全面从严治党的战略布局。勤劳朴实的右玉人民在中国共产党的坚强领导下，高举习近平新时代中国特色社会主义伟大旗帜，遵循党的十八届五中全会提出的创新、协调、绿色、开放、共享的发展理念，坚决打赢脱贫攻坚战，与全国同步进入小康社会！并以"功成不必在我，建功必定有我"的境界和担当，在实现中华民族伟大复兴中国梦的征程上持续谱写美丽右玉的新篇章！

愿"塞上绿洲"右玉的明天更加富饶美丽！

愿海内外的朋友常到右玉来！

附录

附录一：

新中国成立以来右玉县上省台、中央台12部电视专题片

1．《塞上绿洲》（原为电影片）。1982年8月3日播出。由山西电视台总编辑、总摄像师张绍林、雁北新闻中心主任董育中摄制。总策划：常禄、车永顺、董育中。脚本撰写：张沁文、傅品、王兵。

2．《艰难的崛起》。1989年7月5日播出。由中央电视台、山西电视台联合摄制。总策划：袁浩基、姚焕斗。脚本撰写：石新民、王德功。

3．《绿洲右玉》。1991年7月12日播出。由山西电视台摄制。总策划：董育中、姚焕斗、师发。脚本撰写：王德功、梁发、傅生金。主题歌《绿叶赞歌》。

4．《敢为人先》。1994年6月4日播出。由山西电视台、朔州电视台联合摄制。总策划：董育中、梅金山。朔州电视台副台长乔云彬执拍。脚本撰写：石新民、王双、贾品晋。

5．《右玉沙棘》。1994年10月4日播出。由北京科学教育电影制片厂和中国农业科教电视制片厂联合摄制。北京科学教育电影制片厂编辑兼总导演吴慧君为总策划、总导演。脚本撰写：石新民、蔡全根。

6．《塞上绿洲沙棘红》。1995年10月8日播出。由山西黄河电视台摄制。总策划：董育中、师发。脚本撰写：石新民。

7．《绿洲奏响灌木曲》（上、下两集）。1997年9月22日播出。由中央电视台《金土地》栏目和山西电视台《黄土地》栏目联合摄制。总策划：董育中。脚本撰写：石新民、张文举。

8．《塞上绿洲谱新篇》。2003年8月27日播出。由山西电视台摄制。总策划：高厚、赵向东。脚本撰写：石新民。主题歌《右玉美》。

9．《人说山西好风光：塞上绿洲自然篇》。2003年8月28日播出。由山西电视台摄制。总策划：董育中、高厚、郭煜。脚本撰写：王德功、石新民。主题歌《右玉美》。

10．《人说山西好风光：塞上绿洲人文篇》。2003年8月28日播出。由山西电视台摄制。总策划：董育中、高厚、郭煜。脚本撰写：王德功、石新民。主题歌《右玉美》。

11．《绿染荒原》。2007年7月10日播出。由山西电视台摄制。总策划：赵向东、陈小洪。脚本撰写：山西电视台李战。

12．《右玉精神》。2008年9月1日播出。由山西电视台摄制。总监制：梁志祥、李正印、弓跃。脚本撰写：山西电视台许凌云、陈霞、亦功。

附录二：

关于中共山西省委第九任书记李立功 对《苍河颂》第7稿的15点补充修改意见

(2009年6月25日)

2009年5月8日下午3时30分至7时，笔者应允到中共山西省委第九任书记李立功家中就长篇报告文学《苍河颂》第7稿采访征求意见。并留下《苍河颂》第7稿（征求意见稿）整本交李书记慢慢审阅。

在第一次征求意见时，李书记让笔者就"为什么要写《苍河颂》这部书？书名为什么叫《苍河颂》？这部书是如何谋篇布局展开写作的？"三个问题，对《苍河颂》全书进行了全面的汇报。在汇报中，李书记不时插话提问，并作记录，先后提出不少补充修改意见。

6月24日下午4时至6时，笔者第2次去李书记家，就新增和修改的内容再次征求了李书记的意见，并将已收集到的李书记到右玉视察调研的6张照片交李书记审查。李书记说："选好了。"

两次征求意见时，李书记的秘书常建军始终在场。

现将李书记对《苍河颂》提出的15点意见（实际上是23点意见，其中8点意见不让公开）整理如下，供省、市、县有关领导审阅和把握。

第一，李书记说，右玉县在抗日战争和解放战争时期是晋绥革命老区之一，我于1956年10月时任共青团山西省委副书记，从共青团苏联中央团校学习一回来就参加了由中共山西省委书记处书记郑林为团长的赴雁北革命老区慰问团。并在当时右玉的先进村北辛窑村的窑洞里住了20多天。中共雁北地委书记张晓东及地委秘书长康伯成，中共右玉县委书记马禄元、县长解润及县委办公室主任徐日新，北辛窑村党总支书记伊小秃安排陪同我们沿长城一线的村庄开展了一系列的走访慰问活动。我在太原听说过右玉的荒凉和穷苦，但到了右玉，才深深体会到右玉真荒凉、真穷苦、真寒冷。慰问结束后，我们向省委写了《省委赴雁北革命老区慰问团关于高度关注革命老区右玉的专题报告》。在这前一年冬天，山西省人民政府主席裴丽生带领秘书张鸿猷、省委农村工作部二处处长白兴华等人专门到右玉调研，并在右玉当时的先进村黑洲湾村住了10多天。从此，塞上高原的右玉成为山西省委、省政府高度关注的地区之一。

1956年10月我们到右玉的慰问情况要补充到书中（详见书中内容）。

新中国成立60年来，省委、省政府对右玉给予一以贯之的高度关注、热情关怀和巨大支持。几乎历届省委书记、省长都去过，不少省领导还多次去过。中央领导陈永贵、胡耀邦、钱正英、陈俊生、温家宝都去过，他们对右玉的发展都作出一系列的重要指示，对右玉的发展指明了正确的航向。谭震林、王任重等领导在中央的会议上直接肯定了右玉植树造林、锁风固沙取得的巨大成就。1986年，国务院又把右玉列为国家贴息扶贫的重点县，以至以后又列为山西省35个国定贫困县之一。

这些真诚的有效的精神和物质上的有力支持，为推进右玉60年的发展起到了巨大的支撑作用。

听你汇报，2008年右玉财政收入才2.4亿元，农民人均纯收入才2500元。这还很不行，大寨财政收入上到9个多亿元，农民人均纯收入达到1万多元。看来，右玉的摆脱贫困任务还很艰巨。我们的扶贫基金会和老促会在右玉设点，也说明省委、省政府一直高度关注着右玉人民的脱贫致富。

第二，作品的第二章《延安的春风》，这个题目好。但必须补入当时团中央第一书记胡耀邦同志在大会上报告的有关内容。他当时在大会上传达了毛主席关于"绿化祖国"的伟大号召及中央有关精神，向全国青少年提出绿化祖国的具体要求，并发出"全国青少年一定要把祖国大地变成绿色海洋"的号召。胡耀邦的报告讲得很动人。这方面内容，你一定要到山西日报社、团省委直至团中央，找当时的老记者、老编辑，千方百计找到当时的原始资料，把它加进去。这是一个很大很重要的政治背景，不能丢掉1956年3月的延安会议，那是中国植树造林改变山川荒凉面貌拉开序幕的一个非常重要的会议，你右玉一战最大的大风口黄沙洼的战役也就是在延安精神鼓舞下干起来的。所以你要下点儿辛苦找到原始资料把它补写进去。（笔者用了半个多月时间反复寻找，最后通过笔者女儿在中央机关工作的北京广播电视大学同学的关系，终于从中央党史研究室找到，新补入内容详见作品内全文。）

第三，中共中央总书记胡耀邦为什么能在1985年6月14日去右玉视察？那是我给介绍并陪同去的。他视察了右玉后，当时就提出右玉"要乔灌草一起上，三个效益一起要"，"找准山区致富优势，建设地上绿色宝库，开发地下黑色宝库，使右玉人民尽快驱穷致富"。这些重要指示，对右玉的发展具有里程碑的重要意义。你在书中写到胡耀邦走后，白兴华就亲自联系省煤炭地质勘测队到右玉，经过五年的艰辛勘探，终于探明了右玉有34亿吨大煤田。没有这个，哪有现在的右玉建设煤炭能源基地之说。你要重新核实当年的原始资料，进一步修改，把它写好。

第四，常禄在右玉当了8年县委书记，全心全意在右玉搞了8年绿色革命，把个右玉建成山西的林区县，捧回了"塞上绿洲"美誉，终于让全国人民知道中国有个右玉，地球上有个右玉，才使右玉出了名。我对常禄很了解，他当过朔县团县委书记，很喜欢植树。他从一个满头黑发的年轻人到调离右玉时变成满头白发皱纹满面的老年人，他把自己的宝贵年华全部献给了右玉的绿化事业。他尊重科学，遵循客观规律，全面规划，实行科学营林，做到因地制宜，适地适树，想着法子，让每一棵树成活；他的名言"飞鸽牌的干部要干好永久牌的事""老婆孩子逢植树季节谁也不能请假必须上山植树"；他任职8年，铁锹、米尺、剪子、望远镜四样东西不离身；他为了护树不讲情面，经常大动肝火；他把各类优质杨树和"三松"引进了右玉等等，这些都是值得我们好多领导干部学习的。在他的身上处处体现着焦裕禄精神。他是中国共产党领导干部执政为民的典型代表。他是右玉发展史上不可否认的里程碑式的人物。他在右玉一干就是8年。他来我这里常谈的是右玉的荒山植树，完成"三北"防护林第一期任务，从未向我说过提拔他。他在右玉干了8年，结果是患癌症60岁就去世了，多么可惜。还有庞汉杰同志在右玉当了7年县委书记，带领贫苦的右玉人民建起了十几条大型防风林带，堵住了几个关乎右玉人民生存的大风口；解润同志在右玉干了10年县长，在右玉那样塞上高原艰苦环境下，为了老百姓的生存，没命地干，变成了一个干瘦老头，结果都是疾病缠身，60岁就去世了，多么可惜。还有王铭三同志，在雁北特别清苦的年代当了9年地委书记，刚59岁就去世了，多么可惜。书中要好好地把这些为右玉生态建设打下良好基础的领导同志们的业绩写准写实，使人看到右玉人民战天斗地的成果来得是多么的不容易！

第五，你们在书中专门加一节"李立功赞常禄"。你们写完大书后，要向演折子戏那样，单把常禄同志大书特写，写成小册子好好宣传一下。常禄在右玉生态建设上立下的汗马功劳那是众人一致公认的。至今，一些领导和人们说到右玉，首先提到常禄的8年绿色革命。现在我们落实胡锦涛同志提出的科学发展观太需要像常禄这样的优秀县委书记了，太需要像王铭三这样的优秀地委书记了。

第六，我在山西工作先后六次到右玉调研视察。对右玉的发展进程我是了解的。右玉一解放，从县委书记张荣怀、王矩坤、张进义、马禄元、庞汉杰、卢功勋、杨爱云、常禄到袁浩基，还有县长解润、薛珊、张光熙、车永顺都把老婆孩子带到了右玉，他们把右玉当成了自己的家，与右玉人民同甘苦、共患难。这些情节都要在作品中得到反映。过去的干部不懂得讲享受，不懂得讲条件，在右玉那样异常艰苦的环境中想的就是如何为老百姓栽好树、种好草、堵住风沙，多打粮，让老百姓能活下去，能有吃的有钱花。马禄元和解润在右玉分别当了10年县委书记、县长，都是靠两条腿走路，也要干不少工作。你看那时领导干部艰苦奋斗、无私奉献的精神，多么值得学习宣传。这些在作品中都要把它写真实、写准确。2002年8月，我到右玉调研，看到高厚同志实施的农村三大战略和城市拆迁改造，感到右玉变化特别大，一个崭新的新右玉出现在世人面前。我当时心里特别高兴，看到过去黄沙漫天的右玉，变成了人们都想去的好地方，变成了国家级生态示范区。刘泽民跟我讲赵向东同志到右玉任职几年，与陈小洪同志一道也干成了不少大事，构建了三大基地，叫响了生态旅游品牌等。这里就有一种顽强拼搏、勇于争先的精神，作品中要写准写实。

第七，右玉的事情应该写，很有学习宣传推广的价值。你们这件事做得挺好。从大的方面讲，世界沙漠化问题至今没有解决，而中国在右玉这样一个塞上高原的贫困小县，通过人工种树种草得到了完美解决，为世界生态保护做出了令人信服的典范。从领导层面上讲，新中国成立后，到右玉工作的十几任县委书记绿色接力棒接得好。他们一任接着一任干，带领右玉人民一代接着一代干，一张蓝图绘到底，终于干出了右玉的新天地。这是各级领导最值得学习的地方。不像有的地方张书记来了一张图，李书记来了又一张图，结果什么也干不好。到右玉工作的县委书记们不存在互相否认，而是继往开来，与时俱进，开拓创新，所以才有了今天世人向往的好右玉。党建伟大工程在右玉得到了成功实践。

第八，右玉新中国成立后60年种树种草，搞生态建设，带来了右玉全方位的效益，带来了人与大自然的和谐发展。资源就是财富，这些方面都要写；要写准写实，使人感到右玉就是共和国大地上科学发展的一面旗帜。

第九，关于于幼军、孟学农到右玉调研讲的话，对右玉的发展起了很大的指导作用，讲得好。要原汁原味、实事求是地把它写好。不要因为一个人有点错误就不讲成绩，采取机会主义的态度，全盘否定。要真实反映历史，这是我们党一贯坚持的原则。

第十，关于作品书名的副题，有少数省地领导同志说，可以把它改为"60年来塞上高原右玉人民践行科学发展观纪实"。李书记说，就按原来的副题："献给60年来创造塞上黄土高原生态奇迹的右玉人民"。这就好么。右玉新中国成立初期黄土埋人，连基本的生存条件都不具备，人们无法活下去。后来历任县委书记在中央、省、地（市）的关怀和掌舵下，走出了一条贫困地区科学发展的路子。但当时人们根本不晓得有个科学发展观，走得结果，符合科学发展观。锦涛同志知道了也会不同意这样的表述。还用现在这个副题，这样写坚持了实事求是原则。

这部作品思路好，定位准。赵生荣同志是山西大学政治系的高才生，这件事办得挺好。右玉人写右玉，才能写出真右玉，我非常赞成。赵向东、陈小洪很支持你们干，做得挺好。

第十一，右玉新中国成立后60年的历史是严肃的，是一部艰苦奋斗、顽强拼搏、战天斗地、科学发展的历史。这部作品也是一部政治性很强的作品。所以全书一定要坚持实事求是的原则，一定要给世人介绍一个真实的右玉、准确的右玉、生动的右玉。报告文学的生命在真实，它不同于写小说。只要把右玉的事情写真实，写准确了，就足以教育了人。文学不是无原则的夸张和编造。右玉的历史不能随意编造，不能随意篡改。我们要用真真切切的实事感动人，而不是用华丽的语言来蒙弄人。重大事件的背景和重大事件要写准写真实，使人感觉到写右玉，不仅是在宣传右玉，而且是在宣传雁北、宣传朔州、宣传山西的工作，宣传中央的决策在塞上高原右玉的成功实践。白兴华同志在省里到雁北一直在搞农村工作，他对雁北、对右玉最了解，你们要多征求他的一些意见。卢功勋同志在盆儿洼搞农田林网、草田农作的典型很成功，很有说服力，专门记载很好。你们广泛征求意见，这个很好，只有广泛听取众人的意见才能使作品经得起检验。

第十二，右玉60年的生态建设没有离开国家林业部门主要领导的关怀和支持。我记得林业部部长惠中权、罗玉川、雍文涛、高德占、董智勇，水利部部长钮茂生等几任主要领导都几去右玉进行工作指导。还有全国政协副主席、水利部部长钱正英几去右玉，关怀支持右玉沙棘事业的种植研发工作。还有山西省林业厅的具体指导和帮助，征求一下省林业厅的刘清泉、李里、曹振声等老同志们的意见。把国家、省里的林业部门的关怀和支持写准写实。

现在全省学习右玉精神，右玉的一举一动都会引起各级领导和人们的高度关注。所以准确地、真实地反映右玉，才能使人信服右玉，敬佩右玉，学习右玉。在宣传导向上，一定要把好这个关。

第十三，对中央、省、市（地）对右玉60年的高度关注、热情关怀、巨大支持应该浓缩成一个碑文，建一块纪念碑，刻在上面，以告示人们"饮水思源，坚定信念，与党同心，开辟未来"。笔者说，有不少省地领导也有这样的建议。2007年赵向东、陈小洪根据时任朔州市委书记王雅安的提议，在右玉小南山上竖起一块植树造林的功德碑，正面是《右玉绿化赋》，西面是《百名绿化功臣》，东面是历届县委、县政府简要绿化业绩。背面还空缺，应该增写这方面内容。李书记说，很好。你写书已很熟悉了右玉60年，你和生荣同志拿出一个碑文初稿，再征求一些省、市领导意见，交给县委研究后，把这件事情办好。

第十四，你们这部书（第7稿）写了23章、178节、42万多字，两年半付出了不少辛苦，我感谢你们，这不仅为右玉、为雁北、为朔州，而且为山西作出了贡献。写好这么长的书，三年写出来也是不容易的，我也要表扬你们。这是对历史的负责，对人民的负责，对党的负责。政治方面没有问题后，最后交文学部门的权威们再适当在文字上润润色。笔者说，"赵生荣厅长原准备让张平副省长看一下，张省长工作太忙顾不上，就将第7稿寄往《中国报告文学》编辑部编辑卢旭和一级作家、山西省作协副主席马骏审修"，他俩人初步审阅后说"不错，百分之九十八的成功"。

李书记说，进入书中的黑白、彩色图片也一定把它选真选准。最后把它印成图文并茂的精品之作。书印成后，按照王雅安同志提议，隆重举行一个发行仪式，让老同志都去参加。要把这部书打到全国去。

第十五，关于右玉精神内涵的准确表述，刘泽民同志建议提得好。你们把这个本子再补充修改一下，并让权威编辑们润色基本定稿后，送宝顺书记审阅，先让他思考，我们几个（李立功、王庭栋、卢功勋、刘泽民等省级主要领导）给宝顺等几位省领导建议，以省委名义作出个权威学习决定。

总之，这部作品要回答好右玉的树、草到底是怎么种起来的，右玉是如何发展起来的这两个重大问题。

附录三：

《苍河颂》读后感

山西省人大常委会第八届、第九届主任　卢功勋

(2012年5月于太原)

石新民同志送来他和赵生荣共同策划撰写的长篇报告文学《苍河颂》，征求我的意见，我细细翻阅，仿佛又回到了40多年前，抚今追昔，不禁感慨万千。

20世纪60年代中，我曾在右玉县工作和生活了五年多，担任中共右玉县委副书记。当时，右玉的植树造林和水土治理还处于起步阶段，基本是山河依旧，面貌变化不大。那种"一年一场风，从春刮到冬"和"十山九秃头，十年九不收"的恶劣自然气候环境，我是亲身领教过的，同时也为改变这种状况做过一些工作。与右玉人民并肩走过的那些令人难忘的日日夜夜，至今仍历历在目。而今，经过半个多世纪的艰苦奋斗和不懈努力，右玉的面貌发生了翻天覆地的变化。过去的"不毛之地"，成了全国乃至世界瞩目的"塞上绿洲"。近几年我每次到右玉，都有一种"换了人间"的切身感受，有一种说不出的兴奋与激动。我感到，右玉的巨大变化，带给我们的绝不仅仅是感官上的享受，它所蕴含的更深层次上的价值和意义，值得我们认真总结和思考。

为此，2009年8月，中共山西省委在大量调查研究和充分论证的基础上，准确地提炼出以"执政为民、尊重科学、百折不挠、艰苦奋斗"十六个字为核心的右玉精神，并及时做出《关于大力学习弘扬右玉精神的决定》。我认为省委的这一重大决策是非常正确的，是十分必要的。它对于弘扬我们党的优良传统和作风，加快我省经济和社会发展，必将产生深远影响。同时，我也为右玉精神在全省进一步发扬光大感到由衷的喜悦。

石新民等同志的这部报告文学，真实地记录了右玉人民半个多世纪以来的创业历程，全面诠释了右玉精神的深刻内涵，对于贯彻落实中共山西省委《决定》和教育启迪后人，提供了一部生动的教材，他们为右玉人民以及全省做了一件十分有益的工作。

右玉县所发生的巨大变化，正如报告文学所指出的，是历届县委、县政府"一任接着一任干，一张蓝图绘到底"的成果，是全县广大共产党员、干部和群众几十年心血和汗水的结晶。作为一个曾在右玉工作生活过的当事人和过来人，我深知这些变化是来之不易的。他们所历经的艰难曲折和承担的各种风险，是我们现在都难以想象的。所以，我感到，右玉精神的可贵之处，就在于他们几十年如一日，不唯书，不唯上，坚持实事求是的思想原则，因地制宜，艰苦奋斗，走出一条符合本地实际的生态建设的发展道路。它彰显了共产党人崇高的

理想信念，继承和发扬了我们党的优良传统和优良作风。"三年经济困难时期"，时任县委书记的关毅同志面对严重的饥荒甚至死亡的威胁，敢于坚持一手抓群众生活，一手抓植树造林。这需要何等的胆识与气魄！1971年杨爱云同志担任县委书记后，顶着极左路线的巨大压力和政治风险，引导全县人民纠正"文化大革命"所造成的各种破坏和影响，坚持大搞植树造林和农田水利建设，使右玉这个"文化大革命"重灾区逐步恢复了生机。正是有这样一批坚定的共产党人和全县广大共产党员、干部和群众的无私奉献，艰苦奋斗，才有了右玉的今天。要把这些艰难曲折的奋斗历程真实地展现出来，站在历史的和政治的高度，进行更深入的挖掘和总结，这样，作品才能更具震撼力，才能给读者以更大的教育、激励和鼓舞。我感到，作品在这方面的空间还是很大，可以考虑进一步充实和提高。

另外，关于书名问题。初看到这个书名，有点莫名其妙。后来翻阅了二遍，感觉"苍河"就是指的"苍头河"。我是这样想，"苍头河"是右玉的母亲河。一提到它，人们自然而然地就会想起右玉。如今"苍头河"经过几十年坚持不懈的开发治理，已经成为一个旅游景点，吸引了不少中外游客。艺术上如何处理我不太懂，但我感觉书名直呼为"苍头河"似乎更具亲和力，更能给人以直观的感觉。不知当否，供斟酌。

简单谈了以上一些粗浅感受，仅供参考。

我为右玉精神而感动！

我为石新民等同志的创作精神而感动！

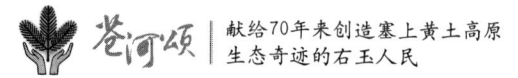

附录四：

《中国报告文学》杂志社编辑、创联部主任卢旭的审读意见

中国报告文学学会

石新民、赵生荣同志：近好

煌煌40余万字，史诗般的《苍河颂》，忠实地记录了右玉人民60来年创造的绿色奇迹。读过她，将在精神上经受一次真正意义上的纯化和洗礼。在新中国成立后历任县委、县政府领导班子的带领下，在上级领导的热情关怀和大力支持下，右玉人民不屈不挠、矢志不渝的战天斗地的豪迈气概荡人魂魄。这是一部感天动地的奋斗史，是一部艰难困苦、撼世卓绝的人与自然的斗争史，是人类历史上的一个奇迹，是共和国历史上骄傲的一笔。

这部巨著是成功的，在立意和思想价值上体现了大作品风范，是一部有社会价值和精神价值、潜在的优秀报告文学作品。

一、谋篇布局奇巧

全篇以不同战役地点为战场、以由远而近时间为线条、以新中国成立后首届县委领导班子带领广大党团员、干部群众植树固沙为叙端，集中运用典型材料，穿插感人故事，依托历史条件和自然环境，选择大气有力的文学语言，展开时移事进、干而有为的壮丽画面，循序推进，直至囊括60年来历任县委书记、县长及右玉人民精彩的植树固沙的卓越成果。

二、素材丰富翔实

回溯一部历史非易却难，全篇突破概略化和线条化的描写模式，而拉网式、挖掘式采访，掌握了大量的地理环境、社会状况、植树知识、固沙经验及工作方法、工程进度、质量要求等战役战况，具有各个历史时期氛围感、形象感，犹如身临其境；其文件、讲话、指示、报告引用有据，加深了历史印迹。为艰苦的植树固沙、倾全县之力奋斗不息的主题主旨，充实了丰满醇厚的血肉。

三、事迹感人至深

如果不是所述人物的非常业绩，绝难想象"不毛之地"何以森林覆盖率达50%以上。县委、县政府历届领导班子，届届率先垂范，植树固沙，没有一届偏向改航，形成了全国唯一一个地方领导集体连续工作思路机制："一任接着一任干，一张蓝图绘到底！"诞生了全国唯一一个全县干群坚持不懈植树固沙达六十个春秋治沙绿化典型。"一张铁锹两只手，拼着性命锁风沙！"展示的场景群体广袤，各显独特，真实鲜活地塑造出一人一个性格特征的小说一般艺术形象，入怀千回，仍难磨灭。

因此，该作品将会自然地成为报告文学园地中的一朵奇葩，也会开辟超全景视野之中庞大规模群像的描写先例,以及将会议、文件、讲话、指示、报告等非文学材料融进报告文学创作的可贵体验和探索。

几个值得商榷的方面:

1.语言方面。作品行文中有一些地方戏剧性语言特色,很有味道,也有特点。但,出现俚语化语言,应精简或加以注释,便于全国广大读者理解。

2.结构方面。部分章节出现了五级标题,且小标题表述不统一,缺乏整体感。

3.第二十章所述内容,与前文有雷同和重复,建议稍作删减。

瑕不掩瑜。这是一部具有极高审美价值和精神价值的报告文学作品。作品中弘扬的人与自然的不懈奋争的精神,党领导人民走向繁荣富强的伟大功绩,是极具教育意义和现实意义的,是时代亟须广为宣传的主旋律。

恭颂:笔剑双健!　　《中国报告文学》 李 炳
2009.12

后记

中共山西省委第十三任书记、山西省人大常委会第十一届主任张宝顺曾于2001年11月27日和2005年8月23日，先后两次来右玉视察调研，对右玉50多年坚持不懈地进行生态建设取得的巨大成就给予高度的评价和赞赏。指示县委书记赵向东、县长陈小洪编纂一部《右玉县绿化志》，好好总结右玉的做法和经验在全省学习推广。

2005年9月1日，笔者被书记、县长安排参与《右玉县绿化志》"人物专访"部分（即县委书记绿化业绩篇）的外出采访和撰写工作。

2006年7月25日上午，笔者去赵生荣在老家右玉县城的住所，采访征求他对《绿化志》中县委书记绿化业绩篇的意见。他通篇看了笔者和王德功写出的第三稿后，对《绿化志》提出了一些指导性意见。而后，他说："你写完《绿化志》后不要搁笔，要写一部起名《苍河颂》的长篇报告文学。中国红色革命有《延安颂》，咱们右玉搞了半个多世纪的绿色革命，要写《苍河颂》。《志》有志的特点。写成报告文学后，你就把新闻性、文学性、政治性结合起来，从真人真事中选取动人的情节，进行提炼加工，活灵活现地把右玉解放50多年来与恶劣的自然环境顽强抗争，由'不毛之地'变为'塞上绿洲'，把创造了塞上黄土高原生态奇迹中涌现出来的可歌可泣的事迹写出来；可以把中华人民共和国成立以来右玉历任县委书记、历任县长巧绘右玉绿化蓝图，身先士卒地带领一代又一代右玉人民艰难拼搏，直至向东和小洪同志提出的'三大基地'，建设富而美的新右玉的许多精彩细节写出来；还可以把高厚在全省率先打响扶贫移民搬迁等农村'三大战略'，在全省率先百天完成村村通水泥路工程以及迎难而上建设塞上明珠城市的创业过程写出来；可以把党中央、省、市各级党委和政府对右玉一以贯之的热情关怀和巨大支持写出来；可以把中央、省、市各级领导对右玉所作的重要指示和评价写出来；可以把中外各类名人对右玉先后的评价和赞誉写出来。毛主席说过的'为有牺牲多壮志，敢教日月换新天'在我们右玉得到了完美的体现。写了这本书，在宣传力、感染力、影响力、亲和力上，对提高右玉的知名度，推动右玉政治、经济、文化和社会的发展将会产生无可估量的影响。你把我这个建议给向东、小洪汇报一下，看他们有无同感。"

赵生荣还就长篇报告文学为什么叫《苍河颂》，以及如何写好这部作品，直到谋篇布局谈了自己的意见。

2006年10月14日，中共右玉县委书记赵向东的亲笔批示件。

2006年10月25日，右玉县县长陈小洪的亲笔批示件。

笔者随即向书记、县长作了汇报。赵向东说："你按照赵厅长的意见详细起草一个写作方案交我。"

2006年10月11日上午，笔者将《长篇报告文学〈苍河颂〉写作方案》交给县委书记赵向东、县长陈小洪分别审阅。

赵向东阅后批示："想法很好。总结过去，是为了更好地开拓未来。以报告文学的手法把右玉五十多年的创业史记载下来，反映出去，对全县干部群众是鼓舞、是激励，可以先由石新民同志执笔拿出初稿，然后征求方方面面的意见，争取使《苍河颂》成为一部真实反映右玉五十年奋斗史的干部教育好教材。另外，注意此作品通篇要贯穿一条主线，以右玉精神为主线，所涉事件要真实、准确，不要人为拔高，真正使作品经得起考验。赵向东，2006年10月14日。"

陈小洪阅后批示："同意赵书记意见。要特别注意真实、生动。要想生动，必须生活化，不要出现'高大泉'模式，人物要活灵活现，有血有肉，有七情六欲，在平时生活中显示出一种精神。陈小洪，2006年10月25日。"

同年11月29日至12月1日，时任山西省史志院党组副书记、副院长、编审张铁锁带领5位史志专家及省、市有关领导共12人来右玉召开了《右玉县绿化志》审稿会议。专家们也一致提出，右玉县半个多世纪坚持不懈地植树营绿，防风固沙，创造了中国靠人工种树种草改变环境和生存条件的典范，事迹太感人了，太震撼了。除了编纂一部《绿化志》外，应写一部长篇报告文学，而且不少生动感人的情节好在报告文学中反映。

2006年10月30日，笔者完成《右玉县绿化志》"人物专访"撰写后，县委书记、县长又遵照厅长赵生荣的意见，安排笔者全力以赴地投入到《苍河颂》的采访与写作中去。

笔者在采访写作过程中，再次得到中华人民共和国成立后历任县委书记、县长及其家属子女的极大关注和热情支持，得到在外工作的右玉籍人士的极大关注和热情支持，得到曾任雁北、朔州地市以及省直有关部门的一些领导的极大关注和热情支持。

在四年多的写作过程中，笔者不知多少次地深入右玉的山山村村实地了解掌握情况，拍摄照片；多次登门与历任县委书记、县长及其家属作进一步的采访挖掘；与当年一些健在的先进典型人物以及所涉事件的当事人面对面地交谈了解；与历届县委班子一些领导成员作广泛深入的采访验证；与出生在右玉，曾在右玉上学工作，现分别在大同、朔州、太原任职的右玉籍县以上的领导同志张林、邢志强、郑福、郝凡、韩国维、刘生义、左义河、曹占仕、郝福、马兆兴、张日清、梁凤梧等了解情况；多次到县档案局及有关单位反复查阅核实有关资料；重新翻看了真实记录半个多世纪以来右玉创业史的，曾在省和中央电视台播出的12部电视专题片；特别还与多次到右玉调研指导工作的中共山西省委第九任书记李立功，中共山西省委原书记、山西省人大常委会第七届主任王庭栋，政协山西省第七、八届主席郭裕怀，政协山西省第八届主席郑社奎，曾在右玉工作过的山西省人大常委会第八、九届主任卢功勋，政协山西省第七、八届副主席吴慧琴，曾在雁北地区工作过的地委书记张广有、白兴华、李振华、徐生岚、杨大椿以及王铭三秘书安秉文、王进秘书安玉根、薛凤霄秘书王作柱和曾在朔州市工作过的市委书记刘泽民、薛军、金银焕、来玉龙、闫沁生、高建民、王雅安，现在朔州市工作的田喜荣、冯改朵，曾在右玉上学的中共山西省委组织部原常务副部长马友，曾在右玉工作10年的山西省委组织部原副部长张效洲，山西省林业厅原厅长刘清泉、李里、杜五安、曹振声等省市领导征求意见，力求做到作品中所涉事件、人物、时间、地点真实准确。中共山西省委原书记、省人大常委会原主任王庭栋和政协山西省原主席兼省史志院院长郭裕怀，不仅为本作品提出补充修改意见，还分别为本作品写了一封信。尤其是中共山西省委第九任书记李立功为本书提出15点补充修改意见，为作品作了政治把关。中共山西省委第十三任书记、省人大常委会第十届主任张宝顺，中共山西省委原副书记、山西省人民政府原省长王君，中共山西省委原副书记、政协山西省第十届主席薛延忠，山西省原副省长、中国作协原副主席、民盟山西省主委、省作协原主席、国家一级作家张平为本作品作了最后的把关。

笔者对这些省、市领导的征求意见和采访中，特别惊喜地得知中华人民共和国成立后右玉的事业，直到派往右玉任职的每一位县委书记、县长都倾注了他们不少的心血，有多少临行前的谆谆嘱托；有多少鲜为人知的幕后运筹策划；有多少在右玉发展进程中的重大决策，甚至是里程碑式的；有多少不畏严寒酷暑的调研指导，引领右玉发展的航向；有多少次为右玉的贫困殚精竭虑，从各方面全力给予呼吁和帮助。笔者深深感到，没有他们及时的认可和巨大支持，很难想象荒凉贫穷的右玉会从"不毛之地"到"塞上绿洲"到"国家级生态示范区""国家可持续发展实验区""国家AAAA级旅游景区"的科学发展，使右玉一个塞上黄土高原的偏僻贫困小县会创造出令世人折服的生态奇迹，会历练出如同当年的太行精神、吕梁精神、大寨精神的右玉精神。以至这次对《苍河颂》写作，为向世人展示一个"真实的右玉、准确的右玉、生动的右玉"，他们又给予热情坚定的支持，从各个方面提出不少真知灼见的宝贵意见和应把握的原则，有的甚至亲自动笔对一些段落和提法进行修改。《苍河颂》中对他们的真实记载，对他们的讴歌是理所应当的、恰如其分的。右玉人民会永远铭记他们的真诚关爱和不朽的贡献。可以说这部作品也是省、地（市）、县三级领导集思广益集体智慧的结晶。笔者还将在下一部长篇纪实文学《右玉英雄交响曲》中对这些鲜为人知的故事作全面的披露和描述。

省、市领导一致认为："《苍河颂》这部书应该写，写得很有意义。你们做对了。右玉60年生态建设的光辉历程，是我们共和国大地上科学发展的一面旗帜。右玉精神很值得在全省、全国学习推广。这部书的出版发行将会对右玉的跨越发展和经济社会全面进步起到不可估量的影响。"

"新中国成立后右玉的历届县委、县政府领导班子，在中央、省、市的热情关怀和巨大支持下，传承开拓，在这个高寒冷凉'不毛之地'的塞上黄土高原上，持续不断地演唱了科学发展的大戏。右玉60年有些动作是超前的，上合党中央意愿，下合老百姓的心愿。右玉60年所干的事业，所取得巨大成就都是大家一致公认的。"

"右玉60年的奋斗拼搏，既获得丰硕的物质成果，又获得丰硕的精神成果，两个成果都是大家一致公认的。"

后记

政协山西省第七、八届主席兼山西省史志院原院长郭裕怀对《苍河颂》第10稿的审读意见。

赵生荣（右）与笔者一起策划《苍河颂》的写作。

马骏为《苍河颂》写出的第二份审读意见。

采访征求原在右玉工作12年、中国作家协会会员、一级作家、山西省作协原副主席、大同市文联原主席马骏（右）的意见（2009年12月3日及以后三次）。马骏为作品进行了两次文字润色把关，并写出两份审读意见。

2017年6月8日，笔者与中国报告文学学会副会长、山西省作家协会副主席、中国著名职业报告文学作家赵瑜在浙江省乌镇荷花桥上留影。

2006年11月30日,省、市有关史志专家在《右玉县绿化志》审稿会上研讨。左五为时任山西省史志院党组副书记、副院长、编审张铁锁。他提出"右玉半个多世纪的生态建设太震撼了,太感人了,应该写一部长篇报告文学作全面真实生动的反映"。

竖立于右玉县北部边界杀虎口塘子山上生态旅游水泥大道上的跨路横标。

竖立在右平高速右玉入口处,右玉城市会客厅西端的彩色标牌。

"全书的立意构思，谋篇布局也很好。全篇坚持党的实事求是原则。内容上确定的'三颂'也是真实准确的。全书23章以每一任县委书记及其班子成员的谋划决策活动出事出人，一气呵成，突出了60年来党的核心领导作用，突出了党建的伟大工程在塞上高原右玉的成功实践。用报告文学这种体裁反映右玉60年生态建设的巨大成就，挺好。完全赞同这种写法。全文做到了政治性、史料性、文学性相统一。可读性和感染力很强，是一部成功的报告文学作品。"

"这部书的写作，不仅符合各级领导的心愿，更符合曾在右玉殚精竭虑工作过的老同志的心愿，也为吃苦耐劳无私奉献的一代又一代的右玉人民唱出了一曲曲荡气回肠的颂歌。还符合当今中国发展的需要。完全应该把这部书打向全省去，打向全国去。"

"你和赵生荣写这部作品用了三年多的时间，上上下下征求了那么多人的意见，得到广泛的认同，使作品经得起检验。这是对党的负责、对人民的负责、对历史的负责。你们不仅为右玉、为雁北、为朔州，而且为山西作出了贡献。你们做得挺好。""报告文学具有非虚构性，贴近现实，介入生活的鲜明品格。在历史面前，只有一把尺子，这就是真实。使这部纪实性的报告文学《苍河颂》真正成为一部右玉县的传世信史，立于天地人之间的丰碑。""因为所有这些记载将会成为设计未来的密码。"

"你们历经千辛万苦，集思广益，很好地完成了一项历史使命，胜利地完成了右玉，乃至山西的艰巨文化工程。"

"作品的《尾声》写得很精彩，写出了激情，写出了对右玉的真挚感情。"

"选入书中60年来有代表性的黑白和彩色照片，要选准选好。排版印刷也要搞好，使其成为精品之作。"

在此期间，《中国报告文学》编辑部创联部主任、编辑卢旭，中国作家协会会员、山西省作家协会原副主席、一级作家、大同市文联原主席马骏为写好作品写了两份审读意见。山西大学中文系毕业、中共山西省委第一巡视组原副组长、省纪委原副秘书长、山西《反腐倡廉建设》原主编李努生研究员；山西省作家协会会员、山西省青少年报刊社原编审梁凤梧；山西大学中文系毕业，在中国银行山西省分行工作的石晓缤；中国传媒大学新闻系毕业，在太原理工大学工作的石芩子；山西大学法律系毕业，在山西大学工作的乔忠华等文学内行都提出不少具体章节布局和文字表述的写作意见。

在前五年多的写作过程中，第十七任县委书记赵向东、第十六任县长陈小洪、第十八任县委书记陈小洪、第十七任县长苏连根先后20多次听取写作进度，及时提出具体意见，保证了作品的顺利圆满完成。

《中国报告文学》编辑部创联部主任、编辑卢旭，作家出版社纪实文学编辑部主任、编审贺平为本作品作了最后的文字把关润色。对修订再版文稿，作家出版社原总编辑张陵、原副总编辑张水舟、美编室原主任曹全弘、排版室原主任张文会和张丽茜；山西人民出版社副总编武静、山西新华印业有限责任公司排版室郝彦红等同志又进行了一丝不苟的修改、设计、校正和润色。

全国政协委员、全国劳动模范、国家一级作家（享受国务院特殊津贴）、中国作协副主席、中国作协书记处书记、中国报告文学学会会长、中国作家出版集团原党委书记兼社长、中国报告文学研究院院长何建明为作品作序。

中华人民共和国成立后在右玉先后任职的县委书记王矩坤、张进义、马禄元，庞汉杰的遗孀孙淑凯和次子庞云平、女儿庞晋平，解润的女儿解玲荣和女婿冯鹤春，关毅和次子关原成、杨爱云的遗孀高秀珍、常禄的长子常永茂、袁浩基、姚焕斗、师发、高厚、赵向东、陈小洪、苏连根以及中共山西省委组织部原常务副部长马友、山西省林业厅原厅长刘清泉、李里、杜五安、曹振声、山西省林业厅原常务副厅长霍转业、山西省造林局原局长王德玉、山西省人民政府农业发展研究中心原主任（正厅级）、省农委原副主任、曾任右玉县林业局副局长张沁文，大同市人大常委会原主任安大钧、大同市人大常委会原副主任张林、王建国，中共大同市委原常委、宣传部原部长闫文照，山西省农业厅经营管理局原局长、20世纪五六十年代曾任右玉县委办公室主任、副县长徐日新，政协右玉县第二届主席傅新瑞，右玉县人民检察院原检察长梁美，右玉县人大常委会第十二届主任胡守义，右玉县人大常委会第十三届主任赵润虎，右玉县人大常委会第十一届副主任刘建英、降宝，政协右玉县第五届主席王德功，政协右玉县第六届主席刘义，太原理工大学党委办公室主任任玺莹，吕梁地区林业局原副局长、曾任右玉县林业局局长刘拖信，中央党史研究室张黎群和唐非，西南财经大学教授、现代教育技术中心原主任董健民，《人民日报》记者陈建，《环球人物》记者李静涛，《中国林业》记者陈风，《山西画社》记者梁铭，《山西日报》记者徐补生，大同市史志办主任要子谨，中共右玉县委原常委、组织部部长吴晓斌，右玉县委农村工作部原部长郝文运，右玉县先后任林业局局长刘克礼、孙玉才、马晓、刘占彪及县林业局原局长纪满次子纪明明，右玉县人大常委会办公室原主任、右玉县文联原主席傅品，右玉县文化局原局长梁发，国营右玉林场原党总支书记兼第一副场长张宏仕，右玉县县志办公室原主任胡永祯，雁北地区右玉草原管理站原站长陈义，右玉县扶贫办原主任张玉、卢学礼、贺仲，政协右玉县文史委员会原主任乔悦，右玉县档案局原局长刘国秀，右玉县农业局原局长、科技文化局原局长李景春，右玉生态文化旅游示范区党工委副书记、常务副主任田心世，右玉县文学艺术界联合会主席郭虎，右玉县人大常委会法制工作委员会主任李裕，中共右玉县委办公室原副主任马在林，右玉县人民政府办公室原主任宣勇、原副主任李志国，中共右玉县纪委原副书记、右玉县监察局原局长李军，中共右玉县委组织部原副部长王军，中共右玉县委办公室原副主任李振贤，右玉县人民政府党组成员、政府办公室主任冀全喜，右玉县委网信办专职副主任王涛，右玉县新闻中心主任辛泰，玉龙集团办公室主任杨文英等领导和同志们真诚地给笔者提供了不少原始和现实的珍贵资料，使本书增色不少。

笔者和赵生荣都是土生土长的右玉人，对自己的家乡右玉有着极其深厚的感情和真挚的关爱，都参与并见证了、宣传并讴歌了右玉的沧桑巨变。深感中华人民共和国成立后右玉60年激昂澎湃的艰苦奋斗岁月，特别地锻造出了独特的右玉精神。

本作品从体例上是一部纪实性的报告文学。除少数地方适当渲染外，基本遵循全篇的整体传记纪实风格。

后 记

在10年多的采访征求意见和写作过程中，笔者累积使用了18本采访笔记。笔者经常是挑灯夜战，默默耕耘。多少个寂静的夜晚，室内的台灯和室外遥遥闪烁的星光陪伴着笔者。10年多来，笔者遵照省委、市委、县委和中国作协、山西作协及中国报告文学学会领导们的意见，先后18易其稿。《苍河颂》在2011年7月第一版第一次印刷发行后，遵照中央、省、市、县各级领导的意见和广大读者的建议，从2012年开始，又继续深入采访和拍照，修改完善。笔者带病写作，先后两次住院治疗。终于再版修订印刷发行。真是"十年磨一剑"啊！

在10年多的采访征求意见和写作过程中，笔者把对中国共产党的爱，对养育成长塞上右玉黄土地的爱，对吃苦耐劳无私奉献右玉人民的爱，对宣传思想本职工作的爱，对报告文学的爱，都倾注到《苍河颂》的字里行间。

由于本作品时间跨度70年，加之"文化大革命"中造反派抄家，以致70年代以前有不少珍贵的图片和资料无法找到，笔者感到遗憾和痛心。对已调离右玉的林业模范有的无法取得联系；对已去世的雁北地委书记，有的由于无法与家人取得联系，他们的工作图片未能选入。

笔者特别需要说明的是，凡进入作品中的图片，遵照省委领导们的指示，紧扣体现中央、省、市（地）、县党的核心领导，与生态文明建设紧密相关的原则选入。

在作品修订再版印刷发行之时，笔者向以上各级领导和同志们再次表示衷心的感谢！

与此同时，10多年的采访征求意见过程中，为作品热心提供图片的有卢功勋、郭裕怀、郑社奎、李振华、王雅安、刘清泉、李里、曹振声、张沁文、马友、关原成、来玉龙、安大钧、徐日新、王一开、袁浩基、姚焕斗、庞云平、李忠泽、邢志强、闫文照、王建国、马骏、李竹梅、高秀珍、常永茂、解玲荣、高厚、陈晋才、赵向东、陈小洪、苏连根、吴秀玲、王志坚、张文青、王志东、闫会心、闫珊珊、潘培江、常建军、陈清祥、贾小燕、赵转超、乔中华、任灵杰、徐拥民、牛建黎、刘文虎、齐凤翔、仝文佐、傅新瑞、李生华、王德功、赵润虎、刘义、胡守义、李文奎、贺朝善、黄凤莲、陈彬彬、孙荣祥、高志峰、兰成龙、吴晓斌、霍生祥、孙玉财、许勇、张祥、庞明明、侯照阳、庞日亮、郝文运、刘克礼、刘拖信、傅品、张玉、乔悦、王玉明、郭政新、郝廷升、张宏忠、张宏仕、季保全、刘迎春、舒晓海、朱宝林、玉石、刘淑花、胡秀林、赵福胜、辛泰、郭虎、赵一虎、范玉凯、曹满、李继亮、曹效成、曹杰、徐吉、王虎、苏晓娜、赵效文、赵利民、余晓兰、王占峰、李秀山、蔚刚、张陶柱、王宝平、刘彩峰等，在此一并表示衷心感谢！

电脑操作员艾艳丽、石琴子、武延巧、孙翠兰、曹莉芳、程霞、魏美丽、闫云超为作品的打印和校对也付出不少辛苦，一并表示衷心感谢！

笔者谨记
2019年12月